아인슈타인

아인슈타인 : 삶과 우주

월터 아이작슨

이덕환 옮김

까치

EINSTEIN : His Life and Universe

by Walter Isaacson
Copyright © Walter Isaacson, 2007
All rights reserved.

Korean translation copyright © 2007 by Kachi Publishing Co., Ltd.
Korean translation rights arranged with International Creative Management,
Inc., New York, N. Y. through EYA(Eric Yang Agency), Seoul.

역자 이덕환(李惠煥)

서울대학교 화학과 졸업(이학사). 서울대학교 대학원 화학과 졸업(이
학석사). 미국 코넬 대학교 졸업(이학박사). 미국 프린스턴 대학교 연
구원. 서강대학교에서 34년 동안 이론화학과 과학커뮤니케이션을 가
르치고 은퇴한 명예교수이다.

저서로는『이덕환의 과학세상』등이 있고, 옮긴 책으로는『거의 모든
것의 역사』,『화려한 화학의 시대』,『같기도 하고 아니 같기도 하고』,
『춤추는 술고래의 수학 이야기』,『양자혁명 : 양자물리학 100년사』등
다수가 있으며, 대한민국 과학문화상(2004), 닮고 싶고 되고 싶은 과학
기술인상(2006), 과학기술훈장웅비장(2008), 과학기자협회 과학과 소통
상(2011), 옥조근정훈장(2019), 유미과학문화상(2020)을 수상했다.

아인슈타인 : 삶과 우주

저자 / 월터 아이작슨

역자 / 이덕환

발행처 / 까치글방

발행인 / 박후영

주소 / 서울시 용산구 서빙고로 67, 파크타워 103동 1003호

전화 / 02 · 735 · 8998, 736 · 7768

팩시밀리 / 02 · 723 · 4591

홈페이지 / www.kachibooks.co.kr

전자우편 / kachibooks@gmail.com

등록번호 / 1-528

등록일 / 1977. 8. 5

초판 1쇄 발행일 / 2007. 11. 5
      7쇄 발행일 / 2024. 7. 25

값 / 뒤표지에 쓰여 있음

ISBN 978-89-7291-435-8 03840

내가 알고 있는 가장 고상하고,

똑똑하고, 도덕적인 사람인

아버지에게

1933년 샌타바버라에서(California Institute of Technology)

인생은 자전거 타기와 같다.
균형을 유지하려면 끊임없이 움직여야만 한다.
──알베르트 아인슈타인, 1930년 2월 5일 아들 에두아르트에게 쓴 편지에서[1]

차례

감사의 글

아인슈타인 문집의 편집장인 다이애나 코르모스 버치월드가 원고를 꼼꼼하게 읽고 수많은 조언과 수정을 해주었다. 그녀는 2006년에 공개된 아인슈타인의 새로운 서류들을 미리 읽을 수 있도록 도와주었고, 그 내용도 소개했다. 그녀는 내가 캘리포니아 공과대학(칼텍)의 아인슈타인 기록사업소를 방문했을 때 많은 도움을 준 후원자였다. 그녀는 어떤 손님도 즐겁게 해주며, 자신의 일에 대한 열정과 훌륭한 유머 감각을 가지고 있다.

그녀의 직원 중 두 사람이 새로 공개된 서류는 물론이고 옛 서류 중에서 잘 알려지지 않은 것들을 내가 훑어볼 수 있도록 특히 많은 도움을 주었다. 틸만 사우어는 이 책을 검토하고 주석을 달았고, 특히 아인슈타인이 일반상대성의 식을 알아내고 통일장 이론을 추구하는 과정에 대한 부분을 꼼꼼하게 확인해주었다. 기록사업소의 역사 담당 편집자인 제프 로젠크란츠는 아인슈타인이 가지고 있던 독일과 유대인 전통에 대한 입장을 이해할 수 있도록 했다. 그는 예루살렘의 히브리 대학교에 있는 아인슈타인 기록보존소의 관리인을 역임했다.

현재 히브리 대학교의 기록보존소를 담당하고 있는 바버라 울프는 원고 전체에 대해서 세심하게 사실 확인을 하면서 까다로운 실수를 찾아냈다. 그녀는 자신이 하찮은 일에 매달리는 사람이라고 했지만, 그녀가 찾아준 하찮은 일 하나하나에 감사한다. 그곳의 관리인인 로니 그로즈의 격려에도 감사한다.

『우주의 구조(*The Fabric of the Cosmos*)』의 저자이고, 컬럼비아 대학교의 물리학자인 브라이언 그린도 중요한 친구이자 편집자였다. 그는 수많은 수정 과정에서 나와 이야기를 나누었고, 과학적인 내용에 대한 표현에 조언을 했으며, 마지막 원고를 읽어주었다. 그는 과학과 언어의 전문가이다. 끈 이론에 대한 자신의 업적 이외에도 그와 그의 부인 트레이시 데이는 뉴욕 시에서 연례 과학축제를 개최해서 자신의 연구와 책을 통해서 분명하게 확인시켜준 물리학에 대한 관심을 확산시키는 일에 노력하고 있다.

케이스웨스턴리저브 대학교의 물리학 교수이고, 『거울 속의 물리학(*Hiding in the Mirror*)』의 저자인 로렌스 크라우스도 역시 원고를 읽고, 특수상대성 이론, 일반상대성 이론, 우주론에 대한 부분을 꼼꼼하게 확인하고, 많은 제안과 수정을 가능하게 해주었다. 그도 역시 물리학에 대한 강한 열정을 가지고 있다.

크라우스는 나에게 케이스웨스턴리저브의 동료로 상대성 이론을 가르치고 있는 크레이그 J. 코피를 소개시켜주었다. 나는 그에게 과학과 수학적 내용을 확인하는 일을 부탁했다. 그의 부지런한 편집 일에 감사한다.

예일 대학교의 물리학 교수인 더글러스 스톤도 역시 이 책의 과학적인 면을 검토했다. 응축상 이론학자인 그는 양자역학에서 아인슈타인의 역할에 대한 중요한 책을 집필하는 중이다. 그는 과학적인 내용을 검토하는 일 이외에도 1905년의 광자(光子) 논문, 양자론, 보스-아인슈타인 통계학, 기체운동론에 대한 내용을 쓸 수 있도록 도와주었다.

1969년 노벨 물리학상을 수상했던 머리 겔만은 이 책을 쓰기 시작해서 완성할 때까지 훌륭하고 열정적으로 도움을 주었다. 그는 초기의 원고를 수정할 수 있도록 도왔고, 상대성 이론과 양자역학에 대한 부분을 수정해서 편집하도록 도왔으며, 양자 불확정성에 대한 아인슈타인의 거부감에 대한 내용을 쓸 수 있도록 도왔다. 그의 박식함과 유머, 그리고 관련된 사람들에 대한 생각 덕분에 이 일이 정말 즐거웠다.

런던 유니버시티 칼리지의 과학사와 과학철학 명예교수인 아서 I. 밀러는 『아인슈타인, 피카소(Einstein, Picasso)』와 『별들의 제국(Empire of the Stars)』의 저자이다. 그는 내 원고 중에서 과학에 관련된 부분을 여러 차례 읽고, 수많은 수정을 할 수 있도록 했다. 특히 (자신이 선구적인 책을 썼던) 특수상대성을 포함해서 일반상대성 이론과 양자론에 대해서 많은 도움을 주었다.

메릴랜드 대학교의 물리학 교수인 실베스터 제임스 게이츠 주니어는 아스펜에서 개최된 아인슈타인 학회에 참석할 때 내 원고를 읽어주기로 했다. 그는 훌륭한 지적을 해주었고, 과학적 표현을 고쳐주는 완벽한 편집 일을 맡았다.

피츠버그 대학교의 물리학 교수인 존 D. 노턴은 아인슈타인이 특수상대성 이론과 일반상대성 이론을 정립하는 동안의 사고 과정을 추적하는 전문가이다. 그는 내 책에서 관련된 부분을 읽고 훌륭한 지적을 했다. 그의 동료 중에서 아인슈타인이 이론을 정립하는 과정에 대한 전문가인, 베를린의 막스 플랑크 연구소에서 근무하는 위르겐 렌과 미네소타 대학교의 미셸 얀센에게도 감사한다.

아스펜 물리학 센터를 설립한 조지 스트라나한도 역시 원고를 읽고 검토했다. 그는 특히 광자 논문, 브라운 운동, 그리고 특수상대성 이론의 역사와 과학적 내용에 대한 부분에 많은 도움을 주었다.

존스홉킨스 대학교의 과학철학자인 로버트 리나시비츠도 여러 부분을 읽고, 일반상대성 이론의 개발에 대해서 유용한 제안을 했다.

코넬 대학교의 이론물리학 교수이고 『시간에 대한 이야기 : 아인슈타인의 상대성 이론 이해하기(It's About Time : Understanding Einstein's Relativity)』의 저자인 N. 데이비드 머민은 도입 부분과 아인슈타인의 1905년 논문에 대한 제5장과 제6장의 최종 원고를 검토하고 수정했다.

하버드 대학교의 물리학 교수인 제럴드 호턴은 아인슈타인 연구의 개척자 중 한 사람이었고, 지금도 선구자이다. 나는 그가 내 책을 읽고, 조언과 함께 너그럽게 격려해주겠다는 소식을 듣고 감격했다. 그의 하버드 동료로 과학교육에 많은 기여를 했던 더들리 허쉬바흐도 역시 협조적이었다. 호턴과 허쉬바흐가 모두 내 원고에 대해서 유용한 조언을 했다. 호턴의 사무실에서 모인 우리 세 사람은 오후 내내 함께 제안을 하고, 역사적 인물에 대한 표현을 다듬었다.

하버드 대학교의 과학과 국제학 교수인 애쉬턴 카터는 초기의 원고를 읽고 검토했다. 『아인슈타인의 독일 세계(*Einstein's German World*)』의 저자인 컬럼비아 대학교의 프리츠 스턴은 초기에 격려와 조언을 했다. 아인슈타인 기록보존소의 초기 편집자 중 한 사람이었던 로버트 슐만도 마찬가지였다. 아인슈타인에 대해서 여러 권의 훌륭한 책을 쓴 제러미 번스타인은 과학이 얼마나 어려운 것인지를 알려주었다. 그의 지적이 옳았고, 그 점에 대해서 감사한다.

나는 두 사람의 고등학교 물리 교사에게 내 원고를 읽고, 과학적 사실이 옳은지, 그리고 고등학교 물리를 배운 사람들도 읽을 수 있는지를 확인해주도록 부탁했다. 낸시 스트라빈스키 아이작슨은 허리케인 카트리나 덕분에 시간 여유가 많아질 때까지 뉴올리언스에서 물리학을 가르쳤다. 데이비드 더비스는 시카고 대학교 실험 학교에서 물리학을 가르치고 있다. 두 사람의 지적은 예리했고, 특히 여성 독자들을 위해서 큰 도움이 되었다.

책을 아무리 자세히 살펴보아도 일부의 오류는 여전히 남는다는 것이 불확정성 원리의 결론이다. 그런 오류는 모두 내 실수이다.

과학자가 아닌 독자들이 일반인의 시각에서 원고에 대해서 유용한 조언을 해주는 것이 도움이 되기도 한다. 윌리엄 메이어, 오르빌 라이트, 대니얼 오크렌트, 스티브 와이스만, 스트로브 탈보트가 그런 역할을 했다.

지난 25년 동안 사이먼 앤드 슈스터의 앨리스 메이휴가 내 편집자였고, ICM의 아만다 어번은 중개인이었다. 두 사람보다 더 나은 파트너는 상상조차 하기 어렵다. 그들도 역시 이 책에 대해서 열성적이고 유용한 조언을 했다. 사이먼 앤드 슈스터의 캐롤린 라이디, 데이비드 로젠탈, 로저 라브리, 빅토리아 메이어, 엘리자베스 헤이스, 세리나 존스, 마라 루리, 주디스 후버, 채키 서우, 데이나나 슬로안의 도움에도 감사한다. 엘리어트 라베츠와 퍼트리샤 진덜카에게 몇 년에 걸친 지원에 대해서 감사한다.

나타샤 호프마이어와 제임스 홉스는 아인슈타인의 독일어 편지와 글을 번역했다. 특히 아직 번역되지 않은 글들을 열심히 번역해준 것에 대해서 감사한다. 「타임」지가 펴낸 세기의 인물 호 사진 편집자였던 제이 콜턴도 독창적인 방법으로 이 책에 사용된 사진을 추적하는 일을 해냈다.

나에게 가장 값진 도움을 준 두 사람과 반쪽이 더 있다. 첫째는 아버지 어윈 아이작슨이다. 기술자였던 그는 나에게 과학을 사랑하도록 해주었고, 내가 만났던 스승 중에서 가장 똑똑한 사람이다. 아버지와 돌아가신 어머니가 나에게 마련해준 우주에 대해서 감사하고, 총명하고 현명한 양어머니 율레인에게도 감사한다.

또 한 사람의 소중한 독자는 아내 캐시이다. 그녀는 자신의 지혜와 상식과 호기심으로 내 원고를 전부 읽었다. 마지막 남은 반쪽은 이 책의 일부를 선택해서 읽어준 딸 베시이다. 비록 무작위적으로 읽기는 했지만 그녀의 의견에 담긴 확실성이 충분히 도움이 되었다. 두 사람 모두를 진심으로 사랑한다.

인물 소개

그로스만, 마르켈(Grossmann, Marcel. 1878-1936) : 취리히 폴리테크닉의 부지 런한 동급생으로 아인슈타인을 위해서 수학 노트를 만들었고, 특허사무소에서 일할 수 있도록 도와주었다. 취리히 폴리테크닉의 도형기하학 교수가 된 후 아인슈타인에게 일반상대성 이론에 필요한 수학을 가르치기도 했다.

니콜라이, 게오르크 프리드리히(Nicolai, Georg Friedrich. 1874-1964) : 출생 당 시의 본명은 레빈슈타인. 의사, 반전론자, 카리스마적 모험가, 바람둥이. 엘자 아인슈타인의 친구이며, 그녀의 딸 일제의 연인이었던 것으로 보이는 그는 1915년 아인슈타인과 함께 반전 성명을 발표했다.

듀카스, 헬렌(Dukas, Helen. 1896-1982) : 아인슈타인의 충성스러운 비서이며 케르베로스* 같은 경호원이었고, 1928년부터 그가 사망할 때까지 집안일을 돌 보았으며, 그 후에는 그의 명성과 서류를 보호하는 일을 했다.

레나르트, 필리프(Lenard, Philip. 1862-1947) : 헝가리 출신의 독일 물리학자. 아 인슈타인의 1905년 광자 논문은 광전자 효과에 대한 그의 실험 결과를 설명한 것이었다. 반(反)유대인, 나치 동조자, 아인슈타인을 증오하는 사람이 되었다.

로렌츠, 헨드리크 안톤(Lorentz, Hendrik Antoon. 1853-1928) : 온화하고 현명 한 네덜란드의 물리학자로 특수상대성 이론을 위한 이론적 기초를 마련했다.

---

* 죽음의 세계를 지키는 개 형상의 괴물로 아무도 죽음의 세계를 빠져나가지 못하도록 지키는 일을 한다 / 역주.

아인슈타인에게 아버지와도 같은 인물이었다.

마리치, 밀레바(Marić, Mileva. 1875-1948) : 세르비아 출신의 취리히 폴리테크닉 물리학과 학생으로 아인슈타인의 첫 부인이 되었다. 한스 알베르트, 에두아르트, 리제를의 어머니. 열정적이고 정력적이었으며 침울하고 우울했던 그녀는 당시 야심 찬 여성 물리학자가 직면했던 어려움을 어느 정도 극복하기는 했지만 완전히 이겨내지는 못했다. 1914년에 아인슈타인과 별거했고, 1919년에 이혼했다.

민코프스키, 헤르만(Minkowski, Hermann. 1864-1909) : 취리히 폴리테크닉에서 아인슈타인에게 수학을 가르쳤던 그는 아인슈타인을 "게으른 개(lazy dog)"라고 불렀다. 특수상대성 이론을 4차원 시공간으로 표현하는 수학적인 방법을 고안했다.

밀리컨, 로버트 앤드루스(Millikan, Robert Andrews. 1868-1953) : 미국의 실험 물리학자로 아인슈타인의 광전자 효과의 법칙을 확인했고, 그를 칼텍의 방문 학자로 초청했다.

바이츠만, 차임(Weizmann, Chaim. 1874-1952) : 러시아 태생의 화학자로 영국으로 이민을 갔다가 세계 시온주의자 기구의 회장이 되었다. 1921년에 그는 아인슈타인을 처음으로 미국에 데려가서 기금 모금에 이용했다. 이스라엘의 초대 대통령이 되었다. 그가 사망한 후에는 아인슈타인이 대통령이 되어야 한다는 의견이 있었다.

베소, 미셸 안젤로(Besso, Michele Angelo. 1873-1955) : 아인슈타인의 가장 절친한 친구. 매력적이지만 산만한 기술자였던 그는 취리히에서 아인슈타인을 만난 후에 베른 특허사무소에서 그와 함께 근무했다. 그는 1905년 특수상대성 논문에 대해서 자문을 했다. 아인슈타인의 첫 연인의 동생인 안나 빈텔러와 결혼했다.

보른, 막스(Born, Max. 1882-1970) : 독일의 물리학자 겸 수학자. 아인슈타인과 40년 동안 재기 넘치고 친밀한 편지를 교환했다. 아인슈타인에게 양자역학을 설득시키려고 노력했다. 부인 헤트비히는 개인적인 문제로 아인슈타인을 비난했다.

보어, 닐스(Bohr, Niels. 1885-1962) : 덴마크 출신으로 양자론의 선구자. 솔베이 회의와 그 후의 모임에서 그는 양자역학에 대한 자신의 코펜하겐 해석에 열정적으로 도전하던 아인슈타인에게 적절한 대답을 해주었다.

빈텔러 가족(Winteler) : 아인슈타인이 스위스 아라우에서 학교에 다닐 때 하숙을 했던 가족. 요스트 빈텔러는 역사와 그리스어 교사였고, 그의 부인 로사는 아인슈타인의 대모(代母)가 되었다. 그들의 일곱 자녀 중에서 마리는 아인슈타인의 첫 여자 친구였고, 안나는 아인슈타인의 가장 절친한 친구였던 미셸 베소와, 파울은 아인슈타인의 여동생 마야와 결혼했다.

솔로빈, 모리스(Solovine, Maurice. 1875-1958) : 루마니아 출신으로 베른에서 철학을 공부하던 중 아인슈타인, 하비흐트와 함께 "올림피아 아카데미"를 만들었다. 아인슈타인의 프랑스 출판인으로 평생의 친구가 되었다.

슈뢰딩거, 에르빈(Schrödinger, Erwin. 1887-1961) : 오스트리아의 이론물리학자로 양자역학의 선구자였지만, 아인슈타인과 마찬가지로 그 핵심인 불확정성과 확률에 대해서는 불편함을 표시했다.

실라르드, 레오(Szilárd, Leó. 1898-1964) : 매력적이고 괴팍한 헝가리 출신의 물리학자로 베를린에서 아인슈타인을 만나 냉장고에 대한 특허를 함께 등록했다. 핵 연쇄 반응의 가능성을 처음 알아냈고, 1939년에 아인슈타인과 함께 프랭클린 루스벨트에게 원자폭탄의 가능성에 관심을 가질 것을 요구하는 편지를 보냈다.

에딩턴, 아서 스탠리(Eddington, Arthur Stanley. 1882-1944) : 영국의 천체물리학자로, 1919년의 일식 관측으로 중력에 의해서 빛이 휘어지는 정도를 예측한 아인슈타인의 이론을 확인함으로써 상대성 이론의 승자가 되었다.

에렌페스트, 파울(Ehrenfest, Paul. 1880-1933) : 오스트리아 출신의 강렬하고 불안정한 성격의 물리학자로, 1912년 프라하를 방문했을 때 아인슈타인과 가까워졌고, 라이덴의 교수가 된 후에 아인슈타인을 자주 초청했다.

아인슈타인, 리제를(Einstein, Lieserl. 1902-?) : 아인슈타인과 밀레바 마리치가 결혼하기 전에 낳은 딸. 아인슈타인은 한번도 그녀를 본 적이 없었던 듯하다. 세르비아계 어머니의 고향인 노비사드에 남겨져서 입양되었을 것으로 보이는 그녀는 1903년 성홍열로 사망한 것으로 추정된다.

아인슈타인, 마르고트(Einstein, Margot. 1899-1986) : 엘자 아인슈타인이 첫 결혼에서 낳은 딸. 수줍음이 많은 조각가. 1930년에 러시아 사람인 디미트리 마리아노프와 결혼했고, 아이는 없었다. 그는 훗날 아인슈타인에 대한 책을 썼다. 1937년에 이혼한 그녀는 아인슈타인과 함께 프린스턴으로 이사를 해서 사망할 때까지 머서 가(街) 112번지에서 살았다.

아인슈타인, 마리아 "마야"(Einstein, Maria "Maja". 1881-1951) : 아인슈타인의 유일한 누이동생으로 그와 가장 가까이 지냈던 여성. 파울 빈텔러와 결혼했지만 아이가 없었던 그녀는 오빠와 함께 살기 위해서 1938년에 홀로 이탈리아에서 프린스턴으로 이사했다.

아인슈타인, 에두아르트(Einstein, Eduard. 1910-1965) : 밀레바 마리치와 아인슈타인의 둘째 아들. 똑똑하고 예술적이었던 그는 프로이트에 심취해서 정신과 의사가 되려고 했지만 20대에 정신분열증이 시작되면서 평생을 스위스의 요양원에서 보냈다.

아인슈타인, 엘자(Einstein, Elsa. 1876-1936) : 아인슈타인의 사촌이자 두 번째 부인. 첫 남편이었던 직물상인 막스 뢰벤탈과의 사이에 마르고트와 일제를 두었다. 1908년 이혼 후에 그녀와 두 딸은 아인슈타인이라는 본래의 성(姓)을 다시 쓰기 시작했다. 1919년에 아인슈타인과 결혼했다. 알려진 것보다 똑똑했던 그녀는 아인슈타인을 어떻게 다루어야 하는지 알고 있었다.

아인슈타인, 일제(Einstein, Ilse. 1897-1934) : 엘자 아인슈타인이 첫 결혼에서 낳은 딸. 모험심이 강한 의사 게오르크 니콜라이와 사귀다가 1924년에 문학기자인 루돌프 카이저와 결혼했다. 그는 훗날 안톤 라이저라는 필명으로 아인슈타인에 대한 책을 썼다.

아인슈타인, 파울린 코흐(Einstein, Pauline Koch. 1858-1920) : 의지가 강하고 현실적이었던 아인슈타인의 어머니. 뷔르템베르크의 부유한 곡물상의 딸. 1876년에 헤르만 아인슈타인과 결혼했다.

아인슈타인, 한스 알베르트(Einstein, Hans Albert. 1904-1973) : 밀레바 마리치와 아인슈타인 사이에 출생한 큰아들로 자신의 어려운 역할을 훌륭하게 해냈다. 취리히 폴리테크닉에서 공학을 공부했다. 1927년에 프리다 크네흐트(1895-1958)와 결혼했다. 두 아들 베르나르트(1930-)와 클라우스(1932-1938)와 양녀 에벌린(1941-)을 두었다. 1938년에 미국으로 이주해서 버클리의 토목공학 교수가 되었다. 프리다가 사망한 후 1959년에 엘리자베스 로보즈(1904-1995)와 재혼했다. 베르나르트는 아인슈타인의 유일한 증손자인 다섯 남매를 두었다.

아인슈타인, 헤르만(Einstein, Hermann. 1847-1902) : 슈바벤 주의 시골 유대인 출신인 아인슈타인의 아버지. 그는 동생 야콥과 함께 뮌헨에서 전기회사를 운영하다가 이탈리아로 옮겼지만 성공하지는 못했다.

장거, 하인리히(Zangger, Heinrich. 1874-1957) : 취리히 대학교의 생리학 교수. 아인슈타인과 마리치의 친구가 되어 두 사람의 갈등과 이혼을 중재해주었다.

파이스, 에이브러햄(Pais, Abraham. 1918-2000) : 네덜란드 태생의 이론물리학자로 프린스턴에서 아인슈타인의 동료가 되었고, 그의 과학에 대한 전기를 썼다.

프랑크, 필리프(Frank, Philipp. 1884-1996) : 오스트리아의 물리학자. 프라하의 독일 대학교에서 친구 아인슈타인의 후임자가 되었고, 훗날 그에 대한 책을 썼다.

플랑크, 막스(Planck, Max. 1858-1947) : 프로이센의 이론물리학자로 일찍부터 아인슈타인의 후원자가 되어 그를 베를린으로 유치했다. 인생이나 물리학에서 지극히 보수적이었다는 점에서 아인슈타인과 대비되지만 나치가 집권하기 전까지 두 사람은 따뜻하고 성실한 관계를 유지했다.

플렉스너, 에이브러햄(Flexner, Abraham. 1866-1959) : 미국의 교육개혁가. 프린스턴에 고등연구소를 설립하고 아인슈타인을 초청했다.

하버, 프리츠(Haber, Fritz. 1868-1934) : 독일의 화학자이며 독가스 개발자로 아인슈타인을 베를린으로 유치했고, 마리치와 화해시켜주었다. 유대인이지만 훌륭한 독일인이 되기 위해서 기독교로 개종했으며, 나치가 집권하기 전까지 아인슈타인에게 독일인으로 귀화하도록 설득하려고 노력했다.

하비흐트, 콘라트(Habicht, Conrad. 1876-1958) : 수학자 겸 아마추어 발명가. 베른의 "올림피아 아카데미"에 참가했던 세 사람 중 한 명으로 1905년에 아인슈타인으로부터 준비 중인 논문의 내용을 설명한, 유명한 두 통의 편지를 받았다.

하이젠베르크, 베르너(Heisenberg, Werner. 1901-1976) : 독일 물리학자. 양자 역학의 개척자였으며, 아인슈타인이 오랫동안 반대했던 불확정성 원리를 정립했다.

호프만, 바네시(Hoffmann, Banesh. 1906-1986) : 프린스턴에서 아인슈타인과 함께 일했던 수학자 겸 물리학자로 훗날 그에 대한 책을 썼다.

힐베르트, 다비트(Hilbert, David. 1862-1943) : 1915년에 아인슈타인과 함께 일반상대성 이론을 정립하는 경쟁을 벌였던 독일의 수학자.

1

광선 이동

젊은 특허심사관이 한 친구에게 "네 편의 논문을 쓸 것을 약속한다"는 편지를 보냈다. 그 편지를 보낸 사람 특유의 장난스러운 표현 속에는 과학사에서 가장 중요한 것을 밝혀낸 소식이 감추어져 있었다. 그는 친구를 "얼어붙은 고래"라고 부르고, "하찮은 내용"의 편지에 대해서 사과를 하기도 했다. 여유 시간에 준비하고 있다는 논문에 대한 부분에 가서야 자신이 논문의 중요성을 알고 있다는 흔적을 남겼다.[1]

"첫 번째 논문은 복사(輻射)*와 빛의 에너지 성질에 대한 것으로 정말 혁명적이다." 그 논문은 정말 혁명적이었다. 빛을 단순히 파동이 아니라 광자(光子)**라는 작은 입자의 흐름으로 여길 수 있다는 주장이었다. 그런 주장으로부터 얻어지는 엄격한 인과관계와 확실성이 존재하지 않는 우주에 대한 함축은 평생 동안 그를 따라다니게 되었다.

"두 번째 논문은 원자의 진짜 크기에 대한 것이다." 당시에는 원자의

---

* 뜨거운 물체에서 빛을 포함한 전자기파가 방출되는 현상 / 역주.
** 양자역학에서 빛의 성질을 설명하기 위해서 도입한 입자 / 역주.

존재 자체가 논란의 대상이었지만, 그 논문이 가장 수월하게 이해할 수 있는 것이었다. 그는 그것을 가장 최근에 제출했던 학위논문의 주제로 선택하기도 했다. 그는 이미 물리학의 혁명을 일으키고 있었지만, 교수 자리도 얻지 못했고 박사학위 심사에서도 여러 차례 실패했다. 그는 자신이 박사학위를 받으면 특허사무소의 3급 심사관에서 2급 심사관으로 승진할 수 있을 것이라고 기대했다.

세 번째 논문에서는 무작위적인 충돌에 대한 통계학적 분석을 이용해서 액체를 구성하는 미시적 입자의 끊임없는 움직임을 설명했다. 그 과정에서 원자와 분자가 실제로 존재한다는 사실을 확실하게 밝혔다.

"아직 어설픈 원고 상태인 네 번째 논문은 공간과 시간에 대한 수정된 이론을 이용해서 움직이는 물체의 전기동력학을 설명하는 것이다." 그 논문은 하찮은 이야기 이상의 것이었다. 그는 실험실이 아니라 온전히 머리 속에서의 사고실험(思考實驗)만으로 뉴턴의 절대적인 공간과 시간의 개념을 폐기해버렸다. 그 이론은 "특수상대성 이론(Special Theory of Relativity)"으로 알려지게 되었다.

그는 당시에는 확실한 생각이 떠오르지 않아서 밝히지 못했던 다섯 번째 논문도 발표했다. 네 번째 논문의 짧은 부록이었던 그 논문은 에너지와 질량의 관계를 밝힌 것이었다. 물리학 전체에서 가장 널리 알려진 식인 $E = mc^2$이 바로 그 논문의 결론이었다.

고전적인 관계를 기꺼이 단절시켰던 것으로 기억되는 한 세기를 돌이켜보고, 과학적 혁신에 필요한 창조력을 길러주었던 한 세기를 기대하는 입장에서 바라보면, 한 사람이 이 시대의 탁월한 아이콘으로 우뚝 솟아 있다는 사실을 발견하게 된다. 탄압에서 벗어난 다정한 망명자의 마구 헝클어진 머리, 반짝이는 눈동자, 매력적인 인간성, 비상한 총명함 때문에 그의 얼굴은 천재의 상징이 되었고, 그의 이름은 천재와 동의어가 되었다. 알베르트 아인슈타인은 자연의 공예품에 조화가 숨겨져 있다고 믿었던 풍부한 상상력을 가진 열쇠공이었다. 창조력과 자유의 관계를 증명해주는 그의 매혹적인 이야기에는 현대의 승리와 격동성이 담겨 있다.

이제 아인슈타인의 기록이 모두 공개되었기 때문에 그의 독행자(獨行者)* 같은 성격, 반항적 성향, 호기심, 열정, 냉담함과 같은 개인적인 측면이 정치적, 과학적 측면과 어떻게 서로 얽혀 있는지를 살펴볼 수 있게 되었다. 인간 자체에 대한 이해로부터 그의 과학적 성과가 어디에서 비롯된 것인지를 더 잘 알 수 있다. 물론 그 반대도 성립된다. 그의 경우에는 성격과 상상력과 창의적 천재성이 마치 통일장의 한 부분인 듯이 서로 연결되어 있다.

냉담한 사람으로 알려졌던 그는 사실 개인적인 일과 과학적인 일에서 모두 매우 열정적이었다. 그는 대학 시절에 당시 물리학과의 유일한 여학생이었던 세르비아 출신의 촌스럽고 열정적인 밀레바 마리치와 열렬한 사랑에 빠졌다. 사생아 딸을 낳았던 그들은 결국 결혼해서 두 아들을 두었다. 그녀는 그의 과학적 아이디어에 대해서 자문하고, 논문의 수학적인 내용을 확인해주었다. 그러나 두 사람의 관계는 악화되고 말았다. 아인슈타인은 그녀에게 타협안을 제시했다. 그는 자신이 언젠가 노벨 상을 받을 텐데, 만약 자신과 이혼해준다면 그녀에게 상금을 모두 주겠다고 제안한 것이다. 그녀는 1주일 동안 고민하고 나서 결국 그의 제안을 받아들였다. 그의 이론이 워낙 파격적이었던 탓에 특허사무소에서 기적처럼 논문을 쏟아낸 후 17년이 지나서야 상을 받았고, 그녀는 상금을 차지했다.

아인슈타인의 일생과 업적은 사회적 확실성과 도덕적 절대성이 무너지고 있던 20세기 초의 현대주의적 분위기가 반영된 것이었다. 상상력을 바탕으로 하는 반항적 풍조가 유행하고 있었다. 피카소, 조이스, 프로이트, 스트라빈스키, 쇤베르크와 같은 사람들이 통상적인 결합을 끊어버리고 있었다. 공간과 시간, 그리고 입자의 성질이 관찰의 변덕스러움에 따라 달라지는 것처럼 보이는 우주의 개념이 등장하면서 그런 분위기는 더욱 무르익었다.

반(反)유대주의 정서 때문에 그를 더욱 경멸했던 많은 사람들이 주장했

---

* "nonconformist"를 옮긴 말로, 독행(獨行)은 "세속에 따르지 않고 높은 지조를 가지고 혼자 나아감"을 뜻한다 / 역주.

던 것과는 달리 아인슈타인 자신은 결코 상대주의자가 아니었다. 오히려 상대성 이론을 비롯한 그의 모든 이론이 불변성, 확실성, 절대성을 추구한 결과였다. 아인슈타인은 우주의 법칙에는 조화가 존재하고, 그것을 찾아내는 것이 과학의 목표라고 믿었다.

그의 탐구 여행은 열여섯 살이었던 1895년에 시작되었다. 그는 광선과 함께 이동하면 어떨까라는 상상을 했다. 정확히 10년 후에 앞에서 소개한 편지에서 설명된 기적의 해가 찾아왔고, 20세기 물리학의 두 가지 위대한 성과인 상대성 이론과 양자론의 근거가 마련되었다.

그로부터 다시 10년이 지난 1915년에 그는 자연으로부터 찾아낸 가장 아름다운 과학 이론 중의 하나인 일반상대성 이론(General Theory of Relativity)이라는 최고의 걸작을 완성했다. 특수상대성 이론의 경우와 마찬가지로, 그의 생각은 사고실험을 통해서 진화했다. 그는 공간에서 위를 향해 가속되는 닫힌 승강기 속에 있다고 생각해보자고 제안했다. 그런 승강기 안에서 우리가 느끼게 될 효과는 중력에서 느끼는 경험과 구별할 수 없다는 것이다.

그는 중력이 공간과 시간을 휘어지게 만든다는 생각을 근거로, 물질, 운동, 에너지의 상호작용에서 어떻게 굽은 공간의 동력학이 나타나게 되는지를 설명하는 방정식을 찾아냈다. 그 결과는 또다른 사고실험으로 설명할 수 있다. 트램펄린*의 2차원 표면 위에 볼링 공을 올려놓은 후에 당구 공을 굴려본다. 물론 당구 공은 볼링 공 쪽으로 굴러간다. 볼링 공이 신비스러운 인력을 작용하기 때문이 아니라, 트램펄린의 천이 볼링 공 때문에 굽어졌기 때문이다. 이제 공간과 시간의 4차원 천 위에서 무슨 일이 벌어질 것인지를 상상해본다. 쉬운 일은 아니다. 그런 상상이 어려운 것은 우리가 아인슈타인이 아니기 때문이다. 그러나 그는 아인슈타인이었다.

그로부터 또 10년이 지난 1925년은 그의 인생에서 정확하게 중간에 해당하는 시기였다. 그에게는 그때가 전환점이었다. 자신의 출발에 도움을

---

* 스프링이 달린 천으로 만들어진 뜀틀 모양의 운동 기구 / 역주.

주었던 양자론은 이제 불확정성과 확률을 근거로 하는 새로운 역학(力學)으로 변환되고 있었다. 그는 그해에 마지막으로 양자역학에 위대한 기여를 했지만, 동시에 양자역학에 대한 자신의 거부감을 드러내기 시작했다. 그때부터 시작해서 알 수 없는 방정식을 쓰면서 숨을 거두었던 1955년에 이르기까지의 30년 동안 그는 양자역학을 통일장 이론에 포함시키려고 노력하면서도 고집스럽게 양자역학의 불완전성을 비판했다.

혁명가로 보냈던 초기의 30년과 독행자로 보냈던 후기의 30년 동안 아인슈타인은 언제나 다른 사람을 따라하지 않는 것을 편하게 느끼고, 냉담함을 즐기는 외톨이로 지내고 싶어했다. 홀로 생각하기를 좋아했던 탓에 그는 일반적인 통념에서 벗어난 상상력을 발휘할 수 있었다. 그는 괴팍하면서도 경건한 독행자였고, 모든 일이 주사위 놀이처럼 우연에 의해서 설정되지 않도록 해주는 신(神)에 대한 확실한 믿음을 가지고 있었다. 그는 눈을 찡긋하면서 가벼운 마음으로 그런 믿음을 받아들였다.

일반적인 통념을 무시하는 아인슈타인의 성향은 그의 성격이나 정치적 견해에서 분명히 드러났다. 사회주의적 이상에는 동의했지만, 너무 개인주의적이었던 그는 과도한 정보의 통제나 중앙집중적 권력을 편하게 받아들일 수가 없었다. 젊은 시절에는 그런 성격이 도움이 되었다. 그의 건방진 성격은 자신에게 집단적 사고방식을 강요하는 국수주의나 군국주의에 대해서 거부감을 가지게 만들었다. 그는 히틀러가 자신의 지정학적 방정식을 수정할 수밖에 없도록 만들 때까지 전쟁 거부를 찬양했던 본능적인 평화주의자였다.

그의 이야기에는 아주 작은 것에서 무한히 큰 것까지, 광자의 방출에서 우주의 팽창에 이르기까지 현대 과학의 거의 모든 것이 포함되어 있다. 그의 위대한 승리로부터 한 세기가 지났지만, 아직도 우리는 거시적 수준에서는 그의 상대성 이론으로 정의되고, 미시적 수준에서는 불협화음이 있기는 하지만 아직도 쓸모가 있는 것처럼 보이는 양자역학으로 정의되는 아인슈타인의 우주에서 살고 있다.

그의 지문은 오늘날의 모든 기술에 남아 있다. 광전관과 레이저, 원자력 발전과 광섬유, 우주 여행, 그리고 반도체에 이르는 모든 것이 그의 이론에서부터 시작되었다. 그는 프랭클린 루스벨트에게 원자탄 제조가 가능하다고 경고하는 편지에 서명했고, 우리가 버섯 모양의 구름을 상상할 때마다 그 속에서 에너지와 질량의 관계를 나타내는 유명한 방정식의 글자들이 떠다니는 모습을 떠올리게 해주었다.

아인슈타인은 1919년 일식이 일어나는 동안에 이루어진 관측으로 중력이 빛을 얼마나 휘어지게 만드는지에 대한 그의 예측이 사실인 것으로 확인되면서 명성을 얻기 시작했다. 그 시기는 새로운 시대의 탄생과 일치한다. 그런 사실이 새로운 시대의 탄생에 기여하기도 했다. 그는 과학적인 초신성(超新星)과 인간적인 아이콘으로 지구상에서 가장 유명한 인물이 되었다. 사람들은 그의 이론에 대해서 진심으로 궁금해했고, 그를 천재로 숭배했으며, 세속적인 성인으로 우상화했다.

만약 그가 헝클어진 머리와 꿰뚫어보는 듯한 시선을 가지고 있지 않았더라도 여전히 과학 홍보의 가장 뛰어난 광고 모델이 되었을까? 만약 그가 막스 플랑크나 닐스 보어처럼 생겼다고 생각하는 사고실험을 해보자. 그가 그저 잘 알려진 과학적 천재 중 한 사람으로 남아 있을까? 아니면 아리스토텔레스, 갈릴레오, 뉴턴이 살고 있는 신전으로 승격되었을까?[2]

나는 후자일 것이라고 믿는다. 그의 업적에는 지극히 개인적인 특징이 새겨져 있다. 피카소의 작품에는 피카소의 작품이라고 알아볼 수 있는 특징이 있는 것과 마찬가지로, 그의 업적에도 그의 것이라는 특징이 담겨 있다. 그는 상상력이 풍부한 도약을 했고, 실험 자료를 근거로 하는 조직적인 연역이 아니라 사고실험을 통해서 위대한 법칙을 찾아냈다. 그렇게 밝혀진 이론은 놀랍고, 신비스럽고, 직관에 어긋나는 것처럼 보이기도 했다. 그러나 그런 이론에는 공간과 시간의 상대성, $E = mc^2$, 광선의 휘어짐, 공간의 휘어짐처럼 대중적 상상력을 휘어잡을 수 있는 의미가 담겨져 있다.

그의 소박한 인간성도 매력을 더해주었다. 그의 정신적 안정은 자연에 의해서 압도된 겸손함과 조화를 이루었다. 그는 자신과 가까운 사람들에게는 냉담하고 무심할 수 있었지만, 인류 전체에 대해서는 진정한 우정과 온화한 연민을 표현했다.

아인슈타인은 대중적인 매력과 외적인 친근감에도 불구하고, 현대 물리학은 보통 사람들이 이해할 수 없는 것이라는 인식을 심어주었다. 하버드 대학교의 더들리 허쉬바흐 교수의 표현에 따르면, 그는 과학이 "성직자와 같은 전문가의 영역"이라는 인식을 심어주었다.[3] 물론 모든 천재가 그랬던 것은 아니다. 갈릴레오와 뉴턴도 역사상 위대한 천재였지만, 사려 깊은 사람이라면 누구나 그들이 밝혀낸 세상에 대한 역학적(力學的), 인과적(因果的) 설명을 이해할 수 있었다. 벤저민 프랭클린의 18세기와 토머스 에디슨의 19세기에는 교육을 받은 사람이라면 누구나 과학을 어느 정도 친밀하게 느끼고, 아마추어로 재미삼아 해볼 수도 있었다.

21세기의 시대적 요구를 고려하면, 과학적 노력에 대한 대중적 인식은 반드시 회복되어야만 한다. 그렇다고 문학을 전공하는 모든 학생들이 쉽게 만든 물리학 과목을 배워야 하고, 기업의 법률가들이 양자역학에 대해서 충분히 알아야 한다는 뜻은 아니다. 책임 있는 시민에게는 과학적 접근방법의 가치를 인정하는 것이 유용한 자산이라는 뜻이다. 아인슈타인의 일생을 통해서 잘 드러났듯이, 과학이 우리에게 가르쳐주는 정말 중요한 것은 사실적 근거와 일반 이론 사이의 상관관계이다.

더욱이 과학의 영광을 인정하는 것은 훌륭한 사회의 환영할 만한 특징이다. 그렇게 함으로써 우리는 어린아이와 같은 경외심을 유지할 수 있게 된다. 떨어지는 사과나 승강기와 같은 평범한 것에 대한 경외심이 아인슈타인을 비롯한 위대한 이론물리학자의 대표적인 특징이다.[4]

아인슈타인에 대한 연구가 의미 있는 것은 그런 이유 때문이다. 과학은 영감을 주는 고귀한 것이고, 과학의 영웅에 대한 이야기가 우리에게 보여주듯이 과학을 추구하는 것은 매력적인 일이다. 아인슈타인의 말년에 뉴욕 주 교육부가 그에게 학교에서 무엇을 강조해야 하는지를 물어보았다. 그는 "역사 시간에는 독립적인 성격과 판단을 통해서 인류에게 도움을 준 인물에 대한 강도 높은 논의가 필요하다"고 대답했다.[5] 아인슈타인이 바로 그런 인물이었다.

세계적 경쟁이 심화됨에 따라 과학과 수학 교육의 중요성을 강조해야 할 때도 아인슈타인의 또다른 답변을 기억할 필요가 있다. 그는 "학생들의 비판적인 지적을 부드럽게 받아들여야 한다. 많은 양의 숙제로 학생들의 독립심을 억누르면 안 된다"고 했다. 사회의 경쟁력은 학교가 곱셈과 주기율표를 얼마나 잘 가르치는지가 아니라, 학생들의 상상력과 창의력을 얼마나 잘 자극하는지에 의해서 결정된다는 것이다.

나는 그런 지적이 아인슈타인의 총명함과 그의 일생에서 우리가 배울 만한 모든 것을 포함하고 있다고 믿는다. 젊은 학생 시절의 그는 기계적인 학습에 잘 적응하지 못했다. 그리고 훗날 이론학자로서 그의 성공은 맹목적인 정신적 사고력이 아니라, 상상력과 창조력에 의해서 이루어졌다. 그는 복잡한 방정식을 만들 수 있었다. 그러나 더 중요한 사실은 수학이 자연의 신비로움을 표현하기 위해서 사용하는 언어임을 알고 있었다는 것이다. 그래서 그는 방정식이 어떻게 실재를 반영하는지 예견할 수 있었다. 예를 들면, 제임스 클러크 맥스웰이 발견한 전자기장 방정식이 광선과 함께 이동하는 소년에게 어떻게 적용될 것인지를 이해할 수 있었다. 언젠가 그는 "상상력이 지식보다 더 중요하다"고 했다.[6]

그런 태도 때문에 그는 사회적 통념에 얽매일 수가 없었다. 그는 훗날 자신의 부인이 된 연인에게 "무례함 만세! 그것이 바로 이 세상에서 나를 지켜주는 수호신이오"라고 소리쳤다. 몇 년 후에 사람들은 그가 양자역학을 받아들이지 못하는 것은 그런 예리함을 잃어버렸기 때문이라고 지적했다. 그는 "운명이 권위를 무시하는 나를 벌주기 위해서 나 자신을 권위로 만들어버렸다"고 안타까워했다.[7]

그의 성공은 일반적인 통념에 의문을 던지고, 권위에 도전하고, 다른 사람들에게는 평범하게 보이는 신비에 감동했던 결과였다. 그런 자세가 그로 하여금 자유로운 의지와 정신과 개성을 존중하는 도덕과 정치적 견해를 받아들이도록 만들었다. 폭정은 그에게 거부감을 안겨주었다. 그에게 관용은 단순히 달콤한 미덕이 아니라 창조적인 사회의 필수 조건이었다. 그는 "개인만이 새로운 아이디어를 만들 수 있기 때문에 개성을 길러 주는 것이 중요하다"고 했다.[8]

그런 견해가 아인슈타인을 자연의 조화를 경외하는 독행자로 만들었다. 그는 우주에 대한 우리의 이해를 완전히 바꿔놓을 수 있는 상상력과 지혜를 가진 인물이었다. 그런 특성은 세계화를 추구하는 새로운 세기에 꼭 필요한 것이다. 아인슈타인이 새로운 시대가 열리도록 이끌었던 20세기 초에 그랬던 것처럼, 오늘날 우리의 성공도 창조력에 의해서 결정될 것이다.

2

어린 시절

1879–1896년

슈바벤 사람들

아인슈타인은 아주 늦게 말을 배웠다. 훗날 그는 "부모님들이 몹시 걱정해서 의사를 찾아가기도 했다"고 기억했다. 두 살이 지나 말을 시작했을 때도, 하녀는 말을 어물거리던 그를 멍청한 아이라는 뜻으로 "데페르테(der Depperte)"라고 불렀다. 다른 가족들도 그를 "지진아"에 가깝다고 여겼다. 그는 할 말이 있으면 혼자서 작은 소리로 연습을 하고 나서야 큰소리로 말했다. 그를 몹시 따랐던 여동생은 "아무리 사소한 말이라도 입술을 움직여 작은 소리로 모든 문장을 연습했다"고 기억했다. 그녀는 모든 것이 걱정스러웠다고 했다. "사람들은 말을 배우는 일을 너무 힘들어하는 그가 결국은 말을 배우지 못할 수도 있다고 걱정했다."[1]

그의 느린 성장은 권위에 순응하지 않는 건방진 태도에 상승작용을 일으켰다. 그를 집으로 돌려보냈던 교장도 있었고, 그가 큰 인물이 될 수 없을 것이라고 우겨서 역사를 흥미롭게 만들었던 교장도 있었다. 알베르트 아인슈타인은 그런 성격 때문에 어디에서나 반항적인 학생들의 수호신이 되었다.[2] 그러나 그런 성격 덕분에 그는 현대의 가장 창의적인 과학 천재가 될 수 있었다. 그 자신이 그렇게 추측했다.

건방지게 권위를 경멸했던 그는, 일반 상식에 대해서도 학교에서 제대로 교육을 받은 학생이라면 결코 상상도 할 수 없는 방식으로 의문을 제기했다. 그는 자신이 다른 사람들은 당연하게 여기는 일상적인 현상까지도 신기하다고 감탄하면서 관찰할 수 있었던 것은 언어 발달이 느렸기 때문이라고 믿었다. 언젠가 아인슈타인은 이렇게 말했다. "내가 어떻게 상대성 이론을 찾아낼 수 있었을까에 대해서 자문해보았는데, 그 답은 다음과 같은 환경에서 찾을 수 있을 것이라고 생각한다. 보통 사람들은 공간과 시간의 문제에 대해서 절대 고민하지 않는다. 그런 문제는 아이들이나 생각하는 유치한 것이라고 믿기 때문이다. 그러나 성장이 너무 느렸던 나는 충분히 성장한 후에야 비로소 공간과 시간에 대해서 궁금하게 여기기 시작했다. 결과적으로 나는 보통 아이들보다 그 문제에 대해서 훨씬 더 깊이 생각해볼 수 있었다."[3]

어쩌면 아인슈타인의 성장에 대한 이야기는 지나치게 과장된 것일 수 있다. 그 자신이 그렇게 보이도록 만들었을 수도 있다. 그를 아끼던 할아버지의 편지에 따르면, 그는 다른 손자들과 마찬가지로 총명하고 사랑스러웠다. 아인슈타인은 평생 동안 자신의 말을 반복하는 약한 음성 모방 증세를 가지고 있었다. 특히 재미있는 말은 두세 차례나 반복했다. 그 대신 그는 그림을 통해서 생각하기를 좋아했다. 움직이는 기차 안에서 번개를 관찰하거나, 떨어지는 승강기 안에서 중력을 경험하는 것과 같은 상황을 상상하는 유명한 사고실험들이 그 결과였다. 훗날 그는 심리학자에게 "나는 말을 통해서 생각하는 경우가 거의 없습니다. 생각이 떠오르고 난 후에야 그것을 말로 표현하려고 노력합니다"라고 했다.[4]

아인슈타인의 친가와 외가는 모두 독일 남서부의 슈바벤 주에 있는 시골 마을에서 적어도 두 세기 이상 무역업과 상업으로 비교적 넉넉한 생활을 했던 유대인의 후손이었다. 세대가 지나면서 그들은 점점 더 자신들이 좋아했던 독일 문화에 동화되었다. 그들은 문화적으로나 혈통적으로는 유대인이었지만, 종교나 제례에 거의 관심이 없었다.

아인슈타인은 혈통이 자신에게 영향을 주었다는 주장을 철저하게 거부했다. 말년에 그는 친구에게 "내 선조에 대하여 안다고 해서 얻을 수 있는 것은 없다"고 했다.[5] 그러나 그런 주장은 사실이 아니었다. 그는 교육을 중요하게 여기는 독립적인 생각과 지성을 가진 집안에서 태어나는 축복을 받았고, 분명한 지적 전통과 함께 이방인과 방랑자로 살았던 역사를 가진 종교적 전통을 물려받은 것이 그의 일생에 아름다우면서도 비극적인 영향을 주었음은 확실하다. 물론 20세기 초 독일에 살았던 유대인이었던 탓에 그는 자신이 원했던 것보다 더 심한 이방인과 방랑자가 되었겠지만, 그런 사실이 자신의 정체성과 세계 역사에서의 역할에 핵심적인 요소가 되기도 했다.

아인슈타인의 아버지 헤르만은 1847년 슈바벤 주의 부차우에서 출생했다. 당시 그곳의 유대인들은 어떤 직업이라도 가질 수 있는 자유를 누렸다. 그의 가족은 "수학에 뛰어난 재능"을 가지고 있던 헤르만을 북쪽으로 75마일 떨어진 슈투트가르트의 고등학교에 보냈다.[6] 그렇지만 그를 대학에 보낼 여유는 없었다. 어차피 당시 대부분의 대학은 유대인을 받아주지 않았다. 결국 그는 상업에 종사하기 위해서 부차우로 돌아와야 했다.

독일의 시골에 살던 유대인들은 19세기 말부터 산업 중심지로 이주하기 시작했다. 몇 년 후에 헤르만과 그의 부모도 당시에 번창하기 시작하던 35마일 떨어진 울름이라는 도시로 이주했다. "주민들이 모두 수학자"라고 자랑하던 도시였다.[7]

그곳에서 그는 사촌이 운영하던 깃털 침대 회사의 동업자가 되었다. 아들의 기억에 따르면 그는 "지극히 친절하고, 온순하고, 현명한" 사람이었다.[8] 사실 헤르만은 사업가로 성공하기에는 너무 온순했고, 평생 동안 재정 문제에도 어두웠다. 그는 온화한 가정적 인물이었고, 의지가 강한 여성의 훌륭한 남편이었다. 그는 스물아홉 살에 열한 살 연하의 파울린 코흐와 결혼을 했다.

파울린의 아버지 율리우스 코흐는 뷔르템베르크 왕실의 곡물 대행업과 식료품 납품으로 상당한 재산을 모았다. 파울린은 아버지의 실용성을 물려받았지만, 그녀의 짓궂은 풍자는 다른 사람의 마음에 상처를 주기도 했고, 많은 사람들에게 웃음을 던져주기도 했다(그녀는 자신의 그런 특징을 아들에게 물려주었다). 수동적인 남편과 강한 성격의 부인은 모든 면에서 "완벽한 조화"를 이루었고, 헤르만과 파울린은 행복한 부부였다.[9]

그들의 첫아들은 1879년 3월 14일 금요일 오전 11시 30분 슈바벤 주의 다른 지역과 함께 새로운 독일의 영토로 편입되었던 울름에서 태어났다. 처음에 파울린과 헤르만은 아들을 할아버지의 이름을 따라 아브라함이라고 부르기로 했다. 그러나 훗날 그의 회고에 따르면, 그들은 그 이름이 "너무 유대인적"이라고 느꼈다.[10] 그래서 첫 글자 A만 따서 알베르트 아인슈타인이라고 부르기로 했다.

뮌헨

헤르만의 깃털 침대 사업은 알베르트가 태어나고 한 해가 지난 1880년에 망해버렸다. 그들은 가스와 전기 회사를 운영하던 동생 야콥의 설득으로 뮌헨으로 이사했다. 다섯 남매 중 막내였던 야콥은 헤르만과 달리 고등교육을 받았고, 엔지니어 자격을 가지고 있었다. 남부 독일의 도시에 발전기와 전기조명 시설을 공급하는 회사에서 야콥은 기술을 담당하고, 헤르만은 약간의 판매원 기술을 발휘했다. 사실은 그의 처가에서 자금을 빌려오는 일이 더 중요했다.[11]

파울린과 헤르만은 1881년에 둘째이면서 막내인 딸을 낳았다. 그들은 딸에게 마리아라는 이름을 붙였지만, 평생 마야라는 애칭을 사용했다. 여동생을 처음 본 알베르트는 자신이 가지고 놀 수 있는 훌륭한 장난감이라고 생각했다. 그녀를 본 그는 "옳지, 그런데 바퀴는 어디에 있나요?"라고 소리쳤다.[12] 그런 말이 대단한 통찰력에서 나온 것이라고 할 수는 없지만, 그가 세 살 때의 어학 실력으로도 기억에 남을 만한 말을 할 수 있었다는 사실을 보여준다. 마야는 어린 시절에 오빠와 몇 차례 다투기는 했지만, 그의 가장 가까운 마음의 친구가 되었다.

아인슈타인은 큰 나무와 정교하게 가꾼 정원이 있는 뮌헨 외곽의 훌륭한 집에서 편안하게 살았다. 알베르트의 어린 시절을 통틀어서 이때가 가장 훌륭한 중산층 생활을 했던 시기였다. 미친 왕 루트비히 2세(1845-1886)에 의해서 건축학적으로 풍요로워진 뮌헨에는 교회, 미술관, 그리고 왕실 음악가 리하르트 바그너의 작품을 연주하던 콘서트 홀이 많았다. 아인슈타인이 도착한 직후였던 1882년에 뮌헨에는 대략 30만 명의 주민이 살았다. 그중 85퍼센트는 가톨릭 신자였고, 2퍼센트 정도가 유대인이었다. 최초의 독일 전기 박람회를 유치한 것을 계기로 뮌헨의 도로에 전기 가로등이 도입되었다.

아인슈타인이 살던 집의 뒷마당은 사촌들과 아이들에 의해서 엉망이 되곤 했다. 그러나 그는 거친 놀이 대신 "더 조용한 일에 빠져들었다." 가정교사는 그에게 "따분한 아버지"라는 별명을 붙여주기도 했다. 그는 대체로 외톨이였다. 그는 평생 동안 그런 경향을 가지고 있었다고 주장했지만, 그의 외로움은 풍부한 우정과 지적 교류가 혼합된 특별한 종류의 초연함 때문이었다. 오랜 동료 과학자였던 필리프 프랑크에 따르면, "처음부터 그는 자기 또래의 아이들과 어울리는 대신 공상과 명상을 더 좋아했다."[13]

그는 수수께끼를 풀고, 장난감으로 복잡한 구조를 만들고, 숙부가 그에게 준 증기기관을 가지고 놀고, 카드로 집을 짓기를 좋아했다. 마야에 따르면, 아인슈타인은 카드로 14층 높이의 집을 지을 수 있었다고 한다. 스타를 좋아하는 어린 여동생의 기억이라는 점을 고려하더라도, "끈기와 고집은 어릴 때부터 분명하게 드러났다"는 그녀의 주장이 사실에 가까웠을 것이다.

어린 시절의 그는 쉽게 토라지는 아이였다. 마야의 기억에 따르면, "화가 나면 그의 얼굴은 완전히 노랗게 질리고, 코끝은 하얗게 되어, 더 이상 자신을 통제하지 못했다." 다섯 살 때는 가정교사에게 의자를 던져버린 적도 있었다. 도망을 친 그 가정교사는 다시는 돌아오지 않았다. 마야의 머리에 여러 가지 물건을 던지기도 했다. 훗날 그녀는 "똑똑한 사람의 여동생이 되려면 좋은 두개골이 필요하다"고 농담을 했다. 자신의 고집과 집착과는 달리 그는 결국 자라면서 자신의 기질을 벗어버렸다.[14]

심리학자의 표현에 따르면, 어린 아인슈타인은 (시스템을 지배하는 법칙을 찾아내는) 조직화 능력이 (다른 사람들의 입장을 고려하고 걱정하는) 감정이입(感情移入) 능력보다 훨씬 뛰어났다. 그가 경미한 성장 장애 증상을 나타냈던 것도 그런 이유 때문일 것이라고 추측하는 사람도 있다.[15] 그러나 그가 무심하고 때로 반발적이기는 했지만, 아주 가까운 친구를 사귀고, 동료나 인류에게 공감하는 능력을 가지고 있었다는 사실은 강조할 필요가 있다.

어린 시절에 깨달았던 일들은 기억 속에서 잊혀지는 것이 보통이다. 그러나 아인슈타인의 경우에는 네 살이나 다섯 살 때의 경험이 그의 평생을 바꿔놓았고, 그의 정신과 과학의 역사에 영원히 각인되었다.

어느 날 몸이 아파 침대에 누워 있던 그에게 아버지가 나침반을 가져다주었다. 훗날 그는 신비스러운 기능을 살펴보고 나서 너무 흥분한 탓에 온몸이 떨리고, 싸늘하게 식어버렸다고 기억했다. 만지거나 접촉하는 익숙한 기계적인 방법이 아니라 숨겨진 힘 장(場)의 영향을 받아서 움직이는 자석 바늘이 평생 동안 그를 자극했던 신비감을 불러일으킨 것이었다. 그 일에 대해서 그는 여러 차례 이야기를 했다. "나는 그 경험이 나에게 오랫동안 잊지 못할 깊은 인상을 남겼다고 기억한다. 어쩌면 그랬다고 믿는 것일 수도 있다. 근원적인 무엇인가가 숨겨져 있는 것이 틀림없었다."[16]

『사랑에 빠진 아인슈타인(Einstein in Love)』이라는 책에서 데니스 오버바이는 "혼란스러운 현실에 숨겨진, 눈에 보이지 않는 질서에 몸을 떨고 있는 어린 소년의 모습은 전형적이었다"고 했다. 「IQ」라는 영화에서 월터 마타우가 배역을 맡았던 아인슈타인은 목에 나침반을 걸고 놀았다. 그 이야기가 슐라미스 오펜하임의 아동 서적인 『알베르트의 나침반 구하기(Rescuing Albert's Compass)』의 주제였다. 그의 장인이 1911년에 아인

슈타인으로부터 직접 그 이야기를 들었다고 했다.[17]

나침반 바늘이 보이지 않는 장(場)에 따라 정확하게 움직인다는 사실에 매혹된 아인슈타인은 결국 자연을 설명하는 방법으로 장 이론을 개발하는 일에 평생을 바치게 된다. 장 이론은 숫자나 벡터(vector)나 텐서(tensor)와 같은 수학적인 양을 이용해서 공간의 어느 점에서의 조건이 다른 물체나 장에 어떤 영향을 미치는지를 설명한다. 예를 들면, 중력장이나 전자기장에서는 공간에 있는 입자에 힘이 작용할 수 있고, 장 이론 방정식은 그런 힘이 위치에 따라 어떻게 변하는지를 설명해준다. 특수상대성 이론에 대한 그의 위대한 1905년 논문의 첫 문단은 전기장과 자기장의 영향에 대한 설명으로 시작한다. 그의 일반상대성 이론도 중력장을 설명하는 방정식을 근거로 한 것이다. 그는 숨을 거두기 직전까지 끈질기게 모든 것의 이론을 위한 기초가 될 것이라고 기대했던 장 방정식을 만들었다. 과학사학자 제럴드 홀턴이 지적했듯이, 아인슈타인은 "고전적인 장의 개념이 과학에 가장 위대한 기여를 했다"고 믿었다.[18]

이 시기에 훌륭한 피아니스트였던 어머니도 그에게 평생 동안 영향을 미친 선물을 주었다. 그에게 바이올린 강습을 받도록 했던 것이다. 처음에 그는 기계적인 훈련을 싫어했다. 그러나 모차르트의 소나타를 배운 후에는 달라졌다. 그에게는 음악도 신비스럽고 감정적인 것이 되었다. 그는 "적어도 나에게는 의무감보다 사랑이 훨씬 더 훌륭한 스승"이라고 했다.[19]

그는 어머니와 함께 모차르트의 이중주를 연주할 수 있는 수준이 되었다. 훗날 그는 어느 친구에게 "모차르트의 음악은 너무 순수하고 아름다워서 우주 자체의 내적 아름다움을 반영한 것처럼 보인다"고 했다. 그는 수학과 물리학, 그리고 모차르트에 대한 자신의 생각에 대해서 "모든 위대한 아름다움과 마찬가지로 그의 음악도 순수한 단순함 때문에 아름답다"고 했다.[20]

음악은 그에게 단순한 오락거리가 아니었다. 음악은 그의 생각에 도움을 주었다. 그의 아들 한스 알베르트에 따르면, "아버지는 막다른 길에 다다르거나 어려운 도전에 직면했다고 느낄 때마다 음악에서 위안을 찾고, 어려움을 극복했다." 베를린에서 혼자 살면서 일반상대성 이론과 씨름하는 동안에도 바이올린은 그에게 매우 유용했다. 어느 친구의 기억에 따르면, "그는 늦은 밤에 주방에서 복잡한 문제를 생각하면서 바이올린으로 즉흥곡을 연주했다. 연주를 하는 중간에 그는 갑자기 흥분해서 '풀었다'고 소리를 쳤다. 음악을 연주하는 중간에 영감이 떠오르듯이 문제에 대한 해답이 떠올랐던 것이다."[21]

아인슈타인이 음악, 특히 모차르트의 음악에 감동을 받은 것은 우주의 조화에 대한 그의 생각 때문이라고 볼 수도 있다. 그와 나눈 대화를 근거로 1920년에 아인슈타인의 전기를 썼던 알렉산더 모스코프스키는 "그에게 음악, 자연, 신은 절대 사라지지 않는 감정의 복잡함과 도덕적 통일성이 함께 뒤섞인 것이었다"고 지적했다.[22]

알베르트 아인슈타인은 어린 시절에 경험했던 직관과 경이감을 평생 동안 간직했다. 그는 보통 어른들이 평범한 것으로 여기는 자기장, 중력, 관성, 가속, 광선과 같은 자연현상의 마술적인 신비감을 결코 잊지 않았다. 그는 동시에 두 가지 생각을 하면서, 그런 생각들이 서로 모순될 경우에는 곤혹스러워하다가 근원적인 통일성의 냄새를 맡으면 감동하는 능력을 잃지 않았다. 말년에 그는 친구에게 "당신이나 나와 같은 사람들은 절대 늙지 않는다. 우리는 우리를 탄생시킨 위대한 신비 앞에 호기심 많은 아이들처럼 서 있는 일을 절대 멈추지 않는다"고 했다.[23]

학창 시절

훗날 그는 가족 중에서 유일하게 유대 교회에 다니던 불가지론자(不可知論者) 아저씨에 대한 재미있는 이야기를 했다. 그 아저씨에게 왜 유대 교회에 가는지를 물어보았더니, "아, 그런데 너는 절대 이해할 수가 없을 것"이라고 대답했다. 그러나 "완전히 무종교적"이었던 아인슈타인의 부모는 자신들이 양쪽을 모두 선택해야 한다고 생각하지 않았다. 그들은 율법에 따른 코셔 음식도 먹지 않았고, 유대 교회에도 가지 않았다. 그의 아버

지는 유대의 제례를 "고대의 미신"이라고 했다.[24]

결과적으로 그의 부모는 알베르트가 학교에 가야 하는 여섯 살이 되었을 때도 근처에 유대 학교가 없다는 사실에 신경을 쓰지 않았다. 그는 이웃에 있는 대규모 가톨릭 학교인 페테르슐레에 입학했다. 70명의 동급생 중에서 유일한 유대인이었던 아인슈타인은 가톨릭의 정규 교과를 선택했지만 학교생활을 매우 좋아했다. 사실 그는 가톨릭 과목을 잘해서 친구들을 도와주기도 했다.[25]

하루는 어느 교사가 교실에 큰 못을 가지고 와서, "유대인들이 십자가에 박았던 못은 이렇게 생겼다"고 설명했다.[26] 그런데도 아인슈타인은 그런 교사들이 자신을 차별했다고 느끼지는 않았다. 그는 "교사들은 진보적이었고, 종교를 핑계로 차별하지 않았다"고 했다. 그러나 그의 동료 학생들은 달랐다. 그는 "초등학교 학생들에게 반유대주의가 확산되어 있었다"고 기억했다.

등하교 길에 "아이들이 이상하게 알게 된 민족적 특징"을 이유로 놀림을 받았던 것이 그의 평생을 따라다녔던 이방인의 느낌을 강화시켜주었다. "학교에서 집으로 오는 동안에 육체적인 공격과 욕설이 자주 있었는데, 대부분 심각한 것은 아니었지만 어린아이에게 이방인이라는 생생한 느낌을 주기에는 충분했다."[27]

아홉 살이 되었을 때, 아인슈타인은 수학과 과학은 물론 라틴어와 그리스어도 중시하는 좋은 고등학교로 알려진 뮌헨 중심부의 루이트폴트 김나지움에 입학했다. 그 학교에는 그를 포함한 유대인 학생들에게 종교교육을 시켜줄 교사도 있었다.

부모의 세속주의에 대한 반발 때문이었는지 아인슈타인은 비교적 갑자기 유대교에 대해서 관심을 가지기 시작했다. 여동생은 "그는 너무 열성적이어서 혼자서 유대교의 율법을 완벽하게 지켰다"고 기억했다. 그는 돼지고기도 먹지 않았고, 코셔 식사법과 안식일에 대한 모든 율법을 지켰다. 나머지 가족들이 그런 일에 관심을 보이지 않았기 때문에 그것이 쉽지는 않았다. 그는 신의 영광을 찬양하는 찬송가를 만들어서 학교에서 돌

아오는 길에 혼자 부르기도 했다.[28]

　아인슈타인이 수학에서 낙제를 했다는 이야기가 널리 알려져 있다. 아인슈타인을 낙제생으로 만들기 위해서 애를 쓰고 있는 수많은 책과 웹사이트들은 그런 이야기에 "모두가 알고 있듯이"라는 수식어를 붙이기도 한다. 유명한 "리플리의 믿거나 말거나!"라는 신문 칼럼에 소개되기도 했다.

　아인슈타인의 어린 시절에 대해서 많은 이야기가 남아 있지만, 그 이야기는 사실이 아니었다. 1935년에 프린스턴의 랍비가 그에게 "생존하고 있는 가장 위대한 수학자가 수학에서 낙제를 했다"는 리플리의 칼럼을 보여주었다. 아인슈타인은 웃으면서, "나는 수학에서 낙제한 적이 없고, 열다섯 살이 되기도 전에 미적분을 모두 마쳤습니다"라고 말했다.[29]

　실제로 그는 적어도 지적으로는 훌륭한 학생이었다. 초등학교 때는 학급에서 일등이었다. 그가 일곱 살이었을 때, 그의 어머니는 숙모에게 "어제 알베르트가 성적표를 받았는데 이번에도 역시 일등을 차지했다"고 말했다. 그는 김나지움에서 기계적으로 배워야 하는 라틴어와 그리스어를 싫어했다. "단어와 문장에 대한 나쁜 기억력" 때문에 문제는 더욱 악화되었다. 훗날 아인슈타인이 쉰 살 생일을 맞이했을 때, 당시 그 학교의 교장은 위대한 천재가 김나지움에서 성적이 아주 나빴다는 소문과는 달리 실제로 그의 성적이 얼마나 좋았는지를 알리는 편지를 공개하기도 했다.[30]

　그는 수학에서 낙제는커녕 "학교에서 요구하는 것보다 훨씬 잘했다." 여동생의 기억에 따르면, 열두 살일 때 "그는 이미 응용 산수로 복잡한 문제를 푸는 능력을 발휘했다." 그는 자신이 독학으로 기하학과 대수학을 미리 배워도 될 것인지를 확인해보고 싶어했다. 그의 부모는 여름 방학 동안에 공부할 수 있도록 교과서를 미리 사주었다. 그는 교과서에 소개된 증명을 이해했을 뿐만 아니라, 스스로 새로운 이론을 증명해보려고 시도하기도 했다. 그녀는 "노는 것과 친구는 완전히 잊어버렸다. 그는 하루 종일 혼자 앉아서 답을 찾아내려고 애썼고, 답을 찾기 전에는 절대 포기하지 않았다"고 했다.[31]

　엔지니어였던 그의 숙부 야콥 아인슈타인은 그에게 대수학이 얼마나 재미있는지를 알려주었다. 그는 "대수학은 아주 즐거운 과학"이라고 주장하면서, "우리가 사냥하는 짐승을 잡을 수 없을 때, 우리는 그것을 우선 X라고 부르고, 잡을 때까지 사냥을 계속한다"고 했다. 마야의 기억에 따르면, 그는 "문제를 해결하는 능력에 대한 약간의 의문을 가지고 있던" 소년에게 훨씬 더 어려운 과제를 주기도 했다. 언제나 그랬듯이 아인슈타인이 성공하는 모습을 보고 나면 그는 "엄청나게 행복해했고, 이미 그의 재능이 어느 수준인지를 알고 있었다."

야콥 숙부가 그에게 가르쳐준 개념 중에는 (직각삼각형에서 변의 길이를 제곱해서 더하면 빗변의 길이를 제곱한 것과 같아진다는) 피타고라스 정리도 있었다. 아인슈타인은 "한참을 노력한 끝에 삼각형의 닮은꼴을 이용해서 이 정리를 성공적으로 '증명했다'"고 기억했다. 이번에도 역시 그는 그림을 이용해서 생각했다. "직각삼각형의 변 사이의 관계가 예각(銳角)에 의해서 완전히 결정되어야만 한다는 사실이 나에게는 '자명한' 것으로 보였다."[32]

여동생이라는 사실을 자랑스러워했던 마야는 아인슈타인의 피타고라스 증명을 "전혀 독창적인 새로운 증명"이라고 불렀다. 그에게는 새로운 방법일 수 있겠지만, 닮은꼴 삼각형의 변 사이의 비례를 근거로 하는 일반적인 증명과 아주 비슷했던 아인슈타인의 방법이 정말 독창적인 것이었다고 보기는 어렵다. 그러나 어릴 때부터 정교한 정리가 단순한 공리(公理)에서 유도될 수 있다는 사실을 알고 있었던 아인슈타인이 수학에서 낙제했을 가능성은 지극히 낮다는 사실은 확인할 수 있다. 몇 년 후 그는 프린스턴의 고등학교 기자에게 "나는 열두 살에 이미 다른 사람의 도움을 받지 않고 혼자서 진리를 발견할 수 있다는 사실에 쾌감을 느꼈다. 나는 자연을 비교적 단순한 수학적 구조로 이해할 수 있을 것이라는 사실에 점점 더 확신을 가지게 되었다"고 말했다.[33]

1주일에 한 번씩 그의 가족과 함께 식사를 했던 의대생이 아인슈타인에게 가장 큰 지적 자극을 주었다. 가난한 종교학자와 함께 안식일에 식사를 함께 하는 것은 유대인의 오랜 관습이었다. 아인슈타인 가족은 안식일 대신 목요일에 의대생을 집으로 초청했다. 그의 이름은 막스 탈무드였다(훗날 그가 미국으로 이주했을 때는 이름을 탈미로 바꾸었다). 그가 처음 아인슈타인의 집을 방문했을 때 그는 스물한 살이었고, 아인슈타인은 열 살이었다. 탈무드는 "그는 검은머리의 아름다운 소년이었다. 몇 년 동안 나는 한번도 그가 가벼운 책을 읽는 것을 본 적이 없었다. 그가 학교 친구나 같은 나이 또래의 소년들과 함께 있는 것도 본 적이 없었다"고 기억했다.[34]

탈무드는 그에게 과학 책을 가져다주었다. 그중에는 아인슈타인이 "숨을 멈추고 읽었던"『일반인을 위한 자연과학에 대한 책(*People's Books on Natural Science*)』이라는 대중 시리즈도 포함되어 있었다. 21권의 얇은 책으로 된 이 시리즈는 생물학과 물리학의 관계를 강조했던 아론 베른슈타인이 쓴 것으로, 당시 독일에서 이루어진 과학 실험들이 아주 자세하게 설명되어 있었다.[35]

베른슈타인은 제1권의 서문에서 자신의 관심을 끌었던 것이 분명한 광속(光速) 문제를 설명했다. 실제로 그는 제8권에 소개된 11편의 글을 포함해서 이 문제를 여러 차례에 걸쳐 소개했다. 훗날 아인슈타인이 상대성 이론을 개발하면서 사용했던 사고실험은 베른슈타인의 책에서 영향을 받았던 것으로 보인다.

예를 들면, 베른슈타인은 독자들에게 빠르게 움직이는 기차에 타고 있다고 생각해보자고 했다. 창문을 통해서 발사된 총알은 한쪽 창문으로 들어와서 반대쪽 창문으로 빠져나가는 동안에 기차가 움직이기 때문에 비스듬히 발사된 것처럼 보인다. 마찬가지로, 지구도 공간에서 움직이기 때문에 망원경을 통해서 보이는 빛에서도 같은 일이 벌어진다. 그러나 베른슈타인에 따르면, 광원(光源)이 움직이는 속도에 상관없이 실험 결과가 똑같다는 것이 흥미로운 점이었다. "모든 종류의 빛이 정확하게 같은 속력으로 움직이기 때문에 광속에 대한 법칙은 모든 자연법칙 중에서 가장 일반적이라고 해도 좋을 것이다"라는 베른슈타인의 주장은 훗날 아인슈타인이 얻은 유명한 결과에도 영향을 준 것으로 보인다.

베른슈타인은 어린 독자들에게 공간을 통한 가상 여행도 소개해주었다. 이동방법은 전기신호의 파동이었다. 재미있는 과학 연구의 결과를 소개해주었던 그의 책에는 당시 새로 발견된 행성인 천왕성의 위치를 성공적으로 예측한 것에 대한 다음과 같은 글도 포함되어 있었다. "이런 과학은 찬양을 받아야만 한다! 그런 일을 해낸 사람도 찬양을 받아야만 한다! 인간의 눈보다 훨씬 더 선명하게 볼 수 있는 인간의 정신도 찬양을 받아야만 한다."[36]

훗날 아인슈타인이 그랬던 것처럼, 베른슈타인도 자연의 모든 힘을 서로 연결하고 싶어했다. 예를 들면, 그는 빛을 포함한 모든 전자기현상을 어떻게 파동으로 생각할 수 있는지를 설명한 다음, 중력의 경우에도 그럴 것이라고 주장했다. 베른슈타인은 우리의 인식에 적용되는 모든 개념의 바탕에는 통일성과 단순성이 있다고 주장했다. 과학에서의 진리는 그런 근원적인 실체를 설명하는 이론을 찾아내는 것에 있다. 훗날 아인슈타인은 그런 주장이 어린 시절의 자신에게 스며들게 해준 현시(顯示)와 실재론적 자세를 기억했다. "저 멀리에는, 우리 인간과는 상관없이 존재하면서 우리에게 위대하고 궁극적인 수수께끼처럼 보이는 이렇게 거대한 세상이 있다."[37]

훗날 아인슈타인이 뉴욕을 처음 방문했을 때 다시 만난 탈무드는 그에게 베른슈타인의 책에 대한 소감을 물었다. 그는 "아주 훌륭한 책이었습니다. 내 성장 과정 전체에 엄청난 영향을 주었습니다"라고 대답했다.[38]

탈무드는 아인슈타인에게 수학의 신비를 체험시켜주기도 했다. 그는 아인슈타인이 학교에서 기하학을 배우기 2년 전에 기하학 교과서를 주었다. 훗날 아인슈타인은 그 책을 "성스러운 작은 기하학 책"이라고 하면서, "예를 들면, 한 삼각형의 세 높이가 한 점에서 만나는 교차점에 대해서 결코 자명하지는 않지만 어떤 이의도 제기할 수 없을 정도로 확실하게 증명해주었다. 그런 명확성과 확실성이 나에게 말로 표현할 수 없는 감동을 안겨주었다"라고 했다. 몇 년 후 옥스퍼드에서의 강연에서도 아인슈타인은 "어릴 때 유클리드에게 감동을 받지 못했다면 타고난 과학적 사상가가 될 수 없다"고 주장했다.[39]

목요일에 탈무드가 도착하면, 아인슈타인은 1주일 동안 풀었던 문제를 보여주면서 즐거워했다. 처음에는 탈무드가 아인슈타인을 도와주었지만, 곧 학생이 그를 추월해버렸다. 탈무드는 "몇 달이 지난 후부터 그는 책 전체를 이해했다. 그리고는 더 높은 수준의 수학에 매달렸다……그의 수학적 천재성은 너무 높이 날아올라서 나는 더 이상 쫓아갈 수가 없었다"고 기억했다.[40]

깜짝 놀란 의대생은 아인슈타인에게 철학을 소개해주었다. 탈무드는 "그에게 칸트를 추천했다. 당시에 그는 아직 열세 살의 어린아이였지만, 보통 사람들에게는 난해해 보이는 칸트의 글이 그에게는 명료한 것처럼 보였다"고 했다. 칸트는 아인슈타인이 가장 좋아하는 철학자가 되었고, 칸트의 『순수이성비판(Kritik der reinen Vernunft)』 덕분에 그는 데이비드 흄과 에른스트 마흐, 그리고 실존주의 문제에 대해서도 파고들 수 있었다.

과학에 대해서 흥미를 가지게 된 아인슈타인은 바르 미츠바*를 준비해야 하는 열두 살이 되면서 종교에 대해서도 갑작스러운 인식 변화를 경험했다. 베른슈타인은 대중과학 책을 통해서 과학과 종교적 성향의 조화를 시도했다. 그는 "종교적 성향은, 우리의 마음속에 있는 인간을 포함한 모든 자연이 절대 우연한 놀이의 결과가 아니라 모든 존재에는 기본적인 원인이 있다는 법칙의 결과라는 희미한 인식에서 비롯된다"고 주장했다.

훗날 아인슈타인은 그런 생각에 더욱 가까이 접근하게 된다. 그러나 당시 신앙으로부터의 인식 변화는 급진적인 것이었다. "나는 대중과학 책을 통해서 성경에 소개된 이야기의 대부분이 사실일 수 없다는 확신을 가지게 되었다. 그런 생각은 국가가 의도적인 거짓말로 아이들을 속여왔다는 인식과 결합되어 사상의 자유에 대한 열정적인 집착으로 발전했다. 그것은 놀라운 경험이었다."[41]

아인슈타인은 평생 동안 종교적 제례를 회피했다. 훗날 그의 친구 필리프 프랑크는 "그래서 아인슈타인은 유대교의 정통 예배나 다른 전통적인

---

* bar mitzvah. 유대교 전통에 따른 열세 살 남자 아이의 성인식을 말한다 / 역주.

종교를 포함해서 모든 종교의식에 참석하는 일을 꺼리게 되었고, 그런 성향은 평생 동안 없어지지 않았다"고 했다. 그러나 그는 우주와 그 법칙의 창조로 표현되는 신의 마음이라고 보았던 조화와 아름다움에 대한, 어릴 때부터 가지고 있던 깊은 종교적 경외감은 잃어버리지 않았다.[42]

종교적 교리에 대한 아인슈타인의 거부감은 그의 통상적인 지혜에 대한 일반적인 인식에 심각한 영향을 주었다. 그런 거부감은 모든 형태의 교리와 권위에 대한 신경질적인 반응으로 이어졌고, 그것은 다시 그의 정치적 견해와 과학에도 영향을 주었다. 훗날 그는 "모든 종류의 권위에 대한 나의 부정적인 인식은 그런 경험에서 비롯되었고, 나는 그런 인식을 버린 적이 없었다"고 했다. 사실 그가 평생 동안 가지고 있던 과학과 사회적 사고방식은 일상적인 통념을 거부하는 일에 익숙해진 결과였다.

훗날 그는 천재라고 인정받으면서, 그런 고집을 부끄럽지 않은 명예스러운 방법으로 버릴 수 있었다. 그러나 그런 태도가 뮌헨 김나지움의 건방진 학생이었던 그에게는 도움이 되지 못했다. 여동생은 "그는 학교에 정말 잘 적응하지 못했다"고 기억했다. 그는 기계적인 반복 연습과 조급한 질문을 강요하는 교수법을 아주 싫어했다. "어릴 때부터 나에게는 군대식 질서의식을 통해서 권위를 존중하도록 만드는 체계적 훈련과 학교의 군대식 냄새가 특히 불쾌했다."[43]

바이에른의 기질 덕분에 규율이 훨씬 약했던 뮌헨에서도 군대를 찬양하는 프로이센 식의 문화가 확산되어 있었고, 대부분의 아이들은 군대 놀이를 좋아했다. 피리와 북을 앞세운 부대가 지나가면 아이들이 길거리로 쏟아져나와서 발을 맞춰 함께 행진했다. 그러나 아인슈타인은 달랐다. 그는 그런 모습을 보면 울기 시작했다. 그는 부모에게 "나는 커서 그런 불쌍한 사람이 되고 싶지 않다"고 했다. 훗날 아인슈타인은 "나는 음악에 따라 발을 맞춰 행진하는 것을 즐기는 사람을 경멸한다. 그런 사람의 대뇌는 실수로 만들어진 것이다"라고 말했다.[44]

모든 형식의 규율에 대해서 반발했던 그에게 뮌헨 김나지움의 교육은 점점 더 짜증나는 말썽거리가 되었다. 그는 그곳에서의 기계적인 학습이

"무의미한 질서를 반복적으로 연습해서 기계적 규율을 완성하는 프로이센 군대의 방법과 조금도 다르지 않은 것처럼 보인다"고 불평했다. 몇 년이 지나자 그는 교사들을 군인에 비유했다. 그는 "초등학교의 교사들은 하사관처럼 보였고, 김나지움의 교사들은 초급 장교처럼 보였다"고 기억했다.

언젠가 그는 영국의 저술가이며 과학자인 C. P. 스노에게 "Zwang"이라는 독일어를 아느냐고 물어보았다. 스노는 그것이 제한, 강제, 의무, 강압이라는 뜻으로 알고 있다고 대답하면서, 왜 그런 질문을 했는지 물어보았다. 아인슈타인은 뮌헨의 학교 시절에 처음으로 "Zwang"의 충격을 받았고, 그 후에도 그것이 자신에게 큰 영향을 주었다고 대답했다.[45]

일상적인 통념에 대한 회의적 인식과 거부감은 그의 대표적인 상징이었다. 그는 1901년 자신에게 아버지와도 같았던 하숙집 주인에게 보낸 편지에서 "권위에 대한 바보 같은 믿음이 진리에 대한 최악의 적"이라고 주장했다.[46]

양자 혁명을 선도했으면서도 그것에 대해서 저항했던 때를 포함해서 과학자로 지냈던 60년의 세월 동안 그런 태도가 아인슈타인의 업적에 영향을 주었다. 아인슈타인의 말년에 동료였던 바네시 호프만은 "어릴 때부터 절대 떨쳐버린 적이 없었던 권위에 대한 의심은 결정적인 영향을 주었다. 그런 사고방식을 가지지 못했더라면, 인정된 과학적 믿음에 도전해서 물리학의 혁명을 일으킬 용기를 가질 정도의 강력한 독립심을 기를 수 없었을 것이다"라고 했다.[47]

권위를 경멸했던 그는 학교에서 자신을 가르쳤던 독일 "초급 장교"들로부터 사랑을 받을 수 없었다. 어느 교사는 건방진 태도의 그를 학생으로 받아들일 수 없다고 선언했다. 아인슈타인이 자신은 아무 잘못도 저지르지 않았다고 고집하자, 그 교사는 "그렇다. 사실이다. 그러나 자네는 뒷줄에 앉아서 웃었고, 자네가 여기 있다는 사실 자체가 학생들이 나를 존경하지 못하도록 만들고 있다"고 대답했다.[48]

아버지의 사업이 어려움에 처하면서 아인슈타인의 불만은 우울증으로 변했고, 심지어 신경쇠약에 가까운 상태로까지 악화되었다. 아버지의 실패는 갑작스러웠다. 아인슈타인이 학교를 다니던 동안에 아인슈타인 브라더스 사는 성공적으로 운영되었다. 1885년에는 200명의 종업원이 있었고, 뮌헨의 10월 맥주 축제에 처음으로 전깃불을 공급하기도 했다. 그 후 몇 년 사이에 뮌헨 외곽에 있는 인구 1만 명의 슈바빙에 전기를 공급하는 계약도 따냈다. 아인슈타인 회사가 개발한 가스를 이용하는 쌍발 발전기도 설치했다. 야콥 아인슈타인은 아크 램프, 자동 회로 차단기, 전기 계량기를 개선하는 것을 비롯해 6개의 특허를 가지고 있었다. 아인슈타인 회사는 당시에 번성하던 지멘스와 같은 전기회사들과 경쟁을 하고 있었다. 형제는 자본을 확보하기 위해서 집을 저당잡히고 10퍼센트의 이자로 6만 마르크를 빌리면서 엄청난 빚을 지게 되었다.[49]

그러나 회사는 아인슈타인이 열다섯 살이었던 1894년에 뮌헨 중심부를 포함한 몇 곳에 전기를 공급하는 계약에 실패하면서 파산했다. 그의 부모와 여동생, 그리고 숙부 야콥은 북부 이탈리아로 이사를 했다. 처음에는 밀라노로 갔다가 근처에 있는 도시인 파비아로 옮겼다. 작은 회사에게는 그곳이 더 좋을 것이라는 이탈리아 동업자의 설득 때문이었다. 아파트를 짓는 개발업자는 그들의 우아한 집을 부수어버렸다. 아인슈타인은 3년이 남은 학교생활을 마치기 위해서 뮌헨에 있는 먼 친척 집에 남았다.

아인슈타인은 1894년 우울한 가을에 루이트폴트 김나지움을 떠났다. 그가 학교에서 강제로 쫓겨난 것인지, 아니면 정중하게 떠날 것을 요구받았는지는 분명하지 않다. 몇 년이 지난 후 아인슈타인의 기억에 따르면, 그의 "존재 자체가 학생들이 나를 존경하지 못하도록 만들고 있다"고 주장했던 교사가 이제는 그가 "학교를 떠날 것을 바란다"고 주장했다는 것이다. 그러나 가족들의 초기 기록에 따르면, 학교를 떠난 것은 그 자신의 결정이었다. "알베르트는 점점 더 뮌헨에 남아 있고 싶어하지 않았고, 스스로 계획을 마련했다."

그런 계획 중에는 막스 탈무드의 형이었던 가족 주치의로부터 자신이 신경쇠약을 앓고 있다는 편지를 받아내는 것도 포함되어 있었다. 그는 그 편지를 핑계로 1894년 크리스마스 휴가 때 학교를 떠나 다시 돌아오지 않아도 좋다는 허가를 받았다. 그는 알프스를 지나서 이탈리아로 가는 기차에 오른 후에야 "놀란" 부모에게 자신이 다시는 독일로 돌아가지 않을 것이라는 사실을 알려주었다. 그 대신 그는 스스로 공부해서 다음 해 가을 취리히에 있는 기술대학의 입학 허가를 받도록 노력하겠다고 약속했다.

어쩌면 그가 독일을 떠나기로 했던 것에는 한 가지 다른 요인이 더 있었을 수도 있다. 그가 만약 1년 정도 더 그곳에 머물러 열일곱 살이 되면, 군에 입대를 해야만 했다. 여동생에 따르면, 그는 그런 가능성에 대해서 "공포심을 가지고 있었다." 결국 그는 아버지에게 뮌헨으로 돌아가지 않겠다는 사실을 알려주면서, 자신이 독일 국적을 포기할 수 있도록 도와달라고 했다.[50]

아라우

아인슈타인은 1895년 봄과 여름을 파비아에 있는 아파트에서 부모와 함께 지내면서 회사 일을 도왔다. 그동안에 그는 자석, 코일, 전기의 작동에 대해서 많은 것을 배웠다. 아인슈타인의 일솜씨는 가족들을 감동시켰다. 아인슈타인은 새 기계에 대한 계산 때문에 쩔쩔매고 있던 숙부 야콥을 도와주었다. 야콥은 친구에게 "보조 엔지니어와 내가 며칠 동안 머리를 싸매고 있던 일을 이 젊은 친구가 단 15분 만에 해치워버렸다. 앞으로도 그에 대한 이야기를 듣게 될 것이다"라고 자랑을 했다.[51]

산악지역의 장엄한 쓸쓸함을 좋아했던 아인슈타인은 알프스와 아펜니노 산맥을 며칠 동안 등산했고, 외숙부인 율리우스 코흐를 방문하기 위해서 제노바로 여행을 가기도 했다. 북부 이탈리아를 여행하던 그는 독일과는 전혀 다른 사람들의 친절함과 "우아함"을 즐겼다. 여동생의 기억에 따르면, 그들의 "자연스러움"은 독일의 "정신적으로 무너지고, 기계적으로 복종하는 자동기계 장치"와 비교되었다.

아인슈타인은 가족들에게 혼자 공부해서 그 지역의 기술대학인 취리히 폴리테크닉*에 입학하겠다고 약속했다. 그는 율레스 비올레의 고급 물리학 교과서 세 권을 모두 구입하여 여백에 자신의 아이디어를 분명하게 적어가면서 공부했다. 여동생은 오빠의 공부 습관이 그의 집중력을 보여주었다고 기억했다. "그는 많은 사람들이 모여서 아주 시끄러워도 연필과 종이를 손에 들고 소파에 파묻혀서, 팔걸이를 불안한 잉크 스탠드로 삼아 문제에 완전히 빠져들었다. 사람들의 대화가 그를 방해하는 것이 아니라 오히려 자극제가 되는 것처럼 보였다."[52]

그는 열여섯 살이 되던 해의 여름에 최초의 이론물리학 논문을 썼다. 그는 "자기장에서 에테르의 상태에 관한 연구에 대하여"라는 제목을 붙였다. 아인슈타인의 일생에서 에테르의 움직임은 결정적인 역할을 했기 때문에 중요한 문제였다. 빛을 단순한 파동으로 여겼던 당시의 과학자들은 우주에는 어디에나 있지만 아무도 볼 수 없는 물질이 존재하는 것이 틀림없다고 가정했다. 바다에서 물이 아래위로 물결치면서 파동을 전파하는 것과 마찬가지로 그런 물질이 물결을 일으키면서 파동을 전달시켜준다고 믿었다. 그들은 그런 물질을 에테르라고 불렀고, 아인슈타인도 (적어도 당분간은) 그런 가정을 인정했다. 그는 논문에서 "전류가 주위의 에테르에 일종의 순간적인 움직임을 만든다"고 주장했다.

손으로 쓴 14문단의 그 논문은 비올레의 교과서와 하인리히 헤르츠의 전자기 파동 발견에 대한 대중과학 잡지의 형식을 따른 것이었다. 그 논문에서 아인슈타인은 "전류 부근에 만들어지는 자기장"을 설명할 수 있는 실험을 제안했다. 그는 "우리가 이 경우 에테르의 탄성 상태를 통해서 전류의 불가사의한 본질을 알아낼 수 있기 때문에" 그런 실험이 흥미로운 것이라고 주장했다.

고등학교를 중퇴한 그는 자신이 그 결과가 무엇인지도 모르면서 몇 가

---

* 이 대학의 공식 이름은 "스위스 연방 폴리테크닉 학교(Eidgenössische Polytechnische Schule)"였으며, 1911년에 박사학위를 수여하게 되면서 흔히 ETH라고 부르는 스위스 연방 공과대학교(Eidgenössische Technische Hochschule)로 이름을 바꾸었다. 아인슈타인은 언제나 그 학교를 취리히 폴리테크닉(Züricher Polytechnikum)이라고 불렀다.

지 제안을 한다는 사실을 분명하게 인정했다. "단순히 이 문제에 대해서 생각해보는 것 이상으로 더 깊이 파고들어갈 자료가 전혀 없기는 하지만, 그런 이유로 이 논문을 하찮게 생각하지 말아주기를 간절히 바란다."[53]

그는 그 논문을 자신이 가장 좋아하던 친척이고, 벨기에에서 상업을 하면서 가끔씩 재정적으로 도움을 주기도 했던 외숙부 카이사르 코흐에게 보냈다. 아인슈타인은 "저와 같은 젊은이들이 흔히 그렇듯이 아주 소박하고 불완전한 것입니다"라고 부끄러운 듯이 고백했다. 그는 가을에 취리히 폴리테크닉에 입학하는 것이 목표이지만, 그가 제한 연령보다 어린 것이 걱정이라고 덧붙였다. "적어도 두 살이 더 많아야 합니다."[54]

가족의 친구가 나이 제한 문제를 극복하기 위해서 폴리테크닉의 학장에게 예외를 인정해줄 것을 요청하는 편지를 보냈다. 그 편지의 내용은, "소위 어린 영재"를 입학시키는 것에 대해서 회의적인 입장을 표현한 학장의 답장으로부터 짐작할 수 있다. 어쨌든 아인슈타인은 입학시험을 볼 수 있는 허가를 받았고, 1895년 10월에 그는 "확실한 자신은 없으면서도" 취리히행 기차에 올랐다.

그가 수학과 과학 분야의 시험에 쉽게 합격한 것은 놀라운 일이 아니었다. 그러나 문학, 프랑스어, 동물학, 생물학, 정치학이 포함된 일반 분야의 시험에는 합격하지 못했다. 폴리테크닉 물리학과의 주임교수였던 하인리히 베버는 아인슈타인에게 취리히에 머물면서 자신의 과목을 청강하도록 제안했다. 그러나 아인슈타인은 대학 학장의 조언에 따라 서쪽으로 25마일 떨어진 아라우라는 마을에서 1년 동안 주립 학교에 다니기로 결정했다.[55]

그 학교는 아인슈타인에게 완벽한 곳이었다. 그 학교의 교수방법은 학생들에게 이미지를 상상하도록 해주어야 한다고 믿었던 19세기 초 스위스의 교육개혁자 요한 하인리히 페스탈로치의 철학을 근거로 한 것이었다. 그는 아이들의 "내적 존엄성"과 개성을 키워주는 것이 중요하다고 생각했다. 페스탈로치는 아이들이 직접 관찰로부터 직관과 개념적 사고와 시각적 심상(心相)을 거쳐 스스로의 결론에 도달할 수 있도록 해주어야 한다고 주장했다.[56] 그런 방법으로 수학과 물리학 법칙을 배우고 진정으로 이해하는 것이 가능하다. 기계적인 연습, 암기, 주입식 교육은 피해야 한다는 것이다.

아인슈타인은 아라우를 좋아했다. 여동생은 "학생들을 개별적으로 가르쳤고, 전문적인 의견보다는 독자적인 생각을 더 강조했으며, 어린 학생들은 교사를 권위적인 인물이 아니라 학생들과 함께 하는 특별한 개성을 가진 사람으로 보았다"고 기억했다. 그것은 아인슈타인이 증오했던 독일의 교육과는 정반대였다. 훗날 아인슈타인은 "독일의 권위주의적 김나지움에서 보냈던 6년과 비교하면, 겉으로 드러나는 권위에 의존하는 교육보다 자유로운 활동과 개인적인 책임을 강조하는 교육이 얼마나 뛰어난 것인지를 분명하게 인식시켜주었다"고 했다.[57]

페스탈로치와 아라우에 있던 그의 추종자들이 강조했던 개념의 시각적 이해는 아인슈타인이 가지고 있던 천재성의 중요한 면이 되었다. 페스탈로치는 "시각적 이해는 어떻게 사물을 판단하는지를 가르치는 필수적이고 유일하게 옳은 방법이고, 숫자와 언어를 배우는 것은 확실히 그보다 못한 것"이라고 했다.[58]

아인슈타인이 자신을 당시의 가장 위대한 과학적 천재로 만들어준 시각화된 사고실험을 처음 경험했던 곳이 바로 그 학교였다는 것은 조금도 놀라운 일이 아니었다. 그는 광선과 함께 이동하는 것이 어떤 것인지를 그림으로 상상해보려고 노력했다. 훗날 그는 친구에게 "아라우에서 나는 특수상대성 이론과 직접 관련된 아주 유치한 실험을 상상해보았다. 같은 속도로 빛의 파동을 따라서 뛰어가면 시간과 아무 관련이 없는 파동의 배열을 보게 된다. 물론 그런 일은 불가능하다"고 했다.[59]

그런 식으로 시각화된 사고실험(Gendankenexperiment)은 아인슈타인의 상징이 되었다. 몇 년에 걸쳐서 그는 번개가 치는 모습, 움직이는 기차, 가속되고 있는 승강기, 추락하는 페인트 공, 2차원의 눈이 먼 딱정벌레가 굽은 가지 위를 기어가는 모습은 물론이고, 적어도 이론적으로는 빠르게 움직이는 전자의 위치와 속도를 정확하게 알아내도록 설계된 다양한 기계 장치를 마음속으로 상상했다.

아라우에서 학교를 다니던 아인슈타인은 그의 일생에서 오랫동안 깊은 관계를 유지했던 훌륭한 빈텔러 가족과 함께 지냈다. 학교에서 역사와 그리스어를 가르치던 요스트 빈텔러와 아인슈타인이 마메를(Mamerl, 엄마)이라고 불렀던 그의 부인 로사, 그리고 그들의 일곱 자녀가 있었다. 그들의 딸 마리는 아인슈타인의 첫 연인이 되었다. 다른 딸 안나는 아인슈타인의 가장 친한 친구 미셸 베소와 결혼했다. 그리고 그들의 아들 파울은 아인슈타인이 사랑했던 여동생 마야와 결혼했다.

"파파" 요스트 빈텔러는 아인슈타인과 마찬가지로 독일의 군국주의와 더 넓게는 국수주의를 극도로 싫어했던 진보주의자였다. 그의 철저한 정직성과 정치적 이상주의는 아인슈타인의 사회철학에 큰 영향을 주었다. 그의 스승과 마찬가지로 아인슈타인도 개인적 자유와 표현의 자유를 기반으로 하는 세계연방주의, 세계주의, 평화주의, 민주적 사회주의를 지지하게 되었다.

더욱 중요한 것은, 아인슈타인이 빈텔러 가족의 따뜻한 보호 속에서 더욱 안정되고 의젓해졌다는 것이다. 그는 여전히 스스로를 외톨이라고 여겼지만, 빈텔러 가족은 그가 감정적으로 풍부해지고 마음을 열 수 있도록 도와주었다. 딸 안나는 "그는 상당한 유머 감각을 가지고 있었고, 때로는 진심으로 웃기도 했다"고 기억했다. 저녁에는 어쩌다가 공부를 하기도 했지만 "대부분은 가족과 함께 식탁에 둘러앉아 있었다."[60]

아인슈타인을 알고 있던 어느 여성의 표현에 따르면, 그는 "세기말의 혼란을 보여주는 매혹적인 외모"를 가진 매력적인 청소년으로 성장했다. 그는 짙은 곱슬머리와 감정이 풍부한 눈과 넓은 이마를 가지고 있었고, 품행도 단정했다. "얼굴 아래의 반쪽은 인생을 즐길 이유가 풍부한 관능주의자의 모습이었다."

그의 동급생이었던 한스 비란트는 훗날 오랫동안 잊기 어려운 인상을 주었던 "건방진 슈바벤 학생"에 대해서 놀라운 글을 남겼다. "자신에 넘쳐서 짙은 머리 뒤로 회색 펠트 모자를 젖혀 쓴 그가 활기차게 강가를 오르

내렸지만, 그의 발걸음은 세상 모든 것을 짊어진 것처럼 불안정한 속도였다고 감히 말할 수 있다. 갈색의 크고 예리한 시선은 아무것도 놓치지 않았다. 그에게 다가가는 사람은 누구나 그의 뛰어난 개성의 포로가 되어버렸다. 비웃는 듯한 두꺼운 입술의 곡선과 튀어나온 아랫입술은 교양이 없는 사람들도 그와 사귀고 싶도록 만들었다."

비란트는 젊은 아인슈타인이 건방지고, 때로는 모욕적인 유머 감각을 가지고 있었다고 했다. "그는 조롱하는 철학자의 모습으로 세상 사람들을 대했고, 그의 재치 있는 풍자는 모든 자만과 가식을 가차없이 무너뜨려버렸다."[61]

아인슈타인은 이사를 하고 나서 몇 달 후인 1895년 말부터 마리 빈텔러와 사랑에 빠졌다. 교육대학을 졸업한 그녀는 집에 머물면서 인근 도시에 취업이 되기를 기다리고 있었다. 그녀는 막 열여덟 살이 되었고, 그는 열여섯 살이었다. 두 사람의 사랑은 양쪽 집안을 흥분시켰다. 알베르트와 마리는 함께 그의 어머니에게 신년 카드를 보냈고, 어머니는 "사랑하는 마리 양, 당신의 짧은 편지가 나를 무척 즐겁게 해주었습니다"라는 따뜻한 답장을 보내왔다.[62]

4월에 봄 방학을 맞아 파비아의 집으로 돌아왔을 때, 아인슈타인은 마리에게 최초의 것으로 알려진 연애편지를 보냈다.

사랑하는 당신에게!
나를 무한히 행복하게 만들어준 당신의 아름다운 짧은 편지에 너무너무 감사드립니다. 정다운 진심이 담긴 두 눈으로 사랑스럽게 바라보았고, 가냘픈 작은 손으로 아름답게 매만지던 이 종이를 바라볼 수 있다는 것은 정말 황홀합니다. 나의 작은 천사, 나는 이제야 향수병과 그리움이 무슨 뜻인지를 알게 되었습니다. 그러나 사랑은 많은 행복을 가져다줍니다. 그리움이 가져다주는 고통보다 훨씬 더 많은 행복을 말입니다……
당신을 알지는 못하지만 나의 어머니도 진심으로 당신을 받아들이셨습니다. 어머니에게는 당신의 아름다운 짧은 편지 중에서 두 통만 보여드렸습니다. 어머니는 언제나 과거에 나를 유혹했던 여성들에게 내가 더 이상 매력을 느끼지 않는다고 웃으십니다. 내 영혼에게는 당신이 과거 세상의 모든 것보다 훨씬 더 소중합니다.

그의 어머니가 "이 편지를 읽어보지는 않았지만, 당신에게 진심으로 인사를 전합니다!"라는 추신을 썼다.[63]

아라우의 학교를 좋아했지만, 아인슈타인은 고르지 않은 학생이었다. 그의 입학 허가서에는 그가 화학에 대한 보충수업을 들어야 하고, 프랑스어의 성적은 "크게 떨어진 상태"라고 적혀 있었다. 중간 성적표에도 그는 여전히 "프랑스어와 화학에 대한 개인교습을 받아야 하고, 프랑스어에서의 낙제는 아직도 유효하다"고 적혀 있었다. 그의 아버지는 요스트 빈텔러가 보내준 중간 성적표에도 불구하고 자신만만했다. 그는 "모든 면이 나의 희망과 기대에 만족스럽지는 않습니다. 그러나 알베르트가 형편없는 성적을 받은 과목도 있지만, 아주 좋은 성적을 받은 과목도 있기 때문에 이 성적표에 대해서 실망하지는 않습니다"라고 말했다.[64]

음악은 여전히 유행이었다. 그의 학급에는 아홉 명의 바이올린 연주자가 있었는데, 교사는 그들에게 "활을 사용하는 방법이 조금 뻣뻣하다"고 지적했다. 그러나 아인슈타인은 유난히 칭찬을 받았다. "아인슈타인이라는 학생은 베토벤 소나타의 아다지오를 깊이 이해하면서 연주하는 기량을 보였다." 지역 교회에서 열렸던 콘서트에서 아인슈타인은 바흐의 작품에서 제1바이올린을 연주했다. 그의 "매력적인 음색과 비교할 수 없는 리듬"에 놀란 제2바이올린 연주자는 "당신은 박자를 세십니까?"라고 물어보았다. 아인슈타인은 "절대 그렇지 않습니다. 박자는 내 피 속에 흐르고 있습니다"라고 대답했다.

그의 동급생 비란트는 아인슈타인이 모차르트 소나타를 너무 열정적으로 연주하는 바람에 그 곡을 처음 듣는 것처럼 느꼈다고 기억했다. "그의 연주에 어떤 열정이 담겨 있을까?"라고 느낄 정도였다. 비란트는 재치 있고 비꼬는 듯한 아인슈타인의 겉모습은 훨씬 더 부드러운 내적 영혼을 둘러싼 껍질에 지나지 않는다는 사실을 깨달았다. "그는 가시 돋친 껍질을 이용해서 강렬한 개인적 생활의 섬세한 영역을 어떻게 지켜야 하는지 알고 있는 이중인격자 중 한 사람이었다."[65]

독일의 권위주의적 학교와 군국주의적 분위기를 싫어했던 아인슈타인은 그 나라의 국적도 버리고 싶어했다. 그런 생각은 모든 형식의 국수주의를 싫어했고, 아인슈타인에게 사람들은 자신을 세계의 시민이라고 생각해야 한다는 믿음을 심어준 요스트 빈텔러에 의해서 더욱 강해졌다. 결국 그는 아버지에게 자신의 독일 국적을 포기할 수 있도록 도움을 요청했다. 그는 1896년 1월에 국적을 포기하면서 무국적 상태가 되었다.[66]

그해에 그는 종교적 소속이 없는 사람이 되었다. 그의 아버지는 아마도 알베르트의 요청에 따른 듯 독일 국적을 포기하는 서류에 "종교 없음"이라고 썼다. 알베르트는 몇 년 후에 취리히의 시민권을 신청할 때를 비롯하여 20여 년 동안 몇 차례에 걸쳐서 똑같은 사실을 적었다.

어린 시절 열렬한 유대주의 분위기에 대한 그의 반항심이 뮌헨의 유대인에 대한 거리감과 결합되면서 그는 자신의 혈통에서 완전히 벗어나버렸다. 훗날 그는 유대인 역사학자에게 "뮌헨의 종교교육이나 유대 교회에서의 경험 탓에 조상들의 종교는 나를 유혹하기보다 오히려 밀쳐냈다. 내가 어린 시절에 알았듯이, 풍요에 젖어 공동체 의식을 잃어버린 중산층 유대인들은 나에게 정말 가치 있는 것을 보여주지 못했다"고 했다.[67]

1920년대의 악의에 찬 반유대주의를 경험하면서부터 아인슈타인은 자신의 유대인 정체성을 다시 떠올리기 시작했다. 그는 "나에게 '유대인의 신앙'이라고 할 수 있는 것은 없었지만, 내가 유대인의 한 사람이라는 사실이 행복하다"고 했다. 훗날 그는 똑같은 말을 훨씬 더 화려하게 표현했다. 언젠가 그는 "자신의 믿음을 포기한 유대인은 껍질을 포기한 달팽이와 비슷한 형편이다. 그는 여전히 달팽이일 뿐이다"라고 말했다.[68]

그가 1896년에 유대교를 포기한 것은 깨끗한 단절이 아니라 평생에 걸친 자신의 문화적 정체성에 대한 느낌이 진화하는 과정의 일부였다고 보아야 한다. 그는 사망하기 한 해 전에 친구에게 쓴 편지에서, "당시 나는 유대교를 떠나는 것이 무엇을 뜻하는지도 이해하지 못했다. 나는 유대인에 속한다는 것이 얼마나 중요한지를 뒤늦게 깨닫기는 했지만 유대인의 뿌리는 분명하게 인식하고 있었다."[69]

아인슈타인은 아라우의 학교를 2등으로 졸업했다. 그가 역사상 위대한 천재 중의 한 사람이 아니었더라면 충분히 감동적인 성적이었다. (맙소사, 아인슈타인을 이겼던 소년의 이름은 역사에서 잊혀져버렸다.) 성적표에 따르면 그는 과학과 수학, 역사와 이탈리아어에서는 6점 만점에 모두 5점이나 6점을 받았다. 가장 낮은 점수는 프랑스어의 3점이었다.

그런 성적 덕분에 그는 서류전형과 면접시험에만 합격하면 취리히 폴리테크닉에 입학할 수 있었다. 독일어 시험에서 그는 괴테의 연극을 형식적으로 설명하고 5점을 받았다. 수학에서는 "무리수의(irrational)"라고 적어야 할 곳에 "허수의(imaginary)"라고 대답하는 사소한 실수를 저질렀지만, 여전히 최고 점수를 받았다. 그는 2시간 동안 치렀던 물리학 시험에 늦게 들어와서 1시간 15분 만에 마치고 일찍 나가버렸지만, 최고 점수를 받았다. 모두 합쳐서 그는 시험을 본 9명의 학생 중에서 최고점인 5.5점을 받았다.

그가 좋은 성적을 받지 못했던 과목은 프랑스어였다. 그러나 오늘날 우리의 입장에서 보면, 그의 시험에서 가장 흥미로운 부분은 세 문단짜리 글이다. 주제는 "미래에 대한 나의 계획"이었다. 프랑스어 표현은 기억할 정도가 아니었지만, 개인적인 통찰력은 매우 흥미로웠다.

내가 운이 좋아 시험에 합격한다면, 나는 취리히 폴리테크닉에 입학할 것이다. 나는 4년 동안 머물면서 수학과 물리학을 공부할 것이다. 나는 이 과학 분야의 교사가 될 것이라고 생각한다. 기왕이면 이론 분야였으면 좋겠다.

내가 이런 계획을 가지게 된 이유는 다음과 같다. 무엇보다도 그것이 추상적이고 수학적인 생각을 할 수 있는 내 개인적인 재능에 맞는다……내 욕망도 나에게 같은 결정을 하도록 해주었다. 그것은 매우 자연스러운 일이다. 누구나 자신이 가지고 있는 재능에 맞는 일을 하고 싶어한다. 그 밖에도 나는 과학 분야가 제공하는 독립성에 흥미를 느낀다.[70]

1896년 여름에 아인슈타인 브라더스 사는 또다시 망했다. 이번에는 파비아에 수력발전소를 지으면서 필요한 물에 대한 권리를 확보하는 일에 실패했기 때문이었다. 동업자들은 큰 문제 없이 헤어졌고, 야콥은 큰 회사에 엔지니어로 취직을 했다. 그러나 낙천적이고 자신감에 차 있었던 헤르만은 다시 새로운 발전기 회사를 차렸다. 이번에는 밀라노였다. 아버지 사업의 성공 가능성을 의심했던 알베르트는 친척들에게 투자를 하지 말아달라고 부탁했지만, 그들은 그의 말을 듣지 않았다.[71]

헤르만은 언젠가 알베르트가 자신의 사업에 함께 참여해주기를 바랐지만, 그는 공학에는 관심이 없었다. 그는 친구에게 "나는 본래 엔지니어가 되어야 했지만, 나의 창의적인 에너지를 일상적인 생활을 편리하게 만드는 일로 많은 돈을 버는 데에 써버리는 것은 견딜 수 없는 일이었다. 음악처럼 그 자체가 좋아야만 한다"고 했다.[72] 그래서 그는 취리히 폴리테크닉으로 떠났다.

3

취리히 폴리테크닉

1896-1900년

건방진 학자

열일곱 살의 알베르트 아인슈타인이 1896년 10월에 입학한 취리히 폴리테크닉에는 841명의 재학생이 있었다. 당시 폴리테크닉은 교육대학과 기술대학 위주였다. 취리히 폴리테크닉은 인근에 있던 취리히 대학교나 제네바와 바젤의 대학교보다는 덜 유명한 학교였다. 그런 대학교들은 모두 박사학위를 수여할 수 있었다. (공식적으로는 스위스 연방 폴리테크닉 학교로 알려진 폴리테크닉의 위상은 1911년에 스위스 연방 공과대학교, 즉 ETH로 바뀌었다.) 그러나 폴리테크닉은 공학과 과학 분야에서는 탄탄한 명성을 자랑하고 있었다. 물리학과의 주임교수인 하인리히 베버는 얼마 전에 전자공학 분야에서 거부였던 (그리고 아인슈타인 브라더스의 경쟁자였던) 베르너 폰 지멘스로부터 지원을 받아 거대한 새 건물을 확보했다. 이 건물에는 정밀 측정으로 유명한 전시용 실험실도 있었다.

아인슈타인은 "수학과 물리학 전공의 교사"를 훈련시키는 분야로 입학한 11명의 신입생 가운데 한 명이었다. 그는 매달 외가인 코흐 가족으로부터 지원받았던 100스위스 프랑의 장학금으로 학생용 기숙사에서 생활했다. 그는 스위스 시민이 되기 위해서 앞으로 지불해야 할 비용을 마련하려고 매달 20프랑씩을 저축했다.[1]

이론물리학은 1890년대에 학문 분야로 처음 자리를 잡기 시작했고, 유럽에서도 그 분야의 교수직이 생겨나고 있었다. 베를린의 막스 플랑크, 네덜란드의 헨드리크 로렌츠, 빈의 루트비히 볼츠만과 같은 선구자들은 실험 연구자들이 아직 밟아보지 못했던 방법으로 물리학과 수학을 결합시켰다. 폴리테크닉에서도 아인슈타인에게 수학을 많이 공부하도록 요구했다.

그러나 수학보다 물리학에 대해서 더 나은 통찰력을 가지고 있었던 아인슈타인은 새로운 이론을 추구하는 과정에서 두 분야가 얼마나 중요하게 서로 관련되어 있는지를 충분히 인식하지 못했다. 폴리테크닉을 다니던 4년 동안 그는 이론물리학 과목에서는 모두 (6점 만점에) 5점이나 6점을 받았지만, 대부분의 수학 과목, 특히 기하학에서는 4점대의 점수를 받았다. 그는 "학생 시절에 나는 물리학의 기본 법칙에 대한 심오한 지식이 가장 정교한 수학적 방법과 연결되어 있다는 사실을 분명하게 인식하지 못했다"고 인정했다.[2]

그가 그런 사실을 절실히 깨달은 것은 그로부터 10년이 지나 중력 이론의 기하학 문제와 씨름하면서 한때 그를 게으른 개라고 불렀던 수학 교수의 도움을 받을 수밖에 없게 되면서였다. 그는 1912년 동료에게 쓴 편지에서, "나는 수학의 위대함에 빠져들게 되었습니다. 어리석었던 나는 지금까지 순전히 사치라고 여겼던 불가사의한 면이 있다는 사실을 깨달았습니다"라고 했다. 말년에 가까웠을 때 그는 젊은 친구와 대화를 하면서도 비슷한 이야기를 했다. "아주 어린 시절에 나는 성공적인 물리학자는 초등학교 산수만 알면 된다고 생각했습니다. 시간이 지나고 나서야 나는 내 생각이 완전히 틀렸다는 사실을 깨닫고 크게 후회했습니다."[3]

초급 물리학 교수는 한 해 전 아인슈타인에게 깊은 인상을 받아 폴리테크닉의 입학시험에 떨어진 그에게 취리히에 남아서 자신의 강의를 들을 것을 요구했던 하인리히 베버였다. 아인슈타인이 폴리테크닉을 다니던 처음 2년 동안은 두 사람이 서로를 존경했다. 베버의 강의는 그에게 감동을 주었던 몇 개의 강의 중 하나였다. 2학년 때 그는 "베버는 열에 대해서 완벽하게 강의를 했습니다. 강의마다 나는 즐거웠습니다"라고 했다. 그는 베버의 실험실에서 "열의와 열정을 가지고" 연구했고, (5개의 실험과 10개의 강의를 포함해서) 15과목을 들었으며, 모두 좋은 성적을 받았다.[4]

그러나 아인슈타인은 점차 베버에게 흥미를 잃게 되었다. 그는 베버 교수가 물리학의 역사 문제에 너무 집착해서 현대적 첨단 분야를 충분히 다루지 않는다고 느꼈다. 아인슈타인의 동료는 "헬름홀츠 이후의 성과는 완전히 무시해버렸다. 강의가 끝나갈 무렵에 우리는 물리학의 과거에 대해서는 모든 것을 알게 되었지만, 현재와 미래에 대해서는 아무것도 모르고 있었다"고 불평했다.

베버의 강의에서는 1855년부터 빛과 같은 전자기 파동이 어떻게 전파되는지를 설명하는 근원적 이론과 정교한 수학 방정식을 개발해왔던 제임스 클러크 맥스웰의 위대한 업적에 대한 부분을 전혀 다루지 않았다. 다른 학생은 "우리는 모두 맥스웰의 이론에 대한 강의를 기다렸지만 허사였다. 누구보다도 아인슈타인이 실망했다"고 했다.[5]

건방진 성격의 아인슈타인은 자신의 생각을 감추지 않았다. 그리고 품위를 중요하게 여기던 베버는 아인슈타인이 드러내놓고 자신을 비판하는 것을 용납할 수 없었다. 4년을 함께 보낸 두 사람은 결국 서로를 증오하는 사이가 되어버렸다.

베버가 화를 내게 된 것은 권위에 가볍게 도전하고, 집단에 대해서 건방지게 대들며, 통속적인 지혜를 존중하지 않는 아인슈타인의 슈바벤 영혼에 깊이 새겨진 특징들이 과학적, 개인적 생활에 어떤 영향을 미쳤는지를 보여주는 또 하나의 예였다. 아인슈타인은 베버를 "교수님" 대신 격식을 차리지 않는 호칭인 "베버 씨"라고 불렀다.

드디어 아인슈타인에 대한 불만이 그에 대한 감동을 압도하게 되었을 때, 베버 교수의 발언은 몇 년 전 뮌헨 김나지움의 교사가 화가 나서 했던 말과 비슷했다. 베버는 그에게 "아인슈타인, 자네는 아주 영리한 청년이네. 극도로 영리한 청년이야. 그러나 자네에게는 큰 결점이 하나 있네. 그것은 자네가 다른 사람의 말을 절대 듣지 않는다는 것이네"라고 말했다.

그런 평가는 어느 정도 사실이었다. 그러나 세기말의 혼란기에 있던 물리학에서 사회적 통념을 외면하는 아인슈타인의 능력은 최악의 결점은 아니었다.[6]

아인슈타인의 성급한 행동은 폴리테크닉에서 실험과 실험실을 담당하고 있던 다른 물리학 교수인 장 페르네와도 불화를 일으키는 원인이 되었다. 페르네는 초급 물리학 실험에서 아인슈타인에게 가장 낮은 점수인 1점을 주어서 아인슈타인이 물리학 과목에서 낙제하도록 만드는 역사적 기록을 남겼다. 아인슈타인이 강의에 거의 출석하지 않았던 것이 부분적인 이유였다. 1899년 3월, 페르네의 서면 요구에 따라 아인슈타인에게 공식적으로 "물리학 실험에서 부지런하지 않았던 이유로 학과장의 경고"가 주어졌다.[7]

어느 날 페르네는 아인슈타인에게 의학이나 법학 같은 분야 대신 물리학을 전공한 이유를 물었다. 아인슈타인은 "그런 분야에 대해서는 더 재능이 없기 때문입니다. 그런데 제가 물리학에서 운을 시험해보면 안 됩니까?"라고 대답했다.[8]

아인슈타인이 페르네의 실험 과목에 어쩌다가 출석하더라도, 그의 독립적인 행동 때문에 문제가 발생했다. 어느 날 그는 실험 과정이 적힌 서류를 받았다. 그의 친구이고 초기의 전기작가인 카를 젤리히에 따르면, "평소처럼 독립심이 강했던 아인슈타인은 그 서류를 휴지통에 던져버렸다." 그리고 나서 자신의 방식으로 실험을 시작했다. 페르네는 조교에게 물어보았다. "자네는 아인슈타인에 대해서 어떻게 생각하나? 그는 언제나 내가 지시한 것과 다르게 실험을 하고 있지 않은가."

그의 조교는 "교수님 말씀이 사실이지만, 그의 결과는 옳고, 그의 방법 또한 아주 흥미롭습니다"라고 대답했다.[9]

결국 그 때문에 문제가 생겼다. 1899년 7월에 그는 페르네의 실험실에서 일으킨 폭발 사고로 오른손을 "심하게 다쳐" 병원에서 봉합 수술을 받아야 했다. 부상 때문에 그는 적어도 2주일 동안 제대로 글을 쓰지 못했고, 더 오랫동안 바이올린을 연주할 수 없었다. 그는 아라우에서 함께 연주했던 여학생에게 "바이올린을 내려놓을 수밖에 없게 되었습니다. 바이올린이 검은 케이스에서 나오지 못하는 이유를 궁금해할 것이 분명합니다. 아마도 양아버지가 생겼다고 생각할 것입니다"라는 편지를 보냈다.[10] 그는 곧 바이올린을 다시 연주할 수 있었지만, 그 사고 이후에는 실험보다 이론에 더 집착하게 되었던 것 같다.

수학보다 물리학에 더 많은 관심을 가지고 있던 그에게 가장 긍정적인 영향을 주었던 사람은 각이 진 턱을 가진 러시아 출신의 멋진 30대 초반의 유대인 수학 교수 헤르만 민코프스키였다. 아인슈타인은 민코프스키가 수학을 물리학과 연결시키는 방법을 좋아했지만, 그가 가르치던 과목 중에서 도전적인 과목은 피했다. 그래서 민코프스키는 그를 게으른 개라고 불렀다. "그는 수학에는 전혀 신경을 쓰지 않았다."[11]

아인슈타인은 한두 명의 친구와 함께 자신이 관심을 가지고 있는 문제에 대해서 열정적으로 공부하기를 좋아했다.[12] 그는 여전히 자신이 "방랑자이고 외톨이"라는 사실을 자랑스럽게 생각했지만, 커피 하우스를 찾아다니고, 자유분방한 친구나 동료 학생들과 함께 음악의 밤에 참석하기 시작했다. 그는 냉담하다고 소문이 나 있었음에도 불구하고 취리히에서 평생을 함께한 우정을 쌓았다.

아버지가 취리히 근방에 공장을 가지고 있는 중산층 유대인 출신의 수학 천재 마르켈 그로스만도 그런 친구 중 한 사람이었다. 그로스만은 강의를 자주 빼먹었던 아인슈타인에게 자신이 만든 자세한 노트를 보여주었다. 훗날 아인슈타인은 그로스만의 부인에게 "그의 노트는 인쇄를 해서 출판해도 될 정도였습니다. 내가 시험을 준비해야 할 때면 언제나 그가 노트를 보여주었고, 그 노트는 나에게 구세주와도 같았습니다. 그 노트가 없었더라면 어떠했을지는 생각도 하기 싫습니다"라고 말했다.

아인슈타인과 그로스만은 리마트 강변의 카페 메트로폴에서 철학을 이야기하면서 파이프를 피우고 냉커피를 마셨다. 그로스만은 부모에게 "이 아인슈타인이라는 친구는 언젠가 위대한 사람이 될 것"이라고 예언했다. 훗날 그는 아인슈타인에게 스위스 특허사무소에 직장을 구해주고, 특수 상대성 이론을 일반상대성 이론으로 발전시키기 위해서 필요했던 수학을 도와주어 자신의 예언이 실현되도록 했다.[13]

대부분의 폴리테크닉 강의가 시대에 뒤떨어진 것이었기 때문에 아인슈타인과 그의 친구들은 첨단 이론물리학자들의 논문을 스스로 찾아서 읽어야 했다. 그는 "나는 자주 수업을 빼먹고 집에서 이론물리학의 대가들에 대해서 정말 열심히 공부했다"고 기억했다. 그중에는 복사(輻射)에 대한 구스타프 키르히호프, 열동력학에 대한 헤르만 폰 헬름홀츠, 전기학에 대한 하인리히 헤르츠, 통계역학에 대한 볼츠만이 포함되어 있었다.

그는 이론물리학자로 유명하지는 않았지만 1894년에 『맥스웰의 전기 이론 입문(Introduction to Maxwell's Theory of Electricity)』이라는 유명한 교과서를 발간했던 아우구스트 푀플의 논문에서도 영향을 받았다. 과학 사학자 제럴드 홀턴에 따르면, 푀플의 책은 아인슈타인의 업적에서 사용된 개념으로 가득 채워져 있었다. "움직이는 전도체의 전기동력학"이라는 부분은 "절대운동"의 개념에 대한 의문으로 시작된다. 푀플은 움직임을 정의하려면 다른 대상과의 상대적인 관계를 고려할 수밖에 없다는 사실을 지적했다. 그는 자기장에 의해서 전류가 유도되는 문제에 대한 의문을 그런 입장에서 분석했다. 그는 "만약 정지해 있는 전기회로 근처에서 자석이 움직이는 것과 정지해 있는 자석 근처에서 전기회로가 움직이는 것이 마찬가지라면"이라는 질문을 던졌다. 아인슈타인도 1905년 특수상대성 논문의 시작 부분에서 똑같은 문제를 제기했다.[14]

아인슈타인은 시간이 나면 프랑스의 위대한 박식가로 특수상대성 이론의 핵심 개념에 놀라울 정도로 가까이 다가갔던 앙리 푸앵카레의 논문도 읽었다. 아인슈타인이 폴리테크닉에서 첫해를 마무리하고 있던 1897년 봄에 취리히에서 푸앵카레의 강연이 예정된 수학 학술대회가 개최되었다. 그는 마지막 순간에 참석할 수 없었지만, 그곳에서 발표된 논문에는 훗날 유명해진 문장이 담겨 있었다. 그는 "절대공간, 절대시간, 심지어 유클리드 기하학까지도 역학에 주어지는 제한 조건이 아니다"라고 주장했다.[15]

인간적인 면

저녁에 하숙집 여주인과 함께 집에 있던 어느 날 아인슈타인은 누군가 모차르트의 피아노 소나타를 연주하는 소리를 들었다. 누가 연주하는 것이냐고 물어보자, 하숙집 주인은 옆집 다락방에 사는 나이 든 여인이 피아노를 가르치는 중이라고 대답했다. 자신의 바이올린을 집어든 그는 옷깃을 여미고 넥타이를 매는 것도 잊어버리고 밖으로 뛰어나갔다. 하숙집 주인은 "아인슈타인 씨, 그런 모습으로 갈 수는 없습니다"라고 소리쳤다. 그러나 그는 그녀의 말을 무시하고 옆집으로 달려갔다. 피아노 선생은 놀라서 쳐다보았다. 아인슈타인은 "계속 연주하십시오"라고 애원했다. 잠시 후에 모차르트의 소나타를 함께 연주하는 바이올린 소리가 울려퍼졌다. 훗날 피아노 선생은 이웃집 주인에게 갑자기 쳐들어온 연주자가 누구냐고 물어보았다. 이웃집 주인은 "아무 탈 없는 학생"이라고 대답했다.[16]

음악은 계속해서 아인슈타인을 유혹했다. 그에게 음악은 현실 탈출이라기보다는 우주에 숨겨져 있는 조화, 위대한 작곡가의 창조적 천재성, 단순한 언어 이상의 표현을 편안하게 느끼는 사람들과의 관계를 의미했다. 그는 음악과 물리학 모두에서 조화의 아름다움에 감탄했다.

주자네 마르크발더는 취리히의 젊은 여성이었고, 그녀의 어머니는 주로 모차르트를 연주하는 저녁 음악회를 개최했다. 그녀는 피아노를 연주하고, 아인슈타인은 바이올린을 연주했다. 그녀는 "그는 나의 실수도 참아주었다. 최악의 경우에 그는 '당신은 산을 오르는 당나귀 같다'고 말하면서 활을 이용하여 내가 시작해야 할 곳을 짚어주었다"고 기억했다.

아인슈타인이 모차르트와 바흐를 좋아했던 것은 그들의 곡이 "결정론적"으로 보이고, 자신이 좋아하는 과학 이론과 마찬가지로 작곡되었다기보다 우주에서 끌어낸 것처럼 보이는 분명한 건축학적 구조를 가지고 있었기 때문이었다. 언젠가 아인슈타인은 "베토벤은 자신의 음악을 창조했지만, 모차르트의 음악은 너무나도 순수해서 우주에 영원히 존재했던 것처럼 보인다"고 말했다. 그는 베토벤과 바흐도 비교했다. "나는 베토벤을 듣고 있으면 불편해진다. 그의 음악은 너무 개인적이어서 거의 벌거벗은 것처럼 느껴진다. 오히려 바흐가 더 좋다. 바흐가 훨씬 더 좋다."

그는 슈베르트의 "감정을 표현하는 최상의 능력"에 감탄했다. 언젠가 그는 자신이 작성한 설문지에서 다른 작곡자들이 과학적 느낌을 표현하는 방법에 대해서 비판적인 견해를 밝힌 적이 있었다. 헨델은 "깊이가 얕고," 멘델스존은 "상당한 재능을 보여주기는 하지만, 막연하게 깊이가 없어서 진부하게 보이는 경우가 많고," 바그너는 "건축학적인 구조가 없어서 나에게는 데카당스처럼 보이며," 슈트라우스는 "천재이지만 내적 진리가 없다"고 했다.[17]

아인슈타인은 취리히 부근에 있는 아름다운 알프스 호수에서 혼자 보트를 타기도 했다. 주자네 마르크발더는 이렇게 기억했다. "아직도 나는 바람이 멎어서 돛이 시든 나뭇잎처럼 축 처지면 그가 작은 노트를 꺼내어 무엇인가를 쓰던 모습을 기억한다. 그는 조금이라도 바람이 불면 즉시 항해를 시작할 준비를 갖추고 있었다."[18]

임의적인 권위에 저항하고, 군국주의와 국수주의에 반대하고, 개인주의를 존중하고, 중산층이 소비나 부유함을 과시하는 것을 싫어하고, 사회적 평등을 바라던 어린 시절 그의 정치적 견해는 아라우의 하숙집 주인이었고 양아버지였던 요스트 빈텔러의 영향에 의해서 만들어졌다. 그런 그가 취리히에서 만났던 빈텔러의 친구는 빈텔러와 비슷한 정치적 스승이 되어주었다. 유대인 은행가였던 구스타프 마이어는 아인슈타인의 첫 폴리테크닉 방문을 가능하도록 도와주었다. 마이어는 빈텔러의 지원을 받아 민족문화회의 스위스 지부를 만들었고, 아인슈타인은 마이어의 집에서 열렸던 비공식적 모임에 자주 초대를 받았다.

아인슈타인은 취리히에서 공부하고 있던 오스트리아 사회민주당 지도자의 아들이었던 프리드리히 아들러와도 친해졌다. 훗날 아인슈타인은 그를 자신이 만난 사람들 중에서 "가장 순수하고, 가장 열정적인 이상주의자"로 기억했다. 아들러는 아인슈타인을 설득해서 사회민주당에 입당시키려고 노력했다. 그러나 조직적인 기관의 회의에서 시간을 보내는 것은 아인슈타인의 스타일이 아니었다.[19]

훗날 그를 멍한 교수처럼 보이게 해주었던 산만한 행동, 무심한 치장, 해어진 옷차림, 건망증은 이미 학생 시절부터 시작되고 있었다. 그가 여행을 할 때는 옷은 물론이고 때로는 가방도 잘 잃어버렸고, 열쇠를 잃어버리는 일은 하숙집 주인의 단골 농담이었다. 언젠가 가족 친구의 집을 방문했던 그는 "내가 가방을 두고 떠나왔다. 그 집의 주인은 내 부모에게 '그 청년은 아무것도 기억하지 못하기 때문에 아무것도 될 수 없을 것'이라고 말했다"고 기억했다.[20]

학생 시절을 유복하게 보내던 그는 아버지의 사업 실패로 어려움을 겪게 되었다. 아버지는 아인슈타인의 조언을 듣지 않고 숙부 야콥처럼 안정된 직장에서 봉급생활을 하는 대신 스스로 사업을 해보려고 노력했다. 아버지의 사업이 다시 실패할 것 같아서 심하게 우울했던 1898년에 여동생에게 보낸 편지에서 그는 "내 말을 들었더라면 아버지는 2년 전에 벌써 봉급을 받을 수 있는 직장을 찾았을 것이다"라고 했다.

그 편지는 실제 아버지의 재정 상황보다 훨씬 더 절망적이었다.

나를 가장 절망시킨 것은 그동안 행복을 누리지 못하셨던 부모님의 불운이다. 나에게 더 큰 상처가 되는 것은 어른인 내가 아무것도 하지 못하고 지켜보기만 해야 한다는 것이다. 나는 가족에게 짐만 될 뿐이다……내가 죽어버리면 더 나을 것이다. 내가 할 수 있는 일을 했고, 공부 이외에는 한번도 놀거나 한눈을 팔지 않았다는 생각이 나를 지켜주고, 때로는 절망으로부터 보호해준다.[21]

어쩌면 십대 소년에게 단순히 불안이 몰려왔을 수도 있다. 어쨌든 그의 아버지는 평소의 낙천적인 생각 때문에 위기를 겪고 있었다. 2월에는 밀라노 근처의 작은 마을 두 곳의 가로등 설치 공사 계약에 성공했다. 아인슈타인은 마야에게 "부모님에게 가장 어려운 일이 끝난 것 같아 기쁘다. 모두가 나처럼 이렇게 살면, 이 세상에 소설을 쓰는 일은 생기지도 않았을 것이다"라고 했다.[22]

본래부터 자기중심적인 성격을 가지고 있었고, 이제는 자유분방한 생활에 익숙해진 아인슈타인은 다정하고 조금은 가벼운 마리 빈텔러와 계속해서 사귈 수가 없었다. 처음에는 우편을 통해서 자신의 세탁물을 보내면 그녀가 세탁을 해서 돌려보내 주었다. 짧은 편지조차 없는 경우도 있었지만, 그녀는 기꺼이 그를 기쁘게 해주었다. 그녀의 편지에는 세탁한 옷을 돌려보내려고 "쏟아지는 빗속에 숲을 가로질러" 우체국으로 가던 이야기도 있었다. "짧은 편지라도 찾으려고 눈을 크게 떠보았지만 헛수고였습니다. 그러나 나는 당신의 다정한 필체로 쓴 주소를 보는 것만으로도 행복합니다."

아인슈타인이 자신을 방문할 예정이라는 소식을 들은 그녀는 현기증이 날 정도로 들떴다. 그녀는 "알베르트, 아라우에 오고 싶다는 당신에게 정말 감사합니다. 당신이 도착할 때까지 내가 시각을 세고 있을 것이라는 말씀은 드릴 필요가 없겠지요. 당신의 영혼이 내 영혼에 들어온 이후로 내가 느끼고 있는 행복은 말로 표현할 수가 없습니다. 사랑하는 당신, 저는 영원히 당신을 사랑합니다."

그러나 그는 그녀와의 관계를 청산하고 싶었다. 취리히 폴리테크닉에 도착해서 처음 보낸 편지에서 그는 서로에게 편지를 쓰지 말자고 제안했다. "사랑하는 당신에게, 당신의 편지를 정확하게 이해하지 못하겠습니다. 당신은 저에게 편지를 쓰고 싶지 않다고 했지만, 그 이유가 무엇입니까?……당신이 그렇게 무례하게 글을 쓴 것을 보면 나에게 화가 많이 난 것이 분명합니다"라는 답장을 보낸 그녀는 웃어넘기려고 애를 썼다. "그런데 잠깐, 내가 집에 가면 당신은 적당한 잔소리를 듣게 될 것입니다."[23]

아인슈타인의 다음 편지는 훨씬 더 심했고, 심지어 그녀가 준 찻주전자에 대해서 불평하기도 했다. 그녀는 "내가 당신에게 하찮은 작은 찻주전자를 보내주어도 당신이 그것에 훌륭한 차를 끓이지 않는다면 즐거움이 되지 않을 것입니다. 나에게 화난 표정을 짓지 마세요. 당신의 화난 모습이 편지지에 가득 채워져 있습니다"라는 답장을 보냈다. 그녀는, 자신이 가르치고 있는 학교에도 알베르트라는 어린 소년이 있는데 그를 닮았다고 알려주었다. "나는 그 아이도 많이 사랑합니다. 그 아이가 나를 쳐다보면 가슴이 뭉클해집니다. 나는 당신이 사랑하는 연인을 바라보고 있다고 믿고 있습니다."[24]

마리의 간청에도 불구하고 그 후부터 아인슈타인의 편지는 끊어져버렸다. 그녀는 그의 어머니에게 도움을 청하는 편지를 보내기도 했다. 파울린 아인슈타인은 "그 녀석이 놀라울 정도로 게을러진 모양입니다. 지난 사흘 동안 새 소식을 기다렸지만 헛수고였습니다. 그가 돌아오면 깊은 이야기를 나눠보아야겠습니다"라고 답장을 했다.[25]

결국 아인슈타인은 마리의 어머니에게 봄 방학에 아라우로 돌아가지 않겠다는 편지를 보내고 관계가 끝났다고 선언해버렸다. "며칠 동안의 행복을 위해서 새로운 고통을 겪는 것은 저에게 가치가 없습니다. 이미 저는 제 실수로 사랑스러운 그녀에게 너무 큰 아픔을 주었습니다."

그런 후에 그는 스스로 "단순히 개인적"인 것이라고 불렀던 감정적인 의무와 산만함의 고통을 덜기 위해서 어떻게 과학에 빠져들기 시작했는지에 대해서 지극히 자성적이고 기억할 만한 이야기를 했다.

그것이 저에게 특별한 종류의 만족감을 줍니다. 그래서 이제 제 자신이 그녀의 고운 본성을 충분히 고려하지 못하고 무시함으로써 사랑스러운 소녀에게 가져다준 고통을 직접 맛볼 수밖에 없게 되었습니다. 정력적인 지적 작업과 신의 자연을 살펴보는 일은 만족스럽고, 고무적이면서, 일생의 모든 어려움 속에서도 저를 이끌어줄 집요할 정도로 엄격한 천사와도 같은 것입니다. 그중의 일부라도 그녀에게 줄 수 있었으면 좋았을 것이라고 생각합니다. 그러나 이것은 인생의 폭풍을 잠재우는 정말 이상한 방법입니다. 제 생각에 저는 위험을 외면하기 위해서 사막의 모래 속에 머리를 묻어버리는 타조와 같습니다.[26]

우리 입장에서는 아인슈타인이 마리 빈텔러에게 보여주었던 냉정함이 잔인한 것처럼 보일 수도 있다. 그러나 그런 관계, 특히 청소년들의 관계는 멀리서 판단하기 어렵다. 두 사람은 서로 많이 달랐다. 특히 지적으로 그랬다. 마리의 편지는, 특히 그녀가 불안을 느낄 때의 편지는 그 의미가 분명하지 않았다. "나는 시시한 이야기를 쓰고 있습니다. 그렇지 않습니까? 결국 당신은 끝까지 읽지도 않을 것입니다. (그렇다고 믿고 싶지는 않습니다)"라고 쓴 편지도 있었다. 다른 편지에서는 "그대여, 저는 제 자신에 대해서 생각하지 않습니다. 사실입니다. 그러나 유일한 이유는 제가 가르치는 학생보다 더 많은 것을 알고 있다는 것을 보여주기 위해서 엄청나게 바보 같은 계산을 해야 할 경우를 빼면, 제가 아무 생각도 하지 않기 때문입니다"라고도 했다.[27]

누구를 비난하든지 상관없이 두 사람이 서로 다른 길을 가게 된 것은 조금도 놀라운 일이 아니었다. 아인슈타인과의 관계가 끝난 후에 마리는 우울증에 빠져서 학교를 나가지 못하는 일이 자주 있었고, 몇 년 후에 시계공장의 관리인과 결혼했다. 반대로 아인슈타인은 마리와는 전혀 다른 사람의 품에 빠져서 다시 연애를 시작했다.

밀레바 마리치

밀레바 마리치는 야망을 가진 세르비아 농부가 가장 아끼던 큰딸이었다. 그녀의 아버지는 군대를 제대한 후에 어느 정도 부유한 집안으로 장가를 갔고, 총명한 딸이 남자들만의 세상인 수학과 물리학 분야에서 활약할 수 있도록 만들기 위해서 노력했다. 그녀는 대부분의 어린 시절을 당시 헝가리가 점령하고 있던 세르비아 도시인 노비사드에서 보냈다.[28] 그녀는 여러 학교를 다녔고, 어디에서나 1등을 놓치지 않았다. 그녀의 아버지는 자그레브에 있는 남자 학교인 클래식 김나지움으로부터 입학 허가를 얻어냈다. 물리학과 수학에서 최고의 성적을 받고 졸업한 그녀는 취리히로 가서 스물한 살이 되기 직전에 폴리테크닉의 아인슈타인 학급에서 유일한 여학생이 되었다.

아인슈타인보다 세 살이나 많고, 선천적인 장애 때문에 절룩거리는데다가 결핵과 우울증에 잘 걸리던 밀레바 마리치는 용모는 물론이고 성격 면에서도 좋은 평을 받지 못했다. "매우 총명하지만, 진지하고, 작고, 약하고, 가무잡잡하고, 못생겼다"는 것이 취리히의 어느 여자 친구의 평이었다.

그러나 그녀는 적어도 낭만적인 학교생활을 했고, 아인슈타인이 매력적이라고 느꼈던 수학과 과학에 대한 열정, 깊은 생각에 잠기는 버릇, 위안이 되는 심성을 가지고 있었다. 그녀의 깊은 눈동자는 잊기 어려울 정도로 강렬했고, 얼굴에는 매력적인 우수(憂愁)가 담겨 있었다.[29] 시간이 지나면서 그녀는 아인슈타인의 시인, 동반자, 연인, 부인, 혐오의 대상, 경쟁자가 되었고, 그의 일생에서 만난 어떤 사람보다도 훨씬 더 강력한 감정의 장(場)을 만들어주었다. 그녀는 아인슈타인처럼 단순한 과학자로서는 결코 상상할 수 없을 정도의 강도로 그를 유혹하기도 했고, 밀쳐내기도 했다.

그들은 폴리테크닉에 입학하던 1896년 10월에 처음 만났지만, 어느 정도 시간이 흐른 후부터 사귀기 시작했다. 편지나 사람들의 기억에 따르면, 첫해에는 두 사람이 단순한 동급생 이상의 관계였다는 흔적이 없었다. 그러나 1897년 여름에 두 사람이 함께 산책을 가게 되었다. 그해 가을 아인슈타인 때문에 "그녀가 경험하게 된 새로운 감정에 놀란" 마리치는 잠시 폴리테크닉을 떠나 하이델베르크 대학교에서 강의를 청강하기로 했다.[30]

그녀가 아인슈타인에게 보냈던 편지 중에서 지금까지 남아 있는 첫 편지는 하이델베르크로 옮기고 나서 몇 주 후에 쓴 것으로 낭만적인 매력에 대한 희미한 흔적을 보여주었지만, 자신만만한 태연함을 강조한 것이었다. 그녀는 아인슈타인을 독일어로 보다 친밀한 "du" 대신 공식적인 "Sie"라는 호칭으로 불렀다. 마리 빈텔러와는 달리 그가 유별나게 긴 편지를 보냈지만, 그녀는 그에게 집착하지 않는다는 사실을 짓궂을 정도로 분명히 했다. "당신의 편지를 받은 후 상당한 시간이 흘렀습니다. 곧바로 답장을 해서 네 쪽이나 되는 긴 편지를 쓰느라고 고생한 것에 대해서 감사를 했어야 했고, 함께 했던 여행이 나를 즐겁게 해주었다고 이야기를 했어야 했습니다. 그런데 당신은 내가 심심해지면 편지를 쓰라고 말했습니다. 저는 매우 순종적이기 때문에 심심해질 때까지 기다리고, 또 기다렸습니다. 그러나 지금까지는 내 기다림이 헛수고였습니다."

마리치가 마리 빈텔러와 더욱 다른 점은 그녀의 편지에 담긴 지적 강도였다. 첫 편지에서 그녀는 당시 하이델베르크의 조교수였던 필리프 레나르트의 기체운동론* 강의에서 느낀 감동을 적었다. 기체운동론에서는 기체의 성질을 수백만 개의 개별적인 분자들의 움직임으로 설명한다. 그녀는 "맙소사. 어제 레나르트 교수의 강의는 정말 깔끔했습니다. 그는 이제 열과 기체의 운동론에 대해서 이야기하고 있습니다. 그래서 산소 분자들은 초속 400미터가 넘는 속도로 움직인다고 한다고 합니다. 훌륭한 교수님은 계산하고 또 계산을 했습니다……그리고 결국 분자들은 그런 속도로 움직이지만 머리카락의 100분의 1에 해당하는 거리를 움직일 뿐이라고 합니다"고 적었다.

기체운동론은 아직도 과학계에서 완전히 인정을 받지 못했고(원자나 분자의 존재조차도 마찬가지였다), 마리치의 편지에는 그녀도 그 분야에 대해서 충분히 이해하지 못한다는 사실이 드러나 있다. 고약할 정도로 역설적인 면도 있었다. 레나르트는 아인슈타인이 초기에는 감동했던 사람들 가운데 한 사람이었지만, 나중에는 그가 가장 미워하는 반유대주의자 가운데 한 사람이 되었다.

마리치는 그가 앞서 보냈던 편지에서 설명했던 인간이 무한(無限)을 이해하지 못하는 어려움에 대해서도 언급했다. "저는 사람이 무한을 이해할 수 없는 것이 우리 뇌의 구조 때문이 아니라고 생각합니다. 사람은 무한한 행복을 꿈꾸는 훌륭한 능력을 가지고 있고, 그래서 공간의 무한함도

---

* 기체가 작은 입자로 구성되어 있다는 가정으로, 기체의 거시적 거동을 설명하는 통계역학적 이론이다 / 역주.

이해할 수 있습니다. 저는 공간의 무한함을 이해하는 것이 훨씬 더 쉽다고 생각합니다." 무한한 행복보다 무한한 공간을 이해하는 것이 더 쉽다는 주장 속에는 "단순히 개인적인 것"에서 과학적 사고(思考) 속으로 도망간다는 아인슈타인의 태도가 어느 정도 반영되어 있다.

그러나 마리치의 편지에는 그녀도 역시 아인슈타인에 대해서 개인적으로 관심을 가지고 있었다는 사실이 분명하게 드러나 있었다. 그녀는 자신이 존경하고 자신을 보호해주는 아버지에게 그에 대해서 이야기를 했다. "아버지께서 담배를 주셨고, 나는 그것을 직접 당신에게 전해주어야만 합니다. 그는 당신이 우리 추방자들의 작은 나라를 좋아하기를 간절히 바라고 계십니다. 아버지에게 당신에 대해서 모두 말씀드렸습니다. 언젠가 당신은 꼭 저와 함께 이곳을 방문해야만 합니다. 아버지와 당신은 정말 많은 이야기를 나눌 수 있을 것입니다." 마리 빈텔러의 찻주전자와는 달리 담배는 아인슈타인이 원했을 가능성이 높은 선물이었다. 그러나 마리치는 짓궂게 그것을 우편으로 보내지 않겠다고 약을 올렸다. "당신은 관세를 물어야 할 것입니다. 그런 후에 저를 원망해도 좋습니다."[31]

장난기와 진지함, 무심함과 집중, 친밀함과 냉담함 같은 상반된 특성이 뒤섞인 성격은 특이하지만, 그것이 오히려 비슷한 성격을 가지고 있었던 아인슈타인에게 매력적으로 보였음이 분명하다. 그는 그녀에게 취리히로 돌아오도록 요청했다. 1898년 2월에 그녀는 그렇게 하기로 결심했고, 그는 감동했다. "당신이 그런 결정을 내린 것을 후회하지 않으리라고 확신합니다. 가능하면 빨리 돌아오십시오."

그는 교수들이 어떻게 하고 있는지를 간략하게 알려주었다. (기하학을 가르치는 교수는 "좀 이해하기 어렵다"고 인정했다.) 그는 자신과 마르켈 그로스만이 준비해놓은 강의 노트를 이용해서 그녀가 강의를 따라갈 수 있도록 도와주겠다고 약속했다. 그녀가 기숙사 뒤쪽의 "오래된 멋진 방"을 되찾을 수 없다는 것이 한 가지 문제였다. "제대로 모시겠습니다. 작은 도망자님!"[32]

그녀는 4월에 그의 하숙집에서 몇 블록 떨어진 기숙사로 돌아왔고, 이제 그들은 한 쌍이었다. 그들은 책, 지적 관심, 친밀함을 나누었고, 서로의 아파트에도 드나들었다. 어느 날 열쇠를 잃어버려서 집에 들어갈 수 없게 된 그는 그녀의 아파트에 가서 물리학 교과서를 가져왔다. 그녀에게는 "나에게 화내지 마세요"라는 짧은 메모를 남겨두었다. 같은 해에 그녀에게 다시 남겨둔 비슷한 메모에는 "괜찮다면 오늘 저녁에 와서 당신과 함께 읽고 싶습니다"라고 적혀 있었다. [33]

친구들은, 어떤 여자와도 사귈 수 있는 아인슈타인 같은 감각적이고 멋진 청년이 절룩거리는데다가 고독감을 풍기는 작고 평범한 세르비아 여성과 함께 있는 것을 보고 놀랐다. 동료 학생은 그에게 "나는 완벽하게 건강한 여자가 아니라면 결혼할 용기를 가지지 못할 것"이라고 말했다. 아인슈타인은 "그러나 그녀는 정말 사랑스러운 목소리를 가졌다"고 대답했다. [34]

마리 빈텔러를 좋아했던 아인슈타인의 어머니 역시 그녀를 대신한 가무잡잡하고 이지적인 여성을 의심스러워했다. 1899년 봄 방학 동안에 부모님을 방문했던 아인슈타인은 밀라노에서 "당신의 사진은 어머니에게 상당한 충격을 주었습니다. 어머니가 사진을 열심히 들여다보는 동안에 나는 가장 감동적인 표정으로 '그렇습니다. 그래요. 그녀는 총명한 여성입니다'라고 말씀드렸습니다. 나는 이미 이런 놀림을 견뎌왔습니다"라는 편지를 보냈다. [35]

아인슈타인이 마리치에게 매력을 느낀 이유는 쉽게 이해할 수 있다. 그들은 자신들을 무심한 과학자이고 이방인이라고 생각하는 똑같은 사람들이었다. 중산층의 기대에 대해서 어느 정도 반발심을 가지고 있던 그들은 연인이면서 동반자, 동료, 협력자의 역할도 할 수 있는 지식인이었다. 아인슈타인은 그녀에게 "우리는 서로의 어두운 영혼과 커피를 마시고, 소시지를 먹는 것 등을 너무 잘 이해한다"고 했다.

아인슈타인은 등(etcetera)을 익살스럽게 만드는 재주를 가지고 있었다. 그는 다른 편지의 말미에 "성공 등을 빌며, 특히 후자를 위해서"라고 마무리했다. 몇 주 동안 떨어져 있던 그는 그녀와 함께 하고 싶은 일의 목록을 만들었다. "이제 곧 나는 다시 사랑하는 당신과 함께 키스를 하고, 안아주고, 함께 커피를 끓이고, 나무라고, 함께 공부를 하고, 함께 웃고, 함께 산책을 하고, 함께 이야기를 나누고, 그리고 무한히!" 그들은 똑같이 변덕스러운 것을 자랑스럽게 생각했다. "나는 언제나 그랬듯이 변덕과 장난기가 넘치고 여전히 시무룩한 그 옛날의 장난꾸러기입니다."[36]

무엇보다도 아인슈타인은 그녀의 정신 때문에 그녀를 사랑했다. 언젠가 그는 그녀에게 "작은 철학 박사를 연인으로 가진 것이 얼마나 자랑스러운가"라고 했다. 과학과 낭만은 서로 얽혀 있는 것처럼 보였다. 1899년 가족과 함께 휴가를 보내는 동안에 아인슈타인이 마리치에게 보낸 편지에서 "내가 헬름홀츠의 책을 처음 읽었을 때 나는 당신이 내 옆에 없다는 사실을 믿을 수가 없었고, 지금도 그렇습니다. 나는 함께 일하는 것을 좋아하며, 그것이 나에게 위로가 되고 나를 덜 지루하게 해줍니다"라고 했다.

사실 대부분의 편지에는 낭만과 함께 과학적 관심이 뒤섞여 있었고, 후자가 강조되는 경우도 많았다. 예를 들면, 어느 편지에서 그는 특수상대성 이론에 대한 그의 위대한 논문 제목과 개념을 암시하기도 했다. "나는 오늘날 움직이는 물체에 대한 기존의 전기동력학은 현실과 일치하지 않고, 훨씬 더 단순하게 표현할 수 있을 것이라는 사실을 점점 더 확신하고 있습니다. 전기 이론에 '에테르'의 개념을 도입하는 것은 내 생각에는 물리적 의미를 부여하지 않고도 움직임을 설명할 수 있는 매질의 개념으로 이어질 듯합니다."[37]

지적이고 감정적인 우정의 혼합이 그에게는 매력적이었지만, 가끔씩은 마리 빈텔러의 훨씬 더 단순한 욕망의 매력을 그리워하기도 했다. 그의 정직함으로 위장한 무분별함 때문에 (어쩌면 남을 괴롭히는 것을 좋아하는 그의 개구쟁이 성격 탓에) 마리치도 그런 사실을 알게 되었다. 1899년 여름 방학 후에 그는 여동생을 마리가 살고 있는 아라우의 학교에 입학시키기로 결정했다. 그는 마리치에게 옛 여자 친구와 오랜 시간을 함께 보내지 않을 것을 약속하는 편지를 보냈다. 그러나 어쩌면 의도적이었는지 모르겠지만, 그의 약속은 마리치에게 확신을 심어주기보다는 그녀를 훨씬 더 불안하게 만들었다. "내가 4년 전에 미친 듯이 사랑했던 딸이 집으로 돌아와 있기 때문에 나는 아라우에 자주 가지는 않을 것입니다. 나는 높은 곳에 있는 고요의 요새에서 안전함을 느낍니다. 그러나 만약 내가 그녀를 몇 번 더 만나면 나는 미치게 될 것이 확실합니다. 나는 그럴 것이라고 확신합니다. 그런 일을 불처럼 두려워합니다."

그러나 마리치에게는 다행스럽게도, 그 편지는 그들이 취리히에 다시 돌아가서 무엇을 함께 할 것인지에 대한 이야기로 이어졌다. 다시 한 번 아인슈타인은 그들의 관계가 그렇게 특별한 이유를 분명히 해주었다. "우리가 가장 먼저 할 일은 위틀리베르크로 등산을 가는 것입니다." 도시 근처에 있는 산을 말하는 것이었다. 그곳에서 그들은 함께 갔던 등산 여행에 대한 "기억을 펼쳐보는 즐거움"을 누릴 수 있을 것이라고 했다. 그는 "나는 벌써 우리가 함께 할 즐거움을 상상할 수 있습니다"라고 했다. 마지막으로 그들이 서로 이해할 수 있는 장식으로 그는 "그런 후에 헬름홀츠의 빛에 대한 전자기학 이론을 공부하기 시작할 것입니다"라고 마무리했다.[38]

그 후에 그들의 편지는 더욱 친밀하고 열정적으로 바뀌었다. 그는 그녀를 "돌리(Doxerl)", "나의 길들지 않은 작은 악당", "나의 동네 개구쟁이"라고 부르기 시작했고, 그녀는 그를 "요니(Johannzel)", "나의 심술궂은 당신"이라고 불렀다. 1900년 초부터 그들은 다음과 같은 짧은 편지를 시작으로 서로에게 익숙한 "du"라는 호칭을 쓰기 시작했다.

나의 작은 요니,
제가 당신을 너무 좋아하지만, 당신에게 작은 키스를 해드릴 수 없을 정도로 멀리 있기 때문에 제가 당신을 좋아하는 만큼 당신도 저를 좋아하는지 물어보고 싶어서 이 편지를 씁니다. 즉시 답장을 바랍니다.

천 번의 키스를 보내며
돌리[39]

1900년 8월의 졸업

학문적으로도 아인슈타인에게 모든 일이 잘 진행되고 있었다. 1898년 10월의 중간시험에서 그는 6점 만점에 평균 5.7점을 얻어 1등을 했다. 5.6점으로 2등을 한 사람은 그의 친구이고 수학 노트를 적어준 마르켈 그로스만이었다.[40]

아인슈타인은 졸업을 위해서 연구 논문을 써야 했다. 처음에 그는 베버 교수에게 빛 파동이 공간을 통해서 전파될 수 있도록 해준다고 믿었던 가상적 물질인 에테르 속에서 지구가 얼마나 빨리 움직이고 있는지를 측정하는 실험을 제안했다. 그의 특수상대성 이론에 의해서 무너져버린 것으로 유명한 일반적인 지식에 따르면, 지구가 그런 에테르를 통해서 광원을 향해 가까워지거나 멀어지면 광속의 차이를 관측할 수 있어야 했다.

1899년 여름 방학이 끝날 무렵 아라우를 방문했던 그는 그곳의 옛 학교 교사와 함께 그 문제를 연구했다. 그는 마리치에게 "나는 물체의 에테르에 대한 상대적 움직임이 빛의 전파속도에 영향을 미치는 방법을 연구하기 위한 좋은 아이디어를 가지고 있습니다"라고 했다. 거울을 서로 기울어진 각도로 배치한 장치를 만들어서 "하나의 광원에서 나온 빛이 서로 다른 방향으로 반사되도록" 한 후에, 하나는 지구가 움직이는 방향으로 보내고, 다른 하나는 그것과 수직방향으로 보낸다는 것이 그의 아이디어였다. 아인슈타인은 훗날 상대성을 어떻게 정립하게 되었는지를 설명하는 강연에서 빛을 분할해서 서로 다른 방향으로 반사시킨 후에 "에테르 속에서 지구가 움직이는 방향에 일치하는지에 따라 에너지의 차이가 있는지"를 알아보려고 했던 기억을 떠올렸다. 그는, 그런 사실을 "생성되는 열의 차이를 확인하는 두 개의 열전(熱電) 장치를 이용해서 확인할 수 있을 것"이라고 주장했다.[41]

베버는 그의 제안을 거부했다. 미국의 앨버트 마이컬슨과 에드워드 몰리를 비롯한 여러 사람이 비슷한 실험을 했지만, 아인슈타인은 아무도 골치 아픈 에테르에 대한 증거, 즉 광속이 관찰자나 광원의 움직임에 따라 달라진다는 증거를 찾아내지 못했다는 사실을 모르고 있었다. 베버와 그 문제를 논의한 후에 아인슈타인은 한 해 전에 빌헬름 빈이 주었던, 마이컬슨-몰리의 실험을 포함하여 에테르의 존재를 확인하기 위해서 고안되었던 13가지의 실험을 간략하게 설명한 논문을 읽어보았다.

아인슈타인은 빈 교수에게 그 문제에 대한 자신의 추론적인 논문을 보내고 답장을 요청했다. 아인슈타인은 마리치에게 "그가 폴리테크닉을 통해서 나에게 답장을 보낼 것입니다. 만약 당신이 편지를 발견하게 되면 먼저 읽어보아도 좋습니다"라고 말했다. 그러나 빈이 답장을 했다는 증거는 없다.[42]

아인슈타인의 다음 연구 계획서는 서로 다른 물질이 열이나 전기를 전도하는 능력의 관계를 알아보는 전자 이론에 대한 것이었다. 베버가 그 계획서도 좋아하지 않았기 때문에 아인슈타인은 마리치와 함께 베버의 전공 중의 하나였던 열전도만을 연구하는 것으로 계획을 축소했다.

아인슈타인은 훗날 자신들의 졸업 연구 논문들은 "나에게 흥미가 없었던 것"이었다고 평가절하해버렸다. 베버는 아인슈타인과 마리치에게 동료들 중에서 가장 낮은 점수인 4.5점과 4.0점을 주었다. 그로스만은 5.5점을 받았다. 더욱이 베버는 아인슈타인이 보고서를 규정된 종이에 쓰지 않았다는 이유로 보고서 전부를 다시 옮겨쓰도록 요구했다.[43]

졸업 논문에서 낮은 점수를 받았지만, 아인슈타인은 최종 성적을 평균 4.9점이 되도록 보충해서 5명 중 4등으로 졸업할 수 있었다. 역사는 그가 고등학교에서 수학에 낙제했다는 흥미로운 미신이 잘못된 것으로 밝혀냈지만, 그가 대학에서 꼴찌에 가까운 성적으로 졸업했다는 사실은 흥미로운 위안 거리가 된다.

어쨌든 그는 졸업을 했다. 그의 평균 4.9점은 겨우 졸업장을 받을 수 있는 수준이었다. 공식적으로 그는 1900년 7월에 졸업장을 받았다. 그러나 밀레바 마리치는 학급에서 최저인 4.0점을 받아서 졸업하지 못했다. 그녀는 다음 해에 다시 시도하기로 결심했다.[44]

아인슈타인이 폴리테크닉을 다니는 동안 자신이 이단자로 보인다는 사실을 자랑했던 것은 놀라운 일이 아니다. 그의 동료 학생은 "어느 날 교실에서 교수가 학교 당국이 결정한 사소한 징계 조치에 대해서 설명했을 때 그의 독자적인 성향이 확실하게 드러났다"고 기억했다. 아인슈타인은 반발했다. 그는 교육은 기본적으로 "지적 자유의 요구" 때문에 필요한 것이라고 믿었다.[45]

일생 동안 아인슈타인은 취리히 폴리테크닉에 대해서 애정을 가지고 말했지만, 시험제도에 대한 규율은 좋아하지 않았다고 지적했다. "물론 자신이 좋아하는지에 상관없이 시험을 위해서 모든 것을 머릿속에 밀어넣어야 한다는 것이 문제였다. 그런 요구는 너무 부정적이어서 마지막 시험을 마치고 나서 1년 동안은 과학적 문제가 싫어졌을 정도였다."[46]

실제로 그런 일은 가능하지도 않았고, 사실도 아니었다. 그는 몇 주 만에 회복했고, 7월에 어머니와 여동생과 함께 스위스의 알프스로 여름 휴가를 떠날 때 구스타프 키르히호프와 루트비히 볼츠만의 교과서를 비롯한 여러 권의 과학 책을 가지고 갔다. 그는 마리치에게 "공부를 많이 하고 있습니다. 주로 강체(剛體)의 운동에 대한 카르히호프의 고약한 연구를 공부하고 있습니다"라는 편지를 보냈다. 그는 시험에 대한 거부감은 이미 사라졌다고 인정했다. "이제 마음이 가라앉아서 다시 즐겁게 일을 할 수 있습니다. 당신은 어떠십니까?"[47]

4

연인들

1900–1904년

1900년 여름 휴가

1900년 7월 말에 폴리테크닉을 졸업한 아인슈타인은 키르히호프의 저서를 포함한 물리학 책을 가지고 가족들이 여름 휴가를 보내고 있던 멜히탈에 도착했다. 멜히탈은 루체른 호수와 북부 이탈리아의 국경 사이의 스위스 알프스에 자리잡고 있는 마을이었다. "무서운 외숙모" 율리아 코흐가 안내를 맡았다. 기차역으로 마중을 나온 어머니와 여동생은 키스로 반가움을 표시하고 함께 산으로 가는 마차에 올랐다.

호텔 부근에서 아인슈타인과 여동생은 마차에서 내려 걸었다. 마야는 그와 밀레바 마리치의 관계에 대해서 어머니와 의논하지 못했다고 털어놓았다. 가족들은 두 사람의 관계를 그녀의 별명에 따라 "돌리 사건"으로 불렀다. 마리치는 "어머니에게 심하게 말하지 말라"고 부탁했다. 그러나 그가 훗날 마리치에게 보낸 편지에 썼듯이 "내 큰 입을 닫고 있는 것"도 그렇지만, 마리치의 감정을 고려해서 가족 사이에서 일어난 극적인 일을

적당히 감춰주는 것도 아인슈타인에게 어울리는 일이 아니었다.[1]

그는 어머니의 방으로 갔다. 시험에 대한 이야기를 들은 후에 어머니는 "그래서 이제 너의 돌리는 어떻게 되느냐?"고 물었다.

아인슈타인은 어머니가 질문하던 냉정한 태도를 흉내내려고 애쓰면서 "제 아내"라고 대답했다.

아인슈타인은 어머니가 "침대에 몸을 던지고, 베개에 머리를 묻고, 어린아이처럼 울었다"고 기억했다. 어머니는 마음을 진정시킨 후에 다시 따지기 시작했다. "너는 장래를 망치고, 기회를 망가뜨리고 있다. 괜찮은 집안이라면 절대 그녀를 받아들이지 않을 것이다. 그녀가 만약 임신이라도 하면, 너는 정말 뒤죽박죽이 되고 말 것이다."

아인슈타인은 평정을 잃어버렸다. 그는 마리치에게 "나는 우리가 동거하고 있는 것이 아니라고 분명하게 말하면서, 어머니에게 따졌습니다"라고 전했다.

그가 바깥으로 뛰어나가려고 할 때, "작고, 활기차고, 정말 유쾌한" 어머니의 친구가 들어왔다. 두 사람은 곧바로 날씨, 휴양지의 새 손님, 버릇없는 아이들에 대한 수다스러운 이야기를 나누다가 함께 식사를 하고 음악을 연주했다.

휴가 기간 내내 그런 폭풍과 고요가 반복되었다. 아인슈타인이 위기를 넘겼다고 생각할 때면 어머니가 다시 그 문제를 들먹였다. 한 번은 어머니가 "너와 마찬가지로 그녀도 공부를 하고 있다. 그런데 너에게는 아내가 필요하다"고 야단을 쳤다. 마리치는 스물네 살이지만 그는 겨우 스물한 살이라는 사실을 들먹이기도 했다. "네가 서른 살이 되면, 그녀는 늙은 노파가 되어 있을 것이다."

그때까지도 밀라노에 있던 아인슈타인의 아버지는 "교훈적인 편지"를 보냈다. 아내는 남자가 생활력을 갖추고 있을 때만 감당할 수 있는 "사치품"이라는 것이었다. 마리 빈텔러가 아니라 밀레바 마리치 같은 경우에는 더욱 그랬다. 그는 마리치에게 "나는 남자와 아내의 관계를 그렇게 보는 것을 경멸합니다. 그렇게 되면 아내는 평생 계약을 한다는 점을 제외하면

창녀와 다를 것이 없기 때문입니다"라고 말했다.[2]

그 후 몇 달 동안은 그의 부모가 그들의 관계를 인정하기로 결정한 것처럼 보였던 때도 있었다. 8월에 아인슈타인은 마리치에게 "이제 어머니는 조금씩 포기하시는 모양입니다"라고 했다. 9월에도 그는 "두 분이 어쩔 수 없다고 생각하시는 모양입니다. 두 분이 당신을 알게 되면 당신을 무척 좋아하실 것이라고 생각합니다"라고 했다. 10월에도 역시 "부모님들이 마지못해 주저하면서도 돌리와의 싸움에서 후퇴하셨습니다. 결국 싸움에서 지게 될 것을 깨달으셨습니다"라고 했다.[3]

그러나 부모가 현실을 받아들였다가도, 다시 불만을 털어놓는 일이 반복되면서 감정적으로 더욱 격앙된 상태가 되어갔다. 그는 8월 말에 이런 편지를 썼다. "어머니가 자주 울음을 터뜨려서 나는 잠시도 편안할 틈이 없습니다. 부모님은 마치 내가 죽기라도 하는 것처럼 울고 계십니다. 두 분은 계속해서 내가 당신을 사귐으로써 스스로를 불행하게 만들고 있다고 불평하십니다. 그분들은 당신이 건강하지 않다고 생각하십니다."[4]

그의 부모가 반대하는 이유는 마리치가 유대인이 아니기 때문도 아니었고, 그녀가 세르비아 사람이기 때문도 아니었다. 마리 빈텔러도 유대인이 아니었다. 물론 그녀가 세르비아 사람이라는 것이 도움이 되지는 않았다. 그들은 아인슈타인의 친구들과 같은 이유로 반대를 했다. 그녀의 나이가 많고, 좀 아프고, 절룩거리고, 용모가 평범하고, 강렬하지는 않지만 정말 뛰어난 인재는 아니라는 것이 문제였다.

그런 감정적 압력이 모두 아인슈타인의 반항심과 그의 "길들지 않은 거리의 장난꾸러기" 같은 열정을 더욱 부추겼다. "이제야 비로소 내가 당신과 얼마나 미친 듯한 사랑에 빠졌는지를 알게 되었습니다!" 그들의 편지를 통해서 드러난 관계는 지적이면서도 감정적이었지만, 이제 감정적인 부분은 스스로 인정한 외톨이로서는 예상하지 못했던 불길로 채워졌다. 언젠가 그는 "한 달 동안이나 당신에게 키스를 해주지 못했다는 사실을 깨달았고, 당신이 몹시 그립습니다"라는 편지를 보내기도 했다.

8월에 직장을 알아보기 위해서 잠시 취리히에 들렀던 그는 멍하게 걷고 있는 자신을 발견했다. "당신이 없으면 나는 자신감도, 일에서의 즐거움도, 인생의 즐거움도 느낄 수 없습니다. 간단히 말해서, 당신이 없는 인생은 인생이 아닙니다." 심지어 그녀를 위해서 시를 쓰려고 애쓰기도 했다. "오 내 사랑! 요니 소년은! / 미칠 듯한 욕망으로 / 그의 돌리를 생각하느라 / 베개가 불타오를 지경이다."[5]

그러나 그들의 열정은 고상했다. 적어도 마음속으로는 그랬다. 외로운 엘리트 의식에 젖어 커피 하우스를 찾아다니면서 쇼펜하우어의 철학 책을 너무 많이 읽은 젊은 독일인이었던 그들은 자신들의 고상한 생각과 대중의 더 천한 본능과 충동 사이의 신비적인 구분을 거리낌없이 표현했다. 가족들과 전쟁을 겪고 있던 8월에 그는 그녀에게 이런 편지를 보냈다. "내 부모님의 경우에는 대부분의 사람들과 마찬가지로 감정을 조절하는 분별력을 가지고 계십니다. 우리의 경우에는 유복한 환경 덕분에 인생의 즐거움이 엄청나게 커졌습니다."

기특하게도 아인슈타인은 마리치(와 그 자신)에게 "내 부모님과 같은 사람들 덕분에 우리가 존재할 수 있게 되었다는 사실을 절대 잊지 말아야 합니다"라고 일깨워주었다. 그의 부모와 같은 사람들의 단순하고 솔직한 본능이 문명의 발전을 가능하게 해주었다는 것이었다. "그래서 나는 사랑하는 당신처럼 나에게 중요한 것을 포기하지 않으면서도 내 부모님을 보호하려고 애를 쓰고 있습니다!"

아인슈타인은 어머니를 기쁘게 해드리기 위해서 멜히탈의 화려한 호텔에서 훌륭한 아들처럼 행동했다. 그는 끊임없이 이어지는 식사가 과도하고, "지나치게 차려입은" 손님들은 "게으른 응석받이"라고 생각했지만, 어머니의 친구들을 위해서 충실하게 바이올린을 연주하고, 정중하게 대화를 나누고, 즐거운 것처럼 행동했다. 그런 노력은 효과가 있었다. "이곳 손님들 사이에서의 내 인기와 나의 성공적인 연주가 어머니의 가슴에 향유(香油)로 작용했습니다."[6]

아인슈타인은 아버지를 진정시키고, 마리치와의 관계 때문에 생긴 감정적인 분노를 삭여주는 가장 좋은 방법은 밀라노로 아버지를 찾아가서 그의 새 발전소를 둘러보고 회사에 대하여 배움으로써 "위급할 경우에는 아버지의 자리를 대신할 수 있도록" 준비하는 것이라고 생각했다. 헤르만 아인슈타인은 그 소식에 기분이 너무나 좋아져서 회사를 돌아본 후에 그를 베네치아로 데려가주겠다고 약속했다. "나는 아버지가 집전하는 '성스러운 성찬(聖餐)'에 참석하기 위해서 토요일에 이탈리아로 출발하지만, 씩씩한 슈바벤 사람*이므로 아무것도 두렵지 않습니다."

아버지를 방문하기로 한 아인슈타인의 계획은 대체로 잘 진행되었다. 냉정하지만 충실한 아들이었던 그는 가족의 재정 문제로 어쩌면 아버지보다 더 심하게 속을 끓여왔다. 그러나 당시에는 사업이 잘되고 있었고, 그것이 헤르만 아인슈타인을 들뜨게 만들었다. 아인슈타인은 마리치에게 "아버지는 재정 문제를 걱정하지 않게 되면서 완전히 다른 사람으로 변했습니다"라고 말했다. "돌리 사건" 때문에 중간에 방문을 포기해버릴까 생각했던 경우가 한 번 있었지만, 그런 위협이 아버지에게 너무 큰 충격이라는 사실을 깨달은 아인슈타인은 본래의 계획에 따르기로 결정했다. 그는 아버지가 그의 방문과 가족 회사에 관심을 가지려는 노력을 고맙게 생각할 정도로 노력했던 것으로 보인다.[7]

아인슈타인은 엔지니어가 되기 싫어했지만, 1900년 늦여름 베네치아 여행에서 그의 아버지가 그렇게 요구했거나, 아니면 그가 아버지의 일을 대신해야 할 운명이 되었더라면 엔지니어가 되었을 가능성도 있었다. 그는 대학을 좋지 않은 성적으로 마친 탓에 교직도 얻지 못했고, 연구 경력도 없었으며, 학문적인 후원자도 없었다.

아인슈타인이 1900년에 그런 선택을 했더라면 충분히 좋은 엔지니어가 될 수 있었겠지만, 위대한 엔지니어가 되지는 못했을 것이다. 그 후에 그는 실제로 취미 삼아 발명에 도전해서 소음이 없는 냉장고에서 아주 낮은 전압의 전기를 측정하는 기계에 이르는 몇 가지 장치에 대한 아이디어를 찾아내기도 했다. 그러나 그중 어느 것도 중요한 공학적 업적이 되거나

---

* 아인슈타인이 자신을 표현할 때 자주 사용했던 "씩씩한 슈바벤 사람(valiant Swabian)"이라는 말은 루트비히 울란트의 "슈바벤 이야기"라는 시에 나오는 것이다.

시장에서 성공을 거두지는 못했다. 그가 아버지나 숙부보다 더 똑똑한 엔지니어가 될 수도 있었겠지만, 재정적으로 더 성공할 수 있었을지는 분명하지 않다.

그가 대학에서 교수직을 얻지 못했던 것은 알베르트 아인슈타인의 일생에서 놀라운 사실 중의 하나였다. 실제로 그가 초급 교수의 자리를 얻게 된 것은 1900년에 취리히 폴리테크닉을 졸업하고 나서 9년, 그리고 물리학계를 깜짝 놀라게 만들고 박사학위도 받았던 기적의 해로부터 4년이 지난 후였다.

그렇게 늦어진 것은 그 자신이 교수직을 원하지 않았기 때문은 아니었다. 아인슈타인은 가족과 함께 멜히탈에서 휴가를 보내고 나서 1900년 8월 밀라노의 아버지를 찾아가기 전에 폴리테크닉 교수의 조수 자리를 알아보기 위해서 취리히를 방문했다. 당시의 졸업생들은 원하기만 하면 그런 자리를 얻는 것이 일반적이었고, 아인슈타인도 그럴 수 있을 것이라고 믿었다. 그래서 그는 보험회사에 일자리를 알아봐주겠다는 친구의 제안을 "하루에 8시간씩 어리석은 고역을 견딜 수 없다"면서 거절했다. 그는 마리치에게 "망신스러운 일은 할 수 없습니다"라고 했다.[8]

문제는 폴리테크닉의 교수 중 두 사람이 그가 건방지다는 사실 때문에 그의 천재성을 알아보지 못했다는 것이다. 그를 징계했던 페르네 교수에게 일자리를 얻는 것은 고려의 대상도 아니었다. 아인슈타인에게 심한 거부감을 가지게 된 베버 교수는 물리학과와 수학과의 졸업생 중에서 조수를 찾지 못하자 공학부의 학생 두 명을 고용했다.

이제 남은 것은 수학 교수 아돌프 후르비츠뿐이었다. 후르비츠 교수의 조수가 고등학교 교사 자리를 얻게 되자 기뻐한 아인슈타인은 마리츠에게 "맙소사, 이제 내가 후르비츠의 신하가 되는 것입니다"라고 했다. 불행하게도 그는 후르비츠의 강의 시간에 결석을 많이 했고, 그런 무례함은 쉽게 잊혀지지 않는 법이었다.[9]

아인슈타인은 9월 말까지도 일자리를 얻지 못한 채 밀라노에서 부모와 함께 지내고 있었다. 그는 "10월 1일에 취리히로 가서 후르비츠 교수와 조수 자리에 대해서 직접 이야기를 나눌 것입니다. 편지를 보내는 것보다 나을 것입니다"라고 했다.

그는 마리치가 재시험을 준비하는 동안 둘이 함께 지낼 수 있도록 가정교사 자리도 알아볼 계획이었다. "무슨 일이 있어도 우리는 세상에서 가장 멋진 생활을 하게 될 것입니다. 즐거운 일과 우리가 함께 지내는 것은 물론이고, 이제 우리는 누구의 눈치도 볼 필요가 없으며, 두 발로 자립해서, 젊음을 최고로 즐기게 될 것입니다. 우리보다 나은 사람들이 어디 있겠습니까? 우리가 함께 돈을 모으면, 자전거를 사서 몇 주마다 한 번씩 자전거 여행을 할 수 있게 될 것입니다."[10]

결국 아인슈타인은 후르비츠를 방문하는 대신 편지를 쓰기로 했지만, 그것은 실수였다. 그의 편지 두 통은 직장을 구하는 편지를 쓰는 방법을 배우려는 미래 세대에게 모범이 될 수 없는 것이었다. 그는 자신이 후르비츠의 미적분학에서 잘하지 못했고, 물리학과 수학에 더 많은 관심을 가지고 있었다는 사실을 분명히 인정했다. 그는 상당히 뻣뻣한 말투로 "저는 시간이 없어서 수학 세미나에 참석하지 못했지만, 제가 대부분의 강의에 들어갔다는 것 이외에는 내세울 것이 없습니다"라고 했다. 건방지게도 그는 "제가 신청한 취리히 시민권을 얻으려면 온전한 직장을 가지고 있다는 근거를 제시해야 하기 때문에" 답장을 받고 싶다고 했다.[11]

아인슈타인의 조바심은 그의 자신감과 비슷한 수준이었다. 편지를 보내고 사흘 후에 그는 "후르비츠는 아직도 답장을 하지 않았지만, 일자리를 구하게 될 것이라는 사실은 의심하지 않습니다"라고 했다. 그러나 그는 일자리를 구하지 못했다. 실제로 그는 폴리테크닉의 물리학과 졸업생 중에서 유일하게 직장을 구하지 못한 사람이 되었다. 훗날 그는 "나는 갑자기 모든 사람들로부터 내던져져버렸습니다"고 회고했다.[12]

1900년 10월 말에 아인슈타인과 마리치는 취리히로 돌아왔고, 그는 대부분의 시간을 아파트에서 책을 읽거나 논문을 쓰면서 보냈다. 그는 그달에 시민권을 신청하면서 종교를 묻는 질문에 "없다"고 대답했고, 직업에 대해서는 "정규 직장을 얻을 때까지 수학 가정교사로 일을 하고 있다"고 적었다.

그러나 그해 가을을 통틀어서 그는 겨우 불규칙적으로 8번의 가정교사 일을 찾을 수 있었고, 그의 친척들도 재정 지원을 중단해버렸다. 그러나 아인슈타인은 낙관적인 견해를 포기하지 않았다. 그는 마리치의 친구에게 "우리는 가정교사 일로 생활비를 마련하고 있습니다. 그나마 그런 일자리가 있으면 다행이지만, 확실하지도 않습니다. 이것은 기능인의 생활도 아니고, 심지어 집시의 생활도 아니지 않습니까? 그러나 나는 우리가 여전히 즐겁게 지낼 수 있을 것이라고 믿습니다"라고 했다.[13] 마리치의 존재 이외에도 그를 행복하게 해주었던 것은 당시에 혼자서 작성하고 있던 이론물리학 논문이었다.

아인슈타인의 첫 논문

이 논문들 중에서 첫 논문은 대부분의 학생들도 잘 알고 있는 문제로, 물이 빨대의 옆면을 따라 올라가서 볼록한 모양을 만들어내는 모세관 효과에 대한 것이었다. 훗날 그는 그 논문이 "아무 가치가 없는 것"이라고 했지만, 전기를 쓰는 입장에서 그 논문은 흥미롭다. 그 논문은 아인슈타인의 첫 논문이었을 뿐만 아니라, 그가 분자와 분자를 구성하는 원자들이 실제로 존재하고, 그런 입자들의 상호작용을 분석하면 많은 자연현상들을 설명할 수 있을 것이라는 사실을 분명하게 인식하고 있었다는 사실을 보여준다. 그런 생각은 당시에는 널리 인정받지 못했지만, 그로부터 5년 동안 아인슈타인이 했던 일의 핵심이었다.

아인슈타인은 1900년 여름 휴가 동안에 수많은 분자들이 돌아다니는 거동을 근거로 기체의 이론을 개발한 루트비히 볼츠만의 논문을 읽었다. 감동을 받은 그는 9월에 마리치에게 "볼츠만은 정말 훌륭합니다. 나는 그의 이론이 옳다는 사실을 분명하게 확신합니다. 기체의 경우, 우리가 정말 어떤 조건에 따라 움직이는 유한한 크기를 가진 입자들을 취급하고 있다고 확신합니다"라고 했다.[14]

그러나 모세관 현상을 이해하기 위해서는, 기체가 아니라 액체 상태의 분자들 사이에 작용하는 힘을 살펴보아야만 했다. 그런 분자들은 서로에게 인력을 작용하고, 그런 인력이 액체의 표면 장력, 액체 방울이 만들어지는 현상, 모세관 현상을 설명해준다. 아인슈타인은 그런 힘이, 두 물체의 질량에 비례하고, 둘 사이의 거리에 반비례한다는 뉴턴의 중력과 비슷할 것이라고 생각했다.

아인슈타인은 과연 모세관 효과가 여러 액체의 원자량과 그런 관계를 가지고 있는지 살펴보았다. 자신감을 가지게 된 그는 자신의 이론을 더 정확하게 확인할 수 있는 실험 자료를 찾을 수 있는지 살펴보았다. 그는 마리치에게 "내가 최근에 취리히에서 얻은 모세관 현상에 대한 결과는 단순하지만 전혀 새로운 것처럼 보입니다. 우리가 취리히로 돌아가면 이 문제에 대한 실험 자료를 구하도록 노력해야 합니다……그것으로부터 자연법칙을 얻게 된다면 『연보』에 보낼 것입니다"라고 말했다.[15]

그는 실제로 1900년 12월에 자신의 논문을 유럽 최고의 물리학 학술지인 『물리학 연보(*Annalen der Physik*)』에 보냈고, 그 논문은 다음 해 3월에 게재되었다. 그의 훗날 논문에서 볼 수 있는 간결함이나 활기를 찾아볼 수 없었던 그 논문의 결론은 빈약했다. "나는 분자들 사이에 작용하는 인력에 대한 간단한 아이디어에서 시작하여 그 결과를 실험으로 확인했다. 나는 중력을 비유의 대상으로 삼았다." 그런데 논문의 끝에서 그는 느닷없이 "따라서 과연 우리의 힘이 중력과 관계가 있는지, 그리고 관계가 있다면 어떤 관계가 있는지의 문제는 당분간 전혀 알 수 없는 문제로 남아 있게 되었다"고 주장했다.[16]

그의 논문에 대해서는 아무런 지적도 없었고, 그 논문이 물리학의 역사에 기여한 부분도 없었다. 거리에 따른 힘의 변화가 분자의 종류에 따라 달랐기 때문에, 그의 기본적인 가정도 옳지 않았다.[17] 그러나 그에게는 최초의 논문이 되었다. 다시 말해서, 이제 그는 일자리를 찾기 위해서 유럽 전역의 교수들에게 보내기 시작했던 편지에 동봉할 인쇄된 논문이 생겼다는 뜻이다.

아인슈타인은 마리치에게 보낸 편지에 논문을 발표하는 계획을 논의하면서 "우리"라는 표현을 사용했다. 논문이 발표된 달에 쓴 두 통의 편지에서 아인슈타인은 "분자들 사이에 작용하는 힘에 대한 우리의 이론"과 "우리의 연구"라는 표현도 사용했다. 아인슈타인이 이론을 개발하는 과정에서 마리치가 어느 정도의 역할을 했는지에 대한 역사적 논란은 그렇게 시작되었다.

이 논문의 경우, 그녀는 주로 그가 사용한 자료를 찾아주는 일을 했던 것으로 보인다. 그가 보낸 편지에는 분자들 사이에 작용하는 힘에 대한 의견이 있었지만, 그녀의 편지에는 중요한 과학 이야기가 없었다. 그리고 마리치가 자신의 친한 친구에게 보낸 편지에 따르면, 그녀는 동료 과학자가 아니라 후원해주는 연인의 역할로 만족한 것 같다. "알베르트는 곧 『물리학 연보』에 발표할 물리학 논문을 쓰고 있어. 내가 얼마나 그를 자랑스럽게 생각하는지 알 수 있겠지. 그 논문은 평범한 것이 아니라 아주 중요한 거야. 액체 이론에 대한 것이지."[18]

실업의 고통

아인슈타인이 독일 국적을 포기하고 무국적 상태로 지낸 지 거의 4년이 되었다. 그는 자신이 열렬히 원했던 스위스 시민이 되기 위해서 지불해야 할 비용을 마련하려고 매달 일정액을 저축했다. 스위스의 제도, 민주주의, 개인과 사생활을 지극히 존중해주는 분위기를 좋아했던 것이 그가 스위스 시민권을 원했던 이유 가운데 하나였다. 훗날 그는 "나는 그들이 대체로 내가 살았던 다른 나라의 국민들보다 훨씬 더 인간적이기 때문에 스위스를 좋아한다"고 말했다.[19] 물론 현실적인 이유도 있었다. 공립학교의 직원이나 교사로 일하려면 스위스 시민권이 필요했다.

취리히 당국은 그에 대해서 비교적 철저하게 조사했고, 심지어 밀라노 당국에 그의 부모에 대한 보고서를 요구하기도 했다. 1901년 2월에 만족스러운 결과가 나왔고, 그는 마침내 스위스 시민이 되었다. 그는 훗날 독일, 오스트리아, 미국의 시민권을 받은 뒤에도 스위스의 시민권은 평생 동안 지켰다. 정말 열렬하게 스위스 시민이 되고 싶어했던 그는, 군대에 대한 자신의 거부감에도 불구하고 법에 따라 입대하러 가기도 했다. 그러나 그는 발에서 땀이 많이 나고("발한과다증[發汗過多症]"), 발바닥이 편평하고("평발"), 정맥이 튀어나오는("정맥류") 증세 때문에 입대를 거부당했다. 스위스 군대는 차별이 심했던 모양이어서 그의 병역 기록에는 "자격 없음"이라는 도장이 찍혔다.[20]

그러나 아인슈타인이 시민권을 얻고 나서 몇 주가 지나자 그의 부모는 그에게 밀라노에 돌아와서 함께 살아야 한다고 주장했다. 1900년 말에 그들은 그가 부활절까지 직장을 얻지 못하면 더 이상 취리히에 머무를 수 없다고 선언했다. 그러나 부활절이 되었을 때도 그는 여전히 실업자였다.

마리치는 당연히 그의 부모가 자신을 싫어하기 때문에 그를 밀라노로 부른 것이라고 생각했다. 그녀는 친구에게 "나를 정말 우울하게 만드는 것은 우리가 중상모략 때문에 이렇게 부자연스러운 방법으로 이별하게 되었다는 거야"라고 했다. 아인슈타인은 훗날 자신의 상징이 되어버린 무심함 탓에 잠옷, 칫솔, 빗, (당시에 사용했던) 헤어브러시와 몇 가지 세면도구를 남겨두고 취리히를 떠났다. 그는 마리치에게 "모든 것을 동생에게 보내어 집으로 가져가도록 해주십시오"라고 부탁했다. 나흘 후에 그는 "내 우산은 잠시 보관하십시오. 그것을 어떻게 할지는 나중에 결정합시다"라고 덧붙였다.[21]

아인슈타인은 취리히에 있을 때 그랬듯이 밀라노에서도 유럽의 교수들에게 일자리를 찾는 편지를 보냈다. 편지의 내용은 점점 더 간절해졌다. 모세관 현상에 대한 그의 논문을 동봉했지만, 그 논문은 특별한 인상을 주지 못했다. 의례적인 답장을 받는 경우도 드물었다. 그는 마리치에게 "북해에서 이탈리아의 남단에 이르는 지역의 모든 물리학자들에게 일자리를 요청하는 영광을 누리게 될 것입니다"라고 썼다.[22]

1901년 4월이 되면서 절망에 빠진 아인슈타인은 적어도 답장은 받아야겠다는 생각에 우편료를 선불한 반송용 엽서가 붙어 있는 우편엽서를 잔뜩 구입했다. 지금까지 남아 있는 두 통의 우편엽서가 수집용 골동품이 된 것은 정말 재미있는 일이다. 그중에서 네덜란드의 교수에게 보냈던 한 통의 편지는 오늘날 라이덴 과학사 박물관에 전시되어 있다. 두 경우 모두 반송용 엽서는 사용되지 않았다. 아인슈타인은 의례적인 거절의 편지도 받지 못했다. 그는 친구 마르켈 그로스만에게 "내가 살펴보지 않은 곳이 없고, 유머를 포기하지도 않았다. 신은 당나귀를 만들고, 아주 두꺼운 피부를 주셨다"고 썼다.[23]

아인슈타인이 편지를 보냈던 위대한 과학자들 중에는 라이프치히의 화학 교수로 묽은 용액 이론에 대한 업적으로 노벨 상을 받았던 빌헬름 오스트발트도 있었다. 아인슈타인은 "화학 전반에 대한 교수님의 업적에서 영감을 얻어 동봉한 논문을 쓰게 되었습니다"라고 했다. 그런 찬사는 푸념으로 바뀌어 "교수님께도 수리물리학자가 필요한지"를 물어보았다. 아인슈타인은 "돈도 떨어진 저는 일자리가 있어야만 공부를 계속할 수 있습니다"라고 애원하는 것으로 끝을 맺었다. 그는 답장을 받지 못했다. 2주일 후에 아인슈타인은 먼저 보낸 편지에 "제 주소를 적었는지 확실하지 않아서"라는 핑계를 적은 후에 "제 논문에 대한 교수님의 판단이 제게는 매우 중요합니다"라고 썼다. 여전히 답장은 없었다.[24]

밀라노에서 함께 지내던 아인슈타인의 아버지는 아들이 걱정하는 모습을 조용히 지켜보면서 고통스러울 정도로 감미로운 방식으로 도와주려고 노력했다. 오스트발트에게 보냈던 두 번째 편지에 대해서도 답장이 오지 않자, 헤르만 아인슈타인은 아들에게 알리지 않고, 가슴을 비트는 감정으로 오스트발트에게 호소하는 아주 특별하고 어려운 노력을 했다.

아들을 위해서 고명하신 교수님께 용감하게 편지를 드리게 된 아버지를 용서해주시기 바랍니다. 알베르트는 스물두 살로 4년 동안 취리히 폴리테크닉에서 공부한 후 지난 여름에 우수한 성적으로 시험에 합격했습니다. 그때부터 물리학 공부를 계속하기 위해서 조수 자리를 찾으려고 했지만 성공하지 못했습니다. 그의 재능을 알아볼 수 있는 위치에 계신 모든 분들에게 제 아들이 특별히 열심히 노력하고, 과학에 대한 애정이 지극하다는 점을 확실하게 말씀드릴 수 있습니다. 그런 제 아들이 현재 직장을 얻지 못해서 매우 불행하게 지내고 있고, 자신이 진로에서 탈락했다는 생각에 빠져들고 있습니다. 더욱이 그는 평범하게 살고 있는 저희들에게 큰 부담이 된다는 생각 때문에 힘들어하고 있습니다. 저는 제 아들이 물리학 분야의 다른 어떤 학자보다도 존경하고 높이 평가하는 교수님께 그의 논문을 읽어주시고, 가능하다면 몇 마디 격려의 말씀을 해주셔서 제 아들이 다시 살아가고, 일하는 재미를 느낄 수 있도록 해주시기를 정중하게 부탁드립니다. 추가로 교수님께서 그에게 조수 자리를 마련해주실 수 있다면 무한히 감사드리겠습니다. 교수님께 무례하게 편지를 쓰는 것을 너그럽게 용서해주시기 바랍니다. 제 아들은 이렇게 별난 일이 벌어지고 있는 것을 알지 못합니다.[25]

오스트발트는 여전히 답장을 하지 않았다. 그러나 9년 후에 그가 아인슈타인을 처음으로 노벨 상에 추천하는 사람이 되었다는 것은 역사의 멋진 아이러니이다.

아인슈타인은 자신을 싫어했던 취리히 폴리테크닉의 하인리히 베버 교수 때문에 자신이 어려움을 겪고 있다고 확신했다. 아인슈타인 대신 두 명의 공학부 졸업생을 조수로 채용했던 그가 좋지 않은 추천서를 보내고 있는 것이 분명했다. 괴팅겐의 물리학 교수였던 에두아르트 리케에게 지원서를 보낸 아인슈타인은 마리치에게 절망적인 편지를 썼다. "나는 이 자리도 잃어버린 것으로 거의 포기했습니다. 나는 베버가 나쁜 짓을 하지 않는다면 그렇게 좋은 기회를 놓쳐버릴 것이라고 믿을 수가 없습니다." 마리치는 베버에게 직접 편지로 항의해볼 것을 요구했고, 그는 이미 그렇게 했다는 답장을 보냈다. "적어도 그는 내 뒤에서 그런 일을 할 수 없다는 사실을 알게 되었을 것입니다. 나는 이제 내 일자리가 그의 추천에 달렸음을 알고 있다고 편지를 보냈습니다."

그런 방법도 소용이 없었다. 아인슈타인은 또 한 번 거절당했다. 그는 마리치에게 "리케의 거절은 놀라운 일이 아닙니다. 이제 나는 베버가 비난을 받아야 할 사람이라고 확신합니다"라고 썼다. 너무 낙심한 나머지 그는 적어도 한동안은 더 이상 일자리를 찾는 것이 소용없다고 생각했다. "이런 상황에서 교수들에게 편지를 보내는 것은 더 이상 의미가 없습니다. 일이 어느 정도 진행되면, 누구나 베버에게 확인해볼 것이고, 그는 좋지 않은 추천서를 써줄 것이 확실하기 때문입니다." 그는 그로스만에게 "베버의 엉큼한 방해만 없었다면 나는 오래 전에 일자리를 얻었을 것"이라고 한탄했다.[26]

반유대주의가 어느 정도 작용했을까? 그것이 영향을 준다고 믿게 된 아인슈타인은 반유대주의가 그렇게 심하지 않다고 생각했던 이탈리아에서 일자리를 찾아보려고 했다. 그는 마리치에게 "이곳에는 일자리를 찾는 과정에서 중요한 걸림돌 중의 하나인 반유대주의가 없습니다. 독일어를 사용하는 나라에서는 그것이 불쾌한 장애물입니다"라고 했다. 그녀는 친구에게 연인의 어려움에 대해서 하소연을 했다. "너도 알다시피 내 애인은 독설가일 뿐만 아니라 유대인이기도 하다."[27]

이탈리아에서 일자리를 찾는 동안에 아인슈타인은 취리히에서 공부하면서 사귄 미셸 안젤로 베소라는 공학도의 도움을 받았다. 아인슈타인과 마찬가지로 베소도 유럽을 떠돌다가 결국에는 이탈리아에 정착한 중산층 유대인 출신이었다. 아인슈타인보다 여섯 살이 많았던 그는 아인슈타인을 만났을 때 이미 폴리테크닉을 졸업하고 엔지니어링 회사에서 일하고 있었다. 그와 아인슈타인은 남은 평생을 함께한 아주 가까운 친구가 되었다(그들은 1955년 몇 주 간격으로 사망했다).

베소와 아인슈타인은 오랫동안 가장 가까운 사이로 가장 고상한 과학적 인식을 공유했다. 그들이 서로 교환했던 편지 가운데 지금까지 남아 있는 229통의 편지 중 1통에서 아인슈타인은 "아무도 자네처럼 나와 가깝고, 나를 잘 알고, 나를 친절하게 아껴주는 사람은 없다"고 했다.[28]

베소는 훌륭한 재능을 가지고 있었지만, 집중력과 추진력과 근면성이 부족했다. 아인슈타인과 마찬가지로 그도 역시 불손한 태도 때문에 고등학교에서 떠나줄 것을 요청받았었다(그는 수학 교사에게 불평하는 탄원서를 보냈었다). 아인슈타인은 베소를 "생활이나 과학적 발명에서 어떤 행동도 열심히 추구하지 못하지만, 산만하게 일하는 모습을 지켜보는 것이 즐거운 정말 훌륭한 정신을 가진……심한 약골"이라고 불렀다.

아인슈타인은 베소에게 아라우에 살던 마리의 여동생인 안나 빈텔러를 소개시켜주었고, 두 사람은 결혼을 했다. 그는 1901년에 그녀와 함께 트리에스테로 옮겨왔다. 베소를 만난 아인슈타인은 그가 똑똑하고, 재미있고, 여전히 지극히 산만하다고 생각했다. 상관으로부터 발전소를 검사하도록 지시받은 그는 제시간에 도착하기 위해서 하루 전에 출발했다. 그러나 그는 기차를 놓쳐서 다음 날에도 도착하지 못하고, 겨우 셋째 날에야 도착했다. "그런데 더욱 놀라웠던 것은 자신이 해야 할 일을 잊어버렸다는 것이었다." 그래서 그는 사무실로 우편엽서를 보내어 지시서를 다시 보내달라고 요청했다. 베소가 "아무 쓸모가 없고 균형을 잃었다"는 것이 그에 대한 상관의 평가였다.

그러나 베소에 대한 아인슈타인의 평가는 훨씬 더 우호적이었다. 그는 마리치에게 지독하게 운이 나쁜 실수투성이를 뜻하는 유대 말을 써서 "미셸은 지독한 슐러밀(schlemiel)입니다"라고 했다. 어느 날 저녁에 베소와 아인슈타인은 신비스러운 에테르와 "절대정지(絶對停止)의 정의"를 비롯한 과학에 대해서 거의 네 시간이나 이야기를 나누었다. 그런 아이디어들은 4년 후에 그가 베소와 함께 논의했던 상대성 이론을 개발하면서 꽃을 피우게 된다. 아인슈타인은 마리치에게 "그가 작은 생각에 빠져서 큰 그림을 놓쳐버리기는 하지만, 우리의 연구에 관심을 가지고 있습니다"라고 썼다.

베소는 아인슈타인의 입장에서는 유용할 수도 있는 영향력을 가지고 있었다. 그의 아저씨가 밀라노에 있는 폴리테크닉의 수학 교수였고, 아인슈타인은 베소가 소개서를 써주기를 바랐다. "나는 그에게 내가 직접 이야기할 수 있도록 자신의 아저씨에게 데려가달라고 떼를 쓸 것입니다." 베소는 아저씨에게 아인슈타인을 위한 편지를 써달라고 설득할 수 있었지만, 그의 편지도 아무 소득이 없었다. 결국 아인슈타인은 1901년의 대부

분을 임시 교사 일과 몇 차례의 개인교습으로 보내야만 했다.[29]

아인슈타인이 원했던 자리는 아니었지만 그에게 일자리를 마련해준 사람은 취리히에서 그의 동급생이었고, 수학 노트를 적어주었던 친한 친구 마르켈 그로스만이었다. 아인슈타인이 절망하기 시작했을 때, 그로스만은 베른에 있는 스위스 특허사무소 심사관 자리가 생길 것 같다는 편지를 보내왔다. 그로스만의 아버지가 소장을 알고 있었고, 아인슈타인을 추천해주고 싶어했다.

아인슈타인은 "불운한 친구를 잊지 않아준 자네의 헌신과 열정에 깊은 감동을 받았네. 나는 그렇게 좋은 일자리를 얻게 된다면 당연히 기뻐할 것이고, 자네의 추천에 누가 되지 않도록 노력을 아끼지 않을 것이네"라며 답장을 했다. 그는 마리치에게 "나에게 얼마나 좋은 일자리인지 생각해보세요! 이 일이 성사된다면 좋아서 미쳐버릴 것입니다"라며 기뻐했다.

그는 특허사무소 일자리가 성사되려면 몇 달이 걸릴 것이라는 사실을 알고 있었다. 그는 빈터후르의 기술학교에서 군대에 입대한 교사를 대신해 두 달 동안 임시직으로 일하기로 했다. 근무시간도 길었지만, 더욱 고약한 것은 그가 잘 이해한 적이 없었던 도형기하학을 가르쳐야만 했다. 그는 자신이 가장 좋아하던 시구절에 따라 "그러나 씩씩한 슈바벤 사람은 두려워하지 않는다"고 주장했다.[30]

그 사이에 그와 마리치는 낭만적인 휴가를 함께 보낼 기회를 가졌고, 그 결과는 운명적인 것이었다.

코모 호수, 1901년 5월

아인슈타인은 1901년 4월 말에 마리치에게 "작은 여인, 당신은 나를 만나러 코모에 와야만 합니다. 내가 얼마나 밝고 즐겁게 변했는지, 이마의 주름이 얼마나 사라져버렸는지를 당신 눈으로 보게 될 것입니다"라는 편지를 보냈다.

가족 간의 불화가 이어지고, 일자리를 찾지 못해 애태우면서 그는 무뚝뚝하게 변해버렸지만, 이제는 모든 것이 끝났다고 약속했다. 그는 "내가 당신에게 심술궂게 행동했던 것은 신경질 때문이었습니다"라고 사과를 했다. 그 보상으로 그는 세상에서 가장 낭만적이고 멋진 코모 호수에서 낭만적이고 멋진 밀회를 즐기자고 제안했다. 코모 호수는 이탈리아와 스위스 국경 부근의 높은 곳에 있는 보석처럼 아름다운 알프스 호수들 중에서도 가장 멋진 곳으로, 5월 초에는 눈 덮인 웅장한 봉우리 밑에서 무성한 잎사귀들이 활짝 피어나는 곳이었다.

그는 "내 파란 화장복을 가져와서 우리 함께 덮고 있도록 합시다. 당신이 한번도 본 적이 없는 곳으로 데려가줄 것을 약속합니다"라고 했다.[31]

마리치는 그의 제안을 받아들였지만, 곧바로 마음을 바꾸었다. 노비사드의 가족으로부터 "나에게 즐거움은 물론 인생 자체에 대한 모든 욕망을 빼앗아가버린" 편지를 받았기 때문이었다. 그녀는 그가 혼자 여행을 떠나야 한다고 고집했다. "나는 대가를 치러야만 무엇을 가질 수 있는 모양입니다." 그러나 그녀는 다음 날 다시 마음을 바꾸었다. "어제 받은 편지 때문에 최악의 기분에서 짧은 카드를 보냈습니다. 그러나 오늘 당신의 편지를 다시 읽고 나서 당신이 얼마나 나를 사랑하는지 알게 되어 기분이 좋아졌습니다. 어쨌든 우리가 함께 여행을 가야 한다고 생각합니다."[32]

알베르트 아인슈타인이 이탈리아 코모의 기차역에서 "팔을 벌리고 떨리는 가슴으로" 밀레바 마리치를 기다리고 있었던 것은 1901년 5월 5일 이른 아침이었다. 고딕 건물과 성으로 둘러싸인 옛 도시에 감탄하면서 하루를 보낸 그들은 호숫가의 마을들을 돌아다니는 멋진 흰색 증기선에 올랐다.

그들은 호숫가를 수놓고 있는 유명한 저택 중에서 가장 화려한 빌라 카를로타를 방문했다. 프레스코화가 그려진 천장과 안토니오 카노바의 선정적인 조각품 「큐피드와 프시케」의 모조품과 500종의 식물이 있었다. 훗날 그녀는 친구에게 "내 가슴속에 새겨놓은 훌륭한 정원"에 얼마나 감동했는지를 적은 편지를 보냈다. 특히 "우리가 한 송이의 꽃도 꺾을 수 없었기 때문에 더욱 그랬다"고 했다.

여관에서 밤을 보낸 그들은 스위스로 이어진 언덕길을 오르기로 했지만, 그 길은 아직도 6미터의 눈으로 덮여 있었다. 마리치는 "서로 사랑하는 두 사람이 겨우 탈 수 있고, 뒤쪽의 발판에 올라선 마부가 끊임없이 이야기를 하면서 나를 '시뇨라(부인)'라고 부르는 썰매를 빌렸어. 이보다 더 아름다운 모습을 상상할 수 있겠니?"라고 했다.

눈이 닿는 곳까지 눈송이가 펑펑 내려서 "차갑고 하얀 무한함이 내 몸을 떨게 만들었고, 사랑하는 사람을 팔로 단단히 안고 코트와 숄을 덮고 있었다." 내려오는 길에는 눈 위에서 발을 구르고 차서 작은 눈사태를 만들어 "아래쪽에 있는 세상을 두려움에 떨게 만들었다."[33]

며칠 후 아인슈타인은 "당신이 가장 자연적인 방식으로 당신의 작은 몸을 나에게 가까이하도록 해주었던 마지막 순간이 얼마나 아름다웠는지"를 떠올렸다.[34] 그리고 그 가장 자연적인 방식 덕분에 밀레바 마리치는 알베르트 아인슈타인의 아이를 가지게 되었다.

대리 교사로 일하고 있던 빈터후르로 돌아온 후에 아인슈타인은 마리치에게 그녀의 임신 사실에 대해서 언급한 편지를 보냈다. 어쩌면 전혀 묘한 일이 아닐 수도 있겠지만, 묘하게도 그는 개인적인 문제가 아니라 과학적인 문제로 시작했다. "이제 막 자외선에 의해서 음극선이 만들어지는 것에 대한 레나르트의 훌륭한 논문을 읽었습니다. 이렇게 아름다운 논문의 영향을 받은 덕분에 나는 행복과 즐거움에 넘쳐서 그중의 일부를 당신과 나누어야만 하는 형편입니다." 얼마 후에 아인슈타인은 레나르트의 논문을 근거로 광전자 효과*를 설명하는 광양자(光量子)** 이론을 만들어서 과학의 혁명을 일으켰다. 그렇다고 해도, 임신한 연인과 나눈 "행복과 즐거움"에 대하여 열광하면서 전자들에 대한 논문을 이야기하는 것은 상당히 놀랍고 우스꽝스러운 일이었다.

아인슈타인은 과학에 대한 열정적인 설명이 끝난 후에야 아들이라고 불렀던 자신들의 아이에 대한 짧은 이야기를 시작했다. "당신은 어떠십니까? 아들은 어떻습니까?" 부모가 되는 것이 무엇인가에 대한 그의 태도는

---

* 금속의 표면에 빛을 쐬면 전자가 방출되는 현상 / 역주.
** 빛을 구성하는 양자(量子) 단위로 훗날 광자(光子, photon)라는 이름이 붙었다 / 역주.

구식이었다. "우리에게 무엇을 하라고 지시하는 사람이 없는 상태에서 아무 방해도 받지 않고 다시 일을 하게 될 것이 얼마나 즐거운지 상상할 수 있나요!"

무엇보다도 그는 자신감을 보여주려고 노력했다. 보험회사라도 직장을 얻을 것이라고 맹세했다. 그들은 함께 편안한 가정을 만들어갈 것이었다. "여보. 행복하게 생각하고 두려워하지 마세요. 나는 당신을 떠나지 않을 것이고, 모든 것을 행복해지도록 만들 것입니다. 당신은 인내를 가지고 기다리면 됩니다! 처음 시작은 좀 고약하지만 내 팔이 편히 쉬기에 그렇게 나쁘지 않다는 사실을 알게 될 것입니다."[35]

마리치는 다시 졸업시험을 준비 중이었고, 박사학위 과정을 시작해서 물리학자가 되려고 했다. 그녀와 그녀의 부모는 오랜 세월 동안 그런 목표를 위해서 감정적으로나 재정적으로 엄청난 투자를 해왔다. 그녀가 원했더라면 아이를 포기할 수도 있었다. 당시의 취리히는 산아제한 산업이 번창하던 중심지였고, 우편으로 임신중절 약품을 주문할 수도 있는 곳이었다.

아인슈타인은 아직 준비가 되어 있지 않다는 이유로 결혼하고 싶어하지 않았지만, 그녀는 아이를 낳기로 결정했다. 그들의 성장 환경을 생각하면 혼전에 아이를 낳는 것은 엄청난 일이었지만, 아주 드문 일도 아니었다. 1901년 취리히의 공식적인 통계에 따르면, 신생아의 12퍼센트가 사생아였다. 더욱이 오스트리아-헝가리인들은 결혼하지 않고 아이를 낳는 경우가 더 많았다. 남부 헝가리에서는 신생아의 33퍼센트가 사생아였다. 세르비아인들의 비율이 가장 높았고, 유대인은 가장 낮은 편이었다.[36]

그런 결정은 아인슈타인으로 하여금 미래에 대해서 더 관심을 가지게 만들었다. 그는 그녀에게 "당장 어떤 일이라도 찾아보겠습니다. 아무리 하찮은 일이라고 해도 나의 과학적 목표와 개인적인 허영심을 핑계로 거부하는 경우는 없을 것입니다"라고 했다. 그는 베소의 아버지는 물론이고 지역의 보험회사 소장도 찾아가기로 했고, 직장을 얻기만 하면 곧바로 결혼하기로 약속했다. "그렇게 되면 아무도 당신의 작은 머리에 돌을 던지지 못할 것입니다."

그는 임신이 가족과의 문제를 해결해줄 것이라고 기대했다. "당신과 나의 부모님들이 사실을 알게 되면, 그것이 최선의 방법이라고 화해를 할 수밖에 없을 것입니다."[37]

입덧 때문에 침대에 누워 있던 마리치는 감격했다. "당신이 즉시 일자리를 찾겠다고 했습니까? 그리고 제가 당신 집으로 옮기도록 해주겠다고요!" 비록 애매한 제안이기는 했지만 그녀는 즉시 자신이 "행복한 마음으로" 동의하겠다고 선언했다. 그리고 그녀는 "물론 정말 나쁜 직장은 거절해야 합니다. 여보. 그런 자리라면 저도 기분이 몹시 나쁠 것입니다"라고 덧붙였다. 그녀는 여동생이 제안했듯이 아인슈타인이 여름 휴가 동안 세르비아에 있는 자신의 부모를 방문하도록 설득하려고 노력했다. 그녀는 "그렇게 해주면 몹시 기쁠 것입니다. 그리고 부모님이 직접 우리 둘을 보신다면 모든 의문은 증발해버릴 것입니다"라고 사정을 했다.[38]

그러나 놀랍게도 아인슈타인은 여름 휴가를 알프스에서 자신의 어머니와 여동생과 함께 보내기로 결정했다. 그래서 그는 그녀가 졸업시험을 치르던 1901년 7월에는 취리히에서 그녀를 도와주고 격려해주지 못했다. 임신과 개인적인 사정 때문에 밀레바는 6.0점 만점에 4.0점을 받았고, 또다시 유일하게 합격하지 못한 학생이 되었다.

결국 밀레바 마리치는 과학자가 되겠다는 자신의 꿈을 포기할 수밖에 없었다. 그녀는 혼자서 세르비아의 고향을 방문했고, 부모에게 자신의 학업 실패와 임신 사실을 알렸다. 그녀는 세르비아로 떠나기 전에 아인슈타인에게 자신들의 계획을 설명하고, 결혼을 약속하는 편지를 아버지에게 보내달라고 부탁했다. 그녀는 "당신이 쓴 편지를 볼 수 있도록 제게 보내주시겠습니까?"라고 요구했다. "나는 아버지에게 불쾌한 소식과 함께 필요한 정보를 하나씩 알려드리겠습니다."[39]

드루데를 비롯한 사람들과의 논쟁

통념을 무시하고 경멸하는 아인슈타인의 태도는 마리치 때문에 더욱 심해졌고, 1901년에 이르러서는 과학은 물론이고 그의 개인적인 생활에서도 그런 태도가 분명했다. 그해에 실업 상태의 열성적인 청년은 연속적으로 학문의 대가들과의 다툼에 휘말려들었다.

그런 다툼은 아인슈타인이 힘있는 사람에게 도전하는 일에도 아무런 거리낌이 없었다는 사실을 보여준다. 사실 그런 다툼이 오히려 그를 더 기쁘게 만들어주는 것처럼 보였다. 논쟁을 벌이던 그는 그해에 요스트 빈텔러에게 "맹목적으로 권위를 존중하는 것은 진리에 대한 가장 큰 적입니다"라고 주장했다. 그것은 그가 자신의 문장(紋章) 속에 숨고 싶었다면 적당했을 가치가 있는 것으로 밝혀질 만한 그런 신조였다.

그해에 그가 겪었던 논란은 아인슈타인의 과학적 사상에 대한 훨씬 더 미묘한 사실을 보여주기도 했다. 그는 물리학의 여러 분야에서 사용되는 개념들을 통합하고 싶어했고, 실제로 그런 강박감을 가지고 있었다. 그해 봄에 모세관 현상에 대한 자신의 결과를 볼츠만의 기체 이론과 연결시키려고 노력하는 과정에서 그는 자신의 친구 그로스만에게 "처음에는 전혀 상관이 없는 것처럼 보이는 현상들로부터 통일성을 발견하는 것은 영광스러운 느낌을 준다"고 했다. 무엇보다도 그런 주장은 그의 첫 논문에서부터 마지막에 휘갈겨 쓰던 장 방정식에 이르기까지 아인슈타인 과학의 바탕에 깔려 있는 믿음을 함축적으로 표현한 것이다. 그런 믿음은 그에게 어린 시절에 보았던 나침반 바늘이 보여주었던 것과 마찬가지의 확실한 느낌으로 그를 이끌었다.[40]

아인슈타인이 매력을 느끼고 있던 개념들과 물리학 세계의 대부분을 통일시켜줄 수 있는 것 중에는 19세기 말 열전도나 기체의 거동과 같은 현상에 역학법칙을 적용하여 개발되었던 기체운동론에서 등장한 것들도 있었다. 기체운동론에서는 기체를 자유롭게 돌아다니다가 가끔씩 서로 충돌하는 엄청난 수의 작은 입자들의 집합으로 보았다. 여기서 작은 입자는 하나 이상의 원자들로 구성된 분자였다.

기체운동론은 많은 수의 입자들이 모여서 나타내는 거동을 통계적 계산으로 설명해주는 통계역학의 발전에 박차를 가했다. 물론 기체에서 분자나 분자의 충돌 하나하나를 모두 추적하는 것은 불가능하지만, 통계적 거동을 알면 여러 조건에서 수많은 분자들이 어떻게 행동하는지에 대해서 유용한 이론을 얻을 수 있다.

과학자들은 그런 개념들을 기체만이 아니라 액체나 고체에서 나타나는 전기전도나 복사와 같은 현상에도 적용하기 시작했다. 훗날 아인슈타인은 가까운 친구이면서 그 분야의 전문가였던 파울 에렌페스트에게 "기체 운동론의 방법을 물리학의 다른 분야에도 적용할 기회가 다가오고 있습니다. 이 이론은 무엇보다도 금속에서 전자의 움직임, 떠다니고 있는 미시적으로 작은 입자들의 브라운 운동, 흑체복사* 이론에도 적용됩니다"라는 편지를 보냈다.[41]

많은 과학자들이 자신들의 분야에서 원자설을 사용하고 있었지만, 아인슈타인에게는 그것이 다양한 분야들 사이의 관계를 파악해서 통일된 이론을 개발하는 수단이었다. 예를 들면, 1901년 4월에 그는 액체에서의 모세관 현상을 설명하기 위해서 사용했던 분자 이론을 수정해서 기체 분자들의 확산현상(擴散現象)**에도 적용했다. 그는 마리치에게 "나는 분자들 사이에 작용하는 힘에 대한 우리 이론을 기체에도 적용할 수 있도록 해주는 기막힌 아이디어를 얻었습니다"라고 알려주었다. 그로스만에게는 "이제 나는 원자의 인력을 기체에도 적용할 수 있다고 확신한다"고 주장했다.[42]

다음에 그는 열과 전기가 전도되는 현상에 관심을 가지게 되었고, 그 때문에 파울 드루데가 제안했던 금속의 전자 이론을 공부했다. 아인슈타인을 연구하는 학자인 위르겐 렌에 따르면 "드루데의 전기 이론과 볼츠만의 기체운동론은 아인슈타인이 우연히 관심을 가지게 된 것이 아니라 그가 초기에 연구했던 다른 몇 가지 연구 주제와 한 가지 중요한 공통점이 있었다. 두 문제들은 모두 원자설이 물리와 화학 문제에 적용되는 예였다.[43]

---

* 뜨겁게 달궈진 물체에서 방출되는 복사(빛)로, 파장에 따른 복사 에너지의 분포는 온도에 의해서 결정된다 / 역주.

** 물질이 농도가 높은 곳에서 낮은 곳으로 이동해가는 현상 / 역주.

드루데의 전자 이론에서는 금속의 내부에도 기체의 분자들처럼 자유롭게 움직일 수 있는 입자가 열과 전기를 전도해준다고 가정한다. 그의 이론을 살펴본 아인슈타인은 그 이론의 일부에 대해서 기뻐했다. 그는 마리치에게 "나는 파울 드루데가 전자 이론에 대해서 연구한 것을 가지고 있습니다. 비록 엉성한 부분이 있기는 하지만 내 마음에 듭니다"라고 했다. 권위를 존중하지 않았던 그는 한 달 후에 "개인적으로 드루데에게 편지를 써서 잘못된 부분을 알려주어야겠습니다"라고 주장했다.

그리고 그는 실제로 그렇게 했다. 아인슈타인은 6월에 드루데에게 보낸 편지에서 자신이 오류라고 생각했던 두 가지 문제를 지적했다. 아인슈타인은 마리치에게 "그는 내 지적이 너무나도 분명하기 때문에 반박할 수가 없을 것"이라고 자랑스럽게 이야기했다. 아인슈타인은 유명한 과학자에게 본인의 실수를 알려주는 것이 일자리를 얻는 좋은 방법이라고 생각했던 모양이다. 실제로 아인슈타인은 편지에 그런 부탁도 포함시켰다.[44]

놀랍게도 드루데는 답장을 보냈다. 당연히 그는 아인슈타인의 지적을 받아들이지 않았다. 아인슈타인은 분노했다. 아인슈타인은 드루데의 답장을 마리치에게 보내면서 "오류에 대한 너무나도 명백한 증명이었기 때문에 내가 더 이상 설명할 이유가 없었습니다. 이제부터 나는 그런 사람에게 더 이상 의지하지 않을 것입니다. 오히려 나는 학술지를 통해서 그를 잔인하게 공격할 것입니다. 그가 스스로 자초한 것입니다. 사람들이 조금씩 세상을 싫어하게 되는 것은 절대 이상한 일이 아닙니다."

아인슈타인은 자신에게 아버지와도 같은 인물이었던 아라우의 요스트 빈텔러에게 보낸 편지에서도 불만을 털어놓으면서 맹목적으로 권위를 존경하는 것이 진리에 대한 최대의 적이라고 주장했다. "그는 '절대 확실한' 다른 동료가 자신과 같은 의견을 가지고 있다는 식으로 답변했습니다. 나는 곧 대가다운 논문을 발표한 인물을 못살게 들볶을 것입니다."[45]

아인슈타인이 발표한 논문에서는 드루데가 밝힌 "절대 확실한" 동료가 누구였는지 분명하게 밝혀져 있지 않다. 그러나 렌은 그것이 루트비히 볼츠만이라고 밝힌 마리치의 편지를 찾아냈다.[46] 그것은 아인슈타인이 볼츠만의 논문을 열심히 공부했던 이유를 설명했다. 그는 9월에 그로스만에게 "나는 기체운동론에 대한 볼츠만의 논문들을 집중적으로 살펴보았고, 지난 며칠 동안 그가 시작한 증명 중에서 빠져 있는 핵심 사항을 밝혀낸 짧은 논문을 썼다"고 했다.[47]

당시 라이프치히 대학교에 있던 볼츠만은 유럽에서 통계물리학의 거장이었다. 그는 기체운동론을 정립했고, 원자와 분자가 실제로 존재한다는 믿음을 옹호했다. 그런 과정에서 그는 위대한 열역학 제2법칙*을 다시 검토해보아야 한다는 사실을 깨달았다. 제2법칙은 여러 방식으로 표현된다. 열이 뜨거운 곳에서 차가운 곳으로는 흐르지만, 그 반대로는 흐르지 않는다는 것이 한 가지 방법이다. 제2법칙을 표현하는 또다른 방법은 시스템의 무질서나 무작위성의 정도를 나타내는 엔트로피를 이용한 것이다. 자발적 과정**은 엔트로피를 증가시키는 경향을 가지고 있다. 예를 들면, 병을 열어둘 경우 향수 분자들이 방 안으로 퍼져나가지만, 적어도 우리의 평범한 경험에서는 향수 분자들이 자발적으로 서로 모여들어서 병으로 흘러들어가는 일은 생기지 않는다.

볼츠만에게 문제가 되었던 것은, 분자들이 서로 충돌하면서 돌아다니는 기계적인 과정을 뉴턴의 역학에 따라 뒤집을 수 있다는 사실이다. 그러므로 적어도 이론적으로는 엔트로피가 자발적으로 감소하는 것도 가능해야만 한다. 향수 분자들이 다시 병 속으로 모여들거나, 열이 차가운 물체에서 뜨거운 물체로 흘러간다고 생각할 수 없다는 것이 빌헬름 오스트발트처럼 원자와 분자의 존재를 믿지 않았던 사람들이 볼츠만을 공격하는 근거였다. 오스트발트는 "모든 자연현상을 궁극적으로 기계적인 것으로 설명할 수 있다는 주장은 쓸모 있는 현실적인 가정이라고 할 수 없다. 그것은 오류일 뿐이다. 자연현상의 비가역성은 역학 방정식으로 설명할 수 없는 과정이 존재한다는 사실을 증명해준다"고 주장했다.

---

* "엔트로피"의 개념을 도입해서 자연에서 일어나는 자연적 또는 자발적 변화의 방향을 설명해주는 열역학법칙 / 역주.
** 주어진 환경에서 저절로 일어나는 변화를 말한다 / 역주.

볼츠만은 그런 지적 때문에 열역학 제2법칙을 절대적인 법칙이 아니라 단순히 통계적으로 거의 확실한 법칙이라고 수정했다. 수백만 개의 향수 분자들이 무작위적으로 충돌하면서 돌아다니다가 어느 순간에 병으로 모여드는 것은 이론적으로는 가능하지만, 그런 가능성은 엄청나게 낮다. 어쩌면 카드 묶음을 수백 번 뒤섞어서 정확하게 처음과 같은 순서가 되는 가능성보다도 몇 조(兆)배나 더 낮을 것이다.[48]

1901년에 아인슈타인은 볼츠만의 증명에서 빠진 "핵심 사항"을 밝혀냈다고 건방지게 주장하면서, 그 결과를 곧 발표할 계획이라고 했다. 그는 먼저 다른 사람들이 염(鹽)* 용액과 전극을 이용한 전기화학적 실험 결과에서 얻은 계산을 통해서 분자들 사이에 작용하는 힘을 연구한 논문을 『물리학 연보』에 보냈다.[49]

그리고 나서 볼츠만의 이론을 비판하는 논문을 발표했다. 그는 볼츠만의 이론이 기체에서의 열전도는 잘 설명해주었지만 다른 영역으로 적절하게 일반화되지는 못했다고 지적했다. 그는 "기체의 영역에서 열에 대한 운동론의 성과는 대단했지만, 역학을 기반으로 하는 그런 과학이 아직 일반적인 열 이론에 대한 적절한 바탕을 마련해주지는 못했다"고 했다. "그런 간격을 메우는 것"이 그의 목표였다.[50]

그것은 박사학위나 일자리도 구하지 못한 무명의 폴리테크닉 졸업생으로서는 지극히 주제넘은 일이었다. 훗날 아인슈타인도 스스로 자신의 논문이 물리학의 발전에 도움이 되지 못했음을 인정했다. 그러나 그의 논문은 그가 1901년에 드루데와 볼츠만에 대해서 도전했던 핵심이 무엇이었는지를 보여준다. 그는 그 이론들이 얼마 전 그로스만에게 밝혔던 꿈에 맞지 않는다고 생각했다. 그는 겉으로는 전혀 관계가 없는 것처럼 보이는 현상들 속에 숨겨져 있는 통일성의 발견이 정말 영광스러운 것이라고 믿었다.

한편 아인슈타인은 1901년 11월에 취리히 대학교의 알프레드 클라이너

---

* 산과 염기가 중화반응을 일으켜서 만들어지는 화합물 / 역주.

교수에게 박사학위 논문을 제출했다. 그 논문은 지금까지 남아 있지 않지만, 마리치는 친구에게 "여러 가지 알려진 현상을 이용해서 기체 분자들 사이에 작용하는 힘을 연구한 것"이라고 설명했다. 아인슈타인은 자신만만했다. 그는 클라이너에 대해서 "그는 감히 내 학위 논문을 거부하지 못할 것이다. 그렇지 않다면 그런 근시안적인 사람은 나에게 아무 쓸모가 없다"고 말했다.[51]

12월까지도 클라이너는 답장을 보내지 않았고, 아인슈타인은 어쩌면 교수가 "허약한 품위" 때문에 드루데나 볼츠만 같은 거장들의 업적을 폄하하는 박사학위 논문을 인정하는 것을 불편하게 생각하는 것이라고 걱정하기 시작했다. 아인슈타인은 "만약 그가 감히 내 학위 논문을 거부한다면, 나는 내 논문과 함께 그 사실을 학술지에 발표해서 그를 바보로 만들어버릴 것이다. 만약 그가 내 학위 논문을 합격시킨다면, 이제 우리는 훌륭한 노인 드루데 씨가 무엇이라고 할지 보게 될 것이다"라고 했다.

반드시 합격하고 싶었던 아인슈타인은 클라이너를 직접 찾아가기로 결심했다. 놀랍게도 그들의 만남은 원만하게 진행되었다. 클라이너는 아직 그의 학위 논문을 읽지 못했다고 시인했고, 아인슈타인은 천천히 읽어달라고 부탁했다. 그런 후에 그들은 아인슈타인이 생각하고 있던 여러 가지 아이디어에 대해서 이야기를 나누었다. 그중에는 훗날 그의 상대성 이론에 유용했던 것도 있었다. 클라이너는 다음에 교수직이 생기면 아인슈타인을 추천해주겠다고 약속했다. "그는 내가 생각했던 것만큼 멍청하지는 않았습니다. 그는 좋은 사람이기도 합니다"라는 것이 아인슈타인의 결론이었다.[52]

클라이너는 좋은 사람이었지만, 어렵게 시간을 내어 읽어본 아인슈타인의 학위 논문을 좋아하지는 않았다. 특히 그는 아인슈타인이 과학계를 공격하는 것을 불편하게 여겼다. 그는 아인슈타인의 논문을 불합격시켰다. 더 정확하게 말하면, 그는 아인슈타인에게 자발적으로 학위 논문 제출을 취소해서 230프랑의 심사비를 돌려받으라고 했다. 아인슈타인의 양사위가 쓴 책에 따르면, 클라이너의 결정은 "아인슈타인이 심하게 비판했던 이론을 주장한 자신의 동료 루트비히 볼츠만을 고려한 것"이었다. 그런 사실을 충분히 알지 못했던 아인슈타인은 친구들의 권유에 따라 자신의 비판을 볼츠만에게 직접 보내버렸다.[53]

리제를

마르켈 그로스만이 아인슈타인에게 주선해주겠다고 했던 특허사무소 일자리는 아직도 성사되지 않고 있었다. 다섯 달이 지난 후에 그는 그로스만에게 여전히 도움이 필요하다고 다시 정중하게 부탁했다. 신문에서 그로스만이 스위스의 고등학교에 취직했다는 소식을 본 아인슈타인은 아무렇지도 않은 듯이 "축하"를 한 후에 "나 자신이 배짱도 없는 것처럼 느끼고 싶지 않아서 나도 그 자리에 응모했었다"고 밝혔다.[54]

1901년 가을에 아인슈타인은 취리히에서 북쪽으로 32킬로미터 떨어진 라인 강변 마을인 샤프하우젠의 작은 사설 학원의 강사라는 하찮은 직장을 구했다. 그곳에 와 있던 부유한 영국 학생에게 개인교습을 해주는 것이 전부였다. 아인슈타인에게 배운다는 것은 어떤 대가를 치르더라도 엄청난 이익이 남게 될 일이었다. 그러나 당시에는 학원의 소유주였던 야콥 뉘시가 이익을 챙겼다. 그는 아이의 가족에게 연간 4,000프랑을 받아서 아인슈타인에게는 방과 식사를 제공하고 한 달에 겨우 150프랑을 주었다.

그때까지도 아인슈타인은 마리치에게 "형편이 되기만 하면 훌륭한 남편을 얻게 될 것"이라고 약속했지만, 특허사무소의 일자리는 거의 포기한 상태였다. "베른의 자리는 아직 공고도 되지 않는 것으로 보아서 이제는 정말 희망을 버려야 할 것 같습니다."[55]

마리치는 그와 함께 지내고 싶어했지만, 임신 때문에 공개적으로 함께 지내는 것은 불가능했다. 그녀는 11월의 대부분을 근처 마을의 작은 호텔에서 지냈다. 그들의 관계에도 금이 가기 시작했다. 그녀의 간청에도 불구하고 아인슈타인은 재정적인 여유가 없다는 핑계로 그녀를 자주 찾아오지 않았다. 또다시 방문을 취소한다는 연락을 받은 그녀는 "당신은 정말 나를 놀라게 할 작정입니다. 그렇지요?"라고 사정을 했다. 그녀는 한 통의 편지에서도 번갈아가면서 사정을 하고 화를 냈다.

내가 얼마나 당신을 그리워하는지 알고 있다면 당신은 꼭 오셔야만 합니다. 정말 돈이 없으십니까? 좋습니다! 방과 식사를 제공받고, 150프랑을 버는 남자가 월말에 돈 한푼이 없다니요……제발 일요일에 그런 핑계를 대지 마세요. 그때까지도 돈을 구하지 못한다면 내가 돈을 보내드리겠습니다……내가 당신을 얼마나 다시 보고 싶어하는지를 아신다면 말입니다! 나는 하루 종일 당신을 생각하고 있고, 밤에는 더욱 그렇습니다.[56]

권위에 대해서 거부감을 가지고 있던 아인슈타인은 학원의 주인과도 문제를 일으켰다. 그는 자기가 가르치던 학생에게 함께 베른으로 옮기고, 자신에게 직접 돈을 지불하도록 설득했지만, ·학생의 어머니가 반대를 했다. 그러자 아인슈타인은 뉘시에게 그의 가족과 함께 식사하지 않아도 되도록 자신의 식비를 현금으로 달라고 요구했다. 뉘시는 "당신도 우리의 약속을 알고 있을 것이고, 나는 그런 약속을 포기해야 할 이유가 없다"고 대답했다.

퉁명스러운 아인슈타인은 대안을 준비하라고 위협했고, 뉘시는 화를 내면서도 물러섰다. 아인슈타인은 자신의 좌우명에 따라 행동했던 그 장면을 마리치에게 설명해주면서 "저항 만세! 그것은 이 세상에서 내 수호신입니다"라고 즐거워했다.

그날 저녁 뉘시의 집에서 마지막 식사를 하기 위해서 자리에 앉던 그는 수프 그릇 옆에 놓여 있는 편지를 발견했다. 그것은 그에게 진짜 수호신이었던 마르켈 그로스만으로부터 온 것이었다. 그로스만은 특허사무소의 일자리에 대한 공고가 곧 발표될 예정이고, 아인슈타인이 그 자리를 얻게 될 것이라고 했다. 흥분한 아인슈타인은 자신들의 생활이 곧 "훨씬 나아질 것"이라고 마리치에게 알려주었다. 그는 "생각만 해도 즐거워서 어지러울 지경입니다. 나 자신보다 당신 때문에 더 행복합니다. 이제 우리는 함께 지구상에서 가장 행복한 사람들이 될 것입니다"라고 말했다.

두 달여 후인 1902년 2월 초에 태어날 아이를 어떻게 할 것인지는 여전히 문제였다. (이제 태어날 아기를 딸이라고 부르기 시작한) 아인슈타인은 출산을 위해서 노비사드의 부모님 댁에 가 있던 마리치에게 "이제 해결해야 할 유일한 문제는 우리가 어떻게 리제를과 함께 지낼 수 있느냐는 것입니다. 아이를 포기하고 싶지는 않습니다"라는 편지를 보냈다. 그의 입장에서는 당연한 생각이었지만, 그 자신도 사생아를 데리고 베른에 일을 하러 가는 것이 어렵다는 사실을 알고 있었다. "아버지에게 여쭤봐주세요. 경험이 많은 아버지가 일에 지치고 현실을 모르는 당신의 요니보다 세상을 더 잘 알고 계실 것입니다." 덧붙여서 그는 "아기를 바보로 만들 수도 있으니 우유를 먹여서는 안 된다"고 주장했다. 그는 마리치의 젖이 더 좋을 것이라고 말했다.[57]

그는 마리치의 가족과는 의논을 했지만, 그의 어머니가 임신과 결혼을 가장 두려워했기 때문에 자신의 가족들에게는 임신 사실을 알리고 싶어하지 않았다. 그와 마리치가 몰래 결혼할 것이라고 짐작했던 여동생은 그 사실을 아라우의 빈텔러 가족에게 알려주었다. 그러나 어느 누구도 아이가 있을 것이라고는 의심하지 않았다. 아인슈타인의 어머니는 빈텔러 부인으로부터 약혼 가능성에 대한 소식을 들었다. 파울린 아인슈타인은 "우리는 알베르트가 마리치 양과 사귀는 것을 절대 반대하고, 그녀와의 어떤 관계도 원치 않습니다"라고 하소연을 했다.[58]

아인슈타인의 어머니는 남편과 함께 마리치의 부모에게 거친 편지를 보내는 과격한 일도 마다하지 않았다. 마리치는 친구에게 아인슈타인의 어머니에 대해서 이렇게 한탄했다. "그의 어머니는 내 인생은 물론이고 아들의 인생까지도 가능하면 비참하게 만드는 것을 평생의 목표로 삼고 있는 것처럼 보인다. 그렇게 비정하고 노골적으로 사악한 사람들이 있다는 것은 상상도 하지 못했다! 그들은 나를 극단적으로 모욕하는 편지를 내 부모님께 보내는 것에 대해서도 양심의 가책을 느끼지 않았다."[59]

특허사무소의 일자리에 대한 공식적인 공고는 1901년 12월에 발표되었다. 소장이었던 프리드리히 할러는 아인슈타인이 그 자리에 선임될 수 있도록 자격 조건을 조정해주었다. 후보자가 되려면 박사학위는 필요 없지만 역학(力學)에 대한 교육을 받고, 물리학을 알아야만 했다. 아인슈타인은 마리치에게 "할러는 나를 위해서 그런 조건을 요구했습니다"라고 말했다.

할러는 아인슈타인이 최고의 후보자임을 분명하게 알려주는 호의적인 편지를 보냈고, 그로스만도 그에게 축하해주었다. 아인슈타인은 기뻐하면서 마리치에게 "이제 더 이상 문제가 없습니다. 이제 곧 당신은 나의 작고 행복한 아내가 될 것이니 두고 보기만 하십시오. 이제 어려움은 모두 끝났습니다. 이제 어깨에서 무거운 짐을 내려놓고 나니 내가 당신을 얼마나 사랑하는지 알게 됩니다⋯⋯이제 곧 나는 내 돌리를 안아주면서 세상 모두에게 당신이 내 것이라고 말할 수 있을 것입니다."[60]

그는 결혼을 하는 것만으로 자신들이 편안한 중산층 부부가 되는 것은 아니라고 했다. "우리는 과학에 대하여 함께 열심히 노력해서 옛날의 필리스틴 사람이 되지 말아야 합니다. 그렇지 않습니까?" 그는 자신의 동생도 너무 편한 것만 찾은 탓에 "너무 멍청해졌다"고 생각했다. 그는 마리치에게 "당신은 그렇게 되지 말아야 합니다. 정말 고약합니다. 당신은 언제나 나에게 매력적인 여자이고, 길거리의 개구쟁이라야만 합니다. 당신을 제외한 모든 사람이 나에게는 낯선 사람들입니다. 그 사람들과 나 사이에는 보이지 않는 벽이 있는 것 같습니다"라고 했다.

특허사무소의 일자리를 얻게 된 아인슈타인은 샤프하우젠에서의 개인교습 일을 그만두고 1902년 1월에 베른으로 이사를 했다. 그는 그로스만에게 영원히 감사해야 할 입장이 되었다. 그로스만은 그 후 몇 년 동안 여러 차례 그를 도와주었다. 아인슈타인은 마리치에게 "그로스만은 비(非)유클리드 기하학과 관련된 문제로 박사학위 논문을 준비하고 있습니다. 정확하게 무슨 문제인지는 모르겠습니다"라고 했다.[61]

아인슈타인이 베른에 도착한 지 며칠 후, 노비사드의 부모 집에 있던 밀레바 마리치는 그들이 리제를이라고 부르던 딸을 낳았다. 출산이 너무 힘들었기 때문에 마리치는 그에게 곧바로 편지를 보내지 못했다. 그녀의 아버지가 대신 아인슈타인에게 소식을 전했다.

아인슈타인은 마리치에게 편지를 보냈다. "딸은 건강하고, 제대로 웁니까? 눈은 어떤 색깔입니까? 우리 둘 중에 누구를 더 닮았습니까? 누가 우유를 먹입니까? 배가 고프다고 합니까? 분명히 완전한 대머리일 것입니다. 아직 그녀를 모르지만 너무 사랑합니다!" 새로 태어난 아이에 대한 사랑은 대체로 추상적인 수준이어서 그로 하여금 기차를 타고 노비사드로 가게 만들 정도는 아니었던 모양이다.[62]

아인슈타인은 어머니와 동생은 물론 친구에게도 리제를의 출생 소식을 알리지 않았다. 사실 그가 가족이나 친구들에게 딸에 대해서 이야기했다는 증거는 없다. 그는 그녀에 대해서 공개적으로 이야기한 적도 없고, 그녀가 존재했다는 사실을 인정한 적 없었다. 아인슈타인과 마리치 사이에 오고 간 몇 통의 편지를 제외하면 그녀에 대한 어떤 이야기도 남아 있지 않다. 그나마 그의 기록을 검토하던 학자와 편집자들이 리제를의 존재에 대하여 알고 나서 깜짝 놀랐던 1986년까지는 그런 편지들도 철저하게 감추어져 있었다.*

리제를이 탄생한 직후에 마리치에게 보낸 편지에서 아이 때문에 아인슈타인의 엉뚱한 면이 드러나기도 했다. "그녀는 벌써 울 수 있는 것이 확실하지만, 웃을 수 있으려면 상당한 시간이 필요할 것입니다. 그런 사실에 심오한 진실이 담겨 있습니다."

아버지가 된 그는 특허사무소 일자리를 기다리는 동안에도 돈을 벌어야 했다. 그래서 다음 날 "수학과 물리학에 대한 개인교습⋯⋯연방 폴리테크닉 교사 자격증을 가진 알베르트 아인슈타인에 의한 완벽한 교습⋯⋯시험교습 무료"라는 신문 광고를 냈다.

리제를이 태어나면서 아인슈타인은 그때까지 볼 수 없었던 가정적인

---

* 그 편지들은 아인슈타인 기록 프로젝트의 존 스타첼이 캘리포니아의 금고에 보관되어 있던 400여 통의 가족 편지 중에서 찾아낸 것이었다. 그 편지들은 아인슈타인의 아들 한스 알베르트 아인슈타인의 두 번째 부인이 맡긴 것으로, 1948년 밀레바 마리치가 사망한 후에 그녀의 아파트를 정리하러 취리히에 갔던 한스 알베르트 아인슈타인의 첫 번째 부인이 가져온 것이었다.

성격을 보여주기 시작했다. 그는 베른에 큰 방을 마련하고, 마리치를 위해서 침대, 여섯 개의 의자, 세 개의 옷장, 자기 자신("요니"), "시선 집중"이라고 표시한 소파까지 포함된 스케치를 그리기도 했다.[63] 그러나 마리치는 그와 함께 그 집으로 이사를 갈 수가 없었다. 그들은 결혼하지 않은 상태였고, 존경받는 스위스 공무원이 그런 식으로 사는 모습을 보여줄 수는 없었다. 몇 달 후에 마리치는 그가 일자리를 얻을 때까지 기다리기 위해서 취리히로 돌아왔고, 약속했던 대로 결혼을 했다. 그녀는 리제를을 데려오지 않았다.

아인슈타인과 딸은 서로 만나본 적이 없었던 것이 분명하다. 앞으로 살펴보겠지만, 지금까지 남아 있는 편지 중에는 그녀가 출생하고 2년이 조금 안 된 1903년 9월의 편지에 그녀에 대한 짤막한 이야기가 있을 뿐이다. 그동안 그녀는 노비사드에 있던 외가 친척이나 친구에게 맡겨져 있었고, 그 덕분에 아인슈타인은 자유로운 생활방식과 스위스 관료에게 걸맞는 중산층의 생활을 유지할 수 있었다.

리제를을 돌보아주었던 사람은 마리치가 1899년에 취리히 하숙집에서 함께 살면서 가까운 친구가 된 헬레네 카우플러 사비치였을 것이라는 주장이 있지만, 확실한 근거는 없다. 사비치는 빈의 유대인 가족의 딸로 1900년에 세르비아 출신의 엔지니어와 결혼했다. 마리치는 임신 중에 자신의 어려움을 털어놓은 편지를 썼지만, 부치기 전에 찢어버렸다. 리제를이 태어나기 두 달 전 그녀는 아인슈타인에게 "아직은 우리가 리제를에 대해서 아무 말도 하지 말아야 한다고 생각했기" 때문에 자신이 그렇게 했던 것을 다행으로 생각한다고 설명했다. 마리치는 아인슈타인이 가끔씩 사비치에게 편지를 써야 한다고 덧붙였다. "이제 우리는 그녀에게 잘 해주어야 합니다. 어쨌든 우리는 그녀에게 아주 중요한 도움을 받아야만 하니까요."[64]

특허사무소

아인슈타인은 특허사무소의 취업 통보를 기다리던 중에 그곳에서 일하고 있는 사람을 알게 되었다. 그 사람은 일이 재미없다고 불평하면서, 아인슈타인이 기다리고 있는 자리는 "가장 낮은 직급"이기 때문에 다른 사람이 응모할 것을 걱정할 필요가 없다고 했다. 그러나 아인슈타인은 동요하지 않았다. 아인슈타인은 마리치에게 "모든 일이 재미없다고 생각하는 사람도 있습니다"라고 했다. 아인슈타인은 가장 낮은 직급으로 일하는 것에 대해서는 정반대로 생각해야 한다고 그녀를 설득했다. "우리는 출세에 아무 관심도 없습니다."[65]

마침내 1902년 6월 16일에 최종 결정이 내려졌다. 스위스 위원회가 공식적으로 그를 "연봉 3,500프랑으로 연방 지적재산권 사무소의 기술직 3급 견습"으로 선출했다. 그의 연봉은 조교수의 연봉보다 더 많았다.[66]

베른에 새로 세워진 우편전신 건물에 있는 그의 사무실은 옛날 성문 위에 설치되었던 세계적으로 유명한 시계탑에서 가까웠다. 아인슈타인은 매일 출근하는 길에 아파트에서 왼쪽으로 돌아서 시계탑을 지나갔다. 시계는 본래 도시가 형성된 직후인 1191년에 만들어졌고, 1530년에는 행성의 위치를 나타내는 천문 장치가 추가되었다. 한 시간마다 종을 치며 춤추는 어릿광대, 행진하는 곰, 울음을 우는 수탉, 무장한 기사, 홀(笏)과 모래시계를 든 "때의 신(Father Time)"이 차례로 튀어나오는 쇼가 펼쳐졌다.

그 시계는 근처 기차역의 승강장에 있던 모든 시계의 기준으로 사용되었다. 표준 시각과는 다른 지역 시각을 사용하는 도시에서 도착하는 기차는 도시로 들어오면서 기차의 시계를 베른의 시계탑에 맞추었다.[67]

결국 아인슈타인은 물리학의 방향을 바꾸어놓은 논문을 쓴 이후까지 포함해서 그의 일생에서 가장 생산적이었던 7년 동안 1주일에 엿새를 오전 8시에 사무실에 도착해서 특허신청서를 검토하면서 보냈다. 몇 달 후 그는 친구에게 "나는 놀라울 정도로 바쁘다네. 나는 매일 여덟 시간을 사무실에서 보내고, 적어도 한 시간 동안 개인적인 일을 하는 것 이외에 과학 연구도 하고 있지"라고 말했다. 그러나 특허신청서를 살펴보는 일이 고역이었다고 생각하는 것은 잘못이다. "나는 사무실에서의 일이 놀라울 정도로 다양해서 아주 재미있다고 생각한다."[68]

그는 얼마 지나지 않아서 특허신청서 일을 빨리 마무리하면 낮 시간에도 자신의 과학 연구를 할 수 있다는 사실을 알게 되었다. 그는 "하루의 일을 한 시간에서 세 시간 사이에 마칠 수가 있었다. 남은 시간에는 내 자신의 아이디어에 대한 일을 할 수 있었다"고 기억했다. 성격이 좋고, 따뜻한 유머를 가지고 있었지만 불평이 많은 회의주의자였던 그의 상관 프리드리히 할러는 아인슈타인이 책상 위에 종이를 잔뜩 늘어놓았다가 사람들이 다가가면 황급히 서랍 속으로 감춰버리는 일을 모르는 체하고 눈감아주었다. "누가 지나갈 때마다 나는 노트들을 책상 서랍에 감춰버리고 사무실 일을 하는 척했다."[69]

사실 우리는 아인슈타인이 학문적 수도원에서 유배를 당한 것처럼 느꼈을 것이라고 미안하게 생각할 필요가 없다. 그는 오히려 "내가 가장 아름다운 아이디어를 깨치게 된 세계적인 수도원에서" 일한 것이 자신의 과학에는 부담이 아니라 이익이었다고 믿었다.[70]

그는 매일처럼 이론적 전제를 바탕으로 근원적인 실체를 밝혀내기 위한 사고실험을 했다. 훗날 그는 현실생활에서의 문제에 집중하는 것이 "이론적 개념의 물리학적 의미를 이해할 수 있도록 해주었다"고 말했다.[71] 그가 특허를 위해서 생각했던 아이디어 중에는 시계들을 동기화시키고, 광속으로 보낸 신호를 이용해서 시간을 조절하는 십여 가지의 새로운 방법도 있었다.[72]

더욱이 그의 상관 할러는 특허심사관에게는 물론이고 창조적이고 저항적인 이론학자에게도 유용한 신조(信條)를 가지고 있었다. "지극히 신중해야 한다"는 것이었다. 모든 것에 대해서 의문을 품고, 통념에 도전하고, 누구나 당연하게 생각한다는 이유만으로 무엇이 진리라고 인정하지 말라. 경솔한 것을 경계하라. 할러는 "신청서를 받으면, 발명자가 주장하는 것은 모두 틀렸다고 생각하라"고 지시했다.[73]

특허를 받아서 사업에 적용하려는 집안에서 자라난 아인슈타인은 그런 과정을 만족스럽게 생각했다. 그의 일은 독창적인 재능 중에서 이론이 실제로 어떻게 나타날 것인지를 시각화하는 사고실험을 수행하는 능력을 더욱 강화시켜주었다. 그리고 문제를 둘러싸고 있는 무의미한 요인들을 벗겨내는 능력도 키워주었다.[74]

만약 그가 교수의 조수 일을 얻었더라면 안전하게 논문을 쏟아내고, 인정된 개념에 도전하는 일에 지나치게 조심스러워했을 것이다. 훗날 그가 지적했듯이, 학계에서는 독창성과 창의성이 성공에 필요한 가장 중요한 자산이 아니었다. 독일어를 사용하는 지역에서는 더욱 그랬다. 후원자의 편견이나 일반적인 통념에 적응하도록 압력을 받아야만 했다. 그는 "엄청난 양의 논문을 생산하도록 강요하는 학계는 지적 천박함이 지배할 위험이 있다"고 말했다.[75]

결과적으로 대학의 조수가 아니라 스위스 특허사무소에 직장을 얻게 된 우연이 그에게 성공에 필요한 특성을 더욱 강화시켜주었던 셈이다. 눈앞에 펼쳐져 있는 논문에 씌어진 것에 대한 가벼운 회의주의적 시각과 기본적인 가설에 도전하도록 해주는 독립적인 판단 능력이 바로 그런 특성이었다. 특허심사관에게는 다르게 행동해야 할 압력이나 동기가 없었다.

올림피아 아카데미

베른 대학교에서 철학을 공부하던 루마니아 학생 모리스 솔로빈은 1902년 어느 날, 산책 길에 신문을 샀다가 물리학 개인교습을 해준다는 아인슈타인의 광고("시험교습 무료")를 보았다. 짧게 깎은 머리와 헝클어진 염소수염을 가진 말쑥한 딜레탕트였던 솔로빈은 아인슈타인보다 네 살이 더 많았지만 아직도 자신이 철학자가 되고 싶은지, 물리학자가 되고 싶은지, 아니면 다른 어떤 사람이 되고 싶은지를 결정하지 못하고 있었다. 그래서 그는 그 주소를 찾아가서 초인종을 눌렀다. 잠시 후에 "들어오세요!"라는 천둥 같은 소리가 들려왔다. 아인슈타인은 깊은 인상을 주었다. 솔로빈은 "그의 큰 눈이 유난히 반짝이는 모습에 감동을 받았다"고 기억했다.[76]

처음 만나서 두 시간 동안 이야기를 나눈 아인슈타인은 솔로빈과 함께 밖으로 나와서 한 시간 반 동안 더 이야기를 나누었다. 그들은 다음 날 다시 만나기로 했다. 세 번째 만났을 때 아인슈타인은 자유롭게 이야기를 나누는 것이 돈을 받고 교습하는 것보다 더 재미있다고 했다. 그는 "당신은 물리학 교습을 받을 필요가 없습니다. 원할 때 언제든 찾아오면 당신과 이야기를 해드리겠습니다"라고 말했다. 그들은 위대한 사상가의 책을 함께 읽은 후에 자신들의 아이디어에 대해서 이야기를 나누기로 했다.

그들의 만남에 은행가의 아들로 취리히 폴리테크닉에서 수학을 공부하던 콘라트 하비흐트가 합류했다. 그들은 화려한 학술단체의 흉내를 내기 위해서 자신들을 올림피아 아카데미(Olympia Academy)라고 불렀다. 아인슈타인은 가장 젊었지만 회장으로 지명되었고, 솔로빈은 소시지 밑에 아인슈타인 흉상의 옆모습을 그린 위촉장을 준비했다. 위촉장에는 "완벽하고 분명한 박식함과 섬세하고, 민감하고, 정교한 지식을 갖추고 우주에 대한 혁명적인 과학에 젖어 있는 인물"이라고 적혀 있었다.[77]

그들은 보통 소시지, 그뤼예르 치즈, 과일, 차로 검소한 저녁 식사를 했다. 그러나 솔로빈과 하비흐트는 아인슈타인의 생일날 식탁에 세 접시의 캐비어를 준비해서 그를 놀래켜주기로 했다. 갈릴레오의 관성법칙을 분석하는 일에 몰두했던 아인슈타인은 눈치채지 못한 채 캐비어를 마구 먹으면서 이야기를 계속했다. 하비흐트와 솔로빈은 은밀한 눈빛을 교환했다. 마침내 솔로빈은 "지금 무엇을 먹고 있는지 아는가?"라고 물었다.

아인슈타인은 탄성을 질렀다. "맙소사. 바로 그 유명한 캐비어로군!" 잠시 멈칫했던 그는 "글쎄. 나와 같은 농부에게 미식가의 음식을 주면,

알아보지도 못한다는 사실을 알아야지"라고 말했다.

밤새도록 계속된 대화가 끝나면 아인슈타인이 바이올린을 연주하기도 했고, 여름에는 모두가 베른 외곽에 있는 산에 올라가서 일출을 구경하기도 했다. 솔로빈은 "반짝이는 별들이 우리에게 강한 인상을 주어서 천문학에 대한 이야기를 시작했다. 지평선 위로 느리게 솟아올라서 마침내 알프스를 신비스러운 장밋빛으로 물들이는 장관을 펼쳐내는 태양에 감탄했다"고 기억했다. 그런 후에는 산에 있는 카페가 문을 열 때까지 기다렸다가 진한 커피를 마시고 나서 일을 하러 산을 내려왔다.

언젠가 솔로빈은 체코의 사중주 연주에 마음이 끌려서 자신의 아파트에서 가지기로 했던 모임에 빠지게 되었다. 그는 사과의 표시로 라틴어로 "완전히 삶은 달걀에게 경례!"라고 적은 노트를 남겨두었다. 솔로빈이 담배를 아주 싫어한다는 사실을 알고 있던 아인슈타인과 하비흐트는 솔로빈의 방에서 파이프와 시가를 피우고 가구와 접시를 침대 위에 쌓아두는 것으로 복수를 했다. 라틴어로 "짙은 연기에게 경례!"라고 적은 노트도 남겨두었다. 아파트로 돌아온 솔로빈은 냄새 때문에 "완전히 압도되어버렸다. 질식할 것 같았다. 창문을 활짝 열고, 침대 위에 거의 천장까지 쌓아둔 것을 치우기 시작했다"고 했다.[78]

솔로빈과 하비흐트는 아인슈타인의 평생 친구가 되었다. 아인슈타인은 그들과 함께 "내가 훗날 훨씬 더 가깝게 알게 된 유명한 사람들보다 덜 유치했던 우리의 즐거운 '아카데미'"라고 기억했다. 그의 일흔네 번째 생일을 기념하여 두 친구가 파리에서 함께 보낸 우편엽서에 대한 답례로 그는 "여러 회원들은 여러분에게 당신들의 낡은 자매 아카데미들을 놀림감으로 만들도록 했다. 그런 조롱이 내가 오랜 세월에 걸친 세밀한 관찰을 통해서 완벽하게 알아낸 표적을 정말 잘 맞혔다"라는 답장을 보냈다.[79]

아카데미에서 함께 읽었던 책 중에는 권위에 도전하는 재미있는 소포클레스의 희곡 『안티고네(Antigone)』, 고집스럽게 풍차를 공격하는 세르반테스의 서사시 『돈키호테(Don Quixote)』처럼 아인슈타인이 좋아했던 고전도 있었다. 그러나 세 사람의 아카데미 회원들은 데이비드 흄의 『인

성론(*A Treatise of Human Nature*)』, 에른스트 마흐의 『감각의 분석 (*Analysis of the Sensations*)』과 『역학의 발전(*Mechanics and Its Development*)』, 바루흐 스피노자의 『윤리학(*Ethics*)』, 앙리 푸앵카레의 『과학과 가설(*Science and Hypothesis*)』처럼 과학과 철학의 접경에 해당하는 책을 읽었다.[80] 젊은 특허심사관은 그런 책을 읽으면서 독자적인 과학철학을 갖추게 되었다.

훗날 아인슈타인은 그중에서도 가장 큰 영향을 주었던 사람은 스코틀랜드의 경험주의자 데이비드 흄(1711-1776)이었다고 했다. 흄도 로크와 버클리의 전통에 따라 감각을 통해서 직접 경험할 수 있는 것 이외의 지식에 대해서는 회의적이었다. 그에게는 심지어 분명한 인과법칙까지도 단순한 사람의 버릇인 양 의심스러웠다. 공이 다른 공과 충돌하는 것은 뉴턴 법칙에 따라 수없이 그렇게 되지만, 아무리 그렇다고 해도 엄밀하게 말하면 다음에도 그렇게 될 것이라고 믿을 만한 근거가 될 수는 없었다. 아인슈타인은 "흄은, 예를 들면 인과성처럼 우리 경험으로부터 논리적인 방법으로 추론해서 알아낼 수 없는 개념도 있다는 사실을 분명하게 이해했다"고 지적했다.

실증주의라고도 하는 이런 철학에서는 우리가 직접 경험할 수 있는 현상에 대한 설명을 넘어서는 어떤 개념도 인정하지 않는다. 아인슈타인은 적어도 초기에는 그런 철학에 매력을 느꼈다. "상대성 이론은 그 자체로 실증주의를 의미한다. 그런 사고방식은 나의 노력에 큰 영향을 주었다. 가장 대표적으로 마흐가 그랬고, 흄의 경우에는 더욱 그러했다. 나는 상대성 이론을 발견하기 직전에 흄의 『인성론』을 감탄하면서 열심히 읽었다."[81]

흄은 자신의 회의적인 엄격함을 시간의 개념에 적용했다. 그는 시간이 우리가 움직임으로부터 시간을 정의할 수 있도록 해주는 관찰할 수 있는 물체와 무관한 절대적 존재라고 말하는 것은 의미가 없다고 했다. 그리고 "우리는 아이디어와 느낌의 연속으로부터 시간의 아이디어를 형성한다. 시간 자체가 홀로 형상을 만드는 것은 불가능하다"고 했다. 절대적 시간 같은 것은 존재하지 않는다는 아이디어는 훗날 아인슈타인의 상대성 이론에서도 등장한다. 그러나 시간에 대한 흄의 구체적인 생각보다는 인식과 관찰에 의해서 정의할 수 없는 개념에 대해서 이야기하는 것이 위험하다는 그의 일반적인 통찰이 아인슈타인에게 더 큰 영향을 미쳤다.[82]

흄에 대한 아인슈타인의 입장은 그가 어린 학생이었을 때 막스 탈무드가 소개해주었던 순정(純正) 철학자 이마누엘 칸트(1724-1804)에 대한 그의 인식과 조화를 이루었다. 아인슈타인은 "칸트는 흄의 딜레마를 해결하기 위한 중요한 단계가 된 아이디어를 내놓았다"고 했다. "이성 그 자체를 근거"로 하는 "명백하게 확실한 지식"의 범주에 포함되는 진리도 있다.

다시 말해서, 칸트는 분석적 명제와 종합적 명제의 두 가지 진리를 구분했다. 1) 분석적 명제(analytical proposition)는 세상에 대한 관찰이 아니라 논리와 "이성 자체"에서 유도된다. 예를 들면, 모든 총각은 미혼이라거나, 2 더하기 2는 4라거나, 삼각형의 내각을 합치면 언제나 180도가 된다는 것과 같은 것이다. 2) 종합적 명제(synthetic proposition)는 경험과 관찰을 근거로 한 것이다. 예를 들면, 뮌헨은 베른보다 크다거나, 모든 백조는 희다와 같은 것이다. 종합적 명제는 새로운 경험적 증거에 의해서 수정될 수 있지만, 분석적 명제는 그렇지 않다. 검은 백조를 새로 발견할 수는 있지만 결혼한 총각(적어도 칸트는 그렇다고 생각했다)이나 내각의 합이 181도인 삼각형은 찾을 수가 없다. 아인슈타인은 칸트의 첫 번째 범주에 해당하는 진리에 대해서 "이것은, 예를 들면 기하학의 명제나 인과성 원리의 경우에 해당한다. 그런 지식이나 일부 다른 형태의 지식은…… 과거의 감각 데이터로부터 얻어진 것이 아니다. 다시 말해서, 그것들은 선험적(先驗的) 지식이다"라고 했다.

아인슈타인은 처음에 이성만으로 어떤 진리를 발견할 수 있다는 주장을 재미있다고 생각했다. 그러나 그는 곧바로 분석적 진리와 종합적 진리에 대한 칸트의 엄격한 구분에 의문을 가지기 시작했다. "기하학에서 다루는 대상은 감각적 인식의 대상과 조금도 다르지 않은 것처럼 보인다"고 기억했다. 그리고 훗날 그는 칸트의 그런 구분을 노골적으로 부정했다. "그런 구분은 잘못된 것이라고 확신한다"고 말했다. 삼각형의 내

각의 합은 180도이다처럼 순수하게 분석적인 것으로 보이는 명제도 비
(非)유클리드 기하학이나 (일반상대성 이론에서처럼) 굽은 공간에서는
사실이 아닐 수도 있다. 훗날 그는 기하학과 인과성의 개념에 대해서 "물
론 오늘날 앞에서 이야기한 개념들에는 칸트가 그런 개념의 탓이라고 했
던 확실성이나 고유한 필요성이 전혀 없다는 사실은 누구나 알고 있다"
고 말했다.[83]

흄의 경험주의는 아인슈타인이 미셸 베소의 추천으로 읽게 되었던 오스
트리아 출신의 물리학자이면서 철학자인 에른스트 마흐(1838-1916)의 글
덕분에 한 단계 더 발전했다. 그는 올림피아 아카데미가 가장 좋아했던 저
자 가운데 한 사람이었고, 아인슈타인에게 자신의 창조성을 나타내는 상징
이 되어버린 일반적인 상식과 사회적 통념에 대해서 회의적인 인식을 가지
게 해주었다. 훗날 아인슈타인은 마흐의 천재성이 부분적으로 그의 "절대
변하지 않는 회의주의와 독립성" 때문에 비롯된 것이라고 주장했다. 그런
표현은 자신에게도 사용할 수 있는 것이었다.[84]

아인슈타인의 설명에 따르면, 마흐 철학의 핵심 개념은 "우리가 그것이
뜻하는 대상과 그것이 그런 대상에게 부여하는 법칙을 정의할 수 있는 경
우에만 의미가 있다"는 것이다.[85] 다시 말해서, 개념이 의미가 있으려면,
그것에 대한 현실적인 정의, 즉 그런 개념이 작동하는지를 관찰할 수 있
는 방법을 설명해주는 정의가 있어야 한다. 그런 철학은 몇 년 후 아인슈
타인과 베소가 두 사건이 "동시에" 일어난다는 단순한 것처럼 보이는 개
념을 의미 있게 만들어주는 관찰이 무엇인지에 대해서 이야기를 나눌 때
유용했다.

마흐가 아인슈타인에게 가장 큰 영향을 준 것은 뉴턴의 "절대적 시간"
과 "절대적 공간"에 대한 개념에 그런 접근법을 적용하도록 한 것이었다.
마흐는 우리가 할 수 있는 관찰을 근거로 그런 개념을 정의하는 것이 불가
능하다고 주장했다. 따라서 그런 개념들은 의미가 없다. 마흐는 뉴턴의
"절대적 공간의 개념적 기괴함"을 비웃었다. 그는 그것을 "경험으로는 정
의할 수가 없는 순전한 상상의 것"이라고 불렀다.[86]

올림피아드 아카데미의 마지막 지적 영웅은 암스테르담의 유대인 철학자였던 바루흐 스피노자(1632-1677)였다. 그의 영향은 주로 종교적인 것이었다. 아인슈타인은 감탄을 자아내는 아름다움, 합리성, 그리고 자연법칙의 통일성에 반영되는 무정형의 신이라는 개념을 받아들였다. 그러나 스피노자와 마찬가지로 아인슈타인도 우리의 일상생활에서 보상하고, 벌을 주고, 간섭하는 개인적인 신은 믿지 않았다.

더욱이 아인슈타인은 스피노자로부터 자연의 법칙은 우리가 이해하기만 하면 불변의 원인과 결과를 결정하고, 신은 어떤 사건이 무작위적이나 비결정론적으로 일어나도록 해주는 주사위 놀이를 하지 않는다는 결정론에 대한 믿음을 이어받았다. 스피노자는 "모든 것은 성스러운 자연의 필요에 의해서 결정되어 있다"고 주장했고, 양자역학이 그런 주장이 옳지 않다는 것을 보여주는 듯했을 때도 아인슈타인은 확고하게 그런 주장이 옳다고 믿었다.[87]

밀레바와의 결혼

헤르만 아인슈타인은 자신의 아들이 3급 특허심사관 이상으로 출세하는 것을 볼 운명을 타고나지 못했다. 1902년 10월에 헤르만의 건강이 나빠지기 시작했고, 아인슈타인은 임종을 지키러 밀라노로 갔다. 오래 전부터 애증(愛憎)이 교차했던 그들의 관계는 그런 상태로 마감되어버렸다. 훗날 아인슈타인의 비서였던 헬렌 듀카스에 따르면, "임종이 다가오자, 헤르만은 최후의 순간을 혼자 보낼 수 있도록 모두에게 방에서 나가달라고 했다."

아인슈타인은 아버지와의 진정한 관계를 만들지 못했음을 증명해준 그 순간에 대해서 남은 일생 동안 죄책감을 느꼈다. 처음으로 그는 "처량함에 휩싸이는" 황당한 상황에 빠졌다. 훗날 그는 아버지의 죽음이 그가 경험했던 가장 심각한 충격이었다고 회고했다. 그러나 그 일은 한 가지 문제를 해결해주었다. 임종을 맞이한 헤르만 아인슈타인은 마침내 아들에

게 밀레바 마리치와 결혼하도록 허락해주었다.[88]

아인슈타인의 올림피아 아카데미 동료 모리스 솔로빈과 콘라트 하비흐트는 특별 회의를 개최해서 1903년 1월 6일 베른 등기소에서 있었던 알베르트 아인슈타인과 밀레바 마리치의 작은 결혼식에 증인이 되어주었다. 아인슈타인의 어머니와 여동생은 물론이고 마리치의 부모를 포함한 가족은 아무도 베른에 오지 않았다. 그날 저녁에 지적 동료들끼리 식당에서 축하를 하고 난 후에 아인슈타인과 마리치는 함께 그의 아파트로 갔다. 그가 열쇠를 잃어버렸기 때문에 집주인을 깨워야 했던 것은 조금도 놀라운 일이 아니었다.[89]

2주일 후 그는 미셸 베소에게 "글쎄, 이제 나는 결혼한 남자이고, 아내와 함께 아주 즐겁고 편안한 생활을 하고 있다. 그녀는 모든 것을 아주 잘하고 있다. 요리도 잘하고, 언제나 즐거워하고 있다"고 보고했다. 마리치*는 가장 친한 친구에게 "이제 나는 취리히에 있을 때보다 훨씬 더 내 남편과 가까워졌다"고 알렸다. 가끔씩 그녀도 올림피아 아카데미에 참석했지만 대부분은 참관자로 만족했다. 솔로빈은 "지적이고 수줍은 편인 밀레바는 열심히 듣기는 했지만 절대 우리 대화에 끼어들지 않았다"고 기억했다.

그렇지만 구름이 끼기도 했다. 마리치는 집안의 허드렛일이나 하고, 과학에 관한 대화에서 단순한 방관자의 역할을 하는 것에 대해서 "나의 새 임무에 대한 대가를 치르고 있다"고 했다. 아인슈타인의 친구들은 그녀가 점점 더 우울해지고 있다고 느꼈다. 말수도 적어지고 의심스럽게 보이는 때도 있었다. 아인슈타인은 이미 경계를 하기 시작했다. 적어도 그는 당시를 돌이켜보면서 그렇게 주장했다. 훗날 그는 자신이 마리치와 결혼하는 것에 대해서 "마음속으로 거부감"을 느꼈지만 "의무감"으로 극복했다고 주장했다.

---

* 결혼한 후에 그녀는 보통 밀레바 아인슈타인-마리차라는 이름을 사용했다. 이혼을 한 후에는 다시 밀레바 마리차라는 이름을 썼다. 혼란을 피하기 위해서 이 책에서는 마리차라는 이름만 사용한다.

마리치는 즉시 자신들의 관계를 마술처럼 회복시켜줄 방법을 찾기 시작했다. 그녀는 자신들이 스위스 공무원 가족에게 만연되어 있는 것으로 보이는 물질만능주의에서 벗어나서, 본래의 보헤미아식의 학문적 생활을 되찾을 기회를 가지고 싶었다. 그들은 아인슈타인이 멀리 떨어진 곳, 어쩌면 버려둔 딸에게 가까운 곳에서 교직을 찾기로 했다. 적어도 마리치는 그렇게 되기를 바랐다. 그녀가 세르비아의 친구에게 "어떤 곳이라도 노력해볼 거야. 예를 들면, 베오그라드에서 우리와 같은 사람들도 일자리를 찾을 수 있을 것이라고 생각하니?"라고 물어보았다. 마리치는 학교 일이면 무엇이나 좋다고 했다. 고등학교에서 독일어를 가르치는 일까지도 좋다고 했다. "우리는 아직도 옛날의 진취적인 정신을 가지고 있어."[90]

우리가 알기로, 아인슈타인은 직장을 찾거나 딸을 보러 세르비아에 간 적이 없었다. 결혼하고 몇 달이 지난 1903년 8월에 그들에게 떠돌던 비밀스러운 구름이 갑자기 새로운 모습으로 변했다. 마리치는 19개월이 된 리제를이 성홍열에 걸렸다는 소식을 들었다. 그녀는 노비사드행 기차에 올랐다. 기차가 잘츠부르크에 정차했을 때, 그녀는 그 지역에 있는 성(城)의 우편엽서를 사서 짧은 글을 적은 후에 부다페스트 역에서 우편으로 부쳤다. "빠르게 지나가지만 힘들어요. 기분이 좋지 않습니다. 나의 작은 욘질, 무엇을 하고 계십니까? 곧 답장을 보내주세요. 당신의 불쌍한 돌리가."[91]

아마도 아이는 입양을 보냈던 모양이다. 우리가 가지고 있는 유일한 실마리는 그녀가 노비사드에 가고 한 달이 지난 9월에 아인슈타인이 마리치에게 쓴 애매한 편지뿐이다. "리제를에게 생긴 일에 대해서 정말 미안합니다. 성홍열은 오랫동안 지속되는 흔적을 남기는 경우가 많습니다. 모든 것이 잘되더라도 말입니다. 리제를은 어떻게 등록되어 있습니까? 앞으로 아이에게 문제가 생기지 않도록 하려면 잘 돌보아야 합니다."[92]

아인슈타인이 그런 질문을 했던 진짜 의도가 무엇이었든 상관없이, 리제를의 등록 서류는 물론이고 그녀의 존재에 대한 어떠한 서류도 지금까지 남아 있지 않다. 리제를에 대한 책을 썼던 아인슈타인 기록사업소의 로버트 슐만과 미셸 자크하임을 포함한 세르비아와 미국의 여러 연구자들은 교회, 등기소, 유대 교회, 공동묘지를 찾아보았지만 허사였다.

아인슈타인의 딸에 대한 모든 증거는 정성스럽게 지워져버렸다. 아마도 리제를에 대한 언급이 있었을 것으로 추측되는 1902년의 여름과 가을에 아인슈타인과 마리치가 주고받은 거의 모든 편지는 사라져버렸다. 같은 기간에 마리치와 그녀의 친구 헬레네 사비치 사이의 편지도 사비치의 가족에 의해서 의도적으로 불태워져버렸다. 그들이 이혼한 후에도 아인슈타인과 그의 아내는, 아이의 운명뿐만 아니라 그녀의 존재 자체를 감추기 위해서 최선의 노력을 했고, 놀라운 수준으로 성공했다.

역사의 블랙홀을 벗어난 몇 가지 사실 중 하나는 1903년 9월까지는 리제를이 생존해 있었다는 것이다. 그달에 아인슈타인이 마리치에게 보낸 편지에서 "아이의 미래"에 나타날 가능성이 있는 어려움에 대해서 걱정했다는 점이 그런 사실을 분명하게 해준다. 같은 편지에 아인슈타인이 "대체할" 아이를 가질 필요에 대해서 언급하는 것으로 보아서 그녀가 이미 아이를 입양시켰을 수도 있었다.

리제를의 운명에 대해서는 두 가지 설명이 가능하다. 첫째는 그녀가 성홍열을 이겨내고 입양된 가정에서 자라났다는 것이다. 훗날 (사실이 아닌 것으로 밝혀졌지만) 그의 사생아라고 주장하는 여성들이 나타났던 몇 차례의 경우, 아인슈타인은 그런 가능성을 곧바로 부정하지는 않았다. 물론 그가 저질렀던 불륜들을 고려하면, 그런 사실만으로는 그가 그 여성들을 리제를일 수 있다고 생각했다는 증거가 되지 않는다.

슐만이 주장하는 다른 가능성은 마리치의 친구였던 헬레네 사비치가 리제를을 입양했다는 것이다. 실제로 그녀는 조르카라는 딸을 키웠다. 조르카는 아주 어렸을 때부터 (아마도 성홍열의 결과로) 눈이 멀었고, 한번도 결혼하지 않았다. 그녀의 조카가 그녀를 인터뷰하고 싶어하는 사람들을 막았다. 조르카는 1990년대에 사망했다.

조르카를 보호했던 밀란 포포비치는 그런 가능성을 부정했다. 그가 쓴 『알베르트의 그늘에서(In Albert's Shadow)』에서 포포비치는 마리치와 그의 할머니 헬레네 사비치의 우정과 편지에 대해서 "나의 할머니가 리제를을 입양했다는 이론이 제기되고 있지만, 내 가족의 역사를 살펴보면 그런 주장은 근거가 없다"라고 했다. 그러나 그는 자신의 주장을 뒷받침해줄 출생증명서와 같은 문서적 근거를 제시하지는 못했다. 그의 어머니는 리제를에 대한 이야기가 적혀 있었을 편지를 포함해서 헬레네 사비치의 거의 모든 편지를 불태워버렸다. 부분적으로 미라 알레치코비치라는 세르비아의 작가가 수집한 가족의 이야기를 근거로 한 포포비치 자신의 이론은 리제를이 1903년 9월 아인슈타인이 편지를 쓴 직후에 성홍렬로 사망했다는 것이다. 리제를을 추적한 이야기를 책으로 발표한 미셸 자크하임도 비슷한 결론을 얻었다.[93]

무슨 일이 있었든지 마리치의 우울증은 더 심해졌다. 아인슈타인이 사망한 직후 리제를에 대해서 전혀 알지 못했던 피터 미셸모어라는 작가가 부분적으로 아인슈타인의 아들 한스 알베르트 아인슈타인과의 대화를 바탕으로 쓴 책을 발간했다. 미셸모어는 그들이 결혼한 다음 해에 대해서 이야기하면서, "두 사람 사이에 무슨 일이 일어났지만, 밀레바는 '지극히 개인적인 일'이라고만 이야기했다. 그 일이 무엇이었든지, 그녀는 그 일에 대해서 걱정했고, 알베르트도 어떤 식으로든지 책임이 있는 것 같았다. 친구들은 밀레바에게 걱정을 털어놓고 함께 논의해보자고 부추겼다. 그녀는 너무 개인적인 문제라고 고집하면서 평생을 비밀로 했다. 그것이 알베르트 아인슈타인의 이야기에서 아직도 풀리지 않고 신비에 싸여 있는 결정적인 부분이다"라고 했다.[94]

마리치가 부다페스트에서 부친 우편엽서에서 털어놓았던 불편함은 그녀가 다시 임신을 했기 때문이었을 가능성이 크다. 정말 그녀가 임신했다는 사실을 알았을 때 그녀는 남편이 화를 낼 수도 있을 것 같아서 걱정을 했다. 그러나 자신들의 딸을 대체할 아이가 곧 생길 것이라는 소식을 들은 아인슈타인은 행복함을 표시했다. 그는 "가련한 돌리가 새 아이를 낳을 것이라는 소식에 조금도 불쾌하지 않습니다"라고 했다. "실제로 나는 그 일로 행복하고, 당신이 새로운 리제를을 얻었다고 생각하지는 말아야 할 것인지에 대해서 깊이 생각해보았습니다. 결국 당신도 모든 여성들의 권리인 것을 박탈당할 수는 없습니다."[95]

한스 알베르트 아인슈타인은 1904년 5월 14일에 태어났다. 새 아이 덕분에 마리치의 기분이 좋아지면서 그녀의 결혼생활에도 어느 정도의 즐거움이 되살아났다. 적어도 그녀는 친구 헬레네 사비치에게 이렇게 말했다. "다시 너를 만나서 역시 알베르트로 이름지은 사랑하는 내 작은 아이를 보여줄 수 있도록 베른으로 오기를 바란다. 잠에서 깨어나 즐겁게 웃거나 목욕을 하면서 발을 차는 모습이 나를 얼마나 즐겁게 만드는지 표현할 수가 없어."

마리치는, 아인슈타인이 "아버지처럼 위엄스럽게" 행동하고, 아들을 위해서 성냥통과 스프링으로 케이블카와 같은 작은 장난감을 만들어주었다고 했다. 한스 알베르트는 어른이 되어서도 "그것이 당시에 내가 가지고 있던 가장 훌륭한 장난감이었고, 실제로 작동을 했다. 아버지는 작은 스프링과 성냥통으로 가장 아름다운 것을 만들 수 있었다"고 기억했다.[96]

손자의 탄생을 너무 좋아했던 밀로스 마리치는 그들을 방문해서 상당한 지참금을 주겠다고 제안했다. (과장되었겠지만) 가족들에게 전해오는 이야기에 따르면 지참금은 10만 스위스 프랑이었던 것으로 알려져 있다. 그러나 아인슈타인은 자신이 돈 때문에 그의 딸과 결혼한 것이 아니라고 하면서 그 제안을 거절했다. 훗날 밀로스 마리치는 눈물을 글썽거리며 그 일을 회고했다. 사실 아인슈타인은 스스로도 충분히 잘살기 시작했다. 특허사무소에서 1년 이상 지났기 때문에 견습 기간도 마친 상태였다.[97]

5

기적의 해 : 양자와 분자

1905년

세기의 전환

"이제 물리학에서 발견될 새로운 것은 전혀 없다. 이제 남은 것은 점점 더 정확하게 측정하는 것뿐이다."[1] 1900년에 존경받던 켈빈 경이 영국과학진흥협회에서 했다고 알려진 말이다. 그의 주장은 틀렸다.

고전 물리학의 기초는 17세기 말 아이작 뉴턴(1642-1727)에 의해서 마련되었다. 그는 갈릴레오 등의 발견을 근거로 떨어지는 사과와 지구를 돌고 있는 달이 모두 중력, 질량, 힘, 운동에 대한 동일한 법칙에 의해서 지배된다는 쉽게 이해할 수 있는 역학적(力學的) 우주를 설명하는 법칙을 만들었다. 원인이 결과를 만들어내고, 힘이 물체에 작용한다는 그의 이론에서는 모든 것이 설명되고, 결정되고, 예측될 수 있었다. 수학자이면서 천문학자였던 라플라스는 뉴턴의 우주를 크게 반겼다. "주어진 순간에 자연에서 작용하는 모든 힘과 함께 우주의 모든 것의 순간적인 위치를 알고 있는 사람은 단 하나의 식을 이용해서 세상의 가장 큰 물체에서 가장 작은 원자에 이르는 모든 것의 움직임을 이해할 수 있다. 불확실한 것은 아무것도 없고, 미래는 물론이고 과거까지도 눈앞에 펼쳐져 보일 것이다."[2]

엄격한 인과성에 감탄한 아인슈타인은 그것을 "뉴턴의 가르침에서 가장 심오한 특징"이라고 했다.[3] 그는 물리학의 역사를 "(만약 그런 것이 있다면) 태초에 신이 필요한 질량과 힘과 함께 뉴턴의 운동법칙을 창조했다"고 장난스럽게 요약했다. 특히 아인슈타인에게 깊은 인상을 주었던 것은 그가 연구하고 있던 기체운동론처럼 "역학이 겉으로는 아무런 관계가 없는 것처럼 보이는 영역에서 거둔 성공"이었다. 기체운동론에서는 기체의 거동이 수십억 개의 분자들이 충돌하면서 돌아다니는 움직임에 의해서 나타나는 것으로 설명한다.[4]

1800년대 중반에 뉴턴 역학은 또다른 위대한 발전과 결합되었다. 대장장이의 아들로 독학(獨學)을 했던 영국의 실험과학자 마이클 패러데이(1791-1867)가 전기장과 자기장의 성질을 발견했던 것이다. 그는 전류가 자기현상(磁氣現象)을 만들어낸다는 것을 알아냈고, 자기장을 변화시켜서 전류를 얻을 수 있다는 것도 밝혀냈다. 코일 모양의 전선 근처에서 자석을 움직이거나, 그 반대로 자석 부근에서 코일 모양의 전선을 움직이면 전류가 만들어진다는 것이다.[5]

전자기 유도현상(誘導現象)에 대한 패러데이의 업적 덕분에 발명가 정신을 가진 아인슈타인의 아버지나 숙부와 같은 기업가들은 회전하는 코일과 움직이는 자석을 결합해서 발전기를 만들 수 있었다. 그 결과, 젊은 알베르트 아인슈타인은 패러데이의 장(場)*에 대한 이론적인 이해만이 아니라 그에 대한 심오한 물리학적 영감을 가지게 되었다.

뒤이어서 텁수룩한 수염을 기른 스코틀랜드의 물리학자 제임스 클러크 맥스웰(1831-1879)도 변화하는 전기장이 어떻게 자기장을 만들고, 변화하는 자기장이 어떻게 전기장을 만들어내는지를 설명하는 훌륭한 방정식을 만들었다. 사실 변화하는 전기장은 변화하는 자기장을 만들고, 그것이

---

* 공간에서 서로 떨어져 있는 물체 사이의 상호작용을 설명하기 위한 수학적 개념으로 중력과 전자기력은 각각 중력장과 전자기장에 의해서 나타나는 것으로 본다 / 역주.

다시 변화하는 전기장을 만들어내는 식으로 이어진다. 그렇게 결합된 결과가 바로 전자기 파동이다.

뉴턴이 갈릴레오가 사망한 해에 출생했던 것처럼 맥스웰이 사망한 해에 태어난 아인슈타인은 스코틀랜드 과학자의 업적을 확장하는 것이 자신의 평생 과제 중 하나라고 믿었다. 수학적 멜로디가 자신을 미지의 세계로 이끌어준다는 일반적인 생각으로부터 장 이론의 아름다움과 단순함을 근거로 하는 조화를 찾아낸 이론학자가 있었던 것이다.

평생을 장 이론에 매혹되었던 아인슈타인은 동료와 함께 쓴 교과서에서 장 개념의 발전을 다음과 같이 설명했다.

물리학에서 뉴턴 이후의 가장 중요한 발명이라고 할 수 있는 장(場)이라는 새로운 개념이 등장했다. 물리현상을 설명해주는 핵심이 전하(電荷)나 입자가 아니라 전하와 입자 사이의 공간에 존재하는 장이라는 사실을 깨닫는 데는 위대한 과학적 상상력이 필요했다. 장의 개념은 전자기장의 구조를 설명해주는 맥스웰 방정식이 정립됨으로써 성공적인 것으로 증명되었다.[6]

처음에는 맥스웰이 개발한 전자기장 이론이 뉴턴의 역학과 동등한 것처럼 보였다. 맥스웰은, 우주가 파도를 전달해주는 물이나 음파를 전달해주는 공기와 마찬가지로 물결치고 진동하면서 전자기 파동을 전달해주는 물리적인 물질의 역할을 하는 보이지 않는 거미줄과 같은 "빛을 품고 있는 에테르"로 채워져 있다고 생각한다면 가시광선을 비롯한 모든 전자기 파동을 고전 역학으로 설명할 수 있을 것이라고 믿었다.

그러나 19세기 말에 이르면서 고전 물리학의 기초에 금이 가기 시작했다. 과학자들은 열심히 노력했지만, 빛을 전파시켜주는 가상적인 에테르 속에서 우리가 움직이고 있다는 증거를 찾아낼 수가 없었다. 물리적 물체에서 방출되는 빛과 전자기 파동인 복사(輻射)에 대한 연구에서도 또다른 문제가 드러났다. 불연속적인 입자의 역학을 설명하는 뉴턴 이론과 전자기현상을 모두 설명하는 장 이론이 상호작용하는 경계에서 이상한 일들이 일어나고 있었다.

그때까지 아인슈타인은 아무도 관심을 가지지 않았던 논문 5편을 발표했다. 그런 업적으로는 박사학위는 물론이고 교직도 얻을 수 없었다. 심지어 고등학교 교사 자리도 얻을 수가 없었다. 그가 그 시점에서 이론물리학을 포기했더라면 과학계가 그의 존재를 눈치채지도 못했을 것이고, 그는 자신에게 아주 잘 맞는 일자리였을 수도 있는 스위스 특허사무소의 소장직을 향해 승진을 계속했을 것이다.

그때까지만 하더라도, 그가 1666년 이후로 과학계에서 보지 못했던 아누스 미라빌리스(annus mirabilis, 기적의 해)를 이끌어낼 것이라는 징조는 없었다. 케임브리지를 황폐화시켰던 흑사병을 피해서 시골의 울스토르프에 있는 어머니 댁에 머물고 있던 아이작 뉴턴은 그해에 미적분을 정립하고, 빛의 스펙트럼을 분석하고, 중력의 법칙을 발견했다. 그러나 물리학은 다시 한 번 일으켜세워질 예정이었고, 아인슈타인이 그런 일을 할 인물이었다. 그는 물리학의 기초에 생긴 균열을 덮고 있던 일반적인 통념의 층을 걷어내기에 필요한 용기를 가지고 있었고, 그의 시각적 상상력은 그에게 더 전통적인 사상가들이 이룰 수 없었던 개념적인 도약을 가능하게 만들어주었다.

1905년 3월부터 6월까지 4개월의 열정적인 기간 동안에 이루어졌던 돌파구는 과학사에서 가장 유명한 편지로 알려지게 된 한 통의 편지에 잘 나타나 있다. 역사학자들에게는 다행스럽게도, 올림피아 아카데미의 동료로 철학에 심취해 있던 콘라트 하비흐트는 얼마 전 베른을 떠났기 때문에 5월 말에는 아인슈타인이 그에게 편지를 쓸 명분이 생겼다.

하비흐트에게

그동안 우리 사이에 너무나도 엄숙한 정적의 분위기가 계속되어서 이제 몇 가지 사소한 이야기로 정적을 깨뜨리는 것이 마치 신성모독의 죄를 저지르는 것처럼 느껴진다네……

그래서, 얼어붙은 고래, 훈제해서 말린 후에 통조림이 되어버린 영혼은 어떻게 지내는지?……왜 자네의 박사학위 논문을 보내주지 않는가? 이 가련한 친구야, 자네는 내가 관심을 가지고 그 논문을 즐겁게 읽어줄 1.5명 중의 한 사람이라는 것을 모르는가? 그 대신 나는 자네에게 4편의 논문을 약속하네. 첫째 논문은 빛의 복사와 에너지 성질에 대한 것으로, 자네가 논문을 먼저 보내주면 자네도 그것이 얼마나 혁명적인지를 알게 될 것일세. 두 번째 논문은 원자의 진짜 크기를 결정하는 것이라네……세 번째 논문은 액체에 떠 있는 1,000분의 1밀리미터 수준의 물체가 열운동에 의해서 관찰 가능한 무작위적 운동을 하는 것이 틀림없다는 사실을 증명한 것이지. 부유 물체들의 그런 움직임은 그것을 브라운 분자운동(Brownian molecular motion)이라고 부른 생리학자에 의해서 실제로 관찰되었다네. 네 번째 논문은 현재로서는 엉성한 초고 상태이지만, 시간과 공간의 이론을 변형한 움직이는 물체의 전기동력학에 대한 것이라네.[7]

광양자(光量子), 1905년 3월

아인슈타인이 하비흐트에게 알렸듯이, 1905년 논문들 중에서 "혁명적"이라는 찬사를 받아야 할 논문은 상대성 이론으로 널리 알려진 마지막 논문이 아니라 첫 번째 논문이었다. 실제로 그 논문에는 물리학의 역사에서 가장 혁명적인 이야기가 담겨 있었다. 빛이 단순히 파동이 아니라 나중에 "광자(光子, photon)"라고 이름 붙여진 광양자(light quantum)라는 작은 덩어리이기도 하다는 주장은, 우리를 상대성 이론의 가장 이상한 면보다도 훨씬 더 애매하고, 사실은 더 무시무시하다고 할 수 있는 기묘한 과학적 안개 속으로 몰아넣었다.

아인슈타인도 그런 사실을 알고 있었기 때문에 1905년 3월 17일에 『물리학 연보』에 제출한 논문에 "빛의 생성과 변환에 대한 발견적(heuristic) 견해에 대하여"라는 조금 이상한 제목을 붙였다.[8] 발견적? 그것은 문제 해결의 방향을 제시해주는 길잡이는 되지만 증명을 하지는 못한 가정이라는 뜻이다. 그가 양자 이론에 대해서 발표한 논문의 첫 문장에서부터 사망하기 직전인 정확하게 50년 후에 발표한 마지막 문장에 이르기까지 아인슈타인은 양자의 개념은 물론이고 그것과 관련된 모든 심란한 의미들이 기껏해야 발견적, 즉 임시적이고 불완전한 것이라고 믿었고, 심오한 실재에 대한 자신의 암시와는 완전히 맞지 않는다고 생각했다.

세기의 전환기에 물리학을 혼란스럽게 만들었고, 고대 그리스 시대로부터 오늘날에 이르기까지 그래 왔던 의문이 아인슈타인 논문의 핵심이었다. 우주는 원자나 전자와 같은 입자로 구성되어 있는가? 아니면 중력장이나 전기장이 그런 것처럼 깨뜨릴 수 없는 연속으로 구성되어 있는가? 만약 두 가지 설명이 동시에 유효하다면, 둘이 서로 만나는 경우에는 무슨 일이 일어나는가?

1860년대부터 과학자들은 "흑체복사(blackbody radiation)"라는 현상을 분석함으로써 그런 만남의 영역을 연구해왔다. 난로나 가스 버너를 가지고 놀아본 사람은 누구나 알고 있듯이, 철과 같은 물질이 내는 빛은 온도에 따라 그 색깔이 달라진다. 처음에는 주로 붉은빛을 내는 것처럼 보이다가, 더 뜨거워지면 오렌지색으로 바뀐 후에 흰색이 되었다가 결국에는 푸른색이 된다. 구스타프 키르히호프를 비롯한 사람들은 그런 복사를 연구하기 위해서 아주 적은 양의 빛이 빠져나올 수 있도록 만든 밀폐된 금속 상자를 만들었다. 그들은 그런 상자를 일정한 온도에서 평형에 도달하게 만든 후에 상자에서 방출되는 빛의 파장에 따른 세기를 그래프로 그렸다. 그래프의 모양은 상자를 만드는 데 사용된 물질이나 상자의 모양에 상관없이 똑같았고, 온도에 따라서만 달라졌다.

그런데 문제가 있었다. 아무도 언덕처럼 생긴 그래프의 모양에 해당하는 수학적인 식을 완전하게 설명할 수가 없었다.

키르히호프가 사망한 후에 그가 차지하고 있던 베를린 대학교의 교수직은 막스 플랑크에게 주어졌다. 1858년 독일의 훌륭한 학자, 신학자, 법률가의 집안에서 태어난 플랑크는 아인슈타인이 가지지 못했던 많은 것을 가지고 있었다. 코안경과 말쑥한 옷차림의 그는 아주 자랑스러운 독일인이었으며, 약간은 수줍어하고, 완고하고, 보수적인 본능과 예절바른 태도를 가지고 있었다. 두 사람 모두의 친구였던 막스 보른은 훗날 "두 사람의 경우처럼 그렇게 다른 태도를 가지고 있는 경우는 상상하기도 어렵다. 아인슈타인은 전 세계의 시민으로 주위의 사람들과는 아무 관계도 없었고, 자신이 살고 있는 사회의 감정적 배경에도 관심이 없었다. 그러나 플랑크는 자신의 집안과 국가의 전통에 깊은 뿌리를 가지고 있었고, 열렬한 애국자였으며, 독일 역사의 위대함을 자랑스러워했고, 국가에 대해서 의식적으로 프로이센 식의 태도를 가지고 있었다"고 회고했다.[9]

보수적이었던 플랑크는 (파동과 연속적인 장에 대한 이론보다는) 원자와 입자 이론에 대해서 회의적이었다. 1882년에 그는 "원자 이론이 지금까지는 상당히 성공적이었지만, 궁극적으로는 연속적인 물질에 대한 가정에서 밀려나 폐기되어버릴 것"이라고 했다. 그런 플랑크와 아인슈타인이 함께 양자역학의 기초를 마련했고, 자신들이 믿었던 엄격한 원인과 결과의 개념이 훼손될 것이 분명해지자 두 사람 모두 멈칫거렸던 것은 우리 행성의 작은 아이러니 중의 하나였다.[10]

1900년에 플랑크는 자신이 "행운의 추측"이라고 부르는 것을 근거로 주어진 온도에서 복사 파장의 곡선을 설명하는 방정식을 얻었다. 그런 과정에서 그는 자신이 반대해왔던 볼츠만의 통계적인 방법이 결국에는 옳다는 사실을 인정했다. 그러나 방정식에는 이상한 특징이 있었다. 방정식이 옳은 것이 되려면 설명할 수 없을 정도로 작은 값(대략 6.62607×10^{-34} J s)을 가진 상수가 필요하다는 것이다. 그 상수는 곧 플랑크 상수 h라는 이름으로 불렸고, 오늘날에는 자연의 가장 기본적인 상수 가운데 하나로 알려지게 되었다.

처음에 플랑크는 그런 수학적 상수가 어떤 물리적 의미를 가지고 있는지에 대해서 짐작도 하지 못했다. 그러나 그는 빛 자체의 본질이 아니라 빛이 물질에 의해서 흡수되거나 방출되는 과정에서 일어나는 작용에 적용되는 것으로 보이는 이론을 생각해냈다. 그는 흑체 장치의 벽처럼 열이나 빛을 방출하는 모든 표면에는 진동하는 작은 스프링과 같은 "진동하는 분자" 또는 "조화 진동자"*가 들어 있다고 가정했다.[11] 그런 조화 진동자는 불연속적인 묶음이나 덩어리 형태의 에너지만 흡수하거나 방출할 수 있다. 그런 에너지의 묶음이나 덩어리는 분할이 가능하지도 않고, 연속적인 범위의 값을 가지지도 못하면서 플랑크 상수로 결정되는 양으로만 정해진다.

플랑크는 자신의 상수가 빛을 방출하고 흡수하는 과정을 설명하는 단순한 계산 도구일 뿐이고, 빛 자체의 기본적인 본질에는 적용되지 않는다고 생각했다. 그렇지만 1900년 12월 베를린 물리학회에서 내놓았던 그의 주장은 기념비적인 것이었다. "그래서 우리는 에너지가 똑같이 유한한 꾸러미들이 아주 한정된 수만큼 모인 것으로 생각한다. 이것이 전체 계산에서 가장 중요한 핵심이다."[12]

아인슈타인은 즉시 양자 이론이 고전 물리학을 무너뜨릴 것이라는 사실을 깨달았다. 훗날 그는 "플랑크의 획기적인 성과가 발표된 직후부터 나에게는 이런 모든 것들이 분명해졌다. 물리학의 이론적 기초를 그런 주장에 맞추어보려던 내 시도는 완전히 실패하고 말았다. 그것은 마치 발밑의 땅이 꺼져버려서 어디에서도 단단한 바닥을 찾아볼 수 없는 것과 같았다."[13]

플랑크 상수가 무엇인지를 설명하는 문제 이외에도 복사에 대해서는 설명이 필요한 또다른 이상한 점이 있었다. 광전자 효과라는 현상은 금속 표면에 쬔 빛이 금속의 전자를 느슨하게 만들어 방출되도록 만드는 것이다. 1901년 5월 마리치의 임신 사실을 알고 난 직후에 그녀에게 보낸 편지에서 아인슈타인은 그런 문제를 연구한 필리프 레나르트의 "아름다운 논문"에 대해서 열광했었다.

레나르트의 실험에서는 기대하지 못했던 사실이 밝혀졌다. 금속 표면에 쬐어주는 빛의 **진동수**를 적외선 열에서 붉은 가시광선을 지나 보라색과 자외선까지 변화시키면, 훨씬 많은 에너지를 가지고 빠른 속도로 움직이는 전자가 방출되었다. 이제는 1,000배 정도 밝게 만들 수 있는 탄소 방전관을 사용해서 빛의 세기를 증가시켰다. 더 밝고 강한 빛은 더 많은 에너지를 가지고 있고, 그래서 방출되는 전자가 더 많은 에너지를 가지게 되어 더 **빠른** 속도로 움직일 것이라고 예상하는 것이 논리적으로 보였다.

---

* 시계 추나 스프링의 경우처럼 변위의 크기에 비례하는 복원력이 작용해서 일정한 주기로 진동하는 장치 / 역주.

그런데 결과는 그렇지 않았다. 더 강한 빛을 쬐어주면 더 많은 전자가 방출되었지만, 각각의 전자가 가지고 있는 에너지는 똑같았다. 그런 사실은 빛에 대한 파동 이론으로는 설명할 수 없었다.

아인슈타인은 4년 동안 플랑크와 레나르트의 결과에 대해서 생각했다. 1904년에 마지막으로 발표한 "열의 일반적인 분자 이론에 대하여"라는 논문에서 그는 분자 시스템의 평균 에너지가 어떻게 요동(搖動)하는지에 대해서 논의했다. 그는 공간을 가득 채우고 있는 복사에 자신의 결과를 적용해서 실험과 비슷한 결과가 얻어진다는 사실을 확인했다. "이런 일치가 우연이라고 생각해서는 안 된다고 믿는다"는 것이 그의 결론이었다.[14] 1904년 논문을 끝낸 직후에 친구인 콘라트 하비흐트에게 보낸 편지에서 그는 "이제 나는 가장 단순한 방법으로 물질의 기본적인 양자의 크기와 복사의 파장 사이의 관계를 알아냈다"고 했다. 이제 그는 복사장이 양자로 이루어져 있다는 이론을 내놓을 수 있는 것처럼 보였다.[15]

1년 후인 1905년에 발표된 광양자 논문에서 그는 실제로 그렇게 했다. 그는 플랑크가 밝혀낸 수학적 결과를 글자 그대로 해석해서, 레나르트의 광전자 결과와 관련짓고, 빛이 **정말로** 연속적인 파동이 아니라 자신이 "광양자"라고 부르는 점과 같은 입자로 구성되어 있다는 결론에 도달했다.

아인슈타인은 자신의 논문을 (기체운동론처럼) 입자를 근거로 한 이론과 (빛의 파동 이론에서의 전자기장처럼) 연속적인 함수를 이용하는 이론들 사이의 놀라운 구분을 설명하는 것으로 시작했다. "물리학자들이 기체나 다른 의미 있는 물체에 대해서 만들어놓은 이론과 소위 빈 공간에서 일어나는 전자기 과정에 대한 맥스웰 이론 사이에 심각한 형식적 차이가 있다. 물체의 상태는 아주 많지만 유한한 수의 원자와 전자들의 위치와 속도에 의해서 완전하게 결정된다고 생각한다. 그러나 주어진 부피를 차지하고 있는 전자기파의 상태는 연속 공간 함수를 사용해서 설명한다."[16]

그는 빛의 입자 이론을 제시하기 전에 자신의 주장이 반드시 파동 이론을 폐기해야 한다는 뜻은 아니고, 실제로 파동 이론은 여전히 유용할 것이라는 사실을 강조했다. "연속 공간 함수에 의해서 작동하는 빛의 파동 이론은 순수한 광학적 현상을 잘 설명해주고 있고, 다른 이론으로 대체될 가능성은 없다."

그는 파동 이론과 입자 이론을 모두 수용하기 위해서 파동에 대한 우리의 관찰이 무수히 많은 입자들의 위치에 대한 통계적 평균에 해당한다는 "발견적" 방법을 제시했다. 그는 "광학적 관찰은 순간적인 값이 아니라 시간에 대한 평균에 해당한다는 점을 기억해야만 한다"고 했다.

그런 후에 아인슈타인이 쓴 글 중에서 가장 혁명적인 문장이라고 할 수 있는 부분이 등장한다. 그는 빛이 불연속적인 입자 또는 에너지의 묶음으로 구성되어 있다고 제안했다. "여기서 생각하는 가정에 따르면, 한 점으로부터 광선이 전파될 때, 에너지는 점점 더 넓은 공간에 연속적으로 분포되는 것이 아니라 공간의 한 점에 집중되어 있고 완전한 단위로만 생성되거나 흡수될 수 있는 유한한 수의 에너지 양자(quantum)로 구성되어 있다."

아인슈타인은 자신의 가정을 확인하기 위해서 불연속적인 양자로 구성되어 있다고 가정하는 흑체복사가 정말 불연속적인 입자로 구성된 것으로 알려진 통 속에 들어 있는 기체와 같은 특성을 나타내는지 확인해보았다. 첫째, 그는 부피가 변할 때 기체의 엔트로피 변화를 나타내는 식을 살펴보았다. 그리고 그 결과를 부피가 변할 때 흑체복사의 엔트로피 변화와 비교해보았다. 그는 복사의 엔트로피가 "부피에 따라서 이상기체*의 엔트로피와 같은 법칙에 따라 변한다"는 사실을 발견했다.

그는 엔트로피에 대한 볼츠만의 통계적인 식을 이용해서 계산했다. 입자로 구성된 묽은 기체를 설명하는 통계역학은 수학적으로 흑체복사를 설명하는 것과 동일하다. 그래서 아인슈타인은 복사가 "열역학적으로 마치 서로 독립적인 에너지 양자로 구성되어 있는 것처럼 행동한다"는 결론을 내리게 되었다. 더욱이 볼츠만의 통계역학을 이용하면 주어진 진동수에서 빛의 "입자"가 가지고 있는 에너지를 계산할 수 있고, 그 결과는 플랑

---

* 독립된 분자들로 이루어져 있어서 기체운동론이 적용되는 기체이다/역주.

크가 발견한 것과 일치한다는 사실을 밝혀냈다.[17]

아인슈타인은 더 나아가서 그런 광양자의 존재가 자신이 레나르트의 "선구적인 연구"라고 명예롭게 부른 광전자 효과를 어떻게 설명하는지를 보여주었다. 빛이 불연속적인 양자로 되어 있으면, 그런 양자의 에너지는 단순히 빛의 진동수에 플랑크의 상수를 곱해서 얻어진다. 아인슈타인은 만약 "광양자가 에너지를 모두 하나의 전자로 전달한다면" 진동수가 더 높은 빛은 더 많은 에너지를 가진 전자를 방출하게 만든다고 주장했다. 반면에 빛의 (진동수가 아니라) 세기를 증가시키면 단순히 더 많은 전자들이 방출되기는 하지만, 방출되는 전자의 에너지는 똑같다는 뜻이다.

그것이 바로 레나르트가 발견한 것이었다. 자신의 결론이 실험 결과에서 귀납적으로 얻어질 뿐만 아니라 이론적 연역에 의해서 얻어지기도 한다는 것을 보여주고 싶었던 아인슈타인은 빛이 작은 양자로 구성되어 있다는 논문의 결과를 약간은 겸손하거나 애매하게 주장했다. "내 생각에는 우리의 개념이 레나르트 씨가 관찰한 광전자 효과의 결과들과 모순되지 않는다."

아인슈타인은 플랑크의 숯불에 바람을 불어넣어서 고전 물리학을 태워버리는 불꽃으로 만들었다. 아인슈타인의 1905년 논문을 플랑크의 성과로부터 양자 도약이라고 할 정도의 엄청난 도약으로 만들어준 것은 정확하게 무엇이었을까?

다음 해의 논문에서 아인슈타인이 지적했듯이 사실 플랑크가 발견한 사실의 물리학적 중요성을 밝혀낸 것이 그의 역할이었다.[18] 마지못한 혁명가였던 플랑크의 입장에서 양자는 물질과 상호작용할 때 에너지가 방출되거나 흡수되는 과정을 설명해주는 수학적인 방법일 뿐이었다. 그는 양자의 개념을 빛과 전자기장 자체의 본질에 고유한 물리학적 존재와 연결시키지는 못했다. 과학사학자 제럴드 홀턴과 스티븐 브러시는 "플랑크의 1900년 논문은 양자 가설이 새로운 **물리학적** 가정이 아니라 통계적 분포를 계산하기 위해서 도입되는 수학적 수단이라고 주장했던 것으로 볼 수 있다"고 말했다.[19]

그러나 아인슈타인은 광양자를 우주의 당혹스럽고, 성가시고, 신비스럽고, 때로는 광포할 정도로 변덕을 부리는 존재의 특징이라고 생각했다. 그의 입장에서 (1926년에 광자[photon]라고 이름 붙여진)[20] 에너지의 양자는 빛이 진공 속에서 움직일 때도 존재한다고 보았다. 그는 "우리는 플랑크 씨가 알아낸 기본적인 양자가 어느 정도까지는 그의 흑체복사 이론과 무관하다는 사실을 보여주려고 한다"고 했다. 다시 말해서, 아인슈타인은 빛의 특별한 성질이 빛 자체의 성질이지, 빛이 물질과 상호작용하는 과정에 대한 설명이 아니라고 주장했다.[21]

아인슈타인이 논문을 발표한 후에도 플랑크는 자신의 도약을 인정하지 않았다. 2년 후에 플랑크는 젊은 특허심사관이 너무 과장을 했고, 양자는 진공에서 복사의 실제 성질이 아니라 복사의 방출과 흡수에서 나타나는 과정을 설명하는 것일 뿐이라고 경고했다. 그는 "나는 진공에서 '작용의 양자(광양자)'의 의미가 아니라 흡수와 방출이 일어나는 곳에서의 의미를 찾고 있다"고 충고했다.[22]

광양자가 물리학적 의미를 가지고 있다는 주장에 대한 플랑크의 반발은 그 후에도 계속되었다. 아인슈타인의 논문이 발표되고 8년이 지난 후에 플랑크는 그에게 모두가 탐내는 프로이센 과학원의 자리를 제안했다. 그와 다른 지지자들이 쓴 편지는 칭찬으로 가득했지만, 플랑크는 "예를 들면 광양자 가설에서처럼 그가 목표를 지나치기도 한다는 사실을 너무 지나치게 부정적으로 평가하지는 말아야 한다"고 덧붙였다.[23]

플랑크는 사망하기 직전에 자신의 발견으로부터 오랫동안 뒤로 물러서 있었다는 사실에 대해서 반성했다. "작용의 기본 양자를 고전 이론에 맞춰보려는 내 노력은 몇 년 동안 계속되었지만 헛수고였고, 엄청난 노력이 낭비되었다. 많은 동료들은 그것을 비극에 가까운 것으로 보았다."

역설적으로 훗날 아인슈타인에게도 비슷한 표현이 적용되었다. 보른은 아인슈타인에 대해서 그 자신이 개척했던 양자 발견으로부터 점점 더 "멀어지고, 회의적이 되었다"고 했다. "많은 사람들이 그것을 비극이라고 여긴다."[24]

아인슈타인의 이론은 실험적으로 시험할 수 있는 광전자 효과의 법칙을 만들어냈다. 방출된 전자의 에너지는 플랑크의 상수가 필요한 간단한 수학적 식에 의해서 빛의 진동수에 따라 달라진다는 것이다. 그 식은 결국 옳은 것으로 밝혀졌다. 중요한 실험을 했던 물리학자는 훗날 캘리포니아 공과대학의 소장이 되어 아인슈타인을 초빙했던 로버트 밀리컨이었다.

그러나 밀리컨은 아인슈타인의 광전자 식을 확인한 후에도 여전히 그의 이론을 거부했다. 그는 "아인슈타인의 방정식이 완전한 성공을 거둔 것처럼 보이기는 하지만, 그것이 상징적인 식이 되어버린 물리학 이론은 너무나도 이치에 맞지 않아서 내 생각에는 아인슈타인 자신도 더 이상 그런 이론에 집착하지 못할 것이다"라고 주장했다.[25]

아인슈타인이 광전자 효과의 식을 포기했다는 밀리컨의 말은 잘못이었다. 사실 아인슈타인이 노벨 상을 받은 것은 정확하게 광전자 법칙을 발견한 공로 덕분이었다. 1920년대에 양자역학이 발전하면서, 광자의 존재는 물리학의 기본적인 부분이 되었다.

그러나 더 넓은 의미에서는 밀리컨이 옳았다. 아인슈타인은 양자와 빛의 파동-입자 이중성*의 끔찍한 의미가 심각하게 혼란스럽다는 사실을 더 확실하게 깨닫게 되었다. 인생의 말년에 가까워지고, 거의 모든 살아 있는 물리학자들이 양자역학을 받아들이고 난 후에도 아인슈타인은 자신이 아끼던 친구 미셸 베소에게 "지난 50년 동안 생각을 해보았지만 '광양자가 무엇인가?'라는 질문에 대한 답에 조금도 더 가까워지지 못했다"고 한탄하는 편지를 보냈다.[26]

분자의 크기에 대한 박사학위 논문, 1905년 4월

아인슈타인은 과학의 혁명을 일으킬 수 있는 논문을 발표했지만, 여전히 박사학위를 받을 수 없었다. 그는 박사학위 논문의 합격을 위해서 다

---

* 빛이 전자기 파동의 특성과 광자의 특성을 모두 가지고 있다는 견해 / 역주.

시 한 번 노력했다.

양자나 상대성 같은 과격한 주제가 아니라 안전한 주제가 필요하다는 사실을 깨달은 아인슈타인은 준비하고 있던 두 번째 논문을 선택했다. 그는 "분자 크기의 새로운 결정방법"이라는 제목의 논문을 4월 30일에 완성해서 7월에 취리히 대학교에 제출했다.[27]

어쩌면 지도교수였던 알프레드 클라이너의 보수적인 사고방식 때문에 조심스러웠던 그는 자신의 과거 논문(그리고 11일 후에 완성한 브라운 운동에 대한 논문)에서 사용했던 창의적인 통계물리학 대신 주로 고전 유체역학을 이용했다.[28] 그러나 그는 여전히 수많은 작은 입자(원자, 분자)들의 거동이 관찰된 현상에 어떻게 반영되고, 반대로 관찰된 현상이 우리에게 작아서 볼 수 없는 입자의 성질에 대해서 무엇을 알려주는지에 관해서 연구할 수 있었다.

거의 한 세기 전에 이탈리아의 과학자 아메데오 아보가드로(1776-1856)가 같은 온도와 압력에서 측정하면 같은 부피의 기체에는 종류에 상관없이 똑같은 수의 분자가 들어 있다는 가설을 정립했고, 그것은 나중에 옳은 것으로 밝혀졌다. 그런 가설은 도대체 얼마나 많은 분자가 들어 있느냐는 어려운 의문으로 이어졌다.

흔히 기체 1몰(그 무게를 그램 단위로 표시한 것이 분자량)이 차지하는 부피를 선택하는데, 표준 온도와 압력*에서 그 부피는 22.4리터가 된다. 훗날 그런 조건에서 분자의 수는 아보가드로 수로 알려진다. 그 값을 정확하게 결정하는 것은 어려운 일이었고, 지금도 마찬가지이다. 현재의 추산은 대략 6.02214×10^{23}이다. (이것은 대단히 큰 숫자이다. 미국 전체를 그만큼에 해당하는 수의 튀기지 않은 팝콘으로 덮으면 그 깊이가 9마일이나 된다.)[29]

그때까지 분자에 대한 측정의 대부분은 기체의 연구를 통해서 이루어졌다. 아인슈타인이 학위 논문의 첫 문장에서 지적했듯이, "액체에서 관

---

* 섭씨 0도와 1기압 / 역주.

찰된 물리적 현상은 지금까지 분자 크기의 결정에 사용되지 않았다." 아인슈타인은 (훗날 몇 군데 수학과 자료 수정을 추가한) 이 박사학위 논문에서 액체를 이용해서 믿을 만한 결과를 얻은 최초의 사람이었다.

그는 액체가 액체를 통해서 움직이려고 하는 물체에 어느 정도의 저항을 나타내는지를 보여주는 점성의 자료를 이용했다. 예를 들면, 타르와 당밀(唐蜜)은 점성이 매우 높다. 물에 설탕을 녹여서 끈적끈적해지면 용액의 점성이 증가한다. 아인슈타인은 설탕 분자가 더 작은 물 분자들 사이로 느리게 확산되어간다고 생각했다. 그는 자신이 결정하려고 하는 설탕 분자의 크기와 물속에 녹아 있는 설탕 분자의 수라는 두 개의 미지 변수가 포함된 서로 다른 두 개의 방정식을 얻을 수 있었다. 그는 그런 방정식으로부터 두 개의 미지 변수의 값을 알아냈다. 그런 방법으로 그가 얻은 아보가드로 수의 값은 2.1×10^{23}이었다.

불행하게도 그 값은 그렇게 정확하지 않았다. 그가 취리히 대학교에서 합격한 직후인 8월에 자신의 논문을 『물리학 연보』에 제출했을 때, (다행히도 아인슈타인이 자신을 우롱하려고 했었다는 사실을 모르고 있던) 편집자 파울 드루데는 설탕 용액의 성질에 대한 더 정확한 자료를 알고 있었기 때문에 그의 논문을 보류시켰다. 새로운 자료를 사용한 아인슈타인은 정확한 값에 더 가까운 4.15×10^{23}이라는 결과를 얻었다.

몇 년 후에 그의 논문을 실험적으로 검토해본 프랑스 학생은 오류를 발견했다. 아인슈타인은 취리히의 조수에게 실험을 처음부터 다시 살펴볼 것을 요청했다. 그는 사소한 오류를 발견했고, 그런 오류를 수정한 후에는 상당히 좋은 값인 6.56×10^{23}이라는 결과를 얻었다.[30]

훗날 아인슈타인은 반농담으로 자신이 논문을 제출했을 때 클라이너 교수는 논문이 너무 짧다는 이유로 거절했고, 그래서 그가 문장 하나를 추가했더니 곧바로 합격되었다고 했다. 그러나 그런 주장을 증명해줄 문서는 남아 있지 않다.[31] 어쨌든 그의 학위 논문은 실제로 가장 많이 인용되었고, 시멘트 혼합, 유제품(乳製品)이나 에어로졸 생산과 같은 다양한 분야에 적용되는 가장 유용한 논문이 되었다. 그는 그 논문으로 대학에서 직장을 얻지는 못했지만, 그 덕분에 마침내 "아인슈타인 박사"로 알려지게 되었다.

브라운 운동, 1905년 5월

아인슈타인은 박사학위 논문을 마치고 11일 만에 자신은 한번도 본 적이 없는 것에 대한 증거를 알아보려는 또다른 논문을 완성했다. 그는 1901년 이후에 그래 왔듯이 보이지 않는 입자들의 무작위적인 작용이 보이는 세상에 어떻게 나타나는지를 밝혀내기 위해서 통계적인 분석방법을 이용했다.

그렇게 하는 과정에서, 아인슈타인은 거의 80년 가까이 많은 과학자들을 궁금하게 만들었던 브라운 운동이라고 알려진 현상을 설명했다. 브라운 운동은 물과 같은 액체에 떠 있는 작은 입자들이 이리저리 움직여다니는 것을 말한다. 그는 그런 설명의 부산물로 원자와 분자가 실제 물리적 대상으로 존재한다는 사실을 분명하게 밝혀냈다.

브라운 운동이라는 명칭은 스코틀랜드의 식물학자 로버트 브라운의 이름에서 따온 것이었다. 그는 1828년에 강력한 현미경을 이용해서 물속에 떠 있는 아주 작은 꽃가루 입자들이 이리저리 떠돌아다니는 모습을 자세히 관찰한 내용을 논문으로 발표했다. 스핑크스에서 떨어져나온 돌가루를 비롯한 다른 입자에서도 똑같은 현상이 관찰되었고, 다양한 설명이 제시되었다. 어쩌면 아주 작은 물의 흐름이나 빛의 효과와 관계가 있을지도 모른다는 주장도 제기되었다. 그러나 그런 이론 중에 어느 것도 가능하지 않은 것으로 밝혀졌다.

1870년대부터는 분자들의 무작위적 움직임으로 기체의 거동을 설명하는 기체운동론으로 브라운 운동을 설명하려는 시도가 있었다. 그러나 떠다니는 입자들은 물 분자보다 1만 배나 더 크기 때문에, 지름이 반 마일이나 되는 물체를 야구공이 움직일 수 없는 것과 마찬가지로 물 분자가 그런 입자를 움직이게 만들 만한 힘은 없는 것처럼 보였다.[32]

아인슈타인은 한 번의 충돌로 입자를 움직일 수는 없지만, 1초에 수백만 번의 무작위적인 충돌의 결과로 브라운이 관찰한 비틀거림을 설명할 수 있다는 사실을 증명했다. 그는 첫 문장에서 "이 논문에서는, 열의 분자 운동론에 따라 액체에 떠 있는 미시적으로 볼 수 있는 크기의 물체들이 분자의 열운동에 의해서 현미경으로 쉽게 관찰할 정도로 움직일 수 있음을 증명할 것이다."[33]

그런 후에 그는 자신의 논문이 브라운 운동의 관찰을 설명하려는 시도가 아니라는, 혼란스럽게 보이는 주장을 했다. 사실 그는 자신의 이론에서 추론되는 움직임이 정말 브라운에 의해서 관찰된 것과 같은 것인지를 확실히 알 수 없다는 듯이 설명했다. "여기서 논의할 움직임이 소위 브라운의 분자운동과 동일한 것일 가능성도 있다. 그러나 후자는 내가 확보할 수 있는 자료가 너무 부정확해서 그 문제에 대해서 판단할 수 없다." 훗날 그는 자신의 연구가 브라운 운동을 설명하려는 것이 아니었다고 강조했다. "나는, 브라운 운동과 관련된 관찰이 오래 전부터 알려져 있었다는 사실을 알지 못하더라도, 원자 이론에 따르면 관찰할 수 있을 정도로 떠다니는 미시 입자들의 움직임이 있어야만 한다는 사실을 발견했다."[34]

언뜻 보면, 그가 브라운 운동을 설명하고 있다는 사실을 부정하는 것은 이상하고, 심지어 불성실한 것처럼 보이기도 한다. 몇 달 전에 그는 콘라트 하비흐트에게 "부유 물체들의 그런 움직임은 그것을 브라운 분자운동이라고 부른 생리학자에 의해서 실제로 관찰되었다"는 편지를 보냈었다. 그렇지만 아인슈타인의 지적은 사실일 뿐만 아니라 중요한 것이기도 하다. 그의 논문은 브라운 운동의 관찰된 사실로부터 시작해서 그것을 설명하려는 것이 아니었다. 오히려 그 논문은 분자들의 움직임이 어떻게 가시적 세계에서 드러나 보일 수 있는지에 대해서 자신이 이미 시작했던 통계적 분석을 계속하고 있었을 뿐이었다.

다시 말해서, 아인슈타인은 (자신의 광양자 논문이 필리프 레나르트가 수집한 광전자 효과 자료에서 "시작한" 것이 아니라고 분명하게 밝혔듯이) 자신이 물리학적 자료에서 구성한 이론이 아니라 거대한 법칙과 가정으로부터 유추한 이론을 만들었다는 것을 주장하고 싶었다. 앞으로 살펴보겠지만, 그는 자신의 상대성 이론이 단순히 광속과 에테르에 대한 실험 결과를 설명하려는 노력에서 유도된 것이 아니라고 주장할 때에도 그런 구분을 강조했었다.

아인슈타인은 물 분자 하나의 충돌로는 떠 있는 꽃가루 입자를 볼 수 있을 정도로 움직이게 만들 수 없다는 사실을 깨달았다. 그러나 주어진 순간에 한 입자는 수천 개의 다른 분자들로부터 모든 방향에서 충돌을 경험한다. 그런 과정에서 입자의 한 쪽에서 훨씬 더 많은 충돌이 일어나는 경우도 생길 수 있다. 그런 후 다음 순간에는 다른 쪽에 심한 집중포화가 쏟아지게 된다.

결국 무작위적 걷기(random walk)*로 알려진 모델에서 나타나는 것과 같은 무작위적인 작은 비틀거림이 나타나게 된다. 우리가 그런 상황을 이해하는 가장 좋은 방법은 술 취한 사람이 전봇대를 시작으로 1초마다 한 걸음씩 무작위적인 방향으로 비틀거리면서 걷는 모습을 상상하는 것이다. 두 걸음을 걷고 나면, 앞으로 갔다가 뒤로 가서 전봇대로 되돌아갈 수도 있다. 같은 방향으로 두 걸음 걸어갈 수도 있다. 한 걸음은 서쪽으로 간 후에 다음에는 북동쪽으로 갈 수도 있다. 약간의 수학적 계산을 해서 그림을 그려보면 무작위 걷기에서 흥미로운 사실이 드러난다. 통계적으로 볼 때, 술 취한 사람과 전봇대의 거리는 흘러간 시간의 제곱근에 비례한다.[35]

아인슈타인은 브라운 운동에서 각각의 비틀거림을 측정하는 것은 물론 주어진 순간에 입자의 속도를 측정하는 것은 가능하지도 않고, 그럴 필요도 없다는 사실을 인식했다. 그러나 무작위적으로 비틀거리는 입자들이 시간에 따라 움직인 총 거리를 측정하는 것은 비교적 쉬웠다.

시험할 수 있는 확실한 예측을 원했던 아인슈타인은 자신의 이론적 지식과 함께 점성과 확산 속도에 대한 실험 자료를 이용해서 입자의 크기와 액체의 온도에 따라 입자가 움직이는 거리에 대한 정확한 예측에 도달했

---

* 자연에서 관찰되는 물리현상을 통계적으로 설명하기 위해서 사용하는 모형 중의 하나로, 입자의 움직임이 완전한 통계적 무작위성에 의해서 지배된다고 가정한다 / 역주.

다. 예를 들면, 그는 섭씨 17도의 물에서 지름이 1,000분의 1밀리미터인 입자의 경우에 "1분 동안의 평균 이동 거리는 약 6마이크로미터가 된다"는 사실을 알아냈다.

이제 실제로 시험할 수 있고, 놀라운 결과가 될 예측방법이 얻어졌다. 그는 "여기서 논의한 움직임이 실제로 관찰된다면, 고전 열역학은 엄격하게 성립된다고 볼 수 없다"고 지적했다. 실험보다 이론에 더 재능이 많았던 아인슈타인은 "연구자들이 곧바로 이 논문에서 제시한 열 이론에 매우 중요한 문제를 해결할 수 있기를 바란다"라는 매력적인 요청으로 자신의 논문을 마무리했다.

몇 달이 지나지 않아서 헨리 자이덴토프라는 독일의 실험물리학자가 강력한 현미경을 이용해서 아인슈타인의 예측을 확인했다. 이제 모든 실용적인 목적에서 원자와 분자의 물리적 존재가 분명하게 증명되었다. 훗날 이론물리학자 막스 보른은 "당시에 원자와 분자는 실제로 존재한다고 인정되지 않았다. 나는 아인슈타인의 이런 연구가 다른 어떤 연구보다도 물리학자들에게 원자와 분자의 존재에 대한 확신을 심어주는 일에 기여했다고 생각한다"고 기억했다.[36]

아인슈타인의 논문은 덤으로 아보가드로 수를 결정하는 또다른 방법이 되기도 했다. 에이브러햄 파이스는 그의 논문이 "새로운 아이디어로 가득 채워져 있다. 이미 논문을 읽어서 핵심을 알고 있는 사람이라도 보통의 현미경을 이용한 관찰로 아보가드로 수를 결정할 수 있다는 마지막 결론은 놀라운 것이 아닐 수 없다"고 했다.

아인슈타인은 동시에 여러 가지 아이디어를 함께 생각할 수 있는 능력을 가지고 있었다. 그는 액체에서 춤을 추고 있는 입자에 대하여 생각하면서, 동시에 움직이는 물체와 광속과 관련된 다른 이론과 씨름하고 있었다. 브라운 운동에 대한 논문을 제출하고 난 며칠 후에 그는 다시 친구 미셸 베소에게 새로 떠오른 영감에 대해서 이야기했다. 그달의 유명한 편지에서 하비흐트에게 알렸듯이, 그는 새로운 영감 덕분에 "공간과 시간의 이론에 대한 수정"을 완성했다.

6

특수상대성

1905년

배경

상대성은 단순한 개념이다. 그것은 물리학의 기본 법칙이 당신의 운동 상태에 상관없이 똑같다고 주장한다.

일정한 속도로 움직이고 있는 관찰자라는, **특별한** 경우에는 그런 개념을 받아들이기가 상당히 쉽다. 집안의 안락의자에 앉아 있는 남자와 하늘을 일정한 속도로 날아가는 비행기에 타고 있는 여자를 상상해보자. 각자가 커피를 따르거나, 볼을 던지거나, 플래시를 비치거나, 전자레인지로 머핀을 가열할 수 있고, 그런 모든 일에 똑같은 물리학 법칙이 적용된다.

사실 둘 중의 누가 "움직이고" 있고, 누가 "정지해 있는지"를 결정할 수 있는 방법은 없다. 안락의자에 앉아 있는 남자는 자신이 정지해 있고, 비행기가 움직인다고 생각한다. 그리고 비행기에 타고 있는 여자는 자신이 정지해 있고, 땅이 지나가고 있다고 생각한다. 누가 옳은지를 증명해줄 만한 실험은 없다.

사실 절대적인 답은 없다. 각자가 상대방에 대해서 상대적으로 움직이고 있다고 하는 것이 전부이다. 그리고 물론 두 사람 모두 다른 행성이나 별이나 은하에 대해서 아주 빠르게 움직이고 있다.*

아인슈타인이 1905년에 정립한 특수상대성 이론은 그런 특별한 경우에만 적용된다(그래서 이름도 그렇게 붙여졌다). 관찰자가 일정한 속도, 즉 직선을 따라 일정한 속력으로 균일하게 움직이는 경우를 "관성 기준틀(inertial reference system)"이라고 한다.[1]

가속을 하거나, 방향을 바꾸거나, 회전을 하거나, 브레이크를 밟거나, 임의의 방법으로 움직이는 사람의 경우는 일정하게 움직이고 있는 기차나 비행기나 행성에 타고 있는 사람의 경우보다 일반화하기가 훨씬 더 어렵다. 그런 사람들은 절대적인 운동을 하지 않기 때문에 커피가 튀고, 공은 서로 다른 방향으로 굴러간다. 앞으로 살펴보겠지만, 아인슈타인이 중력 이론에 가속운동(加速運動)을 포함시키고, 그것에 상대성의 개념을 적용하려고 시도해서 그가 일반상대성 이론이라고 부르는 것을 개발하기까지는 10년이 더 필요했다.[2]

상대성 이야기는 1632년 갈릴레오가 일정한 속도로 움직이는 모든 기준틀에서는 운동과 역학 법칙(전자기 법칙은 아직 발견되지 못했다)이 동일하다는 법칙을 정립하면서 시작되었다. 갈릴레오는 『두 개의 세계 체계에 대한 대화(Dialogue Concerning the Two Chief World System)』에서 우주의 중심에 움직이지 않는 상태로 정지해 있는 지구 주위를 다른 모든 것들이 회전하는 것이 아니라는 코페르니쿠스의 아이디어를 옹호하고 싶었다. 반대자들은 코페르니쿠스가 말했듯이 지구가 움직이고 있다면 우리가 그런 사실을 느낄 수 있어야 한다고 주장했다. 갈릴레오는 일정하게

---

* 안락의자에 "정지해 있는" 사람은 실제로 지구의 자전에 따라 시속 1,040마일로 회전하고, 지구와 함께 태양 주위를 시속 6만7,000마일로 공전하고 있다. 내가 이 관찰자들이 일정한 속도로 움직이고 있다고 할 때는 행성의 자전과 공전에서 생기는 속도의 변화는 무시한다. 그런 변화는 대부분의 일상적인 실험에는 영향을 주지 않는다. (Miller 1999, 25 참조.)

항해하고 있는 배의 선실에 대한 훌륭하고 깨끗한 사고실험으로 그런 주장을 반박했다.

친구와 함께 큰 배의 갑판 밑에 있는 큰 선실에 앉아 있다고 생각해보자. 그곳에 몇 마리의 파리나 나비처럼 날아다니는 작은 동물이 있다. 물고기가 들어 있는 커다란 어항도 있고, 밑에 있는 넓은 그릇으로 물이 한 방울씩 떨어지는 물병도 매달려 있다. 배가 정지해 있는 상태에서 작은 동물들이 선실의 모든 벽을 향해 같은 속도로 날아가는 모습을 잘 관찰한다. 물고기는 무심하게 모든 방향으로 헤엄치고, 물방울은 밑에 있는 그릇으로 떨어진다. 친구에게 공을 던지더라도 거리가 같다면 방향에 따라 공을 더 세게 던져야 할 필요도 없다. 두 발을 모아서 뛰는 거리도 방향에 상관없이 똑같다. 이런 모든 것을 잘 관찰한 후에 배를 일정한 속도로 움직이게 한다. 배의 움직임이 균일해서 요동치지 않는다면 어떤 속도라도 괜찮다. 앞에서 지적한 모든 것이 조금도 바뀌지 않을 뿐만 아니라, 그런 것으로부터 과연 배가 움직이고 있는지, 아니면 정지해 있는지를 알아낼 수도 없다는 사실을 발견하게 될 것이다.[3]

상대성에 대해서 이보다 더 나은 설명은 없다. 서로에 대해서 일정한 속도로 움직이고 있는 경우 법칙이 어떻게 적용되는지를 잘 설명해준다.

갈릴레오의 배에서는 음파를 전달해주는 공기도 선실의 사람들과 함께 부드럽게 움직이기 때문에 이야기를 나누기도 쉽다. 마찬가지로 갈릴레오의 승객들이 물통에 조약돌을 떨어뜨리면 해안에 정지해 있을 때와 똑같은 방법으로 물결이 퍼져나간다. 물결을 전달해주는 물이 물통은 물론이고 선실의 모든 것과 함께 일정하게 움직이기 때문이다.

음파와 물결은 고전 역학으로 쉽게 설명된다. 단순히 매질에 생긴 교란이 움직이는 것이다. 그래서 진공에서는 소리가 전달되지 않는다. 소리는 공기나 물이나 금속과 같은 것을 통해서 전달된다. 예를 들면, 음파는 상온의 방에서 공기를 압축하거나 느슨하게 만드는 진동하는 교란의 형태로 대략 시속 770마일로 움직인다.

갈릴레오의 배에서도 소리와 물결의 파동은 방안의 공기와 그릇에 담긴 물이 승객과 같은 속도로 움직이기 때문에 땅 위에서와 똑같이 움직인다. 그런데 이제 갑판으로 올라가서 바다의 파도를 보거나, 다른 배가 울리는 기적 소리의 속도를 측정한다고 생각해보자. 그런 파동이 다가오는 속도는 그런 파동을 전파해주는 (물이나 공기 같은) 매질과의 상대적인 속도에 따라 달라진다.

다시 말해서, 바다의 파도가 다가오는 속도는 우리가 물 위에서 파동이 만들어지는 곳으로부터 얼마나 빨리 다가가거나 멀어지는지에 따라 달라진다. 음파의 속도도 마찬가지로 음파를 전달해주는 공기의 상대적인 속도에 따라 달라진다.

상대속도는 서로 더해진다. 파도가 시속 10마일로 다가오는 바닷가에서 있다고 생각해보자. 제트 스키에 뛰어올라서 시속 40마일로 파도를 향해 다가가면, 파도가 (상대적으로) 시속 50마일로 다가와서 지나가버리는 것으로 보인다. 제트 스키를 타고 시속 40마일로 기적 소리를 향해 다가가면, 기적의 음파는 (상대적으로) 시속 810마일로 다가와서 지나가버린다.

이런 모든 것이 아인슈타인이 광선과 함께 움직이는 것을 상상했던 열여섯 살 때부터 깊이 생각해왔던 의문으로 이어진다. 그런 경우에도 빛은 똑같이 행동할까?

뉴턴은 빛을 방출된 입자들의 흐름이라고 생각했다. 그러나 아인슈타인의 시대에 대부분의 과학자들은 뉴턴의 경쟁자였던 크리스티안 호이겐스가 제안했던 빛이 파동이라는 주장을 받아들이고 있었다.

파동 이론은 19세기 말까지 다양한 실험을 통해서 확인되었다. 예를 들면, 토머스 영은 오늘날 고등학생들도 재현할 수 있는 유명한 실험을 통해서 두 개의 틈새를 통과한 빛이 어떻게 물에서의 파동이 두 개의 틈새를 지나갈 때 만들어지는 것과 비슷한 간섭 무늬를 만들어내는지를 보여주었다. 두 경우 모두, 각각의 틈새에서 퍼져나가는 파동의 마루와 골이 어떤 곳에서는 강화되고, 어떤 곳에서는 상쇄된다.

제임스 클러크 맥스웰은 빛, 전기, 자기 사이의 관계를 알아냄으로써 이런 파동 이론을 더욱 빛나게 만들었다. 그는 전기장과 자기장의 거동을 설명하는 식을 만들어서 전기장과 자기장이 결합되면 전자기 파동이 생긴다는 사실을 밝혔다. 맥스웰은 그런 전자기 파동은 대략 초속 18만6,000마일 정도로 이동해야만 한다는 사실도 발견했다.* 그 결론은 이미 과학자들이 빛의 경우에 측정했던 것이고, 그것은 단순한 우연의 일치가 아닌 것이 분명했다.[4]

빛은 전자기파의 전체 스펙트럼 중에서 우리 눈에 보이는 부분이라는 것이 분명해졌다. 오늘날 우리가 알고 있는 AM 라디오 신호(파장이 300야드), FM 라디오 신호(3야드), 마이크로파(3인치)도 모두 전자기파에 포함된다. 파장이 더 짧아져서 (따라서 파동의 진동수가 더 증가하면) 붉은색(2,500만분의 1인치)에서 보라색(1,400만분의 1인치)에 이르는 가시광선의 스펙트럼이 된다. 파장이 더 짧아지면 자외선, X-선, 감마선이 된다. 우리가 "빛"과 "광속"이라고 할 때는 우리 눈에 보이는 가시광선만이 아니라 모든 전자기파를 뜻한다.

그렇다면 중요한 문제가 떠오른다. 그런 파동을 전파시키는 매질이 무엇인가? 그리고 초속 18만6,000마일은 무엇에 대한 속도인가?

빛 파동은 에테르(ether)라는 보이지 않는 매질의 교란이고, 그 속도는 에테르에 대한 답인 것처럼 보였다. 다시 말해서, 빛의 경우 에테르는 음파의 경우 공기와 같은 것이었다. 훗날 아인슈타인은 "빛을, 우주를 가득 채우고 있는 탄성을 가지고 있고, 변하지 않는 매질에서 일어나는 진동 과정으로 해석해야만 한다는 것은 의문의 여지가 없는 것처럼 보였다"고 지적했다.[5]

불행하게도 에테르는 여러 가지 이상한 성질을 가지고 있어야만 했다. 멀리 떨어진 별에서 오는 빛도 지구에 도달할 수 있기 때문에 에테르는

---

* 더 정확하게는 진공에서 초속 186,282.4마일, 즉 초속 299,792,458미터이다. 다른 조건을 밝히지 않은 경우에 "광속"은 진공에서의 속도를 뜻하고, 가시광선을 포함한 모든 전자기 파동에 적용된다. 맥스웰은 전선을 통해서 흐르는 전기의 속도도 마찬가지라는 사실을 발견했다.

우리가 알고 있는 우주 전체를 채우고 있어야만 했다. 그런 에테르는 너무 가늘고 너무 가벼워서 그 속을 떠다니고 있는 행성이나 깃털에 아무 영향도 주지 말아야 한다. 그러면서도 충분히 단단해서 파동이 그 속에서 엄청난 속도로 진동할 수 있어야만 했다.

그런 모든 것 때문에 19세기 말에는 에테르를 찾기 위해서 엄청난 노력이 있었다. 만약 빛이 에테르를 통해서 물결치는 파동이라면, 우리가 에테르를 **통해서** 광원 쪽으로 다가가면 그 파동이 더 **빠른** 속도로 지나가는 것을 볼 수 있어야만 한다. 과학자들은 그런 차이를 확인하기 위해서 온갖 종류의 독창적인 장치와 실험을 고안했다.

과학자들은 에테르가 어떻게 거동할 것인지에 대한 다양한 가정을 사용했다. 에테르가 움직이지 않고, 지구가 그 속을 자유롭게 지나갈 수 있는 것처럼 생각하기도 했다. 지구가 대기에 대해서 그렇게 하듯이 에테르의 일부를 끌고 간다고 생각하기도 했다. 가능성이 낮기는 하지만, 지구가 에테르에 대해서 정지해 있는 유일한 것이고, 다른 행성, 태양, 별, 그리고 무덤 속의 불쌍한 코페르니쿠스까지 포함한 우주의 다른 모든 것은 그 주위를 회전하고 있다는 생각도 해보았다.

훗날 아인슈타인이 "특수상대성 이론에서 가장 중요한 실험"[6]이라고 했던 것은 움직이는 매질 속에서 광속을 측정하려던 프랑스 물리학자 이폴리트 피조의 실험이었다. 그는 기울어진 각도로 세워놓은 반투명한 거울을 이용해서 빛을 두 부분으로 나눈 후에 한 부분은 물속을 통해서 물이 흘러가는 방향으로 보내고, 다른 부분은 물이 흘러오는 방향으로 보냈다. 그런 후에 두 빛을 결합시켰다. 만약 한쪽 경로가 더 오래 걸린다면 파동의 마루와 골이 다른 빛의 파동과 어긋나게 된다. 실험에서는 파동이 결합될 때 생기는 간섭 무늬로부터 그런 일이 생기는지를 알 수 있다.

1887년에 앨버트 마이컬슨과 에드워드 몰리는 클리블랜드에서 전혀 다르지만 훨씬 더 유명한 실험을 했다. 그들은 비슷하게 빛을 나누어서 하나는 지구가 움직이는 방향으로 놓인 거울 사이를 오가게 만들고, 다른 하나는 90도 방향으로 오가게 만드는 장치를 고안했다. 역시 이번에도 두 부분을 결합시킬 때 생기는 간섭 무늬를 분석해서 가상적인 에테르 바람을 거스르는 경로가 더 오래 걸리는지를 알아보았다.

누가 실험을 하거나, 어떤 방법으로 보거나, 또는 에테르의 거동에 대해서 어떤 가정을 하거나 상관없이 가상적인 물질은 확인할 수 없었다. 어느 쪽으로 움직이거나 상관없이 빛의 속도는 정확하게 똑같은 것으로 관찰되었다.

그래서 과학자들은 상당히 곤혹스러웠지만 에테르가 존재하는 데도 실험에서 관찰할 수 없는 이유를 설명하려고 노력하는 일에 관심을 가지기 시작했다. 가장 주목할 만했던 것은, 1890년대 초에 세계주의자였고 이론물리학의 친절한 아버지와 같은 인물이었던 네덜란드의 헨드리크 로렌츠와 아일랜드의 물리학자 조지 피츠제럴드가 독립적으로 생각해냈던 가설이었다. 고체가 에테르를 통해서 움직이면 조금 수축된다는 것이다. 로렌츠-피츠제럴드 수축은 마이컬슨과 몰리가 사용했던 측정 장치를 포함해서 모든 것을 짧게 만들고, 그것은 정확하게 빛에 미치는 에테르의 영향을 검출할 수 없도록 만드는 정도라는 것이었다.

아인슈타인은 상황이 "매우 우울하다"고 느꼈다. 그는 과학자들이 뉴턴의 "자연에 대한 기계적 입장"으로는 전자기현상을 설명할 수 없었다는 사실을 깨닫게 되었고, 그것은 "결국 지지할 수 없는 중요한 이원론으로 발전했다"고 말했다.[7]

상대성을 향한 아인슈타인의 길

언젠가 아인슈타인은 "새로운 아이디어는 상당히 직관적인 방법으로 갑자기 떠오른다"고 말했다. 그리고는 서둘러서 "그러나 직관은 과거의 지적 경험의 결과일 뿐"이라고 덧붙였다.[8]

아인슈타인이 특수상대성 이론을 발견하는 데는 십여 년에 걸친 지적, 개인적 경험이 필요했다.[9] 내 생각에 가장 중요하고 분명한 것은 이론물리학에 대한 그의 깊은 이해와 지식이었다. 아라우에서 받은 교육에서 길러진 사고실험을 시각화하는 능력도 도움이 되었다. 그리고 철학에 대한 기초도 있었다. 그는 흄과 마흐로부터 관찰할 수 없는 것에 대한 회의적인 견해를 가지게 되었다. 그의 회의적인 견해는 권위를 의심하는 내적 반항심에 의해서 더욱 강화되었다.

그는 기술적 배경도 가지고 있었다. 그것이 물리적 상황을 시각화하고, 개념의 핵심을 꿰뚫는 능력을 강화시켜주었을 것이다. 숙부 야콥을 도와서 발전기의 움직이는 코일과 자석을 개선했고, 시계를 맞추는 새로운 방법에 대한 특허신청서가 몰려들던 특허사무소에서도 일했으며, 그의 회의적 시각을 활용하라고 격려해주는 상관과 함께 일하기도 했다. 유럽에서 전기신호를 이용해서 동일한 시간대의 시계를 맞추기 시작했던 때에 베른에서 시계탑과 기차역, 그리고 전신국 바로 위에 살기도 했고, 그가 일하던 특허사무소에서 전기동력 장치를 심사하는 일을 하면서 그의 자문 역할을 했던 엔지니어 친구 미셸 베소도 있었다.[10]

물론 그런 영향들의 순서는 주관적인 판단일 뿐이다. 결국 아인슈타인 자신도 일이 어떻게 진행되었는지 확신할 수 없었다. 그는 "내가 어떻게 상대성 이론을 정립하게 되었는지에 대해서 이야기하기는 쉽지 않다. 내 생각을 격려해주었던 감추어진 복잡성은 상당하다"고 말했다.[11]

우리가 어느 정도 확신할 수 있는 것은 아인슈타인의 출발점이다. 그는 반복해서 상대성 이론을 향한 자신의 길이 열여섯 살 때 광선과 함께 광속으로 이동하면 어떨 것인지에 대한 사고실험으로 시작되었다고 말했다. 그로부터 10년 동안 그는 그 실험에서 얻어진 "패러독스"와 씨름을 했다.

내가 (진공에서 광속인) 속도 c로 광선을 따라가면, 광선이 공간적으로는 진동하지만 정지되어 있는 전자기장을 관찰하게 된다. 그러나 경험이나 맥스웰 방정식에 따르면 그런 일은 있을 수 없다. 아주 처음부터 나에게는, 그런 관찰자의 입장에서 보면 모든 것이 지구에 대해서 정지해 있는 관찰자에게 적용되는 것과 똑같은 법칙에 따라 일어나야만 한다는 것이 분명했다. 첫째 관찰자는 자신이 빠르고 일정하게 움직이는 상태에 있다는 사실을 어떻게 알아내거나 결정할 수 있을까? 누구나 이런 패러독스에 이미 특수상대성 이론의 싹이 포함되어 있음을 볼 수 있다.[12]

이런 사고실험이 반드시 빛 파동의 에테르 이론을 부정하는 것은 아니다. 에테르 이론가도 얼어붙은 광선을 상상할 수는 있다. 그러나 그것은 광학법칙이 상대성 원리를 따라야 한다는 아인슈타인의 직관에 어긋났다. 다시 말해서, 광속을 결정해주는 맥스웰 방정식은 일정한 속도로 움직이는 모든 관찰자에게 똑같이 적용되어야만 한다. 아인슈타인이 이 부분을 강조했던 것은 그에게 얼어붙은 광속 또는 얼어붙은 전자기 파동의 아이디어가 직관적으로 잘못된 것처럼 보였다는 뜻이다.[13]

더욱이 그의 사고실험은 그가 뉴턴의 역학법칙과 맥스웰 방정식에서 일정한 광속 사이의 모순을 인식하고 있었음을 뜻한다. 이런 모든 것들이 그에게 극도로 두렵게 느껴지는 "심리적 긴장"을 가져다주었다. 훗날 그는 "특수상대성 이론이 떠오르기 시작했던 아주 초기에는 온갖 종류의 신경성 갈등을 경험했다. 젊었을 때 나는 몇 주일 동안 혼동의 상태로 지내기도 했다"고 기억했다.[14]

그를 괴롭히던 더 구체적인 "비대칭성"도 있었다. 자석이 전선 코일에 대해서 움직이면 전류가 만들어진다. 아인슈타인은 집안의 발전기에서 얻은 경험으로부터, 코일이 정지된 상태에서 자석을 움직이거나 또는 자석이 정지된 상태에서 코일을 움직이거나 상관없이 생성되는 전류의 양은 정확하게 똑같다는 사실을 알고 있었다. 그는 『맥스웰의 전기 이론 입문』이라는 아우구스트 푀플의 1894년 책도 공부했다. 그 책에는 정확하게 "움직이는 전도체의 전기동력학"이라는 내용이 있었다. 전기유도가 일어날 때 자석이나 전도 코일 중 어느 것이 움직이는지에 따라 달라지는 것이 있는지의 문제를 다루었다.[15]

아인슈타인은 "그러나 맥스웰–로렌츠 이론에 따르면, 두 현상에 대한 이론적 해석은 아주 다르다"고 기억했다. 첫 번째의 경우, 에테르를 통한 자석의 움직임이 패러데이의 유도법칙에 따라 전기장을 만들어낸다. 두 번째 경우에는, 자기장을 통한 전도 코일의 움직임은 로렌츠의 힘 법칙에 따라 전류가 생성된다. 아인슈타인은 "두 경우가 근본적으로 다르다는 아이디어는 나에게 참을 수가 없는 것"이었다고 말했다.[16]

아인슈타인은 이런 전기유도 이론에서 "정지"의 정의를 이론적으로 결정해주는 에테르의 개념에 대해서 몇 년 동안 씨름을 했다. 1899년에 취리히 폴리테크닉의 학생이었을 때, 그는 밀레바 마리치에게 "전기의 이론에 '에테르'라는 용어를 도입하는 것은 내 생각에 물리적 의미를 부여하지 않고서도 움직임을 설명할 수 있는 매질의 개념으로 이어질 수밖에 없습니다"라는 편지를 보냈다.[17] 그러나 바로 그달에 그는 아라우에서 휴가를 보내면서, 자신이 다녔던 학교의 교사와 함께 에테르를 확인할 수 있는 방법을 연구했다. 그는 마리치에게 "에테르에 대한 물체의 상대운동이 빛의 전파속도에 영향을 미치는 방법을 연구할 수 있는 훌륭한 아이디어를 가지고 있습니다"라고 말했다.

베버 교수는 그의 방법이 비현실적이라고 말했다. 아인슈타인은 어쩌면 베버의 제안에 따라 마이컬슨과 몰리는 물론 피조의 방법을 포함해서 13가지의 에테르 측정실험의 실패한 결과를 설명하는 빌헬름 빈의 논문을 읽었을 것이다.[18] 그는 1905년 이전에 로렌츠의 1895년 책인『움직이는 물체의 전기적, 광학적 현상에 대한 이론 개발(*Attempt at a Theory of Electrical and Optical Phenomena in Moving Bodies*)』에서도 마이컬슨-몰리 실험에 대해서 배웠다. 이 책에서 로렌츠는 에테르를 확인하려던 여러 가지 실패 사례를 살펴본 후에 자신의 수축 이론을 설명했다.[19]

"물리학에서의 귀납과 연역"

그렇다면, 에테르의 근거도 찾지 못했고, 관찰자가 움직이는 방향에 따라 광속이 달라지지도 않는다는 사실을 확인했던 마이컬슨-몰리의 결과가 상대성에 대한 아이디어를 키워가고 있던 아인슈타인에게 어떤 영향을 주었을까? 그 자신은 거의 아무 말도 한 적이 없었다. 사실 1905년 이전에는 그 실험에 대해서 알고 있지도 않았다고 (잘못) 기억하기도 했다. 아인슈타인이 마이컬슨—몰리의 영향에 대해서 그 후 50년 동안 일관성이 없는 말을 했던 것은 우리가 희미한 기억을 근거로 역사를 쓰려면 신중해야 한다는 점을 일깨워준다.[20]

아인슈타인의 상반된 주장은 1922년 일본 교토에서의 강연에서 시작되었다. 그는 마이컬슨이 에테르를 확인하지 못했던 것이 "나에게 처음으로 특수상대성 이론이라는 것을 생각하게 해주었다"고 했다. 마이컬슨을 위해서 패서디나에서 열렸던 1931년 만찬의 건배사에서 아인슈타인은 훌륭한 실험과학자에게 정중하기는 했지만 신중했다. "당신은 당시 빛에 대한 에테르 이론의 고약한 결함을 밝혀낸 덕분에 로렌츠와 피츠제럴드의 아이디어가 등장했고, 특수상대성 이론도 개발되었다."[21]

아인슈타인의 사고 과정에 대해서 그와 연속 대화를 나누었던 형태심리학*의 선구자 막스 베르트하이머의 훗날 회고에 따르면, 마이컬슨—몰리의 결과는 아인슈타인의 사고에 "결정적"이었다. 그러나 아서 I. 밀러가 보여주었듯이, 그런 주장은 어쩌면 베르트하이머가 아인슈타인의 이야기를 이용해서 형태심리학의 중요성을 보여주고 싶었던 욕심의 결과였을 수도 있다.[22]

아인슈타인은 마지막 몇 년 동안 로버트 샹클랜드라는 물리학자에게 이 문제에 대해서 여러 가지 이야기를 해주어서 더 심한 혼란을 불러일으켰다. 처음에 그는 자신이 1905년 이후에 마이컬슨—몰리에 대해서 읽었다고 했다가, 나중에는 1905년 이전에 로렌츠의 책에서 읽었다고 했으며, 마지막에는 "그저 사실일 것이라고 짐작했다"고 말했다.[23]

아인슈타인이 자주 반복하기도 했던 마지막 이야기가 가장 중요하다. 그가 상대성에 대해서 심각하게 연구하기 시작했을 때는 이미 에테르-흐름 실험 모두를 살펴볼 필요가 없었다는 것이다.[24] 그가 출발점으로 삼았던 가정에 따르면 에테르를 확인하려는 모든 시도는 실패할 수밖에 없기

* 1912년 베르트하이머에 의해서 정립된 게슈탈트(Gestalt) 심리학 / 역주.

때문이다. 그에게 그런 실험 결과는 자신이 이미 믿고 있던 갈릴레오의 상대성 원리가 빛 파동에도 적용된다는 생각을 재확인시켜주는 것에 지나지 않았다.[25]

그것이 그가 1905년 논문에서 실험에 충분히 신경을 쓰지 않았던 이유를 설명해준다. 그는 꼭 필요한 곳에서도 마이컬슨-몰리 실험을 언급하지 않았고, 움직이는 물을 이용한 피조의 실험도 언급하지 않았다. 그 대신 그는 자석-코일 움직임의 상대성을 설명한 후에 "빛의 매질에 대한 지구의 상대적인 움직임을 확인하려는 실패한 시도"에 대한 구절로 넘어가버렸다.

과학 이론 중에는 많은 실험적 사실을 분석해서 실험적 패턴을 설명해줄 이론을 찾아내는 귀납적 방법에 의해서 만들어진 것도 있다. 그러나 성스러운 것으로 여기는 정교한 원리와 가설에서 출발하여 결과를 유추하는 연역적인 것도 있다. 모든 과학자들은 두 가지 방법을 다양하게 혼합해서 사용한다. 실험 결과에 대해서 훌륭한 직감을 가지고 있던 아인슈타인은 그런 지식을 이용해서 자신의 이론을 구성하기 위한 정점(定點)을 찾아냈다.[26] 그러나 그는 주로 연역적인 방법을 더 강조했다.[27]

그런 그가 브라운 운동 논문에서는 이상하게도 정확하지만 근본적으로는 이론적 연역에서 실험적 발견의 역할을 과소평가했다. 상대성 이론에서도 비슷한 상황이 벌어졌다. 그가 브라운 운동에서는 넌지시 암시했던 것을 상대성과 마이컬슨-몰리 실험에 대해서는 "나는 이 실험과 결과들을 알기 전부터 이 원리가 타당하다는 것을 확신했다"고 분명히 밝혔다.

사실 그는 1905년에 발표했던 세 편의 획기적인 논문에서 모두 처음부터 자신이 연역적인 방법을 쓸 것이라고 밝혔다. 그는 모든 논문을 설명되지 않은 실험 자료 대신 서로 모순되는 이론들 때문에 나타나는 이상한 점들을 지적하는 것으로 시작했다. 그 다음에 실험 자료의 역할을 강조하지 않고 곧바로 위대한 원리에 대한 가정을 제시했다. 브라운 운동이나 흑체복사나 광속의 경우 모두 그런 식이었다.[28]

그는 1919년 "물리학에서 귀납과 연역"이라는 글에서 연역적 방법을 좋아하는 이유를 다음과 같이 밝혔다.

> 실험과학에서의 창조에 대해서 생각할 수 있는 가장 단순한 방법은 귀납적
> 인 것이다. 개별적인 사실들을 선택하여 분류하면 그것들을 서로 연결하는
> 법칙이 드러난다……그러나 과학 지식에서 이런 방법으로 이루어진 큰 발
> 전은 많지 않다……우리의 자연에 대한 이해에서 진정으로 위대한 발전은
> 귀납과는 거의 정반대가 되는 방법으로 이루어졌다. 과학자들은 아주 복잡
> 한 사실들의 핵심에 대한 직관적인 이해로부터 가상적인 기본 법칙이나 법
> 칙을 가정한다. 그런 법칙으로부터 결론이 유도된다.[29]

그는 그런 접근방법을 점점 더 선호하게 되었다. 말년에 이르러서는
"우리가 더 깊이 파고들어가고, 우리의 이론이 더 광범위해질수록 이론을
결정하는 데에 필요한 경험적 지식은 점점 더 줄어든다"고 주장했다.[30]

1905년 초에 이르러 전기동력학을 설명하려고 노력하던 아인슈타인은
귀납보다는 연역을 더 강조하기 시작했다. 훗날 그는 "나는 실험적으로
알려진 사실을 근거로 하여 긍정적인 노력으로 진정한 법칙을 발견할 수
있는 가능성에 대해서 점점 더 절망하게 되었다. 노력하는 기간이 더 길
어지고, 더 절망적이 되면서 보편적인 형식적 원리를 발견해야만 확실한
결과를 얻을 수 있다는 생각이 점점 더 확고해졌다"고 주장했다.[31]

두 가지 가설

이제 거대한 가설들로부터 하향식으로 이론을 추구하기로 마음먹은 아
인슈타인은 어떤 가설, 즉 일반 원리에 대한 기본적인 가정들로부터 시작
할 것인지를 선택해야 했다.[32]

그의 첫 가설은, 전자기 파동을 지배하는 맥스웰 방정식까지 포함한 물
리학의 모든 기본적인 법칙들이 서로 일정한 속도로 움직이는 모든 관찰
자에게 동등하다는 상대성 원리였다. 더 정확하게 표현하면, 그런 법칙들
이 모든 관성 기준틀에 대해서 똑같고, 일정한 속도로 움직이는 기차나

우주선에 타고 있는 사람의 경우와 마찬가지로 지구에 대해서 정지해 있는 사람에게도 똑같이 성립된다는 뜻이다. 그는 광선과 함께 이동하는 것에 대한 사고실험에서부터 이런 가설에 대한 믿음을 키워나갔다. "아주 처음부터 나에게는 그런 관찰자의 입장에서 판단할 때 모든 것이 지구에 대해서 정지해 있는 관찰자에게 적용되는 것과 똑같은 법칙에 따라 일어나야만 한다는 것이 직관적으로 명백했다."

광속에 대한 가설에서 아인슈타인은 두 가지 선택 가능성을 가지고 있었다.

1. 그는 총에서 발사되는 입자들처럼 빛도 광원으로부터 쏟아져나온다는 방출 이론을 선택할 수 있었다. 그렇게 되면 에테르는 더 이상 필요없다. 빛 입자는 빈 공간을 날아갈 수 있다. 그 속도는 광원에 대해서 상대적이다. 광원이 다가오는 경우에는 광원이 멀어질 때보다 입자들이 더 빨리 날아온다. (시속 100마일로 공을 던질 수 있는 투수를 생각해보자. 그가 당신에게 다가오는 자동차에 올라탄 상태에서 공을 던지면 당신으로부터 멀어져가는 자동차에서 던질 때보다 공이 더 빨리 날아오게 된다.) 다시 말해서, 별빛은 별로부터 초속 18만6,000마일의 속도로 발사된다. 그러나 별이 지구를 향해 초속 1만 마일로 다가오면 광속은 지구에 있는 관찰자에 대해서 초속 19만6,000마일이 된다.

2. 광속이 빛을 내는 광원의 움직임에 상관없이 초속 18만6,000마일로 일정하다고 가정하는 것이 파동 이론과 더 잘 들어맞는 대안이다. 음파와 비유해보면, 소방차가 당신을 향해 다가오고 있다고 해서 정지해 있을 때보다 사이렌 소리가 더 빨리 다가오는 것은 아니다. 어떤 경우이거나 음파는 공기 중에서 시속 770마일로 전파된다.*

---

* 소리를 만들어내는 음원이 당신에게 다가온다고 해서 파동이 더 빨리 도달하는 것은 아니다. 그러나 널리 알려진 도플러 효과에 따르면, 파동이 압축되어서 간격이 더 좁아진다. 파장이 줄어들면 진동수가 커져서 음정이 높아진다(사이렌이 앞을 지나 멀어져

한동안 아인슈타인은 방출 이론 쪽을 살펴보았다. 이 접근방법은 빛을 양자의 흐름처럼 행동한다고 생각하는 경우 특히 매력적이다. 그리고 앞 장에서 설명했듯이, 광양자의 개념은 정확하게 아인슈타인이 상대성 이론과 씨름하고 있던 1905년 3월에 제안했던 것이었다.[33]

그러나 이런 접근방법에는 문제가 있었다. 맥스웰 방정식과 파동 이론을 포기하는 것처럼 보였기 때문이다. 빛 파동의 속도가 빛을 방출하는 광원의 속도에 따라 달라진다면, 빛 파동은 어떤 식으로든 그런 정보를 가지고 있어야만 한다. 그러나 실험은 물론이고 맥스웰 방정식도 그렇지 않다는 것을 보여주었다.[34]

아인슈타인은 맥스웰 방정식을 방출 이론에 맞도록 수정해보려고 했지만 헛수고였다. 훗날 그는 "이 이론은, 어느 곳에서나 정해진 방향에서나 빛 파동의 전파속도가 다를 수 있다는 조건을 필요로 한다. 그런 재주를 부릴 수 있는 합리적인 전자기 이론은 만들 수가 없을 것이다"라고 기억했다.[35]

더욱이 과학자들은 광속이 광원의 움직임에 따라 달라진다는 증거를 찾을 수 없었다. 어떤 별에서 오는 빛이나 모두 똑같은 속도로 전달되는 것처럼 보였다.[36]

아인슈타인은 방출 이론에 대해서 생각해볼수록 더 많은 문제에 직면하게 되었다. 아인슈타인이 친구 파울 에렌페스트에게 설명했듯이, "움직이는" 광원에서 나온 빛이 굴절되거나 정지해 있는 스크린에 반사되면 어떤 일이 일어날지 알아내는 일은 쉽지 않았다. 또한 방출 이론에서는 가속되고 있는 광원에서 나오는 빛이 스스로를 따라잡을 수 있는 것처럼 보이는 문제도 있었다.

결국 아인슈타인은 방출 이론을 포기하고, 광선의 속도는 광원이 얼마나 빨리 움직이는지에 상관없이 일정하다는 가정을 받아들였다. 그는 에

가면 음정이 낮아진다). 빛의 경우에도 비슷한 효과가 나타난다. 광원이 당신에게 다가오면, 파장이 감소해서(진동수가 늘어나서) 스펙트럼의 푸른색 쪽으로 이동한다. 멀어져가는 광원에서 나오는 빛은 붉은색 쪽으로 이동하게 된다.

렌페스트에게 "모든 빛은 광원이 움직이거나 정지해 있거나에 전혀 상관없이 진동수와 세기만에 의해서 정의될 수밖에 없다는 확신에 도달하게 되었습니다"라고 설명했다. [37]

이제 아인슈타인은 "상대성 원리(the principle of relativity)"와 그가 "빛 가설(the light postulate)"이라고 부른 새로운 가설을 포함해서 두 개의 가설을 가지게 되었다. 그는 그것을 신중하게 정의했다. "빛은 빈 공간에서 빛을 방출하는 물체의 운동 상태와 상관없이 분명하게 정해진 속도 V로 전파된다."[38] 예를 들면, 기차의 전조등에서 나오는 빛의 속도를 측정하면 기차가 당신에게로 빠르게 다가오거나 당신으로부터 멀어지더라도 언제나 정확하게 초속 18만6,000마일이 된다.

불행하게도, 이 빛 가설은 상대성 원리와 양립될 수 없는 것처럼 보였다. 왜 그럴까? 훗날 아인슈타인은 그런 명백한 딜레마를 설명하기 위해서 다음과 같은 사고실험을 했다.

기차 철로에서 "철둑을 따라 광선을 보냈다"고 생각해보자. 철둑에 서 있는 사람은 빛이 자신을 지나가는 순간, 그 속도가 초속 18만6,000마일이라고 측정할 것이다. 그러나 이제 광원으로부터 아주 빠른 초속 2,000마일의 속도로 멀어져가는 기차 위에 타고 있는 여자를 생각해보자. 우리는 그녀가 자신을 지나가는 광선의 속도를 초속 18만4,000마일이라고 관찰할 것이라고 생각할 것이다. 아인슈타인은 "기차에 대한 광선의 전달 속도는 줄어든다"고 했다.

그는 "그러나 그런 결과는 상대성 원리와 모순된다. 자연의 다른 모든 일반 법칙과 마찬가지로 빛의 전파법칙은 상대성 원리에 따라서 기차가 기준 물체가 되더라도 철둑이 기준 물체일 때와 정확하게 똑같아야만 한다"고 덧붙였다. 다시 말해서, 빛이 전파되는 속도를 결정하는 맥스웰 방정식은 움직이는 기차에서도 철둑에서와 마찬가지로 성립해야만 한다. 광속을 측정하는 실험을 포함해서 어떤 실험으로도 어떠한 관성 기준틀이 "정지해" 있고, 어떠한 관성 기준틀이 일정한 속도로 움직이는지를 구별할 수 없다. [39]

이것은 이상한 결과였다. 광원을 향해서 또는 반대쪽으로 철로를 따라 뛰어가는 여자가 관찰하는 광속은 철둑에 서 있는 남자가 관찰하는 광속과 똑같아야만 한다는 것이다. 실제로 기차에 대한 여자의 속도는 광원을 향해서 또는 그 반대 방향으로 달리는지에 따라서 달라진다. 그러나 기차의 전조등에서 나오는 광선에 대한 그녀의 속도는 변하지 않는다. 아인슈타인은 이런 모든 것들이 두 가지 가설을 "양립되지 않는 것처럼 보이도록" 만든다고 생각했다. 훗날 어떻게 자신의 이론을 발견하게 되었는지 설명하는 강연에서 그는 "광속이 일정한 것은 속도의 결합법칙과 일치하지 않는다. 결과적으로 나는 아무 소용이 없는 생각으로 거의 일 년을 낭비해버렸다."[40]

빛 가설과 상대성 원리의 결합은 광원이 관찰자에게서 가까워지거나 멀어지거나, 또는 관찰자가 광원으로부터 가까워지거나 멀어지거나, 또는 두 가지 모두이거나, 또는 두 가지 모두가 아니거나에 상관없이 관찰자가 측정하는 광속은 똑같아야 한다는 뜻이 된다. 광속은 관찰자나 광원의 운동에 상관없이 똑같아야만 한다.

그것이 1905년 5월 초의 상황이었다. 아인슈타인은 상대성 원리를 받아들여서 가설의 수준으로 끌어올렸다. 약간의 혼란을 겪은 후에 그는 광속이 광원의 운동과 무관하다는 것을 가설로 받아들였다. 그리고 그는 철로를 따라 광원 쪽으로 달려가는 관찰자가 광원으로부터 반대쪽으로 달려가는 관찰자와 같은 속도를 측정하게 되고, 철둑에 가만히 서 있는 관찰자도 똑같은 속도를 측정하게 된다는 딜레마에 도전했다.

아인슈타인은 "이런 딜레마의 입장에서 보면, 상대성 원리나 빛의 전파에 대한 간단한 법칙 중의 하나를 포기하는 것 이외에는 다른 방법이 없는 것처럼 보인다"고 했다.[41]

그 후 매력적인 일이 일어났다. 알베르트 아인슈타인은 친구와 이야기를 하던 중에 물리학의 역사에서 가장 훌륭한 창의적 도약을 찾아냈다.

"한 걸음"

훗날 아인슈타인은 취리히에서 공부하면서 만났던 똑똑하지만 산만한 엔지니어로, 나중에 스위스 특허사무소에서 자신과 함께 일하게 된 가장 친한 친구 미셸 베소를 방문하러 갔던 것이 베른의 아름다운 어느 날이었다고 기억했다. 여러 날 동안 그들은 함께 걸어서 출근했고, 그날 아인슈타인은 베소에게 자신이 씨름하고 있는 딜레마에 대해서 이야기를 했다.

아인슈타인은 "포기해야 할 것 같다"라고 말했다. 그러나 아인슈타인은 이야기를 계속하던 중에 "갑자기 문제의 핵심을 이해하게 되었다"고 기억했다. 다음 날 베소를 만난 아인슈타인은 엄청나게 흥분한 상태였다. 그는 인사말도 잊은 채 "고맙네. 문제를 완전히 해결했다네"라고 선언했다.[42]

유레카의 순간에서 아인슈타인이 가장 유명한 논문인 "움직이는 물체의 전기동력학에 대하여"를 제출하기까지 걸린 시간은 겨우 5주일이었다. 이 논문에는 다른 문헌의 인용도 없고, 다른 사람의 연구에 대한 언급도 없으며, "이 논문에서 논의한 문제를 연구하는 동안 내 친구이자 동료인 M. 베소가 내 옆을 분명하게 지켜주었고, 그의 몇 가지 중요한 제안에 대해서 감사한다"는 마지막 문장을 빼면 감사의 표시도 없었다.

그가 베소와 이야기를 나누던 중에 깨닫게 된 통찰은 무엇이었을까? 아인슈타인은 "시간의 개념에 대한 분석이 답이었다. 시간은 절대적으로 정의할 수가 없고, 시간과 신호의 속도 사이에는 절대 분리할 수 없는 관계가 있다"는 것이었다고 했다.

더 구체적으로 말하면, 어느 관찰자에게는 동시에 일어난 것처럼 보이는 두 가지 사건이 빠르게 움직이는 다른 사람에게는 동시에 일어난 것으로 보이지 않는다는 것이 핵심적인 통찰이었다. 그리고 두 관찰자 중 누가 옳은지를 밝혀낼 방법이 없다. 다시 말해서, 두 사건이 정말 동시에 일어난다고 주장할 방법이 없다는 것이었다.

훗날 아인슈타인은 이런 개념을 움직이는 기차에 대한 사고실험을 이용해서 설명했다. 철둑에서 서로 멀리 떨어져 있는 A와 B라는 두 곳에

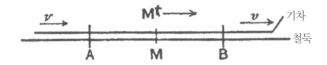

벼락이 떨어졌다고 생각해보자. 만약 우리가 벼락이 동시에 떨어졌다고 주장한다면 그것은 무슨 뜻일까?

아인슈타인은 우리가 실제로 적용할 수 있는 실질적인 정의가 필요하고, 그렇게 하려면 광속을 고려해야만 한다는 사실을 깨달았다. 정확하게 두 점 사이의 중간에 서 있는 사람에게 두 곳의 벼락에서 출발한 빛이 정확하게 같은 순간에 도달하면 두 벼락이 동시에 떨어졌다고 정의할 수 있다는 것이 그의 대답이었다.

그러나 이제 그런 사건이 철로를 따라 빠르게 움직이고 있는 기차 승객에게 어떻게 보일 것인지를 상상해보자. 1916년 일반인에게 이런 개념을 설명하기 위해서 쓴 책에서 그는 위와 같은 그림을 사용했다. 여기서 위쪽의 선이 긴 기차이다.

(철둑에 서 있는 사람의 입장에서) 정확하게 A와 B에 벼락이 떨어진 순간, 기차의 중간인 M'에 있는 승객이 철로의 중간인 M에 서 있는 관찰자를 막 지나가고 있었다고 생각해보자. 기차가 철둑에 대해서 움직이지 않는다면, 기차 안에 있는 승객은 철둑에 서 있는 승객과 마찬가지로 벼락의 불빛을 동시에 보게 될 것이다.

그러나 기차가 철둑에 대해서 오른쪽으로 움직이고 있었다면, 기차 안에 있는 관찰자는 빛 신호가 전달되는 동안 B에 더 가까이 다가가게 된다. 따라서 빛이 도착할 때는 관찰자가 조금 오른쪽에 위치하게 되고, A에 떨어진 벼락을 보기 전에 B에 떨어진 벼락을 먼저 보게 된다. 결국 그는 벼락이 A에 떨어지기 전에 B에 먼저 떨어졌다고 주장할 것이고, 벼락은 동시에 떨어진 것이 아닌 것처럼 느끼게 된다.

아인슈타인은 "그래서 우리는 중요한 결론에 도달한다. 철둑에서 볼 때 동시에 일어난 것처럼 보이는 사건들이 기차에서 볼 때는 동시에 일어나지 않은 것처럼 보이게 된다"고 했다. 그러나 상대성 원리에 따르면, 철둑이 "정지"해 있고, 기차는 "움직이고 있다"고 밝힐 방법이 없다. 우리는 그들이 서로에 대해서 움직인다고 말할 수 있을 뿐이다. 그래서 "실재(實在)" 또는 "옳은" 답은 없다. 임의의 두 사건이 "절대적으로" 또는 "정말" 동시에 일어난다고 말할 방법이 없다.[43]

그것은 단순한 통찰이지만 동시에 기본적인 것이기도 하다. 절대적인 시간은 존재하지 않는다는 뜻이다. 그 대신 움직이는 기준틀은 모두 자체의 상대적 시간을 가지고 있다. 아인슈타인은 그런 도약이 광양자의 경우처럼 정말 "혁명적"이라고 주장하기를 자제했지만, 그것이 과학을 완전히 바꿔놓은 것은 사실이다. 훗날 양자 불확정성 원리를 제시해서 비슷한 공적을 이룩했던 베르너 하이젠베르크는 "이것은 물리학의 가장 기초가 되는 부분에서 일어난 발전이었고, 젊고 혁명적인 천재가 가지고 있는 모든 용기가 필요한, 뜻밖의 지극히 근본적인 발전이었다"고 지적했다.[44]

1905년의 논문에서 아인슈타인은 생생한 이미지를 이용했다. 우리는 그가 베른의 유명한 탑에 세워진 시계와 맞춰진 시계들이 일렬로 늘어선 곳을 지나 베른 역으로 들어오는 기차를 바라보면서 아이디어를 떠올리는 모습을 상상할 수 있다. 그는 "시간이 고려되는 우리의 판단은 언제나 동시 사건에 대한 것이다. 예를 들면, '기차가 7시에 여기에 도착한다'는 것은 '내 시계의 작은바늘이 7을 가리키는 것과 기차가 도착하는 것이 동시에 일어난다'는 뜻이다"라고 했다. 그러나 이 경우에도 역시 서로 빠르게 움직이고 있는 관찰자들은 멀리서 일어나는 두 사건이 동시에 일어나는지에 대해서 서로 다른 견해를 가지게 된다.

시간이 "실재"에 존재하고, 관찰과 상관없이 흘러간다는 뜻에서의 절대시간의 개념은 216년 전에 『프린키피아(Principia)』에서 뉴턴이 주장한 이후 물리학의 대들보가 되었다. 절대적 공간과 거리에 대해서도 마찬가지였다. 그는 『프린키피아』의 1권에서 "절대적이고, 진리이고, 수학적인 시간은 그 자체와 그 본질 때문에 외부의 어떤 것과도 상관없이 똑같이 흐른다. 절대적 공간도 그 자체의 본질 때문에 외부의 어떤 것과도 상관없이 언제나 비슷하고 고정된 상태로 남아 있게 된다"라고 했던 것으로 유명하다.

그러나 뉴턴 자신도 그런 개념들을 직접 관찰할 수 없다는 사실 때문에 불편하게 느꼈던 것으로 보인다. 그는 "절대시간은 인식의 대상이 아니다"라고 인정했다. 그는 그런 딜레마를 극복하기 위해서 신의 존재에 의존했다. "신은 영원히 지속되고, 어디에나 존재한다. 신은 언제 어디에나 존재함으로써 시간과 공간을 구성한다."[45]

책을 통해서 아인슈타인과 올림피아 아카데미의 동료들에게 영향을 주었던 에른스트 마흐는 절대시간에 대한 뉴턴의 인식을 "경험으로 드러낼 수 없는 쓸모없는 형이상학적 개념"이라고 비난했다. 그는 뉴턴이 "현실의 사실만을 연구하겠다는 자신의 공개적인 의도와 반대로 행동했다"고 비판했다.[46]

올림피아 아카데미가 좋아한 『과학과 가설(La Science et l'hypothese)』에서 앙리 푸앵카레도 뉴턴의 절대시간 개념이 가지고 있는 약점을 지적했다. 그는 "우리는 두 시간의 동등성에 대한 직접적인 직관을 가지고 있지 않을 뿐만 아니라, 다른 곳에서 일어나는 두 사건의 동시성에 대한 직관도 가지고 있지 않다"고 했다.[47]

마흐와 푸앵카레 모두 아인슈타인의 위대한 돌파구에 대한 유용한 실마리를 제공해주었던 것으로 보인다. 그러나 훗날 그는 자신이 스코틀랜드의 철학자 데이비드 흄의 순수한 사실적 관찰과 분리된 정신적 구성으로부터 배웠던 회의주의의 도움을 받았다고 했다.

그의 논문에서 움직이는 기차와 멀리 떨어진 시계에 대한 사고실험을 사용했던 횟수를 고려하면, 그가 베른의 탑과 기차역 승강장에 일렬로 세워져 있는 시간이 맞추어진 시계들을 지나가는 기차로부터 자신의 생각을 시각화하고 다듬었던 경험이 도움이 되었으리라고 보는 것이 더 논리적일 듯하다. 사실 그가 친구들과 함께 베른의 동기화된 시계와 인접한 도시인 무니의 동기화되지 않은 첨탑의 시계를 가리키면서(또는 인용하면서) 자신의 새로운 이론을 설명했다는 이야기가 있다.[48]

피터 갈리슨은 『아인슈타인의 시계, 푸앵카레의 지도(*Einstein's Clocks,
Poincaré's Maps*)』에서 시대가 요구하는 기술에 대한 뜻깊은 연구를 소개
했다. 당시에는 시계의 동기화가 중요한 문제였다. 베른은 1890년에 처음
으로 전기신호를 이용해서 시계를 동기화시키는 네트워크를 만들었고,
아인슈타인이 도착했던 10년 후에는 시계를 더 정확하게 만들었으며, 여
러 도시의 시계들을 동기화시키는 일이 스위스의 유행이 되었다.

더욱이 특허사무소에서 아인슈타인이 베소와 함께 맡았던 일이 바로
전기를 이용하는 기계 장치를 평가하는 것이었다. 전기신호를 이용해서
시계를 동기화시키는 방법에 대한 신청서가 홍수처럼 밀려들었다. 갈리
슨에 따르면, 1901년부터 1904년까지 베른에서만 그런 분야에서 28개의
특허가 주어졌다.

예를 들면, "서로 떨어진 여러 곳에서 동시에 시각을 표시하기 위한 중
앙 시계 설치"라는 것도 있었다. 아인슈타인이 베소와 함께 돌파구가 된
대화를 나누기 3주일 전이었던 4월 25일에도 비슷한 신청서가 접수되었
다. 전기신호를 이용해서 서로 시각을 맞추도록 되어 있는 전자기적으로
조정되는 추시계에 대한 것이었다. 이런 신청서들은 모두 광속으로 전달
되는 신호를 사용한다는 공통점을 가지고 있었다.[49]

특허사무소의 기술적 배경의 역할을 너무 과장하지 않도록 주의할 필
요는 있다. 시계가 아인슈타인이 자신의 이론을 설명하는 일부이기는 하
지만, 그가 제시한 핵심은 **상대적으로 움직이고 있는** 관찰자들이 광신호를
이용해서 시계를 동기화시키는 일의 어려움에 대한 것으로 특허신청서에
서 다루는 문제는 아니었다.[50]

그러나 그의 상대성 논문의 첫 두 절에서 그는 자신이 가장 잘 알고
있던 두 가지 기술을 직접적으로 설명하고, 생생한 실제 문제까지 (로렌
츠나 맥스웰의 글과는 전혀 다른 방법으로) 다루었다. 그는 코일과 자석
의 "상대운동의 동등성"에 의해서 "같은 양의 전류"가 생성되는 것과, "두
개의 시계가 동기화되어 있다"는 사실을 확인하기 위해서 "광신호"를 사
용하는 문제를 다루었다.

아인슈타인이 스스로 밝혔듯이, 특허사무소에서 그의 시간은 "이론적 개념의 물리적 구조를 살펴보도록 자극을 주었다."[51] 아인슈타인과의 대화를 근거로 1921년에 책을 펴냈던 알렉산더 모스코프스키는 아인슈타인이 "특허사무소에서 얻은 지식과 이론적 결과 사이에는 분명한 관계"가 있다고 믿었다고 했다.[52]

"움직이는 물체의 전기동력학에 대하여"

이제 아인슈타인이 1905년 6월 30일 『물리학 연보』에 접수된 유명한 논문에서 이런 모든 것들을 어떻게 연결시켰는지를 살펴보기로 한다. 획기적인 중요성과 함께 이 논문은 과학 전체에서 가장 과감하고 재미있는 논문 가운데 하나였다. 대부분의 통찰은 복잡한 방정식이 아니라 언어와 생생한 사고실험으로 표현되었다. 어느 정도의 수학이 있기는 하지만, 대부분 우수한 고등학교 3학년 학생도 이해할 수 있는 수준이다. 과학저술가 데니스 오버바이는 "논문 전체가 간단한 언어가 가지고 있는 심오하고 지극히 불편한 아이디어를 전달해줄 수 있는 능력에 대한 증언이다"라고 말했다.[53]

논문은 자석과 전선 코일이 서로의 상대적인 운동만에 의해서 전류를 유도하는 "비대칭성"에 대한 이야기로 시작한다. 패러데이 시대 이후로 전류가 움직이고 있는 자석이나 코일 중 어느 것에 의해서 생기는 것으로 보느냐에 따라 생성된 전류를 설명하는 두 가지 서로 다른 이론적 설명이 제시되어 있었다.[54] 아인슈타인은 "여기서 관찰된 현상은 전도체와 자석의 상대적 움직임에 의해서만 나타나지만, 일반적인 견해에서는 둘 중의 어느 것이 움직이느냐에 따라 분명한 구분을 하고 있다"고 했다.[55]

두 경우 사이의 구분은, 당시 많은 과학자들이 따르고 있던 것으로 에테르에 대해서 "정지" 상태라는 것이 존재한다는 믿음을 근거로 한 것이었다. 그러나 자석과 코일의 예는, 빛에 대한 모든 관찰의 경우와 함께, "역학에서와 마찬가지로 전기동력학의 현상이 절대정지의 개념에 해당하는 성질을 가지고 있지 않다는 사실을 암시한다."그래서 아인슈타인은 서로에 대해서 일정한 속도로 움직이고 있는 모든 기준 시스템에서 역학과 전기동력학의 법칙이 똑같아야 한다는 상대성 원리를 "가설의 수준"으로 격상시켰다.

아인슈타인은 한 걸음 더 나아가서 자신의 이론을 뒷받침해주는 다른 가설을 제안했다. 광속이 "빛을 방출하는 물체의 운동 상태와 무관하게" 일정하다는 것이다. 반항적인 특허심사관은 무심한 펜 놀림과 믿기 어려울 정도로 태평한 단어인 "부적절한(superfluous)"이라는 단어를 이용해서 두 세대 이상 이어져왔던 과학적 교리를 부정했다. "'빛 에테르'의 도입은 여기서 소개하는 입장인 '절대정지의 공간'을 요구하지 않는다는 점에서 부적절하다."

아인슈타인은 이런 두 가지 가설을 이용하여 베소와의 대화에서 사용했던 위대한 개념적 단계를 설명했다. "좌표계에서는 동시에 일어나는 것으로 보이는 두 사건이 그 시스템에 대해서 상대적으로 움직이고 있는 시스템에서는 더 이상 그렇게 보이지 않게 된다." 다시 말해서, 절대적 동시성이라는 것은 없다는 것이다.

아인슈타인은 매혹적일 정도로 단순한 문장을 통해서 시간 자체가 기차가 도착할 때 시계의 작은바늘이 7을 가리키는 것과 같은 동시적 사건을 통해서만 정의될 수 있다는 사실을 밝혔다. 절대적 동시성과 같은 것이 없다면, "실재" 또는 절대시간과 같은 것도 없다는 결론은 명백하면서도 놀라운 것이었다. 훗날 그의 표현에 따르면, "세상 어디에도 시간이라고 생각할 수 있는 똑딱 소리는 없다."[56]

더욱이 그런 사실은 뉴턴이 『프린키피아』의 첫 부분에서 제시했던 다른 가정을 뒤집는 것이기도 했다. 아인슈타인은 시간이 상대적이라면 공간과 거리도 마찬가지라는 사실을 밝혔다. 훗날 그의 표현에 따르면, "기차에 타고 있는 사람이 단위시간에 **기차에서 측정한** w라는 거리를 이동했다고 하더라도, 같은 단위 시간에 **철둑에서 측정한** 거리도 반드시 w와 같아야 할 필요는 없다."[57]

아인슈타인은 우리에게 관찰자에 대해서 정지 상태에 있는 동안에 측정했을 때 어떤 길이를 가지고 있는 막대를 상상해보는 것으로 그런 사실을 설명했다. 이제 막대가 움직인다고 상상해보자. 막대의 길이는 얼마일까?

길이를 결정하는 한 가지 방법은 막대와 함께 같은 속도로 움직이면서 막대에 자를 대보는 것이다. 그러나 막대와 함께 **움직이지 않는** 사람이 측정한다면 막대의 길이는 얼마나 될까? 그런 경우에 움직이는 막대의 길이를 측정하는 방법은 동기화되어 있는 정지된 시계를 이용해서 정해진 순간에 막대의 양쪽 끝의 위치를 정확하게 측정한 후에 정지해 있는 자를 이용해서 두 점 사이의 거리를 측정하는 것이다. 아인슈타인은 그런 방법으로 얻는 결과가 **다르다**는 사실을 보여주었다.

왜 그럴까? 두 개의 정지된 시계는 정지된 관찰자에 의해서 동기화되었기 때문이다. 그러나 막대와 같은 속도로 움직이고 있는 여성 관찰자가 그런 시계들을 동기화하려고 한다면 어떻게 될까? 그녀는 동시성에 대해서 다른 인식을 가지고 있기 때문에 시계를 다르게 동기화시킬 것이다. 아인슈타인의 표현에 따르면, "따라서 정지된 시스템에 있는 관찰자들이 시계가 동기화되어 있다고 주장할 때, 움직이는 막대와 함께 움직이는 관찰자는 두 시계가 동기화되어 있지 않다고 볼 것이다."

특수상대성의 또다른 결과는 승강장에 서 있는 사람은 빠르게 움직이고 있는 기차에서의 시간이 더 느리게 움직인다는 사실을 보게 된다는 것이다. 기차의 바닥과 천장에 거울이 설치되어 있고, 광선이 두 거울 사이를 아래위로 반사되는 현상을 이용한 "시계"가 있다고 생각해보자. 기차에 타고 있는 여자의 입장에서는 빛이 곧바로 올라갔다가, 곧바로 내려온다. 그러나 승강장에 서 있는 사람의 입장에서는 바닥에서 출발한 빛은 아주 조금 앞으로 움직인 천장의 거울에 도달하기 위해서 대각선으로 움직인 후에, 다시 조금 앞으로 움직인 바닥의 거울에 도달하기 위해서 다시 대각선으로 움직이는 것처럼 보인다. 두 관찰자에게 광속은 똑같다(그것이 아인슈타인이 알아낸 위대한 사실이다). 철도에 서 있는 사람은 기차에 타고 있는 여자가 관찰하는 것보다 빛이 이동한 거리가 더 긴 것으로 관찰하게 된다. 기찻길에 있는 사람의 입장에서는 빠르게 움직이는 기차 안에서 시간이 더 느리게 지나간다.[58]

이런 사실을 이해하는 또다른 방법은 갈릴레오의 배를 이용하는 것이다. 돛대의 꼭대기에서 갑판으로 광선을 쏘아낸다고 상상하자. 배에 타고 있는 관찰자에게는 광선이 정확하게 돛대의 길이만큼 이동하게 된다. 그러나 육지에 있는 관찰자의 입장에서는 광선이 움직인 거리는 단순히 돛대의 길이만이 아니라 빛이 돛대의 꼭대기에서 바닥에 닿을 때까지 흐른 시간 동안 (빠르게 움직이는) 배가 앞으로 움직인 거리를 더한 만큼이 된다. 두 관찰자에게 광속은 똑같다. 육지에 있는 관찰자의 입장에서는 빛이 갑판에 도달하기까지 더 멀리 이동한다. 다시 말해서, (돛대의 꼭대기에서 보낸 광선이 갑판에 도달하는) 정확하게 똑같은 사건이 배에 있는 사람보다 육지에서 보았을 때 더 오래 걸린다.[59]

시간 팽창(time dilation)이라는 이 현상 때문에 생기는 것이 바로 쌍둥이 패러독스(twin paradox)이다. 한 남자가 승강장에 남아 있는 동안 쌍둥이 여동생이 우주선에 올라타서 광속에 가까운 속도로 멀리 떠난다면, 돌아왔을 때는 더 젊은 상태가 된다. 그런데 움직임은 상대적이기 때문에 그것은 패러독스처럼 보인다. 우주선의 여동생은 지구에 남아 있는 오빠가 빠르게 움직이고 있다고 생각하기 때문에 둘이 다시 만날 때는 늙지 않은 것은 **오빠**일 것이라고 기대한다.

두 사람이 모두 상대방보다 젊은 상태로 돌아올 수 있을까? 물론 불가능하다. 그런 현상은 양방향으로 작동하지 않는다. 우주선은 **일정한 속도**로 움직이지 못하고, 돌아서야 하기 때문에 지구에 있는 오빠가 아니라 우주선에 있는 여동생이 더 느리게 나이를 먹게 된다.

시간 팽창현상은 실험적으로 확인되었다. 심지어 민간 비행기에 장치된 실험용 시계를 통해서 확인되기도 했다. 그러나 우리의 일상생활에서는 다른 관찰자에 대한 우리의 움직임이 광속에 가까울 수 없기 때문에 실제로 영향을 주지는 못한다. 사실 일생을 비행기 안에서 보낸다고 하더라도, 지구로 돌아오면 쌍둥이 형제보다 기껏해야 0.00005초 정도 덜 늙

을 뿐이고, 그런 효과도 평생을 기내식을 먹은 부작용에 의해서 상쇄되어 버릴 가능성이 높다.[60]

특수상대성 이론은 여러 가지 신기한 방법으로 나타난다. 다시 기차에 설치된 광(光) 시계를 생각해보자. 기차가 승강장에 서 있는 사람에 대해서 광속에 가까운 속도로 움직이면 어떤 일이 일어날까? 기차 안에서 광선이 바닥에서 반사되어 천장에 올라갔다가 다시 바닥으로 되돌아오기까지 무한히 오랜 시간이 걸리게 된다. 따라서 승강장에 서 있는 관찰자의 입장에서 기차에서의 시간은 거의 정지해 있는 것처럼 보인다.

물체가 광속에 가까워지면 물체의 질량도 증가한다. 힘이 질량과 가속도의 곱이라는 뉴턴의 법칙은 여전히 성립되지만, 질량이 증가하기 때문에 힘이 커져도 가속도는 줄어든다. 그래서 작은 조약돌이라고 하더라도 광속보다 더 빠르게 움직이도록 밀어줄 정도의 힘을 작용하는 것이 불가능해진다. 그것이 궁극적인 우주의 제한 속도이고, 아인슈타인의 이론에 따르면 어떤 입자나 정보도 그보다 더 빨리 움직일 수 없다.

거리와 기간이 관찰자의 움직임에 따라 상대적이라는 이야기를 듣고 나면 어느 관찰자가 "옳으냐"? 누구의 시계가 "실제" 시간을 보여주는가? 어느 막대의 길이가 "진실"인가? 동시성에 대한 누구의 인식이 "맞느냐?"고 묻고 싶어할 수도 있다.

특수상대성 이론에 따르면, 모든 관성 기준틀은 똑같이 유효하다. 막대가 **실제로** 줄어들거나 시간이 **실제로** 느려지는 것이 문제가 아니다. 우리가 아는 것은 서로 다른 운동 상태에 있는 관찰자는 모든 것을 서로 다르게 측정하게 된다는 것이다. 그리고 이제 우리는 에테르를 "부적절한 것"으로 폐기해버렸기 때문에, 다른 모든 것보다 우선하는 정해진 "정지" 기준틀은 존재하지 않는다.

아인슈타인이 제시했던 가장 분명한 설명은 올림피아드 아카데미의 동료 솔로빈에게 보낸 편지에 표현되었다.

상대성 이론의 개요는 몇 마디로 설명할 수 있다. 물리학은 운동이 **상대적**

으로 인식된다는, 오래 전부터 알려져 있던 사실과는 반대로 절대적 운동의 개념을 근거로 한다. 광선에 대한 연구에서도 빛을 운반하는 에테르의 운동 상태는 서로 분명하게 구분된다고 가정했다. 물체의 모든 운동은 절대정지가 구현된 빛을 운반하는 에테르에 대한 것으로 생각했다. 그러나 가상적인 에테르의 특별한 운동 상태를 찾아내려는 실험적 노력이 실패한 지금은 문제를 처음부터 다시 살펴보아야 할 것처럼 보인다. 그것이 바로 상대성 이론의 목적이다. 상대성 이론에서는 특별한 물리적 운동 상태가 없다는 가정에서 어떤 결론을 유도할 수 있는지 묻는다.

솔로빈에게 설명한 아인슈타인의 통찰은 우리가 "절대적 동시성"과 "절대속도"처럼 "경험과 관련이 없는" 개념을 폐기해야만 한다는 것이었다.[61] 그러나 상대성 이론이 "모든 것이 상대적"이라는 뜻이 아니라는 점은 매우 중요하다. 모든 것이 주관적이라는 뜻은 아니다.

오히려 기간과 동시성을 포함한 시간의 측정이 관찰자의 운동에 따라 상대적일 수 있다는 뜻이다. 거리와 길이처럼 공간의 측정도 마찬가지이다. 그 둘이 결합될 수도 있다. 그것이 바로 우리가 시공간(spacetime)이라고 부르는 것으로, 모든 관성틀에서 불변이라는 특징을 가진다. 광속처럼 불변인 것도 있다.

사실 아인슈타인은 한동안 자신의 이론을 불변 원리(Invariance Theory)라고 부를 것을 고려했지만, 그 이름은 뿌리를 내리지 못했다. 막스 플랑크는 1906년에 상대 이론(Relativetheorie)이라고 불렀고, 1907년에 아인슈타인은 친구 파울 에렌페스트에게 보낸 편지에서 상대적 이론(Relativitäts-theorie)이라고 불렀다.

아인슈타인이 모든 것을 상대적이라고 주장하는 대신 불변성을 이야기했던 이유를 이해하는 한 가지 방법은 주어진 시간 동안 광선이 얼마나 움직일 것인지를 생각해보는 것이다. 그 거리는 광속에 움직인 시간을 곱한 것이다. 우리가 승강장에 서서 지나가는 기차에서 이런 일이 일어나는 것을 지켜본다면, 지나간 시간이 짧아진 것으로 보이고(움직이는 기차에서는 시간이 더 느리게 움직인다), 거리는 더 짧아진 것으로 보인다(움직이는 기차에서는 측정용 자가 수축된 것처럼 보인다). 그러나 공간과 시간을 측정한 두 물리량 사이에는 기준틀에 상관없이 불변인 상태로 남아 있는 관계가 있다.[62]

이것을 이해하는 더 복잡한 방법은 취리히 폴리테크닉에서 아인슈타인에게 수학을 가르쳤던 헤르만 민코프스키가 사용한 것이다. 아인슈타인의 결과에 대해서 생각해보았던 민코프스키는, 모든 학생이 거들먹거리는 교수로부터 듣고 싶어하는 감탄사를 뱉어냈다. 민코프스키는 물리학자 막스 보른에게 "학생 시절의 아인슈타인은 게으른 개였기 때문에 그의 성과는 엄청나게 놀라웠습니다. 그는 수학에 대해서 신경을 쓴 적이 없었습니다"라고 했다.[63]

민코프스키는 상대성 이론에 대한 형식적인 수학적 구조를 마련해보기로 했다. 그는 1895년에 발간된 H. G. 웰스의 훌륭한 소설 『타임머신(*The Time Machine*)』의 첫 장에 등장하는 시간 여행자가 제안한 것과 같은 방법을 사용했다. "실제로는 4차원이며, 그중의 3차원은 공간의 세 평면이고, 네 번째 것은 시간이다." 민코프스키는 모든 사건을 시간을 네 번째 차원으로 하는 4차원의 수학적 좌표로 바꾸었다. 그렇게 함으로써 변환이 가능해졌지만, 사건들 사이의 수학적 관계는 불변으로 남게 되었다.

민코프스키는 1908년의 강연에서 자신의 새로운 결과를 극적인 방법으로 발표했다. 그는 "여러분께 보여드리려고 하는 공간과 시간에 대한 견해는 실험물리학의 땅에서 자란 것이고, 그런 사실 때문에 설득력이 있었습니다. 나의 견해는 과격합니다. 이제부터 공간과 시간 자체는 그림자 속으로 사라져버릴 수밖에 없고, 두 가지가 결합된 것만이 독립적인 존재를 유지하게 됩니다"라고 했다.[64]

여전히 수학을 좋아하지 않았던 아인슈타인은 민코프스키의 결과를 "부적절한 학식"이라고 표현하기도 했고, "수학자들이 상대성 이론을 움켜쥐면서 이제는 나 자신도 더 이상 그것을 이해할 수 없게 되었다"는 농담도 했다. 그러나 사실 그는 민코프스키의 작품에 감탄했고, 상대성 이론에 대한 그의 유명한 1916년 책에서도 그 결과에 대해서 설명했다.

얼마나 훌륭한 협력이 될 수 있었겠는가! 그러나 민코프스키는 1908년 말에 복막염으로 쓰러져서 병원으로 실려갔다. 그가 "상대성의 시대가 열리고 있는 때에 죽어야 한다니 얼마나 가련한가"라고 말했다는 이야기가 전해진다.[65]

다시 한 번 다른 사람들은 발견하지 못했던 새로운 이론을 아인슈타인이 발견할 수 있었던 이유가 무엇인지 살펴볼 필요가 있다. 로렌츠와 푸앵카레도 이미 아인슈타인 이론에 담겨 있는 여러 가지 요소들을 파악하고 있었다. 푸앵카레는 시간의 절대적 본질에 대해서 의문을 제기하기도 했다.

그러나 로렌츠와 푸앵카레 중 어느 누구도 에테르를 도입할 필요가 없고, 절대정지라는 것이 없으며, 시간이 관찰자의 운동에 따라 상대적이고, 공간도 그렇다는 완전한 도약을 이룩하지는 못했다. 물리학자 킵 손은 두 사람이 모두 "공간과 시간의 개념에 대해서 아인슈타인과 같은 혁명을 향해 더듬어가고 있었지만, 두 사람 모두 뉴턴 물리학에 의한 오개념(misperception)의 안개 속을 더듬고 있었다"고 했다.

그러나 아인슈타인은 뉴턴의 오개념을 던져버릴 수가 있었다. "우주의 단순함과 아름다움이 좋다는 그의 확신과, 뉴턴 물리학의 기반을 무너뜨리는 한이 있더라도 자신의 확신을 따라가려던 그의 의지와, 다른 사람은 흉내낼 수 없는 사고의 명쾌함 덕분에 그는 공간과 시간에 대한 자신의 새로운 설명에 도달할 수 있었다."[66]

푸앵카레는 동시성의 상대성과 시간의 상대성 사이의 관계를 짐작하지 못했고, 자신의 국부적 시간의 완전한 의미를 깨닫기 "직전에 주저앉아버렸다." 그가 주저했던 이유는 무엇이었을까? 자신의 흥미로운 통찰에도 불구하고 그는 무명의 특허심사관이 젖어 있던 반항적 기질을 발휘하기에는 지나친 전통주의자였다.[67] 바네시 호프만은 푸앵카레에 대해서 이렇게 말했다. "그는 결정적인 순간에 주저앉아서 옛 사고방식과 공간과 시간에 대한 익숙한 아이디어에 집착해버렸다. 그것이 놀라워 보이는 것은, 우리가 상대성 원리를 공리로 주장하고, 그에 대한 믿음으로 공간과 시간에

172

대한 우리의 견해를 바꾸어놓은 아인슈타인의 과감함을 과소평가했기 때문이다."[68]

푸앵카레의 한계와 아인슈타인의 과감성을 분명하게 설명해준 것은 아인슈타인의 뒤를 이어 프린스턴의 고등연구소에서 이론물리학자로 일했던 프리먼 다이슨이었다.

푸앵카레는 기질적으로 보수적이지만 아인슈타인은 기질적으로 혁명가였다는 점이 두 사람의 근본적인 차이였다. 전자기학에 대한 새로운 이론을 추구하던 푸앵카레는 과거의 이론을 가능하면 그대로 보존하려고 했다. 그는 자신의 이론으로 에테르를 관찰할 수 없다는 점이 분명해졌는데도 에테르를 사랑했고, 계속해서 그것을 믿었다. 그의 상대성 이론은 조각보와도 같은 것이었다. 관찰자에 따라 달라진다는 국부적 시간이라는 새로운 개념이 견고하고 움직이지 못하는 에테르로 정의되는 절대 공간과 시간이 기존의 틀에 덧붙여졌다. 그 반대로, 아인슈타인은 기존의 틀이 거추장스럽고 불필요한 것이라고 생각했고, 기꺼이 폐기해버렸다. 그의 이론은 훨씬 더 단순하고, 우아했다. 절대 공간과 시간도 없었고, 에테르도 없었다. 모든 전기적, 자기적 힘이 에테르에서의 탄성적 스트레스 때문에 생긴다는 복잡한 설명은 여전히 그런 주장을 믿고 있는 유명한 기성 교수들과 함께 역사의 휴지통 속으로 쓸어넣어졌다.[69]

결과적으로 푸앵카레도 아인슈타인의 이론과 어느 정도 비슷한 점이 있기는 하지만 근본적으로 다른 상대성 법칙을 주장했다. 푸앵카레는 에테르의 존재를 인정했고, 그에게 광속은 자신의 가상적인 에테르의 기준틀에서 정지해 있는 사람이 측정했을 때만 일정했다.[70]

더욱 놀랍고 암시적인 사실은, 로렌츠와 푸앵카레가 아인슈타인의 논문을 읽은 후에도 그런 도약을 이룩할 수 없었다는 것이다. 로렌츠는 여전히 에테르의 존재와 "정지" 기준틀에 집착했다. 로렌츠는 1920년의 『상대성 법칙(The Relativity Principle)』에 소개한 자신의 1913년 강연에서 "아인슈타인에 따르면, 에테르의 상대적인 운동에 대해서 이야기하는 것은 의미가 없다. 그는 마찬가지로 절대동시성의 존재도 거부했다. 이 강연에서 다루는 문제에 대해서, 그는 기존의 해석에서 어느 정도 만족하기도 한다. 기존의 이론에 따르면 에테르는 적어도 어떤 실체성을 가지고 있고, 공간과 시간이 분명하게 구별되며, 더 이상의 설명이 필요 없는 동시성에 대해서도 이야기할 수 있다"고 했다.[71]

푸앵카레는 아인슈타인의 새로운 발견을 완전히 이해하지 못했다. 1909년까지도 그는 상대성 이론에는 "움직이는 물체는 그것이 움직여가는 방향에서 변형이 일어난다"는 세 번째 가설이 필요하다고 주장했다. 사실은 아인슈타인이 증명했듯이, 막대의 수축은 실제 변형에 대한 가정이 아니라 아인슈타인의 상대성 이론의 결과이다.

푸앵카레는 1912년에 사망할 때까지도 에테르나 절대정지의 개념을 완전히 포기하지 못했다. 그 대신 그는 "로렌츠에 의한 상대성 법칙"을 받아들여야 한다고 주장했다. 그는 아인슈타인 이론의 근거를 완전히 이해하지도 못했고, 받아들이지도 않았다. 과학사학자 아서 I. 밀러에 따르면, "푸앵카레는 인식의 세계에는 동시성의 절대성이 존재한다는 자신의 입장에 고집스럽게 집착했다."[72]

그의 동료

"우리 둘이 힘을 합쳐서 상대적 운동에 대한 연구를 마무리하게 된다면 얼마나 행복하고 자랑스럽겠습니까!" 아인슈타인은 이미 1901년에 연인인 밀레바 마리치에게 이런 편지를 보냈었다.[73] 이제 마무리하여 6월에 원고를 마친 아인슈타인은 너무 지쳐서 마리치가 "원고를 반복해서 점검하는" 동안에 "탈진해서 2주일 동안 잠만 잤다."[74]

그런 후에 그들은 별난 일을 했다. 함께 축하를 한 것이다. 콘라트 하비흐트에게 보낸 인상적인 편지에서 약속했던 네 편의 논문을 모두 마친 후에 그는 올림피아드 아카데미의 옛 동료에게 또 한 통의 신비스러운 편지를 보냈다. 이번에는 그의 부인도 함께 서명한 우편엽서였다. "맙소사, 우

리 두 사람은 술에 취해서 테이블 밑에 쓰러져버렸다"는 것이 내용의 전부였다.[75]

이 모든 일들이 로렌츠와 푸앵카레의 영향에 대한 것보다 훨씬 더 미묘하고, 이견이 분분한 문제를 만들어냈다. 밀레바 마리치의 역할은 무엇이었을까?

그해 8월에 그들은 함께 세르비아에서 친구와 가족과 함께 휴가를 보냈다. 그곳에서 머무는 동안에 마리치는 자신도 기여했다는 사실을 자랑스럽게 이야기했다. 훗날 그곳에서 기록된 이야기에 따르면, 그녀가 아버지에게 "얼마 전에 우리는 남편을 세계적으로 유명하게 만들어줄 매우 중요한 연구를 끝냈습니다"라고 말했다. 한동안은 그들의 관계가 회복된 것처럼 보였고, 아인슈타인은 기꺼이 아내의 도움에 대해서 찬사를 보냈다. 그는 세르비아에서 아내의 친구들에게 "나에게는 아내가 필요합니다. 그녀가 나 대신 모든 수학 문제를 풀어줍니다"라고 말했다.[76]

마리치가 완벽한 공동 연구자였다고 주장하는 사람도 있고, 나중에 사실이 아닌 것으로 밝혀졌지만,[77] 상대성 논문의 초기 원고에는 그녀의 이름도 함께 표기되었다는 보고서도 있었다. 미국 과학진흥협회가 1990년 뉴올리언스에서 개최했던 학술회의에서, 물리학자이면서 암 연구자였던 메릴랜드의 에번 워커는 아인슈타인 기록사업의 책임자인 존 스타첼과 논쟁을 벌였다. 워커는 "우리 연구"라는 표현이 들어 있는 여러 통의 편지를 제시했고, 스타첼은 그런 문구는 분명히 낭만적인 예의 때문이었을 뿐이며 "그녀가 자신의 아이디어를 제공했다는 어떤 증거도 없다"고 했다.

당연히 그런 논란은 과학자들과 언론의 관심을 끌었다. 시사평론가 엘렌 굿먼은 「보스턴 글로브」에 쓴 엉뚱한 칼럼에서 교묘한 근거를 제시하기도 했고, 「이코노미스트」에 "아인슈타인 부인의 상대적 중요성"이라는 제목의 칼럼도 발표했다. 1994년에 노비사드 대학교에서도 학술회의가 열렸다. 학술회의를 조직했던 라스코 마글리치 교수는 "과학사에서 그녀가 당연히 보장받아야 할 위상을 찾아주기 위해서 마리치의 기여를 강조해야 한다"고 주장했다. 일반인의 관심은 PBS가 2003년에 「아인슈타인의 부인」이라는 다큐멘터리를 방영하면서 극에 달했다. 전체적으로는 균형이 잡힌 프로그램이었지만, 첫 원고에 그녀의 이름이 들어 있었다는 확인되지 않은 내용이 포함되어 있었다.[78]

모든 증거를 살펴보면, 마리치는 베소만큼 중요한 역할을 한 것은 아니지만 자문은 했었다. 그녀가 수학적 내용을 점검해주기는 했지만, 수학적 개념을 제시했다는 증거는 없다. 더욱이 그녀는 그를 격려해주었고, (때로는 어렵기도 했지만) 그와 함께 참고 견뎌냈다.

역사를 더 화려하게 만들고, 감정적인 공감을 얻기 위해서 더 과격한 주장을 하는 것도 재미있을 것이다. 그러나 우리는 증거의 범위 안에서 덜 재미있는 길을 따라가야만 한다. 두 사람이 주고받은 편지나 친구들과 주고받은 편지 중에서 마리치가 상대성과 관련된 어떤 아이디어나 개념을 제시했다는 문장은 한 줄도 찾을 수가 없다.

그녀는 이혼을 위한 모진 진통을 겪으면서도 그녀의 가족이나 가까운 친구들에게조차 자신이 아인슈타인의 이론에 상당한 기여를 했다고 주장한 적이 없었다. 그녀와 가까웠고, 이혼한 후에도 그녀와 함께 살았던 아들 한스 알베르트의 이야기가 피터 미셸모어의 책에 소개되어 있다. 마리치가 아들에게 "내가 네 아버지를 위해서 몇 가지 수학 문제를 풀어주기는 했지만, 독창적인 아이디어의 흐름은 아무것도 도와줄 수가 없었다"라는 내용의 이야기를 했던 것으로 보인다.[79]

사실 마리치를 선구자로 감동하고, 존경하고, 동정하기 위해서 그녀의 기여를 과장할 필요는 없다. 과학사학자 제럴드 홀턴에 따르면, 그녀에게 자신이 주장한 것 이상의 공적을 인정하는 것은 "역사에서 그녀가 차지해야 할 실제적이고 중요한 위상과, 그녀가 처음 가지고 있었던 꿈과 기대를 비극적으로 포기하게 된 과정을 왜곡할 뿐"이다.

아인슈타인은 여성에게는 일반적으로 그런 분야의 진출을 허용하지 않는 나라 출신의 기운찬 여성 물리학자의 패기와 용기에 감탄했다. 똑같은 문제가 아직도 논란이 되고 있는 한 세기가 지난 오늘날에도 남성이 지배하던 물리학과 수학 분야에 들어가서 경쟁했던 마리치의 용기는 과학사에서 찬사를 받기에 충분한 것이었다. 그녀가 특수상대성 이론에 기여한 부분을 과장하지 않더라도 그런 찬사는 당연히 그녀에게 돌아가야만 한다.[80]

$E = mc^2$ 종결부, 1905년 9월

아인슈타인은 올림피아드 아카데미의 친구였던 콘라트 하비흐트에게 보낸 편지에서 기적의 해의 장막을 올렸고, 술에 취해서 그에게 보낸 한 줄의 우편엽서로 절정을 축하했다. 그는 9월에 하비흐트에게 또 한 통의 편지를 보냈다. 이번에는 그에게 특허사무소에서 일하도록 권유하기 위해서였다. 아인슈타인이 외로운 늑대였다는 명성은 사실이 아니었다. "자네를 특허 노예들 사이에 몰래 끼워 들어올 수도 있을 것 같네. 자네도 아마 그렇게 하는 것을 비교적 좋아할 거야. 실제로 자네는 올 준비가 되어 있고, 의사가 있는지? 여덟 시간의 근무시간 이외에도 매일 여덟 시간 동안 놀 수가 있고, 일요일도 있다네. 자네가 여기에 온다면 더없이 좋을 거야."

그런 다음 6개월 전에 보냈던 편지에서처럼 아인슈타인은 과학 전체에서 가장 유명한 방정식으로 표현되는 기념비적인 과학적 발견을 아무렇지도 않게 공개했다.

전기동력학 논문의 또다른 결론이 마음속에 떠올랐네. 다시 말해서, 상대성 원리를 맥스웰 방정식과 결합하면 질량이 물체에 포함된 에너지의 직접적인 척도가 되어야만 한다는 뜻이지. 빛도 그것과 함께 질량을 운반한다네. 라듐의 경우에는 관찰할 수 있을 정도의 질량 감소가 나타나지. 그런 생각은 재미있기도 하고, 매력적이기도 하다네. 그러나 내가 알기로는 훌륭하신 신께서 이 문제 전체에 대해서 웃음을 지으면서 나를 정원의 길로 안내해주고 계시는 것 같네.[81]

아인슈타인은 놀라울 정도로 단순한 방법으로 아이디어를 얻었다. 1905년 9월 27일 『물리학 연보』에 접수된 "물체의 관성이 에너지 함량에 따라 달라질 것인가?"라는 논문은 세 단계의 논리로 채워진 단 세 페이지에 지나지 않는 논문이었다. 그는 자신의 특수상대성 논문을 인용하면서 "최근에 내가 이 학술지에 발표한 전기동력학 연구의 결과는 여기서 유도하게 될 아주 흥미로운 결과로 이어진다"고 했다.[82]

다시 한 번, 그는 법칙과 가설로부터 음극선을 연구하는 실험물리학자들이 입자의 질량과 속도 사이의 관계에 대해서 알아내기 시작했던 실험 자료를 설명하려는 것이 아니라, 이론을 연역하고 있었다. 맥스웰의 이론을 상대성 이론과 결합시키면서 그는 (조금도 놀랍지 않게) 사고실험을 시작했다. 그는 정지해 있는 물체에서 반대 방향으로 방출되는 두 개의 빛 펄스의 성질을 계산했다. 그런 후에 그는 움직이는 기준틀에서 관찰하는 빛 펄스의 성질을 계산했다. 그것으로부터 그는 속도와 질량 사이의 관계에 대한 방정식을 얻게 되었다.

그 결과는 멋졌다. 질량과 에너지는 똑같은 것이 다르게 표현된 것이다. 둘 사이에는 근본적인 교환 가능성이 있다. 그가 논문에서 표현했듯이, "물체의 질량은 에너지 함량의 척도이다."

그런 관계를 설명하기 위해서 그가 사용했던 식도 역시 놀라울 정도로 단순했다. "물체가 복사의 형태로 에너지 L을 방출하면, 그 질량은 L/V^2 만큼 줄어든다." 다시 말해서, 똑같은 방정식을 다른 식으로 표현하면, $L = mV^2$이 된다. 아인슈타인은 에너지를 L이라고 표현했지만, 1912년에는 원고에서 그 글자를 지우고 더 흔히 쓰던 E를 써넣었다. 더 흔하게 사용하던 c 대신에 광속을 V로 나타내기도 했다. 그래서 아인슈타인은 널리 쓰이게 된 기호로 표현된 기념비적인 방정식을 얻게 되었다.

$$E = mc^2$$

에너지는 질량에 광속의 제곱을 곱한 것과 같다는 것이다. 물론 광속은 엄청나게 크다. 그것을 제곱하면 상상할 수 없을 정도로 커진다. 아주 작은 양의 물질이라도 완전히 에너지로 변환되면 거대한 효과가 나타난다. 질량 1킬로그램은 대략 250억 킬로와트시(時)의 전기로 변환된다. 더 생생하게 표현하면, 건포도 한 알의 질량에 들어 있는 에너지는 뉴욕 시 전체가 하루에 필요한 에너지를 공급할 수 있을 정도가 된다.[83]

　언제나 그렇듯이, 아인슈타인은 자신이 막 유도한 이론을 확인할 수 있는 실험적 방법을 제시하는 것으로 끝을 맺었다. 그는 "어쩌면 에너지 함량을 아주 정교하게 변화시킬 수 있는 라듐 염과 같은 물체를 이용해서 이론을 시험하는 것이 가능할 수도 있다."

7

가장 행복한 생각

1906-1909년

인정

아인슈타인이 1905년에 보여준 창의성의 폭발은 놀라웠다. 그는 혁명적인 빛의 양자론을 고안했고, 원자의 존재를 증명하도록 도와주었으며, 브라운 운동을 설명했고, 공간과 시간의 개념을 뒤집어놓았으며, 과학에서 가장 잘 알려진 방정식을 만들었다. 그러나 처음에 그를 알아본 사람은 많지 않았다. 그의 여동생에 따르면, 아인슈타인은 유명한 학술지에 자신의 논문이 실리면 하찮은 3급 특허심사관에서 승진을 하거나, 학문적 인정을 받거나, 심지어 대학에서 일자리를 얻을 수도 있을 것으로 기대했었다. 그녀는 "그러나 그는 절망했다. 논문이 발표된 후에는 얼음 같은 정적이 이어졌다"고 했다.[1]

정확하게 그렇지는 않았다. 많지는 않았지만 유명한 몇몇 물리학자들이 아인슈타인의 논문을 알아보았고, 그중의 한 사람이 바로 그가 기대할 만한 가장 중요한 후원자라고 할 수 있는 막스 플랑크였다. 그것은 대단한 행운이었다. 그는 유럽에서 숭배받던 이론물리학의 왕이었고, 아인슈타인은 흑체복사를 설명해주었던 그의 신비스러운 수학적 상수를 자연의 기본적인 새로운 존재로 변환시켜주었다. 『물리학 연보』에서 이론 분야의 편집위원이었던 플랑크는 아인슈타인의 논문들을 심사했고, 훗날 그는 상대성에 대한 논문에 "곧바로 강렬한 관심을 가지게 되었다"고 회고했다. 그 논문이 발표된 직후에 플랑크는 베를린 대학교에서 상대성에 대해서 강의를 했다.[2]

플랑크는 아인슈타인의 이론을 발전시킨 최초의 물리학자가 되었다. 1906년 봄에 발표한 논문에서 그는 상대성이 물리학의 기본 법칙으로 두 점 사이를 움직이는 빛이나 물체는 가장 쉬운 길을 따라가게 된다는 최소 작용법칙에 들어맞는다고 주장했다.[3]

플랑크의 논문은 상대성 이론을 발전시키는 데에도 기여했지만, 다른 물리학자들이 그것을 합법적으로 받아들이도록 도와주기도 했다. 마야 아인슈타인이 오빠로부터 느꼈던 실망감은 줄어들었다. 그는 솔로빈에게 "내 논문들이 상당한 인정을 받았고, 추가 연구가 이루어지고 있다. 최근에 플랑크 교수가 편지로 그런 사실을 알려주었다"며 기뻐했다.[4]

기쁨에 들뜬 특허심사관은 곧 유명한 교수와 편지를 교환하게 되었다. 다른 물리학자가 상대성 이론이 최소 작용법칙에 맞는다는 플랑크의 주장을 반박했을 때 아인슈타인은 플랑크의 편에 섰고, 그런 사실을 밝힌 엽서를 그에게 보냈다. 플랑크는 아인슈타인에게 "상대성 원리를 지지하는 사람이 지금처럼 작은 규모라면 그들끼리 의견을 같이 하는 것이 두 배로 중요하다"는 답장을 보냈다. 그는 다음 해에 베른을 방문해서 개인적으로 아인슈타인을 만나고 싶다는 말을 덧붙였다.[5]

플랑크는 결국 베른을 방문하지 못했지만, 자신이 가장 신뢰하는 조수였던 막스 라우에*를 보냈다. 그와 아인슈타인은 이미 아인슈타인의 광양자 논문에 대해서 편지를 교환하고 있었다. 라우에는 "복사가 구체적으

---

* 아버지가 사망한 후에 그는 막스 폰 라우에로 개명했다.

로 유한한 양자로만 흡수되거나 방출될 수 있다는 당신의 발견적 견해"에 동의한다고 했다.

그러나 플랑크와 마찬가지로 라우에도 아인슈타인이 그런 양자가 복사 자체의 특징이라고 가정한 것은 잘못이라고 주장했다. 그 대신 라우에는 양자가 물질의 조각에 의해서 복사가 방출되거나 흡수되는 방법을 설명한 것일 뿐이라고 주장했다. 라우에는 "따라서 복사는 당신의 첫 논문의 6절에서 말한 것처럼 광양자로 구성된 것이 아니다"라고 했다.[6] (그 절에서 아인슈타인은 복사가 "열역학적으로 서로 독립적인 에너지 양자로 구성되어 있는 것처럼 행동한다"고 주장했다.)

1907년 여름에 방문할 준비를 하던 라우에는 아인슈타인이 베른 대학교가 아니라 우편전신 빌딩 3층의 특허사무소에서 일하고 있다는 사실을 알고 놀랐다. 그곳에서 아인슈타인을 만나고도 그의 놀라움은 줄어들지 않았다. 라우에는 "나를 마중나온 젊은이가 나에게 기대 이상으로 인상적이어서 그가 상대성 이론의 아버지라고 도무지 믿을 수가 없었기 때문에 그를 지나쳐버렸다"고 했다. 잠시 후에 아인슈타인이 다시 접견 지역을 돌아보기 시작했을 때에야 마침내 라우에는 그가 누구인지를 깨달았다.

그들은 몇 시간 동안 걸으면서 이야기를 나누었고, 아인슈타인은 중간에 그에게 시가를 권했다. 라우에는 "그것이 너무 역겨워서 나는 '실수로' 강에 떨어뜨렸다"고 기억했다. 그러나 아인슈타인의 이론은 훌륭한 인상을 주었다. "첫 두 시간 동안에 그는 역학과 전기동력학 전체를 뒤집어버렸다"고 라우에는 지적했다. 실제로 아인슈타인의 매력에 사로잡혀버린 라우에는 그 후 4년 동안 상대성 이론에 대해서 8편의 논문을 발표하고, 그의 가까운 친구가 되었다.[7]

특허사무소에서 놀라울 정도로 쏟아져나온 논문들이 너무 추상적이라고 여겼던 이론학자들도 있었다. 훗날 그의 친구가 된 아르놀트 조머펠트도 아인슈타인의 이론적인 접근에는 무엇인가 유대인적인 것이 있다고 주장했던 사람들 가운데 한 사람이었다. 그런 지적은 훗날 반유대주의자들에 의해서 활용되었다. 질서와 절대성의 개념을 존중하지 않았고, 근거가 확실한 것 같지도 않다는 것이었다. 그는 1907년 로렌츠에게 "아인슈타인의 논문들이 훌륭하기는 하지만, 내가 보기에는 난해하고 시각화하기 어려운 주장에는 무엇인가 건강하지 않은 것이 있는 것처럼 보인다. 영국인이라면 우리에게 이런 이야기를 해주지 않았을 것이다. 이것도 콘의 경우처럼 유대인의 추상적인 개념적 특성이 드러난 것일 수도 있다"고 했다.[8]

그런 관심이 아인슈타인을 유명하게 만들어주지는 않았다. 그에게 일자리가 생기지도 않았다. 그를 방문하고 싶어했던 또다른 젊은 물리학자는 "당신이 하루에 여덟 시간을 사무실에 앉아 있어야 한다는 이야기를 읽고 놀랐다. 역사는 고약한 농담으로 가득 채워져 있다"는 내용의 편지를 보냈다.[9] 그러나 그는 마침내 박사학위를 받았고, 적어도 특허사무소에서는 3급에서 2급 기술직으로 승진할 수 있었다. 4,500프랑이었던 연봉에서 1,000프랑이 인상되었다.[10]

그의 생산성은 놀라웠다. 그는 특허사무소에서 1주일에 6일을 일하면서도 1906년에 6편, 1907년에 10편의 논문을 쏟아냈다. 적어도 1주일에 한 번은 현악 사중주에서 연주를 했다. 그리고 그는 자랑삼아 "건방진 녀석"이라고 부르던 세 살배기 아들에게 좋은 아버지였다. 마리치는 친구 헬레네 사비치에게 "남편은 아들과 놀면서 집에서 자유시간을 보내는 적이 많다"고 했다.[11]

아인슈타인은, 운명이 더 장난스러웠더라면 1907년 여름부터 자신의 숙부나 아버지와 마찬가지로 전기 장치의 발명가나 판매원이 될 만한 일에 빠져들었을지도 모른다. 아인슈타인은 올림피아 아카데미의 회원이었던 콘라트 하비흐트와 그의 동생 파울과 함께 작은 전류를 증폭해서 측정하고 연구할 수 있는 기계를 개발했다. 그 기계는 실용성보다는 학문적으로 더 중요했다. 작은 전기적 요동을 연구할 수 있도록 해줄 실험 장치를 만드는 것이 목표였다.

개념은 간단했다. 두 개의 금속 조각을 가까이 접근시키면 한쪽 금속의 전하가 다른 쪽 금속에 반대의 전하를 유도한다. 아인슈타인의 아이디어는 여러 개의 금속 조각을 이용해서 10배의 전하가 유도되도록 한 후에 그것을 하나의 판에 옮기는 것이었다. 처음의 미세한 전하가 충분히 늘어나서 쉽게 측정할 수 있을 때까지 그런 과정을 반복한다. 그런 장치가 실제로 작동하게 만드는 것이 핵심이었다.[12]

그가 물려받은 전통, 성장 과정, 특허사무소에서의 기간을 고려하면, 아인슈타인은 공학적 천재가 될 자질을 갖추고 있었다. 그러나 증명되었듯이 그는 이론에 더 적합한 사람이었다. 다행히 훌륭한 기계 수리공이었던 파울 하비흐트는 1907년 8월에 작은 기계 마쉰헨(Maschinchen)을 공개할 준비를 끝냈다. 아인슈타인은 "자네가 마쉰헨을 번개처럼 만들었다니 놀랍군. 일요일에 참여하겠네"라는 편지를 보냈다. 불행히도 그 기계는 작동하지 않았다. 문제를 해결하려고 애쓰면서 한 달이 지난 후에 그는 "자네의 **살인적인** 호기심에 감동을 받았네"라고 했다.

1908년 1년 내내 아인슈타인과 하비흐트 형제들 사이에는 복잡한 도형과 장치를 작동하도록 만들기 위한 아이디어들이 가득 담긴 편지들이 오갔다. 아인슈타인은 잡지를 통해서 그 장치를 설명했고, 한동안 예비 후원자가 나타나기도 했다. 파울 하비흐트는 10월에 더 나은 장치를 만들 수 있었지만 전하를 유지하는 부분에 문제가 있었다. 그는 장치를 베른으로 가져왔고, 아인슈타인은 한 학교의 실험실을 빌린 다음, 그 지역의 기계공을 찾아냈다. 11월이 되어서야 비로소 장치가 작동하는 것처럼 보였다. 특허를 얻고, 판매용 기계를 만들기까지는 1년 정도의 시간이 걸렸다. 그런 후에도 그 장치는 제대로 작동하지 않았고, 판매할 곳도 없었다. 결국 아인슈타인은 흥미를 잃어버렸다.[13]

이런 실용적인 노력이 흥미로웠을 수는 있지만, 아인슈타인이 성직자와도 같은 대학의 물리학자들로부터 고립되어 있음으로써 득보다는 실이 더 많았음이 드러나기 시작했다. 1907년 봄에 쓴 그의 논문은 도서관도 없고, 다른 이론학자들의 연구 결과를 알고 싶어하지도 않은 것에 대한 가벼운 자신감을 표현하는 것으로 시작되었다. "다른 사람들이 이미 내가 설명하려는 것의 일부를 밝혀냈을지도 모른다. 특히 다른 사람들이 이 틈새를 메워줄 것이라고 기대할 만한 충분한 이유가 있기 때문에 나는 (어차피 나에게는 아주 힘들었을) 문헌 조사를 하지 않아도 될 것이라고 생각한다"고 했다. 그러나 같은 해에 중요한 연보(年報)를 발간하는 곳으로부터 상대성에 대한 글을 부탁받았을 때는 편집자에게 자신이 모든 문헌에 대해서 알고 있지 않다는 사실을 경고하는 자세가 조금 누그러졌다. "불행히도 내 자유시간에는 도서관이 문을 닫기 때문에 나는 이 문제에 대해서 발표된 모든 것을 알아낼 만한 위치에 있지 않다."[14]

그해에 그는 베른 대학교의 객원강사(privatdozent) 자리에 응모했다. 대학에서 가장 낮은 직급으로 원하는 학생들에게 강의를 해주고 소액의 사례금을 받는 자리였다. 대부분의 유럽 대학에서 교수가 되려면 그런 도제(徒弟) 생활을 하는 것이 도움이 되었다. 아인슈타인은 자신의 응모 서류와 함께 상대성과 광양자에 대한 논문을 포함해서 그가 발표했던 17편의 논문을 동봉했다. 그는 교수자격(habilitation) 논문으로 알려진 미발표 논문도 보내야 했지만, "다른 뛰어난 업적"을 가진 사람에게는 그런 요구 조건을 면제해주기도 하기 때문에 별도의 논문을 쓰지 않기로 결정했다.

교수위원회에서 "아인슈타인 씨의 중요한 과학적 업적을 고려할 때" 새로운 자격 논문을 요구하지 말고 채용해야 한다고 주장한 사람은 한 명뿐이었다. 다른 사람들이 동의하지 않았기 때문에 요구 조건은 면제되지 않았다. 아인슈타인이 그 문제를 "흥미롭게" 생각했던 것은 놀라운 일이 아니었다. 그는 별도의 자격 논문을 쓰지도 않았고, 일자리를 얻지도 못했다.[15]

중력과 가속도의 동등성

일반상대성 이론을 향한 아인슈타인의 노력은 과학 연보에 자신의 특수상대성 이론을 설명하는 글을 마무리해야 할 시한과 씨름하고 있던 1907년 11월에 시작되었다. 그는 자기 이론의 두 가지 한계에 대해서 고민하고 있었다. 그 이론은 균일하고 일정한 속도의 운동에만 적용되고 (속력이나 방향이 바뀌면 모든 것이 다르게 느껴지고 행동한다), 뉴턴의 중력 이론을 수용하지 못한다는 것이다.

그는 "베른의 특허사무소에서 자리에 앉아 있던 중에 갑자기 어떤 생각이 떠올랐다. 사람이 자유낙하를 하면 자신의 체중을 느끼지 못한다는 것이다"라고 기억했다. 그런 사실을 깨닫고 "깜짝 놀란" 그는 "중력 이론에 관심을 가질 수밖에 없었고", 결국 그의 특수 이론을 일반화하기 위한 8년 동안에 걸친 힘든 노력에 착수했다.[16] 훗날 그는 그것을 자랑스럽게 "내 평생에서 가장 행복했던 생각"*이라고 불렀다.[17]

떨어지는 사람에 대한 이야기는 상징적인 것이 되었고, 실제로 특허사무소 부근의 아파트 건물 지붕에서 떨어진 페인트공 덕분에 떠오른 생각이었다는 이야기도 있다.[18] 사실 갈릴레오가 피사의 탑에서 물체를 떨어뜨렸다거나, 뉴턴의 머리에 사과가 떨어졌다는 것과 같은 중력 이론에 대한 위대한 이야기들과 마찬가지로,[19] 이 이야기도 실제로 일어난 일보다는 사고실험에 더 가까웠을 것이고, 일반인을 위한 이야기로 미화되었을 가능성이 크다. 아인슈타인이 단순한 개인적인 문제보다는 과학에 집중하는 성향을 가지고 있기는 하지만, 그가 지붕에서 실제 사람이 떨어지는 모습을 보고 중력 이론을 생각했을 가능성은 그렇게 크지 않다. 더욱이 그것을 자신의 평생에서 가장 행복한 생각이었다고 부르지는 않았을 것이다.

아인슈타인은 사고실험을 다듬어서 추락하는 사람이 지구상에서 자유낙하하는 승강기처럼 밀폐된 상자에 있다고 생각했다. 이런 낙하하는 상자에 있는 사람은 (적어도 충돌할 때까지는) 무게를 느끼지 못한다. 물건을 주머니에서 꺼내놓으면 옆에 떠 있게 된다.

그런 상황을 다른 식으로 보기 위해서 아인슈타인은 밀폐된 상자에 있는 사람이 "별이나 다른 질량으로부터 멀리 떨어진" 깊은 우주에 떠 있다고 상상했다. 그는 똑같은 무중력 상태를 인식하게 될 것이다. "그런 관찰자에게는 자연스럽게 중력이 존재하지 않는다. 그는 자신을 끈으로 바닥에 묶어 매어야만 한다. 그렇지 않으면 바닥을 향한 약간의 충격만으로도

---

* 독일어로는 "die glücklichste Gedanke"로 흔히 "가장 행복한" 생각이라고 번역되지만, 어쩌면 "가장 행운의" 또는 "가장 운 좋은"으로 번역하는 것이 더 적절할 수도 있다.

그는 느린 속도로 천장으로 떠오르게 될 것이다."

그런 후에 아인슈타인은 상자의 지붕에 로프를 묶어서 일정한 힘으로 끌어올리는 것을 상상했다. "관찰자와 함께 상자는 균일하게 가속된 움직임으로 '위'로 향해 움직이기 시작한다." 상자 안에 있는 사람은 바닥으로 짓눌리는 것처럼 느낀다. "그러면 그는 지구상의 집 방 안에 서 있는 것과 정확하게 똑같은 방법으로 서 있게 된다." 만약 주머니에서 물건을 꺼내 놓으면, 갈릴레오가 중력의 경우에 발견한 것과 마찬가지로 물체의 무게에 상관없이 똑같은 "가속된 상대적 운동"에 의해서 바닥으로 떨어진다. "상자 속에 있는 사람은 자신과 상자가 중력장 속에 있다는 결론에 도달한다. 물론 그는 잠시 동안 그런 중력장 속에서 상자가 떨어지지 않는 이유에 대해서 궁금해할 것이다. 그러나 그는 곧바로 상자 뚜껑의 중간에 고리가 있고, 고리에 로프가 연결되어 있다는 사실을 발견한다. 그리고는 상자가 중력장 속에 정지한 상태로 떠 있다는 결론에 도달하게 된다."

아인슈타인은 "과연 우리가 그 사람을 비웃으면서 그의 결론이 틀렸다고 말해주어야 할까?"라고 물었다. 특수상대성의 경우와 마찬가지로 이 경우에도 옳거나 틀린 인식은 없다. "오히려 우리는 그의 상황 인식방식이 이성은 물론이고 알려진 역학법칙을 어기지 않았다는 사실을 인정해야만 한다."[20]

아인슈타인이 이와 같이 문제를 해결하는 방법은 그가 보여준 천재성의 일반적인 특징을 보여준다. 그는 너무나도 잘 알려져 있어서 과학자들이 거의 궁금하게 여기지 않는 문제에 관심을 가진다는 것이다. 모든 물체는 "중력 질량"을 가지고 있고, 그것이 지표면에서의 무게, 또는 더 일반적으로 물체들 사이에 나타나는 인력의 크기를 결정한다. 그러나 물체는 그것을 가속하도록 만들기 위해서 작용해야 할 힘의 크기를 결정하는 "관성 질량"도 가지고 있다. 뉴턴이 알아냈듯이, 물체의 관성 질량은 다른 방법으로 정의되기는 하지만 언제나 중력 질량과 똑같다. 그것은 우연의 일치가 아님이 분명하지만, 아무도 그 이유를 완전히 설명하지 못했다.

하나의 현상처럼 보이는 것에 대한 두 가지 설명에 만족하지 못한 아인슈타인은 자신의 사고실험을 이용해서 관성 질량과 중력 질량의 동등성을 검토했다. 중력이 없는 우주 공간에서 밀폐된 승강기가 위쪽으로 가속되고 있다고 가정하면, 속에 있는 사람이 느끼는 아래쪽으로의 힘(또는 천장에 줄로 매달아놓은 물체가 아래쪽으로 끌리는 힘)은 **관성** 질량 때문이다. 밀폐된 승강기가 중력장 속에 정지한 상태로 있다고 가정하면, 속에 있는 사람이 느끼는 아래쪽으로의 힘(또는 천장에 줄로 매달아놓은 물체가 아래쪽으로 끌리는 힘)은 **중력** 질량 때문이다. 그러나 관성 질량은 언제나 중력 질량과 같다. 아인슈타인은 "그런 동등성에 따르면, 주어진 좌표계가 가속되고 있는지, 또는……관찰된 효과가 중력장에 의한 것인지를 실험으로 확인하는 것은 불가능하다는 결론을 얻을 수 있다"고 했다.[21]

아인슈타인은 그것을 "동등성 법칙(equivalence principle)"이라고 불렀다.[22] 중력과 가속도에 의해서 나타나는 국부적 효과는 똑같다. 이것이 자신의 상대성 이론을 균일한 속도로 움직이는 시스템에만 한정되지 않도록 일반화하는 시도의 기초가 되었다. 그 후 8년 동안에 걸쳐 그가 정리한 기본적인 통찰은 "우리가 중력 때문이라고 믿는 효과와 우리가 가속 때문이라고 믿는 효과는 모두 하나의 똑같은 구조에 의해서 만들어진 것이다"라는 사실이었다.[23]

다시 한 번 일반상대성 이론을 정립하기 위한 아인슈타인의 방법은 그의 정신이 어떻게 작동하는지를 보여주었다.

• 그는 똑같이 관찰 가능한 현상에 대해서 서로 상관이 없는 것처럼 보이는 두 가지 이론이 있다는 사실을 불편하게 느꼈다. 똑같이 관찰 가능한 전류를 만들어내는 움직이는 코일이나 움직이는 자석의 경우도 마찬가지였는데, 그는 특수상대성 이론으로 그런 문제를 해결했다. 이제 관성 질량과 중력 질량이 서로 다른지가 문제였고, 그는 동등성 법칙을 기반으로 해결하기 시작했다.
• 마찬가지로 그는 자연에서 관찰할 수 없는 것을 구분하는 이론에 대해서도 불편하게 느꼈다. 균일한 운동을 하고 있는 관찰자가 그런 경우였

다. 누가 정지해 있고, 누가 움직이고 있는지를 결정할 수가 없다. 이제 가속운동을 하는 관찰자도 같은 경우인 것처럼 보인다. 누가 가속되고 있고, 누가 중력장에 있는지를 말할 방법이 없다.

• 그는 특별한 경우에 한정되어 있는 것으로 만족하기보다는 이론을 일반화하고 싶어했다. 그는 등속운동(等速運動)의 특별한 경우에 대한 법칙과 다른 모든 형식의 운동에 대한 법칙이 달라서는 안 된다고 느꼈다. 그의 일생은 이론들을 통일하려는 끊임없는 노력이었다.

『방사성과 전자공학 연보(*Yearbook of Radioactivity and Electronics*)』의 마감에 쫓기고 있던 1907년 11월에 아인슈타인은 상대성 이론에 대한 글에 자신의 새로운 아이디어를 대략적으로 설명하는 다섯 번째 절을 추가했다. 그는 "지금까지 우리는 상대성 이론을……가속되지 않은 기준 시스템에만 적용했다. 상대성 법칙을 서로에 대해서 가속되고 있는 시스템에도 적용하는 것이 가능하지 않을까?"라고 시작했다.

그는 가속되고 있는 경우와 중력장 속에서 정지해 있는 두 가지 경우를 생각해보자고 했다.[24] 이 두 가지 상황을 구분해줄 수 있는 물리적 실험은 없다. "앞으로의 논의에서 우리는 중력장과 그에 상응하는 기준 시스템의 가속이 물리적으로 완전히 동등하다고 가정할 것이다."

아인슈타인은 가속되고 있는 시스템에서 가능한 여러 가지 수학적 계산을 이용해서 만약 그런 가정이 옳다면, 더 강력한 중력장에서는 시계가 더 천천히 움직일 것임을 밝혔다. 빛이 중력에 의해서 휘어져야만 하고, 태양처럼 큰 질량을 가진 광원에서 방출되는 빛의 파장은 중력 적색편이로 알려진 현상에 따라 조금 늘어나야만 한다는 것을 포함해서 시험할 수 있는 여러 가지 예측에 도달하기도 했다. 그가 동료에게 해준 설명에 따르면, "과감하기는 하지만 어느 정도 의미가 있는 생각을 근거로 나는, 중력의 차이가 스펙트럼의 적색편이의 원인일 수도 있다는 결론에 도달했다. 중력에 의한 광선의 휘어짐도 역시 그런 논리를 바탕으로 한 것이다."[25]

아인슈타인이 그런 이론의 기초적인 것을 모두 알아내고, 그것을 표현하는 수학을 찾아내는 데는 1915년 11월까지 8년이 걸렸다. 그리고 그의 예측 중에서 가장 생생한 것이라고 할 수 있는 중력에 의해서 빛이 휘어지는 정도를 극적인 관찰로 확인하기까지는 또다시 4년이 걸렸다. 그러나 적어도 이제 아인슈타인은 물리학의 역사에서 가장 우아하고 인상적 성과인 일반상대성 이론을 향한 길을 떠날 수 있는 꿈을 가지게 되었다.

교수 취임

막스 플랑크와 빌헬름 빈 같은 스타 학자들이 그의 통찰을 요구하는 편지를 보내왔지만, 1908년 초가 되면서 아인슈타인은 대학교수직에 대한 꿈을 포기했다. 쉽게 믿을 수는 없지만, 그는 고등학교 교사직을 찾기 시작했다. 그는 특허사무소의 일자리를 구해주었던 마르켈 그로스만에게 "이런 열망은 내가 더 쉬운 조건에서 나의 개인적인 과학 연구를 계속할 수 있기를 열렬하게 바라기 때문"이라고 말했다.

심지어 그는 자신이 잠시 대체 교사로 일했던 빈터후르의 기술학교로 돌아가고 싶어하기도 했다. 그는 그로스만에게 "이런 방법은 어떨까? 누군가를 찾아가서 내가 얼마나 훌륭한 교사이고 시민인지를 설명할 가치가 있을까? 내가 (스위스-독일어 방언을 쓰지 않는다는 사실과 유대인 같은 모습 때문에) 그 사람에게 나쁜 인상을 주게 될까?"라고 물어보았다. 그는 물리학을 변환시킬 논문을 발표했지만, 그것이 자신에게 도움이 될지 어떨지도 알지 못했다. "그런 경우 나의 과학 논문을 강조하는 것이 의미가 있을까?"[26]

그는 "수학과 도형기하학 교사"를 구한다는 광고를 보고 취리히의 고등학교에도 지원했다. 그는 지원 서류에 "나는 물리학도 가르칠 준비가 되어 있다"고 썼다. 그는 특수상대성 이론을 포함해서 그때까지 쓴 모든 논문을 동봉하기로 결정했다. 21명의 지원자가 있었다. 그러나 아인슈타인은 최종 후보자 세 명 중에도 들지 못했다.[27]

결국 아인슈타인은 자존심을 버리고 베른에서 객원강사가 되기 위해서 교수자격 논문을 쓰기로 했다. 그곳에서 자신을 도와주던 후원자에게 아인슈타인은 "시립 도서관에서 당신과 나눈 대화와 몇몇 친구들의 조언에 따라 두 번째로 내 생각을 바꾸어 베른 대학교의 교수자격 시험에서 내 운을 시험해보기로 했다"고 설명했다.[28]

그가 제출했던 논문은 광양자에 대한 자신의 혁명적인 성과를 확장한 것으로 곧바로 합격되었고, 1908년 2월 말에는 객원강사가 되었다. 그는 마침내 대학의 벽을, 적어도 바깥의 벽은 넘어선 것이다. 그러나 그의 직위는 특허사무소의 일을 포기할 정도로 보수가 좋지도 않았고 중요하지도 않았다. 따라서 베른 대학교에서의 강의는 그가 해야 할 또다른 일이 되었을 뿐이었다.

1908년 여름 열 이론에 대한 그의 강의는 화요일과 토요일 아침 7시에 있었다. 처음에는 수강생이 미셸 베소와 우체국 건물에서 일하는 두 명의 동료를 포함해서 세 명뿐이었다. 겨울 학기에는 복사 이론으로 주제를 바꾸었고, 세 동료 이외에 막스 슈테른이라는 이름의 진짜 학생이 합류했다. 1909년 여름 학기에는 슈테른만 남게 되자 아인슈타인은 강의를 취소해버렸다. 그 사이에 그는 교수의 모습을 갖추어갔다. 그의 머리와 옷이 무작위성을 향한 자연의 경향에 희생되고 있었다.[29]

아인슈타인이 박사학위를 받을 수 있도록 도와주었던 취리히 대학교의 물리학 교수 알프레드 클라이너는 그에게 객원강사 자리를 계속하도록 격려했다.[30] 그리고는 취리히 당국에 이론물리학 분야의 새로운 자리를 만들어 대학의 위상을 높여줄 것을 요청하는 기나긴 노력을 시작했고, 1908년에야 성공을 거두었다. 정교수가 아니라 클라이너 밑에서 일하는 부교수 자리였다.

그것은 아인슈타인이 분명히 원하는 자리였지만 한 가지 문제가 있었다. 클라이너 교수에게는 또다른 후보자가 있었다. 폴리테크닉에 있었을 때 아인슈타인의 친구로 허약하고 열정적인 정치적 활동가였고, 클라이너 교수의 조수였던 프리드리히 아들러가 바로 그 사람이었다. 아버지가 오스트리아의 사회민주당 지도자였던 아들러는 이론물리학보다 정치철학에 더 많은 관심을 가지고 있었다. 그래서 그는 1908년 6월의 어느 날 아침에 클라이너를 찾아갔고, 두 사람은 아들러가 아니라 아인슈타인이 그 자리에 더 적절하다고 합의를 보았다.

아들러는 아버지에게 보낸 편지에서 그 대화를 소개한 후에 아인슈타인이 "사람들을 사귈 줄 몰랐기 때문에 폴리테크닉의 교수들로부터 직접적인 멸시를 받았습니다"고 했다. 그러나 아들러는 천재성 때문에 그가 그 자리에 적절한 사람이고, 그 자리를 얻을 가능성이 매우 높다고 했다. "그들은 과거에 그를 어떻게 대했는지에 대해서 양심의 가책을 느끼고 있습니다. 그런 인물이 특허사무소에 앉아 있어야 한다는 사실은 이곳에서만이 아니라 독일에서도 부끄러운 일이 되고 있습니다."[31]

아들러는 취리히 당국은 물론이고, 다른 사람들에게도 자신이 친구를 위해서 공식적으로 물러난다는 사실을 분명히 했다. 그는 "우리 대학이 아인슈타인과 같은 인물을 얻을 수 있는데도 나를 임명한다면 터무니없는 일이 될 것"이라고 말했다. 그것이 사회민주당 당원이었던 교육 담당 의원의 정치적 문제를 해결해주었다. 아인슈타인은 미셸 베소에게 "에른스트는 동료 당원이기 때문에 아들러를 좋아했을 것이다. 그러나 자신과 나에 대한 아들러의 진술 때문에 그것이 불가능해졌다"고 했다.[32]

1908년 6월 말에 클라이너는 취리히에서 베른으로 가서 아인슈타인의 객원강사 강의를 청강하면서, 아인슈타인의 표현에 따르면, "짐승을 평가했다." 가엾게도 그의 강의는 훌륭하지 못했다. 아인슈타인은 친구에게 "나는 정말 강의를 잘 하지 못했다. 내가 충분히 준비하지 못한 탓이기도 했지만, 심사를 받고 있다는 사실에 신경이 쓰였기 때문이기도 했다"고 한탄했다. 눈살을 찌푸리고 앉아서 강의를 들은 클라이너는 아인슈타인에게 그의 강의 기술이 선생이 되기에는 충분하지 않다고 말했다. 아인슈타인은 냉정하게 자신은 그런 자리가 "꼭 필요하지 않다"고 생각한다며 반박했다.[33]

취리히로 돌아간 클라이너는 아인슈타인이 "독백을 했고, 교수가 되기에는 멀었다"고 보고했다. 그것으로 그의 기회는 끝난 듯 보였다. 아들러는 자신의 영향력 있는 아버지에게 "형편이 달라져서 아인슈타인의 일은 끝났습니다"라고 알렸다. 아인슈타인은 아무렇지도 않은 것처럼 행동했다. 그는 친구에게 "교수직에 대한 일은 실패했지만, 나는 아무렇지도 않다. 내가 아니더라도 교사는 충분히 있다"고 했다.[34]

실제로 아인슈타인은 당황했고, 자신의 교수법에 대한 클라이너의 비판이 심지어 독일에까지 널리 알려지게 되었다는 소문을 듣고는 더욱 그랬다. 그는 클라이너에게 "나에 대한 비판적인 소문을 퍼뜨린 것"을 심하게 비난하는 편지를 보냈다. 그는 이미 대학에서 일자리를 찾기 어렵다는 사실을 알고 있었는데, 이제 클라이너의 평가 때문에 그것은 완전히 불가능한 일이 되었다.

클라이너의 비판은 어느 정도 사실이었다. 아인슈타인은 감동적인 선생이 아니었고, 그의 강의는 혼란스러운 것으로 알려져 있었다. 물론 그가 유명해진 이후에는 그의 모든 실수까지도 아름다운 이야기로 전해지기 시작했다. 그렇지만 클라이너는 마음이 약해졌다. 그는 아인슈타인이 "약간의 강의 능력"을 보여주기만 하면 취리히의 일자리를 얻을 수 있도록 기꺼이 도와주겠다고 했다.

아인슈타인은 자신이 물리학회에서 본격적인 (아마도 잘 준비된) 강의를 할 때 취리히로 와달라는 답장을 보냈고, 실제로 그는 1909년 2월에 취리히를 방문했다. 그 직후에 아인슈타인은 "운이 좋았다. 내 버릇과는 반대로 나는 강의를 잘했다"고 말했다.[35] 강의가 끝난 후에 찾아간 그에게 클라이너 교수는 일자리 통보가 곧 올 것이라고 넌지시 알려주었다.

아인슈타인이 베른으로 돌아오고 며칠이 지난 후에 클라이너는 취리히 대학교 교수단에 자신의 공식적인 추천서를 보냈다. 그는 "아인슈타인은 가장 중요한 이론물리학자에 속하고 상대성 원리에 대한 연구가 발표된 이후로 그렇게 인정받고 있다"고 했다. 아인슈타인의 강의에 대해서 그는 개선의 가능성이 있다고 가능한 한 부드럽게 평가했다. "아인슈타인 박사는 필요한 경우에 조언을 해줄 정도로 충분히 지적이고 충분히 성실하기 때문에 선생으로서의 능력을 갖추었다."[36]

아인슈타인이 유대인이라는 사실이 한 가지 문제였다. 그것이 문제가 될 수 있다고 생각했던 교수들도 있었지만, 클라이너는 그들에게 아인슈타인이 유대인과 관련된 것으로 알려져 있던 "불쾌한 버릇"이 없다고 설득했다. 그들의 결론은 당시의 반(反)유대인 정서와 그것을 극복하려는 노력을 확실하게 보여준다.

아인슈타인 박사는 이스라엘 사람이고, 학자들 중에서 이스라엘 사람들은 (전혀 근거가 없는 것은 아닌 수많은 경우에) 남의 일에 참견하고, 건방지고, 대학의 지위에 대해서 가게 주인과 같은 태도를 비롯한 온갖 종류의 불쾌한 태도를 보이는 것으로 알려져 있기는 하지만, 위원회와 교수단 전체의 입장에서는 몇 년 동안의 개인적 접촉을 근거로 한 우리 동료 클라이너의 설명이 훨씬 더 중요했다. 그러나 이스라엘 사람들 중에도 그런 비위에 거슬리는 성질의 흔적을 나타내지 않는 사람도 있기 때문에 어떤 사람을 단순히 유대인이라는 이유만으로 탈락시키는 것은 적절하지 않다는 이야기도 있다. 사실 유대인이 아닌 학자들 중에도 자신의 대학 지위를 상업적으로 인식하고 이용하려는, 정확하게 유대인의 것이라고 생각되는 특성을 나타내는 것을 보기도 한다. 따라서 위원회와 교수단 전체는 반유대주의 정책을 선택하는 것이 품위에 맞는 것이라고 생각하지 않는다.[37]

1909년 3월 교수단의 비밀투표 결과는 찬성 10표와 기권 1표였다. 아인슈타인은 물리학의 혁명을 일으킨 지 4년이 지난 후에야 처음으로 교수직을 제안받게 되었다. 그러나 불행하게도 그에게 제안된 봉급이 특허사무소에서 받고 있던 것보다도 적었기 때문에 그는 제안을 거절했다. 결국 취리히 당국이 더 많은 봉급을 제안한 후에야 아인슈타인은 교수직을 받아들였다. 그는 기뻐하면서 동료에게 "그래, 이제 나도 남창(男娼) 조합의 공식 회원이 되었다"고 했다.[38]

신문에서 아인슈타인의 임용 소식을 읽은 사람 중에는 안나 마이어-슈미트라는 바젤의 가정주부가 있었다. 그들은 그녀가 열일곱 살 소녀였던 10년 전에 아인슈타인이 어머니와 함께 호텔 파라다이스에서 휴가를 보내고 있을 때 만났었다. 아인슈타인에게 대부분의 손님들은 "필리스틴 사람들(Philistines)"처럼 보였지만, 그는 안나를 좋아해서 그녀의 앨범에 시를 써주기도 했다. "당신을 위해서 여기에 무슨 말을 써드릴까요? / 여러 가지를 떠올릴 수 있습니다 / 키스를 포함해서 / 당신의 작고 작은 입에 / 당신이 화를 내신다면 / 울지 마세요 / 최선의 벌은 / 나에게도 키스를 해주는 것이랍니다." 그는 "당신의 무례한 친구"라고 서명을 했었다.[39]

그녀가 보낸 축하 우편엽서의 회답으로 아인슈타인은 점잖으면서도 조금은 선정적인 편지를 보냈다. "나는 아마도 파라다이스에서 당신 가까이 있었던 아름다운 시간에 대한 기억을 당신보다 더 소중하게 간직하고 있을 것입니다. 이제 나는 신문에 이름이 날 정도의 위대한 교수가 되었습니다. 그러나 나는 평범한 사람으로 남아 있습니다." 그는 자신이 대학 친구인 마리치와 결혼했다는 사실을 밝혔지만, 그녀에게 자신의 사무실 주소를 알려주었다. "취리히에 와서 시간이 되면 이곳으로 나를 찾아와주십시오. 나에게는 큰 즐거움이 될 것입니다."[40]

아인슈타인의 의도가 순진성과 선정성 사이를 불확실하게 맴돌았는지에 상관없이 안나는 후자에 눈길을 주었던 것이 분명하다. 그래서 그는 답장을 보냈지만, 마리치가 중간에 가로채버렸다. 질투심에 눈이 먼 마리치는 안나의 남편에게 (사실보다는 희망적으로) 안나의 "부적절한 편지"와, 그녀와 다시 관계를 맺고 싶어하는 아인슈타인의 뻔뻔한 시도에 자신이 화가 났다는 편지를 보냈다.

아인슈타인은 사태를 진정시키기 위해서 안나의 남편에게 사과의 편지를 보내야만 했다. 그는 "저의 부주의한 행동으로 당신을 걱정스럽게 만든 것을 대단히 미안하게 생각합니다. 저는 제 임용에 대해서 당신의 부인이 보내준 진심 어린 축하 편지에 답장을 했고, 우리가 서로에게 가지고 있었던 옛날의 관심을 떠올렸을 뿐입니다. 그러나 불순한 의도는 없었습니다. 제가 대단히 존경하는 당신 부인의 행동은 완전히 명예로운 것이었습니다. 제 아내가 극단적인 질투심 때문에 저도 모르는 사이에 그렇게 행동한 것이 잘못이었습니다."

그 사건은 아무 문제 없이 마무리되었지만, 그것은 아인슈타인과 마리치의 관계에서 전환점이 되었다. 그의 눈에는 그녀의 시무룩한 질투심이 그녀를 더욱 어둡게 만드는 것처럼 보였다. 십여 년 후에도 여전히 마리치의 행동 때문에 마음고생을 하던 그는 안나의 딸에게 느닷없이 아내의 질투심이 "흔치 않을 정도로 추한" 여자들에게 흔히 볼 수 있는 병적인 결점이 되어버렸다고 주장하는 편지를 보냈다.[41]

마리치는 실제로 질투심이 강했다. 그녀는 남편이 다른 여자들과 시시덕거리는 것도 싫어했을 뿐만 아니라, 남성 동료와 시간을 보내는 것도 싫어했다. 아인슈타인이 교수가 되자 그녀에게는 직업적인 시기심이 되살아났다. 그녀 자신이 과학자의 길을 중단할 수밖에 없었던 점을 고려하면 이해가 될 수도 있는 일이었다. 그녀는 자신의 친구 헬레네 사비치에게 "그런 정도의 명성을 얻은 그가 아내를 위해서 시간을 낼 수 없다고 한다. 너는 내가 과학에 대해서 샘을 낼 것이라고 말했었는데, 무엇을 할 수 있겠니? 한 사람은 진주를 얻었고, 다른 사람은 상자를 얻은 거야"라고 했다.

특히 마리치는 남편이 명성 때문에 더 냉정해지고 자기중심적이 되었다고 불평했다. 그녀는 다른 편지에서 "나는 그의 성공에 대해서 행복하게 느낀단다. 그는 그럴 만한 사람이기 때문이지. 나는 그저 명성이 그의 인간성에 결정적인 영향을 미치지 않기를 바랄 뿐이야"라고 했다.[42]

어떤 면에서 마리치의 걱정이 근거가 없는 것으로 밝혀졌다. 그의 명성이 높아졌지만 아인슈타인은 개인적 단순함, 변함없는 스타일, 그리고 적어도 겉으로는 온화한 겸손함을 유지하고 있었다. 그러나 다른 기준틀에서 보면, 그의 인간적인 면에서 변환이 있었다. 1909년경부터 그는 아내로부터 멀어지기 시작했던 것이다. 다른 일에 얽히는 것을 싫어하게 되면서 그는 자신이 "단순히 개인적인 것"이라고 여기는 문제에 대해서는 점점 더 거리를 두고 연구실로 도망을 가버렸다.

특허사무소에서의 일을 끝내가던 마지막 며칠 중의 어느 날, 그는 라틴 서체로 쓰인 멋진 서류가 들어 있는 큰 봉투를 받았다. 낯설고 중요하지 않다고 생각한 그는 그 봉투를 휴지통에 던져버렸다. 사실 그것은 1909년 7월에 열릴 제네바 대학교 창립 기념식에서의 명예 박사학위 수여식 초청장이었다. 그곳의 담당자들은 아인슈타인의 친구를 통해서 그가 참석하도록 설득해야만 했다. 밀짚모자와 평상복을 입고 있던 그는 행진에서는 물론이고, 그날 저녁의 화려한 공식 만찬에서도 이상할 정도로 돋보였다. 전체 상황에 흥미를 느낀 그는 옆자리에 앉은 귀족에게 대학을 설립했던 엄격한 종교개혁 지도자에 대한 이야기를 꺼냈다. "만약 칼뱅이 이곳에 있었더라면 무엇을 했을 것이라고 생각하십니까?" 어리둥절해진 신사는 아무 말도 하지 못했다. 아인슈타인은 혼자 대답을 했다. "거대한 기둥을 세우고 사치에 대한 벌로 우리 모두를 태워버렸을 것입니다." 훗날 아인슈타인은 "그 신사는 나에게 한마디도 하지 않았다"고 기억했다.[43]

빛은 파동과 입자가 될 수 있다

역시 1909년 여름이 끝나갈 무렵에 아인슈타인은 잘츠부르크에서 개최되었던 독일계 과학자들의 유명한 모임인 연례 **자연과학자** 학술회의에서 강연 초청을 받았다. 조직위원들은 상대성과 빛의 양자적 본질을 모두 의제로 올리면서, 그에게 상대성에 대해서 이야기해줄 것을 기대했다. 그러나 아인슈타인은 자신이 더 시급하다고 생각했던 양자 이론을 어떻게 해석하고, 맥스웰이 훌륭하게 정리한 빛의 파동 이론과 어떻게 조화를 이루도록 할 것인지를 강조하기로 결정했다.

1907년 말에 생각해냈던 중력과 가속의 동등성으로부터 어떻게 상대성 이론을 일반화시킬 것인지에 대한 그의 "가장 행복했던 생각" 이후에 아인슈타인은 그 주제를 옆으로 밀쳐두고, 그 대신 그가 "복사 문제"(즉, 양자 이론)라고 불렀던 문제에 집중했다. 빛이 양자 또는 개별적인 덩어리로 이루어져 있다는 자신의 "발견적" 개념에 대해서 생각하면 할수록 그는 자신과 플랑크가 물리학의 고전적인 기초, 특히 맥스웰 방정식을 무너뜨리는 혁명을 초래했다는 사실에 대해서 더 걱정하게 되었다. 그는 1908년 초 동료 물리학자에게 "나는 플랑크 상수를 직관적인 방법으로……해석해보려는 끝도 없고, 소득도 없는 노력의 결과로 그런 비관적인 견해에 도달하게 되었습니다. 나는 맥스웰 방정식이 일반적으로 옳다는 입장을 유지할 수 있을 것인지에 대해서도 심각한 의문을 가지게 되었습니다"라고 말했다.[44] (맥스웰 방정식에 대한 그의 애착은 상당히 근거가 있었던 것으로 밝혀졌다. 그것은 아인슈타인이 정립한 상대성과 양자 혁명에도 변하지 않고 남아 있는 이론물리학의 몇 가지 요소들 중 하나였다.)

아직 공식적으로 교수가 아니었던 아인슈타인이 1909년 9월 잘츠부르크 학술회의에 도착해서야 마침내 편지를 통해서만 알고 있었던 막스 플랑크를 비롯한 거인들을 만났다. 사흘째 되던 날 오후에 그는 100명이 넘는 유명한 과학자들 앞에 나서서 양자역학의 선구자가 된 볼프강 파울리가 훗날 "이론물리학 발전의 경계석 중의 하나"였다고 밝힌 강연을 했다.

아인슈타인은 빛의 파동 이론이 왜 더 이상 완전하지 않은지를 설명하는 것으로 시작했다. 그는 빛(또는 복사)을 입자 또는 에너지 덩어리로 만들어진 광선으로 여길 수 있다고 말했고, 그것은 뉴턴이 가정했던 것과 비슷하다고 주장했다. 그리고 "빛은 파동 이론의 입장보다는 뉴턴의 방출 이론의 입장에서 더 쉽게 이해할 수 있는 기본적인 성질을 가지고 있습니다. 그래서 나는 이론물리학의 다음 단계에서는 빛의 파동 이론과 방출 이론을 융합한 것으로 해석될 수 있는 빛 이론이 등장할 것이라고 믿습니다"라고 밝혔다.

그는 입자 이론과 파동 이론을 결합시키면 "심각한 변화"가 일어날 것이라고 경고했다. 그는 그것이 반드시 좋은 일은 아니라며 두려움을 표시했다. 고전 물리학에 내재되어 있는 확실성과 결정론이 무너져버릴 수도 있기 때문이었다.

한동안 아인슈타인은 어쩌면 양자에 대한 플랑크의 조금 더 제한된 해석을 받아들이면 그런 운명을 피할 수 있을 것이라고 생각했다. 그런 특성은 실제 빛이 공간을 통해서 전파되어갈 때의 특징이라기보다는 복사가 표면에 의해서 방출되거나 흡수되는 과정에서의 특징일 뿐이라는 주장이었다.

그는 "적어도 복사의 전파에 대한 방정식은 유지하고, 방출과 흡수의 과정을 별도로 생각하는 것이 가능하지 않겠느냐?"는 의문을 제기했다. 그러나 1905년 광양자 논문에서 그랬듯이, 빛의 거동을 기체 분자의 거동과 비교해본 후에 아인슈타인은 그것이 가능하지 않다는 결론을 내렸다.

그래서 아인슈타인은 빛은 물결치는 파동과 입자의 흐름처럼 행동한다고 여겨야 한다고 말했다. 그는 강연의 막바지에 "복사가 동시에 나타내는 그런 두 가지 구조적 성질은 서로 모순된 것이라고 생각하지 말아야 합니다"라고 밝혔다.[45]

그것은 빛의 파동-입자 이중성에 대한 최초의 잘 준비된 선전포고였고, 아인슈타인이 이전에 이룩했던 이론적 돌파구만큼이나 심오한 의미를 가지고 있었다. 그는 가벼운 마음으로 동료 물리학자에게 "에너지 양자와 복사의 파동 원리를 결합시킬 수 있을까요? 겉보기에는 그렇지 않은 것 같지만, 전능하신 신께서는 그런 비결을 가지고 계신 것처럼 보입니다"라고 말했다.[46]

아인슈타인의 강연이 끝난 후에는 플랑크가 앞장서서 활발한 토론을 이어갔다. 자신이 9년 전에 고안했던 수학적 상수에 숨겨져 있는 물리적 진실을 받아들일 수도 없었고, 아인슈타인이 꿈꾸는 혁명적인 결과를 인정할 수도 없었던 플랑크는 이제 과거의 질서를 보호하는 입장이 되었다. 그는 복사에는 "작용의 원자라고 생각할 수도 있는 불연속적인 양자"의 특성이 있음을 인정했다. 그러나 그는 그런 양자는 복사가 방출되거나 흡수되는 과정의 일부로만 존재한다고 고집했다. 그는 "아인슈타인 씨에 따르면, 진공에서의 자유복사를 생각해야만 하고, 그래서 빛 파동 자체가 원자적인 양자로 구성되어 있기 때문에 우리는 맥스웰 방정식을 포기해야만 합니다. 나는 그것이 아직은 필요 없는 단계라고 생각합니다"라고 말했다.[47]

아인슈타인은 20년 이내에 기존의 질서를 보호하는 비슷한 입장이 되었다. 실제로 그는 이미 양자 이론에 의해서 제기되었던 무시무시한 딜레마에서 벗어나기 위한 방법을 찾고 있었다. 그는 함께 일하고 있던 젊은 물리학자에게 "나는 광양자를 사용하지 않고도 복사 문제를 해결할 수 있

을 것이라는 희망을 가지고 있습니다"라고 했다.[48]

적어도 당분간은 모든 것이 너무 애매했다. 그래서 유럽에 있는 독일계 대학에서 교수로 승진하는 동안에 그는 다시 명백하게 자기만의 주제인 상대성에 관심을 집중하면서 한동안은 양자의 이상한 나라로부터 벗어나 있었다. 친구에게는 "양자 이론은 성공할수록 더 어리석은 것처럼 보인다"고 한탄했다.[49]

8

방랑하는 교수

1909-1914년

취리히, 1909년

자신만만했던 열일곱 살의 아인슈타인은 취리히 폴리테크닉에 들어가서 그와 결혼하게 된 밀레바 마리치를 만났다. 1909년 10월에 서른 살이된 그는 근처에 있는 취리히 대학교의 초급 교수로 임명되어 다시 그 도시로 돌아왔다.

그들 사이의 낭만적인 관계는 귀향으로 인해서 적어도 일시적으로는회복되었다. 마리치는 자신들이 처음으로 둥지를 틀었던 곳으로 돌아온것에 대해서 감격했고, 한 달이 채 지나지 않아 다시 임신을 했다.

그들이 빌린 아파트는 반갑게도 프리드리히 아들러가 아내와 함께 살던 건물에 있었고, 두 부부는 더욱 가까운 친구가 되었다. 아들러는 아버지에게 "그들은 보헤미아식 가정을 꾸미고 있습니다. 아인슈타인과 더 많은 이야기를 나눌수록 그에 대한 제 호감은 더욱 견고해짐을 느낍니다"라는 편지를 보냈다.

두 사람은 대부분 저녁마다 물리학과 철학에 대해서 이야기를 나누었다. 아이들이나 아내들에게 방해받지 않으려고 건물의 3층 다락방에서 이야기를 나누었다. 아들러는 아인슈타인에게 피에르 뒤앙을 소개해주었다. 아들러는 그가 1906년에 발간한 『이론물리학(*La Théorie Physigue*)』을 독일어로 번역했다. 뒤앙은 이론과 실험적 증거 사이의 관계에 대해서 마흐보다 훨씬 더 전일적(全一的)인 접근방법을 제시했고, 그의 주장이 아인슈타인의 과학철학에 영향을 주었던 것으로 보인다.[1]

아들러는 특히 아인슈타인의 "가장 독립적인" 정신을 존경했다. 그는 아버지에게 아인슈타인이 내면적으로는 독행자적 성향을 가지고 있지만 오만하지는 않다고 말했다. 아들러는 "우리는 대부분의 물리학자들이 이해조차 하지 못할 문제에 대해서 의견이 같습니다"라고 자랑했다.[2]

아인슈타인은 아들러에게 정치에 현혹되지 말고 과학에 집중하도록 설득하려고 노력했다. 그는 "좀 참게나. 언젠가 자네는 취리히에서 내 후계자가 될걸세"라고 말했다. (아인슈타인은 이미 더 권위 있는 대학으로 옮길 생각이었다.) 그러나 아들러는 그의 충고를 무시하고, 사회민주당 신문의 편집자가 되기로 결심했다. 아인슈타인은 정당에 충성하는 것은 사고의 독립성을 포기하는 것이라고 보았다. 그렇게 순응하는 것은 그에게는 절망이었다. 훗날 아인슈타인은 아들러에 대해서 "나는 그렇게 지적인 사람이 어떻게 정당에 빠져들게 되었는지 전혀 이해할 수 없다"고 한탄을 했다.[3]

아인슈타인은 자신의 동급생이었고 노트를 빌려주었던 마르켈 그로스만과도 재회했다. 특허사무소의 일자리를 얻을 수 있도록 도와주었던 그는 폴리테크닉의 수학 교수가 되어 있었다. 아인슈타인은 점심 식사 후에 그로스만을 찾아가서 상대성을 더 일반적인 장 이론으로 확장하기 위해서 필요했던 복잡한 기하학과 미적분학에 대해서 도움을 받았다.

아인슈타인은 자신이 수업을 자주 빼먹었기 때문에, 일자리를 달라는 간청을 물리쳤던 폴리테크닉의 또다른 훌륭한 수학 교수 아돌프 후르비츠와도 친구가 되었다. 아인슈타인은 후르비츠의 집에서 열리던 일요 음악회에도 정기적으로 참석했다. 어느 날 산책을 하던 중에 자신의 딸이 이해하지 못하는 수학 숙제를 가지고 왔다는 후르비츠의 말을 들은 아인슈타인은 오후에 다시 찾아가서 그녀의 숙제를 도와주기도 했다.[4]

클라이너가 예언했듯이 아인슈타인의 강의 재능은 개선되었다. 그는 세련된 강사는 아니었지만, 격식에 신경을 쓰지 않는 것을 장점으로 이용했다. 아인슈타인의 취리히 강의를 거의 모두 들었던 한스 탄너는 "우리는 너무 짧은 바지를 입은 초라한 옷차림으로 의자에 앉아 있는 그의 모습에 실망했다"고 기억했다. 아인슈타인은 준비된 강의 노트 대신에 낙서로 채워져 있는 카드 크기의 종이를 사용했다. 그래서 학생들은 그가 이야기를 하면서 자신의 생각을 정리하는 모습을 보고 있어야만 했다. 탄너는 "우리는 그가 연구하는 방법을 자세히 살펴볼 수 있었다. 우리는 형식적으로 완벽한 강의보다 그런 점을 더 좋아했다"고 기억했다.

아인슈타인은 한 단계 나아갈 때마다 멈추고는 학생들이 자신의 이야기를 따라오고 있는지를 확인했고, 설명하는 중간에 질문을 하는 것도 허락했다. 역시 강의를 들었던 아돌프 피쉬는 "당시에는 선생과 학생 사이의 그런 친근한 접촉은 드문 일이었다"고 했다. 때로는 강의를 중단하고, 학생들과 함께 가벼운 대화를 나누기도 했다. 탄너는 "그는 충동적이었고, 자연스럽게 학생들의 팔을 잡고 이야기했다"고 기억했다.

어느 강의에서 아인슈타인은 계산을 완성하는 과정에서 일시적으로 어려움을 겪게 되었다. 그는 "내가 지금 찾아내지 못하는 어리석은 수학적 변환이 있는 모양입니다. 누가 그것을 찾아낼 수 있을까요?"라고 말했다. 당연히 아무도 발견하지 못했다. 그래서 아인슈타인은 "그렇다면 노트의 4분의 1쪽을 남겨두십시오. 시간을 낭비할 이유가 없습니다"라고 말했다. 10분 후에 아인슈타인은 다른 이야기를 하다가 멈추더니 "찾았습니다"라고 탄성을 질렀다. 훗날 탄너는 "복잡한 문제를 푸는 중에도 그는 여전히 특별한 수학적 변환의 본질에 대해서 생각할 여유를 가지고 있었다"며 감탄했다.

저녁 강의의 마지막에 아인슈타인은 "카페 테라스에 갈 사람이 누구입니까?"라고 물었다. 리마트 강이 내려다보이는 테라스에서의 비공식 모임에서 그들은 문을 닫을 때까지 이야기를 나누었다.

한번은 아인슈타인이 자신의 아파트에 가고 싶은 사람이 있는지를 물었다. 그는 "오늘 아침에 나는 플랑크 교수로부터 오류가 있는 것이 분명한 연구 결과를 받았습니다. 함께 읽어보도록 합시다"라고 말했다. 탄너와 다른 학생이 아인슈타인의 요청을 받아들여서 그를 따라 집으로 갔다. 그곳에서 그들은 플랑크의 논문을 검토하기 시작했다. 그는 "내가 커피를 준비하는 동안에 오류를 찾아보십시오"라고 말했다.

잠시 후에 탄너는 "교수님께서 잘못 아신 것 같습니다. 오류가 없습니다"라고 대답했다.

아인슈타인은 일치하지 않는 자료를 가리키면서, "아닙니다. 오류가 있습니다. 그렇지 않다면 이것과 이것은 저것과 저것이 되어야만 합니다"라고 지적했다. 이는 아인슈타인의 위대한 저력을 생생하게 보여주는 예였다. 그는 다른 사람들에게는 단순히 추상적인 것으로만 보이는 복잡한 수학 방정식을 보면서 그 속에 숨은 물리적 실재를 상상할 수 있었다.

탄너는 깜짝 놀랐다. 아인슈타인은 "이제 플랑크 교수에게 오류를 알려주는 편지를 씁시다"라고 제안했다.

당시에 아인슈타인은 조금 약삭빨랐다. 특히 플랑크나 로렌츠처럼 그가 존경하던 사람들에게는 더욱 그랬다. 그는 "플랑크 교수가 실수를 했다고 말하지는 않을 것입니다. 결과는 옳지만 증명은 틀렸습니다. 우리는 단순히 진짜 증명은 어떻게 되어야 하는지를 알려줄 것입니다. 핵심은 수학이 아니라 내용입니다"라고 말했다.[5]

전하를 측정하기 위한 장치를 개발하기는 했지만, 아인슈타인은 실험 물리학자가 아니라 확인된 이론학자였다. 교수가 된 다음 해에 실험을 감독하라는 요청을 받은 그는 실망했다. 그는 탄너에게 자신은 "터져버릴 것 같아서 감히 실험 도구를 집어들지도 못합니다"고 말했다. 그는 다른 유명한 교수에게 "실험에 대한 내 두려움은 근거가 있는 것"이라고 고백했다.[6]

취리히에서 첫 학년도를 끝낸 1910년 7월에 마리치는 어려움 끝에 테테(Tete)라고 부르기도 한 둘째 아들 에두아르트를 낳았다. 그녀는 몇 주 동안 몸져누워 있었다. 그녀가 일에 지쳤다고 생각한 의사는 아인슈타인에게 돈을 더 마련해서 하녀를 두어야 한다고 제안했다. 화가 난 마리치는 방어적이 되었다. 그녀는 "누구라도 내 남편이 반쯤 죽을 정도로 일하는 것을 분명히 알 수 있지 않습니까?"라고 말했다. 결국 노비사드에서 그녀의 어머니가 와서 그녀를 도와주었다.[7]

일생 동안 아인슈타인은 자신의 두 아들, 특히 자라면서 심한 정신적 질환을 앓은 에두아르트에 대해서 냉담한 것처럼 보이기도 했다. 그러나 그는 아이들이 어렸을 때는 좋은 아버지였다. 훗날 한스 알베르트는 "어머니가 집안일로 바쁠 때는 아버지가 자신의 일을 제쳐두고 몇 시간 동안 우리를 무릎 위에 앉혀놓고 돌봐주었다. 아버지가 우리에게 이야기를 해주고, 우리를 조용하게 만들려고 바이올린을 연주해주었던 일을 기억한다"고 회고했다.

부모로서가 아니라 사색가로서 아인슈타인이 가지고 있던 장점들 가운데 하나는 그가 모든 산만함으로부터 벗어날 수 있는 능력과 경향을 가지고 있었다는 것이었다. 산만함의 범위에 때로는 아이들과 가족이 포함되기도 했다. 한스 알베르트는 "아버지는 아이가 아무리 큰 소리로 울어도 신경을 쓰지 않았고, 소음에 전혀 상관없이 자신의 일을 계속할 수 있었다"고 말했다.

어느 날 그의 집을 방문했던 학생 탄너는 아인슈타인이 서재에서 가득 쌓아둔 논문과 씨름하고 있는 모습을 보았다. 그는 오른손으로 글을 쓰면서 왼손으로는 에두아르트를 잡고 있었다. 장난감 블록을 가지고 놀던 한스 알베르트는 그의 관심을 끌어보려고 애를 쓰고 있었다. 아인슈타인은 에두아르트를 탄너에게 넘겨주고, 식을 계속 쓰면서 "잠시만 기다려요. 거의 끝나갑니다"라고 말했다. 탄너는 "그 일은 그의 엄청난 집중력을 보여주었다"고 했다.[8]

프라하, 1911년

아인슈타인이 취리히에서 일한 지 채 6개월도 되지 않았던 1910년 3월에 그는 프라하 대학교의 독일 학부에서 정교수로 초빙하는 훨씬 더 좋은 제안을 받았다. 대학교와 교수직이 모두 영전(榮轉)이었지만, 익숙하고 친근한 취리히를 떠나 덜 친근한 프라하로 옮기는 것은 가족에게 큰 부담이었다. 그러나 아인슈타인에게는 직장에 대한 고려가 개인적인 문제보다 더 중요했다.

그는 다시 한 번 집에서 어려운 시기를 보내고 있었다. 그는 베를린에 살고 있던 어머니에게 "어머니가 나에게서 느꼈던 우울함은 어머니와는 아무 상관이 없는 것입니다. 우리를 우울하게 만들거나 화나게 만드는 상황에서 사는 것은 문제를 극복하는 데에 도움이 되지 않습니다. 스스로 떨쳐버려야만 합니다"라는 편지를 보냈다.

그러나 과학에 대한 일은 그에게 큰 즐거움을 주었고, 그는 새로운 기회에 대한 기쁨을 감추지 않았다. "큰 대학에서 지금보다 훨씬 더 많은 봉급을 받는 정교수 자리를 제안받을 가능성이 매우 높습니다."[9]

아인슈타인이 학교를 옮길 것이라는 소문이 취리히에 퍼지자, 한스 탄너를 비롯한 그의 학생들 중 15명이 학교 당국에 "뛰어난 연구자이며 선생인 그를 우리 대학교에 재직하도록 최선을 다해줄 것"을 요청하는 탄원서를 제출했다. 그들은 "새로 탄생한 분야"인 이론물리학 교수가 얼마나 중요한지를 강조하면서, 개인적 감정이 넘쳐나는 표현으로 그를 극찬했다. "아인슈타인 교수는 이론물리학의 가장 어려운 문제를 아주 분명하고 알기 쉽게 설명해주는 놀라운 재능을 가지고 있어서 그의 강의를 따라가는 것이 저희들에게는 엄청난 즐거움이고, 또한 그는 청중과 완벽한 소통을 하는 데에도 훌륭한 능력을 가지고 있습니다."[10]

그를 꼭 붙잡아두고 싶었던 취리히 당국은 그의 봉급을 특허심사관일 때 받았던 것과 같은 4,500프랑에서 5,500프랑으로 인상해주었다. 그러나 그를 프라하로 데려가려던 사람들은 더 큰 어려움을 겪고 있었다.

프라하 대학교의 교무처는 아인슈타인을 최우선 대상으로 결정하고, 추천서를 빈에 있는 교육부로 보냈다. (당시 프라하는 오스트리아-헝가리 제국의 일부였고, 교수를 임명하려면 프란츠 요제프 황제와 장관으로부터 허가를 받아야만 했다.) 보고서에는 최고의 권위를 가진 막스 플랑크가 쓴 최고의 추천서가 동봉되어 있었다. 플랑크는 아인슈타인의 상대성 이론이 "이론과학 분야에서 지금까지 이룩한 모든 것보다 훨씬 더 대담한 것"이라고 주장했다. "이 법칙이 세상에 대한 우리의 물리학적 설명에 일으킨 혁명은 코페르니쿠스의 업적과 비교할 수 있을 뿐이다." 그리고 "비(非)유클리드 기하학은 어린아이의 장난과도 같다"고 덧붙인 플랑크의 지적은 훗날 아인슈타인에게는 선견지명처럼 보였다.[11]

플랑크의 그런 추천은 충분한 영향력이 있어야만 했다. 그러나 그렇지 못했다. 교육부는 두 번째 후보였던 구스타프 야우만이 오스트리아 사람이고, 유대인이 아니라는 두 가지 장점 때문에 더 적절하다고 결정했다. 아인슈타인은 8월에 한 친구에게 "프라하로부터 전화가 없다. 교수들은 나를 추천했지만, 내가 유대인이라는 이유로 교육부가 승인을 하지 않았다"고 했다.

그러나 자신이 교수들의 두 번째 후보였다는 사실을 알게 된 야우만은 화를 참지 못했다. 그는 "아인슈타인이 더 훌륭한 업적을 이룩했다고 믿었기 때문에 최우선 후보로 추천되었다면, 나는 첨단만을 추구하면서 아무 장점도 인정하지 못하는 대학과는 관계를 맺고 싶지 않다"고 밝혔다. 결국 1910년 10월, 아인슈타인은 자신의 임명이 "거의 확실하다"고 자신 있게 밝힐 수 있었다.

마지막으로 하나의 걸림돌이 남아 있었다. 그것 역시 종교와 관련된 것이었다. 유대인이라는 것은 단점이었다. 종교가 없다고 주장하는 비(非)신자는 자격 미달이었다. 오스트리아 제국은 교수를 포함한 모든 공직자들이 종교를 가져야 한다고 요구했다. 아인슈타인은 공식 서류에 종교를 가지고 있지 않다고 썼다. 프리드리히 아들러의 부인은 "아인슈타인은 이런 경우에 어린아이처럼 비현실적이다"라고 했다.

결국 아인슈타인이 그 자리를 얻고 싶었던 욕심이 완고한 비현실성보다 더 컸던 것으로 밝혀졌다. 그는 자신의 종교를 "모자이크"라고 밝히는 데 동의하고, 스위스 시민권을 유지한다는 조건으로 오스트리아-헝가리 시민권도 받기로 했다. 그가 포기해버렸지만 얼마 후 그에게 다시 떠맡겨진 독일 시민권까지 포함하면 그는 서른두 살에 시기는 달랐지만 세 가지 시민권을 가지게 되었다는 뜻이 된다. 1911년 1월 봉급이 오르기 전에 받았던 금액의 두 배를 받기로 하고 아인슈타인은 교수직에 임명되었다. 그는 3월에 프라하로 옮기는 데에 동의했다.[12]

아인슈타인에게는 두 사람의 과학 영웅, 에른스트 마흐와 헨드리크 로렌츠가 있었다. 아인슈타인은 한번도 그들을 만난 적이 없었다. 이제 그는 프라하로 옮기기 전에 두 사람을 방문할 수 있게 되었다. 공식적으로 교육부를 방문하기 위해서 빈으로 간 그는 교외에 살고 있던 마흐를 찾아갔다. 나이 든 물리학자이며 경험주의의 주창자였고, 올림피아 아카데미에 큰 영향을 끼쳤으며, 아인슈타인에게는 절대시간과 같은 측정할 수 없는 개념에 대한 회의적 인식을 심어주었던 그는 근사한 수염에 더욱 근사한 인품을 가진 신사였다. 방으로 들어온 아인슈타인에게 그는 "크게 이야기를 하게. 다른 불쾌한 특징도 있지만, 나는 거의 귀머거리에 가깝다네"라고 소리쳤다.

아인슈타인은 마흐에게 원자의 실체에 대해서 설득을 하고 싶었다. 노인은 오래 전부터 원자가 인간 정신 속에서 가상적으로 구성된 것이라며 반대해왔다. 아인슈타인은 "기체에서 원자의 존재를 가정함으로써 비(非)원자론적인 이론으로는 예측할 수 없었던 관찰 가능한 성질을 예측할 수 있다고 생각해봅시다. 그렇게 되면 당신도 그런 가정을 받아들이겠습니까?"라고 물었다.

마흐는 마지못해서 "원자 가설의 도움이 없다면 고립된 채로 남아 있게 될 여러 가지 관찰 가능한 성질들 사이의 관계를 원자 가설의 도움으로 정말 찾아낼 수 있다면, 나는 그런 가설을 '경제적 가설'이라고 부르겠네"라고 대답했다.

완전히 인정한 것은 아니었지만, 아인슈타인에게는 그것만으로도 충분했다. 그의 친구 필리프 프랑크는 "아인슈타인은 한동안 만족했다"고 했다. 그렇지만 아인슈타인은 직접 관찰할 수 있는 자료를 근거로 하지 않는 실재에 관한 이론을 거부하는 마흐의 회의주의로부터 멀어지기 시작했다. 프랑크에 따르면, 그는 "마흐적 철학에 대한 어느 정도의 거부감"을 가지기 시작했다.[13] 그것은 중요한 전환의 시작이었다.

아인슈타인은 프라하로 옮기기 직전에 로렌츠를 만나기 위해서 네덜란드의 라이덴을 방문했다. 마리치와 동행한 그는 자신들과 함께 지내자는 로렌츠 부부의 초청을 받아들였다. 아인슈타인은 "복사 문제"에 대해서 이야기를 나누고 싶다고 하면서 "당신이 생각하듯이 저는 정통 빛-양자주의자가 아니라는 점을 미리 밝혀드립니다"라고 했다.[14]

아인슈타인은 오래 전부터 로렌츠를 멀리서 존경해왔다. 로렌츠를 방문하기 직전에 그는 친구에게 "나는 이 사람을 다른 누구보다도 존경한다. 내가 그를 사랑한다고 해도 좋을 정도이다"라고 했다. 마침내 그들이 만났을 때는 그런 감정이 더욱 강화되었다. 그들은 토요일 밤늦게까지 온도와 전기전도도 사이의 관계와 같은 문제에 대해서 논의했다.

로렌츠는 광양자에 대한 아인슈타인의 논문에서 사소한 수학적 오류를 찾아냈다고 생각했다. 그러나 사실은 아인슈타인이 지적했듯이, "1/2"을 빼먹었던 것은 "일회성 오자"로 논문의 뒤에는 제대로 포함되어 있었다.[15] 환대와 "과학적 자극"이 모두 아인슈타인의 다음 편지를 절절하게 만들었다. 그는 "당신에게서는 선함과 너그러움이 넘쳐나서 당신의 집에 머물면서 제가 엄청난 친절과 명예를 받을 자격이 있는지를 생각해볼 여유도 없었습니다"라고 했다.[16]

에이브러햄 파이스의 표현에 따르면, 로렌츠는 "아인슈타인의 일생에서 아버지와 같은 인물"이 되었다. 라이덴에 있던 로렌츠의 서재를 즐거운 마음으로 방문한 후부터 아인슈타인은 핑계만 있으면 라이덴을 방문했다. 그런 만남의 분위기는 그들의 동료였던 파울 에렌페스트에 의해서 전해졌다.

큰 작업 책상 옆에는 훌륭한 손님을 위한 최고의 안락의자가 조심스럽게 놓여졌다. 로렌츠는 그에게 시가를 준 후에 조용히 중력장에서 빛의 휘어짐에 대한 아인슈타인의 이론과 관련된 질문을 하기 시작한다……로렌츠가 이야기를 계속하면, 안락의자에 앉아 있던 아인슈타인은 시가를 피우는 것도 잊어버린다. 그리고 로렌츠가 말을 마치면, 아인슈타인은 로렌츠가 수식을 적어놓은 종이 위로 몸을 굽힌다. 시가는 꺼지고, 아인슈타인은 생각에 잠겨 손가락으로 오른쪽 귀 위의 머리를 만진다. 깊은 생각에 빠져 있는 아인슈타인을 웃으면서 바라보는 로렌츠는 특별히 사랑하는 아들을 바라보고 있는 아버지와도 같은 모습이었다. 젊은이가 자신에게 주어진 호두의 껍질을 깨뜨릴 것이라는 확신에 차 있으면서 어떻게 깨뜨리는지를 보고 싶어하는 모습이었다. 갑자기 아인슈타인이 기쁨에 넘쳐서 머리를 든다. 해낸 것이다. 여전히 조금씩 주고받고, 서로의 말을 가로막기도 하고, 부분적으로 이의를 제기하고, 빠르게 해명하고, 서로 완전히 이해하고 난 후에 두 사람은 빛나는 눈으로 새로운 이론의 반짝이는 풍요를 즐긴다.[17]

1928년 로렌츠가 사망했을 때, 아인슈타인은 추모사에서 "나는 이 시대의 가장 위대하고 가장 숭고한 인물의 무덤 앞에 서 있습니다"라고 했다. 그리고 로렌츠의 탄생 100주년이었던 1953년에 아인슈타인은 그의 업적에 대한 글을 썼다. 그는 "뛰어난 정신에서 나온 것은 무엇이거나 아름다운 예술작품처럼 명쾌하고 아름다웠다. 그는 내가 평생 만났던 어떤 사람보다도 개인적으로 나에게 깊은 의미가 있었다"고 했다.[18]

마리치는 프라하로 옮기는 것을 좋아하지 않았다. 그녀는 친구에게 "나는 기쁜 마음으로 그곳에 가는 것이 아니고, 아무 즐거움도 기대하지 않는다"고 했다. 그러나 그 도시의 더러움과 지저분함이 기분을 억누르기 전까지는 그곳에서의 생활은 비교적 괜찮았다. 그들은 처음으로 집에 전깃불과 함께, 입주 하녀를 고용할 수 있는 공간과 수입을 가지게 되었다. 아인슈타인은 "사람들은 지위에 따라 불손하거나, 허세를 부리거나, 비굴하다. 많은 사람들이 어느 정도 세련되어 있기는 하다"고 했다.[19]

아인슈타인은 대학의 사무실에서 우거진 나무와 다듬어진 정원이 있는 아름다운 공원을 내려다볼 수 있었다. 오전에는 여자들이 가득했고, 오후에는 남자들이 가득 모여들었다. 그중에는 깊은 생각에 빠져 혼자 걷는 사람도 있고, 집단으로 모여 활발한 논쟁을 벌이는 사람들도 있음을 알아차렸다. 아인슈타인은 그 공원이 무엇을 하는 곳인지 물어보았다. 그곳이 정신병자들의 수용소라는 이야기를 들었다. 그의 친구 필리프 프랑크에게 그 모습을 보여준 아인슈타인은 가엾다는 듯이 "저 사람들은 스스로 양자 이론에 빠져들지 못하는 정신병자들"이라고 했다.[20]

아인슈타인 가족은 자신의 집에서 프라하의 유대인 지식인들을 위한 문학과 음악 살롱을 개최하는 사교적이고 교양 있는 베르타 판타와 알게 되었다. 떠오르는 학자로 분위기에 따라서 바이올린을 연주하거나 흄과 칸트에 대해서 즐겁게 대화할 수 있는 아인슈타인은 이상적인 인물이었다. 젊은 작가 프란츠 카프카와 그의 친구 막스 브로트도 단골손님이었다.

『티코 브라헤 되찾기(*The Redemption of Tycho Brahe*)』에서 브로트는 (가끔 부정하기도 했지만) 아인슈타인을 1600년 프라하에서 브라헤의 조수였던 총명한 천문학자 요하네스 케플러의 모델로 삼았던 것 같다. 그 주인공은 자신의 과학적 연구에 몰두했고, 언제나 기존의 사고방식을 던져버리고 싶어했다. 그러나 개인적인 영역에서 그는 자신의 냉담하고 추상적인 성격 때문에 "감정적 탈선"을 걱정할 필요가 없었다. 브로트는 "그는 심장이 없었기 때문에 세상에서 두려워해야 할 것이 없었다. 그는 감정이나 사랑의 능력이 없었다"라고 했다. 그 소설이 발간되었을 때, 동료 과학자 발터 네른스트는 아인슈타인에게 "당신이 바로 이 케플러입니다"라고 했다.[21]

실제로 그렇지는 않았다. 때로는 외톨이라는 인상을 주기도 했지만, 아인슈타인은 취리히와 베른에서 그랬던 것처럼 사람들, 특히 동료 사색가와 과학자들과는 가까운 우정과 감정적 관계를 유지했다. 그런 친구 가운데 한 사람이 바로 빈 출신으로 상트페테르부르크 대학교에서 가르치고 있었지만 자신의 배경 때문에 그곳에서 직업적으로 방해를 받고 있다고 느끼던 파울 에렌페스트였다. 1912년 초에 그는 새 일자리를 찾기 위해서 유럽 여행을 시작했고, 프라하로 가던 길에 중력과 복사에 대해서 편지를 주고받았던 아인슈타인에게 연락이 닿았다. 아인슈타인은 "시간을 아끼기 위해서 우리 집에서 머물러달라"고 답장을 보냈다.[22]

에렌페스트가 도착한 2월의 어느 비 내리는 날 오후, 시가를 문 아인슈타인과 마리치는 그를 마중하기 위해서 기차역에 나와 있었다. 그들은 카페로 걸어가서 유럽의 위대한 도시들을 비교했다. 마리치가 떠나자 화제는 과학, 특히 통계역학으로 바뀌었고, 아인슈타인의 사무실로 걸어가면서도 이야기는 이어졌다. 에렌페스트는 프라하에서 보낸 7일 동안 자신의 일기에 "대학으로 가는 동안, 모든 것에 대한 첫 논쟁"이라고 적어두었다.

에렌페스트는 조용하고 불안정한 사람이었지만, 우정에 대한 열망과 물리학에 대한 애정 덕분에 아인슈타인과 쉽게 친구가 될 수 있었다.[23] 두 사람 모두 과학에 대해서 이야기하기를 바랐던 것으로 보였다. 훗날 아인슈타인은 "몇 시간 안에 우리는 마치 자연이 서로를 위해서 우리를 만들어놓은 것처럼 친구가 되었다"고 말했다. 그들의 강렬한 논의는 아인슈타인이 자신의 상대성 이론을 일반화하려는 노력에 대하여 설명하면서 다음 날까지 계속되었다. 일요일 저녁에는 브람스를 연주하면서 쉬었다. 에렌페스트가 피아노를 치고, 아인슈타인이 바이올린을 연주하고, 한스 알베르트가 노래를 했다. 그날 밤 에렌페스트는 일기에 "그래. 우리는 친구가 될 것이다. 엄청나게 행복했다"고 적었다.[24]

이미 프라하를 떠날 생각이었던 아인슈타인은 에렌페스트에게 후임자가 되어달라고 제안했다. 그러나 그는 "어떤 종교적 소속도 밝히는 것을 완고하게 거부했다"고 아인슈타인은 안타까워했다. 마음을 누그러뜨리고, 공식 서류에 "모자이크"라고 써넣을 의사가 있었던 아인슈타인과는 달리 유대교를 포기해버린 에렌페스트는 그 사실을 감추고 싶어하지 않았다. 4월에 아인슈타인은 그에게 "어떠한 종교적 소속도 인정하기를 거부하는 당신의 완고한 태도가 정말 마음에 걸립니다. 당신의 자식들을 위해서 그런 고집을 버려야 합니다. 결국 이곳에서 교수가 되면 당신의 그 이

상한 장난감 말로 갈아탈 수가 있을 것입니다"라고 했다.[25]

결국에는 에렌페스트가 라이덴 대학교의 정규 교수직에서 물러나는 존경하는 로렌츠의 후계자 자리를 받아들이면서, 문제는 행복하게 일단락되었다. 전에 아인슈타인이 제안을 받았지만 거절했던 자리였다. 그러나이제 정기적으로 방문하는 곳에 두 사람의 친구를 가지게 되었다는 뜻이어서 아인슈타인은 매우 기뻐했다. 아인슈타인에게 그곳은 거의 두 번째의 학문적 고향이고, 훗날 베를린에서 느끼던 억압적인 분위기에서 벗어나는 길이 되기도 했다. 그 후 에렌페스트가 자살을 하고, 아인슈타인이미국으로 옮겨갔던 1933년까지 20년 동안 아인슈타인은 거의 매년 그와로렌츠를 만나기 위해서 라이덴이나 그 부근의 해변 휴양지로 순례 여행을 다녔다.[26]

1911년 솔베이 회의

에르네스트 솔베이는 소다를 제조하는 기술을 발명해서 부자가 된 벨기에의 화학자이며 기업가였다. 자신의 돈으로 무엇인가 특별하면서도유용한 것을 하고 싶었을 뿐만 아니라, 자신의 묘한 중력 이론을 과학자들에게 알리고 싶었던 그는 유럽의 일류 물리학자들의 엘리트 모임을 지원하기로 결정했다. 1911년 10월 말로 예정되어 있던 그 모임은 결국 그이후 몇 년 동안 산발적으로 개최되었던 영향력 있는 일련의 모임으로 발전해서, 솔베이 회의로 알려지게 되었다.

유럽의 가장 유명한 과학자들 중에서 스무 명이 브뤼셀의 그랜드호텔메트로폴에 모였다. 서른두 살이었던 아인슈타인이 가장 젊었다. 막스 플랑크, 앙리 푸앵카레, 마리 퀴리, 어니스트 러더퍼드, 빌헬름 빈도 참석했다. 화학자였던 발터 네른스트가 모임을 조직했고, 변덕스러운 에르네스트 솔베이의 동반자 역할을 담당했다. 친절한 헨드리크 로렌츠가 위원장을 맡았다. 그의 팬이었던 아인슈타인은 "비길 데 없는 재치와 믿기 어려운 기량을 가진" 위원장이라고 표현했다.[27]

학술회의의 초점은 "양자 문제"였고, 아인슈타인이 "특별히 유능한 참석자"의 명예가 주어진 여덟 사람 중의 하나로 주제 논문을 발표할 예정이었다. 그는 영광스러운 역할에 대해서 약간의 우려를 표시했다. 아마도 실제보다 더 그런 척했을 것이다. 그는 다가오는 모임을 "마녀의 안식일"이라고 부르면서 베소에게 "브뤼셀 회의에서 발표할 내 졸작이 나를 짓누르고 있다"고 불평했다.[28]

아인슈타인의 강연 제목은 "비열(比熱) 문제의 현 상황"이었다. 물질의 온도를 일정한 만큼 증가시키기 위해서 필요한 에너지의 양을 나타내는 비열은 취리히 폴리테크닉에서 아인슈타인을 싫어했던 스승 하인리히 베버의 전문 분야였다. 베버는 비열을 지배한다고 생각했던 법칙에서 비정상적인 현상을 발견했다. 그런 현상은 특히 낮은 온도에서 더욱 두드러졌다. 아인슈타인은 1906년 말부터 문제를 해결하기 위한 아이디어를 찾기 시작했다. 물질을 구성하는 원자들이 불연속적인 덩어리만으로 에너지를 흡수할 수 있다고 가정하는 "양자화"된 방법이었다.

1911년 솔베이 강연에서 아인슈타인은 그 문제를 소위 양자 문제라는 더 광범위한 의미로 제시했다. 그는 빛을 구성하는 이런 원자적 입자의 물리적 실체를 인정하지 않을 가능성이 있는지에 대한 의문을 제기했다. 그런 입자들은 맥스웰 방정식은 물론이고, 사실은 고전 물리학 전체의 심장을 겨냥한 총알과도 같은 것이었다.

양자의 개념을 개척했던 플랑크는, 그것은 빛이 방출되거나 흡수될 때만 등장하는 것이라고 끈질기게 고집했다. 그는 양자가 빛 자체의 실제 특징은 아니라고 주장했다. 학술회의의 강연에서 아인슈타인은 유감이라고 하면서 "우리가 플랑크의 이론에서 그렇게 불쾌하게 여겼던 이런 불연속성이 자연에 정말 존재하는 것처럼 보인다"는 이의를 제기했다.[29]

자연에 정말 존재한다. 아인슈타인의 입장에서 그것은 이상한 표현이었다. 마흐, 더 정확하게는 흄을 순수하게 지지하는 사람에게는 "자연에 정말 존재한다"는 문장 전체가 분명한 의미를 담고 있지 않다. 아인슈타인은 자신의 특수상대성 이론에서 관찰할 수 없으면 자연에 "정말" 존재한다고 말하는 것이 무의미하다는 이유 때문에 절대시간과 절대거리와 같은 것의 존재를 가정하는 것을 피했었다. 그런데 그 이후로 양자 이론에 대한 불만을 표시했던 40여 년 이상의 세월 동안에 그는 점점 더 우리가 관찰하거나 측정할 수 있는 능력에 상관없이 자연 속의 숨겨진 실재를 믿는 과학적 실재론자처럼 이야기했다.

강연을 끝낸 아인슈타인은 로렌츠, 플랑크, 푸앵카레를 비롯한 여러 사람으로부터 집중적인 도전을 받았다. 로렌츠는 일어서서 아인슈타인이 이야기한 것 중의 일부는 "실제로 맥스웰 방정식과 완전히 모순되는 것처럼 보인다"고 지적했다.

아인슈타인은 "양자 가설은 잠정적"이고, 그것이 "실험으로 확인된 파동 이론의 결론과 맞지 않는 것처럼 보인다"는 사실을 어쩌면 너무 쉽게 인정해버렸다. 그는 자신에게 질문을 던진 사람들에게, 어쨌든 빛을 이해하기 위해서 파동과 입자의 두 가지 접근을 모두 받아들여야 할 필요가 있다고 말했다. "우리에게 필수적인 맥스웰의 전기동력학에 덧붙여서 우리는 양자 가설과 같은 가설도 받아들여야만 합니다."[30]

플랑크가 양자의 실재를 인정했는지는 아인슈타인에게도 확실하지 않다. 아인슈타인은 친구 하인리히 장거에게 "나는 내 생각이 옳다는 사실에 대해서 플랑크를 설득하는 일에 거의 성공했다. 그는 몇 년 동안이나 내 생각을 거부하려고 애를 써왔다"고 했다. 그러나 1주일 후에 아인슈타인은 장거에게 다시 "플랑크가 명백하게 틀린 선입견에 완강하게 집착하고 있다"고 했다.

로렌츠에 대해서 아인슈타인은 "살아 있는 예술작품! 내 생각에 그는 현재의 이론학자 중에서 가장 똑똑한 분이다"라고 하면서 여전히 존경했다. 그는 자신에게 관심을 가지지 않는 푸앵카레에 대해서는 "푸앵카레는 그저 모든 것에 대해서 부정적이었고, 자신의 예리함에도 불구하고 그 상황을 조금도 이해하지 못하고 있었다"고 무뚝뚝하게 평가했다.[31]

전체적으로 아인슈타인은 고전 역학을 위협하는 양자 이론의 위협을 해결하기보다는 한탄하느라고 대부분의 시간을 보내버렸다는 이유로 학술회의의 성과를 낮게 평가했다. 그는 베소에게 "브뤼셀 회의는 폐허가 된 예루살렘의 애도식과 비슷했다. 긍정적인 것은 아무것도 나오지 않았다"고 했다.[32]

아인슈타인에게는 남편을 잃은 마리 퀴리와 결혼한 폴 랑주뱅의 연애 사건이라는 한 가지 흥미로운 여흥이 있었다. 기품 있고 헌신적인 퀴리 부인은 노벨 상을 받은 최초의 여성이었다. 그녀는 복사에 대한 업적으로 남편과 다른 과학자 한 사람과 함께 1903년 물리학상을 수상했다. 3년 후에 그녀의 남편이 마차에 치여 사망했다. 그녀는 절망했고, 고인이 된 그녀의 남편이 보살펴주던 랑주뱅도 마찬가지였다. 그는 퀴리 부부와 함께 소르본에서 물리학을 가르쳤다. 육체적으로 자신을 괴롭히는 부인과의 결혼에 시달리던 랑주뱅은 얼마 후에 파리에 있는 마리 퀴리의 아파트에서 밀회를 가지기 시작했다. 그의 부인은 사람을 시켜서 아파트에 들어가 연애편지를 훔쳐냈다.

퀴리와 랑주뱅이 모두 참석한 솔베이 회의가 진행되고 있을 무렵, 랑주뱅의 부인이 훔친 편지들이 유명한 이혼 사건의 전주곡으로 파리의 선정적인 신문에 등장했다. 더욱이 바로 그 무렵에 퀴리가 라듐과 폴로늄을 발견한 공로로 노벨 화학상을 받게 되었다는 소식이 알려졌다.* 스웨덴 과학원의 회원은 그녀에게 랑주뱅과의 관계로 시끄럽다는 점을 고려해서 시상식에 참석하지 않는 것이 좋겠다는 편지를 보냈지만, 그녀는 냉정하게 "내 과학적 일과 사생활은 아무 관련이 없다고 믿는다"는 답장을 보냈다. 그녀는 스톡홀름으로 가서 상을 받았다.[33]

아인슈타인에게는 논란 자체가 어리석은 것으로 보였다. 그는 "그녀는 반짝이는 재능을 가진 겸손하고 정직한 사람"이라고 말했다. 그는 상당히 퉁명스럽게 그녀가 다른 사람의 결혼을 망쳐버릴 정도로 아름답지 않다는 정당화할 수 없는 주장을 펴기도 했다. "열정적인 성질에도 불구하고 그

---

* 1903년의 물리학상에 이은 수상으로 그녀는 두 개의 서로 다른 분야에서 노벨 상을 받은 최초의 사람이 되었다. 그녀 이외에는 유일하게 라이너스 폴링이 1954년에 화학상과 1962년에 핵무기 실험에 반대해서 투쟁한 공로로 평화상을 받았다.

녀는 누구에게 위험이 될 정도로 매력적이지는 않다."[34]

같은 달에 그가 그녀에게 보냈던 완고한 격려의 편지는 더욱 품위가 있었다.

중요한 내용이 없으면서도 당신에게 편지를 쓴다고 비웃지 말아주시기 바랍니다. 그러나 저는 대중이 현재 당신에게 감히 관여하는 기본적인 태도에 너무 화가 나서 반드시 이런 느낌을 말씀드려야만 합니다. 당신의 재능과 당신의 추진력과 당신의 정직함에 얼마나 감동했는지, 브뤼셀에서 당신을 개인적으로 알게 된 것을 얼마나 행운으로 생각하는지를 당신에게 꼭 말씀드리고 싶습니다. 이런 비열한 사람들에 속하지 않는 사람은 누구나 예전에도 그랬듯이 당신이나 랑주뱅 같은 유명한 사람을 알게 된 것만으로도 행운이라고 느끼고, 분명히 행복하게 생각할 것입니다. 만약 그런 폭도들이 계속해서 당신을 괴롭힌다면, 그저 그런 시시한 이야기를 읽지 마시고, 그런 이야기를 만들어내는 비열한 사람들에게 남겨두시기 바랍니다.[35]

엘자의 등장

아인슈타인이 유럽을 돌아다니면서 강연을 하고, 자신의 치솟는 명성을 즐기고 있는 동안에 마리치는 자신이 증오하던 도시인 프라하에 남겨져서, 한때 합류하려고 애를 쓰던 과학계의 일부가 아니라는 점에 대해서 낙심하고 있었다. 그녀는 1911년 10월에 있었던 아인슈타인의 강연이 끝난 후 그에게 "나도 그곳에 가서 강연을 조금 듣고, 훌륭한 사람들을 만나고 싶습니다. 우리가 서로를 본 지 너무 오래되어서 당신이 아직도 나를 알아볼지 궁금합니다"라는 편지를 보냈다. 그녀는 자신이 조금 늙기는 했지만 여전히 그의 돌리인 것처럼 "당신의 옛 D로부터"라고 서명했다.[36]

마리치의 상황은 어쩌면 선천적인 성질과 합쳐져서 그녀를 더욱 울적하게 만들었고, 심지어 낙담하게 만들기도 했다. 필리프 프랑크가 처음으로 프라하에서 마리치를 만났을 때는 그녀가 정신분열증에 걸렸다고 생각했다. 아인슈타인도 동의했다. 그는 훗날 동료에게 그녀의 우울증은 "그녀의 외가로부터 유래된 정신분열적인 유전인자 때문임이 틀림없다"고 말했다.[37]

아인슈타인이 1912년 부활절 휴가 기간에 혼자 베를린에 간 것은 그들의 결혼이 다시 한 번 불안정한 상태에 이르렀기 때문이었다. 그곳에서 그는 어렸을 때 알았던 세 살 연상의 사촌을 다시 만났다.

엘자 아인슈타인*은 루돌프("부자") 아인슈타인과 판니 코흐 아인슈타인의 딸이었다. 그녀는 부모 양쪽으로 모두 아인슈타인의 인촌이었다. 그녀의 아버지는 아인슈타인의 아버지 헤르만의 친사촌으로 그의 사업을 도와주었다. 그녀의 어머니는 아인슈타인의 어머니 파울린의 언니였다(엘자와 알베르트는 이종사촌이다). 헤르만이 사망한 후에 파울린은 몇 년 동안 루돌프와 판니 아인슈타인의 집으로 옮겨가서 집안일을 도와주었다.

어린 시절에 알베르트와 엘자는 뮌헨에 있던 알베르트 부모의 집에서 함께 놀았고, 오페라에서 최초의 예술적 경험을 함께 한 적도 있었다.[38] 그 후에 엘자는 결혼을 했다가 이혼했고, 이제 서른여섯 살의 나이로 두 딸 마르고트와 일제와 함께 부모와 같은 아파트 건물에서 살고 있었다.

아인슈타인 부인과의 차이는 분명했다. 밀레바 마리치는 이국적이고, 지적이고, 복잡했다. 엘자는 그렇지 않았다. 오히려 그녀는 평범한 수준에서 매력적이고, 가정적으로는 얌전했다. 그녀는 기름진 독일식 음식과 초콜릿을 좋아했고, 넉넉하고 주부 같은 인상을 주었다. 그녀의 얼굴 모습은 사촌과 닮았고, 나이가 들면서 더욱 그렇게 되었다.[39]

새로운 친구를 찾고 있던 아인슈타인은 처음에는 엘자의 동생과 시시덕거렸다. 그러나 부활절 방문이 끝나갈 무렵에는 엘자로부터 자신이 바라던 편안함을 찾았다. 그가 찾고 있던 사랑은 거친 낭만이 아니라 복잡하지 않은 격려와 애정이었던 것으로 보인다.

---

* 그녀는 엘자 아인슈타인으로 태어나서, 베를린 상인과의 짧은 결혼생활 중에는 엘자 뢰벤탈이 되었으며, 결혼하기 전부터 알베르트 아인슈타인은 그녀를 엘자 아인슈타인이라고 불렀다. 혼란을 막기 위해서 이 책에서는 그녀를 엘자라고 부르기로 한다.

사촌을 존경하던 엘자는 그것을 주고 싶어했다. 그가 프라하로 돌아간 후에 그녀는 곧바로 편지를 보냈다. 그의 집이 아니라 사무실로 몰래 편지를 보내어 주고받는 방법을 제안했다. 그는 "그런 방법으로 나와 편지를 주고받는 것을 상관하지 않는 당신이 얼마나 사랑스러운지! 지난 며칠 사이에 당신에게 얼마나 관심을 가지게 되었는지를 말로 표현할 수가 없습니다"라고 답장을 보냈다. 그녀는 자신이 보낸 편지를 없애달라고 했고, 그는 그녀의 말에 따랐다. 그러나 그녀는 그의 답장을 평생 동안 서류철에 보관했다가 훗날 "좋은 시절의 특별히 아름다운 편지들"이라는 표식을 붙여두었다.[40]

아인슈타인은 그녀의 동생 파울라와 시시덕거렸던 것에 대해서 사과했다. "내가 어떻게 그녀에게 관심을 가지게 되었는지 이해하기 어렵습니다. 그러나 사실은 간단합니다. 그녀는 젊었고, 여자 아이였고, 순종적이었습니다."

마리치에게 자신들의 고상한 보헤미아식 인생관을 찬양하는 연애편지를 보내던 10년 전이었다면, 아인슈타인은 엘자와 같은 친척들을 "중산층 필리스틴 사람들"이라는 부류로 묶어버렸을 것이다. 그러나 이제 마리치에게 썼던 것만큼이나 감정적인 편지에서 그는 엘자에 대한 새로운 열정을 고백했다. "나에게는 누군가 사랑할 사람이 필요하고, 그렇지 않으면 인생은 너무 비참할 것입니다. 그리고 그 누군가가 바로 당신입니다."

그녀는 어떻게 하면 그를 화나게 만들 수 있는지 알고 있었다. 그녀는 그가 마리치의 엄지손가락 밑에 있다고 약을 올렸고, "공처가"라고 주장했다. 그녀가 바랐듯이 아인슈타인은 자신이 그렇지 않다는 것을 보여주겠다고 답장을 했다. "나를 그렇게 생각하지 마세요! 나는 나 자신을 제대로 된 남자라고 생각한다는 사실을 분명하게 약속합니다. 언젠가 당신에게 그런 사실을 증명해 보일 기회가 있을 것입니다."

새로운 연애와 이론물리학 세계의 중심에서 일하게 될 것이라는 전망에 들뜬 아인슈타인은 베를린으로 옮기고 싶다는 욕심을 가지기 시작했다. 그는 엘자에게 "불행히도 베를린에서 초청을 받을 확률은 낮다"고 인정했다. 그러나 그는 그곳을 방문하던 중에 언젠가 자신이 그곳에서 자리를 얻을 가능성을 높이기 위해서 그가 할 수 있는 모든 것을 했다. 그는 노트에 프리츠 하버, 발터 네른스트, 에밀 바르부르크와 같은 과학자들을 포함해서 중요한 학계 지도자들의 목록과 그가 얻을 수 있는 자리의 목록을 적어두었다.[41]

훗날 아인슈타인의 아들 한스 알베르트는 여덟 번째 생일이 지난 직후였던 1912년 봄에 부모의 결혼이 깨지고 있다는 사실을 알게 되었다고 기억했다. 그러나 베를린에서 프라하로 돌아온 후에 아인슈타인은 사촌과의 연애에 대해서 가책을 느끼기 시작했던 것으로 보인다. 그는 두 통의 편지를 통해서 끝을 내려고 노력했다. 그는 엘자에게 "우리가 서로에 대한 매력에 굴복해버리면 혼란과 불행만 생길 뿐"이라고 했다.

한 달도 지나지 않아서 그는 더욱 분명하게 하려고 노력했다. "우리가 가까운 사이가 되면, 우리 둘은 물론이고 다른 사람들에게도 좋지 않을 것입니다. 그래서 오늘 나는 당신에게 마지막으로 편지를 쓰면서 다시 한 번 어쩔 수 없는 운명에 복종하려고 합니다. 당신도 똑같이 해야만 합니다. 당신과 마찬가지로 나도 아무 희망 없이 수난을 견뎌내고 있습니다. 그래서 내가 이렇게 말하는 것이 내가 완고하거나 감정이 없어서가 아니라는 점을 당신도 아실 것입니다."[42]

아인슈타인과 마리치는 프라하의 독일계 중산층과 함께 사는 것이 따분하다는 한 가지 생각을 공유했다. 그는 베소에게 "이 사람들은 자연적인 감정을 가진 사람들이 아니다"라고 말했다. 그들은 "동료에 대한 어떤 종류의 온정도 없이 속물근성과 노예근성이 독특하게 뒤섞인 특성"을 가지고 있다고 했다. 물은 마실 수가 없었고, 공기는 검댕으로 가득 채워져 있었으며, 요란한 사치가 거리의 비참함과 함께 존재했다. 그러나 아인슈타인을 가장 힘들게 만들었던 것은 인위적인 계급구조였다. 그는 "내가 대학에 왔을 때, 술 냄새를 풍기는 노예 같은 남자가 머리를 숙이면서 '당신의 가장 겸손한 종'이라고 말했다"고 불평했다.[43]

마리치는 나쁜 물, 우유, 공기가 둘째 아들 에두아르트의 건강을 해치고 있다고 걱정했다. 그는 식욕을 잃어버렸고, 잠도 잘 자지 못했다. 남편이 가족보다 과학에 더 신경을 쓰는 것도 분명해졌다. 그녀는 친구 헬레네 사비치에게 "그는 지치지도 않고 자신의 문제에만 열중하고 있어. 그것을 위해서 살고 있다고 해도 과언이 아니야. 부끄럽지만 우리는 그에게 중요하지도 않고, 둘째일 뿐이라고 고백할 수밖에 없어"라고 했다.[44]

결국 아인슈타인과 마리치는 자신들의 관계를 회복시켜줄 수 있는 유일한 곳으로 돌아가기로 결정했다.

취리히, 1912년

아인슈타인과 마리치가 즐겁게 책과 영혼을 나누어가졌던 취리히 폴리테크닉은 1911년 6월에 대학원 학위를 수여할 수 있는 정식 대학으로 승격되어 스위스 연방 공과대학(ETH)으로 이름을 바꾸었다. 서른두 살에 이론물리학계에서 상당히 유명해진 아인슈타인은 당연히 새로 생긴 교수직의 후보가 되었다.

그런 가능성은 한 해 전에 논의된 바 있었다. 프라하로 떠나기 전에 아인슈타인은 취리히의 관리들과 흥정을 했다. 그는 자신을 위트레흐트로 초빙하려는 네덜란드의 교수에게 "나는 다른 곳에서의 제안을 받아들이기 전에 폴리테크닉 본부에 미리 알려주어서, 그들이 원하면 나에게 제안을 할 수 있도록 해주기로 개인적인 약속을 했습니다"라고 말했다.[45]

1911년 11월에 아인슈타인은 취리히로부터 그런 제안을 받았거나, 제안을 받을 것이 확실했기 때문에 위트레흐트로부터의 제안을 거절했다. 그러나 취리히의 교육부 관리 중 몇 사람이 반대를 했기 때문에 문제가 완전히 해결된 것은 아니었다. 그들은 이론물리학 분야의 교수는 "사치"이고, 실험실 공간이 충분하지 않으며, 아인슈타인은 개인적으로 좋은 선생이 아니라고 주장했다.

취리히에서 의학 연구자였던 오랜 친구 하인리히 장거가 아인슈타인의 편을 들었다. 그는 고위급 스위스 평의원에게 "오늘날 적절한 이론물리학자는 반드시 필요합니다"라는 편지를 보냈다. 또한 아인슈타인에게는 "실험실이 필요하지 않습니다"라는 사실도 지적했다. 아인슈타인의 강의 능력에 대해서 장거는 훌륭한 뉘앙스를 주는 의미심장한 근거를 제시했다.

그는 정신적으로 단순히 노트를 채우고, 시험을 위해서 마음으로 배우고 싶어하는 게으른 신사에게는 좋은 선생이 아닙니다. 아인슈타인은 유창한 이야기꾼은 아니지만, 정직한 방법으로 깊은 부분에서부터 어떻게 자신의 물리학 아이디어를 개발하고, 어떻게 모든 전제를 심각하게 검토하고, 자신의 생각에서 오류와 문제를 발견하는지를 진심으로 배우고 싶어하는 사람에게는 일급 선생이 될 것입니다. 청중에게 함께 생각할 것을 요구하는 그의 강의에는 그런 모든 것이 포함되어 있기 때문입니다.[46]

장거는 아인슈타인에게 취리히의 혼란에 대한 자신의 분노를 표현하는 편지를 보냈고, 아인슈타인은 "존경하는 취리히 놈들은……"(편지의 원본에도 "……"로 적혀 있다)이라고 답장을 했다. 그는 장거에게 더 이상 수고할 필요가 없다고 했다. "그저 폴리테크닉*을 신이 헤아릴 수 없는 길로 가도록 놓아두게."[47]

그러나 아인슈타인은 포기하는 대신 가벼운 책략으로 폴리테크닉에 압력을 넣기로 했다. 위트레흐트에 있는 대학교의 관리들은 피터 디바이라는 사람에게 교수직을 제안하려고 하고 있었다. 아인슈타인은 그들에게 결정을 연기해달라고 부탁했다. 그는 "이상한 부탁을 하려고 합니다"라는 편지를 썼다. 그는 취리히 폴리테크닉이 처음에는 자신을 몹시 채용하고 싶어했고, 이제는 자신이 위트레흐트로 갈 것을 두려워해서 서둘러 일을 진행하고 있다고 말했다. "그런데 만약 그들이 디바이가 위트레흐트로 간다는 사실을 가까운 미래에 알게 되면, 열기를 잃어버리고 나를 영원히 기다리게 만들 수도 있습니다. 그래서 나는 디바이에 대한 공식적인 제안을 좀더 기다려줄 것을 요청합니다."[48]

---

* 학교의 이름이 바뀌었지만 아인슈타인은 계속해서 폴리테크닉이라고 불렀고, 혼란을 피하기 위해서 여기에서도 이 이름을 계속 사용한다.

좀 이상하지만, 아인슈타인은 자신이 모교의 교수직을 얻기 위해서 추천서가 필요하다는 사실을 알게 되었다. 마리 퀴리가 추천서를 써주었다. 그녀는 "나는 아인슈타인 씨도 참석했던 브뤼셀의 과학 학술회의에서 그의 강의가 명백하고, 그의 정보가 폭넓고, 그의 지식이 심오하다는 사실에 감동을 받았습니다"라고 지적했다.[49]

더욱 역설적인 사실은 특수상대성 이론에 거의 도달했지만 여전히 그것을 받아들이지 못하고 있던 앙리 푸앵카레가 그에 대한 또 한 통의 중요한 추천서를 보내주었다는 것이었다. 그는 아인슈타인이 "내가 지금까지 만났던 가장 독창적인 사람 가운데 한 명"이라고 했다. 특히 돋보였던 것은 푸앵카레 자신과는 달리 아인슈타인은 근본적인 개념적 도약을 할 수 있는 의지를 가지고 있다는 설명이었다. "내가 그에게 특히 감탄하는 것은 그가 스스로 새로운 개념을 받아들이는 능력입니다. 그는 고전적인 법칙에 얽매여 있지 않고, 물리학 문제에 직면하면 모든 가능성을 기꺼이 상상합니다." 그러나 어쩌면 상대성에 대한 기억 때문에 푸앵카레는 아인슈타인이 자신의 모든 이론에서 옳은 것이 아닐 수도 있다는 주장을 참지 못했다. "모든 방향을 확인해보고 싶어하는 그가 살펴보는 경로의 대부분은 막다른 길일 수 있다는 점은 고려해야만 합니다."[50]

곧바로 모든 것이 해결되었다. 아인슈타인은 1912년 7월에 취리히로 돌아오게 되었다. 그는 장거에게 "모든 가능성"을 극복하도록 도와준 것에 대해서 감사를 표하고, "우리가 다시 함께 하게 된 것이 엄청나게 행복하다"며 즐거워했다. 마리치도 역시 감격했다. 그녀는 취리히로 돌아가는 것이 자신의 건강과 결혼 모두를 구해줄 것이라고 생각했다. 심지어 아이들도 프라하를 벗어나서 자신들이 태어난 곳으로 돌아간다는 사실을 좋아했다. 아인슈타인이 다른 친구에게 보낸 우편엽서에 적었듯이, 그것은 "우리 나이 든 사람들과 두 아기 곰 모두에게 엄청난 즐거움"이었다.[51]

그의 이탈로 프라하에는 작은 소란이 벌어졌다. 신문에는 대학에서의 반(反)유대주의가 원인이 되었을지도 모른다는 기사가 실렸다. 아인슈타인은 공개적인 해명을 해야 한다고 느꼈다. 그는 "온갖 추측에도 불구하고 나는 어떠한 종교적 편견을 느끼지도 않았고, 인식하지도 못했다"고 했다. 그는 자신의 후임으로 역시 유대인인 필리프 프랑크를 임명한 것을 보더라도 "그런 고려"가 중요한 문제가 아니었음을 확인시켜준다고 덧붙였다.[52]

취리히에서의 생활은 화려했다. 아인슈타인 가족은 전망이 훌륭하고, 여섯 개의 방이 있는 현대적 아파트에서 살 수 있게 되었다. 그들은 장거와 그로스만 같은 친구들과 재회를 했고, 한 사람의 적이 줄어들기도 했다. 아인슈타인은 그들의 학부 시절 물리학 교수였고, 절대 극복할 수 없었던 하인리히 베버에 대해서 "지독한 베버가 사망했으니 개인적인 입장에서는 아주 즐거울 것이다"라고 적었다.[53]

다시 수학 교수 아돌프 후르비츠의 집에서는 음악 모임이 열렸다. 아인슈타인이 가장 좋아했던 모차르트 이외에도 마리치가 좋아하던 슈만도 더해졌다. 일요일 오후에 아인슈타인은 아내와 어린 두 아들과 함께 현관에 도착해서 "여기 아인슈타인 닭장 전체가 왔습니다"라고 소리쳤다.

그런 친구와 즐거움 속으로 되돌아왔지만, 마리치의 우울증은 계속 악화되었고, 건강도 나빠졌다. 그녀는 류머티즘 때문에 밖에 나가기가 어려웠는데, 특히 길이 미끄러워지는 겨울이면 더욱 그랬다. 그는 후르비츠의 공연에 자주 빠지게 되었고, 참석하더라도 그녀의 우울증은 점점 더 드러나기 시작했다. 1913년 2월에는 그녀를 밖으로 불러내기 위해서 후르비츠 가족이 슈만 연주회를 준비했다. 그녀는 참석했지만, 정신과 육체의 고통으로 마비된 것처럼 보였다.[54]

이렇게 불안정한 가족의 터져버릴 것 같았던 분위기는 촉매를 기다리고 있었다. 거의 1년 동안 조용했던 엘자 아인슈타인이 자신의 사촌에게 편지를 보냈다.

지난 5월에 아인슈타인은 "마지막 편지"를 쓴다고 선언하면서도 그녀에게 취리히의 새 사무실 주소를 알려주었다. 엘자는 그의 서른네 번째 생일을 축하하는 편지를 보내면서, 그의 편지와 함께 그녀가 상대성에 대해서 읽을 수 있는 좋은 책을 추천해줄 것을 요청했다. 그녀는 아인슈타

인을 치켜세우는 방법을 알고 있었다.[55]

그는 "상대성에 대해서 일반인이 이해할 수 있는 책은 없습니다. 그러나 상대성을 사촌은 무엇에 쓰겠습니까? 당신이 취리히에 들르게 된다면, (불행히도 질투심이 몹시 강한 내 아내는 빼고) 우리는 멋진 산보를 하고, 내가 발견한 이상한 것에 대한 모든 이야기를 해주겠습니다"라는 답장을 보냈다. 그런 후에 그는 조금 더 나아갔다. 사진을 보내는 대신 직접 만나면 더 좋지 않을까? "나를 정말 행복하게 만들고 싶으면 언젠가 며칠을 여기서 보내도록 하십시오."[56]

며칠 후에 그는 사진사에게 사진을 보내도록 했다는 내용의 편지를 엘자에게 보냈다. 그는 자신이 상대성 이론을 일반화하는 일을 하고 있고, 몹시 힘들다고 알려주었다. 그는 한 해 전과 마찬가지로, "내 짐을 벗어버리고 당신과 함께 며칠을 보낼 수도 없다니!"라면서 마리치와의 결혼에 대해서 불평을 했다. 그는 엘자에게 늦은 여름 베를린에 있을 것인지를 물어보았다. "잠시 방문하고 싶습니다."[57]

몇 달 후 베를린 과학계의 두 거장인 막스 플랑크와 발터 네른스트가 매력적인 제안을 가지고 취리히를 방문했을 때, 아인슈타인이 모든 것을 받아들였던 것은 조금도 놀라운 일이 아니었다. 1911년 솔베이 회의에서 아인슈타인에게 감명을 받은 그들은 이미 동료들에게 그를 베를린으로 데려올 계획이라는 소문을 퍼뜨리고 있었다.

1913년 7월 11일 부인들과 함께 베를린에서 밤 기차로 도착한 그들이 가져온 제안에는 세 가지 인상적인 내용이 있었다. 아인슈타인을 사람들이 탐내는데다 많은 보수가 주어지는 프로이센 과학원의 회원으로 추천하고, 새로운 물리학 연구소의 소장으로 임명하며, 베를린 대학교의 교수로 임명한다는 것이었다. 그런 제안에는 많은 돈이 포함되어 있었지만, 겉으로 보이는 만큼 많은 일을 해야 하는 것은 아니었다. 플랑크와 네른스트는 아인슈타인이 대학에서 의무적으로 강의할 필요도 없고, 연구소의 진짜 행정에 신경 쓸 필요도 없을 것이라는 사실을 분명히 해주었다. 독일 시민권을 다시 받아야 하지만, 스위스 시민권도 유지할 수 있도록 해주겠다는 것이었다.

손님들은 폴리테크닉에 있는 아인슈타인의 햇볕이 잘 드는 사무실에 오랫동안 머물면서 그런 제안을 했다. 아인슈타인은 자신이 제안을 받아들일 가능성이 높다는 것을 알고 있었겠지만, 몇 시간 동안 생각해봐야겠다고 대답했다. 그래서 플랑크와 네른스트는 부인들과 함께 밧줄로 움직이는 기차를 타고 근처에 있는 산으로 관광을 떠났다. 아인슈타인은 개구쟁이처럼 그들이 돌아올 때 자신이 기차역에서 신호를 보내면서 기다리겠다고 말했다. 만약 그가 제안을 거절하고 싶으면 흰 장미를 가지고 있고, 제안을 받아들이고 싶으면 빨간 장미를 가지고 있겠다고 했다(흰 손수건이 신호였다는 이야기도 있다). 기차에서 내린 그들은 그가 제안을 받아들였다는 사실을 발견하고 기뻐했다.[58]

그것은 아인슈타인이 서른네 살에 프로이센 과학원의 가장 젊은 회원이 된다는 뜻이었다. 그러나 먼저 플랑크가 그를 선출되도록 만들어야 했다. 네른스트를 포함한 다른 사람들도 함께 서명한 그의 편지에는 앞에서 소개했듯이 "그는 언젠가 자신의 광양자 가설의 경우처럼 추론의 목표를 넘어설 것"이라는 인상적이지만 정확하지 않은 주장이 담겨 있었다. 편지의 나머지 부분은 그의 다양한 과학적 업적에 대한 엄청난 칭찬으로 채워져 있었다. "현대 물리학의 중요한 문제 중에서 아인슈타인이 훌륭한 기여를 하지 않은 것을 찾기가 어려울 정도이다."[59]

아인슈타인은 베를린 사람들이 위험을 감수하고 있다는 사실을 깨달았다. 그는 (강의를 하지 않을 것이기 때문에) 강의 능력이나 행정 능력 때문에 채용되는 것이 아니었다. 그가 상대성 이론을 일반화하기 위해서 진행하고 있는 연구를 소개하는 논문을 발표해왔지만, 과연 그가 그런 목표를 달성할 수 있을지 확실하지도 않았다. 그는 파티가 끝나고 돌아가면서 어느 친구에게 "독일 사람들은 상을 받을 암탉처럼 나에게 도박을 하고 있지만, 내가 알을 낳을 수 있을지는 나도 모르겠다"고 말했다.[60]

마찬가지로 아인슈타인도 위험을 감수하고 있었다. 그는 자신과 아내와 가족들이 좋아하는 도시와 사회에서 안전하고 넉넉한 직장을 가지고 있었다. 스위스 사람들의 성격은 그와 잘 맞았다. 그의 아내는 슬라브족 사람들이 게르만족의 모든 것에 대해서 가지고 있던 거부감을 가지고 있었고, 그도 역시 어린 시절부터 비슷한 혐오감을 가지고 있었다. 어린 소년일 때 그는 프로이센 악센트의 과시와 독일식 엄격함으로부터 도망을 쳤다. 그러나 세계적인 과학의 중심지에서 영광스럽게 자리잡는 기회라는 이유만으로도 그에게 자리를 옮기도록 강요할 수 있었다.

아인슈타인은 그런 기회가 감격적이면서도 어느 정도는 재미있다고 느꼈다. 그는 동료 물리학자 야콥 라웁에게 "나는 살아 있는 미라가 아니라 아무 의무 없는 아카데미 회원으로 베를린에 갈 것입니다. 나는 벌써 이렇게 어려운 진로에 대해서 기대를 하고 있습니다!"라는 편지를 보냈다.[61] 에렌페스트에게는 "내가 이렇게 이상한 한직을 받아들인 것은 강의를 해야 한다는 사실이 부담스러워지고 있기 때문입니다"라고 인정했다.[62] 그러나 존경하는 네덜란드의 헨드리크 로렌츠에게는 훨씬 더 진지하게 "모든 의무에서 벗어나서 완전히 생각만 할 수 있다는 자리에 대한 유혹을 뿌리칠 수 없었습니다"라고 말했다.[63]

물론 새로운 직장을 매력적으로 만드는 다른 요인도 있었다. 사촌이면서 새 연인인 엘자와 함께 있을 수 있다는 것이다. 훗날 그는 친구 장거에게 "자네도 알다시피, 그녀가 나를 베를린으로 옮기게 만드는 중요한 이유라네"라고 고백했다.[64]

플랑크와 네른스트가 취리히를 떠나던 날 밤, 아인슈타인은 엘자에게 그들이 제안한 "엄청난 명예"를 설명하는 흥분으로 가득 찬 편지를 썼다. 그는 기뻐서 "아무리 늦어도 내년 봄에는 영원히 베를린으로 갈 것입니다. 나는 벌써 우리가 함께 보낼 훌륭한 시간을 즐기고 있습니다!"라고 했다.

같은 주에 그는 두 통의 그런 편지를 더 보냈다. 첫 번째 편지에는 "내가 곧 당신에게 가게 된다는 생각에 들떠 있습니다"라고 썼다. 그리고 며칠 뒤에는 "이제 우리는 함께 서로를 즐기게 될 것입니다!"라고 했다. 그를 베를린으로 유혹하는 요인이었던 그곳의 탁월한 과학계, 그에게 제시된 자리의 영광과 특전, 엘자와 함께 지내게 된 것의 상대적 비중을 정확하게 알아낼 수는 없다. 그러나 적어도 그녀에게는 후자 때문이라고 주장했다. "나는 당신을 보고 싶다는 이유 때문에 베를린으로 옮길 날을 열심히 기다리고 있습니다."[65]

실제로 엘자는 그가 그런 제안을 받을 수 있도록 노력했다. 그해 초에 그녀는 베를린에서 빌헬름 황제 화학 연구소를 운영하고 있던 프리츠 하버를 찾아가서 자리가 있으면 자신의 사촌을 베를린에 데려올 수 있을 것이라는 사실을 알려주었다. 아인슈타인은 엘자가 그런 일을 했다는 사실을 알고 즐거워했다. "하버는 누구를 대하고 있는지 알았을 것입니다. 그는 어떻게 친절한 여사촌의 영향에 감사해야 하는지를 알고 있을 것입니다……태연하게 하버를 찾아간 것은 정말 엘자다운 행동이었습니다. 이것에 대해서 누구에게 이야기를 했는지요? 아니면 당신의 짓궂은 마음과만 논의를 했는지요? 내가 그 모습을 볼 수만 있었더라면!"[66]

베를린으로 옮기기 전부터 그와 엘자는 부부처럼 편지를 주고받았다. 그녀는 그의 피로에 대하여 걱정하면서 더 많이 운동하고, 더 많이 쉬고, 더 건강한 음식을 먹는 방법을 쓴 긴 편지를 보냈다. 그는 자신이 "굴뚝처럼 담배를 피우고, 말처럼 열심히 일을 하고, 아무 생각 없이 식사를 하고, 정말 유쾌한 친구들하고만 산책을 할 것"이라는 답장을 보냈다.

그러나 그는 자신이 아내를 버릴 것이라고 기대하지 말 것을 분명히 했다. "당신과 나는 그녀에게 상처를 주지 않고도 서로에게 아주 만족할 수 있을 것입니다."[67]

실제로 엘자와 연애편지를 주고받는 중에도 아인슈타인은 훌륭하게 가정적인 남자가 되려고 노력했다. 1913년 8월의 휴가에는 아내와 두 아들, 그리고 마리 퀴리와 그녀의 두 딸과 함께 등산을 다녀왔다. 스위스 남동부의 산을 넘어서 12년 전에 그와 마리치가 가장 열정적이고 낭만적인 순간을 보냈던 코모 호수까지 내려갈 계획이었다.

그러나 병든 에두아르트가 여행을 할 수 없었기 때문에, 마리치는 그를 친구들에게 맡겨두기 위해서 며칠 동안 뒤에 남아 있었다. 그녀는 코모 호수에 다다른 일행과 합류했다. 등산 중에 퀴리는 아인슈타인에게 산봉 우리의 이름을 기억하는 내기를 제안했다. 그들은 아이들이 앞서 달려가면 과학에 대해서 이야기를 나누기도 했다. 한번은 아인슈타인이 갑자기 멈춰 서서 퀴리의 팔을 잡았다. 그는 중력과 가속의 동등성에 대한 자신의 아이디어에 대해서 "당신도 알다시피, 내가 알아야 할 것은 정확하게 승강기가 빈 공간으로 떨어질 때 그 안에 있는 승객들에게 무슨 일이 일어나느냐는 것입니다"라고 말했다. 퀴리의 딸은 훗날 "그런 감동적인 몰입이 아이들로 하여금 웃음을 터뜨리게 만들었다"고 기억했다.[68]

그런 후에 아인슈타인은 마리치와 아이들을 데리고 노비사드에 있는 그녀의 가족을 방문한 다음, 카치에 있는 여름 별장을 다녀왔다. 세르비아에서의 마지막 일요일에 마리치는 남편을 남겨두고 아이들만을 성당으로 데려가서 세례를 받도록 해주었다. 훗날 한스 알베르트는 아름다운 노래를 기억했다. 겨우 세 살이었던 동생 에두아르트는 훼방꾼이었다. 그런 사실을 알게 된 아인슈타인은 어리둥절해졌다. 그는 후르비츠에게 "결과가 무엇인지 알겠습니까? 아이들이 가톨릭 신자가 되어버렸습니다. 글쎄. 나에게는 모든 것이 똑같습니다"라고 했다.[69]

그런 평화로운 겉모습이 악화되는 결혼생활의 모습을 가리고 있었다. 세르비아를 방문하고, 독일계 물리학자들의 연례 학술회의에 참석하기 위해서 빈에 들렀던 아인슈타인은 혼자 베를린으로 갔다. 그곳에서 그는 엘자와 다시 만났다. 그는 그녀에게 "이제 나는 순수한 기쁨으로 생각할 수 있는 사람이 생겼고, 그것을 위해서 살 수 있습니다"라고 말했다.[70]

엘자의 요리와, 어머니처럼 그에게 아낌없이 주던 진심이 담긴 즐거움이 편지의 주제가 되었다. 두 사람의 편지는, 그들 사이의 관계와 마찬가지로 십여 년 전 아인슈타인과 마리치와는 분명하게 대비가 되었다. 그와 엘자는 낭만적인 기쁨과 키스 또는 영혼과 지적 통찰력의 친밀함이 아니라 주로 음식, 고요함, 위생, 취미와 같은 가정적인 문제에 대한 내용을 주고받았다.

그런 평범한 관심에도 불구하고, 아인슈타인은 여전히 그들의 관계가 세속적인 형식으로 빠져들지 않을 것이라는 환상을 가지고 있었다. 그는

"언젠가 우리가 작은 보헤미아식 가정을 함께 꾸려나갈 수 있다면 얼마나 좋을까요. 많은 것을 필요로 하지 않고, 웅장하지 않은 생활이 얼마나 아름다울 수 있는지 당신은 모를 것입니다!"라고 했다.[71] 엘자가 그에게 빗을 선물했을 때, 그는 처음에는 자신이 몸단장을 좋아하게 되었다고 자랑했지만, 곧 단정치 못한 모습으로 되돌아가면서 그녀에게 반 농담으로 그것이 필리스틴 사람들과 중산층들로부터 자신을 지키는 방법이라고 말했다. 그런 말은 그가 마리치에게 쓰던 것이었지만, 그때는 훨씬 더 진지했다.

엘자는 아인슈타인을 길들이고 싶었을 뿐만 아니라, 결혼도 하고 싶어 했다. 그가 베를린으로 옮기기 전부터 그녀는 마리치와 이혼하라고 강요하는 편지를 보냈다. 그런 싸움은 그녀가 이길 때까지 몇 년 동안 계속되었다. 그러나 당장은 아인슈타인이 반대를 했다. 그는 그녀에게 "상대방에게 잘못이 없는데도 이혼하는 것이 얼마나 쉽다고 생각합니까?"라고 물었다. 그녀는 그가 이혼을 하지 않더라도, 마리치와 거의 별거 상태라는 사실을 인정할 수밖에 없었다. "나는 아내를 해고할 수 없는 종업원으로 대접합니다. 나는 혼자만의 침실을 사용하고, 그녀와 단둘이 있는 것도 피합니다." 엘자는 아인슈타인이 자신과 결혼하고 싶어하지 않는다는 사실에 화가 났고, 부정한 관계가 자신의 딸들에게 어떤 영향을 줄 것인지 두려워했지만, 아인슈타인은 그것이 최선이라고 고집했다.[72]

마리치는 베를린으로 옮기는 것 때문에 당연히 우울해할 수밖에 없었다. 그곳에 가면 그녀는 자신을 한번도 좋아하지 않았던 아인슈타인의 어머니와, 자신이 경쟁자라고 의심하는 그의 사촌과 마주쳐야만 할 것이었다. 더욱이 베를린은 유대인보다 슬라브인들에게 훨씬 더 가혹했다. 아인슈타인은 엘자에게 "아내는 나에게 베를린과 두려운 친척들에 대한 불평을 끊임없이 늘어놓습니다. 글쎄, 그런 불평이 어느 정도 사실이기는 합니다"라고 했다. 다른 편지에서는 마리치가 그녀를 두려워한다고 적은 후에 "당연히 그럴 것입니다!"라고 덧붙였다.[73]

사실 어머니, 동생, 아내, 가까운 사촌에 이르기까지 그의 일생에서 모든 여자들은 서로 싸웠다. 1913년의 크리스마스가 가까워지면서 상대성을 일반화시키려던 몸부림이 아인슈타인에게 가족들 사이의 감정 싸움에서 떨어져 지낼 수 있도록 해주었다. 그런 노력은 다시 한 번 과학이 단순히 개인적인 문제로부터 어떻게 그를 구원했는지를 감동적으로 보여준다. 그는 엘자에게 "과학에 대한 애정은 이런 상황에서 더욱 꽃피게 됩니다. 그런 애정이 객관적으로 나를 눈물의 세계에서 평화의 세계로 격상시켜주기 때문입니다"라고 했다.[74]

1914년 봄, 베를린으로 이사를 가야 할 무렵에 에두아르트의 귀에 감염 증세가 생겼고, 마리치는 그를 알프스 휴양지로 데려가야만 했다. 아인슈타인은 "좋은 점도 있습니다"라고 엘자에게 말했다. 처음에는 혼자서 베를린으로 갈 예정이었지만, 그는 더 일찍 도착해서 "그런 기회를 즐기기 위하여" 파리에서 개최되는 학술회의에 참가하지 않기로 했다.

취리히에서의 마지막이 다가올 무렵의 어느 날 저녁에 그와 마리치는 이별 음악회에 참석하러 후르비츠의 집으로 갔다. 이번에도 역시 그녀의 기분을 살려주려는 목적으로 슈만을 위주로 프로그램이 짜여졌다. 그러나 이번에도 성공하지 못했다. 그녀는 구석에 혼자 앉아서 아무와도 이야기를 나누지 않았다.[75]

베를린, 1914년

1914년 4월, 아인슈타인은 베를린 중심에서 서쪽으로 조금 벗어난 곳에 위치한 널찍한 아파트에 자리를 잡았다. 마리치가 크리스마스 휴가 기간에 베를린을 방문해서 그 아파트를 골랐고, 그녀는 에두아르트의 증세가 좋아진 4월 말에 도착했다.[76]

아인슈타인의 가정생활은 과도한 정신적 스트레스 때문에 더욱 악화되었다. 그는 새로운 일, 실제로는 세 가지 새로운 일에 적응하려고 노력했고, 여전히 자신의 상대성 이론을 일반화해서 중력 이론과 결합시키려는 변덕스러운 시도와도 씨름하고 있었다. 베를린에서의 첫 4월에 그는, 예를 들면 자기장에서 회전하는 전자에 영향을 미치는 힘을 계산하는 방법에 대해서 파울 에렌페스트와 집중적인 편지를 주고받았다. 그는 그런 경우에 대한 이론을 만들던 중에 자신의 시도가 틀렸다는 사실을 깨달았다. 그는 에렌페스트에게 "천사가 그 화려함을 반쯤 보여주고, 옷을 더 벗으려던 순간이었는데 악마가 나타나서 도망쳐버렸습니다"라고 했다.

베를린에서의 사생활에 대해서 에렌페스트에게 한 말은 어쩌면 그가 의도했던 것 이상으로 당시의 상황을 드러내 보여주었다. "나는 이 지역의 친척들에게 정말 만족합니다. 특히 나이가 비슷한 사촌에게는 더욱 그렇습니다."[77]

4월 말에 아인슈타인을 방문했던 에렌페스트는 막 도착한 마리치가 우울증에 빠져서 취리히를 그리워한다는 사실을 알아차렸다. 그러나 아인슈타인은 일에 몰두하고 있었다. 훗날 그의 아들 한스 알베르트는 1914년의 운명적인 봄에 대해서 "아버지는 가족이 자신의 시간을 너무 많이 빼앗고 있다고 생각했고, 자신은 완전히 일에 집중해야만 한다는 인식을 가지고 있었다"라고 기억했다.[78]

사람들 사이의 관계에는 자연의 가장 신비스러운 힘이 작용한다. 겉으로 판단하기는 쉽지만 확인하기는 어렵다. 아인슈타인은 그들 부부가 잘 알고 있는 친구들, 특히 베소, 하버, 장거 부부들에게 자신이 분명히 잘못을 했지만 친구들이 자신의 이혼을 위해서 노력해주어야 한다는 푸념을 반복해서 늘어놓았다.

자신만 비난받아야 할 이유가 없다는 그의 주장이 사실일 수도 있었다. 결혼은 한번 기울어지면 아래를 향한 내리막이 된다. 그는 감정적으로 위축되었고, 마리치는 더욱 우울해지고 어두워졌다. 모든 행동이 문제를 더욱 악화시켰다. 아인슈타인은 자신의 일에 빠져듦으로써 고통스러운 개인적 감정을 피하려고 했다. 마리치는 자신의 꿈이 무너지는 것을 고통스럽게 느끼면서 남편의 성공에 대해서는 더욱 불만스럽게 생각했다. 그녀의 질투심은 (그녀에 대해서 똑같이 느끼고 있던) 그의 어머니와 친구를 포함해서 아인슈타인에게 가까운 모든 사람들을 적대적으로 만들었다. 다른 사람을 믿지 못하는 그녀의 성격은 어느 정도 아인슈타인의 냉담함 때문이라고 할 수도 있겠지만, 그 냉담함의 원인으로 작용하기도 했다.

그들이 베를린으로 이사를 하기까지 마리치 또한 적어도 한 번의 개인적인 관계를 가지고 있었다. 상대는 특수상대성 이론이 회전하는 판에 어떻게 적용되는지에 대한 아인슈타인의 해석에 도전했던 블라디미르 바리차크라는 자그레브의 수학 교수였다. 아인슈타인도 그 상황에 대해서 알고 있었다. 그는 6월에 장거에게 "그는 내 아내와 두 사람 모두에게 지속될 수 없었던 일종의 관계를 가지고 있었다. 그런 일이 나의 고립감을 두 배로 고통스럽게 만들 뿐이다"라고 했다.[79]

종말은 7월에 다가왔다. 혼란 속에서 마리치는 두 아들과 함께 프리츠 하버의 집으로 옮겨버렸다. 그는 아인슈타인을 베를린으로 데려왔고, 아인슈타인의 사무실도 그가 운영하는 연구소 내에 있었다. 하버 자신도 가정 불화를 경험한 바 있었다. 그의 아내 클라라는 훗날 하버의 전쟁 참여 때문에 싸움을 했고, 다음 해에 자살했다. 그러나 당시에 그녀는 베를린에서 밀레바 마리치의 유일한 친구였고, 프리츠 하버는 아인슈타인 부부의 싸움이 공개적으로 진행되면서 그들의 중재자가 되었다.

7월 중순에 아인슈타인은 하버 부부를 통해서 과격한 휴전 통첩을 보냈다. 계약서 형식으로 된 그 통첩은 아인슈타인의 냉정한 과학적 접근과 그의 개인적 적대감과 감정적 소외감이 결합되어 만들어진 놀라운 문서였다. 전체 내용은 다음과 같았다.

조건

A. 당신은 다음 사항을 지킨다.
 1. 내 옷과 빨래를 잘 챙겨둔다.
 2. 나에게 정기적으로 하루 세 끼 식사를 내 방으로 가져다준다.
 3. 내 침실과 서재를 청소하고, 특히 책상은 나 혼자 사용하도록 한다.
B. 당신은 사회적 이유 때문에 꼭 필요한 경우가 아니라면 나와의 모든 개인적 관계를 포기한다. 구체적으로 당신은 다음 사항을 요구하지 않는다.

1. 내가 집에서 당신과 함께 앉아 있는 것.
2. 내가 당신과 함께 외출하거나 여행하는 것.
C. 당신은 나와의 관계에서 다음 사항을 지킨다.
1. 당신은 나로부터 어떠한 친밀함도 기대하지 말고, 나를 어떤 식으로든지 비난하지 않는다.
2. 당신은 내가 요청하면 나에게 하던 이야기를 중단한다.
3. 당신은 내가 요청하면 이의 없이 즉시 내 침실이나 서재를 떠난다.
D. 당신은 아이들 앞에서 말이나 행동으로 나를 얕보지 않겠다고 약속한다.[80]

마리치는 조건을 받아들였다. 하버가 그녀의 대답을 전해주자, 아인슈타인은 그녀에게 다시 "당신이 이 상황에 대해서 완벽하게 이해한다"는 사실을 서면으로 밝힐 것을 고집했다. 그는 "나는 아이들을 잃고 싶지 않고, 그들이 나를 잃어버리는 것도 원하지 않기 때문에" 다시 함께 살 준비를 하고 있었다. 그러나 그가 그녀와 "가까운" 관계가 되는 것은 불가능했고, 다만 "사업적"인 관계를 유지하는 것이 목표였다. 그는 "개인적인 면은 최소한으로 축소해야 한다. 그 대신 나는 당신에게 내가 적절하게 처신하도록 약속하겠다. 예를 들면, 나는 어떤 여자라도 낯선 사람으로 대하겠다"고 했다.[81]

그때야 마리치는 관계를 다시 복원할 수 없게 되었다는 사실을 깨달았다. 그들은 금요일에 하버의 집에 모두 모여서 별거 협약을 맺기로 했다. 세 시간이 걸렸다. 아인슈타인은 마리치와 아이들에게 매년 자신의 주된 연봉의 절반이 조금 안 되는 5,600마르크를 제공하기로 합의했다. 하버와 마리치는 변호사에게 가서 계약서를 작성했다. 아인슈타인은 그들을 따라가지 않는 대신 자신을 대변하기 위해서 트리에스테에서 온 친구 미셸 베소를 보냈다.[82]

아인슈타인은 하버의 집에서 있었던 모임을 떠나 곧장 자신에게 이모와 숙부인 엘자 부모의 집으로 갔다. 저녁 식사를 마치고 늦게서야 돌아온 그들은 집에 와 있는 아인슈타인을 만났고, 상황에 대한 설명을 전해 듣고는 "약간의 혐오감"을 느꼈다. 그래도 그는 그들의 집에 머물게 되었다. 엘자는 두 딸과 함께 바이에른의 알프스에서 여름 휴가를 보내고 있었다. 아인슈타인은 그녀에게 자신이 지금 위층 아파트에 있는 그녀의 침대에서 잠을 자고 있다는 편지를 보냈다. 그는 "사람이 얼마나 혼란스럽게 감상적이 될 수 있는지 이상합니다. 이 침대는 당신이 한번도 잔 적이 없는 다른 침대와 똑같을 뿐입니다. 그런데도 나는 편안함을 느낍니다"라고 했다. 그녀는 그에게 바이에른의 알프스로 와달라고 요청했지만, 그는 "다시 당신의 명예를 훼손할 것 같아서" 갈 수 없다고 대답했다.[83]

그는 엘자에게 이혼을 위한 길이 마련되었다고 했고, 그것이 그녀를 위한 자신의 "희생"이라고 불렀다. 마리치는 취리히로 돌아가서 두 아들을 돌볼 것이고, 그들이 아버지를 찾아오면 엘자와 함께 사는 집이 아닌 "중립 지대"에서만 만날 것이라고 했다. 아인슈타인은 엘자에게 "아이들이 자신의 어머니가 아닌 다른 여자와 함께 사는 아버지를 보는 것은 옳지 않기 때문에 어쩔 수가 없습니다"라고 주장했다.

자식들과 헤어진다는 사실은 아인슈타인에게 큰 충격이었다. 그는 개인적인 감상에서 초연한 것처럼 행동했고, 실제로 그런 경우도 있었다. 그러나 자신의 아들들과 헤어져 사는 것을 상상하면서 지극히 감상적이 되었다. 그는 엘자에게 "그렇게 느끼지 않는다면 나는 진짜 괴물일 것입니다. 나는 아이들을 밤낮으로 수없이 데리고 다녔고, 유모차에 태워서 데리고 나갔고, 함께 놀았고, 함께 뛰어다니며 농담을 했었습니다. 그들은 내가 도착하면 즐거워서 소리를 쳤습니다. 아직 상황을 이해하기에 너무 어린 작은아이는 지금도 즐거워하고 있습니다. 이제 그들이 영원히 떠나면, 아버지에 대한 그들의 이미지도 망가져버릴 것입니다."[84]

마리치와 두 아들은 1914년 7월 29일 수요일에 미셸 베소와 함께 취리히행 아침 기차로 베를린을 떠났다. 하버는 아인슈타인과 함께 기차역에 나갔고, 아인슈타인은 오후부터 저녁까지 "어린아이처럼 떠들어댔다." 개인적인 일에 말려들지 않는 것을 별난 자랑으로 여기던 사람에게 그것은 개인적으로 가장 어려운 순간이었다. 깊은 인간적 관계에 익숙해져 있다는 그의 개인적인 명성처럼 그는 밀레바 마리치와 미친 듯한 사랑에 빠졌었고, 그의 아이들을 가깝게 느끼고 있었다. 그는 성인이 된 후로 드물게 울고 있는 자신을 발견했다.

다음 날 그는 어머니를 찾아갔고, 어머니는 그를 격려해주었다. 마리치를 한번도 좋아한 적이 없었던 어머니는 그녀가 떠나버렸다는 사실에 기뻐했다. 어머니는 별거에 대해서 "맙소사. 아버지가 살아서 이 모습을 보셨더라면!"이라고 했다. 심지어 가끔씩 다투기도 하지만 엘자를 좋아한다고 고백했다. 엘자의 부모도 결과에 대해서 충분히 기뻐했다. 다만 그들은 아인슈타인이 마리치에게 재정적으로 너무 너그러웠다는 불만을 표시했다. 그와 엘자에게 남겨진 수입이 "좀 빈약할" 수도 있었다.[85]

그런 시련으로 힘이 빠져버린 아인슈타인은 1주일 전에 엘자에게 말했던 것과는 달리 다시 결혼할 준비가 되어 있지 않다고 결정했다. 그는 마리치가 심하게 반대하는 법적 이혼 문제를 강요하지 않기로 했다. 여전히 휴가 중이었던 엘자는 그런 소식에 "심하게 실망했다." 그는 "나에게 당신 이외에 다른 여자는 없습니다. 내가 계속해서 결혼을 겁내는 것은 진정한 애정이 없기 때문이 아닙니다! 편안한 생활, 멋있는 가구, 또는 내 자신이 자만에 빠진 중산층의 짐을 지거나 또는 그런 중산층이 되어버렸다는 비난을 두려워하는 것일까요? 잘 모르겠습니다. 그러나 당신에 대한 나의 애정은 계속될 것입니다"라고 했다.

그는 그녀가 자신과 결혼하지 않을 남자와 사귀는 것을 부끄러워하거나 사람들이 그녀를 불쌍하게 보도록 놓아두지 말아야 한다고 주장했다. 그들은 함께 산책을 할 것이고, 서로를 위해서 살아갈 것이다. 그녀가 더 많은 것을 제공한다면 그는 더욱 감사할 것이다. 그러나 결혼하지 않음으로써 그들은 자신들이 "자만에 빠진 중산층"으로 타락하고, 그들의 관계가 "진부해지고 약해지는" 것을 막아줄 것이다. 그에게 결혼은 본능적으로 거부할 수밖에 없는 감금과도 같았다. "나는 우리의 민감한 관계가 편협하고 옹졸한 생활양식 때문에 무너져버리지 않게 된 것이 기쁩니다."[86]

옛날에는 마리치가 그런 보헤미아식 감상을 요구하는 연인이었다. 그러나 엘자는 그런 사람이 아니었다. 그녀는 편안한 가구와 함께 하는 편안한 생활을 좋아했다. 결혼도 마찬가지였다. 그녀는 한동안 결혼하지 않겠다는 그의 결정을 받아들였지만 영원히 그렇지는 않을 것이었다.

한편 아인슈타인은 마리치와의 장거리 투쟁을 계속하고 있었다. 돈, 가구, 그녀가 아이들로 하여금 자신에게 등을 돌리도록 "중독"시키고 있다는 혐의가 문제였다.[87] 그리고 그들의 주위에서는 유럽 전체를 역사상 이해할 수 없을 정도로 심하게 피로 물들여버린 전쟁으로 몰아넣는 연쇄반응이 일어나고 있었다.

아인슈타인이 그 모든 혼란 속에서 과학에 몰입했던 것은 조금도 놀라운 일이 아니었다.

9

일반상대성

1911-1915년

빛과 중력

1905년에 특수상대성 이론을 만들었던 아인슈타인은 그것이 적어도 두 가지 면에서 완전하지 않다는 사실을 깨달았다. 첫째, 어떠한 물리적 상호작용도 빛보다 더 빨리 전파될 수 없다는 결론은 중력을 멀리 떨어진 물체 사이에서도 순간적으로 작용하는 힘이라고 보는 뉴턴의 중력 이론과 모순이었다. 둘째, 특수상대성 이론이 등속운동에만 적용된다는 것이었다. 결국 아인슈타인은 다음 10년 동안 중력에 대한 새로운 장(場) 이론을 만들고, 상대성 이론을 가속운동*에도 적용되도록 일반화하려는 혼란스러운 노력을 계속했다.[1]

개념적으로 중요한 첫 발전은 과학 연보에 실릴 상대성에 대한 글을 쓰고 있던 1907년 말에 이루어졌다. 앞에서 설명했듯이, 그는 자유낙하하

---

* accelerated motion, 시간에 따라 속도가 변하는 운동 / 역주.

는 관찰자가 느끼는 것에 대한 사고실험으로 가속과 중력장에 의한 국부적 효과를 구분할 수 없다는 원칙을 정립했다.* 창문이 없는 밀폐된 상자 안에 있는 사람이 자신의 발이 바닥을 향해 눌리는 것처럼 느낀다면, 그는 상자가 우주에서 위를 향해 가속되고 있기 때문인지, 아니면 중력장 안에서 정지해 있기 때문인지를 알 수가 없다. 만약 그런 사람이 주머니에서 동전을 꺼내 떨어뜨리면, 어느 경우에나 동전은 아래를 향해 떨어지면서 속도가 점점 빨라지게 된다. 마찬가지로, 밀폐된 상자 안에서 떠 있는 것처럼 느끼는 여자도 상자가 자유낙하를 하기 때문인지, 아니면 상자가 중력이 없는 우주 공간에 떠 있기 때문인지 구별할 수가 없다.[2]

아인슈타인은 중력 이론을 정복하고, 상대성을 일반화하기 위한 시도를 이끌어줄 "동등성 원리"를 정립했다. 훗날 그는 "나는 상대성 원리를 일정한 속도로 움직이는 경우는 물론이고, 속도가 변하는 시스템에도 적용할 수 있도록 확장하거나 일반화할 수 있다는 사실을 깨닫게 되었다. 그렇게 함으로써 나는 중력 문제를 함께 해결할 수 있을 것으로 기대했다"고 설명했다.

그는, 관성 질량과 중력 질량이 동등한 것처럼 가속에 대한 저항을 비롯한 관성 효과와 무게를 비롯한 중력 효과 사이에도 동등성이 존재한다는 사실을 깨달았다. 관성 효과와 중력 효과가 모두 오늘날 우리가 관성−중력장이라고 하는 동일한 구조에 의해서 나타난다는 것이 그의 통찰이었다.[3]

그런 동등성의 결과 중 하나가 바로 아인슈타인이 예측했던 중력이 빛을 휘어지게 만드는 것이었다. 그런 가능성은 상자에 대한 사고실험을 이용해서 쉽게 설명할 수 있다. 상자가 위쪽으로 가속되고 있다고 생각해보자. 레이저빔이 한쪽 벽에 있는 바늘구멍을 통해서 들어온다. 그 빛이 반대쪽 벽에 도달할 때가 되면 상자가 위로 올라가기 때문에 빛은 바닥에 조금 가까워진 위치에 닿게 된다. 상자가 위로 가속되고 있는 경우, 빛이

---

* 제7장 참조. 여기서 우리는 공간적으로 균일하고 선형으로 가속되는 기준틀과 시간에 따라 변하지 않고 공간적으로 균일한 중력장에 대해서 이야기한다.

상자를 가로지르는 궤적을 그림으로 나타내면 그 궤적은 곡선이 된다. 더욱이 동등성 원리에 따르면, 상자가 위로 가속되거나 중력장에서 정지해 있는 경우에도 그런 효과는 똑같이 나타나야만 한다. 따라서 빛이 중력장을 지나가면 휘어지는 것처럼 보여야만 한다.

이런 원리를 밝혀내고 거의 4년이 지날 때까지 아인슈타인은 더 이상 아무것도 얻을 수가 없었다. 그는 광양자에 집중했다. 그러나 그는 1911년 미셸 베소에게 양자에 대한 일에 지쳐버렸다고 고백하고, 다시 상대성 이론의 일반화에 도움이 될 중력장 이론으로 관심을 돌렸다. 4년이 지난 1915년 11월에 성과를 거두면서 그의 천재성은 정점에 이르렀다.

그는 1911년 6월에 『물리학 연보』에 보냈던 "빛의 전달에 미치는 중력의 영향에 대하여"라는 논문에서 자신이 1907년에 깨달았던 결과에 엄밀한 의미를 부여했다. "나는 4년 전 논문에서 발표했던 중력이 빛의 전달에 영향을 미칠까라는 의문을 해결하려고 노력해왔다. 이제 나는 당시에 제시했던 방법의 가장 중요한 결과 중 하나를 곧바로 실험을 통해서 시험해 볼 수 있다는 사실을 알게 되었다"라고 시작한 아인슈타인은 일련의 계산을 통해서 빛이 태양 근처의 중력장을 통과할 때의 결과를 예측했다. "태양 근처를 지나가는 광선은 원호(圓弧)의 0.83초만큼 휘어진다."*

이번에도 역시 그는 결정적인 원리와 가설로부터 이론을 연역한 후에 실험학자들이 시험해볼 수 있는 몇 가지 예측들을 유도했다. 과거에도 그랬듯이, 그는 그런 시험을 요구하는 것으로 논문을 마무리했다. "태양 근처에 있는 하늘의 별들은 개기일식이 일어나는 동안에는 낮에도 보이기 때문에 이런 이론의 결과를 확인할 수 있을 것이다. 천문학자가 이런 의문을 처리해주는 것이 가장 바람직할 듯하다."[4]

베를린 대학교 천문대의 젊은 천문학자 에르빈 핀라이 프로인틀리히는

---

* 이 숫자는 아인슈타인의 계산 결과이다. 그 후의 자료에 따라 그 값은 대략 0.85초로 수정되었다. 앞으로 살펴보겠지만, 그는 나중에 자신의 이론을 수정해서 두 배에 해당하는 휘어짐을 예측했다. 원호-초 또는 원호의 초는 1도의 3,600분의 1에 해당하는 각도이다.

그 논문을 읽고 실제로 그런 실험을 할 수 있다는 사실에 흥분했다. 그러나 태양 근처를 지나는 별빛을 볼 수 있는 일식이 일어나기까지는 그런 실험을 할 수가 없었고, 앞으로 3년 동안에는 그런 일식이 일어나지 않을 것이었다.

프로인틀리히는 그 대신 목성의 중력장에 의한 별빛의 휘어짐을 측정하자고 제안했다. 그러나 목성은 그런 목적에 활용할 수 있을 정도로 충분히 크지 않은 것으로 밝혀졌다. "목성보다 훨씬 더 큰 행성이 있다면 얼마나 좋을까!" 아인슈타인은 그해 여름이 끝나갈 무렵에 프로인틀리히에게 농담을 했다. "그러나 자연은 우리가 자연법칙을 발견하기 쉽도록 만드는 것을 자신의 일이라고 생각하지 않습니다."[5]

광선이 휘어질 수 있다는 이론은 몇 가지 흥미로운 의문으로 이어졌다. 일상 경험에 따르면 빛은 직선을 따라 움직인다. 오늘날 목수는 레이저 수평기를 이용해서 직선을 표시함으로써 수평의 집을 짓는다. 만약 광선이 중력장이 변하는 곳을 지나면서 휘어진다면, 직선을 어떻게 결정할 수 있을까?

변화하는 중력장을 통과한 빛의 경로를 공의 표면이나 굽은 표면에 그려진 직선과 비교하는 것이 한 가지 해결방법이 될 수 있을 것이다. 그런 경우에는 두 점 사이의 가장 가까운 직선은 거대한 원호의 측지선(測地線)이나 지구의 대권항로(大圈航路)처럼 휘어진다. 어쩌면 빛의 휘어짐은 광선이 통과하는 우주의 구조가 중력에 의해서 휘어져 있다는 뜻이다. 중력에 의해서 굽은 공간을 통과하는 가장 짧은 경로는 유클리드 기하학에서의 직선과 상당히 다르게 보일 수도 있다.

그런 주장은 새로운 형태의 기하학이 필요하다는 실마리가 될 수도 있다. 회전하는 판의 경우에 대해서 생각하던 아인슈타인의 입장에서는 그것이 분명했다. 판이 회전하는 경우에, 판과 함께 회전하지 않는 사람의 기준틀에서 관찰하면 판의 둘레가 움직이는 방향으로 줄어드는 것처럼 보인다. 그러나 원의 지름은 조금도 줄어들지 않는다. 따라서 판의 둘레와 지름의 비는 더 이상 π로 주어지지 않는다. 그런 경우에는 유클리드 기하학이 적용되지 않는 셈이다.

회전하는 경우에는 모든 순간에 가장자리의 점이 방향을 바꾸도록 (속력과 방향을 합친) 속도가 변하기 때문에 회전운동도 일종의 가속운동이다. 동등성 원리에 따라서 그런 형식의 가속을 설명하려면 비(非)유클리드 기하학이 필요하듯이, 중력의 경우에도 역시 비유클리드 기하학이 필요하다.[6]

불행하게도 그가 취리히 폴리테크닉에서 보여주었던 것처럼 비유클리드 기하학은 아인슈타인의 전문이 아니었다. 그러나 다행히도 그에게는 취리히의 옛 친구이면서 동급생이었던 이 분야의 전문가가 있었다.

수학

1912년 7월에 프라하에서 취리히로 돌아온 아인슈타인이 가장 먼저 했던 일은, 취리히 폴리테크닉에서 수학 시간을 빼먹은 그에게 노트를 적어주었던 마르켈 그로스만을 찾아간 것이었다. 폴리테크닉에 다닐 때 아인슈타인은 두 개의 기하학 과목에서 6점 만점에 4.25점을 받았다. 그러나 그로스만은 두 과목 모두 6점 만점을 받았다. 더욱이 그는 비유클리드 기하학에 대한 박사학위 논문을 썼고, 그 분야에서 7편의 논문을 발표했으며, 이제는 수학과의 학과장이 되어 있었다.[7]

아인슈타인은 "그로스만, 자네가 도와주지 않으면 나는 미쳐버릴걸세"라고 말했다. 그는 중력장을 지배하는 법칙을 표현하거나 발견하도록 도와줄 수학적 체계가 필요하다고 설명했다. 아인슈타인은 "그는 즉시 완전히 불타올랐다"고 그로스만의 반응을 기억했다.[8]

그때까지만 하더라도, 아인슈타인의 과학적 성공은 숨겨져 있는 자연의 물리학적 원리를 알아보는 특별한 재능 덕분이었다. 취리히의 동료 민코프스키가 특수상대성 이론의 경우에 그랬던 것처럼, 그는 자신이 발견한 원리에 대한 최선의 수학적 표현식을 찾는 일은 다른 사람들에게 맡겼다. 그에게는 그런 일이 그다지 고상하게 보이지 않았던 모양이었다.

그러나 1912년이 되면서 아인슈타인은 수학이 단순히 자연의 법칙을 설명하는 수단이 아니라 발견의 도구가 될 수도 있다는 사실을 인식했다. 물리학자 제임스 하틀은 "일반상대성의 핵심 개념은 중력이 시공간의 휘어짐에서 비롯된다는 것이다. 결국 중력은 기하학이다"라고 했다.[9]

아인슈타인은 물리학자 아르놀트 조머펠트에게 "이제 나는 중력 문제에 대해서 혼자 일하는 것이 아닙니다. 수학자인 이곳 친구의 도움을 받아서 모든 어려움을 극복하게 될 것이라고 믿습니다. 나는 수학을 엄청나게 존경하게 되었습니다. 지금까지는 내 무지(無智) 때문에 수학의 미묘한 부분을 순전한 사치라고 생각했었습니다"라고 했다.[10]

그로스만은 아인슈타인의 질문을 생각하면서 집으로 돌아갔다. 문헌을 찾아본 그는 아인슈타인에게 베른하르트 리만이 고안했던 비유클리드 기하학을 추천했다.[11]

리만(1826-1866)은 열네 살 때 부모를 위해서 만세력(萬歲曆)을 발명했던 신동(神童)이었고, 독일 괴팅겐에 있던 훌륭한 수학 센터에서 굽은 표면의 기하학을 개척한 카를 프리드리히 가우스에게 수학(受學)했다. 가우스는 리만에게 학위 논문의 주제로 굽은 표면의 기하학을 정해주었고, 그 결과는 기하학뿐만 아니라 물리학도 변환시켜버릴 정도로 뛰어난 것이었다.

편평한 표면에 적용되는 유클리드 기하학은 굽은 표면에서는 성립되지 않는다. 예를 들면, 편평한 종이 위에 그려진 삼각형의 내각을 합치면 180도가 된다. 그러나 지구를 생각해보자. 적도를 밑변으로 하고, 적도에서 런던(경도 0도)을 지나 북극에 이르는 경도선을 한 변으로, 그리고 적도에서 뉴올리언스(경도 90도)를 지나 북극에 이르는 경도선을 다른 변으로 하는 삼각형을 상상한다. 지구 위에 그려진 이 삼각형에서는 세 각이 모두 직각이 된다. 물론 그런 일은 유클리드의 편평한 세계에서는 불가능하다.

가우스를 비롯한 여러 수학자들은 공의 표면과 다른 굽은 표면을 설명할 수 있는 여러 유형의 기하학을 개발했다. 리만은 한 발 더 나아가, 어떤 모양의 표면도 설명할 수 있는 방법을 개발했다. 심지어 그의 기하학은 한 점에서 다른 점까지의 기하학이 구형에서 편평한 평면을 거쳐 쌍곡 선형으로 변하는 경우에도 적용된다. 그는 가우스의 업적을 바탕으로 단지 2차원 표면의 휘어짐을 다루는 범위를 넘어서, 3차원과 심지어 4차원 공간에서의 휘어짐도 설명할 수 있는 다양한 방법을 개발했다.

그것은 도전적인 개념이었다. 우리는 굽은 선이나 표면을 시각화할 수는 있지만, 굽은 3차원 공간의 모양은 상상하기가 어렵고, 굽은 4차원의 경우에는 더욱 그렇다. 그러나 수학자에게 휘어짐의 개념을 다른 차원으로 확장하는 것은 쉬운 일이거나 적어도 가능한 일이다. 공간에서 두 점 사이의 거리를 계산하는 방법을 나타내는 계량(metric)의 개념을 이용하면 된다.

보통의 x와 y 좌표를 가진 편평한 표면에서는 고등학교 대수학을 배운 학생이라면 누구나 피타고라스의 도움을 받아 두 점 사이의 거리를 계산할 수 있다. 그러나 실제로 굽은 지구 위에서의 위치를 나타내는 (세계지도와 같은) 편평한 지도를 생각해보자. 극지방 부근에서는 모든 것이 늘어나기 때문에 사정이 훨씬 더 복잡해진다. 그린란드에 있는 두 지점 사이의 실제 거리를 계산하는 것은 적도 부근에 있는 두 지점 사이의 거리를 계산하는 것과 다르다. 리만은 공간이 아무리 임의적으로 굽어지고 비틀어져 있는 경우에도 두 점 사이의 거리를 수학적으로 결정하는 방법을 찾아냈다.[12]

그런 목적을 위해서 그는 텐서(tensor)를 이용했다. 유클리드 기하학에서, 벡터는 (속도나 힘의 경우처럼) 크기와 방향을 가지고 있는 양이기 때문에, 그것을 설명하려면 하나 이상의 숫자가 필요하다. 공간이 굽어 있는 비유클리드 기하학에서는 수학적으로 정연한 방법으로 더 많은 요소를 포함시키려면 일종의 일반화된 벡터와 같은 것이 필요하다. 그것이 바로 텐서이다.

계량 텐서(metric tensor)는 주어진 공간에서 점들 사이의 거리를 계산하는 방법을 알려주는 수학적 도구이다. 2차원 지도에서 계량 텐서는 3개의 성분을 가지고 있다. 3차원 공간에서는 6개의 독립된 성분이 있다. 그리고 시공간이라고 알려진 영광스러운 4차원 세계에 도달하면, 계량 텐서는 10개의 독립된 성분을 필요로 한다.*

리만은 $g_{\mu\nu}$(지-뮤-뉴라고 읽는다)라고 표시하는 계량 텐서의 개념을 정립했다. 계량 텐서에는 모두 16개의 성분이 있고, 그중 서로 독립적인 10개는 굽은 4차원 시공간에서의 거리를 정의하고 설명하는 데 사용된다.[13]

아인슈타인과 그로스만에게 이탈리아의 수학자 그레고리오 리치-쿠르바스트로와 툴리오 레비-치비타가 개발했던 다른 종류의 텐서와 함께 리만의 텐서들이 유용했던 이유는 그러한 텐서들이 **일반적 공변**(generally covariant)**이기 때문이었다. 일반적 공변(共變)은 상대성 이론을 일반화하려는 아인슈타인에게 중요한 개념이었다. 일반적 공변인 텐서는 공간과 시간 좌표계를 임의로 변환시키거나 회전시키더라도 그 성분들 사이의 관계가 변하지 않고 똑같이 남아 있게 된다. 다시 말해서, 그런 텐서에 암호화되어 있는 정보들은 기준틀의 변화에 따른 다양한 변환을 거치더라도 텐서 성분들 사이의 관계를 결정하는 기본적인 법칙들은 변하지 않는다.[14]

일반상대성 이론을 추구하던 아인슈타인의 목표는 다음과 같은 두 가지 상보적(相補的)인 과정을 설명하는 수학적 방정식을 찾아내는 것이다.

---

* 이렇게 작동한다. 당신이 굽은 공간의 어떤 점에서 무한히 가까이 있는 점까지의 거리를 알아내고 싶은 경우, 단순히 피타고라스 정리와 일반적인 기하학만을 쓰면 문제가 복잡해질 수 있다. 북쪽에 있는 점까지의 거리는 동쪽에 있는 점이나 위쪽에 있는 점까지의 거리와는 다른 방법으로 계산해야 할 필요가 있다. 공간의 각 지점에는 각 방향으로의 거리를 알려주는 작은 채점 카드와 비슷한 것이 필요하다. 4차원 시공간에서 근처에 있는 점까지의 시공간 거리에 관련된 모든 질문을 처리할 수 있으려면 채점 카드에는 10개의 숫자가 필요하다. 시공간의 모든 점에 그런 채점 카드가 필요하다. 그러나 채점 카드만 가지고 있으면, 어떤 곡선을 따라가는 거리라도 알아낼 수가 있다. 곡선을 따라가면서 무한히 작은 간격의 점마다 채점 카드를 이용해서 파악한 거리를 더해주면 된다. 그런 채점 카드들이 시공간에서의 장(場)에 해당하는 계량 텐서를 구성한다. 다시 말해서, 텐서는 모든 점에서 정의되지만, 점마다 다른 값을 가질 수 있다. 이 장을 도와준 존 D. 노턴 교수에게 감사한다.

** 어떤 물리학적 현상을 나타내는 방정식이 일반적인 좌표계의 변환에 대해서 그 모양이 변하지 않는 수학적 성질 / 역주.

1. 중력장이 물질에 어떻게 작용해서, 물질이 어떻게 움직이라고 알려
   주는가?
2. 그 대가로 물질은 시공간에서 어떻게 중력장을 만들어서, 중력장이
   어떻게 휘어지도록 알려주는가?

그의 머리에서 딱 소리를 내면서 떠오른 통찰에 따르면, 중력은 시공간
의 휘어짐으로 정의할 수 있고, 따라서 그것을 계량 텐서로 표현할 수 있
다는 것이다. 그는 3년이 넘는 기간 동안 그런 일을 해줄 제대로 된 방정
식을 찾아내려고 씨름했다.[15]

몇 년이 지난 후 작은아들 에두아르트가 그에게 자신이 유명한 이유를
물어보았을 때, 아인슈타인은 간단한 이미지를 이용해서 중력이 시공간
구조의 휘어짐에 해당한다는 자신의 위대한 통찰을 설명해주었다. "눈이
면 딱정벌레는 굽은 가지의 표면 위로 기어갈 때 자신이 지나온 흔적이
정말 휘어져 있다는 사실을 알지 못한다. 나는 딱정벌레가 알아내지 못한
것을 알아낼 정도로 운이 좋았다."[16]

취리히 노트, 1912년

아인슈타인은 1912년 여름부터 텐서를 이용해서 리만과 리치 등이 개발
한 방향에 따라 중력장 방정식을 개발하려고 씨름하기 시작했다. 그의 단
속적인 노력 중 첫 부분은 그가 남긴 노트에 잘 보존되어 있다. 이 뜻 깊은
"취리히 노트"는 몇 년에 걸쳐 위르겐 렌, 존 D. 노턴, 틸만 사우어, 미셸
얀센, 존 스타첼 같은 학자들에 의해서 해부되고 분석되었다.[17]

그 노트는 아인슈타인의 왕성한 노력을 보여준다. 한편으로 그는 자신
의 물리학에 대한 영감을 반영하는 올바른 방정식을 구축하려는 소위 "물
리학적 전략(physical strategy)"을 사용했다. 동시에 그는 그로스만을 비롯
한 사람들이 추천해준 텐서 분석을 통해서 전형적인 수학적 요구를 반영함
으로써 올바른 방정식을 추론하려는 "수학적 전략(mathematical strategy)"

도 추구했다.

아인슈타인의 "물리학적 전략"은 상대성 이론을 가속되고 있거나 임의의 방법으로 움직이고 있는 관찰자에게도 적용될 수 있도록 일반화하려는 목표에서 시작되었다. 그가 고안한 모든 중력장 방정식은 다음과 같은 물리학적 조건을 만족시켜야만 한다.

- 약하고 정적(靜的)인 중력장이라는 특별한 경우에는 뉴턴 이론으로 되돌아가야만 한다. 다시 말해서, 어떤 정상적인 조건에서는 그의 이론이 잘 알려진 뉴턴의 중력과 운동법칙을 설명해주어야 한다.
- 고전 물리학 법칙, 특히 에너지와 모멘텀 보존 법칙은 유지되어야만 한다.
- 일정하게 가속되고 있는 관찰자에 의한 관찰이 같은 정도의 중력장에 서 있는 관찰자에 의한 관찰과 동등해야 한다는 동등성 원리를 만족시켜야만 한다.

다른 한편으로, 아인슈타인의 "수학적 전략"은 계량 텐서에 대한 일반적인 수학 지식을 이용해서 일반적 (또는 적어도 넓은 의미에서) 공변의 특성을 만족하는 중력장 방정식을 개발하는 일에 집중되어 있었다.

그런 과정은 양 방향으로 모두 작동했다. 아인슈타인은 자신이 물리학적 조건에서 추측한 방정식에 대해서 공변 성질을 확인하기도 했고, 우아한 수학 공식으로부터 얻은 방정식이 자신이 생각해낸 물리학적 조건을 만족하는지를 살펴보기도 했다. 존 노턴은 "노트 전체에서 그는 양쪽으로부터 문제에 접근했다. 어느 페이지에는 뉴턴 극한과 에너지-모멘텀 보존이라는 물리학적 조건에 대한 설명이 적혀 있고, 다른 페이지에는 리치와 레비-치비타의 수학에서 등장하는 일반적 공변인 양에 의해서 자연적으로 제시되는 방정식이 적혀 있었다"고 했다.[18]

그러나 실망스러운 일이 벌어졌다. 두 요구 조건이 서로 맞물리지 않았다. 적어도 아인슈타인은 그렇게 생각했다. 한 전략에서 얻은 결과를 다른 전략의 조건들과 일치하도록 만들 수가 없었다.

그는 수학적 전략을 이용해서 몇 가지 아주 우아한 방정식을 유도했다. 그로스만의 추천에 따라 그는 리만이 개발한 텐서로 시작했지만 나중에는 리치가 개발한 텐서가 더 적절하다는 결론을 얻었다. 그리고 마침내 1912 년 말에는 그가 1915년 11월 말에 성공했던 방법에서 사용하게 된 것과 아주 비슷한 텐서를 이용해서 장 방정식을 고안해냈다. 다시 말해서, 취리히 노트에서 그는 최종 결과에 아주 가까운 결론을 얻었던 것이다.[19]

그러나 당시에 그는 그 결과를 무시해버렸고, 그것은 2년 이상 폐기된 서류철 속에 묻혀버렸다. 왜 그랬을까? 여러 가지 이유 중에서 그는 (실수로) 자신의 결과가 약하고 정적인 장에서 뉴턴 법칙으로 환원되지 않는다고 생각했다. 그의 결과를 다른 방법으로 검토해보았더니 에너지와 모멘텀 보존의 조건도 만족시키지 못했다. 그중 한 가지 조건을 만족하도록 해주는 좌표 조건을 도입하면, 그 조건은 다른 조건을 만족시키기 위해서 필요한 것과 모순이 되었다.[20]

결국 아인슈타인은 수학적 전략에 대한 의존도를 줄여버렸다. 훗날 그는 그런 결정을 유감스럽게 생각하게 된다. 사실 그는, 결국 수학적 전략으로 되돌아가서 그것이 놀라울 정도로 성공적임을 확인하고부터 수학적 전략의 수학적, 철학적 장점을 찬양하기 시작했다.[21]

초안과 뉴턴의 물통, 1913년

아인슈타인과 그로스만은 수학적 전략으로 유도한 방정식을 포기한 1913년 5월에 물리학적 전략을 근거로 한 대략적인 대안 이론을 만들었다. 그렇게 만든 방정식은 에너지-모멘텀 보존 조건을 만족시키고, 약하고 정적인 장에서 뉴턴 법칙과 양립할 수 있었다.

아인슈타인과 그로스만은 이 방정식들이 적절한 공변의 목표를 만족하는 것처럼 보이지는 않았지만 당시로서는 자신들이 얻을 수 있는 최선의 결과였다고 생각했다. "일반화된 상대성 이론과 중력 이론의 초안"이라는 제목에도 그들의 망설임이 반영되어 있었다. 그들의 논문은 초안(Ent-wurf)이라고 알려지게 되었다.[22]

아인슈타인은 초안을 발표하고 나서 몇 달 동안 탈진해버렸다. 그는 엘자에게 "몇 주 전에 마침내 문제를 해결했습니다. 상대성 이론과 중력 이론을 과감하게 확장하는 것이었습니다. 이제 좀 쉬어야겠습니다. 그렇지 않으면 결딴이 날 것 같습니다"라는 편지를 보냈다.[23]

그러나 그는 곧 자신이 애써 만든 것에 대해서 의문을 가지기 시작했다. 초안에 대해서 더 깊이 생각해볼수록 그 방정식들이 일반적으로, 또는 더 넓은 의미에서 공변이 되어야 한다는 목표를 만족시키지 않는다는 사실을 더 확실하게 깨달았던 것이다. 다시 말해서, 임의로 가속되는 운동을 하는 사람들에게 그 방정식이 적용되는 방법이 언제나 똑같지 않을 수도 있다는 것이었다.

그는 1913년 6월에 자신을 방문했던 옛 친구 미셸 베소와 함께 초안의 의미를 살펴보았지만, 그 이론에 대한 자신감이 강화되지는 않았다. 두 사람은 논의를 하면서 50페이지가 넘는 노트를 만들었다. 각 페이지가 반쯤 채워진 노트에서 그들은 초안이 목성의 궤도에 대해서 알려져 있던 몇 가지 특이한 사실들과 얼마나 들어맞는지를 분석해보았다.[24]

과학자들은 1840년대부터 목성의 궤도에서 발견된 작지만 설명할 수 없는 이동에 대해서 걱정해왔다. 행성의 타원 궤도에서 행성이 태양에 가장 가까워지는 지점을 근일점이라고 한다. 몇 년 사이에 목성 궤도의 근일점이 뉴턴 법칙으로 설명되는 것으로부터 한 세기마다 원호의 43초 정도의 작은 양씩 옮겨진다는 것이 관찰되었다. 처음에는 해왕성을 발견하게 된 경우에 그랬던 것처럼, 미처 발견하지 못한 행성이 목성을 끌어당기기 때문일 것이라고 추측했다. 목성의 비정상적인 거동을 발견한 프랑스 과학자는 그런 행성이 어디에 있어야 하는지를 계산하고, "발칸"이라는 이름을 붙이기도 했다. 그러나 그가 예측한 곳에는 그런 행성이 없었다.

아인슈타인은 자신의 새로운 상대성 이론을 나타내는 중력장 방정식을 태양에 적용하면 행성의 궤도를 설명할 수 있을 것이라고 기대했다. 그러나 그와 베소가 많은 계산을 하고 오류를 수정해도 한 세기 동안 나타나는 목성의 근일점 이동이 원호의 18초 정도 움직인다는 결과를 얻을 수 있을 뿐이었다. 그것은 실제 값의 절반에도 미치지 못했다. 그런 결과에 실망한 아인슈타인은 목성 계산을 발표하지 않기로 했다. 그러나 자신의 초안 이론을 적어도 당분간은 포기하지 않았다.

아인슈타인과 베소는 초안 이론의 방정식을 이용해서 회전을 일종의 상대적 운동으로 생각할 수 있는지에 대해서도 살펴보았다. 다시 말해서, 관찰자가 회전하고 있기 때문에 관성을 경험하고 있다고 생각해보자. 이 것이 또 하나의 상대적 운동일 수 있을까? 그런 경우를 관찰자는 정지해 있고 우주의 나머지 부분이 관찰자 주변에서 회전하고 있는 경우와 구별할 수는 없을까?

이런 방향으로 가장 유명한 사고실험은 뉴턴의 『프린키피아』 제3권에 소개되어 있다. 로프에 매달려서 회전하기 시작하는 물통을 생각해보자. 처음에는 물통 속의 물이 비교적 잔잔하고 편평하게 유지된다. 그러나 물통과의 마찰 때문에 물은 물통과 함께 회전하고, 아래로 오목한 모양이 된다. 왜 그럴까? 관성이 회전하는 물을 바깥쪽으로 밀어내고, 그래서 물이 물통의 옆을 따라 올라가기 때문이다.

그렇다. 하지만 만약 우리가 모든 운동이 상대적이라고 생각한다면, 물이 무엇을 상대로 회전하고 있느냐고 묻게 된다. 물이 물통을 상대로 회전하고 있는 것은 아니다. 물이 물통과 함께 회전할 때도 그렇지만, 물통이 회전을 멈추고 난 후에 물통 속의 물이 잠시 동안 계속 회전하고 있을 때에도 아래로 오목한 모양을 유지하기 때문이다. 어쩌면 중력이 작용하는 지구처럼 물이 근처에 있는 물체를 상대로 회전할 수도 있다.

그러나 물통이 중력도 없고, 기준점도 없는 먼 우주에서 회전하고 있다고 생각해보자. 아니면 비어 있는 우주에서 혼자 회전하고 있다고 생각해보자. 그런 경우에도 여전히 관성이 존재할까? 뉴턴은 그럴 것이라고 믿었고, 물통이 절대공간을 상대로 회전하고 있기 때문이라고 설명했다.

19세기 중엽 아인슈타인의 초기 영웅이었던 에른스트 마흐는 절대공간

250

의 개념을 거부하고, 관성은 물이 우주에 있는 나머지 물질을 상대로 회전하고 있기 때문에 나타난다고 주장했다. 그는 실제로 물통이 정지해 있고, 우주의 나머지 부분이 그 주위를 회전하는 경우에도 똑같은 효과가 관찰될 것이라고 했다.[25]

아인슈타인은 일반상대성 이론이 스스로 "마흐 원리(Mach's Principle)"라고 부른 것을 시금석으로 만들어줄 것이라고 기대했다. 반갑게도 초안 이론의 방정식을 분석한 그는 정말 물통이 회전하거나 또는 물통은 정지해 있고 우주의 나머지 부분이 그 주위를 회전하더라도 똑같은 결과가 얻어지는 것처럼 보인다는 결론을 얻었다.

아인슈타인은 그렇다고 생각했다. 그와 베소는 정말 그런지를 확인하기 위해서 일련의 아주 영리한 계산을 했다. 아인슈타인은 그런 계산의 성공적인 결론으로 보이는 것에 대한 즐거운 감탄의 뜻으로 노트에 "옳다"고 적어두었다.

안타깝게도 그와 베소는 몇 가지 실수를 했다. 아인슈타인은 2년이 지난 후에야 그런 오류들을 발견했고, 불행하게도 초안은 실제로 마흐 원리를 만족시키지 않는다는 사실을 깨달았다. 베소는 이미 그에게 그럴 수도 있을 것이라고 경고했었다. 1913년 8월에 쓴 것으로 보이는 메모에서 베소는 "회전 계량"은 실제로 초안의 장 방정식으로 허용되는 답이 아니라는 의견을 밝혔다.

그러나 적어도 한동안 아인슈타인은 베소는 물론이고 마흐를 비롯한 다른 사람들에게 보낸 편지에서도 그런 의문을 거부해버렸다.[26] 초안이 발표되고 며칠 후에 아인슈타인은 마흐에게 보낸 편지에서 만약 자신의 이론이 실험을 통해서 증명된다면, "역학의 기초에 대한 당신의 훌륭한 연구는 굉장한 인정을 받게 될 것입니다. 그것은 뉴턴의 물통 실험에 대한 당신의 주장처럼, 관성이 물체들 사이의 어떤 상호작용에서 비롯되는 것임을 보여주기 때문입니다"라고 했다.[27]

아인슈타인이 초안에 대해서 가장 걱정했던 것은, 수학적 방정식이 일반적 공변임을 증명하지 못하는 것이었다. 그렇게 되면, 일정한 속도로 움직이는 관찰자의 경우와 마찬가지로 자연법칙은 가속되거나 임의의 운동을 하고 있는 관찰자에게 똑같다고 주장하려는 자신의 확신도 힘을 잃어버리게 된다. 그는 로렌츠의 따뜻한 축하편지에 대한 답장에서 "유감스럽게도 모든 일이 아직도 까다로워서 그 이론에 대해서 확신을 하기가 어렵습니다. 불행하게도 중력장 방정식 자체가 일반적 공변의 성질을 가지고 있지 않습니다"라고 했다.[28]

그는 적어도 당분간은 그것이 어쩔 수 없는 일이라고 확신할 수 있었다. 그는, 부분적으로는 중력장 방정식을 일반적 공변이 되도록 만드는 성배(聖杯)에 도달할 수 없거나, 그것이 물리적으로 흥미가 없다는 사실을 보여주는 것처럼 보이는 사고실험을 통해서 그런 확신을 하게 되었다. 그 사고실험은 "구멍 논증(hole argument)"이라고 알려지게 되었다.[29] 그는 친구에게 "중력장 방정식이 일반적 공변이 아니라는 사실이 한동안 나를 상당히 괴롭혔지만 피할 수 없는 것이다. 장이 물질에 의해서 수학적으로 완전히 결정되어야 한다는 조건을 도입하면, 일반적 공변인 방정식을 근거로 하는 이론은 존재할 수가 없다는 사실을 쉽게 증명할 수 있다"고 했다.[30]

한동안 아인슈타인의 새로운 이론을 인정하는 물리학자는 거의 없었고, 오히려 많은 물리학자들이 나서서 그의 이론을 비난했다.[31] 친구 장거에게 말했듯이, 아인슈타인은 상대성 문제가 "적어도 당연한 열기로 관심을 모으고 있다"는 사실이 기쁘다고 했다. "나는 논란을 즐기고 있다. '존경하는 폐하, 춤을 추시겠습니까? 제게 말씀만 해주십시오! 제가 폐하를 위해서 음악을 연주할 것입니다'라고 했던 피가로와 마찬가지로."[32]

아인슈타인은 그런 중에도 자신의 초안에서 사용했던 방법을 살려보려고 계속 노력했다. 그는 중력과 가속의 동등성에 대한 자신의 원리에서 대부분의 특성을 만족시켜줄 만한 정도의 공변 특성을 달성하는 방법을 찾을 수 있었다. 아니면 그렇게 할 수 있다고 생각을 했다. 1914년 초에 그는 장거에게 "중력장 방정식이 임의의 방법으로 움직이는 기준틀에서 성립하고, 그래서 가속과 중력의 동등성에 대한 가설이 반드시 옳다는 사실을 증명하는 데에 성공했다. 자연은 우리에게 사자의 꼬리만을 보여준다. 그러나 사자가 자신의 모습을 한꺼번에 드러내어 보여주지는 않는다고 하더라도 사자가 자연에 존재한다는 사실에 대해서는 의심할 여지가 없다. 우리는 사자의 등에 앉아 있는 벼룩이 허락해주는 방법으로만 사자를 보게 된다."[33]

프로인틀리히와 1914년 일식

의문을 가라앉히는 한 가지 방법이 있다는 사실은 아인슈타인도 알고 있었다. 그는 흔히 자신이 제시한 이론을 확인시켜줄 미래의 실험을 제안하는 것으로 논문을 마무리했다. 일반상대성의 경우에는 그런 노력이 1911년부터 시작되었다. 그는 별빛이 태양의 중력에 의해서 얼마나 휘어질 것인지를 상당히 정확하게 예측했다.

그는 별빛이 태양 근처를 지나가는 사진을 찍어서, 별빛이 태양 근처를 지나가지 않을 경우와 비교해서 그 위치가 이동한 것처럼 보이는지를 확인해보면 될 것이라고 생각했다. 그러나 그런 실험은 일식이 일어나서 낮에도 별빛을 볼 수 있도록 일식이 일어나는 경우에만 가능했다.

동료들이 그의 이론에 대해서 떠들썩하게 공격을 하고, 그 자신도 의문을 가지고 있었던 것을 생각하면, 아인슈타인이 1914년 8월 21일에 일어날 개기일식에서 발견하게 될 결과에 대해서 상당한 관심을 가지고 있었던 것은 조금도 놀랄 일이 아니었다. 그런 실험을 하려면 일식을 관찰할 수 있을 것으로 보이는 러시아의 크리미아로 원정대를 보내야만 했다.

일식이 일어나는 동안에 자신의 이론을 꼭 시험해보고 싶었던 아인슈타인은 그런 원정대를 보낼 비용을 마련하지 못하면 스스로 그 비용의 일부라도 부담하겠다는 제안을 했다. 아인슈타인의 1911년 논문에서 빛의 휘어짐에 대한 주장을 읽고 그것을 열렬하게 증명하고 싶어했던 베를린의 젊은 천문학자 에르빈 프로인틀리히는 앞장설 준비가 되어 있었다. 아인슈타인은 1912년 초 그에게 "당신이 빛의 휘어짐에 대한 문제에 그렇게 많은 관심을 가져준 것이 지극히 기쁩니다"라는 편지를 보냈다. 1913년

8월에도 그는 다시 한 번 천문학자를 격려했다. "이론학자의 입장에서는 더 이상 아무것도 할 수가 없습니다. 내년에 이 문제에 대해서 가치를 헤아릴 수 없을 정도로 이론물리학에 기여를 해줄 수 있는 사람은 당신들, 천문학자들뿐입니다."[34]

1913년 8월에 결혼을 했던 프로인틀리히는 아인슈타인을 만날 수 있을 것이라는 희망으로 신혼여행을 취리히 근처 산으로 가기로 결정했다. 실제로 그렇게 되었다. 프로인틀리히가 편지로 자신의 신혼여행 일정을 알려주자, 아인슈타인은 그를 초청했다. 프로인틀리히는 약혼녀에게 "우리의 계획이 맞아떨어져서 정말 다행이야"라고 했다. 신혼여행의 일부를 한 번도 만난 적이 없는 이론물리학자와 보내게 된 것에 대해서 그녀가 어떤 반응을 보였는지는 역사 속에 잊혀져버렸다.

신부의 기억에 따르면, 신혼부부가 취리히 역에 도착했을 때 헝클어진 머리에 커다란 밀짚모자를 쓴 아인슈타인이 뚱뚱한 화학자 프리츠 하버와 함께 기다리고 있었다. 아인슈타인은 자신이 강연을 해야 하는 근처의 도시로 그들을 데려가서 함께 점심을 먹었다. 그가 돈을 가져오지 않았던 것은 당연한 일이었다. 함께 따라온 조수가 식탁 밑으로 그에게 100프랑을 조용히 건네주었다. 프로인틀리히는 그날 거의 하루 종일 아인슈타인과 함께 중력과 빛의 휘어짐에 대해서 이야기를 나누었다. 심지어 그들이 등산을 갔을 때도 이야기는 계속되었고, 그 덕분에 신혼의 신부는 평화롭게 경치를 감상할 수 있었다.[35]

그날 일반상대성에 대한 강연에서, 아인슈타인은 청중에게 프로인틀리히를 가리키면서 "내년에 이론을 시험해줄 사람"이라고 소개했다. 그러나 문제는 비용을 마련하는 것이었다. 그때는 플랑크를 비롯한 사람들이 아인슈타인을 취리히에서 베를린으로 데려와서 프로이센 과학원의 회원으로 선출하려던 무렵이었다. 아인슈타인은 그런 기회를 이용해서 플랑크에게 편지로 프로인틀리히에게 실험에 필요한 비용을 제공해주도록 요청했다.

실제로 아인슈타인은 공식적으로 베를린의 교수직과 과학원의 회원직을 수락했던 1913년 12월 7일에 프로인틀리히에게 편지로 자신이 돈을 내겠다는 제안을 했다. 아인슈타인은 "만약 과학원이 외면하면, 개인으로부터 얼마간의 지원을 받을 것입니다. 모든 노력이 실패하면, 내가 저축해둔 돈으로 적어도 2,000마르크까지는 부담하겠습니다"라고 했다. 아인슈타인은 프로인틀리히가 준비를 계속하는 것이 중요하다고 주장했다. "사진 필름을 주문하고, 돈 문제 때문에 시간을 낭비해서는 안 됩니다."[36]

결국에는 크루프 재단을 포함한 개인들의 기부금만으로도 원정이 가능하게 되었다. 아인슈타인은 "이제 당신의 실험에 대한 외부적인 어려움이 대체로 해결되어서 내가 얼마나 기쁜지 상상할 수 있을 것입니다"라고 했다. 그는 결과에 대해서 확신하는 말도 덧붙였다. "나는 이론에 대하여 모든 면에서 검토했고, 모든 것에 대해서 확신하고 있습니다."[37]

프로인틀리히는 두 명의 동료와 함께 7월 19일에 베를린을 떠나 크리미아로 가서 아르헨티나의 코르도바 천문대에서 온 사람들과 합류했다. 모든 것이 계획대로 진행된다면, 그들은 2분 동안 별빛이 태양의 중력에 의해서 휘어지는지를 분석하는 데 쓸 사진을 찍을 수 있을 것이었다.

그러나 모든 것이 제대로 진행되지는 않았다. 일식이 일어나기 20일 전에 제1차 세계대전이 유럽을 휩쓸었고, 독일은 러시아에 선전포고를 했다. 프로인틀리히와 그의 독일인 동료들은 러시아 군인들에게 잡혀서 장비를 몰수당했다. 러시아 군인들에게 강력한 카메라와 위치 결정 장비를 가진 그들이, 자신들은 우주의 신비를 더 잘 이해하기 위해서 별빛을 쳐다보려는 단순한 천문학자들일 뿐이라고 설득시키지 못했던 것은 놀라운 일이 아니었다.

만약 그들이 러시아를 안전하게 통과할 수 있었다고 하더라도 관측에는 실패했을 가능성이 높았다. 일식이 일어나는 동안에 날씨가 흐렸기 때문에 그 지역에 있었던 미국 팀도 쓸 만한 사진을 얻지 못했다.[38]

그렇지만 일식 원정대의 실패에 좋은 점도 있었다. 아인슈타인의 초안 방정식이 옳지 않았기 때문이었다. 당시 아인슈타인의 이론에서 예측한 중력에 의해서 빛이 휘어지는 정도는 뉴턴의 빛 방출 이론에서 예측했던 것과 똑같았다. 그러나 아인슈타인이 한 해 후에 발견했듯이 정확한 예측은 그보다 두 배가 더 컸다. 만약 프로인틀리히가 1914년에 성공했더라면 아인슈타인의 이론은 공개적으로 틀린 것으로 알려졌을 것이다.

아인슈타인은 친구 에렌페스트에게 "나의 훌륭하고 노련한 천문학자 프로인틀리히는 러시아에서의 일식 대신 그곳에서 포로생활을 경험하고 있습니다. 나는 그가 걱정스럽습니다"라고 했다.[39] 그러나 걱정할 필요는 없었다. 젊은 천문학자는 몇 주 만에 포로 교환으로 풀려났다.

그러나 1914년 8월에 아인슈타인은 다른 이유 때문에 걱정하기 시작했다. 그의 결혼이 마침내 폭발해버렸다. 그의 걸작품인 이론은 아직도 완성되지 않은 상태였다. 아인슈타인이 어린 시절부터 싫어했던 고국의 국수주의와 군국주의 탓에 나라 전체가 전쟁에 휩쓸려버리면서, 그는 낯선 나라의 이방인이 되었다. 독일에서 그런 입장에 놓이는 것이 매우 위험한 상황으로 밝혀졌다.

제1차 세계대전

1914년 8월 유럽을 전쟁에 몰아넣은 연쇄반응은 프로이센 사람들의 애국주의적 자긍심에 불을 붙였다. 너무나도 부드러운 사람이었고, 심지어 체스 게임도 좋아하지 않을 정도로 갈등을 싫어했던 아인슈타인의 본능적인 평화주의에도 본격적인 불이 붙었다. 그달에 그는 에렌페스트에게 "광기에 빠져버린 유럽은 이제 믿을 수 없을 정도로 터무니없는 짓을 시작했습니다. 이런 때는 우리가 얼마나 비참한 짐승인지를 알게 됩니다."[40]

학생 시절에 독일을 떠나와서 아라우의 요스트 빈텔러의 옅은 세계주의에 노출된 이후부터 아인슈타인은 평화주의, 세계정부 연맹, 사회주의에 관심을 가지게 되었다. 그러나 그는 대중운동을 멀리했다.

제1차 세계대전은 그런 상황을 변화시켰다. 아인슈타인은 물리학을 절대 저버릴 수 없었지만, 그 이후부터는 자신의 정치적, 사회적 꿈을 추구하기 위해서 과감하게 대중 앞에 나서기 시작했다.

전쟁의 비합리성을 경험한 아인슈타인은 과학자들이 공공의 일에 참여할 특별한 의무가 있다고 믿게 되었다. 그는 "우리 과학자들은 특히 세계주의를 촉진시켜야만 합니다. 안타깝게도 우리 과학자들도 이런 점에 대해서 큰 실망을 했습니다"고 말했다.[41] 특히 그는 자신을 베를린으로 데려왔고, 가장 가까운 동료였던 프리츠 하버, 발터 네른스트, 막스 플랑크 세 사람의 심한 호전적 성향에 대해서 질려버렸다.[42]

하버는 유대인 출신이지만 개종을 하고, 세례를 받고, 예의바른 프로이센 사람들의 옷, 행동, 심지어 코안경까지 받아들여 동화하려고 정말 열심히 노력해왔던 작고 말쑥한 대머리 화학자였다. 아인슈타인의 사무실이 있던 화학 연구소의 소장이었던 그는, 유럽에서 더 큰 전쟁이 터지기 직전에 아인슈타인과 마리치 사이의 전쟁을 중재했다. 그는 군대의 장교로 임관되기를 바랐지만, 유대인 출신의 학자라는 이유 때문에 하사관으로 만족해야만 했다.[43]

하버는 독일을 위한 화학무기를 개발하려고 연구소를 개편했다. 그는 이미 질소에서 암모니아를 합성하는 방법을 개발하여 독일 사람들이 폭약을 대량으로 생산할 수 있도록 했다. 그런 다음, 공기보다 무거워서 참호 속으로 흘러들어가 병사들의 목과 허파를 태워 사망에 이르도록 만드는 치명적인 염소 가스 제조에 몰두했다. 그가 개발한 현대 화학무기는 1915년 4월에 이프르에서 약 5,000명의 프랑스와 벨기에 군인들을 치명적인 운명으로 몰아넣었고, 그는 직접 그 작전을 감독했다. (상금을 내놓은 다이너마이트 발명자의 역설적인 이야기에 묻혀버렸지만, 하버는 암모니아 합성에 대한 화학을 개발한 공로로 1918년 노벨 상을 받았다.)

그의 동료이면서 때로는 학문적 경쟁자였던 쉰 살의 안경을 쓴 네른스트는, 아내에게 복장 검사를 받은 후에 집 앞에서 행진과 경례 연습을 했다. 그런 다음에는 운전기사로 자원봉사를 하기 위해서 자신의 자동차를 몰고 서부 전선에 나타났다. 베를린으로 돌아온 그는 참호 속의 적군을 인도적인 방법으로 몰아내는 데 사용할 최루 가스를 비롯한 자극제를 실험했다. 그러나 장군들이 하버가 개발한 치명적인 방법을 선택하기로 결정함에 따라 네른스트도 그 일에 참여하게 되었다.

심지어 존경했던 플랑크마저도 독일의 "정당한 전쟁"을 지지했다. 그는 전쟁에 나가는 학생들에게 "독일은 교활한 배반의 온상에 대항해서 칼을 뺐다"고 주장했다.[44]

아인슈타인은 전쟁 중임에도 불구하고 자신과 세 동료 사이에 틈이 생기지 않도록 할 수 있었고, 1915년 봄에는 하버의 아들에게 수학을 가르치기도 했다.[45] 그러나 그들이 독일의 군국주의를 옹호하는 청원서에 서명하자, 그는 정치적으로 그들과 결별해야겠다고 느꼈다.

1914년 10월에 작성된 청원서는 "문명 세계에 대한 호소"라는 제목이었고, 서명한 지식인의 수 때문에 "93인의 선언서"로 알려지게 되었다. 진실을 무시한 선언서는, 독일군이 벨기에 시민을 공격했고, 더 나아가서 전쟁은 불가피했다고 주장한 사실을 부인했다. 선언서는 "독일의 군국주의가 아니었더라면 독일 문화는 지구상에서 완전히 사라져버렸을 것이다. 우리는 난로와 가정만큼이나 괴테, 베토벤, 칸트를 성스럽게 여기는 유산을 가진 문화국가로 최후까지 투쟁할 것이다"라고 주장했다.[46]

선언서에 서명한 과학자들 중 광전자 효과로 유명해진 보수주의자 필리프 레나르트가 있었던 것은 전혀 놀라운 일이 아니었다. 그는 훗날 맹렬한 반(反)유대주의자이면서 아인슈타인을 증오하는 사람이 되었다. 그러나 난처했던 것은 하버, 네른스트, 플랑크도 역시 선언서에 서명을 했다는 것이었다. 국민과 과학자로서 그들은 다른 사람들의 정서에 동조하는 자연적인 본능을 가지고 있었다. 그러나 아인슈타인은 동조하지 **않는** 자연적인 성향을 가지고 있었고, 때로는 그것이 과학자와 국민으로서 그에게 장점이 되기도 했다.

카리스마적 모험가이고 때로는 의사이기도 했던 게오르크 프리드리히 니콜라이는 아인슈타인과 함께 평화주의적 선언문을 마련했다. 유대인 출신이었던(그의 본명은 레빈슈타인이었다) 그는 엘자와 그의 딸 일제의 친구였다. 그들의 "유럽인에게 보내는 선언서"는 국수주의를 초월하는 문화를 강조하면서, 원래의 선언서에 서명한 사람들을 비난했다. 아인슈타인과 니콜라이는 "그 사람들은 적대감을 가지고 선언을 했다. 아무리 국수주의적 열정이라고 하더라도, 지금까지 세상이 문화라고 부를 가치도 없는 그런 태도를 용납할 수 없다"고 주장했다.

아인슈타인은 니콜라이에게 막스 플랑크가 비록 원래의 선언서에 서명했지만 "넓은 마음과 선의"를 가지고 있기 때문에 자신들의 반박 성명에 참여하고 싶어할 수도 있다고 말했다. 그는 후보자로 장거의 이름도 거론했다. 그러나 두 사람 모두 참여하고 싶어하지 않았다. 당시의 분위기에서 아인슈타인과 니콜라이는 겨우 두 사람의 지지자를 더 모을 수 있었을 뿐이다. 결국 그들은 포기했고, 당시에 그들의 선언문은 공개되지 않았다.[47]

아인슈타인은 조기 평화와 함께 미래의 갈등을 피하기 위해서 유럽에 연방조직을 만들 것을 추구하는 단체인 신조국연맹에 초기 회원으로 가입했다. 그들은 『유럽 국가연합의 창설』이라는 소책자를 발간했고, 감옥과 같은 곳에 평화주의에 대한 책을 보급했다. 엘자는 아인슈타인과 함께 1916년 초 모임이 금지되기까지 월요일 저녁 모임에 참석하기도 했다.[48]

전쟁 중에 가장 유명했던 평화주의자 가운데 한 사람이 바로 프랑스의 작가 로맹 롤랑이었다. 그는 자기 나라와 독일의 친선을 증진시키기 위해서 노력했다. 아인슈타인은 1915년 9월 제네바 호수 근처로 그를 찾아갔다. 롤랑은 자신의 일기에서 아인슈타인이 서툰 프랑스어로 "가장 심각한 주제를 아주 재미있게" 이야기해주었다고 적어두었다.

벌떼들이 꽃이 핀 포도나무를 점령하고 있는 호텔 테라스에 앉아 이야기를 나누면서, 아인슈타인은 베를린에서의 교수회의에 대한 농담을 했다. 교수들은 각자 "세상에서 우리 독일 사람들이 미움을 받는 이유"에 대해서 심각하게 고민하고 나서는 "신중하게 진실을 피해가버렸다." 아인슈타인은 과감하고 어쩌면 무모하게도 공개적으로 독일은 개혁할 수가 없기 때문에 연합군이 승리해서 "프로이센의 권력과 왕가를 무너뜨리기" 바란다는 자신의 생각을 밝혔다.[49]

그 다음 달에 아인슈타인은 친구, 아니 과거의 친구였던 괴팅겐의 유명한 수학자 파울 헤르츠와 격렬한 논쟁을 벌였다. 헤르츠는 아인슈타인과 함께 신조국연맹의 준회원이었지만, 그 단체가 말썽의 대상이 되면서 정회원이 되기를 망설이고 있었다. 아인슈타인은 "자신의 권리를 당당하게 주장하지 못하는 이런 소극적인 자세가 정치 상황을 이렇게 비참한 지경으로 만든 원인입니다. 당신은 지배자들이 독일 국민들에게 바라는 바로 그런 유형의 당당한 성향을 가지고 있습니다"라고 비난했다.

헤르츠는 "만약 당신이 과학을 이해하려는 만큼 사람들을 이해하려고 노력했다면, 당신은 나에게 그렇게 모욕적인 편지를 보내지는 않았을 것입니다"라는 답장을 보내왔다. 그것은 유효한 지적이었고, 사실이었다. 아인슈타인은 그의 가족이 알고 있듯이 개인적인 문제보다는 물리학 방정식을 이해하는 일에 더 뛰어났고, 사과의 편지에서 그런 점을 인정했다. "용서해주시기 바랍니다. 특히 당신이 정확하게 지적했듯이, 나는 과학을 이해하려는 만큼 사람을 이해하려고 노력하지 않았던 것이 사실이기 때문입니다."[50]

아인슈타인은 11월에 "전쟁에 대한 의견"이라는 세 페이지짜리 글을 발표했다. 그 글은, 아무리 위대한 과학자의 글이라고 하더라도 독일에서 허용되는 경계를 넘나드는 것이었다. 그는 "남성의 본성에 대한 생물학적으로 결정된 특징"이 전쟁의 원인 중 하나라고 추정했다. 그달의 괴테 연맹에 발표된 그의 글은 안전을 위해서 애국주의를 "야만적인 증오와 대량 학살의 도덕적 요소"라고 공격하는 부분을 포함한 몇 군데가 삭제되어 있었다.[51]

아인슈타인은 취리히의 친구 하인리히 장거에게 보낸 편지에서도 전쟁이 남성의 공격성에 대한 생물학적인 근거를 가지고 있다는 주장을 반복했다. 아인슈타인은 "무엇이 사람들로 하여금 그렇게 야만적으로 서로를 죽이고 상처를 입히도록 만들까? 나는 그렇게 사나운 폭발을 일으키는 것이 남성의 성적 본성이라고 생각하네"라고 했다.

그는 그런 공격성을 잠재우는 유일한 방법은 회원 국가를 통제할 수 있는 힘을 가진 세계기구를 만드는 것이라고 주장했다.[52] 그는 18년 후에 자신의 순수한 평화주의를 추구하기 위한 마지막 투쟁에서도 이 문제를 다시 거론했다. 그는 남성 심리와 세계정부의 필요성에 대해서 지그문트 프로이트와 공개적인 편지 논쟁을 벌이기도 했다.

후방, 1915년

1915년 전쟁이 시작된 이후 몇 달 동안, 두 아들 한스 알베르트와 에두아르트와 헤어진 아인슈타인은 감정적, 재정적으로 힘든 시간을 보냈다. 아이들은 아인슈타인이 그해 부활절에 취리히로 와주기를 원했다. 이제 막 열한 살이 된 한스 알베르트는 그에게 감동을 주기 위해서 두 통의 편지를 보내왔다. "저는 그저 이렇게 생각합니다. 부활절에 아빠가 이곳에 계실 것이고, 우리는 다시 아빠를 가지게 된다고 말입니다."

그 후에 보낸 우편엽서에서 그는, 동생이 자신에게 "아빠가 여기 있는" 꿈을 꾸었다는 이야기를 해주었다고 했다. 그는 자신이 수학을 얼마나 잘하는지에 대해서도 이야기했다. "엄마가 나에게 문제를 줍니다. 우리는 작은 책을 가지고 있습니다. 나도 아빠만큼 잘할 수 있습니다."[53]

전쟁 때문에 부활절에 취리히로 가는 것이 불가능해진 그는 한스 알베르트에게 7월에는 함께 스위스 알프스로 등산 휴가를 가자고 약속하는 우편엽서를 보냈다. "여름에는 너만 데리고 이삼 주 동안 여행을 하겠다. 앞으로 매년 그렇게 하고, 테테[에두아르트]가 자라면 함께 갈 수 있을 것이다."

아인슈타인은 아들이 기하학을 좋아하게 되었다는 사실에 기뻐했다. 그는 자신이 그의 나이였을 때 기하학이 "가장 좋아하는 놀이"였다고 하면서, "그러나 나에게 증명을 해줄 사람이 아무도 없어서 모든 것을 책에서 배워야만 했다"고 했다. 그는 아들과 함께 지내면서 수학을 가르쳐주고, "과학과 다른 것에 대해서 훌륭하고 재미있는 이야기를 해주고" 싶어했다. 그러나 그런 일이 언제나 가능하지는 않았다. 어쩌면 편지로 그렇게 할 수도 있었을까? "나에게 편지를 쓸 때마다 네가 알고 있는 것을 알려주면, 멋진 작은 문제를 내주겠다." 그는 두 아들에게 장난감을 하나씩 보내주고, 이를 잘 닦으라고 타일렀다. "나도 그렇게 했고, 지금은 건강한 치아를 가지게 되어 아주 행복하단다."[54]

그러나 가족 사이의 긴장은 악화되었다. 아인슈타인과 마리치는 돈과 휴가 기간에 대해서 다투는 편지를 주고받았고, 6월 말에는 한스 알베르트가 퉁명스러운 엽서를 보내왔다. "아빠가 엄마에게 그렇게 불친절하면, 아빠와 함께 가고 싶지 않아요." 결국 아인슈타인은 취리히 여행을 취소하고, 그 대신 엘자와 그녀의 두 딸과 함께 발트 해의 휴양지인 셸린으로 가버렸다.

아인슈타인은 마리치가 아이들로 하여금 자신에게 등을 돌리도록 만들고 있다고 확신했다. 그는 한스 알베르트가 자신에게 취리히에 오지 않는다고 애처롭게 불평하는 편지와, 등산 휴가를 거부하는 더 강한 편지를 보낸 것도 그녀 때문이었으리라고 추측했다. 그런 주장이 맞을 수도 있었다. 그는 장거에게 "지난 몇 년 동안 내 훌륭한 아들이 복수심이 강한 아내 때문에 나에게서 멀어져버렸다. 작은 알베르트의 엽서는 그녀가 직접 불러준 것이 아니라고 하더라도 그녀의 영향을 받아서 쓴 것이었다"라고 불평을 했다.

그는 의대 교수였던 장거에게 귀 감염과 다른 병을 앓고 있던 에두아르트를 진찰해달라고 부탁했다. "제발 작은아이에게 무엇이 문제인지 편지로 알려주게. 나는 특히 그 아이에게 애착을 가지고 있네. 그는 여전히 나에게 달콤하고 순결하지."[55]

그가 스위스에 간 것은 9월 초였다. 마리치는 갈등을 겪고 있었지만, 그가 그녀와 아이들과 함께 지내도 될 것이라고 느꼈다. 그들은 여전히 부부였다. 그녀는 화해를 원했다. 그러나 아인슈타인은 그녀와 함께 지내고 싶어하지 않았다. 호텔에 묵었던 그는 친구인 미셸 베소와 하인리히 장거와 많은 시간을 보냈다.

결과적으로 그가 스위스에 머물렀던 3주 동안 아이들을 만날 수 있는 기회는 두 번뿐이었다. 엘자에게 보낸 편지에서 그는 모든 것이 소원해진 아내 탓이라고 주장했다. "엄마가 아이들이 나에게 너무 의존하게 될 것을 두려워했던 것이 원인이었습니다." 한스 알베르트는 아버지에게 그의 방문에 대해서 불편하게 느끼고 있다는 사실을 밝혔다.[56]

아인슈타인이 베를린으로 돌아간 후 한스 알베르트는 장거를 찾아갔다. 부부 모두의 친구였던 친절한 의대 교수는 아인슈타인이 아이들을 방문할 수 있도록 화해시켜주려고 노력했다. 베소도 중재자 역할을 했다. 베소가 마리치와 의논한 후에 보낸 공식적인 편지에 따르면, 아인슈타인이 아이들을 만날 수는 있지만, 베를린이나 엘자의 가족이 있는 곳에서는 안 된다는 것이었다. "깨끗한 스위스 여관"이 최선의 장소인 듯했다. 처음에는 한스 알베르트와 둘이서 아무 방해를 받지 않고 함께 시간을 보낼 수 있을 것이다. 크리스마스에는 한스 알베르트가 베소의 가족을 방문하기로 했고, 베소는 아인슈타인도 그때 함께 올 수 있을 것이라고 제안했다.[57]

일반상대성을 향한 경쟁, 1915년

1915년에 일어났던 정치적, 개인적 혼란이 특별히 주목할 만했던 이유는 아인슈타인이 그 모든 혼란 속에서도 과학적 노력에 집중하고, 일을 구분할 수 있는 능력을 확실하게 보여주었기 때문이다. 그 당시에 그는 엄청난 노력과 열망으로 훗날 자신의 일생에서 가장 위대한 업적을 이룩하기 위한 경쟁을 벌였다.[58]

1914년 봄에 아인슈타인이 베를린으로 옮겼을 때, 그의 동료들은 그가 연구소를 세우고 조수들을 채용하여 물리학에서 가장 시급한 문제인 양자 이론의 의미에 대해서 연구할 것이라고 짐작했다. 그러나 아인슈타인은 외로운 늑대에 더 가까웠다. 플랑크와는 달리 그는 많은 공동 연구자나 조수를 원하지 않았고, 개인적으로 열정을 가지고 있었던 상대성 이론의 일반화에 집중하고 싶었다.[59]

아내와 아이들이 취리히로 떠나버린 후에 자신이 살던 아파트에서 나온 아인슈타인은 엘자와 함께 베를린 중심지에 더 가까운 아파트를 임대했다. 가구가 거의 없는 독신자용이었지만, 새로 지은 5층 건물의 3층에

위치한 7개의 방이 있는 상당히 넓은 아파트였다.[60]

아인슈타인의 서재에는 논문과 학술지들이 잔뜩 쌓인 대형 목재 책상이 있었다. 그는 그런 은둔처에서 거닐고, 자신이 원하는 시간에 먹고, 일하고, 잠을 자면서 계속 외로운 투쟁을 했다.

1915년 봄과 여름 동안에 아인슈타인은 자신의 초안을 다듬고, 여러 가지 도전에 대하여 방어하면서 씨름을 했다. 그는 자신의 새 이론을 단순히 상대성의 "일반화된 이론(a generalized theory)"이라고 하는 대신 "일반 이론(the general theory)"이라고 불렀지만, 그렇게 한다고 해서 자신이 피해가려고 애쓰던 문제가 감추어지는 것은 아니었다.

그는 자신의 방정식이 구멍 논증과 물리학의 제약에서 허용되는 최대의 공변성을 가지고 있다고 주장했지만, 곧바로 그것이 틀릴 수도 있다고 의심하기 시작했다. 또한 자신의 텐서 계산에 대한 문제점을 지적해준 이탈리아의 수학자 툴리오 레비-치비타와 소모적인 논쟁을 벌이고 있었다. 그리고 그의 이론이 목성 궤도의 이동에 대해서 예측한 결과가 옳지 않은 이유도 분명히 밝혀내지 못했다.

그렇지만 적어도 그의 초안 이론은 여전히 회전이 일종의 **상대적 운동**, 즉 다른 대상의 위치와 운동에 상대적으로만 정의할 수 있는 것이라는 사실은 성공적으로 설명했다. 아인슈타인은 1915년 여름까지 그렇게 생각했다. 그는 자신의 장 방정식이 회전 좌표계의 변환에서 불변이라고 생각했다.[61]

자신의 이론에 대해서 확신을 가지고 있던 아인슈타인은, 1915년 6월 말부터 이론물리학의 수학에 대한 유명한 연구 센터였던 괴팅겐 대학교에서 1주일에 2시간짜리 강의 시리즈를 통해서 자신의 이론을 소개했다. 그 강의에 참석했던 천재들 중에서 가장 뛰어난 사람은 다비트 힐베르트였고, 아인슈타인은 그에게 특별히 열심히, 어쩌면 그 결과를 고려하면 너무 열심히 상대성 이론의 복잡한 내용을 설명해주었다.

괴팅겐 방문은 대성공이었다. 아인슈타인은 장거에게 자신이 "그곳에 있던 수학자들을 완전히 설득하는 즐거운 경험"을 했다면서 기뻐했다. 그는 역시 평화주의자였던 힐베르트에 대해서 "그를 만났고, 상당히 관심을 가지게 되었다"라고 덧붙였다. 몇 주일 후에 다시 "내가 힐베르트에게 일반상대성 이론을 설득시킬 수 있었다"고 주장한 아인슈타인은 그를 "놀라운 에너지와 독립심을 가진 사람"이라고 했다. 다른 물리학자에게 보낸 편지에서, 아인슈타인은 더욱 감동적이었다. "괴팅겐에서 나는 모든 것을 아주 자세한 부분까지 이해시키는 엄청난 즐거움을 경험했다. 나는 힐베르트에게 상당히 매혹되었습니다."[62]

힐베르트도 역시 아인슈타인과 그의 이야기에 매혹당했다. 그는 곧바로 자신이 장 방정식을 바로잡는 목표에서 아인슈타인을 이길 수 있는지를 알아보는 일에 착수했다. 괴팅겐에서 강의를 하고 석 달이 채 지나지 않아서, 아인슈타인은 그의 초안 이론에 정말 오류가 있었고, 힐베르트가 스스로 옳은 방법을 찾기 위해서 열심히 경쟁하고 있다는 두 가지 난처한 사실을 알게 되었다.

아인슈타인이 자신의 초안 이론이 무너지고 있다는 사실을 깨달은 것은 문제가 누적되었기 때문이었다. 1915년 10월 초에 두 가지 충격적인 사실이 밝혀지면서 사태는 절정에 이르렀다.

첫째 아인슈타인은 초안을 재검토하는 과정에서 자신의 방정식이 실제로는 생각했던 것처럼 회전을 설명하지 못한다는 사실을 발견했다.[63] 그는 회전을 그저 또다른 형태의 상대적 운동으로 생각할 수 있다는 사실을 증명하고 싶었다. 그러나 초안 이론은 실제로 그런 사실을 증명하지 못하는 것으로 드러났다. 초안 방정식은 그가 믿었던 것처럼 좌표를 일정하게 회전시키는 변환에 대해서 공변이 아니었다.

베소는 1913년의 메모에서 그것이 문제가 될 수도 있다는 사실을 그에게 경고했었다. 그러나 아인슈타인은 그의 지적을 무시했다. 이제 계산을 다시 하는 과정에서 그는 이 기둥이 무너져버린 것을 보고 몹시 실망했다. 그는 천문학자 프로인틀리히에게 "이것은 골치 아픈 모순입니다"라고 한탄했다.

그는 자신의 이론이 목성 궤도의 이동을 완전히 설명하지 못하는 것도 똑같은 오류 때문이라고 생각했다. 그리고는 자신이 문제를 해결하지 못할 수도 있다는 사실에 실망했다. "이 문제에 대한 내 마음이 너무 판에 박혀버렸기 때문에 나는 내 스스로 오류를 찾아낼 수 있을 것이라고 믿지 않습니다."[64]

더욱이 그는 에너지-모멘텀 보존에 필요한 조건들을 비롯하여 다른 물리학적 제한 때문에 초안에서 유일한 장 방정식이 얻어질 것이라는 "유일성" 논증에 오류가 있었다는 사실을 깨달았다. 그는 로렌츠에게 자신이 과거에 했던 "잘못된 주장"을 자세하게 설명하는 편지를 보냈다.[65]

이런 문제 이외에도 그가 이미 알고 있던 문제도 있었다. 초안 방정식이 일반적 공변이 아니어서 모든 형태의 가속이나 일정하지 않은 운동을 상대적으로 만들지도 못하고, 목성의 비정상적인 궤도를 완전히 설명해주지도 못한다는 것이다. 이제 그는 자신의 체계가 무너지는 상황에서 괴팅겐으로부터 자신을 추격하고 있는 힐베르트의 발자국 소리를 듣게 되었던 것이다.

아인슈타인의 천재성은 그의 집요함에서 비롯된 것이기도 했다. 그는 (1905년 상대성 논문에서 고백했듯이) "명백한 모순"에 직면하는 경우에도 한 가지 아이디어에 집착할 수 있었다. 그는 또한 물리학적 세계에 대한 자신의 직관적 느낌을 깊이 신뢰하기도 했다. 다른 과학자들보다 훨씬 더 고립되어 일하는 방식 덕분에 그는 다른 사람들의 우려에 상관없이 자신의 본능에 집착할 수 있었다.

그러나 끈기가 있다고 해서 어리석을 정도로 완고하지는 않았다. 초안에서 사용했던 자신의 방법을 더 이상 지킬 수 없다고 판단한 그는 기꺼이 그것을 폐기해버렸다. 그것이 바로 1915년 10월에 그가 했던 일이었다.

아인슈타인은 운이 다한 초안 이론을 대체하기 위해서, 물리학의 기본 원리에 대한 자신의 느낌을 강조하는 물리학적 전략을 버리고 리만과 리치 텐서를 이용하는 수학적 전략에 더 의존하기 시작했다. 그것은 그의 취리히 노트에서 사용했다가 포기해버린 방법이었다. 이제 그는 그런 수학적 전략이 일반적 공변인 중력장 방정식을 만들 수 있는 길을 제공해준다는 사실을 확신했다. 존 D. 노턴은 "아인슈타인은 방향을 전환함으로써 속박에서 벗어나 일반상대성 이론의 약속된 땅으로 인도해주는 새 길을 열게 되었다"고 했다.[66]

물론 언제나 그랬듯이, 그의 접근방법은 두 가지 전략이 모두 혼합된 것이었다. 그는 되살아난 수학적 전략을 추구하기 위해서 초안 이론의 기초였던 물리학적 가설을 수정해야만 했다. 미셸 얀센과 위르겐 렌은 "그 것은 정확하게 아인슈타인이 취리히 노트와 초안 이론에서 놓쳐버렸던 물리학적 사고와 수학적 사고의 수렴이었다"고 했다.[67]

결국 그는 자신이 취리히에서 사용했던 텐서 분석으로 되돌아갔다. 이번에는 일반적 공변인 방정식을 발견한다는 수학적 목표를 더 강조했다. 그는 친구에게 "과거에 생각했던 이론들에 대한 마지막 한 조각의 확신도 사라져버린 지금 나는 일반 공변 이론, 즉 리만의 공변을 통해서만 만족스러운 답을 찾을 수 있다는 사실을 분명히 알게 되었습니다"라고 했다.[68]

결과는 4주에 걸친, 심신이 지쳐버릴 정도의 몰입이었다. 아인슈타인은 텐서, 방정식, 수정, 그리고 프로이센 과학원으로 달려가서 4회에 걸친 목요 강의를 통해서 개정된 이론을 발표하느라 씨름했다. 뉴턴 우주의 수정이라는 승리의 절정은 1915년 11월 말에 찾아왔다.

프로이센 과학원 회원 50여 명은 매주 베를린 중심에 있는 국립 프로이센 도서관의 그랜드 홀에 모여서 서로를 "각하"라고 부르면서 동료 회원들의 현명한 이야기를 들었다. 아인슈타인의 4회에 걸친 강의는 몇 주 전에 예정되어 있었지만, 그는 강의가 시작되기까지, 사실은 시작된 후까지도 자신의 수정 이론에 대해서 열성적으로 연구했다.

첫 강의는 11월 4일에 있었다. 그는 "지난 4년 동안 나는 일정하지 않은 운동의 경우에도 상대성이 성립된다는 가정으로 일반상대성 이론을 정립하려고 노력해왔다"며 강의를 시작했다. 폐기해버린 초안 이론에 대해서는 자신이 물리학적 실체에 맞는 "유일한 중력법칙을 실제로 발견했다고 믿었다"고 했다.

그런 후에 아인슈타인은 놀라울 정도로 솔직하게 그 이론이 가지고 있던 모든 문제를 자세하게 설명했다. 그는 "바로 그런 이유 때문에 나는 장 방정식에 대한 신뢰를 완전히 잃어버렸다"고 했다. 그는 그런 방정식을 2년 이상 옹호해왔다. 이제 그는 자신과 수학자 친구 마르켈 그로스만이 1912년에 사용했던 접근방법으로 되돌아갔다고 말했다. "따라서 나는 친구 그로스만과 함께 일할 때 무거운 마음으로 떠났던 장 방정식의 더욱 일반적인 공변 조건으로 되돌아가기로 했다. 사실 우리는 당시에 이미 해답에 상당히 가까이 갔었다."

아인슈타인은 1912년 그로스만이 소개했던 리만과 리치의 텐서로 되돌아갔다. 강의에서 그는 "그것을 진정으로 이해하는 사람은 이 이론의 매력을 거부하기가 쉽지 않다. 그것은 가우스, 리만, 크리스토펠, 리치, 레비-치비타에 의해서 마련된 미적분 방법의 진정한 승리이다"라고 주장했다.[69]

아인슈타인은 역사에서 가장 집중적으로 과학적 창의성을 추구했던 격동기를 살고 있었다. 그는 자신이 "무서울 정도로 열정적으로" 일하고 있다고 했다.[70] 그런 어려움 속에서도 그는 여전히 집안에서의 개인적인 위기를 경험하고 있었다. 마리치는 물론이고 그녀의 편에 서 있던 미셸 베소도 그에게 재정적 책임을 강요했고, 그가 아들을 만나는 방법을 의논하는 편지가 쏟아졌다.

첫 논문을 제출했던 11월 4일, 그는 스위스에 있던 한스 알베르트에게 고민에 차서 고통스러울 정도로 신랄한 편지를 보냈다.

너에게 가깝고, 사랑하는 아버지가 되기 위해서 매년 한 달을 너와 함께 보내도록 노력하겠다. 너는 다른 어떤 사람도 너에게 줄 수 없는 많은 좋은 것들을 배울 수 있을 것이다. 내가 그렇게 정력적으로 일해서 얻은 것들은 낯선 사람에게는 물론이고 특히 내 아들들에게도 가치가 있을 것이다. 지난 며칠 동안 나는 내 일생에서 가장 뛰어난 논문 중 하나를 완성했다. 네가 더 자라면 그것에 대해서 이야기해줄 것이다.

그는 매우 혼란스러운 것처럼 보이는 약간의 사과 내용으로 편지를 마무리했다. "나는 일에 몰두해서 점심 먹는 것도 잊는 경우가 많다."[71]

아인슈타인은, 열정적으로 방정식을 고치고 있던 중에도 시간을 내서 자신과 일반상대성 방정식을 찾는 경쟁을 벌이던 친구이자 경쟁자인 다비트 힐베르트와 어색한 무도회에 참석하기도 했다. 아인슈타인은 괴팅겐의 수학자가 초안 방정식에서 오류를 찾아냈다는 소문을 들었다. 특종을 빼앗길 수도 있다고 걱정하던 그는 힐베르트에게 자신도 4주 전에 오류를 발견했다는 편지를 보내면서 11월 4일의 강의 노트를 함께 보내주었다. 아인슈타인은 어느 정도 방어적인 입장에서 "당신이 나의 새로운 답을 받아들일 것인지 궁금합니다"라고 했다.[72]

힐베르트는 아인슈타인보다 뛰어난 순수 수학자였고, 훌륭한 물리학자가 아니라는 장점도 가지고 있었다. 그는 아인슈타인과는 달리 새 이론이 약하고 정적인 장에서 뉴턴의 옛 이론과 맞는지, 또는 인과법칙을 따르는지를 확인하려고 애쓸 필요가 없었다. 힐베르트는 수학-물리학의 이중전략 대신 공변인 방정식을 찾아내는 일에 집중하는 수학적 전략만을 추구했다. 데니스 오버바이는 "힐베르트는 물리학이 너무 복잡해서 물리학자들에게 맡겨두는 것이 좋다는 농담을 즐겼다"고 했다.[73]

아인슈타인은 다음 목요일인 11월 11일에 두 번째 논문을 발표했다. 그 논문에서 그는 리치 텐서를 사용했고, 방정식을 일반적 공변으로 만들어주는 새로운 좌표 조건을 제시했다. 그러나 그것만으로는 사정이 크게 좋아지지 않는 것으로 밝혀졌다. 아인슈타인은 마지막 답에 가까이 가 있었지만, 여전히 앞으로 나아가지 못했다.[74]

이번에도 역시 그는 힐베르트에게 논문을 보냈다. 아인슈타인은 "(방정식에는 영향을 주지 않는) 이번의 내 수정이 정당한 것이라면, 중력은 반드시 물질의 구성에 근본적인 역할을 해야만 합니다. 내 호기심이 내 일을 방해하고 있습니다!"라고 했다.[75]

다음 날 힐베르트가 보내온 답장은 아인슈타인을 실망시켰음이 분명하다. 그는 자신이 "당신의 위대한 문제에 대한 자명한 답"을 제시할 준비를 마쳤다고 했다. 다만 그는 자신이 결과를 물리학적으로 조금 더 살펴볼 때까지 논의를 미룰 계획이라고 했다. "그러나 당신이 그렇게 관심이 많으니, 다가오는 화요일에 내 이론을 완전히 공개할 계획입니다." 그날이 바로 11월 16일이었다.

힐베르트는 아인슈타인에게 괴팅겐으로 와서 직접 자신이 답을 설명하는 것을 즐기라고 요청했다. 그는 모임이 오후 6시에 시작될 예정이라고 하면서, 베를린에서 출발하는 오후 기차 두 편의 도착 시간까지 알려주었다. "나와 내 아내는 당신이 우리 집에 머물러주기를 바랍니다"라는 말도 덧붙였다.

힐베르트는 편지에 서명하고 나서 감질나고 당혹스러운 추신을 덧붙였다. "내가 당신의 새 논문을 이해하기로는, 당신의 답은 내 것과 완전히 다릅니다."

아인슈타인은 월요일이었던 11월 15일에 네 통의 편지를 보냈다. 그런 사실이 그가 복통을 겪고 있었던 이유였다. 아들 한스 알베르트에게는 크리스마스와 신년 무렵에 그를 만나러 스위스에 가고 싶다고 했다. "우리 둘이서만 지냈으면 좋겠다." 그는 아들에게 조용한 여관 같은 곳을 제안했다. "어떻게 생각하느냐?"

그는 소원해진 아내에게 "아이들과의 관계를 방해하지" 않아주어 감사하다는 화해의 편지도 보냈다. 그리고 부부 모두의 친구인 장거에게 "옛날의 증명에 문제가 있다는 것을 깨닫고 중력 이론을 수정했다······ 사랑하는 아들을 만나기 위해서 연말에 기꺼이 스위스로 갈 예정이다"라는 편지를 보냈다.[76]

마지막으로, 그는 힐베르트에게 편지를 보내어 다음 날 괴팅겐을 방문해달라는 그의 초청을 거절했다. 그는 편지에서 자신의 불안한 마음을 감추지 않았다. "당신의 분석에 많은 관심을 가지고 있습니다······ 당신이 편지로 알려준 힌트는 도움이 될 것 같습니다. 그렇지만 당분간 괴팅겐으로 가는 것은 자제해야 할 것 같습니다······ 몹시 지쳐 있고, 복통도 심합니다······ 가능하다면, 내 초조함을 달래기 위해서 당신이 연구한 제대로 된 증명을 보내주시기 바랍니다."[77]

아인슈타인의 입장에서는 다행스럽게도, 그 주에 찾아낸 즐거운 발견으로 그의 불안은 어느 정도 가벼워졌다. 그는 자신의 방정식이 완전하지 않다는 사실을 알면서도 자신이 선택한 새로운 방법이 목성 근일점 이동에 대해서 알려진 것을 제대로 예측할 수 있는지 살펴보기로 했다. 그와 베소가 (결과는 실망스러웠지만) 그런 계산을 해본 적이 있었기 때문에 수정된 이론을 이용해서 계산을 다시 하는 데는 오랜 시간이 걸리지 않았다.

한 세기 동안 43초 이동한다는 결과는 옳은 것이었다. 그는 4회로 예정된 11월 세 번째 강의에서 자랑스럽게 그 결과를 발표했다.[78] 훗날 에이브러햄 파이스는 "나는 이 발견이 아인슈타인의 과학자로서의 일생, 어쩌면 그의 전체 일생에서 가장 강한 감격적 경험이었을 것이라고 생각한다"고 했다. 그는 너무나도 감격해서 몸 안에서 "무엇이 툭하고 끊어진 것처럼" 심장이 고동치는 것을 느꼈다. 그는 에렌페스트에게 "나는 즐거운 흥분에 휩싸여 있습니다"라고 했다. 다른 물리학자에게는 "목성 근일점 이동의 결과는 나에게 정말 만족스럽습니다. 내가 남몰래 비웃기도 했던 천문학의 현학적 정확성이 우리에게 정말 큰 도움이 되고 있습니다!"[79]

그 강의에서 그는 자신이 했던 다른 계산의 결과도 공개했다. 그는 8년 전 일반상대성 이론을 만들기 시작했을 때, 중력이 빛을 휘어지게 만드는 것도 자신의 결과 중 하나라고 했었다. 그전에는 태양 부근의 중력장에 의해서 빛이 휘어지는 정도가 빛을 입자로 취급했을 때 뉴턴 이론에 의해서 예측되었던 것과 마찬가지로 대략 0.83초가 될 것이라고 추정했었다. 그러나 이제 새로 수정된 이론을 이용한 아인슈타인은 중력에 의한 빛의 휘어짐이 시공간의 휘어짐에 의해서 나타나기 때문에 그 크기가 두 배 정도 커진다는 결과를 얻게 되었다. 그는 이제 태양의 중력이 빛을 1.7초 정도 휘어지게 만들 것이라고 예측했다. 그런 예측을 확인하려면 3년 이상이나 남아 있는 일식까지 기다려야만 했다.

11월 18일, 바로 그날 아침에 아인슈타인은 힐베르트의 새 논문을 받았다. 괴팅겐에서의 발표를 들으러 오라고 초청했을 때 이야기했던 바로 그 논문이었다. 아인슈타인은 그것이 자신의 논문과 너무 비슷해서 놀라기도 하고, 당황하기도 했다. 힐베르트에 대한 그의 반응은 간결했고, 조금 냉정했으며, 자신의 우선권을 분명하게 주장하는 것이었다.

당신이 보내준 결과는 지난 몇 주 동안에 내가 발견해서 과학원에서 발표한 것과 정확하게 일치합니다. 그러나 일반적 공변인 방정식을 찾아내는 것이 문제가 아니었습니다……그것은 리만의 텐서로 쉽게 얻을 수 있습니다……나는 이미 3년 전에 내 친구 그로스만과 함께 그런 공변 방정식들을 고려했고, 이제는 그것이 옳다는 것을 밝혀냈습니다. 우리는 그 방정식에서 유도되는 물리학적 설명이 뉴턴 법칙과 부합하지 않는다고 생각했기 때문에 그 결과와 거리를 두어왔습니다. 오늘 나는 어떤 가정도 없이 일반상대성 이론에서 정량적으로 유도한 목성 근일점 이동에 대한 논문을 과학원에서 발표합니다. 지금까지 어떤 중력 이론도 이런 일을 해내지는 못했습니다.[80]

힐베르트는 다음 날 친절하고 상당히 너그러운 답장을 보내왔지만, 자신의 우선권을 주장하지는 않았다. 그는 "근일점 이동을 정복한 것을 진심으로 축하드립니다. 내가 당신처럼 빨리 계산할 수 있었다면, 내 방정식에서 전자가 항복해야만 하고, 수소 원자는 빛을 내지 않는 것에 대해서 사과의 편지를 써야 했을 것입니다"라고 했다.[81]

그렇지만 다음 날인 11월 20일에 힐베르트는 자신이 정립한 일반상대성 방정식을 소개하는 논문을 괴팅겐 과학 학술지에 보냈다. 그가 선택한 제목은 겸손한 것이 아니었다. 그는 "물리학의 초석(礎石)"이라고 했다.

프로이센 과학원에서 가장 극적이었던 4번째 강의 준비에 바빴던 아인슈타인이 힐베르트가 보내준 논문을 얼마나 신중하게 읽었고, 그것이 그의 생각에 어떤 영향을 주었는지는 분명하게 알 수 없다. 어쨌든 그가 1주일 전에 했던 목성과 빛 휘어짐에 대한 계산 덕분에 그는 자신의 중력장 방정식에 부여해왔던 제한 조건과 좌표 조건들이 더 이상 필요 없다는 사실을 깨달았다. 그는 시간에 맞추어, 1915년 11월 25일 자신의 마지막 강의였던 "중력의 장 방정식"에서 일반상대성 이론에 사용된 공변 방정식을 완성했다.

일반인들에게 그 결과는 $E = mc^2$만큼이나 생생하지는 않았다. 그러나 놀라운 복잡성들이 작은 첨자들에 압축되어 있는 압축된 텐서 기호를 이용하면, 마지막 아인슈타인의 장 방정식의 핵심은 실제로 자랑스러운 물리학과 학생들을 위한 티셔츠에 문장을 장식할 정도로 간결해진다. 여러 가지 방법으로 표현되지만,[82] 다음과 같이 쓸 수도 있다.

$$R_{\mu v} - (1/2)g_{\mu v} R = 8\pi T_{\mu v}$$

방정식의 좌변은 그가 일찍부터 받아들인 리치 텐서를 나타내는 $R_{\mu v}$로 시작된다. $g_{\mu v}$는 가장 중요한 계량 텐서이고, R은 리치 스칼라(Ricci Scalar)라는 리치 텐서의 트레이스*이다. 오늘날 아인슈타인 텐서라고 부르면서 단순히 $G_{\mu v}$라고 나타내는 방정식의 좌변은 시공간의 기하학이 물체에 의해서 어떻게 휘어지고 굽어지는지에 대한 정보를 압축해서 표현한 것이다.

우변은 중력장에서 물질의 움직임을 나타낸 것이다. 방정식 양변 사이의 상호작용은 물체가 어떻게 시공간을 휘어지게 만들고, 그런 휘어짐이 어떻게 물체의 움직임에 영향을 주는지를 보여준다. 물리학자 존 휠러는 "물질은 시공간에 어떻게 휘어질 것인지를 알려주고, 굽은 공간은 물질에게 어떻게 움직일 것인지를 알려준다"고 표현했다.[83]

또다른 물리학자 브라이언 그린의 표현에 따르면 우주의 탱고는 그렇게 막이 올랐다.

공간과 시간은 진화하는 우주의 연주자가 되었다. 그들은 살아 움직인다. 이곳의 물질은 저곳의 공간을 휘어지게 만들고, 그곳이 다시 다른 곳의 물질을 움직이도록 만들고, 그것이 다시 또다른 것의 공간을 더 휘어지게 만들고, 그렇게 계속된다. 일반상대성은 공간, 시간, 물질, 에너지의 뒤엉킨 우주적 춤의 안무가가 된다.[84]

---

* 텐서의 대각 요소들을 합친 값 / 역주.

마침내 아인슈타인은 진정으로 공변인 방정식과, 따라서 적어도 그가 만족할 수 있는 수준에서 관성, 가속, 회전, 또는 임의의 운동을 포함한 모든 운동을 포용하는 이론을 가지게 되었다. 자신의 이론을 공식적으로 발표한 다음, 3월 『물리학 연보』의 논문에서 그는 "자연의 일반 법칙은 모든 좌표 시스템에 적용되는, 즉 어떠한 치환에 대해서도 공변인 방정식으로 표현될 것이다"라고 선언했다.[85]

아인슈타인은 자신의 성공에 감격했지만, 동시에 닷새 전에 괴팅겐에서 이론을 발표했던 힐베르트가 어느 정도의 공로를 차지하게 될 것인지를 걱정했다. 그는 친구 하인리히 장거에게 "오직 한 사람이 정말 그것을 이해하고 있고, 그 사람이 교묘한 방법으로 그것을 (아브라함의 표현에 따르면) 전유(專有)하려고 한다"고 했다. 괴팅겐에서 교육을 받은 수리물리학자 막스 아브라함이 쓰기 시작했던 "전유하다(nostrify, nostrifizieren)"라는 표현은 독일의 대학교가 다른 대학교에서 수여한 학위를 자신들의 학위로 전유하는 일을 말하는 것이었다. "내 개인적인 경험으로는 인간의 야비함을 이보다 더 잘 알게 된 적이 없었다." 며칠 후 베소에게 보낸 편지에서 그는 "내 동료들이 이 문제에 대해서 열심히 대응하고 있다. 그 이야기를 들으면 크게 웃을 것이다"라고 덧붙였다.[86]

그렇다면 실제로 마지막 수학적 방정식에 대한 주된 공로는 누구에게 주어져야만 했을까? 아인슈타인-힐베르트 공로 문제는 작지만 격렬한 역사적 논쟁거리가 되었고, 때로는 단순한 과학적 호기심의 범위를 넘어선 열기에 휩싸이기도 했다. 힐베르트는 자신의 결과를 11월 16일의 강연과 11월 20일자의 논문으로 발표했고, 아인슈타인은 11월 25일에 발표했다. 그러나 1997년에 아인슈타인을 연구하는 학자들은 힐베르트가 12월 16일 출판사에 제출했던 교정쇄를 찾아냈다. 힐베르트의 첫 원고에 있던 방정식은 아인슈타인이 11월 25일에 발표했던 최종 방정식과 크지는 않지만 중요한 점에서 차이가 있었다. 그 방정식들은 실제로 일반적 공변이 아니었다. 그는 리치 텐서를 축약하고, 그렇게 얻은 트레이스 항인 리치 스칼라를 방정식에 포함시키는 단계를 빠뜨렸다. 그러나 아인슈타인의 11

월 25일 강의에서는 그런 단계가 포함되어 있었다. 힐베르트는 자신의 원고에서 그 부분을 수정하여 아인슈타인의 결과와 같도록 만들었던 것으로 보인다. 그의 수정 원고에는 중력 퍼텐셜에 대해서 "아인슈타인에 의해서 처음 소개되었던"이라는 너그러운 표현도 추가되었다.

힐베르트 지지자(아인슈타인 비판자)들은 다양한 주장을 해왔다. 교정쇄에 한 부분이 없어졌다는 주장도 있었고, 문제가 되는 트레이스 항은 불필요하거나 당연한 것이라는 주장도 있었다.

두 사람 모두 1915년 11월에 일반 이론의 공식적인 표현이 된 수학적 방정식을 유도했다고 하는 것이 공정하다. 두 사람이 어느 정도까지는 독립적으로 연구했지만, 상대방이 무엇을 하는지 서로 잘 알고 있었다. 힐베르트의 교정쇄를 고려하면, 아인슈타인이 최종 방정식을 먼저 발표한 것처럼 보인다. 결국에는 힐베르트까지도 아인슈타인의 공로와 우선권을 인정했다.

어쨌든 이 방정식으로 공식화된 것은 의심할 여지 없이 아인슈타인이 그해 여름 괴팅겐에서 힐베르트를 만났을 때 설명해주었던 바로 그 아인슈타인 이론이었다. 올바른 장 방정식을 만든 것이 힐베르트의 공로라고 인정하는 사람들 가운데 한 사람인 물리학자 킵 손까지도 방정식에 담겨 있는 이론을 찾아낸 공로는 아인슈타인에게 돌아가야 한다고 했다. 킵 손에 따르면, "힐베르트는 아인슈타인과 거의 동시에 수학의 마지막 몇 단계를 독립적으로 해결했지만, 그 단계에 앞선 거의 모든 것은 아인슈타인의 공로였다. 아인슈타인이 없었더라면, 중력에 대한 일반상대성의 법칙은 수십 년 후까지도 발견되지 못했을 것이다"라고 했다.[87]

다행히 힐베르트도 똑같이 생각했다. 실제로 발표된 논문에서 그는 분명하게 "결과적으로 얻어진 중력에 대한 미분 방정식은 아인슈타인이 정립한 훌륭한 일반상대성 이론과 일치하는 것으로 보인다"고 밝혔다. 그후부터 그는 언제나 (그를 이용해서 아인슈타인을 평가절하하려는 사람들을 무시하고) 아인슈타인이 혼자 상대성 이론을 개발했다는 사실을 인정했다.[88] 그는 "4차원의 기하학에 대해서는 괴팅겐의 길을 걷는 모든 소년이 아인슈타인보다 더 잘 안다. 그렇지만 아인슈타인이 그 일을 해냈고, 수학자들은 하지 못했다"고 이야기했던 것으로 알려져 있다.[89]

실제로 아인슈타인과 힐베르트는 다시 친해졌다. 힐베르트는 장 방정식에 대한 경쟁이 끝나고 몇 주가 지난 12월에 아인슈타인이 괴팅겐 과학원의 회원으로 선출되는 것에 대한 자신의 지지를 밝히는 편지를 보냈다. 감사의 뜻을 표시한 후에 아인슈타인은 "당신에게 다른 것을 이야기해야만 할 것 같습니다"라고 덧붙였다. 그는 다음과 같이 설명했다.

우리 사이에 어느 정도 불편한 감정이 있었지만, 나는 그 원인을 분석하고 싶지는 않습니다. 나는 그것과 관련된 씁쓸한 느낌을 잊어버리려고 애를 썼고, 완전히 성공했습니다. 나는 다시 순수한 마음으로 당신을 생각하고 있고, 당신도 나에게 같은 생각을 해주기를 바랍니다. 이렇게 지저분한 세상에서 스스로를 벗어난 두 진짜 남자들이 서로에게 기쁨을 주지 못한다면 부끄러운 일입니다.[90]

그들은 다시 정기적으로 편지를 주고받고, 아이디어를 공유하고, 천문학자 프로인틀리히에게 일자리를 찾아주려고 함께 노력했다. 2월에는 아인슈타인이 다시 괴팅겐을 방문해서 힐베르트의 집에 머물기도 했다.

논문을 먼저 발표한 아인슈타인의 자존심은 이해할 수 있을 만했다. 그는 4회에 걸친 강의록 인쇄물이 완성되자, 즉시 친구들에게 그 인쇄물을 우편으로 보내주었다. 그는 "잘 보아주게. 내 일생에 가장 값진 발견이라네"라고 했다. "이 이론은 무엇과도 비교할 수 없을 정도로 아름답다네"라고 하기도 했다.[91]

서른여섯 살의 아인슈타인은 우주에 대한 우리의 개념에 관해서 역사상 가장 창의적이고 극적인 변화를 만들어냈다. 일반상대성 이론은 단순히 실험 자료를 해석한 것도 아니고, 더 정확한 법칙을 발견한 것도 아니었다. 그것은 현실을 이해하는 전혀 새로운 방법이었다.

뉴턴은 아인슈타인에게 시간이 물체와 관찰자에 상관없이 일정하게 흘러가는 절대적 존재가 되고, 공간도 역시 절대적 존재가 되는 우주를 물려주었다. 중력은 물체들이 서로에게 빈 공간을 통한 상당히 신비스러운 방법으로 영향을 미치는 힘이라고 여겨졌다. 이런 틀 안에서 물체는 놀라울 정도로 정확해서 거의 완벽한 것으로 밝혀진 수학적 법칙을 따른다. 뉴턴의 법칙은 행성의 궤도에서 기체의 확산, 분자의 흔들거림, (빛을 제외한) 음파의 전달에 이르는 모든 것을 정확하게 설명해주었다.

그러나 아인슈타인은 특수상대성 이론을 통해서 공간과 시간이 독립된 존재가 아니라, 시공간의 구조를 형성한다는 사실을 증명했다. 이제 그의 일반상대성 이론 덕분에 그런 시공간 구조는 물체와 사건에 대한 단순한 구속 조건이 아니었다. 그것은 그 속에 들어 있는 물체의 운동에 의해서 결정되고, 그 결과로 움직임이 결정되는 스스로의 동력학을 가지게 되었다. 볼링 공이나 당구 공이 움직이면 트램펄린의 구조가 휘어지거나 물결치고, 그 결과로 트램펄린 구조의 동적인 휘어짐과 물결침이 굴러가는 공의 경로를 결정하게 되고, 당구 공이 볼링 공 쪽으로 움직이도록 만들어준다.

시공간의 휘어짐과 물결치는 구조가 중력, 중력과 동등한 가속, 그리고 아인슈타인이 주장하는 모든 형태의 운동에 대한 일반상대성을 설명해준다.[92] 양자역학 개척자로 노벨 상을 수상한 폴 디랙에 따르면, 일반상대성 이론은 "역사상 가장 위대한 과학적 발견"이다. 20세기 물리학의 또다른 위대한 거인인 막스 보른은 그것을 "자연에 대한 인간의 인식에서 가장 위대한 업적이고, 철학적 통찰과 물리학적 직관, 그리고 수학적 재능이 가장 훌륭하게 결합된 결과"라고 했다.[93]

모든 과정이 아인슈타인을 지치게 만들었지만, 그를 우쭐하게 만들어주기도 했다. 그의 결혼은 무너져버렸고, 전쟁이 유럽을 휩쓸고 있었지만, 아인슈타인은 어느 때보다도 행복했다. 기쁨에 들뜬 그는 베소에게 "나의 가장 과감한 꿈이 이루어졌다네. **일반적 공변.** 목성 근일점 이동은 놀라울 정도로 정확하네"라고 했다. 그는 "만족하지만 지쳐버린 이"라고 서명했다.

10

이혼

1916-1919년

"개인적 경험의 작은 소용돌이"

젊었을 때 아인슈타인은 첫 여자 친구의 어머니에게 보낸 편지에서 과학의 즐거움이 고통스러운 개인적 감정으로부터의 도피처가 될 것이라고 예언했다. 실제로 그랬다. 그에게 일반상대성을 정복하는 것이 집안을 감돌던 힘을 설명하는 공식을 찾아내는 것보다 훨씬 더 쉬운 것으로 밝혀졌다.

그런 힘들은 복잡했다. 그가 장 방정식을 마무리하고 있던 1915년 11월 마지막 주에 아들 한스 알베르트는, 미셸 베소에게 아버지와 둘이서 크리스마스를 보내고 싶다고 말했다. 주거베르코 산이나 그와 비슷한 외딴 곳이 좋겠다고 했다. 그러나 동시에 그는 아버지에게 스위스로 오는 것을 원하지 않는다는 심술궂은 편지를 보내기도 했다.[1]

그런 모순을 어떻게 설명할 수 있을까? 한스 알베르트는 이중적인 마음을 보여주기도 했다. 어쨌든 그는 겨우 열한 살이었고, 아버지에 대해서 심하게 모순되는 의견을 가지고 있었다. 전혀 놀라운 일이 아니었다. 아인슈타인은 강렬하고, 강압적이고, 때로는 카리스마적이기도 했다. 그는 냉정하고 산만했으며, 무시당했다고 느끼던 맹목적인 어머니의 보호를 받고 있는 아들에게 육체적으로나 정신적으로 거리를 두었다.

과학 문제에 대해서 아인슈타인이 보여주었던 완고한 인내심은 개인적인 문제의 경우에 보여주었던 조급함과 같은 수준이었다. 그는 아들에게 여행을 취소하겠다고 했다. 일반상대성에 대한 마지막 강의를 마친 바로 그날, 아인슈타인은 "다정하지 않은 네 편지 때문에 많이 실망했다. 내 방문이 너에게 아무 즐거움도 주지 못할 것 같고, 그렇다면 2시간 20분 동안 기차에 앉아 있는 것은 잘못이라고 생각한다"는 편지를 보냈다.

크리스마스 선물에 대한 의문도 있었다. 마리치는 스키를 매우 좋아했던 한스 알베르트에게 70프랑짜리 스키를 사주었다. 그는 편지에 "어머니께서 아버지가 도와준다는 조건으로 스키를 사주셨습니다. 그것을 크리스마스 선물이라고 생각하겠습니다"라고 했다. 아인슈타인은 기분이 좋지 않았다. 그는 자신의 선물을 현금으로 보내주겠다는 답장에 밑줄까지 치면서 "그러나 70프랑이나 하는 사치스러운 선물은 우리 형편에 맞지 않는다고 생각한다"라고 했다.[2]

베소는 중재를 하기 위해서 "성직자식 방식"을 선택했다. 그는 "아이에게 너무 심하게 대하지 말라"고 했다. 베소는 마리치가 마찰의 원인이라고 생각했지만, 아인슈타인에게는 그녀가 "심술궂기만 한 것이 아니라 착한 점"도 있다는 사실을 기억하라고 요구했다. 베소는 마리치가 아인슈타인을 대하기가 얼마나 어려운지를 이해하도록 노력해야 한다고 주장했다. "천재의 아내 역할은 절대 쉽지 않네."[3] 아인슈타인의 경우에는 확실히 사실이었다.

아인슈타인이 계획했던 방문에 대한 걱정은 부분적으로 오해에서 비롯되었다. 아인슈타인은 마리치와 한스 알베르트가 원했기 때문에 베소의 집에서 만나기로 했다고 생각했다. 그러나 아들은 물리학에 대해서 이야기하는 아버지와 베소의 방관자가 되고 싶지 않았다. 정반대로 그는 아버지를 독차지하고 싶었다.

결국 마리치는 문제를 해결하기 위해서 편지를 보냈고, 아인슈타인은 그녀의 해명을 받아들였다. 그는 "나도 알베르트와 마찬가지로 둘이 있을 수 없고, 베소의 보호를 받아야만 한다는 것에 좀 실망했다"고 했다.

결국 아인슈타인은 취리히를 방문하기로 계획을 바꾸었고, 앞으로 아들을 만나기 위해서 자주 방문할 것이라고 약속했다. 그는 "[한스] 알베르트*는 이제 내가 중요해지는 나이에 이르렀습니다. 나는 주로 그에게 객관적으로 생각하고, 판단하고, 받아들이는 방법을 가르쳐주고 싶습니다"라고 했다. 1주일 후에 마리치에게 보낸 다른 편지에서 그는 "내가 가서 알베르트를 즐겁게 해줄 작은 가능성이라도 있기 때문에" 기꺼이 방문할 것이라고 확인해주었다. 그러나 그는 상당히 날카롭게 "나를 즐겁게 맞이해주기 바랍니다. 나는 매우 지쳐 있고, 과로했기 때문에 새로운 분란이나 실망을 견뎌낼 수 없습니다"라고 덧붙였다.[4]

그렇게 되지는 않았다. 아인슈타인의 피로는 계속되었고, 전쟁 때문에 독일 쪽에서 국경을 넘어가는 것이 어려워졌다. 아인슈타인은 스위스를 향해 출발해야 했던 1915년 크리스마스 이틀 전에 아들에게 "나는 지난 몇 달 동안 너무 열심히 일을 했기 때문에 크리스마스 휴가 기간 동안에 휴식이 꼭 필요하다. 그 외에도 지금으로서는 국경을 넘어갈 수 있을지가 불확실하다. 최근에는 거의 항상 닫혀 있었다. 그런 이유로 이번에 너를 찾아가는 것을 포기할 수밖에 없다"고 했다.

아인슈타인은 집에서 크리스마스를 보냈다. 그날 그는 가방에서 한스 알베르트가 보내주었던 몇 장의 그림을 꺼내보고, 아들에게 자신이 그 그림들을 얼마나 좋아하는지를 알려주는 엽서를 보냈다. 그는 부활절에 가겠다고 약속했고, 아들이 피아노를 좋아하는 것이 반갑다고 했다. "바이

---

* 분명히 하기 위해서 여기서는 아들의 이름을 한스 알베르트라고 부르지만, 그의 아버지는 언제나 그를 알베르트라고 불렀다. 아인슈타인이 아들에게 편지를 쓰면서 "아빠가"라고 하는 대신 "알베르트가"라고 서명한 적도 있었다. 다음 편지에서, 그는 "지난번 편지의 이상한 서명은, 신경을 쓰지 않으면 내 이름을 쓰는 대신에 편지를 받는 사람의 이름을 쓰는 경우가 자주 생기기 때문이다"라고 어색하게 변명을 했다(Einstein to Hans Albert Einstein, March 11 and 16, 1916).

올린과 함께 연주할 곡을 연습하면, 우리가 부활절에 만나서 함께 연주를 할 수 있을 것이다."[5]

아인슈타인은 마리치와 별거하고 나서 처음에는 이혼하지 않기로 결정했었다. 엘자와 결혼할 생각이 없었던 것도 한 가지 이유였다. 그가 원하는 것은 구속 없는 우정이었다. 아인슈타인은 1915년 11월 강의를 끝낸 다음 날 장거에게 보낸 편지에서 "나에게 결혼을 강요하는 것은 사촌의 부모이고, 구세대에 아직도 만연하는 도덕적 편견도 있겠지만 주로 허영심 때문이다. 내가 그런 음모에 빠져버리면 내 인생은 복잡해질 것이고, 무엇보다도 아이들에게 큰 충격이 될 수도 있다. 따라서 나는 스스로 내 성향이나 눈물에 따라 움직이지 말고, 지금처럼 남아 있어야만 한다"고 했다. 그는 베소에게도 그런 결심을 반복해서 알렸다.[6]

베소와 장거는 그가 이혼하지 말아야 한다는 데에 동의했다. 베소는 장거에게 "아인슈타인은 자신의 가장 가까운 친구들이 이혼과 그 후의 재혼을 아주 나쁜 악이라고 생각한다는 사실을 아는 것이 중요하다"고 했다.[7]

그러나 엘자와 그녀의 가족들은 계속 이혼을 요구했다. 결국 1916년 2월에 아인슈타인은 마리치에게 "우리가 나머지 일생을 독립적으로 살아갈 수 있도록" 이혼에 동의해줄 것을 제안하는 편지를 보냈다. 사실은 사정하는 편지였다. 프리츠 하버의 도움을 받아 작성했던 별거 합의서가 이혼의 근거가 될 수도 있었다. 그는 "세부적인 문제들은 당신이 만족하도록 합의할 수 있습니다"라고 제안했다. 그는 아이들에게 편지로 칼슘 결핍증을 예방하는 방법을 알려주기도 했다.[8]

마리치가 반발하자, 아인슈타인은 더욱 끈질기게 요구했다. "당신에게는 단순히 형식적인 것입니다. 그러나 나에게는 꼭 필요한 의무입니다." 그는 엘자에게 두 딸이 있고, 어머니가 아인슈타인과 불륜관계를 맺고 있다는 "소문" 때문에 딸들의 명성과 결혼 가능성이 낮아지고 있다고 마리치에게 알려주었다. "이 문제는 나에게 중요하고, 공식적인 결혼을 해서 바로잡아주어야 하는 문제입니다. 한번이라도 내 입장에서 생각해주기 바랍니다."

유인책으로 그는 더 많은 돈을 제시했다. "이런 변화로 당신도 소득이 있을 것입니다. 전에 약속했던 것보다 더 많은 돈을 주겠습니다." 그는 아이들을 위해서 6,000프랑의 기금을 만들고, 그녀에게 주는 돈을 매년 5,600프랑으로 증액시켜주겠다고 했다. "내가 나 자신을 소박한 밀짚 침대로 만드는 것은 아이들의 행복이 세상의 다른 어떤 것보다 내 심장에 가깝다고 믿는다는 사실을 당신에게 보여주려는 것입니다."

그는 베를린에서 아이들을 만날 수 있는 권리를 원했다. 그는 아이들이 엘자와 접촉하지 않도록 하겠다고 약속했다. 그리고 좀 놀라운 약속도 했다. 결혼을 하더라도 엘자와 함께 살지는 않겠다는 것이었다. 그는 계속 자신의 아파트를 가지고 있겠다고 했다. "말로 표현할 수 없는 축복이 되어버린 혼자 사는 일을 절대 포기할 수 없기 때문입니다."

마리치는 그가 베를린에서 아이들을 만나는 권리에는 동의해주지 않았다. 그러나 이혼 문제에 대한 논의를 시작하는 데는 동의했다. 적어도 아인슈타인은 그렇게 생각했다.[9]

한스 알베르트에게 약속했듯이 그는 1916년 4월 초, 3주간의 부활절 휴가를 보내기 위해서 스위스에 도착하여 취리히 호텔 근처에 방을 구했다. 처음에는 일이 잘 풀렸다. 그를 찾아온 아이들이 그를 즐겁게 반겼다. 자신의 호텔 방에서 그는 마리치에게 고맙다는 메모를 보냈다.

아이들이 잘 지내고 있는 것에 감사합니다. 아이들이 육체적으로나 정신적으로 더 이상 바랄 수 없을 정도로 훌륭하게 자랐더군요. 당신이 아이들을 잘 키워준 덕분이라는 것을 알고 있습니다. 나를 아이들로부터 소원하게 만들지 않은 것에 대해서도 역시 감사합니다. 아이들이 나를 기꺼이 반갑게 맞이해주었습니다.

마리치는 아인슈타인과 단둘이 만나고 싶다는 연락을 보냈다. 그녀는 그가 단순히 엘자에게 압력을 받은 것이 아니라 정말 이혼을 원하는지 확인해보고 싶었다. 베소와 장거가 모두 그런 모임을 주선하려고 했지만,

아인슈타인은 거절했다. 그는 마리치에게 "우리 둘 사이의 대화는 의미가 없고 옛 상처만 덧나게 할 뿐"이라는 메모를 보냈다.[10]

아인슈타인은 한스 알베르트가 원했던 대로 그만 데리고 루체른 호수가 내려다보이는 산속의 휴양지로 열흘 예정의 등산 여행을 떠났다. 그곳에서 그들은 때늦은 폭설을 만나 여관에 갇혔다. 처음에는 두 사람 모두 좋아했다. 아인슈타인은 엘자에게 "우리는 젤리스베르크에서 폭설을 만났지만 대단히 즐기고 있습니다. 알베르트는 특히 영리한 질문과 의젓한 태도로 나를 기쁘게 해줍니다. 우리 사이에는 아무 문제가 없습니다"라고 했다. 불행하게도 얼마 지나지 않아서 날씨와 함께, 어쩌면 그들 사이의 강화된 일체감도 견디기 어렵게 변해버렸다. 그들은 예정보다 며칠 일찍 취리히로 돌아왔다.[11]

취리히에 돌아온 후로는 옛날의 긴장이 되살아났다. 어느 날 한스 알베르트가 실험을 보기 위해서 물리학 연구소로 아버지를 찾아왔다. 아주 재미있게 지냈지만, 점심을 먹으러 가던 아들이 아버지에게 집으로 가서 어머니를 만나야만 한다고 고집을 부렸다.

아인슈타인은 거절했다. 이제 막 열두 살이 된 한스 알베르트는 화가 났다. 그는 아버지가 마음을 풀지 않으면 그날 오후에 실험을 끝내는 것을 보러 가지 않겠다고 했다. 아인슈타인은 그럴 생각이 없었다. 그는 1주일 후 취리히를 떠나던 날 엘자에게 "그렇게 지내게 됐습니다. 그 이후로 나는 아이들을 만나지 못했습니다"라고 알렸다.[12]

그 후로 마리치는 감정적, 육체적으로 무너져버렸다. 1916년 7월에 마리치는 연속해서 몇 차례의 약한 심장발작을 일으켰고, 극심한 우울증 때문에 의사로부터 침대에 누워 있으라는 충고를 받았다. 아이들은 베소의 집으로 옮겼다가 로잔으로 갔고, 그곳에서 전쟁의 시련을 견뎌내고 있던 마리치의 친구 헬레네 사비치와 함께 지냈다.

베소와 장거는 아인슈타인이 베를린에서 와서 아이들과 함께 지내도록 하려고 노력했다. 그러나 아인슈타인은 난색을 표시했다. 그는 베소에게 "내가 취리히에 가면 아내가 만나자고 할걸세. 결심을 바꿀 수도 없지만,

그녀를 흥분시키지 않으려면 그런 만남을 피해야만 하네. 더욱이 자네도 잘 알다시피, 지난 부활절 방문 동안에 아이들과 나 사이의 개인적인 관계가 (처음 시작은 좋았지만) 너무 악화되어서 이제는 내 존재가 그들에게 도움이 될 것인지도 의심스럽다네"고 했다.

아인슈타인은 아내의 병이 심리적인 것이거나, 어쩌면 꾀병일 수도 있다고 생각했다. 그는 장거에게 "신경성이 원인일 수도 있지 않을까?"라고 물었다. 베소에게는 더 솔직했다. "나는 그녀가 다정한 마음을 가진 당신들 두 남자를 유혹하고 있다고 의심하고 있네. 그녀는 자신이 원하는 것을 얻기 위해서라면 어떤 수단도 겁내지 않지. 자네는 그녀의 본질적인 간사함을 짐작도 하지 못할걸세."[13] 아인슈타인의 어머니도 동의했다. 그녀는 엘자에게 "밀레바는 네가 생각하는 것처럼 절대 아픈 것이 아니다"라고 했다.[14]

아인슈타인은 베소에게 상황을 알려달라고 부탁하면서, "양자의 시대에는 그런 일이 가능하기 때문에" 그의 보고서가 논리적으로 "연속성"을 가져야 할 필요는 없다는 과학적 유머도 보여주었다. 그에게 동의하지 않았던 베소는 아인슈타인에게 마리치의 상태가 "꾀병"이 아니라 감정적 스트레스 때문이라는 강한 내용의 편지를 보냈다. 베소의 아내 안나는 더 심해서, 그 편지의 추신에서 아인슈타인을 공식적인 씨(Sie)로 불렀다.[15]

아인슈타인은 마리치가 꾀병을 부리고 있다는 주장은 포기했지만, 그녀의 감정적 스트레스는 인정할 수 없다고 불평했다. 그는 베소에게 "그녀는 두 귀한 아들과 함께 걱정 없는 생활을 하고, 훌륭한 이웃과 함께 살고 있으며, 그녀가 원하는 것을 하면서 시간을 보내고, 결백한 사람들 옆에 순진하게 서 있다"고 했다.

아인슈타인은 특히 냉정한 추신에 충격을 받았다. 그는 그것이 안나 베소가 아니라 미셸이 쓴 것이라고 오해했다. 그래서 그는 "우리는 20년이 넘도록 서로를 이해해왔지. 그런데 이제 나는 자네가 자네와는 아무 상관이 없는 여자 때문에 나에 대한 마음이 상하기 시작했다고 생각하네. 제발 그러지 말게나!"라는 추신을 덧붙였다. 그날 뒤늦게 그는 자신이 안나의 심한 추신을 그녀의 남편이 쓴 것으로 오해했다는 사실을 깨닫고, 곧바로 그에게 또 한 통의 사과 편지를 보냈다.[16]

마리치는 장거의 조언에 따라 요양소에 입원을 했다. 아이들이 집에서 하녀와 함께 지내고 있었는데도 아인슈타인은 취리히 방문을 거부했다. 그러나 장거에게는 "자네가 그래야 한다고 생각한다면" 마음을 바꾸겠다고 말했다. 장거는 그렇게 생각하지 않았다. 장거는 베소에게 "양쪽의 긴장이 너무 심하다"고 설명했고, 베소도 동의했다.[17]

아인슈타인은 냉정한 태도를 보였지만 아이들을 사랑했고, 언제나 그들을 보살펴주려고 노력했다. 그는 장거에게 아이들의 엄마가 사망하면 자신이 그들을 돌봐줄 것이라는 사실을 아이들에게 알려달라고 부탁했다. 그는 "내가 직접 두 아이를 기를 것이다. 가능하면 내가 개인적으로 집에서 아이들을 가르칠 것이다"라고 했다. 그 후 몇 달 동안 쓴 여러 편지에서 아인슈타인은 재택 교육에 대한 자신의 생각과 꿈, 자신이 가르치고 싶은 것, 그리고 심지어 그들이 산보할 길에 대해서까지 설명했다. 그는 한스 알베르트에게 자신이 "언제나 너희들에 대해서 생각하고 있다"고 확인해주는 편지를 보냈다.[18]

그러나 한스 알베르트는 너무 화가 났거나 상처를 받았기 때문인지 아버지의 편지에 답장도 하지 않았다. 아인슈타인은 베소에게 "나에 대한 그의 태도가 빙점 아래로 떨어졌다고 믿는다. 이런 상황에서는 나도 마찬가지로 행동할 수밖에 없다"고 한탄했다. 아들에게서 석 달 동안 답장이 없자, 아인슈타인은 그에게 "더 이상 아버지를 기억도 하지 않는 것이냐? 이제 우리는 다시 만나지 않을 것이냐?"라는 애처로운 내용의 편지를 보냈다.[19]

마침내 소년은 자신이 나뭇조각으로 만들고 있는 보트 그림을 답장으로 보내왔다. 그는 어머니가 요양소에서 돌아왔다는 소식도 전했다. "엄마가 집에 왔을 때 축하 파티를 했습니다. 나는 모차르트의 소나타를 연주했고, 테테는 노래를 불렀습니다."[20]

아인슈타인은 슬픈 상황 때문에 한 가지를 양보했다. 적어도 당분간은 마리치에게 이혼을 요구하지 않겠다고 결정했다. 그것이 그녀의 회복에 도움이 되었던 것으로 보인다. 그는 베소에게 "그녀가 나 때문에 불안해하지 않도록 하겠네. 나는 이혼 절차를 포기했어. 이제 과학 문제에 집중하겠네!"라고 했다.[21]

사실 그는 개인적인 문제가 자신을 짓누를 때마다 일을 도피처로 삼았다. 일은 그를 보호해주었고, 도망갈 수 있도록 해주었다. 아인슈타인은 헬레네 사비치가 자신의 말을 친구인 마리치에게 전해줄 것이라는 생각에서, 그녀에게 자신은 과학 연구에 몰두할 계획이라고 말했다. "나는 먼 곳을 잘 보는 사람을 닮았습니다. 그런 사람은 광활한 지평선에 매혹되고, 불투명한 물체 때문에 먼 곳을 보지 못하게 될 경우에만 앞에 있는 것이 방해가 된다고 생각합니다."[22]

개인적인 싸움이 계속되는 동안에도 과학은 그에게 위안이 되었다. 1916년에 그는 다시 양자에 대한 논문을 쓰기 시작했다. 그리고 자신의 일반상대성 이론에 대한 공식적인 해설도 쓰기 시작했다. 그의 해설은 그 전해 11월에 힐베르트와 경쟁하면서 매주 강의를 했을 때 내놓았던 것보다 더 포괄적이었지만, 조금 더 읽기 어려웠다.[23]

그는 일반 독자들도 읽을 수 있도록 훨씬 더 쉽게 써서 오늘날까지도 널리 읽히는 『상대성 : 특수 이론과 일반 이론(Relativity : The Special and the General Theory)』을 쓰기도 했다. 그는 평범한 사람도 이해할 수 있도록 만들려고 엘자의 딸 마르고트에게 모든 페이지를 큰 소리로 읽어주면서 그녀가 내용을 정말 이해하는지 확인했다. (다른 사람들에게 고백한 내용에 따르면) 그녀는 모든 내용이 전혀 이해할 수 없는 경우에도 변함없이 "알겠습니다. 알베르트"라고 대답했다.[24]

막스 플랑크의 60번째 생일을 기념하는 모임에서 그는, 과학을 이용해서 고통스러운 개인적인 감정에서 벗어날 수 있는 능력을 주제로 강연을 했다. 플랑크에 대한 이야기처럼 보였지만 사실은 아인슈타인 자신에 대한 이야기가 더 많았던 듯하다. 아인슈타인은 "사람들을 예술이나 과학에 빠지도록 만드는 가장 강력한 동기 중의 하나가 바로 고통스러울 정도로 거칠고, 절망할 정도로 적막한 일상생활에서 벗어날 수 있다는 것이다. 그런 사람들은 개인 경험의 좁은 소용돌이에서는 찾을 수 없는 평화와 안정을 찾기 위해서 이 우주와 그 구조를 자신들의 감정생활의 중심으로 삼는다"고 했다.[25]

협정

1917년 초가 되면서 이번에는 아인슈타인이 병에 걸렸다. 심한 복통이 생기자 그는 자신이 암에 걸렸다고 생각했다. 이제 사명을 완성했다고 생각했던 그는 죽음을 두려워하지 않았다. 그는 천문학자 프로인틀리히에게 이제 상대성 이론을 완성했기 때문에 죽는 것에 대해서는 걱정하지 않는다고 말했다.

그러나 프로인틀리히는 이제 겨우 서른여덟 살이었던 친구를 걱정했다. 그는 아인슈타인에게 의사를 찾아가도록 했고, 의사는 전쟁 중의 식량 부족으로 악화된 만성 위장병이라고 진단했다. 의사는 그에게 4주 동안 쌀, 마카로니, 즈비벡 빵*을 먹으라고 처방했다.

아인슈타인의 위장병은 그 후 4년 동안 그를 거의 쓰러지게 만들었고, 나머지 일생 동안 그를 괴롭혔다. 혼자 살았던 그는 식사를 제대로 하지 못했다. 장거가 취리히에서 그의 처방에 맞은 식료품을 보내주었다. 그러나 아인슈타인의 몸무게는 두 달 만에 23킬로그램 가까이 줄었다. 결국 엘자는 1917년 여름부터 자신이 살고 있던 건물에 두 번째 아파트를 임대하고, 그를 그곳으로 옮겨오도록 해서 이웃에서 그를 돌봐주고 친구가 되어주었다.[26]

엘자는 그가 즐겨 먹는 음식을 마련하는 일을 아주 좋아했다. 전쟁 중이었지만 엘자는 그가 좋아하는 달걀, 버터, 빵을 구해올 수 있을 정도로 재치가 있고 부유했다. 그녀는 매일 그를 위해서 음식을 마련하고, 그를

---

* 계란을 넣어 바삭바삭하게 구운 빵 / 역주.

아껴주고, 심지어 시가도 구해주었다. 그녀의 부모 역시 그들을 불러 편안한 식사를 마련해주어 도움이 되었다.[27]

작은아들 에두아르트의 건강도 역시 위험스러웠다. 다시 열이 올랐고, 1917년 초에는 허파가 감염되었다. 비관적인 진단을 받은 아인슈타인은 베소에게 "작은아이의 상태 때문에 몹시 우울하군. 그 아이가 완전한 정상인으로 자라는 것은 불가능하다네. 인생을 제대로 알기 전에 떠나는 것이 그에게 더 나은 일인지 아닌지 누가 알겠는가?"라고 한탄했다.

그는 장거에게 아픈 아이를 산에 버려두는 "스파르타 방식"에 대해서 의논했지만, 그런 방법은 받아들일 수가 없다고 말했다. 그 대신 그는 에두아르트의 치료를 위해서라면 어떤 비용이라도 지불하겠다고 약속하고, 장거에게 그가 최선이라고 생각하는 치료기관에 아이를 보내달라고 요청했다. "자네가 속으로 어떤 노력도 필요 없다고 생각하고 있더라도, 아이를 보내서 아내와 알베르트가 대책이 마련되고 있다고 생각하도록 해주기 바라네."[28]

그해 여름에 아인슈타인은 다시 스위스로 가서, 에두아르트를 아로사라는 마을에 있는 요양소로 데려갔다. 과학을 통해서 개인적인 고통을 극복하는 그의 능력은 물리학자 친구인 파울 에렌페스트에게 보낸 편지에서도 잘 나타난다. "작은아이가 몹시 아파서 1년 동안 아로사에 가야만 합니다. 내 아내도 병이 들었습니다. 걱정스럽고 또 걱정스럽습니다. 그렇지만 나는 조머펠트-아인슈타인 양자법칙을 멋지게 일반화시켰습니다."[29]

한스 알베르트는 아버지와 함께 에두아르트를 아로사로 데려다주었고, 마야와 그녀의 남편 파울 빈텔러와 함께 루체른에 머물고 있던 아인슈타인을 찾아가기도 했다. 그곳에서 그는 아버지가 복통으로 자리에 누워 있는 모습을 보았고, 고모부 파울이 그를 등산에 데려가주었다. 몇 차례의 고비를 넘기면서 아인슈타인과 큰아들 사이의 관계는 점차 회복되었다. 그는 장거에게 "지난 한 해 동안 알베르트가 보내주는 편지가 나에게 가장 큰 즐거움이었어. 나는 우리 사이의 가까운 관계를 축복이라고 생각하네"라고 했다. 재정 형편도 나아졌다. "내가 빈 과학원에서 상금으로 받은

1,500크라운을 테테의 치료에 쓸 수 있게 되었네."[30]

이제 그가 엘자와 같은 건물로 이사를 했고, 그녀가 돌봐주면서 마리치와의 이혼 문제가 다시 떠오르게 된 것은 어쩔 수 없는 일이었다. 1918년 초에 그렇게 되었다. "내 사생활을 어느 정도 정리해야겠다는 생각 때문에 당신에게 두 번째로 이혼을 요구하게 되었습니다. 나는 이 일이 가능해지도록 모든 노력을 기울이겠다고 결심했습니다." 이번에는 재정 문제에 대해서 더욱 너그러운 제안을 했다. 당시 매년 6,000마르크였던 생활비를 9,000마르크로 인상하고, 아이들을 위한 기금에 2,000마르크를 넣겠다는 조건도 제시했다.*

그런 후에 그는 재미있는 새로운 미끼를 던졌다. 그는 상당한 근거를 가지고 언젠가 자신이 노벨 상을 받을 것이라고 확신했다. 아직도 과학계가 특수상대성 이론을 완전히 인정하지 않았고, 새로 제안되어 아직 증명되지 않은 일반상대성 이론의 경우에는 더욱 그랬다. 그러나 그는 결국 과학계가 자신의 이론을 인정하게 될 것이라고 믿었다. 그렇지 않다고 하더라도, 광양자와 광전자 효과에 대한 획기적인 성과가 인정을 받게 될 터였다. 그는 마리치에게 놀라운 제안을 했다. "내가 이혼을 하고, 노벨 상을 받는다면, 상금 전액을 당신에게 양보하겠습니다."[31]

그것은 재정적으로 매력적인 제안이었다. 지금도 그렇지만, 당시에도 노벨 상의 상금은 넉넉했고, 실제로 엄청난 금액이었다. 1918년에 상금은 약 13만5,000스웨덴 크로나, 즉 22만5,000독일 마르크였다. 마리치가 1년에 받던 생활비의 137배에 이르는 금액이었다. 더욱이 독일 마르크는 무너지고 있었지만, 노벨 상의 상금은 안정적인 스웨덴 화폐로 수여되었

---

* 아인슈타인의 봉급은 세금을 낸 후에 1만3,000마르크였다. 인플레이션이 시작되고 있었고, 1914년 24센트였던 독일 마르크화의 가치는 1918년 1월에 19센트로 떨어졌다. 당시 1마르크로는 두 줄의 달걀이나 네 덩어리의 빵을 살 수 있었다. (마르크화는 1년 후에 12센트가 되었고, 1920년 극심한 인플레이션이 시작되자 2센트로 떨어졌다.) 따라서 1918년 1월에 마리치가 받았던 6,000마르크의 생활비는 1,140달러였고, 인플레이션을 고려한 2006년 달러로 환산하면 1만5,000달러가 채 되지 않는 금액이었다. 그의 제안은 그런 생활비를 50퍼센트 올려주겠다는 것이었다.

다. 가장 통렬했던 것은 상징적인 의미가 있었다는 것이었다. 그녀는 1905년 논문의 수학식을 점검하고, 교정을 봐주고, 가정적인 지원을 해주었다. 이제 그녀는 어느 정도 보상을 받게 된 것이다.

처음에 그녀는 불같이 화를 냈다. 그녀는 "정확히 2년 전에 그런 편지로 나를 비참하게 만들어서 나는 아직도 회복을 못 하고 있습니다. 당신은 왜 나를 끊임없이 고문하십니까? 나는 당신으로부터 그런 대접을 받을 이유가 없습니다"라는 답장을 보내왔다.[32]

그러나 며칠 안에 그녀는 상황을 훨씬 더 현실적으로 보기 시작했다. 당시 그녀의 인생은 최악의 상태에 도달해 있었다. 그녀는 고통과 근심과 우울증을 겪었다. 작은아들은 요양소에 있었다. 그녀를 도와주려던 여동생도 우울증에 걸려서 망명했다. 오스트리아 군에서 의사로 근무하던 남동생은 러시아의 포로가 되었다. 어쩌면 그녀에게는 남편과의 싸움을 끝내고 재정적인 안정을 얻는 것이 최선일 수 있었다. 그래서 그녀는 이웃에 살던 변호사이면서 친구였던 에밀 쥐르커와 이 문제에 대해서 논의했다.

며칠 후에 그녀는 제안을 받아들이기로 결정했다. 그녀는 "당신의 변호사에게 그가 어떻게 생각하고, 어떻게 계약을 해야 할 것인지에 대해서 쥐르커 박사에게 알려주라고 하십시오. 나는 골치 아픈 문제를 객관적인 사람에게 맡겨둘 수밖에 없습니다. 당신이 그렇게 결정했다면 나는 당신의 행복을 방해하고 싶지 않습니다"라는 답장을 보내왔다.[33]

협상은 편지와 제삼자를 통해서 4월까지 진행되었다. 아인슈타인은 중간에 "나는 세계대전과 내 이혼 절차 중 어느 것이 더 오래 걸릴지 알고 싶습니다"라고 가벼운 불평을 했다. 그러나 모든 일이 자신이 원하는 방향으로 진행되자 그는 즐겁게 "비교해보면, 우리의 이런 작은 문제는 여전히 훨씬 더 큰 즐거움을 위한 것입니다. 당신에게 상냥한 인사와 아이들에게 키스를"이라고 덧붙였다.

핵심 문제는 돈이었다. 마리치는 친구에게 아인슈타인이 엘자 때문에 인색해졌다(실제로는 그렇지 않았다)고 불평했다. 마리치는 "엘자는 욕심이 너무 많다. 그녀의 두 여동생은 아주 부자이고, 그녀는 언제나 그들을 부러워한다"고 주장했다. 기대되는 노벨 상금을 정확하게 어떻게 지불하고, 아이들은 어떤 권리를 가지며, 그녀가 재혼을 하면 어떻게 하고, 심지어 있을 수 없는 일이지만 그가 노벨 상을 받지 못하면, 어떤 보상을 해줄 것인지에 대한 편지가 오갔다. [34]

또 하나의 말썽거리는 아이들이 베를린을 방문할 수 있느냐에 대한 것이었다. 마리치는 고집스럽게 반대했다. [35] 그는 4월 말에 마지막 문제에 굴복하고 말았다. 그는 "이제 당신이 문제를 호의적인 방식으로 다루고 싶어 한다고 믿기 때문에 아이들에 대해서 포기하겠습니다. 어쩌면 훗날 당신이 마음을 바꿔서 아이들이 아무 조건 없이 이곳으로 올 수도 있을 것입니다. 당분간은 내가 아이들을 만나러 스위스로 가겠습니다"라고 했다. [36]

아인슈타인은 마리치의 건강 상태를 고려하여 두 아들에 대해서 다른 가능성을 마련하려고 노력했다. 그들을 루체른에 있는 그의 여동생 마야와 그녀의 남편 파울 빈텔러와 함께 살도록 하려는 것이었다. 빈텔러 가족은 기꺼이 조카를 돌보아줄 뜻이 있었고, 언젠가는 실제로 그런 일이 가능한지를 확인해보기 위해서 기차로 베른을 방문한 적도 있었다. 그러나 그들이 도착했을 때 장거는 출장 중이었다. 그들은 마리치와 의논을 하기 전에 그의 도움을 받고 싶었다. 그래서 파울은 자신들이 하루를 지낼 만한 방이 있는지를 알아보러 미셸 베소의 부인이었던 성질 사나운 여동생 안나를 찾아갔다.

마리치를 보호해주려는 입장이었던 그는 정의감에 젖어 있는 안나에게 자신들의 방문 목적을 알리지 않을 생각이었다. 마야는 아인슈타인에게 "그녀는 우리의 방문 목적을 짐작했고, 파울이 그녀의 짐작이 사실이라고 알려주자 엄청난 비난과 힐책과 협박이 쏟아져나왔다"고 알려주었다. [37]

그래서 아인슈타인은 안나에게 도움을 요청하는 편지를 보냈다. 그는 마리치의 상태를 고려하면 그녀가 "가정을 꾸려갈 수 없다"고 주장했다. 한스 알베르트가 마야와 파울 부부와 함께 지내는 것이 최선이라고 주장했다. 에두아르트도 역시 그렇게 하거나, 건강이 좋아질 때까지 산속의 병원에 머무를 수 있다. 아인슈타인은 마리치가 매일 아이들을 볼 수 있도록 루체른에 있는 요양소에서 지내는 것을 포함하여 모든 것에 대한 비용을 지불하겠다고 했다.

안타깝게도 아인슈타인은 편지를 마무리하면서 안나에게 뜻밖의 도움을 청했다. 그와 엘자의 관계 때문에 엘자의 딸들이 겪고 있는 비난을 면할 수 있도록 이 상황을 빨리 정리해서 그들이 재혼할 수 있도록 해달라는 것이었다. "만약 당신의 두 딸이 결혼할 수 없게 되었다고 생각해보십시오. 나에게 도움이 되는 말을 미자[마리치]에게 해주고, 아무 목적 없이 다른 사람들의 생활을 복잡하게 만드는 것이 얼마나 나쁜 일인지를 분명하게 알려주기 바랍니다."[38]

안나는 이기적인 사람은 엘자라고 되받았다. "만약 엘자가 그렇게 위험스러운 상황에 놓이고 싶지 않았다면, 그렇게 드러내놓고 당신을 쫓아다니지는 않았을 것입니다."[39]

사실 상당히 까다로운 사람이었던 안나는 얼마 지나지 않아 마리치와도 멀어져버렸다. 마리치는 아인슈타인에게 "내 일을 휘저으려고 애쓰는 그녀의 모습은 인간의 악한 면을 보는 것 같습니다"라고 불평했다. 어쨌든 그런 일이 아인슈타인 부부의 관계를 개선시키는 데에는 도움이 되었다. 아인슈타인은 이혼에 합의한 직후 마리치에게 "당신의 편지를 보니 당신도 안나 베소와 문제가 있었던 것 같습니다. 그녀는 나에게도 부적절한 편지를 보내와서 나는 더 이상 답장을 쓰지 않았습니다"라는 편지를 보냈다.[40]

몇 달이 더 걸렸지만, 이제 이혼을 위한 협상은 완성되었고, 일이 마무리된 것에 대해서 모두가 안심하는 것처럼 보였다. 마리치의 건강도 많이 회복되어서 아이들이 그녀와 함께 지낼 수 있었고,[41] 베를린과 취리히 사이의 편지도 훨씬 부드러워졌다. 그는 장거에게 "이혼에 대한 편지를 주고받으면서 아내와 만족스러운 관계가 형성되었다! 화해를 위한 정말 재미있는 기회이다"라고 했다.[42]

가족 사이의 긴장이 완화되면서 아인슈타인에게는 1918년 여름을 취리히로 가서 아이들을 만나거나, 아니면 엘자와 편안하게 지낼 수 있는 선택의 기회가 주어졌다. 그는 후자를 선택했다. 높은 곳에 가지 말라는 의사의 조언도 이유가 되었다. 그와 엘자는 발트 해에 있는 아렌수프라는 휴양지에서 7주를 보냈다. 그는 해변에서 가볍게 읽으려고 이마누엘 칸트의 『프롤레고메나(*Prolegomena*)』를 가져갔고, "양자 문제에 대하여 생각하면서 수많은 시간"을 보냈으며, 위장병도 좋아졌고, 휴식도 즐겼다. 그는 친구에게 "전화도 없고, 의무도 없는 절대적인 정적 속에서 나는 악어처럼 해변에 누워서 내 자신을 햇볕에 태우고 있다. 신문도 보지 않고, 소위 세상이라는 것에 대해서 야유도 하지 않는다"고 했다.[43]

휴가 중에도 그는 한스 알베르트를 달래려고 애를 썼다. 한스 알베르트는 아버지를 그리워한다는 편지를 보내왔다. 그는 "왜 여기로 오지 않았는지 설명해주세요"라고 요구했다.[44] 아인슈타인의 설명은 애처롭고 방어적이었다.

내가 갈 수 없었던 이유는 쉽게 짐작할 수 있을 것이다. 지난 겨울에 나는 병이 나서 두 달 이상 침대에 누워 있었다. 매끼마다 나를 위해서 따로 식사를 마련해야만 한다. 나는 갑자기 움직이지도 못한다. 너와 함께 산보를 갈 수도 없고, 호텔에서 식사를 할 수도 없을 것이다……더욱이 나는 안나 베소와 다투었고, 다시 장거 씨에게 짐이 되고 싶지도 않고, 마지막으로 내가 간다고 네가 반겨줄지 확신할 수 없었다.[45]

아들은 이해했다. 한스 알베르트는 아인슈타인에게 소식과 아이디어로 가득 채워진 편지를 보냈다. 모노레일의 기차가 너무 많이 기울어지면 내부에 설치한 진동자(振動子)가 흔들려서 전기회로를 차단시키는 아이디어에 대한 설명과 스케치도 들어 있었다.

아인슈타인은 한스 알베르트가 방학 동안에 그를 만나러 독일로 올 생각을 하지 않는다고 꾸짖었다. 그러나 그런 지적은 부당한 것이었다. 별거 합의서에는 그런 여행이 금지되어 있었다. 마리치의 양해가 필요했고, 안타깝지만 그런 생각은 비현실적이었다. 한스 알베르트는 "제가 집안에서 무엇을 사러 갈 수 있는 유일한 사람이기 때문에 독일에 가는 것은 아

버지가 이곳으로 오시는 것보다 훨씬 더 어렵습니다"라고 했다.[46]

아들과 가까이 지내고 싶었던 아인슈타인은 한동안 취리히로 다시 옮겨갈 생각까지 했다. 1918년 여름 발트 해에서의 휴가 동안에, 그는 취리히 대학교와 그의 모교인 취리히 폴리테크닉의 공동 제안을 검토했다. 물리학자 에드가르 마이어는 "당신이 원하는 대로 이곳의 자리를 마련할 수 있습니다"라고 했다. 아인슈타인은 베소에게 농담처럼 "18년 전에 내가 그 하찮은 조수로 얼마나 행복할 수 있었을까"라고 했다.[47]

아인슈타인은 자신의 입장이 난처함을 인정했다. 취리히는 그에게 "진정한 고향"이었고, 스위스는 애착을 느끼는 유일한 국가였다. 더욱이 그는 아이들과 가까이 있게 된다.

그러나 한 가지 문제가 있었다. 그가 아이들에게 가까이 가려면, 아이들의 엄마에게도 가까이 가야 했다. 개인적인 감정을 쉽게 무시하는 아인슈타인에게도 마리치가 살고 있는 도시에서 엘자와 가정을 꾸리는 일은 쉽지 않았다. 그는 베소에게 "내가 만약 다시 취리히에 텐트를 친다면, 아이들에게 가까이 있게 되는 것이 매력적이지만 개인적인 어려움은 계속될 것이다"라고 했다.[48]

엘자도 그런 생각에 질려서 심하게 반대했다. 그녀는 아인슈타인에게 그렇게 하지 않겠다고 약속해달라고 사정했다. 엘자의 요구를 무시할 수 없었던 아인슈타인은 취리히로 완전히 옮기는 일을 포기했다.

그 대신 그는 잘 하지 않던 일을 했다. 바로 타협이었다. 그는 베를린에서의 지위를 유지한 채로, 1년에 두 차례씩 1개월 동안 취리히를 방문하는 객원교수가 되기로 합의했다. 그는 그것이 모두에게 최선의 방법이라고 생각했다.

지나치게 소심했던 취리히 당국은 "실험적으로" 수당은 없이 비용만 지불하는 조건으로 강의 계약을 허가했다. 사실 그들은 매우 현명했다. 아인슈타인의 강의는 처음에는 유명했지만, 참석자들이 점차 줄어들었고, 2년 후에는 취소되었다.

사회민주주의

아인슈타인은 마리치에게 반농담으로 세계대전과 자신들의 이혼 절차 중에서 어느 것이 더 먼저 끝날 것인지를 물어본 적이 있었다. 결과적으로 두 일 모두 1918년 말에 지저분하게 끝이 났다. 그해 11월에 독일제국이 무너졌고, 킬의 해군 병사들이 일으켰던 반란은 동맹파업과 민란으로 확대되었다. 아인슈타인은, 시위 군중들이 독일 의회를 점령하고, 황제가 폐위되었던 11월 9일 자신의 강의 노트에 "혁명 때문에 강의 취소"라고 적어두었다. 나흘 후에 노동자—학생 혁명위원회가 베를린 대학교를 장악하고 학장들과 총장을 감금해버렸다.

전쟁이 터지면서 아인슈타인은 처음으로 세계주의, 유럽 연맹주의, 군국주의에 대한 저항을 주장하는 유명인사가 되었다. 이제 평화가 되돌아오면서 아인슈타인의 정치적인 관심은 국내의 사회 문제로 옮겨졌다.

아인슈타인은 요스트 빈텔러를 동경했고, 프리드리히 아들러의 친구였던 젊은 시절부터 사회주의 이상과 개인 자유의 이상에 매력을 느껴왔다. 사회주의자, 노동자위원회, 공산주의자, 그리고 다른 좌익들에 의해서 일어났던 베를린 혁명으로 그는 그런 두 가지 이상이 서로 충돌하는 상황에 직면하게 되었다.

남은 일생 동안 아인슈타인은 자유주의와 반권위주의를 바탕으로 하는 민주적 사회주의를 주장했다. 그는 평등, 사회정의, 자본주의를 강조했다. 그는 사회적 희생자들에 대한 열렬한 옹호자였다. 그러나 개인의 자유에 대해서 본능적으로 집착했던 아인슈타인은 중앙 통제를 강화하는 볼셰비키적 요구를 앞세우는 어떤 혁명이나, 러시아처럼 권위주의적인 정부에 대해서는 격렬하게 반발했다.

그의 양사위는, 1920년대의 아인슈타인의 입장에 대해서 "그에게 사회주의는 계급 사이에 존재하는 무시무시한 간격을 제거함으로써 더욱 정의로운 경제제도를 만들어내려는 윤리적 욕망을 반영한 것"이라고 했다. "그렇지만 그는 사회주의 강령을 받아들일 수 없었다. 고독의 모험과 자

유의 즐거움을 매우 강조했던 그는 개인을 완전히 제거해버릴 위험이 있는 제도를 환영할 수가 없었다."⁴⁹

그런 태도는 변함없이 유지되었다. 아인슈타인이 미국으로 이주한 후 가까운 친구이며 그의 저작물 유언 집행자가 되었던 오토 나탄은 "아인슈타인의 기본적인 정치철학은 평생 동안 거의 바뀌지 않았다. 사회주의에 대해서 관심을 가지고 있었고, 특히 민주주의에 대해서 무조건적으로 깊이 헌신했던 그는 1918년 독일에서 전개되고 있던 혁명을 환영했다. 그의 정치적 사상의 기초는 개인의 존엄성에 대한 인식과 정치적, 지적 자유의 보호였다"고 했다.⁵⁰

베를린의 학생 혁명주의자들이 총장과 학장들을 감옥에 보냈을 때, 아인슈타인은 그런 철학을 실천에 옮겼다. 물리학자 막스 보른의 집 전화가 울렸을 때 그는 독감 때문에 침대에 누워 있었다. 아인슈타인이었다. 그는 총장과 학장들을 석방시키기 위해서 자신이 무엇을 할 수 있는지 알아보려고 대학으로 갈 것이라고 하면서, 보른에게 일어나서 함께 가자고 우겼다. 그들은 세 번째 친구로 선구적인 행동심리학자 막스 베르트하이머를 합류시켰다. 이론물리학보다 그의 전공이 자신들의 목표 달성에 더 유용할 것이라고 생각했던 모양이다.

세 사람은 아인슈타인의 아파트에서 전차를 타고 학생들이 모여 있던 독일 의회로 갔다. 군중들이 아인슈타인을 알아보고 막고 있던 길을 열어주었고, 그들은 학생 소비에트가 모여 있던 회의장으로 안내되었다.

의장은 그들을 반갑게 맞이했고, 자신들이 대학을 관리할 새로운 규정을 만들 동안 기다려달라고 요구했다. 그는 아인슈타인에게 "아인슈타인 교수님, 교수님의 요구를 듣기 전에 교수님께 새로운 규정에 대해서 어떻게 생각하시는지 여쭈어보아도 될까요?"라고 했다.

아인슈타인은 잠시 망설였다. 어떤 사람들은 본능적으로 말을 아끼면서 듣는 사람들을 즐겁게 해주려고 노력하고, 그 결과를 즐기기도 한다. 그러나 아인슈타인은 그렇지 않았다. 그는 오히려 비판적으로 대답했다. "나는 독일 대학교의 가장 값진 제도는 학문적 자유라고 생각해왔습니다.

교수들은 어떤 식으로도 무엇을 가르치라고 강요받지 않고, 학생들은 감독이나 규제 없이 자신이 듣고 싶은 강의를 선택할 수 있습니다. 당신들의 새로운 규정은 그런 모든 것들을 무너뜨리는 것처럼 보입니다. 옛날의 자유가 종말을 맞이하게 된다면 아주 안타깝게 생각할 것입니다." 보른의 기억에 따르면, 그 말을 들은 "막강한 힘을 가진 젊은 신사는 난처한 침묵 속에 앉아 있었다."

그런 행동은 그의 임무에 도움이 되지 않았다. 이야기를 나눈 학생들은 자신들이 총장과 학장들을 풀어줄 권한을 가지고 있지 않다고 결정했다. 아인슈타인 일행은 그런 권한을 가진 사람을 찾으려고 독일 수상의 관저로 갔다. 그들은 새로운 독일 대통령을 찾을 수 있었다. 시달림에 당황해하던 그는 기꺼이 석방을 명령하는 서류를 꾸며주었다.

효과가 있었다. 세 사람은 동료들을 석방시키는 일에 성공했다. 보른은 "우리는 역사적인 사건에 참여했다고 느끼고, 프로이센의 오만함을 마지막으로 경험했다고 생각하면서 들뜬 기분으로 수상 관저를 떠났다"고 기억했다.[51]

거리로 나간 아인슈타인은 부활된 신조국연맹의 대중집회에서, 학생들을 만날 때 가지고 갔던 2페이지짜리 연설문을 낭독했다. 그는 자신을 "오랜 민주주의 신봉자"라고 소개하면서, 자신도 사회주의를 좋아하지만 소비에트 형의 통제는 용납할 수 없다고 다시 한 번 분명하게 밝혔다. 그는 "모든 진정한 민주주의자들은 우익의 과거 계급 횡포가 좌익의 새로운 계급 횡포로 대치되지 않도록 지켜내야만 한다"고 강조했다.

일부 좌익 사람들은 대중들이 교육을 받고, 새 혁명적 인식이 자리를 잡을 때까지는 민주주의 또는 적어도 다당제 자유주의적 민주주의는 유보되어야 한다고 주장했다. 아인슈타인은 그런 주장에 동의하지 않았다. 그는 군중집회에서 "국민들의 머리에 자유의 개념을 주입시키기 위해서 일시적으로 무산계급의 독재가 필요하다는 생각에 현혹되어서는 안 된다"고 주장했다. 그는 독일의 새로운 좌익 정부를 "독재적"이라고 비난하면서, 즉시 선거를 시행해서 "가능하면 빨리 새로운 폭정에 대한 모든 두려

움을 제거해야 한다"고 주장했다.[52]

몇 년 후 아돌프 히틀러와 나치가 집권했을 때, 아인슈타인은 베를린의 그날을 유감스럽게 되돌아보았다. 그는 보른에게 "25년 전 사람들을 정직한 민주주의자로 변환시킬 수 있다는 확신을 가지고 우리가 함께 독일 의회 건물에 갔던 일을 아직도 기억하나요? 우리가 40대 남자치고 얼마나 순진했었습니까?"라고 했다.[53]

엘자와의 결혼

전쟁이 끝나면서 아인슈타인의 이혼 절차도 마무리되었다. 그 과정에서 그는 불륜을 인정하는 증언을 해야만 했다. 1918년 12월 23일에 그는 베를린 법정의 판사 앞에 서서 "나는 4년 반 동안 나의 사촌이면서 뢰벤탈과 이혼한 엘자 아인슈타인과 함께 살았고, 그 이후로 밀접한 관계를 유지해왔다"고 증언했다.[54]

그런 사실을 증명이라도 하듯이, 그는 그 다음 달에 첫 강의를 하러 취리히로 갈 때 엘자를 데리고 갔다. 그 후의 강의와는 달리, 그의 첫 강연에는 많은 사람들이 모여들었고, 아인슈타인이 원했던 것은 아니지만 강의실 문에는 허가를 받지 않은 청강생을 거절하는 공고가 붙었다. 한스 알베르트는 엘자가 없을 때 호텔로 아버지를 찾아왔고, 아인슈타인은 에두아르트의 요양소가 있는 아로사에서 며칠을 보냈다.[55]

아인슈타인은 2월 14일까지 취리히에 머무는 동안 자신에게 마침내 이혼을 허가해준 세 사람의 판사 앞에 섰다. 이혼 허가서에는 그가 받을 것으로 예상되던 노벨 상의 상금에 대한 조건도 들어 있었다. 아인슈타인은 증언에서 자신의 종교를 "비국교도"라고 썼지만, 이혼 허가서에는 사무원이 "모세교"라고 적었다. 출생 때부터 세르비아 정교도였던 마리치도 역시 "모세교"가 되어버렸다.

관습에 따라 허가서에는 "피고[아인슈타인]는 2년 동안 새로운 결혼이 금지된다"는 명령이 포함되어 있었다.[56] 아인슈타인은 그런 명령을 따를

298

생각이 없었다. 그는 엘자와 4개월 이내에 결혼하기로 결심했다.

그의 결혼 결정에는, 만약 사실이라면 그의 독특한 가정 동력학의 기준에서도 받아들이기 어려운 극적인 사건이 있었다. 그것은 엘자 아인슈타인의 딸 일제와 평화주의자 의사이면서 모험가인 게오르크 니콜라이와 관련된 일이었다.

당시 스물한 살이었던 일제는 엘자의 두 딸 중 맏이였다. 아인슈타인은 그녀를 설립 중이던 빌헬름 황제 물리학 연구소의 비서로 채용했다(그때까지 채용된 유일한 과학자는 그에게 충성스러웠던 천문학자 프로인틀리히였다). 어렸을 때 사고로 한쪽 눈을 잃어버린 것이 활기 넘치고, 이상주의적이고, 백조처럼 아름다웠던 일제의 신비스러운 분위기를 더욱 강화시켜주었다. 그녀는 불속에 뛰어든 나방처럼 과격한 정치와 매력적인 남성들에게 매혹되었다.

그런 그녀가 게오르크 니콜라이에게 빠진 것은 놀라운 일이 아니었다. 니콜라이는 1914년 아인슈타인과 함께 독일 지식인들의 "문명 세계에 대한 호소"에 관한 평화주의적 반박문을 만들었다. 니콜라이는 심전도 전문의로 가끔 엘자를 진단해주기도 했다. 강한 성욕을 가진 총명한 자기중심주의자였던 그는 독일에서 태어났지만 파리와 러시아에서 살기도 했다. 러시아를 방문했을 때, 그는 자신과 성적 관계를 가졌던 여자들의 목록을 만들었다. 두 쌍의 모녀를 포함해서 모두 16명이었다.

일제는 니콜라이와 사랑에 빠졌고, 그의 정치적 견해도 좋아하게 되었다. 일시적이기는 했지만, 연인 역할 이외에도 그녀는 그의 항의 편지를 타자해서 나누어주는 일도 했다. 그녀는 아인슈타인에게 니콜라이의 평화주의적 학술서 『전쟁의 생물학(*The Biology of War*)』의 발간을 지지하도록 설득했다. 그 책에는 폐기해버렸던 그들의 1914년 성명서와 칸트를 비롯한 여러 권위 있는 독일 필자들의 자유주의적 글이 들어 있었다.[57]

아인슈타인은 처음에는 그의 발간 계획을 지지했지만, 1917년 초에 이르러서는 "전혀 희망이 없는 짓"이라고 믿게 되었다. 독일군의 하급 간호병으로 징병되었던 니콜라이는 아인슈타인이 자신의 일을 후원해줄 것이라고 믿고 그에게 매달렸다. 그러나 아인슈타인은 그를 삼인칭으로 부르면서 "니콜라이를 거절하는 것보다 어려운 일은 없다. 다른 일에 대해서는 너무나도 민감해서 잔디가 자라는 것조차 소음으로 생각될 정도의 사람이 거절의 말에 대해서는 거의 귀가 멀어버린 것처럼 보인다"는 편지를 보냈다.[58]

그가 젊은 연인에게 어떤 심리적 게임을 하고 있었는지는 분명하지 않다. 마찬가지로 그녀가 아인슈타인은 물론이고 그녀 자신과 어떤 심리적 게임을 하고 있었는지도 분명하지 않다. 그녀는 니콜라이에게 아인슈타인의 입장에서 일제 ― 또는 ― 엘자의 문제가 현실이 되었다는 자세한 내용의 편지를 보냈다. 그 편지는 너무나도 놀랍고 기묘해서 여기에 전문을 소개한다.

당신은 내가 이 문제에 대해서 믿을 수 있고, 나에게 조언을 해줄 수 있는 유일한 사람입니다……최근에 알베르트와 엄마의 결혼에 대해서 이야기할 때, 당신은 알베르트와 나의 결혼이 더 적절하리라고 생각한다고 말했던 것을 기억할 것입니다. 나는 어제까지만 하더라도 그것에 대해서 심각하게 생각해본 적이 없었습니다. 어제 갑자기 알베르트가 엄마와 나 중에서 누구와 결혼하고 싶어하는지에 대한 의문이 떠올랐습니다. 처음에는 농담 같았던 그런 의문이 곧바로 심각한 문제가 되었고, 이제는 완전하고 완벽하게 생각해보아야 할 절박한 문제가 되었습니다. 알베르트는 스스로 어떤 결정도 하지 않으면서 나 또는 엄마와 결혼할 준비를 하고 있습니다. 나는 알베르트가 앞으로 다른 어떤 남자들보다도 나를 사랑해줄 것이라는 사실을 알고 있습니다. 어제 그는 나에게 그렇다고 말했습니다. 사실 그는 나를 아내로 맞이하는 것을 더 좋아합니다. 엄마와는 달리 나는 젊고, 나와 함께라면 아이를 가질 수도 있기 때문입니다. 그러나 너무 점잖은데다 엄마를 너무 사랑하기 때문에 그런 말을 할 수가 없습니다. 당신은 내가 알베르트와 어떤 관계인지를 아십니다. 나는 그를 많이 사랑하고, 인간으로서 그에 대해서 가장 큰 존경심을 가지고 있습니다. 서로 다른 사람들 사이에 진정한 우정과 동료의식이라는 것이 있다면, 알베르트에 대한 나의 감정이 바로 그런 것입니다. 나는 육체적으로 그와 가까이 지내고 싶어했습니다. 적어도 최근에는 그의 입장도 마찬가지였습니다. 그가 나에게 자신을 억제하기가 얼마나 힘든지를 인정한 적도 있었습니다. 그러나 이제는 그에 대한 내 감정이 부부생활을 하기에는 충분하지 않다는 것을 인정합니다……이렇게 이상하고 희극적이기도 한 일에 등장하는 세 번째 사람이 바로 엄마입니다. 지금 엄마는 내가 정말 심각하다는 사실을 확실히 믿지 않고 있습니다. 엄마는 내 마음대로 선택하도록 허락해주었습니다. 만약 내가 알베르트와만 정말 행복할 수 있다는 사실을 엄마가 알게 된다면, 엄마는 나를 위한 사랑 때문에 옆으로 비켜나줄 것입니다. 그러나 그 일은 엄마에게 몹시 힘든 일이 될 것입니다. 그리고 엄마가 몇 년 동안 노력해서 얻은 자리를 두고 엄마와 경쟁하는 것이 공정한 것인지 모르겠습니다. 드디어 엄마는 목표에 도달했는데 말입니다. 할아버지 할머니와 같은 필리스틴 사람들은 본능적으로 그런 일에 놀랄 것입니다. 엄마의 명예는 땅에 떨어지고, 그런 불쾌한 일들이……알베르트도 역시 만약 내가 그의 아이를 가지고 싶어하지 않는다면 내가 그와 결혼하지 않는 것이 더 낫다고 생각합니다. 그리고 정말 나는 그럴 생각이 없습니다. 당신에게는 스무 살의 어리석은 사람인 내가 이렇게 심각한 문제를 결정해야 한다는 것이 이상하게 보일 것입니다. 나 자신도 믿을 수가 없고, 매우 불행하게 느끼고 있습니다. 도와주십시오! 당신의, 일제.[59]

그녀는 첫 페이지 위쪽에 "읽고 나면 즉시 이 편지를 꼭 없애주세요!"라고 크게 써두었다. 니콜라이는 그렇게 하지 않았다.

그것이 사실이었을까? 반이라도 사실이었을까? 진실은 관찰자에 대해서 상대적인 것일까? 아인슈타인의 당혹스러운 모녀 간 문제에 대한 유일한 증거는 이 편지 한 통뿐이다. 당시에는 물론이고 기억으로라도 이 문제를 이야기한 사람은 아무도 없었다. 이 편지는 강렬한 사랑에 빠진 젊은 여자가 관심을 끌고 싶었던 기세 좋은 엽색가에게 쓴 것이었다. 어쩌면 그것은 단순히 그녀의 환상이었거나, 니콜라이의 질투심을 불러일으키려는 음모였을 수도 있다. 자연, 특히 인간의 본성에 대해서 근원적인 실체는 만약 그런 것이 있다고 하더라도 알 수가 없다.

결국 아인슈타인은 1919년 6월에 엘자와 결혼했고, 일제는 두 사람 가까이 남아 있게 되었다.

아인슈타인의 가족관계는 모든 면에서 개선되고 있는 것처럼 보였다. 바로 다음 달에 그는 아이들을 만나러 취리히로 가서, 그의 첫 아내가 없는 동안에 그녀의 아파트에서 한스 알베르트와 함께 지냈다. 엘자는 그런 상황에 대해서 걱정했던 것 같지만, 그는 적어도 두 통의 편지를 통해서 마리치가 같이 있지 않다는 사실을 확인시켜주었다. 그는 "암사자의 동굴에서 캠핑을 하는 것이 아주 값진 것으로 밝혀졌고, 어떤 일이 일어날 것이라고 걱정할 필요는 없습니다"라고 했다. 그와 한스 알베르트는 보트를 타러 가고, 음악을 연주하고, 모형 비행기를 만들었다. 그는 엘자에게 "아들이 나에게 표현할 수 없는 즐거움을 줍니다. 그는 모든 일에 열심이고 끈기가 있습니다. 그리고 피아노도 아주 잘 칩니다"라고 했다.[60]

이제 첫 가족과의 관계가 평온해지자 1919년 7월 방문 중에 아인슈타인은 다시 엘자와 그녀의 딸들과 함께 그곳으로 옮겨와야 한다고 생각했다. 그런 생각이 엘자를 당혹스럽게 만들었고, 그녀는 자신의 생각을 분명하게 전했다. 아인슈타인은 물러섰다. 그는 그녀에게 "좋습니다. 우리는 베를린에서 살 것입니다. 그러니 진정하고, 절대 두려워하지 마세요!"라고 안심시켰다.[61]

아인슈타인의 재혼은 첫 결혼과는 달랐다. 낭만적이거나 열정적이지 않았다. 처음부터 그와 엘자는 어수선한 베를린의 아파트에서 반대쪽에 떨어져 있는 침실을 따로 사용했다. 지적이지도 않았다. 훗날 그녀는 상대성을 이해하는 것이 "내 행복에 전혀 필요하지 않다"고 했다.[62]

그러나 그녀는 자주 남편을 기쁘게 해주었던 실용적인 면에 재능이 있었다. 그녀는 프랑스어와 영어를 잘했기 때문에 여행 중에 그를 위한 통역자와 매니저 역할을 할 수 있었다. 그녀는 "나는 아내와 어머니 역할을 제외한 다른 면에서는 재능이 없다. 수학에 대한 내 관심은 주로 집안의 청구서에 관련된 수준이다"라고 했다.[63]

이런 발언은 그녀의 자기비하와 폭발 직전의 불안감을 반영한 것이었지만, 그녀는 자신을 과소평가했다. 아인슈타인에게 필요했던 아내와 어머니 역할을 하는 것은 절대 단순한 일이 아니었고, 그들의 재정과 조달 문제를 관리하는 것도 쉽지 않았다. 그녀는 모든 일을 분별력과 온정을 가지고 해냈다. 가끔은 그들의 관계 때문에 몇 가지 과시의 유혹에 빠지기도 했지만, 그녀는 변함없는 예절과 자기에게 걸맞는 유머를 보여주었고, 그런 과정에서 그녀의 남편도 같은 특성을 유지할 수 있도록 했다.

실제로 두 사람의 결혼은 확고한 공생이었고, 대체로 두 사람 모두에게 필요한 것과 원하는 것을 적절하게 제공해주었다. 엘자는 그를 위해서 봉사하고 보호해주고 싶어했던 효율적이고 생기 넘치는 여성이었다. 그녀는 그의 명성을 좋아했고, (그와는 달리) 그런 사실을 감추려고 하지 않았다. 그녀는 명성으로 주어지는 사회적 지위도 받아들였다. 그녀는 남편의 사생활을 침범하려는 기자를 비롯한 사람들을 몰아내는 일도 기꺼이 해냈다.

그녀가 그를 돌보아주는 것을 좋아하는 만큼, 그도 그녀의 보살핌을 받는 것을 좋아했다. 그녀는 그에게 언제 식사를 하고, 어디에 가야 하는지를 알려주었다. 그녀는 그의 가방과 용돈도 챙겨주었다. 공개 석상에서 그녀는 자신이 "교수님" 또는 그저 "아인슈타인"이라고 부르는 남성을 지켜주기 위해서 애를 썼다.

그 덕분에 그는 많은 시간을 꿈같은 상태에서 자기 주위의 세상보다 우주에 대하여 집중하면서 보낼 수 있었다. 그런 모든 것이 그녀를 기쁘고 만족스럽게 했다. 그녀는 "신은 그에게 충분한 아름다움을 주셨고, 그의 입장에서는 인생이 피곤하고 어렵더라도 나는 그를 훌륭하다고 생각한다"고 한 적도 있었다.[64]

어느 친척의 말에 따르면, 아인슈타인이 열심히 일하고 있는 동안에 엘자는 "그에게 방해가 되는 모든 일이 생기지 않도록 해야 한다는 사실을 알고 있었다." 아인슈타인이 좋아하는 렌즈콩 수프와 소시지를 준비하여

서재에서 그를 불러내면, 그녀는 그가 기계적으로 식사를 하도록 혼자 남겨두었다. 그러나 그가 불평하거나 항의하더라도 그녀는 그에게 식사가 중요하다는 사실을 일깨워주었다. 그녀는 "사람들은 수백 년 동안 지식을 알아냈지만, 당신의 위장은 절대 수백 년을 기다려주지 않을 것입니다"라고 말했다.[65]

그녀는 그의 멍한 시선으로부터 그가 "문제에 사로잡혀 있는지"를 알아볼 수 있었고, 더 이상 그를 방해하지 않았다. 그가 서재에서 서성거리면, 그녀는 음식을 올려보냈다. 그는 강렬한 집중이 끝나면, 식탁으로 내려와서 식사를 했고, 때로는 엘자와 그녀의 딸들과 함께 산책을 하자고 요청했다. 그들은 언제나 그의 말에 따랐다. 그러나 그들이 그에게 그런 요구를 하는 일은 절대 없었다. 그녀와 인터뷰한 이후에 어느 신문은 "요청을 하는 것은 그였고, 그가 산책을 하자고 요구하면 그들은 그가 일에서 해방되었다는 사실을 알았다"고 전했다.[66]

엘자의 딸 일제는 결국 독일의 유명한 문학잡지의 편집자인 루돌프 카이저와 결혼했고, 그들의 집은 예술작품과 예술가와 작가들로 가득 채워졌다. 조각을 좋아했던 마르고트는 너무 내성적이어서 아버지의 손님이 오면 식탁 밑에 숨기도 했다. 그녀는 1930년에 디미트리 마리아노프라는 러시아 사람과 결혼한 후에도 그 집에서 함께 살았다. 이들 두 사위는 모두 아인슈타인 가족에 대한 화려하지만 평범한 책을 썼다.

한동안 아인슈타인과 엘자와 그녀의 딸들은 베를린 중심에서 가까우면서, 넓고 수수한 가구를 갖춘 아파트에서 함께 살았다. 벽지는 어두운 녹색이었고, 식탁보는 레이스 자수가 달린 흰색 리넨이었다. 그의 친구이자 동료였던 필리프 프랑크는 "사람들은 아인슈타인이 그런 가정에서 언제나 손님 같았다고 느꼈다. 중산층 가정을 방문한 보헤미아 손님과 같았다"고 했다.

그들은 건축법을 어기면서 세 개의 지붕 밑 방을 커다란 창문이 있는 다락방 서재로 바꾸었다. 그 방은 대부분 먼지가 쌓여 있었고, 청소도 하지 않았다. 뉴턴, 맥스웰, 패러데이가 인자하게 내려다보는 곳에는 논문이 쌓여 있었다. 그는 가끔씩 일어나서 서성거리다가, 다시 앉아서 자신의 상대성 이론을 우주의 설명에 사용할 수 있도록 확장하는 방정식을 써 내려갔다.[67]

11

아인슈타인의 우주

1916-1919년

우주론과 블랙홀, 1917년

우주론은 우주 전체에 대해서 연구하는 분야이다. 우주의 크기와 모양, 역사와 운명, 한쪽 끝에서 다른 쪽 끝까지, 시간의 시작부터 종말까지의 모든 것이 포함된다. 그것은 대단히 큰 주제이고, 절대 단순하지 않다. 그런 개념의 의미를 정의하는 것도 어렵고, 과연 그런 개념이 의미를 가지고 있는지를 알아내는 것도 간단하지 않다. 아인슈타인은 자신의 일반상대성 이론에 포함된 중력장 방정식 덕분에 우주의 구조를 연구할 수 있는 기반을 만들었고, 그래서 현대 우주론의 중요한 창립자가 되었다.

적어도 초기 단계에서 그에게 도움을 주었던 사람은 훌륭한 수학자이면서 더욱 훌륭한 천체물리학자로 포츠담 천문대의 소장이었던 카를 슈바르츠실트였다. 그는 아인슈타인의 새로운 일반상대성 이론을 읽었고, 1916년 초부터 그 이론을 우주의 물체에 적용해보려고 노력했다.

한 가지 문제가 슈바르츠실트의 일을 아주 힘들게 만들었다. 전쟁 중

독일군에 자원 입대했던 그가 아인슈타인의 논문을 읽었던 것은 러시아에서 포탄의 궤도를 예측하는 일을 하고 있을 때였다. 그런 중에도 그는 아인슈타인의 이론에 따라 우주의 물체에 의한 중력장의 세기를 계산할 여유를 가질 수 있었다. 그것은 시계 동기화에 대한 특허신청서를 검토하면서 특수상대성 이론을 정립했던 아인슈타인의 능력이 전쟁 중에 반복된 것과도 같았다.

1916년 1월에 슈바르츠실트는 우편으로 자신의 결과를 보내면서, 그것이 아인슈타인의 이론을 "더욱 순수하게 빛나도록" 해줄 것이라고 주장했다. 무엇보다도 아인슈타인의 이론이 목성의 궤도를 놀라울 정도로 엄밀하게 설명했다고 재확인해주었다. 아인슈타인은 감격했다. 그는 "문제의 정확한 답을 그렇게 간단하게 찾을 수 있으리라고는 생각도 하지 못했습니다"라는 답장을 보냈다. 그 다음 주 목요일에 그는 프로이센 과학원의 주례 회의에서 그 논문을 직접 발표했다.[1]

슈바르츠실트의 첫 계산은 구형의 회전하지 않는 별의 외부에 해당하는 시공간의 휘어짐에 대한 것이었다. 몇 주 후에 그는 아인슈타인에게 그런 별의 내부 상황에 대한 또다른 논문을 보냈다.

두 경우에서 모두 특별한 일이 가능하거나, 반드시 일어나야만 하는 것처럼 보였다. 별(또는 어떤 물체)의 질량이 모두 슈바르츠실트 반지름이라고 알려지는 것보다 충분히 작은 공간 속으로 압축되면, 그의 계산 전체가 무너져버렸다. 중심에서는 시공간이 그 자체로 무한히 휘어진다. 우리 태양의 경우에는 질량 전체가 반지름이 2마일 이하로 압축되면 그런 일이 일어난다. 지구의 경우에는 모든 질량이 반지름 0.3인치 정도로 압축되면 그렇게 된다.

그것이 무슨 뜻일까? 그런 상황에서, 슈바르츠실트 반지름 안에서는 아무것도 중력을 벗어날 수가 없다. 빛이나 다른 형식의 복사도 마찬가지이다. 시간도 역시 휘어져서 0으로 팽창된다. 다시 말해서, 외부의 관찰자에게는 슈바르츠실트 반지름에 가까이 다가가는 여행자는 정지 상태로 얼어붙어버리는 것처럼 보인다.

그 당시에도 그랬지만 훗날에도 아인슈타인은 그런 결과가 실제로 현실적이라고 믿지 않았다. 예를 들면, 그는 1939년에 "이 '슈바르츠실트 특이점'이 물리학적 현실에서 존재할 수 없는 이유에 대한 분명한 이해"를 제공한다는 논문을 발표했다. 그러나 몇 달 뒤에 J. 로버트 오펜하이머와 그의 학생 하틀랜드 스나이더는 정반대의 주장을 했다. 별들이 중력 붕괴를 경험할 수 있다고 예측했던 것이다.[2]

슈바르츠실트에게는 이 문제를 더 연구할 기회가 전혀 없었다. 논문을 쓰고 나서 몇 주 만에 전방에 있던 그는 피부가 괴사하는 무시무시한 자기 면역 질병에 걸려서 5월에 마흔두 살의 나이로 사망했다.

아인슈타인이 사망하고 나서 과학자들은 슈바르츠실트의 이상한 이론이 옳았음을 발견했다. 별들이 붕괴하는 과정에서 그런 현상이 나타날 뿐만 아니라, 사실은 그런 현상이 자주 일어난다. 1960년대에 스티븐 호킹, 로저 펜로즈, 존 휠러, 프리먼 다이슨, 킵 손과 같은 물리학자들은 그것이 아인슈타인의 일반상대성 이론의 특징이고, 분명한 사실임을 밝혀냈다. 휠러는 그것을 "블랙홀(black hole)"이라고 불렀고, 그 후부터 블랙홀은 우주론은 물론이고 「스타트랙」 이야기의 대표적인 특징이 되었다.[3]

이제 블랙홀은 우주의 모든 곳에서 발견되고 있다. 심지어 우리 은하수의 중심에도 태양보다 수백만 배나 무거운 블랙홀이 있다. 다이슨은 "블랙홀은 드문 것도 아니고, 우리 우주에 우연히 나타난 장식물도 아니다. 블랙홀은 우주에서 유일하게 아인슈타인의 상대성 이론의 힘과 영광을 보여주는 곳이다. 다른 곳이 아니라 이곳에서만 공간과 시간이 각자의 정체성을 잃어버리고, 함께 합쳐져서 아인슈타인 방정식으로 표현되는 심하게 굽은 4차원의 구조가 만들어진다"고 했다.[4]

아인슈타인은 자신의 일반상대성 이론이 뉴턴의 물통 문제를 마흐가 원했던 방식으로 해결해줄 것이라고 믿었다. 완전히 비어 있는 우주에서 회전하는 것에서는 관성(또는 원심력)이 존재하지 않을 것이라고 믿었다.*

---

* 제14장에는 아인슈타인이 1920년 라이덴 강의에서 이런 견해를 수정한 이야기가 소개되어 있다.

관성은 우주의 다른 모든 물체들에 대한 **상대적** 회전에 의해서만 나타난다는 것이었다. 아인슈타인은 슈바르츠실트에게 "내 이론에 따르면, 관성은 단순히 질량들 사이의 상호작용이고, 관찰된 질량과 상관없는 '공간' 자체만에 의한 효과가 아니다. 이렇게 설명할 수 있다. 만약 모든 것이 사라져버린다면, 뉴턴과 갈릴레오의 이론에서는 관성 공간은 여전히 남게 된다. 그러나 내 해석에 따르면, **아무것도 남지 않는다**"고 했다.[5]

아인슈타인은 관성의 문제 때문에 당시의 위대한 천문학자 가운데 한 사람이었던 라이덴의 빌렘 드 지터와 논쟁을 벌였다. 1916년 내내 아인슈타인은 모든 방법을 이용해서 관성의 상대성과 마흐 원리를 보존하기 위해서 애를 썼다. 어쩔 수 없이 관찰할 수가 없는, 우주의 가장자리에 있는 멀리 떨어진 질량을 포함하여 다양한 "경계 조건"도 가정해보았다. 드 지터가 지적했듯이, 그런 생각 자체가 절대 관찰할 수 없는 것에 대한 가정을 반대했던 마흐에게는 저주였다.[6]

1917년 2월에 아인슈타인은 새로운 방법을 찾아냈다. 그는 드 지터에게 "나는 당신이 옳게 지적했던 내 입장을 완전히 포기했습니다. 내가 지금 생각하고 있는 상당히 기묘한 아이디어에 대해서 당신의 생각이 어떤지 알고 싶습니다"라고 했다.[7] 처음에 그는 자신의 아이디어가 너무 엉뚱해서 친구인 라이덴의 파울 에렌페스트에게 "내가 정신병원에 갇혀버릴 정도로 위험스럽게 느껴졌습니다"라고 말했다. 그는 농담으로 자신이 방문하기 전에 라이덴에는 그런 병원이 없을 것이라고 약속해달라고 요구했다.[8]

그의 새로운 아이디어는 그달에 아인슈타인의 또 하나의 기념비적인 논문이 된 "일반상대성 이론에서 우주론적 고찰"로 발표되었다.[9] 겉으로 보기에 그 논문은 중력이 스스로 휘어져 들어오기 때문에 우주에는 경계가 없다는 정말 엉뚱한 생각을 제시한 것처럼 보였다.

아인슈타인은 우선 별과 다른 물체로 채워진 절대적으로 무한한 우주는 불가능하다는 사실을 지적했다. 그러면 모든 점에서 끌어당기는 중력의 양이 무한대가 되고, 모든 방향에서 쏟아져나오는 빛의 양도 무한대가 되기 때문이다. 반대로, 공간의 어떤 임의의 위치에 떠 있는 유한한 우주도 역시 상상할 수가 없다. 무엇보다도, 무엇이 별과 에너지가 우주에서 날아가버리거나, 빠져나가거나, 사라져버리는 것을 막아줄 것인가?

그는 유한하면서도 경계가 없는 우주라는 세 번째 가능성을 생각해냈다. 우주에 존재하는 질량이 공간을 휘어지게 만들고, 그래서 우주 전체를 볼 때 우주는 그 자체로 완전히 휘어져 들어오게 된다. 시스템은 닫혀 있고 유한하지만, 끝도 없고, 가장자리도 없다.

사람들이 이런 개념을 시각화하는 것을 도와주기 위해서 아인슈타인은 편평한 표면과 같은 2차원 우주에 있는 2차원 탐험가를 상상하는 방법을 사용했다. 그런 "편평한 세상의 사람"은 편평한 표면에서는 어느 방향으로나 움직일 수 있다. 그러나 그런 사람들에게는 위로 올라가거나 아래로 내려가는 것과 같은 개념은 아무 의미가 없다.

이제 다음과 같은 변형을 생각해본다. 편평한 세상 사람의 2차원은 여전히 표면이지만, 그런 표면이 (그들에게는 이해되기 어렵겠지만) 부드럽게 굽어진다면 어떻게 될까? 그들과 그들의 세상은 여전히 2차원에 한정되어 있지만, 그들의 편평한 표면이 지구의 표면과 같아진다면 어떨까? 아인슈타인의 표현에 따라, "이제 2차원의 존재이지만, 평면이 아니라 구형 표면의 경우를 생각해보자." 이런 편평한 세상의 사람이 쏜 화살은 여전히 직선으로 날아가지만, 결국에는 휘어져서 되돌아온다. 지구 표면의 바다에서 똑바로 항해하는 선원이 결국에는 반대쪽 수평선에서 되돌아오게 되는 것과 마찬가지이다.

편평한 세상 사람들에게 2차원 우주의 휘어짐은 그 표면을 유한하게 만들지만, 그런 표면에는 경계가 없다. 어느 쪽으로 움직이든지 상관없이 그들은 우주의 끝이나 가장자리에 도달하지 못하고 결국에는 같은 곳으로 돌아오게 된다. 아인슈타인에 따르면, "이런 생각에서 얻어지는 위대한 매력은 그런 사람들의 우주는 유한하지만 경계가 없다는 사실을 일깨워준다는 것이다." 그리고 만약 편평한 세상의 표면이 부풀어오르는 풍선과 같다면, 그들이 살고 있는 전체 우주는 팽창할 수 있지만, 여전히 경계는 존재하지 않는다.[10]

그런 생각을 확대하면, 우리는 아인슈타인이 우리에게 원했던 것처럼 3차원 우주가 같은 방법으로 휘어져서 닫혀 있기는 하지만 경계가 존재하지 않는 유한한 시스템을 상상할 수 있다. 우리와 같은 3차원의 존재가 그런 상황을 시각화하기는 쉽지 않지만, 수학적으로는 가우스와 리만에 의해서 선구적으로 개발된 비(非)유클리드 기하학으로 쉽게 설명할 수 있다. 4차원의 시공간에서도 마찬가지이다.

그렇게 굽은 우주에서 어떤 방향으로 출발한 광선은 직선으로 보이는 경로를 따라가지만 여전히 그 자체로 휘어지게 된다. 물리학자 막스 보른은 "유한하지만 경계가 없는 우주의 개념은 지금까지 생각해왔던 세상의 본질에 대한 가장 위대한 아이디어 가운데 하나"라고 선언했다.[11]

그렇다. 그런데 그렇게 굽은 우주의 바깥은 무엇일까? 그렇게 굽은 공간의 다른 쪽은 무엇일까? 그것은 단순히 대답할 수 없는 질문이 아니라 무의미한 질문이다. 편평한 세상의 사람들에게 표면의 바깥이 무엇이냐고 물어보는 것이 무의미한 것과 마찬가지이다. 상상이나 수학적으로는 네 번째 공간 차원에서 모든 것이 어떨지를 추측할 수 있지만, 공상과학 소설이 아니라면 우리의 굽은 우주에서 3개의 공간 차원 바깥에 존재하는 영역에 무엇이 있는지를 물어보는 것은 특별히 의미 있는 질문이 아니다.[12]

아인슈타인이 자신의 일반상대성 이론에서 유도한 우주에 대한 이런 개념은 우아하고 신비한 것이었다. 그러나 한 가지 걸림돌이 있는 듯 보였다. 고치거나 지킬 수 없는 오류가 있었다. 그의 이론에 따르면, 우주는 팽창하거나 수축되어야만 하고, 정적으로 머무를 수는 없다. 그의 장 방정식에 따르면, 중력에 의한 힘이 모든 물질을 함께 잡아당기기 때문에 정적인 우주는 존재할 수가 없다.

그런 결과는 대부분의 천문학자가 관찰했다고 생각하는 것과 일치하지 않았다. 그들에게 우주는 우리의 은하수로만 구성되어 있고, 그것은 상당히 안정되고 정적인 것처럼 보였다. 별들이 부드럽게 움직이기는 하지만, 팽창하는 우주의 일부로 빠르게 후퇴하지는 않는다. 안드로메다와 같은 다른 은하는 단순히 하늘에서 발견되는 설명할 수 없는 흐릿한 부분일 뿐이었다. (애리조나의 로웰 천문대에서 일하는 몇 명의 미국인들이 몇몇 신비스러운 나선 성운의 스펙트럼이 붉은색 쪽으로 이동하는 것을 관찰했지만, 과학자들은 아직도 그것이 멀리 있는 은하가 우리 자신으로부터 멀어져가고 있기 때문이라는 사실을 알지 못했다.)

아인슈타인은 물리학의 통념이 자신의 우아한 이론과 모순되는 것처럼 보이면 자신의 이론이 아니라 통념을 의심했고, 그런 고집이 효과적인 경우가 많았다. 뉴턴의 절대시간의 개념이 그랬던 것처럼, 이 경우에도 그의 중력장 방정식은 안정된 우주에 대한 일반적인 생각이 틀린 것이어서 내던져버려야만 함을 뜻하는 것처럼 보였다.[13]

그런데 이번에는 그가 자신의 이론에 "약간의 수정"이라고 부른 것을 고안해냈다. 아인슈타인은 우주의 물질이 안쪽으로 터지는 것을 막기 위해서 자신의 일반상대성 방정식에 전체적으로 중력을 상쇄하는 작은 "반발력"을 더했다.

그의 새로운 방정식에서는, 그리스 문자 람다(λ)로 표시된 수정 항을 계량 텐서 $g_{\mu\nu}$에 곱해서 안정적이고 정적인 우주를 만들어냈다. 1917년 논문에서 그는 거의 사과하는 입장에서 "우리는 중력에 대한 실제 지식을 정당화시켜주지 못하는 장 방정식에 수정 항을 도입할 수밖에 없었다"라고 했다.

그는 새로 도입한 항을 "우주 항(cosmological term)" 또는 "우주 상수(cosmological constant)"(그는 kosmologische Gleid라는 표현을 썼다)라고 불렀다. 훗날 우주가 실제로 팽창하고 있다는 사실이 밝혀졌을 때,* 아인슈타인은 그런 수정을 자신의 "가장 큰 실수"였다고 했다. 그러나 오늘날에도 우주의 팽창이 가속되고 있다는 증거를 고려하면 그것은 유용한 개념이었고, 실제로는 꼭 필요한 항으로 여겨지고 있다.[14]

1905년의 다섯 달 동안 아인슈타인은 광양자, 특수상대성, 원자의 존재를 증명하는 통계적 방법을 찾아내어 물리학을 일으켜세웠다. 이제 그는

---

* 우주가 팽창하고 있다는 사실을 발견한 후에 아인슈타인이 그 항을 포기하기로 한 결정은 제14장을 참조한다.

데니스 오버바이가 "의심할 여지 없이 물리학의 역사에서 한 사람의 지속적인 총명함에 의한 가장 경이적인 노력"이라고 불렀던 1915년 가을부터 1917년 봄에 이르는 훨씬 더 긴 기간의 창의적 강행군을 마쳤다. 특허심사관 시절 창의성이 처음 터져나왔을 때의 그는 놀라울 정도로 아무런 고민도 하지 않았던 것처럼 보였다. 그러나 이 경우에는 완전히 지쳐서 위장병에 걸릴 정도로 힘들었으나 맹렬하게 노력했다.[15]

이 기간 동안에 그는 상대성 이론을 확장했고, 중력에 대한 장 방정식을 발견했고, 광양자에 대한 물리학적 설명을 찾아냈고, 양자가 확실성이 아니라 확률과 관계된 것임을 암시했으며,* 우주 전체의 구조에 대한 개념을 개발했다. 아인슈타인은 자신이 상상할 수 있는 가장 작은 것인 양자에서 가장 큰 것인 우주 자체에 이르기까지의 모든 문제의 대가(大家)임을 증명했다.

일식, 1919년

일반상대성의 경우에는 실현 가능한 극적인 실험적 확인이 가능했다. 그런 실험은 전쟁에 지친 세계를 감동시키고, 치유하는 데에 도움이 될 수 있는 것으로, 이제는 너무 단순해서 누구나 이해할 수 있는 중력이 빛의 궤도를 휘어지게 만든다는 개념을 근거로 한 것이었다. 더 구체적으로, 아인슈타인은 멀리 있는 별로부터 방출되는 빛이 태양 근처의 강한 중력장을 지나오면서 휘어지는 것처럼 관측되는 정도를 예측했다.

그것을 확인하려면, 천문학자들이 보통의 조건에서 별들의 위치를 정확하게 추적해야만 한다. 그런 후에 그 별에서 나온 빛이 태양 바로 옆을 지나갈 때까지 기다려야만 한다. 별의 위치가 옮겨진 것처럼 보일까?

한 가지 흥미로운 방법이 있었다. 그런 관찰을 하려면 낮에도 별이 보이고 사진을 찍을 수 있는 개기일식이 일어나야 한다. 다행스럽게도 자연

---

* 제14장에 소개되어 있다.

이 우연히도 태양과 달의 크기를 적절한 비율이 되도록 만든 덕분에 몇 년마다 그런 실험에 이상적으로 들어맞는 개기일식이 일어난다.

아인슈타인의 1911년 논문 "빛의 전달에 대한 중력의 영향에 대하여"와 다음 해의 초안 방정식은 빛이 태양 부근을 지날 때 (훗날 어느 정도 수정 되었던) 대략 0.85초 휘어지는 것으로 계산했고, 그 값은 빛을 입자로 보았던 뉴턴의 방출 이론에서 예측하는 것과 같았다. 앞에서 지적했듯이, 1914년 8월 크리미아에서의 일식으로 그것을 확인하려던 시도는 전쟁 때문에 포기하게 되었고, 결국 아인슈타인은 자신의 이론이 틀렸다는 지적을 받는 수치스러운 일을 면할 수 있었다.

이제 중력에 의한 시공간의 휘어짐을 고려한 1915년 말의 장 방정식에 따르면, 그 휘어짐은 두 배가 된다. 이제 그는 태양 옆을 지나는 빛은 1.7 초 정도 굽을 것이라고 했다.

아인슈타인은 상대성에 대한 자신의 1916년 교양서에서 다시 한 번 과학자들에게 이 결론을 확인해볼 것을 요구했다. "태양이 하늘의 다른 곳에 있을 때 별의 위치와 비교해서 별들이 원호의 1.7초만큼 태양에서 먼 쪽으로 이동한 것처럼 보여야만 한다. 이런 추측이 옳거나 틀리다고 확인하는 것은 중요한 문제로, 그에 대한 초기의 답을 얻는 것은 천문학자에게 달려 있다."[16]

네덜란드의 천체물리학자 빌렘 드 지터는 전쟁이 진행 중이던 1916년에 아인슈타인의 일반상대성 이론 논문을 영국해협 너머에 있던 케임브리지 천문대로 보냈다. 아인슈타인은 독일 과학자들을 무시하거나 헐뜯는 것을 자랑으로 여기던 영국 과학자들에게는 잘 알려져 있지 않았다. 그러나 에딩턴은 예외였다. 그는 상대성 이론을 기꺼이 받아들였고, 그 이론을 적어도 학자들 사이에서는 알려지도록 만든 영어 해설을 썼다.

에딩턴은 왕립천문대장이었던 프랭크 다이슨 경과 상의해서, 비록 두 나라가 전쟁 중이기는 하지만, 영국 과학자들이 독일 과학자의 이론을 증명해야 한다는 과감한 아이디어를 주장했다. 더욱이 그것이 에딩턴의 개인적인 문제를 해결하는 데에도 도움이 될 것처럼 보였다. 그는 퀘이커 교도였고, 자신의 평화주의적 신념 때문에 영국에서 병역을 거부했다는 이유로 감옥에 갈 위기에 놓여 있었다. (1918년에 그는 서른다섯 살이었지만 여전히 징병 대상이었다.) 다이슨은 영국 해군에게 에딩턴이 다음 개기일식 때 상대성 이론을 확인하는 탐험대를 이끄는 것이 그가 조국에 더 잘 봉사하는 길이라고 설득했다.

다이슨은 1919년 5월 29일에 일어날 예정인 개기일식이 훌륭한 기회가 될 것이라고 지적했다. 그때 태양은 보통 천문가들이 황소자리의 중앙이라고 생각하는 히아데스 성단으로 알려진 별 무리 중간에 있게 된다. 그러나 그것은 관측에 편리하지 않았다. 일식은 브라질 해안에서 아프리카에 이르는 적도 부근의 대서양 양쪽 해안을 가로지르는 지역에서 가장 잘 볼 수 있었다. 그것도 쉽지 않았다. 1918년 탐사를 검토하는 동안에 그 지역에 독일의 U-보트가 출현했고, 그 지휘자들은 우주의 휘어짐보다는 바다를 장악하는 일에 더 관심이 많았다.

다행히 전쟁은 탐사가 시작되기 전에 끝났다. 1919년 3월 초에 에딩턴은 두 그룹과 함께 리버풀을 출발했다. 한 그룹은 북부 브라질의 아마존 정글에 있는 소브랄이라는 고립된 마을에 카메라를 설치하러 떠났다. 에딩턴이 포함된 두 번째 그룹은 아프리카의 대서양 해안에서 아주 가까운 위도 1도에 위치한 포르투갈 식민지인 프린시페라는 작은 섬으로 떠났다. 에딩턴은 섬의 북쪽 끝에 있는 150미터 높이의 절벽에 장비를 설치했다.[17]

일식은 프린시페 시간으로 오후 3시 13분에 시작되어 5분간 지속될 예정이었다. 그날 아침에 많은 비가 내렸다. 그러나 일식 시각이 다가오면서 날씨가 맑아지기 시작했다. 하늘은 일생에서 가장 중요한 순간에 있었던 에딩턴을 짓궂게 괴롭혔다. 남아 있던 구름 조각들이 태양의 앞을 가리며 지나갔다.

에딩턴은 일기에 "나는 사진판을 바꾸느라 너무 바빠서 일식을 제대로 보지도 못했다. 일식이 시작된 것을 확인하고, 반쯤 진행되었을 때 구름이 얼마나 많은지를 확인하기 위해서 잠깐 쳐다보았을 뿐이다"라고 적었다. 그는 16장의 사진을 찍었다. "태양이 잘 찍혀서 전망이 밝았지만, 구름이 별의 이미지를 가려버렸다." 그날 런던으로 보낸 전보는 더욱 전보다웠다. "구름을 통해서, 희망적, 에딩턴."[18]

다른 탐사 팀이 갔던 브라질의 날씨는 좋았다. 그러나 최종 결과는 두 곳에서 찍은 모든 사진판을 영국으로 운송해서, 인화한 후에 측정하고, 비교할 때까지 기다려야만 했다. 그 일은 9월까지 계속되었고, 그동안 유럽의 과학 감정사들은 열심히 기다려야만 했다. 그것을 0.85초의 휘어짐을 예측한 뉴턴의 영국 이론과 1.7초의 휘어짐을 예측한 아인슈타인의 독일 이론 사이에 벌어진 전후(戰後)의 정치적 색채가 담긴 경쟁으로 여기는 사람들도 있었다.

그러나 사진 결과는 분명한 답을 주지 못했다. 브라질에서 찍은 특별히 좋은 사진 한 장에서 1.98초의 휘어짐이 관찰되었다. 역시 브라질에 설치했던 다른 기기로 찍은 사진들은 열이 거울에 영향을 주어서 조금 흐릿했다. 결과는 0.86초에 가까운 것처럼 보였지만, 오차 범위가 훨씬 더 컸다. 그리고 프린시페에서 에딩턴이 찍은 사진이 있었다. 이 사진에 찍힌 별은 그 수가 많지 않았기 때문에 자료를 얻기 위해서 복잡한 계산이 필요했다. 그러나 그 사진에서는 약 1.6초의 휘어짐이 나타난 것처럼 보였다.

아인슈타인 이론이 확인 가능한 예측을 제공한다는 예측력이 어쩌면 에딩턴에게 영향을 주었을 것이다. 아인슈타인 이론의 수학적 우아함에 매혹된 그는 그 이론을 깊이 신뢰했다. 그는 기기에 문제가 있었다는 이유로 브라질에서 얻은 작은 값을 폐기해버리고, 자신이 아프리카에서 얻은 애매한 결과에 집착해서 아인슈타인의 예측과 일치하는 1.7초보다 조금 더 큰 값을 얻었다. 그것은 가장 명백한 확인이라고 할 수는 없었지만 에딩턴에게는 충분했고, 나중에 그의 해석이 유효했던 것으로 밝혀졌다. 훗날 그는 그 결과를 얻었던 것이 그의 일생에서 가장 위대한 순간이었다고 했다.[19]

베를린의 아인슈타인은 겉으로 무심한 척했지만, 소식을 기다리면서 초조함을 완전히 감추지는 못했다. 1919년 독일의 경기가 급격하게 침체되면서 아파트 건물의 승강기도 멈춰버렸고, 난방도 없는 겨울을 준비해야 했다. 그는 9월 5일에 몸져누워 있던 어머니에게 "겨울에는 무척 떨어야 할 모양입니다. 아직도 일식에 대한 소식은 없습니다"라는 편지를 보냈다. 1주일 후에 아인슈타인은 "혹시 영국의 개기일식 관찰에 대해서 들은 것이 있습니까?"라고 감정적이면서도 가벼운 질문으로 네덜란드에 있던 그의 친구 파울 에렌페스트에게 보낸 편지를 마무리했다.[20]

그런 질문을 한 것만 보아도 아인슈타인이 겉모습과는 달리 그렇게 자신만만하지는 않았던 셈이다. 만약 네덜란드의 친구들이 그런 소식을 들었다면 곧바로 그에게 알려주었을 것이다. 그들은 결국 그렇게 했다. 1919년 9월 22일에 로렌츠는 어느 모임에서 에딩턴과 이야기를 나누었던 동료 천문학자로부터 방금 들었다는 이야기를 근거로 전보를 보내왔다. "에딩턴이 태양의 가장자리에서 별들의 이동을 발견했다. 잠정적인 측정값은 0.9초와 그 두 배 사이의 값이다." 놀라울 정도로 애매한 말이었다. 별의 이동이 뉴턴의 방출 이론과 아인슈타인이 폐기해버린 1912년 이론에서 예측했던 0.85초였는가? 아니면, 이제 그가 예측하는 그 두 배라는 뜻인가?

아인슈타인은 조금도 의심하지 않았다. 그는 어머니에게 "오늘 행복한 소식. 로렌츠가 나에게 영국 탐사 팀이 태양에 의한 빛의 휘어짐을 확인했다는 전보를 보내왔습니다"라고 했다.[21] 어쩌면 그의 자신감은 부분적으로는 위암으로 고생하고 있던 어머니의 기분을 좋게 해주려는 시도였을 수도 있다. 그러나 자신의 이론이 옳다는 것을 알았기 때문일 가능성이 더 높았다.

아인슈타인은 로렌츠의 소식이 도착한 직후에 일제 슈나이더라는 대학원생과 함께 있었다. 훗날 그녀는 "그는 갑자기 이야기를 멈추더니" 창문틀에 놓여 있던 전보를 집어들었다고 기억했다. 그는 전보를 그녀에게 넘겨주면서 "어쩌면 이것이 흥미로울 수도 있다"고 말했다.

그녀는 당연히 기쁘고 흥분했지만, 아인슈타인은 상당히 차분했다. 그는 그녀에게 "나는 이론이 옳다는 것을 알고 있었다"고 말했다.

그녀는 만약 실험 결과, 그의 이론이 옳지 않다고 나타났으면 어땠을까를 물어보았다.

그는 "그랬다면, 나는 신에게 미안했을 것이다. 이론은 옳다"고 대답했다.[22]

일식 결과에 대한 더 자세한 소식이 알려지면서, 막스 플랑크도 아인슈타인에게 그의 이론이 실제 사실로 확인된 것은 좋은 일이라고 점잖게 이야기한 사람들 가운데 한 명이었다. 플랑크는 "당신은 이미 결과에 대해서 개인적으로 의심해본 적이 없다고 여러 차례 이야기했습니다. 그렇지만 이제 이 사실이 다른 사람에게도 마찬가지로 의심할 나위 없이 확립된다면 도움이 될 것입니다"라고 했다. 아인슈타인의 무조건적인 후원자에게 승리는 초월적인 면을 가지고 있었다. "아름다움과 진리와 현실의 밀접한 결합이 다시 한 번 증명되었습니다." 아인슈타인은 플랑크에게 겸손한 듯이 "제가 이런 경험을 하게 된 것은 자비로운 운명의 선물입니다"라고 대답했다.[23]

아인슈타인이 취리히의 가까운 친구들과 나눈 축하는 훨씬 더 가벼웠다. 그곳의 물리학 콜로키움은 그에게 서투른 시를 보냈다.

이제 모든 의문이 사라졌다
마침내 발견이 되었다.
빛은 자연스럽게 굽는다
아인슈타인의 위대한 명성을 향해서![24]

며칠 후에 아인슈타인은 일식을 암시하면서 다음과 같이 답했다.

빛과 열, 태양 부인은 우리를 소중히 여기지만
그러나 골똘히 생각하고 숙고하는 사람은 사랑하지 않는다.
그래서 몇 년 동안 연구하고 있다
어떻게 그녀의 비밀을 고이 간직할 것인지에 대해서!
이제 달과 같은 방문자가 왔다.
기쁨에 들뜬 그녀는 빛내는 것을 거의 잊어버렸다.

그녀의 가장 내밀한 비밀도 잊어버렸다.
보시다시피 에딩턴이 사진을 찍어버렸다.[25]

아인슈타인의 시적 능력을 지켜주기 위해서 이 글은 독일어로 쓰인 것이 훨씬 좋다는 점을 지적해야만 한다. 마지막 두 줄은 운을 맞추기 위해서 "gekommen"과 "aufgenommen"으로 끝났다.

최초의 비공식적인 발표는 네덜란드 왕립학술원에서 이루어졌다. 로렌츠가 1,000명에 가까운 환호하는 학생과 학자들에게 에딩턴의 결과를 발표하는 동안 아인슈타인은 단상에 자랑스럽게 앉아 있었다. 그러나 그 모임은 언론에 공개되지 않았고, 따라서 결과에 대한 소문은 2주일이 지난 후 런던에서 공포될 공식적인 발표에 대한 기대심만 높여주었다.

영국에서 가장 존경받는 과학기구인 왕립학회의 훌륭한 회원들은 왕립천문학회와 함께 역사적 사건이 될 것으로 알려진 행사를 위해서 1919년 11월 6일 오후에 피카딜리의 버링턴 하우스에 모였다. 의제는 일식 관측에 대한 보고 하나뿐이었다.

왕립학회의 회장이고 전자의 발견자인 J. J. 톰슨이 위원장이었다. 철학자 알프레드 노스 화이트헤드도 케임브리지로부터 내려와서 객석에 앉아 노트를 적었다. 훌륭한 강당 위쪽에는 객석을 내려다보고 있는 아이작 뉴턴의 인상적인 초상화가 걸려 있었다. 화이트헤드의 기록에 따르면, "팽팽한 관심에 휩싸인 분위기는 정확하게 그리스 연극과 같았다. 우리는 운명을 찬양하는 합창단이었고……배경에 걸려 있는 뉴턴의 초상화는 우리에게 가장 위대한 과학적 일반화가 200년 이상이 지난 지금 처음으로 수정된다는 사실을 일깨워주었다."[26]

왕립천문대장 프랭크 다이슨 경이 결과를 발표하는 영광을 누렸다. 그는 기기와 사진과 계산의 복잡성에 대해서 자세하게 설명했다. 그러나 그의 결론은 간단했다. 그는 "사진을 면밀히 검토한 결과 나는 아인슈타인의 예측이 틀림없이 확인되었다는 사실을 발표하게 되었다. 소브랄과 프린시페 탐사의 결과는 태양 근처에서 빛의 휘어짐이 일어나고, 그 정도가 아인슈타인의 일반화된 상대성 이론이 요구하는 것과 일치한다는 사실은 의심할 나위가 없다"라고 발표했다.[27]

회의적인 생각을 가진 사람들도 있었다. 루트비히 질버슈타인은 뉴턴의 초상화를 가리키면서 "우리는 바로 저 위대한 분 때문에 그의 중력법칙을 수정하거나 손질하는 일을 매우 조심스럽게 추진해야만 한다"라고 주의를 주었다. 그러나 분위기를 휘어잡은 것은 당당한 거인 J. J. 톰슨이었다. 그는 "이 결과는 인간 사상의 가장 위대한 성과 중 하나이다"라고 선언했다.[28]

아인슈타인은 베를린으로 돌아왔기 때문에 들뜬 분위기를 놓치고 말았다. 그는 기념으로 새 바이올린을 구입했다. 그러나 그는 아이작 뉴턴 경의 법칙이 더 이상 우주의 모든 면을 완전히 지배하지 않는다는 발표가 남긴 역사적 충격을 이해했다. 훗날 아인슈타인은 그 순간에 대해서 "뉴턴 씨, 용서하십시오. 당신은 당신의 시절에 가장 높은 수준의 사상과 창의력을 가진 사람에게만 가능한 유일한 길을 찾으셨습니다."[29]

그것은 장엄한 승리였지만, 쉽게 이해할 수 있는 것은 아니었다. 회의적인 질버슈타인은 에딩턴에게 다가가서 사람들은 세상에서 오직 세 사람의 과학자만이 일반상대성 이론을 이해하고 있는 것으로 믿는다고 말했다. 그는 에딩턴이 그중의 한 사람이라는 이야기를 들었다.

수줍음 많은 퀘이커 교도는 아무 말도 하지 않았다. 질버슈타인은 "에딩턴 씨, 그렇게 겸손해하지 마세요"라고 말했다.

에딩턴은 "그 반대로 저는 지금 세 번째 사람이 누구일지에 대해서 생각하고 있었습니다"라고 대답했다.[30]

12

명성

1919년

"비스듬한 빛"

아인슈타인의 상대성 이론은 전쟁에 지쳤으면서도 인간의 탁월성을 확인하고 싶어했던 세계 의식을 꽃피웠다. 잔인한 싸움이 끝난 날로부터 거의 1년이 지난 시점에 영국 퀘이커 교도가 독일 유대인의 이론이 옳다는 것을 증명했다는 사실을 발표했다. 물리학자 레오폴트 인펠트는 "서로 싸우던 나라의 과학자들이 다시 협력했다! 새로운 시대가 시작된 모양이다"라며 기뻐했다.[1]

런던의 「더 타임스」에는 11월 7일에 패망한 독일 사람들이 영국과 프랑스의 협정 요구를 받아들이기 위해서 파리로 소환되었다는 소식이 실렸다. 그와 함께 아래 같은 3단 제목도 있었다.

과학의 혁명

새로운 우주 이론

뉴턴 식 아이디어 뒤엎어짐

신문은 "우주의 구조에 대한 과학적 개념이 달라졌다"고 선언했다. 새로 확인된 아인슈타인의 이론이 "우주에 대한 새로운 철학, 지금까지 인정되어왔던 거의 모든 것을 쓸어버리게 될 철학을 요구할 것이다."[2]

「뉴욕 타임스」는 이틀 후에야 이야기를 따라잡았다.[3] 런던에 과학 특파원이 없었던 탓에 골프 전문가인 헨리 크라우치가 기사를 쓰게 되었다. 처음에 그는 왕립학회의 발표를 무시하려고 했다가 마음을 바꾸었지만, 발표회에 참석할 수가 없었다. 그는 에딩턴에게 전화를 걸어서 내용을 요약해줄 것을 부탁했다. 제대로 이해를 못해서 당황한 그는 더 쉬운 말로 다시 설명해달라고 요구했다.[4]

에딩턴이 이야기를 반복하는 것에 너무 열중했거나, 아니면 크라우치가 보도에 너무 열중했던 탓인지는 모르겠지만, 아인슈타인의 이론에 대한 에딩턴의 찬사는 "인류 역사상 가장 위대한 업적 중의 하나, 어쩌면 가장 위대한 업적"으로 과장되었다.[5] 그러나 그 이후에 일어났던 열풍을 생각하면, 그런 제목은 상당히 절제된 것이었다.

일식이 중력의 변화를 증명

광선의 휘어짐이 뉴턴 원리에
영향을 주는 것으로 확인.
획기적인 것으로 환영
영국 과학자가 가장 위대한 인류 업적 중의
하나를 이룩했다고 주장.

다음 날 「뉴욕 타임스」는 자신들의 기사가 너무 소극적이었다고 생각했던 듯하다. 그래서 고전적인 제목을 좋아했던 당시 신문의 전통에 따라 6단짜리 고전적인 제목이 붙은 더욱 흥분된 기사를 실었다.

「뉴욕 타임스」는 지난날의 재미있는 대중주의 냄새를 풍기면서 이론의 복잡성이 상식에 대한 모욕인 것처럼 요란스럽게 보도를 했다. 11월 11일의 사설에서는 "이 소식은 충격적인 것이 분명하고, 심지어 구구단에 대해서도 검토해보아야 한다는 우려가 높아질 것이다"라고 했다. 신문은 "우주에 경계가 있다"는 개념을 지극히 어리석은 것이라고 했다. "정의에 따라 그럴 수가 없고, 고상한 수학자들에게는 어떤지 몰라도 일반인에게는 그렇다." 신문은 닷새 후에 다시 이 문제를 다루었다. "우주가 어디에선가 끝이 난다고 주장하는 과학자들은 우리에게 그 바깥에 무엇이 있는지를 알려줄 의무가 있다."

마침내 첫 소식이 전해지고 1주일이 지난 후에 신문은 비판보다는 감탄을 전하는 냉정한 기사가 필요하다고 생각하게 되었다. 신문은 "영국의 과학자들이 아인슈타인 이론을 확인해주는 사진 증거에 대한 소식을 듣고 지적 공황과 같은 상태에 휩싸여버린 것처럼 보였지만, 태양은 여전히 동쪽에서 떠오르고 앞으로도 상당 기간 동안 그럴 것이라는 사실을 깨달으면서 조금씩 안정을 되찾고 있다"고 지적했다.[6]

과감했던 베를린 주재 특파원은 12월 2일에 아인슈타인의 아파트에서 그를 인터뷰할 수 있었고, 그 과정에서 상대성에 대한 근거가 확실하지 않은 이야기를 퍼뜨리기 시작했다. 기자는 아인슈타인의 꼭대기 층 서재를 소개한 후에 "그는 몇 년 전, 이렇게 높은 곳에 위치한 도서실에서 이웃집 지붕에서 한 남자가 추락하는 모습을 관찰했다. 다행히 딱딱하지 않은 쓰레기 더미 위로 떨어진 그 사람은 아무 상처도 입지 않았다. 그 사람은 떨어지는 과정에서 흔히 중력의 효과라고 생각되는 느낌을 경험하지 못했다고 아인슈타인 박사에게 말했다"고 주장했다. 기사에 따르면, 아인슈타인이 뉴턴의 중력법칙을 "승화 또는 보완하게" 된 것은 그런 이야기 때문이었다는 것이다. 기사의 매력적인 제목 중에는 "뉴턴처럼 영감을 받았다. 그러나 떨어지는 사과가 아니라 지붕에서 떨어지는 남자로부터"라는 것도 있었다.[7]

신문에서 밝혔듯이 그 이야기 자체가 "단단하지 않은 쓰레기 더미"였다. 아인슈타인이 사고실험을 했던 것은 베를린이 아니라 1907년 베른의 특허사무소에서 일하는 동안이었고, 실제로 떨어진 사람은 없었다. 기사를 본 아인슈타인은 장거에게 "나에 대한 신문 기사는 형편없다"고 했다. 그러나 그는 신문이 어떻게 작동하는지를 이해하고 받아들였다. "이런 종류의 과장은 대중의 요구에 들어맞는다."[8]

실제로 상대성을 이해하려는 대중적인 열망은 놀라운 수준이었다. 왜 그랬을까? 이론은 상당히 이해하기 어려워 보였지만, 동시에 그 신비로움은 지극히 매력적이었다. 굽은 공간? 광선의 휘어짐? 절대적이 아닌 시간과 공간? 그 이론은 대중의 상상력을 사로잡을 수 있는 "허?"와 "와!"가 훌륭하게 혼합된 것이었다.

리 어빈은 「뉴요커」에 황당해진 청소부, 모피를 입은 주부, 현관 안내인, 아이들, 그리고 별별 상상으로 머리를 긁적이면서 걸어가고 있는 사람들이 등장하는 풍자만화를 실었다. "사람들은 서서히 우주의 물리적 상태 자체가 궁극적인 물리적 실재라는 사실에 익숙해지고 있다"는 아인슈타인의 말을 인용했다. 아인슈타인은 그로스만에게 "이제 모든 마부와 웨이터가 상대성 이론이 옳은지에 대해서 논쟁하는 모양이다"라고 했다.[9]

아인슈타인의 친구들이 상대성 이론에 대해서 강연을 할 때면 사람들이 몰려들었다. 훗날 아인슈타인과 함께 일했던 레오폴트 인펠트는 그 당시

작은 폴란드 도시에서 젊은 교사로 일하고 있었다. 그의 기억에 따르면, "당시에 나는 전 세계에서 수백 명의 사람들이 하던 일을 했다. 내가 상대성 이론에 대한 대중 강연을 할 때는 추운 겨울밤에 줄을 선 군중들이 너무 많아서 도시에서 가장 큰 강연장도 그들을 모두 수용할 수가 없었다."[10]

에딩턴이 케임브리지의 트리니티 칼리지에서 강연을 할 때도 이와 같은 일이 벌어졌다. 수백 명의 사람들이 강연장을 꽉 메웠고, 그만큼의 사람들을 다시 돌려보내야만 했다. 강연 내용을 쉽게 이해하도록 하기 위해서 에딩턴은 만약 자신이 빛의 속도에 가깝게 움직인다면 자신의 키는 겨우 90센티미터에 지나지 않을 것이라고 말했다. 그것은 신문의 제목 감이었다. 로렌츠도 역시 넘쳐나는 청중들에게 비슷한 강연을 했다. 그는 상대성 이론을 보여주기 위해서 지구와 움직이는 자동차를 비교했다.[11]

곧이어서 에딩턴, 폰 라우에, 프로인틀리히, 로렌츠, 플랑크, 보른, 파울리는 물론이고 철학자이면서 수학자였던 버트런드 러셀을 포함한 많은 위대한 물리학자와 사상가들이 이론에 대한 책을 쓰기 시작했다. 일식 관측 이후 6년 사이에 모두 합쳐서 600편의 책과 논문이 발표되었다.

아인슈타인도 런던의 「더 타임스」에 실린 "상대성 이론이 무엇인가?"라는 글을 통해서 이론을 설명할 기회를 가졌다.[12] 결과는 실제로 상당히 이해할 수 있었다. 이 문제에 대한 자신의 유명한 책『상대성 : 특수 이론과 일반 이론』은 1916년에 독일어로 처음 발간되었다. 일식 관측이 이루어진 후에 아인슈타인은 영어로도 책을 발간했다. 쉽게 시각화할 수 있는 사고실험으로 채워진 이 책은 베스트셀러가 되었고, 그 이후로도 계속 개정되었다.

인기의 역설

아인슈타인은 스타로 변신하기 위한 적절한 자질을 갖추고 있었다. 사람들이 신선한 국제적 명사(名士)를 열망하고 있다는 사실을 알고 있던 기자들은 새로 발견된 천재가 단조롭거나 수줍어하는 학자가 아니라는 사실에 감격했다. 그는 매력적인 40대, 핸섬한 수준을 넘어서는 독특한 개성, 마구 뒤엉킨 머리카락, 헝클어진 격식 파괴, 반짝이는 눈, 지혜를 한 입거리의 재치와 인용으로 표현하는 능력을 갖추고 있었다.

그의 친구 파울 에렌페스트는 언론의 관심이 터무니없다고 생각했다. 그는 "놀란 신문 오리들이 마구 꽥꽥거리면서 퍼덕거리고 있다"고 농담을 했다. 사람들이 대중의 인기를 좋아하지 않던 시절에 자라난 아인슈타인의 여동생 마야는 그런 관심에 놀랐고, 자신의 오빠도 그런 것을 굉장히 싫어한다고 생각했다. 그가 세계적으로 신문의 1면을 장식하고 있다는 사실을 몰랐던 그녀는 "루체른의 신문에 오빠에 대한 기사가 실렸습니다! 오빠가 자신에 대한 기사 때문에 불쾌해할 것으로 짐작합니다"라고 했다.[13]

실제로 아인슈타인은 여러 차례 자신의 새로운 인기를 불만스러워했다. 그는 막스 보른에게 "언론과 인간 쓰레기들에 의해서 괴롭힘을 당하고 있습니다. 너무 무서워서 제대로 일을 하는 것은 물론이고 더 이상 숨을 쉬기도 어렵습니다"라고 불평했다. 다른 친구에게는 명성의 위험에 대해서 더욱 생생하게 불평했다. "신문 기사가 쏟아진 후에는 질문, 초청, 요구들이 홍수처럼 밀려와서 나는 불타는 지옥에 떨어졌고, 우편집배원이 오랜 요구에 응하지 않았다고 내 머리 위로 새로운 편지 뭉치를 내던지면서 나에게 영원히 고함치는 악마처럼 보이는 꿈을 꾼다."[14]

그러나 자신의 인기에 대한 아인슈타인의 거부감은 사실이라기보다는 이론에 더 가까웠다. 그의 입장에서는 인터뷰, 발표, 사진 촬영, 공개 행사 참석 등을 쉽게 거절할 수 있었다. 정말 대중의 주목을 싫어하는 사람이라면 아인슈타인이 그랬듯이 찰리 채플린의 화려한 영화 시사회에 참석하지 않았을 것이다.

저술가 C. P. 스노는 아인슈타인을 알게 된 후에 "그에게는 사진사와 군중을 즐기는 면이 있다. 그는 노출증과 풋내기 배우 기질을 가지고 있다. 그런 기질이 없었더라면 그의 주변에 사진사나 군중은 없었을 것이다. 인기보다 피하기 쉬운 것은 없다. 정말 원하지 않으면, 인기도 없는

법이다"라고 했다.[15]

대중적 인기에 대한 아인슈타인의 반응은 중력에 대한 우주의 반응만큼이나 복잡했다. 그는 카메라에 매력을 느끼면서도 반발했고, 대중적 인기를 좋아하면서 그에 대해서 불평하는 것도 좋아했다. 명성과 기자들에 대한 그의 애증(愛憎)은, 수많은 다른 유명인사들이 느꼈던 즐거움, 기쁨, 거부감, 불쾌감이 뒤섞인 감정과 똑같았다는 사실을 생각하지 않으면 별난 것처럼 보일 수도 있었다.

플랑크나 로렌츠나 보어와는 달리 아인슈타인이 그런 우상이 된 것은 그 자신이 원했고, 스스로 그런 역할을 할 능력도 있으며, 실제로 그런 역할을 했기 때문이다. 물리학자 프리먼 다이슨(왕립천문대장과 인척관계가 아님)은 "우상이 된 과학자들은 천재여야 할 뿐만 아니라, 대중들과 함께 하고, 대중의 갈채를 즐기는 배우이기도 해야만 한다"고 지적했다.[16] 아인슈타인도 연기를 했다. 그는 인터뷰에 쉽게 응했고, 재미있는 표현으로 즐겁게 해주었으며, 어떻게 하면 훌륭한 이야깃거리가 되는지를 정확하게 알고 있었다.

심지어 엘자도 그런 관심을 즐겼다. 어쩌면 엘자가 더 즐겼을 수도 있다. 그녀는 남편의 보호자였다. 원치 않는 침입자가 그의 영역에 침입하면 그녀는 무시무시하게 짖은 후에 움츠러들었다. 그녀는 명성과 함께 따라오는 사회적 위상과 존경을 그녀의 남편보다도 더 즐겼다. 그녀는 남편의 사진에 사례금을 받기 시작했고, 그 돈을 빈과 다른 지역에 있는 굶주린 아이들을 먹이는 자선단체에 기부했다.[17]

오늘날처럼 연예인들이 넘쳐나는 시대에는 한 세기 전의 단정한 사람들이 얼마나 대중적 인기를 외면하고, 그런 인기를 이용하는 사람들을 멸시했는지 이해하기 어렵다. 특히 과학 분야에서 개인적인 면에 관심을 집중하는 것은 눈에 거슬렸다. 일식 관측 직후 상대성에 대한 책을 발간했던 막스 보른은 초판의 속표지에 아인슈타인의 사진과 짤막한 경력을 실었다. 두 사람의 친구였던 막스 폰 라우에는 질겁했다. 폰 라우에는 보른에게 그런 것들은 아무리 대중서라고 하더라도 과학 책에는 맞지 않는다

는 편지를 보냈다. 혼이 난 보른은 개정판에서 그 부분을 빼버렸다.[18]

결과적으로 보른은 1920년에 아인슈타인이 주로 해학적이거나 마술적인 책을 썼던 유대인 저널리스트 알렉산더 모스코프스키가 집필할 전기에 협조하기로 했다는 발표를 듣고 깜짝 놀랐다. 그 책은 제목에서부터 아인슈타인과의 대화를 근거로 한 것이라고 광고했는데, 실제로 그랬다. 사교적이었던 모스코프스키는 전쟁 중에 아인슈타인과 친해졌고, 그에게 필요한 것을 챙겨주었으며, 베를린의 어느 카페에서 열리던 반문인(半文人)들의 모임에 그를 데려가기도 했다.

독일 사회에 동화되고 싶어서 관습을 따르지 않던 유대인이었던 보른은 그런 책이 폭발 직전에 있었던 반(反)유대주의에 불을 붙이게 될 것을 두려워했다. 보른의 회고에 따르면, "아인슈타인의 이론은 동료들로부터 '유대인 물리학'으로 낙인찍혀 있었다." 아인슈타인의 이론에 내재되어 있던 추상적인 성격과 도덕적 "상대주의"를 비난하기 시작하던 독일 국수주의자들이 늘어나고 있던 상황을 지적한 것이었다. "이제 천박한 제목의 책을 여러 권 발간했던 유대인 작가가 등장해서 아인슈타인에 대한 비슷한 책을 쓰겠다는 것이다." 그래서 보른은 언제나 아인슈타인을 비난하는 일을 서슴지 않았던 아내 헤트비히와 함께 다른 친구들의 도움을 받아 책의 출간을 막으려고 노력했다.

헤트비히는 "당장 등기우편으로 허가를 취소해야만 합니다"라고 호통을 쳤다. 그녀는 "삼류 언론"이 그 책을 이용해서 그의 이미지를 더럽히고, 그를 스스로 잘난 척하는 유대인으로 만들어버릴 것이라고 아인슈타인에게 경고했다. "전혀 새롭고 훨씬 나쁜 박해가 시작될 것입니다." 그녀는, 문제가 되는 것은 그의 말이 아니라 그가 자신의 대중적 인기를 허락했다는 사실이라는 점을 지적했다.

당신을 잘 알지 못했더라면, 이런 상황의 동기가 순수하다고 생각하지 않을 것입니다. 허영심 때문이라고 생각해버릴 것입니다. 네댓 명을 제외한 당신 친구 모두가 이 책을 당신의 도덕성에 대한 사형선고라고 생각할 것

입니다. 그리고 나중에는 자기 광고의 혐의를 가장 잘 입증해주는 증거가 될 것입니다.[19]

1주일 후에 그녀의 남편까지 나서서, 그 책의 발간을 막지 못하면 아인슈타인의 반유대주의 경쟁자들이 모두 "개가(凱歌)를 부르게 될 것"이라고 경고했다. "당신의 유대인 '친구[즉 모스코프스키]'는 반유대인 무리들이 실패했던 일을 이룩하게 될 것입니다."

보른은 아인슈타인에게 만약 모스코프스키가 양보하기를 거부하면 검찰청으로부터 출판 금지 명령을 받아야 한다고 조언했다. 그는 "이 이야기가 반드시 신문에 보도되도록 해야 합니다. 어떻게 신청해야 하는지에 대한 자세한 사항을 알려드리겠습니다"라고 했다. 다른 친구들과 마찬가지로 보른도 엘자가 인기의 미끼에 더 쉽게 휘말릴 것이라고 걱정했다. 그는 아인슈타인에게 "그런 문제에 대해서 당신은 어린아이와도 같습니다. 우리 모두가 당신을 사랑합니다. 당신도 (당신의 아내가 아니라) 분별력 있는 사람들의 말을 들어야 합니다"라고 했다.[20]

아인슈타인은 친구들의 조언을 어느 정도까지는 받아들여서, 모스코프스키에게 그의 "훌륭한" 작품을 인쇄하지 말아줄 것을 요구하는 등기편지를 보냈다. 그러나 모스코프스키가 양보하기를 거절했지만 아인슈타인은 법적인 조처를 취하지 않았다. 에렌페스트와 로렌츠가 모두 법정에 가는 것이 오히려 문제에 기름을 부어 악화시키는 결과가 될 것이라고 주장했지만, 보른은 동의하지 않았다. 그는 에렌페스트와 로렌츠가 아인슈타인을 데려가려고 애쓰고 있다는 사실을 생각하면서 "당신은 네덜란드로 도망갈 수 있지만," 독일에 남아 있는 유대인 친구들은 "악취에 영향을 받게 될 것입니다"라고 했다.[21]

모든 일에 냉정했던 아인슈타인은 그런 논란을 걱정하기보다는 즐기는 편이었다. 그는 "모든 소동이나 사람들 각자의 의견처럼 나는 이 일에 아무 관심이 없습니다. 나는 무심한 방관자처럼 나에게 주어진 모든 것을 견뎌낼 것입니다"라고 했다.[22]

결국 책이 발간되었고, 아인슈타인은 과학을 이용해서 돈을 벌려고 자신을 치켜세우는 사람이라고 몰아붙이는 반유대주의자들의 좋은 목표가 되었다.[23] 그러나 사회적으로 심각한 문제가 되지는 않았다. 아인슈타인이 보른에게 지적했듯이 "지진"이 일어나지는 않았다.[24]

아인슈타인은 명성 때문에 자신의 소박한 생활양식을 바꾸지는 않았다. 프라하 여행에서는 축하 인사를 하고 싶어하는 고관들이나 호기심 많은 사람들을 피하기 위해서 여행 내내 친구 필리프 프랑크와 아내와 함께 있었다. 그들이 실제로 과거에 아인슈타인이 일했던 물리학 실험실에 있는 프랑크의 사무실에서 지냈다는 것이었다. 아인슈타인은 그곳에 있는 소파에서 잠을 잤다. 프랑크는 "그렇게 유명한 사람에게는 적절하지 못했지만, 소박한 생활을 하고, 사회규범을 어기는 상황에는 잘 어울렸다"고 기억했다.

커피 하우스에서 돌아오면서 아인슈타인은, 프랑크의 아내가 시장을 보러 갈 필요가 없도록 저녁 식사를 위한 식품을 사야 한다고 고집했다. 그들은 송아지 간을 샀고, 프랑크 부인은 실험실에 있던 분센 버너로 요리를 만들었다. 아인슈타인이 갑자기 일어섰다. 그는 "무엇을 하십니까? 간을 물에 넣고 끓이시는 것입니까?"라고 소리쳤다. 프랑크 부인은 그렇다고 대답했다. 아인슈타인은 "물의 끓는점이 너무 낮습니다. 버터나 기름처럼 끓는점이 더 높은 물질을 사용해야 합니다"라고 주장했다. 그때부터 프랑크 부인은 간을 튀기는 것을 "아인슈타인 이론"이라고 불렀다.

그날 저녁 아인슈타인의 강의가 끝난 후에 물리학과에서 개최한 작은 환영회가 열렸고, 몇 사람의 감정적인 연설이 있었다. 아인슈타인이 답사를 해야 할 때가 되자, 그는 "내가 연설을 하는 것보다 여러분을 위해서 바이올린 한 곡을 연주하는 것이 더 즐겁고 이해하기 쉬운 일이 될 것입니다"라고 선언했다. 그는 모차르트의 소나타를 연주했고, 프랑크에 따르면 그의 연주는 "소박하고 정확해서 두 배로 감동적"이었다.

다음 날 아침 그가 출발하기 전에 젊은 사람이 프랑크의 사무실까지 찾아와서 그에게 원고를 보여주고 싶다고 고집을 부렸다. 그 젊은이는 아인슈타인의 $E = mc^2$을 근거로 "원자에 들어 있는 에너지를 이용해서 무시무시한 폭약을 만드는 것"이 가능하다고 주장했다. 아인슈타인은 어리석은 생각이라면서 논의를 무시했다.[25]

아인슈타인은 프라하에서 3,000명의 과학자와 들뜬 청중들이 그의 강연을 듣기 위해서 기다리고 있는 빈행 기차에 올랐다. 그의 초청자가 기차역의 일등칸 앞에서 기다렸지만 그를 만나지 못했다. 그는 승강장을 따라 내려가서 이등칸 앞을 찾아보았지만 그곳에도 없었다. 승강장의 끝에 있던 삼등칸에서 걸어나오는 사람이 바로 순회 연주자처럼 바이올린 케이스를 들고 있는 아인슈타인이었다. 그는 초청자에게 "글쎄요. 나도 일등칸으로 여행하는 것을 좋아하지만, 내 얼굴이 너무 잘 알려져서요. 삼등칸에 있으면 훼방을 덜 받습니다"라고 했다.[26]

아인슈타인은 장거에게 "명성이 높아지면서 나는 점점 더 멍청해지고 있네. 물론 그런 일은 아주 일상적인 현상이지"라고 했다.[27] 그러나 그는 곧바로 그의 명성이 성가시기는 하지만 적어도 사회가 자신과 같은 사람에게 제공하는 우선권에 대한 환영의 표시라는 이론을 개발했다.

개인을 숭배하는 것은 절대 정당화할 수 없다는 것이 내 입장이다……나는 몇 사람에게 정신과 특성에서 초인적인 능력을 기대하면서 무한히 찬양하는 것이 불공정하고, 심지어 고약한 것이라고 생각한다. 그것이 내 운명이 되었고, 내 성과에 대한 대중적 평가와 현실 사이의 차이를 참기 어렵기는 하지만, 정말 다행스러운 점이 하나 있다. 흔히 유물론적이라고 비난받기는 하지만, 그것은 지적, 도덕적 영역에서의 야망을 가진 영웅을 만들어내는 환영의 징조이다.[28]

명성에 따른 한 가지 문제는 그것이 적개심을 불러일으킬 수 있다는 것이다. 특히 학술계와 과학계에서는 스스로 자기 자신을 자랑하는 것을 악으로 여겼다. 개인적인 인기를 추구하는 사람들을 싫어하는 분위기가 있었고, 그런 감정은 아인슈타인이 유대인이라는 사실 때문에 더욱 악화될 수도 있다.

아인슈타인은 상대성을 설명하는 런던의 「더 타임스」 글에서 앞으로 제기될 수 있는 몇 가지 문제들을 재미있게 소개했다. 그는 "상대성 이론을 적용해보면, 오늘날 독일에서 나는 독일의 과학자로 알려져 있고, 영국에서는 스위스 유대인을 대표하고 있다. 만약 내가 혐오의 대상이 된다면, 그런 표현은 뒤집어져서 독일 사람들에게는 스위스 유대인이 되고, 영국 사람들에게는 독일 과학자가 될 것이다"라고 했다.[29]

그것이 전혀 허튼소리는 아니었다. 그가 세계적으로 유명한 사람이 되고 몇 달이 지나면서 후자의 현상이 나타나기 시작했다. 1920년 초에 영국의 왕립천문학회가 그에게 권위 있는 금메달을 수여하겠다고 통보했지만, 광신적으로 애국을 주장하던 영국 순수주의자들의 반발로 그런 결정을 취소할 수밖에 없었다.[30] 더욱 불길했던 것은 그의 조국에서 드러내놓고 그를 독일인이 아니라 유대인이라고 부르는 사람들이 적기는 했지만 늘어나고 있었다는 것이다.

"외로운 여행자"

아인슈타인은 스스로를 외톨이라고 부르기를 좋아했다. 그는 물개들의 울음처럼 함께 있는 사람들을 웃게 만드는 능력을 가지고 있었지만, 때로는 그것조차도 따스하게 느껴지기보다는 상처가 되었다. 그는 사람들과 음악을 연주하고, 아이디어를 교환하고, 진한 커피를 마시고, 독한 시가를 피우는 것을 좋아했다. 그러나 그의 가족이나 친구 사이에도 어느 정도 드러나는 벽이 있었다.[31] 그는 올림피아 아카데미를 비롯해서 다양한 지적 모임에 자주 참석했다. 그러나 그는 언제나 그런 모임의 핵심과는 거리를 두었다.

그는 남에게 구속당하는 것을 싫어했고, 가족들에게도 냉정했다. 그러나 지식인들과의 교류를 좋아했고, 평생 동안 우정을 유지하기도 했다. 그는 만나게 되는 모든 연령층과 다양한 직업을 가진 사람들에게 따뜻했고, 직원이나 동료들과도 잘 지냈으며, 일반 사람들을 온화하게 대했다.

누군가가 자신에게 심한 요구나 감정적 부담을 주지 않으면, 아인슈타인은 쉽게 우정을 쌓았고, 감동하기도 했다.

냉정함과 따스함이 뒤섞이면서 아인슈타인은 자신의 세계에 대한 인간적인 면에서 냉정한 분위기를 만들어냈다. 그의 회고에 따르면, "사회정의와 사회적 책임에 대한 나의 열정적인 감각은 언제나 다른 사람이나 집단과의 직접적인 접촉을 싫어하는 내 성격과 이상하게 대조가 되었다. 나는 정말 '외로운 여행자'이고, 조국, 가정, 친구, 또는 심지어 가까운 가족과도 진심으로 어울리지 않았다. 그런 모든 관계 속에서 나는 거리감과 고독감을 잃어버린 적이 없었다."[32]

심지어 그의 과학자 동료들까지도 그가 일반 사람들에게 보여주는 따뜻한 미소와 가까운 사람들에게 보여주는 냉정함 사이의 단절을 신기하게 여겼다. 그의 공동 연구자였던 레오폴트 인펠트는 "아인슈타인처럼 고독하고 냉정한 사람은 본 적이 없다. 그는 한번도 가슴 아파해본 적이 없었고, 평생을 최소한의 즐거움과 감정적 무관심 속에서 살았다. 그의 지극한 친절함과 품위는 전혀 비인격적인 것으로, 다른 세상에서 온 것처럼 보인다"고 했다. [33]

개인적으로는 물론 직업적으로도 친구였던 막스 보른조차 똑같은 이야기를 했고, 그런 자질이 제1차 세계대전 동안 유럽을 휩쓸었던 고난에 대한 아인슈타인의 무관심을 설명해주는 것처럼 보인다. "그의 친절함과 사회성과 인류애에도 불구하고, 그는 자신의 환경과 그런 환경에서 살고 있는 사람들에 대해서 완전히 냉담했다."[34]

아인슈타인의 개인적인 냉정함과 과학적 창의성은 미묘하게 연결되어 있는 것처럼 보인다. 그의 동료 에이브러햄 파이스에 따르면, 그런 냉정함은 과학적 통념과 감정적 친밀함을 거부하도록 만드는 심한 "거리감"에서 비롯되었다. 과학계나 독일과 같은 군국주의 문화에서는 다른 사람과 쉽게 거리를 두면 저항가나 반항자가 되기 쉽다. 파이스는 "그는 냉정했기 때문에 자기 생각에 빠져 생활할 수 있었다"고 했다. 그런 성격 덕분에 그는 "한결같이 혼자서" 자신의 이론을 추구할 수 있었고, 그렇게 할 수밖

에 없었다.[35]

아인슈타인도 자기 내면의 상반되는 힘을 인식했고, 다른 사람들도 자신과 마찬가지일 것이라고 생각했던 것 같다. 그는 "인간은 동시에 고독하기도 하고, 사회적이기도 한 존재이다"라고 했다.[36] 그의 냉정하고 싶은 욕망은 사교적이고 싶은 욕망과 충돌했고, 그런 사실은 대중적 인기에 대한 그의 관심과 거부감 사이의 씨름에도 반영되었다. 심리분석의 용어를 사용한다면, 선구적인 치료사 에릭 에릭슨은 언젠가 아인슈타인에 대해서 "고독감과 사교성이 교차하면서 역동적인 대립을 가져온 것으로 보인다"고 했다.[37]

아인슈타인이 냉정을 유지하고 싶어하는 심정은 그의 혼외관계에서도 나타났다. 그는 여성이 그에게 요구하지 않거나, 자신이 자유롭게 접근할 수 있거나, 자신의 기분을 휩쓸지 않으면 연애관계를 유지할 수 있었다. 그러나 자신의 독립이 훼손될 것 같은 두려움이 생기면 벽을 만들었다.[38]

그런 사정은 가족과의 관계에서 더 분명하게 드러났다. 그가 언제나 냉정하기만 했던 것은 아니었다. 그에게도, 특히 밀레바 마리치와의 경우처럼 내부에서 매력과 거부감이 동시에 격렬하게 불타오르던 때도 있었다. 그의 문제, 특히 가족과의 문제는 다른 사람과 강렬한 감정적 관계를 거부했기 때문이었다. 역사학자 토머스 레벤슨은 "그에게는 공감하는 재주가 없었기 때문에 다른 사람의 감정에서 자신의 입장을 상상할 수가 없었다"고 했다.[39] 아인슈타인은 다른 사람으로부터 감정적 도움이 필요한 경우에 직면하면, 자신의 과학적 객관성 속으로 물러나버렸다.

독일 화폐가 폭락하면서 스위스에 살고 있는 마리치의 생활비를 감당하기 어렵게 된 아인슈타인은 그녀에게 이사하도록 요구했다. 그러나 일식 관측으로 유명해지고, 재정적으로 안정되면서 가족이 취리히에 머무는 것을 용납했다.

가족을 부양해야 했던 아인슈타인은 유럽의 강연 여행에서 받은 강연료를 폭락하는 독일 화폐로 교환할 필요가 없도록 곧바로 네덜란드의 에렌페스트에게 보냈다. 아인슈타인은 에렌페스트에게 자신의 현금 적립금을 "당신과 내가 금(金) 이온으로부터 얻은 결과"라고 표현한 암호 같은 편지를 보냈다.[40] 에렌페스트가 마리치와 아이들에게 현금을 보내주었다.

아인슈타인은 재혼한 직후에 아들을 만나러 취리히에 갔었다. 당시 열다섯 살이었던 한스 알베르트는 엔지니어가 되고 싶다고 밝혔다.

아버지와 숙부가 엔지니어였던 아인슈타인은 "그것은 역겨운 생각이다"라고 말했다.

아들은 "그래도 엔지니어가 되겠습니다"라고 대답했다.

아인슈타인은 화를 내면서 돌아섰고, 그들의 관계는 다시 나빠지기 시작했다. 한스 알베르트가 고약한 편지를 보내자 두 사람의 관계는 더욱 악화되었다. 그는 작은아들 에두아르트에게 보낸 고뇌에 찬 편지에서 "네 형은 어떤 점잖은 사람도 아버지에게 보낸 적이 없는 그런 편지를 나에게 보냈다. 내가 다시 네 형과 관계를 회복할 수 있을지 모르겠다"고 했다.[41]

그러나 그 당시에 마리치는 그들의 관계가 악화되는 것보다는 개선되는 것이 좋겠다고 생각했던 듯하다. 그래서 그녀는 아이들에게 아인슈타인이 "여러 면에서 이상한 사람"이지만 여전히 그들의 아버지이고, 그들의 사랑을 원한다는 사실을 강조했다. 그녀는 그가 냉정하지만 "착하고 친절하기도 하다"고 말했다. 한스 알베르트가 밝힌 자료에 따르면, "어머니는 아버지가 허세를 부리기는 하지만, 개인적인 문제로 마음을 상하기도 하고, 심하게 상처를 입기도 한다는 사실을 알고 있었다."[42]

그해 후반부터 아인슈타인과 큰아들은 정기적으로 편지를 주고받으면서 정치에서 과학에 이르기까지 모든 것에 대해서 이야기를 나누었다. 그는 마리치가 자신에 대해서 인내하지 않아도 되어서 더 행복할 것이라고 농담을 하면서, 그녀에게 감사의 뜻을 표시하기도 했다. "곧 취리히를 방문할 계획인데 이제 나쁜 기억은 모두 잊어버려야 합니다. 당신도 훌륭한 아이들과 집, 그리고 당신이 더 이상 내 아내가 아니라는 사실을 포함한 모든 것을 즐겨야 합니다."[43]

한스 알베르트는 결국 부모의 모교인 취리히 폴리테크닉을 다녔고, 엔지니어가 되었다. 그는 제철회사에 취직했다가, 폴리테크닉의 연구 조교가 되어 수력학과 강에 대해서 연구했다. 특히 시험에서 일등을 한 후부터 그의 아버지는 아들에 대해서 만족하는 정도가 아니라 자랑스러워했다. 아인슈타인은 1924년 베소에게 "내 알베르트가 건전하고 강한 녀석이 되었다. 그는 완전한 사람으로 일급 선원이 되었고, 겸손하고 믿을 만하다"고 했다.

아인슈타인은 한스 알베르트에게도 같은 말을 하면서, 엔지니어가 된 것이 다행이라고 덧붙였다. "과학은 어려운 직업이다. 네가 네 잎 클로버를 찾아야 할 필요가 없는 실용적인 분야를 선택한 것을 기쁘게 생각도 한다."[44]

아인슈타인에게 강하고 지속적인 개인 감정을 불러일으키는 유일한 사람은 바로 그의 어머니였다. 위암으로 사망하기 직전인 1919년 말부터 어머니는 그와 엘자와 함께 살았고, 어머니의 고통을 지켜보는 것은 그가 보통 느끼거나 느끼는 척하는 인간적인 냉정함을 압도했다. 1920년 2월에 어머니가 사망하자, 아인슈타인은 감정적으로 완전히 지쳐버렸다. 그는 장거에게 "피로 맺어진 관계가 무엇인지를 뼛속까지 느꼈다"고 했다. 캐테 프로인틀리히는 그가 천문학자인 그녀의 남편에게 어떤 죽음도 자신에게 영향을 주지 못한다고 말하는 것을 들은 적이 있었다. 그녀는 어머니의 사망으로 그것이 사실이 아님이 밝혀진 것에 안심했다. 그녀는 "아인슈타인도 다른 사람처럼 울었고, 나는 그가 정말 다른 사람을 좋아한다는 것을 알고 있었다"고 말했다.[45]

상대성의 파문

거의 3세기 동안 절대적 확실성과 법칙에 근거를 둔 아이작 뉴턴의 기계적 우주는 인과관계, 질서, 심지어 의무를 바탕으로 하는 계몽운동과 사회질서의 심리적 기초가 되어왔다. 그런데 이제 공간과 시간이 기준틀에 따라 달라진다는 상대성이라고 알려진 우주관이 등장했다. 확실성을 폐기하고, 절대성에 대한 믿음을 포기하는 것은 일부 사람들, 심지어 무신론자들에게도 상당히 이단적으로 보였다. 역사학자 폴 존슨은 20세기에 대한 포괄적인 역사를 소개한 『현대(*Modern Times*)』에서 "그것은 사회가 전통적으로 의지하던 것을 단절시켜서 표류하도록 만든 칼이 되었다"고 했다.[46]

대규모 전쟁의 공포, 사회계층의 붕괴, 상대성의 등장, 그리고 그것에 의한 고전 물리학의 몰락이 모두 합쳐져서 불확실성을 만드는 것처럼 보였다. 아인슈타인 이론이 확인되었다는 소식이 알려지고 1주일 후에 컬럼비아 대학교의 천문학자 찰스 푸어는 「뉴욕 타임스」를 통해서 "지난 몇 년 동안, 전 세계는 정신적으로는 물론이고 물리학적으로도 불안정한 상태에 있었다. 불안정, 전쟁, 파업, 볼셰비키 혁명의 물리학적인 면은 실제로 세계적인 특징을 가진 더 깊은 혼란의 가시적인 결과일 수도 있다"고 했다.[47]

간접적으로 아인슈타인 사상에 충실해서라기보다는 대중적인 오해 때문에 "상대성(relativity)"이 도덕성, 예술, 정치 분야에서 새로 등장한 "상대주의(relativism)"와 관련된 것으로 인식되기 시작했다. 시간과 공간에서만이 아니라 진리와 도덕성에서도 절대성에 대한 믿음이 쇠퇴했다. 「뉴욕 타임스」는 1919년 12월에 아인슈타인의 상대성 이론에 대해서 쓴 "절대성에 대한 공격"이라는 제목의 사설에서 "모든 인류 사상의 근거가 무너져버렸다"고 안타까워했다.[48]

아인슈타인은 상대성과 상대주의를 혼동하는 것에 대해서 질겁했을 것이고, 실제로 훗날 그랬다. 이미 설명했듯이, 그는 자신의 이론에 따르면 통합된 시공간의 법칙이 실제로는 상대적이 아니라 불변이기 때문에 자신의 이론을 "불변론(invariance)"이라고 부를 생각도 했었다.

더욱이 그 자신도 도덕성이나 심지어 취미에서도 상대주의자가 아니었다. 훗날 철학자 이사야 벌린은 "상대성이라는 말이 광범위하게 진리나 도덕적 가치의 객관성을 부정하거나 의심하는 상대주의로 잘못 인식되었다. 그것은 아인슈타인이 믿었던 것과는 반대였다. 그는, 그 자신과 자신의 모든 행동을 통해서 분명하게 보여주었듯이 단순하고 절대적인 도덕적 확신을 가지고 있던 사람이었다"고 한탄했다.[49]

아인슈타인은 과학이나 도덕적 철학의 모든 면에서 확실성과 결정론적 법칙을 추구했다. 그의 상대성 이론이 도덕성과 문화의 영역을 불안정하게 만드는 파문을 일으켰다면, 그것은 아인슈타인 때문이 아니라 사람들이 그를 해석하는 방법 때문이었을 것이다.

그런 대중적 해설가 가운데 한 사람이 바로 스스로를 철학자이고 과학적 학자라고 생각하기를 좋아했던 영국의 정치가 홀데인 경이었다. 1921년에 그는, 아인슈타인의 이론이 역동적인 사회를 위해서 교조주의를 막아야 한다는 자신의 정치적 입장을 뒷받침해준다는 취지하에 『상대성의 치세(The Reign of Relativity)』라는 책을 발간했다. 그는 "공간과 시간의 측정에 대한 아인슈타인의 상대성 원리는 그것만 따로 생각해서는 안 된다. 그 중요성을 고려하면, 자연과 일반적 지식의 다른 영역에서도 대응하는 것이 발견될 가능성이 있다"고 했다.[50]

홀데인은 캔터베리 대주교에게 상대성 이론이 신학에 심오한 영향을 줄 것이라고 경고했고, 대주교는 그 이론을 이해하려고 노력했지만 제대로 되지 않았다. 어느 성직자는 영국 과학계의 거두였던 J. J. 톰슨에게 "대주교께서는 아인슈타인의 이론을 도무지 이해하지 못하셨고, 홀데인 경의 이야기를 듣고, 신문 기사를 읽으면 읽을수록 더 이해할 수 없게 된다고 불평하십니다"라고 알려주었다.

홀데인은 아인슈타인에게 1921년에 영국을 방문하도록 설득했다. 그와 엘자는 홀데인의 웅장한 런던 타운하우스에 머무는 동안 하인들의 아첨에 완전히 질려버렸다. 홀데인이 아인슈타인을 위해서 마련한 만찬에는 옥스퍼드의 4학년 학생들을 압도할 정도의 영국 지식인들이 초청되었다. 참석자들 중에는 조지 버나드 쇼, 아서 에딩턴, J. J. 톰슨, 해럴드 래스키는 물론이고, 미리부터 톰슨으로부터 개인적인 설명을 들었지만 여전히 당혹스러워하고 있던 캔터베리 대주교가 포함되어 있었다.

홀데인은 대주교가 직접 질문할 수 있도록 아인슈타인의 옆자리에 앉혔다. 각하께서 상대성 이론이 종교에 어떤 의미가 있다는 설명을 들었을까?

답변은 대주교는 물론, 초청자에게도 실망스러웠을 것이다. 아인슈타

인은 "없습니다. 상대성은 순수하게 과학적인 것이고 종교와는 아무런 관련이 없습니다"라고 대답했다.[51]

그것은 분명 사실이었다. 그러나 20세기 초에 뜨겁게 달아오르던 모더니즘의 소용돌이 속에서 터져나왔던 신비적인 아이디어나 감정과, 아인슈타인의 이론 사이의 관계는 훨씬 더 복잡했다. 로런스 더럴의 소설 『발타자르(Balthazar)』에서 주인공은 "추상화, 무조(無調) 음악, 무정형(無定形) 문학이 모두 상대성 주장의 결과이다"라고 선언했다.

상대성 주장은 물론 그런 것과는 아무 관계도 없다. 오히려 모더니즘과의 관계는 훨씬 더 신비적으로 얽혀 있었다. 힘이 정리되면 인류 전망의 변화가 일어나는 역사적 순간이 된다. 르네상스 초기에 예술, 철학, 과학에서 그런 일이 일어났고, 계몽주의의 초기에도 다시 그런 일이 일어났다. 이제 20세기 초에 과거의 제약과 진리가 깨어지면서 모더니즘이 탄생했다. 아인슈타인, 피카소, 마티스, 스트라빈스키, 쇤베르크, 조이스, 엘리엇, 프루스트, 디아길레프, 프로이트, 비트겐슈타인을 비롯한 선구자들이 고전적인 사상과의 관계를 무너뜨림으로써 자발적인 연소를 일으켰다.[52]

과학사학자이면서 철학자인 아서 I. 밀러는 『아인슈타인, 피카소 : 공간, 시간, 그리고 대혼란을 일으킨 아름다움(Einstein, Picasso: Space, Time, and the Beauty That Causes Havoc)』에서 1905년의 특수상대성 이론과 1907년 피카소의 모더니즘 걸작인 「아비뇽의 아가씨들」이 만들어지게 된 공통점을 살펴보았다. 밀러는 두 사람이 모두 엄청난 매력을 가졌지만, "감정적인 냉정함을 선호했던" 사람들이라고 지적했다. 두 사람은 각자 자신의 분야를 정의했던 제약에 무엇이 빠져 있다고 느꼈고, 두 사람이 모두 동시성, 공간, 시간, 그리고 특히 푸앵카레의 글에 대한 논의에 빠져들었다.[53]

아인슈타인은 많은 모더니즘 예술가와 사상가들에게 영감을 주었다. 그 사람들이 그를 이해하지 못하는 경우에도 마찬가지였다. 프루스트가 『잃어버린 시간을 찾아서(Remembrance of Things Past)』의 종결 부분에서 그랬던 것처럼 예술가들이 "시간의 질서에서 벗어나는" 것과 같은 개넘을 찬양하는 경우에는 더욱 그렇다. 프루스트는 1921년에 어느 물리학자 친구에게 "당신에게 정말 아인슈타인에 대해서 이야기를 하고 싶다. 대수학을 모르는 나는 그의 이론을 하나도 이해하지 못한다. [그렇지만] 우리가 시간을 변형시키는 방법은 비슷한 것처럼 보인다"고 했다.[54]

모더니즘 혁명의 절정은 아인슈타인의 노벨 상이 발표되었던 1922년이었다. 제임스 조이스의 『율리시즈(Ulysses)』가 그해에 발간되었고, T. S. 엘리엇의 「황무지」도 그랬다. 5월에 파리의 마제스틱 호텔에서는 스트라빈스키가 작곡하고 디아길레프의 "발레 루스"가 공연하는 「여유」의 초연(初演)을 위한 심야 만찬 파티가 열렸다. 스트라빈스키와 디아길레프, 그리고 피카소가 모두 참석했다. "아인슈타인이 물리학의 혁명을 일으킨 것처럼 19세기 문학적 확실성을 무너뜨려버린" 조이스와 프루스트도 마찬가지였다. 고전 물리학, 음악, 그리고 예술을 정의했던 기계적 질서와 뉴턴 법칙은 더 이상 힘을 발휘하지 못했다.[55]

새로운 상대주의와 모더니즘의 원인이 무엇이었든지 상관없이 의지할 곳을 잃어버린 세계는 무기력한 반향과 반응을 나타내기 시작했다. 그리고 1920년대의 독일만큼 그런 분위기로 골치 아팠던 곳은 없었다.

13

방황하는 시온주의자
1920-1921년

동족

상대성 이론이 확인된 후 런던 「더 타임스」에 기고한 글에서 아인슈타인은 사정이 나빠지면 독일인들은 그를 애국자가 아니라 스위스 유대인으로 생각할 것이라고 비아냥거렸다. 그것은 현명한 지적이었고, 아인슈타인이 이미 그때부터 그런 불쾌한 냄새가 난다는 사실을 알고 있었다는 점에서 더욱 그렇다. 바로 그 주에 친구 파울 에렌페스트에게 보낸 편지에서 그는 독일의 사정을 설명해주었다. 그는 "이곳의 반유대주의는 심각합니다. 앞으로 어떻게 될까요?"[1]

제1차 세계대전 후 독일 내의 반유대주의 확산은 아인슈타인의 반발을 불러일으켰다. 그는 자신의 유대인 혈통이나 사회에 더 강하게 집착하기 시작했다. 독일 사회에 동화되기 위해서 기독교로의 개종을 포함하여 모든 일을 해왔던 프리츠 하버 같은 독일 유대인이 극단적인 예였다. 그들은 아인슈타인에게도 그런 요구를 했지만 그는 반대의 길을 선택했다. 그는 유명해지면서 시온주의자의 주장을 받아들이기 시작했지만 시온 운동 단체에 가입하지는 않았다. 사실 그는 어떤 유대 교회에 속하거나 참여하지도 않았다. 그는 팔레스타인의 유대인 거주와 세계 유대인의 주권을 인정했고, 동화정책을 반대했다.

그는 1919년 초에 베를린으로 찾아온 선도적인 시온 운동가 쿠르트 블루멘펠트에게 포섭되었다. 블루멘펠트는 "그는 매우 솔직하게 질문을 했다"고 기억했다. 아인슈타인의 질문은 이런 것이었다. 정신적, 지적 능력을 가진 유대인들이 왜 농업국가를 추구하게 되었는가? 국수주의가 해결책이 아니라 문제가 되지 않는가?

결국 아인슈타인은 그들의 주장을 받아들였다. 그는 "한 인간으로서 나는 국수주의를 반대한다. 그러나 유대인으로서 나는 오늘부터 시온주의의 노력을 지지한다"고 선언했다.[2] 구체적으로 그는 팔레스타인에 새로운 유대인 대학교를 설립하려고 노력했다. 결국 예루살렘의 히브리 대학교가 설립되었다.

모든 국수주의가 나쁜 것이라는 가설을 포기하자 그는 열렬하게 시온주의를 받아들일 수 있었다. 1919년 10월에 그는 어느 친구에게 "사람은 자신의 민족에게 무관심하지 않으면서도 세계주의자가 될 수 있다. 시온주의 주장이 내 가슴에 와닿는다……나는, 지구상에 우리 동족들이 이민족으로 대접받지 않는 땅이 생긴다면 기쁠 것이다"라고 했다.[3]

시온주의를 지지하면서 아인슈타인은 동화주의자들과는 어색한 입장이 되었다. 1920년 4월에 그는 독일에 대한 충성을 강조하는 유대 독일 시민회의 모임으로부터 강연 요청을 받았다. 그는 그들이 더 가난하고 세련되지 못한 동유럽 유대인들을 차별하고 있다고 비난하면서 그 요청을 거부했다. 그는 "아리아인*들이 그런 기회주의를 존중할까?"라고 비난했다.[4]

강연 요청을 조용히 거절하는 것만으로는 충분하지 않았던 아인슈타인은 "민족 대신 종교"**를 들먹이면서 끼어들려고 애쓰는 사람들을 공개적

---

* 나치 독일에서 비유대계 백인을 일컫던 말 / 역주.

** 아인슈타인이 쓴 말은 "Stammesgenossen"이었다. "Stamm"은 일반적으로 민족을 뜻하지

으로 공격하는 글을 쓰기로 했다. 특히 그는 "유대적인 것은 거의 전부를 포기함으로써 반유대주의를 극복하려는" 노력을 "동화주의적" 태도라고 비난했다. 이러한 노력은 전혀 효과가 없었다. 실제로 유대인은 다른 사람들과 구별되기 때문에 그런 방식은 "유대인이 아닌 사람들에게는 우스꽝스럽게 보이기도 했다." 그는 "반유대주의의 심리학적 뿌리는 유대인들이 구분되는 사람들이라는 사실에 있다. 사람들은 유대인을 신체적인 특징에서도 알아볼 수가 있고, 지적 능력에서도 유대인 혈통을 알아본다"고 했다.[5]

동화를 실천하고, 그것을 권하는 유대인들은 독일이나 서유럽 혈통을 자랑스럽게 생각하는 경우가 많았다. 당시에 (20세기 대부분을 통해서도 역시) 그런 유대인들은 덜 세련되고, 품위가 떨어지고, 동화하기를 거부하는 러시아나 폴란드 같은 동유럽의 유대인들을 경멸하는 경향을 가지고 있었다. 아인슈타인은 독일 유대인이었지만, 그는 자신의 뒤에서 "동유럽 유대인과 서유럽 유대인을 분명하게 구분하려는" 사람들에게 심하게 분노했다. 그는 그런 정책이 오히려 모든 유대인들에게 화를 불러올 것이고, 그런 구분에는 어떤 근거도 없다고 주장했다. "동유럽 유대인들도 서유럽 유대인의 더 높은 문명과 비교할 수 있을 정도의 훌륭한 인간적 재능과 생산력을 가지고 있다."[6]

아인슈타인은 반유대주의가 인종차별의 결과가 아니라는 사실을 동화주의자들보다도 더 분명하게 알고 있었다. 그는 1920년 초에 "오늘날 독일에서 유대인에 대한 증오에는 무시무시한 표현이 동원되고 있다"고 했다. 통제가 불가능해진 인플레이션도 문제였다. 독일의 마르크화는 1919년 초에 12센트 정도로, 전쟁이 시작되기 전의 절반이었지만 그래도 견딜 수 있었다. 그러나 1920년 초에 이르러서는 마르크화가 2센트에 지나지 않았고, 그나마도 매달 떨어지고 있었다.

더욱이 전쟁의 패배는 치욕적이었다. 독일은 600만 명의 인명 손실뿐

만, 그런 번역은 인종적 색채를 풍길 수도 있다. 일부 아인슈타인 연구자들은 "kindred(일족)" 또는 "clan(씨족)" 또는 "lineage(혈통)"가 더 적절한 표현이라고 주장한다.

만 아니라, 자연자원이 절반이나 있는 지역과 해외의 식민지를 포기해야
만 했다. 긍지를 가지고 있던 많은 독일인들은 그것이 배신의 결과라고
믿고 있었다. 전쟁이 끝난 후에 등장한 바이마르 공화국은 자유주의자,
평화주의자, 아인슈타인 같은 유대인의 지지를 받았지만, 구체제와 중산
층으로부터는 외면당하고 있었다.

자랑스러운 문화를 모욕당하게 만든 이질적인 어둠의 힘으로 쉽게 지
목될 만한 집단이 있었다. 아인슈타인은 "사람들은 희생양이 필요했고,
유대인이 그런 희생양이 되었다. 그들은 다른 종족에 속했기 때문에 본능
적인 분노의 표적이 되었다"고 지적했다.[7]

바이란트, 레나르트, 반상대주의자

아모스 엘론이 그의 책 『정말 딱하다(*The Pity of It All*)』에서 설명했듯
이 당시 독일에서 위대한 예술과 아이디어가 폭발적으로 쏟아져나온 것은
대체로 다양한 분야에서 활동하던 유대인 후원자들과 선구자들 덕분이었
다. 과학에서는 더욱 그랬다. 지그문트 프로이트가 지적했던 것처럼, 유
대인 과학자들이 성공했던 것은 국외자로서의 본성에서 비롯된 "창조적
회의주의" 탓도 있었다.[8] 유대인 동화주의자들이 얕잡아보았던 것은, 그
들이 같은 나라 사람이라고 생각했던 독일인들 중에 많은 사람들이 그들
을 어쩔 수 없는 국외자, 또는 아인슈타인의 표현을 빌리면 "다른 인종"에
속하는 것으로 여기는 거부감을 가지고 있었다는 점이다.

아인슈타인이 반유대주의와 처음 충돌한 것은 1920년 여름이었다. 엔
지니어 교육을 받았던 파울 바이란트라는 의심스러운 독일 국수주의자가
정치적인 야망을 가진 논객이라고 자처하며 나섰다. 그는 1920년의 공식
프로그램에 "정부와 사회에서 점점 늘어나고 있는 압도적인 유대인의 영
향을 약화시키는 것"을 공약으로 내세운 우익 국수주의적 정당의 열렬한
당원이었다.[9]

바이란트는 잘 알려진 유대인인 아인슈타인이 적개심과 시기심을 불러

일으켰다고 인식했다. 마찬가지로 과학자를 포함한 많은 사람들이 절대성을 무너뜨리는 것처럼 보이고, 확실한 실험보다는 추상적인 가설을 근거로 하는 것처럼 보인다는 점 때문에 신경을 쓰고 있는 그의 상대성 이론도 목표로 만들기가 쉬웠다. 바이란트는 상대성을 "대형 사기"라고 비난하는 글을 발표하고, 순수과학 옹호를 위한 독일 과학자 연구회라는 멋진 이름이 붙여진 (신기할 정도로 풍족한 후원을 받는) 시민 조직을 만들었다.

몇 년 동안 이해보다는 분노 때문에 상대성 이론을 공격해왔던 에른스트 게르케라는 그다지 잘 알려지지 않은 실험물리학자도 바이란트의 활동에 합류했다. 그들은 아인슈타인과 상대성 이론의 "유대인 성격"에 대한 몇 가지 문제를 제기한 후에, 8월 24일 베를린의 필하모닉 홀에서 열린 대규모 집회를 포함해서 독일 전역에서 모임을 개최했다.

바이란트는 먼저 거만한 선동적 웅변으로 아인슈타인이 "자신의 이론과 이름을 상업적으로 홍보하는" 일에 관여하고 있다고 비난했다. 아인슈타인의 적극적인 홍보가 동화주의자 친구들이 경고했듯이 원하든 원하지 않든 상관없이 그를 공격하는 이유가 되었다. 바이란트는 상대성은 사기이고, 이익을 챙기려고 표절되었다고 주장했다. 게르케는 훨씬 더 기술적인 표현으로 거의 같은 내용을 주장하는 원고를 읽어내려갔다. 「뉴욕 타임스」는 그 모임이 "명확하게 반유대주의적 색채를 가지고 있었다"고 보도했다.[10]

게르케가 연설을 하던 중에 청중들 사이에서 "아인슈타인, 아인슈타인"하는 작은 웅얼거림이 들렸다. 그 서커스를 구경하러 왔던 아인슈타인은 그런 광경을 보고 웃었다. 대중의 관심이나 논란을 싫어해서가 아니었다. 그의 친구 필리프 프랑크에 따르면, "그는 언제나 주변에서 일어나는 일을 마치 자신이 극장의 관객인 것처럼 여기기를 좋아했다." 친구이며 화학자인 발터 네른스트와 객석에 앉아 있던 아인슈타인은 몇 차례나 낄낄거리며 웃었고, 마지막에는 행사 전체가 "가장 재미있었다"고 평가했다.[11]

그러나 그가 그런 상황을 정말로 즐겼던 것은 아니었다. 심지어 그는 한동안 베를린에서 이사할 것을 고려하기도 했다.[12] 그의 분노는 커졌고,

사흘 뒤 유대인 친구가 소유하고 있는 자유주의 일간지인 「베를리너 타게블라트」의 1면에 실린 논란의 가능성이 매우 높은 비평에 대해서 답변 하는 전략적 실수를 저질렀다. 그는 "두 사람에 대해서 내가 직접 답할 가치가 없다는 것을 잘 알고 있다"고 하면서도 그런 사실을 무시했다. 게르케와 바이란트는 연설에서 명백하게 반유대주의를 나타내지도 않았고, 유대인들을 지나치게 비난하지도 않았다. 그러나 아인슈타인은 "내가 만약 유대인이 아니었고, 나치 당원이거나 아니더라도 독일 국수주의자였다면" 그들이 자신의 이론을 비난하지 않았을 것이라고 주장했다.[13]

아인슈타인은 글의 대부분을 바이란트와 게르케를 반박하는 데 할애했다. 그러나 그는 그 모임에는 참석하지 않았지만 반상대성(反相對性) 주장을 지지해온 더 유명한 물리학자 필리프 레나르트도 공격했다.

1905년 노벨 상을 수상한 레나르트는 광전자 효과를 알아낸 선구적인 실험물리학자였다. 한때 아인슈타인은 그를 존경하기도 했다. 1901년 아인슈타인은 마리치에게 "이제 막 레나르트의 훌륭한 논문을 읽었습니다. 나는 이 아름다운 논문 때문에 느낀 행복감과 즐거움을 반드시 당신과 함께 나누어야겠습니다"라고 야단스럽게 말했었다. 아인슈타인이 1905년에 발표한 획기적인 논문들 중 광양자에 대한 첫 논문에서 레나르트의 이름을 직접 인용한 이후 두 과학자는 서로 칭찬하는 편지를 교환해왔었다.[14]

그러나 열렬한 독일 국수주의자였던 레나르트는 영국인과 유대인에 대해서 적개심을 드러냈고, 아인슈타인 이론의 인기를 무시했으며, 상대성의 "불합리한" 면에 대한 공격의 목소리를 높였다. 그는 바이란트의 모임에서 배부된 안내장에 자신의 이름을 쓰도록 허용하고, 노벨 상 수상자로서 아인슈타인이 그 상을 받지 못하도록 배후에서 노력했다.

레나르트는 필하모닉 홀 집회에 참석하지 않았고, 상대성에 대한 그의 공개적인 비판은 학술적인 것이었기 때문에 아인슈타인이 신문 지면을 통해서 그를 공격할 필요는 없었다. 그런데도 그는 공격했다. "나는 레나르트를 실험물리학의 대가로 존경하지만, 그는 아직까지 이론물리학 분야에서 훌륭한 업적을 이룩하지 못했고, 일반상대성 이론에 대한 그의 반론이 너무 표면적이었기 때문에 지금까지는 답변할 필요도 느끼지 못했다. 이제 그 대답을 하려고 한다."[15]

아인슈타인의 친구들은 공개적으로 그를 지지했다. 폰 라우에와 네른스트를 비롯한 친구들은 정확한 표현은 아니지만 "아인슈타인과 가까이 지내본 사람이라면 누구나 그가 모든 대중적 인기를 절대……좋아하지 않을 것임을 알고 있다"고 주장하는 편지를 발표했다.[16]

그러나 친구들도 개인적으로는 겁에 질려 있었다. 화가 난 그는 대답할 가치도 없는 사람들에 대해서도 공개적으로 분노를 표시함으로써 그를 싫어하는 사람들을 더욱 자극하고 말았다. 아인슈타인이 자신의 가족을 대하는 태도를 심하게 나무랐던 막스 보른의 아내 헤트비히는 이제 "[당신은] 상당히 불행한 행동으로 궁지에 몰려서는 안 됩니다"라고 가르쳐주었다. 그녀는 그가 "고립된 과학의 사원"을 더욱 존경하는 자세를 보여주어야 한다고 주장했다.[17]

파울 에렌페스트는 더욱 심했다. "나와 아내는 당신이 그 글의 일부 문장들을 직접 썼다는 사실을 정말 믿을 수가 없습니다. 당신이 정말 직접 그런 글을 썼다면, 그 고약한 사람들이 당신의 영혼을 다치게 하는 데 성공한 셈입니다. 대중이라는 게걸스러운 짐승에게 이 문제에 대해서 단 한마디도 던지지 말 것을 당신에게 가장 강력하게 요구합니다."[18]

아인슈타인도 후회했다. 그는 보른 부부에게 답장을 보냈다.[19] "나를 너무 심하게 몰아세우지 마시기를 바랍니다. 누구나 때때로 신과 인류를 즐겁게 해주기 위해서 어리석음의 제단에 제물을 받쳐야만 합니다. 나도 내 글을 통해서 그렇게 했습니다." 그러나 일반 대중을 멀리해야 한다는 그들의 기준을 무너뜨린 것에 대한 사과는 하지 않았다. 그는 에렌페스트에게 "모든 아이들이 사진 때문에 나를 알아보는 베를린에 살려면 그렇게 해야만 했습니다. 민주주의를 믿는다면 국민들에게 그 정도의 권리는 인정해주어야만 합니다"라고 말했다.[20]

레나르트가 아인슈타인의 글에 격분했던 것은 놀라운 일이 아니었다. 그는 자신이 반상대성 집회에 참석하지 않았다는 이유로 사과를 요구했다. 독일 물리학회의 위원장으로 중재를 시도했던 아르놀트 조머펠트는 아인슈타인에게 "레나르트에게 타협의 편지를 쓰도록" 요구했다.[21] 그렇게 되지는 않았다. 아인슈타인은 물러서기를 거부했고, 레나르트는 노골적인 반유대주의자에 더 가까워졌으며, 나중에는 나치에 가까워지고 말았다.

（이 일의 결말에는 이상한 점이 있었다. 비밀 취급이 해제된 FBI의 아인슈타인 기록에 따르면 1953년에 옷을 잘 차려입은 독일인이 마이애미에 있는 FBI의 지국에 걸어들어와서 안내원에게 1920년 8월에 「베를리너 타게블라트」에 실린 글에서 아인슈타인이 공산당원임을 인정한 정보를 가지고 있다고 알렸다. 야심 찬 정보 제공자는 다름 아닌 파울 바이란트였다. 그는 몇 년 동안 사기꾼으로 전 세계를 떠돌다가 마이애미에 도착해서 이민을 하려고 애쓰고 있었다. 아인슈타인이 공산주의자라는 사실을 밝혀내려고 애를 썼지만 성공하지 못했던 J. 에드거 후버의 FBI는 그 정보를 접수했다. FBI는 석 달 후에 그 기사를 찾아서 번역했다. 그 기사에는 공산주의자에 대한 내용은 아무것도 없었다. 그렇지만 바이란트는 미국 시민권을 획득했다.）[22]

반상대론 집회에서 시작된 공개적인 논란은 9월 말에 온천 도시인 바드 나우하임에서 개최될 예정이었던 독일 과학자들의 회의에 대한 관심을 높여주었다. 아인슈타인과 레나르트가 모두 참석할 예정이었고, 아인슈타인은 신문에 실린 자신의 글을 통하여 그 회의에서 상대론에 대한 공개적인 논의가 있을 것이라고 선언했다. 그는 "과학적 공개 토론에 참여하고 싶은 사람은 누구나 그곳에서 반론을 제기할 수 있을 것"이라면서 레나르트 쪽으로 책임을 떠넘겨버렸다.

1주일에 걸친 바드 나우하임 회의 기간 동안, 아인슈타인은 막스 보른과 함께 그곳에서 32킬로미터 떨어진 프랑크푸르트에 머무르면서 매일 기차로 휴양지를 오갔다. 아인슈타인과 레나르트가 모두 참석할 상대론에 대한 대규모 대결은 9월 23일 오후에 열릴 예정이었다. 잊어버리고 필기도구를 가져가지 않았던 아인슈타인은 레나르트가 이야기하는 동안에 옆 사람의 연필을 빌려서 내용을 기록했다.

위원장이었던 플랑크는 자신의 위엄과 부드러운 말로 개인적인 공격을 막아주었다. 상대론에 대한 레나르트의 반박은 대부분의 비(非)이론가들의 주장과 비슷했다. 그는 그 이론이 관찰이 아니라 방정식을 근거로 한 것으로 "과학자의 단순한 상식에 어긋난다"고 주장했다. 아인슈타인은 "명백해 보이는 것"은 시대에 따라 달라진다고 대답했다. 그것은 심지어 갈릴레오의 역학에서도 사실이었다.

아인슈타인과 레나르트는 그날 처음 만난 사이였지만, 서로 악수를 하지도 않았고 대화를 나누지도 않았다. 공식적인 회의록에는 기록되어 있지 않지만, 아인슈타인이 평정을 잃은 적이 있었던 모양이었다. 보른의 회고에 따르면, "화가 난 아인슈타인은 신랄한 답변을 했다." 몇 주일 후에 아인슈타인은 보른에게 "나우하임에서처럼 흥분하지 않겠습니다"라고 약속했다.[23]

결국 플랑크는 피를 흘리기 직전에 맥빠진 농담으로 회의를 마칠 수가 있었다. 그는 "불행하게도 상대성 이론이 아직까지는 이 회의에 허락된 절대적인 시간을 연장시킬 수 없기 때문에 이제 폐회를 해야 합니다"라고 했다. 다음 날 신문에는 특종 기사가 없었고, 반상대론 운동은 한동안 잠잠해졌다.[24]

레나르트는 처음에는 반상대론을 주장하던 이상한 사람들과 거리를 두었다. 훗날 그는 "불행하게도 바이란트는 사기꾼으로 밝혀졌다"고 말했다. 그러나 그는 아인슈타인에 대한 자신의 거부감을 씻어내지는 못했다. 바드 나우하임 회의 이후로 그는 아인슈타인과 "유대인 과학"에 대해서 더욱 신랄하고 반유대적으로 공격을 하기 시작했다. 그는 독일 물리학에서 유대인의 영향을 제거한 "독일 물리학"을 만들어야 한다고 주장하는 사람이 되었다. 그의 입장에서는 추상적이고, 이론적이고, 비(非)실험적일 뿐만 아니라 (적어도 그의 입장에서는) 절대성과 질서와 확실성을 거부하는 상대주의의 냄새를 풍기는 아인슈타인의 상대론이 대표적인 유대인의 영향이었다.

몇 달이 지난 1921년 1월 초에 잘 알려지지 않은 뮌헨의 당원이 다시 문제를 제기했다. 아돌프 히틀러는 어느 신문에 실린 논평에서 "오늘날에는 유대인들이 우리가 가장 자랑스럽게 여겨왔던 과학을 가르치고 있다"고 주장했다.[25] 대서양 너머에까지 파문이 일기도 했다. 그해 4월에 자동차 왕 헨리 포드 가문 소유의 과격한 반유대주의 주간지인 『디어본 인디펜던트(Dearborn Independent)』는 1면에 전단의 머리기사를 실었다. 그 기사는 "아인슈타인이 표절자인가?"라고 비난하듯이 물었다.[26]

미국에서의 아인슈타인, 1921년

알베르트 아인슈타인의 폭발적으로 높아진 세계적 명성과 당시에 꽃피기 시작한 시온주의가 결합되면서, 1921년 봄에는 과학의 역사에서 독특하고, 실제로는 어떤 영역에서도 찾아보기 힘든 일이 벌어지기 시작했다. 두 달에 걸친 미국 동부와 중서부의 화려한 순례는 록스타에게서나 기대할 수 있는 대중의 열광과 언론의 관심을 불러일으켰다. 세계는 유명한 과학자이면서 인도주의 가치를 대표하는 점잖은 우상이고, 유대인의 살아 있는 수호신인 슈퍼스타를 본 적도 없었고, 앞으로도 다시 볼 수 없을 것이다.

처음에 아인슈타인은 자신의 첫 미국 방문이 스위스에 있는 가족에게 보내야 할 돈을 안정적인 화폐로 마련할 수 있는 방법이라고 생각했다. 그는 에렌페스트에게 "나는 프린스턴과 위스콘신에 1만5,000달러를 요구했습니다. 그 사람들에게는 놀라운 금액일 것입니다. 그러나 그들이 미끼를 물기만 한다면, 나는 경제적 독립을 이룩하게 되겠지요. 냄새만 맡을 수는 없는 일입니다"라고 했다.

미국 대학들은 미끼를 물지 않았다. 그는 에렌페스트에게 "내 요구가 너무 심했던 모양입니다"라고 알렸다.[27] 그는 1921년 2월에 계획을 바꾸어 브뤼셀에서 열리는 제3회 솔베이 회의에서 논문을 발표하고, 에렌페스트의 요청으로 라이덴에서 몇 차례의 강연을 하기로 했다.

그럴 즈음에 독일 시온주의 운동의 지도자 쿠르트 블루멘펠트가 다시 아인슈타인의 아파트를 찾아왔다. 정확히 2년 전에 블루멘펠트는 아인슈타인을 찾아와서 팔레스타인에 유대인 조국을 만들자는 주장에 대한 지원을 받아냈었다. 이번에 그는 세계 시온주의 기구의 대표인 차임 바이츠만이 전보로 보낸 훈령에 가까운 초청장을 가지고 왔다.

러시아에서 영국으로 이민을 온 바이츠만은 제1차 세계대전 당시 무연면화약을 더 효율적으로 생산하는 발효법을 개발함으로써 새 조국에 도움을 준 훌륭한 생화학자였다. 그때 그는 해군부 장관이었던 아서 밸푸어 전 총리와 함께 일했다. 그 후에 그는 외무부 장관이 된 밸푸어를 설득해서, 영국이 "팔레스타인에 유대인 국가의 건설"을 지원하겠다고 약속하는 유명한 1917년 선언을 발표하도록 했다.

바이츠만의 전보는, 팔레스타인 정착과 특히 예루살렘에 히브리 대학교를 설립할 기금을 모으기 위한 미국 여행에 아인슈타인이 동행해줄 것을 요청하는 것이었다. 블루멘펠트가 그 전보를 읽어주자, 아인슈타인은 우선 거절을 했다. 그는 자신이 웅변가도 아니고, 더구나 자신의 명성을 이용하여 목적을 달성하기 위해서 사람들을 모으는 것은 "가치가 없는 일"이라고 했다.

블루멘펠트는 반박하지 않았다. 그 대신 그는 다시 한 번 바이츠만의 전보를 읽어주었다. 블루멘펠트는 "그는 우리 기구의 대표이고, 당신이 시온주의로 개종한 것을 진지하게 생각한다면, 나는 당신에게 바이츠만 박사의 이름으로 그와 함께 미국에 가달라고 요청할 권리를 가지고 있습니다"라고 말했다.

"당신의 말은 옳고 설득력이 있습니다"라는 아인슈타인의 대답은 블루멘펠트에게 "무한히 놀라운 것"이었다. "나는 내 자신이 현 상황의 일부이고, 그 초청을 받아들여야만 한다는 것을 깨달았습니다."[28]

아인슈타인의 대답은 정말 놀라운 것이었다. 그는 이미 솔베이 회의와 유럽에서의 다른 강연을 약속한 상태였고, 사람들의 주목을 받은 것을 좋아하지 않았으며, 약한 위장 때문에 여행을 꺼리고 있었다. 그는 성실한 유대인도 아니었고, 국수주의에 대한 거부감 때문에 순수하고 진정한 시온주의자가 될 수도 없었다.

그런데 이제 그는 자신의 본성에 어긋나는 일을 했다. 자신이 다른 사람에 대해서 인식한 관계와 의무를 근거로 했던 권력자의 암시적인 명령을 받아들인 것이다. 왜 그랬을까?

아인슈타인의 결정은 그의 일생에서 중대한 변화를 반영한 것이었다. 일반상대성 이론을 완성하고 확인하기까지 그는 자신의 거의 모든 것을 과학에 쏟아부었다. 심지어 자신의 개인적, 가족적, 사회적 관계도 돌보지 않았다. 그러나 베를린에서 지내면서 그는 자신의 유대인 정체성에 대해서 눈을 뜨게 되었다. 확산되는 반유대주의 탓에 그는 자신의 민족적 문화와 공동체에 더 긴밀하게 연결되었다고 느꼈다.

1921년에 그에게는 신앙이 아니라 의무의 도약이 일어났다. 그는 모리스 솔로빈에게 "나는 모든 곳에서 제대로 대접받지 못하는 내 형제들을 위해서 내가 할 수 있는 모든 것을 다하고 있다"고 했다.[29] 과학을 제쳐두면 그것이 그의 가장 중요한 결정적인 연결 고리였다. 말년에 이스라엘의 대통령직을 거절한 후 그는 "유대인과의 관계가 나에게 가장 강한 인간적 유대였다"고 했다.[30]

아인슈타인의 그런 결정에 놀라기도 하고, 실망도 했던 사람이 바로 그의 친구이면서 동료인 베를린의 화학자 프리츠 하버였다. 그는 유대교에서 개종을 했고, 훌륭한 프로이센인으로 동화되기 위해서 부지런히 노력해왔다. 다른 동화주의자들과 마찬가지로 그도 시온주의 기구의 요청에 따라 아인슈타인이 독일과 전쟁을 벌인 적국을 방문하는 것은 유대인들이 이중적인 태도를 가지고 있고, 훌륭한 독일인이 아니라는 믿음을 강화시켜줄 것이라고 (당연히) 걱정했다.

더욱이 하버는 아인슈타인이 전쟁이 끝난 후에 처음으로 브뤼셀의 솔베이 회의에 참석할 계획이라는 사실에도 전율을 느꼈다. 다른 독일인은 어느 누구도 초청받지 못했고, 그의 참석은 독일이 더 넓은 과학계로 복귀하는 중요한 계기로 여겨졌다.

하버는 아인슈타인이 미국을 방문할 것이라는 사실을 알고 나서, "이 나라의 사람들은 그것을 유대인들이 충성스럽지 않다는 증거로 볼 것입니다. 당신은 독일의 대학교에서 유대교를 믿는 교수와 학생들이 기대고 있는 좁은 기반을 희생시킬 것이 확실합니다"라고 했다.[31]

하버는 사람을 시켜서 편지를 전했고, 아인슈타인은 같은 날 답장을 보냈다. 그는 유대인을 "유대교를 믿는 사람"으로 보는 하버의 입장에 이의를 제기하면서, 다시 한 번 정체성은 어쩔 수 없이 인종적 관계의 문제라고 주장했다. "나는 강한 세계주의적 신념을 가지고 있지만, 언제나 박해를 받고 도덕적으로 억압된 내 동포들을 지지해야 한다는 의무감을 느껴왔습니다. 최근에 훌륭한 젊은 유대인들이 사회의 배반적이고 무자비한 대접 때문에 교육을 받지 못하는 경우를 수없이 보아왔던 나는 유대 대학교의 설립 가능성을 매우 기쁘게 생각합니다."[32]

결국 아인슈타인 부부는 첫 미국 방문을 위해서 1921년 3월 21일 네덜란드에서 배에 올랐다. 요란스럽고 호사스러운 것을 피하기 위해서 아인슈타인은 3등 선실도 좋다고 했다. 그의 요청은 무시되었고, 그들에게는 특등실이 주어졌다. 그는 배에서는 물론 호텔에서도 일을 할 수 있도록 엘자와 다른 방을 쓰고 싶다고 요구했다. 그 요구는 받아들여졌다.

대서양을 횡단하는 항해는 모든 면에서 즐거운 여행이었고, 아인슈타인은 항해 중에 바이츠만에게 상대론에 대해서 설명해주려고 노력했다. 미국에 도착한 후 상대성 이론을 이해했느냐는 질문에 바이츠만은 즐거운 대답을 했다. "항해 도중에 아인슈타인이 매일 나에게 이론에 대해서 설명해주었고, 도착할 즈음에 나는 그가 정말 그것을 이해하고 있다고 확신하게 되었다."[33]

4월 2일 오후에 배가 맨해튼의 배터리 항에 도착했을 때, 아인슈타인은 빛 바랜 회색 모직 코트와 검은 중절모를 쓰고 갑판에 서 있었다. 중절모는 회색으로 물들어가던 그의 헝클어진 머리를 완전히 감추어주지 못했다. 그는 한 손에는 들장미 파이프를 들고, 다른 손에는 낡은 바이올린 케이스를 들고 있었다. 「뉴욕 타임스」는 "그는 예술가처럼 보였다. 그러나 그의 덥수룩한 머리 밑에는 유럽의 가장 유능한 과학자들도 놀라게 만든 추론을 해낸 과학자의 정신이 있었다"라고 보도했다.[34]

하선 준비가 완료되자, 십여 명의 기자와 사진사들이 배 위로 올라갔다. 시온주의 기구의 홍보 담당자는 아인슈타인에게 기자회견에 참석해야 한다고 알려주었다. 그는 "그렇게 할 수 없다. 그것은 공개적으로 옷을 벗는 것과 같다"고 항의했다.[35] 그러나 물론 그는 능력을 가지고 있었고, 기자회견에 참석했다.

우선 거의 30분 동안 사진사와 뉴스 영화 제작자들이 그와 엘자에게 다양한 포즈를 취해달라고 요구했다. 그들은 모든 요구를 고분고분하게 들어주었다. 그런 후에 선장의 선실에서 열린 그의 첫 기자회견에서 그는 유쾌한 대도시 시장과 같은 유머와 매력을 발휘하면서 거부감을 느꼈다기보다는 즐거운 시간을 보냈다. 「필라델피아 퍼블릭 레저」의 기자는 "아인슈타인의 웃음에서 그가 기자회견을 즐기고 있다는 사실을 알 수 있었다"고 보도했다.[36] 기자들도 역시 좋아했다. 재치 있는 말과 간결한 답변 솜씨는 아인슈타인이 그렇게 유명세를 얻은 이유를 분명하게 보여주었다.

통역자를 통해서 아인슈타인은 "미국의 유대인들이 예루살렘의 히브리 대학교를 물질적이고 정신적으로 지원해줄 것"을 바란다는 발언을 시작했다. 그러나 기자들은 상대론에 더 관심이 많았고, 처음으로 질문 기회를 얻은 기자는 그의 이론을 한 문장으로 설명해달라고 요구했다. 그것은 아인슈타인이 거의 모든 곳에서 받았던 주문이었다. 그는 "평생 동안 나는 그것을 한 권의 책에 담으려고 노력했는데, 이 기자는 한 문장에 담으라고 요구하고 있습니다!"라고 대답했다. 노력해보라는 요청에 그는 간단하게 개요를 말했다. "물리학에서는 중력 이론으로 이어지는 공간과 시간에 대한 이론입니다."

그의 이론을 공격하는 사람들, 특히 독일 사람들은 어떻습니까? "지식을 갖춘 사람은 누구도 내 이론에 반대하지 않습니다. 반대를 하는 물리학자들은 정치적인 이유 때문에 그런 것입니다"라고 그는 대답했다.

어떤 정치적 이유입니까? "그들의 태도는 대체로 반유대주의에서 비롯된 것입니다."

통역자가 회견이 끝났음을 알렸다. 아인슈타인은 웃으면서 "글쎄요, 시험에 합격했기를 바랍니다"라고 말했다.

기자회견장을 나오던 중에 엘자는 상대론을 이해하느냐는 질문을 받았다. 그녀는 "아니요. 남편이 여러 차례 설명해주었습니다만 그것은 내 행복에 필요한 것이 아닙니다"라고 대답했다.[37]

배에서 내린 아인슈타인은 시장을 비롯한 귀빈들과 함께 경찰 보트를 타고 유대인 부대의 고적대와 수천 명의 군중이 기다리고 있는 배터리 공원에 도착했다. 군중들은 청백색의 깃발을 흔들면서 미국 국가인 성조가에 이어서 시온주의자들의 국가인 "하티크바"를 노래했다.

아인슈타인과 바이츠만은 곧바로 맨해튼에 있는 코모도르 호텔로 향할 계획이었다. 그러나 그들의 가두행렬은 밤늦게까지 로어이스트사이드의 유대인 구역을 돌아다녔다. 바이츠만은 "모든 자동차에 경적이 있었고, 모두가 경적을 울려댔다. 우리는 지치고, 굶주리고, 목마르고, 완전히 멍해진 11시 30분에 코모도르 호텔에 도착했다"고 기억했다.[38]

다음 날 아인슈타인은 끊임없이 찾아오는 방문객들을 만나야 했고, 또 다른 기자 회견을 열었으며, 「타임스」에 따르면 그는 "유별나게 친절하다는 인상"을 주었다. 전례 없는 대중의 관심을 끌게 된 이유가 무엇인가? 그는 자신도 궁금하게 생각한다고 고백했다. 어쩌면 심리학자가 보통 과학에는 관심이 없던 사람들이 그에게 그런 관심을 보여주는 이유를 알아낼 수 있을 것이다. 그는 웃으면서 "정신병리학적인 것 같다"고 대답했다.[39]

그 주일 후반에 시청에서 바이츠만과 아인슈타인에 대한 공식 환영행사가 열렸고, 공원에는 그들의 강연을 들으려고 수만 명의 흥분한 관중들이 모여들었다. 바이츠만은 점잖은 박수를 받았다. 그러나 아인슈타인이 소개되었을 때는 그가 아무 말도 하지 않았는데도 "요란한 박수"가 터져 나왔다. 뉴욕의 「이브닝 포스트」는 "아인슈타인 박사가 환영식장을 떠날 때는 동료들이 그를 어깨 위로 들어올려서 자동차에 태워야만 했고, 그를

태운 자동차는 깃발을 흔들며 환호하는 군중들 사이를 당당하게 헤쳐나갔다"고 보도했다.[40]

코모도르 호텔로 아인슈타인을 찾아온 사람 중에는 뮌헨에서의 가난한 학생 시절에 막스 탈무드라고 불리던 독일에서 이민을 온 의사 막스 탈미도 있었다. 가족의 친구였던 그는 어린 아인슈타인에게 처음으로 수학과 철학을 소개해주었지만, 이제 유명해진 과학자가 자신을 기억할지 자신이 없었다.

아인슈타인은 그를 기억하고 있었다. 훗날 탈미는 "그는 19년 동안 나를 만나지 못했고, 편지도 주고받지 못했다. 그런데도 내가 그의 호텔 방에 들어서자마자 '영원한 젊음을 뽐내던 당신!' 하고 소리를 질렀다"고 기억했다.[41] 그들은 뮌헨 시절과 그 이후의 생활에 대해서 이야기를 나누었다. 아인슈타인은 미국에 머무는 동안 여러 차례 탈미를 초대했고, 미국을 떠나기 전에는 탈미의 어린 딸을 만나기 위해서 그의 아파트에 찾아가기도 했다.

아인슈타인은 난해한 이론을 독일어로 설명하고, 바이츠만이 팔레스타인의 유대인 정착에 필요한 자금을 모으려고 노력하는 동안에는 침묵을 지켰지만, 뉴욕에서 가는 곳마다 엄청난 군중을 끌어모았다. 어느 날 「타임스」는 "메트로폴리탄 오페라 하우스의 일층 뒷좌석에서부터 위층의 마지막 줄까지 완전히 만원이었고, 수백 명이 서 있어야만 했다"고 보도했다. 그 주에 있었던 다른 강연에 대해서도 "그는 독일어로 이야기했지만, 공간, 시간, 운동에 대한 새로운 이론으로 우주에 대한 새로운 개념을 만들어낸 사람을 보고, 그의 이야기를 듣고 싶어하는 사람들은 좌석과 복도를 가득 메웠다"고 했다.[42]

뉴욕에서 3주일 동안 강연과 환영회에 참석한 후에 아인슈타인은 워싱턴을 방문했다. 수도에 살고 있는 사람이나 이해할 만한 이유 때문에 상원이 상대성 이론에 대해서 토론을 하기로 결정했다. 그 이론을 이해할 수 없다고 주장한 사람들 중에는 "관공서는 불량배들의 마지막 안식처"라는 말로 유명해진 펜실베이니아의 공화당 상원의원 보이스 펜로즈와 그 다음 해에 "상원에서 6년을 더 보내는 것보다 오히려 개가 되어 달을 보고 짖겠다"면서 은퇴한 미시시피의 민주당 상원의원 존 샤프 윌리엄스도 있었다.

하원에서는 뉴욕의 J. J. 킨드레드가 아인슈타인의 이론에 대한 설명을 연방의회 의사록에 포함시키자고 제안했다. 매사추세츠의 데이비드 월시는 반대했다. 킨드레드가 그 이론을 이해했을까? 그는 "솔직히 말해서 3주일 동안 이 이론과 씨름을 하고 난 지금 어렴풋이 이해하기 시작했다"고 대답했다. 그런데 그것이 의회의 일과 무슨 관계가 있느냐는 질문에 그는 "우주와의 일반적인 관계에 대한 미래의 입법과 관계가 있을 수 있다"고 대답했다.

그런 일 때문에 아인슈타인이 다른 사람들과 함께 4월 25일 백악관을 방문했을 때, 워런 G. 하딩 대통령은 과연 자신이 상대론을 이해하느냐는 질문을 피할 수 없었다. 방문자들이 카메라 앞에서 포즈를 취하는 동안에 하딩 대통령은 웃으면서 자신은 이론을 전혀 이해하지 못한다고 고백했다. 「워싱턴 포스트」는 "상대성 이론"이라는 논문을 놓고 고개를 갸우뚱하는 대통령 옆에서 아인슈타인이 하딩 대통령의 통치철학인 "정상 이론"*에 대한 논문을 이해하려고 애쓰는 모습이 그려진 만화를 소개했다. 「뉴욕 타임스」의 1면 제목은 "하딩은 아인슈타인의 아이디어가 자신을 어리둥절하게 만들었다고 인정했다"였다.

(이제는 세계에서 가장 흥미로운 아인슈타인의 366미터짜리 청동 동상이 서 있는)[43] 콘스티튜션 가에 위치한 미국 과학원에서의 환영회에서는 열렬한 해양학자인 모나코의 알베르트 1세, 노스캐롤라이나의 십이지장충 전문가, 태양 난로의 발명가를 포함한 여러 명사들의 긴 환영사가 있었다. 행사가 진행되는 중에 아인슈타인은 옆에 앉아 있던 네덜란드의 외교관에게 "방금 새로운 영원의 이론을 만들었습니다"라고 말했다.[44]

세 번의 강연을 했고, 만찬에서 바이올린을 연주했던 시카고에 도착했을 때 그는 짜증나는 질문에도 익숙해졌다. 특히 가장 자주 등장하던 질

---

* 제1차 세계대전이 끝난 후 "정상(正常)으로의 복귀"를 선언했던 공화당의 정강 / 역주.

문은 1919년 일식 이후에 「뉴욕 타임스」가 사용한 오직 12명만이 그의 이론을 이해할 수 있다는 흥미로운 제목과 관련된 것이었다.

「시카고 헤럴드 앤드 익재미너」의 기자가 "12명의 위대한 과학자만이 당신의 이론을 이해할 수 있다는 것이 사실입니까?"라고 물었다.

아인슈타인은 웃으면서 "아닙니다. 이 이론을 공부한 대부분의 과학자들이 이해하고 있을 것이라고 생각합니다"라고 대답했다.

그런 후에 그는 평생을 둥근 공의 표면 위를 기어다니면서 지낸 2차원 존재에게 우주가 어떤 모습으로 보일 것인지에 대한 자신의 은유를 이용해서 기자에게 자신의 이론을 설명하려고 애를 썼다. 아인슈타인은 "그런 존재는 수백만 년을 돌아다니더라도 언제나 출발점으로 돌아올 수가 있습니다. 표면의 위나 아래에 무엇이 있는지는 절대 알 수가 없습니다"라고 했다.

훌륭한 시카고 신문기자였던 그 기자는, 자신이 느낀 혼동의 깊이에 대해서 3인칭으로 쓴 재미있는 이야기를 만들어냈다. 이야기는 "기자가 도착했을 때, 그는 3차원의 성냥으로 3차원의 담배에 불을 붙이려고 헛고생을 하고 있었다. 그가 2차원의 생물이라고 한 것은 자신이었고, 이론을 이해할 수 있는 13번째 사람은 위대한 인물과는 거리가 멀었던 메인 가에 살면서 포드를 몰고 다니는 대다수의 사람들 중 한 사람임이 밝혀졌다"고 끝을 맺었다.[45]

경쟁사였던 「트리뷴」지의 기자가 오직 12명만이 그의 이론을 이해할 수 있다는 것에 대해서 똑같이 질문하자, 아인슈타인은 다시 부정했다. 그는 "가는 곳마다 사람들이 똑같은 질문을 합니다. 정말 고약한 일입니다. 과학 분야에서 충분한 훈련을 받은 사람이라면 누구나 이 이론을 쉽게 이해할 수 있습니다"라고 말했다. 그러나 이번에는 아인슈타인이 그것을 설명하려고 하지도 않았고, 기자도 그런 노력을 하지 않았다. 기사는 "「트리뷴」은 독자들에게 아인슈타인의 상대성 이론을 소개하지 못하는 것을 유감으로 생각한다"고 시작했다. "교수의 설명에 따르면, 그런 질문에 대한 가장 지엽적인 설명조차도 서너 시간이 걸린다고 하기 때문에 인터뷰를 다른 문제로 한정하기로 결정했다."[46]

아인슈타인은 프린스턴으로 가서 1주일에 걸친 과학 강의를 하고 "이상한 사상의 바다를 항해한 업적"으로 명예학위를 받았다. 그는 상당한 강의료(그가 처음 바랐던 1만5,000달러는 아니었다)를 받았을 뿐만 아니라, 그곳에 있는 동안 프린스턴이 그의 강의를 책으로 출판하고, 그는 15퍼센트의 인세를 받기로 협상했다.[47]

프린스턴 총장의 요청에 따라 아인슈타인의 강의는 매우 전문적이었다. 독일어로 강의하는 동안 칠판에 쓴 복잡한 식만 125개에 이르렀다. 한 학생이 기자에게 말했듯이 "발코니에 앉아 있었는데 어차피 그는 내가 알아들을 수 없는 이야기를 했다."[48]

어느 강의가 끝난 후의 파티에서 아인슈타인은 가장 기억에 남는 스스로를 드러내는 말을 했다. 누군가가 마이컬슨-몰리 방법을 개선한 새로운 실험에서 에테르가 존재하고, 광속이 변한다는 사실이 밝혀졌다는 소식을 그에게 전해주었다. 그는 자신의 이론이 옳다는 것을 확신하고 있었다. 그래서 그는 냉정하게 "신은 미묘하기는 하지만 심술궂지는 않다"고 대답했다. *

옆에서 그 말을 들은 수학 교수 오스왈드 베블런은 10년 후에 수학과의 새 건물이 지어졌을 때, 아인슈타인에게 교수 휴게실의 벽난로에 있는 돌장식에 그 말을 새길 수 있도록 허락해줄 것을 요청했다. 아인슈타인은 기꺼이 동의하는 편지를 보냈고, 자신이 하려던 말의 뜻을 설명해주었다. "자연이 비밀을 감추고 있는 것은 근본적인 고귀함 때문이지 음모를 위해서 그런 것은 아니다."[49]

멋지게 지은 그 건물은 한동안 고등연구소에서 사용했다. 만약 아인슈타인이 1933년에 프린스턴으로 이민을 왔다면 그 건물에 사무실을 가졌을 것이다. 거의 말년에 이르러 아인슈타인은, 나치 집권으로 자신을 따라 독일에서 프린스턴으로 옮겨왔던 수학자 헤르만 바일의 정년 파티에

---

* 여기서는 에이브러햄 파이스의 번역을 사용했다. 아인슈타인의 독일어는 "Raffiniert ist der Herr Gott, aber boshaft ist er nicht"였다.

참석했을 때 그 벽난로를 보았다. 양자역학의 불확실성에 대해서 불만을 가지고 있던 아인슈타인은 고개를 끄덕이면서 바일에게 "어쩌면 신이 조금은 심술궂을 수도 있겠다"고 한탄했다.[50]

아인슈타인은 프린스턴을 좋아했던 것 같았다. 그는 프린스턴이 "젊고 신선하다"고 했고, "아직 피우지 않은 파이프 같다"라고도 했다.[51] 언제나 새 들장미 파이프를 좋아했던 사람으로서는 대단한 찬사였다. 그런 그가 그로부터 10여 년이 지난 후에 그곳으로 완전히 옮기기로 했던 것은 놀라운 일이 아니었다.

아인슈타인이 다음에 방문했던 하버드는 그만큼 인상적이지는 않았다. 프린스턴의 존 히븐 총장은 그를 독일어로 소개했는데, 하버드의 A. 로런스 로웰 총장은 그를 프랑스어로 소개했기 때문이었을 수도 있다. 더욱이 하버드는 아인슈타인을 초청했지만, 그에게 강의를 요청하지는 않았다.

그런 무례함이 하버드 법대를 졸업하고 첫 유대 최고재판소 판사가 된 루이스 브랜다이스가 이끌던 미국 시온주의 단체의 영향 때문이었을 것이라고 주장하는 사람도 있다. 그런 소문이 너무나 확산되자 브랜다이스의 측근이었던 펠릭스 프랑크푸르터가 공개적으로 소문을 부인하는 성명을 발표하기도 했다. 그런 일 때문에 아인슈타인은 프랑크푸르터에게 동화주의의 위험에 대한 흥미로운 편지를 보냈다. 그는 그것이 "언제나 이방인을 즐겁게 해주려고 열심히 노력하는 유대인의 약점"이라고 했다.[52]

켄터키에서 태어나 훌륭한 보스턴 사람으로 완전히 동화된 브랜다이스는 19세기에 도착했고, 그 후 동유럽이나 러시아에서 이민 온 사람들을 경멸하는 독일 출신 유대인의 전형적인 사례였다. 브랜다이스는 시온주의에 대해서 더욱 적극적이고 정치적인 자세를 가진 러시아 출신 유대인 바이츠만과 정치적, 개인적인 이유로 충돌했다.[53] 아인슈타인과 바이츠만을 열광적으로 환영하는 사람들은 대부분 동유럽 출신의 유대인들이었고, 브랜다이스와 그의 추종자들은 훨씬 더 냉정했다.

아인슈타인이 보스턴에서 보낸 이틀 중 대부분의 시간은 시온주의 운동에 기여할 것을 요청하기 위해서 바이츠만과 함께 행사에 참여하거나,

집회를 가지거나, (500명이 참석한 코셔 연회를 포함한) 만찬에 참석하는 일로 보냈다. 「보스턴 헤럴드」는 록스버리의 어느 유대 교회에서 열린 모금 행사에서의 반응을 다음과 같이 보도했다.

반응은 놀라웠다. 젊은 여성 안내인들이 긴 상자를 들고 사람들이 가득 찬 복도를 어렵게 헤쳐나가야 했다. 다양한 지폐들이 모금함에 쏟아졌다. 어느 유명한 여성 유대인은 무아지경에서 군대에 있는 자신의 여덟 아들의 희생에 비례해서 기부를 하고 싶다고 외쳤다. 그녀는 값비싼 수입품인 시계를 높이 쳐들고, 손에서는 반지를 빼냈다. 다른 사람들도 그녀를 따라 했다. 바구니와 상자는 다이아몬드와 귀중한 장신구로 넘쳐났다.[54]

보스턴에 머무는 동안 아인슈타인은 에디슨 시험이라는 깜짝 시험을 치러야 했다. 발명가 토머스 에디슨(당시 일흔네 살이었다)은 실용적인 사람이었고, 나이가 들면서 더욱 괴팍해졌다. 그는 미국의 대학이 너무 이론적이라고 비판했고, 아인슈타인에게도 같은 느낌을 가지고 있었다. 그는 구직자의 자리에 따라 다르게 사용할 목적으로 150개 정도의 실용적인 문제로 구성된 시험 문제를 고안했다. 가죽을 어떻게 무두질하는가? 차[茶]를 가장 많이 소비하는 나라는 어디인가? 구텐베르크의 활자는 무엇으로 만들어졌는가?*

「타임스」는 그것을 "어디에나 있는 에디슨 질문 논란"이라고 불렀다. 물론 아인슈타인도 그런 시험을 피할 수 없었다. 어느 기자가 시험 문제 중의 하나를 물어보았다. "음속은 얼마인가?" 소리의 전파에 대해서 이해하는 사람이 있다면, 그가 바로 아인슈타인이었다. 그러나 그는 "책에서 쉽게 찾을 수 있는 것이기 때문에 그런 정보를 기억하고 다니지 않는다"고 인정했다. 그런 후에 그는 에디슨의 교육관을 비판하기 위해서 더 중요한 점을 지적했다. 그는 "대학 교육의 가치는 많은 사실을 배우는 것이 아니

---

* 며칠 전에 그 시험을 보았던 주지사 차닝 콕스의 답은 다음과 같았다. 동물성 수지인 셀락은 어디에서 얻는가? "깡통에서." 몬순(계절풍)은 무엇인가? "이상하게 들리는 단어." 자두는 어디에서 얻는가? "아침 식사."

라, 생각하는 훈련을 받는 것에 있다"고 말했다.[55]

아인슈타인의 화려한 여행 중에 머물렀던 곳의 놀라운 특징 중 하나가 바로 이론물리학자와는 잘 어울리지 않는 시끄러운 행진이었다. 예를 들면, 코네티컷 하트퍼드에서의 행진은 악단, 참전용사, 미국과 시온주의 깃발을 든 기수들을 앞장세운 100대가 넘는 자동차로 이루어졌다. 1만 5,000명 이상의 관중들이 도로를 따라 늘어섰다. 신문 보도에 따르면, "노스메인 가는 가까이 다가가서 악수를 하려고 애쓰는 사람들로 가득했다. 사람들은 차에서 일어나 꽃다발을 받는 바이츠만 박사와 아인슈타인 교수에게 열렬한 환호를 보냈다."[56]

놀라운 광경이었지만, 클리블랜드에서는 더 굉장했다. 방문객을 맞이하기 위해서 수천 명이 유니온 역으로 모여들었고, 경적을 울리고 꽃으로 치장한 200대의 자동차가 행진에 참여했다. 아인슈타인과 바이츠만은 무개차(無蓋車)에 타고, 방위군의 군악대와 군복을 입은 유대인 참전용사들이 선도했다. 길에 늘어선 군중들은 아인슈타인의 자동차를 잡고, 발판에 뛰어올랐고, 경찰은 그들을 끌어내리려고 애를 썼다.[57]

클리블랜드에 머무는 동안 아인슈타인은 유명한 마이컬슨-몰리 실험이 이루어졌던 케이스 응용과학 학교(현 케이스웨스턴리저브 대학교)에서 강연을 했다. 그곳에서 그는 개인적으로 한 시간 이상 데이턴 밀러 교수를 만났다. 프린스턴 칵테일 파티에서 아인슈타인이 회의적인 반응을 보였던 것은 바로 그의 새로운 실험 때문이었다. 아인슈타인은 밀러의 에테르-흐름 모델의 스케치를 그려가면서 그에게 실험을 개선해보도록 요구했다. 밀러는 상대론에 대해서 회의적이었고, 에테르에 대한 편견을 가지고 있었다. 그런 실험이 결국 신이 정말 심술궂기보다는 더 미묘하다는 아인슈타인의 믿음을 확인시켜주었다.[58]

아인슈타인에 대한 흥분, 대중적 관심, 현기증이 날 것 같은 슈퍼스타의 지위는 전례가 없었다. 그러나 재정적으로만 본다면, 이 여행은 시온주의 운동에 별로 크지 않은 소득을 가져다주었을 뿐이었다. 형편이 어려운 유대인과 최근에 이민 온 사람들이 그를 만나려고 쏟아져나왔고, 열성적으로 기부했다. 그러나 엄청난 개인 재산을 가지고 있는 널리 알려진 보수적인 유대인들은 그렇게 열광하지 않았다. 그들은 전체적으로 더 동화되었기 때문에 시온주의에 관심이 적었다. 바이츠만은 적어도 400만 달러를 모으고 싶었다. 그러나 그해 말까지 실제로 모금된 금액은 겨우 75만 달러뿐이었다.[59]

미국 여행을 마친 후에도 아인슈타인은 시온주의 운동의 완전한 일원이 되지는 않았다. 그는 팔레스타인의 유대인 정착과 특히 예루살렘의 히브리 대학교에 대한 일반적인 아이디어는 지지했지만, 자신이 그곳으로 이주를 하거나 유대인 민족국가를 요구할 생각은 전혀 없었다. 오히려 그의 관계는 더 본능적인 것이었다. 그는 유대인들과 훨씬 더 가깝게 느끼게 되었고, 동화를 위해서 자신들의 뿌리를 저버리는 사람들에 대해서 더욱 분노했다.

그런 점에서 그는 유럽에서 자발적이거나 강요에 의해서 유대인의 정체성을 변화시키고 있던 대단한 유행의 일부였다. 그는 미국을 떠나던 날에 어느 기자에게 "한 세대 전까지만 하더라도, 독일의 유대인은 자신을 유대인이라고 생각하지 않았다. 그들은 단순히 자신들이 종교집단의 일원이라고 생각했을 뿐이었다"고 했다. 그러나 그는 반유대주의가 그것을 바꾸어놓았고, 그런 어두운 상황에서도 전망은 있다고 생각했다. 그는 "사회적 신분 중에서 적응하고 순응하고 동화되려고 노력하는 품위 없는 열성분자들은 언제나 나에게 심하게 반발했다"고 했다.[60]

나쁜 독일인

아인슈타인의 미국 여행은 자신을 독일인이 아니라 자신이 원했던 세계의 시민이고 국제주의자로 분명하게 인식시켜주었다. 그런 이미지는 제1차 세계대전에서 독일의 적국이었던 다른 두 나라를 여행하면서 더욱 강화되었다. 영국 방문에서 그는, 왕립학회에서 강의를 하고, 웨스트민스터 사원에 있는 아이작 뉴턴의 무덤에 헌화를 했다. 프랑스에서 그는, 프랑스어로 강연을 하고, 슬픔에 젖어 유명한 전쟁터를 돌아보아서 사람들을 기쁘게 해주었다.

그때는 그의 가족과 화해의 시기이기도 했다. 1921년 여름에 그는 두 아들과 함께 발트 해에서 휴가를 보내면서, 어린 에두아르트에게 수학에 대한 관심을 불어넣었고, 그 후에는 한스 알베르트를 피렌체로 데려갔다. 그들이 즐거운 시간을 가졌던 것은 마리치와의 관계 개선에도 도움이 되었다. 그는 그녀에게 "아이들이 나에게 친근하도록 키워준 것에 대해서 당신에게 감사합니다. 사실 당신은 모든 면에서 모범적인 일을 했습니다"라고 했다. 가장 놀라웠던 일은, 이탈리아에서 돌아오던 그가 취리히를 방문해서 마리치를 찾아갔을 뿐만 아니라, 그녀의 집에 있던 "작은 위층 방"이라고 부르던 곳에서 머무를 생각까지 했다는 것이다. 그들은 후르비츠 가족과 함께 모여서 저녁에는 옛날처럼 음악을 즐겼다.[61]

그러나 독일 마르크화가 계속 무너지면서 그런 분위기는 깨져버렸다. 아인슈타인은 스위스 화폐를 사용하는 가족들을 부양하기가 더욱 어려워졌다. 전쟁이 일어나기 전에 마르크화는 24센트였지만, 1920년 초에는 2센트까지 떨어졌다. 당시에는 1마르크로 빵 한 덩어리를 살 수 있었다. 그러나 화폐의 가치가 최저로 떨어졌다. 1923년 초에는 빵 한 덩어리의 가격이 700마르크였고, 그해 말에는 10억 마르크가 되었다. 정말 10억 마르크였다. 1923년 11월에 정부 자산으로 보장되는 렌텐마르크가 도입되었다. 1조(兆) 마르크가 1렌텐마르크에 해당했다.

독일인들은 점점 더 적극적으로 희생양을 찾아나서기 시작했다. 그들은 전쟁에서 항복하도록 만들었던 국제주의자와 평화주의자들을 비난했다. 그들이 프랑스와 영국에 일방적인 평화를 강요했다고 비난했다. 그리고 유대인을 비난했던 것도 놀랍지 않았다. 결국 1920년대의 독일은 국제주의자, 평화주의자, 지적인 유대인이 되기에 좋은 곳과 시기가 아니었다.

독일의 반유대주의가 단순히 심술궂은 기류에서 공개적인 위험으로 전환된 이정표가 된 것은 발테 라테나우의 암살이었다. 베를린의 부유한 유대인 가정 (그의 아버지는 아인슈타인의 아버지 회사와 경쟁하다가 대기업으로 성장한 AEG 사를 설립했다) 출신인 그는 전쟁부의 고위 관료를 지낸 후에 재건부에 이어 마지막으로 외교부에서 근무했다.

아인슈타인은 1917년에 라테나우의 정치학 책을 읽었고, 만찬에서 그에게 "인생의 전망에 대한 우리의 의견이 얼마나 잘 일치하는지 놀랍고 즐거운 일입니다"라고 했다. 라테나우는 답례로 아인슈타인의 상대론에 대한 대중적인 설명서를 읽었다. 그는 "나에게 쉽다고 할 수는 없지만, 상대적으로 쉬웠던 것은 확실했습니다"라는 농담을 했다. 그런 후에 그는 아인슈타인에게 "자이로스코프[回轉儀]는 어떻게 자신이 회전하고 있다는 사실을 알게 될까요? 어떻게 기울어지고 싶지 않은 공간의 방향을 구별할까요?"라는 통찰력이 담긴 질문을 던졌다.[62]

그들은 가까운 친구가 되었지만, 둘 사이에는 한 가지 문제가 있었다. 라테나우는 시온주의를 반대했고, 자신과 같은 유대인이 훌륭한 독일인으로 완전히 동화됨으로써 반유대주의를 완화시킬 수 있다고 잘못 생각했다.

아인슈타인은, 라테나우가 시온주의 운동에 관심을 가질 수도 있을 것이라는 희망으로 그를 바이츠만과 블루멘펠트에게 소개했다. 그들은 아인슈타인의 아파트와 베를린의 그루네발트에 있는 라테나우의 화려한 저택에서 만나 의논을 했지만, 라테나우는 꼼짝도 하지 않았다.[63] 그는 유대인이 공직에 진출해서 독일의 권력구조에 참여하는 것이 최선의 길이라고 생각했다.

블루멘펠트는 유대인이 다른 민족의 외교 업무를 담당하는 것은 옳지 않다고 주장했지만, 라테나우는 자신이 독일인이라고 고집했다. 바이츠만은 그것이 "동화된 독일 유대인의 너무나도 대표적인 전형"이라고 말했다. 바이츠만은 동화하려고 애쓰는 독일 유대인, 특히 그가 "황제의 유대인(Kaiserjuden)"이라고 생각하는 아첨꾼들을 경멸했다. "그들은 자신들이 화산 위에 앉아 있다는 생각을 못하는 것 같다."[64]

1922년에 외무부 장관이었던 라테나우는 독일이 베르사유 조약을 수용할 것을 지지하고, 소련과 라팔로 조약을 위한 협상을 담당했던 탓에 풋내기 나치당으로부터 유대 공산주의자 음모단의 일원이라고 지목된 첫 사례가 되었다. 1922년 6월 24일 아침에 몇 명의 국수주의자들이 출근하던 라테나우가 타고 있는 무개차 옆으로 다가와서 기관총을 쏘고, 수류탄을 던진 후에 달아나버렸다.

아인슈타인은 잔인한 암살에 망연자실했고, 대부분의 독일 사람들도 슬퍼했다. 그의 장례가 치러진 날에는 학교, 대학교, 극장들이 모두 문을 닫았다. 아인슈타인을 포함한 100만 명의 사람들이 의회 건물 앞에서 그를 추모했다.

그러나 모두가 동정적인 것은 아니었다. 아돌프 히틀러는 살인자들을 영웅이라고 불렀다. 마찬가지로 하이델베르크 대학교에서 아인슈타인의 적이었던 필리프 레나르트는 애도의 날을 무시하고 강의를 하기로 결정했다. 몇 명의 학생들이 참석해서 그를 격려했지만, 근처를 지나가던 근로자들은 분노하여 교실에서 그를 끌어냈고, 경찰이 가로막지 않았더라면 그를 네카르 강에 던져버렸을 것이다.[65]

라테나우의 암살은 아인슈타인에게 동화가 안전을 보장해주지 않는다는 쓰라린 교훈을 주었다. 아인슈타인은 독일 잡지에 보낸 조사(弔詞)에서 "나는 그가 정부의 관료가 되었다는 사실을 애석하게 생각한다. 많은 수의 교양 있는 독일인들이 유대인에게 보여준 태도를 고려할 때, 나는 언제나 공직에 있는 유대인의 적절한 행동은 당당하게 자제하는 것이라고 생각했다"라고 했다.[66]

경찰은 아인슈타인이 다음 목표일 수도 있다고 경고했다. 그의 이름은 나치 동조자들이 만든 블랙리스트에 올라 있었다. 관리들은 그가 베를린을 떠나거나, 적어도 공개적인 강연을 자제해야 한다고 했다.

아인슈타인은 임시로 킬로 거처를 옮기고, 휴직을 했으며, 플랑크에게 자신이 독일 과학자들의 연례대회에서 하기로 했던 강연을 취소한다는 편지를 보냈다. 레나르트와 게르케는 19명의 과학자들을 선동해서 연례대회에 그의 참석을 금지하기 위한 "항의서"를 발표했다. 아인슈타인은 명성 때문에 자신이 위협받게 되었다는 사실을 깨달았다. 그는 플랑크에게 보낸 사과 편지에서 "신문이 내 이름을 너무 자주 언급해서 나를 싫어하는

군중들을 자극하고 있습니다"라고 했다.[67]

라테나우가 암살된 후 몇 달은 "짜증나는" 기간이었다고 아인슈타인은 친구 모리스 솔로빈에게 한탄했다. "나는 언제나 경계하고 있다네."[68] 그는 마리 퀴리에게 베를린에서 사직하고 다른 곳에서 살길을 찾아야겠다고 털어놓았다. 그녀는 남아서 싸우라고 요구했다. "내가 당신의 친구 라테나우라면 당신에게 노력해보라고 격려했을 것이라고 생각합니다."[69]

그가 한동안 고려했던 가능성은 독일의 발트 해 연안에 있는 킬로 옮겨 친구가 운영하는 엔지니어링 회사에서 일하는 것이었다. 그는 이미 그 회사에 항해용 자이로스코프를 새로 디자인해주었고, 회사는 1922년 그에 대한 특허를 받고 아인슈타인에게 현금을 2만 마르크를 지급했다.

회사의 주인은 아인슈타인이 그곳으로 옮겨와서 빌라를 구입하고, 자신이 이론물리학자 대신 엔지니어가 될 수도 있을 것이라고 했을 때 놀라면서도 기뻐했다. 아인슈타인은 "지극히 평범한 인간의 평온한 삶과 공장에서 실용적인 일을 할 수 있다는 가능성이 기쁘다. 더욱이 훌륭한 경치와 항해. 거부할 수가 없다!"고 했다.

그러나 그는 변화에 대한 엘자의 "공포"를 핑계로 그런 생각을 포기했다. 엘자의 입장에서는 의심할 여지도 없이 그것이 아인슈타인의 결정이었다고 지적했다. 그녀는 "평온함에 대한 생각은 환상일 뿐입니다"라고 했다.[70]

그가 왜 베를린을 떠나지 않았을까? 그는 어린 학생 시절에 뮌헨에서 도망친 후 어느 곳보다 오랜 기간인 8년을 그곳에서 살았다. 반유대주의가 확산되었고, 경제는 붕괴되었으며, 킬이 그에게 유일한 가능성이 아니었던 것은 확실했다. 그의 별빛이, 라이덴과 취리히에 있는 친구들이 유리한 제안을 마련해서 그를 초빙하려고 계속 노력하도록 만들었다.

그의 관성은 설명하기 어렵지만, 그것은 1920년대에 그의 사생활과 과학적 일에서 분명하게 드러났던 변화였다. 한때 그는 이 직장에서 저 직장으로, 이런 통찰에서 저런 통찰로 옮겨다니고, 구속의 낌새가 있는 것은 어느 것이나 거부하던 들뜬 반항아였던 적도 있었다. 그는 통속적인 관습을 거부했다. 그러나 이제 그는 그런 모든 것들을 인간화시켰다. 스스로 제멋대로 할 수 있는 보헤미안을 꿈꾸는 낭만적인 젊은이였던 그는, 이제 몇 가지 역설적인 냉정함을 제외하면 맹목적인 사랑을 보여주는 부인과 무거운 비더마이어 가구로 채워진 가정을 가진 부르주아 생활에 안주해버렸다. 그는 더 이상 들떠 있지 않았다. 그는 편안했다.

명성에 대한 불안과 몸을 낮추며 살겠다는 각오에도 불구하고, 자신의 생각을 말하지 않는 것은 아인슈타인의 성격이 아니었다. 그가 공적인 역할을 해야 한다는 요구를 언제나 거부할 수 있는 것도 아니었다. 그는 라테나우가 암살되고 겨우 5주일이 지난 8월 1일에 베를린의 공공 공원에서 열렸던 대규모 평화주의자 집회에 나타났다. 연설을 하지는 않았지만, 그는 차를 타고 집회장 주변을 행진하는 것에는 동의했다.[71]

같은 해에 그보다 앞서, 그는 학자들에게 평화주의를 증진시키려는 국제연맹인 국제 지식인 협력위원회에 가입했고, 마리 퀴리도 가입하도록 설득했다. 그 이름과 목표가 독일 국수주의자들을 흥분시켰던 것은 분명했다. 그래서 라테나우가 암살되었을 때, 아인슈타인은 사퇴 의사를 밝혔다. 그는 연맹의 관료에게 "유대인은 정치 참여를 자제할 수밖에 없는 것이 이곳의 상황입니다. 더욱이 나는 자신들의 대표자로 나를 선택하지 않을 것이 분명한 사람들을 대표하고 싶은 생각이 없다는 사실도 말해야 합니다"라는 편지를 보냈다.[72]

공개적으로 자제의 모습을 보여주던 그런 작은 행동도 계속되지 못했다. 퀴리와 그 위원회의 지도자인 옥스퍼드 대학교의 교수 길버트 머리는 계속 위원회에 남아줄 것을 간청했고, 아인슈타인은 즉시 자신의 사퇴 의사를 포기했다. 그로부터 2년 동안 그는 소극적으로 참여했지만, 독일이 배상금을 지불하지 못하게 된 후에 프랑스가 루르 지역을 점령하는 것을 지원했다는 이유로 결국 연맹과의 관계를 단절했다.

그는 많은 부분에서 그랬던 것처럼 연맹에 대해서도 조금은 냉정하고 묘한 기분을 가지고 있었다. 위원들은 각자 제네바 대학교 학생들에게 강연을 하기로 되어 있었지만, 아인슈타인은 바이올린 연주를 했다. 어느 날 저녁 만찬에서 머리의 아내가 비참한 세계 정세에도 불구하고 즐겁게 지내는 이유가 무엇이냐고 그에게 물어보았다. 그는 "우리는 지구가 아주 작은 별이고, 어쩌면 더 크고 더 중요한 별들은 아주 순결하고 행복할 수도 있다는 사실을 잊지 말아야 합니다"라고 대답했다.[73]

아시아와 팔레스타인, 1922-1923년

독일의 유쾌하지 않은 분위기는 아인슈타인에게 평생에서 가장 큰 규모의 여행을 떠날 생각을 하도록 만들었다. 그는 1922년 10월부터 6개월 동안 처음이자 마지막으로 아시아와 오늘날의 이스라엘을 여행했다. 어디를 가거나 그는 명사 대접을 받았고, 흔히 볼 수 있는 혼합된 감정을 느꼈다. 실론에 도착한 아인슈타인은 대기 중이던 인력거로 모셔졌다. 그는 여행 일기에 "우리는 헤라클레스 같은 힘을 자랑하면서도 정교한 체격을 가진 사람들이 빠른 걸음으로 끄는 작은 1인용 탈 것에 올랐다. 나는 다른 사람이 제공하는 지긋지긋한 대접을 받으면서도 그에 대해서 아무것도 할 수 없어서 몹시 부끄러웠다"라고 적었다.[74]

싱가포르에서는 600명이 넘는 유대인 거주자 거의 전부가 항구에 몰려들었다. 다행히 이번에는 인력거가 없었다. 아인슈타인의 목표는 바그다드에서 출생하여 아편과 부동산 시장에서 재산을 모아 그곳의 유대인 중에서 가장 큰 부자였던 메나세 마이어 경이었다. 그는 히브리 대학교를 위한 기부를 요청하는 강연에서 "우리 자식들이 다른 나라의 대학에서 입학을 거절당하고 있습니다"라고 주장했다. 청중 가운데 독일어를 이해하는 사람은 많지 않았고, 아인슈타인은 그 행사를 "맛있는 케이크와 함께했던 언어의 절망적인 재난"이라고 불렀다. 그러나 보람은 있었다. 마이어는 상당한 기부금을 내놓았다.[75]

아인슈타인의 몫은 더 컸다. 일본의 출판인과 초청자들은 그의 강연에 대해서 2,000파운드를 주었다. 그것은 엄청난 성공이었다. 통역을 포함해서 4시간 동안 진행되었던 도쿄에서의 첫 강연에는 2,500명에 가까운 유료 청중이 참석했고, 그가 천황과 황후를 만나기 위해서 방문한 황거(皇居)에는 더 많은 군중이 몰려들었다.

아인슈타인은 그런 모든 것을 재미있게 생각했다. 그를 한번이라도 보기 위해서 밤을 새우던 1,000여 명의 환호를 들으며 새벽에 호텔 방의 발코니에 서 있던 그는 엘자에게 "살아 있는 사람 중에 이런 대접은 받을 사람은 아무도 없을 것입니다. 나는 우리가 사기꾼이 될 것 같아 두렵기까지 합니다. 감옥에 갇히고 말 것입니다"라고 했다. 독일 대사는 조금 비아냥거리듯이 "유명인사의 여행 전체가 영리사업처럼 계획되고 수행되었다"고 보고했다.[76]

청중들에게 미안했던 아인슈타인은 그 이후의 강연을 3시간 이하로 줄였다. 그러나 기차를 타고 (히로시마를 지나) 다음 도시로 이동하는 동안에 그는 자신의 초청자들로부터 이상한 느낌을 받았다. 무엇이 문제였는지를 물어보자, 그는 "두 번째 강연을 준비한 사람들은 강연이 첫 번째처럼 4시간이 아니어서 기분이 상했습니다"라는 대답을 들었다. 그 이후부터 그는 인내심 강한 일본 청중에게 맞추어 긴 강연을 했다.

그에게 일본 사람들은 점잖고 겸손하며 아름다움과 아이디어의 가치를 잘 이해하는 것처럼 보였다. 그는 두 아들에게 "내가 만났던 모든 사람들 중에서 나는 겸손하고, 지적이며, 사려 깊고, 예술의 가치를 인식하는 일본 사람들을 가장 좋아한다"고 썼다.[77]

아인슈타인은 되돌아가는 항해 도중에 팔레스타인을 방문해서 12일 동안 로드, 텔아비브, 예루살렘, 하이파 등을 둘러보았다. 그는 이론물리학자가 아니라 국가의 원수마냥 영국식의 화려한 접대를 받았다. 영국의 고등판무관 허버트 새뮤얼의 대궐 같은 저택에 도착했을 때는 축포가 마중을 했다.

그러나 아인슈타인은 겸손했다. 항구에서 출발한 야간 기차에서, 그들을 위해서 준비되었던 1등 침대칸이 아니라 3등칸을 타고 왔던 탓에 그와 엘자는 지쳐 있었다. 영국식 격식에 지쳐버린 엘자는 의례적인 행사를 피해 일찍 잠자리에 들기도 했다. 그녀는 "내 남편이 에티켓을 지키지 않으

면, 그가 천재이기 때문이라고 한다. 그런데 내 경우에는 교양이 부족해서라고 한다"고 불평했다.[78]

홀데인 경과 마찬가지로 고등판무관 새뮤얼도 철학과 과학에 관심이 많았다. 그와 아인슈타인은 예루살렘의 구도심에서 신앙심이 깊은 유대인에게 가장 성스러운 성전인 사원 언덕 옆의 서쪽 벽(통곡의 벽)까지 산책을 했다. 유대인 혈통에 대한 아인슈타인의 애착은 깊어졌지만, 유대 종교에 대한 인식은 크게 달라지지 않았다. 그는 일기에 "어리석은 친구들이 벽을 향해 서서 몸을 앞뒤로 흔들며 기도를 했다. 과거에 젖어서 미래는 없는 사람의 불쌍한 모습"이라고 썼다.[79]

새로운 나라를 건설하는 부지런한 유대인의 모습이 더 긍정적인 반응을 불러일으켰다. 그가 시온주의 조직의 환영회에 참석했던 어느 날, 건물의 출입구에는 그의 말을 듣고 싶어했던 사람들이 잔뜩 몰려들었다. 아인슈타인은 흥분된 상태에서 "나는 이 순간이 내 인생에서 가장 위대한 날이라고 생각한다. 과거에 나는 언제나 유대인의 영혼에서 무엇인가 유감스러운 것을 발견했다. 그것은 자신의 민족을 기억하지 못한다는 것이었다. 오늘 나는 유대인들이 스스로를 인식하고, 자신들을 세상의 힘으로 인식되도록 만드는 방법을 배우는 모습을 보고 행복해졌다"라고 선언했다.

아인슈타인이 가장 자주 받았던 질문은 그가 언젠가 예루살렘으로 돌아와서 살겠느냐는 것이었다. 그는 보통 신중하게 대답을 했기 때문에 인용할 만한 것이 없었다. 그러나 어느 초청자에게 고백했듯이, 만약 그가 돌아온다면 자신은 평화나 사생활이 없는 "장식품"이 될 것이라는 사실을 알고 있었다. 그는 일기에 다음과 같이 적었다. "내 가슴은 그렇다고 하지만, 내 이성은 아니라고 한다."[80]

14

노벨 상 수상자

1921-1927년

1921년 노벨 상

아인슈타인이 언젠가 노벨 물리학상을 받을 것은 분명해 보였다. 사실 그는 상을 받으면 상금을 전처인 밀레바 마리치에게 주기로 이미 합의를 했었다. 언제 상을 받고, 무엇으로 받게 될 것인가가 문제였다.

1922년 11월에 그가 1921년 상을 받을 것이라는 사실이 알려졌을 때, 문제는 왜 그렇게 오래 걸렸고, 왜 "그의 광전자 효과법칙의 발견에 대해서"인가 하는 것이었다.

아인슈타인이 일본으로 가는 도중에 노벨 상 수상 소식을 들었다는 것은 유명한 이야기가 되었다. 11월 10일에 보낸 전보의 내용은 "노벨 물리학상이 당신에게 수여됨. 자세한 내용은 편지로"였다. 사실 그는 여행을 떠나기 훨씬 전인 9월 스웨덴 과학원이 그의 수상을 결정을 한 직후에 이미 연락을 받았다.

물리학 시상위원회의 위원장 스반테 아레니우스는 아인슈타인이 10월에 일본에 갈 예정이라는 소식을 들었다. 여행을 연기하지 않는다면 그가 시상식에 참석할 수 없다는 뜻이었다. 그래서 그는 아인슈타인에게 직접 명시적으로 "12월에 스톡홀름에 오는 것이 매우 바람직할 것입니다"라는 편지를 보냈다. 그는 제트 비행기 시대 이전의 물리학 원리를 고려해서 "당신이 그때 일본에 있다면, 불가능할 것입니다"라고 덧붙였다.[1] 노벨 상 위원회의 위원장이 보낸 편지인 점을 고려하면 무슨 뜻인지가 분명했다. 물리학자가 12월에 스톡홀름에 소환될 이유는 많지 않았다.

아인슈타인은 자신이 상을 받게 된다는 사실을 알았지만, 여행을 연기 해야 한다고 생각하지는 않았다. 너무나 여러 차례 소문만 무성했기 때문 에 이런 편지가 그에게 짜증스러운 일이 되었다는 이유도 있었을 것이다.

화학상 수상자 빌헬름 오스트발트가 1910년에 처음으로 아인슈타인을 추천했다. 그는 9년 전에 아인슈타인의 일자리 요청을 거절했던 사람이었 다. 오스트발트는 특수상대성 이론을 추천했다. 그는 그 이론이 아인슈타 인의 반대자들이 주장하듯이 단순한 철학이 아니라 근본적인 물리학이 포 함된 것임을 강조했다. 그는 그 후 몇 년 동안 그를 다시 추천하면서 그런 점을 반복해서 강조했다.

스웨덴 위원회는 "가장 중요한 발견이나 발명"에 대해서 상을 주어야 한다는 알프레드 노벨의 유언을 너무 충실히 지키고 있었고, 상대성 이론 은 정확하게 어느 쪽에도 속하지 않는다고 생각했다. 그래서 위원회는 "노벨 상을 시상하려면 원리가 인정될 정도로" 더 많은 실험적 증거가 나 올 때까지 기다려야 한다고 보고했다.[2]

아인슈타인은 10년 동안 거의 매년 상대론의 업적으로 후보에 추천되 었고, 빌헬름 빈과 같은 훌륭한 이론학자로부터 지지를 받았지만, 여전히 회의적이었던 로렌츠로부터는 지지를 받지 못했다. 그에게 가장 큰 장애 는 당시의 위원회가 순수 이론가들을 경계하고 있었다는 것이었다. 1910 년부터 1922년까지의 기간 동안 위원회의 위원 5명 중에서 3명이 실험적 측정기술을 완벽하게 만드는 일에 열중했던 것으로 알려진 스웨덴 웁살라 대학교의 실험물리학자들이었다. 오슬로의 과학사학자 로버트 마르크 프리드만은 "실험학자들에 대해서 강한 편견을 가진 스웨덴의 물리학자들이 위원회를 압도했다. 그들은 자신들의 분야에서는 정교한 측정이 최고의 목표라고 생각했다"고 지적했다. 막스 플랑크가 1919년까지 기다리고 (1918년의 상을 뒤늦게 받았다), 앙리 푸앵카레는 상을 받지 못한 이유도 그 때문이었다.[3]

일식 관측으로 아인슈타인 이론의 일부가 확인되었다는 1919년 11월의 극적인 발표가 있었던 1920년은 그의 해가 되어야만 했다. 그때는 이미 로렌츠도 더 이상 회의적이지 않았다. 그는 보어를 비롯한 6명의 공식 추천자들과 함께 완성된 상대성 이론에 초점을 맞추어서 아인슈타인을 지지하는 편지를 보냈다. (플랑크도 추천서를 보냈지만 마감시한이 지나서 도착했다.) 로렌츠도 편지에서 밝혔듯이, 아인슈타인은 "전대미문의 물리학자들 중에서 1위의 자리를 차지했다." 보어의 편지도 마찬가지로 명백했다. "결정적으로 중요한 발전에 직면하고 있다."[4]

그러나 정치가 개입했다. 그때까지만 하더라도, 아인슈타인에게 노벨상을 주지 않는 이유는 과학적인 것이었다. 그의 업적이 순전히 이론적이고, 실험적 근거가 부족하고, 새로운 법칙의 "발견"이 아닌 것으로 추정된다는 것이었다. 일식 관측, 목성의 궤도 이동에 대한 설명, 다른 실험적 확인이 이루어진 후에도 아인슈타인에 대한 그런 반발은 여전했지만, 이제는 문화적, 개인적 편견의 색채가 더해졌다. 그의 비판자들에게는, 아인슈타인이 번개를 다스리던 벤저민 프랭클린처럼 파리를 행진한 이후에 갑자기 전 세계적으로 가장 유명한 과학자라는 슈퍼스타의 지위를 차지하게 되었다는 사실이 문제가 되었다. 그런 사실은 그가 노벨 상을 받을 만한 인물임을 보여주기는커녕 자기선전에 몰두했다는 증거가 되었다.

그런 숨은 의도는, 당시 위원회의 위원장이었던 아레니우스가 아인슈타인이 1920년 상을 받지 못하게 된 이유를 설명한 7페이지짜리 내부용 보고서에서 분명하게 볼 수 있다. 그는 일식 결과가 애매하다는 비판을 받았고, 과학자들은 태양을 지나오는 빛이 태양의 중력 때문에 스펙트럼의 붉은색 쪽으로 이동할 것이라는 이론적 예측을 확인하지 못했다고 지적했다. 그는 베를린에서 아인슈타인에 반대하는 악명 높은 집회를 이끌었던 반유대주의 반상대론자 에른스트 게르케가 그해 여름에 목성 궤도 이동을 다른 이론으로도 설명할 수 있다고 했던 잘못된 주장도 인용했다.

물밑에서는 아인슈타인의 또다른 손꼽히는 반유대적 비판가 필리프 레나르트가 그에 대한 반대운동을 벌이고 있었다. (다음 해에 레나르트는 게르케에게 상을 줄 것을 제안했다!) 과학원의 주요 회원이었던 스웨덴의 탐험가 스벤 헤딘은 훗날 레나르트가 자신을 포함한 다른 사람들에게 "상대론은 실제로 발견이 아니고" 증명되지 않았음을 설득하려고 열을 올렸다고 기억했다.[5]

아레니우스의 보고서도 레나르트의 "아인슈타인의 일반화된 상대성 이론의 이상한 점들에 대한 강한 비판"을 인용했다. 레나르트의 견해는 실험과 확실한 발견에 근거를 두지 않은 물리학에 대한 비판이었다. 그러나 보고서에는 레나르트가 흔히 "유대인 과학"의 특징이라고 무시하는 "철학적 추측"에 대한 증오가 강하게 숨겨져 있었다.[6]

그래서 1920년 상은 취리히 폴리테크닉 졸업생으로 아인슈타인과는 과학적으로 정반대의 입장에 있던 샤를 에두아르 기욤에게 돌아갔다. 국제 도량형국의 국장이었던 그는 좋은 측정용 자를 만드는 것을 비롯해서 표준 계량을 더 정밀하게 만들고, 실용적인 금속 합금을 발견하는 등의 성과로 과학에 어느 정도의 흔적을 남긴 사람이었다. 프리드만에 따르면, "물리학의 세계가 놀라운 수준의 지적 모험을 시작한 시대에 일상적인 연구와 평범한 이론적 기교를 바탕으로 했던 기욤의 작업이 기념비적인 성과라고 인식한 것은 놀라운 일이었다. 상대성 이론을 반대했던 사람들조차도 기욤을 이상한 선택이라고 생각했다."[7]

1921년에는 아인슈타인에 열광하던 사람들이 어쨌든 충분한 힘을 발휘하게 되었고, 이론물리학자와 실험물리학자, 플랑크 같은 독일인과 에딩턴 같은 비(非)독일인으로부터의 지지도 강화되었다. 그는 다른 경쟁자들보다 훨씬 많은 14명으로부터 공식적인 지명을 받았다. 에딩턴은 왕립학회 회원이 할 수 있는 최상의 찬사로 "아인슈타인은 뉴턴이 그랬던 것처럼

동시대의 사람들보다 훨씬 더 뛰어나다"고 썼다.[8]

이번에 시상위원회는 상대론에 대한 보고서 작성을 웁살라 대학교의 안과학 교수이고 1911년 의학상을 수상한 알바르 굴스트란드에게 맡겼다. 상대론의 수학이나 물리학에 대한 전문성이 거의 없었던 그는, 아인슈타인의 이론을 날카롭지만 무지한 방법으로 비판했다. 어떤 방법으로든지 아인슈타인을 음해하려고 결심했던 것이 분명한 굴스트란드의 50페이지짜리 보고서는, 예를 들면 빛의 휘어짐은 아인슈타인 이론의 진정한 시험이 아니고, 그 결과는 실험적으로 유효하지 않으며, 실제로 그렇다고 하더라도 그런 현상을 고전 역학을 이용해서 설명할 수 있는 다른 방법이 있다고 선언했다. 목성의 궤도 문제에 대해서 그는, "아인슈타인의 이론이 근일점 실험과 일치하는지조차도 더 많은 관측이 이루어지기 전까지는 확실하지 않다"고 해버렸다. 그는 특수상대성의 효과는 "실험 오차의 범위 이내"라고 했다. 정밀 광학 측정장치를 개발해서 명성을 얻은 굴스트란드는 단단한 측정용 자의 길이가 움직이는 관찰자에 따라 달라진다는 아인슈타인의 이론에 분노했다.[9]

과학원 회원들 중에는 굴스트란드의 반대가 정교하지 않다는 사실을 인식했던 사람들도 있었지만, 그의 반대를 무시하기는 어려웠다. 그는 존경받고 인기가 높은 스웨덴 교수였고, 공개적으로는 물론 사적으로도 곧 사라질 수도 있고, 설명할 수 없는 집단 히스테리를 일으킬 수도 있는 지극히 의심스러운 이론에 노벨 상의 위대한 명예를 주어서는 안 된다고 주장했다. 다른 사람을 선택하는 대신에 과학원은 아인슈타인에게 공개적으로 덜 (아니면 더?) 모욕이 될 일을 했다. 투표를 통해서 수상자를 선정하지 않기로 하고, 1921년 상금을 1년 동안 한시적으로 은행에 맡겨두기로 했다.

엄청난 난국은 혼란을 불러올 위험이 있었다. 아인슈타인이 상을 받지 못한 것은 그에게보다는 오히려 노벨 상에 더 부정적인 영향을 주기 시작했다. 프랑스의 물리학자 마르셀 브리앙은 1922년 지명 편지에서 "노벨 상 수상자 명단에 아인슈타인의 이름이 등장하지 않는다면 지금부터 50

년 후에 여론이 어떠할지 잠시 생각해보자"고 했다.[10]

사태를 해결해준 사람은 1922년에 위원회에 합류한 웁살라 대학교의 이론물리학자 카를 빌헬름 오센이었다. 그가 굴스트란드의 동료이고 친구였다는 점이 안과학자의 잘못된 발상에서 나온 고집스러운 반대를 부드럽게 극복할 수 있도록 해주었다. 그리고 그는 상대성 이론의 문제 전체가 논란으로 뒤덮여 있으므로 다른 전략을 시도하는 것이 좋겠다는 사실을 깨달았다. 그래서 오센은 "광전자 효과법칙의 발견"으로 아인슈타인에게 상을 줄 것을 강력하게 요구했다.

문장의 모든 부분은 신중하게 계산된 것이었다. 물론 상대론에 대한 지명이 아니었다. 사실 일부 역사학자들의 표현방식에도 불구하고, 공적은 광양자가 아니었다. 물론 그것이 1905년 논문의 핵심이기는 했다. 그리고 이론에 대해서 상을 준 것도 아니었다. 공적은 **법칙**의 **발견**이었다.

그 전해의 보고서에서도 아인슈타인의 "광전자 효과의 **이론**"을 논의했지만, 오센은 자신의 보고서 제목을 "아인슈타인의 광전자 효과 **법칙**"이라고 붙임으로써 차이를 분명하게 만들었다(고딕체는 추가한 것임). 보고서에서 오센은 아인슈타인 업적의 이론적인 면에 초점을 맞추지 않았다. 대신 그는 아인슈타인이 제기해서 실험으로 완벽하게 증명된 기본적인 자연법칙을 구체적으로 설명했다. 빛이 불연속적인 양자로 흡수되고 방출된다고 가정함으로써 광전자 효과를 어떻게 설명할 수 있는지와 그런 현상과 빛의 진동수 사이의 관계에 대한 수학적 설명이 바로 그가 지적했던 자연법칙이었다.

오센은 또한 아인슈타인에게 1921년에 미뤄두었던 상을 수여하면, 과학원은 그것을 닐스 보어에게 1922년 상을 함께 시상하는 근거로 사용할 수 있다는 제안을 했다. 보어의 원자 모델은 광전자 효과를 설명한 법칙을 근거로 만들어진 것이기 때문이었다. 그것은 과학원의 보수적인 제도를 손상시키지 않고 당시 가장 위대한 두 사람의 이론물리학자들이 노벨상 수상자가 될 수 있도록 해주는 현명한 동반 입장권이었다. 굴스트란드도 동의했다. 베를린에서 아인슈타인을 만난 후로 그에게 매혹된 아레니우스도 이제는 어쩔 수 없는 선택을 기꺼이 받아들였다. 1922년 9월 6일에 과학원은 그렇게 투표를 했고, 아인슈타인과 보어에게는 각각 1921년과 1922년 상이 주어졌다.

아인슈타인은 1921년 상의 수상자가 되었고, 공식적인 업적은 "이론물리학에 대한 기여와 특히 광전자 효과의 법칙을 발견한 공로"였다. 공적기록은 물론이고 과학원 사무총장이 공식적으로 아인슈타인에게 수상 사실을 통보하는 편지에도 평범하지 않은 경고가 삽입되어 있었다. 두 문서에는 모두 "당신의 상대성과 중력 이론이 앞으로 확인된 후에 주어지게 될가치를 고려하지 않고" 수상이 결정되었다는 사실이 명시되어 있었다.[11] 결과적으로 아인슈타인은 상대성이나 중력 이론에 대한 업적은 물론이고 광전자 효과를 제외한 다른 어떤 것으로도 상을 받지 못하게 되었다.

아인슈타인에게 상을 주기 위해서 광전자 효과를 사용한 것에는 고약한 아이러니가 있었다. 그의 "법칙"은 본래 그의 수상을 가장 극심하게 반대해왔던 필리프 레나르트의 관찰을 근거로 한 것이었다. 1905년의 논문에서 아인슈타인은 레나르트의 "선구적인" 결과를 인정했다. 그러나 1920년 베를린에서의 반유대주의 집회 이후에 두 사람은 증오에 찬 적이 되었다. 결국 레나르트는 두 배로 격분했다. 그의 반대에도 불구하고 아인슈타인은 상을 받았고, 더욱 고약한 사실은 레나르트가 개척했던 분야에서 상을 받게 되었다는 것이다. 그는 과학원에 격노에 찬 편지를 보냈다. 과학원이 받은 유일한 공식 항의서였던 그 편지에서 그는, 아인슈타인이 빛의 진짜 본성을 잘못 이해했을 뿐만 아니라 독일 물리학의 진정한 전통과는 어울리지 않는 대중의 인기를 추구하는 유대인이라고 주장했다.[12]

아인슈타인은 기차로 일본을 여행하고 있었기 때문에 12월 10일의 시상식에는 참석하지 못했다. 그를 독일인으로 여겨야 하는지, 아니면 스위스인으로 여겨야 하는지에 대한 논란 끝에 결국 독일 대사가 상을 받았지만, 공식 기록에는 두 국적이 모두 표기되었다.

위원회의 위원장인 아레니우스의 공식적인 시상 연설은 세심하게 마련된 것이었다. 그는 "오늘날 알베르트 아인슈타인만큼 이름이 널리 알려진 살아 있는 물리학자는 없을 것이다"라는 말로 연설을 시작했다. "대부분의 논의는 그의 상대성 이론에 대한 것이다." 그런 후에 그는 "이것은 본질적으로 인식론에 속하는 것이어서 철학계에서 활발한 논쟁의 대상이 되었다"고 상당히 부정적으로 말했다.

아인슈타인의 다른 업적을 간단하게 소개한 후에 아레니우스는 그의 수상에 대한 과학원의 입장을 설명했다. "아인슈타인의 광전자 효과법칙은 미국인 밀리컨*과 그의 학생들에 의해서 지나칠 정도로 엄밀하게 시험되었고, 그런 시험을 훌륭하게 통과했다. 아인슈타인의 법칙은 패러데이의 법칙이 전기화학의 기초가 되었던 것과 마찬가지로 정량적인 광화학의 기초가 되었다"고 했다.[13]

아인슈타인은 다음 해 7월 구스타프 아돌프 5세가 참석한 스웨덴 과학학술대회에서 공식적인 수상 강연을 했다. 그는 광전자 효과가 아니라 상대성에 대해서 이야기를 했고, 일반상대성 이론을 전자기 이론과 가능하다면 양자역학과 통합하는 통일장 이론을 찾으려는 자신의 열정이 중요하다고 강조하는 것으로 강연을 마무리했다.[14]

그해의 상금은 당시 대학교수의 평균 연봉의 10배가 넘는 12만1,572스웨덴 크로나로 3만2,250달러였다. 아인슈타인은 마리치와의 이혼 합의에 따라서 그 일부를 취리히로 보내어 그녀와 아들을 위한 신탁에 넣고, 나머지는 미국 은행에 예금해서 이자를 그녀에게 보내도록 했다.

그것이 또다른 문제를 불러일으켰다. 한스 알베르트는 이전해 합의했던 신탁이 가족에게 주어진 돈에 이자만 붙을 뿐이라고 불평을 했다. 다시 한 번 장거가 끼어들어서 논란을 해결했다. 아인슈타인은 아들에게 농담처럼 "언젠가 네가 부자가 되면 내가 대출을 해달라고 요청을 하겠다"라고 했다. 결국 마리치는 그 돈으로 취리히에서 임대용 아파트가 있는 세 채의 집을 구입했다.[15]

---

* 로버트 앤드루스 밀리컨은 시카고 대학교에서 했던 광전자 효과에 대한 실험으로 다음 해인 1923년 노벨 상을 받았다. 그때 그는 캘리포니아 공과대학의 물리학 연구소의 소장이 되었고, 1930년대에 그곳의 방문과학자로 아인슈타인을 데려왔다.

뉴턴의 물통과 에테르의 환생

일반상대성과 우주론에 대한 일을 마친 후에 아인슈타인은 어느 친구에게 한탄을 했다. "정말 새로운 것을 발명하는 일은 젊었을 때에만 가능한 것이라네. 경험이 많아지고 유명해지면 더 멍청이가 되거든."[16]

아인슈타인은 일식 관찰 덕분에 세계적으로 유명해진 1919년에 마흔 살이 되었다. 그 후 6년 동안 그는 계속해서 양자론에 중요한 기여를 했다. 그러나 그 후에는 앞으로 살펴보겠지만, 멍청이는 아니었지만 양자역학에 거부감을 표시하고, 결정론적인 특성이 강한 통일 이론을 만들려는 길고, 외로우며 결국에는 실패한 노력을 시작하면서 고집이 세졌던 것처럼 보인다.

그 후로 과학자들은 자연에서 전자기력과 중력 이외에 새로운 힘과 입자들을 밝혀냈다. 그런 결과들이 통일을 시도하는 아인슈타인의 시도를 훨씬 더 복잡하게 만들었다. 그는 실험물리학의 새로운 자료들을 잘 알지 못하게 되었고, 그래서 자연의 기본적인 원리와 어떻게 씨름해야 하는지에 대한 직관적인 느낌도 더 이상 가지지 못하게 되었다.

만약 아인슈타인이 일식 관찰 이후에 은퇴를 하고 뱃놀이로 나머지 36년을 보냈다면 과학에 문제가 생겼을까? 그렇다. 비록 그의 양자역학에 대한 공격이 중요한 것은 아니었지만, 그는 몇 가지 사실을 새로 밝혀내고, 의도했던 것은 아니었더라도 독창적이지만 쓸모는 없었던 노력을 통해서 이론을 더욱 강화시키는 역할을 했다.

그래서 또다른 의문이 제기된다. 아인슈타인이 마흔 살 이후보다 이전에 훨씬 더 창의적이었던 이유는 무엇이었을까? 부분적으로 그것은 마흔 살 이전에 위대한 업적을 이룩한 수학자와 이론물리학자의 직업병 때문이었다.[17] 아인슈타인은 어느 친구에게 "지능은 떨어지는데, 석화(石化)된 껍질 주위에는 여전히 화려한 명성이 드리워져 있다네"라고 했다.[18]

더 구체적으로, 아인슈타인의 과학적 성공은 부분적으로 그의 반항에서 비롯되었다. 그의 창의성과 권위를 무시하려는 의지 사이에는 관계가 있다. 그는 구질서에 대한 감정적 연대를 가지고 있지 않았기 때문에 그것을 뒤엎음으로써 힘을 얻을 수 있었다. 그의 고집이 도움이 되기도 했다.

그러나 이제 젊은 보헤미아적 자세를 버리고 부르주아적 가정의 안락함을 선택했듯이, 그는 장 이론이 고전 과학의 확실성과 결정론을 지켜줄 수 있으리라는 믿음에 빠졌다. 이제는 그의 고집이 그에게 불리하게 작용하게 되었다.

그것은 1905년의 유명한 논문들을 쏟아내고 얼마 지나지 않아서부터 스스로도 걱정하기 시작했던 운명이었다. 그는 올림피아 아카데미 시절의 동료였던 모리스 솔로빈에게 "이제 곧 나는 젊음의 혁명적인 정신을 애석하게 여기는 정체와 부진의 나이에 이르게 될 것이다"라고 걱정했다.[19]

이제 몇 번의 승리를 경험한 그는 정말 그런 운명을 만나게 된 젊은 혁명가가 되어버렸다. 아인슈타인은 자신을 가장 잘 드러내는 말을 하기도 했다. "운명은 권위에 저항했던 나를 벌하려고 나 자신을 권위로 만들었다."[20]

1920년대의 아인슈타인이 과거의 몇 가지 과감한 아이디어에서 물러섰다고 해서 절대 놀랄 일은 아니었다. 예를 들면, 1905년 특수상대성 논문에서 그는 에테르의 개념을 "불필요하다"라고 무시한 것으로 유명했다. 그러나 일반상대성 이론을 끝낸 그는 그 이론에서의 중력 퍼텐셜은 빈 공간의 물리학적 특성을 나타내는 것이고, 교란을 전파해줄 수 있는 매질이 될 수도 있을 것이라는 결론을 내렸다. 그는 그것을 에테르를 상상하는 새로운 방법이라고 주장하기 시작했다. 그는 1916년에 로렌츠에게 "일반상대성 이론이 에테르 가정을 수용한다는 것에 동의합니다"라고 했다.[21]

1920년 5월 라이덴에서의 강연에서 아인슈타인은 에테르의 재탄생은 아니더라도 환생을 공개적으로 제안했다. "더 신중하게 생각해보면, 특수상대성 이론이 반드시 우리에게 에테르를 부정하도록 강요하지는 않는다. 우리가 에테르의 존재를 가정할 수는 있겠지만, 그것에 명백한 운동 상태를 부여하는 것을 포기해야 할 뿐이다."

아인슈타인은 그렇게 수정된 견해가 일반상대성 이론의 결과에 의해서 정당화된다고 주장했다. 그는 자신의 새로운 에테르가, 물결을 만들어 빛 파동이 공간을 통해서 전달되는 것을 설명해주는 매질로 여겼던 과거의 것과는 다르다는 점을 분명히 했다. 그는 회전과 관성을 설명하기 위해서 그런 아이디어를 다시 도입했다.

만약 그가 다른 용어를 선택했더라면 혼란을 줄일 수 있었을 것이다. 그러나 그는 강연에서 그 단어를 의도적으로 다시 도입한다는 사실을 명백히 했다.

에테르를 부정하는 것은 결국 빈 공간이 어떠한 물리적 성질도 가지고 있지 않다고 가정하는 것이 된다. 역학의 기본적인 사실들은 그런 견해와 조화를 이루지 못한다……관찰 가능한 대상 이외에도 가속이나 회전을 실재하는 것으로 여기려면 인식할 수 없는 다른 것도 실재하는 것으로 여겨져야만 한다……빛의 역학적 파동 이론에서의 에테르와는 완전히 다른 것이지만, 에테르의 개념이 다시 지적인 의미를 가지게 되었다……일반상대성 이론에 따르면, 공간에도 물리적인 성질이 주어지고, 그런 뜻에서 에테르도 존재한다. 에테르가 없는 공간은 생각할 수가 없다. 그런 공간에서는 빛이 전파될 수도 없을 뿐만 아니라 공간과 시간의 표준(측정용 자와 시계)이 존재할 가능성도 없고, 따라서 물리적 의미에서 어떠한 시공간 간격도 존재할 수 없다. 그러나 이 에테르를 시간을 통해서 추적할 수 있는 부분으로 구성된 무게가 있는 매질의 성질을 가지고 있는 것으로 생각해서는 안 된다. 그것에는 운동의 아이디어가 적용되지 않는다.[22]

그렇다면 이렇게 환생한 에테르는 무엇이고, 마흐의 원리나 뉴턴의 물통을 통해서 제기되었던 의문에 대해서는 어떤 의미가 되는가?* 아인슈타인은 일반상대성 이론에서 회전을 단순하게 마흐가 주장했던 것처럼 공

---

* 빈 공간에서 회전하고 있는 물통에 담긴 물이 관성 압력을 받아서 물통의 벽에 압력을 작용하는 것에 대한 뉴턴의 사고실험은 248쪽에 소개되어 있다. 빈 공간은 관성이나 시공간 조직을 가지고 있지 않다는 아인슈타인의 1916년 견해는 308쪽에 소개되어 있다. 이제 그는 자신의 그런 견해를 수정하고 있다.

간에 있는 다른 대상에 대한 **상대적인** 운동이라고 설명하는 데에 열중했다. 다시 말해서, 다른 대상이 전혀 없는 우주의 빈 공간에 매달려 있는 물통 속에 있는 사람에게는 자신이 회전하고 있는지, 아닌지를 가려낼 수 있는 방법이 없다. 심지어 아인슈타인은 마흐에게 일반상대성 이론이 그의 원리를 지지한다는 사실을 기뻐해야 한다고 편지를 보내기도 했다.

아인슈타인은 전쟁 중에 독일의 러시아 전선에서 일반상대성 이론의 우주론적 의미에 대해서 편지를 보냈던 똑똑한 젊은 과학자 슈바르츠실트에게 보낸 편지에서 그런 주장을 하기도 했다. 아인슈타인은 "관성은, 관찰된 물체와는 상관없이 그 자체의 '공간'이 관련된 효과가 아니라 단순히 물체들 사이의 상호작용이다"라고 주장했다.[23] 그러나 슈바르츠실트는 그런 주장에 동의하지 않았다.

그로부터 4년이 지난 이제 아인슈타인은 마음을 바꾸었다. 그의 일반상대성 이론에 대한 1916년 해석과는 달리 라이덴 강연에서 아인슈타인은 자신의 중력장 이론이 빈 공간도 물리적 성질을 가지고 있음을 뜻한다는 주장을 인정했다. 뉴턴의 물통처럼 빈 공간에 떠 있는 물체의 역학적 거동은 "상대속도만이 아니라 회전의 상태에 따라서 달라진다." 그리고 그것은 "공간에도 물리적 성질이 부여된다"는 뜻이었다는 것이다.

그가 명백하게 인정했듯이, 이것은 이제 그가 마흐의 원리를 포기한다는 뜻이었다. 무엇보다도 관성이 우주에 멀리 있는 모든 물체들의 존재에 의해서 비롯된다는 마흐의 아이디어는 그런 물체들이 아무리 멀리 떨어져 있다고 하더라도 다른 물체에 **순간적으로** 효과를 나타낼 수 있다는 뜻이었다. 아인슈타인의 상대성 이론은 먼 거리에서의 순간적인 작용을 받아들이지 않는다. 심지어 중력조차도 순간적으로 힘을 작용하는 것이 아니라 빛의 속도 제한을 따르는 중력장의 변화를 통해서만 그렇게 된다. 아인슈타인은 "멀리 떨어진 물체에 의한 가속도의 관성 저항은 먼 거리에서의 작용을 뜻한다. 현대 물리학자들은 먼 거리에서의 작용과 같은 것을 인정하지 않기 때문에 관성 효과에 대한 매질의 역할을 해야만 하는 에테르로 되돌아올 수밖에 없다"고 강의했다.[24]

그것은 오늘날까지도 논란이 되는 문제이지만, 아인슈타인은 적어도 라이덴에서 강연을 할 때까지는 그가 생각하는 일반상대성 이론에서는 뉴턴의 물통에 들어 있는 물이 아무것도 없는 우주에서 회전을 하더라도 벽에 압력이 나타난다고 믿었던 것 같다. 브라이언 그린에 따르면, "마흐가 예측했던 것과는 반대로, 비어 있는 우주에서조차도 회전하는 물통의 내벽 쪽으로 압력을 받는 것처럼 느끼게 될 것이다……일반상대성 이론에서 비어 있는 시공간은 가속된 운동에 기준점을 제공한다."[25]

물을 벽 쪽으로 밀어주는 관성은 이제 아인슈타인이 에테르로 환생시킨 계량장에 대한 회전에 의해서 나타난다. 그 결과로 그는 일반상대성 이론이 적어도 시공간의 계량에 대해서는 절대적 운동의 개념을 제기할 필요가 없다는 가능성에 직면할 수밖에 없었다.[26]

그런 결론이 정확하게 후퇴라고 할 수도 없고, 19세기의 에테르 개념으로 되돌아간 것도 아니었다. 그러나 그것은 우주를 이해하는 훨씬 더 보수적인 방법이었고, 한때 아인슈타인이 받아들였던 마흐의 과격주의로부터의 이탈을 뜻하는 것이었다.

그런 상황이 아인슈타인을 불편하게 만들었던 것은 확실하다. 그는, 찾아내기 어려운 통일장 이론을 정립하는 것이 바로 물질과 상관없이 존재하는 에테르의 필요성을 제거하는 최선의 방법이라는 결론을 내렸다. 얼마나 영광스러운 일이겠는가! 그는 "에테르와 물질의 차이는 사라질 것이고, 일반상대성 이론을 통해서 물리학 전체가 완전한 사상체계가 될 것이다"라고 했다.[27]

닐스 보어, 레이저 그리고 "우연"

중년에 이른 아인슈타인이 혁명가에서 보수주의자로 변신했다는 가장 중요한 증거는 1920년대 중반에 혁명적인 새로운 역학체계를 만든 양자론에 대한 그의 자세가 점점 더 경직되어갔다는 것이다. 새로운 양자역학에 대한 그의 거부감과 상대성 이론과의 조화를 이루고 자연에 대한 확실

"올림피아 아카데미"의 콘라트 하비흐트(왼쪽)와 모리스 솔로빈과 함께, 1902년경(Private Collection)

밀레바와 한스 알베르트와 함께, 1905년
(Private Collection)

기적의 해에 베른의 특허사무소에서, 1905년
(Private Collection)

1911년 솔베이 회의(Couprie/Hulton Archive/Getty Images)

1927년 솔베이 회의(Private Collection)

프라하에서, 1912년(Bettmann/Corbis)

라이덴에서, 뒷줄에 아인슈타인, 에렌페스트, 드 지터,
앞줄에 에딩턴과 로렌츠, 1923년 9월(Courtesy AIP
Emilio Segre Visual Archives)

우주와 연결하며(E. O. Hoppe/Mansell/Time-Life
Pictures/Getty Images)

퀴리 부인과 함께 스위스에서의 등산, 1913년
(AFP/Getty Images)

베를린에서 엘자와 그녀의 딸 마르고트와 함께, 1929년(New York Times Co./Getty Images)

카푸트의 집에서 마르고트와 일제 아인슈타인, 1929년(Erika Britzke)

카푸트에서 아들 한스 알베르트와 손자 베른하르트와 함께,
1932년(American Stock/Getty Images)

우주가 팽창하고 있다는 것을 발견한 칼텍 부근의 마운트 윌슨 천문대에서, 1931년 1월(Hulton Archive/Getty Images)

롱아일랜드 만에서 압도적인 조류를 거슬러 항해하면서, 1936년 (Private Collection)

미국 시민 선서를 하는 마르고트, 아인슈타인, 헬렌 듀카스, 1940년 10월(American Stock/Getty Images)

프린스턴에서 쿠르트 괴델과 함께, 1950년(Hulton Archive/
Getty Images)

프린스턴, 1953년(Esther Bubley/Getty Images)

성을 복원하는 통일된 이론의 추구가 그의 과학적 일생의 후반부를 압도해서 위축시켰다.

한때 그는 양자론의 과감한 선구자였다. 20세기가 시작되었을 때 그는 막스 플랑크와 함께 혁명을 일으켰다. 플랑크와 달리 그는, 빛이 **실제로** 에너지의 덩어리로 존재하는 양자(量子)의 물리적 존재를 정말 믿었던 몇 안 되는 과학자들 가운데 한 사람이었다. 그런 양자는 때로는 입자처럼 행동한다. 양자는 연속체의 일부가 아니라 더 이상 분할할 수 없는 단위이다.

그는 1909년 잘츠부르크 강연에서 물리학이 파동과 입자로 여길 수 있는 빛의 이중성을 받아들이게 될 것이라고 예측했다. 그리고 1911년의 제1회 솔베이 회의에서 그는 "플랑크의 이론에서 불쾌하게 느껴졌던 불연속성이 실제로 자연에 존재하는 것처럼 보인다"고 선언했다.[28]

그런 주장 때문에 자신의 양자가 실제로 물리적 실체를 가지고 있다는 생각을 거부했던 플랑크는, 아인슈타인을 프로이센 과학원의 회원으로 추천하는 글에서 "그의 광양자 가설은 너무 지나친 것일 수도 있다"고 했다. 다른 과학자들도 아인슈타인의 양자 가설을 거부했다. 발터 네른스트는 그것을 "지금까지 생각해냈던 것들 중에서 가장 이상한 것"이라고 했고, 로버트 밀리컨은 자신의 실험실에서 그 이론의 예측력을 확인한 후에도 그것은 "도대체 이치에 닿지 않는다"라고 했다.[29]

양자 혁명은 1913년 닐스 보어가 원자의 구조에 대한 수정 모델을 제시하면서 새로운 국면을 맞이하게 되었다. 아인슈타인보다 여섯 살 연하였고, 똑똑하지만 좀 내성적이고 어눌했던 보어는 덴마크인이었기 때문에 플랑크나 아인슈타인과 같은 독일인들의 양자 이론에 대한 연구뿐만 아니라 J. J. 톰슨과 어니스트 러더퍼드와 같은 영국인들의 원자 구조에 대한 연구도 활용할 수가 있었다. 아서 에딩턴의 회고에 따르면, "당시 양자 이론은 영국에는 거의 알려지지 않았던 독일의 발명이었다."[30]

보어는 케임브리지의 톰슨에게서 수학했다. 그러나 말을 웅얼거리는 덴마크 학생과 무뚝뚝한 영국인 교수의 의사소통은 쉽지 않았다. 결국 보어는 맨체스터로 옮겨가서 더 사교적인 러더퍼드와 일을 하게 되었다. 러더퍼드는 양전하를 가진 원자핵 주변에 음전하를 가진 작은 전자들이 궤도를 따라 돌고 있는 원자 모델을 고안했다.[31]

보어는 그런 전자들이 고전 물리학이 요구하듯이 핵 속으로 빨려들어가지도 않고, 연속적인 복사 스펙트럼을 방출하지도 않는다는 사실을 고려하여 그의 모델을 수정했다. 수소 원자에 대한 연구를 근거로 했던 보어의 새로운 모델에서는 전자가 원자핵 주변에서 불연속적인 에너지를 가진 허용된 궤도를 따라 회전한다. 원자는 (빛과 같은) 복사로부터 정확하게 전자를 다른 허용된 궤도로 올려보낼 수 있는 만큼의 에너지를 흡수할 수 있다. 마찬가지로, 원자는 전자를 다른 허용된 궤도로 내려보낼 수 있는 만큼의 복사를 방출할 수 있다.

전자가 한 궤도에서 다른 궤도로 움직이는 것이 양자 전이(quantum leap)이다. 다시 말해서, 한 수준에서 다른 수준으로 단절되고 불연속적인 이동을 할 수는 있지만, 그 사이에서 머무는 일은 없다. 보어는 그런 모델이 수소 원자가 방출하는 빛 스펙트럼의 선을 어떻게 설명하는지도 보여주었다.

아인슈타인은 보어 이론에 대해서 들었을 때 감명을 받기도 했고, 약간 질투를 느끼기도 했다. 어느 과학자가 러더퍼드에게 보고한 내용에 따르면, "그는 자신도 언젠가 비슷한 생각을 했었지만 감히 발표할 생각은 하지 못했다고 말했다." 훗날 아인슈타인은 보어의 발견에 대해서 "이것은 사상의 영역에서 가장 높은 수준의 음악성에 해당한다"고 했다.[32]

아인슈타인은 보어의 모델을 자신이 1916년에 발표한 여러 논문의 기초로 활용했다. 그중에서 가장 중요했던 "복사의 양자 이론에 대하여"는 공식적으로는 1917년 학술지에 발표되었다.[33]

아인슈타인은 원자들의 구름으로 가득 채워진 상자에 대한 사고실험으로 시작했다. 원자들에게 빛(또는 어떤 형태의 전자기 복사)을 비친다. 아인슈타인은 보어의 원자 모델과 막스 플랑크의 양자 이론을 결합시켰다. 만약 전자 궤도의 변화 하나하나가 광양자 하나의 흡수 또는 방출에 해당한다면, 흑체복사를 설명하는 플랑크의 식을 유도하는 훨씬 더 나은 새로운 방법을 얻을 수 있다. 아인슈타인은 미셸 베소에게 "복사의 흡수와 방출에 대한 기막힌 아이디어가 떠올랐네. 자네도 관심이 있을 거야. 유도 과정은 놀라울 정도로 간단해서 플랑크 식을 유도하는 **바로 그 방법**이라고 할 수밖에 없네. 완벽하게 양자화된 방법이야"라고 자랑을 했다.[34]

원자는 자발적인 방법으로 복사를 방출하지만, 아인슈타인은 그런 과정을 자극할 수도 있을 것이라고 이론화했다. 이것을 대략적으로 단순화해서 설명하는 방법은, 광자를 흡수해서 높은 에너지 상태에 있는 원자를 생각하는 것이다. 특별한 파장의 또다른 광자가 원자를 향해 발사되면, 똑같은 파장과 진행방향을 가진 두 개의 광자가 방출된다.

아인슈타인이 발견한 것은 조금 더 복잡했다. 원자 기체에 전기 펄스나 빛으로 에너지가 주입되고 있다고 생각해보자. 원자들 중의 일부가 에너지를 흡수해서 더 높은 에너지 상태가 될 것이고, 그런 원자들은 광자를 방출하기 시작할 것이다. 아인슈타인은 광자들의 구름이 존재하면 구름에 있는 다른 광자들과 같은 파장과 방향을 가진 광자가 방출될 가능성이 더 커진다고 주장했다.[35] 이런 자극 방출의 과정은 거의 40년이 지난 후에 약자로 레이저(laser)라고 줄여서 부르는 "복사의 자극 방출에 의한 빛 증폭(light amplification by the stimulated emission of radiation)"을 발명하는 기초가 되었다.

아인슈타인의 복사에 대한 양자 이론에도 이상한 의미를 가진 부분이 있었다. 그는 베소에게 "방출과 흡수의 기본 과정이 지향(指向)된 과정임을 확실하게 증명할 수 있다"고 했다.[36] 다시 말해서, 광자가 원자에서 펄스의 형태로 방출될 때는 (고전 파동 이론에서처럼) 한꺼번에 모든 방향으로 방출되는 것이 아니다. 광자도 모멘텀을 가지고 있다. 즉 방정식은 복사의 양자 하나하나가 어떤 특별한 방향으로 방출되는 경우에만 성립된다.

그것이 반드시 문제일 필요는 없다. 그러나 문제가 있다. **방출된 광자가 어떤 방향으로 갈 것인지를 결정할 수 있는 방법이 없다**는 것이다. 더욱이 그런 일이 언제 일어날 것인지를 알아낼 수 있는 방법도 없다. 한 원자가 더 높은 에너지 상태에 있다면, 어느 정해진 순간에 광자를 방출할 **확률**을 계산할 수는 있다. 그러나 방출하는 순간을 정확하게 알아내는 것은 불가능하다. 그것은 얼마나 많은 정보를 가지고 있느냐와도 상관이 없다. 모든 것이 주사위를 굴리는 것처럼 **우연**의 문제일 뿐이었다.

그것이 문제였다. 그것은 뉴턴 역학의 엄격한 결정론을 위협했다. 그것은 고전 물리학의 확실성과 시스템의 모든 위치와 속도를 알면 미래를 알아낼 수 있다는 믿음도 무너뜨렸다. 상대론은 과격한 아이디어처럼 보였지만, 적어도 견고한 인과법칙은 지켜주었다. 그러나 성가신 양자의 변덕스럽고 예측 불가능한 거동은 그런 인과법칙을 엉망으로 만들었다.

아인슈타인은 "기본 과정의 시간과 방향을 '우연'에 맡겨두는 것이 이 이론의 약점이다"라고 동의했다. 그가 "Zufall"이라고 불렀던 우연의 개념 자체가 그에게 너무 당혹스럽고, 너무 이상해서 그는 마치 거리라도 두는 것처럼 그 단어에 인용부호를 붙였다.[37]

우주에 근본적인 무작위성이 존재해서 원인이 없더라도 사건이 일어날 수 있다는 생각은 아인슈타인은 물론이고 대부분의 고전 물리학자들에게 불편한 느낌을 줄 뿐만 아니라 물리학의 모든 프로그램을 무너뜨리는 것이었다. 실제로 그는 그런 결과를 절대 받아들이지 않았다. 그는 1920년에 막스 보른에게 "인과성에 대한 것이 나를 몹시 괴롭히고 있습니다. 빛의 양자적인 흡수와 방출을 완전한 인과성으로 생각할 수 있을까요?"라고 했다.[38]

아인슈타인은 나머지 일생 동안 확률과 불확실성이 자연을 지배한다는 양자역학의 주장을 거부했다. 몇 년 후에 그는 보른에게 "나는 복사에 노출된 전자가 뛰어내릴 순간만이 아니라 그 방향까지도 **스스로의 자유의지**에 따라 선택할 수 있다는 아이디어를 용납할 수가 없습니다. 그렇게 된다면 나는 물리학자보다 오히려 구두 수선공이나 도박장의 종업원이 되겠습니다"라고 절망적으로 말했다.[39]

철학적으로 아인슈타인의 반응은, 자신의 상대성 이론이 자연에서 확실성과 절대성의 종말을 뜻하는 것으로 이해(또는 오해)했던 반상대론자들의 입장과 똑같은 것처럼 보였다. 실제로 아인슈타인은 상대성 이론이 공간과 시간을 하나의 4차원 구조로 결합시킴으로써 자신이 불변성이라고 불렀던 확실성과 절대성에 대한 더 높은 수준의 설명을 가능하게 해줄 것이라고 보았다. 그런데 양자역학은 자연에 숨겨진 불확실성, 즉 확률에 의해서만 설명할 수 있는 사건들을 근거로 한 것이었다.

코펜하겐을 중심으로 하는 양자역학 운동의 주동자였던 닐스 보어는 1920년 베를린을 방문했을 때 처음으로 아인슈타인을 만났다. 보어는 덴마크 치즈와 버터를 가지고 아인슈타인의 아파트를 찾아가서 양자역학에서 우연과 확률의 역할에 대한 토론을 시작했다. 아인슈타인은 "연속성과 인과성을 포기하는 것"에 대한 우려를 표현했다. 보어는 안개가 자욱한 영역으로 들어가는 일에 더 용감했다. 그는 아인슈타인에게 밝혀진 증거로 볼 때 엄격한 인과성을 포기하는 것이 "유일하게 열린 길"이라고 반박했다.

아인슈타인은 자신이 원자 구조에 대한 보어의 획기적인 성과와 그것이 복사의 양자적 본질에 대해서 의미하는 무작위성에 감명을 받기도 했지만, 걱정도 하고 있다고 인정했다. 아인슈타인은 "나 자신도 어쩌면 이와 비슷한 결과를 얻었을 수도 있겠지만, 그런 모든 것이 사실이라면, 그것은 물리학의 종말을 뜻합니다"라고 한탄을 했다.[40]

아인슈타인은 보어의 아이디어가 당혹스럽기는 했지만, 큰 키에 격식을 차리지 않는 덴마크 과학자를 매력적이라고 생각했다. 그는 자신을 찾아온 보어에게 "일생에서 당신처럼 그저 함께 있는 것 자체가 나에게 즐거움을 주었던 사람은 흔치 않았습니다"라는 편지를 보내면서 "당신의 즐겁고 젊은 얼굴"을 떠올리며 즐거워한다고 덧붙였다. 그는 보어가 없는 곳에서도 그에게 호감을 표시했다. 그는 두 사람 모두의 친구였던 라이덴의 에렌페스트에게 "보어가 이곳에 왔었고, 나도 당신처럼 그에게 매혹되었습니다. 그는 지극히 섬세한 청년이었고, 이 세상을 마치 무아지경인 것처럼 돌아다니고 있습니다"라는 편지를 보냈다.[41]

보어도 아인슈타인을 존경했다. 1922년에 그들이 연속으로 노벨 상을 받게 되었다는 사실이 발표되었을 때, 보어는 아인슈타인에게 "내가 일하고 있는 특별한 분야에서 당신이 이룩한 기본적인 기여"가 먼저 인정된 사실 때문에 자신의 즐거움이 더욱 커졌다는 편지를 보냈다.[42]

다음 해 여름에 스웨덴에서 수락 강연을 하고 집으로 돌아가던 아인슈타인은 보어를 만나기 위해서 코펜하겐에 들렀다. 보어는 기차역까지 마중을 나와서 함께 전차를 타고 집으로 갔다. 두 사람은 전차 안에서부터 논쟁을 시작했다. 보어의 기억에 따르면, "우리는 전차 안에서 너무 열심히 이야기를 하는 바람에 내릴 곳을 한참 지나쳤다. 우리는 다른 전차에 올랐는데 이번에도 다시 지나쳤다." 대화에 깊이 빠져든 그들은 어느 누구도 신경을 쓰지 않았다. 보어는 "전차를 타고 왔다갔다 하는 우리를 사람들이 어떻게 생각했을지는 쉽게 상상할 수 있다"고 했다.[43]

두 사람의 관계는 단순한 우정을 넘어서 양자역학에 대한 다양한 견해에서부터 관련된 과학, 지식, 철학까지 확대된 지적 뒤엉킴이 되었다. 보어에게 수학했던 물리학자 존 휠러는 "인간 사상의 역사에서 양자의 의미에 이르기까지, 닐스 보어와 알베르트 아인슈타인 사이에서 몇 년 동안에 걸쳐 이루어졌던 것보다 더 위대한 대화는 없었다"고 했다. 사회철학자 C. P. 스노는 더 나아갔다. 그는 "그렇게 심오한 지적 논쟁이 벌어졌던 적은 없었다"고 선언했다.[44]

두 사람의 논쟁은 우주의 설계에 대한 기본적인 핵심에까지 이르렀다. 우리가 관찰할 수 있느냐에 상관없이 존재하는 객관적인 진실이 존재하느냐? 본질적으로 무작위적인 것으로 보이는 현상에서 엄격한 인과성을 회복시키는 법칙이 있느냐? 우주의 모든 것이 미리 예정되어 있느냐?

그들의 여생에서 보어는 자신이 아인슈타인을 양자역학으로 개종시킬 기회를 여러 차례 놓친 것에 대해서 흥분하고 안타까워했다. 격정적인 만남이 끝날 때마다 그는 아인슈타인, 아인슈타인, 아인슈타인 하고 중얼거렸다. 그러나 그들의 논쟁은 깊은 애정과 더 위대한 유머가 담긴 것이었다. 아인슈타인은 여러 차례 신은 주사위 놀이를 하지 않는다고 주장했고, 한번은 보어가 유명한 답변으로 받아넘겼다. "아인슈타인 박사님, 신에게 무엇을 하라고 명령하지 마세요!"[45]

양자 도약

거의 혼자만의 탁월함을 자랑하던 한 사람에 의해서 이루어졌던 상대성 이론의 정립 과정과는 달리 1924년부터 1927년에까지 이르는 양자역학의 정립 과정은 독립적으로 또는 협동으로 연구를 했던 젊은 과학자들의 떠들썩한 모임의 폭발적인 활동에 의해서 이루어졌다. 그들은 여전히 양자의 과격한 의미를 거부하고 있던 플랑크와 아인슈타인이 만들어놓은 기초와 신세대의 선도자 역할을 했던 보어의 획기적인 성과 위에 집을 지었다.

폐위된 프랑스 왕족과의 관계 덕분에 왕자라는 칭호를 가지고 있었던 루이 드 브로이는 공직자가 되기 위해서 역사를 공부했다. 그러나 대학을 마친 그는 물리학에 빠져들었다. 1924년 그의 박사학위 논문은 물리학을 바꾸어놓았다. 그는 만약 파동이 입자처럼 행동할 수 있다면, 입자 역시 파동처럼 행동할 수는 없을까라는 의문을 가졌다.

다시 말해서, 아인슈타인은 빛이 파동일 뿐만 아니라 입자이기도 한 것으로 여겨야 한다고 했다. 마찬가지로 드 브로이에 따르면, 전자와 같은 입자도 역시 파동으로 여겨질 수 있다. 훗날 드 브로이는 "나에게 갑작스러운 영감이 떠올랐다. 아인슈타인의 파동—입자 이중성은 모든 물리적 자연으로 확장되는 절대적으로 일반적인 현상이었고, 그것이 사실이라면 광자, 전자, 양성자를 비롯한 모든 입자의 움직임은 파동의 전파와 관련이 있어야만 한다."[46]

드 브로이는 아인슈타인의 광전자 효과법칙을 이용해서 전자(또는 어떤 입자)와 관련된 파동의 파장은 플랑크 상수를 입자의 모멘텀으로 나눈 값에 해당한다는 사실을 증명했다. 그 파장은 믿을 수 없을 정도로 작은 것으로 밝혀졌다. 조약돌이나 행성이나 야구공과 같은 것이 아니라 아원자(亞原子) 영역의 입자들에나 의미가 있다는 뜻이다.*

보어의 원자 모델에서, 전자는 어떤 양자 도약(전이)에 의해서만 궤도(또는 더 정확히 말해서 안정한 정지파 패턴)가 바뀐다. 드 브로이의 학위 논문은 전자를 입자가 아니라 파동으로 생각함으로써 그런 이유를 설명할 수 있도록 해주었다. 그런 파동들은 원자핵 주위의 원형 경로를 따라 존재하게 된다. 그것은 궤도를 나타내는 원의 둘레가 입자 파장의 2, 3, 4와 같은 정수 배를 수용하는 경우에만 가능하다. 파장의 일부가 남게 되면, 예정된 원의 둘레에 깨끗하게 들어맞지 않게 된다.

드 브로이는 자신의 타자기로 작성한 학위 논문의 사본 3권을 만들어서, 그중의 1권을 자신의 지도교수였고 아인슈타인(그리고 퀴리 부인)의 친구였던 폴 랑주뱅에게 보냈다. 상당히 당혹스러워했던 랑주뱅은 사본을 아인슈타인에게 보내주도록 요청했고, 아인슈타인은 그 결과를 진심으로 칭찬했다. 아인슈타인은 그것이 "거대한 장막의 한쪽을 들어올린 것"이라고 했다. 드 브로이는 "그의 찬사 덕분에 랑주뱅이 내 논문을 받아주었다"고 자랑스럽게 말했다.[47]

아인슈타인은 그해 6월에 인도의 사티엔드라 나스 보스라는 젊은 물리학자로부터 영어로 작성된 논문을 받았고, 그 문제에도 어느 정도 기여를 했다. 그 논문은 복사를 마치 기체 구름인 것처럼 가정한 다음에 통계적인 방법을 적용해서 플랑크의 흑체복사 법칙을 유도한 것이었다. 그런데 비약이 있었다. 보스는 똑같은 에너지를 가진 두 개의 광양자는 이론적으로는 물론이고 실질적으로도 철저하게 구별이 불가능하기 때문에 통계 계산에서 별개로 다루지 말아야 한다고 했다.

보스가 통계적 분석을 창의적으로 사용한 것은, 아인슈타인이 젊은 시절에 그런 방법에 열광했던 것과 비슷했다. 그는 보스의 논문이 발표될 수 있도록 심사를 통과하게 해주었을 뿐만 아니라, 스스로 3편의 논문을 통해서 그 결과를 확장했다. 그 논문에서 그는 훗날 "보스-아인슈타인 통계학"이라고 부르게 된 보스의 계산방법을 실제 기체 분자에 적용함으로

---

* 시속 90마일로 던진 야구공의 드 브로이 파장은 원자나 심지어 양성자의 크기보다도 엄청나게 작은 약 10^{-34} 미터가 된다. 그런 파장은 너무나도 작아서 관찰할 수가 없다.

써 양자통계역학*의 핵심적인 발명자가 되었다.

보스의 논문은 질량을 가지지 않은 광양자를 다룬 것이었다. 아인슈타인은 통계적인 목적에서 **질량을 가진** 양자 입자를 서로 구별할 수 없는 것처럼 취급함으로써 그 이론을 확장했다. 그는 "양자나 분자는 통계적으로 서로 독립적인 구조로 취급되지 않는다"라고 했다.[48]

아인슈타인이 보스의 첫 논문에서 발견한 핵심적인 사실은 여러 개의 양자 입자의 가능한 상태에 대한 확률을 계산하는 방법과 관련된 것이다. 예일 대학교의 물리학자 더글러스 스톤은 주사위를 이용해서 그런 계산방법을 비유적으로 설명했다. (A와 B) 두 개의 주사위를 던져서 행운의 수 7이 나올 확률을 계산할 때, 우리는 A가 4가 되고, B가 3이 될 가능성을 하나의 결과로 취급한다. 그리고 A가 3이 되고, B가 4가 되는 가능성은 전혀 다른 결과가 된다. 그래서 이런 조합을 7이 되는 다른 방법으로 헤아리게 된다. 아인슈타인은, 양자 상태의 확률을 계산하는 경우에는 그런 결과들이 두 개의 서로 다른 가능성이 아니라 하나의 가능성으로 취급해야 한다는 사실을 깨달았다. 4-3조합은 3-4조합과 구별할 수 없다. 마찬가지로 5-2조합도 2-5조합과 구별할 수 없다.

그렇게 되면, 두 개의 주사위를 던져서 7이 나오는 방법의 수는 절반으로 줄어든다. 그러나 두 주사위의 합이 2가 되거나 12가 될 방법의 수는 달라지지 않고(어떤 계산방법을 쓰더라도 그런 결과가 나오는 방법은 한 가지뿐이다), 두 주사위의 합이 6이 되는 방법도 다섯 가지에서 세 가지로 줄어든다. 몇 분 동안에 가능한 결과를 적어보면, 그런 경우에 어느 특별한 수가 나올 전체 확률이 어떻게 변하는지를 알아낼 수 있다. 이런 새로운 계산방법을 10개의 주사위에 적용하면 변화는 훨씬 더 커진다. 우리가 수십억 개의 입자들을 다루고 있다면 확률의 변화는 엄청나게 된다.

아인슈타인은 그런 방법을 양자 입자들의 기체에 적용해서 놀라운 특징을 발견했다. 고전 입자의 경우에는 서로 끌어당기지 않으면 기체로 남

---

* 구성 입자의 양자역학적 특성을 고려해서 통계적 방법으로 열역학적 성질을 설명하는 이론물리학 분야/ 역주.

아 있게 되지만, 양자 입자의 경우에는 입자들 사이에 인력이 없는 경우에도 액체와 같은 상태로 응축될 수 있다는 것이었다.

오늘날 보스-아인슈타인 응축*이라고 부르는 그런 현상은 양자역학에서 훌륭하고 중요한 발견이었고, 아인슈타인은 그 업적에 대한 공로의 대부분을 인정받을 자격이 있다. 보스는 자신이 사용한 통계수학이 근본적으로 다른 접근방법이라는 사실을 제대로 인식하지 못했기 때문이다. 플랑크 상수의 경우와 마찬가지로, 아인슈타인은 다른 사람이 고안한 발명품의 물리적 실체와 중요성을 인식했다.[49]

아인슈타인의 방법은, 자신과 드 브로이가 제안했던 것처럼 입자들이 파동의 특징을 가지고 있는 것으로 취급하는 효과를 낸다. 심지어 아인슈타인은, 기체 분자들을 이용해서 옛날 토머스 영의 (빛살을 두 개의 슬릿에 통과시키면 간섭 무늬가 나타나는 것으로부터 빛이 파동과 같이 행동한다는 것을 보여준) 이중 슬릿 실험을 한다면, 분자들이 마치 파동인 것처럼 서로 간섭을 할 것이라고 예측하기도 했다. 그는 "바늘구멍을 통과하는 기체 분자살은 빛의 경우와 마찬가지로 회절현상을 나타내야만 한다"고 말했다.[50]

놀랍게도 그것이 사실임을 보여주는 실험들이 이루어졌다. 아인슈타인은 양자론의 발전 방향에 대해서는 불만을 가지고 있었지만, 적어도 한동안은 양자역학의 발전에 도움을 주었다. 그의 친구 막스 보른은 훗날 "아인슈타인은 파동역학의 기초를 마련하는 일에 분명히 관여했고, 그것을 부정할 어떤 근거도 없다"고 말했다.[51]

아인슈타인은 독립적으로 움직여야만 하는 것처럼 보이는 입자들 사이에 나타나는 이런 "상호 영향"을 "대단히 신비스럽게" 생각한다는 사실을 인정했다. 그는 당혹스러움을 표시하는 다른 물리학자에게 "양자나 분자들은 서로 독립적인 것으로 취급되지 않습니다"는 편지를 썼다. 추신에서 그는 그것이 수학적으로는 잘 맞지만, "물리적 본질은 베일에 가려져 있

---

* 보스-아인슈타인 응축은 1995년 에릭 A. 코넬, 볼프강 케털리, 칼 E. 와이먼에 의해서 실험적으로 확인되었고, 그들은 그 업적으로 2001년 노벨 상을 받았다.

습니다"라고 했다.[52]

겉으로는 두 입자가 구별이 불가능한 것으로 취급될 수 있다는 가정은, 아인슈타인이 나중에 매달리려고 애쓰던 원리에 어긋나는 것이었다. 공간에서 서로 다른 곳에 있는 입자들은 서로 떨어진 독립적인 존재라고 주장하는 가분성(可分性)의 원리가 바로 그것이었다. 중력의 일반상대성 이론의 목표 중의 하나가, 아인슈타인이 훗날 유명하게 표현했던 "먼 거리 유령 작용(spooky action at a distance)"을 제거하는 것이었다. 한 물체에서 일어난 어떤 일이 멀리 떨어진 다른 물체에 순간적으로 영향을 줄 수 없기 때문이었다.

다시 한 번 아인슈타인은 훗날 자신을 불편하게 만들게 될 양자론의 특성을 발견하는 선두에 서 있었다. 그리고 다시 한 번, 그 자신이 플랑크, 푸앵카레, 로렌츠의 아이디어를 그들보다 더 쉽게 받아들였던 것과 마찬가지로, 그보다 더 젊은 동료들이 그의 아이디어를 훨씬 더 쉽게 받아들였다.[53]

뜻밖의 또 한 사람의 인물, 오스트리아의 이론물리학자 에르빈 슈뢰딩거가 한 걸음을 더 내딛었다. 무엇인가 중요한 것을 발견하는 일에 절망한 그는 철학자가 되기로 결심했었다. 그러나 오스트리아에는 철학자가 너무 많았던 탓에 그 분야에서는 일자리를 찾을 수가 없었다. 결국 그는 물리학을 계속했고, 드 브로이에 대한 아인슈타인의 찬사에 감동을 받아서 "파동역학"이라는 이론을 개발하는 일을 해냈다. 그것은 슈뢰딩거가 (인정을 받아야 할 사람이라고 생각했던 사람들의 공로를 인정하여) "아인슈타인-드 브로이 파동"이라고 불렀던 전자의 드 브로이 파동을 지배하는 방정식으로 이루어진 것이었다.[54]

처음에는 관심을 보였던 아이슈타인은 슈뢰딩거 파동의 몇 가지 결과에 의문을 가지게 되었다. 특히 시간이 지나면서 파동이 엄청난 영역으로 확산될 수 있다는 것이 문제였다. 아인슈타인은 실제로 전자가 파동을 칠 수는 없다고 생각했다. 그렇다면 실제 세상에서 파동 방정식은 무엇을 나타내는 것일까?

그 질문을 해결하도록 도움을 준 사람이 바로 아인슈타인의 가까운 친구였고, (그의 아내 헤트비히와 함께) 자주 편지를 주고받았으며, 당시에는 괴팅겐에서 가르치고 있던 막스 보른이었다. 보른은 파동이 입자의 거동을 설명하는 것이 아니라고 제안했다. 오히려 그는 그것이 어느 순간에 그곳에서의 **확률**을 나타내는 것이라고 말했다.[55] 그것은 양자역학이 그때까지 생각했던 것보다 훨씬 더 기본적으로 인과적 확실성보다는 우연에 근거를 두고 있다는 주장이었고, 그 때문에 아인슈타인은 더욱 심한 거부감을 느끼게 되었다.[56]

1925년 여름에 똑똑하게 생긴 스물세 살의 청년으로 등산을 좋아했던 베르너 하이젠베르크가 양자역학에 대한 또다른 접근방법을 개발했다. 그는 코펜하겐의 닐스 보어의 학생이었고, 후에는 괴팅겐의 막스 보른의 학생이었다. 아인슈타인이 더 과격했던 젊은 시절에 그랬듯이 하이젠베르크도 이론은 관찰하거나, 측정하거나, 확인할 수 없는 개념을 멀리해야한다는 에른스트 마흐의 격언을 받아들이는 것으로 시작했다. 하이젠베르크에게 그런 주장은 관찰할 수 없는 전자 궤도의 개념을 인정할 수 없다는 뜻이었다.

그는 전자들이 에너지를 잃어버리는 과정에서 방출하는 복사의 스펙트럼 선의 파장처럼 관찰 가능한 것을 설명할 수 있는 수학적 접근에 의존했다. 결과는 너무나 복잡했다. 하이젠베르크는 자신의 논문을 보른에게 주고, 그가 정리할 수 있을 것이라고 기대하면서 친구들과 함께 캠핑 여행을 떠났다. 우리가 행렬(matrix)*이라고 알고 있는 수학이 사용되었고, 보른은 모든 것을 정리해서 논문으로 발표하도록 해주었다.[57] 하이젠베르크는 괴팅겐에서 보른을 비롯한 다른 사람들과의 협력을 통해서 훗날 슈뢰딩거의 파동 방정식과 동등한 것으로 밝혀진 행렬역학을 완성시켰다.

아인슈타인은 보른의 아내 헤트비히에게 "하이젠베르크-보른 개념은 우리의 숨을 멈추게 만들었습니다"라는 정중한 편지를 보냈다. 신중하게 꾸

---

* 숫자를 행과 열에 따라 배열한 것으로, 행렬의 수학적 성질을 다루는 분야를 "선형대수학"이라고 한다 / 역주.

며진 말은 여러 가지 뜻으로 이해되었다. 아인슈타인은 라이덴에 있는 에렌페스트에게는 더 퉁명스러웠다. "하이젠베르크가 큰 양자 달걀을 낳았습니다. 괴팅겐에서는 그것을 믿는 모양이지만, 나는 그렇지 않습니다."[58]

하이젠베르크의 더 유명하고 파괴적인 기여는 2년이 지난 1927년에 이루어졌다. 그것이 바로 양자물리학의 개념 중에서 일반인들에게 가장 잘 알려졌으면서도 가장 당혹스러운 불확정성 원리였다.

하이젠베르크는 움직이는 전자와 같은 입자의 정확한 **위치**와 정확한 **모멘텀**(속도와 질량의 곱)을 동시에 알아내는 것은 불가능하다고 선언했다. 입자의 위치를 더 정확하게 측정할수록, 그 입자의 모멘텀 측정은 덜 정확해진다. 그리고 그런 거래를 설명하는 식에는 (놀라운 일이 아니다) 플랑크 상수가 포함된다.

무엇을 관찰하는 바로 그런 행동, 즉 광양자나 전자나 다른 입자나 에너지의 파동이 물체에 충돌하는 것 자체가 관찰에 영향을 미친다. 그러나 하이젠베르크 이론은 그것을 넘어섰다. 전자는 우리가 그것을 관찰하기 전에는 명백한 위치나 경로를 가지고 있지 않다는 것이다. 그는 그것이 단순히 우리의 관찰이나 측정 능력의 결함 때문이 아니라 우리 우주의 특징이라고 주장했다.

지극히 간단하면서도 지극히 놀라운 불확정성 원리는 고전 물리학의 핵심에 대한 도전이었다. 그것은 우리의 관찰 범위 바깥에는 객관적인 실체, 심지어 입자의 객관적인 위치조차도 존재하지 않는다는 주장이었다. 더욱이 하이젠베르크 원리를 비롯한 양자역학의 다른 면들은 우주가 엄격한 인과법칙을 따른다는 생각을 무너뜨렸다. 우연, 비결정성, 확률이 확실성의 자리를 차지했다. 그런 특징들을 반대하는 아인슈타인의 편지에 대해서 하이젠베르크는 "나는 비결정론, 즉 엄격한 인과성이 성립하지 않는 것이 필요하다고 믿습니다"라는 단호한 답장을 보냈다.[59]

하이젠베르크는 1926년에 강연을 하러 베를린에 왔을 때 처음으로 아인슈타인을 만났다. 어느 날 저녁에 아인슈타인은 그를 자신의 집으로 초대했고, 그곳에서 그들은 우호적인 논쟁을 벌였다. 그 논쟁은 아인슈타인이 1905년에 에테르를 인정하지 않는 자신에게 반발하던 보수주의자들과 가졌을 수도 있는 형식의 논쟁과 닮은꼴이었다.

하이젠베르크는 "우리는 원자 안에 있는 전자의 궤도를 관찰할 수 없습니다. 훌륭한 이론은 직접 관찰할 수 있는 양을 근거로 해야만 합니다"라고 말했다.

아인슈타인은 "그러나 당신도 물리학 이론에는 관찰할 수 있는 양만 들어 있어야 한다고 믿지는 않겠지요?"라고 반발했다.

하이젠베르크는 놀라면서 "당신도 상대론에서 정확하게 그렇게 하지 않았습니까?"라고 물었다.

아인슈타인은 "어쩌면 나도 그런 종류의 추론을 사용했겠지만, 그것은 어쨌든 터무니없는 것이었습니다"라고 대답했다.[60]

다시 말해서, 아인슈타인의 생각은 진화했다.

아인슈타인은 프라하에서 친구 필리프 프랑크와 비슷한 대화를 했었다. 아인슈타인은 "물리학에 새로운 유행이 생겼습니다"라고 불평하면서 관찰할 수 없는 것은 존재한다고 말할 수 없다고 선언했다.

프랑크는 "그러나 당신이 이야기하는 유행은 1905년에 당신이 만든 것입니다"라고 항의했다.

아인슈타인은 "훌륭한 농담은 너무 자주 반복하지 말아야 합니다"라고 대답했다.[61]

1920년대 중반에 하이젠베르크를 포함한 닐스 보어와 그의 동료들에 의해서 이루어졌던 이론적 발전은 양자역학의 코펜하겐 해석으로 알려지게 되었다. 물체의 성질은 그런 성질이 어떻게 관찰되거나 측정되는지의 범위에서만 논의될 수 있고, 그런 관찰은 단순히 그림의 한 면이 아니라 서로 상보적이라는 것이다.

다시 말해서, 다른 관찰과 상관이 없는 유일한 근원적 진실은 없다는 것이다. 보어는 "물리학의 임무가 자연이 어떠한가를 발견하는 것이라는 생각은 잘못이다. 물리학은 우리가 자연에 대해서 무엇을 **말할** 수 있는가에 대한 것이다"라고 선언했다.[62]

소위 "근원적 진실"을 알 수 없다는 것은 고전적인 의미에서 엄격한 결정론을 부정하는 것이었다. 하이젠베르크는 "'현재'로부터 '미래'를 계산하는 경우에는, 현재에 대해서 모든 것을 절대 알아낼 수 없기 때문에 통계적인 결과를 얻을 수 있을 뿐이다"라고 말했다.[63]

그런 혁명이 절정에 이른 1927년 봄에 아인슈타인은 뉴턴 사망 200주기를 계기로 인과성과 확실성을 근거로 하는 고전적인 역학 시스템을 유지시켜보려고 노력했다. 20년 전에 아인슈타인은 젊은 혈기를 근거로 절대적 공간과 시간을 포함한 뉴턴 우주의 기둥 중에 몇 개를 무너뜨렸었다. 그러나 이제 그는 기존 질서와 뉴턴의 방어자가 되었다.

그는 새로운 양자역학에서 엄격한 인과성은 사라진 것처럼 보인다고 말했다. 아인슈타인은 "그러나 마지막 판결은 아직 내려지지 않았다. 뉴턴 방식의 정신이 우리에게 물리적 진실과 뉴턴의 가르침 중에서 가장 심오한 요소인 엄격한 인과성의 결합을 회복시키는 힘이 될 수도 있을 것이다"라고 주장했다.[64]

양자역학이 유효하다는 실험 결과들이 반복적으로 제시되었지만, 아인슈타인은 마음을 돌리지 않았다. 그는 우리가 관찰할 수 있는지에 상관없이 존재하는 확실성을 바탕으로 하는 객관적 진실을 믿는 것을 자신의 신조로 삼은 현실주의자로 남아 있었다.

"신은 주사위 놀이를 하지 않는다"

무엇이 아인슈타인에게 혁명의 길을 더 젊은 과격론자들에게 양보하고 방어적인 자세로 돌아서게 만들었을까?

에른스트 마흐의 글을 읽고 흥분한 젊은 경험주의자였던 아인슈타인은 에테르나 절대적 시간과 공간 그리고 동시성처럼 관찰할 수 없는 개념을 거부했었다. 그러나 일반 이론의 성공은 그에게 마흐의 회의주의가 불필요한 개념을 솎아내는 데에는 유용할 수 있지만, 새로운 이론을 구축하는 데에는 큰 도움이 되지 않는다는 사실을 확신하게 만들었다.

아인슈타인은 미셸 베소에게 두 사람 모두가 아는 사람이 쓴 논문에 대해서 "그는 마흐의 불쌍한 말이 지칠 때까지 올라타고 있다"고 불평했다.

베소는 "우리는 마흐의 불쌍한 말을 모욕하지 말아야 하네. 그것이 상대성을 향한 사연 많은 여행을 가능하게 만들어주지 않았는가? 그리고 고약한 양자가 아인슈타인의 돈키호테를 목적지까지 데려다줄 수 있을지 누가 알겠는가!"라고 대답했다.

아인슈타인은 다시 베소에게 "자네도 마흐의 작은 말에 대해서 내가 어떻게 생각하는지 알고 있겠지. 그 말은 살아 있는 것을 낳을 수가 없다네. 해충을 박멸할 수 있을 뿐이지"라고 했다.[65]

아인슈타인은 성숙해지면서 우리의 관찰 여부에 상관없이 존재하는 객관적인 "실재"가 있다고 훨씬 더 굳게 믿게 되었다. 그는 사람이 관찰하는 것과 상관없는 외부 세계에 대한 믿음이 모든 과학의 바탕이라고 반복해서 주장했다.[66]

더욱이 아인슈타인은 양자역학이 엄격한 인과성을 포기하고, 물리적 실재를 비결정성, 불확정성, 확률을 이용해서 정의한다는 이유로 양자역학을 거부했다. 흄의 진정한 학생은 그런 이유로 혼란을 겪지 않을 것이다. 형이상학적인 믿음이나 마음에 깊이 새겨진 관습이 아니라면, 자연이 절대적 확실성에 따라 작동해야만 한다고 믿어야 할 진짜 이유가 없다. 어떤 것은 단순히 우연에 의해서 일어난다고 믿는 것도 덜 만족스러울 수는 있겠지만 여전히 합리적이다. 아원자 수준에서 그것이 사실이라는 증거가 쌓여가고 있었던 것은 확실하다.

그러나 아인슈타인에게는 그것이 진실처럼 느껴지지 않았다. 그는 물리학의 궁극적인 목표는 원인과 결과를 엄격하게 결정해주는 법칙을 발견하는 것이라고 반복해서 주장했다. 그는 막스 보른에게 "나는 완전한 인과성을 정말, 정말 포기하고 싶지 않습니다"라고 말했다.[67]

결정론과 인과성에 대한 그의 믿음은, 그가 가장 좋아했던 종교철학자 바루흐 스피노자에 대한 신뢰를 나타내는 것이었다. 아인슈타인은 스피노자에 대해서 "그는 자연현상의 인과관계에 대한 지식을 알아내려는 노력이 여전히 크게 성공하지 못했던 때에 살았지만 모든 현상의 인과적 의존성을 철저히 확신하고 있었다"고 했다.[68] 그것은 아인슈타인이 자신에 대해서 쓴 문장이었다. 여기서 "여전히"라는 단어가 암시하는 일시성은 양자역학의 출현 이후를 강조하는 것이었다.

스피노자와 마찬가지로 아인슈타인도 인간과 상호작용하는 인격적인 신을 믿지는 않았다. 그러나 두 사람은 모두 우주가 작동하는 방식을 지배하는 우아한 법칙은 신성한 설계를 반영하고 있다고 믿었다.

이것은 단순한 믿음의 표현이 아니라, 아인슈타인이 (상대성 이론을 정립하면서) 자신을 이끌어준 가설의 수준으로 끌어올린 원리였다. 그는 친구 바네시 호프만에게 "이론을 평가할 때 나는 스스로에게, 내가 만약 신이라면 세상을 그런 식으로 꾸미겠는지를 물어봅니다"라고 했다.

그가 그런 질문을 던진 것은, 절대로 믿을 수 없는 한 가지 가능성이 있었기 때문이었다. 우주에서 일어나는 **대부분**의 일들을 결정하는 아름답고 미묘한 규칙을 창조한 훌륭한 신이 몇 가지 일을 완전히 우연에 맡겨버렸다는 가능성이 바로 그것이었다. 그런 가능성은 옳지 않은 것처럼 느껴졌다. "만약 신이 그렇게 하기를 원했다면, 완벽하게 했을 것이고 틀에 박히지는 않았을 것이다……신은 철저했을 것이다. 그것이 사실이라면 우리는 아예 법칙을 찾지 말아야 한다."[69]

그런 주장은 이 문제에 대해서 30년이 넘도록 그와 싸움을 벌인 친구이자 물리학자인 막스 보른에게 쓴 아인슈타인의 가장 유명한 말로 이어졌다. 아인슈타인은 "양자역학은 확실히 훌륭합니다. 그러나 은밀한 목소리가 나에게 그것이 진실이 아니라고 말합니다. 이론은 많은 것을 말해주지만, 우리를 악마의 비밀 가까이까지 데려가주지는 않습니다. 어쨌든 나는 신(He)은 주사위 놀이를 하지 않는다는 사실을 확신합니다"라고 했다.[70]

아인슈타인은 양자역학이 **틀리지는** 않더라도 적어도 **완전하지 않다**고 말했다. 우주가 어떻게 작동하는지에 대한 더욱 완전한 설명, 즉 상대성 이론과 양자역학 모두를 아우르는 설명이 있어야만 한다. 그런 과정에서는 그 어느 것도 우연에 맡길 수가 없다.

15

통일장 이론

1923-1931년

탐색

다른 과학자들이 핵심에 자리잡고 있는 불확실성에 신경을 쓰지 않고 양자역학을 개발하고 있는 동안, 아인슈타인은 전기와 자기와 중력과 양자역학을 함께 묶어서 우주에 대해서 더 완전한 설명을 제공할 수 있는 통일장 이론을 찾아내기 위한 외로운 탐색을 계속했다. 그동안 그는 다른 이론들 사이의 잃어버린 연결 고리를 발견하는 일에 천재적인 재능을 발휘해왔다. 1905년의 특수상대성 이론과 광양자 논문의 첫 문장들이 그런 예였다.*

---

* 1905년 특수상대성 이론 논문의 첫 문장은 다음과 같았다. "오늘날 흔히 이해되는 맥스웰의 전기동력학을 움직이는 물체에 적용하면, 그런 현상에 고유한 것처럼 보이지 않는 비대칭성이 나타난다는 사실은 잘 알려져 있다. 예를 들면 자석과 전도체 사이의 상호작용을 생각해보자." 1905년 광양자 논문은 이렇게 시작되었다. "물리학자들이 기체나 다른 중요한 물체에 대해서 만든 이론과 소위 빈 공간에서의 전자기 과정에 대한 맥스웰의 이론 사이에는 심각한 형식적 차이가 존재한다."

그는 일반상대성의 중력장 방정식을 확장해서 전자기장도 함께 설명할 수 있도록 만들고 싶었다. 아인슈타인은 노벨 상 수상 강연에서 "통일을 하려고 애쓰는 사람은 두 가지 장이 근원적으로 서로 완전히 독립적으로 존재해야 한다는 사실에 만족할 수가 없다. 우리는 중력장과 전자기장이 똑같은 균일한 장의 다른 성분이거나 구현으로 해석되는 수학적인 통일장을 찾고 있다"고 설명했다.[1]

그는 그런 통일 이론에서는 양자역학이 상대성 이론과 양립할 수 있을 것이라고 기대했다. 그는 1918년 플랑크의 60회 생일 축하연에서 "양자론을 전기동력학과 역학과 함께 하나의 논리적 체계로 통일하는 일에 성공하기를 기원합니다"라는 축사를 통해서 공개적으로 자신의 스승이었던 플랑크에게 그 일을 요청했다.[2]

아인슈타인의 탐색은 대체로 다른 사람들의 오류에 대한 대응으로 시작해서 수학적으로 더욱 복잡한 오류를 반복하는 과정이었다. 첫 단계는 1918년에 일반상대성의 기하학을 확장해서 전자기장도 함께 도형화할 수 있는 것처럼 보이는 방법을 제안했던 수리물리학자 헤르만 바일에 대한 것이었다.

처음에는 아인슈타인도 감명을 받았다. 그는 바일에게 "천재의 일급 작품"이라고 했다. 그러나 그는 한 가지 문제를 발견하고 "나는 아직도 내 측정용 자 문제를 해결하지 못했습니다"라고 했다.[3]

바일의 이론에서 측정용 자와 시계는 공간을 지나온 경로에 따라 변한다. 그러나 실험적 관찰에서는 그런 현상을 찾을 수 없었다. 이틀을 더 생각한 후에 아인슈타인이 보낸 두 번째 편지에서는 찬사가 빈정거리는 혹평으로 바뀌어 있었다. 그는 바일에게 "당신의 논리 전개는 너무 훌륭하게 완벽합니다. 현실과 일치해야 한다는 점을 제외하면, 훌륭한 지적 성과임에 틀림이 없습니다"라고 했다.[4]

다음은 1919년 4차원의 시공간에 다섯 번째 차원을 더해야 한다는 쾨니히스베르크의 수학 교수 테오도르 칼루자의 제안이었다. 칼루자는 더 나아가서 그렇게 더해진 공간 차원은 순환형이라고 주장했다. 즉 원통의 주위를 걷는 것과 마찬가지로 한 방향으로 계속 걸으면 출발한 곳으로 되돌아오게 된다는 것이었다.

칼루자는 그렇게 더해진 공간 차원의 물리적 실체나 위치를 설명하려고 노력하지는 않았다. 그는 수학자였기 때문에 그럴 필요도 없었다. 그는 단순히 수학적 장치로 그런 것을 고안했을 뿐이었다. 아인슈타인의 4차원 시공간 계량에서는, 어느 점에 대한 모든 가능한 좌표 관계를 설명하려면 10개의 양이 필요했다. 칼루자는 5차원 세계에서는 기하학을 나타내려면 15개의 양이 필요하다는 사실을 알고 있었다.[5]

그런 복잡한 구성의 수학을 다루던 칼루자는 추가로 필요한 5개의 양 중에서 4개는 맥스웰의 전자기 방정식을 만드는 데 쓸 수 있다는 사실을 발견했다. 적어도 수학적으로는 그것이 중력과 전자기학을 통일하는 장이론을 만드는 방법이 될 수 있었다.

다시 한 번, 아인슈타인은 감명을 받았다가 비판적이 되었다. 그는 칼루자에게 "나는 5차원 원통을 생각해본 적이 없었습니다. 처음에 나는 당신의 아이디어를 굉장히 좋다고 생각했습니다"라는 편지를 보냈다.[6] 불행하게도 그런 수학의 대부분은 실제로 물리학적 현실에서 근거를 찾을 수 있을 것이라고 믿을 이유가 없었다. 순수 수학자의 여유를 즐길 수 있었던 칼루자도 그런 사실을 인정하고 물리학자들에게 그것을 알아낼 것을 요구했다. 그는 "거의 비길 데 없을 정도의 형식적인 통일을 가능하게 해주는 이런 모든 관계가 기발한 우연에서 생기는 단순히 매혹적인 결과일 뿐이라고 믿기는 매우 어렵습니다. 만약 이런 가상적인 관계 속에 텅 빈 수학적 형식주의 이상의 것이 숨겨져 있다면, 그것은 아인슈타인의 일반상대성의 새로운 승리가 될 것입니다"라고 했다.

아인슈타인은 이미 일반상대성 이론의 마지막 단계에서 아주 유용한 것으로 밝혀진 수학적 형식주의의 신봉자로 변해 있었다. 그는 칼루자와 함께 몇 가지 문제를 해결한 후에 1921년에 논문을 발표할 수 있도록 도와주었고, 곧바로 자신의 논문도 발표했다.

다음 단계는 스웨덴 최초의 유대교 성직자의 아들이고 닐스 보어의 학생이었던 물리학자 오스카르 클라인에 의해서 이루어졌다. 클라인은 통일장 이론이 중력과 전자기를 통합하는 방법이고, 그것을 이용해서 양자역학에 숨겨져 있는 몇 가지 수수께끼를 설명할 수 있기를 바랐다. 어쩌면 불확정성을 제거해줄 수 있는 "숨겨진 변수"를 알아내는 방법을 찾을 수 있을 것이라고 기대했다.

수학자가 아니라 물리학자였던 클라인은 네 번째 공간 차원의 물리학적 실체가 무엇인지에 대해서 칼루자보다 더 신경을 썼다. 그의 아이디어는 관찰할 수 있는 3차원 공간의 모든 점에서 검출할 수 없을 정도로 작은 원으로 감긴 새로운 차원이 튀어나와 있다는 것이었다.

그것은 정말 획기적인 아이디어였다. 그것은 이상하기는 하지만 점점 더 사실로 확인되어가던 양자역학에 대한 통찰력이나 입자물리학의 새로운 발전을 제대로 설명해주지는 못하는 것으로 밝혀졌다. 칼루자–클라인 이론은 옆으로 밀려났다. 그러나 아인슈타인은 그 후 몇 년에 걸쳐 그중의 몇 가지 개념으로 되돌아가기도 했다. 사실 물리학자들은 오늘날까지도 그렇게 하고 있다. 이런 아이디어의 흔적 중에서 추가적인 치밀한 차원은 끈 이론에서 사용되고 있다.

다음에 등장한 것은 일식 관찰로 유명해진 영국의 천문학자이며 물리학자인 아서 에딩턴이었다. 그는 이웃 연결(affine connection)이라고 알려진 기하학 개념을 이용해서 바일의 수학을 강화시켰다. 아인슈타인은 일본으로 가는 길에 에딩턴의 논문을 읽고, 자신의 새 이론의 근거로 받아들였다. 흥분한 그는 보어에게 "내가 마침내 전기와 중력의 관계를 이해했다고 믿습니다. 에딩턴은 바일보다 훨씬 더 진리에 가까이 갔습니다"라고 했다.[7]

이때에 이르러서는 통일 이론에 대한 매혹적인 노래가 아인슈타인을 유혹하기 시작했다. 그는 바일에게 "그 위로 자연의 차가운 웃음이 남아 있습니다"라고 했다.[8] 증기선을 타고 아시아를 순방하는 동안에 그는 새 논문을 다듬었고, 1923년 2월 이집트에 도착한 직후에 발표를 위해서 논문을 베를린에 있는 플랑크에게 보냈다. 그는 자신의 목표가 "중력장과

전자기장을 하나로 이해하기 위한 것"이라고 선언했다.[9]

아인슈타인의 주장은 다시 한 번 세계적인 헤드라인이 되었다. 「뉴욕 타임스」는 "아인슈타인이 가장 새로운 이론을 설명하다"라고 보도했다. 그리고 다시 한 번 이론의 복잡성을 강조했다. "일반인은 이해할 수 없는" 이라는 소제목도 있었다.

그러나 아인슈타인은 「뉴욕 타임스」 기자에게 자신의 이론이 전혀 복잡하지 않다고 말했다. 기자는 그가 "이 이론이 무엇에 대한 것인지 한 문장으로 말해줄 수 있다. 전기와 중력 사이의 관계에 대한 것이다"라고 말한 것으로 전했다. 그는 "이 이론은 영국 천문학자의 이론을 근거로 한 것이다"라고 말해서 에딩턴의 공로도 인정했다.[10]

그해에 발간된 여러 편의 후속 논문에서 아인슈타인은 자신의 목표는 단순한 통일이 아니라 양자론의 불확정성과 확률의 어려움을 극복하는 방법을 찾아내는 것임을 분명히 했다. 1923년에 발표된 논문 "장 이론이 양자 문제 해결의 가능성을 제시해줄 것인가"라는 제목이 그의 목표를 분명하게 밝혀주었다.[11]

논문은 전자기장과 중력장 이론이 어떻게 초기 조건과 결합된 편미분 방정식을 통해서 인과적 해답을 제공할 수 있는지를 설명하는 것으로 시작되었다. 양자의 영역에서는 초기 조건을 자유롭게 선택하거나 적용하는 것이 불가능할 수도 있다. 그런데도 불구하고 장 방정식을 근거로 하는 인과 이론을 찾을 수 있을까?

아인슈타인은 스스로에게 "분명히 그렇다"라고 낙관적으로 대답했다. 그는 적당한 방정식에서 장 변수들을 "과잉 결정"* 방법으로 찾아내기만 하면 된다고 믿었다. 과잉 결정의 방법은 그가 계속해서 양자 불확정성의 "문제"라고 불렀던 것을 해결하기 위해서 도입했지만 소용이 없었던 또 하나의 도구가 되었다.

아인슈타인은 2년 만에 그런 접근이 잘못된 것이라는 결론을 얻었다.

---

* 문제 해결에 필요한 변수보다 더 많은 수의 조건이 주어지는 경우를 뜻하는 수학 용어/역주.

그는 "[1923년에 발표된] 내 논문은 이 문제에 대한 진정한 해결책이 아니다"라고 했다. 좋건 나쁘건 간에 그는 또다른 방법을 생각해냈다. "지난 2년 동안 끊임없이 노력한 끝에 나는 이제 진정한 해결책을 발견했다고 생각한다."

그의 새로운 방법은 전자기장이 전혀 없는 상태에서 중력법칙을 나타낼 수 있는 가장 단순한 형식적 표현을 찾아낸 후에, 그것을 일반화시키는 것이었다. 그는 맥스웰의 전자기 이론이 첫 번째 근사로 얻어질 것이라고 생각했다.[12]

이제 그는 물리학보다는 수학에 더 의존하고 있었다. 그가 일반상대성 이론에 도입했던 계량 텐서는 10개의 독립 변수를 가지고 있었지만, 그 식을 비대칭적으로 만들면 전자기장을 수용하기에 충분한 16개의 변수가 필요하게 된다.

그러나 그런 방법도 다른 방법과 마찬가지로 더 이상 발전시킬 수가 없었다. 텍사스 대학교의 물리학자 스티븐 와인버그에 따르면, "아인슈타인이 어렵게 알아냈듯이, 이 아이디어의 문제는 전기장과 자기장을 나타내는 6개의 성분을 중력을 설명하는 기존 계량 텐서의 10개 성분과 연결시킬 수 있는 방법이 전혀 없다는 것이다. 로렌츠 변환을 비롯한 좌표 변환은 전기장이나 자기장을 전기장과 자기장의 혼합으로 변환시키기는 하지만, 어떤 좌표 변환도 전기장이나 자기장을 중력장과 혼합시켜주지는 않는다."[13]

아인슈타인은 좌절하지 않고 다시 일을 시작했다. 이번에는 그가 "장거리 평행성(distant parallelism)"이라고 부르는 방법을 시도했다. 이 방법을 이용하면, 굽은 공간의 다른 부분에 있는 벡터들을 서로 연결시킬 수 있고, 그런 과정에서 새로운 텐서가 만들어진다. 가장 훌륭한 것은 (그 자신은 그렇게 생각했다), 양자를 나타내는 성가신 플랑크 상수가 필요 없는 방정식을 얻을 수 있다는 것이었다.[14]

그는 1929년 1월에 베소에게 이런 편지를 보냈다. "이것은 구식인 것처럼 보이기는 하지만, 자네를 포함한 나의 친애하는 동료들은 방정식에 플

랑크 상수가 없다는 점 때문에 혀를 내두를 것이네. 그러나 자네들이 열
광하는 통계적 유행의 한계에 이르게 되면, 시공간 서술에 대해서 다시
후회하고, 그런 후에는 이 방정식들이 다시 출발점이 될 거야."[15]

얼마나 훌륭한 꿈인가! 제멋대로 행동하는 양자가 필요 없는 통일 이
론. 통계적 방법에 대한 일시적 유행의 종말. 상대성의 장 이론으로의 복
귀. 혀를 내미는 동료들의 후회!

이제 양자역학이 인정을 받기 시작하던 물리학계에서 아인슈타인과 그
의 변덕스러운 통일 이론에 대한 집착이 이상해 보이기 시작했다. 그러나
대중의 마음에서 그는 여전히 슈퍼스타였다. 1929년 1월에 발표된 5페이
지짜리 그의 논문은 표적을 놓쳐버린 일련의 이론적 시도 중 마지막에 지
나지 않는 것이었지만, 그에 대한 열기는 놀라웠다. 전 세계의 언론인들
이 그의 아파트 건물 주변에 모여들었고, 아인슈타인은 그들 틈을 겨우
빠져나와 도시 외곽의 하벨 강가에 있는 주치의의 집으로 몸을 피할 수
있었다. 「뉴욕 타임스」는 1주일 전부터 "위대한 발명을 눈앞에 둔 아인슈
타인 : 침입에 분노하다"라는 제목의 기사로 분위기를 돋우기 시작했다.[16]

아인슈타인의 논문은 1929년 1월 30일에야 일반에게 공개되었다. 신문
들이 이미 한 달 동안이나 흘러나온 장황한 이야기와 추측 기사를 싣고
난 후였다. 예를 들면 「뉴욕 타임스」의 제목은 다음과 같았다.

1월 12일 : "아인슈타인 상대성 이론 확장 / 새로운 연구로 중력과 전자기장
  의 통일법칙 추구 / 자신의 가장 위대한 '책'이라고 / 베를린 과학자가
  10년 동안 준비"

1월 19일 : "아인슈타인, 이론에 대한 관심에 당혹 / 100명의 기자들, 1주일
  동안 베이 지역에 발묶여 / 베를린—지난 1주일 동안 이곳을 대표하는
  모든 언론은 알베르트 아인슈타인 박사의 '이론의 새로운 장'에 대한 5쪽
  짜리 원고를 입수하기 위해서 노력을 기울였다. 전 세계로부터 자세한
  내용이나 원고의 사본을 받아보기 위해서 회신 우편요금을 지급한 수백
  통의 전보가 도착했다."

1월 25일(1면) : "아인슈타인이 모든 물리학을 하나의 법칙으로 환원시키다/ 베를린 통역에 따르면, 새로운 전기-중력 이론이 모든 현상을 연결시켰다 / 오직 한 가지 물질만 / 가설이 사람이 공중에 뜨게 되는 꿈의 가능성을 열었다고 뉴욕 대학교 교수가 말하다 / 베를린-논문을 영어로 번역한 사람에 따르면, 곧 발표될 '새로운 장 이론'이라는 알베르트 아인슈타인 박사의 새로운 연구는 상대성 역학과 전기의 기본 법칙을 하나의 식으로 환원시켰다."

아인슈타인은 하벨 강의 은신처에서 행동을 시작했다. 그는 짧은 논문이 공식적으로 발표되기도 전에 영국 신문과 인터뷰를 하기도 했다. 그는 "자연법칙의 이중성을 하나로 통일하는 것은 나의 가장 큰 야망이었다. 내 연구는 그런 단순화를 추구하는 것이고, 특히 중력장과 전자기장에 대한 설명을 하나의 식으로 환원시키는 것이다. 그런 이유 때문에 나는 이 결과를 '통일장 이론(a unified field theory)'이라고 부른다……이제, 이제야 전자가 원자핵 주위를 공전하도록 만드는 힘이 지구를 태양 주위를 공전하게 만드는 힘과 똑같다는 사실을 알게 되었다"고 했다.[17] 사실 그는 그런 힘을 알아내지 못했고, 오늘날 우리도 그 힘의 정체를 알아내지 못하고 있는 것으로 밝혀졌다.

그는 「타임」과도 인터뷰를 했고, 「타임」은 그의 사진을 표지에 실었다. 그가 표지에 등장했던 다섯 차례 중 첫 번째였다. 잡지의 보도에 따르면, 세계가 그의 "난해하고 일관성 있는 장 이론"이 공개되기를 기다리는 동안, 아인슈타인은 "초췌하고, 안절부절못하고, 안달이 난" 모습으로 시골의 은신처 주변을 헤매고 있었다. 잡지는 그의 병든 것 같은 행동이 위장병과 끊임없이 찾아오는 방문객 때문이라고 설명했다. 그리고 "많은 유대인이나 학자들처럼 아인슈타인 박사도 운동을 전혀 하지 않는다"고 덧붙였다.[18]

프로이센 과학원은 아인슈타인의 논문을 1,000부나 인쇄했다. 유난히 많은 양이었지만, 그의 논문은 1월 30일에 공개된 후 곧바로 매진되었고,

과학원은 3,000부를 더 인쇄해야 했다. 그의 논문을 유리창에 붙여두었던 런던의 어느 백화점에는 사람들이 몰려들어서 구경꾼들에게는 어울리지 않는 난해한 방정식 33개가 들어 있는 복잡한 수학 논문을 이해하려고 애를 썼다. 코네티컷의 웨슬리 대학교는 도서관 소장용으로 아인슈타인이 손으로 쓴 원고를 상당한 비용을 들여서 구입했다.

미국 신문들은 상당히 당황했다. 「뉴욕 헤럴드 트리뷴」은 논문의 전문을 싣기로 결정했지만, 전신을 통해서 그리스어 글자와 기호를 전송받는 방법을 알아낼 수 없었다. 신문사는 컬럼비아 대학교의 물리학 교수들에게 뉴욕에서 논문을 재구성할 수 있도록 해줄 암호화 체계를 개발하도록 요청했고, 그들은 그 일을 해냈다. 대부분의 독자들에게는 「트리뷴」이 어떻게 논문을 전송받았는지에 대한 화려한 기사가 아인슈타인의 논문 자체보다 훨씬 더 이해하기 쉬웠다.[19]

「뉴욕 타임스」는 그 주 일요일에 기자들을 부근의 교회로 보내서 통일장 이론에 대한 설교를 취재해서 통일장 이론을 종교적 수준으로 격상시켰다. 기사의 제목은 "아인슈타인이 거의 신비스러운 존재로 여겨지다"라고 선언했다. 헨리 하워드 목사는 아인슈타인의 통일장 이론이 사도 바울의 합성과 세계의 "조화"를 뒷받침한다고 말한 것으로 알려졌다. 크리스천 사이언스 교도는 통일장 이론이 메리 베이커 에디가 주장했던 미혹(迷惑)의 물질 이론을 과학적으로 뒷받침해준 것이라고 말했다. 그것을 "자유의 진보"와 "보편적 자유를 향한 단계"라고 반긴 사람들도 있었다.[20]

신학자와 언론인들은 열광했지만 물리학자들은 그렇지 않았다. 그의 팬이었던 에딩턴은 의문을 표했다. 그 이후 1년 동안 아인슈타인은 자신의 이론을 고치고, 친구들에게 방정식들이 "아름답다"고 주장하는 일을 계속했다. 그러나 그는 여동생에게는 자신의 연구가 "내 동료들로부터 심한 불신과 열정적인 반대"를 이끌어냈다고 인정했다.[21]

실망한 사람들 중에는 볼프강 파울리도 있었다. 파울리는 아인슈타인의 새로운 주장이 그의 일반상대성 이론을 "배반했고", 물리학적 실체와 아무 관계가 없는 수학적 형식주의에 의존했다고 강하게 비판했다. 그는 아인슈타인이 "순수 수학자로 전향했다"며 비난했고, "당신은 과거에 이웃 이론을 포기했듯이 1년, 어쩌면 그보다 더 빨리 장거리 평행성을 전부를 포기하게 될 것"이라고 예측했다.[22]

파울리가 옳았다. 아인슈타인은 1년도 지나지 않아서 그 이론을 포기했다. 그러나 탐색을 포기하지는 않았다. 그 대신 그는 관심을 또다른 방법으로 돌렸다. 새로운 방법은 언론의 관심을 모을 수는 있었지만, 그 자신이 해결하고 싶었던 수수께끼를 해결하는 데에 도움이 되지는 않았다. 1931년 1월 23일 「뉴욕 타임스」는 "아인슈타인이 통일장 이론을 완성하다"라고 보도했다. 그런 발표가 처음도 아니었고, 마지막도 아니었다. 같은 해 10월 26일에는 다시 "아인슈타인이 새로운 장 이론을 발표하다"라는 보도가 있었다.

결국 그는 다음 해 1월 파울리에게 "결국 고약한 당신이 옳았습니다"라고 인정했다.[23]

그리고 20년이 흘렀다. 아인슈타인의 제안 중에서 어느 것도 성공적인 통일장 이론으로 완성되지는 못했다. 사실은 새로운 입자와 힘들이 발견되면서, 물리학은 훨씬 덜 통일되었다. 아인슈타인의 노력은 기껏해야 1931년 프랑스의 수학자 엘리 조제프 카르탕의 힘 빠진 찬사로 정당화되었을 뿐이었다. "그의 시도는 성공하지 못했지만 우리에게 과학의 기초에 대한 위대한 의문을 인식하도록 해주었다."[24]

1927년과 1930년의 대(大) 솔베이 논쟁

양자역학에 대한 아인슈타인의 집요하고 맹렬한 공격은 브뤼셀에서 개최되었던 두 차례의 기념비적인 솔베이 회의에서 절정에 이르렀다. 두 회의 모두에서 그는 당시에 유행하던 새로운 지식에 흠집을 내려고 애쓰는 선동가 역할을 했다.

1927년 10월의 첫 회의에는, 물리학의 새 시대가 열리도록 도와주었지만 이제는 그 덕분에 태어난 양자역학이라는 이상한 영역에 회의를 가지게 된 세 사람의 위대한 물리학자들이 참석했다. 전자기 복사에 대한 업적으로 노벨 상을 받았고, 일흔네 살로 몇 달 후에 사망한 헨드리크 로렌츠, 양자론으로 노벨 상을 수상한 예순아홉 살의 막스 플랑크, 광전자 효과법칙을 발견한 공로로 노벨 상을 받은 마흔여덟 살의 알베르트 아인슈타인이 그들이었다.

나머지 26명의 참석자 중 절반 이상이 이미 노벨 상을 받았거나, 받게 될 사람들이었다. 새로운 양자역학의 천재 신동들은 모두 그곳에 모여서 아인슈타인을 개종시키거나 승복시키려고 애를 썼다. 스물다섯 살의 베르너 하이젠베르크와 폴 디랙, 스물일곱 살의 볼프강 파울리, 서른다섯 살인 루이 드 브로이, 그리고 미국에서 온 서른다섯 살의 아서 콤프턴이 참석했다. 젊은 개구쟁이들과 늙은 회의주의자들 사이에 끼어 있던 마흔 살의 에르빈 슈뢰딩거도 있었다. 그리고 물론 원자 모델로 양자역학의 탄생을 도와주었고, 양자역학의 반(反)직관적인 결과의 충실한 방어자가 되었던 마흔두 살의 늙은 개구쟁이 닐스 보어도 있었다.[25]

로렌츠는 아인슈타인에게 양자역학의 상태에 대해서 보고해줄 것을 요청했다. 아인슈타인은 승낙을 했다가 번복했다. 그는 "오랜 생각 끝에 나는 내가 현재의 상황에 걸맞는 보고를 할 정도의 능력이 없다는 결론을 얻었습니다. 내가 새 이론이 근거를 두고 있는 순수한 통계적 사고방식을 인정하지 않는 것도 부분적인 이유입니다"라는 답장을 보냈다. 그리고 푸념하듯이 "나에게 화를 내지 않으시기를 바랍니다"라고 덧붙였다.[26]

결국 닐스 보어가 첫 발표를 하게 되었다. 그는 양자역학이 이룩한 성과를 분명하게 제시했다. 그는 아원자의 세계에는 확실성과 엄격한 인과성이 존재하지 않는다고 주장했다. 결정론적 법칙이 아니라 확률과 우연만 있다. 우리의 관찰과 측정과 무관한 "실재"에 대해서 이야기하는 것은 의미가 없었다. 빛은 선택한 실험의 형식에 따라 파동이 되기도 하고 입자가 될 수도 있었다.

아인슈타인은 공식적인 회의에서는 거의 말을 하지 않았다. 그는 처음부터 "나는 양자역학을 충분히 꿰뚫고 있지 못하고 있다는 점을 송구스럽게 생각한다"고 인정했다. 그러나 만찬, 심야 토론, 그리고 다음 날의 아침 식사에서 그는, 보어를 비롯한 지지자들과 주사위 놀이를 하는 신에 대한 애정 어린 농담으로 부풀려진 생기 있는 토론을 벌였다. 파울리의 회고에 따르면, 아인슈타인은 "수많은 '어쩌면'으로는 이론을 만들 수 없다. 실험적으로나 논리적으로 옳다고 하더라도 사실은 틀린 것이다"라고 주장했다.[27]

하이젠베르크는 "현재 상태의 원자 이론이 궁극적인 답이라고 생각할 수 있는지에 대한 아인슈타인과 보어 사이의 싸움에 논쟁의 초점이 맞추어졌다"고 기억했다.[28] 훗날 에렌페스트가 자신의 학생들에게 말했듯이 "맙소사. 그것은 유쾌한 논쟁이었다."[29]

아인슈타인은 회의 중이나 비공식적인 논의에서 양자역학이 현실에 대한 완전한 설명이 될 수 없다는 것을 증명하기 위해서 끊임없이 독창적인 사고실험을 제시했다. 그는 독창적인 장치를 이용해서 적어도 개념적으로라도 움직이는 입자의 모든 특성을 확실하게 측정할 수 있음을 증명하려고 노력했다.

아인슈타인의 사고실험 중에는 스크린의 틈새를 통해서 쏘아보낸 전자살이 사진판에 부딪히는 위치를 기록하는 것도 있다. 아인슈타인은 순간적으로 셔터를 열고 닫는 것과 같은 여러 가지 요소들을 이용한 독창적인 방법으로 위치와 모멘텀을 정확하게 알아낼 수 있다는 사실을 보여주려고 했다.

하이젠베르크는 "아인슈타인은 아침 식사 자리에 이런 종류의 제안을 가지고 왔다"고 기억했다. 그는 아인슈타인의 음모에 대해서 크게 걱정하지 않았고, 파울리도 마찬가지였다. 그들은 "좋습니다. 좋습니다"를 반복했다. 그러나 보어는 자주 말다툼에 휩쓸렸다.

참석자들은 의사당 회의실까지 함께 걸어가면서 아인슈타인의 문제를 반박할 방법을 찾으려고 노력했다. 하이젠베르크의 회고에 따르면, "우리는 대부분 만찬 시간이 되면 그의 사고실험이 불확정성 관계와 모순이 되지 않는다는 사실을 증명할 수 있었고", 아인슈타인은 패배를 인정했다.

"그러나 다음 날 아침이 되면, 그는 아침 식탁에 이전의 것보다 일반적으로 더 복잡한 다른 사고실험을 가지고 왔다." 만찬 시간이 되면 그것도 역시 잘못된 것임이 증명되었다.

그들은 그렇게 오고 갔고, 보어는 아인슈타인의 제안을 반박했다. 그는 매번 실제로 불확정성 원리가 움직이는 전자에 대한 알아낼 수 있는 정보의 양을 제한한다는 사실을 증명할 수 있었다. 하이젠베르크는 "며칠 동안 그렇게 지냈다. 결국 우리, 즉 보어, 파울리, 그리고 나는 우리의 주장을 확신할 수 있다는 사실을 알게 되었다"고 했다.[30]

에렌페스트는 "아인슈타인, 당신이 부끄럽습니다"라고 나무랐다. 그는, 양자역학에 대해서 보수적인 물리학자들이 상대성에 대해서 보여주었던 것과 똑같은 완고한 입장을 고집하는 아인슈타인에게 화가 났다. "그는 보어에게 절대적 동시성의 챔피언이 자신에게 했던 것과 똑같이 행동하고 있다."[31]

회의의 마지막 날에 했던 아인슈타인 자신의 발언은, 불확정성 원리가 양자역학에 대해서 그가 관심을 가지고 있는 유일한 문제가 아니라는 사실을 보여주었다. 아인슈타인은 양자역학이 멀리 떨어진 곳에서의 작용을 허용하는 것에 신경을 썼고, 나중에는 더욱 그랬다. 다시 말해서, 코펜하겐 해석에 따르면 한 물체에 일어난 현상이 순간적으로 다른 곳에 있는 물체가 어떻게 관찰될 것인지를 결정할 수 있다는 것이다. 상대성 이론에 따르면, 공간적으로 떨어져 있는 입자들은 독립적이다. 만약 한 입자에 대한 작용이 멀리 떨어진 곳에 있는 다른 입자에 즉시 영향을 미친다면, 아인슈타인은 "그것은 상대성 가설과 모순된다는 것이 내 의견"이라고 말했다. 그는 중력을 포함한 어떤 힘도 광속보다 더 빨리 전파될 수 없다고 주장했다.[32]

아인슈타인은 논쟁에서는 패배했지만 여전히 그 행사의 스타였다. 드브로이는 처음으로 그를 만나는 것에 흥분했고, 실망하지 않았다. 그는 "나는 특히 그의 온화하고 사려 깊은 표현, 그의 일반적인 친절, 그의 단순함 그리고 그의 친밀함에 감동을 받았다"고 기억했다.

그들은 잘 어울렸다. 아인슈타인과 마찬가지로 드 브로이도 고전 역학의 인과성과 확실성을 구해낼 수 있는 방법을 찾으려고 노력하고 있었기 때문이다. 그는 자신이 "이중해 이론(the theory of the double solution)"이라고 부르는 것에 대해서 연구하고 있었다. 그는 파동역학의 고전적 근거를 마련하고 싶어했다.

드 브로이는 "주로 젊고 비타협적인 사람들로 구성된 비결정론 학파는 내 이론을 절대 인정하지 않았다"고 기억했다. 그러나 아인슈타인은 드 브로이의 노력을 인정했고, 베를린으로 돌아가는 길에 파리까지 그와 같은 기차를 탔다.

그들은 파리 북역의 승강장에서 이별 인터뷰를 했다. 아인슈타인은 드 브로이에게 수학적 표현식은 제쳐두더라도, 모든 과학 이론은 "아이들도 이해할 수 있을 정도로" 단순한 설명이 가능해야 한다고 말했다. 아인슈타인은 순수하게 통계적인 파동역학의 해석보다 덜 단순한 것이 무엇이 있겠느냐는 말을 계속했다! 그는 역에서 헤어지면서 드 브로이에게 "계속하세요. 당신이 옳은 길을 가고 있습니다!"라고 말했다.

그러나 드 브로이는 그렇게 하지 않았다. 1928년에 양자역학이 옳다는 합의가 이루어졌고, 후회하던 드 브로이는 그런 입장을 받아들였다. 몇 년 후에 드 브로이는 어느 정도의 존경심을 표시하면서 "그러나 아인슈타인은 그의 총에 집착해서 파동역학의 순수한 통계적 해석이 완전하지 않을 수도 있다고 계속 고집했다"고 기억했다.[33]

실제로 아인슈타인은 끝까지 완고한 반대자가 되었다. 그는 1929년에 플랑크 자신으로부터 플랑크 메달을 받으면서 "나는 양자역학이라는 이름으로 통하는 젊은 세대의 물리학자들이 이룩한 성과를 가장 높이 평가하고, 그 이론이 심오한 수준에서 진리라고 믿는다"고 말했다. 그러나 아인슈타인이 양자론에 대해서 긍정적인 발언을 할 때에는 언제나 "그러나"가 따랐다. 그는 "그러나 통계적 법칙에 대한 집착은 일시적인 것이라고 믿는다"고 했다.[34]

그래서 아인슈타인과 보어 사이에 더욱 극적인 솔베이 결투의 기회가 마련되었다. 이번에는 1930년 10월의 회의였다. 이론물리학에서 그렇게 흥미로운 교전(交戰)은 드문 일이었다.

이제 아인슈타인은 보어-하이젠베르크 그룹에 도전하여 역학의 확실성을 회복하기 위해서 더욱 독창적인 사고실험을 고안했다. 앞에서 설명했듯이, 불확정성 원리에 따르면 입자의 모멘텀과 위치를 정확하게 측정하는데에는 타협이 필요하다. 더욱이 어떤 과정에 관련된 에너지와 그런 과정이 진행되는 시간을 측정하는 데에도 비슷한 불확실성이 내재되어 있다.

아인슈타인의 사고실험은 셔터가 충분히 빠르게 열리고 닫혀서, 한 번에 오직 하나의 광양자만이 빠져나올 수 있는 상자에 대한 것이었다. 정확한 시계로 셔터를 통제한다. 상자의 무게도 정확하게 측정한다. 그런 후에 어떤 정해진 순간에 셔터를 열어서 한 개의 광양자만 빠져나오게 만든다. 이제 다시 상자의 무게를 측정한다. 에너지와 질량 사이의 관계($E = mc^2$)를 이용하면 입자의 에너지를 정확하게 결정할 수 있다. 그리고 시계로부터 광양자가 시스템을 떠난 정확한 시간을 알아낸다. 이제 끝난 것이다!

물론 물리학적인 한계 때문에 실제로 그런 실험을 하는 것은 불가능하다. 그러나 이론적으로 그런 사고실험이 불확정성 원리에 대한 반박이 될까?

보어는 그런 도전에 마음이 흔들렸다. 어느 참석자의 기록에 따르면, "그는 이 사람 저 사람을 찾아다니면서, 그것이 사실일 수가 없고, 만약 아인슈타인이 옳다면 그것은 물리학의 종말을 뜻하는 것이라고 설득하려고 애를 썼다. 그러나 반박할 수 있는 방법을 찾을 수가 없었다. 나는 두 사람이 유니버시티 클럽을 떠나던 모습을 잊을 수가 없다. 위풍당당한 아인슈타인은 희미하게 역설적인 웃음을 지으며 평온하게 걸어나갔고, 극도로 흥분한 보어가 그 옆에서 발걸음을 재촉하고 있었다."[35]

잠을 이루지 못하고 밤을 새운 보어가 아인슈타인을 자기 꾀에 넘어가도록 만들었던 것은 과학계의 논쟁에서 대단한 역설적 사건 중의 하나였다. 그 사고실험은 아인슈타인 자신의 아름다운 발견인 상대성 이론을 고려하지 않았던 것이다. 그 이론에 따르면, 더 강한 중력장에 놓인 시계는 더 약한 중력장에 놓인 시계보다 더 느리게 간다. 아인슈타인은 그런 사실을 잊어버렸지만 보어는 그것을 기억했다. 광양자가 빠져나오는 동안 상자의 질량은 줄어든다. (질량을 측정하기 위해서) 스프링 저울에 매달려 있는 저울은 지구 중력장에서 아주 적은 양만큼 위로 올라간다. 바로 그 적은 양이 정확하게 에너지-시간 불확정성 관계를 회복시켜주는 데에 필요한 양이다.

보어는 "중력장에서 시계의 속도와 그 위치 사이의 관계를 반드시 고려해야만 했다"고 기억했다. 그는 결국 불확정성 원리의 승리를 가져다준 계산을 할 수 있도록 너그럽게 도와준 것은 아인슈타인이었다고 했다. 그러나 아인슈타인은 결코 완전히 승복하지 않았다. 1년이 지난 후에도 그는 여전히 그런 사고실험의 변종을 쏟아냈다.[36]

양자역학은 성공적인 이론인 것으로 밝혀졌고, 아인슈타인은 불확정성에 대한 그 자신의 설명이라고 부를 수 있는 것을 만들었다. 이제 그는 더 이상 양자역학이 틀렸다고 주장하지 않았다. 그 대신 양자역학이 불완전하다고 주장했다. 1931년에 그는 하이젠베르크와 슈뢰딩거를 노벨 상에 추천했다. (하이젠베르크는 1932년, 슈뢰딩거는 디랙과 함께 1933년에 상을 받았다.) 아인슈타인은 추천서에 "나는 이 이론이 궁극적 진리의 일부를 분명히 담고 있다고 확신한다"고 했다.

궁극적 진리의 일부. 아인슈타인은 여전히 양자역학에 대한 코펜하겐 해석으로 설명할 수 없는 것이 있다고 느꼈다.

그해에 그는 물리학에서 자신이 가장 좋아하는 장 이론 방법의 대가인 제임스 클러크 맥스웰에 대해서 쓴 글에서 양자역학의 단점은 "물리학적 사실이 아니라 다만 우리가 보는 물리학적 사실이 일어날 **확률**만을 설명한다고 주장하는 것"이라고 했다. 물리학은 자연이 무엇인가가 아니라 단순히 "우리가 자연에 대해서 말할 수 있는 것"에 대한 지식이라는 보어의 주장을 직접적으로 부정하는 그 글의 결론에는 흄, 마흐, 그리고 어쩌면 젊은 시절의 아인슈타인도 놀라게 했을 정도로 철저한 실재론적 신조가 담겨 있었다. 그는 "우리가 인식하는 대상과 상관없는 외부 세계에 대한 믿음은 모든 자연과학의 기반이다"라고 선언했다.[37]

자연에서 원리 짜내기

풋내기 시절의 아인슈타인은 그런 신조를 주장하지 않았다. 오히려 그는 자신을 경험주의자 또는 실증주의자라고 믿었다. 다시 말해서, 그는 흄과 마흐의 주장을 성스러운 것으로 받아들여서 에테르나 절대적 시간처럼 직접적인 관찰을 통해서 알아낼 수 없는 개념들은 외면했었다.

그는 에테르에 대한 자신의 반대가 더욱 미묘해지고, 양자역학에 대한 불만이 커지면서 정통적인 통념에서 벗어나기 시작했다. 나이를 먹은 아인슈타인은 "내가 이런 식의 논의에서 좋아하지 않는 것은, '존재하는 것은 인식된다'*는 버클리의 원리처럼 보이는 기본적인 실증주의적 자세이다"라고 생각했다.[38]

아인슈타인의 과학철학에는 상당한 연속성이 있기 때문에, 그의 사상이 경험주의에서 실재론으로 바뀐 전환점이 있다고 주장하는 것은 옳지 않다.[39] 그렇지만 그가 1920년대에 양자역학과 씨름하면서 마흐의 교리에 덜 충실하게 되었고, 맥스웰에 대한 글에서 밝혔듯이 우리의 관찰과는 독립적으로 존재하는 근원적인 실재를 믿는 실재론자가 되었다고 말할 수는 있다.

그런 변화는 아인슈타인이 자신의 과학철학을 설명했던 1933년 6월 옥스퍼드에서 했던 "이론물리학의 방법론에 대하여"라는 강연에도 나타났다.[40] 강연은 경고로 시작되었다. 그는 물리학자의 방법론과 철학을 진정으로 이해하려면 "그들의 말을 듣지 말고, 그들의 행동에 주의를 집중하라"고 말했다.

아인슈타인의 말이 아니라 행동을 살펴보면, 그가 (진정한 과학자라면 모두가 그렇듯이) 이론의 최종 산물은 경험이나 경험적 시험에 의해서 확인될 수 있는 결론이어야만 한다는 것을 분명하게 믿었다. 그는 그런 형

---

* "Esse est percipi" 인식할 수 없는 것이 실제로 존재한다고 말하는 것은 의미가 없다는 뜻. 가장 유명한 버클리의 예는 숲이 "근처에 있는 사람이 인식하지 못하는" 나무로 이루어져 있다는 것이다. (George Berkeley, *Principles of Human Knowledge*, section 23).

식의 실험을 제안하는 것으로 논문을 마무리하는 것으로 유명했다.

그러나 그가 자신의 논리적 연역을 시작하는 원리와 가설과 같은 이론적 사고의 출발점을 어떻게 찾아냈을까? 지금까지 살펴보았듯이, 대부분의 경우에 그는 설명이 필요한 실험 자료에서 시작하지 않았다. 그는 자신이 일반상대성 이론을 어떻게 생각하게 되었는지를 설명하면서 "어떤 경험적 사실에서도 그렇게 복잡한 방정식으로 구성된 형식을 찾아낼 수는 없다. 그런 사실이 아무리 포괄적이라고 해도 마찬가지이다"라고 했다.[41] 그의 유명한 논문 중에는 자신이 브라운 운동 또는 에테르의 존재나 광전자 효과를 알아내려는 실험처럼 구체적인 실험 자료에 의존해서 새로운 이론을 유도한 것이 아니라는 사실을 밝힌 것도 여러 편이 있다.

오히려 그는 일반적으로 중력과 가속의 동등성처럼 물리적 세계에 대한 자신의 이해로부터 추론한 가설에서 시작했다. 그런 동등성은 실험 자료를 연구해서 알아낸 것이 아니었다. 이론가로서 아인슈타인의 위대한 힘은 그가 다른 과학자들보다 자신이 "출발점이 될 수 있는 일반적인 가설과 원리"라고 부른 것을 이끌어낼 수 있는 더 뛰어난 능력을 가지고 있었다는 것이다.

그것은 실험 자료에서 발견되는 패턴에 대한 감각과 통찰력이 혼합된 과정이었다. "과학자들은, 경험적 사실의 복잡성을 바라보면서 어떤 일반적인 특징을 식별해서 자연으로부터 그런 일반적 원리가 드러나도록 해야만 한다."[42] 통일 이론에 대한 발판을 찾아내려고 노력하던 그는 헤르만 바일에게 보낸 편지에서 그런 과정의 핵심을 "나는 진정한 발전을 위해서는 다시 자연으로부터 일반적인 원리를 짜내야만 한다고 믿습니다"라고 표현했다.[43]

자연으로부터 원리를 짜내고 나면, 그는 물리학적 통찰력과 수학적 형식주의의 도움에 의존해서 시험이 가능한 결론을 향해 나아간다. 젊은 시절의 그는 순수 수학이 할 수 있는 역할을 얕보기도 했다. 그러나 일반상대성 이론을 완성하는 막바지에서 그가 결승선을 넘어갈 수 있도록 해준 것은 수학적 방법론이었다.

그때부터 그는 통일장 이론을 추구하면서 점점 더 수학적 형식주의에 의존하게 되었다. 천체물리학자 존 배로에 따르면, "일반상대성 이론의 개발은 아인슈타인에게 추상적인 수학적 형식주의, 특히 텐서 미적분학의 힘을 알려주었다. 심오한 물리학적 통찰력이 일반상대성의 수학과 조화를 이루었지만, 그 이후부터는 추가 반대쪽으로 기울었다. 통일 이론에 대한 아인슈타인의 노력은 추상적 형식주의 자체에 매혹된 것이 특징이었다."[44]

옥스퍼드 강연에서 아인슈타인은 경험주의를 인정하는 것으로 시작했다. "실재에 대한 모든 지식은 경험에서 시작되고, 경험에서 끝난다." 그러나 그는 곧바로 "순수 이성"과 논리적 연역의 중요성을 강조했다. 그는 텐서 미적분학을 이용해서 일반상대성 방정식을 유도해낼 수 있었던 것이 자신에게 경험의 역할보다는 방정식의 단순함과 우아함을 더 강조하는 수학적 방법에 대한 믿음을 심어주었다고 당당하게 인정했다.

그는 일반상대성 이론의 경우에 그런 방법이 효과가 있었다는 사실은 "우리가 가지고 있는 자연이 가장 간단하게 생각할 수 있는 수학적 아이디어라는 믿음을 정당화시켜준다"고 했다.[45] 그것은 우아하고 놀라울 정도로 흥미로운 신념이다. 그것은 수학적 "단순성"을 이용해서 통일장 이론을 찾으려고 했던 기간 동안 아인슈타인이 가지고 있던 생각의 핵심이었다. 그리고 그것은 위대한 아이작 뉴턴이 『프린키피아』 제3권에서 선언했던 "자연은 단순성을 좋아한다"는 주장을 반영한 것이었다.

그러나 아인슈타인은 현대의 입자물리학자들이 등을 돌린 듯한 그런 신념에 대한 증거를 제시하지는 않았다.[46] 그는 수학적 단순성이 정확하게 무엇을 뜻하는지도 충분히 설명하지 않았다. 그 대신 그는 그것이 신이 우주를 만든 방법이라는 자신의 심오한 통찰을 강조했을 뿐이었다. 그는 "순수한 수학적 구성만을 이용해서 그것들을 서로 연결시켜주는 개념과 법칙을 알아낼 수 있음을 확신한다"고 주장했다.

그것은 그가 명예학위를 받으려고 1931년 5월에 옥스퍼드를 방문했을 때에도 주장했던 믿음 또는 신념이었다. 그 당시의 강연에서 아인슈타인은 통일장 이론에 대한 자신의 탐색은 실험 자료보다는 수학적 우아함에 의해서 이끌린다고 설명했다. 그는 "나는 실험적 사실에 의한 뒤로부터의 압력이 아니라 수학적 단순성에 의한 앞으로부터의 유혹에 의해서 인도를 받고 있다. 실험이 수학적 깃발을 따르게 될 것을 기대할 수 있을 뿐이다" 라고 했다.[47]

마찬가지로 아인슈타인은 1933년 옥스퍼드 강연을 마치면서 자신은 장 이론의 수학적 방정식이 "실재"를 이해하는 최선의 방법이라고 믿게 되었다고 주장했다. 그는 그것이 우연과 확률에 의해서 지배되는 것처럼 보이는 아원자 수준에서는 작동하지 않는다고 인정했다. 그는 청중에게 그것이 최후의 결론은 아닐 것이라고 믿는다고 말했다. "나는 여전히 단순히 어떤 현상이 일어날 확률이 아니라, 현상 그 자체를 나타내는 이론을 뜻하는 존재의 모델을 찾을 가능성을 믿고 있다."[48]

가장 심각한 실수?

아인슈타인이 자신의 일반상대성 이론에 등장하는 "우주론적 고려"를 분석했던 1917년에 대부분의 천문학자들은 우주가 텅 비어 있는 공간에 1,000억 개 정도의 항성들이 떠 있는 우리의 은하수만으로 구성된 것이라고 생각했다. 항성들이 정처 없이 흩어져 있는 우주는 눈에 띄게 바깥으로 팽창하지도 않고, 안쪽으로 수축하지도 않는 상당히 안정적인 것처럼 보였다.

그런 모든 것 때문에 아인슈타인은 장 방정식에 "반발력"을 나타내는 우주 상수를 추가하게 되었다(312쪽 참조). 그것은 중력에 의한 인력을 극복하려는 것이었다. 항성들이 충분한 모멘텀을 가지고 서로 멀어지지 않으면 모든 항성들은 중력에 의한 인력 때문에 서로를 끌어당기게 된다.

그런데 1924년부터 캘리포니아 패서디나의 마운트 윌슨 천문대에 있는 100인치 반사 망원경으로 연구를 하던 활동적이고 매력적인 에드윈 허블이라는 천문학자에 의해서 경이로운 사실들이 밝혀지기 시작했다. 첫 번째 발견은 안드로메다 성운이라고 알려졌던 흐릿한 별이 사실은 100만 광년

(오늘날 우리는 이것의 실제 거리가 두 배 정도인 것으로 알고 있다) 정도 떨어진 곳에 있는 우리 은하와 같은 크기의 또다른 은하라는 것이었다. 곧 이어서 그는 더 멀리 떨어져 있는 적어도 20개가 넘는 은하들을 발견했다. (오늘날 우리는 1,000억 개 이상의 은하가 있는 것으로 알고 있다.)

그 후에 허블은 더욱 흥미로운 사실을 발견했다. 그는 (빛의 파동에서 나타나는 음파의 도플러 효과 같은 것에 해당하는) 별빛의 스펙트럼의 적색편이를 측정함으로써 은하들이 우리로부터 멀어지고 있다는 사실을 알아냈다. 모든 방향에 있는 멀리 있는 별들이 모두 우리로부터 멀리 날아가고 있다는 사실에 대해서는 두 가지 설명이 가능했다. 1) 우리가 우주의 중심이기 때문이다. 그러나 이것은 코페르니쿠스 이후로는 어린아이들이나 믿는 것이 되었다. 2) 우주의 전체 계량이 팽창하기 때문이다. 다시 말해서, 모든 방향의 모든 것이 바깥쪽으로 잡아당겨지기 때문에 모든 은하들이 서로에게서 멀어지고 있다는 것이다.

허블이 일반적으로 은하들이 멀어지는 속도가 우리로부터의 거리에 비례한다는 사실을 알아내면서 두 번째 설명이 사실임이 분명해졌다. 두 배만큼 멀리 떨어진 은하들은 두 배만큼 빠른 속도로 멀어져가고, 세 배만큼 멀리 떨어진 은하들은 세 배만큼 빨리 멀어져간다.

그것을 이해하는 한 가지 방법은 부푼 풍선의 표면에 1인치 간격으로 그려놓은 점들을 생각하는 것이다. 풍선을 더 부풀려서 표면이 처음의 두 배가 되도록 만든다고 생각한다. 이제 점들 사이의 간격은 2인치가 된다. 풍선이 팽창하는 동안에 1인치만큼 떨어져 있던 점은 1인치만큼 더 멀어진다. 그리고 같은 변화가 일어나는 동안에 2인치만큼 떨어져 있던 점은 2인치만큼 더 멀어지고, 3인치만큼 떨어져 있던 점은 3인치만큼 더 멀어지고, 10인치만큼 떨어져 있던 점은 10인치만큼 더 멀어진다. 처음에 더 멀리 떨어져 있던 점일수록 더 빨리 멀어져간 것이다. 그리고 그것은 풍선에 그려진 어떤 점에서 보거나 똑같이 나타난다.

이런 모든 것은 은하들이 단순히 우리에게서 멀어지는 것이 아니라, 공간의 전체 계량 또는 우주의 구조 자체가 팽창하고 있음을 간단하게 나타내는 방법이다. 3차원에서 그런 일을 상상하려면 케이크를 굽는 동안에 점들이 모든 방향으로 부풀어오르는 건포도를 생각해보면 된다.

두 번째로 미국을 방문했던 1931년 1월에 아인슈타인은 (그가 방문했던 캘리포니아 공과대학[칼텍]에서 가까운 곳에 있던) 마운트 윌슨을 직접 찾아가 보기로 했다. 그는 에드윈 허블과 함께 산뜻한 피어스-애로 관람차를 타고 구불구불한 길을 올라갔다. 그들은 산의 정상에서 에테르 표류 실험으로 유명해졌지만 이제는 늙고 병든 앨버트 마이컬슨을 만났다.

화창한 날이었고, 아인슈타인은 즐거운 마음으로 망원경의 다이얼과 기구들을 살펴보았다. 아인슈타인과 동행했던 엘자는 그 장치들이 우주의 크기와 모양을 결정하는 데에 사용되는 것이라는 설명을 들었다. 그녀는 "글쎄요, 내 남편은 오래된 봉투의 뒷면을 이용합니다"라고 말했다고 알려져 있다.[49]

언론에서는 우주가 팽창하고 있다는 증거가 아인슈타인 이론에 대한 도전이라고 소개했다. 그것은 대중의 상상력을 사로잡는 과학적 드라마였다. 연합통신(AP)의 기사는 "거대한 천체들이 지구로부터 초속 7,300마일로 멀어지고 있다는 것이 알베르트 아인슈타인 박사에게 문제를 던져주었다"라는 문장으로 시작했다.[50]

그러나 아인슈타인은 그 소식을 반가워했다. 그는 베소에게 "마운트 윌슨 천문대의 사람들은 뛰어나네. 그들은 최근에 나선형 성운이 공간에 대략 균일하게 분포되어 있고, 그들이 거리에 비례하는 강력한 도플러 효과를 나타내고 있다는 사실을 밝혀냈네. 그것은 '우주' 상수가 없는 일반상대성 이론에서 곧바로 알아낼 수 있는 것이지"라는 편지를 보냈다.

다시 말해서, 정적인 우주를 설명하기 위해서 마지못해 도입했던 우주 상수는 실제로 팽창하는 우주에서는 필요가 없었던 것이다.* 그는 베소에게 "정말 흥분되는 상황이네"라고 말했다.[51]

---

* 에딩턴이 증명했듯이, 우주가 정적인 것으로 밝혀졌다고 하더라도 우주 상수는 옳지 않은 것이었다. 정적인 우주는 매우 정교한 균형을 요구하기 때문에 작은 교란이 일어나면 우주는 걷잡을 수 없이 팽창하거나 수축하게 된다.

만약 아인슈타인이 자신의 본래 방정식을 믿고 자신의 일반상대성 이론이 우주의 팽창을 예측한다고 발표했더라면 더욱 굉장한 일이 되었을 것이다. 그렇게 되었더라면, 10년 이상 지난 후에 허블의 팽창 확인은 태양의 중력이 광선을 휘어지게 만든다는 그의 예측을 확인한 에딩턴의 실험만큼이나 획기적인 일이 되었을 것이다. 대폭발(빅뱅)은 아인슈타인 폭발로 불리게 되었을 것이고, 대중적인 상상에서는 물론이고 역사에서도 현대 물리학의 가장 흥미로운 이론적 발견 중 하나로 남게 되었을 것이다.[52]

실제로 아인슈타인은 단순히 자신이 결코 좋아하지 않았던 우주 상수를 포기하는 것을 즐거워했다.[53] 1931년에 발간된 상대성 이론에 대한 그의 대중서의 개정판에서 그는 자신이 장 방정식에 끼어넣었던 항이 다행히도 더 이상 필요하지 않은 이유를 설명하는 부록을 덧붙였다.[54] 훗날 조지 가모브는 "내가 아인슈타인과 함께 우주 문제를 논의할 때, 그는 우주 항을 도입했던 것이 그의 평생에 저질렀던 가장 큰 실수였다고 말했다"고 기억했다.[55]

사실 아인슈타인의 실수는 보통 과학자들의 성공보다 더 흥미롭고 복잡했다. 장 방정식에서 단순히 그 항을 제거하기도 어려웠다. 노벨 상 수상자 스티븐 와인버그는 "불행하게도 진공의 에너지 밀도에 기여하는 모든 것이 우주 상수와 같은 역할을 하기 때문에 우주 상수를 제거하기도 쉽지 않았다"고 했다.[56]

우주 상수는 제거하기 어려울 뿐 아니라, 오늘날 우주론 학자들은 우주의 가속 팽창을 설명하기 위해서는 우주 상수가 필요함을 밝혀냈다.[57] 그런 팽창을 일으키는 것으로 보이는 신비로운 암흑 에너지는 마치 아인슈타인 상수의 발현인 것처럼 보인다. 그래서 매년 두세 차례씩 새로운 관측이 이루어지고, 2005년 11월에 보도되었던 것처럼 다음과 같은 기사가 나오게 된다. "자신의 방정식에 우주의 팽창을 설명하기 위한 '우주 상수'를 도입했다가 그것을 포기한 알베르트 아인슈타인의 천재성이 새로운 연구에 의해서 정당한 것으로 밝혀질 수도 있다."[58]

16

50대로 접어들기

1929-1931년

카푸트

쉰 번째 생일을 맞이한 아인슈타인은 사회적 명성으로부터 벗어난 조용한 생활을 원했다. 1929년 3월에 그는 몇 달 전 통일장 이론에 대한 논문을 발표하는 동안에 그랬던 것처럼 하벨 강변에 있던 야노스 플레시가 소유하고 있는 곳의 정원사 오두막으로 도망을 쳤다. 플레시는 화려하고 가십거리가 많은 헝가리 태생의 유명한 의사였고, 아인슈타인도 그의 유명한 환자 겸 친구 중 한 사람이었다.

기자들과 공식적인 지지자들이 그를 찾아다니던 며칠 동안, 그는 스스로 식사를 해결하면서 홀로 지냈다. 그의 행방은 신문 기사가 되기도 했다. 가족과 조수는 그의 행방을 알고 있었지만, 가까운 친구에게도 알려주지 않았다.

생일날 이른 아침에 그는 전화가 없었던 은신처에서 이웃집으로 걸어가서 엘자에게 전화를 걸었다. 그는 쉰 살이 된 것을 축하하는 그녀의 말을 막아버렸다. 그는 "생일에 웬 법석입니까"라고 웃었다. 그는 개인적인 문제가 아니라 물리학에 대한 문제 때문에 전화를 했었다. 그는 그녀에게 자신의 조수 발터 마이어에게 준 계산에 작은 실수가 있었고, 그녀가 수정할 내용을 받아적어서 그에게 전해줄 것을 부탁했다.

엘자는 딸들과 함께 축하를 해주기 위해서 그를 찾아갔다. 그녀는 아인슈타인이 자신이 감춰버렸던 가장 낡은 옷을 입고 있는 것을 보고 화가 났다. 그녀는 "그 옷을 어떻게 찾아냈나요?"라고 물었다.

그는 "아, 나는 감춰두는 곳을 모두 알고 있지요"라고 대답했다.[1]

여전히 용감했던 「뉴욕 타임스」는 그를 찾아낸 유일한 신문이었다. 훗날 가족들은 기자가 아인슈타인의 화난 모습에 도망쳤다고 기억했다. 그러나 그것은 사실이 아니었다. 그 기자는 영리했고, 아인슈타인은 화가 난 척했지만 여전히 호의적이었다. "생일날 숨어 있던 아인슈타인을 찾아내다"가 신문의 제목이었다. 그는 기자에게 선물로 받은 현미경을 보여주었고, 신문은 그가 새 장난감을 "기뻐하는 소년"처럼 좋아했다고 보도했다.[2]

전 세계에서 선물과 축하편지가 쏟아졌다. 그를 가장 감동시킨 것은 보통 사람들로부터 온 선물이었다. 어느 여성 재봉사는 시를 지어 보냈고, 몇 푼의 동전을 모아서 그에게 담배를 사서 보낸 실업자도 있었다. 실업자의 선물을 받은 그는 눈물을 흘렸고, 감사의 편지를 보냈다.[3]

문제를 일으킨 생일 선물도 있었다. 쓸데없이 간섭하는 플레시 박사의 제안에 따라 베를린 시는 가장 유명한 시민인 그에게 시청 소유의 대규모 호반 소유지에 있는 시골집에서 평생 동안 살 수 있는 권리를 주기로 결정했다. 그는 그곳에서 은둔하면서, 나무 보트를 타고, 고요함 속에서 방정식을 만들 수 있을 것이다.

그것은 너그럽고 훌륭한 선물이었다. 그리고 환영할 만한 것이기도 했다. 아인슈타인은 보트와 고독함과 단순함을 좋아했다. 그러나 그에게는 주말 별장이 없고, 보트도 친구에게 맡겨야 했다. 감격한 그는 베를린 시의 제안을 기꺼이 받아들였다.

고전적인 스타일의 그 집은 하벨 강의 호숫가에 있는 클라도브 마을 근처의 공원에 자리잡고 있었다. 그 집의 사진이 신문에 실렸고, 어느 친척은 "창조적인 지능을 가진 보트를 좋아하는 사람에게 이상적인 집"이라고 했다. 그러나 그곳을 살펴보러 갔던 엘자는 그 땅을 시청에 팔았던 귀족 부부가 아직도 그곳에 살고 있는 것을 발견했다. 그들은 자신들이 그곳에 살 수 있는 권리를 가지고 있다고 주장했다. 서류를 살펴본 결과 그들이 옳다는 것이 밝혀졌고, 그들을 내보낼 수가 없었다.

베를린 시는 아인슈타인이 직접 집을 지을 수 있도록 그에게 그 땅의 다른 부분을 주기로 결정했다. 그러나 그것도 시의 구매협약을 어기는 것이었다. 오히려 원래 소유주는 압력과 소문 때문에 그 땅에 집을 짓는 것을 더 강하게 반대하게 되었다. 그런 소식은 신문의 1면에 소개되는 부끄러운 이야기가 되어버렸다. 특히 세 번째 대안도 적절하지 않은 것으로 밝혀지면서 더욱 그러했다.

마침내 아인슈타인이 땅을 선택하면 시청이 그 땅을 구입해주기로 결정되었다. 그래서 아인슈타인은 더 멀리 떨어진 포츠담 남쪽의 카푸트라는 곳에 있는 친구 소유의 땅을 골랐다. 그곳은 하벨 강과 숲 사이에 있는 전원지역이었고, 아인슈타인은 그곳을 좋아했다. 시장은 아인슈타인의 쉰 번째 생일 선물로 그 토지를 구입하기 위해서 2만 마르크를 쓸 수 있도록 승인해줄 것을 시의회에 요청했다.

어느 젊은 건축가가 주택을 설계했고, 아인슈타인은 근처에 있는 작은 텃밭을 구입했다. 그런데 정치가 끼어들었다. 의회에서 우익의 독일국민당이 이 결정에 반대하면서 투표를 지연시키면서 전체 회의의 의제로 처리해야 한다고 주장했다. 아인슈타인이 개인적으로 논쟁의 초점이 될 것이 분명해졌다.

그는 우스운 기분으로 선물을 거절하는 편지를 썼다. 그는 시장에게 "권력 기관은 느린 속도로 일을 하지만 인생은 매우 짧습니다. 내 생일은 이미 과거가 되었고, 선물은 거절하겠습니다"라는 편지를 썼다. 다음 날 「베를리너 타게블라트」에는 "공식적 망신 완성 / 아인슈타인 거절"이라는 기사가 실렸다.[4]

카푸트 지역을 좋아하게 된 아인슈타인은 땅을 구입해서 설계해두었던 집을 짓기로 했다. 그들은 자신의 돈으로 그 땅을 구입했다. 엘자는 "우리가 땅을 소유하게 되기는 했지만 저축한 돈을 모두 써버렸다"고 불평했다.

그들이 지은 집은 다듬은 나무판으로 내부를 장식하고, 바깥에는 칠을 하지 않은 널빤지를 사용한 단순한 것이었다. 큰 전망창을 통해서 하벨 강의 고요한 모습이 보였다. 유명한 바우하우스 가구 디자이너인 마르셀 브로이어가 실내 장식을 해주겠다고 제안했지만 아인슈타인은 보수적인 취향의 인물이었다. 그는 "끊임없이 기계 공작실이나 병원 수술실을 떠올리게 해주는 가구 위에 앉아 있고 싶지 않다"고 했다. 그 대신 베를린 아파트에서 쓰던 가구들을 옮겨왔다.

일층에 있던 아인슈타인의 방에는 간소한 목재 테이블과 침대와 아이작 뉴턴의 작은 초상화가 있었다. 엘자의 방도 역시 아래층에 있었고, 두 방에서 함께 사용하는 욕실이 있었다. 윗층에는 두 딸과 하녀의 침실로 사용하는 작은 방들이 있었다. 이사를 한 그는 여동생에게 "결과적으로 파산을 하기는 했지만, 새로 지은 작은 나무 집에 살게 돼서 너무나 기쁘구나. 보트, 기막힌 전망, 고독한 가을 산책길, 조용함. 천국이 따로 없다"라는 편지를 보냈다.[5]

그곳에서 그는 친구들이 생일 선물로 마련해준 돌고래라는 뜻의 튐러라는 23피트짜리 새 보트를 탔다. 그의 주문에 따라 불룩하고 단단하게 만들어진 보트였다. 그는 수영을 하지는 않았지만, 혼자 보트를 타는 것을 좋아했다. 어느 방문객은 "그는 물에 들어가기만 하면 놀라울 정도로 행복해했다"고 기억했다.[6] 그는 보트를 정처 없이 떠다니도록 놓아두었다. 어느 친척에 따르면, "물에서도 그를 떠난 적이 없었던 과학적 생각은 백일몽과 같은 것이었다. 이론적 사고는 넘쳐났다."[7]

동료들

아인슈타인의 일생에서 여성과의 관계는 억누를 수가 없는 것이었다.

428

그의 매력적인 호소와 감동적인 예절은 여성들을 끊임없이 끌어들였다. 그는 스스로 의무에 얽매이는 것을 피했지만, 가끔씩은 밀레바 마리치나 엘자의 경우에 그랬던 것처럼 열정적인 매력에 휩싸이기도 했다.

엘자와 결혼한 후였던 1923년에 그는 비서인 베티 노이만과 사랑에 빠졌다. 새로 공개된 편지에 따르면 그들의 사랑은 심각했고 열정적이었다. 그해 가을에 라이덴을 방문하고 있던 그는, 뉴욕에서 직장을 잡을 가능성이 있다면서 그녀가 비서로 함께 갈 것을 제안하는 편지를 보냈다. 그는 그녀와 엘자가 함께 살 수 있을 것이라는 상상을 했다. 그는 "내가 아내를 설득할 것입니다. 우리는 영원히 함께 살 수 있을 것입니다. 뉴욕 외곽에 큰 집을 구할 수 있을 것입니다"라고 했다.

그녀는 그의 생각을 비웃는 답장을 보냈고, 그는 곧바로 자신이 "무분별한 바보"였음을 인정했다. "당신은 늙은 수학쟁이인 나보다 삼각형 기하학의 어려움에 대해서 더 잘 알고 있습니다."[8]

결국 그는 이 세상에서 자신에게 허락되지 않는 진정한 사랑을 "별에서 찾아야만 한다"고 한탄하면서 사랑을 끝냈다. "사랑하는 베티, 나를 늙은 원숭이라고 비웃고, 나보다 열 살은 젊으면서 나만큼 당신을 사랑하는 사람을 찾으세요."[9]

그러나 관계는 계속되었다. 다음 해 여름에 아들을 만나러 남부 독일에 간 아인슈타인은 인근 휴양지에 와 있던 엘자와 그녀의 딸들에게 가는 것이 "지나치게 좋은 일"이기 때문에 가지 않겠다는 편지를 보냈다. 그는 베티 노이만에게 몰래 베를린으로 가겠다는 편지를 보냈다. 만약 엘자가 그런 사실을 알면 "날아서 되돌아올 것"이기 때문에 아무에게도 그런 사실을 말하지 말도록 당부했다.[10]

카푸트에 집을 지은 후에는 엘자가 매우 싫어했음에도 불구하고 여성 친구들이 계속 찾아왔다. 반제에 별장을 가지고 있던 부유한 미망인 토니 멘델이 가끔씩 카푸트로 와서 함께 보트를 즐기기도 했고, 그가 보트를 타고 그녀의 별장으로 가서 피아노를 치면서 늦은 밤까지 머물기도 했다. 그들은 가끔씩 베를린의 극장을 함께 찾아가기도 했다. 운전사가 모는 리

무진이 아인슈타인을 데리러 왔을 때, 엘자는 그녀와 심하게 싸우고 그에게 용돈을 한푼도 주지 않았던 적도 있었다.

그는 에텔 미카노프스키라는 베를린 사교계의 명사와도 관계를 가졌다. 그녀는 1931년 5월 그의 옥스퍼드 여행에 따라가서 그 지역의 호텔에 머물렀던 것이 분명했다. 그는 어느 날 크리스트 처치 대학의 편지지에 그녀를 위한 오행시를 짓기도 했다. 그 시는 "긴 가지가 정교하게 매달린, 그녀의 눈길을 벗어날 수 있는 것은 아무것도 없다"고 시작되었다. 며칠 후에 그녀는 그에게 비싼 선물을 보냈지만, 고맙다는 말은 듣지는 못했다. 그는 "작은 소포가 정말 나를 화나게 만들었습니다. 나에게 끊임없이 선물을 보내지 말아주십시오……어차피 무분별한 넉넉함으로 가득한 영국 대학으로 그런 것을 보내다니!"[11]

미카노프스키가 옥스퍼드로 아인슈타인을 찾아갔다는 사실을 알게 된 엘자는 분노했다. 특히 미카노프스키가 그녀에게 행선지를 정확하게 알려주지 않았던 것에 대해서 화를 냈다. 아인슈타인은 옥스퍼드에서 엘자에게 침착하도록 당부하는 편지를 보냈다. "M 부인은 완벽하게 최고의 유대-기독교 도덕에 따라 행동하기 때문에 그녀에 대한 당신의 불쾌감은 전혀 근거가 없는 것입니다. 여기 증거가 있습니다. 1) 다른 사람을 해치지 않고 자신이 좋아하는 일을 해야 합니다. 2) 좋아하지도 않으면서 남을 화나도록 만드는 일은 하지 말아야 합니다. 그녀는 1)번 때문에 나와 함께 왔고, 2)번 때문에 당신에게 그 사실을 알리지 않았습니다. 그것은 조금도 나무랄 일이 아니지 않습니까?" 그러나 엘자의 딸 마르고트에게 보낸 편지에서 아인슈타인은 미카노프스키가 따라다니는 것은 원치 않는다고 했다. 그는 미카노프스키의 친구인 마르고트에게 "그녀가 나를 따라다니는 것이 통제가 되지 않고 있다. 사람들이 나에 대해서 무엇이라고 하는지 신경을 쓰지는 않지만 엄마(엘자)와 M 부인을 위해서는 모든 톰, 딕, 해리가 이러쿵저러쿵 하도록 놓아두지 않는 것이 좋겠다"라고 했다.[12]

마르고트에게 보낸 편지에서 그는 자신이 미카노프스키나 그와 농담을 주고받는 대부분의 다른 여성들에게 특별히 관심을 가지고 있는 것은 아니라고 주장했다. 설득력은 없지만, 그는 "모든 여성들 중에서 나는 실제로 전혀 해가 되지 않고 존경할 만한 L 부인에게만 관심을 가지고 있다"고 했다.[13] 그것은 그가 매우 공개적으로 관계를 가지고 있던 마르가레테 레바흐라는 이름을 가진 금발의 오스트리아 여성이었다. 카푸트를 방문했던 레바흐는 엘자를 위해서 과자를 가지고 왔다. 그러나 엘자는 당연히 그녀를 용납하지 않았다. 그녀는 레바흐가 오는 날에는 베를린으로 쇼핑을 하러 마을을 떠났다.

한번은 레바흐가 아인슈타인의 보트에 옷을 남겨두었고, 그 때문에 가족들 사이에 소동이 일어났다. 엘자의 딸이 그녀에게 아인슈타인이 관계를 끝내도록 압력을 넣어야 한다고 주장했다. 그러나 엘자는 남편이 거절할 것을 두려워했다. 그는 자신이 남자와 여자는 자연적으로 일부일처가 아니라고 생각한다는 사실을 공개적으로 밝혔다.[14] 결국 그녀는 자신들의 결혼을 유지하는 것이 더 나을 것이라고 결정했다. 어떤 면에서는 그런 결정이 그녀의 목표에 더 맞는 것이었다.[15]

엘자는 남편을 좋아했고, 숭배하기도 했다. 그녀는 자신이 그의 모든 복잡성을 수용해야만 한다는 사실을 깨달았다. 특히 아인슈타인 부인으로서 그녀의 삶은 그녀를 행복하게 만들어주는 많은 것이 포함되어 있었다. 그녀는 아인슈타인의 (10년 전에도 그랬던 것처럼) 50회 생일 무렵에 그의 초상을 제작한 화가이며 동판화가인 헤르만 슈트루크에게 "그런 천재는 모든 면에서 흠잡을 데가 없어야만 한다"고 말했다. "그러나 자연은 그렇게 행동하지 않는다. 자연은 넉넉하게 해준 곳에서 많은 것을 가져가기도 한다." 좋은 점과 나쁜 점을 모두 받아들여야만 한다는 뜻이었다. 그녀는 "그를 하나의 존재로 보아야만 한다. 신은 그에게 그만큼의 고결함을 주었고, 나는 그와의 생활이 여러 면에서 힘들고 복잡하기는 하지만 그가 훌륭하다고 믿는다"고 했다.[16]

아인슈타인의 일생에서 가장 중요한 다른 여성은 엘자로부터 완전히 떨어져서 그를 보호해주고, 그에게 충성스러우면서 위협이 되지 않았던 사람이었다. 헬렌 듀카스는 아인슈타인이 심장 감염으로 침대에 누워 있던 1928년에 비서로 들어왔다. 엘자는 그녀의 언니를 알고 있었다. 그녀의 언니는 유대인 고아원을 운영하고 있었고, 엘자는 그곳의 명예 회장이었다. 엘자는 듀카스가 아인슈타인을 만나기 전에 먼저 면담을 했고, 듀카스가 믿을 만하고, 더 정확하게는 모든 면에서 안전하다고 느꼈다. 그녀는 듀카스가 아인슈타인을 만나기도 전에 일자리를 제안했다.

1928년 4월에 서른두 살의 듀카스가 아인슈타인의 병실로 들어섰을 때, 그는 손을 내밀고 웃으면서 "여기 늙은 아이의 시신이 있다"고 말했다. 그 순간부터 1955년 그가 사망할 때, 사실은 1982년에 자신이 사망할 때까지 한번도 결혼한 적이 없었던 듀카스는 그의 시간, 사생활, 명성 그리고 훗날에는 그의 유산을 맹렬하게 지켜냈다. 훗날 조지 다이슨은 "그녀의 본능은 자석 나침반처럼 확실하고 정직했다"고 했다. 그녀는 자신이 좋아하는 사람들에게는 유쾌한 웃음을 보여주었고, 솔직하게 행동했지만, 대체로 엄격하고, 냉철하며, 때로는 과민하기도 했다.[17]

외부인의 입장에서 그녀는 단순한 비서가 아니라 아인슈타인의 사나운 개처럼 보였을 수도 있다. 아인슈타인은 그녀를 자신의 작은 하데스 왕국을 지키는 경비견인 케르베로스라고 불렀다. 그녀는 언론인이 다가오지 못하게 하고, 그의 시간을 낭비하게 만들 것이라고 생각되는 편지는 그에게 전해주지 않고, 그녀가 사적인 일이라고 생각하는 문제는 철저하게 덮어주었다. 시간이 지나면서 그녀는 가족의 일원이 되었다.

또 한 사람의 잦은 방문자는 빈 출신의 젊은 수학자로 그의 조수가 되었고, 아인슈타인의 표현으로는 "계산기"였던 발터 마이어였다. 그는 아인슈타인과 몇 편의 통일장 이론 논문을 함께 썼고, 아인슈타인은 그를 "만약 유대인이 아니었더라면 오래 전에 교수가 되었을 훌륭한 사람"이라고 했다.[18]

이혼을 하고 나서부터 처녀 때의 이름으로 되돌아갔던 밀레바 마리치까지도 다시 아인슈타인이라는 이름을 사용하기 시작했고, 부자연스럽기는 했지만 그와 어느 정도의 관계는 유지할 수 있었다. 남아메리카를 방문했던 그는 그녀에게 선인장을 가져다주었다. 식물을 좋아하는 그녀에게는 아마도 우호적인 선물이었을 것이다. 그가 취리히를 방문할 때면 가끔씩 그녀의 아파트에서 머물기도 했다.

그는 심지어 그녀가 베를린에 오면 엘자와 함께 머물도록 초청하기도 했다. 그런 제안은 모든 사람을 불편하게 만들었을 가능성이 높다. 그러나 현명하게도 그녀는 하버 가족과 함께 지냈다. 그는 그녀에게 자신들의 관계가 좋아졌다고 말했다. 그는 옛날에 자신들이 얼마나 잘 지냈는지를 기억해내서 친구들을 놀라게 하기도 한다고 말했다. 그는 "당신과 아이들이 더 이상 엘자를 심하게 대하지 않아서 엘자도 행복합니다"라고 덧붙였다.[19]

그는 마리치에게 두 아들이 자신의 육신의 시계가 멈춘 후에도 남게 될 유산이고, 자신의 내면세계의 가장 좋은 부분이라고 말했다. 그럼에도 불구하고, 아니면 그 때문인지 몰라도, 그와 아들과의 관계는 긴장으로 가득했다. 한스 알베르트가 결혼을 결정했을 때에는 특히 그랬다.

마치 신들이 복수를 하려는 것처럼 당시의 상황은, 아인슈타인이 밀레바 마리치와 결혼하기로 했을 때 그의 부모가 겪었던 것과 너무나도 비슷했다. 한스 알베르트는 취리히 폴리테크닉을 다니는 동안에 자신보다 아홉 살 연상의 프리다 크네흐트와 사랑에 빠졌다. 152센티미터도 되지 않았던 그녀는 평범하고 퉁명스러웠지만 아주 총명했다. 마리치와 아인슈타인은 그녀가 교활하고, 매력이 없고, 육체적으로 바람직하지 않은 아이를 낳을 것이라는 데에 의견을 같이 했다. 그는 마리치에게 "나는 최선을 다해서 한스에게 그녀와 결혼하는 것은 미친 짓이라고 설득을 했지만 그가 그녀에게 완전히 의존하고 있는 것처럼 보였고, 아무런 소용도 없었습니다"라고 했다.[20]

아인슈타인은 아들이 숫기가 없고, 여성에 대한 경험이 없어서 그녀에게 유혹을 당한 것이라고 생각했다. 그는 한스 알베르트에게 "그녀는 너를 먼저 사로잡았을 것이고, 이제 너는 그녀가 여성의 구현이라고 생각하겠지. 그러나 그것은 여성이 순진한 사람을 이용하는 잘 알려진 방법이다"라고 했다. 그는 매력적인 여성은 그런 문제들을 해결할 수 있어야만 한다고 충고했다.

그러나 한스 알베르트는 25년 전에 자신의 아버지가 그랬듯이 완고했다. 그는 프리다와 결혼하기로 마음을 먹고 있었다. 아인슈타인은 그를 막을 수 없다는 것을 인정했지만, 아들에게 자식을 낳지 말 것을 약속하라고 강요했다. 아인슈타인은 "만약 네가 그녀를 떠나야 한다고 느끼게 되면, 나에게 망설이지 말고 이야기하려무나. 어쨌든 그런 날이 올 것이다"라고 했다.[21]

한스 알베르트와 프리다는 1927년에 결혼을 했고, 아이들을 낳았으며, 그녀가 31년 후에 사망할 때까지 부부로 지냈다. 몇 년 후에 그들의 양녀 에벌린 아인슈타인의 회고에 따르면, "알베르트가 자신의 결혼 문제로 부모와 그렇게 어려운 시간을 가졌기 때문에 아들의 결혼 문제에는 간섭을 하지 않았을 것이라고 생각할 것이다. 그러나 그렇지 않았다. 아버지가 어머니와 결혼할 때 끊임없는 폭발이 이어졌다."[22]

아인슈타인은 에두아르트에게 보낸 편지에서 한스 알베르트의 결혼에 대한 자신의 불만을 표현했다. "인종의 퇴화는 심각한 문제이다. 내가 [한스] 알베르트의 죄를 용서하지 못하는 것도 그 때문이지. 나는 그에게 행복한 얼굴을 보여줄 수가 없어서 본능적으로 그를 피하고 있다."[23]

그러나 2년이 지나지 않아서 아인슈타인은 프리다를 받아들이기 시작했다. 부부는 1929년 여름에 그를 방문했고, 그는 에두아르트에게 그들과 평화롭게 지냈다고 알려주었다. "그녀는 내가 걱정했던 것보다 인상이 좋았단다. 한스는 그녀에게 정말 잘해주고 있어. 장밋빛 광경에 신의 가호가 있기를."[24]

한편 에두아르트는 학업에 적응했지만, 그의 신경 문제는 점점 더 심해졌다. 그는 시를 좋아했고, 날카로운, 특히 가족에 대해서 엉터리 같은 시와 문구를 짓기를 좋아했다. 그는 열정적으로 피아노를 연주했고, 특히 쇼팽을 좋아했다. 그것이 처음에는 그의 일상적인 무기력함과 대비가 되는 좋은 점으로 보였지만, 나중에는 무시무시한 일이 되었다.

그가 아버지에게 보낸 편지도 역시 강렬했다. 철학과 예술에 대한 그의 생각을 마구 쏟아놓았다. 아인슈타인은 때로는 부드럽게, 때로는 냉정하게 반응을 했다. 훗날 에두아르트는 "나는 아버지에게 상당히 열광적인 편지를 보냈고, 그의 냉정한 성격 때문에 걱정을 했던 적도 있었다. 나는 한참 후에야 그가 그 편지들을 얼마나 소중하게 생각했는지를 알게 되었다"고 기억했다.

에두아르트는 취리히 대학에 진학해서 의학을 공부했고, 정신과 의사가 되려고 했다. 지그문트 프로이트에 관심을 가지게 된 그는 침실에 그의 사진을 걸어두었고, 스스로 자기 분석을 시도해보기도 했다. 이 기간에 아버지에게 보낸 그의 편지는 프로이트의 이론을 이용해서 영화와 음악을 비롯한 다양한 영역을 분석해보려는 총명한 노력으로 채워져 있었다.

에두아르트가 특히 아버지와 아들 사이의 관계에 흥미를 가지고 있었던 것은 놀라운 일이 아니었다. 그의 주장은 단순하고 신랄했다. 그는 언젠가 "나 자신이 중요하지 않게 느껴지기 때문에 그렇게 중요한 아버지를 가지는 것이 힘들 때도 있다"고 했다. 몇 달 후에 그는 더욱 불안한 마음을 쏟아냈다. "지적인 일로 시간을 채우는 사람들은 병들고, 신경질적이며, 때로는 완전히 바보 같은 자식(예를 들면 아버지와 나)을 낳는다."[25]

훗날 그의 편지는 점점 더 복잡해졌다. 자신이 권위를 경멸한 죄 때문에 운명은 자신을 권위로 만들었다는 아버지의 유명한 한탄을 분석한 경우가 그랬다. 에두아르트는 "정신분석학적으로 그것은, 아버지 앞에서 굽히는 대신 싸우고 싶었던 자신이 아버지의 자리를 차지하려면 스스로 권위가 되어야 한다는 뜻이다"라고 했다.[26]

아인슈타인은 1927년 신년에 빈에서 베를린으로 온 프로이트를 만났다. 당시에 일흔 살이던 프로이트는 입에 암이 생겼고, 한쪽 귀는 멀었지만, 두 사람은 즐거운 대화를 나누었다. 자신들의 연구 분야가 아니라 정치에 대해서 이야기를 했던 것이 부분적인 이유였다. 프로이트는 친구에게 "아인슈타인은 내가 물리학을 이해하는 것만큼 심리학을 이해한다"고 썼다.[27]

아인슈타인은 프로이트에게 자신의 아들을 만나거나 치료해달라고 요청하지도 않았고, 심리분석에 감동을 받은 것처럼 행동하지도 않았다. 언젠가 그는 "무의식을 파고드는 것이 언제나 도움이 되는 것은 아닐 수도 있다. 우리의 다리는 100여 개의 서로 다른 근육에 의해서 통제된다. 우리의 다리를 분석해서 각 근육의 기능과 그들이 작용하는 순서를 이해하는 것이 우리가 걷는 것에 도움이 될까?"라고 했다. 그는 스스로 치료를 받고 싶다는 관심을 표현한 적도 분명히 없었다. 그는 "나는 분석되지 않은 어둠의 상태로 남아 있고 싶다"고 선언했다.[28]

그러나 결국에 그는 어쩌면 에두아르트를 즐겁게 해주기 위해서 프로이트의 연구에 좋은 점이 있을 수도 있다고 인정하게 되었다. "여러 가지 소소한 개인적인 경험을 통해서 나는 적어도 그의 주된 주장에 대해서 확신하게 되었다고 인정할 수밖에 없다."[29]

대학에 다니는 동안 에두아르트도 연상의 여자와 사랑에 빠졌다. 그런 특징은 가족의 내력이 되었던 것이 분명하고, 프로이트가 관심을 가졌을 법한 것이었다. 두 사람의 관계가 고통스러운 결론에 이르게 되자, 그는 맥빠진 우울증에 빠졌다. 그의 아버지는 더 젊은 "장난감"에서 재미를 찾아보라고 제안했다. 직장을 찾아보라는 제안도 했다. 그는 "쇼펜하우어와 같은 천재도 실업으로 낙심을 했었지. 인생은 자전거 타기와 같은 거란다. 균형을 유지하려면 끊임없이 움직여야만 해"라고 했다.[30]

에두아르트는 그의 균형을 유지하지 못했다. 그는 수업을 빼먹고 방에 틀어박혀 있기 시작했다. 그의 문제가 심각해질수록 그에 대한 아인슈타인의 보살핌과 관심은 더 늘어난 것처럼 보였다. 심리학에 대한 자신만의 생각에 빠져들고 수수께끼 같은 글과 씨름을 하는 아들에게 보낸 편지에는 고통스러운 사랑이 배어 있었다.

에두아르트의 글 중에는 "인생 그 자체의 바깥에 있는 인생에는 아무런 의미가 없다"는 것도 있었다.

아인슈타인은 부드럽게 그런 주장을 받아들일 수 있다고 대답하면서 "그러나 그런 주장은 거의 아무것도 밝혀주지 못한다"고 했다. 아인슈타인은 인생 그 자체는 공허한 것이라고 했다. "사회 속에서 살면서, 어려움을 나누고, 그들에게 중요한 것에 노력을 집중하면서 그것으로부터 즐거움을 찾는 서로의 눈을 쳐다보기를 즐기는 그런 사람들이 완전한 인생을 이끌어간다."[31]

그런 훈계에는 영리한 자기 참조적인 면이 담겨 있었다. 아인슈타인 자신도 다른 사람의 어려움을 나누려는 경향이나 능력을 거의 가지고 있지 않았다. 그는 대신 자신에게 중요한 것에 집중하는 것으로 보상을 했다. 아인슈타인은 마리치에게 "테테는 정말 나를 많이 닮았지만, 그의 경우에는 더욱 심각한 것 같습니다. 그는 흥미로운 친구이지만 세상이 그에게는 쉽지 않을 것입니다"라고 했다.[32]

아인슈타인은 1930년 10월에 에두아르트를 방문해서 마리치와 함께 그의 침체된 기분을 어떻게 해보려고 노력했다. 그들은 함께 피아노를 연주했지만 소용이 없었다. 에두아르트는 계속해서 더 어두운 곳으로 빠져들어갔다. 그가 떠난 직후에 청년은 창밖으로 몸을 던지겠다고 위협했지만, 그의 어머니가 그를 말렸다.

아인슈타인 가족생활의 복잡한 요소들은 1930년 11월의 이상한 장면에서 함께 터져나왔다. 4년 전에 디미트리 마리아노프라는 이름의 러시아 작가가 아인슈타인을 만나려고 했다. 엄청난 용기와 끈기로 그는 스스로 아인슈타인의 아파트를 찾아와 엘자를 설득해서 안으로 들어왔다. 그는 러시아 극장에 대한 이야기로 아인슈타인을 즐겁게 해주었고, 글씨 분석에 대한 놀라운 구경거리로 엘자의 딸 마르고트의 관심을 끌었다.

마르고트는 심하게 수줍어해서 낯선 사람을 피하는 경우가 많았지만, 마리아노프는 그녀가 껍질을 벗어던지도록 만들었다. 에두아르트의 자살 시도로 놀란 마리치가 아무 예고 없이 베를린을 방문해서 전남편에게 도움을 청하고, 며칠이 지난 후에 그들은 결혼식을 올렸다. 훗날 마리아노프는 결혼식의 끝 장면을 이렇게 기억했다. "우리가 계단을 내려오던 중에 나는 현관 근처에 서 있던 여성을 발견했다. 그녀가 나에게 깊은 인상을 줄 정도로 강렬하게 타는 듯한 눈길로 우리를 쳐다보지 않았더라면 그녀를 주목하지 않았을 것이다. 마르고트는 숨을 멈추고 '밀레바다'라고 말했다."[33]

아인슈타인은 아들의 병에 심하게 흔들렸다. 엘자는 "그 슬픔이 알베르트를 잠식하고 있다. 그는 견뎌내기 어려워하고 있다"고 했다.[34]

그러나 그가 할 수 있는 일은 많지 않았다. 결혼식 다음 날 그와 엘자는 기차로 안트베르펜에 가서 배를 타고 두 번째로 미국을 방문해야만 했다. 그것은 힘든 출발이었다. 아인슈타인은 베를린 역에서 엘자를 잃어버렸고, 그런 후에는 기차표를 잃어버렸다.[35] 그러나 결국에는 모든 것이 해결되어서 또 한 번의 영광스러운 미국 방문을 떠나게 되었다.

다시 미국

1930년 12월에 시작된 아인슈타인의 두 번째 미국 방문은 첫 번째 방문과는 다를 것으로 예상되었다. 이번에는 대중의 열광이나 야단법석은 없을 것이었다. 그 대신 그는 연구원으로 두 달 동안 칼텍을 방문하기로 되어 있었다. 그의 여행을 준비한 관리들은 그의 사생활을 보호하려고 애를 썼고, 독일의 친구들과 마찬가지로 모든 홍보를 품위 없는 것이라고 여겼다.

언제나 그랬듯이 아인슈타인은 이론적으로는 동의하는 것처럼 보였다. 그가 온다는 것이 알려지자, 매일 강연 제안과 수상식 초청을 비롯한 십여 통의 전보가 쏟아져들어왔고, 그는 모든 것을 거절했다. 미국으로 가는 도중에 그와 그의 수학 계산기 발터 마이어는 선원이 문 앞을 지키고 있는 위층 선실에 숨어서 통일장 이론을 수정했다.[36]

그는 심지어 배가 뉴욕에 정박했을 때 배에서 내리지도 않기로 결정했다. 그는 "나는 카메라 앞에 서는 것과 속사포처럼 쏟아지는 질문에 대답하는 것을 증오한다"고 선언했다. "추상적인 것을 다루고 혼자 남겨져 있으면 행복한 과학자인 내가 대중적인 변덕에 사로잡혀야 하는 이유는 내가 감당할 수 있는 범위를 넘어서는 대중심리의 징조이다."[37]

그러나 세계는 이미, 특히 미국은 돌이킬 수 없는 새로운 명성의 시대로 접어들어 있었다. 명성을 거부하는 것은 더 이상 자연스러운 것으로 여겨지지 않았다. 홍보는 여전히 대부분의 예의 바른 사람들이 피해야 하는 것이었지만, 그 매력은 인정을 받기 시작했다. 배가 뉴욕에 정박하기 하루 전에 아인슈타인은 기자들의 요청에 마음이 누그러져서 도착한 직후에 기자 회견과 사진 촬영 기회를 마련하겠다는 소식을 전했다.[38]

그의 여행 일기에 따르면, 그것은 "가장 터무니없는 기대보다도 못한 것"이었다. 50명의 기자와 50명 이상의 사진 기자들이 독일 영사와 그의 풍풍한 조수를 동반하고 몰려들었다. "기자들은 지극히 어리석은 질문을 했고, 나의 시시한 농담 같은 답변을 열렬하게 받아들였다."[39]

네 번째 차원을 평범한 말로 정의해달라는 요청에 아인슈타인은 "점술가에게 물어보아야 할 것입니다"라고 대답했다. 상대성을 한 문장으로 정의할 수 있을까? "짤막하게 정의하려면 사흘이 걸릴 것입니다."

그가 심각하게 답변하려고 애썼던 질문이 하나 있었다. 그러나 그의 대답은 틀린 것이었다. 그 질문은 독일 선거에서 18퍼센트의 득표율을 확보한 석 달 전까지는 전혀 알려져 있지 않던 정당의 정치인에 대한 것이었다. 아인슈타인은 "아돌프 히틀러에 대해서 어떻게 생각하십니까?"라는 질문에 "그는 독일의 텅 빈 뱃속에 살고 있습니다. 경제 조건이 개선되기만 하면, 그는 더 이상 중요한 인물이 되지 못할 것입니다"라고 대답했다.[40]

「타임」지는 그 주에 모자를 쓰고, 세계에서 가장 유명한 과학자의 아내 역할에 들떠 있는 활기찬 엘자의 사진을 표지에 실었다. 잡지는 "수학자 아인슈타인이 은행 계좌를 제대로 관리하지 못하기 때문에" 그의 아내가 재정 문제를 챙기고, 여행 계획을 마련해야만 했다고 보도했다. 그녀는 잡지 기자에게 "내가 그런 모든 일을 해야만 그가 자신이 자유롭다고 생각하게 된다. 그는 내 인생의 전부이다. 그는 그럴 가치가 있다. 나는 아인슈타인 부인이라는 것이 아주 기쁘다"고 했다.[41] 그녀가 스스로 맡은 임무는 남편의 사인에 1달러, 사진에 5달러를 받는 것이었다. 그녀는 장부를 작성해서 모은 돈을 아이들을 위한 자선단체에 기부했다.

아인슈타인은 배가 뉴욕에 정박해 있는 동안에 숨어 있겠다는 생각을 바꿨다. 실제로 그는 모든 곳에 등장하는 것처럼 보였다. 그는 메디슨 스퀘어 가든에서 1만5,000명의 사람들과 함께 하누카를 기념했고, 자동차로 차이나타운을 돌아보고, 「뉴욕 타임스」 편집위원들과 점심을 먹고, 선풍적인 소프라노 마리아 예리차의 「카르멘」을 들으러 메트로폴리탄 오페라에 도착해서 환영을 받았으며, (지미 워커 시장이 "상대적으로" 작아진 것이라고 농담을 했던) 시청 열쇠를 받고, 컬럼비아 대학교의 총장으로부터 "정신의 지배적 제왕"이라는 소개를 받았다.[42]

그는 막 완성되었던 2,100석 규모의 중앙 홀을 갖춘 거대한 리버사이드 교회도 방문했다. 침례 교회였지만, 서쪽 현관 위에는 역사상 가장 위대한 10여 명의 사상가들과 함께 아인슈타인의 전신상이 돌에 새겨져 있었다. 유명한 선임 목사였던 해리 에머슨 포스딕이 현관에서 아인슈타인과 엘자를 마중나와 안내를 해주었다. 아인슈타인은 자신의 정원에 있는 이마누엘 칸트의 스테인드글라스 창문 앞에 서서 감탄을 한 후에 자신의 동상에 대해서 물어보았다. "이 모든 역사적 인물들 중에서 내가 유일한 생존자입니까?" 포스딕 박사는 함께 있던 기자들이 충분히 느낄 수 있는 중량감으로 "그렇습니다. 아인슈타인 교수님"이라고 대답했다.

"그렇다면 여생 동안 나는 무엇을 하고 말하는지에 대해서 아주 조심해야겠습니다"라고 아인슈타인이 대답했다. 교회 소식지에 실린 글에 따르면, 그 후에 그는 "나를 유대인 성인으로 만드는 것은 상상했을지 몰라도, 내가 신교의 성인이 될 것이라고는 생각해본 적이 없습니다"라는 농담을 했다.[43]

교회는 존 D. 록펠러 주니어의 기부금으로 건축되었고, 아인슈타인은 위대한 자본가이자 자선사업가인 그와 만나도록 준비되어 있었다. 록펠러 재단이 연구비에 요구하는 복잡한 제한에 대해서 논의하는 것이 목적이었다. 아인슈타인은 "관료적 형식주의는 정신을 미라의 손처럼 묶어 맬 것입니다"라고 대답했다.

그들은 대공황과 관련된 경제와 사회정의 문제에 대해서도 이야기를 나누었다. 아인슈타인은 작업 시간을 줄여서, 적어도 그가 이해하고 있는 경제학에 따라 더 많은 사람들이 고용될 기회를 가지도록 만들어야 한다고 제안했다. 그는 또한 학교 수학 연한을 늘이는 것이 젊은 사람들이 노동시장으로 진입하는 것을 막아줄 것이라는 이야기도 했다.

록펠러는 "그런 아이디어가 개인의 자유에 부당한 제약을 가하지 않을까요?"라고 물었다. 아인슈타인은 현재의 경제적 위기가 전쟁 중에 시행했던 것과 같은 대책을 정당화시켜줄 것이라고 대답했다. 아인슈타인에게는 평화주의적 입장을 밝힐 수 있는 기회였지만, 록펠러는 그런 견해에 함께 하기를 정중하게 거부했다.[44]

그의 가장 기억에 남는 연설은 그가 신(新)역사회에서 했던 낭랑한 평화주의적 요구였다. 그는 "어떤 상황에서도 타협하지 않는 반전과 군복무 거부"를 요구했다. 그런 후에 그는 용감한 2퍼센트에 대한 유명한 요구로 알려지게 된 발언을 했다.

소심한 사람은 "무슨 소용이 있겠어? 우리는 감옥에 가게 될 것이다"라고 말할 것이다. 그런 사람들에게 나는 군복무를 해야 하는 사람들 중에서 2퍼센트만 전쟁을 거부하겠다고 선언한다면……정부는 무기력해질 것이라고 대답할 것이다. 그렇게 많은 사람들을 감히 감옥에 보낼 수는 없다.

그 연설은 곧바로 반전 선언문이 되었다. 단순히 "2퍼센트"라고만 새겨진 단추가 학생과 평화주의자들의 옷깃에 등장하기 시작했다.* 「뉴욕 타임스」는 그 이야기를 1면에 싣고, 연설문 전체를 보도했다. 어느 독일 신문도 그것을 보도하기는 했지만 그렇게 열광하지는 않았다. "아인슈타인 군복무 거부 간청 : 과학자의 믿을 수 없는 미국에서의 홍보방법."[45]

뉴욕을 떠나던 날 아인슈타인은 도착할 때의 발언 중에서 하나를 조금 수정했다. 다시 히틀러에 대해서 질문을 받은 그는 만약 나치가 권력을 잡게 되면 그는 독일을 떠날 생각을 할 수도 있을 것이라고 밝혔다.[46]

아인슈타인의 배는 파나마 운하를 통해서 캘리포니아로 향했다. 그의 아내가 미용실에서 시간을 보내는 동안에 아인슈타인은 헬렌 듀카스에게

---

* 평화주의자들은 다른 설명은 필요하지 않았다고 생각하지만, 당시 일부에서는 그 단추를 2퍼센트 맥주를 뜻하는 것으로 해석하기도 했다.

편지를 받아쓰게 하고, 발터 마이어와 통일장 이론 방정식에 관한 일을 했다. 그는 동료 승객들의 "끊임없는 사진 찍기"에 대해서 불평했지만, 젊은 남자에게 자신을 스케치하도록 한 후에 자신을 조롱하는 엉터리 시를 써주어서 수집가들이 관심을 가지는 작품을 만들어주었다.

아인슈타인은 따뜻한 날씨를 즐겼던 쿠바 지역의 과학원에서 강연을 했다. 그런 후에 그는 파나마로 갔다. 그곳에는 취리히 폴리테크닉 졸업생으로 밝혀진 대통령을 몰아내기 위한 혁명이 무르익고 있었다. 그런데도 그곳의 관리들은 아인슈타인에게 훌륭한 환영식을 열어주었고, "문맹의 에콰도르 인디언이 여섯 달에 걸쳐 짠" 모자를 선물받았다. 크리스마스에는 배의 무선 라디오를 통해서 미국으로 성탄 인사를 방송했다.[47]

1930년 마지막 날 아침에 배가 샌디에이고에 도착했을 때 십여 명의 기자들이 몰려들었고, 그중 두 사람은 갑판에 서둘러 오르다가 사다리에서 떨어지기도 했다. 제복을 입은 500명의 여학생들이 갑판에 늘어서서 그를 위해서 세레나데를 불렀다. 연설과 수여식으로 채워진 화려한 축하연은 4시간 동안이나 계속되었다.

그는 우주의 다른 곳에 살고 있는 사람이 있느냐는 질문을 받았다. 그는 "어쩌면 다른 생명이 있을지는 모르겠지만, 그것은 인간이 아닐 것이다"라고 대답했다. 종교와 과학은 갈등관계인가? 그렇지 않다. 그는 "물론 당신의 종교관에 따라 달라진다"고 대답했다.[48]

독일에서 뉴스 영화를 통해서 아인슈타인이 샌디에이고에 도착하는 광경을 본 친구들은 놀라기도 했지만, 겁에 질리기도 했다. 예민해진 헤트비히 보른은 "주간 뉴스 영화에서 샌디에이고의 사랑스러운 바다 요정이 담긴 꽃수레를 증정받는 것과 같은 일을 하는 당신을 보는 것은 언제나 재미있습니다. 바깥에서 보기에는 정신이 나간 것처럼 보이겠지만, 나는 언제나 하느님께서는 무슨 일을 하는지 알고 계신다고 생각합니다"라고 했다.[49]

앞장에서 설명했듯이, 아인슈타인이 마운트 윌슨 천문대를 방문해서, 팽창하는 우주의 증거를 보고, 자신의 일반상대성 방정식에 추가했던 우주 상수를 포기한 것이 바로 이 여행이었다. 그는 나이를 먹은 앨버트 마이컬슨에게 찬사를 바치기도 했다. 그는 에테르의 흐름을 발견하지 못한 유명한 실험에 대해서 조심스럽게 찬사를 표시했지만, 그것이 자신의 특수상대성 이론의 기초였다는 사실은 분명하게 밝히지 않았다.

아인슈타인은 남부 캘리포니아의 다양한 즐거움에 빠졌다. 그는 로즈 보울 행진에도 참여했고, 「서부전선 이상 없다」를 특별 관람하기도 했으며, 주말에 친구의 집에서 머무는 동안 모하비 사막에서 알몸으로 일광욕을 즐기기도 했다. 할리우드 스튜디오의 특수효과 팀은, 주차된 자동차를 운전하는 것처럼 찍은 후에 그날 저녁에 마치 그가 로스앤젤레스를 지나 하늘로 날아올라서 로키 산맥을 넘어 독일의 시골에 착륙하는 것처럼 만든 영화를 보여주어 그를 즐겁게 해주었다. 심지어 그에게 영화 배역을 제안하기도 했지만 그는 정중하게 그 제안을 거절했다.

그는 칼텍의 로버트 A. 밀리컨 소장과 함께 태평양에서 요트를 타기도 했다. 아인슈타인은 그의 일기에 자신이 대학에서 "신의 역할을 한다"고 적었다. 밀리컨은 노벨 상 위원회가 밝혔듯이 "아인슈타인의 가장 중요한 광전자 방정식을 실험적으로 확인한" 공로로 1923년에 노벨 상을 받은 물리학자였다. 그는 브라운 운동에 대한 아인슈타인의 해석을 확인하기도 했다. 따라서 칼텍을 세계에서 가장 훌륭한 과학 연구기관으로 만들려던 그가 아인슈타인을 모셔오려고 열심히 노력한 것은 이해가 되는 일이었다.

그들의 모든 공통점에도 불구하고, 밀리컨과 아인슈타인은 개인적인 견해가 너무 달라서 어색한 관계가 될 수밖에 없었다. 과학적으로 너무 보수적이었던 밀리컨은 자신의 실험으로 분명하게 확인이 된 후에도, 광전자 효과에 대한 아인슈타인의 해석과 에테르에 대한 그의 거부감에 저항했었다. 그는 정치적으로는 더욱 보수적이었다. 아이오아 전도사의 건장하고 강건한 아들인 그는 아인슈타인이 지극히 싫어했던 애국적 군국주의를 좋아했다.

더욱이 밀리컨은 비슷한 생각을 가진 보수주의자들의 넉넉한 기부금으로 칼텍을 발전시키고 있었다. 아인슈타인의 평화주의적이고 사회주의적인 정서는 그런 사람들을 불편하게 만들었고, 그들은 밀리컨에게 그가 우주적 문제보다는 세속의 문제에 대해서 공개적으로 발언하는 것을 자제하도록 강요했다. 아모스 프라이드 소장의 표현에 따르면, 그들은 "알베르트 아인슈타인 박사를 초대함으로써 이 나라의 젊은이들에게 반역을 가르치는 일을 도와주고 부추기는 것"을 피해야만 했다. 그런 주장에 동조한 밀리컨은 아인슈타인의 군복무 거부에 대한 요구를 비판하고, "정말 그가 그런 말을 했다면, 2퍼센트의 발언은 경험 있는 사람이라면 어느 누구도 할 수 없는 주장이다"라고 선언했다.[50]

밀리컨은 "캘리포니아에서 가장 위험한 인물"이라고 불렸던 개혁적인 작가이면서 노동조합 선동가인 업턴 싱클레어와, 아인슈타인만큼이나 세계적으로 유명하면서 좌익 성향은 그를 능가했던 찰리 채플린을 특별히 경멸했다. 밀리컨에게는 놀랍게도 아인슈타인은 곧바로 그들과 친해졌다.

아인슈타인은 싱클레어와 사회정의의 책임에 대해서 의견을 나누었고, 캘리포니아에 도착한 직후에는 그의 초대를 기꺼이 받아들여서 다양한 만찬, 파티, 회의에 참석했다. 심지어 싱클레어의 집에서 열린 시시한 사교 모임에도 참석했던 그는 어리둥절했지만 끝까지 정중하게 남아 있었다. 싱클레어 부인이 과학과 영성에 대한 그의 견해를 반박했을 때, 엘자는 그녀의 무례함을 나무랐다. 그녀는 "알다시피 내 남편은 세계에서 가장 위대한 사상가입니다"라고 했다. 싱클레어 부인은 "맞습니다. 알고 있습니다. 그렇다고 그가 모든 것을 알고 있는 것은 아닙니다"라고 대답했다.[51]

유니버설 스튜디오를 돌아보던 아인슈타인은 자신이 언제나 찰리 채플린을 만나고 싶어했다고 했다. 스튜디오의 책임자는 그에게 전화를 했고, 곧바로 달려온 그는 매점에서 아인슈타인과 함께 점심 식사를 했다. 그들의 만남은 며칠 후 새로운 명성의 시대에 가장 기억에 남을 장면 중의 하나로 이어졌다. 검은 넥타이를 맨 아인슈타인과 채플린이 기쁨에 들뜬 엘자와 함께 영화 「가로등」의 시사회에 등장했다. 그들이 박수 속에 극장으로 걸어가는 동안에 채플린은 기억에 남을 (그리고 정확한) 말을 했다. "저 사람들은 전부 나를 이해하기 때문에 나를 반기고, 당신을 전혀 이해하지 못하기 때문에 당신을 반기는 것입니다."[52]

아인슈타인은 자신의 미국 방문이 끝나갈 무렵에 칼텍의 학생회에서 강연을 하면서 더욱 심각한 제스처를 취했다. 인도주의적 전망을 바탕으로 한 그의 설교는 어떻게 지금까지 과학이 나쁜 것보다 좋은 것을 더 많이 제공하지 못했는지에 대한 것이었다. 전쟁 중에 과학은 사람들에게 "서로를 독살하고 불구로 만드는 방법"을 제공했고, 평화시에는 "우리의 생활을 더욱 바쁘고 불확실하게 만들었다." 과학은 해방을 시켜주는 힘이 되는 대신에 사람들을 "노동의 즐거움이 없이 오랜 시간 동안 지루하게" 일하도록 만듦으로써 "사람을 기계의 노예로 만들었다"고 주장했다. 보통 사람들을 더 잘 살게 만드는 것에 대한 관심이 과학의 주된 목표가 되어야만 한다. "도형과 방정식에 대해서 생각할 때 그것을 절대 잊지 말라!"[53]

아인슈타인은 뉴욕에서 배를 타려고 미국을 동쪽으로 가로지르는 기차를 탔다. 그들은 그랜드 캐니언에서 쉬려고 기차에서 내렸다. 그곳에서 그들은 (아인슈타인은 몰랐지만 캐니언의 매점에서 계약한) 호피 인디언 대표단의 환영을 받았다. 그들은 그를 "먼 친척"으로 받아들이고, 깃털이 잔뜩 달린 머리 장식물을 준 덕분에 몇 장의 유명한 사진이 남게 되었다.[54]

기차가 시카고에 도착했을 때, 아인슈타인은 뒤쪽 승강장의 연단에서 자신을 환영하러 나온 평화주의자들에게 연설을 했다. 밀리컨은 깜짝 놀랐을 것이 틀림없다. 그것은 아인슈타인이 뉴욕에서 했던 "2퍼센트" 연설과 비슷한 것이었다. 그는 "유일하게 효과적인 방법은 군복무를 거부하는 혁명적인 방법이다. 자신을 훌륭한 평화주의자라고 생각하는 많은 사람들은 그런 극단적인 평화주의 움직임에 참여하기를 원하지 않고, 애국심 때문에 그런 정책을 받아들일 수 없다고 주장할 것이다. 그러나 위급한 경우에는 그런 사람들도 믿을 수가 없다."[55]

아인슈타인의 기차는 3월 1일 아침에 뉴욕 시에 도착했고, 그로부터 16시간 동안 아인슈타인에 대한 열광은 극에 달했다. 독일 영사는 "특별한 이유는 없지만, 아인슈타인의 개성이 이런 식의 집단 히스테리를 촉발시켰다"고 베를린에 보고했다.

먼저 아인슈타인은 전쟁저항자연맹(WRL)의 회원 400명이 그를 기다리고 있던 배로 갔다. 그는 그 사람들을 모두 배 안으로 초청해서 무도장에서 연설을 했다. "평화시에 평화주의 조직의 회원들이 감옥에 갈 각오로 정부에 반대하여 자신을 희생할 준비가 되어 있지 않다면, 가장 마음이 굳고 의연한 사람들만이 반대할 전쟁 중에는 그런 노력이 실패할 것이 분명하다." 사람들은 광적으로 폭발했다. 너무 흥분한 평화주의자들은 달려나가서 그의 손에 입맞춤을 하고 옷을 만졌다.[56]

그곳에 있었던 사회주의 지도자 노먼 토머스는 아인슈타인에게 극단적인 경제 개혁 없이는 평화주의가 성공할 수 없다고 주장했다. 아인슈타인은 동의하지 않았다. 그는 "사람들에게 사회주의보다 평화주의를 설득시키는 것이 더 쉽다. 우리는 먼저 평화주의를 정착시킨 후에 사회주의를 정착시키기 위해서 노력해야 한다"고 했다.[57]

그날 오후에 아인슈타인은 월도프 호텔로 인도되었다. 그는 복잡하게 뒤엉킨 방에서 헬렌 켈러와 여러 언론인을 비롯한 수많은 손님들을 만났다. 실제로 그 방은 두 개의 넓은 객실이 거대한 전용 식당으로 연결된 것이었다. 그날 오후에 도착한 어느 친구는 엘자에게 "알베르트가 어디 있습니까?"라고 물어보아야 했다.

화가 난 그녀는 "모르겠습니다. 그는 언제나 이 많은 방 어딘가에서 자취를 감춥니다"라고 대답했다.

결국 그들은 아내를 찾으려고 헤매고 있던 그를 찾아냈다. 그는 화려한 모임을 불쾌해했다. 친구가 이렇게 제안했다. "이렇게 하세요. 두 번째 방을 완전히 막아버리면 기분이 나아질 것입니다." 아인슈타인은 그렇게 했고, 효과가 있었다.[58]

그날 저녁에 그는 이미 매진된 시온주의 모금 만찬에서 연설을 한 후에 자정 직전에 배로 돌아왔다. 그렇다고 하루가 끝난 것은 아니었다. 그가 항구에 도착했을 때는 수많은 젊은 평화주의자들이 "영원히 전쟁 반대"라고 외치면서 그를 반겼다. 훗날 그들은 청년평화연맹을 결성했고, 아인슈타인은 그들에게 "더욱 본격적인 평화주의 운동에 성공하기를 바란다"는

격려의 메시지를 보내주었다.[59]

아인슈타인의 평화주의

1920년대에 아인슈타인의 마음속에는 극단적인 평화주의가 자리잡고 있었다. 쉰 살이 되면서 물리학의 선두에서 물러나던 그는 정치에 더 적극적으로 참여하기 시작했다. 적어도 아돌프 히틀러와 그의 나치가 집권할 때까지는 군비 축소와 전쟁 반대가 그의 주된 목표였다. 그는 미국 여행 중에 만난 대담자에게 "나는 단순한 평화주의자가 아니라 투쟁적인 평화주의자이다"라고 했다.[60]

그는 제1차 세계대전 이후에 만들어졌지만 미국이 참여하기를 거부한 국제기구인 국제연맹이 선택했던 신중한 접근방법을 거부했다. 연맹은 완전한 군비 축소를 요구하는 대신에 교전과 군비 경쟁의 적정한 규칙을 정하려는 수준에서 맴돌고 있었다. 1928년 1월에 독가스 무기 제한방법을 연구하기 위한 연맹의 군비 축소위원회에 참석해달라는 요청을 받은 그는 그런 미봉책에 대한 불만을 공개적으로 밝혔다.

전쟁을 통제하기 위한 규칙과 제한을 마련하는 것은 지극히 쓸모없는 일이라고 생각한다. 전쟁은 게임이 아니다. 그래서 게임에서처럼 규칙에 따라 전쟁을 할 수는 없다. 우리의 투쟁은 전쟁 그 자체에 대한 것이어야만 한다. 국민들은 군복무를 철저하게 거부하는 조직을 구성함으로써 전쟁 당국과 가장 효과적으로 싸울 수 있다.[61]

결국 그는 전쟁저항자 인터내셔널(WRI)이 이끄는 운동의 정신적 지도자 중의 한 사람이 되었다. 그는 1928년 11월에 WRI 런던 지부에 "모든 종류의 전쟁에 참여하기를 거부하는 국제운동이 이 시대의 가장 유망한 발전 중 하나이다"라는 편지를 보냈다.[62]

나치의 영향력이 커지고 있을 때까지도 아인슈타인은 자신의 평화주의적 가설에 예외가 있다는 사실을 인정하지 않았다. 적어도 처음에는 그랬다. 어느 체코 언론인은 그에게 만약 유럽에서 다른 전쟁이 일어나고 한쪽이 침략자인 것이 분명하다면 어떻게 하겠느냐고 물었다. 그는 "나는 특별한 전쟁의 원인에 대해서 내가 어떻게 생각하는지에 상관없이 직접적이거나 간접적이거나 전쟁과 관련된 모든 참여를 무조건적으로 거부하고, 내 친구들에게도 그렇게 하도록 설득할 것이다"라고 대답했다.[63] 그의 발언은 프라하의 언론 검열 때문에 보도되지는 못했지만, 다른 곳에서 알려지게 되면서 순수한 평화주의자로서 그의 위상을 높여주었다.

당시에 그런 의견은 드문 것이 아니었다. 제1차 세계대전은 놀라울 정도로 잔인하고 확실히 불필요한 것이어서 사람들에게 충격을 주었다. 아인슈타인의 평화주의를 공유하던 사람들 중에는 업턴 싱클레어, 지그문트 프로이트, 존 듀이, H. G. 웰스 등이 있었다. 그들은 아인슈타인도 서명했던 1930년 선언에서 "진정으로 평화를 원하는 모든 사람들은 청년들에게 군사훈련을 시키지 말 것을 요구해야만 한다고 믿는다. 군사훈련은 몸과 마음에 살인기술을 교육시키는 것이다. 그것은 평화에 대한 인간의 의지를 좌절시킨다"고 주장했다.[64]

아인슈타인의 반전운동은 나치가 집권하기 전해인 1932년에 절정에 이르렀다. 그해에 국제연맹과 미국과 러시아에 의해서 조직된 일반 군축회의가 제네바에서 열렸다.

그가 『네이션』에 발표한 글에서 밝혔듯이, 처음에 그는 회의가 "현 세대와 미래 세대의 운명에 결정적일" 것이라는 큰 꿈을 가지고 있었다. 그러나 무기력한 군비 제한규칙에만 만족하지 말아야 한다고 경고했다. 그는 "군비를 제한하겠다는 협약만으로는 아무런 보호가 되지 않는다"고 했다. 그 대신 분쟁을 조정하고 평화를 강화할 수 있는 힘을 가진 국제기구가 있어야만 한다. "정부가 강제 조정을 지원해야만 한다."[65]

그의 두려움은 현실이 되었다. 회의는 군비 균형 평가에서 항공모함의 공격력을 계산하는 방법과 같은 문제 때문에 진창에 빠져들었다. 아인슈타인은 그 문제가 논의되던 5월에 제네바에 나타났다. 그가 방문자석에 나타나자 대표단은 논의를 멈추고 기립박수로 그를 환영했다. 그러나 아인슈타인은 기뻐하지 않았다. 그날 오후에 그는 자신의 호텔에서 그들의 어리석음을 비판하는 기자회견을 가졌다.

그는 회의를 포기하고 자신의 비판을 보도하려고 몰려든 십여 명의 기자들에게 "전쟁 무기에 대한 규칙을 만든다고 전쟁의 가능성이 줄어드는 것은 절대 아니다. 우리 모두가 지붕 위에 올라서서 이 회의가 형편없는 것이라고 비판해야만 한다!"고 주장했다. 그는 비극적인 환상이라고 생각하는 "전쟁을 인간화하는" 협약을 만드는 것보다 지금 당장 회의를 포기하는 것이 더 좋다고 주장했다.[66]

소설가 친구이고 동료 평화주의자 로맹 롤랑은 "아인슈타인은 과학 분야 바깥의 문제에 대해서는 비현실적인 경향이 있다"고 했다. 독일에서 일어나고 있는 일을 고려하면, 군축은 환상이고, 평화주의적 희망은 아인슈타인이 가끔씩 던지는 말처럼 순진한 것이었다. 그러나 그의 비판에도 일리가 있다는 점을 인정해야만 한다. 제네바의 군축 시종들은 순진하지도 않았다. 독일이 재무장을 할 때까지 그들은 무의미하고 비밀스러운 논쟁에 5년을 소모했다.

정치적 이상

"한 단계 더, 아인슈타인!"이라는 신문 제목도 등장했다. 아인슈타인에게 평화주의를 더욱 극단적인 정치로 발전시켜야 한다고 주장하던 좌익 활동가 중의 한 사람인 독일 사회주의 지도자 쿠르트 힐러가 1931년 8월에 아인슈타인에게 보낸 공개 편지였다. 힐러는 평화주의가 부분적인 과정일 뿐이라고 주장했다. 진정한 목표는 사회주의 혁명이어야 한다는 것이었다.

아인슈타인은 그 글을 "대체로 어리석은 것"이라고 평했다. 평화주의는 반드시 사회주의일 필요가 없고, 사회주의 혁명이 때로는 자유의 억압으로 끝나기도 했다. 그는 힐러에게 "나는 혁명적인 행동으로 권력을 잡은 사람들이 내 이상에 따라 행동할 것이라고 확실할 수 없습니다. 나는 평화에 대한 투쟁은 사회주의 개혁을 위한 어떤 노력보다도 앞서 활기차게

추진되어야만 한다고 믿습니다"라는 답장을 보냈다.[67]

아인슈타인의 평화주의, 세계 연방주의, 그리고 국수주의에 대한 혐오는 사회정의에 대한 열정, 패배자에 대한 동정, 인종차별에 대한 반감, 사회주의를 향한 편애를 포함한 정치적 꿈의 일부였다. 그러나 과거와 마찬가지로 1930년대에도 권위를 경계하고, 개인주의를 존중하며, 개인적 자유를 좋아하던 그는 볼셰비키 정책이나 공산주의의 교리에 저항할 수밖에 없었다. 아인슈타인의 정치 활동과 FBI가 수집한 그에 대한 방대한 서류를 분석했던 프레드 제롬은 "아인슈타인은 빨갱이도 아니었고, 앞잡이도 아니었다"고 말했다.[68]

권위에 대한 경계심은, 창의성과 상상력을 꽃피우기 위해서는 자유와 개인주의가 반드시 필요하다는 아인슈타인의 도덕적 원리 중에서 가장 근본적인 것이었다. 그는 건방진 젊은 사상가로서 스스로 그것을 증명했고, 1931년에 그런 원리를 분명하게 천명했다. "나는 국가의 가장 중요한 임무는 개인을 보호하고, 국민이 창조적인 개성을 발전시킬 수 있도록 해주는 것이라고 믿는다"고 밝혔다.[69]

엘자의 딸들을 돌보아주던 의사의 아들 토머스 벅키는 열세 살 때인 1932년에 아인슈타인을 만났고, 그들은 정치에 대한 긴 논의를 나누곤 했다. 그는 "아인슈타인은 인본주의자, 사회주의자, 민주주의자였다. 그는 러시아 사람이나 독일 사람이나 남아메리카 사람이거나 상관없이 철저한 반(反)독재주의자였다. 그는 자본주의와 사회주의의 결합도 인정했다. 그리고 우익이나 좌익의 모든 독재를 미워했다"고 기억했다.[70]

공산주의에 대한 아인슈타인의 회의는 1932년 세계반전대회에 초대를 받았을 때부터 분명하게 드러나 있었다. 그 단체는 평화주의 집단으로 알려지기는 했지만 소비에트 공산주의자들의 전위대가 되어 있었다. 예를 들면, 대회의 공식 초청장은 일본의 소련에 대한 침략적 자세를 부추기는 "제국주의 국가들"을 비판했다. 아인슈타인은 그들의 선언에 참석하거나 지원하기를 거절했다. 그는 "소련에 대한 찬양이 들어 있기 때문에 나는 서명할 수가 없다"고 했다.

그는 자신이 러시아에 대해서 우울한 결론에 도달했다고 덧붙였다. "위에는 권력에 굶주려서 순전히 이기적인 동기에서 행동하는 사람들에 의한 가장 부정한 방법의 개인적인 투쟁이 있는 것 같다. 아래에는 개인과 의사 표현의 자유에 대한 철저한 억압이 있다. 그런 상황에서는 살 가치가 있는지 의심스럽다." 고약하게도 1950년대의 적색 공포 기간 중에 FBI가 수집한 아인슈타인에 대한 비밀문서에는, 그가 이런 세계 대회에 참석해달라는 초청을 거절하기는커녕 오히려 **지원했다**는 증거가 들어 있었다.[71]

당시 아인슈타인의 친구 중에는 아이작 돈 레빈이라는 사람이 있었다. 러시아 태생의 미국 언론인이었던 그는 공산주의자들에게 동조적이었지만, 허스트 계열 신문의 특별기고가로서 스탈린과 그의 잔인한 정권에 강하게 반발했다. 아인슈타인은 미국 민권 자유연합(ACLU)의 창립자인 로저 볼드윈과 버트런드 러셀을 포함한 다른 민권 자유 운동가들과 함께 레빈이 스탈린주의자들의 공포를 폭로한 『러시아 감옥으로부터의 편지(Letters from Russian Prisons)』의 출판을 지원했다. 그는 "러시아의 공포 정권"을 비난하는 글을 스스로 발표하기도 했다.[72]

아인슈타인은 레빈이 그 후에 쓴 스탈린의 전기도 읽었고, 그것을 "의미심장하다"고 평했다. 그것은 독재자의 잔인함을 통렬하게 폭로한 글이었다. 그는 그 책에서 좌익이나 우익 모두에서 무도한 정권이 초래하는 명백한 교훈을 보았다. 그는 레빈에게 보낸 찬사의 편지에서 "폭력이 폭력을 낳습니다. 자유는 모든 진정한 가치의 개발을 위해서 반드시 필요한 기초입니다"라고 했다.[73]

그러나 결국 아인슈타인은 레빈과 갈라서기 시작했다. 반(反)공산주의자로 전향한 전(前) 공산주의자들이 대부분 그랬듯이 전향의 열정과 강도를 가진 레빈은 스펙트럼의 중간 영역을 인정하기 어려웠다. 그러나 아인슈타인은 소비에트의 억압에는 혁명적 변화의 불행한 산물이라는 측면이 있다는 사실을 기꺼이 받아들일 수 있었다. 레빈은 그렇게 느꼈다.

실제로 러시아에는 계급 차별과 경제적 계층을 제거하려는 시도를 포함해서 아인슈타인이 감탄했던 여러 가지 면들이 있었다. 그는 자신의 신조를 적은 글에서 "나는 계급 차별을 정의에 반대되는 것이라고 생각한다. 그리고 나는 평범하게 사는 것이 육체적으로나 정신적으로 모두에게 좋은 것이라고 생각한다"고 적었다.[74]

그런 정서 때문에 아인슈타인은 미국의 지나친 소비와 부의 양극화에 대해서 비판적이었다. 그래서 그는 여러 인종과 사회정의 운동에 참여했다. 예를 들면, 그는 유명한 재판에서 앨라배마의 집단 성폭행 혐의로 유죄 판결을 받은 젊은 흑인 단체인 스코츠보로 소년단과 캘리포니아에서 살인 혐의로 수감된 노동운동가인 톰 무니를 옹호했다.[75]

칼텍의 밀리컨은 아인슈타인의 행동주의에 당황했고, 그 사실을 그에게 편지로 알렸다. 아인슈타인은 외교적으로 대답했다. 그는 "당신 나라의 국민에게만 관련된 일에 간섭하는 것이 내 일이 될 수는 없습니다"라고 인정했다.[76] 밀리컨은 많은 사람들이 그랬던 것처럼 아인슈타인이 정치적인 문제에서 너무 순진하다고 생각했다. 그가 어느 정도까지 그랬던 것은 사실이지만 스코츠보로 소년단과 무니의 유죄 판결에 대한 그의 거부감은 정당한 것이었고, 인종과 사회정의를 옹호한 것이 역사에서 옳은 것으로 드러났음을 기억할 필요가 있다.

아인슈타인은 시온주의 운동에 참여하고 있었지만, 유대인들이 몰려들어 이스라엘을 건국하면서 강제로 이주하게 된 아랍인들에게도 동정적이었다. 그의 메시지는 예언적인 것이었다. 그는 1929년에 바이츠만에게 "우리가 아랍인들과의 정직한 협력과 정직한 약속의 방법을 찾지 못한다면 우리는 2,000년에 걸친 고난으로부터 아무것도 배우지 못한 셈입니다"라고 했다.[77]

그는 바이츠만은 물론이고 어느 아랍인에게 보낸 공개 편지를 통해서 독자적인 인식을 가진 4명의 유대인과 4명의 아랍인으로 "추밀원"을 구성해서 모든 논쟁을 해결하도록 하자고 제안했다. 그는 "두 위대한 셈족 사람들은 위대한 공동의 미래를 가지고 있다"고 주장했다. 그는 시온주의 운동을 하는 친구들에게, 만약 유대인이 양측의 조화로운 삶을 보장하지 못한다면 앞으로 수십 년 동안 고난이 계속될 것이라고 경고했다.[78] 이번에도 그는 순진하다는 평을 받았다.

아인슈타인-프로이트 논쟁

지식인 협력연구소라고 알려진 단체의 사람들이 1932년 그에게 그가 선택한 사상가와 전쟁과 정치에 관련된 문제에 대해서 편지를 교환하자고 제안했을 때, 아인슈타인은 당시의 위대한 지식인이고 평화주의자의 우상이었던 지그문트 프로이트를 자신의 상대로 선택했다. 아인슈타인은 지난 몇 년 동안 자신이 다듬어왔던 아이디어를 제안하는 것으로 자신의 글을 시작했다. 그는 전쟁을 제거하려면 "부정할 수 없는 권위로 판결을 할 수 있고, 그 판결이 실행되도록 절대적인 복종을 보장할 수 있는 능력을 가진 초국가적 기구"에 자신의 주권을 위임하는 국가들이 필요하다고 주장했다. 다시 말해서, 국제연맹보다 훨씬 강력한 국제적 권력이 만들어져야만 한다는 것이다.

독일의 군국주의에 시달리던 청소년 시절부터 아인슈타인은 국수주의를 배척해왔다. 히틀러의 집권으로 그가 평화주의 원리에 대해서 주저하게 된 후에도 변함없이 유지된 그의 그런 정치적 입장의 근본적인 가설 중의 하나가 바로 분쟁 해결의 힘으로 국가적 주권의 혼란을 극복하려는 국제적 또는 "초국가적" 기구에 대한 지지였다.

그는 프로이트에게 "국제 안보를 달성하려면, 모든 국가가 어느 정도까지는 행동의 자유, 다시 말해서 주권을 무조건적으로 포기해야만 하고, 다른 길로는 그런 안보를 달성할 수 없다는 것이 분명합니다"고 말했다. 몇 년 후에 아인슈타인은 자신이 탄생을 도와주었던 핵 시대의 군사적 위험을 극복하기 위해서 그런 방법에 더욱 집착하게 된다.

아인슈타인은 "인간 본능의 가르침 분야의 전문가"에게 질문을 던지는 것으로 끝을 맺었다. 인간은 내면에 "증오와 파괴의 욕망"을 가지고 있기 때문에, 지도자들은 그것을 이용해서 군사적 열정을 불러일으킬 수 있다. 아인슈타인은 "인간의 정신적 진화를 조절해서 증오와 파괴의 정신병에

걸리지 않도록 만들 수 있겠습니까?"라고 물었다.[79]

복잡하고 뒤얽힌 답변에서 프로이트는 냉정했다. 그는 "당신은 인간이 내면에 증오와 파괴의 적극적인 본능을 가지고 있다고 짐작했습니다. 나도 전적으로 동의합니다"라고 했다. 심리분석가들은 두 가지 종류의 인간 본능이 함께 뒤엉켜 있다는 결론을 얻었다. "우리가 '선정적'이라고 부르는 보존하고 통일하려는 본능과……둘째로 우리가 호전적이거나 파괴적 본능과 같다고 보는 파괴하고 죽이려는 본능입니다." 프로이트는 전자를 좋은 것이라고 하고, 후자를 나쁜 것이라고 하는 구분방식을 경계했다. "이런 본능들은 서로 상반되는 것인 만큼이나 반드시 필요한 것이고, 일생의 모든 현상들은 그것들이 서로 조화롭게 또는 상반되게 작용하는 것으로부터 유도됩니다."

프로이트는 그래서 비관적인 결론에 도달했다.

이런 관찰의 결론은 우리가 인간의 호전적인 경향을 억누를 수 있는 가능성이 없다는 것입니다. 사람들은 자연이 인간이 요구하는 모든 것을 풍족하게 제공할 수 있는 지상의 행복한 지역에서는 공격이나 제약을 알지 못한 상태로 평온한 삶을 사는 사람들이 번성할 것이라고 생각합니다. 그것은 내가 칭찬하기 어려운 것입니다. 나는 그런 행복한 사람들에 대한 세부적인 사실들을 더 구체적으로 확인하고 싶습니다. 볼셰비키주의자들도 역시 물질적 필요를 만족시켜주고, 사람들 사이의 평등을 보장해줌으로써 인간의 호전성을 물리치고 싶어합니다. 나에게 그런 희망은 덧없는 것처럼 보입니다. 그러면서 그들은 바쁘게 자신들의 군비를 증강하고 있습니다.[80]

프로이트는 그와의 논쟁을 좋아하지 않았고, 어느 누구도 논쟁을 통해서 노벨 상을 받지 못할 것이라고 농담을 하기도 했다. 어쨌든, 1933년 그들의 논쟁을 발간할 즈음에 히틀러가 집권했다. 따라서 그 주제는 갑자기 무의미해졌고, 논쟁을 담은 책은 몇천 부만이 인쇄되었다. 훌륭한 과학자인 아인슈타인은 이미 새로운 사실들을 근거로 자신의 이론을 수정하고 있었다.

17

아인슈타인의 신

베를린에서 어느 날 저녁, 아인슈타인과 그의 아내가 참석했던 만찬에서 어느 손님이 점성술을 믿는다는 이야기를 했다. 아인슈타인은 그런 생각은 순전한 미신일 뿐이라고 비웃었다. 다른 손님도 끼어들어서 종교에 대해서 비슷한 험담을 했다. 그는 신에 대한 믿음도 마찬가지로 미신이라고 주장했다.

그런 상황에서 주인은 아인슈타인마저도 종교적 믿음을 가지고 있다는 사실을 밝힘으로써 그의 말을 막으려고 노력했다.

"그럴 수는 없습니다!"라고 말한 회의적인 손님은 아인슈타인에게 그가 정말 종교적인지 물어보았다.

아인슈타인은 평온하게 "그렇습니다. 그렇게 말할 수 있습니다. 우리의 제한된 수단으로 자연의 신비를 시험해보고 꿰뚫어보십시오. 우리가 인식할 수 있는 모든 법칙과 관계의 뒤에는 무엇인가 미묘하고, 막연하고, 설명할 수 없는 것이 있다는 것을 알게 될 것입니다. 우리가 이해할 수 있는 것을 넘어선 힘에 대한 숭배가 바로 종교입니다. 그런 정도까지를 말한다면, 나는 실제로 종교적입니다."[1]

어린 시절에 아인슈타인은 황홀한 종교적 단계를 거친 후에 종교에 반발했다. 그 후 30년 동안 그는 그 문제에 대해서 말하기를 꺼렸다. 그러나 그가 쉰 살이 될 무렵부터 그는 여러 글, 인터뷰, 편지 등을 통해서 자신의 유대 전통과 어느 정도 다른 의미에서 신, 즉 상당히 비인격적이기는 하지만 신의 자연신교적 개념에 대한 믿음을 좀더 분명하게 인정하기 시작했다.

그런 변화에는 아마도 쉰 살 무렵에 나타날 수 있는 영원에 대한 생각과 관련된 자연적인 성향 이외에도 여러 가지 이유가 있었을 것이다. 끊임없는 억압 때문에 그가 동료 유대인들에게 느끼게 된 친밀감이 그의 종교적 정서를 일깨워주었을 것이다. 그러나 대체로 그의 믿음은 자신의 과학적 성과를 통해서 발견한 경외감과 초월적인 질서의 느낌에서 비롯되었던 것으로 보인다.

그는 자신의 중력장 방정식의 아름다움을 포용하거나 양자역학의 불확정성을 거부할 때에도 우주의 질서에 대한 깊은 신뢰를 보여주었다. 그것은 그의 과학적 견해와 종교적 견해의 바탕이 되었다. 그는 1929년에 "과학자에게 가장 높은 만족"은 "신 자신이 자신의 능력으로도 4를 소수(少數)로 만들 수 없는 것과 마찬가지로 그런 관계를 존재하는 것과는 다른 방법으로 배열할 수 없다는 사실"을 깨닫는 것으로부터 얻어진다고 했다.[2]

대부분의 사람들이 그렇듯이 아인슈타인도 자신보다 큰 무엇에 대한 믿음은 결정적인 감정이 되었다. 그것은 그에게 달콤한 단순함에 의해서 부풀어오른 자신감과 겸손함의 혼합물을 만들어냈다. 그의 자기중심적인 성향을 고려한다면, 그런 느낌은 환영할 만한 것이었다. 그의 유머와 자각심과 함께 그런 느낌은 그에게 세계적으로 유명한 사람들에게 흔히 볼 수 있는 허세와 거만함을 피하도록 해주었다.

경외심과 겸손함에 대한 그의 종교적 느낌은 사회정의에 대한 그의 감각에도 영향을 주었다. 그것은 그를 계급제도나 신분 차별에 갇히기를 싫어하고, 과도한 소비와 물질주의를 거부하며, 난민과 억압받은 사람들을 위해서 헌신하도록 만들었다.

50회 생일 직후에 아인슈타인은 자신의 종교적 사고에 대해서 훨씬 더 많은 것을 드러낸 훌륭한 인터뷰를 했다. 대담자는 조지 실베스터 비렉이라는 이름의 거만하지만 매력적인 시인이면서 포교자로 독일에서 태어나서 어린 시절에 미국으로 왔고, 당시에는 야하고 선정적인 시를 쓰면서, 유명한 사람들과 인터뷰를 하고, 자신의 조국에 대한 복잡한 애정을 표현하면서 생활을 하고 있었다.

프로이트에서 히틀러에 이르는 다양한 사람들과 인터뷰를 간청해서 결국에는 『위인의 세계(*Glimpses of the Great*)』라는 책을 출판했던 그는, 아인슈타인의 베를린 아파트에서 그와 인터뷰를 하기로 약속을 받아냈다. 엘자는 그에게 산딸기 주스와 과일 샐러드를 대접했고, 두 사람은 아인슈타인의 은둔 서재로 올라갔다. 분명하지 않은 이유 때문에 아인슈타인은 비렉을 유대인이라고 생각했다. 실제로 비렉은 자신의 혈통을 황제의 가족까지 추적했고, 제2차 세계대전 중에는 독일의 포교자였다는 이유로 미국에서 감옥에 갇히는 나치 동조자가 되었다.[3]

비렉은 먼저 아인슈타인에게 자신을 독일인으로 생각하는지, 아니면 유대인으로 생각하는지를 물어보았다. 아인슈타인은 "둘 모두가 되는 것은 불가능합니다. 국수주의는 유치한 질병이고, 인류에게 홍역과도 같은 것입니다"라고 대답했다.

유대인은 동화하려고 노력해야만 하는가? "우리 유대인들은 적응하기 위해서 우리의 정체성을 너무 많이 희생했습니다."

기독교의 영향을 어느 정도까지 받았는가? "어린 시절에 나는 성경과 탈무드 모두로부터 교육을 받았습니다. 나는 유대인이지만 예수 그리스도라는 번쩍이는 인물에 매혹되었습니다."

예수의 역사적 존재를 인정하는가? "의심할 나위가 없이! 복음서를 읽으면서 예수의 실제 존재를 느끼지 않을 수가 없습니다. 그의 매력이 모든 단어에서 고동칩니다. 그런 삶에는 어떤 신화도 없습니다."

신을 믿는가? "나는 무신론자가 아닙니다. 우리에게 주어진 문제는 우리의 한정된 정신으로는 너무 광대한 것입니다. 우리는 수많은 언어로 쓰인 책들이 가득 채워진 거대한 도서관에 들어가는 어린아이와 같은 입장입니다. 어린아이는 누군가가 그 책들을 써야만 했다는 사실을 알고 있습니다. 그러나 어떻게 썼는지는 모릅니다. 그런 책을 쓴 언어도 이해하지 못합니다. 어린아이는 책의 배열에 담긴 신비로운 질서를 어렴풋이 짐작은 하지만 그것이 무엇인지는 알지 못합니다. 나는 가장 지적인 사람이 신을 대하는 자세도 그런 것이라고 생각합니다. 우리는 우주가 훌륭하게 배열되어 있고, 어떤 법칙을 따르고 있다는 사실을 알고 있지만, 그런 법칙들은 어렴풋이 이해하고 있을 뿐입니다."

그것이 신에 대한 유대인의 개념인가? "나는 결정론자입니다. 나는 자유의지를 믿지 않습니다. 유대인은 자유의지를 믿습니다. 그들은 인간이 자신의 인생을 만들어간다고 믿습니다. 나는 그런 교리를 거부합니다. 그런 면에서 나는 유대인이 아닙니다."

그것은 스피노자의 신인가? "나는 스피노자의 범신론(汎神論)에 흥미를 느꼈고, 그가 현대 사상에 기여한 바를 더 높이 평가합니다. 그는 영혼과 육체를 두 개의 분리된 것이 아니라 하나로 다루었던 최초의 철학자였습니다."

그가 어떻게 그런 아이디어를 생각해냈을까? "나는 마음대로 상상을 할 수 있는 예술가의 자질을 충분히 가지고 있습니다. 상상력은 지식보다 더 중요합니다. 지식은 제한되어 있습니다. 상상력은 세계를 둘러싸고 있습니다."

불멸을 믿는가? "아닙니다. 그리고 나에게는 한 번의 삶으로 충분합니다."[4]

아인슈타인은 자신을 위해서는 물론이고 자신의 믿음에 대한 간단한 답을 듣고 싶어하는 모든 사람들을 위해서 자신의 느낌을 분명하게 표현하려고 했다. 그래서 1930년 여름에 카푸트에서 보트를 타고 사색에 잠겨 있는 동안에 그는 "내가 믿는 것"이라는 신조를 작성했다. 그것은 그가 자기 자신을 종교적이라고 하는 것이 무슨 뜻인지를 설명하는 것으로 끝났다.

우리가 경험할 수 있는 가장 아름다운 감정은 신비감이다. 그것은 모든 진정한 예술과 과학의 요람에 자리잡고 있는 근본적인 감정이다. 이런 감정이 낯설어서 더 이상 경외감에 감동하고 넋을 빼앗기지 않는 사람은 죽어버린, 꺼져버린 촛불에 지나지 않는다. 경험할 수 있는 것으로부터 그런 감정을 느끼려면 우리의 정신이 알아낼 수 없는, 그 아름다움과 장엄함이 간접적으로만 우리에게 닿을 수 있는 무엇이 있어야 한다. 그것이 종교적인 것이다. 그런 뜻에서, 그리고 그런 뜻에서만, 나는 독실하게 종교적인 사람이다.[5]

사람들은 그런 주장이 연상을 시켜주고, 심지어 영감을 주는 것이라고 생각한다. 그것은 여러 언어로 번역되어 수없이 재출판되었다. 그러나 그것이 그가 신을 믿는지에 대한 단순하고 직접적인 답을 원하는 사람들을 만족시켜주지 못한 것은 놀랄 일이 아니다. 그 결과, 아인슈타인에게 그질문에 간단하게 답을 하도록 만드는 것이 상대성을 한 문장으로 설명하도록 만들려는 과거의 노력을 대체해버렸다.

콜로라도의 어느 은행가는 자신이 이미 24명의 노벨 상 수상자로부터 신을 믿는지에 대한 답을 받았다고 하면서 아인슈타인에게도 답을 해달라는 편지를 보냈다. 아인슈타인은 편지에 "나는 개인의 행동에 직접적으로 영향을 미치거나, 자신이 만들어낸 창조물에 대해서 심사를 하고 있는 인격적인 신은 생각할 수 없습니다. 나의 종교성은 우리가 알아낼 수 있는 세계에 대해서 이해할 수 있는 작은 것에서 스스로를 드러내는 무한히 뛰어난 성령에 대한 소박한 감동으로 이루어져 있습니다. 이해할 수 없는 우주에서 드러나는 뛰어난 추리력의 존재에 대한 깊은 감정적 신념이 신에 대한 내 생각을 만들어줍니다"라고 했다.[6]

뉴욕에서 일요학교 6학년에 다니는 어린 소녀는 조금 다른 식으로 질문을 던졌다. 그녀는 "과학자도 기도를 하나요?"라고 물었다. 아인슈타인은 그녀의 질문을 심각하게 받아들였다. 그는 "과학적 연구는 일어나는 모든 것이 자연법칙에 의해서 결정된다는 아이디어에 근거를 두고 있고, 그것은 사람들의 행동에도 적용됩니다. 그렇기 때문에 과학자들은 사건들이 기도자, 즉 초자연적 존재에게 전달한 소망에 의해서 영향을 받을 수 있다고 믿으려 하지 않게 됩니다"고 설명했다.

그렇다고 해서 전능하신 하느님, 우리 자신보다 더 큰 성령이 없다는 뜻은 아니다. 그는 어린 소녀에게 다음과 같이 설명했다.

> 과학을 진지하게 추구하고 있는 모든 사람들은, 성령이 인간보다 엄청나게 뛰어난 성령인 우주의 법칙과 그 앞에서는 소박한 능력을 가진 우리가 겸손하다고 느낄 수밖에 없는 것으로 구현된다고 확신하게 됩니다. 그래서 과학의 추구는, 더 순진한 사람의 종교성과는 상당히 다른 특별한 종류의 종교적 감정으로 이어집니다.[7]

어떤 사람들은 우리의 일상생활을 조정하는 인격적인 신에 대한 확실한 믿음만이 만족스러운 답이라고 생각하고, 아인슈타인의 상대성 이론은 물론이고 비인격적인 우주적 성령에 대한 그의 생각도 나름대로 이름을 붙일 수 있다고 생각한다. 보스턴의 추기경 윌리엄 헨리 오코넬은 "나는 아인슈타인이 자신이 무슨 말을 하는지 알고 있는지에 대해서 심각한 의문을 가지고 있다"고 말했다. 그러나 한 가지 사실은 분명한 것처럼 보였다. 그것은 믿음이 없다는 것이었다. "그런 의문과 함께 공간에 대한 애매한 회의의 결과는 무신론의 무시무시한 망령을 감추고 있는 가면이다."[8]

추기경의 신랄한 공개적 비판은 뉴욕의 유명한 정통 유대인 지도자 허버트 S. 골드스타인 랍비로 하여금 "당신은 신을 믿습니까? 회신료 선불. 50단어"라는 매우 직설적인 전보를 보내도록 만들었다. 아인슈타인은 할당된 단어 수의 절반만 사용했다. 그것은 그가 했던 대답 중에서 가장 유명한 것이 되었다. "나는 존재하는 모든 것의 법칙적 조화로 스스로를 드러내는 스피노자의 신은 믿지만, 인류의 운명과 행동에 관심을 가지고 있는 신은 믿지 않습니다."[9]

아인슈타인의 대답은 모든 사람을 편안하게 해주지는 않았다. 예들 들어, 일부 종교적인 유대인들은 스피노자가 그런 믿음을 가졌다는 이유로

460

암스테르담의 유대인 사회에서 쫓겨났고, 덤으로 가톨릭 교회에서도 비난을 받았다는 사실을 지적했다. 브롱스의 어느 랍비는 "오코넬 추기경이 아인슈타인의 이론을 비난하지 않았더라면 훨씬 나았을 것이다. 그리고 아인슈타인은 사람들의 운명과 행동에 관심을 가진 신을 믿지 않는다고 선언하지 않았더라면 훨씬 나았을 것이다. 두 사람 모두 자신들의 영역이 아닌 것에 대해서 발언을 했던 것이다"라고 했다.[10]

그렇지만 대부분의 사람들은 그가 말한 것을 인정할 수 있었기 때문에 완전히 동의하거나 그렇지 않거나에 상관없이 만족해했다. 그 흔적이 창조의 영광에서 나타나고, 일상적인 존재와는 씨름하지 않는 비인격적인 신의 개념은, 유럽이나 미국 모두의 훌륭한 전통 중 일부였다. 그런 생각은 아인슈타인이 좋아했던 철학자들에게서도 발견되며, 일반적으로 제퍼슨과 프랭클린과 같은 미국의 건국 위인들의 종교적 믿음과도 일치한다.

일부 신도들은 아인슈타인이 자주 신을 언급하는 것은 단순한 수사적 표현일 뿐이라고 여긴다. 일부 비신도들도 마찬가지이다. 그는 주 하느님(der Herrgott)에서 노인(der Alte)에 이르는 여러 가지 표현을 사용했고, 그중에는 장난스러운 것도 있었다. 그러나 아인슈타인은 순응하는 것처럼 보이기 위해서 솔직하지 않은 말을 하는 사람이 아니었다. 사실은 그 반대였다. 그래서 우리는 그가 자주 사용하는 표현이 자신이 실제로 무신론자임을 감추기 위한 의미론적인 방법이 아니라고 반복적으로 주장했던 그의 말을 믿어야만 한다.

평생을 통해서 그는 자신이 무신론자라는 비난을 일관되게 반박해왔다. 그는 어느 친구에게 "신이 존재하지 않는다고 말하는 사람들이 있다. 그러나 나를 정말 화나게 만드는 것은 내가 그런 생각을 가지고 있다고 말하는 것이다"라고 했다.[11]

지그문트 프로이트나 버트런드 러셀이나 조지 버나드 쇼와는 달리 아인슈타인은 신을 믿는 사람들을 헐뜯고 싶어하지 않았다. 오히려 그는 무신론자들을 헐뜯었다. 그의 설명에 따르면, "나와 대부분의 소위 무신론자들의 차이는 우주의 조화에 대한 완전히 이해할 수 없는 신비를 극단적으로 겸손하게 받아들일 수 있느냐는 것이다."[12]

사실 아인슈타인은 충실한 신도들보다 겸손함이나 경외감이 부족한 것으로 보이는 비신도들에게 더 비판적이었다. 그는 어느 편지에서 "열광적인 무신론자들은 힘든 투쟁을 통해서 벗어난 사슬의 무게를 여전히 느끼고 있는 노예들과 같다. 그들은 '집단의 아편'으로 여기는 전통적인 종교에 대한 원한 때문에 우주의 음악을 들을 수 없는 사람들이다"라고 했다.[13]

훗날 아인슈타인은 이 문제에 대해서 한 번도 만난 적이 없는 미국 해군 소위와 논쟁을 벌였다. 해군 소위는 아인슈타인이 예수회 성직자 때문에 신을 믿게 되었다는 것이 사실이냐고 물었다. 아인슈타인은 그런 주장은 터무니없는 것이라고 대답했다. 그는 나아가서 신을 아버지와 같은 인물로 믿는 것은 "유치한 비유"의 결과라고 말했다. 해군 소위는 종교적인 동료들과의 논쟁에서 그의 답변을 사용해도 괜찮겠느냐고 물었다. 아인슈타인은 지나치게 단순화하지 말아줄 것을 요구했다. 그의 설명에 따르면, "나를 불가지론자(不可知論者)라고 불러도 좋지만, 대부분 어린 시절에 받았던 종교적 세뇌의 족쇄로부터 벗어나려는 고통스러운 노력 덕분에 열정에 휩싸여 있는 전문적 무신론자의 개혁적인 생각을 가지고 있지는 않습니다. 나는 자연과 우리 자신에 대한 우리의 지적 이해의 연약함에 해당하는 겸손한 자세를 좋아합니다."[14]

그런 종교적 본능이 어떻게 그의 과학과 연결될까? 아인슈타인의 입장에서 믿음은 자신의 과학에 방해가 되는 것이 아니라, 오히려 그것을 풍부하게 해주고 영감을 준다는 점에서 아름다웠다. "우주적, 종교적 느낌은 과학 연구의 가장 강력하고 가장 숭고한 원동력이다."[15]

훗날 아인슈타인은 뉴욕의 유니온 신학교에서 열렸던 그 주제에 대한 학술대회에서 과학과 종교의 관계에 대한 자신의 입장을 설명했다. 그는 과학의 영역은 무엇이 사실인가를 확실하게 만드는 것이지, 어떻게 되어야 하는지에 대해서 사람들의 생각과 행동을 평가하는 것이 아니라고 말했다. 종교는 반대의 입장에 놓여 있다. 그러나 그런 노력이 함께 이루어진 적도 있었다. "과학은 진리와 이해에 대한 영감으로 완전히 젖어든 사람들에 의해서만 창조될 수 있다. 그러나 그런 느낌의 원천은 종교의 영역에서 솟아난다."

그의 이야기는 신문의 1면을 장식했고, 그의 의미심장한 결론은 유명해졌다. "그런 상황을 그림으로 표현할 수 있다. 종교가 없는 과학은 다리를 절고, 과학이 없는 종교는 눈이 먼 것이다."

그러나 아인슈타인은 과학이 받아들일 수 없는 개념이 하나 있다고 주장했다. 자신이 창조한 것에서 일어나는 사건이나 자신이 창조한 대상의 삶에 대해서 변덕을 부리는 성령이 바로 그것이었다. 그는 "오늘날 종교계와 과학계 사이에 존재하는 갈등의 주된 원인은 이러한 인격적 신의 개념 때문이다"라고 주장했다. 과학자들은 현실을 지배하는 불변의 법칙을 밝혀내는 것을 목표로 하고, 그런 과정에서 그들은 신의 의지, 또는 인간의 의지가 우주적 인과관계를 어기도록 만드는 역할을 한다는 생각을 거부한다.[16]

아인슈타인의 과학적 견해에 담겨 있는 인과적 결정론에 대한 믿음은 인격적 신의 개념과 갈등을 빚는 것으로 끝나지 않았다. 아인슈타인의 생각에서 그것은 적어도 인간의 자유의지와도 양립되지 않았다. 그는 지극히 도덕적인 사람이었지만, 엄격한 결정론에 대한 그의 믿음 때문에 대부분의 윤리 체계의 핵심인 도덕적 선택과 개인적 책임과 같은 개념을 받아들이지 못했다.

유대인은 물론이고 기독교 신학자들은 일반적으로 사람들이 자유의지를 가지고 있고, 자신들의 행동에 책임을 져야 한다고 믿었다. 신이 전지전능하다는 믿음과는 맞지 않는 것처럼 보이기도 하지만, 사람들은 성경에서도 그렇듯이 신의 명령을 거부할 수 있는 자유도 가지고 있다.

그러나 스피노자가 그랬던 것처럼 아인슈타인도 개인의 선택은 당구공, 행성, 또는 항성의 행동과 마찬가지로 결정된다고 믿었다.[17] 아인슈타인은 1932년에 스피노자 학회에 보낸 글에서 "인간은 생각하고, 느끼고 행동하는 데에서 자유로운 것이 아니라 별의 운동에서처럼 인과적으로 얽매여 있다"고 주장했다.[18]

그는 인간의 행동은 자신들의 통제를 벗어나 물리적, 심리적 법칙에 의해서 결정된다고 믿었다. 그것은 그가 쇼펜하우어의 글에서 얻어낸 생각이었다. 그는 1930년 "내가 믿는 것"이라는 신조에서 그런 방향의 생각이 쇼펜하우어에게서 비롯된 것이라고 밝혔다.

나는 철학적 의미에서의 자유의지를 전혀 믿지 않는다. 누구나 외부의 강요만이 아니라 내적 필요에 의해서 행동한다. 나는 어린 시절부터 "인간은 자신의 의지에 따라 움직일 수 있지만, 의지는 자신의 의지에 따라 만들어지지 않는다"는 쇼펜하우어의 말에서 진정한 감명을 받았다.[19] 그의 말은 나 자신은 물론이고 다른 사람들이 삶에서 직면하는 어려움에 대한 끊임없는 위로였고, 확실한 관용의 원천이었다.[20]

아인슈타인은 언젠가 인간이 자유 행위자인가라는 질문을 받았다. 그는 "아니다. 나는 결정론자이다. 모든 것은 우리가 통제할 수 없는 힘에 의해서 처음부터 끝까지 결정된다. 곤충은 물론이고 별의 경우에도 마찬가지이다. 인간, 식물, 또는 우주의 먼지를 비롯한 우리 모두가 아주 먼 곳에 있는 보이지 않는 연주자가 연주하는 신비로운 음악에 따라 춤을 추고 있다"고 대답했다.[21]

그런 자세는 그것이 인간 도덕성의 바탕을 완전히 무너뜨린다고 생각했던 막스 보른과 같은 친구들을 질리게 만들었다. 그는 아인슈타인에게 "나는 당신이 어떻게 전적으로 기계적인 우주와 윤리적 인간의 자유를 결합시킬 수 있는지 이해할 수가 없습니다. 내 입장에서 결정론적 세계는 정말 견딜 수 없는 것입니다. 당신이 옳을 수는 있습니다. 세상은 당신이 말한 그런 식일 수도 있습니다. 하지만 현재로는 물리학도 그런 것 같지는 않고, 나머지 세상은 더욱 그렇지 않은 것 같습니다"라고 했다.

보른의 입장에서는 양자적 불확정성이 그런 딜레마를 벗어날 수 있도록 해준다. 당시 몇몇 철학자들처럼 그는 양자역학에 담겨 있는 고유한 비결정성을 이용해서 "윤리적 자유와 엄격한 자연법칙 사이의 괴리"를 해결했다.[22] 아인슈타인은 양자역학이 엄격한 결정론에 의문을 품게 만든다는 사실은 인정했지만, 보른에게 자신은 여전히 개인적인 행동과 물리학에서의 결정론을 믿는다고 말했다.

보른은 언제나 아인슈타인과 논쟁을 하고 싶어하던 예민한 아내 헤트비히에게 그 문제를 설명해주었다. 그녀는 아인슈타인에게 그와 마찬가지로 자신도 "'주사위 놀이를 하는' 신을 믿을 수 없습니다"라고 말했다. 다시 말해서, 그녀의 남편과는 달리 그녀는 우주가 불확정성과 확률에 근거를 두고 있다는 양자역학의 견해를 거부했다. 그러나 그녀는 "나는 막스가 내게 말해준 것처럼 당신의 '완전한 법칙의 지배'가 내가 아이에게 예방 접종을 할 것인지를 포함해서 모든 것이 예정되어 있다는 뜻이라면 그런 주장을 믿을 수 없습니다"라고 덧붙였다.[23] 그녀는 그것이 모든 윤리학의 종말을 뜻할 것이라고 지적했다.

아인슈타인의 철학에서는 자유의지를 문명 사회에서 유용하고 꼭 필요한 것으로 여김으로써 그런 문제를 해결한다. 그것이 사람들에게 자신들의 행동에 대한 책임감을 느끼도록 만들어주기 때문이다. 사람들이 자신의 행동에 심리적으로나 현실적으로 책임을 지려는 것처럼 행동하는 것은 그들을 더 책임감 있는 방식으로 행동하게 만들어준다. 그는 "나는 내가 문명 사회에 살고 싶으면 책임감 있게 행동해야만 하기 때문에 마치 자유의지가 존재하는 것처럼 행동할 수밖에 없게 된다"고 설명했다. 그는 사람들이 자신들의 선과 악에 대해서도 책임을 져야 한다고 주장했다. 지적으로는 모든 사람의 행동이 미리 예정되어 있다고 믿지만, 그것이 삶에 대한 실용적이고 분별력 있는 방법이기 때문이었다. "나는 살인자가 철학적으로는 자신의 죄에 대해서 책임이 없다고 생각하지만, 그와 함께 차를 마시고 싶지는 않다."[24]

아인슈타인은 물론이고 막스와 헤트비히 보른도 옹호하기 위해서는, 역사를 통틀어 많은 철학자들이 자유의지를 결정론과 전지전능한 신을 화합시키기 위해서 노력했지만 때로는 형편없이 실패하기도 했다는 사실을 지적할 필요가 있다. 아인슈타인이 그런 매듭을 푸는 일에서 다른 사람들보다 얼마나 더 성공했는지에 상관없이, 그의 경우에는 한 가지 지적해야 할 뚜렷한 차이가 있었다. 그는 해결할 수 없는 철학적 추론에 상관없이 자신의 가족에게는 아니지만 적어도 인류 전체에 대해서 강력한 개인적 도덕심을 실천에 옮길 수 있었다는 것이다. 그는 브룩클린의 어느 목사에게 "인간의 가장 중요한 노력은 우리의 행동에서 도덕성을 추구하는 것입니다. 우리의 내적 균형과 심지어 우리 자신의 존재도 그것에 달려 있습니다. 우리 행동의 도덕성만이 인생의 아름다움과 존엄성을 부여할 수 있습니다."[25]

아인슈타인은 그런 도덕성의 기초가 인류에게 도움이 되는 방식으로 살아야 한다는 "단순한 개인적" 수준을 넘어선다고 믿었다. 그가 가까운 사람들에게 냉담했던 때도 있었다는 사실은 그도 다른 사람들과 마찬가지로 결점을 가지고 있다는 것을 보여준다. 그러나 대부분의 사람들과는 달리 그는 자신이 이기적인 욕망을 넘어서 인류의 발전과 개인적 자유의 보존을 증진시키는 것이라고 믿었던 행동에 솔직하고 때로는 용감하게 자신을 헌신했다. 그는 대체로 친절했고, 온화했으며, 점잖았고, 겸손했다. 그와 엘자가 1922년 일본으로 떠날 때, 그는 딸들에게 어떻게 도덕적으로 살 것인지에 대해서 충고를 했다 "자신을 위해서는 적게 쓰고 다른 사람들에게 많이 주어라."[26]

18

망명자

1932-1933년

"철새"

아인슈타인은 여행 일기에 "오늘 나는 베를린의 자리를 포기하고, 나머지 일생을 철새로 살아가기로 결심했다. 나는 영어를 배우고 있지만, 늙은 내 머리에 오래 남아 있지를 않는다"고 적었다.[1]

1931년 12월에 그는 세 번째 미국 방문을 위해서 대서양 횡단 항해를 하고 있었다. 그가 없이도 과학이 진행될 수 있고, 조국에서 일어나고 있는 일이 다시 한 번 그를 불안정하게 만들 수 있다는 사실을 깨달은 그는 깊은 사색에 잠겼다. 자신이 경험했던 것보다 훨씬 더 큰 규모의 사나운 폭풍이 몰아치고 있을 때, 그는 자신의 생각을 여행 일기에 적었다. "사람은 개인이 얼마나 보잘것없는지를 느끼고, 그 때문에 행복해진다."[2]

그러나 아인슈타인은 여전히 베를린을 영원히 떠날 것인지에 대해서 고민하고 있었다. 그곳은 그에게 17년 동안 고향이었고, 엘자는 그곳에서 더 오래 살았다. 코펜하겐이 도전을 하고 있었지만, 그곳은 여전히 세계 이론물리학의 중심이었다. 어두운 정치적 기류에도 불구하고, 그가 카푸트에서 방문객을 만나거나 프로이센 과학원에 앉아 있거나 그곳은 여전히 그가 사랑하고 좋아하는 곳이었다.

그러는 사이에 그에게 주어지는 선택의 폭은 점점 더 넓어졌다. 이번의 미국 방문은 칼텍에서 두 달 동안 방문교수로 지내기 위한 것이었지만, 밀리컨은 그를 영원히 붙잡아두려고 노력하고 있었다. 네덜란드에 있는 아인슈타인의 친구들도 역시 그를 채용하려고 몇 년 동안 노력해왔고, 이제는 옥스퍼드도 그랬다.

그가 칼텍의 훌륭한 교수회관인 애서니엄의 사무실에 자리를 잡자마자 또다른 가능성이 생겼다. 어느 날 아침에 미국의 유명한 교육학자 에이브러햄 플렉스너가 그를 찾아와서, 회랑으로 둘러쳐진 정원을 한 시간이 넘게 산책했다. 그는 자신을 찾아와서 점심을 먹으라고 부르는 엘자도 물리쳤다.

록펠러 재단의 임원으로 미국 고등교육을 개혁하는 일을 담당했던 플렉스너는 학자들이 아무런 학술적 압력이나 강의 부담 없이, 그의 표현에 따르면 "당면한 일의 소용돌이에 휩쓸리지 않고" 일을 할 수 있는 "천국"을 만드는 중이었다.[3] 1929년 주식 시장이 폭락하기 몇 주 전에 백화점 체인을 팔아서 엄청난 재산을 가지게 된 루이 뱀버거와 그의 누이 캐롤라인 뱀버거 풀드가 기증한 500만 달러로 세워지는 고등연구소라고 부르는 그 기관은 뉴저지에 설립될 예정이었다. 아마도 아인슈타인이 이미 즐거운 시간을 보냈던 프린스턴 대학교의 근처가 될 것이었다(그러나 공식적으로 프린스턴 대학교와는 아무런 관련이 없다).

밀리컨의 조언을 듣기 위해서 칼텍을 찾아간 플렉스너에게 밀리컨은 (후에 후회했지만) 아인슈타인과 이야기를 해보라고 권했다. 그와의 만남을 마련했던 플렉스너는 훗날 자신이 아인슈타인의 "고상하고 우아한 태도와 그의 진정한 겸손함"에 감명을 받았다고 적었다.

플렉스너의 새로운 연구소의 입장에서 아인슈타인은 완벽한 닻이고 간판이 되어줄 것이 분명했다. 그러나 플렉스너가 밀리컨의 본거지에서 그

468

런 제안을 하는 것은 적절하지 않았다. 그들은 플렉스너가 유럽으로 아인슈타인을 방문해서 문제를 더 논의하기로 합의했다. 플렉스너는 자서전에서, 칼텍에서의 만남 이후에도 "나는 그(아인슈타인)가 연구소와 관련을 가지는 것을 좋아하는지에 대해서는 전혀 몰랐다"고 주장했다. 그러나 그런 주장은 그가 당시 자신의 후원자에게 보낸 편지의 내용과 맞지 않았다. 그 편지에서 그는 아인슈타인을 "부화되지 않은 병아리"라고 불렀고, 그의 가능성에 대해서 신중하게 판단할 필요가 있다고 했다.[4]

이미 아인슈타인은 남부 캘리포니아에서의 생활에 조금씩 흥미를 잃어가고 있었다. 그가 국제 관계 단체의 군비 제한 협정을 비난하고, 완전한 군축을 주장할 때, 청중들은 그를 유명 연예인으로 여기는 것 같았다. 그는 일기에 "이곳의 유산 계급은 지루함을 이겨낼 수 있는 수단이 되기만 한다면 무엇이나 환영한다"고 적었다. 엘자는 친구에게 보낸 편지에서 그의 불쾌감을 전했다. "모든 모임이 진지하지도 않고, 일종의 사회적 유흥으로 취급되고 있다."[5]

그는 미국에서 직장을 얻을 수 있도록 도와달라는 에렌페스트의 편지에 부정적인 답장을 보냈다. 아인슈타인은 "솔직하게 말해서 나는 장기적으로는 미국보다 네덜란드에 있는 것이 당신에게 더 좋다고 생각합니다. 몇 명의 정말 훌륭한 학자들을 제외하면 이곳은 정말 지루하고 메마른 사회여서 당신도 곧 후회하게 될 것입니다"라는 답장을 보냈다.[6]

그렇지만, 여러 가지 문제로 아인슈타인의 마음은 단순하지 않았다. 그가 미국의 자유와 들뜬 분위기, 그리고 심지어 (물론) 그에게 주어진 유명 인사의 지위도 즐겼던 것은 분명하다. 많은 사람들이 그렇듯이, 그도 미국에 대해서 비판적이면서도 매력을 느꼈다. 그는 가끔씩 나타나는 어리석음과 물질주의에 주저하면서도, 동전의 뒷면에 있는 자유와 소박한 개성에 스스로 강한 매력을 느꼈다.

정치적 상황이 더욱 실망스럽게 변해버린 베를린으로 돌아온 직후에 아인슈타인은 강연을 하기 위해서 옥스퍼드로 갔다. 이번에도 역시 그는 미국과는 극도로 상반되는 정교한 형식주의를 억압적이라고 느꼈다. 옥스퍼드의 크리스트 처치의 맥빠진 교수 휴게실에서 그는 식탁보 밑에 감춰둔 노트에 방정식을 적고 있었다. 다시 한 번 그는, 입맛에 맞지도 않고 열광이 지나치기도 하지만, 미국이 유럽에서는 찾아볼 수 없는 자유를 제공해준다는 사실을 깨닫게 되었다.[7]

그래서 그는 플렉스너가 약속대로 찾아와서 애서니엄에서 시작했던 대화를 계속하게 된 것을 기뻐했다. 처음부터 두 사람은 자신들의 대화가 추상적인 논의가 아니라 아인슈타인을 초빙하기 위한 것이라는 사실을 알고 있었다. 아인슈타인이 새 연구소에 가는 것에 흥미를 가질 수도 있다는 "생각이 떠오른 것"이 크리스트 처치에 있는 톰 쿼드의 정교하게 다듬어진 정원을 산책하던 중이었다는 훗날 플렉스너의 주장은 정확하지 않은 것이었다. 플렉스너는 "당신이 중요하게 생각하는 기회가 될 수 있다는 것이 결론이라고 생각한다면, 당신이 제시하는 조건으로 환영을 받을 것입니다"라고 말했다.[8]

아인슈타인을 프린스턴으로 데려가기 위한 합의는 플렉스너가 카푸트를 방문한 1932년 6월에 이루어졌다. 쌀쌀한 날씨여서 플렉스너는 코트를 입고 있었지만, 아인슈타인은 여름옷을 입고 있었다. 그는 자신이 "날씨가 아니라 계절에 따라" 옷을 입기를 좋아한다고 농담을 했다. 그들은 아인슈타인이 좋아하는 새 집의 베란다에 앉아서 오후 내내 이야기를 나누었다. 그들의 이야기는 저녁을 지나 아인슈타인이 플렉스너를 밤 11시 베를린으로 가는 버스로 배웅할 때까지 이어졌다.

플렉스너는 아인슈타인이 어느 정도의 보수를 원하는지 물어보았다. 아인슈타인은 잠정적으로 3,000달러 정도를 제안했다. 플렉스너는 깜짝 놀란 것처럼 보였다. 아인슈타인은 서둘러서 "오. 그보다 적은 돈으로도 생활을 할 수 있습니까?"라고 했다.

플렉스너는 재미있게 생각했다. 그는 더 적은 금액이 아니라 더 많은 금액을 생각하고 있었다. 그는 "아인슈타인 부인과 내가 조정을 하겠습니다"라고 말했다. 그들은 연봉 1만 달러에 합의했다. 주 후원자였던 루이 뱀버거가 연구소의 또다른 보석인 수학자 오스왈드 베블런이 연봉 1만

5,000달러를 받고 있다는 사실을 알고 나서, 그의 연봉은 더 높아졌다. 뱀버거는 아인슈타인의 연봉도 같아야 한다고 주장했다.

또 하나의 추가적인 합의 사항이 있었다. 아인슈타인은 자신의 조수 발터 마이어에게도 일자리가 있어야 한다고 고집했다. 그 전해에 그는, 미국으로부터 자신은 물론이고 마이어에게도 일자리를 주겠다는 제안을 받고 있다고 베를린 당국에 알려주었지만, 베를린은 마이어에게 일자리를 줄 생각이 없었다. 플렉스너가 처음에 그랬듯이 칼텍도 그런 요구에 머뭇거렸다. 그러나 그 후에 플렉스너는 마음이 약해졌다.[9]

아인슈타인은 연구소의 자리를 전임이라고 생각하지는 않았지만, 주된 일자리가 될 가능성이 높았다. 엘자는 밀리컨에게 보낸 편지에서 조심스럽게 이 문제를 꺼냈다. 그녀는 "이런 상황에서 아직도 내년 겨울에 패서디나에서 내 남편을 원하시나요? 알고 싶습니다"라고 물었다.[10]

실제로 밀리컨은 그를 원했고, 프린스턴의 연구소가 문을 열기 전인 1월에 아인슈타인이 다시 돌아가기로 합의를 했다. 그러나 밀리컨은 그가 장기 계약을 확정짓지 않은 것이 마음에 걸렸고, 아인슈타인이 칼텍을 가끔씩 방문할 것이라는 사실을 깨달았다. 엘자가 성사시킨 1933년 1월의 여행은 그의 마지막 캘리포니아 여행이 되었다.

밀리컨은 플렉스너에게 화를 냈다. 그는 아인슈타인과 칼텍의 관계는 "지난 10여 년 동안 어렵게 쌓은 것"이라고 했다. 플렉스너의 사악한 침입의 결과로 아인슈타인은 실험과 이론물리학의 위대한 센터가 아닌 새로운 천국에서 그의 시간을 보내게 되었다. "과연 미국의 과학이 그런 조처로 더 발전할 것인지, 또는 아인슈타인 교수의 생산성이 더 높아질 것인지는 논란이 될 것입니다." 그는 타협안으로 아인슈타인이 미국에서의 시간을 연구소와 칼텍에서 보내도록 할 것을 제안했다.

플렉스너는 자신이 확보한 것에 대해서 마음이 넓은 사람은 아니었다. 그는 자신이 옥스퍼드에 가서 아인슈타인과 이야기를 나누게 된 것이 "모두 우연"이라고 주장했다. 훗날 자신의 회고록과도 상반된 잘못된 주장이었다. 플렉스너는 아인슈타인을 함께 활용하는 가능성도 거부했다. 그는 자신이 아인슈타인의 입장에서 일을 하고 있다고 주장했다. "매년 여러 곳에서 짧은 기간 동안 머무는 것이 건전하거나 유익하다고는 믿을 수가 없습니다. 모든 문제를 아인슈타인 교수의 입장에서 생각해보면, 나는 당신은 물론이고 그의 모든 친구들도 그에게 영구적인 자리를 마련해주는 것을 반갑게 생각할 것이라고 믿습니다."[11]

아인슈타인의 입장에서는 자신이 어떻게 시간을 나누어야 하는지 확신을 하지 못했다. 그는 자신이 프린스턴, 패서디나, 옥스퍼드의 방문교수직을 모두 가질 수도 있을 것이라고 생각했다. 사실 그는 독일의 사정이 악화되지만 않는다면 프로이센 과학원의 자리와 카푸트의 좋아하는 오두막도 지킬 수 있을 것이라는 기대도 가지고 있었다. 8월에 프린스턴으로의 자리 이동이 공개되었을 때, 그는 "나는 독일을 포기하지 않는다. 나의 영원한 집은 여전히 베를린이 될 것이다"라고 밝혔다.

플렉스너는 「뉴욕 타임스」에 프린스턴이 아인슈타인의 주 거주지가 될 것이라고 알려줌으로써 관계를 다른 방향으로 돌려버렸다. 플렉스너는 "아인슈타인은 연구소에서 시간을 보낼 것이고, 방학 중에는 베를린 외곽에 있는 그의 여름 별장에서 휴식과 사색을 하기 위해서 외국 여행을 하게 될 것이다"라고 했다.[12]

그 문제는 두 사람 모두의 손을 벗어나서 해결이 되었다. 1932년 여름에 독일의 정치적 상황은 더욱 암울해졌다. 계속해서 득표율이 늘어나던 나치가 전국 선거에서 패배하자, 여든 살의 파울 폰 힌덴부르크 대통령은 시원치 않은 프란츠 폰 파펜을 총리로 선택했고, 그는 군사력을 이용해서 지배를 하려고 했다. 그해 여름에 필리프 프랑크가 카푸트를 방문했을 때, 아인슈타인은 "나는 군사정권이 다가오는 국민사회당[나치] 혁명을 막아낼 수 없을 것이라고 확신한다"고 한탄했다.[13]

1932년 12월에 세 번째 칼텍 방문을 준비하고 있던 아인슈타인에게 지극히 모욕적인 일이 벌어졌다. 프린스턴의 일자리에 대한 신문 제목이, 자칭 사회주의, 평화주의, 공산주의, 여성 해방주의, 원치 않는 외국인으로부터 미국을 지키겠다는 주장이 한때는 강력했지만, 이제는 힘을 잃어가고 있던 여성애국자단체의 분노를 불러일으켰다. 아인슈타인은 이 범주에서 처음 두 개에만 해당되었지만, 여성 애국자들은 그가 여성 해방주의를 제외한 모두에 해당한다고 확신했다.

그 단체의 지도자(이런 의미에서, 그녀의 품위 있는 이름이 디킨스에 의해서 지어진 것처럼 보였던) 랜돌프 프로싱햄 부인은 미국 국무부에 "아인슈타인 교수에게 그런 비자 발급을 거부하고 보류해야 하는" 자세한 이유를 적은 16페이지의 타자로 친 서류를 접수시켰다. 그 서류는, 그가 "무정부주의를 확산시키려는" 주장을 내세우는 군국주의적 평화주의자이고 공산주의자라고 고발했다. "'심지어 스탈린 자신도' 알베르트 아인슈타인처럼 세계 혁명과 궁극적인 무정부주의의 이런 '전제 조건'을 퍼트리기 위한 여러 무정부주의-공산주의 국제 단체에 가입하지 못하고 있다"(따옴표와 고딕체는 원문을 따른 것이다).[14]

국무부 관리들이 그런 서류를 무시해버릴 수도 있었다. 그러나 그들은 그것을 서류함에 넣어두었고, 다음 25년 동안 그 서류철은 1,427페이지의 FBI 서류로 늘어났다. 더욱이 그들은 그 서류를 베를린에 있는 미국 영사관에 보내서 비자를 발급하기 전에 그곳의 관리들이 아인슈타인을 면담해서, 그런 고발이 사실인지를 확인하도록 했다.

처음에 아인슈타인은 신문에서 여성들의 주장을 읽고 웃어넘겼다. 그는 훗날 친구가 된 유나이티드 프레스(UP)의 베를린 지국장인 루이스 로흐너에게 전화를 걸어서 그런 주장을 비웃으면서 자신이 여성 해방주의자라는 혐의를 받을 수 없다는 사실을 명백하게 밝히는 발표문을 주었다.

나는 지금까지 모든 구애에 대해서 공정한 여성으로부터 이렇게 정력적으로 거절을 당해본 적이 없었고, 만약 그렇다고 하더라도 그렇게 많은 여성들로부터 한꺼번에 그런 경험을 한 적은 없었다. 그런데 이들은 사려 깊은 여성 시민들이 아니던가? 왜 크레타의 도깨비 미노타우르가 달콤한 그리스 소녀들을 먹어치웠듯이 현실적인 자본주의자들을 게걸스럽고 신나게 먹어치워버릴 사람에게 자신의 문을 열어주어야만 하는가? 자신의 아내와의 어쩔 수 없는 전쟁을 제외한 모든 종류의 전쟁을 반대하는 것으로도 널리 알려져 있는 사람에게 말이다. 따라서 당신들의 영리하고 애국적인 여성 동지들을 조심하고, 위대한 로마의 수도가 충성스러운 거위들의 꽥꽥 소리에 의해서 구원된 적이 있었다는 사실을 기억하라.[15]

「뉴욕 타임스」는 1면에 "아인슈타인, 여성의 도전을 비웃다 / 거위의 꽥꽥 소리가 로마를 구원해준 적이 있다고 언급"이라는 제목으로 그 이야기를 실었다.[16] 그러나 이틀 후 그와 엘자가 출발에 앞서 짐을 꾸리고 있을 때, 베를린의 미국 영사관에서 그날 오후에 면담을 위해서 출석해달라는 전화를 받은 그는 더 이상 그 문제를 웃어넘길 수가 없었다.

총영사는 휴가 중이었기 때문에 운 나쁜 그의 대리인이 면담을 진행했고, 엘자는 즉시 그 내용을 기자들에게 알려주었다.[17] 다음 날 이 사건에 대해서 3편의 기사를 실었던 「뉴욕 타임스」에 따르면, 면담은 잘 시작되었지만 곧 엉망이 되었다.

"당신의 정치적 신조가 무엇입니까?"라는 질문이 주어졌다. 아인슈타인은 멍하게 쳐다보다가 웃음을 터뜨렸다. "글쎄요. 모르겠습니다. 나는 그 질문에 대답할 수가 없습니다."

"당신은 어떤 조직의 회원이십니까?" 아인슈타인은 손으로 "그의 풍성한 머리"를 쓰다듬은 후에 엘자를 돌아보았다. 그리고는 "맞습니다. 나는 전쟁저항자입니다"라고 소리쳤다.

면담은 45분 동안이나 이어졌고, 아인슈타인은 점점 더 조급해졌다. 그가 공산주의자나 무정부주의자들의 동조자냐는 질문에 아인슈타인은 화가 치밀었다. 그는 "당신의 국민들이 나를 초청했습니다. 그렇습니다. 제발. 내가 용의자의 신분으로 당신의 나라에 들어가야 한다면, 나는 결코 당신의 나라에 가고 싶지 않습니다. 당신이 나에게 비자를 주고 싶지 않으면, 그렇게 말하십시오"라고 소리쳤다.

그런 후에 그는 코트와 모자를 집어들었다. 그는 "이렇게 하는 것이 당신 스스로 즐기기 위해서입니까? 아니면 위에서 내려온 지시에 따르고 있는 것입니까?"라고 물었다. 그는 답변을 기다리지도 않고 엘자를 데리고 떠나버렸다.

엘자는 아인슈타인이 짐 꾸리는 일을 중단하고 베를린을 떠나 카푸트의 집으로 돌아갔다는 사실을 신문에 알려주었다. 만약 다음 날 정오까지 비자를 받지 못하면 그는 미국 여행을 취소할 것이었다. 그날 밤늦게 영사관은 문제를 검토하고, 즉시 비자를 발급하겠다고 발표했다.

「타임스」가 제대로 보도했던 것처럼, "그는 공산주의자가 아니었고, 자신이 모스크바 정권에 동조하고 있다는 인상을 주지 않기 위해서 러시아에서의 강연 초청도 거절했었다." 그러나 어느 신문도 아인슈타인이 영사관의 요청으로 자신이 공산당이나 미국 정부를 전복하려는 의도를 가진 조직의 회원이 아니라는 서약서에 서명을 했던 사실은 보도하지 않았다.[18]

다음 날 「타임스」의 기사는 "아인슈타인, 미국 여행을 위해서 다시 짐을 꾸리다"였다. 엘자는 기자들에게 "지난밤부터 우리에게 쏟아져들어온 전보의 홍수에서 우리는 모든 미국인들이 이 사건에 심한 충격을 받았다는 사실을 알게 되었다"고 했다. 국무부 장관 헨리 스팀슨은 그 사건을 유감으로 생각하지만, 아인슈타인이 "예의와 배려를 갖춘 대우를 받았다"고 주장했다. 그들이 배를 타기 위해서 기차로 베를린을 떠나 브레머하펜으로 가는 도중에 아인슈타인은 그 일에 대해서 농담을 하면서 결국 모든 일이 잘 끝났다고 말했다.[19]

패서디나, 1933년

1932년 12월에 독일을 떠난 아인슈타인은 여전히 자신이 독일로 돌아올 수 있을 것이라고 생각했지만 확신을 하지는 못했다. 그는 오랜 친구로 파리에서 그의 책을 출판하고 있던 모리스 솔로빈에게 책을 "다음 해 4월에 카푸트로 보내줄 것"을 요청하는 편지를 보냈다. 그러나 그들이 카푸트를 떠날 때, 아인슈타인은 예감이라도 한 것처럼 엘자에게 "잘 보아두세요. 다시는 보지 못할 것입니다"라고 말했다. 캘리포니아로 향하는

증기선 오클랜드 호에는 3개월간의 여행에 필요한 것보다는 훨씬 많은 30개의 짐이 실려 있었다.[20]

아인슈타인이 패서디나에서 독일-미국 우호를 기념하기 위한 연설을 하기로 했던 것은 어색하고 지극히 고통스러운 것이었다. 밀리컨 소장은 아인슈타인이 칼텍에 머무는 비용을 마련하기 위해서 독일과의 문화 교류 증진을 목적으로 하는 오버랜더 신탁으로부터 7,000달러의 후원을 받았다. 아인슈타인이 "독일과 미국의 관계에 도움이 될 방송"을 하는 것이 유일한 조건이었다. 아인슈타인이 도착한 직후에 밀리컨은 아인슈타인이 "독일과 미국의 관계를 증진시키는 여론을 형성하기 위해서 미국에 왔다"고 밝혔다.[21] 그런 견해는 30개의 짐을 가져왔던 아인슈타인에게는 놀라운 것일 수도 있었다.

밀리컨은 대체로 자신의 유명한 방문자가 과학과 관련이 없는 문제에 대해서 이야기하는 것을 꺼렸다. 사실 아인슈타인이 도착하자 밀리컨은, 전쟁저항자연맹의 UCLA지부에서 강제적인 전쟁 서비스를 비난하는 내용의 강연 계획을 취소하도록 강요했다. 아인슈타인은 발표하지 못한 연설 원고에서 "지구상에는 우리에게 죽으라는 명령을 할 수 있는 정권은 없다"고 했다.[22]

그러나 밀리컨은 아인슈타인이 평화주의적이 아니라 친(親)독일적 견해를 밝히는 것이라면 정치에 대해서 이야기해도 좋다고 믿었다. 특히 후원금이 있을 경우에는 더욱 그랬다. 밀리컨은 NBC 라디오를 통해서 방송될 강연을 통해서 7,000달러의 오버랜더 후원금을 받을 수 있었을 뿐만 아니라, 그에 앞서 애서니엄에서 개최될 정장 만찬에서 많은 후원금도 요청해두기도 했다.

아인슈타인의 인기는 대단해서 표를 사려는 대기자 목록을 만들어야만 했다. 아인슈타인과 같은 테이블이 앉았던 사람들 중에는 뉴욕 출신의 부유한 의약품 제조업자 리언 워터스도 있었다. 아인슈타인이 지루해하는 것을 눈치챈 그는 옆에 앉아 있던 여성을 건너서 담배를 권했고, 아인슈타인은 세 모금에 담배를 다 피워버렸다. 그 후에 두 사람은 가까운 친구가 되었고, 훗날 아인슈타인은 프린스턴에서 뉴욕을 방문할 때는 5번가에 있던 워터스의 아파트에서 머물렀다.

만찬이 끝났을 때, 아인슈타인과 다른 손님들은 수천 명의 청중이 그의 연설을 들으려고 기다리던 패서디나 시민회관으로 갔다. 그의 원고는 친구가 번역해주었고, 그는 더듬거리는 영어로 연설을 했다.

예복을 입은 채로 심각한 이야기를 하는 것이 어렵다는 농담을 하고 나서, 그는 표현의 자유를 가로막으려고 "감정이 담긴" 단어를 사용하는 사람들을 비난했다. 그는 종교재판에서 사용하던 "이단자"라는 단어가 그런 경우라고 말했다. 그런 다음 그는 여러 나라에서 "오늘날 미국의 공산주의자, 러시아의 부르주아, 독일의 반동단체들이 사용하는 유대인"처럼 사람들에 대한 증오의 의미가 담긴 비슷한 단어들을 예로 들었다. 그런 예들은 밀리컨이나 그의 반공산주의와 친독일 후원자들을 기쁘게 해주려고 계산된 것처럼 보이지는 않았다.

현재의 세계 위기에 대한 그의 비판도 열렬한 자본주의자들을 감동시키는 것은 아니었다. 그는 경기 침체, 특히 미국에서의 경기 침체는 대체로 "인간 노동의 필요성을 감소시키는" 기술 발전에 의한 것이어서 소비자의 구매력을 떨어지게 만든다고 주장했다.

독일에 대해서 그는 몇 가지 긍정적인 발언을 해서 밀리컨의 인정을 받았다. 그는 미국이 세계대전에 의한 부채와 배상금 지급을 너무 심하게 요구하지 말아야 한다고 주장했다. 그리고 그는 군사적 동등성에 대한 독일의 요구가 어느 정도 정당하다고 보았다.

그는 그렇다고 해서 독일이 강제적인 군복무를 다시 도입하도록 허용해야 한다는 뜻은 아니라고 덧붙였다. 그는 "보편적인 군복무는 젊은이들에게 전쟁과 같은 정신을 교육시킨다는 뜻이다"라고 결론을 내렸다.[23] 밀리컨은 그가 독일에 대한 연설을 하도록 만들기는 했지만, 그가 아인슈타인에게 취소하라고 강요했던 반전 연설에서의 몇 가지 주장을 삼켜버릴 정도의 혹독한 대가를 치러야만 했다.

그러나 1주일 후에 독일-미국 우호관계, 부채 상환, 전쟁 저항, 심지어 아인슈타인의 평화주의와 같은 모든 것들은 그 후로 10년 이상 무의미한 것이 될 수밖에 없도록 만들어버린 심각한 문제가 발생했다. 아인슈타인이 패서디나에서 안전하게 머물고 있던 1933년 1월 30일에 아돌프 히틀러가 독일의 신임 총리로 정권을 잡았다.

처음에 아인슈타인은 그것이 자신에게 무엇을 뜻하는지를 확실히 알지 못했던 것 같았다. 2월의 첫 주에 그는 자신이 4월에 예정대로 귀국하면 봉급을 어떻게 계산할 것인지를 알아보기 위해서 베를린에 편지를 보냈다. 그 주에 그의 여행 기록에 남아 있는 산발적인 항목들은 우주선(宇宙線) 실험과 같은 심각한 과학적 논의와 "저녁 채플린. 그곳에서 모차르트 4중주 연주. 모든 유명인사와 사귀는 것이 직업인 뚱뚱한 여성"과 같은 하찮은 사교적 만남들뿐이었다.[24]

그러나 2월 말에 독일 의회가 불타버리고, 나치들이 유대인의 집을 약탈하기 시작하면서 사태는 훨씬 더 분명해졌다. 아인슈타인은 어느 여자친구에게 "나는 히틀러 때문에 감히 독일 땅에 발을 딛을 수가 없게 되었다"는 편지를 보냈다.[25]

패서디나를 떠나기 전 날인 3월 10일에 아인슈타인은 아세니움의 정원을 산책하고 있었다. 「뉴욕 월드 전신」의 에벌린 셀리는 그곳에서 푸근한 기분에 빠져 있던 그를 만났다. 그들은 45분 동안 이야기를 나누었고, 그의 고백 중 하나가 전 세계의 헤드라인이 되었다. 그는 "나에게 선택권이 있다면, 나는 법 앞에서 모든 시민의 시민권, 공평, 평등이 보장되는 나라에서만 살고 싶다. 현재 독일에는 그런 조건이 존재하지 않는다"고 했다.[26]

셀리가 떠날 즈음에 로스앤젤레스에서 엄청난 지진이 일어나 116명이 사망했지만, 아인슈타인은 거의 알아차리지 못했던 것 같았다. 너그러운 편집자가 눈감아준 덕분에 셀리는 "세미나에 참석하기 위해서 캠퍼스를 가로지르던 아인슈타인 박사는 발밑에서 땅이 흔들리는 것을 느꼈다"는 극적인 은유로 기사를 마칠 수가 있었다.

돌이켜보면, 셀리의 그런 지적은 지나치게 불길한 것은 아니었다. 그녀나 아인슈타인 모두 모르고 있었지만 바로 그날 베를린에서 일어나고 있었던 극적인 일 때문이었다. 그날 오후에 나치는 엘자의 딸 마르고트가 안에 움츠리고 있던 베를린의 아파트를 두 번이나 급습했다. 그녀의 남편 디미트리 마리아노프는 일을 보러 나갔다가 떠돌이 폭도에게 거의 체포될 뻔했다. 그는 마르고트에게 아인슈타인의 서류를 프랑스 대사관으로 옮긴 후에, 파리에서 만나자는 연락을 했다. 그녀는 두 가지 일을 모두 해냈다. 일제의 남편 루돌프 카이저도 네덜란드로 피신하는 데 성공했다. 다음 이틀 동안에 베를린 아파트는 세 차례나 더 약탈을 당했다. 아인슈타인은 다시 그 집을 볼 수가 없었다. 그러나 그의 서류는 안전했다.[27]

칼텍에서 동부로 기차를 타고 오던 아인슈타인은 쉰네 번째 생일 날 시카고에 도착했다. 그곳에서 그는 독일에서의 사태에도 불구하고 평화주의적 주장은 계속되어야 한다고 선언하는 청년평화위원회의 집회에 참석했다. 사람들은 그가 그런 주장에 완전히 동의한다는 인상을 가지고 떠났다. "아인슈타인은 결코 평화주의 운동을 포기하지 않을 것이다"라고 말하는 사람도 있었다.

그들은 옳지 않았다. 그는 자신의 평화주의적 주장에 대해서 입을 닫기 시작했다. 그날 시카고에서 생일을 축하하는 점심을 먹던 그는 평화 유지를 위한 국제기구의 필요성을 애매하게 이야기하기는 했지만, 전쟁 저항에 대한 요구는 반복하지 않았다. 그는 며칠 뒤에 뉴욕에서 열린 평화주의에 대한 자신의 글을 모은 『반전 투쟁(The Fight against War)』의 출판 기념회에서도 역시 말을 아꼈다. 그는 주로 독일의 비참한 사태에 대해서 이야기했다. 그는 세계가 나치를 도덕적으로 비난해야 한다고 했지만, 독일인들을 악마로 취급하지는 말아야 한다고 덧붙였다.

그가 배에 오를 때까지도 그가 어디에서 살게 될 것인지는 분명하지 않았다. 베를린에서 아인슈타인의 친구이자 주 뉴욕 독일 영사 파울 슈바르츠가 개인적으로 그를 만나서 독일로 돌아가지 말도록 설득했다. 그는 "그들이 당신의 머리채를 잡고 거리로 끌고 다닐 것"이라고 경고했다.[28]

그가 탄 배의 첫 목적지는 벨기에였고, 그는 친구들에게 그곳에서 스위스로 갈 수도 있을 것이라고 말했다. 그는 다음 해에 고등연구소가 문을 열면 매년 4-5개월을 그곳에서 보낼 예정이었다. 그보다 더 오랜 기간이 될 수도 있었다. 출항 하루 전에 그와 엘자는 슬그머니 프린스턴으로 가서 그들이 구입할지도 모를 집을 둘러보았다.

그는 친척들에게 독일에서 자신이 유일하게 다시 보고 싶은 곳은 카푸트라고 말했다. 그러나 대서양을 가로질러 항해를 하는 동안에 그는 나치가 공산주의자들의 무기 은닉처(그런 곳은 없었다)를 찾는다는 핑계로 그의 별장을 급습했다는 소식을 들었다. 훗날 그들은 되돌아와서 밀수에 사용될 수도 있다는 핑계로 그가 좋아하던 보트를 압수했다. 그는 배에서 보낸 편지에서 "나의 여름 별장은 많은 손님들이 찾아오던 명예로운 곳이었다. 손님들은 언제나 환영을 받았다. 아무도 침입을 해야 할 이유가 없었다"고 했다.[29]

불더미

그의 카푸트 별장이 습격을 당했다는 소식으로 아인슈타인과 조국 독일의 관계는 결정되었다. 그는 다시 그곳으로 돌아가지 않았다.

1933년 3월 28일 그의 배가 안트베르펜에 정박한 직후에 그는 차를 타고 브뤼셀에 있는 독일 영사관으로 가서 자신의 여권을 반납하고, (청소년 때 그랬던 것처럼) 자신의 독일 국적을 포기한다고 선언했다. 그는 항해 중에 작성한 사직서를 우편으로 프로이센 과학원으로 보냈다. 그는 "현재의 상황에서 프로이센 정부에 의존하는 것을 용납할 수 없다고 느낀다"고 썼다.[30]

19년 전 그를 과학원으로 초빙했던 막스 플랑크는 안도했다. 플랑크는 "당신의 그런 생각이 당신이 과학원과의 관계를 명예롭게 단절하는 유일한 방법인 것 같습니다"라면서 거의 들릴 정도의 한숨이 담긴 답장을 보냈다. 그는 "우리의 정치적 의견을 갈라놓은 깊은 바다에도 불구하고, 우리의 우호적인 관계에는 어떠한 변화도 없을 것"이라는 너그러운 말도 덧붙였다.[31]

플랑크는, 나치 신문이 아인슈타인에 대해서 반(反)유대인적인 통렬한 비난을 쏟아내고 있는 상황에서 일부 정부 관리들이 요구하는 아인슈타인에 대한 공식적인 징계 청문회를 피하고 싶었다. 그것은 플랑크에게는 개인적인 고통이 될 것이고, 과학원에는 역사적인 수치가 될 것이었다. 그는 과학원의 간사에게 "아인슈타인에 대한 공식적인 추방 절차를 시작하는 것은 나에게는 가장 심한 양심의 갈등을 일으키게 될 것이다. 정치적인 문제에서는 깊은 바다가 그와 나 사이를 갈라놓고 있지만, 나는 앞으로 수백 년 동안의 역사에서 아인슈타인의 이름은 과학원을 빛낸 가장 밝은 별 중의 하나로 찬양될 것을 절대적으로 확신한다"는 편지를 보냈다.[32]

그러나 과학원은 혼자만 당하고 있지는 않았다. 나치는 그들이 빼앗기도 전에 공개적으로 신문에 크게 알리면서 국적과 과학원 회원 자격을 포기한 아인슈타인의 행동에 분노했다. 그래서 나치에 동조하는 과학원 간사는 나치를 대신해서 성명을 발표했다. 그 성명은 실제로 매우 신중했던 미국에서의 발언을 보도한 신문 기사를 인용하면서 아인슈타인이 "잔악한 일당에 참여"하고 "외국에서 선동가로 활동한 것"을 비난하고, "그렇기 때문에 아인슈타인의 사퇴에 대해서 유감스러워할 필요가 없다"는 결론을 내렸다.[33]

오랜 동료이자 친구인 막스 폰 라우에는 이 성명에 항의했다. 그 주 후반에 과학원에서 열린 회의에서 그는 회원들이 간사의 행동에 항의하도록 하려고 노력했다. 그러나 어느 누구도 동조하지 않았다. 아인슈타인의 가장 가까운 친구였고 지지자 중의 한 사람인 하버조차도 그랬다.

아인슈타인은 그런 모욕을 그냥 두고 보지 않았다. 그는 "이제 나는 내가 잔악한 일당의 일에 어떠한 방식으로도 참여하지 않았음을 밝힌다"고 선언했다. 그는 잔악성에 대한 어떠한 언급도 하지 않고 독일의 상황을 진실되게 이야기했을 뿐이었다. 그는 "나는 독일의 현 상황을 대중의 심리적 질병으로 표현했다"고 했다.[34]

그때는 이미 그것이 사실이라는 데에 의문의 여지가 없었다. 그 주의 전반부에 나치는 유대인이 소유한 모든 상점을 배척할 것을 요구하고, 상점 앞에 돌격대원들을 배치했다. 유대인 교사와 학생들에게 베를린의 대학 출입을 금지시켰고, 그들의 학업 증명서를 압수했다. 그리고 아인슈타인의 오랜 적이었던 노벨 상 수상자 필리프 레나르트는 나치 신문에 "자연을 연구하는 데에 끼친 유대인들의 위험한 영향을 증명해주는 가장 중요한 예가 바로 아인슈타인 씨였다"고 주장했다.[35]

아인슈타인과 과학원 사이의 논쟁은 저속해졌다. 어느 관리는 아인슈타인에게 그가 적극적으로 욕설을 퍼트리지는 않았지만, "제멋대로 떠돌던 거짓말의 홍수 속에서 우리 나라를 지켜주는 쪽에 참여하지 않았고……당신의 좋은 말 한마디가 외국에서 큰 효과를 낳을 수도 있다"는 편지를 보냈다. 아인슈타인은 그런 지적이 터무니없는 것이라고 생각했다. 그는 "현재의 상황에서 그런 증언을 했다면 나는 비록 간접적으로라도 도덕적 부패와 현존하는 모든 문화적 가치의 파괴에 기여하게 되었을 것"이라는 답장을 보냈다.[36]

논쟁 전체가 무의미해지고 있었다. 1933년 4월 초에 독일 정부는 (유대인 조부모를 둔 사람으로 정의되는) 유대인은 과학원이나 대학을 포함해서 어떤 공직에도 몸담을 수 없다는 법을 통과시켰다. 독일의 이론물리학 분야에서 14명의 노벨 상 수상자와 60명의 교수 중 26명이 피신을 해야 했다. 당연한 결과로, 독일을 비롯한 국가들의 파시즘에서 벗어난 아인슈타인, 에드워드 텔러, 빅토르 바이스코프, 한스 베테, 리제 마이트너, 닐스 보어, 엔리코 페르미, 오토 슈테른, 유진 위그너, 레오 실라르드 같은 망명자들은 나치가 아니라 연합국이 먼저 원자탄을 개발하도록 도움을 주었다.

플랑크는 반(反)유대 정책을 완화시키기 위해서 노력했고, 심지어 개인적으로 히틀러에게 호소하기도 했다. 히틀러는 "우리의 국가 정책은 과학자들의 경우에도 폐지하거나 수정되지 않을 것이다"라고 벼락처럼 소리를 쳤다. "만약 유대인 과학자들을 퇴직시킨 것이 현대 독일 과학의 소멸을 뜻한다면, 우리는 몇 년 동안 과학 없이 살아갈 것이다!" 그 후부터 플랑크는 정치 지도자들에게 항의를 하는 것이 자신들의 역할이 아니라고 다른 과학자들에게도 주의를 주었다.

아인슈타인은 삼촌이나 후원자와도 같았던 플랑크에게 화를 낼 수가 없었다. 과학원과 격렬한 논쟁을 벌이던 중에도 그는 둘 사이의 개인적인 존경심은 버리지 말자는 플랑크의 요구에 동의했다. 그는 플랑크에게 편지를 쓸 때 언제나 사용했던 예절 바르고 존경심을 표시하는 형식으로 "모든 사태에도 불구하고, 나는 당신이 예전의 우정으로 나를 반겨주고, 엄청난 압박조차도 우리의 상호 관계를 흐리게 만들지 못한 것을 기쁘게 생각합니다. 말하자면 앞으로 어떤 일이 일어나더라도 그 오랜 아름다움과 순수함은 변하지 않을 것입니다"라는 편지를 보냈다.[37]

나치의 숙청을 피해 망명한 과학자들 중에서 막스 보른은 신랄한 말솜씨를 가진 아내 헤트비히와 함께 영국으로 갔다. 그 소식을 들은 아인슈타인은 "나는 독일에 대해서 특별히 우호적인 의견을 가진 적이 단 한순간도 없었습니다. 그러나 그들의 잔인함과 비겁함은 놀라운 수준임을 고백하지 않을 수 없습니다"라는 편지를 보냈다.

보른은 모든 것을 비교적 잘 견뎌냈고, 아인슈타인과 마찬가지로 자신의 혈통을 더욱 깊이 인식하게 되었다. 그는 아인슈타인에게 보낸 답장에서 "아내와 아이들은 지난 몇 달 동안에 처음으로 우리가 유대인 또는 (즐거운 전문용어로) '비(非)아리아인'임을 인식하게 되었습니다. 나 자신도 결코 특별히 유대인이라고 느껴본 적이 없었습니다. 물론 이제 나는 그것을 분명하게 인식하게 되었습니다. 우리가 그렇게 여겨지기 때문이기도 하지만, 억압과 부당한 조치가 나에게 분노와 저항을 불러일으켰기 때문이기도 합니다."[38]

더욱 마음이 아팠던 것은 아인슈타인과 마리치 모두의 친구였고, 기독교로 개종했고, 프로이센의 분위기를 좋아했으며, 제1차 세계대전에서 자신의 조국을 위해서 독가스를 개발함으로써 독일인이 되었다고 생각한 프리츠 하버의 경우였다. 새로운 법이 시행되면서 그마저도 연금을 수령하기 직전인 예순네 살의 나이에 베를린 대학교와 과학원에서 밀려났다.

그동안 혈통을 저버렸던 자신의 행동을 보상이라도 하려는 것처럼 하버는 갑자기 독일 바깥에서 직장을 찾아야 하는 유대인들을 조직하는 일에 뛰어들었다. 아인슈타인은 그들이 편지에서 자주 사용했던 조롱하는 투로 동화(同化)에 대한 그의 이론이 실패했음을 비난했다. 그는 "당신의 내적 갈등을 이해할 수 있습니다. 그것은 평생을 바쳐서 노력했던 이론을 포기하는 것과 같을 것입니다. 그러나 그것을 절대 믿지 않았던 나에게는 그렇지 않습니다"라고 했다.[39]

하버는 자신이 새로 찾은 유대인 친구들의 이민을 도와주는 과정에서 시온 운동의 지도자 카임 바이츠만과 친구가 되었다. 그는 유대인의 아랍인 처리와 히브리 대학교의 운영 문제 때문에 벌어졌던 바이츠만과 아인슈타인의 관계를 개선해보려고 노력하기도 했다. 그는 "내 평생에 지금처럼 유대인이라고 느껴본 적이 없었다!"고 기뻐했지만, 실제로 큰 뜻은 없었다.

아인슈타인은 "금발의 짐승에 대한 당신의 사랑이 조금은 식은 것"이 다행이라고 생각한다는 답장을 보냈다. 아인슈타인은 독일인들 모두가 나쁜 사람들이 아니라, "몇몇 훌륭한 인품을 가진 예외(플랑크 60퍼센트 숭고함, 라우에 100퍼센트)도 있습니다"라고 고집했다. 이제 이런 역경을 겪으면서, 그들은 적어도 자신들의 진정한 동족들과 함께 버려진 상황에서 위안을 얻을 수 있었다. "나에게 가장 아름다운 것은 여러 훌륭한 유대인들을 알게 된 것입니다. 수천 년에 걸친 문명의 역사가 결국에는 의미가 있는 셈입니다."[40]

아인슈타인은 자신이 설립하도록 도와주었던 예루살렘의 히브리 대학교에서 새로운 삶을 시작하려고 하던 하버를 다시 만나지 못했다. 하버는 그곳으로 가던 중에 바젤에서 심장에 탈이 나서 사망했다.

1933년 5월 10일에 베를린의 오페라 하우스 앞에 4만 명에 가까운 독일인들이 모여들었다. 횃불을 들고 나치 휘장을 착용한 학생들과 맥줏집 폭력배들이 줄을 서서 거대한 불더미 속에 책을 던져넣었다. 일반 시민들도 도서관과 가정집에서 훔쳐온 책들을 들고 모여들었다. 분노한 표정의 선전부 장관 요제프 괴벨스는 연단에 서서 "유대인의 이지주의(理智主義)는 죽었다. 독일의 영혼이 다시 발현될 것이다"라고 소리쳤다.

1933년 독일에서의 사태는 단순히 폭력적인 지도자들에 의해서 저질러지고, 무지한 폭도들에 의해서 부추겨진 야만적인 사건으로만 볼 수가 없었다. 아인슈타인이 설명했듯이, 그것은 "지성적인 귀족 정치의 철저한 실패"이기도 했다. 아인슈타인을 비롯한 유대인들은 편견 없는 사람들이 세운 세계 최고의 성(城)에서 축출되었고, 남은 사람들은 아무런 저항도 할 수가 없었다. 아인슈타인에게 오랫동안 반유대인적 적대감을 나타냈고, 히틀러에 의해서 아리안 과학의 새로운 수장으로 임명된 필리프 레나르트와 같은 부류의 승리였다. 그해 5월에 기쁨에 들뜬 레나르트는 "우리 독일인이 유대인의 지적 추종자가 될 수 없다는 사실을 인식해야만 한다. 히틀러 만세!"라고 소리쳤다. 연합군이 쳐들어가서 그를 그 자리에서 몰아낸 것은 10여 년이 지난 후였다.[41]

르코크 수메르, 1933년

의식적인 선택이라기보다는 생각지도 못했던 원양 정기선의 항로 문제로 벨기에에 남게 된 아인슈타인과 엘자, 헬렌 듀카스, 발터 마이어를 포함한 측근들은 그곳에 임시 거처를 마련했다. 약간의 고민 끝에 그는, 자신의 새 가족들을 취리히의 옛 가족 곁으로 옮기기에는 자신의 감정적 에너지가 충분하지 않다는 사실을 깨달았다. 예정된 프린스턴 방문이나 그곳으로의 이주를 기다리고 있던 그의 입장에서는 라이덴이나 옥스퍼드로 가겠다는 약속도 할 수 없었다. 그래서 그는 평화롭게 우주와 그 파동에 대한 생각에 잠기고, 마이어가 계산을 할 수 있도록 오스탕 부근의 휴양지인 르코크 수메르의 모래언덕에 집을 임대했다.

그러나 평화는 환상이었다. 해변에서도 나치의 위협에서 완전히 벗어날 수가 없었다. 신문들은 그의 이름이 암살 대상자 명단에 들어 있고, 그의 머리에 5,000달러의 현상금이 걸렸다고 보도했다. 그런 소식을 들은 아인슈타인은 자신의 머리를 가리키면서 "내 머리가 그 정도 가치가 있는 줄 몰랐다!"고 유쾌하게 소리쳤다. 그러나 벨기에 사람들은 그런 위험을

심각하게 받아들였다. 난처하게도 두 명의 뚱뚱한 경찰관이 집 앞에서 경계를 섰다.[42]

그해 여름에 프라하에서 여전히 아인슈타인의 옛 자리와 사무실을 지키던 필리프 프랑크가 우연히 오스탕을 지나가면서 갑작스럽게 그를 찾아왔다. 그는 그곳 주민들에게 어떻게 아인슈타인을 찾을 수 있는지를 물어보았다. 그런 정보를 제공해서는 안 된다는 정부의 명령에도 불구하고, 그는 곧바로 모래언덕 사이에 있는 집으로 안내되었다. 집으로 다가가던 그는, 보통 아인슈타인을 방문하는 사람이 아닌 것이 분명한 건장한 체구의 두 남자가 엘자와 이야기를 나누는 모습을 보았다. 훗날 프랑크의 기억에 따르면, "두 남자가 나를 보더니, 갑자기 몸을 던져서 나를 붙잡았다."

얼굴이 백짓장처럼 하얗게 질린 엘자가 중재를 했다. "당신을 암살자라고 의심했습니다."

아인슈타인은, 낯선 프랑크에게 자신의 집을 친절하게 알려준 이웃 사람들의 순진함을 포함한 그 모든 상황을 아주 재미있게 생각했다. 그는 자신이 프로이센 과학원과 주고받은 편지에 대해서 프랑크에게 설명을 해주었다. 그 편지들을 넣어둔 서류함에는 그가 가상의 답변으로 작성한 익살맞은 글도 있었다. "다정한 편지에 감사한다. / 발신자와 마찬가지로 그 편지도 전형적인 독일식이다."

베를린을 떠난 것이 잘된 일이라는 아인슈타인에게 엘자는 자신이 그렇게 오랫동안 좋아했던 도시를 옹호하는 변명을 늘어놓았다. "물리학 콜로퀴움이 끝난 후에 집으로 돌아온 당신은 다른 곳에서는 그렇게 훌륭한 물리학자들의 모임을 찾아볼 수 없을 것이라고 말하곤 했습니다."

아인슈타인은 "그랬지요. 순전히 과학적인 면에서 보면, 베를린에서의 생활은 아주 좋았습니다. 그렇지만 나는 언제나 무엇인가가 나를 억누르고 있다고 느꼈고, 언제나 끝이 좋지 않을 것이라는 예감을 가지고 있었습니다"라고 대답했다.[43]

아인슈타인이 자유계약 선수가 되자, 유럽 전체에서 제안이 쏟아져 들어왔다. 그는 솔로빈에게 "이제 나는 내 머릿속에 있는 이성적인 아이디어보다 더 많은 교수직을 가지게 되었다"고 했다.[44] 매년 적어도 몇 달은 프린스턴에서 보내기로 약속을 했음에도 불구하고, 그는 그런 초대를 거의 무차별적으로 받아들이기 시작했다. 그는 요청을 잘 거절하지 못했다.

제안들이 매력적이었고 그가 우쭐해졌던 이유도 있었지만, 조수 발터 마이어에게 더 나은 자리를 마련해주려던 것도 부분적인 이유였다. 더욱이 그런 제안들은 독일 학자들을 대하는 나치의 정책에 대한 그와 여러 대학들의 저항이기도 했다. 그는 파리의 폴 랑주뱅에게 "당신은 내가 스페인이나 프랑스의 제안을 받아들이지 않는 것이 내 의무라고 생각할 수도 있습니다. 그러나 두 제안이, 적어도 어느 정도까지는, 내가 중요하게 생각하고, 망치고 싶지 않은 정치적 저항이기 때문에 내가 그런 제안을 거절하는 것이 잘못 해석될 가능성도 있습니다"라고 털어놓았다.[45]

4월에는 그가 마드리드의 자리를 수락했다는 소식이 신문에 크게 보도되었다. 「뉴욕 타임스」는 "스페인 장관, 물리학자의 교수직 수락 발표"라고 보도했다. "소식은 기쁘게 받아들여졌다." 신문은 프린스턴의 일에는 영향을 주지 않을 것이라고 전했다. 그러나 아인슈타인은 플렉스너에게 마이어를 새 연구소의 부교수가 아니라 정교수로 채용해주지 않으면 영향이 있을 수도 있다고 경고했다. 그는 "지금쯤은 언론을 통해서 내가 마드리드 대학교의 교수직을 수락했다는 소식을 들었을 것입니다. 스페인 정부는 나에게 정교수로 임명할 수 있는 수학자를 추천하는 권리를 주었습니다……그래서 나는 난처한 입장이 되었습니다. 나는 당신이 그를 정교수로 채용할 것인지에 따라서 그를 스페인이나 당신에게 추천해야 합니다"라고 알렸다. 그런 위협이 충분히 분명하게 전달되지 않을 가능성을 고려해서였는지 그는 "그가 없는 연구소에서는 내 일도 어려워질 수 있습니다"라고 덧붙였다.[46]

플렉스너는 타협안을 제시했다. 4페이지에 이르는 편지에서 그는 아인슈타인에게 한 사람의 조수에게 너무 의존하는 것은 위험하다고 경고하고, 일이 나쁘게 진행될 경우에 대해서 이야기했다. 그런 후에 그는 마이어의 직함은 부교수로 하지만, 실질적으로는 종신 교수직을 주기로 했다.[47]

아인슈타인은 브뤼셀, 파리, 옥스퍼드에서의 강사직도 수락하거나, 관심을 표시했다. 그는 특히 옥스퍼드에서 시간을 보내고 싶어했다. 그는 윈스턴 처칠의 중요한 조언자가 된 그곳의 물리학자이자 친구인 프레더릭 린데만 교수에게 "크리스트 처치가 나에게 작은 방을 마련해줄 수 있으리라고 보십니까? 2년 전처럼 거창할 필요는 없습니다"라는 편지를 보냈다. 그는 편지의 끝에 서글픈 구절을 덧붙였다. "나는 내가 태어난 곳을 다시는 보지 못할 것입니다."[48]

한 가지 분명한 의문이 생겼다. 그가 예루살렘의 히브리 대학교로 가려고 하지 않았던 이유는 무엇일까? 어쨌든 그 대학교는 부분적으로 그의 작품이었다. 아인슈타인은 1933년 봄에 쫓겨난 유대인 학자들의 보금자리 역할을 할 수 있는 새로운 대학을 설립하는 것에 대해서 적극적으로 이야기하기 시작했다. 어쩌면 그곳이 영국이 될 수도 있었다. 그가 그 사람들은 히브리 대학교로 보내면서도 자신은 그곳으로 가지 않았던 이유는 무엇이었을까?

아인슈타인은 지난 5년 동안 그곳의 관리자들과 다툼을 벌여왔다. 그런 문제가 그와 다른 교수들이 나치를 피해 도망쳤던 1933년에 결판이 나버렸다. 그가 화를 냈던 대상은 대학의 총장이었던 유다 마그네스였다. 뉴욕의 랍비였던 그는 학문적 명성이 부족해지는 한이 있더라도 교수 임명을 포함한 모든 문제에서 부유한 미국 후원자들의 말을 따르는 것이 자신의 의무라고 여겼다. 그러나 아인슈타인은 학과가 교육과정과 종신 교수의 결정에 더 많은 힘을 부여하는 유럽식 전통에 따라 운영되기를 원했다.[49]

그가 르코크 수메르에 있는 동안에 마그네스에 대한 그의 불만이 폭발해버렸다. 그는 히브리 대학교로 가려던 하버에게 "이 야심에 차고 연약한 사람이 스스로 도덕적으로 열등한 사람들에 둘러싸였습니다"라고 경고했다. 그는 보른에게 그곳은 "돼지우리, 완전한 사기"라고 주장했다.[50]

아인슈타인의 불만은 시온주의 지도자 카임 바이츠만과의 관계를 난처하게 만들었다. 바이츠만과 마그네스가 그에게 히브리 대학교에 합류하도록 공식적인 초청장을 보냈을 때, 그는 자신의 불만을 공개적으로 밝혔

다. 그는 그 대학교가 "지적 요구를 만족시킬 수 없기" 때문에 초청을 거부한다고 언론에 공개했다.[51]

아인슈타인은 마그네스가 대학을 떠나야만 한다고 주장했다. 그는 개혁안을 마련할 위원회에 위촉된 영국 고등판무관인 허버트 새뮤얼 경에게 마그네스가 대학에 "충분한 피해"를 입혔고, "내 협조를 원한다면, 그의 즉시 사임이 내 조건입니다"라는 편지를 보냈다. 6월에는 바이츠만에게도 "과감하게 직원을 바꾸어야만 사태를 변화시킬 수 있을 것입니다"라며 똑같은 주장을 반복했다.[52]

바이츠만은 어려움을 재치 있게 극복할 수 있는 사람이었다. 그는 아인슈타인의 도전을 이용해서 마그네스의 권력을 약화시키기로 결심했다. 그가 성공한다면, 아인슈타인은 교수진에 합류할 수밖에 없게 될 것이다. 6월 말의 미국 여행에서 그는 아인슈타인이 당연히 있어야 할 예루살렘에 가지 않는 이유에 대한 질문을 받았다. 바이츠만은 그가 정말 그곳으로 가야만 한다고 동의하고, 그렇게 하도록 초청했다고 말했다. 바이츠만은 그가 예루살렘에 간다면 "더 이상 전 세계의 대학을 떠돌아다니지 않게 될 것이다"라고 덧붙였다.[53]

아인슈타인은 격노했다. 그는 자신이 예루살렘에 가지 않는 이유를 바이츠만이 잘 알고 있고, "그는 내가 어떤 조건에서 히브리 대학교의 일을 수행할 준비를 할 것인지도 잘 알고 있다"고 말했다. 결국 바이츠만은 마그네스로부터 대학의 학술적인 면에 대한 직접적인 권한을 빼앗을 것으로 알고 있던 위원회의 의원들을 임명했다. 그런 후에 시카고를 방문하고 있던 그는, 이제는 아인슈타인이 요구하던 조건이 충족되었기 때문에 그가 히브리 대학교로 와야 한다고 발표했다. 유대 전신사는 바이츠만의 주장을 근거로 "알베르트 아인슈타인이 히브리 대학교 물리학 연구소의 소장을 맡기로 분명하게 결정했다"고 보도했다.

그것은 사실도 아니고, 실현되지도 않을 바이츠만의 계략이었다. 그의 계략은, 프린스턴의 플렉스너를 놀라게 만들었을 뿐만 아니라 히브리 대학교의 논란을 잠재우고 대학의 개혁을 가능하게 만들었다.[54]

평화주의의 종말

훌륭한 과학자들이 흔히 그렇듯이 아인슈타인은 새로운 증거에 직면하면 자신의 자세를 바꿀 줄 알았다. 평화주의는 그의 가장 확고한 개인적 원칙 중 하나였으나 1933년 초에 히틀러가 등장하자 사정이 달라졌다.

아인슈타인은 아무런 거리낌 없이 자신이 적어도 당분간은 절대적인 평화주의와 군국주의에 대한 저항을 보장할 수 없다고 선언했다. 그는 평화운동에 대한 자신의 지원을 원했던 네덜란드 각료에게 "극단적인 평화주의 운동의 계획을 더 주장하기에는 시기적으로 적절하지 않은 것 같습니다. 예를 들면 독일이 재무장하고 있는 마당에 프랑스인이나 벨기에인에게 군복무를 거부하라고 주장하는 것을 정당화시킬 수 있겠습니까?"라고 했다.

그는 평화주의를 주장하는 대신, 자신의 결정을 집행할 수 있는 전문 군대와 함께 실권을 가진 국제연맹과 같은 세계연방 조직을 요구하는 노력을 더욱 강화했다. 그는 "현재 상황으로는 우리가 모든 군대를 철폐하도록 주장하기보다는, 초국가적 군대 조직을 지원해야만 할 것으로 생각한다. 최근의 사태는 나에게 그런 교훈을 가르쳐주었다"고 말했다.[55]

그런 주장은 자신이 오랫동안 지원해왔던 전쟁저항자 인터내셔널의 반발을 불러일으켰다. 지도자 아서 폰손비 경은 그런 주장은 "군대가 국제 분쟁을 해결할 수 있는 요소라는 사실을 인정하는 것이기 때문에 바람직하지 않다"고 비난했다. 아인슈타인은 동의하지 않았다. 그는 독일에서 새로운 위협이 등장하고 있는 마당에, 그의 새로운 철학은 "안전이 보장되지 않으면 군축도 없다"는 것이라고 주장했다.[56]

4년 전 안트베르펜을 방문했던 아인슈타인은 바이에른 대공의 딸로 알베르 1세와 결혼한 엘리자베스 여왕의 초청으로 벨기에 왕실을 방문했었다.[57] 여왕은 음악을 좋아했고, 아인슈타인은 그녀와 모차르트를 연주하며, 차를 마시고, 상대성을 설명하려고 노력하면서 오후를 보냈다. 다음 해에 다시 초청을 받은 그는 그녀의 남편인 왕을 만났고, 왕 중에서 가장 왕답지 않은 그의 태도에 매혹되었다. 그는 엘자에게 "이 두 소박한 사람들은 쉽게 찾아볼 수 없는 순수함과 선량함을 가지고 있습니다"라고 했다. 그와 여왕은 다시 모차르트를 연주했고, 아인슈타인은 혼자서 왕과 여왕 부부와 함께 지내면서 식사를 하도록 초대를 받았다. 그는 "하인, 채식주의자, 프라이한 달걀에 시금치, 감자도 없었다. 나는 무척 좋아했고, 그런 느낌은 상호적이었을 것으로 확신한다"고 기억했다.[58]

그와 벨기에 여왕과의 평생에 걸친 친분은 그렇게 시작되었다. 훗날 그녀와의 관계는 아인슈타인이 원자탄에 관여하는 데에 작은 역할을 하게 된다. 그러나 1933년 7월에 문제가 된 의제는 평화주의와 군국주의에 대한 저항이었다.

"제2 바이올린 주자의 남편이 중요한 문제로 당신과 대화를 나누고 싶어한다." 그것은 알베르 왕이 아인슈타인만이 알아볼 수 있도록 자신을 밝히는 암호와 같은 방법이었다. 아인슈타인은 왕실로 향했다. 왕에게는 자신의 나라를 혼란에 빠뜨리는 일이었다. 양심적인 병역 거부자 두 명이 벨기에 군대에 복무하는 것을 거부한 탓에 감옥에 수감되었고, 국제 평화주의자들은 아인슈타인에게 그들을 위해서 목소리를 높여주도록 압력을 가하고 있었다. 물론 그런 행동은 문제가 될 것이 분명했다.

왕은 아인슈타인이 그 일에는 관여하지 않기를 원했다. 친분, 그를 접대하는 국가의 지도자에 대한 존경심, 그리고 자신의 새롭고 진지한 믿음 때문에 아인슈타인은 그의 제안에 동의했다. 그는 심지어 그런 사실을 공개해도 좋다고 허락한 편지를 쓰기도 했다.

그는 "독일에서 일어난 사건들로 인해서 형성된 현재의 위협적인 상황에서 벨기에의 군대는 침략의 도구가 아니라 방어의 수단으로 볼 수 있다. 그리고 고금을 통해서 지금은 그런 방어적 군대가 꼭 필요한 때이다"라고 주장했다.

그러나 아인슈타인으로서는 몇 가지 생각을 덧붙일 수밖에 없었다. 그는 "종교나 도덕적인 믿음 때문에 군복무를 거부할 수밖에 없는 사람들은 죄인으로 취급받지 말아야 한다. 그런 사람들에게는 군복무보다 더 힘들고 위험한 일을 수행할 수 있도록 대안을 제시해야 한다"고 주장했다. 예를 들면, 그런 사람들은 임금이 낮은 "광산노동자, 선박의 화부(火夫), 감염 병동 또는 정신병원의 작업자"로 활용할 수 있다.[59] 알베르 왕은 아인슈타인에게 따뜻한 감사의 답장을 보냈지만, 대체 복무에 대한 논의는 정중하게 피했다.

아인슈타인은 자신이 마음을 바꾸었다는 사실을 감추지 않았다. 그는 자신에게 벨기에에서 일어난 사건에 개입하도록 부추기는 평화주의 단체의 지도자에게 공개 편지를 보냈다. 그는 "최근까지 유럽에서 우리는 개인적인 전쟁 저항이 군국주의에 대한 효과적인 공격이 된다고 가정할 수 있었다. 그러나 오늘날 우리는 전혀 다른 상황에 직면해 있다. 유럽의 중앙에, 모든 가능한 수단을 동원해서 전쟁을 부추기는 것이 분명한 세력인 독일이 있다"고 했다.

심지어 그는 그 자신이 젊었더라면 군대에 갔을 것이라는 기막힌 주장도 했다.

> 나는 솔직하게 말해야만 한다. 오늘날의 상황에서 내가 만약 벨기에인이었다면 나는 군복무를 거부하는 대신에 유럽의 문명을 위해서 봉사한다는 생각으로 기꺼이 군복무를 받아들였을 것이다. 그렇다고 내가 지금까지 지켜왔던 원칙을 포기한다는 뜻은 아니다. 나에게는 군복무 거부가 다시 한 번 인류 발전의 목적을 위해서 효율적인 방법이 될 날이 머지않아 찾아오는 것보다 더 큰 꿈은 없다.[60]

그 이야기는 몇 주 동안 전 세계를 뒤흔들었다. 「뉴욕 타임스」는 "아인슈타인이 평화주의자 견해를 바꾸다 / 벨기에 국민에게 독일의 위협에 저항하기 위해서 무장을 하라고 충고"라고 크게 보도했다.[61] 아인슈타인은 확고했을 뿐만 아니라 연이은 공격에 열정적으로 자신의 뜻을 밝혔다.

> 전쟁저항자 인터내셔널의 프랑스인 간사에게 : "내 입장은 변하지 않았지만, 유럽의 상황이 달라졌습니다……독일이 재무장을 하고 국민에게 복수

를 위한 전쟁 교육을 계속한다면, 불행하게도 서유럽 국가들은 군사적 방어에 의존할 수밖에 없습니다. 나는 그들이 무장을 하지 않은 채 공격을 당할 때까지 기다리지는 말아야 한다는 주장이라도 하겠습니다……나는 현실 앞에 눈을 감을 수는 없습니다."[62]

영국 출신의 평화주의자 동료였던 폰손비 경에게: "당신은 독일이 열정적으로 재무장을 하고, 전 국민이 국수주의에 빠져들고 있으며, 전쟁 훈련을 받고 있다는 사실을 모른 채할 수 있습니까?……당신은 조직적인 권력 이외에 어떤 보호방법을 제안하시겠습니까?"[63]

벨기에의 전쟁저항자 위원회에: "국제 경찰력이 없다면, 이런 나라들이 문화의 방어를 책임져야만 합니다. 유럽의 상황은 지난 1년 동안 크게 달라졌습니다. 만약 우리가 이런 사실을 모른 채한다면 우리는 가장 지독한 적의 손에 놀아나게 될 것입니다."[64]

어느 미국 교수에게: "잠정적으로 더 큰 악을 막기 위해서 증오하는 군대라는 더 작은 악을 받아들여야만 합니다."[65]

1년 후에 로체스터의 흥분한 랍비에게: "나는 과거와 똑같이 열렬한 평화주의자입니다. 그러나 나는 침략적 독재자가 민주국가를 군사적으로 위협하는 것이 더 이상 허용되지 않아야만 군복무 거부를 주장할 수 있다고 믿습니다."[66]

자신의 보수적인 친구들로부터 순진하다는 평을 받고 몇 년이 지난 지금 그의 정치에 대한 이해력이 흔들리고 있다고 느낀 사람들은 좌익의 사람들이었다. 헌신적인 평화주의자 로맹 롤랑은 자신의 일기에 "과학 분야에서는 천재인 아인슈타인이 다른 분야에서는 약하고, 우유부단하며, 일관성이 없다"고 적었다.[67] 일관성이 없다는 비난은 아인슈타인을 웃게 만들었다. 과학자에게는 사실이 바뀌었을 때 자신의 주장을 바꾸는 것이 유약함의 증거가 될 수는 없었다.

이별

지난해 가을에 아인슈타인은 가장 오랜 친구 가운데 한 사람인 미셸 베소로부터 길고, 산만하고, 흔히 그랬듯이 지극히 개인적인 편지를 받았다. 대부분은 계속해서 정신병에 시달리다가 당시에는 취리히 부근의 요양소에 머물고 있던 아인슈타인의 작은 아들 에두아르트에 대한 것이었다. 베소는 아인슈타인이 양딸들과는 많은 사진을 찍었지만, 아들과는 한 번도 사진을 찍지 않았다고 지적했다. 왜 그들과 여행을 하지 않느냐? 에두아르트를 미국 여행에 데려갔더라면 그와 더 가까워질 수도 있었을 것이다.

아인슈타인은 에두아르트를 사랑했다. 엘자는 어느 친구에게 "알베르트가 슬픔에 잠겨 있다"고 했다. 그러나 그는 에두아르트의 정신분열증이 그의 어머니 쪽에서 유전된 것이라고 믿었고, 어느 정도까지는 그럴 수도 있었다. 그가 할 수 있는 일은 거의 없었다. 그가 에두아르트의 정신분석을 거부했던 것도 그런 이유에서였다. 그는 그것이 효과가 없다고 생각했다. 유전적인 이유에서 생긴 것으로 보이는 심각한 정신병의 경우에는 더욱 그렇다고 생각했다.

그러나 베소는 정신분석을 했고, 편지의 내용은 거의 30년 전에 특허사무소에서 집으로 걸어오던 시절로 돌아간 것처럼 푸근하고 너그러웠다. 베소는 자신의 결혼생활에도 문제가 있었다고 털어놓았다. 아인슈타인이 그에게 소개시켜준 안나 빈텔러를 말하는 것이었다. 그는 아들과의 돈독한 관계를 통해서 결혼생활을 유지하고 있고, 자신의 생활을 뜻깊게 만들어왔다.

아인슈타인은 자신도 프린스턴을 방문할 때 에두아르트를 데려가고 싶었다는 답장을 보냈다. 그는 "불행하게도 모든 것이 심각한 유전성이라는 사실이 아주 분명하게 드러났다. 나는 테테가 어렸을 때부터 그런 증상이 느리기는 하지만 어쩔 수 없이 진행되는 것을 보아왔다. 그런 경우에는 아무도 어떻게 할 수가 없는 내적인 작용과 비교해서 외부의 영향은 거의

아무런 효과가 없다"고 한탄했다.[68]

가능성은 있었다. 아인슈타인도 자신이 에두아르트를 만나야 하고, 만나고 싶어한다는 사실을 알고 있었다. 그는 5월 말에 옥스퍼드를 방문하기로 되어 있었지만, 취리히로 가서 아들과 함께 지내려고 여행을 1주일간 연기했다. 그는 린데만에게 양해를 구하면서 "나는 아들을 만나는 일을 6주일이나 기다릴 수가 없습니다. 당신은 아버지가 아니지만, 내 입장을 이해해줄 것이라고 믿습니다"라는 편지를 보냈다.[69]

마리치와의 관계도 많이 개선되어 있었다. 그가 독일로 돌아갈 수 없게 되었다는 소식을 들은 그녀는 그와 엘자에게 취리히로 와서 자신의 아파트 건물에서 함께 살자고 제안했다. 그는 놀라기는 했지만 기뻐했고, 실제로 5월에 혼자 취리히를 방문했을 때 그녀와 함께 머물렀다. 그러나 그가 에두아르트를 방문했던 일은 기대했던 것보다 훨씬 더 뒤틀어졌다.

아인슈타인은 자신의 바이올린을 가져갔다. 그와 에두아르트는 함께 연주를 하면서 말로 표현할 수 없는 감정을 음악으로 표현하고는 했다. 그 방문에서 찍은 두 사람의 사진은 특별히 가슴에 사무치는 것이었다. 두 사람은 요양소의 응접실로 보이는 방에서 정장을 입고 어색하게 앉아 있었다. 바이올린과 활을 든 아인슈타인은 먼 곳을 바라보고 있었다. 에두아르트는 서류더미를 뚫어지게 쳐다보고 있었고, 그의 살찐 얼굴은 고통 때문에 일그러진 듯이 보였다.

아인슈타인이 취리히를 떠나서 옥스퍼드로 갈 때만 하더라도, 그는 여전히 1년의 절반을 유럽에서 보내게 될 것이라고 생각했다. 그는 그 만남이 자신의 전처와 둘째 아들을 만나는 마지막 기회가 될 것이라는 사실은 모르고 있었다.

옥스퍼드에서 아인슈타인은 자신의 과학철학을 설명하는 허버트 스펜서 강연을 한 후에, 글래스고로 가서 일반상대성 이론을 정립하게 된 과정을 설명했다. 그 여행을 너무 좋게 생각했던 그는 르코크 수메르로 돌아온 직후인 7월 말에 다시 영국으로 돌아가기로 결정했다. 이번에는 가장 친해질 것 같지 않아 보이는 사람의 초청을 받았다.

영국 사령관 올리버 로커-람프슨은 아인슈타인과는 전혀 다른 부류의 사람이었다. 빅토리아 시대 시인의 모험심 강한 아들인 그는 제1차 세계 대전 동안에 비행사가 되었고, 라플란드와 러시아에서 기갑사단의 지휘자, 니콜라스 대공의 고문을 지냈으며, 라시푸틴 암살의 주모자였을 수도 있는 인물이었다. 이제 그는 법정 변호사, 언론인, 의회 의원으로 활동하고 있었다. 그는 독일에서 공부를 했기 때문에 독일어와 독일인들을 잘 알고 있었고, 어쩌면 그 때문에 일찍부터 나치와 싸울 준비를 해야 한다고 주장했을지도 모른다. 여러 가지 일에 관심이 많았던 그는 옥스퍼드에서 잠깐 만난 적이 있었던 아인슈타인에게 편지를 써서 자신의 손님으로 영국을 방문해줄 것을 요청하기 시작했다.

아인슈타인이 그의 제안을 받아들이자, 기세등등해진 그는 그 기회를 최대한 활용했다. 그는 아인슈타인에게 의회의 야당 의원으로 힘든 시절을 보내던 윈스턴 처칠을 만나도록 해주었다. 그들은 처칠의 집인 챠트웰의 정원에서 점심을 함께 하면서 독일의 재무장에 대한 이야기를 나누었다. 그날 아인슈타인은 엘자에게 "그는 훌륭할 정도로 현명한 사람입니다. 나에게는 이 사람들이 준비가 되었고, 곧바로 굳은 의지로 행동하기로 결심한 것이 분명하게 보였습니다"라는 편지를 보냈다.[70]

로커-람프슨은 아인슈타인을 또다른 재무장 옹호자였던 오스틴 체임벌린과 전 총리 로이드 조지에게도 데려갔다. 그가 전 총리의 집에 도착했을 때, 아인슈타인은 방명록에 서명을 해달라는 요청을 받았다. 주소를 쓰는 칸에 이르자, 그는 잠시 머뭇거리다가 ohne(없음)이라고 썼다.

로커-람프슨은 다음 날 흰 린넨 옷을 입은 아인슈타인이 방문객 자리에서 지켜보고 있는 가운데 "유대인에게 국적의 기회를 확대하는" 법안을 화려하게 의회에 제안하면서 그 일을 자세하게 소개했다. 독일은 문화를 파괴하고, 가장 위대한 사상가의 안전을 위협하고 있다는 것이었다. 그는 "독일은 가장 영광스러운 국민인 알베르트 아인슈타인을 몰아냈다. 그에게 방명록에 주소를 써달라고 하자, 그는 '없음'이라고 써야만 했다. 그에게 옥스퍼드의 안식처를 마련해준다면 이 나라는 얼마나 자랑스럽겠는

가!"라고 했다.[71]

벨기에의 해변가에 있는 오두막으로 돌아왔을 때, 아인슈타인은 다시 미국으로 출발하기 전에 자신이 해결해야 할, 적어도 해결하려고 노력해야 할 한 가지 문제가 있다는 사실을 깨달았다. 여성애국자단체와 다른 단체들이 여전히 그를 위험한 인물이거나 공산주의자로 여겨서 입국을 막으려고 했고, 그는 그런 혐의가 모욕적일 뿐만 아니라 문제가 될 가능성이 있다는 사실을 알았다.

아인슈타인은 자신의 사회주의적 입장, 평화주의자의 역사, 파시즘에 대한 반대 때문에 당시에는 물론이고 일생 동안 러시아 공산주의자들과 협조할 수도 있다는 의심을 받았다. 그가 그럴듯한 선언서나 발행인으로 이름을 빌려달라는 거의 모든 편지에 긍정적으로 대답을 했던 것도 그에게 도움이 되지는 않았다. 그는 그런 조직들이 다른 문제에서 극단적인 역할을 하고 있는지에 대해서 아무런 확인도 하지 않았다.

그가 여러 조직에 기꺼이 이름을 빌려준 것은 실제로 자신이 어떤 모임에 참석하거나 우호적인 기획 회의에서 시간을 보내는 것을 싫어했기 때문이었다. 덕분에 그가 실제로 직접 관여했던 정치적 단체는 많지 않았고, 공산주의 단체는 확실히 없었다. 그리고 그는 자신이 선동에 활용될 수 있다는 사실을 알고 있었기 때문에 한번도 러시아를 방문한 적이 없었다는 사실도 분명했다.

출발 날짜가 다가오는 동안에 아인슈타인은 두 번의 인터뷰를 통해서 이런 사실들을 명백하게 밝혔다. 그는 「뉴욕 월드 전신」의 독일 망명자 레오 라니아에게 "나는 확신을 가진 민주주의자입니다. 바로 그런 이유 때문에 나는 러시아로부터 정중한 초청을 받았지만 가지 않았습니다. 소비에트 지도자들이 내 모스크바 여행을 자신들의 정치적 목적을 위해서 이용할 것이 분명했습니다. 이제 나는 평화주의만큼이나 볼셰비키주의에 대해서도 반대하고 있습니다. 나는 모든 독재에 반대합니다"라고 말했다.[72]

런던의 「타임스」와 「뉴욕 타임스」에 모두 실린 또다른 인터뷰에서 아인슈타인은 자신이 가끔씩 완전한 평화주의 또는 인도주의로 가장했지만,

"실제로는 러시아 독재를 위한 위장된 선동일 뿐인" 조직에 "속았던" 적이 있음을 인정했다. 그는 "자신은 공산주의를 절대 선호하지 않았고, 지금도 선호하지 않는다"고 강조했다. 그의 정치적 신념의 핵심은 "파시스트나 공산주의 깃발에 상관없이 테러나 힘에 의해서 개인을 노예화하는" 모든 권력을 반대하는 것이었다.[73]

이런 발언들은 미국에서 제기되던 그의 정치적 성향에 대한 논란을 잠재우기 위한 것이었음은 분명하다. 그러나 그런 주장이 사실이라면 다른 좋은 점도 있었다. 그는 겉모습이 사실과 다른 단체에 속기도 했지만, 어린 시절부터 우익과 좌익에 상관없이 모든 권력에 반대하는 원칙을 지켜왔었다.

그해 여름이 끝나갈 무렵에 아인슈타인은 절망적인 소식을 들었다. 부인과 동료들과 헤어진 그의 친구 파울 에렌페스트가 다운 증후군으로 암스테르담의 병원에 있던 열여섯 살 난 아들을 방문하러 갔다. 그는 총을 꺼내서 아들의 얼굴을 쏘고, 눈알을 꺼냈지만 아들을 죽이지는 않았다. 그런 후에 그는 총으로 자살했다.

20여 년 전 방황하던 젊은 유대인 물리학자 에렌페스트는 아인슈타인이 일하고 있던 프라하에 나타나서 일자리를 찾도록 도와달라고 했었다. 그날 몇 시간 동안 카페를 돌아다니면서 물리학에 대한 이야기를 나눈 후에 두 사람은 서로 깊이 좋아하는 친구가 되었다. 에렌페스트의 생각은 여러 면에서 아인슈타인과 달랐다. 아인슈타인은 그가 "자신감이 결여된 환자에 가깝고," 새로운 이론을 만들기보다는 현재의 이론을 비판적으로 검토하는 일에 뛰어나다고 했었다. 그런 그가 "내가 본 가장 좋은" 선생이 될 수는 있었다. 그러나 그의 "무능하다는 인식은 객관적으로 정당하지 않았지만 계속해서 그를 병들게 했다."

그러나 그는 중요한 점에서 아인슈타인과 닮았다. 그는 양자역학에 결코 만족할 수가 없었다. 아인슈타인은 에렌페스트에게 "자신이 진심으로 완전히 받아들일 수 없는 것을 배우고 가르치는 것은 언제나 어려운 일이고, 열정적으로 정직한 사람에게는 두 배로 어려운 일입니다"라고 했다.

쉰 살이 되는 것이 어떤지를 알고 있던 아인슈타인은, 양자역학에 대한 자신의 접근방식만큼이나 에렌페스트의 접근방식에 대해서도 알려주는 말을 남겼다. "쉰 살이 지나면 누구나 새로운 생각을 받아들이기가 점점 더 어려워진다. 나는 이 글을 읽은 독자들 중에서 얼마나 많은 사람들이 그런 비극을 완전히 이해할 수 있을지 모르겠다."[74] 아인슈타인은 이해할 수 있었다.

에렌페스트의 자살은, 아인슈타인 자신의 생명에 대한 더욱 심각해지던 위협과 마찬가지로 그를 심각한 무기력에 빠뜨렸다. 그의 이름이 히틀러의 테러를 비난하는 책에 잘못 연관되기도 했다. 흔히 그랬듯이 그는 자신의 이름을 위원회의 명예위원장으로 올리도록 해준 상태에서 책이 출판되었지만, 그 책을 읽어보지 않았다. 독일 신문은 "아인슈타인의 파렴치한 행위"를 붉은 글자로 크게 보도했다. 어느 잡지는 독일 정권의 적들과 함께 그의 사진을 실었고, 그의 "죄"를 나열하고, "아직 교수형에 처해지지 않았음"이라는 문구로 마무리를 했다.

그래서 아인슈타인은 10월에 미국으로 출발하기에 앞선 마지막 달에 로커-람프슨에게 다시 한 번 영국식 호의를 베풀어줄 것을 요청했다. 짐을 꾸리기 위해서 벨기에에 남아 있기를 원했던 엘자는 「선데이 익스프레스」의 어느 기자에게 아인슈타인이 영국으로 안전하게 갈 수 있도록 도와달라고 요청했다. 훌륭한 언론인인 그는 스스로 아인슈타인과 동행했고, 해협을 건너는 동안에 아인슈타인이 노트를 꺼내서 방정식을 적기 시작했다고 보도했다.

제임스 본드 영화에 버금가는 드라마에서, 로커-람프슨은 두 사람의 젊은 여성 "조수들"에게 아인슈타인을 런던 북동쪽의 해변 황무지에 자리잡은 자기 소유의 외딴 오두막으로 데려가도록 했다. 그곳에서 그는 비밀과 공개의 익살맞은 소용돌이에 휘말렸다. 언론에 제공된 사진에는 두 젊은 여성이 사냥용 소총을 들고 그의 옆에서 포즈를 취하고 있었고, 로커-람프슨은 "허가받지 않은 사람이 가까이 가면 산탄총 세례를 받을 것이다"라고 선언했다. 자신의 안전에 대한 아인슈타인의 평가는 덜 위협적이었다. 그는 방문객에게 "내 경호원의 아름다움이 총보다 먼저 침입자를 무장해제 시킬 것이다"라고 했다.

철저한 보호지역을 뚫고 들어간 사람들 중에는 유럽의 위기에 대해서 논의하고 싶어했던 전 외무부 장관, 아인슈타인의 양사위로 프랑스 신문에 팔 기사를 쓰려고 그를 인터뷰하려던 디미트리 마리아노프, 통일장 이론 방정식을 찾아내려는 시시포스의 노력을 계속하던 발터 마이어, 그리고 사흘을 머물면서 아인슈타인의 아름다운 흉상을 만든 유명한 조각가 제이콥 엡슈타인 등이 있었다.

여성 경호원과 충돌한 유일한 사람은 자신의 조각을 위해서 더 나은 각도를 잡을 수 있도록 문을 떼어낼 것을 요구했던 엡슈타인이었다. 그는 "그들이 농담으로 다음에는 지붕을 제거하고 싶어할 것이냐고 물었다. 나는 그것도 좋을 것이라고 생각했지만, 수행하는 천사들이 교수님의 은둔을 방해하는 나에게 분노하고 있는 것처럼 보여서 그런 요구는 하지 않았다"고 기억했다. 그러나 사흘 후부터는 보호자들이 엡슈타인을 따뜻하게 대해주었고, 그가 모델 일을 마쳤을 때는 함께 맥주를 마시기 시작했다.[75]

그런 모든 과정에서도 아인슈타인의 유머는 변함이 없었다. 그가 영국에서 받았던 편지 중에는 중력은, 지구가 회전함에 따라 사람들이 때로는 거꾸로 되기도 하고, 수평으로 되기도 한다는 뜻이라는 이론을 가지고 있던 어떤 사람으로부터 받은 것도 있었다. 그는 어쩌면 그것 때문에 사람들이 사랑에 빠지는 것과 같은 어리석은 일을 하게 된다고 추측했다. 아인슈타인은 그 편지에 "사랑에 빠지는 것이 사람들이 하는 가장 어리석은 일은 아니지만, 그것이 중력 때문이라고 할 수는 없다"고 써놓았다.[76]

이 여행에서 아인슈타인의 중요한 공개 행사는 10월 3일 런던의 로열 앨버트 홀에서, 쫓겨난 독일 학자들을 위한 기금 모금 연설을 한 것이었다. 로커-람프슨이 티켓 판매를 위해서 안전에 대한 위협과 아인슈타인의 은둔을 과장하여 홍보했다는 일부 사람들의 주장은 근거가 있는 것이었다. 정말 그랬다면, 그는 성공을 한 셈이었다. 9,000석의 좌석이 매진되었고, 복도와 로비에도 사람들로 가득했다. 안내원과 혹시 모를 친나치

소요에 대비한 감시원으로 1,000명의 학생들이 동원되었다.

아인슈타인은 영어로 자유에 대한 당시의 위험스러운 상황을 설명했지만, 독일 정권을 구체적으로 비난하지 않으려고 조심했다. 그는 "만약 우리가 지식인과 개인의 자유를 억압하려는 정권에 저항하고 싶다면, 무엇이 문제인지를 분명히 해야만 한다. 그런 자유가 없었더라면, 셰익스피어도 없었을 것이고, 괴테도 없었고, 뉴턴도, 패러데이도, 파스퇴르도, 리스터도 없었다"고 주장했다. 자유는 창의성의 기반이었다.

그는 고독의 필요성에 대해서도 이야기했다. 그는 "조용한 생활의 단조로움이 창의적인 정신을 자극한다"고 말했고, 과학자들을 등대지기로 고용해서 그들이 "방해받지 않고 생각에 몰두할 수 있도록" 해줄 필요가 있다는 자신이 젊었을 때 했던 제안을 반복했다.[77]

그것은 의미심장한 주장이었다. 아인슈타인에게 과학은 고독한 추구였다. 그래서 다른 사람들과 협력해서 일을 하면 훨씬 더 많은 결실을 얻을 수 있다는 사실을 깨닫지 못했던 것으로 보였다. 코펜하겐을 비롯한 여러 곳에서 양자역학 팀들은 서로의 아이디어를 적극적으로 이용해서 결실을 얻고 있었다. 그러나 아인슈타인의 위대한 돌파구는 베른의 특허사무소나 베를린 아파트의 다락방이나 등대에서 완성될 수 있는 그런 것들이었다. 어쩌면 가끔씩 고문이나 수학자 조수가 필요했을 뿐이었다.

엘자와 헬렌 듀카스를 태우고 안트베르펜을 출발한 원양 정기선 웨스트모어랜드 호는 1933년 10월 7일에 사우샘프턴에서 아인슈타인과 발터 마이어를 태웠다. 그는 자신이 그렇게 오랫동안 유럽을 떠나 있을 것이라고는 생각하지 않았다. 사실 그는 다음 해 봄에 옥스퍼드의 크리스트 처치에서 한 분기를 더 보낼 계획이었다. 그러나 아인슈타인은 그로부터 22년을 더 살았지만, 유럽을 다시 보지는 못했다.

19

미국

1933-1939년

프린스턴

쉰네 살의 아인슈타인을 새 조국이 될 곳으로 데려다준 원양 정기선 웨스트모어랜드 호가 뉴욕 항에 도착한 것은 1933년 10월 17일이었다. 비가 내리던 23번가 항구에는 자신이 직접 키운 난초를 가지고 온 유명한 변호사이며 친구인 새뮤얼 운터마이어가 이끄는 환영위원회는 물론이고 그와 함께 환영 행진을 할 응원단이 아인슈타인을 기다리고 있었다.

그러나 아인슈타인과 그의 측근들은 어디에서도 찾을 수가 없었다. 고등연구소 소장 에이브러햄 플렉스너는 그를 언론으로부터 차단하는 일에 몰두하고 있었다. 아인슈타인의 변덕스러운 취향은 무시했다. 그는 두 사람의 연구소 이사를 태운 예인선을 보내서, 웨스트모어랜드 호에서 검역을 마친 아인슈타인 일행을 몰래 데리고 나오도록 했다. 그는 "성명을 발표하지도 말고, 어떤 문제에 대해서도 인터뷰하지 말 것"이라는 내용의 전보도 보냈다. 그는 자신의 메시지를 확실하게 전달하기 위해서 아인슈타인을 영접하러 갔던 이사 가운데 한 사람에게 자신의 편지도 보냈다. 그 편지는 "미국에서 당신의 안전은 침묵과 공개 행사의 참석 자제에 달려 있습니다"라는 내용을 담고 있었다.[1]

챙이 넓은 검은 모자 바깥으로 삐져나온 짙은 머리카락에 바이올린 케이스를 든 아인슈타인이 몰래 옮겨탄 예인선은 일행을 프린스턴으로 데려다줄 자동차가 기다리고 있던 배터리 항으로 건너갔다. 플렉스너는 기자들에게 "아인슈타인 박사가 원하는 것은 평화와 정적"이라고 주장했다.[2]

실제로 아인슈타인은 신문과 아이스크림 콘을 원했다. 그래서 프린스턴의 피코크 인에서 투숙 절차를 마치고 편한 옷으로 갈아입은 그는 파이프를 피우면서 신문 판매대로 걸어가서 저녁 신문을 샀다. 그는 자신의 행방에 대한 보도를 보고 킬킬거리며 웃었다. 그리고는 볼티모어라는 아이스크림 가게로 걸어가서, 엄지손가락으로 바로 전에 어린 신학부 학생이 샀던 아이스크림 콘을 가리킨 후에 다시 자신을 가리켰다. 거스름돈을 주던 여종업원은 "이 일은 내 수첩에 기록될 것입니다"라고 했다.[3]

아인슈타인에게는 연구소의 임시 본부인 유니버시티 홀 구석에 있는 사무실이 주어졌다. 당시 연구소에는 수학자 오스왈드 베블런(사회이론학자 소스타인 베블런의 조카)과 컴퓨터 이론의 선구자 존 폰 노이만을 포함하여 19명의 학자가 있었다. 사무실을 둘러보던 그는 어떤 집기가 필요하냐는 질문을 받았다. 그는 "책상이나 테이블 하나, 의자 하나, 종이와 연필. 그리고 내가 실수한 모든 것을 던져버릴 수 있는 큰 휴지통"이라고 대답했다.[4]

그와 엘자는 곧바로 집을 빌렸고, 그것을 기념하기 위해서 하이든과 모차르트의 작품을 연주하는 작은 음악회를 열었다. 러시아 출신의 유명한 바이올린 연주자 토스카 자이델이 선도했고, 아인슈타인이 제2 바이올린을 연주했다. 아인슈타인은 몇 가지 바이올린 연주 기법을 배우는 대가로 자이델에게 상대성 이론을 설명하고, 움직이는 막대의 길이가 줄어들게 되는 그림을 몇 장 그려주었다.[5]

결국 아인슈타인이 음악을 좋아한다는 유명한 이야기가 널리 알려지게 되었다. 아인슈타인과 함께 사중주를 연주하던 사람 중에는 바이올린의 대가 프리츠 크라이슬러도 있었다. 언젠가 그들은 박자를 놓친 적이 있었다. 크라이슬러는 연주를 멈추고 조롱하는 표정으로 아인슈타인에게 "무엇이 문제입니까. 교수님. 셈도 못 하십니까?"라고 말했다.[6] 더 심한 경우도 있었다. 어느 날 저녁에 기독교 기도단이 박해받는 유대인들을 위해서 기도한 적이 있었다. 아인슈타인은 자신이 그 모임에 참석해도 되겠느냐고 물어서 그들을 놀라게 만들었다. 그는 바이올린을 가지고 갔고, 마치 기도하듯이 독주를 했다.[7]

그는 즉흥 연주도 했다. 첫 할로윈 날에 그는, 장난을 치려고 찾아온 열두 살 소녀들에게 현관에서 바이올린으로 세레나데를 연주해주었다. 크리스마스에 제일장로교회 신도들이 캐럴을 불러주려고 찾아왔을 때에는, 눈 속으로 걸어나가 여성으로부터 바이올린을 빌려서 반주를 했다. 그중 한 사람은 "그는 정말 멋진 사람이었다"고 기억했다.[8]

얼마 지나지 않아서 거의 신화가 되었지만 근거가 있는 아인슈타인의 이미지가 만들어졌다. 그는 가끔씩 엉뚱한 행동을 하지만, 언제나 따뜻하고, 생각에 잠겨서 방황하며, 아이들의 숙제를 도와주고, 머리를 잘 빗지도 않으며, 양말을 잘 신지 않는, 친절하고 점잖은 교수였다. 그의 재미있는 자기 인식적인 분위기가 그런 이미지를 만들어주었다. 그는 자신이 "양말을 신지 않고, 호기심 때문에 특별한 경우에만 자동차로 외출하는 구식 사람"이라고 농담을 했다. 어느 정도 헝클어진 그의 모습은 단순함의 표시이면서 온화한 저항의 상징이었다. 그는 이웃 사람에게 "다른 사람들이 양말을 신으라고 해도 꼭 그래야 할 필요가 없는 나이가 되었습니다"라고 말했다.[9]

헐렁하고 편안한 옷차림은 그가 겉치레를 좋아하지 않는다는 상징이 되었다. 그는 공식적이거나 비공식적이거나 가리지 않고 검은 가죽 재킷을 자주 입었다. 그는 자신이 모직 스웨터에 약한 과민증을 가지고 있다는 사실을 알았던 어느 여자 친구가 허름한 상점에서 사다준 면 스웨터를 즐겨 입었다. 이발과 머리 빗기를 싫어했던 그의 습관이 전염되어서 엘자, 마르고트, 그리고 여동생 마야도 모두 똑같이 헝클어진 머리를 하고 다녔다.

채플린이 작은 걸음걸이로 유명했듯이, 아인슈타인도 헝클어진 천재의 이미지로 유명해졌다. 그는 친절했지만 냉담했고, 똑똑했지만 어리숙했다. 그는 지극히 정직했고, 언제나 그렇지는 않았지만 지나치게 순진했다. 그는 인류의 문제에 열정적인 관심을 보였고, 때로는 민족에 대해서도 그랬다. 그는 우주적 진리와 세계 문제에 관심을 가졌기 때문에 다른 문제에 대해서는 냉담한 것처럼 보이기도 했다. 그가 맡았던 역할은 사실과 크게 다르지 않았지만, 그것이 훌륭하다는 사실을 알고 있던 그는 그런 역할을 철저하게 수행했다.

그때에 이미 그는 맹목적이고, 부담스러우며, 방어적이면서도 가끔씩은 사회적 포부가 담긴 엘자의 아내 역할에도 적응한 상태였다. 약간의 어려움을 겪었던 그들은 이제 서로에게 편안함을 느꼈다. 그녀는 "나는 그를 관리하고 있지만, 그가 그런 사실을 알아차리도록 하지는 않는다"고 자랑스럽게 말했다.[10]

실제로 그는 그런 사실을 알고 있었고, 조금은 즐기기도 했다. 예를 들면, 그는 자신이 담배를 너무 많이 피운다는 엘자의 잔소리에 항복하고 말았다. 추수감사절에 그는 자신이 새해까지는 파이프를 절제할 수 있을 것이라고 약속했다. 어느 만찬에서 그녀가 그 사실을 자랑하자 아인슈타인은 "나는 파이프가 아니라 여자의 노예가 되었다"고 투덜거렸다. 아인슈타인은 그 약속을 지켰다. 그러나 엘자는 며칠 후 이웃 사람들에게 "새해 첫날 아침에 늦게 일어난 후로 먹을 때와 잠을 잘 때가 아니면 언제나 파이프를 입에서 떼지 않는다"고 말했다.[11]

아인슈타인에게는 자신을 언론에 노출시키지 않으려는 플렉스너가 가장 큰 마찰의 원인이었다. 실제로 아인슈타인은 그 문제에 대해서 자신의 보호자 역할을 했던 친구나 후원자들보다 덜 까다로웠다. 그는 자신이 주목을 받으면 눈이 더욱 반짝였다. 더 중요한 점은, 그가 자신의 명성을 이용해서 더욱 어려워진 유럽 유대인을 위한 모금과 관심을 높일 수만 있다면 어느 정도의 모욕적인 대우를 감수하더라도 그렇게 하고 싶어했다는 것이다.

그런 정치적 행동주의가 보수적이고 미국에 동화된 유대인 플렉스너로 하여금 그의 언론 노출을 꺼리도록 만들었다. 그는 아인슈타인의 그런 활동이 오히려 반유대주의 정서를 부추길 것이라고 걱정했다. 특히 유대인 학자들을 사회적으로 낯선 환경으로 데려와야 하는 연구소가 있는 프린스턴에서는 그럴 가능성이 더 높다고 생각했다.[12]

플렉스너는, 아인슈타인이 어느 토요일에 자신의 집에서 과학 동아리에 자신의 이름을 붙인 뉴어크의 한 고등학교 남학생들을 만났던 것을 특히 불쾌하게 생각했다. 엘자는 쿠키를 구워주었다. 화제가 유대인 정치 지도자에 대한 것으로 바뀌자, 엘자는 "나는 이 나라에는 어떠한 반유대주의도 없다고 생각한다"고 말했다. 아인슈타인도 동의했다. 학생들을 데려온 교사가 쓴 유대인의 어려움에 대한 아인슈타인의 생각을 강조한 화려한 글이 뉴어크의 「선데이 레저」라는 신문의 1면 상단을 장식한 것을 제외하면, 그날의 모임은 즐거운 방문일 뿐이었다.[13]

그러나 플렉스너는 격노했다. 그는 엘자에게 뉴어크 신문의 그 기사와 함께 단호한 경고 편지를 보냈다. "나는 그를 보호하고 싶을 뿐입니다. 내 생각에 이번 일은 아인슈타인 교수에게 전혀 가치가 없는 그런 종류의 것이었습니다. 그의 동료들은 그 자신이 그런 기회를 마련했다고 생각할 것이고, 그런 인식이 그에게는 손해가 될 것입니다. 그렇지 않다는 사실을 동료들에게 어떻게 설득시킬 수 있을지 모르겠습니다."[14]

플렉스너는 아인슈타인이 맨해튼에서 열릴 음악회의 출연을 포기하도록 설득해달라고 엘자에게 요청했다. 그는 이미 유대인 망명자들을 위한 성금 모금 음악회에 나가기로 약속했었다. 그러나 아인슈타인과 마찬가지로 엘자도 언론 노출이나 유대인을 돕는 일을 전적으로 싫어하지 않았다. 아인슈타인을 통제하려는 그의 시도를 불쾌하게 여긴 그녀는 아주 솔직하게 거절하는 편지를 보냈다.

그러자 플렉스너는 다음 날 놀라울 정도로 통명스러운 편지를 보내면서, 자신이 프린스턴 대학교의 총장과 의논을 했다고 밝혔다. 보른을 비롯한 아인슈타인의 유럽 친구들 중 일부가 그랬던 것처럼, 플랙스너는 엘 자에게 유대인이 언론에 너무 많이 노출되는 것은 반유대주의에 불을 지 피는 것이라고 경고했다.

미국에서 반유대주의 정서가 생겨나는 것은 분명히 가능합니다. 유대인 스 스로에 의해서가 아니라면, 그런 정서가 생겨날 위험은 없습니다. 이미 미 국에서 반유대주의 정서가 확산되는 분명한 조짐이 나타나고 있습니다. 내 가 조용하게 익명으로 추진하고 있는 노력들이 지속적이면서도 어떤 면에 서는 성공적인 것은 나 자신이 유대인이기 때문입니다……문제는, 가장 높은 수준의 미국 기준에서 당신 남편과, 연구소의 품위와, 미국과 유럽의 유대 인종을 돕는 가장 효과적인 방법이 무엇이냐는 것입니다.[15]

같은 날, 플렉스너는 언론을 좋아하는 것이 반유대주의를 자극할 수 있 기 때문에 자신들 같은 유대인들은 자세를 낮춰야만 한다는 편지를 직접 아인슈타인에게 보냈다. 그는 "나는 히틀러가 반유대주의 정책을 시작하 는 순간에 그런 사실을 인식했고, 몸을 낮추어 행동해왔습니다. 미국 대 학교에서 유대인 학생들과 교수들은 극도로 조심하지 않으면 고통을 받게 될 것이라는 징조가 있습니다"라고 했다.[16]

그러나 아인슈타인이 계획했던 대로 1인당 25달러를 낸 264명의 손님 이 참석한 맨해튼의 모금 연주회에 갔던 것은 놀랄 일이 아니었다. 바흐 의 두 대의 바이올린을 위한 콘체르토 D단조와 모차르트의 G장조 사중주 가 연주되었다. 그 행사는 언론에도 공개되었다. 「타임」지는 "그는 음악 에 완전히 빠져들어서 연주가 모두 끝난 후에도 멍한 눈길로 바이올린을 연주하고 있었다"고 보도했다.[17]

플렉스너는 그런 일을 방지한다는 핑계로 아인슈타인의 편지를 가로채 고, 초청을 거절하기 시작했다. 뉴욕의 랍비 스티븐 와이스는, 프랭클린 루스벨트 대통령이 아인슈타인을 초청해주면 독일의 유대인 위협에 대한 사회의 관심을 모으는 데 도움이 될 것이라고 생각했다. 와이스는 어느 친구에게 "F.D.R.은 독일의 유대인을 위해서 손가락도 까딱하지 않았고,

그것은 전혀 만족스럽지 않다"고 했다.[18]

루스벨트의 사교업무 담당 비서인 마빈 매킨티어 대령이 전화로 아인슈타인을 백악관으로 초청했다. 그런 사실을 알게 된 플렉스너는 격노했다. 그는 백악관에 전화를 걸어 단호한 설교를 해서 매킨티어 대령을 놀라게 만들었다. 플렉스너는 모든 초청은 자신을 통해서 이루어져야 하며 아인슈타인을 대신해서 초청을 거절한다고 말했다.

플렉스너는 대통령에게 공식적인 편지를 쓰기도 했다. "나는 오늘 오후에 당신의 비서에게, 아인슈타인 교수는 은둔한 상태에서 과학 연구를 수행하겠다는 목적으로 프린스턴에 왔기 때문에 사람들이 그에게 관심을 가질 가능성에 대해서는 절대 예외가 없다는 사실을 설명해줄 수밖에 없었습니다."

아인슈타인은, 재무부 장관으로 내정되어 있던 유명한 유대인 지도자 헨리 모겐타우가 문의를 하기 전까지는 그 일에 대해서 전혀 모르고 있었다. 플렉스너의 무례함에 화가 난 아인슈타인은 대통령의 정치적 동반자이기도 했던 엘리너 루스벨트에게 편지를 보냈다. 그는 "엄청난 에너지로 이 시대의 가장 위대하고 가장 어려운 일에 도전하고 있는 분을 만나는 것이 나에게 얼마나 큰 관심거리였는지 당신은 이해하기 어려울 것입니다. 그러나 사실 나는 어떤 초대장도 받지 못했습니다"라고 했다.

엘리너 루스벨트는 개인적으로 정중한 답장을 보냈다. 그녀는 플렉스너가 백악관에 걸었던 전화가 워낙 강력해서 혼란이 생겼다고 설명했다. 그녀는 "당신과 아인슈타인 여사께서 머지않은 장래에 방문해주기를 바랍니다"라고 덧붙였다. 엘자는 우아한 답장을 보냈다. "우선 저의 형편없는 영어를 용서해주시기 바랍니다. 아인슈타인 박사와 저는 당신의 정말 친절한 초청을 진심으로 받아들이겠습니다."

그와 엘자는 1934년 1월 24일 백악관에 도착해서, 저녁 식사를 하고, 그곳에서 밤을 보냈다. 대통령은 그들과 독일어로 무난하게 이야기를 나눌 수 있었다. 그들은 루스벨트의 바다 그림과 아인슈타인의 보트 취미를 포함하여 여러 문제에 대해서 이야기를 나누었다. 다음 날 아침에 아인슈타인은 그의 방문에 대한 8행시를 적은 엽서를 벨기에의 엘리자베스 여왕에게 보냈다. 그러나 공개적인 성명을 발표하지는 않았다.[19]

플렉스너의 간섭은 아인슈타인을 화나게 만들었다. 그는 불평하려는 목적으로 랍비 와이스에게 회신 주소를 "프린스턴의 포로수용소"라고 적은 편지를 보냈고, 플렉스너의 간섭에 대해서 5페이지에 이르는 장황한 해명서를 연구소 이사들에게 보냈다. 아인슈타인은 "자존심을 가진 사람이라면 절대 허용할 수 없는 방식의 끊임없는 간섭"이 중단되지 않으면, "품위를 지키면서 연구소와의 관계를 중단하는 가능성에 대한 논의를 제안하게 될 것"이라고 위협했다.[20]

아인슈타인이 승리하고, 플렉스너는 물러섰다. 그러나 플렉스너와의 관계는 나빠졌고, 훗날 그는 아인슈타인을 프린스턴에 있는 "몇 사람의 적" 중 한 사람이라고 부르게 되었다.[21] 양자역학의 지뢰밭에서 아인슈타인의 동료 여행자 에르빈 슈뢰딩거가 초청을 받고 3월에 프린스턴에 왔다. 그는 고등연구소에서 일하고 싶어했다. 아인슈타인은 플렉스너에게 도움을 청했지만 소용이 없었다. 플렉스너는 연구소가 슈뢰딩거를 데려오지 못하는 한이 있더라도 그에게 호의를 베풀고 싶지 않았다.

프린스턴에 잠시 머물렀던 슈뢰딩거는 아인슈타인에게 예정대로 늦은 봄에 정말 옥스퍼드로 갈 것인지 물었다. 그는 1931년에 칼텍으로 떠나면서 자신을 "철새"라고 불렀었다. 스스로도 그것이 해방인지 유감스러운 일인지를 알 수가 없었다. 그러나 이제 프린스턴에서 안주하게 되면서 다시 날개를 펼칠 의욕을 잃어버렸다.

그는 친구 막스 보른에게 "나 같은 늙은이가 이제 평화와 조용함을 즐기면 안 될까요?"라고 했다. 그는 슈뢰딩거에게 진정한 유감의 뜻을 전해달라고 부탁했다. 슈뢰딩거는 린데만에게 편지를 보냈다. "유감스럽지만 그는 나에게 분명한 거절의 뜻을 전해달라고 요청했습니다. 자신이 유럽에 갈 경우 일어날 야단법석과 소동이 두렵다는 것이 이유였습니다." 아인슈타인은 자신이 옥스퍼드에 가면, 파리와 마드리드도 방문해야 하는 문제에 대해서도 걱정했다. "나는 그런 모든 것을 견뎌낼 용기가 없습니다."[22]

아인슈타인은 명성이 높아지면서 관성의 느낌 또는 적어도 방황이 주는 피로감을 알게 되었다. 1921년 첫 방문에서 "피우지 않은 새 파이프"라고 불렀던 프린스턴의 풍부한 아름다움과 유럽의 대학 도시를 연상하도록 해주는 신(新)고딕풍의 건물들이 그를 매혹시켰다. 그는 왕이 사망한 후에 벨기에의 대비(大妃)가 된 엘리자베스에게 그곳을 "단단한 다리로 버티고 있는 허약한 반신반인(半神半人)들의 기묘하고 예의 바른 마을"이라고 설명했다. "나는 일부 사회적 규범을 무시했기 때문에 방해받지 않고 자유롭게 연구할 수 있는 환경을 만들 수 있었습니다."[23]

아인슈타인은 미국이 부(富)의 불평등과 인종차별에도 불구하고 유럽보다 능력을 더 존중하는 사회라는 사실을 특히 좋아했다. 그는 "새로 도착하는 사람들이 이 나라를 위해서 헌신하게 되는 것은 미국 국민들의 민주적 성향 때문이다. 아무도 다른 사람이나 계급 앞에서 자신을 낮추어야 할 필요가 없다"고 감탄했다.[24]

미국은 사람들이 마음대로 말하고 생각할 수 있는 권리를 주었고, 아인슈타인은 언제나 그런 특성을 가장 중요하게 여겼다. 더욱이 답답한 전통이 없다는 사실도 그가 학생 시절에 좋아했던 종류의 창의성에 도움이 되었다. 그는 "미국의 젊은이들은 낡아빠진 전통에 신경써야 할 필요가 없는 행운을 누리고 있다"고 지적했다.[25]

엘자 역시 프린스턴을 좋아했다는 사실도 아인슈타인에게 중요했다. 그는 오랫동안 자신을 잘 돌보아주었던 그녀의 요구, 특히 보금자리에 대한 본능을 만족시키는 것을 중요하게 생각했다. 그녀는 친구에게 "프린스턴 전체가 훌륭한 나무로 채워진 거대한 공원이다. 우리는 옥스퍼드에 있는 것처럼 느낀다"고 했다. 건축물과 변두리 지역은 그녀에게 옥스퍼드를 떠올리게 했다. 그녀는 유럽에 남아 있는 사람들은 여전히 고통받는데 자신들만 편하게 지내고 있는 것에 대해서 어느 정도의 죄책감을 느끼기도 했다. "우리는 이곳에서 아주 행복하다. 어쩌면 너무 행복한 것인지도 모르겠다. 가끔씩은 죄책감이 느껴지기도 한다."[26]

6개월이 막 지난 1934년 4월에 아인슈타인은 자신이 연구소에서 전임으로 일하면서 영원히 프린스턴에 머물겠다고 밝혔다. 결국 그는 자신의 일생에서 나머지 21년을 프린스턴에서 살게 되었다. 그럼에도 불구하고, 그는 자신이 좋아하는 여러 자선단체들이 마련해둔 모금을 위한 "환송" 모임에 참석했다. 이제 그에게 그런 일들은 과학만큼이나 중요했다. 그는 어느 행사에서 "사회정의를 위해서 노력하는 것은 인생에서 가장 가치 있는 일이다"라고 했다.[27]

불행하게도 그들이 프린스턴에 정착하기로 했을 때, 엘자는 낭만적인 급진주의자 게오르크 니콜라이와 사귀다가 문학기자 루돌프 카이저와 결혼한 활기차고 모험심이 강한 큰딸 일제를 돌보기 위해서 유럽을 다녀와야만 했다. 결핵이라고 알고 있던 일제의 병은 백혈병이었고, 상태가 몹시 나빴다. 그녀는 동생 마르고트의 간호를 받으며 파리에 머물고 있었다.

자신의 문제가 주로 정신적인 것이라고 고집했던 일제는 약물을 거부하고, 대신 오랜 기간에 걸친 심리치료를 선택했다. 병을 처음 발견했을 때 아인슈타인은 그녀에게 일반 의사를 찾아보도록 설득했지만, 그녀는 거절했다. 이제 아인슈타인을 제외한 가족 모두가 마르고트의 파리 아파트에 있는 그녀의 병상에 모였다. 그러나 그녀에게 해줄 수 있는 것은 거의 없었다.

일제의 죽음은 엘자에게 치명적이었다. 마르고트의 남편에 따르면, 그녀는 "거의 알아볼 수 없을 정도로 변하고 늙어버렸다." 엘자는 일제의 유골을 납골당에 안치하는 대신 밀폐된 봉투에 넣었다. 그녀는 "나는 일제와 헤어질 수 없다. 나는 꼭 유골을 가지고 있어야만 한다"고 말했다. 그녀는 봉투를 베개 속에 넣어서 미국의 집으로 돌아가는 동안에도 바로 옆에 두도록 했다.[28]

엘자는, 마르고트가 프랑스 외교관과 반나치 지하운동 단체의 도움을 받아 베를린에서 파리로 몰래 가져다두었던 남편의 서류 가방들도 옮겨왔다. 그 가방을 미국으로 가져오기 위해서 엘자는 같은 배로 미국의 집으로 돌아가고 있던 프린스턴의 친절한 이웃인 캐롤라인 블랙우드에게 도움을 요청했다.

엘자는 몇 달 전에 프린스턴에서 블랙우드 가족을 만났고, 그들은 팔레스타인과 유럽에 가서 시온 운동 지도자들을 만나고 싶다고 말했었다. "나는 당신들이 유대인인 줄 몰랐습니다"라고 엘자는 말했다.

블랙우드 부인은 사실 자신들은 장로교도들이지만, 유대인과 기독교도 사이에는 깊은 관계가 있고, "예수도 유대인이었습니다"라고 말했다.

엘자는 그녀를 포옹하면서 "내 평생에 어떤 기독교도도 나에게 그렇게 말해주지 않았습니다"라고 했다. 엘자는 블랙우드 부인에게 베를린에서 이사를 오는 동안에 잃어버린 독일어 성경을 구해달라고 요청했다. 블랙우드 부인은 마틴 루터의 번역본을 구해주었고, 엘자는 그 성경을 가슴에 끌어안았다. 그녀는 블랙우드 부인에게 "내가 믿음이 더 강했으면 좋겠습니다"라고 했다.

엘자는 블랙우드 가족이 어떤 배로 여행하는지를 적어두었고, 미국으로 돌아올 때 의도적으로 그 배를 예약했다. 어느 날 아침에 그녀는 블랙우드 부인을 배 안의 빈방으로 데려가서 도움을 청했다. 그녀는 미국 시민이 아니기 때문에 입국 과정에서 남편의 서류를 빼앗길 것을 걱정했다. 블랙우드 가족이 그 서류들을 가져다줄 수 있을까?

그들은 동의했다. 그러나 블랙우드는 세관 신고서에 거짓말을 하지 않도록 조심하기로 했다. 그는 "유럽에서 확보한 학문 연구용 자료"라고 썼다. 훗날 아인슈타인은 비가 오는 날 블랙우드의 집으로 가서 자신의 서류를 가져왔다. 그는 어느 학술지를 보면서 "내가 정말 이렇게 어리석은 논문을 썼나?"라고 농담을 했다. 그러나 그곳에 있었던 블랙우드의 아들이 기억하기로는, 아인슈타인은 "자신의 책과 서류들을 되찾게 되어서 감격했던 것이 분명했다."[29]

일제의 죽음과 함께 1934년 여름에 히틀러가 "장검의 밤"*을 통하여 권력을 장악하면서, 아인슈타인과 유럽의 관계는 완전히 끊어져버렸다. 그해에 마르고트도 기이한 러시아인 남편과 이혼하고 프린스턴으로 왔다.

---

* 1934년 6월 말 히틀러의 친위대(SS)가 돌격대(SA)를 학살하고 집권하게 된 사건을 말한다 / 역주.

한스 알베르트도 곧 따라왔다. 엘자는 돌아온 직후에 캐롤라인 블랙우드에게 자신이 "유럽을 전혀 그리워하지 않습니다"라는 편지를 보냈다. "나는 이 나라를 조국처럼 느끼고 있습니다."[30]

여가

유럽에서 돌아온 엘자는 롱아일랜드 만이 대서양을 만나는 반도의 끝에 위치한 조용한 로드아일랜드 워치 힐의 여름 별장에 있던 아인슈타인과 합류했다. 그곳은 요트를 즐기기에 완벽한 곳이었다. 엘자의 주장에 따라, 아인슈타인은 친구 구스타프 벅키 가족과 함께 그곳에서 여름을 보내기로 결정했다.

벅키는 의사, 기술자, 발명가, X-선 기술의 선구자였다. 독일인으로 1920년대에 미국 시민권을 받은 그는 베를린에서 아인슈타인을 만났다. 아인슈타인이 미국으로 오자 벅키와의 우정은 더욱 깊어졌다. 그들은 함께 개발한 사진격판 조절용 기기에 대해서 공동으로 특허를 받았고, 다른 발명품에 대한 논란이 생겼을 때 아인슈타인이 벅키를 위해서 전문가로 증언도 해주었다.[31]

그의 아들 피터 벅키는 기꺼이 시간을 내어 아인슈타인을 자동차에 태우고 다녔고, 훗날 상당한 분량의 노트에 자신의 기억을 적어두기도 했다. 그들은 조금 괴팍하지만 지극히 자연스러웠던 아인슈타인의 말년에 대한 훌륭한 자료를 제공했다. 예를 들면, 피터는 아인슈타인을 컨버터블 승용차에 태우고 가던 중에 갑자기 비를 만난 이야기를 적어두었다. 아인슈타인은 모자를 벗어서 코트 밑에 넣었다. 피터가 우스워하자, 그는 "여보게, 내 머리는 전에도 여러 차례 비를 맞아보았지만, 내 모자가 몇 번이나 그런 경험을 했는지는 모르겠네"라고 설명했다.[32]

아인슈타인은 워치 힐에서의 소박한 생활을 좋아했다. 그는 골목길을 어슬렁거리고, 벅키 부인과 함께 식료품을 사러 가기도 했다. 무엇보다도 그는 자신의 5미터짜리 목재 요트 티네프를 즐겼다. 티네프(tinef)는 이디시어로 쓰레기라는 뜻이다. 대부분 그는 혼자 아무 목적도 없이 무심하게 항해를 나갔다. 몇 번이나 그를 찾으러 가야 했던 요트 클럽 회원의 기억에 따르면, "그는 하루 종일 그냥 떠다니기만 하는 경우가 많았다. 그는 그저 생각에 잠겨 있었던 것이 분명했다."

카푸트에서 그랬던 것처럼, 아인슈타인은 바람에 따라 떠다니다가 바람이 잦아지면 노트에 방정식을 썼다. 벅키의 기억에 따르면, "언젠가 하루는 그가 오후 항해를 마치고 돌아오지 않아서 걱정했다. 결국 우리는 밤 11시에 해안 경비대에게 그를 찾아달라고 요청했다. 수병들은 만 안에서 아무 걱정 없이 떠 있던 그를 발견했다."

언젠가 어느 친구가 그에게 비상용으로 사용하는 값비싼 선외 모터를 주려고 했다. 그러나 아인슈타인은 거절했다. 그는 약간의 위험을 감수하는 것을 아이들처럼 좋아했다. 그는 수영을 하지 못하면서도 절대 구명조끼를 사용하지 않았고, 혼자서 그런 위험을 감수할 수 있는 곳에 가는 것도 몹시 좋아했다. 벅키는 "보통 사람들에게는 바람이 잦아진 곳에서 몇 시간을 지내는 것이 끔찍한 일일 수 있다. 그러나 아인슈타인에게는 단순히 생각할 시간이 더 많아졌을 뿐이었다"고 했다.[33]

항해 도중에 구조된 아인슈타인의 이야기는 다음 여름에 역시 롱아일랜드 만에 있는 코네티컷의 올드라임의 별장에서도 계속되었다. 그런 이야기가 "상대적 조류와 모래가 아인슈타인을 가두다"라는 제목으로 「뉴욕타임스」에 실리기도 했다. 그를 구조한 어린 소년들은 집에 초대되어서 딸기 주스를 대접받았다.[34]

엘자와 가족들은 올드라임의 집이 조금 화려하다고 생각했지만, 그 집을 좋아했다. 20에이커의 대지에 테니스 코트와 수영장을 갖춘 그 집의 식당은 너무 컸다. 그들은 처음에 그 식당을 쓰기도 무서워했다. 엘자는 친구에게 "이곳에는 모든 것이 사치스러워서 솔직히 말하면 처음 열흘 동안에 우리는 식품저장실에서 식사를 했다. 식당은 우리에게 너무 훌륭했다"고 했다.[35]

여름이 지나고 나면, 아인슈타인 가족은 한 달에 한두 번 맨해튼에 있는 벅키의 가족을 방문했다. 아인슈타인이 혼자일 경우에는 패서디나에서 만났던 제약회사 소유주 홀아비 리언 워터스의 집에서 머물기도 했다. 그는 화장복이나 파자마도 입지 않은 채로 나타나서 워터스를 놀라게 하기도 했다. 그는 "잠을 잘 때는 자연이 나를 만들어준 모습으로 잔다"고 말했다. 워터스는 그가 침대 옆에 연필과 노트를 준비해달라고 부탁했던 것을 기억했다.

아인슈타인은 친절함과 허영심 때문에 모델이 되어달라는 화가와 사진 작가의 요청을 거절하지 못했다. 워터스의 집에 머물고 있던 1935년 4월 의 어느 주에 아인슈타인은 하루에 두 사람의 예술가를 위해서 모델이 되어주었다. 첫 번째는 예술적 능력에 대해서는 알려져 있지 않은 랍비 스티븐 와이스의 부인을 위해서였다. 왜 그런 일을 하느냐? 그는 "그녀가 멋진 여성이기 때문"이라고 대답했다.

그 후에 워터스는 아인슈타인을 러시아 출신의 소비에트 사실주의 조각가인 세르게이 코넨코프를 위해서 그리니치 빌리지까지 배로 데려다주었다. 그가 제작한 아인슈타인의 훌륭한 흉상은 현재 고등연구소에 소장되어 있다. 아인슈타인은 역시 조각가였던 마르고트를 통해서 코넨코프를 소개받았다. 얼마 지나지 않아서 그들 모두는 아인슈타인에게는 알려지지 않았지만 소비에트의 스파이인 그의 아내 마르가리타 코넨코바와 친구가 되었다. 사실 엘자가 사망한 후에 아인슈타인은 그녀와 낭만적으로 가까워졌다. 그 일은 앞으로 살펴보겠지만 그가 알고 있던 것보다 훨씬 더 복잡해졌다.[36]

미국에서 살기로 한 아인슈타인이 시민권을 받는 것은 당연했다. 아인슈타인이 백악관을 방문했을 때, 루스벨트 대통령은 그를 위해서 특별법을 제정하겠다는 일부 하원의원들의 제안을 알려주었지만, 아인슈타인은 정상적인 절차를 따르기로 했다. 그와 엘자, 마르고트, 헬렌 듀카스는 국외로 나갔다가 방문객이 아니라 시민권을 받으려는 사람으로 다시 들어와야만 했다.

그들은 1935년 5월에 그런 형식을 충족시키기 위해서 모두 퀸메리 호를 타고 며칠 동안 버뮤다로 갔다. 해밀턴 항에 도착한 그들을 환영나온 총독은 그곳에서 가장 좋은 두 호텔을 추천해주었다. 아인슈타인은 그곳들이 너무 무덥고 거창하다고 느꼈다. 도시를 걸어다니던 그는 적당한 하숙집을 발견했고, 그곳에서 머물렀다.

아인슈타인은 버뮤다 사교계의 모든 공식 초청을 거절하고, 식당에서 만난 독일 요리사와 친해졌다. 그는 자신의 작은 보트로 항해를 하자고 청했다. 그들이 항해하는 7시간 동안 엘자는 남편이 나치 첩보원에게 잡혀간 것이 아닌가 걱정하고 있었다. 그녀는 요리사의 집에서 독일 음식을 즐기고 있던 그를 찾아냈다.[37]

그해 여름 그들이 프린스턴에서 머물던 곳의 이웃집이 매물로 나왔다. 나무가 늘어선 상쾌한 간선도로인 머서 가 112번지에 작은 앞마당과 함께 참나무 판자로 소박하게 지은 그 집은 웅대하지는 않았지만 그곳에서 살 사람에게 잘 어울렸기 때문에 유명한 역사적 건물이 될 운명에 놓여 있었다. 일생의 후반부에 널리 알려진 그의 성격과 마찬가지로 그 집은 지나치지 않고, 상냥하며, 아름답고, 거들먹거리지 않았다. 간선도로에 있었던 그 집은 잘 보이면서도 베란다에 의해서 적당히 가려져 있었다.

소박한 응접실은 오랜 방황 중에도 그들과 함께 살아남은 엘자의 무거운 독일 가구에 의해서 압도되었다. 듀카스는 1층에 있는 작은 방을 작업실로 쓰면서 아인슈타인의 편지를 처리하고 집안에 설치된 유일한 전화를 관리했다(프린스턴 1606은 전화번호부에 실려 있지 않은 번호였다).

엘자는 아인슈타인을 위해서 마련 중이던 2층 사무실의 공사를 감독했다. 그들은 뒷벽의 일부를 헐어내고, 길고 무성한 뒤뜰을 바라볼 수 있도록 전망창을 설치했다. 양쪽 벽면의 책장은 천장까지 닿았다. 방 한가운데는 서류와 파이프와 연필들이 흩어져 있던 큰 목재 테이블이 창문을 내다볼 수 있도록 자리잡았고, 아인슈타인이 몇 시간이고 앉아서 무릎 위에 놓인 노트에 글을 쓸 수 있도록 해줄 안락의자도 있었다.

여전히 패러데이와 맥스웰의 그림이 벽에 걸려 있었다. 물론 뉴턴의 그림도 있었지만, 얼마 후에 고리가 떨어져버렸다. 거기에 네 번째로 아인슈타인의 새로운 영웅이 된 마하트마 간디가 더해졌다. 이제 그는 과학만이 아니라 정치적인 문제에도 열정을 가지게 되었다. 벽에 걸려 있던 유일한 상장은 액자에 넣은 베른 과학회의 회원증뿐이었다는 농담 같은 이야기도 있었다.

세월이 흐르면서 그 집에는 그의 여성들 외에 다양한 애완동물도 들어왔다. 병 때문에 엄청난 정성이 필요했던 비보라는 이름의 앵무새, 타이거라는 이름의 고양이, 벅키 가족이 데리고 있던 시카고라는 이름의 흰색 테리어가 있었다. 시카고가 가끔씩 문제를 일으켰다. 아인슈타인은 "개는 매우 영리하다. 그 개는 엄청난 양의 우편물을 받는 나를 불쌍하게 생각해서 우편집배원을 물어버리려고 애를 썼다"고 했다.[38]

엘자는 "교수님은 운전을 하지 않는다. 운전은 그에게 너무 복잡한 일이다"라고 했다. 그 대신 그는 매일 아침 머서 가를 따라 연구실까지 걸어가기를 좋아했다. 더 정확하게 말하면, 그는 발을 질질 끌며 걸었다. 사람들은 그가 지나가면 보통 머리 숙여 인사를 했다. 얼마 지나지 않아서 생각에 잠겨 걷고 있는 그의 모습은 그 도시의 유명한 매력이 되었다.

점심 시간에는 보통 서너 명의 교수나 학생들이 그와 함께 집으로 걸어갔다. 아인슈타인은 보통 명상에 잠긴 듯이 평온하고 조용하게 걸었지만, 그들은 의기양양하게 팔을 흔들며 자신의 의견을 분명히 하려고 애를 쓰면서 걸었다. 아인슈타인은 집에 도착해서 다른 사람들이 제 갈 길로 가고 난 후에도 생각에 잠겨 서 있는 경우가 많았다. 가끔은 무의식중에 연구소로 되돌아가기도 했다. 그러면 언제나 창문을 내다보고 있던 듀카스가 나와서 그의 팔을 잡아 마카로니 점심이 마련되어 있는 집 안으로 데려왔다. 그런 후에 그는 낮잠을 자고, 편지에 대한 답장을 구술하고, 그의 서재에서 통일장 이론의 가능성에 대해서 한두 시간 동안 생각에 잠겼다.[39]

가끔씩 그는 혼자서 산보를 나가기도 했다. 그것은 위험한 일이 되기도 했다. 어느 날 누군가가 연구소에 전화를 해서 어떤 학장과의 통화를 요구했다. 학장이 자리에 없다는 비서의 말에 그는 머뭇거리면서 아인슈타인의 집 주소를 물었다. 그는 주소를 알려줄 수 없다는 대답을 들었다.

그러자 전화를 건 사람이 갑자기 목소리를 낮추어 속삭이기 시작했다. "제발 아무에게도 말하지 마세요. 내가 바로 그 아인슈타인 박사입니다. 집에 가는 중이었는데 집이 어딘지를 잊어버렸습니다."[40]

그 사건은 학장의 아들이 이야기한 것이었지만, 아인슈타인의 산만한 행동에 대한 대부분의 이야기가 그렇듯이 과장되었을 수도 있다. 멍한 교수의 이미지는 그에게 너무 자연스럽게 잘 어울려서 점점 더 강화되었다. 아인슈타인은 공개적으로도 그런 역할을 좋아했고, 이웃들도 그런 이야기를 늘어놓기를 좋아했다. 대부분의 꾸며낸 이야기가 그렇듯이, 어느 정도는 사실이었다.

예를 들면, 아인슈타인은 자신을 위해서 열렸던 어느 만찬에서 혼자만의 생각에 빠져서 노트를 꺼내놓고 식을 적어나간 적도 있었다. 참석자들은 그를 소개하는 안내에 따라 자리에서 일어나 박수를 치기 시작했지만 그는 여전히 생각에 잠겨 있었다. 듀카스가 그에게 자리에서 일어나도록 알려주었다. 그는 자리에서 일어나기는 했지만, 사람들이 서서 박수치는 모습을 보고 다른 사람을 위한 것으로 생각하여 기꺼이 동참했다. 듀카스가 그에게 다가가서 기립박수가 그를 위한 것이라고 알려주어야 했다.[41]

아인슈타인이 몽상에 잠긴 이야기 이외에 또 하나의 흔한 주제는 그가 친절하게 어린아이, 특히 작은 여자 아이의 숙제를 도와준 것이었다. 가장 유명한 이야기는 머서 가에 살던 여덟 살짜리 이웃 아델레이드 드롱이었다. 그녀는 벨을 누르고 수학 문제를 도와달라고 요구했다. 그녀는 집에서 만든 물렁물렁한 사탕을 뇌물로 가져왔다. 그는 "들어오너라. 우리가 꼭 문제를 풀 수 있을 것이다"라고 했다. 그는 드롱에게 수학을 설명해주고, 그녀가 숙제를 하도록 해주었다. 사탕을 가져온 대가로 그는 드롱에게 과자를 주었다.

그 이후로 소녀는 계속해서 찾아왔다. 그런 사실을 알게 된 그녀의 부모는 진심으로 사과했다. 아인슈타인은 이렇게 말하며 사양했다. "전혀 그럴 필요가 없습니다. 당신 아이가 나에게 배우는 만큼 나도 아이로부터 배우고 있습니다." 그는 아이의 방문에 대해서 눈을 깜빡이면서 이야기하기를 좋아했다. 그는 웃으면서 "그녀는 개구쟁이 소녀였지요. 그녀가 나를 사탕으로 매수하려고 했답니다"라고 했다.

아델레이드의 친구가 다른 아이들과 함께 머서 가를 방문했던 일을 기억했다. 그들이 아인슈타인의 서재에 갔을 때, 그는 점심을 함께 먹자고 했고, 그들은 그의 제안을 받아들였다. 그녀의 기억에 따르면, "그러자 그는 테이블에 있던 서류들을 모두 옮긴 후에 4개의 콩 통조림을 따개로 열고, 하나씩 고체 연료로 가열하고는 숟가락을 꽂아주었다. 그것이 우리의 점심이었다. 우리에게 마실 것도 주지 않았다."[42]

아인슈타인이 수학 문제에 대해서 불평하던 또다른 소녀에게 한 이야기도 잘 알려져 있다. "수학이 어렵다는 것에 대해서 걱정할 필요가 없다. 나는 더 큰 어려움을 겪고 있단다." 그러나 그가 소녀들만 도와주었던 것은 아니었다. 그는 프린스턴 지역의 날 졸업반 남학생들 중에서 학년말 수학 시험에 어려움을 겪고 있던 학생들을 단체로 초청하기도 했다.[43]

그는 저널리즘 과목에서 어려움을 겪고 있던 프린스턴 고등학교 학생 열다섯 살의 헨리 로소를 도와주기도 했다. 그의 선생님은 아인슈타인과 인터뷰를 하면 누구라도 A학점을 주겠다고 했다. 로소는 머서 가를 찾아갔지만 현관에서 거절당했다. 힘없이 되돌아가던 그에게 우유 배달부가 힌트를 주었다. 매일 아침 9시 30분에 어느 길로 산보하는 아인슈타인을 만날 수 있다는 것이었다. 그래서 로소는 어느 날 학교를 빠져나와서 그가 알려준 곳에서 기다리다가 천천히 지나가는 아인슈타인에게 다가가서 말을 걸 수 있었다.

너무 당황한 로소는 무엇을 물어보아야 하는지 알 수가 없었다. 그가 그 과목에서 성적이 나빴던 것도 그래서였을 것이다. 그를 가엾게 여긴 아인슈타인은 개인적인 질문은 그만두고 수학에 대해서 물어보라고 제안했다. 로소는 그의 제안을 따를 정도로는 영리했다. 아인슈타인은 자신이 열다섯 살이었을 때의 교육에 대해서 설명해주었다. "나는 자연이 훌륭하게 구성되어 있고, 우리의 임무는 그런 자연의 수학적 구조를 찾아내는 것이라는 사실을 알게 되었다. 그것은 내 일생을 통해서 도움이 되었던 일종의 믿음이다."

인터뷰 덕분에 로소는 A를 받았다. 그러나 그 때문에 골치 아픈 일도 생겼다. 그는 아인슈타인에게 인터뷰의 내용을 학교 숙제에만 사용하겠다고 약속했었다. 그러나 그 이야기는 그의 양해도 없이 트렌턴의 신문에 소개되었고, 곧바로 전 세계에 알려졌다. 언론에 대한 또다른 교훈이었다.[44]

엘자의 죽음

머서 가 112번지로 이사를 한 직후부터 엘자는 눈이 짓무르는 병에 걸렸다. 맨해튼에서의 검사에 따르면, 그것은 심장과 신장의 문제 때문인 것으로 밝혀졌다. 그녀는 침대에서 움직이지 말라는 지시를 받았다.

아인슈타인은 가끔씩 그녀에게 책을 읽어주기는 했지만, 자신의 연구에 더 몰두했다. 그는 첫 여자 친구의 어머니에게 "정력적인 지적 연구와 신(神)의 자연을 바라보는 것은 내가 인생의 모든 문제를 견뎌내도록 해주었던 만족스럽고 고무적이면서 냉혹할 정도로 엄격한 천사였습니다"라는 편지를 보냈다. 그때에도 역시 그는 우주를 설명해줄 수 있는 수학적 아름다움에 빠져서 복잡한 인간의 감정으로부터 도망을 쳤었다. 엘자는 워터스에게 "남편은 자신의 계산 문제에 무서울 정도로 집착하고 있습니다. 나는 그가 그렇게 일에 빠져드는 것을 본 적이 없었습니다"라고 했다.[45]

엘자는 친구 안토니아 발렌틴에게 보낸 편지에서 남편을 더 따뜻한 모습으로 설명했다. "그는 내 병 때문에 많이 당황한 것 같아. 그는 얼이 빠진 사람처럼 방황하고 있지. 그가 나를 그렇게 사랑하는지 몰랐어. 그것이 나를 편안하게 해줘."

엘자는 전에도 그랬던 것처럼 여름에 휴가를 떠나면 나아질 것이라고 생각했다. 뉴욕의 애디론댁 산맥에 있는 사라나크 호수의 별장을 빌렸다. 그녀는 "그곳에 가면 많이 나아질 것이라고 확신해. 나의 일제가 지금 방으로 걸어들어온다면 곧바로 회복될 거야."[46]

훌륭한 여름 휴가였지만, 겨울이 되자 엘자는 더 약해져서 다시 침대에 몸져누웠다. 그녀는 1936년 12월 20일에 사망했다.

아인슈타인은 생각보다 더 큰 충격을 받았다. 그는 자신의 어머니가 돌아가셨을 때처럼 정말로 울었다. 피터 벅키에 따르면, "나는 그가 눈물을 흘리는 모습을 본 적이 없었지만, 그는 '오! 정말 그녀가 그립다'라고 한숨을 지으면서 눈물을 흘렸다."[47]

그들의 관계는 전형적으로 낭만적인 것은 아니었다. 결혼을 하기 전에 아인슈타인이 그녀에게 보낸 편지들은 달콤한 애정 표시로 가득했지만, 세월이 지나면서 그런 표현은 자취를 감춰버렸다. 그는 가끔씩 과민했고, 지나치게 많은 것을 요구하기도 했으며, 다른 여성들을 희롱하거나 그 이상의 경우도 있었다.

그러나 동반자 관계로 진화한 낭만적인 사랑에는 외부의 관찰자들이 볼 수 없는 깊이가 있는 법이다. 엘자와 알베르트 아인슈타인은 서로를 사랑했고, 서로를 이해했으며, 그리고 어쩌면 가장 중요한 것은 (그녀가 실제로는 나름대로 상당히 영리했기 때문에) 서로에게 관심을 가지고 있었다는 것이다. 그래서 그들 사이의 결합은 시적(詩的)인 것은 아니었지만 단단했다. 그들의 관계는 서로의 욕구와 필요를 충족시켜주면서 더욱 단단해졌고, 진실했으며, 양쪽 모두의 방향으로 작용했다.

아인슈타인이 자신의 연구에서 위안을 찾았던 것은 놀라운 일이 아니었다. 그는 한스 알베르트에게 집중하기가 어렵기는 하지만 그런 시도가 고통스러운 개인적인 근심으로부터 벗어날 수 있도록 해주는 방법이 된다고 인정했다. "내가 연구를 계속할 수만 있으면, 나는 불평할 필요도 없고, 불평을 하지도 않을 것이다. 연구는 인생에 의미를 주는 유일한 것이기 때문이다."[48]

그의 동료 바네시 호프만에 따르면 연구실에 출근한 그는 "슬픔 때문에 핏기가 없었지만" 매일 연구에 몰두하겠다고 고집했다. 그는 지금 자신에게는 일이 전에 없이 절실하다고 말했다. 호프만의 회고에 따르면, "처음에는 집중하려는 그의 시도가 애처로웠다. 그러나 그는 전에도 슬픔을 경험한 적이 있었고, 연구가 귀중한 해독제가 된다는 사실을 배웠다."[49] 그

달에 두 사람은 두 편의 중요한 논문을 발표했다. 한 편은 은하의 중력장에 의한 빛의 휘어짐이 어떻게 멀리 떨어진 별들을 확대시켜주는 "우주 렌즈"를 만들어낼 수 있는지에 대한 것이었고, 다른 한 편은 중력파동의 존재에 대한 것이었다.[50]

막스 보른은 아인슈타인이 자신의 사회적 활동이 줄어든 이유를 설명한 편지 끝에 갑자기 생각났다는 듯이 밝힌 내용에서 엘자의 죽음을 알게 되었다. 그는 옛 친구에게 "나는 내 동굴에서 곰처럼 살고 있고, 내 파란만장한 인생에서 어느 때보다 정말 편안하게 느끼고 있습니다. 곰과 같은 생활은 나의 여성 동료의 죽음으로 더욱 강화되었습니다. 그녀는 내가 아닌 다른 사람과 살았더라면 훨씬 나았을 것입니다"라고 했다. 훗날 보른은 아내의 사망 소식을 "아무렇지도 않게" 알려주는 아인슈타인의 방식에 혀를 찼다. 보른은 "그의 친절함과 사회성과 인류에 대한 사랑에도 불구하고 그는 자신의 환경과 그 속에 살고 있는 사람들로부터 완전히 떨어져 있었다"고 했다.[51]

그런 지적이 완전히 옳은 것은 아니었다. 동굴 속에서 자신의 방법으로 살던 곰이었던 아인슈타인은 어디를 가거나 사람들을 끌어모았다. 연구소에서 집으로 돌아오는 길이거나, 머서 가 112번지 주위를 어슬렁거리거나, 또는 워터스나 벅키의 가족과 여름 별장이나 맨해튼에서 주말을 함께 보낼 때에도 그가 서재에서 서성거리는 경우가 아니면 혼자 있는 일은 드물었다. 그는 역설적으로 냉담함을 유지하면서 스스로의 꿈에 잠기기도 했지만, 자신만의 정신을 가진 진정한 외톨이였다.

엘자가 사망한 후에도 그는 여전히 헬렌 듀카스와 양딸 마르고트와 함께 살았고, 곧이어서 그의 여동생이 이사를 왔다. 마야는 피렌체 부근에서 남편 파울 빈텔러와 살고 있었다. 그러나 1938년에 무솔리니가 모든 외국 출신 유대인의 영주권을 폐지하는 법을 시행하자 마야는 혼자서 프린스턴으로 왔다. 그녀를 정말 사랑하고 한없이 좋아했던 아인슈타인은 감격했다.

아인슈타인은 이미 서른세 살이 된 한스 알베르트에게도 미국으로 오거나, 적어도 방문을 하도록 부추겼다. 그들의 관계는 순탄하지 않았지만 아인슈타인은 아들이 엔지니어링 분야에서, 특히 자신이 옛날에 혼자 공부한 적이 있었던 하천의 흐름을 연구하는 분야에서 열심히 노력하고 있다는 사실에 감동했다.[52] 그는 마음을 바꾸어서, 아들에게 자식을 가지도록 부추겼고, 이제 어린 두 손자가 있어 행복했다.

1937년 10월에 한스 알베르트가 3개월 동안 머물 계획으로 미국에 도착했다. 아인슈타인은 항구에서 그를 만나 사진을 찍기 위해서 함께 포즈를 취해주었고, 한스 알베르트는 아버지를 위해서 사온 네덜란드 파이프에 장난스럽게 불을 붙여주었다. 그는 "아버지는 내가 가족과 함께 이곳에 오는 것을 좋아했을 것이다. 알다시피 최근에 아내를 잃고 아버지는 혼자 지내고 있다"고 말했다.[53]

한스 알베르트가 미국에 머무는 동안 젊고 열성적인 피터 벅키는 그에게 자신과 함께 자동차로 미국을 여행하면서 대학을 둘러보고 공학 교수직을 찾아볼 것을 제안했다. 1만 마일에 이르는 여행에서 그들은 솔트레이크시티, 로스앤젤레스, 아이오와시티, 녹스빌, 빅스버그, 클리블랜드, 시카고, 디트로이트, 인디애나폴리스를 둘러보았다.[54] 아인슈타인은 밀레바 마리치에게 자신이 아들과 함께 있는 것을 얼마나 즐기고 있는지를 알려주었다. 그는 "한스는 정말 훌륭한 성격을 가지고 있습니다. 그가 아내를 데리고 있다는 것이 불행한 일이지만, 그가 행복하다면 어쩌겠습니까?"라고 했다.[55]

아인슈타인은 몇 달 전에 프리다에게 편지를 보내어 이번 여행에 남편과 함께 오지 말 것을 제안했다.[56] 그러나 한스 알베르트에 대한 애정이 완전히 회복되자 아인슈타인은 다음 해에 두 사람이 아이들과 함께 방문해서 미국에서 살도록 요구했다. 그들은 그렇게 했다. 한스 알베르트는 사우스캐롤라이나의 클림슨에 있는 미국 농무부의 시험장에서 토양 보존을 연구하는 일자리를 얻었고, 그곳에서 하천에 의한 퇴적 운반의 권위자가 되었다. 아버지의 취향을 반영해서 그는 그린빌 근처에 카푸트를 생각나게 하는 소박한 나무 집을 지었고, 그곳에서 그는 1938년 12월에 미국

시민권을 신청했다.[57]

그의 아버지는 유대인 혈통에 더욱 깊이 빠져들었지만, 한스 알베르트는 아내의 영향 때문에 크리스천 사이언스 교도가 되었다. 종교적 이유로 건강 관리를 거부하는 관행이 비극적인 결과를 가져왔다. 몇 달이 지난 후에 여섯 살 된 아들 클라우스가 디프테리아에 걸려서 죽었다. 그는 그린빌에 새로 만들어진 작은 묘지에 묻혔다. 아인슈타인은 조문 편지에 "사랑하는 부모가 경험할 수 있는 가장 큰 슬픔이 너에게 찾아왔다"고 했다. 아들과의 관계는 더욱더 견고해졌고, 때로는 열정적이기도 했다.

한스 알베르트가 칼텍과 그 후에 버클리로 옮기기까지 사우스캐롤라이나에 살았던 5년 동안 아인슈타인은 가끔씩 기차를 타고 그곳을 방문했다. 그들은 아인슈타인에게 스위스 특허사무소 시절을 생각나게 하는 공학 문제에 대해서 이야기를 나누었다. 오후에 그는 가끔씩 도로나 숲을 걸어다녔다. 꿈같은 생각에 빠진 그에게 집으로 돌아가는 길을 알려준 주민들은 화려한 일화를 만들어냈다.[58]

에두아르트는 정신병자였기 때문에 미국에서 이민 허가를 받을 수가 없었다. 병이 깊어지면서 그의 얼굴은 부어올랐고, 말은 느려졌다. 마리치는 그를 집으로 데려오기가 점점 더 어려워졌고, 그가 요양소에 머무는 기간은 더 길어졌다. 그들을 도와주기 위해서 찾아오던 여동생 조르카도 어려움을 겪고 있었다. 그들의 어머니가 사망한 후에 그녀는 알코올 의존증 환자가 되었고, 사고로 옛 난로 속에 숨겨두었던 가족의 돈을 몽땅 태워버렸다. 그녀는 1938년 짚이 깔린 바닥에서 애완용 고양이들에 둘러싸인 채로 사망했다.[59] 마리치는 그런 모든 일 속에서 더욱 어렵게 살아갔다.

전쟁 전의 정치

돌이켜보면, 나치의 부상은 미국에 근본적인 도덕적 도전이었다. 그러나 당시에는 그런 사실이 분명하지 않았다. 보수적인 도시 프린스턴과 애매한 사회계층의 일부에서 발견되던 반유대인 정서를 공유한 학생들이 놀라울 정도로 많던 대학교에서는 더욱 그랬다. 1938년 신입생들을 대상으로 설문조사를 실시한 결과는 오늘날에도 놀랍지만, 당시에도 틀림없이 놀라운 것이었다. 아돌프 히틀러가 "살아 있는 사람들 중에서 가장 위대한 인물"이었다. 알베르트 아인슈타인이 2등이었다.[60]

그해에 아인슈타인은 유명한 주간지 『콜리어스』에 "사람들이 왜 유대인을 싫어하는가?"라는 글을 실었다. 그는 단순히 반유대주의를 살펴보고, 그가 개인적으로도 따르려고 노력했고, 대부분의 유대인들이 가지고 있는 사회적 신조가 자랑스러운 오랜 전통의 일부라는 사실을 설명하려고 했다. "수천 년 동안 유대인들을 결속시켰고, 오늘날에도 그들을 결속시키고 있는 결합력은 무엇보다도 모든 인류의 상호 원조와 관용의 꿈과 결합된 사회정의에 대한 민주주의적 이상이다."[61]

동료 유대인들에 대한 그의 친밀감과 그들에게 닥쳐오는 고난에 대한 두려움이 그를 망명자 구호를 위한 노력에 빠져들도록 만들었다. 그는 공개적이고 개인적으로 노력했다. 그는 수십 번의 연설을 했고, 더 많은 만찬에 참석했으며, 미국 우정 봉사위원회나 연합 유대인 호소위원회를 위한 바이올린 연주회도 열었다. 주최자들이 사용하던 한 가지 방법은 사람들이 아인슈타인에게 직접 수표를 보내도록 하는 것이었다. 그는 받은 수표들을 자선단체에 넘겨주었다. 기부자는 아인슈타인이 자필로 서명한 폐기된 수표를 기념품으로 가지게 되었다.[62] 그는 이민을 위해서 재정 보증이 필요한 여러 사람들을 은밀하게 도와주기도 했다. 특히 미국은 비자를 얻기가 매우 어려웠다.

아인슈타인은 인종적 평등을 지지했다. 1937년에 흑인 콘트랄토 가수였던 매리언 앤더슨이 공연을 위해서 프린스턴에 왔을 때, 나소 인(Inn)은 그녀에게 방을 주지 않았다. 그러자 아인슈타인은 그녀를 머서 가의 자신의 집으로 초청해서 함께 지냈다. 그것은 개인적이기도 했지만 공개적이고 상징적인 행동이기도 했다. 2년 후에 워싱턴에 있는 컨스티튜션 홀에서의 공연을 금지당한 그녀는 링컨 기념관 앞 계단에서 역사적인 무료 공연을 했다. 프린스턴을 찾을 때마다 그녀는 아인슈타인과 함께 머물렀다.

그녀는 그가 사망하기 두 달 전에 마지막으로 방문을 했다.[63]

아인슈타인이 여러 가지 잡다한 운동, 선언, 명예위원장직을 수락함에 따라서 생기는 한 가지 문제는 과거와 마찬가지로 그가 공산주의자나 다른 파괴분자들의 앞잡이라는 혐의를 받을 가능성이 높다는 것이었다. 아인슈타인이 스탈린이나 소비에트를 비난하는 운동에 참여하기를 거절하면서 그에 대한 소문은 더욱 불어났다.

예를 들면, 아인슈타인은 1934년에 정치범들을 살해한 스탈린을 비난하는 선언에 서명해달라는 친구 아이작 돈 레빈의 요청을 거절했다. 그는 레빈의 반공산주의 글을 지지했던 적이 있었다. 아인슈타인은 "나 역시도 러시아의 정치 지도자들이 그렇게 휩쓸려가버리는 것을 지극히 유감으로 생각합니다. 그렇지만 나는 당신의 활동에 참여할 수가 없습니다. 그것은 러시아에 아무 영향도 주지 않을 것입니다. 러시아인들은 자신들의 유일한 목표가 진정으로 많은 러시아인들의 삶을 개선하는 것이라는 사실을 보여주었습니다"라고 했다.[64]

그것은 역사적으로 틀린 것으로 밝혀진 러시아인들과 스탈린의 살인적 정권에 대한 애매한 견해였다. 나치에 대한 투쟁에 너무 집중했고, 레빈이 좌익에서 우익으로 너무 극단적으로 변한 것을 염려한 아인슈타인은 러시아의 숙청과 나치의 대학살을 비교하는 사람에 대해서는 강하게 반응했다.

모스크바에서는 1936년에 망명한 레온 트로츠키까지 관련된 더 큰 규모의 재판이 시작되었고, 아인슈타인은 이제는 열렬한 반공산주의자들로 변해버린 과거 좌익 친구들의 요청을 거절했다. 회개 중의 마르크스주의자였던 철학자 시드니 후크가 아인슈타인에게 편지로 트로츠키와 그의 지지자들이 여론 몰이식 공개재판이 아니라 공정한 재판을 받을 수 있도록 해줄 국제 공공위원회의 구성을 요구하는 연설을 요청했다. 아인슈타인은 "모든 피고인들에게 무혐의를 주장할 기회를 주어야 한다는 사실은 분명합니다. 그것은 트로츠키의 경우에도 마찬가지입니다"라고 답장을 보냈다. 그러나 어떻게 할 것인가? 아인슈타인은 공공위원회가 아니라 개인

적으로 노력하는 것이 최선이라고 주장했다.[65]

후크는 아주 긴 편지로 아인슈타인의 주장을 반박했지만, 후크와의 논쟁에 흥미를 잃어버린 아인슈타인은 답장도 보내지 않았다. 그러자 후크는 프린스턴의 그에게 전화를 걸었다. 헬렌 듀카스와 통화를 한 그는 그녀의 방어막을 뚫고 약속을 잡을 수 있었다.

후크를 정중하게 맞이한 아인슈타인은 그를 자신의 서재로 데려가서, 파이프를 피우고, 영어로 이야기를 나누었다. 다시 후크의 주장을 들은 아인슈타인은 동정을 표시했지만, 모든 일이 성공할 가능성이 낮다고 생각된다고 말했다. 그는 "내 입장에서는 스탈린과 트로츠키 모두 정치적 폭력배입니다"라고 했다. 훗날 후크는 자신이 아인슈타인의 주장에 동의하지는 않았지만, "그가 그렇게 주장하는 이유는 이해할 수 있었다"고 했다. 특히 아인슈타인이 자신은 "공산주의자들이 무엇을 할 수 있는지 알고 있다"는 점을 강조했기 때문이었다.

낡은 스웨터를 입고 양말을 신지 않은 아인슈타인은 후크를 기차역까지 바래다주었다. 걸어가는 도중에 그는 독일인들에 대한 자신의 분노를 설명해주었다. 그는 그들이 공산주의자들의 무기를 찾으려고 카푸트에 있는 자신의 집을 습격했지만, 겨우 빵을 써는 칼을 압수했을 뿐이라고 말했다. 그가 했던 말 중에는 정말 예언적인 것도 있었다. 그는 "만약 전쟁이 일어난다면 히틀러는 자신이 유대인 과학자들을 몰아냄으로써 독일에 미친 손해를 깨닫게 될 것입니다"라고 했다.[66]

20

양자 얽힘

1935년

"장거리 유령 작용"

아인슈타인이 양자역학의 사원에 수류탄처럼 던져넣은 사고실험들은 건물에는 거의 피해를 주지는 못했다. 오히려 그런 사고실험들이 양자역학을 시험해서 그 의미를 더 잘 이해할 수 있도록 도와주었다. 그러나 아인슈타인은 여전히 저항자였고, 닐스 보어, 베르너 하이젠베르크, 막스 보른을 비롯한 다른 사람들이 정립해놓은 해석에 담겨 있는 불확정성들이 "실재"에 대한 그들의 해석에 무엇인가가 빠져 있다는 뜻이라는 사실을 증명하는 새로운 방법들을 끊임없이 고안해냈다.

1933년 유럽을 떠나기 직전에 아인슈타인은 철학적 성향을 가진 벨기에의 물리학자 레온 로젠펠트의 강연에 참석했다. 강연이 끝나자 아인슈타인이 객석에서 일어나서 질문을 했다. 그는 "똑같기는 하지만 대단히 큰 모멘텀을 가진 두 입자들이 서로를 향해 움직이기 시작해서, 두 입자들이 알려진 지점을 통과할 때 아주 짧은 시간 동안 상호작용을 한다고 생각해봅시다"라고 말했다. 두 입자들이 서로에게서 멀어졌을 때 한 관찰자가 그중 어느 한 입자의 모멘텀을 측정한다. "그는 실험 조건으로부터 다른 입자의 모멘텀을 유추할 수 있다는 것이 명백합니다. 그가 첫 입자의 위치를 측정한다면, 다른 입자가 어디에 있는지도 말할 수 있게 될 것입니다."

아인슈타인은, 두 입자들이 멀리 떨어져 있기 때문에 "두 입자 사이의 모든 물리적 상호작용은 없어졌다"고 주장하거나, 적어도 그렇게 **가정할** 수 있을 것이라고 했다. 양자역학의 코펜하겐 해석에 도전하기 위해서 로젠펠트에게 던진 그의 질문은 단순했다. "두 번째 입자의 최종 상태가 첫 번째 입자에 대한 측정에 의해서 어떤 영향을 받게 될까요?"[1]

아인슈타인은 해가 갈수록 그의 표현에 따르면 "우리의 관찰과 상관없이" 존재하는 "진짜 사실적 상황"이 있다고 믿는 실재론의 개념을 받아들이게 되었다.[2] 그는 그런 믿음 때문에 관찰이 존재를 결정한다고 주장하는 양자역학의 불확정성 원리를 비롯한 다른 주장들을 불편하게 생각했다. 로젠펠트에게 던진 질문을 통해서 아인슈타인은 국지성(locality)*이라는 새로운 개념을 도입했다. 다시 말해서, 두 입자가 공간적으로 서로 떨어져 있으면, 한 입자에서 일어나는 일은 다른 입자에서 일어나는 것과 상관이 없어지고, 그들 사이에 전달되는 신호나 힘이나 영향은 광속보다 더 **빠를** 수가 없다.

아인슈타인은 한 입자를 관찰하거나 건드리는 것만으로는 멀리 떨어진 다른 입자를 **순간적으로** 밀거나 소리나게 만들 수가 없다고 주장했다. 한 시스템의 작용이 멀리 떨어진 다른 것에 영향을 주는 유일한 방법은 어떤 파동이나 신호나 정보가 둘 사이에 전달되어야만 하고, 그런 과정은 광속

---

* 아인슈타인이 사용한 두 가지 관련된 개념이 있다. 분리성(separability)은 공간에서 서로 다른 영역을 차지하고 있는 서로 다른 입자나 시스템들은 독립적인 존재를 가지고 있다는 것이다. 국지성(locality)은 그런 입자나 시스템 중의 하나에 관련된 작용은 무엇인가가 그들 사이의 거리를 움직이지 않는다면 공간의 다른 부분에 있는 입자나 시스템에 영향을 미칠 수가 없다는 뜻이다. 그리고 두 입자 사이에 움직이는 과정은 광속에 의해서 한정된다.

의 속도 제한을 따라야만 한다는 것이다. 그것은 중력의 경우에도 사실이다. 그래서 태양이 갑자기 사라진다면, 중력장의 변화가 광속으로 지구에 전달되기까지 걸리는 시간인 약 8분 동안은 지구의 궤도에 그 영향이 나타나지 않을 것이다.

아인슈타인이 말했듯이, "내 생각에, 우리가 절대적으로 단단하게 잡고 있어야만 하는 단 하나의 가설이 있다. 그것은 시스템 S_2의 **진짜 사실적 상황**은 공간적으로 떨어져 있는 시스템 S_1에서 일어나는 것과 독립적이라는 것이다."[3] 그런 주장은 너무나도 직관적이어서 분명한 것처럼 보였다. 그러나 아인슈타인은 그것을 "가설"이라고 불렀다. 그것은 한번도 증명된 적이 없었다.

아인슈타인에게 실재론과 국지론은 서로 관련된 물리학의 받침대였다. 그가 친구 막스 보른에게 주장했던 "물리학은 장거리에서의 유령 같은 작용이 없는 시간과 공간에서의 존재를 표현해야만 한다"는 말은 유명한 인용문이 되었다.[4]

프린스턴에 정착한 아인슈타인은 이 사고실험을 다듬기 시작했다. 아인슈타인이 그에게 충성했던 것보다는 아인슈타인에게 덜 충성했던 그의 조수 발터 마이어는 양자역학에 대항해서 싸우는 전선에서 물러나버렸기 때문에 아인슈타인은 연구소의 새 연구원이 된 스물여섯 살의 나탄 로젠과 칼텍에서 만나서 연구소로 옮겨온 마흔아홉 살의 물리학자 보리스 포돌스키의 도움을 받기 시작했다.

1935년 5월에 발표되어 저자들의 이름 첫 글자들을 따서 EPR(Einstein, Podolsky, Rogen) 논문으로 알려진 4페이지짜리 논문은 아인슈타인이 미국으로 옮긴 후에 발표한 가장 중요한 논문이었다. 그들은 제목에서 "물리학적 실재에 대한 양자역학적 설명을 완전하다고 할 수 있을까?"라고 물었다.

로젠은 엄청난 양의 계산을 했고, 포돌스키는 영어 논문을 작성했다. 그들은 논문의 내용에 대해서 오랫동안 논의를 했다. 그러나 아인슈타인은, 포돌스키가 명백한 개념 문제를 수학적 형식주의 속에 묻어버렸다고 불만스러워했다. 논문이 발표된 직후에 아인슈타인은 슈뢰딩거에게 "논문이 내가 처음 원했던 것처럼 잘 만들어지지 못했습니다. 말하자면 핵심적인 것이 형식주의에 밀려나고 말았습니다"라고 불평했다.[5]

아인슈타인은 포돌스키가 논문이 발표되기도 전에 「뉴욕 타임스」에 그 내용을 알려준 것에 대해서도 화가 나 있었다. 신문 기사의 제목은 "아인슈타인이 양자론을 공격하다 / 과학자와 두 동료는 '옳기는' 하지만 '완전하지' 않은 것으로 밝혀냈다"였다. 물론 아인슈타인도 가끔씩 발표될 논문에 대해서 인터뷰를 하기도 했지만, 이번에는 그런 일을 불쾌하게 생각한다고 공개적으로 밝혔다. 그는 「타임스」에 보낸 성명에서 "과학적 문제는 적절한 공개 토론장에서만 논의한다는 것이 나의 변함없는 관행이었다. 과학 문제를 세속적인 언론에 미리 발표하는 것은 반대한다"고 주장했다.[6]

아인슈타인과 두 사람의 공동 저자는 실재론적 전제를 정의하는 것으로 시작했다. "우리가 어떤 방법으로든지 시스템을 건드리지 않고 물리적 양의 값을 확실하게 예측할 수 있다면, 그런 물리량에 해당하는 물리적 실재의 요소가 존재한다."[7] 다시 말해서, 만약 우리가 어떤 과정을 통해서 입자의 위치를 절대적으로 확실하게 알아낼 수 있고, 입자를 관찰하는 과정에서 입자를 전혀 건드리지 않았다면, 우리는 입자의 위치가 존재할 뿐만 아니라 그것이 우리의 관찰과 완전히 독립되어서 존재한다고 말할 수 있게 된다는 것이다.

논문에서는 아인슈타인의 사고실험을 두 입자들이 서로 충돌하여 (또는 원자의 분해에 의해서 서로 반대 방향으로 날아가버림으로써) 서로 관련된 성질들을 가지고 있는 경우로 확장했다. 저자들은, 우리가 첫 번째 입자에 대해서 측정을 할 수 있다면, 그것으로부터 "어떤 방법으로든지 두 번째 입자를 건드리지 않고" 두 번째 입자에 대한 정보를 얻을 수 있게 된다고 주장했다. 우리는 첫 번째 입자의 위치를 측정함으로써 두 번째 입자의 위치를 정확하게 결정할 수 있다는 것이다. 그리고 모멘텀에 대해서도 똑같은 방법으로 측정을 할 수 있다. "실재에 대한 우리의 기준에 따라, 첫 번째 경우에는 우리가 P라는 양을 실재의 요소로 생각해야만 하고, 두 번째 경우에서는 Q라는 양을 실재의 요소라고 생각해야만 한다.”

더 간단히 말하면, 어느 순간에 관찰이 되지 않은 두 번째 입자는 실제로 존재하는 위치와 실제로 존재하는 모멘텀을 가지게 된다. 이 두 가지 성질들이 바로 양자역학이 설명하지 못하는 실재의 특징들이다. 따라서 제목으로 주어진 의문에 대한 대답은 부정되어야 한다. 실재에 대한 양자역학의 설명은 완전하지 않다는 것이다.[8]

그들은, 첫 번째 입자에 대한 측정의 과정이 두 번째 입자의 위치와 모멘텀의 존재에 영향을 미친다고 인정하는 것이 유일한 대안이라고 주장했다. 그러나 그들은 “실재에 대한 어떠한 합리적인 정의도 그런 일을 허용할 것으로 기대할 수 없다”고 했다.

볼프강 파울리는 화가 나서 하이젠베르크에게 긴 편지를 보냈다. “아인슈타인이 (좋은 동반자라고 할 수 없는 포돌스키와 로젠과 함께) 다시 한 번 양자역학에 대해서 자신의 의견을 공개적으로 밝혔습니다. 잘 알려져 있다시피, 그런 일은 언제나 재앙입니다.”[9]

코펜하겐에서 EPR 논문을 본 닐스 보어는 자신이 다시 한 번 솔베이 회의에서 성공적으로 그랬듯이 아인슈타인의 공격으로부터 양자역학을 방어해야 하는 입장이 되었음을 깨달았다. 보어의 어느 동료는 “이런 공격은 마른하늘에 날벼락과도 같은 것이다. 보어에게 미치는 영향은 대단했다”고 보고했다. 그런 경우에 보어는 “아인슈타인……아인슈타인…… 아인슈타인!”이라고 중얼거리면서 서성거리는 반응을 보였다. 이번에 그는 몇 가지 협력적인 운율을 덧붙였다. “포돌스키, 오폴돌스키, 이오포돌스키, 시오포돌스키…….”[10]

보어의 동료는 “다른 모든 것은 중단되었다. 우리는 그런 오해를 한번에 해결해야만 했다”고 기억했다. 보어가 그런 강도로 EPR에 대해서 안달하고, 쓰고, 수정하고, 구술하고, 큰 소리로 읽어보면서 자신의 반론을 완성하기까지는 6주일 이상이 걸렸다.

그의 반론은 아인슈타인의 논문보다도 길었다. 보어는 불확정성 원리에서 관측에 의해서 나타나는 기계적 교란이 불확정성의 원인이라는 주장으로부터 한 걸음 물러났다. 그는 아인슈타인의 사고실험에서 "관심을 가지고 있는 시스템에서 나타나는 기계적 교란은 문제가 되지 않는다"는 점을 인정했다.[11]

그것은 중요한 문제였다. 그때까지만 하더라도, 양자 불확정성에 대한 보어의 설명에는 측정에 의한 교란이 포함되어 있었다. 솔베이 회의에서 그는, 적어도 부분적으로는 한 가지 성질을 측정하는 것이 다른 성질을 정확하게 예측하는 것을 불가능하게 만드는 교란을 일으키기 때문에, 말하자면 위치와 모멘텀을 동시에 알아내는 것이 불가능함을 보여줌으로써 아인슈타인의 독창적인 사고실험을 반박했었다.

보어는 자신의 상보성(相補性) 개념을 이용해서 상당한 부분을 보완했다. 그는 두 입자들이 하나의 전체 현상의 일부임을 지적했다. 두 입자들은 상호작용을 했기 때문에 서로 "얽히게 되었다"는 것이었다. 그들은 하나의 양자적 함수를 가진 하나의 전체 현상이거나, 또는 동일한 전체 시스템의 일부라는 것이었다.

더욱이 보어는 EPR 논문이 같은 순간에 한 입자의 정확한 위치와 모멘텀을 모두 알아내는 것이 가능하지 않다는 불확정성 원리를 제대로 부정하지 못했다고 지적했다. 우리가 입자 A의 위치를 측정하면, 멀리 떨어진 쌍둥이 B의 위치를 알아낼 수 있다는 점에서는 아인슈타인이 옳다. 마찬가지로 우리가 A의 모멘텀을 측정하면, B의 모멘텀을 알아낼 수 있다. 그러나 우리가 입자 A의 위치를 측정한 후에 모멘텀을 측정한다고 생각해서 입자 B의 그런 특성에 "실재"를 부여한다고 하더라도, 우리는 실제로 어느 주어진 시각에 입자 A의 두 가지 특성을 모두 정확하게 측정할 수 없기 때문에 입자 B에 대해서도 두 가지 모두를 정확하게 알아낼 수가 없다. 브라이언 그린은 보어의 반론을 단순하게 표현했다. "오른쪽으로 움직이는 입자의 두 가지 성질을 모두 알아내지 못하면, 왼쪽으로 움직이는 입자에 대해서도 두 가지 성질을 모두 알아낼 수가 없다. 따라서 불확정성 원리에는 아무런 모순도 없다."[12]

그러나 아인슈타인은, 불확정성 원리가 공간적으로 분리된 두 개의 시스템이 독립적인 실재를 가지고 있을 경우에 성립되는 분리성의 원리를 위배한다는 사실을 보여줌으로써 양자역학이 불완전하다는 중요한 예를 밝혀냈다고 계속 주장했다. 그것은 그런 시스템 중의 하나에 대한 작용이 순간적으로 다른 입자에 영향을 줄 수 없다는 국지성의 원리도 위배한다는 뜻이었다. 시공간 연속을 이용해서 실재를 정의하는 장 이론에 집착했던 아인슈타인에게 분리성은 자연의 근본적인 특성이었다. 그리고 장거리에서 유령 같은 작용으로 구성되는 뉴턴의 우주를 몰아내고, 그런 작용이 광속의 제한을 받는다고 선언하는 자신의 상대성 이론을 수호해야 했던 그에게는 국지성도 중요했다.[13]

슈뢰딩거 고양이

에르빈 슈뢰딩거는 양자론의 선구자로 성공한 사람이었지만, 아인슈타인이 코펜하겐 합의를 평가절하하는 일에 성공하기를 바라는 사람들 중 한 사람이기도 했다. 두 사람의 협력은, 아인슈타인이 신의 전도사 역할을 하는 모습을 슈뢰딩거가 호기심과 동정심이 혼합된 심정으로 바라보았던 솔베이 회의에서 강화되었다. 아인슈타인은 1928년에 슈뢰딩거에게 보낸 편지에서 그것이 외로운 투쟁이라고 한탄했다. "하이젠베르크-보어의 고요한 철학인지 종교인지 알 수 없는 주장은 너무나도 정교하게 고안되어서, 적어도 당분간은 진정한 신봉자들에게 쉽게 깨어나지 못할 잠을 잘 수 있도록 해줄 부드러운 베개가 될 것입니다."[14]

그런 슈뢰딩거가 EPR 논문을 읽은 즉시 아인슈타인에게 축하 엽서를 보냈던 것은 당연한 일이었다. 그는 "당신이 독단적인 양자역학의 발목을 잡았습니다"라고 했다. 몇 주 후에 그는 즐거운 기분으로 "당신의 논문은 금붕어 연못의 창꼬치처럼 모두를 휘저어놓았습니다"라고 덧붙였다.[15]

슈뢰딩거는 얼마 전에 프린스턴을 방문했고, 아인슈타인은 아직도 플렉스너가 그를 연구소에 채용해줄 것을 기대하고 있었다. 슈뢰딩거와 주고받은 여러 통의 편지에서 아인슈타인은 그와 함께 양자역학에 상처를 입히려는 음모를 꾸미기 시작했다.

아인슈타인은 "나는 그것을 믿지 않습니다"라고 분명하게 선언했다. 그는 "장거리 유령 작용"이 있을 수도 있다는 주장을 "심령적"이라고 비웃고, 우리가 사물을 관찰할 수 있는 능력을 넘어서는 실재는 없다는 주장을 공격했다. 그는 "인식론에 젖어버린 이런 법석은 스스로 사라져야만 합니다. 물론 당신이 나를 비웃으면서, 결국에는 젊은 철부지가 기도하는 늙은 여자의 편으로 돌아섰고, 젊은 혁명가가 늙은 보수주의자가 되었다고 생각할 것입니다"라고 했다.[16] 슈뢰딩거는 아인슈타인에게 보낸 답장에서, 자기 자신도 역시 혁명가에서 늙은 보수주의자로 돌아섰기 때문에 웃었다고 했다.

아인슈타인과 슈뢰딩거는 한 가지 문제에서 이견을 가지고 있었다. 슈뢰딩거는 국지성의 개념이 그렇게 성스러운 것이라고 느끼지 않았다. 그는, 오늘날 우리가 상호작용을 한 후에 서로에게서 멀리 떨어져 있는 두 입자 사이에 존재하는 상관성을 설명하기 위해서 사용하는 얽힘(entanglement)이라는 용어를 만들었다. 상호작용을 했던 두 입자의 양자 상태는 그 후에도 함께 설명되어야만 한다는 것이다. 한 입자에서의 변화는 현재 얼마나 멀리 떨어져 있는지에 상관없이 즉각적으로 다른 입자에 반영되어야만 한다. 슈뢰딩거는 "예측의 얽힘은 두 물체가 더 이전에는 진정한 의미에서 하나의 시스템을 구성하고 있었다는 사실, 다시 말해서 상호작용을 통해서 서로에게 흔적을 남겼다는 사실에서 생겨납니다. 만약 두 개의 분리된 물체가 서로에게 영향을 미치는 상황에서 함께 존재하다가 분리된다면, 내가 두 물체에 대한 지식의 얽힘이라고 부르는 것이 나타나게 됩니다"라고 했다.[17]

아인슈타인과 슈뢰딩거는 국지성이나 분리성의 문제에 의존하지 않고 양자역학에 대해서 의문을 제기할 수 있는 다른 방법을 찾기 시작했다. 그들의 새로운 접근방법은, 아원자 입자들을 포함하는 양자의 영역에서 일어나는 사건이 우리가 일상생활에서 보는 사물들을 포함하는 거시 세계의 대상과 상호작용할 때 어떤 일이 일어나는지를 살펴보는 것이었다.

양자의 영역에서는, 어느 순간에 전자와 같은 입자의 정확한 위치가 존재하지 않는다. 그 대신 파동함수라고 알려진 수학적 함수가 어떤 곳에서 입자를 발견할 확률을 표현해준다. 파동함수는, 원자가 관찰될 때 붕괴되거나 또는 붕괴되지 않을 확률과 같은 양자 상태를 표현해준다. 슈뢰딩거는 1925년에 전체 공간을 통해서 퍼지고 번지는 그런 파동을 표현하는 유명한 방정식을 정립했다. 그의 방정식은 입자가 관찰될 때 특정한 곳이나 상태에서 발견될 확률을 정의해주었다.[18]

양자역학의 선구자들인 닐스 보어와 그의 동료들이 개발한 코펜하겐 해석에 따르면, 그런 관찰이 이루어질 때까지는 입자의 위치나 실재는 그런 확률만으로 구성된다. 관찰자가 시스템을 측정하거나 관찰하게 되면, 파동함수가 붕괴되어 하나의 분명한 위치나 상태가 나타나게 된다.

슈뢰딩거에게 보낸 편지에서 아인슈타인은 파동함수와 확률, 그리고 관찰될 때까지는 분명한 위치를 가지지 않는 입자들에 대한 모든 이야기가 자신의 완전성 시험을 통과하지 못하는 이유를 증명해주는 생생한 사고실험을 제시했다. 그는 두 개의 상자를 상상했다. 우리는 그중의 한 상자에 한 개의 공이 들어 있는 것으로 알고 있다. 이 상자들 중 어느 하나를 보려고 준비를 할 때, 그 상자에 공이 들어 있을 확률은 50퍼센트가 된다. 상자를 들여다본 후에는 그 상자에 공이 있을 확률은 100퍼센트이거나 0퍼센트가 된다. 그러나 현실에서 공은 언제나 두 상자 중 어느 하나에 있다. 아인슈타인은 다음과 같이 썼다.

나는 이 문제의 상태를 다음과 같이 설명합니다. 공이 첫 번째 상자에 있을 확률은 1/2입니다. 그것이 완전한 설명일까요? 그 답이 아니다라고 하는 것은, 공이 첫 번째 상자에 있다(또는 없다)가 완전한 설명이라는 뜻입니다. 문제의 상태를 완전하게 나타내려면 그렇게 해야만 한다는 것입니다. 그 답이 그렇다라고 하는 것은, 내가 상자를 열기 전에는 공이 어떤 의미로도 두 상자 중의 하나에 있지 않다는 것입니다. 공이 어느 분명한 상자에 존재하게 되는 것은, 내가 뚜껑을 열어야만 그렇게 된다는 것입니다.[19]

아인슈타인은 분명히 자신의 실재론을 표현한 전자의 설명을 선호했다. 그는 양자역학에서 무엇을 설명하기 위해서 사용하는 두 번째 방법에 대해서는 무엇인가 불완전한 것이 있다고 느꼈다.

아인슈타인의 주장은 상식으로 보이는 것을 근거로 했다. 그러나 이치에 맞는 것처럼 보이는 것이 자연에 대한 좋은 설명이 되지 못하는 경우도 있다. 아인슈타인은 상대성 이론을 개발하면서 그런 사실을 깨달았다. 그는 시간에 대한 일반화된 상식을 무너뜨렸고, 우리가 자연에 대해서 생각하는 방식을 바꾸도록 만들었다. 그런 점에서는 양자역학도 비슷하다. 양자역학은 입자들이 우리가 관찰하는 경우를 제외하면 정확한 상태에 있지 않고, 두 입자들은 서로 얽혀 있어서 하나에 대한 관찰이 순간적으로 다른 것의 성질을 결정하도록 해준다고 주장한다. 어떠한 관찰이라도 이루어지기만 하면 시스템은 곧바로 고정된 상태로 가게 된다.[20]

아인슈타인은 결코 그런 주장을 현실에 대한 완전한 설명이라고 받아들이지 않았다. 그는 그런 입장에서 몇 주 전이었던 1935년 8월 초에 슈뢰딩거에게 또 하나의 사고실험을 제안했었다. 확실하게 존재하는 바탕이 되는 실재가 **분명하게** 있다는 상식에도 불구하고 양자역학은 확률만을 부여하는 상황에 대한 것이었다. 아인슈타인은 화약 더미에서 일부 입자가 불안정해서 어느 순간에 터져버리는 경우를 생각해보자고 했다. 그런 상황에 대한 양자역학적 방정식은 "아직 폭발하지 않은 시스템과 이미 터져버린 시스템의 혼합 상태로 설명한다." 그러나 아인슈타인은 그런 설명이 "**현실에서는** 폭발한 상태와 폭발하지 않은 상태의 중간이 존재하지 않기 때문에 그것은 **실제 상황**이 아니다"라고 주장했다.[21]

슈뢰딩거도 양자 영역의 불확정성이 더 큰 대상으로 구성된 우리의 보통 세상과 상호작용할 때 나타나는 이상한 점을 밝혀내기 위해서 화약 더미 대신 유명해질 가상적인 고양이가 등장하는 비슷한 사고실험을 생각해냈다. 그는 아인슈타인에게 "이제 막 완성한 긴 글에서 나는 당신의 화약통과 아주 비슷한 예를 생각해냈습니다"라고 했다.[22]

1935년 11월에 발표된 이 글에서 슈뢰딩거는, 자신의 논증을 생각하게 된 "동기를 제공한 것"이 아인슈타인과 EPR 논문이었음을 분명하게 밝혔다. 그의 주장은 붕괴하는 원자핵에서 입자가 방출되는 시각이 실제로 관찰되기 전에는 정해지지 않는다는 양자역학의 핵심 개념에 대한 것이었다. 양자의 세계에서 원자핵은 관찰되기 전까지는 붕괴된 것과 붕괴되지 않은 것이 동시에 존재한다는 뜻에서 "겹침"의 상태에 있다가 관찰되는 순간에 파동함수가 붕괴되어 둘 중의 어느 하나가 된다.

미시적인 양자 영역에서는 그런 일을 상상할 수 있을지 몰라도, 양자 영역과 우리의 관찰 가능한 일상세계의 경계를 생각해보면 당혹스러운 사례이다. 그래서 슈뢰딩거는 자신의 사고실험에서 두 상태를 모두 포함하는 겹침의 상태가 언제 실제로 존재하는 상태로 바뀌는지를 물었다.

그런 의문은 슈뢰딩거 고양이라고 알려진 가상의 짐승이 죽었거나 살아 있거나에 상관없이 불멸의 존재가 될 불확실한 운명으로 이어진다.

정말 우스꽝스러운 상황도 상상할 수 있게 됩니다. 철로 만든 상자 속에 고양이가 (고양이가 직접 건드리지 못하도록 만든) 다음과 같은 장치와 함께 들어 있습니다. 가이거 계수기에는 아주 적은 양의 방사성 물질이 들어 있습니다. 물질의 양은 너무나 적어서 **어쩌면** 한 시간 동안에 한 개의 원자가 붕괴할 수도 있고, 어쩌면 같은 확률로 하나도 붕괴되지 않을 수도 있습니다. 만약 붕괴가 일어나면, 계수기 튜브가 방전을 하고, 계전기를 통해서 망치가 떨어져서 사이안산이 들어 있는 작은 플라스크가 깨지게 됩니다. 그런 시스템 전체를 한 시간 동안 가만히 놓아두었을 때, 그동안에 원자가 붕괴되지 않으면 고양이가 여전히 살아 있다고 말하게 될 것입니다. 전체 시스템의 프사이 함수는 살아 있는 고양이와 (미안한 표현이지만) 죽은 고양이가 혼합되거나 희미해진 상태로 표현될 것입니다.[23]

아인슈타인은 감격했다. 그는 "당신의 고양이는 우리가 현재 이론의 성격에 대한 평가에 관해서는 완전한 합의를 이루었음을 보여주었습니다. 살아 있는 고양이와 죽은 고양이를 모두 포함하고 있는 프사이 함수는 실제 상황에 대한 설명이라고 할 수가 없습니다"라는 답장을 보냈다.[24]

슈뢰딩거 고양이 주장에 대해서 다양한 수준의 난이도로 표현된 반론들이 쏟아져나왔다. 양자역학의 코펜하겐 해석에서는 시스템이 관찰되면 더 이상 상태의 겹침으로 존재하지 않고 단 하나의 존재로 변하게 된다. 그러나 과연 그런 관찰이 무엇이냐에 대한 명백한 법칙은 없다는 정도로만 말해두기로 한다. 고양이가 관찰자가 될 수 있을까? 벼룩은? 컴퓨터는? 기계적인 기록장치는? 정해진 답은 없다. 그러나 우리는 일반적으로 고양이와 심지어 벼룩까지 포함하는 우리의 일상적인 가시적 세계에서는 양자 효과가 관찰되지 않는다는 사실을 알고 있다. 그래서 양자역학에 집착하는 대부분의 사람들은, 상자가 열릴 때까지 슈뢰딩거 고양이가 상자 안에서 어떤 식으로든지 죽은 상태와 살아 있는 상태 모두로 앉아 있다고 주장하지는 않는다.[25]

아인슈타인은 슈뢰딩거 고양이와 자신의 1935년 화약 사고실험이 양자역학의 불완전함을 밝혀줄 것이라는 믿음을 포기한 적이 없었다. 그는 불쌍한 고양이의 탄생을 도와준 것에 대해서 적절한 역사적 공로를 인정받은 적이 없다. 사실 그는 훗날 실수로 불쌍한 동물이 독살이 아니라 폭파되게 된다는 편지에서 두 가지 사고실험 모두의 공로를 슈뢰딩거에게 돌렸다. 아인슈타인은 1950년에 슈뢰딩거에게 "현대의 물리학자들은 어찌된 영문인지 양자 이론이 실재에 대한 설명, 그것도 **완전한** 설명을 제공해준다고 믿고 있습니다. 그러나 그런 해석은 방사성 원자, 가이거 계수기, 증폭기, 화약, 고양이가 들어 있는 상자에 의해서 가장 우아하게 반박이 되었습니다. 그런 계의 프사이 함수는 살아 있는 고양이와 조각으로 폭파된 고양이를 모두 포함하고 있습니다"라는 편지를 보냈다.[26]

장 방정식에 넣었던 우주 상수와 같은 아인슈타인의 실수들은 다른 사람들의 성공보다 더 흥미로운 것으로 밝혀진 경우가 많다. 그가 보어와 하이젠베르크에 대해서 늘어놓았던 핑계도 그런 경우였다. EPR 논문은 양자역학이 틀렸음을 증명하지는 못했다. 그러나 아인슈타인이 주장했듯이, 양자역학은 국지성에 대한 우리의 상식적인 이해, 즉 장거리 유령 작용에 대한 거부감과 맞지 않는다는 것이 분명해졌다. 이상한 점은 아인슈타인은 자신이 원했던 것보다 훨씬 더 옳았다는 것이다.

그가 EPR 사고실험을 생각해낸 이후부터, 한 입자의 관찰이 멀리 떨어진 다른 입자에 순간적으로 영향을 미친다는 양자의 기묘함에 해당하는 얽힘과 장거리 유령 작용을 연구하는 실험물리학자들이 점점 더 늘어났다. 1951년에 프린스턴의 뛰어난 조교수 데이비드 봄은 상호작용으로부터 떨어져 날아가는 두 입자의 서로 반대 방향의 "스핀"을 이용해서 EPR 사고실험을 재구성했다.[27] 1964년에 제네바 부근의 CERN 핵연구소에서 일하던 존 스튜어트 벨은 그런 방법에 근거를 둔 실험방법을 제안하는 논문을 발표했다.[28]

벨은 양자역학을 편안하게 느끼지 않았다. 그는 언젠가 "그것이 틀렸다고 말하기는 어렵지만, 불충분하다는 것은 알고 있었다"라고 말했다.[29] 자신의 그런 생각과 아인슈타인에 대한 동경 때문에 그는, 보어 대신 아인슈타인이 옳은 것으로 밝혀지기를 바란다는 희망을 표현했다. 그러나 1980년대에 프랑스의 물리학자 알랑 아스페를 비롯한 사람들이 수행한 실험은 국지성이 양자 세계의 특징이 아니라는 증거를 제공했다. "장거리 유령 작용" 또는 더 정확하게 말해서 장거리에서의 얽힘의 가능성이 그런 특징이었다.[30]

그럼에도 불구하고 벨은 아인슈타인의 노력을 인정했다. 그는 "나는 이 경우에 아인슈타인과 보어의 지적 수월성의 간격은, 무엇이 필요한지를 분명하게 알고 있는 사람과 어리석은 사람의 사이에 있는 거대한 바다만큼이나 크다고 생각한다. 내 입장에서는 아인슈타인의 아이디어가 작동하지 않은 것을 안타깝게 생각한다. 이성적인 것이 작동하지 않은 것이다"라고 했다.[31]

1935년에 아인슈타인이 양자역학을 평가절하하기 위한 방법으로 제안했던 양자 얽힘은, 오늘날 너무나도 반직관적이기 때문에 물리학의 더욱 기묘한 요소 중의 하나가 되었다. 매년 그에 대한 증거들이 쌓여가면서 대중적인 관심도 늘어나고 있다. 예를 들면, 2005년 말에 「뉴욕 타임스」는 데니스 오버바이가 쓴 "양자 속임수 : 아인슈타인의 가장 이상한 이론의 시험"이라는 설문조사 기사를 실었다. 그 기사에서 코넬의 물리학자 N. 데이비드 머민은, 그것을 "우리가 가지고 있는 것 중에서 가장 마술에 가까운 것"이라고 불렀다.[32] 그리고 2006년에는 「뉴 사이언티스트」가 다음과 같이 시작되는 "칩에서 아인슈타인의 '장거리 유령 작용' 확인"이라는 기사를 실었다.

> 간단한 반도체 칩을 이용해서 양자 컴퓨터를 실현시키기 위한 결정적인 단계인 얽힌 광자 쌍을 만들었다. 아인슈타인에 의해서 "장거리 유령 작용"이라고 이름 붙여진 것으로 유명한 얽힘은 광자와 같은 두 입자들이 아무리 멀리 떨어져 있어도 하나인 것처럼 행동하는 양자 입자에서 나타나는 신비로운 현상이다.[33]

한곳에 있는 입자에서 일어난 일이 순간적으로 수십 억 마일 떨어진 다른 입자에 영향을 줄 수 있다는 장거리 유령 작용이 빛의 속도 제한을 어기는 것일까? 그렇지 않다. 상대성 이론은 여전히 안전한 것으로 보인다. 멀리 떨어져 있기는 하지만, 두 입자는 여전히 하나의 물리적 대상의 한 부분이다. 우리는 그중의 하나를 관찰하면, 그 특성을 변화시키게 되고, 그것이 두 번째 입자에서 관찰될 것과 상관이 된다. 그러나 아무 정보도 전달되지 않았고, 아무런 신호도 보내지지 않았으며, 전통적인 인과관계도 존재하지 않는다. 양자 얽힘을 이용해서 순간적으로 정보를 보낼 수 없다는 것을 사고실험으로 증명할 수 있다. 물리학자 브라이언 그린은 "간단히 말해, 특수상대성 이론은 간신히 살아남았다"고 했다.[34]

지난 수십 년 동안 머리 겔만과 제임스 하틀을 포함한 많은 이론학자들은 어떤 면에서 코펜하겐 해석과 다르면서 EPR 사고실험을 더 쉽게 설명해주는 양자역학의 견해를 받아들였다. 그들의 해석은 일부 변수만 받아들이고, 나머지 변수는 (평균하거나) 무시한다는 뜻에서 거친 대안적 우주 역사에 근거를 둔 것이다. 그런 "탈간섭성(decoherent)" 역사들은 어느 순간에 가능한 대안들이 각각 다음 순간에서의 대안으로 가지를 쳐서 나무와 같은 구조를 형성한다는 것이다.

EPR 사고실험의 경우에는 두 입자들 중 어느 하나의 위치는 역사의 한 가지에서 측정된다. 입자들은 공통의 기원을 가지고 있기 때문에 다른 입자의 위치도 함께 결정된다. 역사의 다른 가지에서는 둘 중 어느 입자의 모멘텀이 측정되고, 다른 입자의 모멘텀도 역시 함께 결정된다. 각각의 가지에서는 고전 역학의 법칙에 어긋나는 일은 벌어지지 않는다. 한 입자에 대한 정보는 다른 입자에서의 대응하는 정보를 뜻하지만, 첫 번째 입자에 대한 측정의 결과로 두 번째 입자에서 아무 일도 일어나지는 않는다. 그래서 특수상대성 이론과 정보의 순간적 전달 금지에는 아무런 위협이 되지 않는다. 양자역학의 특별한 점은 한 입자의 위치와 모멘텀을 동시에 결정하는 것은 불가능하고, 그런 두 가지 결정이 이루어지려면 반드시 역사의 다른 가지에서 이루어져야만 한다는 것이다.[35]

"물리학과 실재"

아인슈타인과 보어-하이젠베르크 진영의 사람들 사이의 양자역학에 대한 근본적인 논란은 단순히 신이 주사위를 굴리거나 고양이가 반 죽은 상태로 있느냐에 대한 것이 아니었다. 인과성, 국지성 또는 완전성에 대한 것도 아니었다. 그것은 실재에 대한 것이었다.[36] 그것이 존재하는가? 더 구체적으로, 우리가 하는 어떤 관찰과 상관없이 존재하는 물리적 실재에 대해서 이야기하는 것이 의미가 있는가? 아인슈타인은 양자역학에 대해서 "문제의 핵심에 있는 것은 인과성에 대한 의문이 아니라 실재론에 대한 의문이다"라고 했다.[37]

보어와 그의 지지자들은, 우리가 관찰할 수 있는 것의 베일 밑에 존재하는 것에 대한 이야기가 의미가 있다는 주장을 비웃었다. 우리가 알아낼 수 있는 것은 우리의 실험과 관찰의 결과이지, 우리의 인식 너머에 있는 궁극적인 실재가 아니다.

아인슈타인은 자신이 흄과 마흐의 글을 읽으면서 절대공간과 시간과 같은 관찰할 수 없는 개념을 부정하던 1905년에 이미 그런 자세를 보여주었다. 그는 "당시에 내 생각의 형식은 그 후보다 훨씬 더 실증주의적이었다. 내가 실증주의를 떠나기 시작한 것은 일반상대성 이론을 정립하게 되면서부터였다"고 기억했다. [38]

그때부터 아인슈타인은 점점 더 객관적이고 고전적인 실재가 있다는 믿음에 집착하기 시작했다. 그의 초기와 후기 사고에는 일관성이 있기는 하지만, 그는 적어도 자신의 마음속에서는 자신의 실재론이 초기의 마흐주의로부터 멀어진 것을 뜻했다고 자유롭게 인정했다. 그는 "그런 신념은 내가 젊었을 때 가지고 있던 견해와는 일치하지 않는다"고 했다. [39] 역사학자 제럴드 홀턴에 따르면, "과학자가 철학적 신념을 그렇게 근본적으로 바꾸는 일은 드물다."[40]

아인슈타인의 실재론에는 세 가지 중요한 요소가 있다.

1. 실재는 우리가 관찰할 수 있는 능력과 상관없이 존재한다는 믿음. 그가 자서전에 남긴 설명에 따르면, "물리학은 관찰되는 것과 상관없는 사고를 통해서 실재를 이해하려는 개념적 시도이다. 이런 의미에서 '물리학적 실재'를 이야기할 수 있다."[41]
2. 분리성과 국지성에 대한 믿음. 다시 말해서, 대상이 시공간의 어떤 곳에 위치하고, 분리성은 대상을 정의하도록 해주는 것의 일부이다. 그는 막스 보른에게 "공간의 다른 부분에 존재하는 것이 스스로 독립적이고 실제 존재를 가지고 있다는 가정을 포기한다면, 물리학이 설명한다고 생각하는 것이 무엇인지 도무지 알 수가 없습니다"라고 했다.[42]
3. 확실성과 고전적 결정론을 뜻하는 엄격한 인과성에 대한 믿음. 그에게 실재에서 확률이 역할을 한다는 생각은 우리의 관찰이 그런 확률의 붕괴에 역할을 할 수도 있다는 생각만큼이나 불편한 것이었다. 그는 "나를 포함한 일부 물리학자들은 우리가 자연에서의 사건들이 우연의 게임과 비슷하다는 견해를 받아들여야만 한다는 것을 믿을 수가 없다"고 했다.[43]

이런 세 가지 특성 중에서 두 가지 또는 단 한 가지만을 가진 실재론을 상상할 수도 있다. 아인슈타인도 그런 가능성을 대해서 생각해본 적이 있었다. 학자들은 이 세 가지 특성 중에서 그의 사고에 가장 중요한 역할을 했던 것이 무엇인지에 대해서 논란을 벌였다.[44] 그러나 아인슈타인은 세 가지 특성 모두가 함께 만족된다는 희망과 믿음으로 끊임없이 되돌아왔다. 그는 말년에 가까워졌을 때 클리블랜드의 의사들에게 했던 연설에서 "모든 것이 시간과 공간의 영역에서의 개념적 대상과 그런 대상들에게 주어지는 법칙과 같은 관계로 연결되어야만 한다"고 주장했다.[45]

이런 실재론의 핵심에는 우리의 감각적 인식, 즉 우리가 언제나 경험하는 임의적인 모습과 소리들이 패턴에 맞고, 법칙을 따르고, 이치에 닿는 방법에 대한 거의 종교적이고 어쩌면 유치하기도 한 놀라움이 자리잡고 있었다. 우리는, 그런 인식들이 합쳐져서 외부적 대상으로 보이는 것으로 나타나게 되면 당연하게 여기고, 법칙들이 그런 대상들의 거동을 지배하는 것처럼 보이는 경우에는 감동하지 않는다.

그러나 아인슈타인이 어린 시절에 나침반을 보고 놀라움을 느꼈던 것처럼, 완전한 무작위성보다 우리의 인식을 질서정연하게 만들어주는 법칙이 있다는 사실에 놀라움을 느꼈다. 우주에 대한 이렇게 놀랍고 뜻밖의 이해 가능성은 그의 실재론과 그가 자신의 종교적 믿음이라고 불렀던 것을 특징짓는 특성의 기초였다.

그는 양자역학에 대한 논쟁에서 실재론에 대한 자신의 방어에 이어서 1936년에 발표한 "물리학과 실재"라는 글에서 그런 주장을 분명하게 표현했다. 그는 "우리의 감각적 경험의 완전성은 사고를 통해서 질서정연하게 정리된다는 바로 그 사실이 우리를 감동하도록 만드는 것이다. 세계의 영원한 신비는 이해 가능성이다……그것이 이해 가능하다는 사실은 기적이다"라고 했다.[46]

올림피아 아카데미 시절에 흄과 마흐를 함께 읽었던 친구 모리스 솔로빈은 아인슈타인에게 그가 세계의 이해 가능성을 "기적이나 영원한 신비"라고 생각하는 것이 "이상하게" 보인다고 말했다. 아인슈타인은 오히려 그 반대가 사실이라고 생각하는 것이 논리적이라고 반박했다. 그는 "어쩌면 선험적으로는 어떤 방법으로도 이해할 수가 없는 혼돈적 세상을 기대해야 할 수도 있다. 그것이 바로 실증주의자와 전문적인 무신론자들의 약점이다"라고 했다.[47] 아인슈타인은 둘 중 어느 것에도 해당되지 않았다.

바탕에 깔려 있는 실재의 존재에 대한 아인슈타인의 믿음은 종교적인 색채를 가지고 있었다. 그것이 솔로빈을 불쾌하게 만들었고, 자신이 그런 언어에 "거부감"을 느낀다고 말했다. 아인슈타인은 동의하지 않았다. "나는 실재의 이성적 본질과 그것이 어느 정도까지 인간의 이성으로 이해할 수 있다는 그런 신뢰를 '종교적'이라는 말보다 더 잘 나타낼 수 있는 방법을 모르겠다. 그런 느낌이 사라지면, 과학은 어리석은 경험주의로 퇴보해 버린다"라고 했다.[48]

아인슈타인은 새로운 세대의 물리학자들이 자신을 고전 물리학의 낡아빠진 확실성에 집착하는 뒤떨어진 보수주의자로 여긴다는 사실을 알고 있었고, 그런 사실을 재미있게 생각했다. 그는 친구 막스 보른에게 "우리의 젊은 동료들이 내가 늙은 탓이라고 해석한다는 것을 잘 알고 있지만, 양자역학이 처음에 엄청난 성공을 거두었다는 사실도 나에게 근본적인 주사위 게임을 믿도록 만들지는 못했습니다"라고 했다.[49]

아인슈타인을 정말 좋아했던 보른은, 그가 한 세대 전의 물리학자들이 그의 상대성 이론에 반발했던 것처럼 "보수적"이 되었다는 진보주의자들의 주장에 동의했다. "그는 자신이 확고하게 믿고 있는 철학적 믿음과 상반되는 물리학의 일부 새로운 아이디어를 더 이상 받아들이지 못한다."[50]

그러나 아인슈타인은 자신을 보수주의자가 아니라 (다시 한 번) 일시적인 유행에 반대하는 호기심과 완고함을 가진 반항자 또는 독행자라고 생각하고 싶어했다. 그는 1938년에 솔로빈에게 "자연을 **객관적 실재**로 여겨야 한다는 필요성은 낡은 편견이 되고, 양자 이론가들은 치켜세워지고 있다. 시대마다 사람들은 유행에 휩쓸려서 자신을 지배하는 폭군을 인식하지도 못하게 된다"고 했다.[51]

아인슈타인은 1938년에 공저로 발간한 물리학의 역사에 대한 『물리학의 진화(*The Evolution of Physics*)』에서 자신의 실재론적 접근을 강조했다. 그 책에 따르면, "객관적 실재"에 대한 믿음은 역사를 통해서 위대한 과학적 발전을 이끌어냈고, 따라서 그것은 증명을 할 수는 없지만 유용한 개념이라는 사실이 확인된다. 그 책은 "우리의 이론적 구성으로 실재를 이해할 수 있다는 믿음이나 우리 세상의 내적 조화에 대한 믿음이 없다면 과학은 있을 수 없다. 그런 믿음은 모든 과학적 창조의 기본적인 동기였고, 앞으로도 언제나 그럴 것이다"라고 선언했다.[52]

더욱이 아인슈타인은 그 책을 통해서 양자역학의 발전에도 불구하고 장 이론이 유용하다는 사실을 주장했다. 가장 좋은 방법은 입자를 독립적인 대상이 아니라 장 자체의 특별한 구현이라고 여기는 것이다.

물질과 장을 서로 다른 두 가지 성질로 보는 것은 의미가 없다……물질의 개념을 포기하고 순수한 장 물리학을 구축할 수 있을까? 우리는 물질을 장이 지극히 강한 공간의 영역이라고 볼 수 있다. 그런 입장에서 던져진 돌은 장의 세기가 가장 큰 영역이 돌의 속도에 따라 공간 속을 움직이는 장의 변화가 된다.[53]

아인슈타인이 이 책을 쓰는 일에 도움을 준 데는 세 번째의 훨씬 더 개인적인 이유가 있었다. 그는 폴란드에서 도망쳐서 케임브리지에서 잠시 막스 보른과 함께 일을 하다가 프린스턴으로 옮겨온 유대인 레오폴트 인펠트를 도와주고 싶었다.[54] 인펠트는 바네시 호프만과 함께 상대성에 대한 일을 시작했고, 호프만은 자신들이 아인슈타인과 함께 일할 것을 제안했다. 인펠트는 "그가 우리와 함께 일하는 것을 좋아할지 알아보자"고 했다.

아인슈타인은 기꺼이 반겼다. 호프만의 기억에 따르면, "우리는 방정식을 계산하는 것과 같은 모든 지저분한 일을 했다. 우리가 결과를 아인슈타인에게 보고했고, 그런 과정은 마치 본부의 회의가 열리는 것과 같았다. 때로는 그의 아이디어가 아주 특이하게도 좌익 분야에서 온 것처럼 보이기도 했다."[55] 인펠트와 호프만과 함께 일하던 아인슈타인은, 1937년에 스스로 공간을 휘어지게 만드는 행성과 같은 무거운 물체의 운동을 훨씬 더 간단하게 설명하는 우아한 방법을 생각해냈다.

그러나 통일장 이론에 대한 그들의 작업에는 진전이 없었다. 상황이 너무 절망적이어서 인펠트와 호프만이 의기소침해진 때도 있었다. 호프만은 "아인슈타인의 용기가 꺾이거나 그의 창조성이 약해진 적은 없었다. 아인슈타인은 활기찬 토론으로도 문제가 해결되지 않으면 묘한 영어로 조용하게 '내가 좀더 생각을 해보겠다'고 중얼거렸다"고 기억했다. 방안은 조용해지고, 아인슈타인은 느린 걸음으로 왔다 갔다 하거나 맴돌면서 손가락으로 머리카락을 만지작거렸다. "그의 표정은 꿈을 꾸는 것처럼 멍했지만, 내적 평온함이 느껴졌다. 긴장의 흔적은 없었다. 겉으로 드러나는 강렬한 집중의 징조도 없었다."몇 분 후에 그는 갑자기 "얼굴에 웃음을 띠고, 문제에 대한 답을 쏟아내면서" 세상으로 돌아왔다.[56]

아인슈타인은 인펠트의 도움을 너무 좋아해서, 플렉스너에게 연구소에 그를 위한 자리를 만들어달라고 부탁했다. 그러나 연구소가 발터 마이어를 채용하도록 압력을 받았던 것에 화가 났던 플렉스너는 그의 부탁을 거절했다. 아인슈타인은 자신이 거의 참석하지 않던 특별연구원 회의에 직접 나가서 인펠트에게 600달러의 보수를 줄 것을 요청했지만 소용이 없었다.[57]

인펠트는 아인슈타인과 함께 성공이 분명한 물리학의 역사에 대한 책을 써서 인세를 나누기로 했다. 자신의 아이디어를 아인슈타인에게 설명하러 갔던 인펠트는 믿을 수 없을 정도로 말문이 막혔지만 어렵게 자신의 주장을 밝힐 수는 있었다. 아인슈타인은 "그것은 결코 어리석은 아이디어가 아닙니다. 전혀 그렇지 않습니다. 그렇게 하도록 합시다"라고 말했다.[58]

1937년 4월에 출판사의 설립자 리처드 사이먼과 막스 슈스터가 그 책에 대한 계약을 하러 프린스턴에 있는 아인슈타인의 집으로 왔다. 사교적인 슈스터는 농담으로 아인슈타인을 이기려고 했다. 그는 자신이 "파리에 도착한 여성이 쇼핑을 가는 속도"가 빛보다 더 빠른 것을 발견했다고 말했다.[59] 아인슈타인은 재미있어했다. 적어도 슈스터는 그렇게 기억했다. 어쨌든 그들의 여행은 성공적이었고, 현재 44판이 발간된『물리학의 진화』

는 장 이론의 역할과 객관적 실재에 대한 믿음을 널리 알렸을 뿐만 아니라 인펠트(그리고 아인슈타인)를 재정적으로 안정시켜주었다.

아무도 인펠트가 불명예스러운 일을 했다고 비판할 수 없었다. 훗날 그는 아인슈타인을 "지금까지 살았던 사람들 중에서 어쩌면 가장 위대한 과학자이면서 가장 친절한 사람"이라고 불렀다. 그는 아인슈타인이 살아 있는 동안에 통일 이론을 추구하면서 기존의 사고방식을 기꺼이 거부하려고 했던 점을 찬양하는 긍정적인 전기를 쓰기도 했다. 그는 "몇 년 동안 같은 문제에 집착하면서 끊임없이 되돌아가는 그의 끈기가 아인슈타인 천재성의 대표적인 특징"이라고 했다.[60]

유행에 대한 저항

인펠트가 옳았을까? 끈기가 정말 아인슈타인 천재성의 특징이었을까? 어느 정도까지는, 그런 특성이 특히 일반상대성 이론을 위한 길을 향한 외로운 노력에서 그에게 도움이 되었다. 그는 학창 시절부터 유행에 반대로 행동하고, 군림하는 권력에 저항하는 성향을 가지고 있었다. 그런 모든 특성이 통일 이론을 추구하는 과정에서 명백하게 드러났다.

그는 자신의 위대한 이론을 구성하는 과정에서 실험 자료의 분석이 최소한의 역할을 했다는 사실을 주장하고 싶어했다. 그는 일반적으로 당시의 실험과 관찰로부터 이론을 유추할 수 있는 통찰력과 원리에 대한 직관적인 느낌을 가지고 있었다. 그런 특성은 이제 덜 명백해졌다.

1930년대 후반에 이르러서, 그는 새로운 실험적 발견으로부터 점점 더 멀어졌다. 중력과 전자기력의 통일보다 새로 발견된 약한 핵력과 강한 핵력의 두 가지 힘의 비통합성이 더 큰 문제였다. 그의 친구 에이브러햄 파이스는 "아인슈타인은 이들 새로운 힘들이 더 오래 전부터 알려져 있었던 다른 두 가지 힘보다 덜 근본적인 것이 아니었음에도 불구하고 두 가지 새로운 힘을 무시하려고 했다. 그는 중력과 전자기력의 통합에 대한 오랜 탐구를 계속했다"고 기억했다.[61]

더욱이 1930년대부터 새로운 기본 입자들이 발견되기 시작했다. 당시에는 광자와 글루온과 같은 보손과 전자, 양전자, 업 쿼크, 다운 쿼크와 같은 페르미온을 포함한 십여 가지의 입자들이 밝혀져 있었다. 이런 발견은 모든 것을 통일하려는 아인슈타인의 노력에 잘 들어맞지 않는 것처럼 보였다. 1940년에 연구소에 합류한 그의 친구 볼프강 파울리는 그의 노력의 허무함을 빈정거렸다. 그는 "신께서 흩트려놓은 것을 인간이 꿰어맞추려고 하지 말아야 한다"고 했다.[62]

아인슈타인은 새로운 발견들을 조금은 당혹스럽게 느꼈지만, 그것들을 너무 강조하지 않음으로써 마음을 편하게 가졌다. 그는 막스 폰 라우에에게 "위대한 발견들이 당분간은 나에게 기초에 대한 이해를 도와주는 것으로 보이지 않기 때문에 큰 기쁨을 느끼지 못하고 있습니다. 이상하게도 희망을 버리지는 못하지만, ABC의 의미를 파악하지 못하는 어린아이처럼 느껴집니다. 어쨌든 우리는 자발적인 매춘부가 아니라 스핑크스를 다루고 있습니다"라고 했다.[63]

아인슈타인은 유행을 거슬러서 끊임없이 과거를 향해 뒷걸음질 쳤다. 그는 자신이 외로운 길을 갈 수 있는 여유를 가지고 있다는 사실을 깨달았다. 그런 일은 명성을 쌓아가야 하는 젊은 물리학자들에게는 너무 위험스러운 것이었다.[64] 거의 대부분의 물리학도들은 통일장 이론을 찾으려는 그의 노력이 비현실적이라고 느꼈지만, 아인슈타인의 후광에 매력을 느껴서 그와 함께 일하고 싶어하는 더 젊은 물리학자들이 두세 사람은 있었던 것으로 밝혀졌다.

그런 젊은 조수들 중 한 사람인 에른스트 슈트라우스는 아인슈타인이 거의 2년 동안이나 추구했던 연구에 참여한 일을 기억하고 있다. 어느 날 저녁에 슈트라우스는 놀랍게도 자신들의 방정식이 분명히 진실일 수가 없는 결과로 이어진다는 사실을 깨달았다. 다음 날 그와 아인슈타인은 모든 각도에서 문제를 살펴보았지만, 실망스러운 결과를 피할 수가 없었다. 결국 그들은 일찍 집으로 갔다. 슈트라우스는 실망을 했고, 아인슈타인은 더욱 그럴 것이라고 생각했다. 그러나 놀랍게도 다음 날 보통 때보다도 훨씬 더 열성적이고 들떠 있던 아인슈타인은 여전히 새로운 방법을 제시했다. 슈트라우스는 "그것은 전혀 새로운 이론의 시작이었지만, 반년 동안의 연구 끝에 쓰레기 더미에 던져졌다. 과거의 시도들보다 나을 것이 없었다"고 기억했다.[65]

아인슈타인의 노력은, 자신이 보면 알아낼 수는 있겠지만 완전히 정의할 수는 없었던 특성인 수학적 단순성이 자연의 작품이 가지고 있는 특성이라는 직관에 의한 것이었다.[66] 특별히 우아한 식이 등장할 때마다 그는 기쁨에 들떠서 슈트라우스에게 "이것은 신도 절대로 그냥 넘기지 못할 정도로 단순하다"고 소리쳤다.

프린스턴으로부터 친구들에게 보내는 열광적인 편지가 끊임없이 쏟아져나왔다. 모두가 확률에 집착해서 바탕에 숨겨져 있는 실재를 믿지 않는 양자 이론가들에 대한 숙청 운동의 진전에 대한 것이었다. 그는 1938년에 모리스 솔로빈에게 "나는 젊은 사람들과 함께 신비주의와 확률에 집착하면서 물리학에서 실재의 개념을 거부하는 현대 물리학자들을 굴복시키기 위한 지극히 흥미로운 이론을 연구하고 있네"라고 했다.[67]

마찬가지로 프린스턴으로부터 언론을 통해서 돌파구라고 알려진 소식들도 계속 이어졌다. 「뉴욕 타임스」의 유명한 과학기자 윌리엄 로렌스는 1935년 1면에 실린 기사에서 "우주의 알프스 등반가인 알베르트 아인슈타인 박사는 지금까지 아무도 올라가본 적이 없는 수학의 정상에서 시간과 물질의 구조에 대한 새로운 패턴을 보았다고 알려왔다"고 보도했다. 1939년에는 같은 기자가 같은 신문에 "알베르트 아인슈타인은 무한한 공간에서의 별과 은하에서 무한히 작은 원자의 중심에 있는 신비에 이르기까지 우주 전체의 메커니즘을 설명하는 법칙을 찾으려는 20년 동안의 끈질긴 노력 끝에 오늘 마침내 창조의 수수께끼에 대한 마스터 키가 있는 '지식의 약속된 땅'이 보이는 곳에 도달했다"고 보도했다.[68]

그의 과거 성공은 부분적으로 바탕이 되는 물리학적 실재의 냄새를 맡아내는 능력을 가졌기 때문에 가능했다. 그는 광속의 일정함과 중력 질량과 관성 질량의 동등성 등을 포함한 모든 운동의 상대성이 가진 의미를 직관적으로 파악할 수 있었다. 그는 그런 능력 덕분에 물리학에 대한 직관을 근거로 이론을 만들 수가 있었다. 그러나 훗날에 그는 일반상대성의 장 방정식을 완성하기 위한 마지막 전력질주를 인도해준 수학적 형식주의에 점점 더 의존하게 되었다.

이제 통일장 이론을 위한 노력에는 수학적 형식주의가 넘쳐나기는 했지만, 그를 인도해주는 근본적인 통찰은 거의 찾아볼 수 없었다. 프린스턴의 동료 바네시 호프만은 "과거에 일반 이론을 연구할 때의 아인슈타인은 중력과 가속을 연결시켜주는 동등성 원리에 의해서 인도를 받았다. 그런데 통일장 이론을 구축하도록 이끌어줄 인도 원리에 해당하는 것은 어디에 있었는가? 아무도 몰랐다. 아인슈타인조차도 몰랐다. 따라서 그의 노력은 물리학적 직관에 의해서 충분히 불이 밝혀지지 않은 수학적 밀림의 어둠 속에서 길을 더듬는 것과 같은 노력일 수밖에 없었다"고 했다. 훗날 제러미 번스타인은 그런 노력을 "물리학에 대한 고려 없이 수학 식들을 무작정 섞어버린 것"이라고 불렀다.[69]

얼마 후부터는 프린스턴에서 낙관적인 소식이나 편지도 끊어졌고, 아인슈타인은 자신이 적어도 당분간은 곤경에 빠져 있다는 사실을 공개적으로 인정했다. 그는 「뉴욕 타임스」에 "나는 낙관적이지 않다"고 말했다. 신문은 몇 년 동안 아인슈타인의 통일 이론의 돌파구로 알려진 것들을 모두 정기적으로 보도했지만, 이제는 "아인슈타인은 우주의 수수께끼에 당혹해하고 있다"는 기사를 실었다.

그렇지만 아인슈타인은 자신이 아직도 "자연에서의 사건들이 우연의 게임과 비슷하다는 입장을 받아들일 수 없다"고 주장했다. 그리고 그는 자신의 노력을 계속할 것이라고 약속했다. 그는 자신이 실패를 하더라도 그런 노력은 의미가 있을 것이라고 생각했다. 그는 "모든 사람은 자신이 노력하는 방향을 선택할 수 있고, 진리를 위한 탐구가 진리를 알아낸 것보다 더 소중하다는 말에서 위안을 찾을 수 있다"고 했다.[70]

아인슈타인의 60회 생일 무렵인 1939년 봄에 닐스 보어가 두 달 동안의 방문 일정으로 프린스턴에 왔다. 아인슈타인은 자신의 옛 친구이고 싸움

상대였던 그에게 상당히 냉담했다. 그들은 몇 차례의 환영연회에서 만나서 짧은 대화를 나누었지만, 양자의 기묘함에 대한 사고실험을 주고받는 옛날의 게임은 벌어지지 않았다.

그 기간 동안 아인슈타인은 단 한 번 강의를 했고, 보어도 그 강의에 참석했다. 강의는 통일장 이론을 찾으려는 가장 최근의 시도에 대한 것이었다. 끝 무렵에 아인슈타인은 보어에게 시선을 고정시키고, 자신은 양자역학을 그런 식으로 설명하려고 오래 전부터 노력해왔다고 말했다. 그러나 그는 그 문제에 대해서 더 이상 논의하지 않기를 바란다는 사실을 분명히 했다. 그의 조수는 "보어는 그에 대해서 매우 불편해했다"고 기억했다.[71]

보어는 에너지와 질량의 관계에 대한 아인슈타인의 발명인 $E = mc^2$에 대한 과학적 소식을 가지고 프린스턴에 도착했다. 베를린에서 오토 한과 프리츠 슈트라스만은 무거운 우라늄을 중성자와 충돌시켜서 흥미로운 실험 결과를 얻었다. 그런 결과는 반(半)유대인이라는 이유로 얼마 전에 스웨덴으로 망명할 수밖에 없었던 과거의 동료 리제 마이트너에게 전해졌다. 그녀는 다시 그것을 그녀의 조카인 오토 프리쉬와 함께 분석해서 원자가 분리되어 두 개의 더 가벼운 원자핵이 만들어졌고, 적은 양의 질량 손실이 에너지로 바뀌었다는 결론을 얻었다.

그들은 그 결과를 확인한 후에 분열(fission)이라는 이름을 붙였고, 프리쉬는 동료 보어가 미국으로 떠나기 직전에 그 사실을 알려주었다. 1939년 1월 말에 도착한 직후에 보어는 새로운 발견을 동료들에게 설명해주었고, 그 문제는 월요 저녁 클럽이라고 알려진 프린스턴 물리학자들의 주례 모임에서 논의되었다. 며칠 안에 그 결과들은 재현되었고, 연구자들은 그 과정에 대한 논문들을 쏟아내기 시작했다. 보어가 종신직을 받지 못한 젊은 물리학 교수 존 아치볼드 휠러와 쓴 논문도 그중의 하나였다.

아인슈타인은 오래 전부터 원자 에너지의 이용이나 $E = mc^2$이 의미하는 동력의 방출 가능성에 대해서 회의적이었다. 1934년 피츠버그를 방문했을 때, 그는 그런 질문을 받고 "폭격으로 원자를 갈라내는 것은 새가 거의 없는 어둠 속에서 새를 쏘아 맞히는 것과 같다"고 대답했다. 그런 주장은 「포스트 가제트」의 1면에 "원자 에너지 희망은 아인슈타인에 의해서 못 박혀버렸다 / 엄청난 힘을 풀어내려는 노력은 가능성이 없는 것으로 밝혀졌다 / 석학이 여기서 그렇게 말했다"라는 제목의 기사가 실렸다.[72]

1939년 초에 원자핵을 폭격해서 갈라내는 것이 가능함을 보여주는 소식 때문에 아인슈타인은 다시 한 번 같은 질문을 받게 되었다. 그해 3월에 그의 예순 살 생일을 기념하는 인터뷰에서 그는 인류가 그런 과정을 이용할 수 있을 것인지에 대한 질문을 받았다. 그는 "원자를 갈라내는 것에 관한 지금까지 우리의 결과는 방출되는 에너지의 실용적인 활용 가능성을 정당화시켜주지는 못하고 있다"고 대답했다. 그러나 이번에 그는 신중했고, 자신의 답변을 어느 정도 한정했다. "이렇게 중요한 주제에 관심을 가지지 않을 정도로 어리석은 물리학자는 없다."[73]

그 후로부터 4개월 동안에 그의 관심은 정말 빠르게 높아졌다.

21

폭탄

1939-1945년

편지

매력적이면서도 약간은 괴팍한 헝가리 출신의 물리학자 레오 실라르드는 아인슈타인의 오랜 친구였다. 1920년대에 베를린에 거주하던 시절 그들은 새로운 형식의 냉장고를 개발해서 특허를 받았지만 성공을 거두지는 못했다.[1] 나치를 피해 망명한 실라르드는 영국으로 갔다가 뉴욕에 도착해서 컬럼비아 대학교에서 몇 년 전 런던에서 신호등을 기다리던 중에 생각해냈던 핵 연쇄반응을 만드는 방법을 연구하고 있었다. 우라늄을 이용한 분열을 발견했다는 소식을 들은 실라르드는 그 원소를 이용해서 폭발 가능성이 있는 연쇄반응을 만들 수 있을 것이라는 사실을 깨달았다.

실라르드는 그런 가능성을 부다페스트에서 망명한 물리학자이면서 가까운 친구인 유진 위그너와 상의했고, 그들은 독일인들이 당시 벨기에의 식민지였던 콩고의 우라늄 광산을 매입하려고 시도할 것을 걱정했다. 미국에 있는 두 사람의 헝가리 망명자들은 벨기에 사람들에게 경고를 할 수 있는 방법을 찾기가 어려웠다. 그러자 실라르드는 아인슈타인이 우연히도 벨기에의 대비(大妃)와 친구라는 사실을 깨달았다.

아인슈타인은 1939년의 여름을 햄프턴의 마을에서 그레이트 피코닉 만을 건너 동부 롱아일랜드의 북쪽 끝에 있는 별장을 빌려서 보내고 있었다. 그곳에서 그는 자신의 작은 요트인 티네프를 타고, 시골의 백화점에서 샌들을 구입하고, 가게 주인과 바흐를 연주했다.[2]

실라르드는 "우리는 아인슈타인이 롱아일랜드 어딘가에 있다는 사실을 알았지만 정확하게 어딘지는 알지 못했다"고 기억했다. 그는 프린스턴에 있는 아인슈타인의 사무실에 전화를 걸어서 그가 피코닉이라는 마을에 있는 무어 박사의 집을 빌렸다는 사실을 알아냈다. 1939년 7월 16일 일요일에 그들은 위그너가 운전하는 (아인슈타인과 마찬가지로 실라드르도 운전을 하지 않았다) 차를 타고 임무를 수행하러 출발했다.

그러나 마을에 도착한 그들은 집을 찾을 수가 없었다. 아무도 누가 무어 박사인지를 모르는 것 같았다. 거의 포기하려던 순간에 실라르드는 길가에 서 있는 어린 소년을 보았다. "혹시 아인슈타인 교수가 어디 사는지 아느냐?" 마을의 다른 사람들과 마찬가지로 그 소년도 무어 박사가 누구인지는 몰랐지만 아인슈타인의 집은 알고 있었고, 그들을 아인슈타인이 생각에 잠겨 있는 올드 그로브 로(路)의 끝 부근에 있는 별장까지 데려다주었다.[3]

실라르드는 가구가 거의 없는 오두막의 베란다에 놓인 수수한 목재 테이블에 앉아서 핵 분열에서 방출된 중성자에 의해서 흑연 층과 교대로 쌓은 우라늄에서 폭발적인 연쇄반응이 일어나게 되는 과정을 설명했다. 아인슈타인은 불쑥 "나는 한번도 그런 생각을 해본 적이 없습니다!"고 말했다. 그는 몇 가지 질문을 하고, 15분 동안 그런 과정에 대해서 생각해본 후에 곧바로 그 의미를 깨달았다. 아인슈타인은 대비에게 편지를 보내는 대신 자신이 알고 있는 벨기에 장관에게 편지를 보내야 할 것 같다고 제안했다.

위그너는 상식적인 예의를 갖추면서, 어쩌면 세 사람의 망명자들이 국무부와 미리 협의하지 않고 비밀스러운 보안 문제에 대해서 외국 정부에 편지를 쓰지는 말아야 할 것이라고 제안했다. 그렇다면 그들은, 주목을 끌 수 있을 정도로 유명한 아인슈타인이 벨기에 대사에게 보내는 편지를 쓰고, 그 편지를 첨부하는 편지를 써서 국무부로 보내는 것이 적절한 방법이라고 결정했다. 아인슈타인은 그런 임시 계획을 염두에 두고 독일어로 초안을 구술했다. 위그너는 그것을 번역해서 자신의 비서를 시켜 타자를 친 후에 실라르드에게 보냈다.[4]

며칠 후에 어느 친구가 실라르드에게 레만 브러더스의 경제학자이면서 루스벨트 대통령의 친구인 알렉산더 색스와 이야기를 나눌 수 있도록 해주었다. 세 이론물리학자들보다 사정에 조금 더 밝은 것처럼 보였던 색스는 편지를 백악관으로 직접 보내야 한다고 주장하면서 자신이 직접 전달하겠다고 제안했다.

실라르드는 색스를 처음 보았지만, 그의 과감한 계획은 매력적이었다. 그는 아인슈타인에게 "이렇게 하더라도 손해는 없을 것 같습니다"라는 편지를 보냈다. 편지를 수정하기 위해서 전화로 이야기를 나누거나 직접 만나야 할까? 아인슈타인은 자신이 다시 피코닉으로 나오겠다고 대답했다.

당시에 위그너는 캘리포니아를 방문하고 있었다. 실라르드는 놀랍게도 운전사 겸 과학 조수로 헝가리 망명자들 중에서 이론물리학자인 에드워드 텔러를 선택했다.[5] 실라르드는 아인슈타인에게 "그의 충고가 쓸모가 있다고 믿고, 당신도 그를 알아두면 좋을 것이라고 생각합니다. 그는 매우 뛰어납니다"라고 소개했다.[6] 더 좋은 점은 텔러가 커다란 1935년형 플리마우스 승용차를 가지고 있었다는 것이다. 실라르드는 다시 한 번 피코닉을 향해 출발했다.

실라르드는 2주일 전에 마련한 원본의 초안을 가지고 갔지만, 아인슈타인은 이제 자신들이 벨기에 장관에게 콩고의 우라늄 수출에 유의하라는 내용보다 훨씬 더 중요한 편지를 준비하고 있다는 사실을 깨달았다. 세계에서 가장 유명한 과학자가 미국의 대통령에게 원자의 힘을 이용해서 생성되는 거의 상상할 수 없는 영향력을 가진 무기에 대해서 심각하게 고려해야 한다는 이야기를 하려고 준비하고 있었다. 실라르드는 "아인슈타인이 대통령에게 보내는 편지를 독일어로 구술했고, 텔러가 받아적어서, 내가 독일어 원고로 두 가지 초안을 준비했다"고 기억했다.[7]

텔러의 노트에 따르면, 아인슈타인이 구술한 초고는 콩고의 우라늄 문제 이외에도 연쇄반응의 가능성도 설명하고, 새로운 종류의 폭탄이 만들어질 수 있다는 사실을 알려주며, 대통령이 이 문제를 연구하고 있는 물리학자들과 공식적인 접촉을 가지도록 요청하는 내용이었다. 실라르드는 모두 1939년 8월 2일자로 표시된 45줄과 25줄짜리 편지를 마련해서 아인슈타인에게 돌려보내고, "아인슈타인이 좋아하는 편지를 선택하도록 그에게 맡겼다." 아인슈타인은 두 통의 편지 모두에 가끔 사용하는 화려한 서명이 아니라 조그마한 서명을 했다.[8]

결국 루스벨트 대통령에게 전해진 긴 편지의 일부는 다음과 같았다.

귀하 :

E. 페르미와 L. 실라르드의 최근 연구를 원고의 형태로 받아본 나는 우라늄 원소가 가까운 미래에 새롭고 중요한 에너지원이 될 것이라고 기대하게 되었습니다. 이미 벌어진 이런 상황에는 관심과, 필요하다면 행정부의 발빠른 대응이 요구되는 측면이 있는 듯합니다. 따라서 나는 당신에게 다음과 같은 사실을 알려드리고 권고를 하는 것이 내 의무라고 믿게 되었습니다.

……많은 양의 우라늄에 핵 연쇄반응을 일으켜서 엄청난 양의 동력과 많은 양의 새로운 라듐과 같은 원소를 만드는 것이 가능할 수도 있습니다. 이제 그런 일이 가까운 미래에 이루어질 수 있으리라는 점이 거의 확실해 보입니다.

이 새로운 현상은 폭탄의 제조에도 이용될 수 있고, 훨씬 덜 확실하지만, 엄청나게 강력한 새로운 형태의 폭탄이 만들어질 가능성도 있습니다. 그런 폭탄 한 개를 배로 운반해서 항구에서 폭발시킨다면 항구 전체는 물론이고 인근 지역의 일부까지도 쉽게 파괴할 수 있을 것입니다.

이런 상황을 고려해볼 때, 당신은 행정부와 미국에서 연쇄반응을 연구하고

있는 물리학자들과 어떤 항구적인 접촉을 유지하는 것이 바람직하다고 생
각하실 수도 있을 것입니다.

편지는 독일 과학자들이 폭탄을 준비하고 있을 수도 있다는 경고로 끝
을 맺었다. 편지가 완성되고 서명이 되자, 이제는 그것을 루스벨트 대통
령에게 전해주는 일에 누가 적임자인가를 알아내야만 했다. 아인슈타인
은 색스를 신뢰하지 못했다. 그 대신 그들은 재정가 버나드 바루크와 MIT
의 총장 칼 콤프턴을 생각했다.

더욱 흥미로운 사실은, 실라르드가 타자를 친 편지를 돌려보내면서 12
년 전에 단독 대서양 횡단 비행으로 유명인사가 된 찰스 린드버그를 중개
인으로 쓸 것을 제안했던 것이다. 망명 유대인 세 사람 모두는 그 비행사
가 독일에서 살았고, 1년 전에 나치의 헤르만 괴링으로부터 독일의 명예
훈장을 받았으며, 고립주의자와 루스벨트 반대자로 활동하고 있었다는
사실을 몰랐던 것이 분명했다.

몇 년 전에 뉴욕에서 린드버그를 잠시 만난 적이 있었던 아인슈타인은
소개장과 서명한 편지를 실라르드에게 돌려보냈다. 아인슈타인은 린드버
그에게 "나의 친구인 실라르드 박사를 만나주는 호의를 베풀어주시고, 그
가 당신에게 드리는 말씀을 심각하게 고려해주실 것을 부탁드립니다. 과학
의 바깥에 있는 사람에게는 그가 내놓는 문제가 터무니없는 것처럼 보일
수도 있습니다. 그러나 당신도 공공의 이익을 위해서 아주 신중하게 고려
해야만 하는 가능성이 있다는 사실을 확신하게 될 것입니다"라고 썼다.[9]

린드버그는 답장을 보내지 않았고, 실라르드는 9월 13일에 다시 한 번
면담을 요청하는 편지를 보냈다. 이틀 후에 린드버그가 전국 라디오 방송
을 했을 때 그들은 자신들이 얼마나 무지했는지를 깨달았다. 린드버그는
"이 나라의 운명은 우리가 유럽의 전쟁에 관여할 것을 요구하지 않는다"
라고 시작했다. 린드버그의 친(親)독일 공감과 심지어 유대인이 미디어를
소유하고 있는 것에 대한 반유대적 함축에 대한 힌트도 담겨 있었다. 그
는 "우리는 신문과 시사 화보와 라디오 방송국을 누가 소유하고 영향력을

행사하고 있는지를 물어보아야 한다. 우리 국민들이 진실을 안다면 우리는 전쟁에 참여하지 않게 될 것이다"라고 했다.[10]

실라르드가 아인슈타인에게 보낸 편지는 분명한 사실을 밝히고 있었다. "린드버그는 우리 사람이 아닙니다."[11]

루스벨트에게 보내는 아인슈타인의 서명이 담긴 공식 편지를 맡은 사람은 알렉산더 색스였다. 엄청나게 중요한 일이 분명했지만, 색스는 거의 두 달 동안 그 편지를 전달할 기회를 찾지 못했다.

그때에 이르러서 사태가 전개되면서 중요했던 편지가 시급한 편지로 바뀌었다. 1939년 8월 말에 나치와 소비에트는 동맹협약에 서명함으로써 세계를 놀라게 만들었고, 나아가서 폴란드를 분할해 점령했다. 그 때문에 영국과 프랑스가 선전포고를 하면서, 20세기의 두 번째 세계대전이 시작되었다. 한동안 미국은 중립적인 입장을 유지하면서, 전쟁을 선포하지는 않았다. 그러나 미국도 재무장을 시작하고, 미래의 참전에 필요한 새 무기를 개발하기 시작했다.

9월 말에 색스를 만나러 갔던 실라르드는 그가 여전히 루스벨트와 약속을 잡지 못하고 있다는 사실을 확인하고는 깜짝 놀랐다. 실라르드는 아인슈타인에게 "색스가 우리에게 아무 소용이 없을 가능성이 매우 높습니다. 위그너와 나는 그에게 열흘의 말미를 주기로 결정했습니다"라는 편지를 보냈다.[12] 색스는 가까스로 마감 일을 지켰다. 10월 11일 수요일 오후에 그는 아인슈타인의 편지와 실라르드의 메모와 자신이 준비한 800단어의 요약문을 가지고 백악관의 대통령 집무실(오벌 오피스)로 안내되었다.

대통령은 그를 반갑게 맞으면서 "알렉스. 무슨 일인가?"라고 물었다.

색스는 대통령의 비서들이 시간을 잘 내주지 않으려고 할 정도로 수다스러웠다. 그는 대통령에게 온갖 우화를 이야기해주는 경향이 있었다. 이번에는 나폴레옹에게 돛 대신에 증기를 이용해서 움직일 수 있는 새로운 형식의 배를 만들어주겠다는 발명가에 대한 이야기였다. 나폴레옹은 그를 미친 사람이라고 쫓아버렸다. 그런 후에 색스는 그 방문자가 로버트 풀턴*이었다고 밝히고, 황제가 그의 말을 들었어야 한다는 것이 교훈이

라고 했다.[13]

루스벨트는 비서에게 노트를 적어주는 것으로 답례를 했다. 비서는 서둘러 나간 후에 곧바로 루스벨트가 집안에서 한동안 가지고 있었던 것이라고 말한 아주 오래되고 귀한 나폴레옹 브랜디 한 병을 가지고 돌아왔다. 그는 두 잔을 따랐다.

색스는 만약 자신이 메모와 서류들을 그냥 맡겨두면, 루스벨트가 한 번 쳐다본 후에 옆으로 밀쳐둘 것이라고 걱정했다. 그는 그 서류를 제대로 전달하는 유일한 방법은 큰 소리로 읽어주는 것이라고 결정했다. 그는 대통령의 책상 앞에 서서 아인슈타인 편지의 요약문과 실라르드의 메모, 그리고 선별한 역사적 문서의 몇 문단을 큰 소리로 읽었다.

대통령은 "알렉스, 자네가 원하는 것은 나치가 우리를 날려버리지 않도록 하는 것인 모양이네"라고 했다.

"정확히 그렇습니다"라고 색스가 대답했다.

루스벨트는 개인 비서를 불렀다. 그는 "이것에 대한 대책이 필요하다"고 지시했다.[14]

그날 저녁에 미국의 물리학 연구소였던 표준국의 국장인 리만 브릭스 박사가 주관하는 특별위원회에 대한 계획이 마련되었다. 위원회는 10월 21일에 워싱턴에서 처음으로 비공식 모임을 가졌다. 아인슈타인은 참석하지 않았고, 참석하고 싶어하지도 않았다. 그는 핵물리학자도 아니었고, 정치 지도자나 군사 지도자 가까이에 있는 것을 즐기는 사람도 아니었다. 그러나 실라르드, 위그너, 텔러를 비롯한 헝가리 이민자 세 사람은 그 일을 시작하는 그곳에 있었다.

다음 주에 아인슈타인은 대통령으로부터 정중하고 형식적인 감사의 편지를 받았다. 루스벨트는 "나는 우라늄 원소에 관련되어 당신이 제안한 가능성을 완벽하게 조사하기 위한 위원회를 출범시켰습니다"라고 했다.[15]

원자탄 프로젝트에 대한 일은 느리게 진행되었다. 다음 몇 달 동안 루

---

* 1807년 세계에서 처음으로 증기기관을 이용한 외륜기선으로 허드슨 강의 뉴욕과 올바니 사이의 정기 항로를 개설했던 미국의 기술자 / 역주.

스벨트 행정부는 흑연과 우라늄 실험에 6,000달러를 배정했을 뿐이었다. 실라르드는 조급해졌다. 그는 연쇄반응에 대해서 더 확신하게 되었고, 독일의 활동에 대한 동료 망명자의 보고를 듣고 더욱 걱정하고 있었다.

1940년 3월에 그는 다시 아인슈타인을 만나러 프린스턴으로 갔다. 그들은 아인슈타인이 서명할 또다른 편지를 작성했다. 이번에는 알렉산더 색스에게 보내는 편지였지만, 그가 대통령에게 전해주기를 바라는 내용이었다. 그 편지에는 그들이 베를린에서 진행되고 있다고 들은 우라늄에 관련된 모든 일에 대한 경고가 담겨 있었다. 그 편지는 대통령이 엄청난 폭발력을 가진 연쇄반응을 만들어내는 일의 진전을 고려해서, 미국에서의 일이 충분히 빠르게 진행되고 있는지를 확인해야만 한다고 요구했다.[16]

편지를 받은 루스벨트는 시급성을 강조하기 위해서 위원회를 소집했고, 관리들에게 아인슈타인이 반드시 참석하도록 하라고 지시했다. 그러나 아인슈타인은 더 이상 관여하고 싶은 생각이 없었다. 그는 어느 정도 편리한 핑계인 감기에 걸렸을 뿐만 아니라 자신이 회의에 갈 필요는 없다는 답장을 보냈다. 그러나 그는 "작업이 훨씬 더 빠른 속도와 훨씬 더 큰 규모로 진행될 수 있는 환경을 만드는 것이 지혜롭고 필요한 것임을 확신합니다"라면서 위원회가 움직이기 시작해야 한다고 요청했다.[17]

아인슈타인이 원자탄을 개발한 맨해튼 프로젝트로 발전한 회의에 참여하고 싶어했다고 하더라도, 환영받지 못했을 가능성도 있었다. 흥미롭게도 그 프로젝트가 출범할 수 있도록 해준 그 사람이 그 일에 대해서 아는 것은 보안상 위험하다고 생각하는 사람들이 있었기 때문이었다.

새 위원회를 조직하던 참모총장 대행 셔먼 마일스 준장은, 1940년 7월에 이미 16년 동안 FBI 국장이었고 그 후로도 32년 동안 그 자리에 머문 J. 에드거 후버에게 편지를 보냈다. 준장은 그의 방위군 계급을 핑계로 "후버 대령"이라고 불러서 정보에 대한 결정 과정에서의 계급을 미묘하게 깎아내리고 있었다. 그러나 마일스가 FBI가 가지고 있는 아인슈타인에 대한 정보를 요청했을 때 후버는 단호했다.[18]

후버는, 1932년 아인슈타인에게 비자를 발급하지 말아야 한다고 주장하면서, 그가 지지했던 여러 평화주의자와 정치 단체들에 대해서 경고한 프로싱햄 부인의 여성애국자단체에서 보낸 편지를 받은 후부터 마일스 준장에게 아인슈타인에 대한 정보를 제공하기 시작했다.[19] FBI는 그런 혐의를 확인하거나 평가하려고 하지도 않았다.

후버는 아인슈타인이 1932년 암스테르담에서 개최된 세계 반전회의에도 관여했다고 알려주었다. 그 회의에는 일부 유럽 공산주의자들도 참여했었다. 앞에서 밝혔듯이, 그 행사는 아인슈타인이 구체적이고 공개적으로 참여하는 것은 물론이고 심지어 지원하는 것조차도 거부했었다. 그는 조직 책임자에게 "나는 모임이 소비에트 러시아를 찬양하기 때문에 직접 참여할 수 없게 되었다"고 편지로 밝혔었다. 아인슈타인은 같은 편지에서 러시아를 "개인과 언론의 자유가 완전히 억압된 곳"이라고 비판했다. 그럼에도 불구하고, 후버는 아인슈타인이 그 위원회를 지지했고, 따라서 친(親)소비에트주의자인 것처럼 알려주었다.[20]

후버의 편지는, 이 밖에도 6개의 문단을 통해서 아인슈타인이 평화주의자 단체에서 스페인의 왕당파에 이르기까지 다양한 종류의 단체에 관련되어 있다는 비슷한 혐의를 제시했다. 그리고 ("한 명의 자식을 두었다"와 같은) 사소한 오류와 터무니없는 혐의로 가득 채워진 인적 사항도 덧붙여져 있었다. 그 편지는, 그를 분명히 사실과 다르게 "과격한 극단주의자"라고 불렀고, 그가 "공산주의 잡지에 투고를 했다"는 사실과 전혀 다른 이야기도 했다. 마일스 준장은 그 편지에 너무 놀라서 여백에 이 편지가 유출되면 "골치 아파질 가능성이 있다"는 경고를 써두었다.[21]

서명이 되지 않은 인사 정보의 결론은 놀라운 것이었다. "이런 극단적인 배경을 고려할 때, 이런 배경을 가진 인물이 그렇게 짧은 기간에 충성스러운 미국 시민이 될 가능성이 낮기 때문에 이 사무실은 아인슈타인 박사를 아주 철저하게 수사하지 않고는 비밀 업무에 활용하는 것을 추천하지 않는다." 다음 해의 서류에는 해군이 아인슈타인에게 비밀 취급 허가를 해주었다는 사실이 보고되었지만, "육군은 허가해주지 않았다"고 했다.[22]

시민 아인슈타인

육군의 결정이 내려질 무렵에 아인슈타인은 실제로 자신이 독일을 떠난 후 스위스 시민이 되려고 돈을 저축한 이후 지난 40년 동안 하지 않았던 일을 열심히 하고 있었다. 그는 자발적이고 자랑스럽게 미국 시민이 되어가고 있었다. 5년 전에 이민 비자로 다시 입국하기 위해서 버뮤다로 항해를 했던 것으로부터 시작된 일이었다. 그는 여전히 스위스 시민권과 여권을 가지고 있었기 때문에 꼭 그렇게 해야 할 필요는 없었다. 그러나 그는 그렇게 하고 싶어했다.

그는 1940년 6월 22일에 트렌턴의 연방판사 앞에서 시민권 취득을 위한 시험을 보았다. 그는 그런 과정을 기념하기 위해서 이민국의 「나는 미국인이다」 시리즈로 라디오 인터뷰를 하는 것에 동의했다. 판사는 점심을 대접했고, 아인슈타인에게 편리하도록 라디오 방송국 사람들에게 자신의 방에서 인터뷰를 하도록 해주었다.[23]

그날은 부분적으로 아인슈타인이 어떤 언론의 자유를 가진 시민이 될 것인지를 보여주었기 때문에 고무적인 날이었다. 라디오 강연에서 그는 앞으로 전쟁을 억제하기 위해서 국가들은 주권 중 일부를 무장한 국가들의 국제연맹에 맡겨야 한다고 주장했다. 그는 "세계적인 기구는 회원국들의 전체 군사력을 통제하지 못하면 효과적으로 평화를 보장할 수 없다"고 주장했다.[24]

아인슈타인은 시험에 합격했고, 10월 1일에 양딸 마르고트와 비서 헬렌 듀카스를 비롯한 86명의 다른 새로운 시민들과 함께 서약식을 가졌다. 그 후로 그는 자신의 귀화를 보도하는 기자들에게 미국을 찬양했다. 그는 미국이 민주주의가 단순히 정부의 형태일 뿐만 아니라 "위대한 전통, 도덕적 힘을 가진 전통과 연결된 생활방식"임을 보여주었다고 말했다. 다른 시민권을 포기하겠느냐는 질문을 받은 그는 필요하다면 "고이 간직한 요트"도 포기할 것이라고 장난스럽게 선언했다.[25] 그러나 그가 스위스 시민권을 포기할 필요는 없었고, 그렇게 하지도 않았다.

프린스턴에 처음 도착했던 아인슈타인은 미국이 유럽의 고착된 계급주의와 노예 제도에서 자유로운 나라이거나 그렇게 될 수 있는 나라라는 감명을 받았다. 그러나 그를 더욱 감동시켜서 논란이 많기는 하지만 기본적으로 훌륭한 미국인이 되도록 해준 것은, 미국이 자유로운 사상과 자유로운 언론과 독행자의 믿음을 허용해준다는 점이었다. 그에게 과학의 시금석이었던 그런 자유가 이제는 그에게 시민권의 시금석이었다.

그는 국민이 자신의 생각을 마음대로 표현할 수 있는 자유를 거부당하는 나라에서는 살 수 없다고 공개적으로 선언함으로써 나치 독일을 저버렸다. 그는 시민권을 취득한 직후에 발표되지 않은 글에서 "당시 나는, 내가 미국을 선택한 것이 얼마나 옳은 것인지를 이해하지 못하고 있었다. 어디에서나 나는 남녀가 공직 후보자들과 그날의 화제에 대해서 아무 두려움 없이 자신들의 의견을 표현하고 있는 것을 듣고 있다"고 했다.

그는 개인의 아이디어에 대한 그런 관용이 유럽에서 발생한 "야만적인 폭력과 공포"와 상관없이 존재한다는 것이 미국의 아름다움이라고 했다. "내가 미국에서 본 것을 근거로, 나는 자기 표현의 자유가 없는 삶은 가치 있는 삶이 되지 않을 것이라고 생각하게 되었다."[26] 미국의 핵심 가치에 대한 그의 인식의 깊이는, 몇 년 후 미국이 반대 의견을 가진 사람들을 모욕하는 매카시 시대로 접어들었을 때 아인슈타인이 보여주었던 차가운 공개적 분노와 반대를 설명해주는 데에 도움이 된다.

미국은 아인슈타인과 그 동료들이 핵무기 개발의 가능성에 관심을 가지도록 요청하고 2년이 지난 후에야 극비인 맨해튼 프로젝트에 착수했다. 그것은 기막히게도 일본이 진주만 공격을 시작해서, 미국을 전쟁 상태로 몰아넣은 날보다 하루 앞선 1941년 12월 6일이었다.

아인슈타인은 위그너, 실라르드, 오펜하이머, 텔러를 비롯한 수많은 동료 물리학자들이 외딴 도시로 사라졌기 때문에 자신이 추천했던 폭탄 제조작업이 훨씬 더 절박하게 진행되고 있다는 사실을 짐작할 수 있었다. 그러나 그는 맨해튼 프로젝트에 참여하도록 요청받지도 않았고, 그것에 대한 공식적인 설명도 듣지 못했다.

그가 비밀스럽게 로스앨러모스나 오크리지 같은 곳으로 소환되지 않았던 데는 여러 가지 이유가 있었다. 그는 핵물리학자도 아니었고, 관련된 분야에서 활동하고 있던 전문가도 아니었다. 이미 설명했듯이, 그를 보안상의 위험인물로 여긴 사람들도 있었다. 그리고 그는 자신의 평화주의적 인식을 포기하기는 했지만 그런 노력에 참여하고 싶다는 뜻을 밝히거나 요구를 한 적은 없었다.

그러나 그는 그해 12월에 제안을 받기도 했다. 맨해튼 프로젝트를 관리했던 과학 연구개발국 국장 배너버 부시가, 플렉스너의 후임으로 프린스턴의 고등연구소 소장으로 임명된 프랭크 아이델로트를 통해서 아인슈타인에게 화학적 특성이 똑같은 동위원소 분리에 대한 문제를 도와달라고 요청했다. 아인슈타인은 기꺼이 응했다. 그는 오래 전에 전공한 삼투와 확산을 이용해서 우라늄을 기체로 변환시킨 후에 강제로 필터를 통과시키는 기체 확산방법을 연구했다. 비밀을 유지하기 위해서 그는 심지어 헬렌 듀카스를 비롯한 어느 누구에게도 타자를 맡기지 않았다. 그는 자신이 조심스럽게 손으로 쓴 원고를 보내주었다.

아이델로트는 부시에게 "아인슈타인은 당신의 문제에 상당한 관심을 가지고 있었고, 며칠 동안 연구를 해서 동봉한 결과를 얻었습니다. 아인슈타인은 나에게 이 문제에 대해서 다른 방향으로 개발을 해야 하거나, 당신이 이 문제의 어느 부분이라도 확대하고 싶다면, 그에게 알려주기만 하면 되고, 그러면 그가 할 수 있는 모든 일을 하겠다고 알려달라고 했습니다. 나는 그가 국가적 노력에 유용할 수 있는 일을 하는 것을 얼마나 만족스러워하는지를 알기 때문에 당신이 그를 어떤 방법으로든지 활용하기를 진심으로 바랍니다"고 했다. 추신으로 아이델로트는 "그의 글씨를 읽을 수 있기를 바랍니다"라고 덧붙였다.[27]

아인슈타인의 서류를 받은 과학자들은 감동했고, 배너버 부시와 그 문제를 논의했다. 그러나 그들은 아인슈타인이 더 많은 도움을 줄 수 있으려면 그에게 동위원소 분리가 폭탄 제조 문제의 다른 부분과 어떻게 관련이 되는지에 대해서 더 많은 정보를 제공해야 한다고 말했다.

부시는 거절했다. 그는 아인슈타인이 보안 허가를 받기 어렵다는 사실을 알고 있었다. 부시는 아이델로트에게 "나는 이 문제가 국방 정책의 어디에 필요한 것인지를 공개하는 범위에 대해서 그를 신뢰할 수 있다고 느끼지 않습니다. 나도 모든 문제를 그에게 보여주고, 그를 신뢰하고 싶지만, 그의 전체 행적을 살펴본 이곳 워싱턴 사람들의 자세를 고려하면, 그것은 절대 불가능한 일입니다"라고 알려주었다.[28]

훗날 전쟁 중에 아인슈타인은 덜 비밀스러운 문제도 도와주었다. 어느 해군 대위가 연구소로 그를 방문해서 대포의 성능을 분석하는 일을 의뢰했다. 아이델로트의 견해에 따르면, 그는 우라늄 동위원소에 대한 짧은 기간 동안의 일 이후에 자신이 무시되었다고 느끼고 있었다. 일당 25달러의 고문으로서 아인슈타인이 연구한 문제들 중에는 일본 항구에 기뢰(機雷)를 배열하는 방법도 포함되어 있었다. 그의 친구인 물리학자 조지 가모브가 여러 문제에 그의 지혜를 이용하기 위해서 찾아오기도 했다. 아인슈타인은 자신이 선원의 머리 모양을 하고 있는 것을 상상하기 어려워하는 동료들에게 "나는 해군에 있지만, 해군의 머리 모양을 하도록 요청받지는 않았다"고 농담을 했다.[29]

아인슈타인은 자신의 특수상대성 이론 논문의 원고를 전시 공채 판매 운동에 경매용으로 기증함으로써 전쟁 노력에 도움을 주기도 했다. 그것은 원본은 아니었다. 그는 그것이 수백만 달러가 될 것이라는 사실을 모르고, 1905년에 논문이 발간된 후에 원본을 버렸다. 원고를 재현하기 위해서, 그는 헬렌 듀카스에게 논문을 자신에게 큰 소리로 읽어주도록 해서 받아적었다. 그는 "내가 정말 그런 식으로 말했던가?"라고 말하기도 했다. 듀카스가 그에게 정말 그렇게 말했다고 확인을 시켜주자, 아인슈타인은 "그것을 훨씬 더 간단하게 표현할 수도 있었는데"라고 한탄했다. 자신의 원고가 다른 것들과 함께 1,150만 달러에 판매되었다는 소식을 들은 그는 "경제학자들은 가치의 이론을 수정해야만 할 것이다"라고 했다.[30]

핵 공포

프라하에서 함께 지낼 때부터 아인슈타인의 친구가 된 물리학자 오토 슈테른은 시카고에서 비밀스럽게 맨해튼 프로젝트를 수행하고 있었다. 1944년 말에는 그 프로젝트가 성공할 것임을 충분히 예상했었다. 그해 12월에 그는 프린스턴을 방문했다. 아인슈타인이 들은 이야기는 그를 당혹스럽게 만들었다. 실제 전쟁에 사용할 것인지에 상관없이 새 폭탄은 전쟁과 평화의 본질을 영원히 변화시킬 것이다. 그와 슈테른은 정책가들이 그것에 대해서 생각하지 않으며, 너무 늦기 전에 그 문제를 검토해야만 한다는 점에 동의했다.

그래서 아인슈타인은 닐스 보어에게 편지를 쓰기로 했다. 그들은 양자역학에 대해서 싸움을 벌였지만, 아인슈타인은 세속적인 문제에 대한 그의 판단을 신뢰했다. 아인슈타인은 반(半)유대인인 보어가 몰래 미국에 왔다는 사실을 알고 있던 몇 사람들 중 한 명이었다. 나치가 덴마크를 점령했을 때, 그는 아들과 함께 과감하게 작은 보트를 타고 스웨덴으로 탈출했다. 그들은 그곳에서 영국으로 날아갔고, 존 베이커라는 이름의 가짜 여권으로 미국에 와서 로스앨러모스의 맨해튼 프로젝트에 합류했다.

아인슈타인은 워싱턴에 있는 덴마크 대사관을 통해서 실명으로 보어에게 편지를 보냈고, 다행히 그 편지는 그에게 전달되었다. 그 편지에서 아인슈타인은 자신이 슈테른과 나눈 걱정스러운 대화를 소개했다. 앞으로 핵폭탄을 어떻게 통제할 것인지에 대한 논의가 없다는 것이었다. 아인슈타인은 "정치인들은 가능성을 인정하지 않기 때문에 위협의 정도를 알지 못합니다"라고 했다. 그는 일단 핵무기 시대가 도래하고 나면 군비 경쟁을 막기 위해서 힘이 있는 세계정부가 필요하다는 자신의 주장을 다시 반복했다. 아인슈타인은 "정치 지도자들을 설득할 줄 아는 과학자들은 군사력의 국제화를 실현하기 위해서 각 나라의 정치 지도자들에게 압력을 가해야 합니다"라고 요구했다.[31]

아인슈타인 일생의 마지막 수십 년을 압도했던 정치적 임무는 그렇게 시작되었다. 독일에서의 청소년 시절부터 그는 국수주의를 거부했고, 전쟁을 방지하는 최선의 방법은 분쟁을 해결할 권리와 결정을 실행에 옮길 수 있는 군사력을 가진 세계 권력을 만드는 것이라고 오랫동안 주장해왔다. 이제 전쟁과 평화를 완전히 변화시킬 수 있을 정도로 엄청난 힘을 가진 무기의 출현을 앞두고 아인슈타인은 그런 방법이 더 이상 이상적인 것이 아니라 반드시 필요한 것이라고 믿게 되었다.

보어는 아인슈타인의 편지에 흥분했지만, 아인슈타인이 원했던 이유 때문은 아니었다. 이 덴마크인도 핵무기의 국제화가 필요하다고 생각했고, 처칠과 만났을 때와 그 후 그해 초반에 루스벨트에게도 그런 주장을 했었다. 그러나 그의 노력은 두 지도자들을 설득하기는커녕 두 지도자들이 공동으로 정보기관에 "보어 교수의 활동에 대해서 조사하고, 특히 그가 러시아에 정보를 유출하지 못하도록 보장하는 조처를 취할 것"을 명령하도록 만들었다.[32]

보어는 아인슈타인의 편지를 받자마자 프린스턴으로 갔다. 그는 친구에게 신중해야 한다고 경고를 함으로써 친구를 보호해주고 싶기도 했고, 그 자신도 아인슈타인이 말해준 것을 정부 관리에게 보고함으로써 자신에 대한 인식도 고쳐보고 싶었다.

머서 가의 집에서 가진 사적 대화에서 보어는 아인슈타인에게 폭탄 개발에 대해서 알고 있는 누군가가 그 정보를 유출한다면 "가장 유감스러운 결과"가 될 것이라고 말했다. 보어는 그에게 워싱턴과 런던의 신뢰할 수 있는 정치인들은 폭탄에 의한 위협은 물론이고 "국가들 사이의 조화로운 관계를 증진시키는 유일한 기회"에 대해서도 알고 있음을 확인시켜주었다.

아인슈타인은 납득했다. 그는 자신이 추측했던 정보를 다른 사람에게 알리는 일을 자제하고, 친구들에게 미국이나 영국의 외교 정책을 복잡하게 만들 만한 행동을 하지 말도록 요청하겠다고 약속했다. 그리고 그는 즉시 자신의 말을 지키기 위해서, 슈테른에게 아인슈타인의 입장에서는 놀라울 정도로 용의주도한 편지를 썼다. 그는 "나는 책임을 지도록 심각하게 노력해야 하고, 당분간은 그 문제에 대해서 이야기를 하지 않는 것이 최선이고,

현재로는 그것을 공개하는 것이 누구에게도 도움이 되지 않는다는 인식을 가지고 있습니다"라고 했다. 그는 자신이 보어를 만났다는 사실을 포함해서 아무것도 밝히지 않으려고 노력했다. "이렇게 애매하게 이야기하는 것이 나에게는 어려운 일이지만 당분간은 달리 말할 수가 없습니다."[33]

전쟁이 끝나기 전에 아인슈타인이 이 문제에 끼어들었던 유일한 일도 역시 1945년 3월에 찾아와서 폭탄이 어떻게 쓰일 것인지를 걱정했던 실라르드 때문에 생겼다. 패배하기 몇 주 전에도 독일이 폭탄을 만들지 못하고 있다는 사실은 분명했다. 그렇다면 미국이 폭탄을 완성하려고 서두를 이유가 무엇인가? 정책가들은 승리를 확보하기 위해서 꼭 필요한 것이 아니라면 일본에 폭탄을 사용하는 것에 대해서 다시 한 번 생각해보아야 하는 것이 아닌가?

아인슈타인은 루스벨트 대통령에게 실라르드를 비롯해서 그런 문제에 관심을 가지고 있는 다른 과학자들을 만나보도록 요구하는 편지를 쓰기로 동의했지만, 자세한 내용은 모른 체하려고 애썼다. 아인슈타인은 "나는 실라르드 박사가 당신에게 제안하려는 사항과 추천의 내용을 모릅니다. 실라르드 박사는 현재 자신이 일하고 있는 분야의 비밀 유지 규정 때문에 나에게 자세한 내용을 알려줄 수가 없습니다. 그러나 나는 그가 현재 이 일을 하고 있는 과학자들과 정책을 입안하는 책임을 지고 있는 당신의 각료들 사이에 적절한 접촉이 없음을 심히 걱정하고 있는 것으로 이해하고 있습니다"라고 했다.[34]

루스벨트는 그 편지를 읽지 못했다. 그 편지는 그가 4월 12일에 사망한 후에 그의 사무실에서 발견되어서 해리 트루먼에게 전달되었다. 트루먼은 그것을 다시 국무부 장관 지명자였던 제임스 번스에게 주었다. 그 결과로 실라르드와 번스가 사우스캐롤라이나에서 만나게 되었지만, 번스는 그에게 감동을 받지 못했다.

원자탄은 고위급에서의 논의도 거의 없이 1945년 8월 6일에 히로시마에 떨어졌다. 아인슈타인은 그해 여름에 애디론댁에 있는 사라나크 호에 있는 임대 별장에서 낮잠을 자고 있었다. 헬렌 듀카스가 차를 마시러 내

려온 그에게 소식을 전했다. 그가 한 말은 "오. 맙소사"가 전부였다.[35]

그 폭탄은 사흘 후에 다시 한 번 나가사키에 사용되었다. 다음 날 워싱턴의 관리들은 프린스턴의 물리학 교수 헨리 드볼프 스미스가 정리한 핵무기 제조를 위한 비밀 프로젝트의 긴 역사를 공개했다. 스미스 보고서는 아인슈타인이 루스벨트에게 보낸 1939년 편지가 그 프로젝트의 시작에 아주 중요한 역사적 역할을 했다고 강조함으로써 오랫동안 그를 불편하게 만들었다.

실제로 아인슈타인이 원자탄에 관여한 정도는 극히 적었지만, 그 편지 탓으로 알려진 영향과 그가 40년 전에 정립한 에너지와 질량 사이의 근원적인 관계 때문에 그가 원자탄 제조와 관련되어 있다는 대중적 인상이 남게 되었다. 「타임」지는 그의 사진 뒤에 피어오르는 버섯 모양의 구름과 그 위에 $E = mc^2$을 형상화해서 표지에 소개했다. 휘태커 체임버스라는 편집자가 감수한 기사에서 잡지는 그 당시의 전형적인 신문의 성향을 보여주며 다음과 같이 소개했다.

비길 데 없는 폭발과 뒤이은 화염을 통해서, 역사의 인과관계에 관심을 가진 사람에게 거의 성인처럼 수줍어하고 어린아이 같으면서 부드러운 갈색 눈과 염세적인 사람이 늘어진 안면 주름과 오로라와 같은 머리카락을 가진 작은 사람의 희미한 모습을 보게 될 것이다……알베르트 아인슈타인은 원자탄 개발에 직접 참여하지는 않았다. 그러나 아인슈타인은 두 가지 중요한 이유 때문에 원자탄의 아버지였다. 1) 미국이 폭탄 연구를 시작한 것은 그의 제안 때문이었다. 2) 원자탄을 이론적으로 가능하게 만든 것은 그의 방정식($E = mc^2$) 때문이었다.[36]

그를 괴롭힌 것은 그런 인상이었다. 「뉴스위크」가 "모든 것을 시작시킨 사람"이라는 제목으로 그의 사진을 표지에 실었을 때, 아인슈타인은 기념비적인 한탄을 했다. 그는 "만약 내가 독일이 원자탄을 만들지 못할 것을 알았더라면, 나는 손가락도 까딱하지 않았을 것이다"라고 했다.[37]

물론 아인슈타인이나 실라르드는 물론이고, 히틀러의 공포로부터 도망쳐서 원자탄 제작 사업에 참여한 그들의 친구들 중 어느 누구도 하이젠베르크처럼 그들이 베를린에 남겨둔 훌륭한 과학자들이 비밀을 파헤치지 못할 것이라는 사실을 알지 못했다. 아인슈타인은 사망하기 몇 달 전 라이너스 폴링과의 대화에서 "우리는 모두, 독일인들이 이 문제에 대한 일을 하고 있고, 성공을 한다면 원자탄을 사용해서 지배 민족이 될 가능성이 높다고 생각했기 때문에 어쩌면 용서를 받을 수도 있을 것이라고 생각했습니다"라고 말했다.[38]

22

세계주의자

1945-1948년

군축

원자탄이 떨어진 후 몇 주일 동안 아인슈타인은 전에 없이 과묵했다. 그는 사라나크 호의 현관을 두드리는 기자들을 물리쳤고, 이웃 별장에서 지내던 「뉴욕 타임스」의 발행인 아서 헤이스 설즈버거가 전화로 한마디 언급을 해달라는 요청도 거절했다.[1]

아인슈타인이 그를 찾아온 통신사 기자에게 그 문제를 논의하기로 허락한 것은 폭탄이 떨어지고 한 달 이상이 지난 9월 중순 임대한 여름 별장을 떠나려던 무렵이었다. 그가 강조한 점은 폭탄으로 세계 연맹주의에 대한 자신의 오랜 주장이 더욱 강화되었다는 것이었다. 그는 "문명과 인류를 구원하는 유일한 길은 세계정부를 만드는 것이다. 주권국가들이 군비와 군비 비밀을 가지고 있는 한 새로운 세계대전은 필연적일 것이다"라고 했다.[2]

아인슈타인은 과학에서 그랬던 것처럼 세계 정치에서도 역시 무정부 상태에서 질서를 창조할 수 있는 통일된 원리를 찾고 있었다. 자체의 군사력, 경쟁하는 이데올로기, 그리고 상충되는 국가 이익을 가진 주권국가를 근거로 하는 시스템은 어쩔 수 없이 더 잦은 전쟁을 만들어낸다. 그는 세계정부를 이상적이 아니라 현실적이고, 소박한 것이 아니라 실용적인 것으로 생각했다.

그는 전쟁 기간 중에는 신중했다. 그는 군사력을 국수주의적인 목표가 아니라 대의를 위해서 사용하고 있는 나라에 망명을 와 있었다. 그러나 전쟁이 끝나면서 사정이 달라졌다. 원자탄 투하도 그랬다. 공격 무기의 파괴력 증가가 안보를 위한 세계 구조를 찾아야 하는 필요성을 함께 증가시켰다. 그가 다시 한 번 정치적으로 거리낌 없이 발언을 해야 할 때가 되었다.

그의 일생에서 나머지 10년 동안 세계의 통일된 지배 구조를 주장하던 그의 열정은, 자연의 모든 힘을 지배할 수 있는 통일장 이론을 찾으려는 열정과 필적하는 것이었다. 대부분의 측면에서 이 두 가지는 구별이 되지만, 이들 모두가 독행자로서 지배적인 사고방식에 도전하는 아인슈타인의 의지를 보여주었다.

폭탄이 떨어진 다음 달에 과학자들은 핵무기를 통제하기 위해서는 국가들이 위원회를 만들어야 한다는 성명에 서명했다. 아인슈타인은 로스앨러모스에서 과학적 작업을 아주 성공적으로 이끌었던 J. 로버트 오펜하이머에게 답장을 보냈다. 아인슈타인은 성명의 뒤에 숨겨진 인식에는 동의한다고 하면서, 그의 정치적인 권고는 주권국가를 궁극적인 권력으로 인정하기 때문에 "명백하게 부적절하다"고 비판했다. "우리는, 국제 관계에서 개인에 대한 법을 만들고 시행할 진정한 정부 조직 없이 평화를 달성할 수 있다고는 생각도 할 수 없습니다."

오펜하이머는 "당신이 내가 쓴 것이라고 생각한 성명은 내가 작성한 것이 아닙니다"라고 정중하게 밝혔다. 그것은 다른 과학자 집단이 쓴 것이었다. 그렇지만 그는 아인슈타인이 주장하는 완전한 세계정부를 반박했다. "남북 전쟁을 통해서 이루어진 이 나라의 역사는 통합하려는 사회의 가치관에 심각한 차이가 있을 경우에 연방정부를 만드는 일이 얼마나 어러운 것인지를 보여줍니다."[3] 오펜하이머는 수많은 전후 현실주의자들 중에서 아인슈타인을 지나치게 이상주의적이라고 몰아붙이면서 비난한 최초의 인물이 되었다. 물론 남북 전쟁이 회원 주들 사이에 가치관의 차이가 있을 때 주의 군사적 주권 대신 안전한 연방정부를 가지지 못해서 발생하는 위험을 소름끼치는 방법으로 보여주었다는 사실을 근거로 그의 주장을 뒤집을 수도 있다.

아인슈타인이 추구했던 것은 군사력에서 독점권을 가진 세계 "정부"나 "권력"이었다. 그는 그것이 주권국가들 사이의 중재자가 아니라 회원 국가들 위에 존재하기 때문에 그것을 "국제적" 기관이 아니라 "초국가적" 기관이라고 불렀다.[4] 아인슈타인은 1945년 10월에 설립된 국제연합(UN)은 그런 기준을 만족시키지 못한다고 느꼈다.

다음 몇 달 동안에 아인슈타인은 글과 인터뷰를 통해서 자신의 제안을 구체화시켰다. 가장 중요한 것은, 그가 ABC 라디오의 평론가 레이먼드 그람 스윙과 주고받은 편지에서 제기되었다. 아인슈타인은 스윙에게 프린스턴으로 자신을 찾아오도록 초청했고, 그 결과가 바로 아인슈타인이 스윙에게 말해준 것을 근거로 작성되어 『애틀랜틱』의 1945년 11월 호에 실린 "핵전쟁 또는 평화"라는 기사였다.[5]

그 기사에서 아인슈타인은 미국, 영국, 러시아 세 강대국이 함께 새로운 세계정부를 만든 후에 다른 나라를 가입시킬 수 있다고 했다. 당시에 유행하던 논쟁의 일부였던 조금은 오해의 가능성이 있는 표현을 사용해서 그는 워싱턴이 "폭탄의 비밀"을 이렇게 만들어진 새 조직에 넘겨주어야 한다고 말했다.[6] 그는 핵무기를 통제하는 유일하게 효과적인 방법은 세계정부에 군사력의 독점권을 양보하는 것이라고 믿었다.

1945년 말에는 이미 냉전이 시작되고 있었다. 미국과 영국은 붉은 군대에 의해서 점령된 폴란드와 다른 동유럽 지역에 공산주의 정권을 세우려는 러시아와 충돌하고 있었다. 러시아도 자국의 안전을 도모하기 위한 경계 수단을 확보하려고 최선을 다했고, 자신들의 국내 문제에 간섭하려는 듯한 모든 시도에 신경질적인 반응을 보였다. 러시아의 지도자들은 자신들의 주권을 세계 당국에 넘겨주는 일을 거부하게 만들었다.

아인슈타인은 자신이 생각하는 세계정부는 모두에게 서양식의 자유민주주의를 강요하려고 노력하는 것이 아니라는 사실을 분명히 밝히려고 애를 썼다. 그는 국가의 지배자들에 의해서 임명되는 것이 아니라 각각의 회원 국가 국민들의 비밀투표에 의해서 선출되는 세계 의회를 주장했다. 그러나 그는 러시아에 대한 재보증으로 "세 강대국의 내부구조를 변화시킬 필요는 없다"고 덧붙였다. "초국가적 안보 시스템의 회원권은 임의의 민주적 기준을 근거로 한 것이 아니다."

아인슈타인이 깨끗하게 해결할 수 없었던 한 가지 문제는 이런 세계정부가 국가의 내부 문제에 간섭하기 위해서 어떤 권리를 가지느냐는 것이었다. 그는 스페인을 예로 들면서, 세계정부가 "소수집단이 다수집단을 억압하는 국가에는 간섭을 할 수 있어야 한다"고 했다. 여전히 그런 기준이 러시아에도 적용되는지는 문제가 되었다. 그는 "러시아 사람들은 정치적 교육에 대해서는 오랜 전통을 가지고 있지 않다는 사실을 염두에 두어야만 한다. 러시아의 상황을 개선하기 위한 변화는 그런 일을 할 수 있는 능력을 가진 다수집단이 존재하지 않기 때문에 소수집단에 의해서 시작되어야만 한다"고 합리화시켰다.

미래의 전쟁을 예방하려는 아인슈타인의 노력은 자신의 오래된 평화주의적 본능만이 아니라 그가 인정했듯이 자신이 원자탄 프로젝트를 부추긴 역할을 했다는 죄책감도 그 동기가 되었다. 12월에 노벨 상 위원회가 주최한 맨해튼의 만찬에서 그는 다이너마이트를 발명한 알프레드 노벨이 "자신의 시대에 알려진 가장 강력한 폭약을 발견한 것에 대한 보상"으로 상을 제정했음을 지적했다. 그도 비슷한 입장이었다. 그는 "오늘날, 역사상 가장 무시무시하고 위험한 무기를 개발하는 일에 참여했던 물리학자들은 죄책감은 아니라고 하더라도 그와 같은 정도의 책임감에 시달려왔다"고 말했다.[7]

그런 인식 때문에 아인슈타인은 1946년 5월에 일생에서 가장 유명한 공공정책의 역할을 떠맡게 되었다. 그는 핵무기 통제와 세계정부를 위해서 노력하도록 새로 구성된 핵과학자 비상위원회의 의장이 되었다. 아인슈타인은 그 달에 모금을 위한 전보에서 "원자핵의 위력이 알려지면서 우리의 사고방식을 제외한 모든 것이 바뀌었고, 따라서 우리는 미증유의 재앙을 향해 표류하게 되었다"고 했다.[8]

레오 실라르드는 사무총장을 맡아서 조직의 업무를 처리했다. 1948년 말까지 재임한 아인슈타인은 연설을 했고, 회의를 주재했으며, 자신의 역할도 심각하게 여겼다. 그는 "우리 세대는 선사시대의 인류가 불을 발견한 이후로 가장 혁명적인 힘을 탄생시켰다. 우주의 이런 기본적인 힘은 편협한 국수주의의 낡아빠진 개념에는 맞출 수가 없다"고 했다.[9]

트루먼 행정부는 원자력을 국제적으로 통제하기 위해서 다양한 계획을 제안했지만, 의도적이거나 아니거나 상관없이 그 어느 것도 러시아의 지지를 얻을 수 없었다. 결국 최선의 방법을 마련하기 위한 투쟁이 곧바로 정치적 분할로 이어졌다.

한편에는 그런 무기의 개발 경쟁에서 미국과 영국의 성공을 기뻐하는 사람들이 있었다. 그들은 원자탄을 서방의 자유를 보증해줄 장치로 보았기 때문에 자신들이 "비밀"이라고 여기는 것을 지키고 싶어했다. 다른 한편에는 아인슈타인과 같은 군축 옹호자들이 있었다. 그는 「뉴스위크」에 "원자폭탄의 비밀과 미국의 관계는 마지노선과 1939년 이전의 프랑스와의 관계와 같다. 그것은 우리에게 가상적인 안보를 제공했지만, 그런 면에서 엄청난 위험이다"라고 했다.[10]

아인슈타인과 동료들은 여론에 대한 투쟁이 워싱턴에서만이 아니라 대중문화의 영역에서도 필요하다는 사실을 깨달았다. 그러한 인식은 1946년에 그들을 루이스 B. 마이어*와 진지한 할리우드 영화제작자 집단에 대한 재미있으면서도 역사적으로 실증적인 분쟁을 일으키게 만들었다.

그것은 메트로-골드윈-마이어(MGM)의 샘 막스라는 시나리오 작가가 원자탄 개발에 대한 다큐멘터리 드라마 제작에 필요한 아인슈타인의

---

* 1925년부터 25년간 할리우드의 영화제작사 MGM을 운영한 최고 경영자 / 역주.

협조를 구하려고 한다며 프린스턴을 방문해도 되겠느냐고 문의하면서 시작되었다. 아인슈타인은 협조해줄 의사가 없다는 답장을 보냈다. 몇 주 후에 아인슈타인은 맨해튼 프로젝트 과학자연합의 관리로부터 영화가 매우 친군사적 입장에서 원자탄의 개발과 그것이 미국에 제공하는 안전 보장을 기념하는 것으로 보인다는 걱정스러운 편지를 받았다. 그 편지는 "당신이 원자폭탄의 군사적, 정치적 의미를 잘못 전해주는 영화에 이름을 빌려주기를 원치 않을 것이라고 알고 있습니다. 대본에 대해서 당신으로부터 직접 승인을 받아야 한다는 조건으로 당신의 이름을 사용하는 것이 적당하다고 생각하기를 바랍니다"라고 지적했다.[11]

그 다음 주에는 실라르드가 그 문제로 아인슈타인을 만나러 왔고, 곧 이어서 평화주의적인 물리학자들이 집단으로 그에게 관심을 표시했다. 그래서 아인슈타인은 대본을 읽어보았고, 영화제작을 중단시키기 위한 운동에 합류하기로 동의했다. 그는 "사실을 제시하는 방식이 지극히 혼란스러워서 나는 협력은 물론이고 내 이름의 사용도 거절했다"고 말했다.

그는 또한 제안을 받았던 영화는 물론이고 마이어가 제작한 과거 영화들의 논조를 공격하는 유명한 제작자에게 신랄한 편지를 보냈다. 그는 "나는 영화를 자주 보지는 않지만, 당신의 스튜디오에서 제작되었던 과거 영화들의 성격으로 보아 당신이 내 주장을 이해할 것으로 알고 있습니다. 나는 영화 전체가 너무 지나치게 육군과 프로젝트의 육군 지휘자의 입장에서 준비되었음을 발견했습니다. 그의 영향은 인류의 입장에서 볼 때 바람직하다고 생각되는 것과 언제나 일치하는 것은 아니었습니다"라고 했다.[12]

마이어는 영화의 제작 책임자에게 아인슈타인의 편지를 보냈고, 그가 쓴 메모를 아인슈타인에게 보내주었다. 그 메모에 따르면, 트루먼 대통령이 "그 영화가 만들어지기를 간절히 바라고," 개인적으로 대본을 읽고 승인해주었다고 했다. 그러나 그런 주장은 아인슈타인을 설득시키지 못했다. "미국의 시민으로서 우리는 우리 정부의 견해를 존중할 수밖에 없습니다." 그것 역시도 아인슈타인에게 사용하기에는 최선의 주장이 아니었다. 그 뒤에는 훨씬 더 설득력이 떨어지는 주장이 이어졌다. "과학자에게 확인 가능한 진리가 중요한 것처럼 우리에게는 드라마적인 진리가 어쩔 수 없는 조건이라는 사실을 인정해주어야만 합니다."

메모는 과학자들이 제기한 도덕적 문제들을 톰 드레이크라는 이름의 배우가 맡은 가상적인 젊은 과학자를 통해서 적절하게 풍겨나올 것이라는 약속으로 끝났다. 메모는 확신에 차서 "우리는 젊은 남성 배우들 중에서 진지함과 정신적 성격이 가장 잘 맞는 배우를 선정했습니다. 「녹색 시절」에서 그가 보여준 연기력을 기억해보기만 하면 됩니다"라고 했다.[13]

그런 메모가 아인슈타인의 마음을 돌려놓지 못한 것은 놀라운 일이 아니었다. 시나리오 작가 샘 막스가 그에게 마음을 바꾸어서 그가 묘사될 수 있도록 허락해달라고 간청하는 편지를 보냈을 때, 아인슈타인은 "나는 루이스 마이어 씨에게 보낸 편지에서 이미 내 의사를 밝혔습니다"라는 퉁명스러운 답장을 보냈다. 막스는 집요했다. 그는 다시 "영화가 완성되면, 관객들은 젊은 과학자에게 가장 큰 동정을 느낄 것입니다"라고 했다. 그리고 같은 날 다른 편지에서 "여기 새로 수정한 대본이 있습니다"라고 했다.[14]

결말은 짐작하기 어렵지 않았다. 새 대본은 과학자들에게는 훨씬 더 반가운 것이었지만, 대형 화면에서 원자탄이 미화될 가능성은 없지 않았다. 실라르드는 아인슈타인에게 "MGM으로부터 새 대본을 받았고, 내 이름을 사용하는 데에 반대하지 않는다고 썼음"이라는 전보를 보냈다. 아인슈타인도 마음을 누그러뜨렸다. 그는 전보의 뒷면에 영어로 "새 대본을 근거로 내 이름을 사용하는 것에 동의함"이라고 썼다. 그가 요구한 유일한 수정은 실라르드가 1939년 롱아일랜드로 자신을 찾아왔던 장면이었다. 대본은 그가 루스벨트를 만난 적이 없었다고 했지만, 실제로는 만난 적이 있었다.[15]

「시작인가, 종말인가」라는 그 영화는 1947년 2월에 호평을 받았다. 보슬리 크로더는 「뉴욕 타임스」에 "원자탄의 개발과 배치에 대한 진지하고 지적인 이야기, 신선할 정도로 선동적이지 않은"이라고 했다. 아인슈타인 역은 루드빅 스토셀이라는 연기파 배우가 맡았다. 그는 「카사블랑카」에서 미국에 가려고 애를 쓰는 독일 출신 유대인으로 단역을 맡았고, 훗날

1960년대에 스위스 콜로니라는 포도주 광고에서 "그 작고 늙은 포도주 제조사, 나"라는 대사로 잠깐 명성을 얻었다.[16]

군축과 1940년대 후반의 세계정부 옹호를 위한 아인슈타인의 노력은 고수머리의 그를 순진하게 비추어지도록 만들었다. 그가 적어도 겉모습으로는 고수머리였을 수 있지만, 그를 순진하다고 한 것은 옳은 묘사였을까?

트루먼 행정부 관리와 심지어 군축을 위해서 일했던 사람들도 대부분 그렇게 생각했다. 윌리엄 골든이 한 예였다. 원자력위원회의 직원으로 국무부 장관 조지 마셜에게 보낼 보고서를 준비하고 있던 그는 아인슈타인의 조언을 들으려고 프린스턴으로 갔다. 아인슈타인은 워싱턴이 군축 계획에 모스크바를 참여시키도록 더 열심히 노력할 필요가 있다고 주장했다. 골든은 그가 "자신의 대책에 대한 구체적인 생각은 하지 않고, 거의 아이들과 같은 희망만으로 구원에 대해서" 이야기한다고 느꼈다. 그는 마셜에게 "반드시 그래야 하는 것은 아니겠지만, 그는 수학에 매달려왔던 탓인지 국제 정치 분야에 대해서는 당연히 순진한 듯이 보였다. 4차원의 개념을 유명하게 만든 그였지만 세계정부를 구상하는 데에서는 그중 두 차원만 고려할 수 있었다"고 보고했다.[17]

아인슈타인은 자신을 순진하다고 볼 정도로 인간의 본성이 인자하다고 생각하지는 않았다. 20세기의 전반부를 독일에서 보낸 그에게 그럴 가능성은 거의 없었다. 아인슈타인의 도움 덕분에 나치로부터 도망친 유명한 사진가 필립 할스만이 그에게 지속적인 평화가 도래할 가능성이 있다고 생각하느냐고 물었을 때, 아인슈타인은 "아니요. 인간이 있는 한 전쟁은 계속될 것입니다"라고 대답했다. 바로 그 순간에 할스만은 셔터를 눌러서 아인슈타인의 슬픈 표정이 담긴 유명한 사진을 찍었다.[18]

아인슈타인이 실권을 가진 세계정부를 주장한 것은 감상적인 인식이 아니라 인간에 대한 그런 비정한 평가에 근거를 둔 것이었다. 그는 1948년에 "세계정부에 대한 생각이 현실적이 아니라면, 우리의 미래에 대해서는 인간에 의한 인간의 대량학살이라는 단 한 가지의 현실적인 견해가 있을 뿐이다"라고 말했다.[19]

그의 과학적 돌파구의 경우에서처럼, 아인슈타인의 접근은 다른 사람들이 진실이라고 생각하는 고착화된 가정을 포기하는 것으로 시작되었다. 절대적 시간과 절대적 공간이 우주적 질서의 기반이었던 것처럼, 국가적 주권과 군사적 자치도 수백 년 동안 세계 질서의 기반이 되어왔다. 그것을 초월하는 방식을 주장하는 것은 독행자 사상가의 작품인 극단적인 생각이었다. 그러나 처음에는 지극히 극단적으로 보이던 아인슈타인의 많은 아이디어들은 일단 받아들여지고 나서는 훨씬 덜 극단적인 것으로 보이기도 했다.

미국이 핵을 독점하고 있던 초기에는, 아인슈타인을 비롯해서 실제로 많은 진지하고 안정된 정치 지도자들이 주장하던 세계 연방주의는 상상을 넘어서는 것이 아니었다. 그가 순진하게 보였던 것은, 그가 그런 생각을 단순한 형식으로 내놓았고, 복잡한 타협안은 생각하지 않았기 때문이었다. 물리학자들은 인정받기 위해서 자신의 방정식을 정리하거나 타협하는 일에는 익숙하지 않다. 그래서 물리학자들은 좋은 정치가가 되지 못한다.

핵무기를 통제하려는 노력이 실패할 것이 분명해진 1940년대 말에 아인슈타인은 다음 전쟁은 어떻게 전개될지를 묻는 질문을 받았다. 그는 "제3차 세계대전이 어떻게 진행될지는 모르겠지만, 제4차 세계대전에서 무엇을 사용하게 될 것인지는 말해줄 수 있다. 돌이다"라고 대답했다.[20]

러시아

원자탄에 대한 국제적 통제를 원하는 사람들은 러시아를 어떻게 하느냐라는 큰 문제에 직면하게 되었다. 선출된 지도자들은 물론이고 점점 더 많은 미국인들이 모스크바의 공산주의자들을 위험스러운 팽창주의자들이고 사기꾼이라고 여기게 되었다. 그러나 러시아 사람들은 군축이나 세계 정부에 그렇게 열성적인 것으로 보이지 않았다. 그들은 자신들의 안보에 대해서 뿌리 깊은 두려움을 가지고 있었고, 자신들도 폭탄을 가지고 싶어 했으며, 지도자들은 자신들의 국내 문제에 간섭하려는 외부의 징조만 있어도 움찔했다.

아인슈타인은 러시아에 대해서 전형적으로 독행자적 태도를 가지고 있었다. 그는 전쟁 중에 러시아가 연합국이 되었을 때에도 다른 사람들이 그랬던 것처럼 러시아를 찬양하지 않았고, 냉전이 시작되었을 때에도 러시아를 악마라고 비난하지 않았다. 그러나 1940년대 말에 이르러서 그의 그런 태도는 미국 주류의 인식에서 더욱더 멀어졌다.

그는 공산주의 독재를 싫어했지만, 그것이 미국의 자유에 대항하는 심각한 위험이라고 생각하지는 않았다. 그는 점점 번져가는 소위 적화 위협에 대한 광적 흥분이 더 위험하다고 느꼈다. 「새터데이 리뷰」의 편집자 노만 쿠진스와 미국의 국제주의자 지식인을 옹호하는 언론인들이 국제적 군축을 요구하는 글을 썼을 때, 아인슈타인은 편지를 보내면서 "내가 당신들의 기사에서 지적하고 싶은 것은, 러시아의 침략에 대해서 이 나라에 확산된 광적 공포에 반대하지 않았다는 것입니다. 우리 모두는, 두 나라 중 어느 나라가 상대의 침략 의도를 두려워한다는 점에서 객관적으로 더 정당한가를 스스로에게 물어보아야만 합니다"라고 했다.[21]

러시아 내부의 억압에 대해서 아인슈타인은 핑계를 곁들여서 비교적 약한 수준으로 비난하는 경향이 있었다. 그는 어느 대화에서 "정치권에 심각한 탄압 정책이 존재하는 것은 부정할 수 없다. 그러나 그것은 부분적으로 과거 지배계층의 영향력을 단절시키고 정치적으로 경험이 없고, 문화적으로 후진적인 국민을 생산적인 일을 위해서 잘 조직화된 국가로 전환시키는 데 필요하기 때문일 수가 있다. 나는 이런 어려운 문제에 대해서 판단을 추정하지 않겠다"라고 했다.[22]

결과적으로 아인슈타인은 자신을 소비에트 지지자로 보는 비평가들의 목표가 되었다. 미시시피의 하원의원 존 랜킨은 아인슈타인의 세계정부 구상은 "단순히 공산주의 노선을 추구하는 것"이라고 주장했다. 하원에서의 발언에서 랜킨은 아인슈타인의 과학도 비판했다. "빛도 질량을 가지고 있다고 세상 사람들을 설득시키려고 상대성에 대한 책을 출판한 이후부터 그는 과학자로서의 명성을 이용해서 이익을 챙겨왔고……공산주의 활동에도 참여해왔다."[23]

아인슈타인은 한때 공산주의자였다가 강력한 반공산주의자가 된 사회 철학자 시드니 후크와 러시아에 대해서 장기간에 걸친 논쟁을 계속했다. 그것은 양편 모두에게 보어와의 논쟁만큼 훌륭한 것은 아니었지만, 강도 면에서는 뒤지지 않았다. 아인슈타인은 후크의 편지 중 하나에 답을 하면서 "내가 러시아의 정부 체제의 심각한 취약성을 모르는 바는 아닙니다. 그러나 다른 한편으로 그것은 상당한 장점을 가지고 있고, 러시아 국민들이 더 부드러운 정책을 추종해서 살아남을 수 있었을 것인지를 판단하기는 어렵습니다"고 했다.[24]

후크는 아인슈타인에게 잘못을 확인시키는 일을 스스로 떠맡아서 그에게 상당히 자주 긴 편지를 보냈지만, 아인슈타인은 대부분의 편지를 무시했다. 답장을 보내더라도 아인슈타인은 일반적으로 러시아의 억압이 잘못이라는 사실은 인정했지만, 그것이 어느 정도 이해될 수 있는 것이라는 주장을 덧붙여서 그런 판단에 균형을 맞추려고 했다. 그는 1950년의 어느 답장에서 이렇게 말했다.

나는 소비에트 정부가 학문과 예술 문제에 간섭하는 것은 인정하지 않습니다. 내 입장에서 그런 간섭은 못마땅하고, 해롭고, 심지어 우스꽝스럽게 보입니다. 정치적 권력의 집중화와 개인에 대한 행동의 자유를 제한하는 것에 대해서, 나는 그런 제한이 안보, 안정, 그리고 계획경제 때문에 필요한 수준을 넘어서지 말아야 한다고 생각합니다. 외부 사람들은 사실과 가능성을 판단하기가 어려울 수가 있습니다. 어쨌든 교육, 공중보건, 사회보장, 경제 분야에서 소비에트 정권의 성과는 상당했고, 국민 전체가 그런 성과로부터 많은 것을 얻었다는 사실은 의심할 수 없습니다.[25]

모스크바의 행동에 대한 제한적 변명에도 불구하고, 아인슈타인은 일부 사람들이 의심했던 것처럼 소비에트 지지자는 아니었다. 그는 언제나 모스크바로부터의 초청을 거절했고, 자신을 동료로 삼으려는 좌익 친구들의 시도를 비판했다. 그는 모스크바가 UN에서 반복적으로 거부권을 행사하고,

세계정부의 구상에 반대하는 것을 비난했고, 소비에트가 군축에 관심이 없다는 사실을 분명하게 밝혔을 때에는 비난의 강도를 더욱 높였다.

그런 사실은 러시아 과학자들의 공식 단체가 1947년에 "아인슈타인 박사의 잘못된 인식"이라는 모스크바 신문 기사를 통해서 아인슈타인을 공격했을 때 분명하게 드러났다. 그들은 세계정부에 대한 그의 이상은 자본주의자들의 음모라고 주장했다. 그들은 "세계 초국가를 지지하는 사람들은 자본주의 독점의 수월성에 대한 화려한 광고판에 불과한 세계정부를 위해서 우리에게 자발적으로 독립을 포기하라고 요구하고 있다"고 했다. 그들은 아인슈타인이 직접선거에 의한 초국가 의회를 주장하는 것도 비판했다. "그는 심지어 소련이 이런 최신 유행의 기구에 참여하는 것을 거부하더라도 다른 나라들이 소련을 제외하고 그런 계획을 추진할 모든 권리를 가지고 있다고 주장하기도 했다. 아인슈타인은 진정한 국제적 협력과 지속적인 평화에 대한 공공연한 적들의 손에 놀아나는 정치적 유행을 지지하고 있다."[26]

당시 소비에트 동조자들은 모스크바가 지지하는 어떠한 당의 정책도 기꺼이 따르고 싶어했다. 그런 자세는 아인슈타인의 성격에 맞지 않는 것이었다. 그가 다른 사람의 의견에 동의하지 않으면, 그는 가벼운 마음으로 그렇다고 말한다. 그는 러시아 과학자들과 대결하는 것이 즐거웠다.

그는 민주적 사회주의 이상에 대한 자신의 지지를 다시 강조했지만, 공산주의 교리에 대한 러시아의 믿음은 비판했다. 그는 "우리는 현재 나타나고 있는 모든 사회적, 정치적 문제에 대해서 자본주의를 비난하거나, 사회주의 제도 자체가 인류의 사회적, 정치적 질병을 고쳐주기에 충분하다고 생각하는 오류를 저지르지 말아야 한다"고 했다. 그런 사고는 공산당 추종자들에게 만연된 "광신적인 편협함"으로 이어지고, 그것이 폭정의 길이 된다는 것이다.

무절제한 자본주의에 대한 그의 비판에도 불구하고, 평생 동안 그에게 가장 큰 거부감을 준 것은 자유로운 사상과 개인주의에 대한 억압이었다. 그는 러시아 과학자들에게 "어떤 정부라도 폭정으로 타락할 위험을 가지고 있으면 나쁜 것이다. 그런 타락의 위험은 정부가 군대에 대해서만이 아니라 종교와 정보의 모든 면과 모든 시민 각자의 존재에 대해서 힘을 가지고 있는 나라에서 더욱 심각하다"고 경고했다.[27]

그와 러시아 과학자들 사이의 논쟁이 터져나올 무렵에, 아인슈타인은 레이먼드 그람 스윙과 2년 전에 『애틀랜틱』에 실린 기사를 보완하는 일을 하고 있었다. 이번에 아인슈타인은 러시아의 지도자들을 공격했다. 그는 그들이 세계정부를 지지하지 않는 이유는 "상당히 확실하게 구실일 뿐"이라고 했다. 그들이 정말 두려워하는 것은 그런 환경에서 자신들의 억압적인 공산주의 명령 체계가 살아남지 못할 수 있다는 점이다. "러시아가 초국가적 정권에서 현재의 사회구조를 유지하기 어려운 것은 부분적으로 사실이지만, 시간이 지나면 그것이 법의 세계에서 고립된 채로 남아 있는 것보다 손실이 훨씬 더 적은 것임을 이해하게 될 것이다."[28]

그는 서방이 러시아를 제외하고 세계정부를 만드는 일을 진행해야 한다고 주장했다. 그는 러시아도 결국은 돌아설 것이라고 생각했다. "이 일을 (어설픈 트루먼 스타일이 아니라!) 지혜롭게 해낸다면, 세계정부를 어떤 식으로도 막을 수 없다는 사실을 깨달은 러시아도 협력하게 될 것이라고 믿는다."[29]

그때부터 아인슈타인은 모든 것에 대해서 러시아를 비난하는 사람들과 아무것도 아닌 일에 대해서 러시아를 비난하는 사람들을 비난하는 일에 괴팍한 자신감을 가지게 된 것처럼 보였다. 그가 알고 있던 좌익 성향의 평화주의자가 아인슈타인의 추천을 기대하면서 군축에 대한 자신의 책을 보냈을 때, 그는 오히려 그 책을 비판했다. 아인슈타인은 "당신은 모든 문제를 소비에트의 견해를 옹호하는 것처럼 제시했지만, 소비에트에 이익이 되지 않는 것(적지 않습니다)에 대해서는 침묵했습니다"라고 썼다.[30]

심지어 그의 오랜 평화주의도 독일에서 나치가 집권했을 때와 마찬가지로 러시아에 대해서도 힘들고 현실적인 장애에 직면하게 되었다. 평화주의자들은 아인슈타인이 1930년대에 자신들의 철학과 담을 쌓은 것은 나치에 의해서 제기된 독특한 위협 때문에 생긴 탈선이었다고 생각하고 싶어했고, 일부 전기작가들도 역시 그것을 일시적인 예외로 취급했다.[31] 그러나 그것은 아인슈타인의 사고에서 나타난 변화를 최소화하는 것이었다. 그는 결코 순수한 평화주의자가 아니었다.

예를 들면, 핵무기에 대한 연구를 거부하도록 미국 과학자들을 설득하기 위한 운동에 참여할 것을 요청받았을 때, 그는 그 요청을 단순히 거절했을 뿐만 아니라 일방적인 무장해제를 주장한다며 조직 책임자들을 몹시 꾸짖었다. 그는 "무장해제는 모든 나라가 참여하기 전에는 효과가 있을 수 없다. 한 나라만이라도 공개적이나 비공개적으로 무장을 계속한다면, 다른 나라들의 무장해제는 재앙을 초래할 것이다"라고 설교했다.

아인슈타인은 자신과 같은 평화주의자들이 1920년대에 독일의 이웃들에게 재무장을 하지 말라고 부추기는 실수를 했었다고 설명했다. "그것은 단순히 독일의 거만함을 부추기는 역할만 했다." 오늘날 러시아의 경우도 비슷하다. 그는 반(反)군사 청원을 추진하는 사람들에게 "마찬가지로, 당신들의 제안은 실천에 옮겨지더라도 민주주의를 심각하게 약화시키게 될 것이 분명하다. 우리가 러시아 동료들의 자세에 어떠한 중요한 영향도 미칠 수 없을 것이라는 사실을 인식해야만 한다"고 썼다.[32]

그는 1948년에 전쟁저항자연맹의 과거 동료들이 그에게 재가입을 요청했을 때도 같은 입장을 취했다. 그들은 그의 과거 평화주의적 주장을 인용하면서 그를 치켜세웠지만, 아인슈타인은 그들의 요청을 거부했다. 그는 "그 주장은 1918년부터 1930년대 초반까지의 기간 동안에 전쟁에 대한 내 견해를 정확하게 표현한 것이다. 그러나 이제 나는 개인이 군복무를 거부하는 것과 같은 정책은 너무 원시적이라고 느낀다"라고 대답했다.

그는 특히 러시아의 국내 정책과 외교적 자세를 고려하면, 단순한 평화주의는 위험할 수 있다고 경고했다. 그는 "전쟁저항 운동은 실제로 더 진보적인 정부를 가진 국가를 약화시키고, 간접적으로는 현존하는 탄압 정권의 정책을 지지하는 역할을 한다. 군복무 거부를 비롯한 반(反)군사적 활동은 전 세계적으로 가능할 경우에만 현명한 것이다. 러시아에서는 개인적인 반군사주의가 불가능하다"고 주장했다.[33]

일부 평화주의자들은 세계정부가 아니라 세계 사회주의가 지속적인 평화를 위한 가장 좋은 기반이라고 주장했다. 아인슈타인은 이 의견에 동의하지 않았다. 그는 그런 주장을 하는 사람에게 "당신은 사회주의가 바로 그 본질 때문에 전쟁에 의한 해결을 거부한다고 했다. 그러나 나는 그것을 믿지 않는다. 나는 두 사회주의 국가들이 전쟁을 벌이는 경우를 쉽게 상상할 수 있다"고 답장을 보냈다.[34]

냉전의 초기 발화점 중의 하나가, 모스크바가 공개 선거 약속을 지키지 않고 점령군인 붉은 군대가 친소비에트 정권을 세웠던 폴란드였다. 그렇게 세워진 새 폴란드 정부가 아인슈타인을 학술대회에 초청했을 때, 그들은 그가 정당 교리에서 독립되어 있음을 맛보았다. 그는 자신이 더 이상 해외로 여행을 하지 않는다는 사실을 정중하게 설명하고, 신중한 격려의 메시지와 함께 세계정부에 대한 자신의 요구를 강조하는 편지를 보냈다.

폴란드는 모스크바가 반대하는 세계정부에 대한 부분을 삭제하기로 결정했다. 분노한 아인슈타인은 「뉴욕 타임스」를 통해서 자신의 메시지 전문을 공개했다. 메시지는 "인류는, 초국가적 기구만이 이런 무기를 생산하고 소유하는 권위를 가질 경우에만 상상을 넘어서는 파괴와 무자비한 멸망의 위험으로부터 보호받을 수 있다"고 했다. 그는 또한 공산주의자들이 당의 노선에 복종하도록 강요하려고 노력했던 회의를 주재한 영국의 평화주의자에게도 "장막의 양쪽에 있는 우리 동료들은 자신들이 진정한 의견을 완전히 표현할 수 없다고 확신한다"고 불평을 했다.[35]

FBI 서류

그는 소련을 비판했고, 방문 요청을 거절했으며, 세계정부가 만들어지지 않는다면 핵에 대한 비밀을 공유하는 것도 반대했다. 그는 폭탄 제조 프로젝트에서 일한 적도 없고, 그 기술에 대한 비밀 정보도 알지 못했다. 그런데도 아인슈타인은 소비에트 공산주의 망령을 쫓아다니던 당시의 FBI가 얼마나 의심이 많고, 주제넘게 참견하며, 무능했는지를 보여주는 일련의 사건에 휘말렸다.

초기에 적색 공포와 공산주의 전복에 대한 수사는 어느 정도 합법적인 정당성을 가지고 있었지만, 결국에는 마녀 사냥을 닮은 시원치 않은 이단 심문으로 변질되었다. 그런 경향은 미국이 소비에트도 폭탄을 개발했다는 소식에 놀란 후였던 1950년에 본격적으로 시작되었다. 그해의 첫 몇 주 동안에 트루먼 대통령은 수소폭탄을 만들기 위한 프로그램을 출범시켰고, 로스앨러모스에서 일하던 독일 망명자 클라우스 푹스라는 물리학자를 소비에트의 간첩으로 체포했고, 상원의원 조지프 매카시는 자신이 국무부에 근무하는 당원증을 가진 공산주의자 명단을 가지고 있다는 유명한 연설을 했다.

핵과학자 비상위원회의 의장인 아인슈타인은 수소폭탄 제조를 지지하지 않음으로써 에드워드 텔러를 실망시켰다. 그러나 아인슈타인은 그것을 적극적으로 반대하지도 않았다. 유명한 평화주의자이면서 사회주의 활동가 A. J. 머스테가 그에게 새로운 무기의 제조를 연기하라는 청원에 참여할 것을 요구했을 때에도 아인슈타인은 거부했다. 그는 "당신의 새로운 제안은 나에게 지극히 비현실적인 것으로 보입니다. 군비 경쟁이 계속되는 한 어느 나라에서 그런 경쟁을 중단하는 것은 불가능합니다"라고 했다.[36] 그는 세계정부를 포함한 세계적인 해결책을 추구하는 것이 더 현실적이라고 느꼈다.

아인슈타인이 그 편지를 쓴 다음 날, 트루먼은 수소폭탄을 생산하기 위해서 전력을 다하겠다는 발표를 했다. 아인슈타인은 프린스턴의 집에서 「루스벨트 부인과 함께 오늘」이라는 NBC의 일요일 저녁 프로그램에 방송할 3분짜리 녹화를 했다. 전 영부인은 남편이 사망한 이후부터 진보주의의 대변인이 되었다. 그는 군비 경쟁에 대해서 "각각의 단계가 이전에 진행되었던 단계의 불가피한 결과인 것처럼 보인다. 그리고 결국에는 불안이 더욱 분명해져서 전체적인 멸망이 닥쳐올 것이다"라고 했다. 다음 날 「뉴욕 타임스」 "아인슈타인이 세계에 경고 : 수소폭탄 추방 아니면 멸망"이라는 제목의 기사를 실었다.[37]

아인슈타인은 텔레비전 대담에서 또다른 점을 지적했다. 그는 미국 정부의 강화된 안보 대책과 시민들의 자유를 제한하려는 의도에 대한 깊은 관심을 표시했다. 그는 "시민들, 특히 공무원의 충성심은 매일처럼 강력해지는 경찰력의 심각한 감시를 받고 있다. 독립적인 생각을 가진 사람들이 괴롭힘을 당하고 있다"고 경고했다.

그의 주장이 옳다는 것을 증명이라도 하듯이, 공산주의자와 엘리너 루스벨트를 거의 같은 정도로 싫어했던 J. 에드거 후버는 바로 다음 날 FBI의 국내 정보 책임자를 불러들여서 아인슈타인의 충성심과 공산주의와의 관계 가능성에 대해서 보고를 하도록 지시했다.

그 결과로 이틀 후에 작성된 15페이지의 문서에는 핵과학자 비상위원회를 포함해서 아인슈타인이 참여하고 있거나 이름을 빌려준 34개 단체의 목록이 들어 있었고, 그중에는 공산주의 단체로 의심되는 것도 포함되어 있었다. "그는 주로 평화주의자이고, 진보적 사상가로 생각될 수 있다"는 보고서의 결론은 어느 정도 순수했고, 그를 공산주의자로 몰거나 위험인물들에게 정보를 제공하는 사람이라고 보지도 않았다.[38]

사실 아인슈타인을 어떠한 안보 위협과 연결시킬 수 있는 내용은 없었다. 그러나 관계 서류들을 읽고 나면 FBI 요원들이 「무능한 경찰」이라는 영화 속의 인물들처럼 보이게 된다. 그들은 실수를 하면서 돌아다녔고, 엘자 아인슈타인이 그의 첫 부인인가, 헬렌 듀카스가 독일에 있는 동안에 소련 간첩이었는가, 아인슈타인이 클라우스 푹스를 데려오는 일에 책임이 있는가와 같은 질문에 답을 할 능력도 없었다. (세 가지 질문 모두에 대한 정답은 아니었다.)

요원들은 엘자가 캘리포니아의 어느 친구에게 자신들이 알베르트 아인슈타인 2세라는 이름의 아들이 있고, 현재 러시아에 잡혀 있다고 말했다는 제보를 확인하려고 노력하기도 했다. 사실 한스 알베르트 아인슈타인은 이미 당시에 버클리의 공학 교수로 일하고 있었다. 그는 물론이고 여전히 요양소에 있던 에두아르트도 러시아에 간 적이 없었다. (그런 소문에 근거가 있었다면, 엘자의 딸 마르고트가 러시아인과 결혼했고, 그가 이혼 후에 러시아로 돌아간 것이었겠지만, FBI는 그런 사실을 밝혀내지 못했다.)

FBI는 1932년에 프로싱햄 부인과 그녀의 여성 애국자들의 긴 편지를 받은 이후부터 아인슈타인에 대한 소문을 수집해왔다. 이제 FBI는 그런 자료들을 점점 늘어나는 서류철을 이용해서 체계적으로 관리하기 시작했다. 그 서류철에는 베를린의 어느 여성이 그에게 베를린 복권에 당첨되는 수학적 방법을 알려주었다는 것과 같은 정보도 포함되어 있었고, 그녀에게 답장을 하지 않은 것은 그가 공산주의자였기 때문이라고 결론도 들어 있었다.[39] 그가 사망할 때에 이르러서 FBI는 14개의 상자에 1,427페이지의 자료를 가지고 있었고, 모든 서류에는 비밀이라는 도장이 찍혀 있었지만, 혐의를 둘 만한 것은 전혀 없었다.[40]

돌이켜볼 때, 아인슈타인에 대한 FBI의 서류에서 가장 눈에 띄는 사실은 그 속에 들어 있는 이상한 정보가 아니라 관련된 정보 하나가 완전히 빠져버렸다는 것이다. 아인슈타인은 실제로 모르는 사이에 소비에트의 간첩과 교제를 했었다. 그러나 FBI는 그것에 대해서 아무런 정보도 확보하지 못했었다.

그 간첩은 앞에서 소개한 러시아의 현실주의 조각가 세르게이 코넨코프의 아내로 그리니치 빌리지에 살았던 마르가리타 코넨코바였다. 5개 국어를 구사하고 남성들과 매력적인 관계를 가졌던 전직 변호사인 그녀는 러시아 비밀 요원으로서 미국 과학자들에게 영향을 미치도록 노력하는 임무를 수행했다. 그녀는 마르고트를 통해서 아인슈타인을 소개받았고, 전쟁 동안에도 프린스턴을 자주 방문했다.

의무감이나 욕심 때문인지는 몰라도 그녀는 부인을 잃은 아인슈타인과 관계를 맺기 시작했다. 1941년 여름의 어느 주말에 그녀와 몇몇 친구들이 롱아일랜드에 있는 별장으로 그를 초청했고, 모두에게 놀랍게도 그는 초대를 받아들였다. 그들은 점심으로 먹을 닭을 준비해서 펜 스테이션에서 기차에 올라 즐거운 주말을 보냈다. 아인슈타인은 만에서 배를 타고, 베란다에서 방정식을 썼다. 외딴 해변에 가서 낙조를 보기도 했다. 아인슈타인이 누군지 몰랐던 그 지역의 경찰에게 거의 체포될 뻔한 적도 있었다. 경찰관은 출입금지 팻말을 가리키면서 "읽을 줄 모르느냐"고 물었다. 코넨코바가 쉰한 살이 되던 1945년에 모스크바로 돌아갈 때까지 그와 그녀는 연인으로 지냈다.[41]

그녀는 역시 간첩이었던 뉴욕의 소비에트 부영사에게 그를 소개해주는 일에도 성공했다. 그러나 아인슈타인은 알려줄 비밀도 없었고, 어떤 방법으로든지 소비에트를 도와주려던 의도를 가지고 있었다는 증거도 없었으며, 자신에게 모스크바를 방문하도록 하려는 그녀의 시도도 물리쳤다.

연애 사건과 안보 위험 문제는, FBI의 사찰에 의해서가 아니라 1940년대에 아인슈타인이 코넨코바에게 보낸 9통의 연애편지가 1998년에 공개되면서 알려지게 되었다. 더욱이 소비에트의 간첩이었던 파벨 수도플라토프는 그녀가 암호명 "루카스"라는 요원이었음을 밝힌 폭발적이기는 했지만 완전히 믿기 어려운 회고록을 발간하기도 했다.[42]

아인슈타인이 코넨코바에게 쓴 편지는 그녀가 미국을 떠난 다음 해에 쓴 것이었다. 그녀나 수도플라토프는 물론이고 다른 누구도 아인슈타인이 의식적으로나 무의식적으로 어떠한 비밀을 넘겨주었다고 주장하는 사람은 없다. 그러나 그 편지들은 예순여섯 살의 그가 여전히 산문(散文)을 통해서는 물론이고 어쩌면 직접적으로 연애를 할 수 있었음을 분명하게 해주었다. 그는 한 편지에서 "최근에 내가 혼자서 머리를 감았는데 그렇게 성공적이지는 못했습니다. 나는 당신처럼 조심성이 없습니다"라고 썼다.

그러나 러시아인 연인과 교제하면서도 아인슈타인은 자신이 러시아를 진심으로 좋아하지 않는다는 사실을 분명히 했다. 어느 편지에서 그는 "나는 이런 과장된 애국적 전시회를 심각하게 보고 있다"면서 모스크바의 군국주의적 노동절 기념식을 헐뜯었다.[43] 그가 어렸을 때 독일 군인들이 행진하는 것을 본 이후로 지나친 국수주의나 군국주의의 표현은 언제나 그를 불편하게 만들었고, 러시아의 경우도 다르지 않았다.

아인슈타인의 정치

후버의 의심에도 불구하고, 아인슈타인은 확실한 미국 시민이었고, 자신이 안보의 물결과 충성 조사에 대해서 반대하는 것이 국가의 진정한 가치를 지키는 일이라고 생각했다. 그는 자유로운 표현과 독립적인 생각을 용납하는 것이이야 말로 바로 미국인들이 가장 혜택을 누리는 핵심 가치라고 반복해서 주장했다.

그는 첫 두 차례의 대통령 투표에서 자신의 표를 공개적이고 열광적으로 지지했던 프랭클린 루스벨트에게 던졌다. 1948년 해리 트루먼의 냉전정책에 실망한 아인슈타인은 러시아와의 협력을 강화하고 사회보장 지출을 늘리겠다고 주장한 진보당 후보 헨리 월리스에게 투표했다.

일생 동안 아인슈타인은 정치에 대한 자신의 기본적인 입장을 일관되게 유지했다. 스위스에서의 학생 시절 이후로, 그는 개인적 자유, 개인의 자율성, 민주적 정부, 자유의 보호에 대한 강한 본능이 가미된 사회주의적 경제정책을 지지했다. 그는 버트런드 러셀이나 노먼 토머스를 비롯한 영국과 미국의 민주사회주의 지도자들과 교류했고, 1949년에는 『먼슬리 리뷰』 창간호에 "왜 사회주의인가?"라는 유명한 글을 쓰기도 했다.

그 글에서 그는 무절제한 자본주의는 부의 격차를 심화시키고, 호황과 불황의 경기순환을 만들어내며, 견디기 어려운 수준의 실업을 발생시킨다고 주장했다. 자본주의는 협동보다는 이기심, 다른 사람을 위한 봉사보다는 부의 축적을 부추긴다. 사람들은 일과 창조성을 좋아해서가 아니라 직업을 위해서 교육을 받게 된다. 그리고 정당은 자본주들의 정치 기부에 의해서 부패하게 된다.

아인슈타인은 자신의 글에서 독재정치와 권력의 집중을 막을 수만 있다면 사회주의적 경제에 의해서 그런 문제들을 피할 수 있다고 주장했다. 그는 "사회의 수요에 따라 공급을 조절하는 계획경제는 일을 할 수 있는 모든 사람들에게 일을 분배하고, 모든 남자, 여자, 아이들의 생활을 보장한다. 개인의 교육은 자신의 내적 능력을 증진시켜주는 것 이외에도 권력의 영광이나 현재 사회에서 우리의 성공 대신에 동료 인간에 대한 책임감을 심어주도록 노력하게 될 것이다"라고 했다.

그러나 그는 계획경제가 러시아와 같은 공산주의 국가에서 그랬던 것처럼 억압적이고, 관료적이며, 독재적으로 변질될 위험에 직면해 있다고 덧붙였다. 그는 "계획경제가 개인에 대한 완전한 노예화를 가져올 수도 있다"고 경고했다. 따라서 개인의 자유를 믿는 사회민주주의자들은 "정치적, 경제적 권력의 심각한 집중의 문제에서 관료주의가 지나치게 막강해지고 오만해지는 것을 어떻게 막느냐? 어떻게 개인의 권리를 보호해주느냐?"의 두 가지 중요한 문제를 고려하는 것이 중요하다.[44]

개인의 권리를 보호하기 위한 명령은 아인슈타인의 가장 기본적인 정치적 교리였다. 개인주의와 자유는 창조적 예술과 과학이 번성하기 위해서 꼭 필요한 것이었다. 그는 개인적, 정치적, 직업적으로 어떠한 제한에도 거부감을 느꼈다.

그가 미국의 인종차별에 대해서 목소리를 높였던 것도 그런 이유 때문이었다. 1940년대의 프린스턴에서는 영화관도 분리되어 있었고, 흑인들은 백화점에서 신발이나 옷을 입어볼 수도 없었으며, 학생 신문은 대학이 흑인들에게 동등한 입학 자격을 주는 것이 "고상한 생각이기는 하지만 아직 너무 이르다"고 주장했다.[45]

독일에서 성장한 유대인인 아인슈타인은 그런 차별에 극히 민감했다. 그는 『패전트』라는 잡지에 기고한 "니그로 문제"라는 글에서 "내가 더욱 미국인처럼 느껴질수록, 이런 상황이 더 고통스럽다. 나는 목소리를 높여야만 공범이라는 인식에서 벗어날 수가 있다"고 했다.[46]

아인슈타인은 자신에게 제안된 수많은 명예학위를 직접 받는 경우가 드물었지만, 펜실베이니아에 있는 흑인 학교인 링컨 대학교의 초청은 예외였다. 회색의 헤링본 무늬가 새겨진 낡은 재킷을 입은 그는 칠판 앞에 서서 학생들에게 자신의 상대성 방정식을 소개한 후에 분리주의가 "세대를 통해서 아무런 비판 없이 전해져내려온 미국의 전통"이라고 비판하는 졸업 연설을 했다.[47] 그는 마치 전통을 깨뜨리려는 듯이 그 대학교의 총장인 호러스 본드의 여섯 살 난 아들과 만났다. 그 아들 줄리안은 자라서 조지아 주의 상원의원, 민권운동의 지도자, 그리고 NAACP(National Association for the Advancement of Colored People)의 의장이 되었다.

그러나 전쟁이 끝난 후에도 아인슈타인이 용납할 수 없었던 집단이 있었다. 그는 "국가로서 독일은 이런 대량학살에 책임을 져야 하고, 국민들도 응분의 벌을 받아야만 한다"고 선언했다.[48] 독일인 친구 제임스 프랑크가 1945년 말에 독일 경제에 대한 관대한 대책을 요구하는 청원에 참여해 달라고 요청했을 때, 아인슈타인은 화를 내면서 거절했다. 그는 "앞으로 몇 년 동안 독일의 산업 정책을 절대 회복할 수 없도록 만들어야만 한다. 만약 자네의 청원이 제출된다면, 나는 그것을 반대하기 위해서 무엇이든지 할 것이다"라고 했다. 프랑크가 고집을 부리자, 아인슈타인은 더욱 강경해졌다. 그는 "독일은 치밀하게 마련된 계획에 따라 수백만 명의 양민을 학살했다. 그들은 할 수만 있다면 또다시 그런 일을 할 것이다. 그들에게서는 조금의 죄책감이나 후회를 찾아볼 수 없다"고 썼다.[49]

아인슈타인은 자신의 책이 다시 독일에서 판매되는 것조차 허락하지 않았고, 자신의 이름이 독일 과학학회의 명부에 다시 올려지는 것도 용납하지 않았다. 그는 물리학자 오토 한에게 "독일의 죄는 정말 소위 문명국가의 역사에 기록된 그 어떤 것보다도 혐오스럽습니다. 독일 지식인 전체의 행동도 폭도들의 행동보다 나을 것이 없었습니다"라고 썼다.[50]

다른 유대인 망명자들과 마찬가지로 그의 감정에도 개인적인 배경이 있었다. 나치로부터 고통을 받았던 사람들 중에는 숙부 야콥의 아들인 로베르토도 있었다. 전쟁이 끝나갈 무렵에 이탈리아로부터 후퇴하던 독일군은 무자비하게 그의 아내와 두 딸을 죽인 후에 그가 숲 속에 숨어 있는 동안에 그의 집을 불태웠다. 로베르토는 아인슈타인에게 편지로 무시무시한 사실들을 알려주었고, 1년 후에 자살했다.[51]

그 결과로 아인슈타인의 마음속에서 국가적, 민족적 유대감은 더욱 분명해졌다. 그는 전쟁이 끝나자 "나는 독일 사람이 아니라 국적이 유대인이다"라고 선언했다.[52]

미묘하지만 현실적으로 그는 미국인이 되기도 했다. 1933년에 프린스턴에 정착한 후 그의 일생에서 나머지 22년 동안에 그는 이민 절차를 시작하기 위해서 필요했던 짧은 버뮤다 항해를 제외하면 한번도 미국을 떠나지 않았다.

스스로 인정했듯이 그는 조금은 반대 의견을 가진 시민이었다. 그러나 그런 면에서 개인의 자유에 대해서 극도로 보호주의적이었고, 정부의 간섭에 까다로우며, 부의 집중에 거부감을 가지고 있었고, 20세기의 두 차례 세계대전 이후로 미국 지식인들 사이에 유행한 이상주의적 세계주의를 신봉했던 그는 미국인들 특성의 구조 중에서 존경할 만한 부류에 속했다.

아인슈타인은 자신이 반대하고 복종하지 않는 경향 때문에 더 나쁜 미국인이 아니라 오히려 더 좋은 미국인이 되었다고 믿었다. 1940년에 그가 시민으로 귀화하던 날 아인슈타인은 라디오 대담에서 그런 가치에 대해서 이야기를 했었다. 전쟁이 끝난 후에 트루먼은 모든 새 시민들을 위한 날을 정했고, 아인슈타인을 귀화시켰던 판사는 수천 통의 인쇄된 편지를 보내서 선서를 했던 모든 사람들을 트렌턴 공원에서 열리는 기념식에 참석하도록 초청했다. 판사에게는 놀랍게도 1만 명이 나타났다. 더욱 놀라운 일은 아인슈타인과 그의 집안 식구들도 축제에 참석하기로 했다는 것이다. 기념식 도중에 어린 소녀를 무릎에 앉힌 그는 웃으면서 손을 흔들고, "나도 미국인"의 날에 참여하게 된 것을 즐거워했다.

23

경계석

1948-1953년

끊임없는 노력

세계의 문제들도 아인슈타인에게 중요했지만, 우주의 문제는 그에게 현실의 문제를 긴 안목에서 바라볼 수 있도록 해주었다. 그는 과학적으로 의미 있는 성과를 거의 내지 못했지만, 정치가 아니라 물리학은 죽는 날까지도 그에게 가장 중요한 노력의 대상이었다. 과학 조수이면서 동료 군축 옹호자였던 에른스트 슈트라우스와 함께 사무실로 걸어가고 있던 어느 날 아침, 아인슈타인은 두 가지 문제에 시간을 쪼개어 투자할 수 있는 능력에 감탄했다. 아인슈타인은 "그러나 나에게는 우리의 방정식이 훨씬 더 중요하다. 정치는 현재에 대한 것이지만, 방정식은 영원에 대한 것이다"라고 했다.[1]

아인슈타인은 예순여섯 살이 되던 전쟁이 끝난 해에 공식적으로 고등연구소에서 은퇴했다. 그러나 그는 여전히 1주일에 사흘을 작은 사무실에서 보냈고, 통일장 이론에 대한 별난 탐구라고 여겨진 것을 추구하고 싶은 충성스러운 조수들의 도움을 받을 수 있었다.

그는 주중에는 적당한 시각에 일어나서, 아침을 먹고, 신문을 읽은 후 10시경에 사실적이고 가상적인 온갖 이야기를 하면서 머서 가를 느리게 걸어 연구소로 갔다. 그의 동료 에이브러햄 파이스는 "운전사가 갑자기 긴 백발에 검은 모직 모자를 단단히 눌러쓰고 길을 따라 걷고 있던 아름다운 노인의 얼굴을 알아보고는 나무에 충돌했던 사건"을 기억했다.[2]

전쟁이 끝난 직후에 J. 로버트 오펜하이머가 연구소의 소장으로 로스앨러모스에서 프린스턴으로 옮겨왔다. 총명하고 끊임없이 담배를 피우던 이론물리학자인 그는 원자탄을 제조한 과학자들의 감동적인 지도자가 될 정도로 권위적이면서도 유능했다. 우아함과 날카로운 재치의 소유자인 그를 만난 사람들은 대부분 그의 추종자가 되거나 적이 되었다. 그러나 아인슈타인은 여전히 어느 부류에도 속하지 않았다. 그와 오펜하이머는 서로를 동경과 존경으로 인식했기 때문에 가깝지는 않았지만 마음에서 우러난 관계를 유지할 수 있었다.[3]

오펜하이머가 1935년 처음으로 연구소를 방문했을 때, 그는 연구소를 "갈라지고 불운한 황무지에서 유아독존(唯我獨尊)으로 빛나는 권위자들"로 채워진 "정신병원"이라고 불렀다. 그런 권위자들 중에서 가장 위대한 사람에 대해서 오펜하이머는 애정 어린 뜻으로 보이지만 "아인슈타인은 완전한 뻐꾸기"라고 했다.[4]

그들과 동료가 된 후로부터 오펜하이머는 빛나는 사람들을 대할 때 더 기민해졌고, 그의 비판도 더욱 미묘해졌다. 그는 아인슈타인을 "봉화가 아니라 경계석"이라고 했다. 그의 위대한 승리는 감동적이지만, 현재의 노력에 대해서는 추종자가 거의 없다는 뜻이었고, 그것은 사실이었다. 몇 년 후에 그는 아인슈타인에 대해서 또다른 생생한 묘사를 했다. "그에게는 언제나 어린아이 같기도 하면서 심각하게 완고하고 강력한 순수함이 있다."[5]

아인슈타인은 연구소의 또다른 우상과 같은 인물이었던 극도로 내향적이고, 브르노와 빈 출신의 독일어를 사용하는 수학논리학자 쿠르트 괴델과 가까운 친구 겸 산책 동료가 되었다. 그는 유용한 수학 시스템이 그 시스템의 가설만으로는 진위를 증명할 수 없는 명제를 가지고 있다는 것을 보여주는 두 가지 논리적 증명으로 이루어진 "불완전성 원리"로 유명했다.

물리학과 수학과 철학이 뒤엉킨 고도로 긴장된 독일어를 사용하는 지식인의 세계에서 20세기의 세 가지 삐걱거리는 이론들이 등장했다. 아인슈타인의 상대성, 하이젠베르크의 불확정성, 그리고 괴델의 불완전성이 그것들이었다. 겉으로 보기에 비슷한 세 가지 단어들은 모두 잠정적이고 주관적인 우주를 그려내지만, 이론은 물론이고 그들 사이의 관계는 지나치게 단순화시켜버린다. 그럼에도 불구하고, 그 이론들은 모두 철학적으로 공통점을 가지고 있는 듯 보였고, 그것이 바로 괴델과 아인슈타인이 연구소로 함께 걸어가면서 이야기를 나누던 화제였다.[6]

두 사람은 전혀 다른 성격을 가지고 있었다. 아인슈타인은 뛰어난 유머 감각을 가지고 있었고 총명했지만, 그런 특성을 가지고 있지 못했던 괴델의 강렬한 논리가 상식을 압도하는 경우도 있었다. 괴델이 1947년에 미국 시민이 되기로 결정했을 때 그런 사실이 분명하게 드러났다. 시험 준비를 매우 심각하게 여기고 헌법을 철저하게 공부했던 그는 (불완전성 원리를 정립한 사람에게 기대할 수 있는 것처럼) 논리적 결함이라고 생각되는 부분을 발견했다. 그는 헌법에 정부 전체를 폭도로 만들 수 있는 내적 모순이 있다고 주장했다.

걱정스러워진 아인슈타인은 자신에게 시민권을 주었던 판사가 감독하게 될 시민권 시험을 치르려고 트렌턴을 방문하는 괴델과 동행하기로 했다. 보호자로 동행을 한 셈이었다. 자동차를 타고 가던 중에 그와 또다른 친구가 괴델의 마음을 돌려서 그가 인식했다는 오류에 대해서 말하지 말라고 설득했지만 소용이 없었다. 판사가 헌법에 대해서 물었을 때 괴델은 헌법의 내적 모순 때문에 독재가 가능해진다는 사실을 증명하기 시작했다. 다행히도 그때 이미 아인슈타인과의 관계를 소중하게 생각하고 있던 판사가 괴델의 이야기를 중단시켰다. 그는 "모든 이야기를 하실 필요는

없습니다"라고 했고, 괴델의 시민권은 구원되었다.[7]

산책을 하는 동안 상대성 이론의 의미에 대해서 생각해보았던 괴델은, 단순히 상대적인 것은 제쳐두고 시간이 도대체 존재하기는 하는지에 대한 의문을 품게 되었다. 그는 아인슈타인의 방정식은 팽창되는 것만이 아니라 (또는 팽창될 뿐만 아니라) 회전하는 우주도 설명해줄 수 있다고 생각했다. 그런 경우에는 공간과 시간의 관계가 수학적으로는 서로 섞일 수 있다. 그는 "객관적인 시간의 흐름이 존재한다는 것은 실재가 무한히 많은 '현재'의 층으로 구성되어 있어서 차례로 존재하게 되는 것이라는 뜻이다. 그러나 동시성이 상대적인 무엇이라면, 각각의 관찰자들은 자신만의 '현재들'을 가지게 되고, 그런 층들 중 어느 것도 객관적인 시간의 흐름을 나타내는 특권을 주장할 수 없게 된다"고 썼다.[8]

그렇기 때문에 괴델은 시간 여행이 가능하다고 주장했다. "로켓을 타고 충분히 넓은 곡선을 따라 왕복 여행을 하면 그런 세계에서는 과거, 현재, 미래의 어느 영역이나 여행을 떠났다가 되돌아오는 것이 가능하다." 그렇게 되면 우리가 되돌아가서 더 젊은 우리 자신과 이야기를 나눌 수 있기 때문에 불합리하다고 지적했다(더 고약한 것은 더 늙은 우리가 되돌아와서 우리와 이야기를 하는 것이다). 보스턴 대학교의 철학 교수는 괴델과 아인슈타인의 관계를 살펴본 자신의 책 『시간이 없는 세계(*World Without Time*)』에서 "괴델은 엄밀하게 말하면 시간 여행이 상대성 이론과 일관된다는 사실에 대한 놀라운 증명을 했다. 일차적인 결과는 시간 여행이 가능하다면 시간 자체는 가능하지 않다는 강력한 주장이었다"고 했다.[9]

아인슈타인은 다른 자료들과 함께 책으로 수집된 괴델의 글에 대답을 했고, 그런 주장에 조금은 감동을 받았지만 완전히 빠져들지는 않았다. 아인슈타인은 짧은 평가에서 괴델의 주장을 "중요한 기여"라고 했지만, 자신이 이미 오래 전에 그 문제에 대해서 생각했고, "여기에 제시된 문제들 때문에 이미 고민했다"고 했다. 그는 시간 여행이 수학적으로 가능할 수는 있지만, 현실적으로는 가능하지 않다는 뜻으로 말했다. 아인슈타인은 "그런 것들이 물리학적인 이유에서 배제되어야 하는지를 알아보

는 것은 흥미로울 것이다"라는 결론을 내렸다.[10]

그러나 아인슈타인은 아합의 짐승 같은 정력이 아니라 이스마엘의 충직한 평정심으로 추구하던 자신의 백경(白鯨)*에 관심을 집중하고 있었다. 통일장 이론을 향한 그의 노력에서 그는 여전히 중력과 가속의 동등성이나 동시성의 상대성처럼 자신의 길을 인도해줄 명백한 물리적 통찰을 확보하지 못했고, 그래서 그의 노력은 자신의 방향을 잡아줄 지상의 표시 등도 없는 상태에서 추상적인 수학 방정식의 구름 사이를 더듬거리는 상태로 남아 있었다. 그는 어느 친구에게 "이것은 마치 구름 속을 항해할 수는 있지만 실재, 즉 땅으로 돌아갈 길을 분명하게 볼 수 없는 비행기에 타고 있는 것 같다"고 했다.[11]

그의 목표는 수십 년 동안 그래 왔듯이 전자기장과 중력장을 모두 수용하는 이론을 찾아내는 것이었지만, 자연이 단순함의 아름다움을 좋아한다는 직관 이외에는 두 가지 장이 실제로 하나의 통일된 구조의 일부가 되어야만 한다고 믿을 명백한 이유는 없었다.

마찬가지로 그는 여전히 자신의 장 방정식에서 허용될 수 있는 점과 같은 해를 찾음으로써 입자들의 존재를 장 이론으로 설명하고 싶어했다. 그의 프린스턴 동료 중 한 사람이었던 바네시 호프만은 "그는 장 이론의 기본적인 아이디어를 진심으로 믿는다면 물질은 장 자체의 침입자가 아니라 진정한 일부가 되어야만 한다고 주장했다. 사실 그는 시공간의 얽힘만으로 물질을 만들고 싶어했다고 말할 수도 있다"고 기억했다. 그 과정에서 그는 모든 종류의 수학적 도구를 사용했지만, 끊임없이 다른 도구를 찾아다녔다. 그는 언젠가 호프만에게 "나는 더 많은 수학이 필요하다"고 한탄을 하기도 했다.[12]

그가 왜 그렇게 고집을 부렸을까? 중력과 전자기에 대한 서로 다른 장 이론, 입자와 장 사이의 구분과 같은 분리 상태와 이중성이 마음속 깊은

---

* 1851년 미국의 소설가 H. 멜빌의 장편소설 『백경』의 이야기. 흰 돌고래에게 다리를 잃은 포경선의 선장 아합의 끈질긴 복수에 대한 이야기를 유일하게 살아남은 선원 이스마엘이 전해주는 형식의 소설 / 역주.

곳에서 그를 불편하게 만들었다. 그는 직관적으로 단순성과 통일성이 악마의 특징이라고 믿었다. 그는 "이론은 더 단순하고, 더 많은 것들을 연결시켜주고, 그 적용 범위가 더 확대될수록 더 감동적이다"라고 썼다.[13]

아인슈타인은 1940년대 초에 잠시 동안 20여 년 전에 테오도르 칼루자로부터 받아들였던 5차원의 수학적 방법으로 돌아갔었다. 그는 전쟁 기간 중 일부를 프린스턴에서 보냈던 양자역학의 선구자 볼프강 파울리와 함께 그것에 대해서 연구를 하기도 했다. 그러나 그는 자신의 방정식으로 입자를 설명하도록 만들 수가 없었다.[14]

그래서 그는 "이중 벡터장"이라는 전략으로 옮겨갔다. 아인슈타인은 조금 절망적이었던 것처럼 보였다. 그는 새로운 방법을 사용하려면 자신이 양자역학을 공격하는 사고실험에서 신성화시켰던 국지성 원리를 포기해야 할 수도 있었다.[15] 어쨌든 그 방법도 곧바로 폐기되었다.

일생의 마지막 10년 동안에 추구했던 아인슈타인의 마지막 전략은 1920년대에 자신이 사용했던 방법 중의 하나를 부활시킨 것이었다. 그것은 대칭적이 아닌 것으로 가정해서 16개의 양이 필요한 리만 계량을 사용하는 것이었다. 그중 10개의 조합은 중력에 사용되고, 나머지는 전자기에 사용되었다.

아인슈타인은 그 연구의 초기 결과를 오랜 동료였던 슈뢰딩거에게 보냈다. "내가 아는 사람들 중에서 당신이 우리 과학의 근원적인 의문에 대해서 색안경을 끼지 않은 유일한 사람이기 때문에 이 결과를 당신 이외에는 아무에게도 보내지 않았습니다. 이 시도는 처음에는 낡아빠졌고 소득이 없을 것처럼 보였던 비대칭적 텐서를 도입하는 아이디어에 달려 있습니다……내가 이 방법에 대해서 이야기했더니 파울리는 나를 비웃었습니다."[16]

슈뢰딩거는 아인슈타인의 결과를 살펴보는 일에 사흘을 보낸 후에 큰 감명을 받았다는 답장을 보냈다. 그는 "큰일을 하고 계십니다"라고 했다.

아인슈타인은 그런 격려에 감격했다. 그는 "당신은 가장 가까운 형제이고 당신의 머리는 내 머리와 너무나도 비슷하게 움직이기 때문에 당신의 이런 편지는 나에게 큰 기쁨을 줍니다"라고 답했다. 그러나 그는 곧바로 자신이 만들고 있는 거미줄 같은 이론들이 수학적으로는 우아하지만 물리학과는 아무런 관련이 없다는 사실을 깨달았다. 그는 몇 달 후에 슈뢰딩거에게 "마음속으로는 내가 전에 주장했던 것만큼 확신하지 못하고 있습니다. 우리는 이 문제에 대해서 많은 시간을 보냈지만 결과는 악마의 할머니가 보낸 선물과 같습니다"라고 고백했다.[17]

그런데도 그는 지지 않고 버티면서 논문을 써내고, 가끔씩 기삿거리도 만들었다. 1949년 『상대성의 의미(*The Meaning of Relativity*)』의 개정판이 출판될 무렵에 그는 슈뢰딩거에게 보여주었던 가장 최근 논문을 부록으로 덧붙였다. 「뉴욕 타임스」는 "아인슈타인의 새로운 이론이 우주의 마스터 키가 되다: 30년의 연구 끝에 별과 원자 사이의 간격을 메워줄 다리가 될 것처럼 보이는 개념을 정립하다"라는 제목의 1면 기사와 함께 원고의 복잡한 방정식 전부를 게재했다.[18]

그러나 아인슈타인은 곧바로 그것도 역시 옳지 않다는 사실을 깨달았다. 부록을 제출하고, 그것이 인쇄소로 가는 6주 동안에 그는 생각을 바꿨고, 그것을 다시 수정했다.

사실 그는 자신의 이론을 반복해서 수정했지만 허사였다. 그의 깊어가는 비관은 올림피아 아카데미의 옛 친구였고, 당시에는 아인슈타인의 출판인이었던 모리스 솔로빈에게 보낸 한탄에서도 드러났다. 1948년에 그는 "나는 절대로 이 문제를 해결하지 못할 듯하네. 이것은 잊혀지게 될 것이고, 훗날 다시 재발견되어야만 할 것이네"라고 했다. 그리고 다음 해에는 "나는 내가 옳은 길에 들어선 적이 있었는지 확신할 수가 없다네. 오늘날의 세대는 나로부터 말하자면 너무 오래 산 이단자와 반동분자의 모습을 보고 있다네"라고 했다. 그리고 1951년에는 체념한 기분으로 "통일장 이론은 은퇴했네. 그것은 수학을 이용하기에 너무 어려워서 내가 확인할 수도 없었지. 물리학자들이 논리적이고 철학적인 주장을 이해하지 못하기 때문에 이런 상태는 앞으로도 몇 년 동안 계속될 것이네"라고 했다.[19]

통일장 이론에 대한 아인슈타인의 노력이 물리학의 구조에 더해질 명백한 결과를 만들어내지 못할 것이 분명했다. 그는 위대한 통찰이나 사고 실험은 물론이고 자신의 목표를 시각화하도록 도와줄 기본적인 원리에 대한 직관도 생각해내지 못했다. 그의 동료 호프만은 "우리를 도와줄 어떤 그림도 없다. 이것은 지극히 수학적이고, 시간이 지나면서 아인슈타인은 조수의 도움이나 스스로의 노력으로 끊임없이 어려움을 극복했지만, 여전히 새로운 어려움이 그를 기다리고 있었다"고 한탄했다.[20]

그런 노력은 허사였다. 지금부터 한 세기가 지난 후에도 정말 통일장 이론이 존재하지 않는다는 사실이 밝혀진다면 아예 처음부터 잘못 생각했던 것처럼 보이게 될 것이다. 그러나 아인슈타인은 자신이 그런 문제에 매달렸던 것을 절대 후회하지는 않았다. 어느 날 동료가 그에게 왜 그렇게 외로운 노력에 시간을 보내거나 낭비하느냐고 물었을 때, 그는 통일장 이론을 찾아낼 가능성이 아주 낮다고 하더라도 시도할 가치가 있었다고 대답했다. 그는 이미 명성을 얻었다고 말했다. 그의 사회적 위상은 안전했기 때문에 위험을 감수하고 시간을 낭비할 수 있었다. 그러나 젊은 이론가들은 유망한 직장을 희생해야 할 수도 있기 때문에 그런 위험을 감수할 수가 없다. 그래서 아인슈타인은 그것이 자신의 의무라고 말했다.[21]

아인슈타인이 통일장 이론의 추구에 계속 실패했다고 해서 양자역학에 대한 그의 회의적 인식이 약화되지는 않았다. 그의 빈번한 싸움 대상이었던 닐스 보어는 1948년 연구소에 머무르면서 전쟁이 일어나기 전에 솔베이 회의에서 있었던 자신들의 논쟁에 대한 글을 쓰고 있었다.[22] 아인슈타인의 사무실보다 한 층 위에 있던 자신의 사무실에서 글과 씨름하고 있던 그는 슬럼프에 빠져서 에이브러햄 파이스에게 도움을 요청했다. 보어가 흥분해서 타원형의 테이블 주변을 서성거리면 파이스가 그를 달래면서 노트를 받아적었다.

보어는 좌절을 하면 똑같은 말을 계속해서 중얼거렸다. 얼마 지나지 않아서 그는 아인슈타인의 이름을 반복하고 있었다. 그는 창가로 걸어가서 "아인슈타인……아인슈타인……"을 끝없이 중얼거렸다.

언젠가 한번은 아인슈타인이 조용히 문을 열고, 발끝으로 걸어들어오면서 파이스에게 아무 말도 하지 말라는 신호를 보냈다. 그는 의사가 피우지 말라고 지시했던 담배를 훔치러 온 것이었다. 계속 중얼거리던 보어가 마지막으로 "아인슈타인"을 외치면서 돌아서다가 자신을 걱정하게 만든 인물을 쳐다보고 있는 스스로를 발견하게 되었다. 파이스는 "보어가 한동안 말을 잃었다고 하는 것은 턱없이 부족한 표현"이라고 기억했다. 잠시 후에 그들은 모두 웃음을 터뜨렸다.[23]

아인슈타인을 개종시키려고 노력했다가 실패한 다른 동료 중에는 프린스턴 대학교의 유명한 이론물리학자 존 휠러가 있었다. 어느 날 오후에 그는 리처드 파인만이라는 대학원생과 함께 개발했던 (역사에 대한 합[습] 방법으로 알려진) 양자역학에 대한 새로운 방법을 설명하려고 머서가를 찾아왔다. 휠러는 "새로운 시각에서 보았을 때 양자론의 자연스러움을 아인슈타인에게 설명해주려는 희망을 가지고 그에게 갔었다"고 기억했다. 아인슈타인은 20분 동안 인내를 가지고 들었지만, 이야기가 끝난 후에는 "나는 여전히 신이 주사위 놀이를 한다고 믿을 수 없습니다"라는 익숙한 후렴을 반복했다.

휠러는 실망감을 그대로 드러냈고, 그제야 아인슈타인은 자신의 주장을 조금 누그러뜨렸다. 그는 유머가 담긴 운율로 느리게 "물론 내가 틀렸을 수도 있습니다"라고 했다. 잠시 말을 멈췄던 그는 "그러나 어쩌면 나는 실수를 저지를 권리를 얻었을 수도 있습니다"라고 했다. 훗날 아인슈타인은 어느 여자 친구에게 "내가 살아 있는 동안에는 누가 옳은지 알아낼 수 없을 것"이라고 털어놓았다.

휠러는 계속해서 그를 방문했고, 때로는 자신의 학생들을 데려오기도 했다. 아인슈타인은 그의 주장이 "의미가 있는 것"이라고 인정했다. 그러나 그는 절대 개종하지 않았다. 말년에 가까워서 아인슈타인은 휠러의 학생들을 기쁘게 해주었다. 이야기가 양자역학에 대한 것으로 바뀌었을 때, 그는 다시 한 번 우리의 관찰이 실재에 영향을 주고 결정을 할 수 있다는 생각을 비판하려고 노력했다. 아인슈타인은 학생들에게 "쥐 한 마리가 관찰을 한다고 우주의 상태가 변합니까?"라고 했다.[24]

겨울의 사자

몇 차례의 약한 뇌졸중으로 건강이 악화된 밀레바 마리치는 여전히 취리히에 살면서 요양소에서 점점 더 이상하고 폭력적으로 변해가던 에두아르트를 돌보고 있었다. 재정 문제가 다시 어려워지면서 전남편과의 갈등도 되살아났다. 노벨 상금에서 그녀를 위해서 미국의 신탁에 넣어두었던 돈의 일부는 대공황 때 사라져버렸고, 그녀가 소유하고 있던 세 채의 아파트 중 두 채는 에두아르트를 돌보는 비용을 대기 위해서 팔아버렸다. 1946년 말이 되면서, 아인슈타인은 남아 있는 집을 팔아서 그 돈을 에두아르트를 위해서 지명된 법적 보호자에게 맡기려고 했다. 그러나 마리치는 그 집의 사용권과 수익금은 물론이고 대리 위임권까지 가지고 있었고, 그런 권리를 포기하려고 하지 않았다.[25]

그해 겨울 어느 추운 날, 그녀는 에두아르트를 만나러 가던 길에 넘어져서 낯선 사람이 그녀를 발견할 때까지 의식을 잃고 쓰러져 있었다. 그녀는 자신이 곧 죽을 것임을 알고 있었고, 에두아르트에게 가려고 눈 속을 헤매는 악몽에 시달렸다. 아들에게 일어나게 될 일을 깊이 염려하던 그녀는 한스 알베르트에게 가슴이 무너지는 것 같은 편지를 보냈다.[26]

아인슈타인은 1948년 초에 마리치의 집을 팔 수 있었지만, 그녀의 대리 위임권 때문에 그 돈을 회수할 수가 없었다. 그는 한스 알베르트에게 자세한 사정을 알려주고 무슨 일이 생기면 "내 돈을 모두 쓰는 한이 있더라도" 자신이 에두아르트를 돌볼 것이라고 약속하는 편지를 보냈다.[27] 그해 5월에 마리치는 다시 뇌졸중으로 혼수상태에 빠졌다. 끊임없이 "아니, 아니다!"만 중얼거리던 그녀는 석 달 후에 숨을 거두었다. 그녀의 아파트를 팔아서 받은 8만5,000스위스 프랑은 그녀의 침대 밑에서 발견되었다.

멍한 상태가 된 에두아르트는 자신의 어머니에 대해서 한번도 이야기하지 않았다. 근처에 살고 있던 아인슈타인의 친구 카를 젤리히가 그를 자주 찾아갔고, 정기적으로 아인슈타인에게 그의 상태를 알려주었다. 젤리히는 그가 아들과 직접 연락하기를 바랐지만, 그는 한번도 연락을 하지 않았다.

아인슈타인은 젤리히에게 "내가 완전히 이해할 수 없는 무엇이 나를 가로막고 있네. 내가 어떤 방법으로든지 그의 앞에 나타나면 그 아이가 온갖 고통스러운 생각을 떠올리게 될 것이라고 생각하네"라고 말했다.[28]

1948년에는 아인슈타인의 건강도 나빠지기 시작했다. 몇 년 동안 그는 소화불량과 빈혈에 시달려왔고, 그해 말에 심한 통증과 구토를 경험했으며, 그로 인해서 브루클린에 있는 유대인 병원에 입원했다. 진단을 위한 수술에서 복부 대동맥에 동맥류(動脈瘤)가 있다는 사실이 밝혀졌지만,* 의사들은 치료할 방법이 없다고 판정했다. 그것이 그의 사망 원인이 되겠지만, 건강식을 하면 덤으로 사는 삶을 살 수 있을 것처럼 보였다.[29]

건강을 되찾기 위해서 그는 플로리다의 사라소타로 갔다. 프린스턴에서 사는 22년 동안에 했던 여행 중에서 가장 긴 여행이었다. 처음으로 그는 대중의 관심에서 벗어날 수 있었다. 지역 신문은 "사라소타의 유령 같은 방문객, 아인슈타인"이라고 한탄했다.

헬렌 듀카스가 그를 따라갔다. 엘자가 사망한 이후로 그녀는 충성스러운 보호자 이상의 역할을 했다. 그녀는 한스 알베르트의 양녀 에벌린이 보낸 편지를 그에게 전해주지 않기도 했다. 한스 알베르트는 그녀가 자신의 아버지와 연애를 하고 있다고 의심했고, 다른 사람들에게 그렇게 말하기도 했다. 가족의 친구였던 피터 벅키는 훗날 "가끔 한스 알베르트가 자신의 오랜 의심을 털어놓기도 했다"고 회고했다. 그러나 듀카스를 알고 있던 다른 사람들은 그런 일은 불가능하다고 생각했다.[30]

그 무렵 아인슈타인은 버클리의 존경받는 공대 교수가 된 아들과 훨씬 더 가까워졌다. 훗날 한스 알베르트는 아버지를 만나려고 동부로 갔던 여행에 대해서 "우리는 만날 때마다 우리 분야와 일과 재미있는 사건들에 대해서 서로 이야기를 나누었다"고 회고했다. 아인슈타인은 특히 새로운 발명과 수수께끼에 대해서 배우기를 좋아했다. 한스 알베르트는 "어쩌면 발명과 수수께끼가 그에게 베른 특허사무소에서의 행복하고, 자유롭고,

---

* 동맥류는 혈관이 물집이 생긴 것처럼 풍선같이 부풀어오르는 것이다. 복부 대동맥은 심장에서 나오는 혈관 중에서 횡경막과 복부 사이에 있는 것이다.

성공적이었던 시절을 떠올리게 해주었던 것 같다"고 했다.[31]

아인슈타인의 평생에서 가장 가까운 사람인 사랑스런 동생 마야 역시 건강이 나빠지고 있었다. 그녀는 무솔리니가 반유대인 법률을 시행하면서 프린스턴으로 왔지만, 몇 년 동안 소원하게 지냈던 그녀의 남편 파울 빈텔러는 자신의 여동생과 매제 미셸 베소가 살고 있던 스위스로 돌아갔다.[32] 그들은 자주 편지를 주고받았지만 다시 만나지는 못했다.

엘자가 그랬던 것처럼, 마야도 은빛 머리카락과 고약한 웃음을 짓는 아인슈타인을 닮아갔다. 질문할 때의 억양과 조금 회의적으로 빈정거리는 목소리도 그와 비슷했다. 그녀는 채식주의자였지만 핫도그를 좋아했다. 그래서 아인슈타인은 자신들이 모두 채식주의자라고 선언했고, 그녀는 그것을 좋아했다.[33]

마야는 뇌졸중을 겪었고, 1948년에 이르러서는 거의 대부분의 시간을 침대에 누워서 지냈다. 아인슈타인은 다른 어떤 사람들보다도 그녀를 열심히 돌보았다. 매일 저녁 그는 큰 소리로 책을 읽어주었다. 세상이 태양을 중심으로 돌고 있다는 아리스타르코스의 주장에 대한 프톨레마이오스의 반박처럼 무거운 이야기를 읽어주기도 했다. 그날 저녁에 그는 솔로빈에게 "나는 오늘날 물리학자들의 일부 주장에 대해서 생각하지 않을 수가 없다. 그런 주장들은 학구적이고 미묘하지만 통찰이 없다"는 편지를 보냈다. 때로는 『돈키호테』처럼 가볍지만 여전히 심오한 책을 읽어주기도 했다. 가끔씩 그는 유행하는 과학의 풍차에 대한 자신의 돈키호테적인 핑계를 준비된 창을 가진 옛 기사의 풍차로 비교하기도 했다.[34]

1951년 6월에 마야가 사망하자 아인슈타인은 몹시 슬퍼했다. 그는 친구에게 "상상을 넘어설 정도로 그녀가 보고 싶다"고 했다. 그는 머서 가 집의 뒤 베란다에서 창백하고 긴장된 모습으로 몇 시간씩 허공을 바라보며 앉아 있었다. 그의 양녀 마르고트가 와서 위로하면, 그는 하늘을 가리키면서 자신을 위로하듯이 "자연을 바라보면 그것을 더 잘 이해하게 될 것이다"라고 말했다.[35]

마르고트도 역시 그녀의 남편을 떠났다. 그 대신 그녀의 남편은 오래 전부터 원했듯이 아인슈타인에 대한 비공식 전기를 썼다. 그녀는 아인슈타인을 숭배했고, 해가 갈수록 두 사람은 더욱 가까워졌다. 그는 그녀가 우아하다고 여겼다. 그는 "마르고트가 이야기를 하면 당신은 꽃이 피는 것을 보게 된다"고 했다.[36]

그런 열정을 만들고, 느낄 수 있는 능력은 그가 감정적으로 냉담하다는 명성과는 모순되는 것이었다. 마야와 마르고트 모두 나이가 들면서 남편과 사는 것보다 그와 함께 사는 것을 더 좋아했다. 어떠한 구속적인 관계도 잘 견뎌내지 못했던 그는 어려운 남편이고 아버지였지만, 자신이 구속되지 않고 있다는 사실만 깨닫고 나면 가족이나 친구 모두에게 강렬하고 열정적일 수 있었다.

아인슈타인은 인간이었고, 그래서 장점과 단점을 모두 가지고 있었지만, 그의 가장 큰 실수는 개인적인 것이었다. 그에게 자신을 위해서 헌신해준 평생의 친구들이 있었고, 그를 돌봐준 가족들도 있었지만, 관계가 너무 고통스러워지면서 단순히 벽을 쌓아버린 밀레바와 에두아르트를 비롯한 사람들도 있었다.

그의 동료들은 그의 친절한 면을 보았다. 그는 자신과 뜻을 같이하거나 그렇지 않거나 간에 상관없이 동료나 아랫사람들에게 점잖고 너그러웠다. 그는 수십 년을 이어온 깊은 우정도 가지고 있었다. 그는 언제나 자신의 조수들에게 너그러웠다. 집에서는 찾아보기 어려웠던 그의 따뜻함은 다른 사람들에게도 방출되었다. 그래서 나이가 들면서 그는 동료들로부터 존경과 숭배를 받았을 뿐만 아니라 사랑도 받았다.

그들은 요양을 마치고 플로리다에서 돌아온 그에게, 그가 학생 시절부터 즐기던 과학적이고 개인적인 우정으로 70회 생일 기념 학술대회를 열어주었다. 강연은 아인슈타인의 과학에 대한 것에 초점을 맞추기로 했었지만, 대부분은 그의 따뜻함과 인간적인 면에 대한 이야기로 흘러갔다. 그가 걸어들어오자 처음에는 정적이 흐르다가 우레와 같은 박수가 터져나왔다. 어느 조수는 "아인슈타인은 그에 대한 존경이 어떤 것인지에 대해서 짐작도 하지 못하고 있었다"고 기억했다.[37]

연구소에서 그의 가장 친한 친구들이 선물로 마련했던 첨단 AM-FM 라디오와 고음질 녹음기는 어느 날 그가 연구소에 있는 동안 그의 집에 몰래 설치되었다. 아인슈타인은 감격했고, 그 기기를 음악뿐만 아니라 뉴스를 듣는 데도 사용했다. 특히 그는 하워드 K. 스미스의 평론을 좋아했다.

이미 그는 바이올린을 포기했었다. 그것은 나이 든 손가락에 너무 힘든 일이었다. 그 대신 그는 익숙하지는 않았지만 피아노에 열중했다. 한번은 한 구절에서 계속 실수를 하던 그가 마르고트에게 웃으면서 "모차르트가 이렇게 엉터리로 곡을 만들었군"이라고 했다.[38]

머리가 더욱 길어지고, 조금 더 슬프고 지친 표정이 되면서 그의 모습은 더욱 예언자처럼 변해갔다. 그의 얼굴에는 주름이 깊어졌지만 어떤 이유에서인지 더욱 정교해졌다. 그의 표정은 지혜를 보여주었고, 지치기는 했지만 여전히 활력이 넘쳐흘렀다. 그는 어릴 때도 그랬듯이 꿈을 꾸는 것처럼 보였지만, 평화스럽게 보이기도 했다.

그는 정말 오랫동안 존경했던 친구들 가운데 한 사람으로 에든버러의 교수로 있던 막스 보른에게 "나는 일반적으로 취한 사람처럼 여겨지고 있습니다. 그런 역할이 내 성격에 잘 맞기 때문에 그렇게 나쁘지는 않습니다……나는 단순히 모든 면에서 받는 것보다 더 많이 주는 것을 즐기고, 대중들의 행동을 심각하게 생각하지 않고, 내 약점이나 결함을 부끄러워하지 않으며, 모든 일을 침착하고 즐거운 기분으로 자연스럽게 받아들이고 있습니다"라고 했다.[39]

이스라엘의 대통령직

제2차 세계대전이 일어나기 전에 아인슈타인은 맨해튼 호텔에서 유월절(逾越節)을 기념하려고 모인 3,000명의 청중들에게 연설을 하면서, 자신은 유대 국가를 반대한다고 말했다. "내가 알고 있는 시온주의의 핵심 본질은 국경과 군대와 세속적인 권력의 수단을 가진 유대 국가의 아이디어에 맞지 않습니다. 나는 우리들 사이에 나타나고 있는 좁은 의미의 국수주의 때문에 시온주의가 감당하게 될 내적 손상이 걱정스럽습니다. 우리는 더 이상 매카비* 시대의 유대인이 아닙니다."[40]

전쟁이 끝난 후에도 그의 입장은 바뀌지 않았다. 1946년 팔레스타인의 상황을 살펴보려고 열린 워싱턴의 청문회에서 그는 유대인들이 아랍과 싸우도록 만들고 있던 영국을 비난하고, 더 많은 유대인 이민을 받아들여야 한다고 주장했지만, 유대인들이 국수주의적으로 변하는 것은 반대했다. 그가 "국가를 세우자는 아이디어는 내 마음에 없다. 나는 왜 그런 것이 필요한지 이해할 수 없다"고 말하자, 객석에 있던 열렬한 시온주의자들은 충격에 빠졌고 조용한 속삭임이 퍼져나갔다.[41] 아인슈타인이 그렇게 공개적인 청문회에서 진정한 시온주의자들과 관계를 끊어버린 것에 대해서 깜짝 놀랐던 랍비 스티븐 와이스는 그에게 실제로는 아무것도 해명하지 못하는 해명서에 서명하도록 만들었다.

메나헴 베긴을 비롯한 유대인 민병대 지도자들이 사용하는 군국주의적 방법에 특히 실망했던 아인슈타인은 가끔씩 자신을 반대하던 시드니 후크와 함께 베긴을 "테러주의자"이고 파시스트와 "아주 가깝다"고 비난하는 「뉴욕 타임스」에 실린 청원에 서명을 했다.[42] 폭력은 유대인의 전통과 상반되는 것이었다. 그는 1947년에 어느 친구에게 "우리는 어리석은 국수주의와 고임**의 종족적 어리석음을 흉내내고 있다"고 했다.

그러나 1948년에 이스라엘이 독립을 선언하자, 아인슈타인은 같은 친구에게 자신의 입장이 바뀌었다는 편지를 보냈다. 그는 "국가가 경제적, 정치적, 군사적 이유 때문에 좋은 것이라고 생각해본 적이 없었다"고 인정했다. "그러나 이제 되돌아갈 수는 없고 싸워나갈 수밖에 없다."[43]

이스라엘의 탄생은 다시 한 번 그에게 자신이 과거에 수용했던 평화주의에서 물러서게 만들었다. 그는 우루과이에 있는 유대인 단체에 "우리에게 불쾌하고 어리석은 방법을 사용해야만 하는 것을 후회할 수도 있지만 국제

---

* 기원전 165년 그리스 침략자에 대한 고대 이스라엘 사람들의 반란을 승리로 이끌었던 사람으로 이스라엘의 명절 하누카는 그의 승리를 기념하는 날이다 / 역주.
** "비유대인"을 뜻하는 히브리어 / 역주.

정세에서 더 나은 입장에 서기 위해서 무엇보다도 우리가 사용할 수 있는 모든 수단을 이용해서 우리의 경험을 유지해야만 한다"고 주장했다.[44]

1921년에 아인슈타인을 미국으로 데려왔던 끈기 있는 시온주의자 카임 바이츠만이 초대 대통령이 되었다. 대통령은 총리와 각료들에게 대부분의 권력이 주어진 체제에서는 명예롭기는 하지만 형식적인 자리였다. 그가 1952년에 사망하자 예루살렘의 신문들은 아인슈타인이 그의 자리를 물려받아야 한다고 주장하기 시작했다. 당시 총리였던 다비드 벤구리온은 여론의 압력에 굴복했고, 아인슈타인에게 요청이 갈 것이라는 소문이 빠르게 확산되었다.

놀랍기도 하고 명백하기도 하지만 비현실적이기도 한 아이디어였다. 아인슈타인은 바이츠만이 사망하고 1주일이 지난 후에 「뉴욕 타임스」에 실렸던 작은 기사에서 그 소식을 처음 들었다. 처음에는 그와 집에 있던 여성들이 모두 웃어넘겼지만, 기자들이 전화를 하기 시작했다. 그는 어느 손님에게 "이것은 정말 거북합니다. 정말 거북한 일입니다"라고 말했다. 몇 시간 후에 워싱턴의 이스라엘 대사인 압바 에반으로부터 전보가 도착했다. 그 전보는 대사관에서 공식적으로 그를 면담하기 위해서 사람을 보내도 되겠느냐고 물었다.

"내가 거절할 텐데, 왜 그 사람이 그렇게 먼 길을 와야 하나?" 아인슈타인은 한탄했다.

헬렌 듀카스는 에반 대사에게 전화를 하는 간단한 방법을 생각해냈다. 그 시절에는 즉석 장거리 전화가 드물었다. 놀랍게도 그녀는 워싱턴의 에반을 찾아서 아인슈타인과 통화하도록 해주었다.

아인슈타인은 "나는 그런 자리에 맞는 사람이 아니고, 그런 일을 할 수도 없습니다"라고 말했다.

에반은 "나는 당신이 전화로 거절했다고 정부에 보고할 수가 없습니다. 나는 행동을 해서 공식적으로 제안을 전달해야만 합니다"라고 대답했다.

에반은 결국 보좌관을 보내어 아인슈타인에게 대통령직을 맡아달라고 요청하는 공식 편지를 전달하도록 했다. 에반의 편지는 "수락을 하시면

이스라엘로 이사를 가서 시민권을 받아야 합니다"라고 지적했다. (아마도 아인슈타인이 프린스턴에서 이스라엘을 다스릴 수 있을 것이라는 환상을 가지고 있을 수도 있다고 생각했던 모양이다.) 그러나 에반은 서둘러서 아인슈타인에게 "당신의 일이 극히 중요하다는 사실을 분명하게 알고 있는 정부와 국민은 당신의 위대한 과학 연구를 계속할 수 있는 자유를 보장할 것입니다"라고 했다. 다시 말해서, 그 자리는 그의 존재가 필요할 뿐이지 실제로 일은 많지 않다는 뜻이었다.

그런 제안이 좀 이상하게 보이기는 했지만, 유대인 세계에서 아인슈타인이 어느 누구와도 비교할 수 없는 영웅이었음을 확실하게 보여주는 증거였다. 에반은 그런 제안이 "유대인이 그 자손 중 어느 한 사람에게 보여줄 수 있는 최고의 존경을 표현한 것"이라고 했다.

거절의 편지를 준비해놓았던 아인슈타인은 에반의 특사가 도착한 즉시 그 편지를 전달했다. 방문객은 "저는 평생을 변호사로 살았지만, 제가 설명도 하기 전에 반박을 받은 적은 한번도 없었습니다"라고 했다.

아인슈타인은 준비한 답장에서 자신이 제안에 "깊이 감동했고," 그런 제안을 받아들이지 못하는 것이 "슬프고 부끄럽다"고 했다. 그는 "평생 동안 나는 객관적인 문제만 다뤄왔기 때문에 사람들을 제대로 다루고 공식적인 기능을 수행할 소질과 경험이 전혀 없습니다. 내가 세계의 여러 나라들 중에서 우리의 불확실한 입장을 완전히 분명하게 정리하고 나면, 유대 국민과 나와의 관계가 나의 가장 강한 인간적 인연이 되기 때문에 이런 상황이 더욱 괴롭습니다"라고 설명했다.[45]

아인슈타인에게 이스라엘의 대통령직을 제안한 것은 현명한 아이디어였지만, 아인슈타인은 총명한 아이디어가 때로는 아주 나쁜 것이 되기도 한다는 것을 확실하게 깨달았다. 언제나 그랬던 것처럼 그가 엉뚱한 자기 인식으로 지적했듯이 그는 대통령직이 요구하는 방식으로 사람들을 대할 소질도 없었고, 공식적인 기능에 맞는 성격도 가지고 있지 못했다. 그는 정치인이나 명목상의 대표에는 어울리지 않는 사람이었다.

그는 자신의 생각을 말하기를 좋아했고, 관리에게 필요한 타협이나 복잡한 조직을 상징적으로라도 지도하는 일에 필요한 인내심도 없었다. 과거 히브리 대학교를 설립하는 과정에서 명목상의 지도자 역할을 했을 때에도 그는 필요한 모든 조정 역할을 맡을 재능도 없었고, 그것을 무시할 성격도 아니었다. 더 최근에는 보스턴 근방에 브랜다이스 대학교를 설립하는 단체 와도 마찬가지로 불쾌한 경험을 했고, 결국에는 그 자리에서 물러났다.[46]

더욱이 그는 어떤 조직을 운영할 수 있다는 겉으로 드러나는 능력을 보여준 적이 없었다. 그가 유일하게 맡았던 공식적인 행정적 임무는 베를린 대학교에 새로 만들어지는 물리학 연구소의 소장직이었다. 그러나 그 경우에도 그는 양딸을 채용해서 행정 업무의 일부를 맡기고, 자신의 이론을 확인하려고 노력하던 천문학자에게 일자리를 준 것 이외에는 거의 한 일이 없었다.

아인슈타인의 총명함은 자신의 자유로운 표현을 제한하려는 어떠한 시도에도 반발하고 저항하는 것에서 솟아났다. 정치적 협상가로서 그보다 더 나쁜 특성이 있겠는가? 자신을 위해서 노력해왔던 예루살렘의 신문에 보낸 정중한 편지에서 설명했듯이, 그는 "내 자신의 인식과 모순될 수도 있는" 정부의 결정을 수용해야 할 가능성조차도 직면하고 싶지 않았다.

과학계와 같은 사회에서 그는 독행자로 남아 있는 것이 더 나았다. 아인슈타인은 그 주에 어느 친구에게 "반항자들이 대부분 결국 중요한 인물이 되기도 하지만, 나 자신을 그렇게 만들 수는 없다"고 시인했다.[47]

겉으로 드러내지는 않았지만, 벤구리온은 안도했다. 그는 그런 아이디어가 좋지 않은 것임을 깨닫기 시작했었다. 그는 보좌관에게 "그가 제안을 수락하면 내가 무엇을 해야 하는지 알려주게!"라고 농담을 했다. "나는 제안을 해야만 했기 때문에 제안했을 뿐이다. 그렇지만 그가 수락을 하면 우리는 힘들어진다." 이틀 후 뉴욕에서 열렸던 공식 연회에서 아인슈타인을 만난 에반 대사는 모든 일이 마무리된 것을 기뻐했다. 그때에도 아인슈타인은 맨발이었다.[48]

24

적색 공포

1951-1954년

로젠버그 부부

수소폭탄을 만들기 위해서 애쓰고, 반공 열기가 뜨거워지고, 조지프 매카시 상원의원의 점차 심해지는 안보 수사를 하는 등 일련의 사건들이 아인슈타인을 불편하게 만들었다. 당시의 상황은 그에게 나치와 반유대주의 정서가 확산되던 1930년대를 떠올리게 해주었다. 그는 1951년 초 벨기에의 대비에게 "몇 년 전 독일에서 있었던 불행한 일이 반복되고 있습니다. 사람들은 아무 저항 없이 복종하면서 스스로 악의 힘에 빠져들고 있습니다"라고 한탄했다.[1]

그는 반사적으로 반미적 성향을 가진 사람들과 반사적으로 반소적인 사람들 사이에서 중립을 지키려고 애썼다. 한편으로 그는 자신에게 세계 평화 평의회의 성명을 지지하도록 요구했던 동료 레오폴트 인펠트를 반박했다. 아인슈타인은 그 단체가 소련의 영향을 받고 있다고 의심했고, 그것은 사실이었다. 그는 "내 생각에 그들의 성명들은 대체로 선동의 수준이었다"고 했다. 미국이 한국전쟁에서 생물무기를 사용했다고 주장하는 항의에 합류하도록 강요했던 러시아 학생들에게도 마찬가지였다. 그는 "내가 일어날 가능성이 전혀 없거나 거의 없는 사건에 대해서 항의할 것이라고 기대하지 말라"고 대답했다.[2]

다른 한편으로 아인슈타인은 미국을 그렇게 모함하려는 배반자들을 비난하는 시드니 후크의 청원에도 서명하지 않았다. 그는 어느 쪽 극단도 좋아하지 않았다. 그의 표현에 따르면, "합리적인 사람이라면 누구나 화해와 더 객관적인 판단을 증진시키기 위해서 노력해야만 한다."[3]

아인슈타인은 그런 화해를 증진시키는 조용한 노력이라는 생각으로 핵무기의 기밀을 소련에 전달했다는 판결을 받은 줄리우스와 에텔 로젠버그의 사형 집행을 중지해줄 것을 요청하는 개인적인 편지를 썼다. 그는 케이블 텔레비전 시대 이전에는 거의 보기 어려웠던 수준의 여론 분열을 가져온 사건에 대해서 공개적인 입장을 밝히지 않았다. 그 대신 그는 어빙 카우프만 판사에게 편지를 보내면서, 그런 사실을 공개하지 말아줄 것을 부탁했다. 아인슈타인은 로젠버그 부부가 결백하다고 동의하지는 않았다. 그는 단순히 사실이 불확실하고, 판결이 객관성보다는 여론의 히스테리에 영향을 받았던 것을 생각하면 사형이 너무 가혹하다고 주장했다.[4]

시대적 상황을 반영하듯이 카우프만 판사는 개인적인 편지를 FBI에 넘겨주었다. 그 편지는 아인슈타인의 서류철에 들어갔을 뿐만 아니라 배반 행위에 해당하는지에 대한 수사의 대상이 되기도 했다. 석 달이 지난 후 더 이상의 범죄 흔적이 없다는 사실이 후버에게 보고되었지만, 편지는 서류철에 그대로 남게 되었다.[5]

카우프만 판사가 사형을 언도하자 아인슈타인은 임기가 끝나가던 해리 트루먼 대통령에게 사면을 요청하는 편지를 보냈다. 그는 먼저 독일어로 편지를 쓴 후에 아무 소득이 없었던 여러 가지 방정식으로 가득 찬 종이의 뒷면에 영어로 옮겨썼다.[6] 트루먼은 후임이었던 아이젠하워 대통령에게 결정을 넘겨버렸지만, 그는 사형을 집행하도록 승인했다.

아인슈타인이 트루먼에게 보낸 편지는 공개되었고, 「뉴욕 타임스」는 1

면에 "아인슈타인이 로젠버그의 탄원을 지지"라는 기사를 내보냈다.[7] 전국에서 100통이 넘는 성난 편지가 쏟아졌다. 버지니아 포츠마우스의 마리안 롤스는 "당신은 상식뿐만 아니라 미국이 당신에게 해준 것을 감사하는 마음을 가져야 한다"고 썼다. 뉴욕 화이트 플레인즈의 찰스 윌리엄스는 "당신에게는 유대 나라가 먼저이고 미국이 두 번째이다"라고 했다. 한국에서 근무하고 있던 호머 그린 상병은 "당신은 우리 미군 병사들이 살해당하는 것을 보고 싶어하는 모양이다. 당신과 같은 미국인이 이 나라에 얹혀 살면서 비(非)미국적인 발언을 하는 것을 보고 싶지 않으니 러시아로 가거나 당신이 왔던 곳으로 돌아가라"고 했다.[8]

긍정적인 편지는 많지 않았지만, 아인슈타인은 사형 집행을 저지하려고 노력했다가 실패했던 진보적인 대법원 판사 윌리엄 O. 더글러스와 즐거운 편지를 주고받았다. 아인슈타인은 감사의 답장으로 "당신은 힘든 시대에 건전한 여론을 만들려고 헌신적으로 노력했습니다"라고 했다. 더글러스는 친필로 "당신은 나에게 이렇게 어두운 시절의 짐을 덜어주는 칭찬을 해주셨습니다. 언제나 소중하게 품고 있겠습니다"라는 답장을 보내왔다.[9]

비난의 편지들은 아인슈타인에게 스탈린이 러시아 지도자들을 암살하려는 음모 혐의로 9명의 유대인 의사들을 재판에 회부했을 때는 나서지 않다가 로젠버그 부부의 경우에는 목소리를 높이는 이유가 무엇인지 물었다. 아인슈타인이 이중 잣대를 가지고 있다고 공개적으로 비난했던 사람들 중에는 「뉴욕 타임스」의 발행인과 「뉴 리더」의 편집자도 있었다.[10]

아인슈타인은 러시아의 행동은 비난받아야 한다고 동의했다. 그는 "러시아 정부가 꾸며낸 모든 공식적인 재판에서 스스로 드러난 왜곡된 정의는 무조건적으로 비난받아 충분하다"고 썼다. 그는 스탈린에게 개인적으로 호소하는 것은 소용이 없고, 학자들의 공동 선언이 도움이 될 수 있을 것이라고 덧붙였다. 그래서 그는 노벨 화학상 수상자 해럴드 유리를 비롯한 학자들과 함께 성명서를 발표했다. 「뉴욕 타임스」는 "아인슈타인과 유리가 빨갱이의 반유대주의 비난"이라고 보도했다.[11] (몇 주 후에 스탈린이 사망하자 의사들은 풀려났다.)

그러나 그는 여러 편지와 성명을 통해서 미국인이 공산주의에 대한 공포 때문에 소중하게 여기던 민권과 사상의 자유를 포기해서는 안 된다고 강조했다. 그는 영국에도 많은 공산주의자들이 있지만 그곳 사람들은 국내안보 수사의 열풍에 휩싸이지 않는다고 지적했다. 미국인들도 그럴 필요가 없다는 것이었다.

윌리엄 프라우엔글라스

매년 로드앤드테일러 백화점은, 특히 1950년대 초에는 독특해 보였던 상을 주었다. 그 상은 독립적인 사람을 기념하는 것으로, 아인슈타인은 1953년 과학 문제에 대한 "독행성" 때문에 그 상을 받게 되었다.

아인슈타인은 지난 세월 동안 자신에게 도움이 되었던 그런 특성을 자랑스럽게 생각했다. 그는 라디오로 중계된 수상 소감에서 "구제할 수 없는 독행자의 완고함이 따뜻하게 환영을 받는 것을 보는 것이 기쁘다"고 했다.

비록 과학 분야에서의 독행성 때문에 상을 받았지만, 아인슈타인은 그 기회를 이용해서 매카시 유형의 수사에 대한 관심을 호소했다. 그의 입장에서는, 사상 분야에서의 자유가 정치 분야에서의 자유와 연결되어 있었다. 그는 "분명히 여기서 우리는 우리와 멀리 있는 분야에서의 독행성에 신경을 쓰고 있다"고 했다. 물리학을 뜻하는 지적이었다. "상원의 어떤 위원회도 아직까지 이 분야에서 무비판적이거나 겁에 질린 시민들에 의한 국가안보 위협의 위험에 대처하는 일에 뛰어들지 못했다."[12]

그의 이야기를 듣고 있던 사람들 중에는 한 달쯤 전에 고등학교의 공산주의자 문제를 조사하는 워싱턴의 상원 국가안보 소위원회로부터 증언을 요청받았던 브루클린의 교사 윌리엄 프라우엔글라스도 있었다. 증언을 거부했던 그는 아인슈타인에게 자신의 행동이 옳았는지를 물어보고 싶었다.

아인슈타인은 정성껏 답장을 썼고, 프라우엔글라스에게 그 편지를 공개해도 좋다고 말했다. "보수적인 정치인들은 모든 학문적 노력을 의심스럽게 만들었다. 이제 그들은 가르치는 자유를 억압하려고 하고 있다." 이런 불행에 대해서 지식인들이 무엇을 해야 할까? 아인슈타인은 "솔직히 말해서 나는 간디와 같은 비타협의 혁명적인 방법뿐이라고 생각한다. 그런 위원회에 소환되는 모든 지식인들은 증언을 거부해야만 한다"고 선언했다.[13]

평생 동안 유행에 저항하면서 편안하게 느끼던 아인슈타인은 매카시 시대에는 더욱 완고해 보였다. 시민들에게 이름을 밝히고, 자신들과 동료들의 충성심을 의심하는 증언을 요구받는 시대에 그는 단순한 방법을 선택했다. 그는 사람들에게 협력하지 말라고 말했다.

프라우엔글라스에게 말했듯이, 그는 스스로 유죄를 인정하지 않도록 보장해주는 헌법 제5조를 "핑계"로 삼아서가 아니라 헌법 제1조 언론의 자유 보장을 근거로 그렇게 되어야만 한다고 믿었다. 그는 지식인들이 사회에서 자유사상의 수호자라는 특별한 역할을 가지고 있기 때문에 헌법 제1조를 옹호하는 것은 지식인의 특별한 의무라고 했다. 그는 나치가 집권했을 때 독일의 지식인 대부분이 일어서지 않았던 것에 대해서 여전히 실망하고 있었다.

그가 프라우엔글라스에게 보낸 편지가 공개되자, 로젠버그를 위한 청원 때보다 더 심한 사회적 지탄이 쏟아졌다. 전국의 논설위원들은 전력을 다해서 그를 비난했다.

「뉴욕 타임스」:"이 경우에 아인슈타인 교수가 주장하는 것처럼 부자연스럽고 불법적인 시민불복종 방법을 사용하는 것은 악으로 악을 공격하는 것이다. 아인슈타인 교수가 반대하는 상황은 확실히 바로잡아야 하지만 법을 어기는 것은 해결책이 아니다."

「워싱턴 포스트」:"그는 무책임한 제안으로 스스로 과격주의자가 되어 버렸다. 그는 과학에서의 천재가 정치 문제에서는 총명하지 않을 수도 있다는 사실을 다시 한 번 확인시켜주었다."

「필라델피아 인콰이어러」:"그와 같이 명예로운 위업을 달성한 학자가 스스로 자신에게 그렇게 안전한 도피처를 제공해준 국가의 적에 의한 선동의

도구가 되어버린 것은 특히 유감이다……아인슈타인 박사는 스타의 반열에서 이데올로기 정치판에 장난삼아 뛰어들었지만 그 결과는 실망스러웠다.”

「시카고 데일리 트리뷴」: “한 분야에서 위대한 지적 능력을 가진 사람이 다른 분야에서는 바보이거나 심지어 멍청이에 지나지 않다는 것을 보면 언제나 놀라운 일이다.”

「푸에블로(콜로라도) 스타−저널」: “누구보다도 그가 더 잘 알고 있을 것이다. 이 나라는 히틀러로부터 그를 지켜주었다.”[14]

일반 시민들도 편지를 보냈다. 클리블랜드의 샘 엡킨은 “야만인처럼 머리도 깎지 않고, 볼셰비키처럼 러시아식 모직 모자를 쓴 당신이 거울 속에서 얼마나 망신스럽게 보이는지 살펴보시오”라고 했다. 반공주의자 평론가인 빅터 래스키는 손으로 쓴 긴 편지를 보냈다. “이 위대한 국가에 대한 당신의 가장 최근의 폭언으로 나는 결국 당신의 위대한 과학 지식에도 불구하고 당신은 멍청이이고, 이 나라에 위험인물이라고 확신하게 되었다.” 뉴저지 이스트 오렌지의 조지 스트링펠로는 사실과는 다르게 “당신이 공산주의 국가를 떠나서 자유를 누릴 수 있는 이곳으로 왔다는 사실을 잊지 마시오. 그렇게 얻은 자유를 남용하지 말기 바랍니다”라고 했다.[15]

매카시 상원의원도 비난 성명을 발표했지만, 아인슈타인의 위상 때문인지 그렇게 신랄하지는 않았다. 그는 아인슈타인이나 그가 쓴 글을 직접 겨냥하지 못하고, “미국 시민에게 스파이나 파괴 활동 분자들에 대한 비밀 정보를 발설하지 말라고 요구하는 사람은 미국의 적이다”라고 했다.[16]

그러나 이번에는 실제로 아인슈타인을 지지하는 편지가 더 많았다. 재미있는 반론 중에는 그의 친구 버트런드 러셀에게서 온 것도 있었다. 철학자는 「뉴욕 타임스」에 실린 글에서 “당신은 아무리 나쁜 법이라도 반드시 지켜야만 한다고 생각하는 것으로 보입니다. 나는 당신이 조지 워싱턴을 비난하면서, 이 나라가 다시 엘리자베스 2세 여왕 폐하에게 충성해야 한다는 생각을 가지고 있다고 믿을 수밖에 없습니다. 충성스러운 영국인으로 물론 나는 그런 입장에 박수를 보냅니다. 그러나 당신의 나라에서는 그런 견해를 지지하는 사람이 많지 않은 것 같아 걱정스럽습니다"라고 했다. 아인슈타인은 러셀에게 감사의 편지를 보내면서 "이 나라의 모든 지식인들은, 심지어 젊은 학생마저도 완전히 주눅이 들어버렸습니다"라고 한탄했다.[17]

고등연구소에서 은퇴하고 5번가에서 살고 있던 에이브러햄 플렉스너는 이 기회를 이용해서 아인슈타인과의 관계를 회복시켜보려고 했다. 그는 "미국 태생의 한 사람으로서 당신이 프라우엔글라스 씨에게 보낸 훌륭한 편지에 감사합니다. 미국 시민은 일반적으로 자신들의 개인적인 의견이나 믿음에 대해서 절대 밝히지 않는 것을 더 고귀하게 생각합니다"라고 했다.[18]

가장 통렬한 글은 프라우엔글라스의 10대 아들이었던 리처드에게서 온 것이었다. 그는 "이렇게 힘든 시기에 당신의 글은 이 나라의 앞길을 변화시킬 수도 있는 것입니다"라고 했고, 그것은 어느 정도 사실이었다. 그는 아인슈타인의 편지를 평생 동안 고이 간직할 것이라고 한 후에 추신으로 "내가 가장 좋아하는 과목도 당신이 가장 좋아하는 수학과 물리학입니다. 이제 나는 삼각함수를 배우고 있습니다"라고 했다.[19]

소극적 저항

그 후에 십여 명의 반체제 인물들이 아인슈타인에게 도움을 요청했지만, 그는 거절했다. 그는 자신의 입장을 밝혔고, 더 이상 스스로 싸움에 뛰어들어야 할 필요를 느끼지 못했다.

그러나 한 사람은 통과했다. 물리학 교수로서 전쟁 중에는 엔지니어로 일했고, 그가 결성을 도와주었던 노동조합이 결국에는 지도부에 공산주의자가 있다는 이유로 노동운동에서 축출된 알베르트 샤도비츠가 그 사람이었다. 매카시 상원의원은 그 노동조합이 모스크바와 연결되어 있고, 방위산업을 위험에 빠뜨렸다는 사실을 밝혀내고 싶었다. 공산당 당원이었던 샤도비츠는 아인슈타인이 프라우엔글라스에게 제안했던 것처럼 헌법 제5조가 아니라 헌법 제1조에 의한 보호를 주장하기로 했다.[20]

자신의 곤경을 몹시 걱정했던 샤도비츠는 아인슈타인에게 지원을 요청하는 전화를 걸기로 했다. 그러나 아인슈타인의 전화번호는 공개되어 있지 않았다. 차에 오른 그는 북부 뉴저지를 떠나 프린스턴으로 가서 아인슈타인의 집 앞에서 열성적인 보호자인 듀카스를 만났다. "약속을 하셨습니까?"라고 그녀가 물었다. 그는 약속을 하지 않았다고 인정했다. 그녀는 "글쎄요. 그냥 와서 아인슈타인 교수님과 이야기를 나눌 수는 없습니다"라고 단호하게 말했다. 그러나 그가 자신의 사정을 이야기하자, 그녀는 잠시 그를 바라본 후에 안으로 들어오라고 손짓을 했다.

아인슈타인은 평소처럼 헐렁한 스웨터와 코르덴 바지를 입고 있었다. 그는 샤도비츠를 2층의 서재로 데리고 가서 그의 행동이 옳았다고 말해주었다. 그는 지식인이었고, 그런 경우에는 반항하는 것이 지식인의 특별한 의무였다. 아인슈타인은 너그럽게 "당신이 이 방법을 선택한다면 내 이름을 원하는 목적으로 사용해도 좋습니다"라고 제안했다.

샤도비츠는 그런 백지 위임에 놀랐지만 기꺼이 사용했다. 매카시의 법률 고문이었던 로이 콘이 매카시가 지켜보고 있는 가운데 열린 첫 비공개 정문회에서 그를 심문했다. 당신은 공산주의자였는가? 샤도비츠는 "나는 아인슈타인 교수의 조언에 따라 그 질문에 대답하는 것을 거절하겠다"고 대답했다. 매카시가 갑자기 직접 심문을 하기 시작했다. 당신은 아인슈타인을 알았는가? 샤도비츠는 그렇지는 않지만 그를 만난 적은 있다고 대답했다. 공개 청문회에서 그런 장면이 재연되자 프라우엔글라스의 경우와 마찬가지의 기사가 등장했고, 다시 편지들이 쏟아졌다.

아인슈타인은 자신이 불충한 시민이 아니라 훌륭한 시민이라고 믿었다. 그는 헌법 제1조를 읽어보았고, 그 정신을 지키는 것이 미국의 소중한 자유의 핵심이라고 생각했다. 화가 난 어느 비판가는 자신이 "미국 강령"이라고 부르는 것이 포함된 카드의 사본을 그에게 보냈다. "내 나라를 사랑하고, 헌법을 지지하고, 법을 따르는 것이 내 나라에 대한 내 의무이다"

라는 것이 그 일부였다. 아인슈타인은 여백에 "이것이 정확하게 내가 해왔던 일이다"라고 썼다.[21]

위대한 흑인 학자 W.E.B 듀보이스가 세계평화 평의회가 주도한 청원을 유포하도록 도와준 것과 관련된 혐의로 기소되었을 때, 아인슈타인은 그를 대신하는 성격 증인으로 증언을 하겠다고 자원했다. 그것은 민권과 자유 언론에 대한 아인슈타인의 인식을 보여주는 것이었다. 듀보이스의 변호사가 법원에 아인슈타인이 증언할 것이라고 알려주자 판사는 서둘러 사건을 기각시켰다.[22]

J. 로버트 오펜하이머 사건은 더 가까운 곳에서 일어났다. 원자탄을 개발했던 과학자들을 이끈 후에 아인슈타인이 여전히 일하러 다니던 연구소의 소장이 된 오펜하이머는 원자력위원회 고문으로 남아 있었고, 보안 허가도 가지고 있었다. 그는 당초 수소폭탄 개발에 반대함으로써 에드워드 텔러와 적이 되었고, 원자력위원회 위원장이었던 루이스 스트라우스와도 소원해졌다. 오펜하이머의 아내 키티와 남동생 프랭크는 전쟁이 일어나기 전에 공산당에 가입했고, 오펜하이머는 당원들은 물론이고 충성심이 의심스러워진 과학자들과 자유롭게 사귀었다.[23]

이런 모든 것들 때문에 1953년에는 오펜하이머의 보안 허가를 취소하려는 움직임이 시작되었다. 어쨌든 그 허가의 유효기간은 곧 끝날 예정이었고, 모두가 문제를 조용하게 해결할 수 있도록 놓아둘 수도 있었지만, 과열된 분위기에서 오펜하이머나 그의 적들은 모두 자신들이 원칙의 문제라고 생각하는 것으로부터 물러서고 싶어하지 않았다. 비밀 청문회가 워싱턴에서 개최될 예정이었다.

어느 날 연구소에서 아인슈타인은 청문회를 준비하고 있던 오펜하이머와 마주쳤다. 그들은 몇 분 동안 이야기를 나누었고, 자신의 차로 간 오펜하이머는 친구에게 대화의 내용을 알려주었다. 그는 "아인슈타인은 나에 대한 공격이 너무나도 부당한 것이기 때문에 내가 사퇴해야 한다고 생각한다"고 했다. 아인슈타인은 오펜하이머가 혐의에 대응을 하기만 해도 "바보"라고 생각했다. 조국을 위해서 훌륭하게 봉사해왔던 그가 자신을

"마녀 사냥"의 대상이 되도록 놓아둘 의무는 없다는 것이었다.[24]

1954년 4월에 비밀 청문회가 시작되고 며칠 후, CBS의 기자 에드워드 R. 머로가 조지프 매카시를 출연시키고, 보안 수사에 대한 논란이 극에 달했을 즈음에 「뉴욕 타임스」의 제임스 레스턴이 1면 독점으로 그런 사실을 보도했다.[25] 오펜하이머의 충성심에 대한 정부의 수사는 곧바로 또 하나의 대립적인 공개 논쟁거리가 되었다.

이야기가 알려질 것이라는 경고를 받은 에이브러햄 파이스는 아인슈타인에게 어쩔 수 없이 쏟아지게 될 언론의 관심에 준비하도록 해주려고 머서 가로 갔다. 파이스로부터 오펜하이머가 정부와의 관계를 단절하는 대신 청문회에 계속 집착하고 있다는 이야기를 들은 아인슈타인은 몹시 안타까워했다. 아인슈타인은 "오펜하이머의 문제는 그가 자신을 사랑하지 않는 여성인 미국 정부를 사랑한다는 것이다"라고 했다. 아인슈타인은 파이스에게 오펜하이머가 해야 할 일은 "워싱턴으로 가서, 관리들에게 바보들이라고 말해주고, 집으로 가는 것이다"라고 했다.[26]

오펜하이머는 지고 말았다. 원자력위원회는 투표를 통해서 그가 충성스러운 미국인이기는 하지만 역시 보안 위험인물이기도 하다고 결정했고, 만료되기 하루 전에 그의 허가를 취소시켰다. 다음 날 연구소로 오펜하이머를 찾아간 아인슈타인은 우울해하는 그를 발견했다. 그날 저녁에 그는 어느 친구에게 자신은 "오펜하이머가 그 문제를 그렇게 심각하게 생각하는 이유를 이해하지 못하겠다"고 말했다.

연구소의 일부 교수들이 소장을 지지하는 탄원서를 돌리자 아인슈타인은 곧바로 서명했다. 다른 사람들은 처음에는 두려움 때문에 거절했다. 그것이 아인슈타인을 자극했다. 어느 친구의 회고에 따르면, 그는 "자신의 '혁명적 능력'을 발휘해서 지원을 이끌어냈다." 몇 차례의 모임을 통해서 아인슈타인은 모든 교수를 설득하거나 부끄럽게 만들어서 탄원서에 서명하도록 만들었다.[27]

원자력위원회에서 오펜하이머의 적인 루이스 스트라우스가 연구소의 이사였던 것이 교수들을 걱정스럽게 만들었다. 그가 오펜하이머를 파면

시키려고 노력할 것인가? 아인슈타인은 자신의 친구이고 뉴욕 출신의 상원의원이었던 허버트 레만에게 오펜하이머를 "지금까지 연구소의 가장 유능한 소장"이라고 소개하는 편지를 보냈다. 그는 그를 해고하는 것은 "모든 지식인들의 분노를 불러일으키게 만들 것"이라고 했다.[28] 이사회는 그를 해임시키지 않기로 결정했다.

오펜하이머 사건이 있은 직후에 아인슈타인은 프린스턴에서 민주당의 대통령 후보였고, 그 후에도 대통령 후보가 되었으며, 지식인들 사이에서 인기가 높았던 아들라이 스티븐슨의 방문을 받았다. 아인슈타인은 정치인들이 공산주의에 대한 공포를 부추기는 방법에 대한 우려를 표현했다. 스티븐슨은 상당히 신중하게 대답했다. 사실 러시아는 위험했다. 몇 차례의 부드러운 공방 끝에 스티븐슨은 아인슈타인에게 1952년에 자신을 지지해준 것에 대해서 감사를 표시했다. 아인슈타인은 자신이 아이젠하워를 더 신뢰하지 않아서 그렇게 했던 것이기 때문에 자신에게 감사할 필요는 없다고 대답했다. 스티븐슨은 그런 솔직함이 신선하다고 말했고, 아인슈타인은 그가 처음 생각했던 것만큼 화려하지 않다고 생각했다.[29]

아인슈타인이 매카시 선풍을 반대했던 것은 파시즘에 대한 두려움 때문이기도 했다. 그는 미국의 가장 위험한 국내적 위협은 공산주의 폭도들이 아니라 공산주의자에 대한 공포를 이용해서 시민의 권리를 억누르려는 사람들이라고 믿었다. 그는 사회주의 지도자 노먼 토머스에게 "미국에서 내부의 공산주의자들에 의한 위험은 이곳에 있는 소수의 공산주의자들을 병적으로 추적하는 것에 의한 위험과는 비교할 수도 없을 정도이다"라고 했다.

아인슈타인은 심지어 모르는 사람에게도 자신의 거부감을 있는 그대로 표현했다. 한번도 만난 적이 없는 뉴욕 사람이 보낸 11페이지짜리 편지에 대한 답장에서 그는 "우리는 파시스트 정권 수립을 향해서 먼 길을 왔다. 이곳의 일반적인 조건이 1932년 독일의 상황을 닮은 것은 너무 분명하다"고 했다.[30]

아인슈타인이 목소리를 높이는 것 때문에 연구소가 논란의 대상이 될 것을 걱정하는 동료도 있었다. 그는 그런 걱정 때문에 백발이 되었다고 농담을 했다. 사실 그는 자신의 느낌을 말할 수 있는 자유를 순진한 미국적 즐거움으로 받아들였다. 그는 엘리자베스 대비에게 "나는 모든 일을 받아들이고 조용히 있지 못하기 때문에 새 조국에서 일종의 '무서운 아이'가 되었습니다. 게다가 나는 잃을 것이 거의 없는 나이 든 사람들은 더 많이 자제할 수밖에 없는 젊은 사람들을 대신해서 목소리를 높여야만 한다고 믿습니다"라고 했다.[31]

그는 무거우면서도 장난스러운 어조로 현재와 같은 정치적 위협에서는 교수가 되지 않았을 것이라고 밝혔다. 그는 「리포터」지의 기자 테오도르 화이트에게 "내가 다시 젊은이가 되어서 어떻게 살 것인지를 결정해야 한다면, 과학자나 학자나 교사가 되려고 노력하지 않을 것이다. 오히려 수도 수선공이나 행상이 되어서 그나마 남아 있는 독립성을 찾으려고 할 것이다"라고 했다.[32]

그런 주장 덕분에 그는 수도 수선공 조합으로부터 명예회원증을 받았고, 학문의 자유에 대한 전국적인 논쟁이 시작되었다. 아인슈타인의 하찮은 발언조차도 상당한 모멘텀을 가지고 있었다.

학문의 자유가 위협당하고 있고, 학자들이 실제로 피해를 입었다는 아인슈타인의 주장은 사실이었다. 예를 들면, 프린스턴에서 오펜하이머와 아인슈타인과 함께 일했고 양자역학을 다듬었던 데이비드 봄도 하원의 반미국적 활동 조사위원회에 소환되어, 헌법 제5조의 보호를 주장했지만, 결국에는 일자리를 잃고 브라질로 자리를 옮겨야만 했다.

그렇지만 아인슈타인의 지적과 그가 예언한 운명은 과장된 것이었다. 그에 대한 서류들을 모았던 FBI의 야단스러운 노력도 그에게 주어진 언론의 자유를 제한하지는 못했다. 오펜하이머 수사가 끝난 후에도 그와 아인슈타인은 여전히 프린스턴의 천국에서 안전하게 지내면서 마음대로 생각하고 말할 수 있었다. 그들의 충성심이 의심을 받고, 때로는 보안 허가가 취소되었던 것은 부끄러운 일이었다. 그러나 아인슈타인이 가끔씩 지적했지만 그것은 나치 독일과는 달랐고, 비슷하지도 않았다.

아인슈타인을 비롯한 망명자들이 매카시 선풍을 민주주의에서 일어나는 과잉의 밀물과 썰물 중의 하나가 아니라 파시즘의 블랙홀에서 유래된 것으로 보았던 것은 당연했다. 결과적으로 미국의 민주주의는 언제나 그랬듯이 자정(自淨) 능력을 발휘했다. 매카시는 1954년에 육군 변호사, 동료 상원의원, 아이젠하워 대통령, 드루 피어슨이나 에드워드 R. 머로 같은 언론인에 의해서 불명예스럽게 밀려났다. 오펜하이머 사건의 의사록이 공개되면서 적어도 학술계와 과학계에서 루이스 스트라우스와 에드워드 텔러의 명성은 오펜하이머만큼이나 상처를 입었다.

아인슈타인은 자정 능력을 가진 정치 체제에 익숙하지 않았다. 그는 미국에서 민주주의와 개인의 자유 증진이 어느 정도의 탄력을 가질 수 있는지도 이해하지 못했다. 그의 실망은 한동안 지속되었다. 그러나 그는 뒤틀린 냉담함과 유머 감각 덕분에 심각한 절망에 빠지지는 않았다. 그는 절망한 사람으로 죽을 운명은 아니었다.

25

종말
1955년

죽음의 암시

1954년 3월 그의 75회 생일에 아인슈타인은 요청하지도 않았는데 병원으로부터 집으로 배달된 상자에 들어 있는 애완용 앵무새를 선물로 받았다. 힘든 여정을 겪은 앵무새는 정신적인 충격에 휩싸여 있었다. 당시에 아인슈타인은 프린스턴 대학교의 도서관에서 일하던 요한나 판토바라는 여성을 만나고 있었다. 그는 1920년대에 독일에서 그녀를 처음 만났었다. 그녀는 자신들의 데이트와 대화를 적은 일기에 "충격적인 배달 과정을 겪은 애완용 앵무새는 지쳐 있었고, 아인슈타인은 농담으로 앵무새를 기쁘게 해주려고 했지만, 그 새는 감사하지 않는 것처럼 보였다"라고 적었다.[1]

앵무새는 심리적으로 기운을 차렸고, 곧 아인슈타인의 손에서 모이를 먹었지만 감염으로 병에 걸렸다. 새는 몇 차례 주사를 맞아야 했지만, 아인슈타인은 새가 살아남을 수 있을지 걱정했다. 그러나 새는 끈질겼고, 두 번의 주사로 기운을 회복했다.

마찬가지로 아인슈타인도 여러 차례의 빈혈증과 위장 발작에서 회복되었다. 그러나 자신의 복부 대동맥에 있는 동맥류가 언젠가는 치명적일 것임을 알고 있었던 그는 자신의 죽음에 대해서 평화로운 마음을 가지게 되었다. 그가 베를린과 프린스턴에서 동료로 지냈던 물리학자 루돌프 라덴베르크의 묘지 옆에서 낭독한 송덕문의 내용은 자신의 개인적인 느낌을 적은 것처럼 보였다. 그는 "존재는 낯선 집을 무심하게 방문하는 것처럼 순간적이다. 따라가야 할 길은 깜박이는 의식의 불이 희미하게 비칠 뿐이다"라고 했다.[2]

그는 자신이 겪고 있는 마지막 전환이 자연스럽기도 하고 숭고하기도 한 것으로 느끼고 있는 것 같았다. 그는 친구인 벨기에 대비에게 "늙어가는 것에 대해서 이상한 점은 장소와 시간에 대한 자세한 인식을 서서히 잃어버린다는 것입니다. 거의 홀로 무한으로 바뀌는 것처럼 느껴집니다"라고 했다.[3]

동료들이 75회 생일 선물로 자신들이 5년 전에 마련해주었던 음향기기를 바꿔주자, 아인슈타인은 베토벤의 「장엄미사곡」이 담긴 RCA 빅터 레코드 판을 반복해서 듣기 시작했다. 그 곡은 두 가지 이유에서 특이한 선택이었다. 그는 자신이 좋아하는 작곡가가 아니었던 베토벤을 "너무 개인적이고, 거의 벌거벗은 것 같다"고 생각했다.[4] 그리고 그의 종교적인 본능에는 그런 종류의 부속물이 포함되지 않았었다. 아인슈타인은 생일축하편지를 보내준 친구에게 "나는 지극히 종교적인 비신자이다. 이것은 상당히 새로운 종류의 종교이다"라고 말했다.[5]

이제는 추억에 잠길 때였다. 그의 옛 친구들이었던 콘라트 하비흐트와 모리스 솔로빈이 파리에서 반세기도 더 전에 베른에서 자신들이 만들었던 올림피아 아카데미의 회원으로 함께 지냈던 시절을 회고하는 엽서를 보냈을 때, 아인슈타인은 과거의 모임에 대한 찬가로 답장을 했다. "조금 노쇠해졌지만, 우리는 여전히 자네들의 순수하고 영감이 넘치는 불빛을 따라 고독한 인생의 길을 따라가고 있네." 훗날 솔로빈에게 보낸 다른 편지에서는 "악마가 세월을 꼼꼼하게 챙기고 있다네"라고 한탄했다.[6]

위장 문제에도 불구하고 그는 여전히 산책을 좋아했다. 괴델과 함께 연구소로 가거나 연구소에서 걸어서 돌아오기도 했고, 양딸 마르고트와 함께 프린스턴 근방의 숲을 걷기도 했다. 그들의 관계는 더욱 가까워졌지만, 산책하는 동안에는 대부분 아무 말도 하지 않았다. 그녀는 그가 개인적으로나 정치적으로 점점 더 부드러워지고 있다고 느꼈다. 그의 판단은 예리하지 못했지만 온화하고 심지어 감미롭기까지 했다.[7]

그는 특히 한스 알베르트와 평화롭게 지냈다. 그가 75회 생일을 기념한 직후에 아들은 쉰 살이 되었다. 아인슈타인은 며느리가 일깨워준 덕분에 그에게 약간은 형식적이면서 특별한 경우를 위해서 쓴 것 같은 편지를 보냈다. 그러나 그 편지에는 아들과 과학자로서 삶의 가치에 대한 훌륭한 찬사가 담겨 있었다. "내 개성의 중요한 점인 오랜 세월 동안 비인격적인 목표를 위해서 자신을 희생해서 단순한 존재 이상으로 성장할 수 있는 능력을 물려받은 아들을 가지고 있다는 것은 나에게 큰 즐거움이다."[8] 그해 가을에 한스 알베르트가 동부를 방문했다.

그때에 이르러서야 아인슈타인은 마침내 미국에서 무엇이 근원적인 것인지를 깨달았다. 국외자의 입장에서는 위험한 정치적 열정에 휩쓸리는 파동도 민주주의에 의해서 흡수되고 헌법적 회전의(回轉儀)에 의해서 바로잡아지는 일시적인 정서에 지나지 않는다는 것이다. 매카시 선풍은 잠잠해졌고, 아이젠하워는 사회를 진정시키는 능력을 가지고 있는 것으로 밝혀졌다. 아인슈타인은 그해 크리스마스에 한스 알베르트에게 "신의 나라는 점점 더 이상해지고 있지만, 어떻게 해서든지 정상으로 되돌아오고 있구나. 이곳에서는 심지어 정신병을 포함한 모든 것이 대량으로 생산된다. 그러나 모든 유행은 곧바로 지나가버리지"라고 했다.[9]

그는 거의 매일 느린 걸음으로 연구소에 가서 방정식과 씨름하여 통일장 이론의 지평선을 향해 조금 더 가까이 다가가려고 애썼다. 그는 전날밤 휴지 조각에 써두었던 골치 아픈 방정식으로 표현된 새로운 아이디어를 가지고 와서, 그의 마지막 조수였던 이스라엘에서 온 물리학자 브루리아 카우프만과 함께 검토했다.

그녀는 칠판에 방정식을 써놓고 함께 생각해보고 문제점을 지적했다. 그러면 아인슈타인이 반박을 했다. 그녀는 "교수님은 이것이 물리학적 실재에 적절한지 아닌지를 판단하는 기준을 가지고 있었다"고 기억했다. 거의 언제나 그랬듯이 그들이 걸림돌 때문에 새로운 방법을 포기하더라도 아인슈타인은 여전히 낙관적이었다. 시간이 흐르면서 그는 "글쎄. 우리는 무엇인가를 배웠다"고 말했다.[10]

저녁에는 자신의 동반자인 요한나 판토바에게 자기의 마지막 노력에 대해서 설명해주고, 그녀는 그것을 자신의 일기에 적어두었다. 1954년의 내용은 떠올랐다가 시들어버린 희망이 흩어져 있었다. 2월 20일 : "그의 이론을 단순화시켜줄 아주 중요한 새로운 면을 발견했다고 생각함. 오류가 없기를 바람." 2월 21일 : "오류를 발견하지는 못했지만, 새로운 방법은 어제 생각했던 것만큼 흥미롭지 않음." 8월 25일 : "아인슈타인 방정식은 훌륭해 보이고, 그것으로부터 무엇인가를 얻을 수 있을 것 같지만 정말 어려운 일임." 9월 21일 : "처음에는 단순한 이론처럼 보였지만 이제는 훌륭해 보이는 것으로 어느 정도 진전이 있었음." 10월 14일 : "오늘 그의 일에서 한 가지 오류를 발견함. 결함임." 10월 24일 : "오늘 그는 미친 듯이 계산을 했지만, 아무것도 얻지 못함."[11]

그해에 양자역학의 선구자였던 볼프강 파울리가 그를 방문했다. 사반세기 전에 솔베이 회의에서 그랬던 것처럼, 신이 주사위 놀이를 하는지에 대한 오래된 논쟁이 다시 시작되었다. 아인슈타인은 파울리에게 자신은 시스템을 관찰하는 실험적 방법을 분명히 해야만 시스템을 정의할 수 있다는 양자역학의 주장에 아직도 반대한다고 말했다. 그는 우리가 어떻게 관찰하는지에 상관없는 실재가 존재한다고 고집했다. 파울리는 막스 보른에게 보낸 편지에서 "아인슈타인은 어떤 상황에서도 객관적으로, 즉 시스템을 살펴보기 위해서 사용될 실험적 배열을 구체화하지 않고도 정의할 수 있는 '실재'라고 이름 붙여진 상태가 있다는 철학적 편견을 가지고 있다"고 신기하게 생각했다.[12]

옛 친구 베소에게 말했듯이 아인슈타인은 물리학이 "장의 개념, 즉 연속적 구조"를 근거로 해야 한다는 자신의 믿음에도 집착했다. 70년 전에 그는 나침반에 대한 경이로움 때문에 장의 개념에 빠져들게 되었고, 그때부터 장의 개념은 그의 이론을 이끌어왔다. 그러나 그는 베소에게 장 이론이 입자와 양자역학을 설명할 수 없는 것으로 밝혀진다면 어떻게 될 것인지를 걱정했다. "그런 경우에는 중력 이론을 포함한 내 성에는 아무것도 남지 않게 될 것이네."[13]

아인슈타인은 자신의 완고함에 대해서 사과하면서도 그것을 포기하지 않는 것을 자랑스럽게 생각했다. 그는 오랫동안 논쟁을 벌여왔던 또다른 동료인 루이 드 브로이에게 "내가 악마와 같은 양자를 보지 않으려고 상대성 모래에 영원히 머리를 처박고 있는 타조처럼 보일 것이 분명합니다"라고 했다. 그는 근원적인 원리에 대한 신뢰로부터 중력 이론을 발견했고, 그 때문에 그는 통일장 이론도 그런 방법으로 찾아낼 수 있을 것이라는 "맹신적 신봉자"가 되었다. 그는 드 브로이에게 빈정거리듯이 "그것으로 타조 정책이 설명될 것입니다"라고 했다.[14]

그는 자신의 유명한 『상대성 : 특수와 일반 이론』의 마지막 개정판 부록의 결론에서 이런 입장을 더 명백하게 밝혔다. 그는 "실험적으로 확인된 (입자와 파동 구조) 이중성은 실재의 개념을 완화해야만 이해할 수 있다는 생각이 유행하고 있다. 나는 그렇게 중요한 이론을 폐기하는 것은 현재 우리의 실제 지식으로는 정당화되지 않고, 상대성 장 이론에 이르는 길의 추구를 끝까지 포기하지 말아야 한다고 생각한다"고 했다.[15]

버트런드 러셀은 그에 덧붙여서 핵 시대에 평화를 보장할 수 있는 구조를 찾아내는 일을 계속해야 한다고 격려했다. 러셀은 자신들이 모두 제1차 세계대전을 반대했고, 제2차 세계대전은 지지했던 사실을 기억했다. 이제 제3차 대전을 예방하는 것은 필수적이었다. 러셀은 "나는 유명한 과학자가 정부에 만약에 일어날 수 있는 재앙을 깨닫게 해줄 극적인 일을 해야만 한다고 생각합니다"라고 했다. 아인슈타인은 답장에서 그들과 몇 사람의 다른 유명한 과학자와 사상가들이 서명할 수 있는 "공개 선언"을 제안했다.[16]

아인슈타인은 자신의 옛 친구들과 논쟁 상대였던 닐스 보어의 지지를 확보하는 일에 착수했다. 아인슈타인은 코펜하겐에 있는 보어에게 편지를 쓰는 것이 아니라 얼굴을 마주보고 있는 것처럼 "그렇게 얼굴을 찡그리지 마세요! 이것은 우리가 오래 전부터 논쟁을 해왔던 물리학과는 아무관계가 없고, 우리가 완전히 동의할 수 있는 문제에 대한 것입니다"라고 했다. 아인슈타인은 자신의 이름이 외국에서는 어느 정도 효과가 있겠지만, "내가 말썽꾸러기(과학적인 문제에서만이 아니라)로 알려져 있는" 미국에서는 그렇지 않을 것임을 인정했다.[17]

그런데 보어는 거절을 했고, 막스 보른을 포함한 9명의 다른 과학자들은 서명에 동참해주겠다고 동의했다. 러셀은 제안문을 단순한 청원으로 마무리했다. "미래의 어떠한 세계대전에서도 핵무기가 사용될 것이 확실하고, 그런 무기가 인류의 지속적인 존재를 위협할 것이라는 사실을 고려할 때, 우리는 세계의 정부들이 세계대전으로는 자신들의 목적을 추구할 수 없다는 사실을 깨닫고, 공개적으로 인정하기를 요구하며, 결과적으로 국가 간 갈등의 모든 문제의 해결을 위한 평화적 수단을 찾아낼 것을 요청한다."[18]

아인슈타인은 76회 생일까지 생존했지만, 건강 상태가 좋지 않아서 머서 가 112번지 앞에 모여든 기자와 사진기자들에게 손을 흔들어주러 밖으로 나올 수가 없었다. 우편집배원이 선물을 전달했고, 오펜하이머가 서류를 들고 다녀갔고, 벅키 가족이 몇 가지 수수께끼를 가져다주었고, 요한나 판토바는 모든 일을 기록했다.

선물 중에는 그의 사진을 보고 넥타이를 사용할 수 있을 것이라고 생각한 뉴욕 파밍데일 초등학교의 5학년 학생들이 보낸 넥타이도 있었다. 그는 감사 편지에서 정중하게 "나에게 넥타이는 아득한 기억으로만 존재합니다"라고 했다.[19]

며칠 후에 그는 60년 전 학생으로 취리히에서 만나, 개인적인 고해신부이자 과학적 조언자였던 미셸 베소의 사망 소식을 들었다. 아인슈타인은 자신에게도 몇 주가 남아 있을 뿐이라는 사실을 알고 있었던 것처럼 베소의 가족에게 보낸 위로 편지에서 죽음과 시간의 본질에 대한 생각을 적었다. "그는 이렇게 이상한 세상에서 나보다 조금 먼저 떠났습니다. 그것은 아무 뜻도 없습니다. 우리 믿음을 가진 물리학자에게 과거, 현재, 미래의 구분은 완고한 환상일 뿐입니다."

베소에게 그의 아내가 된 안나 빈텔러를 소개해주었던 아인슈타인은 친구가 어려움을 견뎌내고 결혼생활을 유지해온 것에 감동했다. 아인슈타인은 베소의 가장 감동적인 개인적 특성은 "나는 두 번씩이나 상당히 비극적으로 실패했던 일"인 여성과 조화롭게 살았다는 것이라고 했다.[20]

4월의 어느 일요일에 하버드의 과학사학자 I. 버나드 코헨이 아인슈타인을 만나러 갔다. 깊게 주름진 그의 얼굴은 코헨에게 비극적으로 보였지만, 그의 반짝이는 눈은 그가 늙지 않는 사람처럼 보이게 만들었다. 그는 조용하게 말했지만, 큰 소리로 웃었다. 코헨은 "자신이 좋아하는 사실을 이야기할 때마다 그는 큰 웃음을 터뜨렸다"고 기억했다.

아인슈타인은 얼마 전에 받았던, 동등성 원리를 보여주도록 설계된 과학적 장치에 특히 흥미를 가지고 있었다. 그것은 막대의 끝에 매달린 줄에 붙어 있는 공이 흔들리다가 막대 위에 놓여 있는 컵 안에 들어가는 구식 장난감과 같은 것이었다. 그러나 이것은 더 복잡했다. 공에 묶여 있는 끈이 컵의 바닥을 지나 장치의 손잡이 내부에 있는 느슨한 스프링에 연결되어 있었다. 공을 아무렇게나 흔들면 공은 어쩌다가 한 번씩 컵 속으로 들어간다. 문제는 공이 매번 컵으로 들어가게 만드는 방법이 있겠느냐는 것이었다.

코헨이 떠날 무렵에 아인슈타인은 크게 웃으면서 장치에 대한 답을 설명해주겠다고 했다. 그는 "이제 동등성 원리이다!"라고 선언했다. 그는 막대를 거의 천장에 닿을 정도로 밀어올렸다. 그런 후에 막대를 아래쪽으로 떨어뜨렸다. 자유낙하를 하던 공은 질량이 없는 것처럼 행동했다. 손잡이의 내부에 있는 스프링이 공을 컵 속으로 빨아들였다.[21]

아인슈타인은 일생의 마지막 주에 접어들고 있었고, 자신에게 가장 중요한 문제에 집중했던 것은 당연했다. 4월 11일에 그는 아인슈타인-러셀

선언에 서명했다. 훗날 러셀이 밝혔듯이 "그는 미쳐버린 세상에서 제정신으로 남아 있었다."[22] 그 문서에서 비롯된 것이 바로 매년 과학자와 사상가들이 모여서 핵무기를 통제하는 방법을 논의했던 퍼그워시 회의였다.

그날 오후 늦게, 이스라엘 대사 압바 에반이 유대국 7주년을 기념하기 위해서 예정되어 있던 아인슈타인의 라디오 연설에 대해서 의논하려고 머서 가에 도착했다. 에반은 그의 연설을 5,000만 명의 청취자가 듣게 될 것이라고 알려주었다. 아인슈타인은 감동했다. 그는 "이제 나에게 세계적으로 유명해질 기회가 생겼습니다"라면서 웃었다.

아인슈타인은 에반에게 커피를 대접하려고 부엌에서 덜그럭거린 후에, 이스라엘의 탄생을 자신의 일생에 경험했던 정치적 사건 중에서 도덕적 가치를 가진 몇 안 되는 경우 중의 하나로 생각한다고 말해주었다. 그러나 유대인들이 아랍인들과 함께 살아가는 방법을 제대로 배우지 못하고 있는 것을 걱정했다. 그는 몇 주 전에 어느 친구에게 "우리가 아랍 소수민족에게 보여주고 있는 자세는 국민으로서 우리의 도덕적 기준에 대한 실질적인 시험이 될 것이다"라고 했다. 그는 평화를 유지하기 위한 세계정부의 구성을 요구하는 독일어로 아주 촘촘하고 깨끗하게 쓴 연설의 폭을 넓히고 싶었다.[23]

아인슈타인은 다음 날 연구소로 출근했지만, 사타구니에 통증을 느꼈고, 그런 사실은 그의 얼굴에도 나타났다. 그의 조수가 괜찮으냐고 물었다. 그는 모든 것이 괜찮은데 나는 그렇지 않다고 대답했다.

다음 날 그는 집에 머물렀다. 이스라엘 영사가 찾아오기도 했지만, 여전히 몸이 좋지 않았기 때문이기도 했다. 방문객들이 떠난 후에 그는 낮잠을 자려고 누웠다. 그러나 듀카스는 그가 한낮에 화장실로 뛰어가는 소리를 들었고, 그는 그곳에서 쓰러졌다. 의사는 그에게 모르핀을 주사하여 잠을 자도록 했고, 듀카스는 자신의 침대를 그의 침대 바로 옆에 옮겨두고 밤새도록 그의 탈수된 입술에 얼음찜질을 해주었다. 그의 동맥류가 터지기 시작했다.[24]

다음 날 그의 집으로 불려온 여러 의사들은 상의 끝에 힘들어 보이기는 하지만 동맥을 고칠 수도 있는 외과 의사를 추천했다. 아인슈타인은 그런 제안을 거절했다. 그는 듀카스에게 "삶을 인공적으로 연장하는 것은 품위가 없다. 나는 내 몫을 했고, 이제는 떠날 시간이다. 나는 우아하게 떠나겠다"고 말했다.

그러나 그는 자신이 "무시무시한 죽음"의 고통을 겪게 될 것인지에 대해서 물어보았다. 의사들은 확실하지 않다고 대답했다. 체내 출혈은 몹시 괴로울 수도 있었다. 그러나 고통은 1분이나 1시간 정도 계속될 것이다. 그는 과로했던 듀카스에게 웃으면서 "당신은 정말 이성을 잃어버렸군. 나는 언젠가 죽어야만 하고, 언제 죽는지는 정말 문제가 되지 않는다"고 말했다.[25]

다음 날 아침에 듀카스는 그가 심한 고통을 느끼고, 머리를 들지도 못하는 것을 발견했다. 그녀는 전화로 달려갔고, 의사는 그를 병원으로 데려오도록 했다. 처음에는 거부했지만, 그가 듀카스에게 너무 부담을 주고 있다는 이야기를 듣고는 물러섰다. 구급차의 자원봉사 구급대원은 프린스턴의 정치경제학자였고, 아인슈타인은 그와 활발한 대화를 계속할 수 있었다. 마르고트는 한스 알베르트에게 전화를 했고, 그는 샌프란시스코에서 비행기를 타고 아버지의 병실에 도착했다. 그의 가까운 친구가 된 동료 독일 망명자였던 경제학자 오토 나탄도 뉴욕에서 달려왔다.

그러나 아인슈타인은 곧바로 사망하지 않았다. 일요일이었던 4월 17일에 잠을 깬 그는 훨씬 좋아진 상태였다. 그는 듀카스에게 자신의 안경과 종이와 연필을 가져다달라고 했고, 몇 가지 식을 적어나갔다. 그는 한스 알베르트에게 몇 가지 과학적 아이디어를 이야기해주고, 나탄에게는 독일 재무장의 위험에 대해서 이야기했다. 그는 자신의 방정식을 가리키면서 반농담으로 아들에게 "내가 수학을 조금 더 알았더라면"이라고 말했다.[26] 반세기 동안 독일의 국수주의와 자신의 수학적 도구의 한계를 유감으로 생각했던 것을 생각하면 그의 마지막 말은 적절한 것이었다.

그는 할 수 있을 때까지 일을 했고, 고통이 너무 심해지자 잠을 자기 시작했다. 월요일이었던 1955년 4월 18일 오전 1시에 간호사는 그가 알아들을 수 없는 몇 마디의 독일어를 중얼거리는 것을 들었다. 큰 물집처럼 동맥류가 터져버렸고, 아인슈타인은 일흔여섯 살의 나이로 사망했다.

그의 침대 옆에는 이스라엘 독립기념일을 위해서 준비했던 연설문의 원고가 놓여 있었다. 그것은 "오늘 나는 여러분에게 미국 시민이나 유대인이 아니라 인간으로서 이야기를 합니다"라고 시작되었다.[27]

그의 침대 옆에는 빽빽하게 쓴 방정식을 지우고 수정한 12페이지의 서류도 있었다.[28] 마지막 순간까지 그는 자신의 잡히지 않는 통일장 이론을 찾으려고 애를 썼다. 그가 마지막으로 잠을 자기 직전에 쓴 것은 자신과 우리 모두를 우주의 법칙에 나타난 정신에 조금 더 가까이 데려다줄 것이라고 바라던 한 줄의 기호와 숫자들이었다.

$$u_i{}^r{}_r u_q{}^q{}_k \left(-\frac{16}{9} + \frac{2}{9} - \frac{4}{9} + \frac{2}{9} + \frac{2}{18} + \frac{2}{18} \right) + u_k{}^r{}_r u_q{}^q{}_i \left(\frac{4}{9} + \frac{2}{9} - \frac{1}{9} + \frac{2}{9} \not{-} \frac{1}{18} \not{-} \frac{1}{18} \right)$$

$$\not{8} - 2 - \frac{4}{3} \qquad\qquad \frac{8}{\not{9}} \frac{5}{9}$$

에필로그

아인슈타인의 뇌와 그의 정신

아이작 뉴턴 경이 사망했을 때, 그의 시신은 웨스트민스터 대사원의 예루살렘 실에 안치되었고, 운구하는 사람들 중에는 대법관, 두 명의 공작, 세 명의 백작이 포함되어 있었다. 아인슈타인도 전 세계의 귀빈들로 북적이는 비슷한 장례식을 치를 수 있었다. 그러나 그의 유언에 따라 그는 세계에 소식이 알려지기도 전이었던 사망한 날 오후에 트렌턴에서 화장되었다. 화장장에는 한스 알베르트 아인슈타인, 헬렌 듀카스, 오토 나탄과 벅키 가족 네 사람을 포함해서 12명의 사람들이 자리했을 뿐이었다. 나탄은 괴테의 시 몇 줄을 읽었고, 그 후에 아인슈타인의 유골은 근처에 있는 델라웨어 강에 뿌려졌다.[1]

아이젠하워 대통령은 "어느 누구도 20세기 지식의 엄청난 팽창에 그렇게 많이 기여하지 못했다. 그리고 어느 누구도 지식이라는 힘을 소유하는 일에 그보다 더 겸손하지 못했고, 지혜가 없는 힘이 치명적이라는 사실을 더 확실하게 알지 못했다"고 선언했다. 「뉴욕 타임스」는 다음 날 그의 사망에 대해서 9편의 기사와 사설을 실었다. "인간은 이렇게 작은 지구에서

서서, 무수한 별과 파도치는 바다와 흔들리는 나무를 바라보면서 궁금하게 여긴다. 이 모든 것이 무엇을 뜻하는가? 어떻게 만들어졌을까? 지난 300년 동안에 우리 중에 등장했던 가장 사려 깊은 의문을 품은 사람이 알베르트 아인슈타인이라는 이름의 사람으로 사망했다."[2]

아인슈타인은 자신의 마지막 안식처가 병적인 숭배의 대상이 되지 않도록 자신의 유골을 뿌려달라고 고집했다. 그러나 그의 시신 중에서 화장을 하지 않았던 한 부분이 있었다. 무시무시하지 않다면 터무니없는 것처럼 보이는 극적인 과정을 통해서 아인슈타인의 뇌는 40년 이상 떠돌아다니는 유물이 되었다.[3]

아인슈타인이 사망하고 몇 시간 만에 프린스턴 병원의 병리학자 토머스 하비에 의해서 일상적인 것으로 생각되는 부검이 실시되었다. 그는 온화한 성격으로 삶과 죽음에 대해서 상당히 환상적인 자세를 가지고 있던 소도시의 퀘이커 교도였다. 정신이 나가버린 오토 나탄이 조용히 지켜보는 가운데 하비는 아인슈타인의 중요한 장기를 하나씩 제거해서 살펴보다가 전기톱으로 그의 두개골을 절개해서 뇌를 제거했다. 시신을 다시 꿰매던 그는 허락을 요구하지도 않고, 아인슈타인의 뇌를 약품으로 처리해서 보관하기로 결정했다.

다음 날 아침, 어느 프린스턴 학교의 5학년 교실에서 교사가 학생들에게 어떤 소식을 들었는지를 물었다. 그런 소식을 알려주는 첫 번째 학생이 되려고 애를 쓰던 어느 소녀가 "아인슈타인이 사망했습니다"라고 대답했다. 그러나 그녀의 대답은 교실 뒤쪽에 앉아 있던 보통은 조용한 소년에 의해서 압도되었다. 그는 "아버지가 그의 뇌를 가지고 있습니다"라고 말했다.[4]

아인슈타인의 가족은 물론이고 나탄도 그런 사실을 알고 깜짝 놀랐다. 한스 알베르트는 병원에 전화를 걸어 항의했지만, 하비는 뇌를 연구하는 것이 과학적으로 가치가 있을 수 있다고 고집했다. 그는 아인슈타인도 그것을 원했을 것이라고 말했다. 이 문제에 대해서 자신이 어떤 법적, 현실적 권리를 가지고 있는지 확신하지 못했던 아들은 마지못해 용납했다.[5]

곧이어서 하비는 아인슈타인의 뇌나 그 일부라도 얻고 싶어하는 사람들에게 둘러싸였다. 그는 미국 육군의 병리학 부대 관리와의 회의를 위해서 워싱턴으로 소환되었지만, 그들의 요구에도 불구하고 자신의 유명한 소유물을 그들에게 보여주는 것을 거절했다. 그것을 지키는 것이 임무가 되었다. 그는 결국 펜실베이니아 대학교의 친구들에게 그 일부를 현미경 슬라이드로 만들도록 요청하기로 결정했고, 이제 조각으로 잘라져서 과자를 담는 유리병 두 개에 넣어진 아인슈타인의 뇌는 그의 포드 뒷자리에 놓여서 그곳으로 옮겨졌다.

몇 년이 지났고, 정직하고 기괴했던 과정을 거쳐서 하비는 슬라이드나 남은 뇌 조각들을 자신의 마음에 드는 임의의 연구자들에게 나누어주었다. 그는 엄격한 연구를 요구하지도 않았고, 몇 년이 지나도 논문은 발표되지 않았다. 그런 사이에 프린스턴 병원을 그만둔 그는 이혼을 한 후에 몇 차례 재혼했고, 주소도 남기지 않으면서 뉴저지에서 미주리를 거쳐 캔자스로 이사했지만, 언제나 아인슈타인의 뇌의 남은 부분을 가지고 다녔다.

가끔씩 기자들이 그런 이야기를 듣고, 하비를 추적해서 언론에 작은 소동을 일으키기도 했다. 당시에는『뉴저지 먼슬리』에 있었지만 후에는「뉴스위크」로 옮겼던 스티븐 레비가 1978년에 그를 위치타에서 찾아냈다. 그는 자신의 사무실 구석에 있던 붉은 플라스틱 아이스박스 뒤에 놓여 있던 "코스타 사이다"라는 표지가 붙은 상자에서 아인슈타인의 뇌 조각이 담겨 있던 메이슨 유리병을 꺼냈다.[6] 20년 후에 다시 하비를 추적해서 찾아낸「하퍼스」의 자유분방하고 활기에 찬 작가였던 마이클 패터니티는 하비와 함께 빌린 뷰익 자동차에 뇌를 싣고 미국을 횡단한 여행에 대한 이야기로 상을 받은 기사와,『드라이빙 미스터 아인슈타인(*Driving Mr. Albert*)』이라는 베스트셀러를 만들었다.

그들의 목적지는 캘리포니아였다. 그곳에서 그들은 아인슈타인의 손녀인 에벌린 아인슈타인을 방문했다. 그녀는 이혼을 했고, 최저 수준의 직업을 가지고 가난과 싸우고 있었다. 뇌를 가지고 다니는 하비의 답사 여행은 그녀에게 소름끼치는 일이었지만, 한 가지 비밀에 특별한 관심을 가지고 있었다. 그녀는 한스 알베르트와 그의 아내 프리다의 양녀였지만, 그녀의 탄생 시기와 상황이 확실하지 않았다. 그녀는 어쩌면, 정말 어쩌면 자신이 실제로는 아인슈타인의 딸일 수도 있다고 의심하게 만드는 소문을 들은 적이 있었다. 그녀는 엘자가 사망한 후 아인슈타인이 여러 여성과 시간을 보내던 시기에 태어났다. 어쩌면 그런 밀애의 결과로 그녀가 태어났고, 아 인슈타인은 그녀를 한스 알베르트에게 입양시켰을 수도 있었다. 아인슈타 인 기록의 초기 편집자였던 로버트 슐만과 일을 하던 그녀는 아인슈타인의 뇌에서 채취한 DNA의 연구에서 얻을 수 있는 정보를 확인하고 싶었다. 불행하게도 하비가 뇌를 처리한 방법으로는 쓸 만한 DNA를 채취할 수 없 다는 사실이 밝혀졌다. 그리고 그녀의 의문은 영원히 해결될 수 없었다.[7]

아인슈타인의 뇌를 지키던 떠돌이 보호자로 43년을 지낸 여든여섯 살 의 토머스 하비는 1998년 책임을 다른 사람에게 넘겨주어야 할 때가 되었 다고 결정했다. 그는 프린스턴 병원에서 현재 병리학자로 일하고 있는 사 람에게 전화를 하고 그것을 넘겨주려고 찾아갔다.[8]

하비가 그동안 아인슈타인의 뇌를 나누어주었던 십여 명의 사람들 중에 서 오직 세 사람만이 중요한 과학적 연구 결과를 발표했다. 첫 번째 논문은 마리안 다이아몬드가 이끄는 버클리 연구진이 발표한 것이었다.[9] 그 논문 은 아인슈타인 뇌의 두정피질(頭頂皮質) 부위에서 글리아 세포라고 알려 진 것과 뉴런의 비율이 높다고 보고했다. 저자들은 그것이 뉴런들이 활용 되었기 때문에 더 많은 에너지를 필요로 했다는 증거일 수 있다고 했다.

이 연구에서는 그의 일흔여섯 살 때의 뇌를 평균 예순네 살에 사망한 11명의 다른 남성의 뇌와 비교했다는 것이 문제였다. 비교 대상 중에는 그런 결과가 맞는지를 확인시켜줄 만한 다른 천재의 뇌는 포함되어 있지 않았다. 그리고 다른 근원적인 문제점도 있었다. 평생에 걸친 뇌의 발달 을 추적할 능력이 없었기 때문에 그런 물리적 특성이 더 높은 지능의 원인 일 수 있는지와, 그런 특징이 오랜 세월에 걸쳐서 뇌의 특정한 부위를 사 용하고 훈련한 결과일 수 있는지가 확실하지 않았다.

1996년에 발표된 두 번째 논문은 아인슈타인의 대뇌피질이 5명의 다른 뇌 시료의 경우보다 더 얇았고, 뉴런의 밀도가 더 높았다고 주장했다. 역시 시료가 너무 적었고, 증거는 너무 애매했다.

가장 많이 인용된 논문은 1999년 샌드라 위텔슨 교수와 온타리오의 맥매스터 대학교의 연구진이 발표한 것이었다. 하비는 자발적으로 그녀에게 팩스를 보내어 연구용 시료를 주겠다고 제안했다. 그는 이미 80대였지만, 손수 운전하여 두정엽(頭頂葉)을 포함해서 아인슈타인 뇌의 약 5분의 1에 해당하는 덩어리를 캐나다까지 날라다주었다.

35명의 다른 남성의 뇌와 비교해보았을 때, 아인슈타인의 뇌는 두정엽의 한 부분에서 다른 사람들보다 주름이 훨씬 더 짧았고, 그것이 수학적, 공간적 사고에 결정적인 역할을 하는 것으로 보였다. 그의 뇌에서는 이 부분이 15퍼센트 정도 더 넓었다. 논문은 그런 특징들이 이 영역에서 훨씬 더 풍부하고, 훨씬 더 통합적인 뇌 회로를 만들어냈을 것이라고 추정했다.[10]

그러나 글리아와 주름의 패턴을 살펴보는 것으로는 아인슈타인의 상상력과 직관력을 진정으로 이해할 수 없었다. 적절한 의문은 그의 뇌가 아니라 그의 **정신**이 어떻게 작동했는지에 대한 것이었다.

아인슈타인이 자신의 정신적 성과에 대한 설명으로 가장 자주 이야기했던 것은 호기심이었다. 그는 말년에 가까워서 "나는 특별한 재능이 아니라 열정적인 호기심을 가지고 있을 뿐이다"라고 했다.[11]

그의 천재성에 영향을 준 요인을 찾아내려면 그런 특성이 가장 좋은 출발점이 될 수 있다. 몸이 아파서 침대에 누워 있으면서 나침반의 바늘이 북쪽을 가리키는 이유를 알아내려고 애를 쓰는 소년이 있다. 우리도 대부분 제자리로 돌아가는 그런 바늘을 보았던 것을 기억하지만, 자기장이 어떻게 작동하고, 그것이 얼마나 빨리 전파되며, 그것이 물질과 어떻게 상호작용할 수 있는지에 대한 의문을 열정적으로 추구하는 사람은 거의 없다.

광선 옆에서 달리기를 하면 어떨까? 만약 우리가 딱정벌레가 굽은 잎을 가로질러 기어가듯이 굽은 공간을 통해서 움직인다면 우리가 그런 사실을 어떻게 알아낼까? 두 사건이 동시에 일어난다고 하는 것은 무슨 뜻일까? 아인슈타인의 경우, 호기심은 단순히 신비스러운 것에 대해서 질문하고 싶은 욕심에서 나오는 것이 아니었다. 더 중요한 것은 그것이 그에게 익숙한 것, 즉 언젠가 그가 말했듯이 "보통의 어른들은 결코 고민하지 않을" 그런 개념들에 대해서 의문을 품도록 해주는 어린아이와 같은 경이로움의 느낌에서 나온다는 것이었다.[12]

그는 잘 알려진 사실들을 보고 다른 사람들은 주목하지 못했던 통찰을 얻을 수가 있었다. 예를 들면, 뉴턴 이후로 과학자들은 관성 질량이 중력 질량과 동일하다고 알고 있었다. 그러나 아인슈타인은 그것이 우주에 대한 설명을 풀어낼 수 있는 중력과 가속 사이의 동등성을 뜻한다는 사실을 알아냈다.[13]

아인슈타인 신념의 핵심은 자연이 아무 관계도 없는 특성들로 채워져 있지 않다는 것이었다. 따라서 호기심에는 목적이 있어야만 한다. 아인슈타인에게 그것은 의문을 제기하는 마음을 만들어내고, 그것이 그가 종교적 느낌과 동등하다고 보았던 우주에 대한 올바른 인식을 만들어냈다. 그는 언젠가 "호기심은 그 스스로 존재의 이유를 가지고 있다. 영원, 생명, 실재의 훌륭한 구조의 신비에 대해서 깊이 생각해보면 경이로움을 느끼지 않을 수가 없다"고 설명했다.[14]

아인슈타인의 호기심과 상상력은 아주 어렸을 때부터 주로 언어보다는 시각을 이용한 심상(心象)이나 사고실험처럼 시각화된 사고(思考)로 표현되었다. 수학의 붓놀림으로 그려진 물리학적 실재를 시각화하는 능력도 포함되었다. 그의 초기 학생들 중 한 사람은 "그는 우리에게는 추상적인 것에 지나지 않는 수식의 뒤에 감춰진 물리학적 내용을 곧바로 알아냈다"고 했다.[15] 양자의 개념을 생각해냈던 플랑크는 그것을 수학적 발명품으로만 보았지만, 그것의 물리학적 실체를 이해한 것은 아인슈타인이었다. 움직이는 물체를 설명하는 수학적 변환을 생각해낸 것은 로렌츠였지만, 그것을 근거로 상대성 이론을 만든 것은 아인슈타인이었다.

1930년대의 어느 날, 아인슈타인은 시인들이 어떻게 일하는지를 알아보기 위해서 생종 페르스를 프린스턴으로 초청했다. 아인슈타인은 "시상(詩想)이 어떻게 떠오릅니까?"라고 물었다. 시인은 직관과 상상의 역할에 대해서 이야기했다. 아인슈타인은 "과학자에게도 똑같습니다. 그것은 갑작스러운 환상이고 거의 황홀경에 가까운 것입니다. 정확히 말하자면 그 후에 지적 분석과 실험으로 그런 직관을 확인하거나 부정하게 됩니다. 그러나 처음에는 상상에 의한 거대한 약진이 있습니다"라고 대답했다.[16]

아인슈타인의 사고에는 미학적인 면, 즉 아름다움에 대한 느낌이 있었다. 그리고 그는 아름다움의 한 성분은 단순성이라고 느꼈다. 그는 유럽에서 미국으로 떠났던 해에 옥스퍼드에서 발표한 신조에서 "자연은 단순성을 좋아한다"는 뉴턴의 격언과 비슷한 의미로 "자연은 생각할 수 있는 가장 단순한 수학적 아이디어의 구현이다"라고 했다.[17]

그와 비슷한 오컴의 면도날과 다른 철학적 격언에도 불구하고, 반드시 그래야만 하는 자명한 이유는 없다. 신이 실제로 주사위 놀이를 하는 것이 가능한 것과 마찬가지로, 신이 비잔틴의 복잡성을 좋아할 수도 있다. 그러나 아인슈타인은 그렇게 생각하지 않았다. 1930년대에 그의 조수였던 나탄 로젠은 "이론을 만들 때 그의 방법은 예술가들이 사용하는 것과 비슷했다. 그는 단순성과 아름다움을 목표로 했고, 그에게 아름다움은 무엇보다도 근본적으로 단순성이었다"고 했다.[18]

그는 꽃밭에서 잡초를 뽑아내는 정원사와 같았다. 물리학자 리 스몰린은 "나는 아인슈타인이 그만큼의 업적을 이룩할 수 있도록 해준 것은 주로 정신적 능력 덕분이었다고 믿는다. 그는 대부분의 동료들보다 훨씬 더 물리학 법칙들이 자연의 모든 것을 조리 있고 일관되게 설명해야만 한다고 믿었다"고 했다.[19]

아인슈타인의 통합에 대한 직관은 그의 성격에도 포함되어 있었고, 정치적 신념에도 반영되었다. 그는 우주를 지배할 수 있는 과학에서의 통일 이론을 추구하면서, 행성을 지배할 수 있는 정치에서의 통일, 즉 보편적 원리를 근거로 하는 세계 연맹주의를 통해서 속박을 벗어난 국수주의의 무정부 상태를 극복하기 위한 방법을 추구했다.

어쩌면 그의 성격에서 가장 중요한 면은 독행자가 되겠다는 것이었다. 그것은 그의 말년에 갈릴레오의 개정판 서문에서 부각시켰던 자세였다. "내가 갈릴레오의 일에서 인식한 주제는 권위를 근거로 한 어떠한 종류의 교리에 열정적으로 저항했다는 것이다."[20]

플랑크, 푸앵카레, 로렌츠가 모두 1905년에 아인슈타인이 이룩했던 돌파구에 가까이 다가갔었다. 그러나 그들은 권위를 근거로 한 교리에 너무 깊이 빠져 있었다. 그들 중에서 아인슈타인만이 수백 년 동안의 과학을 정의해왔던 기존의 사고방식을 던져버릴 만큼 용기가 있었다.

그런 유쾌한 독행성이 그로 하여금 발을 맞추어 행진하는 프로이센 군대의 모습에 질겁하도록 만들었다. 그것은 정치적인 견해로 발전한 개인적인 견해였다. 그는 자유로운 정신을 억압했던 나치주의에서 스탈린주의와 매카시 선풍에 이르기까지 모든 형태의 폭정에 치를 떨었다.

아인슈타인의 기본적인 신조는 자유가 창의성의 근원이라는 것이었다. 그는 "과학과 창의적인 정신활동의 발전은 권위주의적인 사회적 편견의 구속으로부터 자유로운 사상으로 구성된 자유를 필요로 한다"고 했다. 그는 그것을 길러주는 것이 정부의 기본적인 역할이고 교육의 임무라고 생각했다.[21]

아인슈타인의 견해를 정의하는 간단한 식이 있었다. 창의성은 추종하지 않으려는 의지를 요구했다. 그것은 자유로운 정신과 자유로운 영혼을 요구했고, 다시 "허용의 정신"을 요구했다. 그리고 허용의 기반은 아무도 다른 사람에게 아이디어나 믿음을 강요할 수 있는 권리를 가지고 있지 않다고 믿는 겸손함이었다.

세상에는 염치없는 천재들이 많았다. 아인슈타인이 특별했던 것은 그의 정신과 영혼이 그런 겸손함을 갖추고 있었다는 것이었다. 그는 자신만의 외로운 노력에서는 조용하게 자신감에 차 있었지만, 자연이 만들어놓은 작품의 아름다움에 대해서는 겸손하게 경탄했다. "정신은 우주의 법칙에서 발현되는 것이고, 우주의 법칙은 인간의 정신보다 엄청나게 뛰어나며, 하찮은 능력을 가진 우리가 겸손하게 느껴야만 하는 것이다. 그래서 과학의 추구는 특별한 종류의 종교적 감정으로 이어진다."[22]

기적이 신의 존재를 증명해준다고 믿는 사람들도 있다. 아인슈타인의 경우에는 기적이 일어나지 않는다는 것이 성스러운 섭리를 보여주는 것이었다. 우주가 이해 가능하고, 법칙을 따른다는 사실이 경탄할 가치가 있는 것이다. 그것이 "존재하는 모든 것의 조화를 통해서 스스로를 드러내는 신"의 본질적인 특성이다.[23]

아인슈타인은 그런 존경의 느낌, 그런 우주적 종교가 모든 진정한 예술과 과학의 원천이라고 생각했다. 그것이 바로 자신을 이끌어준 것이었다. 그는 "내가 이론을 평가할 때는 만약 내가 신이라면 세상을 그런 식으로 만들겠는지를 자문해본다"고 했다.[24] 그것은 또한 자신감과 경외심이 아름답게 혼합되어 그를 우아하게 만들어준 것이기도 하다.

그는 인류와 밀접하게 연결된 외톨이였고, 존경심으로 채워진 독행자였다. 그래서 상상력이 풍부하고 버릇없는 특허심사관은 우주 창조주의 독심술사이면서 원자와 우주의 신비를 풀어내는 열쇠공이 되었다.

참고 문헌

아인슈타인의 편지와 글

『아인슈타인 문집(*The Collected Papers of Albert Einstein*)』(CPAE) 1-10권,
1987-2006. 프린스턴 : 프린스턴 대학교 출판부

창립 편집인은 존 스타첼이었다. 현재의 편집장은 다이애나 코르모스 버치월드이다. 편집인을 역임했던 사람으로는 데이비드 캐시디, 로버트 슐만, 위르겐 렌, 마틴 클라인, A. J. 녹스, 미셸 얀센, 요세프 일리, 크리스토프 레너, 대니얼 케네픽, 틸만 사우어, 제프 로젠크란츠, 버지니아 아이리스 홈스 등이 있다.

이 문집은 1879년부터 1920년까지의 문서를 담은 것이다. 각 권은 독일어 원문과 영어 번역으로 구성되어 있다. 각 권의 페이지 번호는 다르지만, 문서 번호는 같다. 이 책에서 (편집인의 글이나 주석의 경우처럼) 다른 책에 없는 내용을 인용할 때는 권, 언어, 페이지 번호를 표시했다.

알베르트 아인슈타인 기록보존소(Albert Einstein Archives : AEA)

이 기록보존소는 현재 예루살렘의 히브리 대학교에 있고, 칼텍의 아인슈타인 기록사업소와 프린스턴 대학교 도서관에 사본이 있다. 기록보존소의 문서들은 날짜와 함께 AEA 서류철과 문서 번호를 표시했다. 번역이 되지 않은 경우에는 제임스 홉스와 나타샤 호프마이어가 이 책을 위해서 마련해준 번역을 이용했다.

자주 인용된 문헌

Abraham, Carolyn. 2001. *Possessing Genius*. New York: St. Martin's Press.

Aczel, Amir. 1999. *God's Equation: Einstein, Relativity, and the Expanding Universe*. New York: Random House.

_____. 2002. *Entanglement: The Unlikely Story of How Scientists, Mathematicians, and Philosophers Proved Einstein's Spookiest Theory*. New York: Plume.

Baierlein, Ralph. 2001. *Newton to Einstein: The Trail of Light, an Excursion to the Wave-Particle Duality and the Special Theory of Relativity*. New York: Cambridge University Press.

Barbour, Julian, and Herbert Pfister, eds. 1995. *Mach's Principle: From Newton's Bucket to Quantum Gravity*. Boston: Birkhäuser.

Bartusiak, Marcia. 2000. *Einstein's Unfinished Symphony*. New York: Berkley.

Batterson, Steve. 2006. *Pursuit of Genius*. Wellesley, Mass.: A. K. Peters.

Beller, Mara, et al., eds. 1993. *Einstein in Context*. Cambridge, England: Cambridge University Press.

Bernstein, Jeremy. 1973. *Einstein*. Modern Masters Series. New York: Viking.

_____. 1991. *Quantum Profiles*. Princeton: Princeton Unniversity Press.

_____. 1996a. *Albert Einstein and the Frontiers of Physics*. New York: Oxford University Press.

_____. 1996b. *A Theory for Everything*. New York: Springer-Verlag.

_____. 2001. *The Merely Personal*. Chicago: Ivan Dee.

_____. 2006. *Secrets of the Old One: Einstein, 1905*. New York: Copernicus.

Besso, Michele. 1972. *Correspondence 1903–1955*. In German with parallel French translation by Pierre Speziali, Paris: Hermann.

Bird, Kai, and Martin J. Sherwin. 2005. *American Prometheus: The Triumph and Tragedy of J. Robert Oppenheimer*. New York: Knopf.

Bodanis, David. 2000. *E=mc²: A Biography of the World's Most Famous Equation*. New York: Walker.

Bolles, Edmund Blair. 2004. *Einstein Defiant: Genius versus Genius in the Quantum Revolution*. Washington, D.C.: Joseph Henry.

Born, Max. 1978. *My Life: Recollections of a Nobel Laureate*. New York: Scribner's.

_____. 2005. *Born-Einstein Letters*. New York: Walker Publishing. (Originally published in 1971, with new material for the 2005 edition)

Brain, Denis. 1996. *Einstein: A Life*. Hoboken, N.J.: Wiley.

_____. 2005. *The Unexpected Einstein*. Hoboken, N.J.: Wiley.

Brockman, John, ed. 2006. *My Einstein*. New York: Pantheon.

Bucky, Peter. 1992. *The Private Albert Einstein*. Kansas City, Mo.: Andrews and McMeel.

Cahan, David. 2000. "The Young Einstein's Physics Education." In Howard and Stachel 2000.

Calaprice, Alice, ed. 2005. *The New Expanded Quotable Einstein*. Princeton: Princeton University Press.

Calder, Nigel. 1979. *Einstein's Universe: A Guide to the Theory of Relativity*. New York: Viking Press. (Reissued by Penguin Press in 2005)

Carroll, Sean M. 2003. *Spacetime and Geometry: An Introduction to General Relativity*. Boston: Addison-Wesley.

Cassidy, David C. 2004. *Einstein and Our World*. Amherst, N.Y.: Humanity Books.

Clark, Ronald. 1971. *Einstein: The Life and Times*. New York: HarperCollins.

Corry, Leo, Jürgen Renn, and John Stachel. 1997. "Belated Decision in the Hilbert-Einstein Priority Dispute." *Science* 278: 1270–1273.

Crelinsten, Jeffrey. 2006. *Einstein's Jury: The Race to Test Relativity*. Princeton: Princeton University Press.

Damour, Thibault. 2006. *Once upon Einstein*. Wellesley, Mass.: A. K. Peters.

Douglas, Vibert. 1956. *The Life of Arthur Stanley Eddington*. London: Thomas Nelson.

Dukas, Helen, and Banesh Hoffmann, eds. 1979. *Albert Einstein: The Human Side. New Glimpses from His Archives*. Princeton: Princeton University Press.

Dyson, Freeman. 2003. "Clockwork Science."(Review of Galison). *New York Review of Books*, No v. 6.

Earman, John. 1978. *World Enough and Space-Time*. Cambridge, Mass.: MIT Press.

Earman, John, Clark Glymour, and Robert Rynasiewicz. 1982. "On Writing the History of Special Relativity." *Philosophy of Science Association Journal* 2: 403–416.

Earman, John, et al., eds. 1993. *The Attraction of Gravitation: New Studies in the History of General Relativity*. Boston: Birkhäuser.

Einstein, Albert. 1916. *Relativity: The Special and the General Theory*. (대중서로 쓰인 이 책은 1916년 12월에 독일어로 발간되었다. 공인된 영어 번역은 1920년에 런던의 메투엔과 뉴욕의 헨리 홀트에 의해서 발간되었다. 그의 생전에 영어 번역은 15판의 개정판이 발간되었고, 1952년까지 그가 부록을 더했다. 지금은 여러 출판사에서 발간된 것을 구할 수 있다. 여기서 인용한 것은 1995년 랜덤 하우스 판이다. 이 책은 www.bartleby.com/173과 www.gutenberg.org/etext/5001에서 찾을 수 있다.)

_____. 1922a. *The Meaning of Relativity*. Princeton: Princeton University Press. (프린스턴에서 1921년에 했던 강의를 근거로 한 기술서. 1954년에 발간된 제5개정판에는 통일장 이론을 개발하려는 새로운 시도를 소개하는 부록이 있다. 프린스턴 대학교 출판부의 2005년 판에는 브라이언 그린의 소개문이 실려 있다.)

_____. 1922b. *Sidelights on Relativity*. New York: Dutton.

_____. 1922c. "How I Created the Theory of Relativity." Talk in Kyoto, Japan, Dec. 14. (이 책에서는 새로 수정되어 지금까지 발간되지 않은 번역본을 사용했다. 아인슈타인의 교토 강연은 강연장에서 직접 받아적었던 이론물리학자 준 이시와라에 의해서 1923년에 일본어로 발간되었다. 요시마사 A. 오노가 그의 강연록을 영어로 번역해서 1982년 8월에 「피직스 투데이」에 실었다. 지금까지 아인슈타인에 대한 책을 쓴 대부분의 저자들이 사용했던 이 글에는 오류가 있었다. 특히 아인슈타인이 마이컬슨-몰리 실험에 대해서 설명한 부분이 그렇다. 료이치 이타가키[Ryoichi Itagaki, "Einstein's Kyoto Lecture," *Science* magazine, vol. 283, March 15, 1999] 참조. 이타가키 교수의 수정된 번역은 CPAE에서 발간할 예정이다. 이 번역의 사본을 제공해준 제럴드 홀턴에게 감사한다. See also Seiya Abiko, "Einstein's Kyoto Address," *Historical Studies in the Physical and Biological Sciences* 31 (2000): 1–35.)

_____. 1934. *Essays in Science*. New York: Philosophical Library.

_____. 1949a. *The World As I See It*. New York: Philosophical Library. (Based on *Mein Weltbild*, edited by Carl Seelig.)

_____. 1949b. "Autobiographical Notes." In Schilpp 1949, 3–94.

_____. 1950a. *Out of My Later Years*. New York: Philosophical Library.

_____. 1950b. *Einstein on Humanism*. New York: Philosophical Library.

_____. 1954. *Ideas and Opinions*. New York: Random House.

_____. 1956. "Autobiographische Skizze." In Seelig 1956b.

Einstein, Albert, and Leopold Infeld. 1938. *The Evolution of Physics: The Growth of Ideas from Early Concepts to Relativity and Quanta*. New York: Simon & Schuster.

Einstein, Elizabeth Roboz. 1991. *Hans Albert Einstein: Reminiscences of Our Life Together*. Iowa City: University of Iowa Press.

Einstein, Maja. 1923. "Albert Einstein—A Biographical Sketch." CPAE 1: xv. (이 글은 본래 그녀가 쓰고 싶었던 책을 시작하기 위해서 1923년에 쓴 것이고, 그 책은 결국 발간되지 못했다. 이 글은 1905년까지 오빠의 일생을 기록했다. See lorentz.phl.jhu.edu/AnnusMirabilis/AeReserveArticles/maja.pdf.)

Eisenstaedt, Jean, and A. J. Kox, eds. 1992. *Studies in the History of General Relativity*. Boston: Birkhäuser.

Elon, Amos. 2002. *The Pity of It All: A History of the Jews in Germany, 1743-1933*. New York: Henry Holt.

Elzinga, Aant. 2006. *Einstein's Nobel Prize*. Sagamore Beach, Mass.: Science History Publications.

Fantova, Johanna. "Journal of Conversations with Einstein, 1953-55." In Princeton University Einstein Papers archives and published as an appendix in Calaprice 2005. (칼라프리스의 개정판마다 페이지 번호가 다르기 때문에 출처를 분명히 밝히기 위해서 판토바의 기록을 날짜로 표시했다.)

Federal Bureau of Investigation. Files on Einstein. Available through the Freedom of Information Act website, foia.fbi.gov/foiaindex/einstein.htm.

Feynman, Richard. 1997. *Six Not-So-Easy Pieces: Einstein's Relativity, Symmetry, and Space-Time*. Boston: Addison-Wesley.

_____. 1999. *The Pleasure of Finding Things Out*. Cambridge, England: Persus.

_____. 2002. *The Feynman Lectures on Gravitation*. Boulder, Colo.: Westview Press.

Fine, Arthur. 1996. *The Shaky Game: Einstein, Realism, and the Quantum Theory*. Chicago: University of Chicago Press. (Revised edition of original 1986 publication.)

Flexner, Abraham. 1960. *An Autobiography*. New York: Simon & Schuster.

Flückiger, Max. 1974. *Albert Einstein in Bern*. Bern: Haupt.

Fölsing, Albrecht. 1997. *Albert Einstein: A Biography*. Translated and a bridged by Ewald Osers. New York: Viking. (Original unabridged edition in German published in 1993.)

Frank, Philipp. 1947. *Einstein: His Life and Times*. Translated by George Rosen. New York: Da Capo Press. (Reprinted in 2002)

_____. 1957. *Philosophy of Science*. Saddle River, N.J.: Prentice-Hall.

French, A. P., ed. 1979. *Einstein: A Centenary Volume*. Cambridge, Mass.: Harvard University Press.

Friedman, Alan J., and Carol C. Donley. 1985. *Einstein as Myth and Muse*. Cambridge, England: Cambridge University Press.

Friedman, Robert Marc. 2005. "Einstein and the Nobel Committee." *Europhysics News*, July/Aug.

Galileo Galilei. 1632. *Dialogue Concerning the Two Chief World Systems: Ptolemaic and Copernican*. (스틸만 드레이크가 번역을 하고, 알베르트 아인슈타인이 머리말을 쓰고, 존 하일브론이 서문을 쓴 모던 라이브러리의 2001년판을 사용했다.)

Galison, Peter. 2003. *Einstein's Clocks, Poincaré's Maps*. New York: Norton.

Gamow, George. 1996. *Thirty Years That Shook Physics: The Story of Quantum Theory*. New York: Dover.

_____. 1970. *My World Line*. New York: Viking.

_____. 1993. *Mr. Tompkins in Paperback*. New York: Cambridge University Press.

Gardner, Martin. 1976. *The Relativity Explosion*. New York: Vintage.

Gell-Mann, Murray. 1994. *The Quark and the Jaguar*. New York: Henry Holt.

Goenner, Hubert. 2004. "On the History of Unified Field Theories." Living Reviews in Relativity website, relativity.livingreviews.org/.

_____. 2005. *Einstein in Berlin*. Munich: Beck Verlag.

Goenner, Hubert, et al., eds. 1999. *The Expanding Worlds of General Relativity*. Boston: Birkhäuser.

Goldberg, Stanley. 1984. *Understanding Relativity: Origin and Impact of a Scientific Revolution*. Bos- ton: Birkhäuser.

Goldsmith, Maurice, et al. 1980. *Einstein: The First Hundred Years*. New York: Pergamon Press.

Goldstein, Rebecca. 2005. *Incompleteness: The Proof and Paradox of Kurt Gödel*. New York: Atlas/Norton.

Greene, Brian. 1999. *The Elegant Universe: Superstrings, Hidden Dimensions, and the Quest for the Ultimate Theory*. New York: Norton.

_____. 2004. *The Fabric of the Cosmos: Space, Time, and the Texture of Reality*. New York: Knopf.

Gribbin, John, and Mary Gribbin. 2005. *Annus Mirabilis: 1905, Albert Einstein, and the Theory of Relativity*. New York: Chamberlain Brothers.

Haldane, Richard. 1921. *The Reign of Relativity*. London: Murray. (Reprinted in 2003 by the University Press of the Pacific in Honolulu.)

Hartle, James. 2002. *Gravity: An Introduction to Einstein's General Relativity*. Boston: Addison-Wesley.

Hawking, Stephen. 1999. "A Brief History of Relativity." *Time*, Dec. 31.

_____. 2001. *The Universe in a Nutshell*. New York: Bantam.

_____. 2005 "Does God Play Dice?" Available at www.hawking.org.uk/lectures/lindex.html.

Hawking, Stephen, and Roger Penrose. 1996. *The Nature of Space and Time*. Princeton: Princeton University Press.

Heilbron, John. 2000. *The Dilemmas of an Upright Man: Max Planck and the Fortunes of German Science*. Cambridge, Mass.: Harvard University Press. (Revised edition of 1986 book.)

Heisenberg, Werner. 1958. *Physics and Philosophy*. New York: Harper.

_____. 1971. *Physics and Beyond: Encounters and Conversations*. New York: Harper & Row.

_____. 1989. *Encounters with Einstein*. Princeton: Princeton University Press.

Highfield, Roger, and Paul Carter. 1994. *The Private Lives of Albert Einstein*. New York: St. Martin's Press.

Hoffmann, Banesh, with the collaboration of Helen Dukas. 1972. *Albert Einstein: Creator and Rebel*. New York: Viking.

Hoffmann. Banesh. 1983. *Relativity and Its Roots*. New York: Scientific American Books.

Holmes, Frederick. L., Jürgen Renn, and Hans-Jörg Rheinberger, eds. 2003. *Reworking the Bench: Research Notebooks in the History of Science*. Dordrecht: Kluwer.

Holton, Gerald. 1973. *Thematic Origins of Scientific Thought: Kepler to Einstein*. Cambridge, Mass.: Harvard University Press.

_____. 2000. *Einstein, History, and Other Passions: The Rebellion against Science at the End of the Twentieth Century*. Cambridge, Mass.: Harvard University Press.

_____. 2003. "Einstein's Third Paradise." *Daedalus* 132, no. 4 (fall): 26-34. Available at www.phys ics.harvard.edu/holton/3rdParadise.pdf.

Holton, Gerald, and Stephen Brush. 2004. *Physics, the Human Adventure*. New Brunswick, N.J.: Rutgers University Press.

Holton, Gerald, and Yehuda Elkana, eds. 1997. *Albert Einstein: Historical and Cultural Perspectives*. The Centennial Symposium in Jerusalem. Mineola, N.Y.: Dover Publications.

Howard, Don. 1985. "Einstein on Locality and Separability." *Studies in History and Philosophy of Science* 16: 171-201.

_____. 1990a. "Einstein and Duhem." *Synthese* 83: 363-384.

_____. 1990b. "'Nicht sein kann was nicht sein darf,' or The Prehistory of EPR, 1909-1935. Einstein's Early Worries about the Quantum Mechanics of Composite Systems." In Arthur Miller, ed., *Sixty-two Years of Uncertainty: Historical, Philosophical, and Physical Inquiries into the Foundations of Quantum Mechanics*. New York: Plenum, 61-111.

_____. 1993. "Was Einstein Really a Realist?" *Perspectives on Science* 1: 204-251.

_____. 1997. "A Peek behind the Veil of Maya: Einstein, Schopenhauer, and the Historical Background of the Conception of Space as a Ground for the Individuation of Physical Systems." In John Earman and John D. Norton, eds., *The Cosmos of Science: Essays of Exploration*. Pittsburgh: University of Pittsburgh Press, 87-150.

_____. 2004. "Albert Einstein, Philosophy of Science." *Stanford Encyclopedia of Philosophy*. Available at plato.stanford.edu/entries/einstein-philscience/.

_____. 2005. "Albert Einstein as a Philosopher of Science." *Physics Today*, Dec., 34.

Howard, Don, and John Norton. 1993. "Out of the Labyrinth? Einstein, Hertz, and the Göttingen Answer to the Hole Argument." In Earman et al. 1993.

Howard, Don, and John Stachel, eds. 1989. *Einstein and the History of General Relativity*. Boston: Birkhäuser.

_____, eds. 2000. *Einstein: The Formative Years, 1879-1909*. Boston: Birkhäuser.

Illy, József, ed. 2005, February. "Einstein Due Today." Manuscript. (패서디나의 아인슈타인 기록 보존소 제공. 아인슈타인의 1921년 방문에 대한 신문 보도 포함. 「아인슈타인, 미국을 만나다」 [*Albert Meets America*. Baltimore: Johns Hopkins University Press.] 발간 예정)

Infeld, Leopold. 1950. *Albert Einstein: His Work and Its Influence of Our World*. New York: Scribner's.

Jammer, Max. 1989. *The Conceptual Development of Quantum Mechanics*. Los Angeles: American Institute of Physics.

_____. 1999. *Einstein and Religion: Physics and Theology*. Princeton: Princeton University Press.

Janssen, Michel. 1998. "Rotation as the Nemesis of Einstein's Entwurf Theory." In Goenner et al. 1999.

_____. 2002. "The Einstein-Besso Manuscript: A Glimpse behind the Curtain of the Wizard." Available at www.tc.umn.edu/~janss011/.

_____. 2004. "Einstein's First Systematic Exposition of General Relativity." Available at philsci-archi ve.pitt.edu/archive/00002123/01/annalen.pdf.

_____. 2005. "Of Pots and Holes: Einstein's Bumpy Road to General Relativity." *Annalen der Physik* 14 (Supplement): 58-85.

_____. 2006. "What Did Einstein Know and When Did He Know It? A Besso Memo Dated August 1913. "Available at www.tc.umn.edu/~janss011/.

Janssen, Michel, and Jürgen Renn. 2004. "Untying the Knot: How Einstein Found His Way Back to Field Equations Discarded in the Zurich Notebook." Available at www.tc.umn.edu/~janss011/pdf%20files/knot.pdf.

Jerome, Fred. 2002. *The Einstein File: J. Edgar Hoover's Secret War against the World's Most Famous Scientist*. New York: St. Martin's Press.

Jerome, Fred, and Rodger Taylor. 2005. Einstein on Race and Racism. New Brunswick, N.J.: Rutgers University Press.

Kaku, Michio. 2004. *Einstein's Cosmos: How Albert Einstein's Vision Transformed Our Understanding of Space and Time*. New York: Atlas Books.

Kessler, Harry. 1999. *Berlin in Lights: The Diaries of Count Harry Kessler (1918–1937)*. Translated and edited by Charles Kessler. New York: Grove Press.

Klein, Martin J. 1970a. *Paul Ehrenfest: The Making of a Theoretical Physicist*. New York: American Elsevier.

_____. 1970b. "The First Phase of the Bohr-Einstein Dialogue." *Historical Studies in the Physical Sciences* 2: 1–39.

Kox, A. J., and Jean Eisenstaedt, eds. 2005. *The Universe of General Relativity. Vol. II of Einstein Studies*. Boston: Birkhäuser.

Krauss, Lawrence. 2005. *Hiding in the Mirro*. New York: Viking.

Levenson, Thomas. 2003. *Einstein in Berlin*. New York: Bantam Books.

Levy, Steven. 1978. "My Search for Einstein's Brain." *New Jersey Monthly*, Aug.

Lightman, Alan. 1993. *Einstein's Dreams*. New York: Pantheon Books.

_____. 1999. "A New Cataclysm of Thought." *Atlantic Monthly*, Jan.

_____. 2005. *The Discoveries*. New York: Pantheon.

Lightman, Alan, et al. 1975. *Problem Book in Relativity and Gravitation*. Princeton: Princeton University Press.

Marianoff, Dimitri. 1944. *Einstein: An Intimate Study of a Great Man*. New York: Doubleday. (마리아노프는 아인슈타인의 두 번째 부인 엘자의 딸인 마르고트 아인슈타인과 결혼했다가 이혼했고, 아인슈타인은 이 책을 비난했다.)

Mehra, Jagdish. 1975. *The Solvay Conferences on Physics: Aspects of the Development of Physics Since 1911*. Dordrecht: D. Reidel.

Mermin, N. David. 2005. *It's about Time: Understanding Einstein's Relativity*. Princeton: Princeton University Press.

Michelmore, Peter. 1962. *Einstein: Profile of the Man*. New York: Dodd, Mead.

Miller, Arthur I. 1981. *Albert Einstein's Special Theory of Relativity: Emergence (1905) and Early Interpretation (1905–1911)*. Boston: Addison-Wesley.

_____. 1984. *Imagery in Scientific Thought*. Boston: Birkhäuser.

_____. 1992. "Albert Einstein's 1907 Jahrbuch Paper: The First Step from SRT to GRT." In Eisenstaedt and Kox 1992, 319–335.

_____. 1999. *Insights of Genius*. New York: Springer-Verlag.

_____. 2001. *Einstein, Picasso: Space, Time and the Beauty That Causes Havoc*. New York: Basic Books.

_____. 2005. *Empire of the Stars*. New York: Houghton Mifflin.

Misenr, Charles, Kip Thorne, and John Archibald Wheeler. 1973. *Gravitation*. San Francisco: Freeman.

Moore, Ruth. 1966. *Niels Bohr: The Man, His Science, and the World They Changed.* New York: Knopf.

Moszkowski, Alexander. 1921. *Einstein the Searcher: His Work Explained from Dialogues with Einstein.* New York: Dutton.

Nathan, Otto, and Heinz Norden, eds. 1960. *Einstein on Peace.* New York: Simon & Schuster.

Neffe, Jürgen. 2005. *Einstein: Eine Biographie.* Hamburg: Rowohlt.

Norton, John. D. 1984. "How Einstein Found His Field Equations." *Historical Studies in the Physical Sciences.* Reprinted in Howard and Stachel 1989, 101–159.

_____. 1985. "What Was Einstein's Principle of Equivalence?" *Studies in History and Philosophy of Science* 16: 203–246. Reprinted in Howard and Stachel 1989, 5–47.

_____. 1991. "Thought Experiments in Einstein's Work." In Tamara Horowitz and Gerald Massey, eds., *Thought Experiments in Science and Philosophy.* Savage, Md.: Rowman and Littlefield, 129–148.

_____. 1993. "General Covariance and the Foundations of General Relativity: Eight Decades of Dispute." *Reports on Progress in Physics* 56: 791–858.

_____. 1995a. "Eliminative Induction as a Method of Discovery: Einstein's Discovery of General Relativity." In Jarrett Leplin, ed., The Creation of Ideas in Physics: Studies for a Methodology of Theory Construction. Dordrecht: Kluwer, 29–69.

_____. 1995b. "Did Einstein Stumble? The Debate over General Covariance." *Erkenntnis* 42: 223–245.

_____. 1995c. "Mach's Principle before Einstein." Available at www.pitt.edu/~jdnorton/papers/Mach Principle.pdf.

_____. 2000. "Nature Is the Realization of the Simplest Conceivable Mathematical Ideas: Einstein and the Canon of Mathematical Simplicity." *Studies in the History and Philosophy of Modern Physics* 31: 135–170.

_____. 2002. "Einstein's Triumph Over the Spacetime Coordinate System." *Dialogos* 79: 253–262.

_____. 2004. "Einstein's Investigations of Galilean Covariant Electrodynamics prior to 1905." *Archive for History of Exact Sciences* 59: 45–105.

_____. 2005a. "How Hume and Mach Helped Einstein Find Special Relativity." Available at www.pitt.edu/~jdnorton.

_____. 2005b. "A Conjecture on Einstein, the Independent Reality of Spacetime Coordinate Systems and the Disaster of 1913." In Kox and Eisenstaedt 2005.

_____. 2006a. "Einstein's Special Theory of Relativity and the Problems in the Electrodynamics of Moving Bodies That Led Him to It." Available at www.pitt.edu/~jdnorton/homepage/cv.html.

_____. 2006b. "What Was Einstein's 'Fateful Prejudice'?" In Jürgen Renn, *The Genesis of General Relativity*, vol. 2. Dordrecht: Kluwer.

_____. 2006c. "Atoms, Entropy, Quanta: Einstein's Miraculous Argument of 1905." Available at www.pitt.edu/~jdnorton.

Overbye, Dennis. 2000. *Einstein in Love: A Scientific Romance.* New York: Viking.

Pais, Abraham. 1982. *Subtle Is the Lord: The Science and Life of Albert Einstein.* New York: Oxford University Press.

_____ 1991. *Niels Bohr's Times in Physics, Philosophy, and Polity.* Oxford: Clarendon Press.

_____. 1994. *Einstein Lived Here: Essays for the Layman.* New York: Oxford University Press.

Panek, Richard. 2004. *The Invisible Century: Einstein, Freud, and the Search for Hidden Universes*. New York: Viking.

Parzen, Herbert. 1974. *The Hebrew University: 1925-1935*. New York: KTAV.

Paterniti, Michael. 2000. *Driving Mr. Albert*. New York: Dial.

Pauli, Wolfgang. 1994. *Writings on Physics and Philosophy*. Berlin: Springer-Verlag.

Penrose, Roger. 2005. *The Road to Reality*. New York: Knopf.

Poincaré, Henri. 1902. *Science and Hypothesis*. Available at spartan.ac.brocku.ca/~lward/Poincare /Poincare_1905_toc.html.

Popović, Milan. 2003. *In Albert's Shadow: The Life and Letters of Mileva Marić*. Baltimore: Johns Hopkins University Press.

Powell, Corey. 2002. *God in the Equation*. New York: Free Press.

Pyenson, Lewis. 1985. *The Young Einstein*. Boston: Adam Hilger.

Regis, Ed. 1988. *Who Got Einstein's Office?* New York: Addison-Wesley.

Reid, Constance. 1986. *Hilbert-Courant*. New York: Springer-Verlag.

Reiser, Anton. 1930. *Albert Einstein: A Biographical Portrait*. New York: Boni. (라이저는 아인슈타인의 두 번째 부인 엘자의 딸인 일제 아인슈타인과 결혼했던 루돌프 카이저의 별명이었다.)

Renn, Jürgen. 1994. "The Third Way to General Relativity." Max Planck Institute. www.mpiwg-berli n.mpg.de/Preprints/P9.pdf.

_____. 2005a. "Einstein's Controversy with Drude and the Origin of Statistical Mechanics." In Howard and Stachel 2000.

_____. 2005b. "Standing on the Shoulders of a Dwarf." In Kox and Eisenstaedt 2005.

_____. 2005c. "Before the Riemann Tensor: The Emergence of Einstein's Double Strategy." In Kox and Eisenstaedt 2005.

_____. 2005d. *Albert Einstein: Chief Engineer of the Universe. One Hundred Authors for Einstein*. Hoboken, N.J.: Wiley.

_____. 2006. *Albert Einstein: Chief Engineer of the Universe. Einstein's Life and Work in Context and Documents of a Life's Pathway*. Hoboken, N.J.: Wiley.

Renn, Jürgen, and Tilman Sauer. 1997. "The Rediscovery of General Relativity in Berlin." Max Planck Institute. www.mpiwg-berlin.mpg.de/en/forschung/Perprints/P63.pdf.

_____. 2003. "Errors and Insights: Reconstructing the Genesis of General Relativity from Einstein's Zurich Notebook." In Holmes et al. 2003, 253-268.

_____. 2006. "Pathways out of Classical Physics: Einstein's Double Strategy in Searching for the Gravitational Field Equation." Available at www.hss.caltech.edu/~tilman/.

Renn, Jörgen, and Robert Schulmann, eds. 1992. *Albert Einstein and Mileva Marić: The Love Letters*. Princeton: Princeton University Press.

Rhodes, Richard. 1987. *The Making of the Atom Bomb*. New York: Simon & Schuster.

Rigden, John. 2005. *Einstein 1905: The Standard of Greatness*. Cambridge, England: Cambridge University Press.

Robinson, Andrew. 2005. *Einstein: A Hundred Years of Relativity*. New York: Abrams.

Rosenkranz, Ze'ev. 1998. *Albert through the Looking Glass: The Personal Papers of Albert Einstein*. Jerusalem: Hebrew University Press.

_____. 2002. *The Einstein Scrapbook*. Baltimore: Johns Hopkins University Press.

Rowe, David E., and Robert Schulmann, eds. 2007. *Einstein's Political World*. Princeton: Princeton

University Press.

Rozental, Stefan, ed. 1967. *Niels Bohr: His Life and Work As Seen by His Friends and Colleagues.* Hoboken, N.J.: Wiley.

Ryan, Dennis P., ed. 1987. *Einstein and the Humanities.* New York: Greenwood Press.

Ryckman, Thomas. 2005. *The Reign of Relativity.* Oxford: Oxford University Press.

Rynasiewicz, Robert. 1988. "Lorentz's Local Time and the Theorem of Corresponding States." *Philosophy of Science Association Journal* 1: 67-74.

_____. 2000. "The Construction of the Special Theory: Some Queries and Considerations." In Howard and Stachel 2000.

Rynasiewicz, Robert, and Jörgen Renn. 2006. "The Turning Point for Einstein's Annus Mirabilis." *Studies in the History and Philosophy of Modern Physics* 37, Mar.

Sartori, Leo. 1996. *Understanding Relativity.* Berkeley: Univ. of California Press.

Sauer, Tilman. 1999. "The Relativity of Discovery: Hilbert's First Note on the Foundations of Physics." *Archive for History of Exact Sciences* 53: 529-575.

_____. 2005. "Einstein Equations and Hilbert Action: What Is Missing on Page 8 of the Proofs for Hilbert's First Communication on the Foundations of Physics?" *Archive for History of Exact Sciences* 59: 577.

Sayen, Jamie. 1985. *Einstein in America: The Scientist's Conscience in the Age of Hitler and Hiroshima.* New York: Crown.

Schilpp, Paul Arthur, ed. 1949. *Albert Einstein: Philosopher-Scientist.* La Salle, Ill.: Open Court Press.

Seelig, Carl. 1956a. *Albert Einstein: A Documentary Biography.* Translated by Mervyn Savill. London: Staples Press. (Translation of *Albert Einstein: Eine Dokumentarische Biographie, a revision of Albert Einstein und die Schweiz.* Zürich: Europa-Verlag, 1952.)

_____, ed. 1956b. *Helle Zeit, Dunkle Zeit: In Memoriam Albert Einstein.* Zürich: Europa-Verlag.

Singh, Simon. 2004. *Big Bang: The Origin of the Universe.* New York: HarperCollins.

Solovine, Maurice. 1987. *Albert Einstein: Letters to Solovine.* New York: Philosophical Library.

Sonnert, Gerhard. 2005. *Einstein and Culture.* Amherst, N.Y.: Humanity Books.

Speziali, Maurice, ed. 1956. *Albert Einstein-Michele Besso, Correspondence 1903-1955.* Paris: Hermann.

Stachel, John. 1980. "Einstein and the Rigidly Rotating Disk." In A. Held, ed., *General Relativity and Gravitation: A Hundred Years after the Birth of Einstein.* New York: Plenum, 1-15.

_____. 1987. "How Einstein Discovered General Relativity." In M. A. H. MacCallum, ed., *General Relativity and Gravitation: Proceedings of the 11th International Conference on General Relativity and Gravitation.* Cambridge, England: Cambridge University Press, 200-208.

_____. 1989a. "The Rigidly Rotating Disk at the Missing Link in the History of General Relativity." In Howard and Stachel 1989.

_____. 1989b. "Einstein's Search for General Covariance, 1912-1915." In Howard and Stachel 1989.

_____. 1998. *Einstein's Miraculous Year: Five Papers That Changed the Face of Physics.* Princeton: Princeton University Press.

_____. 2002a. *Einstein from "B" to "Z."* Boston: Birkhäuser.

_____. 2002b. "What Song the Syrens Sang: How Did Einstein Discover Special Relativity?" In Stachel 2002a.

_____. 2002c. "Einstein and Ether Drift Experiments." In Stachel 2002a.

Stern, Fritz. 1999. *Einstein's German World*. Princeton: Princeton University Press.

Talmey, Max. 1932. *The Relativity Theory Simplified, and the Formative Period of Its Inventor*. New York: Falcon Press.

Taylor, Edwin, and J. Archibald Wheeler. 1992. *Spacetime Physics: Introduction to Special Relativity*. New York: W. H. Freeman.

_____. 2000. *Exploring Black Holes*. New York: Benjamin/Cummings.

Thorne, Kip. 1995. *Black Holes and Time Warps: Einstein's Outrageous Legacy*. New York: Norton.

Trbuhovic-Gjuric, Desanka. 1993. *In the Shadow of Albert Einstein*. Bern: Verlag Paul Haupt.

Vallentin, Antonina. 1954. *The Drama of Albert Einstein*. New York: Doubleday.

van Dongen, Jeroen. 2002. "Einstein's Unification: General Relativity and the Quest for Mathematical Naturalness." Ph. D. dissertation, Univ. of Amsterdam.

Viereck, George Sylvester. 1930. *Glimpses of the Great*. New York: Macauley. (Einstein profile first published as "What Life Means to Einstein," Saturday Evening Post, Oct. 26, 1929.)

Walter, Scott. 1998. "Minkowski, Mathematicians, and the Mathematical Theory of Relativity." In Goenner et al. 1999.

Weart, Spencer, and Gertrud Weiss Szilard, eds. 1978. *Leo Szilard: His Version of the Facts*. Cambridge, Mass.: MIT Press.

Weizmann, Chaim. 1949. *Trail and Error*. New York: Harper.

Wertheimer, Max. 1959. *Productive Thinking*. New York: Harper.

Whitaker, Andrew. 1996. *Einstein, Bohr and the Quantum Dilemma*. Cambridge, England: Cambridge University Press.

White, Michael, and John Gribbin. 1994. *Einstein: A Life in Science*. New York: Dutton.

Whitrow, Gerald J. 1967. *Einstein: The Man and His Achievement*. London: BBC.

Wolfson, Richard. 2003. *Simply Einstein*. New York: Norton.

Yourgrau, Palle. 1999. *Gödel Meets Einstein*. La Salle, Ill.: Open Court Press.

_____. 2005. *A World without Time: The Forgotten Legacy of Gödel and Einstein*. New York: Basic Books.

Zackheim, Michele. 1999. *Einstein's Daughter*. New York. Riverhead.

주

『알베르트 아인슈타인 문집』으로 발간된 1920년까지의 아인슈타인의 편지와 글들은 문집의 발간일로 표시했다. 알베르트 아인슈타인 기록보존소(AEA)에 보관되어 있는 미공개 문서는 기록보존소에서 사용하는 서류철의 번호로 표시했다. 공개되지 않았던 일부 문서의 경우에는 제임스 홉스와 나타샤 호프마이어가 이 책을 위해서 번역해주었다.

인용구(6페이지)

1. 1930년 2월 5일에 아인슈타인이 에두아르트 아인슈타인에게 보낸 편지. 당시 에두아르트는 심한 정신병에 시달리고 있었다. 정확한 인용문은 "Beim Menschen ist es wie beim Velo. Nur wenn er faehrt, kann er bequem die Balance halten"이다. 더 정확한 번역은 "사람의 경우도 자전거를 타는 것과 마찬가지이다. 계속 움직이는 경우에만 편안하게 균형을 유지할 수 있다." 예루살렘 히브리 대학교의 아인슈타인 기록보존소의 바버라 울프 제공.

1_ 광선 이동

1. Einstein to Conrad Habicht, May 18 or 25, 1905.
2. 이 생각은 저자가 「타임」[Time, Dec. 31, 1999]과 「디스커버」[Discover, Sept. 2004]에 쓴 글에서 인용한 것이다.
3. Dudley Herschbach, "Einstein as a Student," Mar. 2005. 저자에게 제공된 미발표 논문. 허쉬바흐에 따르면, "과학 교육과 식자율을 개선하려는 노력에서는, 과학과 수학이 일반 문화의 일부가 아니라 성직자와 같은 전문가의 영역이라고 인식되고 있다는 것이 심각한 문제가 된다. 아인슈타인은 외로운 천재의 전형인 거대 아이콘으로 인식되고 있다."
4. Frank 1957, xiv; Bernstein 1996b, 18.

5. Vivienne Anderson to Einstein, Apr. 27, 1953, AEA 60-714; Einstein to Vivienne Anderson, May 12, 1953, AEA 60-716.

6. Viereck, 377. See also Thomas Friedman, "Learning to Keep Learning," *New York Times*, Dec. 13, 2006.

7. Einstein to Mileva Marić, Dec. 12, 1901; Hoffmann and Dukas, 24. 호프만은 1930년대 말 프린스턴에 살았던 아인슈타인의 친구였다. 그는 "권위에 대한 그의 거부감은 어렸을 때부터 시작되어 평생 동안 계속되었고, 그의 일생에 결정적으로 중요했던 것으로 밝혀졌다"고 했다.

8. 1952년 3월 벤 세먼 만찬에서의 아인슈타인의 축사, AEA 28-931.

2_ 어린 시절

1. Einstein to Sybille Blinoff, May 21, 1954, AEA 59-261; Ernst Straus, "Reminiscences," in Holton and Elkana, 419; Vallentin, 17; Maja Einstein, lviii.

2. Thomas Sowell, *The Einstein Syndrome: Bright Children Who Talk Late* (New York: Basic Books, 2002).

3. Nobel laureate James Franck quoting Einstein in Seelig 1956b, 72.

4. Vallentin, 17; Einstein to psychologist Max Wertheimer, in Wertheimer, 214.

5. Einstein to Hans Muehsam, Mar. 4, 1953, AEA 60-604. 아인슈타인은 "나는 우리가 집안 내력에 대한 의문을 무시해도 된다고 생각한다"고 말했던 것으로도 알려져 있다. Seelig 1956a, 11. See also Michelmore, 22.

6. Maja Einstein, xvi; Seelig 1956a, 10.

7. www.alemannia-judaica.de/synagoge_buchau.htm.

8. Einstein to Carl Seelig, Mar. 11, 1952, AEA 39-13; Highfield and Carter, 9.

9. Maja Einstein, xv; Highfield and Carter, 9; Paris 1982, 36.

10. Birth certificate, CPAE 1: 1; Fantova, Dec. 5, 1953.

11. Pais 1982, 36-37.

12. Maja Einstein, xviii. 유대인 가정에서는 미리암(Miriam)이라는 이름 대신 미리이(Maria)라는 이름을 쓰기도 한다.

13. Frank 1947, 8.

14. Maja Einstein, xviii-xix; Fölsing, 12; Pais 1982, 37.

15. 그런 행동은 약한 자폐증 또는 아스퍼거 증후군의 증세로 보는 연구자들도 있다. 케임브리지 대학교 자폐증 연구 센터의 사이먼 바론-코헨 소장은 아인슈타인이 자폐증의 특성을 나타냈을 것이라고 추정한다. 그는 자폐증이 "체계화 욕구가 특별히 강하고, 감정이입의 욕구가 특히 약한 것"과 관계가 있고, 그런 행동이 "자폐증을 가진 사람들이 수학이나 음악이나 그림과 같이 체계화가 도움이 되는 분야에서 '제한된 재능'을 보여주는 이유를 설명해준다"고 지적한다. Simon Baron-Cohen, "The Male Condition," *New York Times*, Aug. 8, 2005; Simon Baron-Cohen, *The Essential Difference* (New York: Perseus, 2003), 167; Norm Legdin, *Asperger's and Self-Esteem: Insight and Hope through Famous Role Models* (New York: Future Horizons, 2002), chapter 7; Hazel Muir, "Einstein and Newton Showed Signs of Autism," *New Scientist*, Apr. 30, 2003; Thomas Marlin, "Albert Einstein and LD," *Journal of Learning Disabilities*, Mar. 1, 2000, 149. 구글에서 'Einstein + Asperger's'를 검색하면 14만6,000페이지가 나타난다. 나는 그런 간접적인 진단이 설득력이 있다고 생각하지 않는다. 청소년 시절에도 이미 아인슈타인은 가까운 친구를 사귀었고, 열정적인 관계를 유지했고, 대학생다운 논의를 즐겼고, 언어를 통해서 의사소통을

했고, 친구나 인류에 대한 공감을 보여주었다.

16. Einstein 1949b, 9; Seelig 1956a, 11; Hoffmann 1972, 9; Pais 1982, 37; Vallentin, 21; Reiser, 25; Holton 1973, 359; author's interview with Shulamith Oppenheim, Apr. 22, 2005.

17. Overbye, 8; Shulamith Oppenheim, *Rescuing Albert's Compass* (New York: Crocodile, 2003).

18. Holton 1973, 358.

19. Fölsing, 26; Einstein to Philipp Frank, draft, 1940, CPAE 1, p. lxiii.

20. Maja Einstein, xxi; Bucky, 156; Einstein to Hans Albert Einstein, Jan. 8, 1917.

21. Hans Albert Einstein interview in Whitrow, 21; Bucky, 148.

22. Einstein to Paul Plaut, Oct. 23, 1928, AEA 28-65; Dukas and Hoffmann, 78; Moszkowski, 222. 히브리 대학교의 바버라 울프에 따르면, 아인슈타인은 본래 음악과 과학은 "그들을 통한 '해방감'에서 서로 보완적"이라고 했지만, 나중에는 해방감을 만족감(Befriedigung)으로 바꾸었다.

23. Einstein to Otto Juliusburger, Sept. 29, 1942, AEA 38-238.

24. Clark, 25; Einstein 1949b, 3; Reiser, 28. (안톤 라이저는 아인슈타인의 둘째 부인 엘자의 딸인 일제 아인슈타인과 결혼했던 루돌프 카이저의 별명이다.)

25. Maja Einstein, xix. 마야에 따르면 당시에 그는 일곱 살이었다. 사실 그는 여섯 살이던 1885년 10월 1일에 입학했다.

26. 훗날 그의 사위가 전해준 이야기에 따르면, 당시의 교사는 유대인이 "유대인에 의해서" 십자가에 못 박혔다고 덧붙였다[Reiser, 30]. 그러나 아인슈타인의 친구이며 물리학 동료인 필리프 프랑크는 교사가 유대인의 역할에 대해서 언급하지 않았다는 사실을 분명하게 밝혔다[Frank 1947, 9].

27. Fölsing, 16; Einstein to unknown recipient, Apr. 3, 1920, CPAE 1: lx.

28. Reiser, 28-29; Maja Einstein, xxi; Seelig 1956a, 15; Pais 1982, 38; Fölsing, 20. 이번에도 역시 마야는 그가 김나지움에 입학했을 때 여덟 살이었다고 했다. 실제로 그는 아홉 살 반이던 1888년 10월에 입학했다.

29. Brian 1996, 281. 2006년 구글에서 "Einstein failed math"로 검색한 결과는 64만8,000페이지가 나왔다.

30. Pauline Einstein to Fanny Einstein, Aug. 1, 1886; Fölsing, 18-20, citing Einstein to Sybille Blinoff, May 21, 1954, and Dr. H. Wieleiter in *Nueste Nachrichten*, Munich, Mar. 14, 1929.

31. Einstein to Sybille Blinoff, May 21, 1954, AEA 59-261; Maja Einstein, xx.

32. Frank 1947, 14; Reiser, 35; Einstein 1949b, 11.

33. Maja Einstein, xx; Bernstein 1996a, 24-27; Einstein interview with Henry Russo, *The Tower*, Princeton, Apr. 13, 1935.

34. Talmey, 164; Pais 1982, 38.

35. 초판은 1853년부터 1857년까지 12권으로 발간되었다. 마야의 글에서 인용한 새 제목으로 발간된 신판은 1860년대 말에 발행되었다. 그 책은 주기적으로 개정되었다. 아인슈타인이 가지고 있었던 것으로 보이는 책은 21권으로 된 것으로 4-5권의 큰 책으로 제본이 되어 있었다. 이 책이 아인슈타인에게 미친 영향을 연구한 것에 대해서는 다음 자료를 참조하기 바란다. Frederick Gregory, "The Mysteries and Wonders of Science: Aaron Bernstein's *Naturwissenschaftliche Volksbücher* and the Adolescent Einstein," in Howard and Stachel 2000, 23-42. Maja Einstein, xxi; Einstein 1949b, 15; Seelig 1956a, 12.

36. Aaron Bernstein, *Naturwissenschaftliche Volksbücher*, 1870 ed., vols. 1, 8, 16, 19; Howard and Stachel 2000, 27-39.

37. Einstein 1949b, 5.

38. Talmey, 163. (탈무드는 미국에서 자신의 이름을 탈미로 바꾼 후에 작은 회고록을 발간했다.)

39. Einstein, "On the Method of Theoretical Physics," Herbert Spencer lecture, Oxford, June 10, 1933, in Einstein 1954, 270.

40. Einstein 1949b, 9, 11; Talmey, 163; Fölsing, 23 (그는 "성스러운" 책이 다른 것이었을 것이라고 추측한다); Einstein 1954, 270.

41. Aaron Bernstein, vol. 12, cited by Frederick Gregory in Howard and Stachel 2000, 37; Einstein 1949b, 5.

42. Frank 1947, 15; Jammer, 15-29. "훌륭한 과학적 활동으로 채워진 일생의 뜻은 신앙심 깊은 젊은이가 처음으로 경험한 강렬한 느낌의 흔적에서 비롯된 것"이라고 했다. Gerald Holton in Holton 2003, 32.

43. Einstein 1949b, 5; Maja Einstein, xxi.

44. Einstein, "What I Believe," Forum and Century (1930): 194, reprinted as "The World As I See It," in Einstein 1954, 10. 필리프 프랑크는 "그는 행진을 기계가 될 수밖에 없는 사람들의 움직임이라고 생각했다"고 했다; Frank 1947, 8.

45. Frank 1947, 11; Fölsing, 17; C. P. Snow, "Einstein," in Variety of Men (New York: Scribner's, 1966), 26.

46. Einstein to Jost Winteler, July 8, 1901.

47. Pais 1982, 17, 38; Hoffmann 1972, 24.

48. Maja Einstein, xx; Seelig 1956a, 15; Pais 1982, 38; Einstein draft to Philipp Frank, 1940, CPAE 1, p. lxiii.

49. Stefann Siemer, "The Electrical Factory of Jacob Einstein and Cie.," in Renn 2005b, 128-131; Pyenson, 40.

50. Overbye, 9-10; Einstein draft to Philipp Frank, 1940, CPAE 1, p. lxiii, Hoffmann, 1972, 25-26; Reiser, 40; Frank 1947, 16; Maja Einstein, xxi; Fölsing, 28-30.

51. Einstein to Marie Winteler, Apr. 21, 1896; Fölsing 34; The Jewish Spectator, Jan. 1969.

52. Frank 1947, 17; Maja Einstein, xxii; Hoffmann 1972, 27.

53. Einstein, "On the Investigation of the State of the Ether in a Magnetic Field," summer 1895, CPAE 1: 5.

54. Einstein to Caesar Koch, summer 1895.

55. Albin Herzog to Gustave Maier, Sept. 25, 1895, CPAE 1 (English), p. 7; Fölsing, 37; Seelig 1956a, 9.

56. 이런 심상의 과정은 칸트 철학자들이 직관(直觀, Anschauung)이라고 부르는 것이다. Miller 1984, 241-246 참조.

57. Seelig 1956b, 56; Fölsing, 38.

58. Miller 2001, 47; Maja Einstein, xxii; Seelig 1956b, 9; Fölsing, 38; Holton, "On Trying to Understand Scientific Genius," in Holton 1973, 371.

59. Bucky, 26; Fölsing, 46. 아인슈타인 자신이 더 완벽한 설명을 제공했다. "Autobiographical Notes," in Schilpp, 53.

60. Gustav Maier to Jost Winteler, Oct. 26, 1895, CPAE 1: 9; Fölsing 39; Highfield and Carter, 22-24.

61. Vallentin, 12; Hans Byland, Neue Bündner Zeitung, Feb. 7, 1928, cited in Seelig 1956a, 14; Fölsing, 39.

62. Pauline Einstein to the Winteler family, Dec. 30, 1895, CPAE 1: 15.

63. Einstein to Marie Winteler, Apr. 21, 1896.

64. Entrance report, Aarau school, CPAE 1: 8; Aarau school record, CPAE 1: 10; Hermann Einstein to Jost Winteler, Oct. 29, 1995, CPAE 1: 11, and Dec. 30, 1895, CPAE1: 14.

65. Report on a Music Examination, Mar. 31, 1896, CPAE 1: 17; Seelig 1956a, 15; Overbye, 13.

66. 1896년 1월 28일 뷔르템베르크 시민권으로 공개, CPAE 1: 16.

67. Einstein to Julius Katzenstein, Dec. 27, 1931, cited in Fölsing, 41.

68. *Israelitisches Wochenblatt*, Sept. 24, 1920; Einstein, "Why Do They Hate the Jews?," Collier's, Nov. 26, 1938.

69. Einstein to Hans Muehsam, Apr. 30, 1954, AEA 38-434; Fölsing 42.

70. 시험 결과, Sept. 18-21, 1896, CPAE 1: 20-27.

71. Overbye, 15; Maja Einstein, xvii.

72. Einstein to Heinrich Zangger, Aug. 11, 1918

3_ 취리히 폴리테크닉

1. Cahan, 42; editor's note, CPAE 1(German), p.44.

2. Einstein 1949b, 15.

3. Record and Grade Transcript, Oct. 1896-Aug. 1990, CPAE 1: 28; Bucky, 24; Einstein to Arnold Sommerfeld, Oct. 29, 1912; Fölsing, 50.

4. Einstein to Mileva Marić, Feb. 1898; Cahan, 64.

5. Louis Kollros, "Albert Einstein en Suisse," *Helvetica Physica*, Supplement 4 (1956): 22, in AEA 5-123: Adolf Frisch, in Seelig 1956a, 29; Cahan, 67; Clark, 55.

6. Seelig 1956a, 30; Overbye, 43; Miller 2001, 52; Charles Seife, "The True and the Absurd," in Brockman, 63.

7. Record and Grade Transcript, CPAE 1: 28.

8. Seelig 1956a, 30; Bucky, 25 (조금 다른 내용); Fölsing, 57.

9. Seelig 1956a, 30.

10. Einstein to Julia Niggli, July 28, 1899.

11. Seelig 1956a, 28; Whitrow, 5.

12. Einstein 1949b, 15-17.

13. Einstein interview in Bucky, 27; Einstein to Elizabeth Grossmann, Sept. 20, 1936, AEA 11-481; Seelig 1956a, 34, 207; Fölsing, 53.

14. Holton 1973, 209-212. 아인슈타인의 양사위였던 루돌프 카이저와 동료 필리프 프랑크는 모두 아인슈타인이 폴리테크닉에서 여가 시간에 푀플을 읽었다고 했다.

15. Clark, 59; Galison, 32-34. 푸앵카레와 아인슈타인에 대한 갈리슨의 책은 그들이 어떻게 개념을 발전시켰고, 푸앵카레의 관찰이 어떻게 "아인슈타인의 특수상대성 이론을 예상하는 것이고, 그 것이 논리적이고 혁명적인 결과까지 추구할 지적 능력이 없는 저자에게 얼마나 훌륭한 행동이었 는지를 여실히 보여주었다." (Galison, 34). 밀러[Miller 2001, 200-204]도 유용하다.

16. Seelig 1956a, 37; Whitrow, 5; Bucky, 156.

17. Miller 2001, 186; Hoffmann, 1972, 252; interview with Lili Foldes, *The Etude*, Jan. 1947, in Calaprice, 150; Einstein to Emil Hilb questionnaire, 1939, AEA 86-22; Dukas and Hoffmann, 76.

18. Seelig 1956a, 36.

19. Fölsing, 51, 67; Reiser, 50; Seelig 1956a, 9.

20. Clark, 50. 다이애나 코르모스 버치월드는, 아라우 학교에서 찍은 사진을 자세히 살펴보면 그의 옷에 난 구멍을 찾을 수 있다고 지적했다.

21. Einstein to Maja Einstein, 1898.

22. Einstein to Maja Einstein, after Feb. 1899.

23. Marie Winteler to Einstein, Nov. 4-25, 1896.

24. Marie Winteler to Einstein, Nov. 30, 1896.

25. Pauline Einstein to Marie Winteler, Dec. 13, 1896.

26. Einstein to Pauline Winteler, May 1897.

27. Marie Winteler to Einstein, Nov. 4-25, Nov. 30.

28. 세르비아 사람들에게 문화의 중심지였던 노비사드는 오래 전부터 "자유로운 충성 도시"였고, 그 후에는 합스부르크 제국에서 세르비아의 자치구역이었다. 마리치가 태어날 무렵에는 오스트리아-헝가리의 헝가리 구역에 속했다. 그 당시에는 그곳 시민의 약 40퍼센트는 세르비아어, 25퍼센트가 헝가리어, 약 20퍼센트가 독일어를 사용했다. 오늘날 노비사드는 세르비아 공화국에서 벨그라드에 이어 두 번째로 큰 도시이다.

29. Desanka Trbuhovic-Gjuric, 9-38; Dord Krstic, "Mileva Einstein-Marić," in Elizabeth Einstein, 85; Overbye, 28-33; Highfield and Carter, 33-38; Marriage certificate, CPAE 5: 4.

30. Dord Krstic, "Mileva Einstein-Marić," in Elizabeth Einstein, 88 (Krstic's piece is based partly on interviews with school friends); 히브리 대학교 기록보존소에서 일하고 있는 아인슈타인 전문가인 바버라 올프는 "밀레바가 취리히를 떠난 이유가 아인슈타인 때문이었을 것이라고 생각한다"고 말했다.

31. Mileva Marić to Einstein, after Oct. 20, 1897.

32. Einstein to Mileva Marić, Feb. 16, 1898.

33. Einstein to Mileva Marić, after Apr. 16, 1898, after Nov. 28, 1898.

34. Recollection of Suzanne Markwalder, in Seelig 1956a, 34; Fölsing, 71.

35. Einstein to Mileva Marić, Mar. 13 or 20, 1899.

36. Einstein to Mileva Marić, Aug. 10, 1899, Mar. 1899, Sept. 13, 1900.

37. Einstein to Mileva Marić, Sept. 13, 1900, early Aug. 1899, Aug. 10, 1899.

38. Einstein to Mileva Marić, 1900.

40. Intermediate Diploma Examinations, Oct. 21, 1898, CPAE 1:42.

41. Einstein to Mileva Marić, Sept. 10, 1899; Einstein 1922c(1922년 12월 14일 일본 교토에서의 강연에 대한 설명은 참고 문헌을 참조한다).

42. Einstein, 1922c; Reiser, 52; Einstein to Mileva Marić, ca. Sept. 28, 1899; Renn and Schulmann, 85, footnotes 11: 3, 11: 4. 빌헬름 비엔의 논문은 1898년 9월에 뒤셀도르프로 전달되어 그해의 『물리학 연보』[Annalen der Physik 65, no 3]에 게재되었다.

43. Einstein to Mileva Marić, Oct. 10, 1899; Seelig 1956a, 30; Fölsing, 68; Overbye, 55; final diploma examinations, CPAE 1: 67. CPAE에 기록된 논문 점수는 최종 결과에서의 비중을 반영하여 네 배가 된 것이다.

44. 최종 학위시험, CPAE 1:67.

45. Einstein to Walter Leich, Apr. 24, 1950, AEA 60-253; Walter Leich memo describing Einstein, Mar. 6, 1957, AEA 60-257.

46. Einstein, 1949b, 17.

47. Einstein to Mileva Marić, Aug. 1, 1900.

4_ 연인들

1. Einstein to Mileva Marić, ca. July 29, 1900.

2. Einstein to Mileva Marić, Aug. 6, 1900.

3. Einstein to Mileva Marić, Aug. 1, Sept. 13, Oct. 3,1900.

4. Einstein to Mileva Marić, Aug. 30, 1900.

5. Einstein to Mileva Marić, Aug. 1, Aug. 6, ca. Aug. 14, Aug. 20, 1900.

6. Einstein to Mileva Marić, Aug. 6, 1900.

7. Einstein to Mileva Marić, ca. Aug. 9, Aug. 14?, Aug. 20, 1900.

8. Einstein to Mileva Marić, ca. Aug. 9, ca. Aug. 14, 1900. 두 편지가 모두 취리히를 방문하는 동안에 쓴 것이다.

9. Einstein to Mileva Marić, Sept. 13, 1900.

10. Einstein to Mileva Marić, Sept. 19, 1900.

11. Einstein to Adolf Hurwitz, Sept. 26, Sept. 30, 1900.

12. Einstein to Mileva Marić, Oct. 3, 1900; Einstein to Mrs. Marcel Grossmann, 1936; Seelig 1956 a, 208.

13. 아인슈타인의 취리히 지역 시민권 요청 서류, Oct. 1900, CPAE 1: 82; Einstein to Helene Kaufler, Oct. 11, 1900; 취리히 이민국의 회의록, Dec. 14, 1900, CPAE 1:84.

14. Einstein to Mileva Marić, Sept. 13, 1900.

15. Einstein to Mileva Marić, Oct. 3, 1900.

16. Einstein, "Conclusions Drawn from the Phenomena of Capillarity," *Annalen der Physik*, CPAE 2: 1, received Dec. 13, 1900, published Mar. 1, 1901. "이 논문은 이해하기가 아주 어렵다. 명백한 오자가 많기 때문이 아니다. 내용이 분명하지 않기 때문에 이 논문은 심사를 거치지 않은 것이라고 짐작할 수 있을 뿐이다······그렇지만 개인적으로 과학적 지도를 받지 않은 졸업생의 논문으로는 특별히 높은 수준의 논문이었다." John N. Murrell and Nicole Grobert, "The Centenary of Einstein's First Scientific Paper," *The Royal Society* (London), Jan. 22, 2002, www.journals.rayalsoc.ac.uk/app/home/content.asp.

17. Dudley Herschbach, "Einstein as a Student," Mar. 2005, 저자의 미공개 논문 제공.

18. Einstein to Mileva Marić, Apr. 15, Apr. 30, 1901; Mileva Marić to Helene Savić, Dec. 20, 1900.

19. Einstein to G. Wessler, Aug. 24, 1948, AEA 59-26.

20. Maja Einstein, sketch, 19; Reiser, 63; 취리히 이민국의 회의록, Dec. 14, 1900, CPAE 1: 84; Report of the Schweitzerisches Informationsbureau, Jan. 30, 1901, CPAE 1: 88; Military Service Book, Mar. 13, 1901, CPAE 1: 91.

21. Mileva Marić to Helene Savić, Dec. 20, 1900; Einstein to Mileva Marić, Mar. 23, Mar. 27, 1901.

22. Einstein to Mileva Marić, Apr. 4, 1901.

23. Einstein to Heike Kamerlingh Onnes, Apr. 12, 1901; Einstein to Marcel Grossmann, Apr. 14, 1901; Fölsing, 78; Clark, 66; Miller 2001, 68.

24. Einstein to Wihelm Ostwald, Mar. 19, Apr. 3, 1901.

25. Hermann Einstein to Wihelm Ostwald, Apr. 13, 1901.

26. Einstein to Mileva Marić, Mar. 23, Mar. 27, 1901; Einstein to Marcel Grossmann, Apr. 14, 1901.

27. Einstein to Mileva Marić, Mar. 27, 1901; Mileva Marić to Helene Savić, Dec. 9, 1901.

28. Einstein to Mileva Marić, Apr. 4, 1901; Einstein to Michele Besso, June 23, 1918; Overbye,

25; Miller, 2001, 78; Fölsing, 115.

29. Einstein to Mileva Marić, Mar. 27, Apr. 4, 1901.

30. Einstein to Marcel Grossmann, Apr. 14, 1901; Einstein to Mileva Marić, Apr. 15, 1901.

31. Einstein to Mileva Marić, Apr. 30, 1901. 공식적인 번역은 "푸른색 잠옷"이지만, 아인슈타인이 실제로 사용한 단어인 "Schlafrock"는 "화장복"이라고 번역하는 것이 더 정확하다.

32. Mileva Marić to Einstein, May 2, 1901.

33. Mileva Marić to Helene Savić, second half of May, 1901.

34. Einstein to Mileva Marić, second half of May, 1901.

35. Einstein to Mileva Marić, CPAE에서는 잠정적으로 1901년 5월 28일로 추정. 실제 날짜는 아마도 1주일 정도 후였을 것이다.

36. Overbye, 77-78.

37. Einstein to Mileva Marić, July 7, 1901.

38. Mileva Marić to Einstein, after July 7, 1901 (1권이 발간된 후에 발견되었기 때문에 CPAE vol. 8, 1:116으로 발간되었다.)

39. Mileva Marić to Einstein, ca. July 31, 1901; Highfield and Carter, 80.

40. Einstein to Jost Winteler, July 8, 1901; Einstein to Marcel Grossmann, Apr. 14, 1901. 나침반 바늘과의 비교는 오버바이[Overbye, 65]에서 인용한 것이다.

41. Renn 2005a, 109. 위르겐 렌은 베를린의 막스 플랑크 과학사 연구소의 소장이고, 『알베르트 아인슈타인 논문집』의 편집자이다. 이 문제에 대한 도움에 감사한다.

42. Einstein to Mileva Marić, Apr. 15, 1901; Einstein to Marcel Grossmann, Apr. 15, 1901.

43. Renn 2005a, 124.

44. Einstein to Mileva Marić, Apr. 4, ca. June 4, 1901. 드루데와 주고받은 편지는 더 이상 남아 있지 않기 때문에 당시 아인슈타인이 무엇을 반대했는지는 알 수 없다.

45. Einstein to Mileva Marić, ca. July 7, 1901; Einstein to Jost Winteler, July 8, 1901.

46. Renn 2005a, 118. 렌의 원전에 있는 주석은 "1901년 7월 8일경에 아인슈타인이 밀레바 마리치에게 보낸 편지의 일부가 빠져 있다는 사실을 알려준 크리스티의 펠릭스 드 마레즈 오이엔스 씨에게 진심으로 감사드린다. 불행하게도 ㄱ 부분의 사본이 니에게 없기 때문에 내 해석은 문제의 부분에 대한 본래의 번역에 의존할 수밖에 없었다."

47. Einstein to Marcel Grossmann, Sept. 6, 1901.

48. Overbye, 82-84. 여기에는 볼츠만-오스트발트의 논쟁에 대한 자세한 이야기가 포함되어 있다.

49. Einstein, "On the Thermodynamic Theory of the Difference in Potentials between Metals and Fully Dissociated Solutions of Their Salts," Apr. 1902. 렌은 아인슈타인과 드루데의 논쟁에 대한 자신의 분석에서 이 논문을 언급하지 않고 1902년 6월의 논문에만 집중했다.

50. Einstein, "Kinetic Theory of Thermal Equilibrium and the Second Law of Thermodynamics," June 1902; Renn 2005a, 119; Jos Uffink, "Insuperable Difficulties: Einstein's Statistical Road to Molecular Physics," Studies in the History and Philosophy of Modern Physics 37 (2006): 38; Clayton Gearhart, "Einstein before 1905: The Early Papers on Statistical Mechanics," American Journal of Physics (May 1990): 468.

51. Mileva Marić to Helene Savić, ca. Nov. 23, 1901; Einstein to Mileva Marić, Nov. 28, 1901.

52. Einstein to Mileva Marić, Dec. 17 and 19, 1901.

53. Receipt for the return of Doctoral Fees, Feb. 1, 1902, CPAE 1: 132; Fölsing, 88-90; Reiser, 69; Overbye, 91. From Einstein to Mileva Marić, ca. Feb. 1902: "나는 내가 클라이너에게 보낸 논문에 대해서 [콘라트] 하비흐트에게 설명해주었습니다. 나의 훌륭한 아이디어에 몹시 감탄했

던 그는 나에게 볼츠만의 책과 관련된 부분을 볼츠만에게 보내야 한다고 야단입니다. 나는 그렇게 할 것입니다."

54. Einstein to Marcel Grossmann, Sept. 6, 1901.

55. Einstein to Mileva Marić, Nov. 28, 1901.

56. Mileva Marić to Einstein, Nov. 13, 1901; Highfield and Carter, 82.

57. Einstein to Mileva Marić, Dec. 12, 1901; Fölsing, 107; Zackheim, 35; Highfield and Carter, 86.

58. Pauline Einstein to Pauline Winteler, Feb. 20, 1902.

59. Mileva Marić to Helene Savić, ca. Nov. 23, 1901.

60. Einstein to Mileva Marić, Dec. 11 and 19, 1901.

61. Einstein to Mileva Marić, Dec. 28, 1901.

62. Einstein to Mileva Marić, Feb. 4, 1902, Dec. 12, 1901.

63. Einstein to Mileva Marić, Feb. 4, 1902.

64. Mileva Marić to Einstein, Nov. 13, 1901. 사비치의 손자가 수집한 마리치와 사비치 사이의 편지들이 포함된 자료(포포비치 참조)도 있다.

65. Einstein to Mileva Marić, Feb. 17, 1902.

66. Swiss Federal Council to Einstein, June 19, 1902.

67. Galison, 222-248. 당시 유럽에서 시계를 맞추는 방법에 대해서는 피터 갈리슨을 참조하기 바란다. 이것이 아인슈타인이 특수상대성 이론의 정립에 기여한 역할에 대한 더 자세한 설명은 아래 제6장을 참조하기 바란다.

68. Einstein to Hans Wohlwend, autumn 1902; Fölsing, 102.

69. Einstein interview, Bucky, 28; Reiser, 66.

70. Einstein to Michele Besso, Dec. 12, 1919.

71. Einstein interview, Bucky, 28; Einstein 1956, 12. 두 자료가 표현과 번역이 조금 다를 뿐이지 모두 핵심적으로 같은 내용을 담고 있다. Reiser, 64.

72. 규정에 따라 응모 서류는 18년이 지난 후에 모두 폐기되었고, 아인슈타인은 이미 그 당시에는 세계적인 유명인사였지만, 발명에 대한 그의 지적은 1920년대에 폐기되었다; Fölsing, 104.

73. Galison, 243, Flückiger, 27.

74. Fölsing, 103; C. P. Snow, "Einstein," in Goldsmith et al., 7.

75. Einstein interview, Bucky, 28; Einstein 1956, 12. See Don Howard, "A kind of vessel in which the struggle for eternal truth is played out," AEA Cedex-H.

76. Solovine, 6.

77. Maurice Solovine, Dedication of the Olympia Academy, "A. D. 1903," CPAE 2: 3.

78. Solovine, 11-14.

79. Einstein to Maurice Solovine, Nov. 25, 1948; Seelig 1956a, 57; Einstein to Conrad Habicht and Maurice Solovine, Apr. 3, 1953; Hoffmann 1972, 243.

80. 아인슈타인 기록의 편집자들은 2권 xxiv-xxv의 서문에서 올림피아 아카데미에서 읽었던 책과 구체적인 서지 자료를 수록했다.

81 Einstein to Moritz Schlick, Dec. 14, 1915. 버트런드 러셀에 대한 1944년 글에서 아인슈타인은 "흄의 명백한 주장은 결정적인 것으로 보인다. 우리 지식의 유일한 원천인 감각적 원료는 관습 때문에 우리에게 믿음과 기대를 가지도록 해주지만, 그것이 지식 자체가 되지는 못하고, 정당한 관계에 대한 이해에는 더욱 못 미친다"고 했다. Einstein 1954, 22. See also Einstein 1949b, 13.

82. David Hume, *Treatise on Human Nature*, book 1, part 2; Norton 2005a.

83. 칸트의 『순수이성비판』(1781)에 대해서는 여러 가지 해석이 있다. 여기서 나는 칸트에 대한

아인슈타인 자신의 견해를 따르도록 노력했다. Einstein, "Remarks on Bertrand Russell's Theory of Knowledge," (1944) in Schilpp; Einstein 1954, 22; Einstein, 1949b, 11-13; Einstein, "On the Methods of Theoretical Physics," the Herbert Spencer lecture, Oxford, June 10, 1933, in Einstein 1954, 270; Mara Beller, "Kant's Impact on Einstein's Thought," in Howard and Stachel 2000, 83-106. See also Einstein, "Physics and Reality" (1936) in Einstein 1950a, 62; Yehuda Elkana, "The Myth of Simplicity," in Holton and Elkana, 221.

84. Einstein 1949b, 21.

85. Einstein, Obituary for Ernst Mach, Mar. 14, 1916, CPAE 6: 26.

86. Philipp Frank, "Einstein, Mach and Logical Positivism," in Schilpp, 272; Overbye, 25, 100-104; Gerald Holton, "Mach, Einstein and the Search for Reality," *Daedalus* (spring 1968): 636-673, reprinted in Holton 1973, 221; Clark, 61; Einstein to Carl Seelig, Apr. 8, 1952; Einstein, 1949b, 15; Norton 2005a.

87 Spinoza, Ethics, part I, proposition 29 and passim; Jammer 1999, 47; Holton 2003, 26-34; Matthew Stewart, *The Courtier and the Heretic* (New York: Norton, 2006).

88. Pais, 1982, 47; Fölsing, 106; Hoffmann 1972, 39; Maja Einstein, xvii; Overbye, 15-17.

89. Marriage Certificate. CPAE 5: 6; Miller 2001, 64; Zackheim, 47.

90. Einstein to Michele Besso, Jan. 22, 1903; Mileva Marić to Helene Savić, Mar. 1903; Solovine, 13; Seelig 1956a, 46; Einstein to Carl Seelig, May 5, 1952; AEA 39-20.

91. Mileva Marić to Einstein, Aug. 27, 1903; Zackheim, 50.

92. Einstein to Mileva Marić, ca. Sept. 19, 1903; Zackheim; Popović; author's discussions and e-mails with Robert Schulmann.

93. Popović, 11; Zackheim, 276; 로버트 슐만과의 논의와 전자우편.

94. Michelmore, 42.

95. Einstein to Mileva Marić, ca. Sept. 19, 1903.

96. Mileva Marić to Helene Savić, June 14, 1904; Popović, 86; Whitrow, 19.

97. Overbye, 113, citing Desanka Trbuhovic-Gjurie, *Im Schatten Albert Einstein* (Bern: Verlag Paul Haupt, 1993), 94.

5_ 기적의 해 : 양자와 분자

1. 많은 책과 자료에서 이 주장을 1900년 영국 과학진흥협회에서 캘빈 경이 했던 강연 내용이라고 소개하고 있다. 그러나 분명한 근거를 찾을 수 없기 때문에 "알려진"이라고 표현했다. 1910년에 처음 발간된 2권의 캘빈 경의 전기[Silvanus P. Thompson, *The Life of Lord Kelvin* (New York: Chelsea Publishing, 1976)]에는 그런 표현이 없다.

2. Pierre-Simon Laplace, *A Philosophical Essay on Probabilities* (1820; reprinted, New York: Dover, 1951). 결정론에 관한 이 유명한 말은 확률론에 대한 책의 서문에 실려 있다. 완전한 원문은 궁극적인 현실에서 결정론이 적용되지만 현실에서는 확률론이 적용된다는 것이다. 그는 완전한 지식을 얻는 것이 불가능하기 때문에 확률이 필요하다고 말했다.

3. Einstein, 1927년 3월 뉴턴의 사망 200주년을 맞이하여 왕립학회에 보낸 편지.

4. Einstein 1949b, 19.

5. 패러데이의 유도 이론이 아인슈타인에게 미친 영향에 대해서는 밀러[Miller 1981]의 제3장을 참고한다.

6. Einstein and Infeld, 244; Overbye, 40; Bernstein 1996a, 49.

7. Einstein to Conrad Habicht, May 18 or 25, 1905.

8. Sent on Mar. 17, 1905, and published in *Annalen der Physik* 17 (1905). 이 부분에 도움을 준 예일 대학교의 더글러스 스톤 교수에게 감사한다.

9. Max Born, obituary for Max Planck, Royal Society of London, 1948.

10. John Heilbron, *The Dilemmas of an Upright Man* (Berkeley: University of California Press, 1986). 이 장에 소개한 아인슈타인의 양자 논문에 대한 훌륭한 설명은 다음 문헌에서 찾을 수 있다; Bernstein 1996a, 2006; Overbye, 118-121; Stachel 1998; Rigden; A. Douglas Stone, "Genius and Genius2: Planck, Einstein and the Birth of Quantum Theory," Aspen Center for Physics, unpublished lecture, July 20, 2005.

11. 플랑크의 방법은 조금 더 복잡해서 진동자 집단에 대한 가정과 총 에너지가 양자 단위의 정수 배에 해당한다는 가정이 들어 있다. Bernstein 2006, 157-161.

12. Max Planck, speech to the Berlin Physical Society, Dec. 14, 1900. See Lightman 2005, 3.

13. Einstein 1949b, 46. Miller 1984, 112; Miller 1999, 50; Rynasiewicz and Renn, 5.

14. Einstein, "On the General Molecular Theory of Heat," Mar. 27, 1904.

15. Einstein to Conrad Habicht, Apr. 15, 1904. 제러미 번스타인은 2005년 7월 29일의 전자우편에 서 1904년과 1905년 논문의 관계에 대해서 논의했다.

16. Einstein, "On a Heuristic Point of View Concerning the Production and Transformation of Light," Mar. 17, 1905.

17. 과학사학자 존 D. 노턴은 "우리는 19세기의 빛의 파동 이론에 무슨 일이 일어났고, 아인슈타인 이 어떻게 김빠진 열역학의 식에서 원자의 불연속성에 대한 흔적을 찾아냈는지에 감탄하고 놀랐 다. 아인슈타인은 열복사에 대한 열역학의 재미없는 조각들과 진동수가 큰 열복사의 엔트로피에 대한 경험적 표현식을 이용했다. 그는 재치 있는 추측을 이용해서 그런 표현식을 복사의 에너지 가 공간적으로 유한하면서 많은 수의 독립된 점으로 국부화되어 있다고 해석할 수밖에 없는 단순 한 확률론적 식으로 변환시켰다"고 했다. Norton 2006c, 83. See also Lightman 2005, 48.

18. 아인슈타인은 1906년 논문에서 플랑크가 양자론의 의미를 완전히 이해하지 못했다고 분명하게 지적했다. 베소가 아인슈타인에게 플랑크에 대해서 너무 분명하게 비판하지 말라고 설득했던 것으로 보인다. 훗날 베소의 편지에 따르면, "양자에 대한 자네의 논문 편집을 도와주는 과정에 서 자네의 영광을 너무 자랑하지 않도록 해주었기 때문에 플랑크를 자네의 친구로 만들 수 있었 다." Michele Besso to Einstein, Jan. 17, 1928. See Rynasiewicz and Renn, 29; Bernstein 1991, 155.

19. Holton and Brush, 395.

20. 길버트 루이스가 1926년에 "광자(photon)"라는 말을 만들었다. 1905년에 아인슈타인은 광양자 를 발견했다. 그는 1916년이 되어서야 양자의 모멘텀과 정지질량 0에 대해서 논의를 했다. 제러 미 번스타인은 1905년에 아인슈타인이 발견하지 못했던 가장 흥미로운 것 중의 하나가 광자라고 지적했다. Jeremy Bernstein, letter to the editor, *Physics Today*, May 2006.

21. Gribbin and Gribbin, 81.

22. Max Planck to Einstein, July 6, 1907.

23. Max Planck and three others to the Prussian Academy, June 12, 1913, CPAE 5: 445.

24. Max Planck, *Scientific Autobiography* (New York: Philosophical Library, 1949), 44; Max Born, "Einstein's Statistical Theories," in Schilpp, 163.

25. Quoted in Gerald Holton, "Millikan's Struggle with Theory," *Europhysics News* 31 (2000): 3.

26. Einstein to Michele Besso, Dec. 21, 1951, AEA 7-401.

27. 1905년 4월 30일에 완성해서, 1905년 7월 20일에 취리히 대학교에 제출했고, 1905년 8월 19일

에 수정 원고를『물리학 연보』에 제출했으며, 1906년 1월에 게재되었다. See Norton 2006c and www.pitt.edu/~jdnorton/Goodies/Einstein_stat_1905/.

28. Jos Uffink, "Insuperable Difficulties: Einstein's Statistical Road to Molecular Physics," *Studies in the History and Philosophy of Modern Physics* 37 (2006): 37, 60.

29. bulldog.u-net.com/avogadro/avoga.html.

30. Rigden, 48-52; Bernstein 1996a, 88; Gribbin and Gribbin, 49-54; Pais 1982, 88.

31. Hoffmann 1972, 55; Seelig 1956b, 72; Pais 1982, 88-89.

32. Brownian motion introduction, CPAE 2 (German), p. 206; Rigden, 63.

33. Einstein, "On the Motion of Small Particles Suspended in Liquids at Rest Required by the Molecular-Kinetic Theory of Heat," submitted to the *Annalen der Physik* on May 11, 1905.

34. Einstein 1949b, 47.

35. 제곱평균제곱근(rms) 값은 $(2n/\pi)1/2$으로 수렴한다. 그리빈[Gribbin and Gribbin, 61; Bernstein 2006, 117]은 무작위 걸음과 아인슈타인의 브라운 운동 사이의 관계에 대한 훌륭한 분석을 소개하고 있다. 이 관계식에 대한 수학을 도와준 아스펜 물리학 센터의 조지 스트라나한에게 감사한다.

36 Einstein, "On the Theory of Brownian Motion," 1906 CPAE 2: 32 (자이덴토프의 결과를 언급했다); Gribbin and Gribbin, 63; Clark, 89; Max Born, "Einstein's Statistical Theories," in Schilpp, 166.

6_ 특수상대성

1. 아인슈타인의 특수 이론에 대한 현대의 역사적 연구는 홀턴[Holton 1983, 165]에 다시 실렸던 "특수상대성 이론의 기원에 대하여"라는 글로부터 시작되었다. 홀턴은 여전히 이 분야의 선도자이다. 그의 초기 논문들은 그의 책에 수록되어 있다. *Thematic Origins of Scientific Thought: Kepler to Einstein* (1973), *Einstein, History and Other Passions* (2000), and *The Scientific Imagination*, Cambridge, Mass.: Harvard University Press, 1998.
   아인슈타인의 일반적인 설명은 그가 1916년에 발간한『상대성: 특수와 일반 이론』에 소개되어 있고, 기술적인 설명은 1922년에 발간한『상대성의 의미』에 소개되어 있다.
   특수상대성 이론에 대해서는 다음 문헌을 참고한다. Miller 1981, 2001; Galison; Bernstein 2006; Calder, Feynman 1997; Hoffmann 1983; Kaku; Mermin; Penrose; Sartori; Taylor and Wheeler 1992; Wolfson.
   이 장의 내용은 다음 문헌을 근거로 한 것이다. John Stachel; Arthur I. Miller; Robert Rynasiewicz; John D. Norton; John Earman, Clark Glymour, and Robert Rynasiewicz; and Michel Jannsen. 아서 I. 밀러는 아인슈타인이 특수상대성 이론을 개발한 과정을 형태심리학을 설명하는 방법으로 재구성했던 막스 베르트하이머의 시도를 조심스럽고 회의적인 시각에서 분석했다; see Miller 1984, 189-195.

2. 일반상대성 이론을 임의적이고 회전하는 운동으로 확장하려던 아인슈타인의 시도가 완전히 성공하지도 못했고, 그가 생각했던 것만큼 필요하지도 않았다는 주장에 대해서는 얀센[Janssen 2004]을 참조하기 바란다.

3. Galileo Galilei, *Dialogue Concerning the Two Chief World Systems* (1632), translated by Stillman Drake, 186.

4. Miller 1999, 102.

5. Einstein, "Ether and the Theory of Relativity," address at the University of Leiden, May 5, 1920.

6. Ibid.; Einstein 1916, chapter 13.

7. Einstein, "Ether and the Theory of Relativity," address at the University of Leiden, May 5, 1920.

8. Einstein to Dr. H. L. Gordon, May 3, 1949, AEA 58-127.

9. 아인슈타인이 특수상대성 이론을 발견한 것에 대한 상상력이 풍부하고 통찰력 있는 소설적 이야기는 앨런 라이트만의 『아인슈타인의 꿈』을 참조하기 바란다. 라이트만은 아인슈타인의 마음을 떠돌던 전문가적, 개인적, 과학적 사고의 특징을 잘 소개했다.

10. 하버드의 과학사학자 피터 갈리슨은 아인슈타인의 기술적 환경의 영향을 가장 강조하는 사람들 중 한 사람이다. 아서 I. 밀러는 그만큼 중요하지는 않았다고 본다. 존 노턴, 틸만 사우어, 알베르토 마르티네즈 등은 그런 영향이 과장되었다고 생각한다. See Alberto Martinez, "Material History and Imaginary Clocks," *Physics in Perspective* 6 (2004): 224.

11. Einstein 1922c. 내가 사용한 1922년 강연의 번역에서는 아인슈타인의 발언 내용에 대해서 조금 다른 견해가 적혀 있다. 설명은 참고 자료를 참조하기 바란다.

12. Einstein, 1949b, 49. 다음 자료도 참조한다. Wertheimer, 214; Einstein 1956, 10.

13. 밀러[Miller 1984, 123]는 1895년의 사고실험이 아인슈타인의 생각에 어떤 영향을 주었는지 설명했다. See also Miller 1999, 30-31; Norton 2004, 2006b. 노턴은 "[이것은] 에테르 이론학자들에게는 아무 문제가 되지 않는다. 맥스웰 방정식은 관찰자가 고정된 파형을 보게 된다는 사실을 매우 확실하게 주장한다. 그러나 에테르 이론학자들은 우리가 에테르 속에서 광속으로 움직이지 않기 때문에 고정된 파형을 기대하지 못한다고 생각한다"고 했다.

14. Einstein to Erika Oppenheimer, Sept. 13, 1932, AEA 25-192; Maszkowski, 4.

15. 제럴드 홀턴은 처음으로 아인슈타인의 사위였던 안톤 라이저의 회고록과 필리프 프랑크의 자서전을 근거로 푀플의 영향을 강조했다. Holton 1973, 210.

16. Einstein, "Fundamental Ideas and Methods of the Theory of Relativity" (1920), unpublished draft of an article for Nature, CPAE 7: 31. Holton 1973, 362-364; Holton 2003.

17. Einstein to Mileva Marić, Aug. 10, 1899.

18. Einstein to Mileva Marić, Sept. 10 and 28, 1899; Einstein 1922c.

19. 아인슈타인이 1952년 12월 19일에 로버트 샹클랜드에게 보낸 편지에 따르면, 그는 1905년 이전에 로렌츠의 책을 읽었다고 했다. 1922년 교토 강연[Einstein 1922c]에서 그는 학생 시절인 1899년에 대해서 이야기하면서 "바로 그 시기에 나는 로렌츠의 1895년 논문을 우연히 읽게 되었다"고 말했다. 1903년 1월 22일경에 미셸 베소에게 보낸 편지에서 그는 "전자 이론에 대해서 완전하고, 집중적인 연구"를 시작했다고 말했다. 아서 I. 밀러는 당시 아인슈타인이 알고 있었던 것에 대해서 잘 설명해주었다. See Miller 1981, 85-86.

20. 이 부분은 다음 문헌을 근거로 한 것이다. Gerald Holton, "Einstein, Michelson, and the 'Crucial' Experiment", in Holton 1973, 261-286, and Pais 1982, 115-117. 두 경우 모두 아인슈타인의 서로 다른 발언들을 평가했다. 시간이 지나면서 역사적 접근방법이 진화했다. 예를 들면 아인슈타인의 오랜 친구이고 동료 물리학자인 필리프 프랑크는 1957년에 "아인슈타인은 기존의 운동과 빛 전달에 대한 법칙이 마이컬슨이 관찰한 사실을 설명하지 못하게 되는 가장 전망이 밝은 사례로부터 시작했다"고 썼다(Frank 1957, 134). 하버드의 과학사학자 제럴드 홀턴이 이 문제에 대해서 나에게 보낸 편지(2006년 5월 30일)에 따르면, "마이컬슨/몰리 실험에 관한 한, 30-40년 전까지만 하더라도 거의 모든 사람들, 특히 교과서에서는 그 실험과 아인슈타인의 특수상대성 이론 사이에는 직접적인 관계가 있다고 했다. 이 문제에 대한 아인슈타인 자신의 기록을 자세히 살펴볼 수 있게 되면서 모든 것이 달라졌다……역사학자가 아닌 사람들까지도 바로 그 실험과 아인슈타인의 업적 사이에 결정적인 관계가 있다는 아이디어를 오래 전에 포기했다."

21. Einstein 1922c; Einstein toast to Albert Michelson, the Athenaeum, Caltech, Jan, 15, 1931,

AEA 8-328; Einstein message to Albert Michelson centennial, Case Institute, Dec. 19, 1952, AEA 1-168.

22. Wertheimer, chapter 10; Miller 1984, 190.

23. Robert Shankland interviews and letters, Feb. 4, 1950, Oct. 24, 1952, Dec. 19, 1952. See also Einstein to F. G. Davenport, Feb. 9, 1954. "내가 일하는 동안에 마이컬슨의 결과는 큰 영향을 주지 않았다. 내가 이 문제에 대한 첫 논문을 쓸 때 그 실험에 대해서 알고 있었는지조차 기억하지 못한다. 나는 일반적인 이유 때문에 절대운동이 존재하지 않는다는 사실에 확신을 가지고 있었다."

24. Miller 1984, 118: "아인슈타인의 입장에서 그런 결과는 선험적으로 기정사실이기 때문에 에테르-이동 실험을 전부 살펴볼 필요가 없었다." 이 장은 밀러의 연구와 초기 원고에 대한 그의 조언을 근거로 한 것이다.

25. 아인슈타인은 에테르 이동 실험의 실패가 (흔히 그렇듯이) 빛이 언제나 일정한 속도로 움직인다는 가정을 뒷받침해주는 것이 아니라 상대성 이론을 뒷받침해주는 것이라고 믿었다. John Stachel, "Einstein and Michelson: The Context of Discovery and Context of Justification," 1982, in Stachel 2002a.

26. 존스홉킨스 대학교의 로버트 리나시비츠 교수는 아인슈타인이 귀납적인 방법에 의존했다고 주장하는 사람들 중의 한 명이다. 아인슈타인이 말년에는 자신이 귀납보다는 연역에 더 많이 의존했다고 주장했지만, 리나시비츠는 그런 주장을 "매우 논쟁적"이라고 본다. 그의 주장에 따르면, "기적의 해에 대한 내 견해는 본격적인 이론이 없더라도 계속 전진할 수 있는 곳까지 귀납적으로 도달하여 성공한 경우이다." 리나시비츠는 2006년 6월 28일에 이 부분의 초기 원고에 대한 의견을 이메일로 보내주었다.

27. Miller 1984, 117; Sonnert, 289.

28. Holton 1973, 167.

29. Einstein, "Induction and Deduction in Physics," *Berliner Tageblatt*, Dec. 25, 1919, CPAE 7: 28.

30. Einstein to T. McCormack, Dec. 9, 1952, AEA 36-549.

31. Einstein 1949b, 89.

32. 다음 분석은 밀러[Miller, 1981]와 참고 문헌에 소개된 존 스다첼, 존 노딘, 로비드 리나시비츠의 연구를 바탕으로 한 것이다. 밀러, 노턴, 리나시비츠는 내 원고를 읽고 제안을 해주었다.

33. 밀러[Miller 1981, 311]는 아인슈타인의 광양자와 특수상대성 논문 사이의 관계에 대해서 설명했다. 특수상대성 논문 8절에서, 아인슈타인은 빛 펄스에 대하여 논의한 후에 "빛 덩어리의 에너지와 진동수가 관찰자의 운동에 따라 똑같은 법칙에 의해서 변화한다는 것은 놀라운 일이다"라고 주장했다.

34. Norton 2006a.

35. Einstein to Albert Rippenbein, Aug. 25, 1952, AEA 25-46. Einstein to Mario Viscardini, Apr. 28, 1922, AEA 25-301: "나는 당시에는 이런 가정을 받아들이면 (광원에 따라 상대적으로 움직이는 스크린의 그림자 형성에 대한 설명처럼) 엄청난 이론적 어려움이 생길 것이라는 이유로 그런 가정을 거부했다."

36. Mermin, 23. 이것은 결국 1913년에 발표된 빌렘 드 지터의 빠르게 회전하는 이중성(二中星)에 대한 연구로 명백하게 증명되었다. 그러나 그 이전에도 이미 과학자들은 움직이는 별이나 다른 광원에서 나오는 빛의 속도가 변한다는 이론에 대한 증거를 찾지 못했다는 사실을 알고 있었다.

37. Einstein to Paul Ehrenfest, Apr. 25, June 20, 1912. 이런 접근법을 선택함으로써 아인슈타인은 일생 동안 자신을 힘들게 만든 양자 이론에 대한 난처한 상황을 계속 만들었다. 광양자 논문에서 그는 빛의 파동 이론을 칭찬하면서 동시에 빛을 입자로 볼 수도 있다고 주장했다. 빛의 방출

이론은 그런 접근과 잘 들어맞는다. 그러나 결국 사실과 직관 덕분에 그가 광양자 논문을 마칠 때에는 그런 접근 대신 상대성을 선택하게 되었다. 물리학자 로저 펜로즈 경에 따르면, "같은 해에 서로 상반된다고 생각했던 자연에 대한 가상적 견해에 의존하는 두 편의 논문을 발표하는 것은 나에게는 거의 상상도 할 수 없는 일이다. 오히려 그는 '저 깊은 곳'에서 맥스웰의 파동 이론과 자신이 양자 논문에서 제시한 대안적인 '양자' 입자의 정확성 또는 '진리' 사이에 실제로는 모순이 없을 것이라고 느꼈을 것이 틀림없다(그리고 그것은 사실로 밝혀졌다). 약 300년 전에 아이작 뉴턴도 근본적으로 같은 문제 때문에 고생했다는 사실이 기억난다. 그는 빛의 특성 중에서 서로 모순되는 면을 설명하기 위해서 파동과 입자의 견해를 혼합한 이상한 이론을 제시했었다." Roger Penrose, foreword to *Einstein's Miraculous Year* (Priceton: Princeton University Press, 2005), xi. See also Miller 1981, 311.

38. Einstein, "On the Electrodynamics of Moving Bodies," June 30, 1905, CPAE 2: 23, second paragraph. 아인슈타인은 본래 빛의 일정한 속도를 V로 표시했지만, 7년 후부터는 오늘날 흔히 쓰이는 c를 사용하기 시작했다.

39. 논문의 2절에서 그는 빛 가설을 더 신중하게 정의했다: "모든 광선은 광선이 정지 상태나 움직이는 물체에서 방출되었는지에 상관없이 '정지' 좌표계에서는 정해진 속도 V로 움직인다." 다시 말해서 가설에 따르면, 광속은 광원이 얼마나 빨리 움직이는지에 상관없이 똑같다. 많은 사람들이 이 빛 가설을 정의할 때, 이런 가설을 광원이나 관찰자가 얼마나 빨리 서로 가까워지거나 멀어지는지에 상관없이 빛이 어떤 관성틀에서나 똑같은 속도로 움직인다는 더 강한 주장과 혼동을 한다. 그런 주장도 옳기는 하지만, 상대성 원리와 빛 가설을 결합시켜야만 얻어지는 것이다.

40. Einstein 1922c. 1916년의 유명한 『상대성 : 특수 이론과 일반 이론』의 제7장 "빛의 전파법칙과 상대성 이론의 겉보기 모순"에서 그것에 대해서 설명했다.

41. Einstein 1916, chapter 7.

42. Einstein 1922c; Reiser, 68.

43. Einstein 1916, chapter 9.

44. Einstein 1922c; Heisenberg 1958, 114.

45. Sir Isaac Newton, *Philosophiae Naturalis Principia Mathematica* (1689), books 1 and 2; Einstein, "The Methods of Theoretical Physics," Herbert Spencer lecture, Oxford, June 10, 1933, in Einstein 1954, 273.

46. Fölsing, 174-175.

47. 푸앵카레는 자신의 글을 인용하면서 자신이 「시간의 측정」이라는 논문에서 이 아이디어를 논의했었다고 주장했다. 아서 I. 밀러는 아인슈타인의 친구 모리스 솔로빈이 프랑스어로 된 이 논문을 읽고, 아인슈타인과 논의를 했을 것이라고 지적한다. 훗날 아인슈타인은 그것을 인용했고, 시계의 동기화에 대한 분석에는 푸앵카레의 방법이 어느 정도 반영되어 있다. Miller 2001, 201-202.

48. Fölsing, 155: "그가 베른의 시계탑 중 하나를 가리킨 후에 이웃 도시인 무니의 시계탑을 가리키면서 친구와 동료들에게 몸짓으로 설명해주던 것이 관찰되었다." 갈리슨[Galison, 253]도 같은 이야기를 소개하고 있다. 모두가 막스 플뤼키거[Max Flückiger, *Einstein in Bern* (Bern: Paul Haupt, 1974), 95]를 인용하고 있다. 사실 플뤼키거는 아인슈타인이 이 시계들을 가상적인 예로 이용했다는 동료의 말을 인용했을 뿐이었다. See, Alberto Martinez, "Material History and Imaginary Clocks," *Physics in Perspective* 6 (2004): 229. 그러나 마르티네즈는 무니의 시계탑이 베른의 시계에 맞춰져 있지 않았다는 것과 아인슈타인이 그것을 이용해서 친구에게 이론을 설명했다는 것이 정말 흥미롭다는 사실은 인정했다.

49. Galison, 222, 248, 253, Dyson. 갈리슨의 주장은 특허신청서에 대한 자신의 연구를 근거로

한 것이다.

50. Norton 2006a, 3, 43: "오늘날 우리에게 또 하나의 지나친 단순화 때문에 아인슈타인 논문의 한 부분에 대해서 지나친 관심이 모아지고 있다는 것이 특히 흥미롭다. 그것은 바로 동시성에 대한 자신의 개념적 분석에 빛 신호와 시계를 독창적으로 이용했다는 것이다. 이런 접근법 때문에 실제로 연구의 마지막 단계에서 도입된 개념이 너무 지나치게 강조되었다……그런 개념은 특수상대성이나 동시성의 상대성이 필요하지 않은 것이다." Alberto Martinez, "Material History and Imaginary Clocks," Physics in Perspective 6 (2004): 224-240; Alberto Martinez, "Railways and the Roots of Relativity," Physics World, Nov. 2003; Norton 2004 참조. 갈리슨의 연구와 통찰을 더 높이 평가하는 다이슨의 자료도 공정한 평가에 도움이 된다. Also see Miller 2001.

51. Einstein interview, Bucky, 28; Einstein 1956, 12.

52. Moszkowski, 227.

53. Overbye, 135.

54. Miller 1984, 109, 114. Miller 1981, 제3장에 회전 자석을 이용한 패러데이의 실험이 아인슈타인의 특수 이론에 미친 영향에 대한 이야기가 있다.

55. Einstein, "On the Electrodynamics of Moving Bodies," Annalen der Physik 17 (Sept. 26, 1905). 여러 자료가 있다. For a web version, see www.fourmilab.ch/etexts/einstein/specrel/www/. Useful annotated versions include Stachel 1998; Stephen Hawking, ed., Selections from The Principle of Relativity (Philadephia: Running Press, 2002); Richard Muller, ed., Centennial Edition of the Theroy of Relativity (San Francisco: Arion Press, 2005).

56. Einstein, unused addendum to 1916 book Relativity, CPAE 6: 44a.

57. Einstein 1916.

58. Bernstein 2006, 71.

59. 이 예는 밀러와 파네크[Miller 1999, 82-83; Panek, 31-32]에 잘 소개되어 있다.

60. Jame Hartle, lecture at the Aspen Center for Physics, June 29, 2005; British National Measurement Laboratory, report on time dilation experiments, spring 2005, www.npl.co.uk/publications/metromnia/issue18/.

61. Einstein to Maurice Solovine, undated, in Solovine, 33, 35.

62. Krauss, 35-47.

63. Seelig 1956a, 28. 특수 이론에 대한 완전한 수학적 설명에 대해서는 테일러와 휠러[Taylor and Wheeler 1992] 참조.

64. Pais, 1982, 151, citing Hermann Minkowski, "Space and Time," lecture at the University of Cologne, Spet. 21, 1908.

65. Clark, 159-60.

66. Thorne, 79. 이 문제는 밀러[Miller 2001, 200]에도 잘 설명되어 있다. "로렌츠와 푸앵카레는 물론이고 다른 물리학자도 로렌츠의 국부 시간이 가진 물리적 의미를 인정하려고 하지 않았다……오직 아인슈타인만이 겉으로 보이는 것을 넘어서려고 했다." See also Miller 2001, 240: "아인슈타인은 푸앵카레가 알아내지 못했던 의미를 알아냈다. 그는 사고실험을 통해서 수학적 형식을 공간과 시간에 대한 새로운 이론으로 '해석'했지만, 푸앵카레에게 그것은 로렌츠의 전자 이론의 일반화에 지나지 않았다." 밀러도 역시 이 문제를 연구했다. Miller, "Scientific Creativity: A Comparative Study of Henri Poincaré and Albert Einstein," Creativity Research Journal 5 (1992): 385.

67. Arthur Miller e-mail. to the author, Aug. 1, 2005.

68. Hoffmann 1972, 78. 입자가 파동처럼 행동할 수 있다는 이론을 제시했던 양자이론학자 루이

드 브로이 공은 1954년에 푸앵카레에 대해서 "그러나 푸앵카레는 결정적인 단계를 넘어서지 못했다. 그는 상대성 원리의 모든 결과를 파악하는 영광을 아인슈타인에게 넘겨주었다"고 했다. See Schilpp, 112; Galison, 304.

69. Dyson.

70. Miller 1981, 162.

71. Holton 1973, 178; Pais 1982, 166; Galison, 304; Miller 1981. 네 사람이 모두 푸앵카레와 그의 업적에 대해서 중요한 연구를 했고, 이 부분도 그들의 연구를 바탕으로 한 것이다. 그의 논문 ["Why Did Poincarö Not Formulate Special Relativity in 1905?"]을 제공하고 이 부분을 편집해준 밀러 교수에게 감사한다.

72. Miller 1984, 37-38; Henri Poincaré lecture, May 4, 1912, University of London, cited in Miller 1984, 37; Pais 1982, 21, 163-168. 파이스는 "평생에 걸쳐 푸앵카레는 특수상대성의 근거를 이해하지 못했다……푸앵카레는 이해하지도 못했고, 상대성 이론을 인정하지도 않았던 것이 분명하다"고 했다. See also Galison, 242 and passim.

73. Einstein to Mileva Marić, Mar. 27, 1901.

74. Michelmore, 45.

75. Overbye, 139; Highfield and Carter, 114; Einstein and Mileva Marić to Conrad Habicht, July 20, 1905.

76. Overbye, 140; Trbuhovic-Gjuric, 92-93; Zackheim, 62.

77. 과연 마리치의 이름이 특수 이론의 원고에 어떤 식으로든 들어 있었는지에 대한 문제는 복잡하지만, 그런 사실을 주장했던 유일한 사람으로 러시아의 물리학자는 실제로 정확하게 그렇게 말하지도 않았던 것으로 밝혀졌고, 그런 주장을 뒷받침해줄 수 있는 다른 증거도 없다. For and explanation, see John Stachel's appendex to the introduction of *Einstein's Miraculous Year*, centennial reissue edition (Princeton: Princeton University Press, 2005), lv.

78. "The Relative Importance of Einstein's Wife," *The Economist*, Feb. 24, 1990; Evan H. Walker, "Did Einstein Espouse His Spouse's Ideas?", *Physics Today*, Feb. 1989; Ellen Goodman, "Out from the Shadows of Great Men," *Boston Globe*, Mar. 15, 1990; *Einstein's Wife*, PBS, 2003, www.pbs.org/opb/einsteinswife/index.htm; Holton 2000, 191; Robert Schulmann and Gerald Holton, "Einstein's Wife, "letter to the *New York Times Book Review*, Oct. 8, 1995; Highfield and Carter, 108-114; Svenka Savić, "The Road to Mileva Marić-Einstein," www.zenskestudie.edu.yu/wgsact/e-library/e-lib0027.html#_ftn1; Christopher Bjerknes, *Albert Einstein: The Incorrigible Plagiarist*, home.comcast.net/~xtxinc/CIPD.htm; Alberto Martínez, Arguing about Einstein's Wife,"*Physics World*, Apr. 2004, physicsweb.org/articles/world/17/4/2/1; Alberto Martínez, Handling Evidence in History: The Case of Einstein's Wife," *School Science Review*, Mar. 2005, 51-52; Zackheim, 20; Andrea Gabor, *Einstein's Wife: Work and Marriage in th Lives of Five Great Twentieth-Century Women* (New York: Viking, 1995); John Stachel, "Albert Einstein and Mileva Marić: A Collaboration That Failed to Develop," in H. Prycior et al., eds., *Creative Couples in Science* (New Brunswick, N.J.: Rutgers University Press, 1995), 207-219; Stachel 2002a, 25-37.

79. Michelmore, 45.

80. Holton 2000, 191.

81. Einstein to Conrad Habicht, June 30-Sept. 22, 1905. (휴가에서 돌아와서 $E=mc^2$ 논문을 쓰던 9월 초가 거의 확실하다.)

82 Einstein, "Dose the Inertia of a Body Depend on Its Energy Content?," *Annalen der Physik* 18 (1905), received Sept. 27, 1905, CPAE 2: 24.

83. 아인슈타인의 방정식에 대한 배경과 결과에 대한 훌륭한 소개는 보다니스를 참고한다. 보다니 스는 더 자세한 사항을 소개하는 유용한 웹사이트를 운영하고 있다. davidbodanis.com/books/em c2/notes/relativity/sigdev/index.html. 건포도의 질량에 대한 계산은 볼프슨[Wolfson, 156]에 소개 되어 있다.

7_ 가장 행복한 생각

1. Maja Einstein, xxi.
2. Fölsing, 202; Max Planck, *Scientific Autobiography and Other Papers* (New York : Philosophical Library, 1949), 42.
3. 더 정확하게는, 리처드 파인만이 『물리학 강의(*Lectures on Physics*)』(Boston: Addison-Wesley, 1989), 19-1에서 사용한 정의는 "물리학에서의 작용은 정확한 의미를 가지고 있다. 그것은 입자 의 운동 에너지에서 포텐셜 에너지를 뺀 것의 시간 평균이다. 그래서 최소 작용법칙에 따르면, 입자는 운동 에너지와 포텐셜 에너지의 차이가 최소가 되는 경로를 따라 이동하게 된다."
4. Fölsing, 203; Einstein to Maurice Solovine, Apr. 27, 1906; Einstein tribute to Planck, 1913, CPAE 2: 267.
5. Max Planck to Einstein, July 6, 1907; Hoffmann 1972, 83.
6. Max Laue to Einstein, June 2, 1906.
7. Hoffmann 1972, 84; Seelig 1956a, 78; Fölsing, 212.
8. Arnold Sommerfeld to Hendrik Lorentz, Dec. 26, 1907, in Diana Kormos Buchwald, "The First Solvay Conference," in *Einstein in Context* (Cambridge, England: Cambridge University Press, 1993), 64. 조머펠트는 전기동력학의 전문가인 독일의 물리학자 에밀 콘에 대해서 이야기한 것이 었다.
9. Jakob Laub to Einstein, Mar. 1, 1908.
10. Swiss Patent Office to Einstein, Mar. 13, 1906.
11. Mileva Marić to Helene Savić, Dec. 1906.
12. Einstein, "A New Electrostatic Method for the Measurement of Small Quantities of Electrocity," Feb. 13, 1908, CPAE 2: 48; Overbye, 156.
13. Einstein to Paul and/or Conrad Habicht, Aug. 16, Sept. 2, 1907, Mar. 17, June, July 4, Oct. 12, Oct. 22, 1908, Jan. 18, Apr. 15, Apr. 28, Sept. 3, Nov. 5, Dec. 17, 1909; Overbye, 156-158.
14. Einstein, "On the Inertia of Energy Required by the Relativity Principle," May 14, 1907, CPAE 2: 45; Einstein to Johannes Stark, Sept. 25, 1907.
15. Einstein to Bern Canton Education Department June 17, 1907, CPAE 5: 46; Fölsing, 228.
16. Einstein 1922c.
17. Einstein, "Fundamental Ideas and Methods of Relativity Theory," 1920, unpublished draft of a paper for *Nature* magazine, CPAE 7: 31. 그가 사용한 표현은 "glücklichste Gendanke meinses Lebens"였다.
18. "Einstein Expounds His New Theory," *New York Times*, Dec. 3, 1919.
19. 번스타인[Bernstein 1996a, 10]은 떨어지는 사과에 대한 뉴턴의 사고실험과 승강기에 대한 아인 슈타인의 사고실험이 "일상적인 경험에서 기대하기 어려운 심오함을 드러낸 놀라운 통찰이었다" 고 주장했다.
20. Einstein 1916, chapter 20.
21. Einstein, "The Fundaments of Theoretical Physics," *Science*, May 24, 1940, in Einstein 1954,

329. See also Sartori, 255.

22. 아인슈타인이 이런 표현을 처음 쓴 것은 다음 논문에서였다. *Annalen der Physik* in Fed. 1912, "The Speed of Light and the Statics of the Gravitational Field," CPAE 4: 3.

23. Janssen 2002.

24. 중력장은 정적이고 균일해야 하고, 가속은 균일하고 직선적이어야 한다.

25. Einstein, "On the Relativity Principle and the Conclusion Drawn from It," *Jahrbuch der Radioaktivität and Elektronik*, Dec. 4, 1907, CPAE 2: 47; Einstein to Willem Julius, Aug. 24, 1911.

26. Einstein to Marcel Grossmann, Jan. 3, 1908.

27. Einstein to the Zurich Council of Education, Jan. 20, 1908; Fölsing, 236.

28. Einstein to Paul Gruner, Feb. 11, 1908; Alfred Kleiner to Einstein, Feb. 8, 1908.

29. Flückiger, 117–121; Fölsing, 238; Maja Einstein, xxi.

30. Alfred Kleiner to Einstein, Feb. 8, 1908.

31. Friedrich Adler to Viktor Adler, July 1, 1908; Rudolph Ardelt, *Friedrich Adler* (Vienna: Österreichischer Bundesverlag, 1984), 165–194; Seelig 1956a, 95; Fölsing, 247; Overbye 161.

32. Frank 1947, 75; Einstein to Michele Besso, Apr. 29, 1917.

33. Einstein to Jakob Laub, May 19, 1909; Reiser, 72.

34. Friedrich Adler to Viktor Adler, July 1, 1908; Einstein to Jakob Laub, July 30, 1908.

35. Einstein to Jakob Laub, May 19, 1909.

36. Alfred Kleiner, report to the faculty, Mar. 4, 1909; Seelig 1956a, 166; Pais 1982, 185; Fölsing, 249.

37. Alfred Kleiner, report to the faculty, Mar. 4, 1909.

38. Einstein to Jakob Laub, May 19, 1909.

39. Einstein, verse in the album of Anna Schmid, Aug. 1899, CPAE 1: 49.

40. Einstein to Anna Meyer-Schmid, May 12, 1909.

41. Mileva Marić to George Meyer, May 23, 1909; Einstein to George Meyer, June 7, 1909; Einstein to Erika Schaerer-Meyer, July 27, 1951; Highfield and Carter, 125; Overbye, 164.

42. Mileva Marić to Helene Savić, late 1909, Spet. 3, 1909, in Popivić, 26–27.

43. Seelig 1956a, 92; Dukas and Hoffmann, 5–7.

44. Einstein to Arnold Sommerfeld, Jan. 14, 1908. 양자에 대한 아인슈타인의 초기 연구에 관해서 도움을 준 예일의 더글러스 스톤에게 감사한다.

45. Einstein lecture in Salzburg, "On the Development of Our Views Concerning the Nature and Constitution of Radiation," Sept. 21, 1909, CPAE 2: 60; Schilpp, 154; Armin Hermann, *The Genesis of the Quantum Theory* (Cambridge, Mass.: MIT Press, 1971), 66–69.

46. Einstein to Arnold Sommerfeld, July 1910. 아인슈타인의 친구 바네시 호프만은 『양자에 대한 이상한 이야기』(*The Strange Story of the Quantum*)(New York: Dover, 1959)에서 "그것에 최선을 다할 수밖에 없었던 그들은 걱정스러운 표정으로 월요일, 수요일, 금요일에는 빛을 파동으로 보아야만 하고, 화요일, 목요일, 토요일에는 입자로 보아야만 한다고 불평하면서 돌아다녔다. 일요일에는 그저 기도만 했다"고 비꼬았다.

47. Discussion following Sept. 21, 1909, lecture in Salzburg, CPAE 2: 61.

48. Einstein to Jakob Laub, Nov. 4 and 11, 1910.

49. Einstein to Heinrich Zangger, May 20, 1912.

8_ 방랑하는 교수

1. 돈 하워드는 아인슈타인에게 미친 뒤앙의 영향에 대한 가장 독창적인 연구를 했다. See Howard 1990a, 2004.
2. Friedrich Adler to Viktor Adler, Oct. 28, 1909, in Fölsing, 258.
3. Seelig 1956a, 97.
4. Seelig 1956a, 113.
5. Seelig 1956a, 99–104; Brian 1996, 76.
6. Seelig 1956a, 102; Einstein to Arnold Sommerfeld, Jan. 19, 1909.
7. Overbye, 185; Miller 2001, 229–231.
8. Hans Albert Einstein interview, *Gazette and Daily* (York, Pa.), Sept. 20, 1948; Seelig 1956a, 104; Highfield and Carter, 129.
9. Einstein to Pauline Einstein, Apr. 28, 1910.
10. Student petition, University of Zurich, June 23, 1910, CPAE 5: 210.
11. Repeated in lecture by Max Planck, Columbia University, spring 1909; Pais 1982, 192; Fölsing, 271.
12. Einstein to Jakob Laub, Aug. 27, Oct. 11, 1910; Count Karl von Stürgkh to Einstein, Jan. 13, 1911; Frank 1947, 98–101; Clark, 172–176; Fölsing, 271–273; Pais 1982, 192.
13. Frank 1947, 104. 플랑크를 방문한 것은 1913년이었지만, 실제로는 아인슈타인이 프라하 교수 직에 대한 공식 면접을 위해서 빈에 있었던 1910년 9월이었다. See notes in CPAE 5 (German version), p. 625.
14. Einstein to Hendrik Lorentz, Jan. 27, 1911.
15. Einstein to Jakob Laub, May 19, 1909.
16. Einstein to Hendrik Lorentz, Feb. 15, 1911.
17. Pais 1982, 8; Brian 1996, 78; Klein 1970a, 303. 에렌페스트의 설명은 로렌츠에 대한 추모사의 초고에서 나온 것이다.
18. Einstein, "Address at the Grave of Lorentz" (1928), in Einstein 1954, 73; Einstein, "Message for Hundredth Anniversary of the Birth of Lorentz" (1953), in Einstein 1954, 73. See also Bucky, 114.
19. Mileva Marić to Helene Savić, Jan. 1911, in Popović, 30; Einstein to Heinrich Zangger, Apr. 7, 1911.
20. Frank 1947, 98.
21. Max Brod, *The Redemption of Tycho Brahe* (New York: Knopf, 1928); Seelig 1956a, 121; Clark, 179; Highfield and Carter, 138.
22. Einstein to Paul Ehrenfest, Jan. 26, Feb. 12, 1912.
23. Einstein, "Paul Ehrenfest: In Memoriam," written in 1934 for a Leiden almanac and reprinted in Einstein 1950a, 132.
24. Klein 1970a, 175–178; Seelig 1956a, 125; Fölsing, 294; Clark, 194; Brian 1996, 83; Highfield and Carter, 142.
25. Einstein to Paul Ehrenfest, Mar. 10, 1912; Einstein to Alfred Kleiner, Apr. 3, 1912; Einstein to Heinrich Zangger, Mar. 17, 1912: "나는 그가 이곳에서 내 후임이 되는 것을 보고 싶다. 그러나 그의 열렬한 무신주의 때문에 그것은 불가능하다." 장거의 편지는 2006년에 공개된 자료의

일부로 제10권의 부록인 CPAE 5: 374a로 발간되었다.

26. Dirk van Delft, "Albert Einstein in Leiden," *Physics Today*, Apr. 2006, 57.

27. Einstein to Heinrich Zangger, Nov. 7, 1911.

28. 에른스트 솔베이의 초청장 June 9, 1911, CPAE 5: 269; Einstein to Michele Besso, Sept. 11, Oct. 21, 1911.

29. Einstein, "On the Present State of the Problem of Specific Heats," Nov. 3, 1911, CPAE 3: 26;

30. 1911년 11월 3일의 아인슈타인 강의 후에 있었던 논의, Nov. 3, 1911, CPAE 3: 27.

31. Einstein to Heinrich Zangger, Nov. 7 and 15, 1911.

32. Einstein to Michele Besso, Dec. 26, 1911.

33. Bernstein 1996b, 125.

34. Einstein to Heinrich Zangger, Nov. 7, 1911.

35. Einstein to Marie Curie, Nov. 23, 1911. (이 편지는 CPAE 5권이 아니라 8권에 포함되어 있었다. 그 자료가 발간되었을 때 그 편지가 있었더라면 시간적으로 맞을 것이다.)

36. Mileva Marić to Einstein, Oct. 4, 1911.

37. Overbye, 201. 아인슈타인의 인용은 카를 젤리히에게 보낸 편지[Carl Seelig, May 5, 1952]에서 나온 것이다.

38. Reiser, 126.

39. Highfield and Carter, 145.

40. Einstein to Elsa Einstein Löwenthal, Apr. 30, 1912; regarding her keeping the letters, CPAE 5:389 (German edition), footnote 12.

41. Einstein to Elsa Einstein, Apr. 30, 1912.; Einstein "scratch notebook," CPAE 3 (German edition), appendix A; CPAE 5: 389 (German edition), footnote 4.

42. Einstein to Elsa Einstein, May 7 and 12, 1912.

43. Einstein to Michele Besso, May 13, 1911; Einstein to Hans Tanner, Apr. 24, 1911; Einstein to Alfred and Clara Stern, Mar. 17, 1912.

44. Mileva Marić to Helene Savić, Dec. 1912, in Popović, 106.

45. Willem Julius to Einstein, Sept. 17, 1911; Einstein to Willem Julius, Sept. 22, 1911.

46. Heinrich Zangger to Ludwig Forrer, Oct. 9, 1911; CPAE 5: 291 (German edition), footnote 2; CPAE 5: 305 (German edition), footnote 2.

47. Einstein to Heinrich Zangger, Nov. 15, 1911.

48. Einstein to Willem Julius, Nov. 16, 1911.

49. Marie Curie, letter of recommedation, Nov. 17, 1911; Seelig 1956a, 134; Fölsing, 291; CPAE 5: 308 (German edition), footnote 3.

50. Henri Poincaré, letter of recommendation, Nov. 1911; Seelig 1956a, 135; Galison, 300; Fölsing, 291; CPAE 5: 308 (German edition), footnote 3.

51. Einstein to Alfred and Clara Stern, Feb. 2, 1912.

52. Articles appeared in Vienna's weekly paper *Montags-Revue* on July 29, 1912, and Prague's *Prager Tagblatt* on May 26 and Aug. 5, 1912. CPAE 5: 414 (German edition), footnotes 2, 3, 11; Einstein statement, Aug. 3, 1912.

53. Einstein to Ludwig Hopf, June 12, 1912.

54. Overbye, 234, 243; Highfield and Carter, 153; Seelig 1956a, 112.

55. 아인슈타인이 엘자 아인슈타인에게 보낸 1914년 7월 30일의 편지에서, 그는 그녀가 자신을 조롱했기 때문에 편지를 주고받는 것을 그만두겠다고 밝힌 1912년 5월 7일의 편지에 자신의

새 주소를 써넣게 된 이유를 회고했다.

56. Einstein to Elsa Einstein, ca. Mar. 14, 1913.

57. Einstein to Elsa Einstein, Mar. 23, 1913.

58. Seelig 1956a, 244; Levenson, 2; CPAE 5: 451 (German edition), footnote 2; Clark, 213; Overbye, 248; Fölsing, 329. 문집 편집자들은 네른스트의 딸이 보낸 편지를 근거로 흰색 손수건 이라고 했지만, 다른 이야기에서는 젤리히의 이야기를 근거로 빨간 장미라고 했다.

59. Max Planck, Walther Nernst, Heinrich Rubens, and Emil Warburg to the Prussian Academy, June 12, 1913, CPAE 5: 445.

60. Seelig 1956a, 148.

61. Einstein to Jakob Laub, July 22, 1913.

62. Einstein to Paul Ehrenfest, late Nov. 1913.

63. Einstein to Hendrik Lorentz, Aug. 14, 1913.

64. Einstein to Heinrich Zangger, June 27, 1914, CPAE 8: 5a, released in 2006 and published as a supplement to CPAE vol. 10.

65. Einstein to Elsa Einstein, July 14, 19, before July 24, and Aug. 13, 1913.

66. Einstein to Elsa Einstein, after Aug. 11, 1913.

67. Einstein to Elsa Einstein, after Aug. 11 and Aug. 11, 1913.

68. Eve Curie, Madame Curie (New York: Doubleday, 1937), 284; Fölsing, 325; Highfield and Carter, 157.

69. 세례식은 1913년 9월 21일 노비사드의 성 니콜라스 성당에서 거행되었다. Hans Albert Einstein to Dord Krstic, Nov. 5, 1970; Elizabeth Einstein, 97; Highfield and Carter, 159; Overbye, 255; Einstein to Heinrich Zangger, Sept. 20, 1913; Seelig 1956a, 113.

70. Einstein to Elsa Einstein, Oct. 10, 1913.

71. Einstein to Elsa Einstein, Oct. 16, 1913.

72. Einstein to Elsa Einstein, before Dec. 2, 1913.

73. Einstein to Elsa Einstein, after Dec. 21 and Aug. 11, 1913.

74. Einstein to Elsa Einstein, after Dec. 21, 1913.

75. Einstein to Elsa Einstein, after Feb. 11, 1941; Lisbeth Hurwitz diary, cited in Overbye, 265.

76. Marianoff, 1; Einstein to Mileva Marić, Apr. 2, 1914.

77. Einstein to Paul Ehrenfest, ca. Apr. 10, 1914; Paul Ehrenfest to Einstein, ca. Apr. 10, 1914; Highfield and Carter, 167.

78. Whitrow, 20.

79. Einstein to Heinrich Zangger, June 27, 1914, CPAE 8: 16a, 2006년에 공개되었고, 10권의 부록으로 발간되었다.

80. Einstein, Memorandum to Mileva Marić, ca. July 18, 1914, CPAE 8: 22. See also appendix, CPAE 8b (German edition), p. 1032, for a memo from Anna Besso-Winteler to Heinrich Zangger, Mar. 1918, about the Einstein breakup.

81. Einstein to Mileva Marić, ca. July 18 and July 18, 1914.

82. CPAE 8a: 26 (German edition), footnote 3; memo from Anna Besso-Winteler to Heinrich Zangger, Mar. 1918, CPAE 8b (German edition), p. 1032; Overbye, 268.

83. Einstein to Elsa Einstein, July 26, 1914.

84. Einstein to Elsa Einstein, after July 26, 1914.

85. Einstein to Elsa Einstein, July 30, 1914(two letters); Michele Besso to Einstein, Jan. 17, 1928

(recalling the breakup); Pais 1982, 242; Fölsing, 338.

86. Einstein to Elsa Einstein, after Aug. 3, 1914.

87. Einstein to Mileva Marić, Sept. 15, 1914. "중독"에 대한 주장이 포함되어 있다. 1914년의 많은 편지에도 돈, 가구, 아이들의 양육에 대한 그들의 다툼이 자세히 들어 있다.

9_ 일반상대성

1. Renn and Sauer 2006, 117.

2. 동등성 원리에 대한 설명은 아인슈타인이 1907년 연보에 발표한 글과 1916년에 발표한 일반상대성 이론에 대한 포괄적인 논문에서 사용한 방식을 따른 것이다. 다른 사람들은 그 후에 그것을 조금씩 변형했다. See also Einstein, "Fundamental Ideas and Methods of Relativity Theory," 1920, unpublished draft of a paper for *Nature* magazine, CPAE 7: 31.

   이 장의 일부는 아인슈타인 기록사업의 편집자들 중 한 사람의 학위 논문에서 추출한 것이다. Jeroen van Dongen, "Einstein's Unification: General Relativity and the Quest for Mathematical Naturalness," 2002. 그는 자신의 학위 논문 사본과 함께 이 장에 대한 지침을 마련해주고 수정을 도와주었다. 이 장에서는 아인슈타인의 일반상대성 이론을 연구하는 다른 학자들의 연구 결과도 이용했다. 나를 만나주고 도와준 반 돈겐을 비롯해서 틸만 사우어, 위르겐 렌, 존 D. 노턴, 니켈 얀센 등에게 감사한다. 이 장은 그들의 연구와 존 스타첼의 연구를 바탕으로 한 것이다. 목록은 참고 문헌에 정리되어 있다.

3. Einstein, "The Speed of Light and the Statics of the Gravitational Field," *Annalen der Physik* (Feb. 1912), CPAE 4: 3; Einstein 1922c; Janssen 2004, 9; 아인슈타인은 1907년과 1911년 논문에서 그것을 "동등성 가설"이라고 불렀지만, 1912년 논문에서는 그것의 위상을 "동등성 원리"로 격상시켰다.

4. Einstein, "On the Influence of Gravitation on the Propagation of Light," *Annalen der Physik* (June 21), 1911, CPAE 3: 23.

5. Einstein to Erwin Freundlich, Sept. 1, 1911.

6. Stachel 1989b.

7. Record and grade transcript, CPAE 1: 25; Adolf Hurwitz to Hermann Bleuler, July 27, 1900, CPAE 1: 67; Einstein to Mileva Marić, Dec. 28, 1901.

8. Fölsing, 314; Pais 1982, 212.

9. Hartle, 13.

10. Einstein to Arnold Sommerfeld, Oct. 29, 1912.

11. Einstein, foreword to the Czech edition of his popular book *Relativity*, 1923; see utf.mff.cuni.cz/Relativity/Einstein.htm. 그 글에서 아인슈타인은 "이론의 수학적 방법과 표면의 가우스 이론 사이의 비유에 대한 아이디어는 리만, 리치, 레비-치비타의 결과를 연구할 당시에는 모르고 있었고, 내가 취리히로 돌아온 1912년에야 떠올랐다. 내 친구 그로스만이 나에게 알려주어 처음 알게 되었다"고 했다. Einstein 1922c: "나는 기하학의 기초가 물리학적 의미를 가지고 있다는 사실을 깨달았다. 내 친구인 수학자 그로스만은 내가 프라하에서 취리히로 돌아왔을 때 그곳에 있었다. 그는 나에게 처음으로 리치에 대해서 가르쳐주었고, 다음에 리만에 대해서도 알려주었다."

12. Sartori, 275.

13. Amir Aczel, "Riemann's Metric," on Aczel 1999, 91-101; Hoffmann 1983, 144-151.

14. 이 부분을 도와준 틸만 사우어와 크레이그 코피에게 감사한다.

15. Janssen 2002; Greene 2004, 72.

16. Calaprice, 9, Flückiger, 121.
17. The Zurich Notebook is in CPAE 4: 10. 온라인 팩스는 다음 사이트에서 얻을 수 있다. echo.mpi wg-berlin.mpg.de/content/relativityrevolution/jnul. See also Janssen and Renn.
18. Norton 2000, 147. See also Renn and Sauer 2006, 151. 이 부분을 손질해준 틸만 사우어에게 감사한다.
19. Einstein, Zurich Notebook, CPAE 4: 10 (German edition), p. 39. 아인슈타인 텐서로 알려진 것에 대한 최초의 기호가 있다.
20. An explanation of this dilemma is in Renn and Sauer 1997, 42-43. 1913년 초에 아인슈타인이 올바른 중력 텐서를 발견하지 못했던 이유와 좌표 조건 선택에 대한 그의 이해 문제는 렌[Renn 2005b, 11-14]에서 잘 다루고 있다. 그는 노턴[Norton 1984]의 결론을 근거로 몇 가지 수정을 제안했다.
21. 노턴, 얀센, 사우어는 모두 아인슈타인이 수학적 전략을 버리고 물리학적 전략을 포기한 나쁜 경험과 그 후 수학적 전략을 이용한 때늦은 성공이 1933년 옥스퍼드에서의 스펜서 강의에서 밝혔던 견해와 그의 말년에 통일장 이론을 연구하던 방법에 반영되어 있다고 제안했다.
22. Einstein, "Outline [Entwurf] of a Generalized Theory of Relativity and of a Theory of Gravitation" (with Marcel Grossmann), before May 28, 1913, CPAE 4: 13; Janssen 2004; Janssen and Renn.
23. Einstein to Elsa Einstein, Mar. 23, 1913.
24. Einstein-Besso manuscript, CPAE 4: 14; Janssen, 2002.
25. Einstein, "On the Foundations of the General Theory of Relativity," *Annalen der Physik* (Mar. 6, 1918), CPAE 7: 4. 그린[Greene 2004, 23-74]은 뉴턴의 물통과 그것이 상대성과 어떻게 관련되어 있는지에 대한 생생한 설명을 제공했다. 아인슈타인은 마흐가 어떻게 빈 우주를 생각했는지를 밝혀낸 것으로 알려져 있다. See Norton 1995c; Julian Barbour, "General Relativity as a Perfectly Machian Theory," Carl Hoefer, "Einstein's Formulation of Mach's Principle," and Hubert Goenner, "Mach's Principle and Theories of Gravity," all in Barbour and Pfister.
26. Janssen 2002, 14; Janssen 2004, 17; Janssen 2006. 얀센은 1913년 아인슈타인-베소의 공동 연구를 분석하는 중요한 일을 했다. 아인슈타인-베소 원고와 관련된 다른 문서, 그리고 그 문서들의 중요성에 대한 얀센의 글은 2002년 10월 4일에 원본이 경매로 팔린 크리스티의 288페이지짜리 카탈로그에 수록되어 있다. (50페이지짜리 아인슈타인-베소 원고는 59만5,000달러에 판매되었다.) 아인슈타인이 회전 좌표계에서 민코프스키 계량이 초안 장 방정식에 대한 옳은 답이 아니라는 베소의 주장을 무시했는지의 증거와 아인슈타인이 어떻게 초안이 마흐의 원리를 따른다고 생각하게 되었는지에 대해서는 아인슈타인이 미셸에게 보낸 편지[Einstein to Michele Besso, ca. Mar. 10, 1914]를 참조하기 바란다.
27. Einstein to Ernst Mach, June 25, 1913; Misner, Thorne, and Wheeler, 544.
28. Einstein to Hendrik Lorentz, Aug. 14, 1913. 그러나 이틀 뒤에 그는 로렌츠에게 보낸 편지에서 다시 자신은 공변이 불가능하다고 믿는다고 했다. "이런 고약한 어두운 점이 제거된 이제야 이론이 나를 즐겁게 해준다." Einstein to Hendrik Lorentz, Aug. 16, 1913.
29. 구멍 논증은 기본적으로, 일반적으로 공변인 중력 이론은 비결정론적이라는 뜻이다. 일반적으로 공변인 장 방정식은 계량 장을 유일하게 결정하지 못한다. 물질이 없는 작은 영역인 "구멍"의 외부에 대한 계량 장을 완전히 밝혀낸다고 해도 그 영역 안에서의 계량 장을 규정할 수가 없다. See Stachel 1989b; Norton 2005b; Janssen 2004.
30. Einstein to Ludwig Hopf, Nov. 2, 1913. See also Einstein to Paul Ehrenfest, Nov. 7, 1913: "물질 텐서로부터 장을 완전하게 결정하는 일반적으로 공변인 방정식은 존재할 수가 없다. 보존 법칙으로부터 필요한 사항들을 모두 알아낼 수 있다는 것보다 더 아름다운 것이 있을 수 있는가?

따라서 보존법칙들이 모든 표면들 중에서 좌표 표면의 특별한 지위를 가지게 되는 표면을 결정한다. 정당화할 수 있는 유일한 것은 선형 치환이기 때문에 우리는 그런 특별한 표면을 평면이라고 부를 수 있다." 구멍 논증에 대한 아인슈타인의 가장 명백한 설명은 다음 기록을 참조하기 바란다. "On the Foundations of the Generalized Theory of Relativity and the Theory of Gravitation," Jan. 1914. CPAE 4: 25.

31. 아인슈타인이 1913년 9월 독일계 과학자들의 연례 학술회의에 참석했을 때, 경쟁하던 중력 이론가 구스타프 미가 일어서서 그에게 "신랄한" 공격을 퍼부었고, 그 후에는 과학적 의견 대립으로 설명할 수 있는 것을 훨씬 넘어선 비방이 담긴 격렬한 반박 논문을 발표했다. 아인슈타인은 막스 아브라함과도 심한 논쟁을 벌였다. 아인슈타인은 1912년 내내 그의 중력 이론을 심하게 비판했다. Report on Vienna conference, Sept. 23, 1913, CPAE 4: 17.

32. Einstein to Heinrich Zangger, ca. Jan 20, 1914.

33. Einstein to Heinrich Zangger, Mar. 10, 1914. 위르겐 렌은 초안을 방어하고 개선하던 1913-1915년 동안에 그 이론을 완성하지는 못했지만 아인슈타인이 수학적 전략에서 연구하던 텐서를 미치게 만드는 것처럼 보였던 어려움을 더 잘 이해하게 되었다고 지적했다. "아인슈타인이 취리히 노트에서 리만 텐서에서 유도된 결과 때문에 직면했던 모든 기술적인 문제들은 이 기간 동안 초안 이론과 관련된 문제들을 검토하는 과정에서 실제로 해결되었다." Renn 2005b, 16.

34. Einstein to Erwin Freudlich, Jan. 8, 1912, mid-Aug. 1913; Einstein to George Hale, Oct. 14, 1913; George Hale to Einstein, Nov. 8, 1913.

35. Clark, 207.

36. Einstein to Erwin Freundlich, Dec. 7, 1913.

37. Einstein to Erwin Freundlich, Jan. 20, 1914.

38. Fölsing, 356-357.

39. Einstein to Paul Ehrenfest, Aug. 19, 1914.

40. Ibid.

41. Einstein to Paolo Straneo, Jan. 7, 1915.

42. 이 내용은 레벤슨[Levenson, especially 60-65]에 잘 소개되어 있다.

43. Elon, 277, 303-304.

44. Fölsing, 344.

45. Einstein to Hans Albert Einstein, Jan. 25, 1915.

46. Nathan and Norden, 4; Elon, 326. Also translated as the "Manifesto to the Civilized World."

47. Einstein to George Nicolai, Feb. 20, 1915. 전문은 CPAE 6: 8에 있다. 나탄과 노덴 등은 이 글의 일부가 아인슈타인의 것이라고 주장한다[Nathan and Norden, 5. Clark, 228, Clark, 228]. See also Wolf William Zuelzer, The Nicolai Case (Detroit: Wayne State University Press, 1982); Overbye, 273; Levenson, 63; Fölsing, 346-347; Elon, 328.

48. Nathan and Norden, 9; Overbye, 275-276; Fölsing, 349; Clark, 238.

49. Einstein to Romain Rolland, Sept. 15, 1915; CPAE 8a: 118 (German edition), footnote 2; Romain Rolland dairy, cited in Nathan and Norden, 16; Fölsing, 366.

50. Einstein to Paul Hertz, before Oct. 8, 1915; Paul Hertz to Einstein, Oct. 8, 1915; Einstein to Paul Hertz, Oct. 9, 1915.

51. Einstein, "My Opinion on the War," Oct. 23-Nov. 11, 1915, CPAE 6: 20.

52. Einstein to Heinrich Zangger, after Dec. 27, 1914, CPAE 8: 41a, in supplement to vol. 10.

53. Hans Albert Einstein to Einstein, two postcards, before Apr. 4, 1915, 2006년까지 공개되지 않았던 가족 편지의 일부. CPAE 8: 69a, 8: 69b, in supplement to vol. 10.

54. Einstein to Hans Albert Einstein, ca. Apr. 4, 1915.

55. Einstein to Heinrich Zangger, July 16, 1915.

56. Einstein to Elsa Einstein, Sept. 11, 1915; Einstein to Heinrich Zangger, Oct. 15, 1915; Einstein to Hans Albert Einstein, Nov. 4, 1915. 1916년 9월의 방문에서 아인슈타인이 아이들을 충분히 만나지 못했던 것에 대한 불평은 아인슈타인이 마리치에게 보낸 편지[Einstein to Mileva Marić, Apr. 1, 1916]에서 알 수 있다: "이번에는 당신이 아이들을 거의 완전히 손대지 못하게 하지 않기를 바랍니다."

57. Einstein to Heinrich Zangger, Oct. 15, 1915; Michele Besso to Einstein, ca. Oct. 30, 1915.

58. 역시 위르겐 렌, 틸만 사우어, 존 스타첼, 미셸 얀센, 존 D. 노턴의 연구를 참조한 것이다.

59. Horst Kant, "Albert Einstein and the Kaiser Wilhelm Institute for Physics in Berlin," in Renn 2005d, 168-170.

60. Wolf-Dieter Mechler, "Einstein's Residences in Berlin," in Renn 2005d, 268.

61. Janssen 2004, 29.

62. Einstein to Heinrich Zangger, July 7, ca. July 24, 1915; Einstein to Arnold Sommerfeld, July 15, 1915.

63. 구체적으로는 초안 장 방정식이 과연 표준 대각 형식의 민코프스키 계량의 경우 회전 좌표에 대한 비자율적 변환에 대해서 불변인지가 문제였다. Janssen 2004, 29.

64. Michele Besso memo to Einstein, Aug. 28, 1913; Janssen 2002; Norton 2000, 149; Einstein to Erwin Freundlich, Sept. 30, 1915.

65. Einstein to Hendrik Lorentz, Oct. 12, 1915. 아인슈타인은 훗날 로렌츠에게 보낸 편지와 아르놀 트 조머펠트에게 보낸 다른 편지에서 1915년 10월의 성과에 대해서 설명했다. Einstein to Hendrik Lorentz, Jan. 1, 1916; "옛날의 중력장 방정식의 문제가 조금씩 드러나던 지난 가을은 나에게는 무척 힘든 시간이었습니다. 이미 나는 목성의 근일점 이동이 너무 작다는 사실을 발견 했습니다. 더욱이 나는 방정식이 새로운 기준 시스템의 균일한 회전에 해당하는 치환의 경우에 공변이 아니라는 사실도 알아냈습니다. 마지막으로 나는 중력장에 대한 라그랑주의 H 함수 결정 에 대한 나의 고려가 완전히 틀린 것이었음도 발견했습니다. H에 어떤 제한조건도 주어지지 않도록 간단하게 수정해서 H를 안전히 자유롭게 선택할 수 있다는 사실을 알아냈습니다. 이런 과정을 거쳐서 나는 적은 시스템을 도입하는 것이 잘못된 것이고, 더 광범위한 공변, 가능하면 일반적 공변이 필요하다는 사실을 확신하게 되었습니다. 이제 일반적 공변이 이루어졌고, 그래 서 뒤이은 기준틀의 구체화에서 아무것도 변하지 않게 되었습니다……나는 현재 방정식의 핵심 을 이미 3년 전에 나에게 리만 텐서를 소개해준 그로스만과 함께 살펴보았습니다." Einstein to Arnold Sommerfeld, Nov. 28, 1915: "나에게 지난달은 내 인생에서 가장 활기차고 피로했지만, 사실은 가장 성공적인 시간이었습니다. 나는 내가 가지고 있는 중력장 방정식이 정당화시킬 수 없는 것이라는 사실을 깨달았습니다! 다음 사항들이 그 근거였습니다. 1) 나는 균일하게 회전하 는 시스템에서 중력장이 장 방정식을 만족하지 않는다는 것을 증명했습니다. 2) 목성의 근일점 이동이 한 세기 동안에 45초가 아니라 18초가 되었습니다. 3) 작년 내 논문의 공변 조건으로는 해밀토니안 함수 H를 얻지 못합니다. 제대로 일반화시키면 임의의 H가 허용됩니다. 그것으로부 터 '적응' 좌표 시스템에 대한 공변이 실패였음이 증명되었습니다."

66. Norton 2000, 152.

67. 1915년 10월과 11월 동안에 그의 물리학적 전략에서 수학적 전략으로의 의도된 변경의 정도에 대해서 일반상대성 역사학자들 사이에 미묘한 의견의 차이가 있다. 존 노턴은 아인슈타인의 "새 로운 전략은 자신의 1913년 결정을 뒤집어서" 일반적 공변인 식을 만들어주는 텐서 분석을 강조 하는 수학적 전략으로 돌아가기 위한 것이었다고 주장했다(Norton 2000, 151). 마찬가지로 예론

반 돈겐은 전략의 수정은 분명하다고 말한다. "아인슈타인은 즉시 초안을 수정하는 방법에 집착했다. 그는 취리히 노트에서 버렸던 일반적 공변의 수학적 조건으로 되돌아갔다"(van Dongen, 25). 두 학자는 모두 그가 얻은 큰 깨우침은 수학적 전략을 신뢰하는 것이라는 훗날 아인슈타인의 말을 인용했다. 반대로, 위르겐 렌과 미셸 얀센은 노턴과 반 돈겐(그리고 기억력이 흐려진 늙은 아인슈타인)이 그런 전략의 변경을 지나치게 강조했다고 말한다. 1915년 11월 최종 이론을 찾는 과정에서 물리학적 고려가 여전히 중요한 역할을 했다는 것이다. "그러나 우리의 재구성에 따르면, 아인슈타인은 거의 완전히 물리학적 고려만에 의해서 탄생한 초안 이론에 한 가지 중요한 수정을 함으로써 일반적 공변인 장 방정식으로 되돌아가는 길을 찾았다……수학적 고려가 같은 방향을 가리키고 있었다는 사실이 그것이 옳은 방향이라는 확신을 심어준 것은 분명하지만, 그를 그 길로 이끌어준 것은 수학적 고려가 아니라 물리학적 고려였다"(Janssen and Renn, 13; 본문에서 인용한 글은 10페이지에 있다). Also, Janssen 2004, 35; "훗날 그가 그것에 대해서 어떻게 믿었거나, 말하거나, 썼는지에 상관없이 아인슈타인은 포장이 제대로 되지 않은 길의 끝에서 이미 물리학을 통해서 그런 방정식을 발견한 후에야 아인슈타인 장 방정식에 이르는 수학적인 큰길을 발견했다."

68. Einstein to Arnold Summerfeld, Nov. 28, 1915.

69. Einstein, "On the General Theory of Relativity," Nov. 4, 1915, CPAE 6: 21.

70. Einstein to Michele Besso, Nov. 17, 1915; Einstein to Arnold Sommerfeld, Nov. 28, 1915.

71. Einstein to Hans Albert Einstein, Nov. 4, 1915.

72. Einstein to David Hilbert, Nov. 7, 1915.

73. Overbye, 290.

74. Einstein, "On the General Theory of Relativity (Addendum)," Nov. 11, 1915, CPAE 6: 22; Renn and Sauer 2006, 276; Pais 1982, 252.

75. Einstein to David Hilbert, Nov. 12, 1915.

76. Einstein to Hans Albert Einstein, Nov. 15, 1915; Einstein to Mileva Marić, Nov. 15, 1915; Einstein to Heinrich Zangger, Nov. 15, 1915 (released in 2006 and printed in supplement to vol. 10).

77. Einstein to David Hilbert, Nov. 15, 1915.

78. Einstein, "Explanation of the Perihelion Motion of Mercury from the General Theory of Relativity," Nov. 18, 1915, CPAE 6: 24.

79. Pais 1982, 253; Einstein to Paul Ehrenfest, Jan. 17, 1916; Einstein to Arnold Sommerfeld, Dec. 9, 1915.

80. Einstein to David Hilbert, Nov. 18, 1915.

81. David Hilbert to Einstein, Nov. 19, 1915.

82. 방정식은 여러 가지 방법으로 표현된다. 내가 사용한 것은 아인슈타인이 1921년 프린스턴 강연에서 사용한 식에서 가져온 것이다. 방정식의 왼쪽 전체를 아인슈타인 텐서라고 알려진 $G_{\mu\nu}$로 표현할 수도 있다.

83. Overbye, 293; Aczel 1999, 117; archive.ncsa.uiuc.edu/Cyberia/NumRel/EinsteinEquation.html#intro. 그가 찰스 미즈너와 킵 손과 함께 쓴 『중력(*Gravitation*)』의 5페이지에는 휠러 인용문의 변형이 소개되어 있다.

84. Greene 2004, 74.

85. Einstein, "The Foundations of the General Theory of Relativity," *Annalen der Physik* (Mar. 20, 1916), CPAE 6: 30.

86. Einstein to Heinrich Zangger, Nov. 26, 1915; Einstein to Michele Besso, Nov. 30, 1915.

87. Thorne, 119.

88. For an analysis of Hilbert's contribution, see Sauer 1999, 529-575; Sauer 2005, 577-590. Papers describing Hilbert's revisions include Corry, Renn, and Stachel; Sauer 2005. For a flavor of the controversy, see also John Earman and Clark Glymour, "Einstein and Hilbert: Two Months in the History of General Relativity," *Archive for History of Exact Sciences* (1978): 291; A. A. Logunov, M. A. Mestvirshvili, and V. A. Petrov, "How Were the Hilbert-Einstein Equation Discovered?," *Uspekhi Fizicheskikh Nauk* 174, no. 6 (June 2004): 663-678;Christopher Jon Bjerknes, *Albert Einstein: The Incorrigible Plagiarist*, available at home.comcast.net/~xtxinc/ AEIPBook.htm; John Stachel, "Anti-Einstein Sentiment Surfaces Again," Physics World, Apr. 2003, physicsweb.org/articles/review/16/4/2/1; Christopher Jon Bjerknes, "The Author of *Albert Einstein: The Incorrigible Plagiarist* Responds to John Stachel's Personal Attack," home.comcast.net/~xtxinc/Response.htm; Friedswardt Winterberg, "On 'Belated Decision in the Hilbert-Einstein Priority Dispute,'" *Zeitschrift fuer Naturforschung A*, (Oct. 2004): 715-719, www.physics.unr.edu/faculty/winterberg/Hilbert-Einstein.pdf; David Rowe, "Einstein Meets Hilbert: At the Crossroads of Physics and Mathematics," *Physics in Perspective* 3, no. 4 (Nov. 2001): 379.

89. Reid, 142. 이 발언은 다른 2차 출처에도 인용되어 있지만, 힐베르트에 대해서 책을 쓰고 있는 아인슈타인 기록사업소의 틸만 사우어는 그것에 대한 1차 출처를 찾지 못했다고 한다.

90. Einstein to David Hilbert, Dec. 20, 1915.

91. Einstein to Arnold Sommerfeld, Dec. 9, 1915; Einstein to Heinrich Zangger, Nov. 26, 1915.

92. 일반상대성이 실제로 모든 형식의 운동과 모든 기준틀을 동등하게 만들어주는지는 논란이 많은 문제이다. 균일하지 않은 상대운동을 하고 있는 두 관찰자들은 서로 자신이 "정지"해 있고, 상대 방이 중력장의 영향을 받고 있다고 정당하게 주장할 수 있는 것이 확실하다. 그러나 그것이 반드 시 (아인슈타인이 그렇게 믿기도 했다가 그렇지 않기도 했던 것처럼) 균일하지 않은 상대 운동에 서의 두 관찰자가 언제나 물리적으로 동등하고, 특히 회전의 경우에는 더욱 그렇게 된다는 뜻은 아니다. See, for example, Norton 1995b, 223-245; Janssen 2004, 8-12; Don Howard, "Point Coincidences and Pointer Coincidences," in Goenner et al. 1999, 463; Robert Rynasiewicz, "Kretschmann's Analysis of Covariance and Relativity Principle," in Goenner et al. 1999, 431; Dennis Diek, "Another Look at General Covariance and the Equivalence of Reference Frames," *Studies in the History and Philosophy of Modern Physics* 37 (Mar. 2006): 174.

93. Fölsing, 374; Clark, 252.

94. Einstein to Michele Besso, Dec. 10, 1915.

10_ 이혼

1. Michele Besso to Einstein, Nov. 29, 1915; Einstein to Michele Besso, Nov. 30, 1915; Neffe, 192.

2. Hans Albert Einstein to Einstein, before Nov. 30, 1915; Einstein to Hans Albert Einstein, Nov. 30, 1915.

3. Michele Besso to Einstein, Nov. 30, 1915. See also Einstein to Heinrich Zangger, Dec. 4, 1915: "아이의 영혼이 나를 믿지 않은 것이 확실하도록 조직적으로 중독되었다."

4. Einstein to Mileva Marić, Dec. 1 and 10, 1915.

5. Einstein to Hans Albert Einstein, Dec. 23 and 25, 1915. 아인슈타인은 1915년 12월 18일에 한스 알베르트에게도 비슷한 엽서를 보냈다. Einstein to Hans Albert Einstein, Mar. 11, 1916.

6. Einstein to Heinrich Zangger, Nov. 26, 1915; Einstein to Michele Besso, Jan. 3, 1916.

7. Overbye, 300.

8. Einstein to Mileva Marić, Feb. 6, 1916.

9. Einstein to Mileva Marić, Mar. 12, Apr. 1, 1916; Neffe, 194.

10. Einstein to Mileva Marić, Apr. 1 and 8, 1916; Einstein to Michele Besso, Apr. 6, 1916; Michele Besso to Heinrich Zangger, Apr. 12, 1916, CPAE 8: 211 (German edition), footnote 2.

11. Einstein to Elsa Einstein, Apr. 12 and 15, 1916. See also Einstein to Elsa Einstein, Apr. 10, 1916, in the sealed family correspondence released in 2006, CPAE 8: 211a: "나와 그의 관계는 아주 좋아졌다."

12. Einstein to Elsa Einstein, Apr. 21, 1916. See also Einstein to Heinrich Zangger, July 11, 1916: "부활절 여행은 지나칠 정도로 훌륭했지만, 취리히에서 남은 일정은 나에게 설명할 수도 없을 정도로 완전히 얼어붙었다."

13. Einstein to Heinrich Zangger, July 11, 1916; Einstein to Michele Besso, July 14, 1916. See CPAE 8: 233 (German edition), footnote 4. 편지에서 언급된 다른 사람은 장거였다.

14. Pauline Einstein to Elsa Einstein, Aug. 6, 1916, in Overbye, 301.

15. Einstein to Michele Besso, July 14, 1916; Michele Besso to Einstein, July 17, 1916; CPAE 8: 239 (German version), footnote 2.

16. Einstein to Michele Besso, July 21, 1916, two letters.

17. CPAE 8: 241 (German edition), footnotes 3, 4; Einstein to Heinrich Zangger, July 25, 1916; Heinrich Zangger to Michele Besso, July 31, 1916.

18. Einstein to Heinrich Zangger, Aug. 18, 1916; Einstein to Hans Albert Einstein, July 25, 1916. See also Einstein to Heinrich Zangger, Mar. 10, 1917.

19. Einstein to Michele Besso, Aug. 24, 1916; Einstein to Hans Albert Einstein, Sept. 26, 1916.

20. Hans Albert Einstein to Einstein, before Nov. 26, 1916.

21. Einstein to Michele Besso, Oct. 31, 1916.

22. Einstein to Helene Savić, Sept. 8, 1916.

23. Einstein, "The Foundation of the General Theory of Relativity," Mar. 20, 1916, CPAE 6: 30.

24. Einstein, *On the Special and the General Theory of Relativity*, Dec. 1916, CPAE 6: 42, and many popular editions; Michelmore, 63. For an Internet version of Einstein's book, see bartleby.com/173/ or www.gutenberg.org/etext/5001.

25. Einstein, "Principles of Research," 1918, in Einstein 1954, 224.

26. Einstein to Heinrich Zangger, Jan. 16, 1917; Clark, 241.

27. Clark, 248; Highfield and Carter, 183; Overbye, 327; Einstein to Paul Ehrenfest, Feb. 14, 1917; Einstein to Heinrich Zangger, Dec. 6, 1917.

28. Einstein to Michele Besso, Mar. 9, 1917; Einstein to Heinrich Zangger, Feb. 16 and Mar. 10, 1917.

29. Einstein to Paul Ehrenfest, May 25, 1917.

30. Einstein to Heinrich Zangger, June 12, 1917.

31. Einstein to Mileva Marić, Jan. 13, 1918.

32. Mileva Marić to Einstein, Feb. 9, 1918, from family trust correspondence, CPAE 8: 461a, in supplement to vol. 10.

33. Mileva Marić to Einstein, after Feb. 6, 1918. 위의 2월 9일 편지는 2006년에 공개되었다. 이 편지는 아인슈타인 기록 편집자들이 "2월 6일 이후"라고 날짜를 밝힌 것보다 앞선 편지임이 틀림없다.

34. Overbye, 338-339.

35. Mileva Marić to Einstein, Apr. 22, 1918.

36. Einstein to Mileva Marić, Apr. 15, 23, 26, 1918.

37. Maja Winteler-Einstein to Einstein, Mar. 6, 1918, family foundation correspondence, unsealed in 2006, CPAE 8: 475b, in supplement to vol. 10.

38. Einstein to Anna Besso, after Mar. 4, 1918.

39. Anna Besso to Einstein, after Mar. 4, 1918.

40. Mileva Marić to Einstein, before May 23, 1918; Einstein to Mileva Marić, June 4, 1918. See also Vero Besso (Anna and Michele's son) to Einstein, Mar. 28, 1918, family trust correspondence: "당신이 내 어머니에게 보낸 편지는 정말 좋지 않았습니다……당신이 그녀의 말을 직접 들었다면 당신의 마음을 상하게 만들지는 않았을 것입니다. 당신은 그 의미를 가볍게 여겨서 그저 웃어넘겼을 정도였습니다."

41. Mileva Marić to Einstein, Mar. 17, 1918: "내 건강 상태는 이제 집에서 잘 누워 있을 수 있는 정도입니다. 일어나지는 못하지만 상당한 시간 동안 아이들과 지낼 수 있게 된 것이 무척 기쁘고 내 건강에도 도움이 됩니다." Einstein to Heinrich Zangger, May 8, 1918.

42. Einstein to Heinrich Zangger, May 8, 1918.

43. Einstein to Max Born, after June, 29, 1918; Einstein to Michele Besso, July 29, 1918.

44. Einstein to Hans Albert Einstein, after June 4, 1918.

45. Einstein to Hans Albert Einstein, after June 19, 1918.

46. Hans Albert Einstein to Einstein, ca. July 17, 1918; Einstein to Eduard Einstein, ca. July 17, 1918.

47. Edgar Meyer to Einstein, Aug. 11, 1918; Einstein to Michele Besso, Aug. 20, 1918.

48. Einstein to Heinrich Zangger, Aug. 16, 1918; Einstein to Michele Besso, Sept. 6, 1918; Fölsing, 424.

49. Reiser, 140.

50. Nathan and Norden, 24. See also Rowe and Schulmann.

51. Born 2005, 145-147. 이 실명은 아인슈타인이 그 사건과 관련해서 보른에게 보냈던 편지[Born, Sept. 7, 1944]에서 아인슈타인의 말에 대한 보른의 기억에 따른 것이다. See also Bolles, 3-11; Seelig 1956a, 178; Fölsing, 423; Levenson, 198.

52. Einstein, "On the Need for a National Assembly," Nov. 13, 1918, CPAE 8: 14; Nathan and Norden, 25. See CPAE 8: 14 (German edition), footnote 2. 오토 나탄은 아인슈타인이 과격주의 대학생에게 이런 말을 했다고 한다. 그에 대한 근거는 없고, 보른도 그에 대해서 이야기하지 않았다. 신문들은 그것을 같은 날 신조국연맹의 연설이라고 보도했다. See CAPE 8: 14 (German edition), footnote 2.

53. Einstein to Max Born, Sept. 7, 1944.

54. Einstein, Deposition in Divorce, Dec. 23, 1918, CPAE 8: 676.

55. Einstein to Mileva Marić and Hans Albert Einstein, Jan. 10, 1919; Einstein to Hedwig and Max Born, Jan. 15 and 19, 1919; Theodor Vetter to Einstein, Jan. 28, 1919. 베테르는 취리히 대학교의 총장이었다. 강의실 앞에 경비원을 세워둔 것에 대한 아인슈타인의 불평을 들었던 것도 그였다.

56. Divorce Decree, Feb. 14, 1919, CPAE 9: 6.

57. Overbye, 273-280.

58. Einstein to Georg Nicolai, ca. Jan. 22 and Fed. 28, 1917; Georg Nicolai to Einstein, Feb. 26, 1917.

59. Ilse Einstein to Georg Nicolai, May 22, 1918, CPAE 8: 545.

60. Einstein to Elsa Einstein, July 12 and 17, 1919.

61. Einstein to Elsa Einstein, July 18, 1919.

62. "Professor Einstein Here," *New York Times*, Apr. 3, 1921.

63. "Pronounced Sense of Humor," *New York Times*, Dec. 22, 1936.

64. Fölsing, 429; Highfield and Carter, 196.

65. Reiser, 127; Marianoff, 15, 174. 두 사람 모두 엘자의 딸들과 결혼했다. 라이저의 실제 이름은 루돌프 카이저였다.

66. Elias Tobenkin, "How Einstein, Thinking in Terms of the Universe, Lives from Day to Day," *New York Evening Post*, Mar. 26, 1921.

67. Frank 1947, 219; Marianoff, 1; Fölsing, 428; Resier, 193.

11_ 아인슈타인의 우주

1. Overbye, 314; Einstein to Karl Schwarzschild, Jan. 9, 1916.

2. Einstein, "On a Stationary System with Spherical Consisting of Many Gravitating Masses," *Annals of Mathematics*, 1939.

3. 블랙홀에 대한 역사, 수학, 과학에 대한 설명은 밀러[Miller 2005]와 손[Theorne, 121-139]을 참조하기 바란다.

4. Freeman Dyson in Robinson, 8-9.

5. Einstein to Karl Schwarzschild, Jan. 9, 1916.

6. CPAE 8권에는 아인슈타인과 드 지터 사이의 편지와 함께 논란에 대한 훌륭한 평이 모두 들어 있다. Michel Janssen (uncredited author), "The Einstein-De Sitter-Weyl-Klein debate," CPAE 8a (German edition), p. 351.

7. Einstein to Willem de Sitter, Feb. 2, 1917.

8. Einstein to Paul Ehrenfest, Feb. 4, 1917.

9. Einstein, "Cosmological Considerations in the General Theory of Relativity," Feb. 8, 1917, CPAE 6:43.

10. Einstein 1916, chapter 31.

11. Clark, 271.

12. (말하자면) 이런 경향의 훌륭한 소설은 1880년에 처음 발간되었고 여러 종류의 보급판으로 구할 수 있는 에드윈 애벗의 『플랫랜드 이야기(*Flatland*)』를 참조하기 바란다.

13. Edward W. Kold, "The Greatest Discovery Einstein Didn't Make," in Brockman, 205.

14. Lawrence Karuss and Michael Turner, "A Cosmic Conundrum," *Scientific American* (Sept. 2004): 71; Aczel 1999, 155; Overbye, 321. 아인슈타인의 잘 알려진 고약한 인용문은 가모브 [Gamow, 1970, 44]에서 인용한 것이다.

15. Overbye, 327.

16. Einstein 1916, chapter 22.

17. 1920년에 처음 발간되었던 에딩턴의 고전적인 책을 이제는 훌륭한 보급판으로 구할 수 있게 되었다. Arthur Eddington, Space, *Time and Gravitation: An Outline of the General Relativity Theory* (Cambridge, England; Cambridge Science Classics, 1995). 141페이지에는 프린시페 탐사에 대한 이야기가 있다. See also an award-winning article: Matthew Stanley, "An Expedition to Heal the Wounds of War: 1919 Eclipse and Eddington as Quaker Adventurer," Isis 93

(2003):57-89.

18. Douglas, 40; Aczel 1999, 121-137; Clark, 285-287; Fölsing, 436-437; Overbye, 354-359.

19. Douglas, 40.

20. Einstein to Pauline Einstein, Sept. 5, 1919; Einstein to Paul Ehrenfest, Sept. 12, 1919.

21. Einstein to Pauline Einstein, Sept. 27, 1919; Bolles, 53.

22. Ilse Rosenthal-Schneider, *Reality and Scientific Truth: Discussions with Einstein, von Laue, and Planck* (Detroit: Wayne State University Press, 1980), 74. 그녀는 실수로 로렌츠가 보낸 전보를 에딩턴이 보낸 것으로 잘못 보고했다. 아인슈타인의 이야기는 유명하고, 여러 가지로 번역되어 있다. 로젠탈-슈나이더가 기록한 독일어 문장은 "Da könnt' mir halt der Liebe Gott leid tun, die Theorie stimmt doch"였다.

23. Max Planck to Einstein, Oct. 4. 1919; Einstein to Max Planck, Oct. 23, 1919.

24. Zurich Physics Colloquium to Einstein, Oct. 11, 1919.

25. Einstein to Zurich Physics Colloquium, Oct. 16, 1919.

26. Alfred North Whitehead, *Science and the Modern World* (1935; New York: Free Press, 1997), 13, See also pp. 29 and 113.

27. *The Times* of London, Nov. 7, 1919; Pais 1982, 307; Fölsing, 443; Clark, 289.

28. *The Times* of London, Nov. 7, 1919.

29. Einstein 1949b, 31. 바이올린 구입에 대한 언급은 1919년 12월 10일에 아인슈타인이 파울 에렌 페스트에게 보낸 편지의 내용이다.

30. Douglas, 41; Subrahmanyan Chandrasekhar, *Truth and Beauty: Aesthetics and Motivation in Science* (Chicago: University of Chicago Press, 1987), 117. (물론 여러 사람이 있지만, 다비드 힐베르트는 확실하게 세 번째 사람이다.) 훗날 에딩턴과 함께 일했던 찬드라세카르는 제러미 번스타인에게 자신이 이 이야기를 에딩턴으로부터 직접 들었다고 말했다; Bernstein 1973, 192.

12_ 명성

1. Clark, 309. For a good overview, see David Rowe, "Einstein's Rise to Fame," Perimeter Institute, Oct. 15, 2005, www.mediasite.com.

2. "Fabric of the Universe," *The Times* of London, editorial, Nov. 7, 1919.

3. *New York Times*, Nov. 9, 1919.

4. Brian 1996, 100, from Meyer Berger, The Story of the *New York Times* (New York: Simon & Schuster, 1951), 251-252.

5. *New York Times*, Nov. 9, 1919.

6. 물론 「뉴욕 타임스」는 이 이론을 심각하게 다루어준 것에 대해서 찬사를 받아야 한다.

7. "Einstein Expounds His New Theory," *New York Times*, Dec. 3, 1919.

8. Einstein to Heinrich Zangger, Dec. 15. 1919.

9. Einstein to Marcel Grossmann, Sept. 12, 1920. 이어서 아인슈타인은 그로스만에게 국수주의와 반유대주의가 확산되면서 이 문제가 정치 문제화되었다고 지적했다. "그 사람들의 신념은 어떤 정당에 속하는지에 따라 결정된다."

10. Leopold Infeld, "To Albert Einstein to His 75th Birthday," in Goldsmith et al., 24.

11. *New York Times*, Dec. 4 and 21, 1919.

12. *The Times of London*, Nov. 28, 1919.

13. Paul Ehrenfest to Einstein, Nov. 24, 1919; Maja Einstein to Einstein, Dec. 10, 1919.

14. Einstein to Max Born, Dec. 8, 1919; Einstein to Ludwig Hopf, Feb. 2, 1920.

15. C. P. Snow, "On Einstein," in *The Variety of Men* (New York: Scribner's, 1966), 108.

16. Freeman J. Dyson, "Wise Man," *New York Review of Books*, Oct. 20, 2005.

17. Clark, 296.

18. Born 2005, 41.

19. Hedwig Born to Einstein, Oct. 7, 1920.

20. Max Born to Einstein, Oct. 13, 1920.

21. Max Born to Einstein, Oct. 28, 1920.

22. Einstein to Max Born, Oct. 26, 1920. 몇 달 후에 실제로 책이 발간되었을 때, 아인슈타인은 모리스 솔로빈에게 모스코프스키가 "혐오스럽고", "질이 나쁘며", 그리고 아인슈타인의 편지를 비공식적인 방법으로 마치 아인슈타인이 책의 서문을 쓴 것처럼 보이도록 만듦으로써 "위조의 죄를 저질렀다"는 편지를 보냈다. Einstein to Maurice Solovine, Mar. 8 and 19, 1921. 그는 한스 알베르트가 그 책을 구입했고, 그가 "내가 이 책의 출판을 막지 못했고, 이 책이 나를 매우 슬프게 만들었다"고 했다는 말을 듣고 실망했다. Einstein to Hans Albert Einstein, June 18, 1921. See also Highfield and Carter, 199.

23. Brian 1996, 114-116; Moszkowski, 22-58.

24. Born 2005, 41.

25. Frank 1947, 171-174.

26. Michelmore, 95; Fölsing, 485.

27. Einstein to Heinrich Zangger, Dec. 24, 1919.

28. Einstein, "My First Impressions of the U.S.A.," *Nieuwe Rotterdamsche Courant*, July 4, 1912, CPAE 7, appendix D; Einstein 1954, 3-7.

29. Einstein, "Einstein on His Theory," *The Times of London*, Nov. 28, 1919.

30. Einstein to Hedwig and Max Born, Jan. 27, 1920; Einstein to Arthur Eddington, Feb. 2, 1920. 아인슈타인은 부끄러워하는 에딩턴에게 "메달 일이 비극적이면서 희극적으로 끝나게 된 것은 당신과 당신 친구들이 상대성 이론과 그 이론의 확인을 위해서 보여준 자기 희생적이고 유익한 노력과 비교하면 전혀 중요하지 않습니다"라고 너그럽게 이야기해주었다.

31. Frida Bucky, quoted in Brian 1996, 230.

32. Einstein, "The World as I See It" (1930), in Einstein 1954, 8. 다른 번역도 있다. Einstein 1949a, 3.

33. 이런 칭찬에는 조금 다른 표현도 있다. Infeld, "To Albert Einstein on His 75th Birthday," in Goldsmith et al., 25; and in the *Bulletin of the World Federation of Scientific Worker*, July 1954.

34. Editorial note by Max Born in Born 2005, 127.

35. Abraham Pais, "Einstein and the Quantum Theory," *Review of Modern Physics* (Oct. 1979). See also Pais, "Einstein, Newton and Success," in French, 35; Pais 1982, 39.

36. Einstein, "Why Socialism?," *Monthly Review*, May 1949, reprinted in Einstein 1954, 151.

37. Erik Erikson, "Psychoanalytic Reflections on Einstein's Centenary," in Holton and Elkana, 151.

38. This idea is from Barbara Wolff of the Einstein archives at Hebrew University.

39. Levenson, 149.

40. Einstein to Paul Ehrenfest, Jan. 17, 1922; Fölsing, 482.

41. Einstein to Eduard Einstein, June 25, 1923, Einstein family correspondence trust, unpublished. 편지를 소장하고 있던 밥 콘이 나에게 사본을 제공했다. 콘은 아인슈타인에 관한 자료 수집가이다. 그가 소장하고 있는 편지들은 제니퍼 스택하우스 박사가 번역해주었다. 그들의 도움에 감사

한다.

42. Michelmore, 79.

43. Einstein to Mileva Marić, May 12, 1924, AEA 75-629.

44. Einstein to Michele Besso, Jan. 5, 1925, AEA 7-346; Einstein to Hans Albert Einstein, Mar. 7, 1924.

45. Einstein to Heinrich Zangger, Mar. 1920; Fölsing, 474; Highfield and Carter, 192; Clark, 243.

46. Paul Johnson, *Modern Times* (New York: HarperCollins, 1991), 1-3. 이 절은 아인슈타인이 『타임』지에서 뽑은 세기의 인물로 선정되었을 때 내가 쓴 글을 이용한 것이다. "Who Mattered and Why," *Time*, Dec. 31, 1999. 역시 이 장에서 소개한 이런 아이디어에 대한 비판은 데이비드 그린버그[David Greenberg, "It Didn't Start with Einstein," *Slate*, Feb. 3, 2000, www.slate.com/i d/74164/]를 참조한다. 밀러[Miller 2001]도 역시 중요한 자료이다.

47. Charles Poor, professor of celestial mechanics, Columbia University, in the *New York Times*, Nov. 16, 1919.

48. *New York Times*, Dec. 7, 1919.

49. Isaiah Berlin, "Einstein and Israel," in Holton and Elkana, 282. See also, from his stepson-in-law Reiser, 158: "상대성이라는 말은 일반인들에게 혼란스럽고, 오늘날에도 여전히 상대주의라는 말과 혼동이 되고 있다. 그러나 지식의 이론에서는 물론이고 윤리에서도 아인슈타인의 일과 개성은 애매함이나 상대주의의 개념과는 거리가 멀다…… 일반적인 의무적 도덕 기준을 모두 거부하는 윤리적 상대주의는 아인슈타인이 상징하고 언제나 추종했던 높은 사회적 아이디어와는 완전히 상반된다."

50. Haldane, 123. 이 주제를 더 세밀하게 다룬 최근의 책으로는 릭만[Ryckman 2005]을 참조하기 바란다.

51. Frank 1947, 189-190; Clark, 339-340.

52. Gerald Holton, "Einstein's Influence on the Culture of Our Time," in Holton 2000, 127 and also Holton and Elkana, xi.

53. Miller 2001, especially 237-241.

54. Damour 34; Marcel Proust to Armand de Guiche, Dec. 1921.

55. Philip Courtenay, "Einstein and Art," in Goldsmith et al., 145; Richard Davenport-Hines, *Proust at the Majestic* (New York: Bloomsbury, 2006).

13_ 방황하는 시온주의자

1. *The Times of London*, Nov. 28, 1919.

2. Kurt Blumenfeld, "Einstein and Zionism," in Seelig 1956b, 74; Kurt Blumenfeld, *Erlebte Judenfrage* (Stuttgart: Verlags-Anstalt, 1962), 127-128.

3. Einstein to Paul Epstein, Oct. 5, 1919.

4. Einstein to German Citizens of the Jewish Faith, Apr. 5, 1920, CPAE 7: 37.

5. Einstein, "Anti-Semitism: Defense through Knowledge," after Apr. 3, 1920, CPAE 7: 35.

6. Einstein "Assimilation and Anti-Semitism," Apr. 3, 1920, CPAE 7: 34. See also Einstein, "Immigration from the East," Dec. 30, 1919, an article in *Beliner Tageblatt*, CPAE 7: 29.

7. Einstein, "Anti-Semitism: Defense through Knowledge," after Apr. 3, 1920, CPAE 7: 35; Hubert Goenner, "The Anti-Einstein Campaign in Germany in 1920," in Beller et al., 107.

8. Elon, 277.

9. Huburt Goenner, "The Anti-Einstein Campaign in Germany in 1920," in Beller et al., 121.

10. *New York Times*, Aug. 29, 1920.

11. Frank 1947, 161; Clark, 318; Fölsing, 462; Brian 1996, 111.

12. "Einstein to Leave Berlin," *New York Times*, Aug. 29, 1920; 베를린 발로 소개된 이야기는 "지역 신문은 알베르트 아인슈타인 교수가 자신의 상대성 이론과 자신에게 쏟아진 많은 부당한 공격 때문에 독일의 수도를 떠날 것이라고 보도했다"는 문장으로 시작된다.

13. Einstein, "My Response," Aug. 27, 1920, CPAE 7: 45.

14. See, in particular, Philipp, Lenard to Einstein, June 5, 1909.

15. Einstein, "My Response," Aug. 27, 1920, CPAE 7: 45.

16. Seelig 1956a, 173.

17. Hedwig Born to Einstein, Sept. 8, 1920.

18. Paul Ehrenfest to Einstein, Sept. 2, 1920.

19. Einstein to Max and Hedwig Born, Sept. 9, 1920.

20. Einstein to Paul Ehrenfest, before Sept. 9, 1920.

21. Arnold Sommerfeld to Einstein, Sept. 11, 1920.

22. Jerome, 206-208, 256-257.

23. Born 2005, 35; Einstein to Max Born, Oct. 26, 1920.

24. Clark, 326-327; Fölsing, 467; Bolles, 73.

25. Fölsing, 523; Adolf Hitler, *Völkischer Beobachter*, Jan. 3, 1921.

26. *Dearborn* (Mich.) *Independent*, Apr. 30, 1921, on display at the "Chief Engineer of the Universe" exhibit, Kronprinzenpalais, Berlin, May-Sept. 2005. 지면 아래쪽의 제목은 "유대인이 볼셰비키 사상을 인정!"이었다.

27. Einstein to Paul Ehrenfest, Nov. 26, 1920, Feb. 12, 1921, AEA 9-545; Fölsing, 484. 1920년 이후의 아인슈타인 편지는 CPAE에 공개되지 않았기 때문에 여기서는 알베르트 아인슈타인 기록 보존소(AEA) 관리 번호를 사용한다.

28. Clark, 465-466.

29. Einstein to Maurice Solovine, Mar. 8, 1921, AEA 9-555.

30. Einstein statement to Abba Eban, Nov. 18, 1952, AEA 28-943.

31. Fritz Haber to Einstein, Mar. 9, 1921, AEA 12-329.

32. Einstein to Fritz Haber, Mar. 9, 1921, AEA 12-331.

33. Seelig 1956a, 81: Fölsing, 500; Clark, 468.

34. *New York Times*, Apr. 3, 1921.

35. Illy, 29.

36. *Philadelphia Public Ledger*, Apr. 3, 1921.

37. 인용문과 설명은 1921년 4월 3일의 보도에서 사용한 것이다. *New York Times*, *New York Call*, *Philadelphia Public Ledger*, and *New York American*.

38. Weizmann, 232.

39. "Einstein Sees End of Time and Space," *New York Times*, Apr. 4, 1921.

40. "City's Welcome for Dr. Einstein," *New York Evening Post*, Apr. 5, 1921.

41. Talmey, 174.

42. *New York Times*, Apr. 11 and 16, 1921.

43. 몰 근처의 콘스티튜션 가와 22번가 NW의 모퉁이에 있는 기념관은 워싱턴의 감춰진 보물이다. 이 동상은 근처에 있는 케네디 센터의 존 케네디의 흉상을 제작했던 로버트 버크스의 작품이고,

조경은 제임스 반 스웨덴의 작품이다. 아인슈타인이 들고 있는 판에는 광전자 효과, 일반상대성, 그리고 $E = mc^2$을 나타내는 세 개의 식이 새겨져 있다. 동상이 세워져 있는 대리석 계단에는 "이 문제에 대해서 내가 선택을 할 수 있다면, 나는 기본권, 관용, 법 앞에서 모두의 평등권이 보장되는 나라에 살 것이다"를 포함한 세 가지 글귀가 적혀 있다. See www.nasonline.org.

44. *Washington Post*, Apr. 7, 1921; *New York Times*, Apr. 26 and 27, 1921; Frank 1947, 184. 칼텍의 천문학자 하로 샤플리가 남긴 과학원 만찬에 대한 이야기는 패서디나의 아인슈타인 기록에 남아 있다.

45. Charles MacArthur, "Einstein Baffled in Chicago: Seeks Pants in Only Three Dimensions, Faces Relativity of Trousers," *Chicago Herald and Examiner*, May 3, 1921.

46. *Chicago Daily Tribune*, May 3, 1921.

47. Memorandum of Agreement, Einstein and Princeton University Press, May 9, 1921. 이 협약은 독점적이었다. 미국의 다른 곳에서는 그의 강연을 출판할 수가 없다. 네 차례에 걸친 강연은 『상대성의 의미』로 출간되었다. 현재 5판이 발행되었다.

48. *Philadelphia Evening Bulletin*, May 14, 1921.

49. Einstein to Oswald Veblen, Apr. 30, 1930, AEA 23-152. 파이스[Pais 1982, 114]에는 아인슈타인의 비서 헬렌 듀카스가 아인슈타인 기록보존소를 위해서 마련한 문서에 정리된 이 문구의 역사가 소개되어 있다. 벽난로는 오늘날 프린스턴에서 존스 홀이라고 부르는 교수 휴게실인 202호실에 있다. 그 방의 옛 이름인 파인 홀은 새 수학과 건물로 옮겨져서 쓰이고 있다.

50. Seelig 1956a, 183; Frank 1947, 285; Clark, 743.

51. *New York Times*, July 31, 1921.

52. Einstein to Felix Frankfurter, May 28, 1921, AEA 36-210.

53. See Ben Halpern, *A Clash of Heroes: Brandeis, Weizmann and American Zionism* (New York: Oxford University Press, 1987).

54. *Boston Herald*, May 26, 1921.

55. *New York Times*, May 18 1921; Frank 1947, 185; Brian 1996, 129; Illy, 25-32.

56. *Hartford* (Conn.) *Daily Times*, May 23, 1921. Also, *Hartford Daily Courant*, May 23, 1921.

57. *Cleveland Press*, May 26, 1921.

58. Illy, 185.

59. Fölsing, 51.

60. Einstein, "How I Became a Zionist," interview in *Jüdische Rundschau*, June 21, 1921, conducted on May 30, CPAE 7: 57.

61. Einstein to Mileva Marić, Aug. 28, 1921, Einstein family trust correspondence, letter in possession of Bob Cohn. 엘자의 뜻에 따라, 이 여행에서 그는 마지막 순간에 마리치의 아파트에서 머물지 않기로 결정했다.

62. Einstein to Walther Rathenau, Mar. 8, 1917; Walther Rathenau to Einstein, May 10, 1917.

63. 바이츠만-라테나우-아인슈타인의 대담은 라이저[Reiser, 146]에 소개되어 있다. See also Fölsing, 519; Elon, 364.

64. Weizmann, 288; Elon, 268.

65. Frank 1947, 192.

66. Reiser, 145.

67. Milena Wazeck," Einstein on the Murder List," in Renn 2005d, 222; Einstein to Max Planck, July 6, 1922, AEA 19-300.

68. Einstein to Maurice Solovine, July 16, 1922, AEA 21-180.

69. Einstein to Marie Curie, July 4, 1922, AEA 34-773; Marie Curie to Einstein, July 7, 1922, AEA 34-775.

70. Fölsing, 521.

71. Nathan and Norden, 54.

72. Hermann Struck to Pierre Comert, July 12, 1922; Nathan and Norden, 59. (아인슈타인은 서로 알고 있는 화가 스트럭을 통해서 연맹의 홍보 책임자 코머트에게 소식을 전했다.)

73. Nathan and Norden, 70.

74. Einstein, "Travel Diary: Japan-Palestine-Spain," AEA 29-129. 이 절에서 소개한 아인슈타인 일기에 대한 모든 인용은 이 문서에서 사용한 것이다.

75. Joan Bieder, "Einstein in Singapore," 2000, www.onthepage.org/outsiders/einstein_in_singapore. htm.

76. Fölsing, 527; Clark, 368; Brian 1996, 143; Frank 1947, 199.

77. Einstein to Hans Albert and Eduard Einstein, Dec. 12, 1922, AEA 75-620.

78. Frank 1947, 200.

79. Einstein, "Travel Diary: Japan-Palestine-Spain," AEA 29-129.

80. Clark, 477-480; Frank 1947, 200-201; Brain 1966, 145; Fölsing, 528-532.

14_ 노벨 상 수상자

1. Svante Arrhenius to Einstein, Sept. 1, 1922, AEA 6-353; Einstein to Svante Arrhenius, Sept. 20, 1922, AEA 6-354.

2. Pais 1982, 506-507; Elzinga, 82-84.

3. R. M. Friedman 2005, 129. See also Friedman's book, *The Politics of Excellence: Behind the Nobel Prize in Science* (New York: Henry Holt, 2001) especially chapter 7, "Einstein Must Never Get a Nobel Prize!" ; Elzinga; Pais 1982, 502.

4. Pais 1982, 508; Hendrik Lorentz and Dutch colleagues to the Swedish Academy, Jan. 24, 1920; Niels Bohr to the Swedish Academy, Jan. 30, 1920; Elzinga, 134.

5. Brian 1996, 143, citing research and interviews by the writer Irving Wallace for his novel *The Prize*.

6. Elzinga, 144.

7. R. M. Friedman, 130. See also Pais 1982, 508.

8. Arthur Eddington to the Swedish Academy, Jan. 1, 1921.

9. Pais 1982, 509; R. M. Friedman, 131; Elzinga, 151.

10. Marcel Brillouin to the Swedish Academy, Jan. 1922; Arnold Sommerfeld to the Swedish Academy, Jan. 11, 1922.

11. Christopher Aurivillius to Einstein, Nov. 10, 1922. 다른 번역문에서는 실제로 아인슈타인에게 보내진 노벨 인용에 "(궁극적으로 확인된 후에) 상대성과 중력 이론의 공로로 인정될 수도 있는 가치와 독립적으로"라는 문장이 들어 있다.

12. Elzinga, 182.

13. Svante Arrhenius, Nobel Prize presentation speech, Dec. 10, 1922, nobelprize.org/physics/1921/press.html.

14. Einstein, "Fundamental Ideas and Problems of the Theory of Relativity," Nobel lecture, July 11, 1923.

15. Einstein to Hans Albert and Eduard Einstein, Dec. 22, 1922, AEA 75-620. 노벨 상금에 대한 완전한 이야기는 복잡하고, 2006년에 공개된 아인슈타인과 마리치 사이의 편지에서 분명하게 드러났듯이 몇 년 동안 상당한 논란거리였다. 이혼 합의에 따르면, 노벨 상금은 스위스 은행 계좌로 가게 되어 있었다. 마리치는 이자를 사용하도록 되어 있었고, 아인슈타인의 양해가 있을 경우에만 원금을 쓸 수 있었다. 1923년에 재정 고문과의 협의를 거친 후에 아인슈타인은 돈의 일부만을 스위스 은행에 넣고, 나머지는 미국 은행에 투자하기로 했다. 그것이 마리치를 자극했고, 친구들이 화해를 시켜주어야만 했던 갈등을 일으키게 만들었다. 마리치는 1924년에 아인슈타인의 동의를 얻어서 스위스 은행의 돈과 상당한 대출금으로 취리히의 아파트를 구입했다. 임대료로 대출금 상환은 물론이고 집의 유지 보수와 생활비의 일부를 충당할 수 있었다. 마리치는 2년 후에 다시 아인슈타인의 동의를 얻어서 노벨 상금 중 4만 스위스 프랑과 추가 대출로 두 채의 집을 더 구입했다. 새로 구입한 두 채의 집은 잘못된 투자가 되었고, 마리치가 에두아르트와 함께 살고 있던 집의 소유권을 지키기 위해서 다시 팔아야만 했다. 그러는 사이에 미국의 대공황으로 그곳에 남겨두었던 계좌와 투자원금의 손실이 발생했다. 아인슈타인은 여전히 마리치와 에두아르트에게 상당한 생활비를 대주었지만, 재정적 안정성에 대한 마리치의 두려움은 이해할 수 있는 것이었다. 1930년대 말에 아인슈타인은 집이 은행에 차압되는 것을 막기 위해서 마리치로부터 그녀가 여전히 살고 있던 남은 아파트를 구입하고 빚을 인수하기 위한 지주회사를 설립했다. 마리치는 계속해서 같은 아파트에 살면서 임대료의 일부를 받을 수 있었다. 더욱이 아인슈타인은 에두아르트를 위해서 매달 돈을 보내주었다. 그런 합의는 마리치가 더 이상 집을 돌볼 수 없게 되고, 임대료 수입으로 비용을 충당할 수 없어진 1940년대 말까지 계속되었다. 아인슈타인의 동의로 마리치는 자신의 아파트 소유권을 제외한 집을 팔았다. 그 거래에서 받은 돈은 결국 마리치의 매트리스 밑에서 발견되었다. 아인슈타인이 마리치가 가난에 찌들도록 내버려두었다고 비판하는 사람도 있다. 때로는 마리치가 가난에 찌들었다고 느꼈던 때도 있었지만, 아인슈타인은 실제로 그가 지불해야 할 돈만이 아니라 그들의 생활비까지 도와주면서 그녀와 에두아르트가 돈 문제로 걱정하지 않도록 노력했다. 이 문제를 도와준 히브리 대학교의 아인슈타인 기록보존소의 바버라 울프에게 감사한다. See also Alexis Schwarzenbach, *Das verschmähte Genie: Albert Enistein und die Schweiz* (Berlin: DVA, 2003)

16. Einstein to Heinrich Zangger, Dec. 6, 1917.

17. "이론물리학에서 정말 위대한 발견들은 기이함 때문에 두드러진 몇 가지 예외를 제외한 모두가 서른 살 이하의 남자에 의해서 이루어졌다." [Bernstein 1973, 88, 원문에 강조] 아인슈타인은 서른여섯 살에 일반상대성 이론을 완성했지만, 중력과 가속도의 동등성에 대한 "가장 행복했던 생각"이라고 불렸던 첫 단계는 그가 스물여섯 살 때에 이루어졌다. 막스 플랑크는 1900년 12월에 양자에 대해서 강연했을 때 마흔두 살이었다.

18. Einstein to Heinrich Zangger, Aug. 11, 1918; Clive Thompson, "Do Scientists Age Badlyö," *Boston Globe*, Aug. 17, 2003. 현대 컴퓨터 과학을 창시한 존 폰 노이만은 언젠가 수학자의 지적 능력은 스물여섯 살에 절정에 이른다고 주장했다. 임의로 선정한 과학자들을 대상으로 한 연구에 따르면, 80퍼센트가 40대 초반 이전에 최고의 업적을 이룩했다.

19. Einstein to Maurice Solovine, Apr. 27, 1906.

20. Aphorism for a friend, Sept. 1, 1930, AEA 36-598.

21. Einstein to Hendrik Lorentz, June 17, 1916; Miller 1984, 55-56.

22. Einstein, "Ether and the Theory of Relativity," speech at University of Leiden, May 5, 1920, CPAE 7: 38.

23. Einstein to Karl Schwarzschild, Jan. 9, 1916.

24. Einstein, "Ether and the Theory of Relativity," speech at University of Leiden, May 5, 1920,

CPAE 7: 38.

25. Greene 2004, 74.

26. Janssen 2004, 22. 아인슈타인은 1921년 프린스턴 강연에서 이 점을 더 분명히 했지만, 여전히 "관성이 물체의 상호작용에 의존한다는 마흐의 생각은 옳은 방향이었을 수도 있을 것으로 보인다"고 말했다. Einstein 1922a, chapter 4.

27. Einstein, "Ether and the Theory of Relativity," speech at University of Leiden, May 5, 1920, CPAE 7: 38.

28. Einstein, "On the Present State of the Problem of Specific Heats," Nov. 3, 1911, CPAE 3: 26; "자연에 정말 존재하는"이라는 표현은 영어 번역본 제3권의 421페이지에 있다.

29. Robinson, 84-85.

30. Holton and Brush, 435.

31. Lightman 2005, 151.

32. Clark 202; George de Hevesy to Ernest Rutherford, Oct. 14, 1913; Einstein 1949b, 47.

33. Einstein, "Emission and Absorption of Radiation in Quantum Theory," July 17, 1916, CPAE 6: 34; Einstein, "On the Quantum Theory of Radiation," after Aug. 24, 1916, CPAE 6: 38, and also in *Physikalische Zeitschrift* 18 (1971). See Overbye, 304-306; Rigden, 141; Pais 1982, 404-412; Fölsing, 391; Clark, 265; Daniel Kleppner, "Rereading Einstein to Radiation," *Physics Today* (Feb. 2005): 30. 1917년에 아인슈타인은 역학 이론에서 에너지 양자화에 대해서 "조머펠트와 엡슈타인의 양자 정리에 대하여"라는 논문을 발표했다. 그 논문은 고전양자 이론을 오늘날 우리가 혼돈적이라고 부르는 역학계에 적용할 때 발생하는 문제를 지적한 것이었다. 양자역학의 초기 선구자들은 이 논문을 인용했었지만, 그 이후에는 대체로 잊혀졌다. 이 논문에 대한 설명과 양자역학의 정립 과정에서의 중요성에 대해서는 더글러스 스톤의 논문을 참조하기 바란다. Douglas Stone, "Einstein's Unknown Insight and the Problem of Quantizing Chaos," *Physics Today* (Aug. 2005).

34. Einstein to Michele Besso, Aug. 11, 1916.

35. 이 부분의 표현을 도와준 예일의 더글러스 스톤 교수에게 감사한다.

36. Einstein to Michele Besso, Aug. 24, 1916.

37. Einstein, "On the Quantum Theory of Radiation," after Aug. 24, 1916, CPAE 6: 38.

38. Einstein to Max Born, Jan. 27, 1920.

39. Einstein to Max Born, Apr. 29, 1924, AEA 8-176.

40. Niels Bohr, "Discussion with Einstein," in Schilpp, 205-206; Clark, 202.

41. Einstein to Niels Bohr, May, 2, 1920; Einstein to Paul Ehrenfest, May 4, 1920.

42. Niels Bohr to Einstein, Nov. 11, 1922, AEA 8-73.

43. Fölsing, 441.

44. John Wheeler, "Memoir," in French, 21; C. P. Snow, "Albert Einstein," in French, 3.

45. 보어의 재치 있는 말이 자주 인용된다. 1927년 솔베이 회의에서 아인슈타인과 함께 있었던 일에 대한 보어 자신의 설명은 그렇게 예리하지 않았다. "아인슈타인은 우리에게 신과 같은 존재가 주사위 놀이에 의존했다('……ob der liebe Gott würfelt')는 사실을 정말 믿느냐고 물었고, 나는 이미 옛 사상가들이 요구했듯이 일상언어로 신의 섭리에 뜻을 부여할 때는 지극히 조심해야 한다고 대답했다." Niels Bohr, "Discussion with Einstein", in Schilpp, 211. 이 논의에 참여했던 베르너 하이젠베르크도 그 이야기를 남겼다. "그 말에 대해서 보어는 '그러나 여전히 우리가 신에게 세상을 어떻게 운영하라고 요구할 수가 없다'고 대답할 수밖에 없었다." Heisenberg 1989, 117.

46. Holton and Brush, 447; Pais 1982, 436.

47. Pais 1982, 438. 볼프강 파울리의 기억에 따르면, "1924년 가을 인스부르크에서 개최된 물리학

학술대회에서의 논의에서 아인슈타인은 분자살로 간섭과 회절 현상을 찾아보자고 제안했다." Pauli, 91.

48. Einstein, "Quantum Theory of Single-Atom Gases," part 1, 1924, part 2, 1925. 이 논문의 원고 는 2005년 라이덴에서 발견되었다.

49. 이 부분을 완성하도록 도와주고, 아인슈타인이 했던 일의 핵심적인 중요성을 설명해준 예일의 더글러스 스톤 교수에게 감사한다. 응축상에 대한 이론물리학자인 그는 양자역학에 대한 아인슈 타인의 기여와 훗날의 거부감에도 불구하고 그의 기여가 실제로 얼마나 중요했는지에 대한 책을 쓰고 있다. 스톤에 따르면, "보스-아인슈타인 응축이라고 부르는 중요한 발견에 대한 공로의 99퍼센트는 실제로 아인슈타인의 것이다. 보스는 자신이 다른 방법으로 계산했다는 사실도 깨닫 지 못했다." 보스-아인슈타인 응축을 실현시킨 공로에 대한 노벨 상에 대해서는 www.nobelpriz e.org/physics/laureates/2001/public.html을 참조하기 바란다.

50. Bernstein 1973, 217; Martin J. Klein, "Einstein and the Wave-Particle Duality," *Natural Philosopher* (1963): 26.

51. Max Born, "Einstein's Statistical Theories," in Schilpp, 174.

52. Einstein to Erwin Schrödinger, Feb. 28, 1925, AEA 22-2.

53. Don Howard, "Spacetime and Separability," 1996, AEA Cedex H; Howard 1985; Howard 1990b, 61-64; Howard 1997. 1997년 글은 아르투르 쇼펜하우어의 철학이 아인슈타인의 공간적 분리성 에 영향을 주었다고 주장한다.

54. Bernstein 1996a, 138.

55. 더 정확하게 말하면, 확률에 비례하는 것은 파동함수의 제곱이다. Holton and Brush, 452.

56. Einstein to Hedwig Born, Mar. 7, 1926, AEA 8-266; Einstein to Max Born, Dec. 4, 1926, AEA 8-180.

57. aip.org/history/heisenberg/p07.html; Born 2005, 85.

58. Max Born to Einstein, July 15, 1925, AEA 8-177; Einstein to Hedwig Born, Mar. 7, 1926, AEA 8-178; Einstein to Paul Ehrenfest, Sept. 25, 1925, AEA 10-116.

59. Werner Heisenberg to Einstein, June 10, 1927, AEA 12-174.

60. Heisenberg 1971, 63; Gerald Holton, "Werner Heisenberg and Albert Einstein," *Physics Today* (2000), www.aip.org/pt/vol-53/iss-7/p38.html.

61. Frank 1947, 216.

62. Aage Petersen, "The Philosophy of Neils Bohr," *Bulletin of the Atomic Scientists* (Sept. 1963): 12.

63. Dugald Murdoch, *Niels Bohr's Philosophy of Physics* (Cambridge, England: Cambridge University Press, 1987), 47, citing the Neils Bohr Archives: Scientific Correspondence, 11: 2.

64. Einstein, "To the Royal Society on Newton's Bicentennial," Mar. 1927.

65. Einstein to Michele Besso, Apr. 29, 1917; Michele Besso to Einstein, May 5, 1917; Einstein to Michele Besso, May 13, 1917. For a good analysis, see Gerald Holton, "Mach, Einstein, and the Search for Reality," in Holton 1973, 240.

66. "인식하는 대상과 독립적인 외부 세계에 대한 믿음이 모든 자연과학의 바탕이다." Einstein, "Max well's Influence on the Evolution of the Idea of Physical Reality," 1931, in Einstein 1954, 266.

67. Einstein to Max Born, Jan. 27, 1920.

68. Einstein's introduction to Rudolf Kayser, *Spinoza* (New York: Philosophical Library, 1946). 카이저는 아인슈타인의 양녀와 결혼했고, 반(半)공식적인 아인슈타인 회고록을 썼다.

69. Fölsing, 703-704; Einstein to Fritz Reiche, Aug. 15, 1942, AEA 20-19.

70. Einstein to Max Born, Dec. 4, 1926, AEA 8-180.

15_ 통일장 이론

1. Einstein, "Ideas and Problems of the Theory of Relativity," Nobel lecture, July 11, 1923. Available at nobelprize.org/nobel_prizes. 이 장은 아인슈타인의 통일장 탐색에 대한 다음 논문들로부터 구성한 것이다: van Dongen 2002, courtesy of the author; Tilman Sauer, "Dimensions of Einstein's Unified Field Theory Program," forthcoming in the *Cambridge Companion to Einstein*, courtesy of the author; Norton 2000; Goenner 2004.
2. Einstein, "The Principles of Research," 막스 플랑크를 위한 건배사, Apr. 26, 1918, CPAE 7: 7.
3. Einstein to Hermann Weyl, Apr. 6, 1918.
4. Einstein to Hermann Weyl, Apr. 8, 1918. 1918년 5월 8일 하인리히 장거에게 보낸 편지에서 아인슈타인은 바일의 이론은 "독창적"이지만 "물리학적으로 옳지 않은 것"이라고 했다. 그러나 그의 이론은 훗날 양-밀스 게이지 이론의 초석이 되었던 것으로 인정되고 있다.
5. 칼루자와 클라인의 결과에 대한 설명은 우주에 대한 설명에서 추가된 차원들의 역할을 잘 설명해 준 크라우스의 94-104페이지 해설을 근거로 한 것이다.
6. Einstein to Theodor Kaluza, Apr. 21, 1919.
7. Einstein to Niels Bohr, Jan. 10, 1923, AEA 8-74.
8. Einstein to Hermann Weyl, May 26, 1923, AEA 24-83.
9. Einstein, "On the General Theory of Relativity," the Prussian Academy, Feb. 15, 1923.
10. *New York Times*, Mar. 27, 1923.
11. Pais 1982, 466; Einstein, "On the General Theory of Relativity," the Prussian Academy, Feb. 15, 1923.
12. Einstein, "Unified Field Theory of Gravity and Electricity," July 25, 1925; Hoffmann 1972, 225.
13. Steven Weinberg, "Einstein's Mistakes," Physics Today (Nov. 2005).
14. Einstein, "On the Unified Theory," Jan. 30, 1929.
15. Einstein to Michele Besso, Jan. 5, 1929, AEA 7-102.
16. *New York Times*, Nov. 4, 1928; Vallentin, 160.
17. Clark, 494; *London Daily Chronicle*, Jan. 26, 1929.
18. "Einstein's Field Theory," Time, Feb. 18, 1929. 아인슈타인은 1938년 4월 4일 「타임」지의 표지에 실렸고, 사망한 후인 1979년 2월 19일과 1999년 12월 31일에도 표지에 실렸다. 엘자는 1930년 12월 22일에 실렸다.
19. Fölsing, 605; Clark, 496; Brian 1996, 174.
20. *New York Times*, Feb. 4, 1929.
21. Einstein to Maja Winteler-Einstein, Oct. 22, 1929, AEA 29-409.
22. Wolfgang Pauli to Einstein, Dec. 19, 1929, AEA 19-163.
23. *New York Times*, Jan. 23, Oct. 26, 1931; Einstein to Wolfgang Pauli, Jan. 22, 1932, AEA 19-169.
24. Goenner 2004; Elie Cartan, "Absolute Parallelism and the Unified Theory," Review *Metaphysic Morale* (1931).
25. 1932년 노벨 화학상을 받은 어빙 랭뮤어가 찍은 학술대회에 대한 2분짜리 영화는 www.maxborn.net/index.php?page=filmnews에서 볼 수 있다.
26. Einstein to Hendrik Lorentz, Sept. 13, 1927, AEA 16-613.
27. Pauli, 121.

28. John Archibald Wheeler and Wojciech Zurek, *Quantum Theory and Measurement* (Princeton: Princeton University Press, 1983), 7.

29. Fölsing, 589; Pais 1982, 445, from Proceedings of the Fifth Solvay Conference.

30. Heisenberg 1989, 116.

31. 솔베이 회의와 다른 논의에 대한 자세하고 애정 어린 설명은 다음 문헌에서 찾을 수 있다. Niels Bohr, "Discussions with Einstein," in Schilpp, 211-219; Otto Stern recollections, in Pais 1982, 445; Fölsing, 589.

32. "Reports and Discussion," in *Solvay Conference of 1927* (Paris: Gauthier-Villars, 1928), 102. See also Travis Norsen, "Einstein's Boxes," *American Journal of Physics*, vol. 73, Feb. 2005, pp. 164-176.

33. Louis de Broglie, "My Meetion with Einstein," in French, 15.

34. Einstein, "Speech to Professor Planck," Max Planck award ceremony, June 28, 1929.

35. Léon Rosenfeld, "Niels Bohr in the Thirties," in Rozental 1967, 132.

36. Niels Bohr, "Discussion with Einstein," in Schilpp, 225-229; Pais 1982, 447-448. 이 부분에 대해서는 머리 겔만과 데이비드 더비스에게 감사한다.

37. Einstein, "Maxwell's Influence on the Evolution of the Idea of Physical Reality," 1931, in Einstein 1954, 266.

38. Einstein, "Reply to Criticisms" (1949), in Schilpp, 669.

39. 아인슈타인의 사실주의에 대한 더 자세한 설명은 이 책의 제20장에 실려 있다. 이 문제에 대해서 상반된 이야기는 다음 자료에 소개되어 있다: Gerald Holton," Mach, Einstein, and the Search for Reality, "in Holton 1973, 219, 245 (그는 아인슈타인의 철학에 아주 분명한 변화가 있었다고 주장한다. "과학자가 자신의 철학적 믿음을 그렇게 근본적으로 바꾸는 일은 드물다"). Fine, 123 (그는 "아인슈타인은 철학적으로 개종하여 젊은 시절의 실증주의에서 사실주의에 깊이 집착하게 되었다"고 주장한다) Howard, 2004("아인슈타인은 절대 열렬한 '마흐적' 실증주의자가 아니었고, 과학적 사실주의자였던 적도 없었다"고 주장한다) 이 장은 van Dongen 2002 (그는 "넓은 의미에서 아인슈타인이 초기에 마흐의 경험주의에서 훗날에는 강력한 사실주의적 입장으로 변했다고 할 수 있다"고 주상한다)를 근거로 한 것이나. See also Anton Zeilinger, "Einstein and Absolute Reality," in Brockman, 121-131.

40. Einstein, "On the Method of Theoretical Physics," the Herbert Spencer lecture, Oxford, June 10, 1933, in Einstein 1954, 270.

41. Einstein 1949b, 89.

42. Einstein, "Principles of Theoritical Physics," inaugural address to the Prussian Academy, 1914, in Einstein 1954, 221.

43. Einstein to Hermann Weyl, May 26, 1923, AEA 24-83.

44. John Barrow, "Einstein as Icon," *Nature*, Jan. 20, 2005, 219. See also Norton 2000.

45. Einstein, "On the Method of Theoretical Physics," the Herbert Spencer lecture, Oxford, June 10, 1933, in Einstein 1954, 274.

46. Steven Weinberg, "Einstein's Mistakes," *Physics Today* (Nov. 2005): "아인슈타인 이후로 우리는 이런 종류의 미학적 기준을 신뢰할 수 없다는 사실을 배웠다. 소립자 물리학에서의 경험에서는 물리학의 장 방정식에서 기본 원리에 의해서 허용되는 모든 항은 방정식의 그곳에 있게 될 가능성이 높다는 사실을 알려주었다."

47. Einstein, "Latest Developments of the Theory of Relativity," May 23, 1931. 옥스퍼드에서 3회에 걸쳐 했던 로즈 강연 중 세 번째로 그의 명예학위 수여식에서 한 강연이었다. Reprinted in the

Oxford University Gazette, June 3, 1931.

48. Einstein, "On the Method of Theoretical Physics," Oxford, June 10, 1933, in Einstein 1954, 270.

49. Marcia Bartusiak, "Beyond the Big Bang," *National Geographic* (May 2005). 엘자의 발언은 널리 알려져 있지만, 출처가 밝혀진 것은 없다. See Clark, 526.

50. Associated Press, Dec. 30, 1930.

51. Einstein to Michele Besso, Mar. 1, 1931, AEA 7-125.

52. Greene 2004, 279: "그것이 역사상 가장 위대한 발견들 중의 하나임에는 틀림이 없다. 그것이 가장 위대한 발견이 될 수도 있을 것이다." See also Edward W. Kolb, "The Greatest Discovery Einstein Didn't Make," in Brockman, 201.

53. Einstein, "On the Cosmological Problem of the General Theory of Relativity," Prussian Academy, 1931; "Einstein Drops Idea of 'Closed' Universe," *New York Times*, Feb. 5, 1931.

54. Einstein 1916, appendix IV (first appears in the 1931 edition).

55. Gamow 1970, 149.

56. Steven Weinberg, "The Cosmological Constant Problem," in *Morris Leob Lectures in Physics* (Cambridge, Mass.: Harvard University Press 1988); Steven Weinberg, "Einstein's Mistakes," *Physics Today* (Nov. 2005); Aczel 1999, 167; Krauss 117; Greene 2004, 275-278; Dennis Overbye, "A Famous Einstein 'Fudge' Returns to Haunt Cosmology," *New York Times*, May 26, 1998; Jeremy Bernstein, "Einstein's Blunder," in Bernstein 2001, 86-89.

57. 케이스웨스턴리저브의 로렌스 카라우스와 시카고 대학교의 미셸 터너는 우주에 대한 설명에는 아인슈타인이 그의 장 방정식에 넣었다가 폐기해버린 것과는 다른 우주 항을 필요로 한다고 주장한다. 그들의 주장은 상대성 이론이 아니라 양자역학에 근거를 둔 것으로 "빈" 공간이라고 하더라도 반드시 에너지가 0이 될 필요가 없을 수도 있다는 주장에 의한 것이다. See Krauss and Turner, "A Cosmic Conundrum," *Scientific American* (Sept. 2004).

58. "Einstein's Cosmological Constant Predicts Dark Energy," Universe Today, Nov. 22, 2005. 이 제목은 초신성 목록조사(SNLS)라고 알려진 연구사업에 근거를 둔 것이다. 칼텍의 보도자료에 따르면, SNLS는 "우주 팽창의 역사를 정밀하게 알아내기 위해서 700개의 멀리 떨어진 초신성을 발견해서 조사하는 것을 목적으로 한다. 조사에 따르면, 우주의 팽창이 과거에는 느리게 진행되다가 최근에는 점점 더 빨라지고 있다는 기존의 발견이 확인되었다. 그러나 결정적인 증거는 아인슈타인이 1917년에 주장했던 빈 공간에 대한 일정 에너지 항에 대한 설명이 새로운 초신성 자료와도 잘 일치하는지를 확인하는 것이다."

16_ 50대로 접어들기

1. Vallentin, 163.

2. *New York Times*, Mar. 15, 1929.

3. Reiser, 205.

4. Reiser, 207; Frank 1947, 223; Fölsing, 611.

5. www.einstein-website.de/z_biography/caputh-e.html; Jan Otakar Fischer, "Einstein's Haven," *International Herald Tribune*, June 30, 2005; Fölsing, 612; Einstein to Maja Einstein, Oct. 22, 1929; Erika Britzke, "Einstein in Caputh," in Renn 2005d, 272.

6. Vallentin, 168.

7. Reiser, 221.

8. Einstein to Betty Neumann, Nov. 5 and 13, 1923. 이 편지들은 히브리 대학교에 기증된 것들의

일부로 아인슈타인 기록에서 분류되지 않았다.

9. Einstein to Betty Neumann, Jan. 11, 1924; Pais 1982, 320.

10. Einstein to Elsa Einstein, Aug. 14, 1924. 2006년에 공개된 밀봉된 편지의 일부. Einstein to Betty Neumann, Aug. 24, 1924. 이 편지들을 찾아내서 번역할 수 있도록 도와준 예루살렘과 칼텍의 아인슈타인 기록보존소의 제프 로젠크란츠에게 감사한다.

11. Einstein to Ethel Michanowski, May 16 and 24, 1931, in private collection.

12. Einstein to Elsa Einstein and Einstein to Margot Einstein, May 1931. 2006년에 공개된 밀봉된 편지의 일부. 내용과 번역을 제공해준 아인슈타인 기록사업소의 제프 로젠크란츠의 도움에 감사한다.

13. Einstein to Margot Einstein, May 1931. 2006년에 공개된 밀봉된 편지의 일부.

14. 이것은 그의 일생 동안 유지되었던 생각이다. Einstein to Eugenia Anderman, June 2, 1953, AEA 59-097: "대부분의 남성(그리고 많은 여성들)은 본능적으로 일부일처가 아니다. 이런 본능은 전통이 방해를 할 경우에 더 강력하게 나타난다."

15. Fölsing, 617; Highfield and Carter, 208; Marianoff, 186. (주: 푈싱은 그녀의 이름을 Lenbach라고 적었지만, 아인슈타인 기록의 사본에 따르면 옳지 않은 것이다.)

16. Elsa Einstein to Hermann Struck, 1929.

17. George Dyson, "Helen Dukas: Einstein's Compass," in Brockman, 85-94 (조지 다이슨은 프린스턴 고등연구소의 물리학자 프리만 다이슨의 아들이고, 듀카스는 아인슈타인이 사망한 후에 그의 보모로 일했다.). See also Abraham Pais, "Eulogy for Helen Dukas," 1982, American Institute of Physics Library, College Park, Md.

18. Einstein to Maurice Solovine, Mar. 4, 1930, AEA 21-202.

19. Einstein to Mileva Marić, Feb. 2, 1927, AEA 75-742.

20. Ibid.

21. Einstein to Hans Albert Einstein, Feb. 2, 1927, AEA 75-738, and Feb. 23, 1927, AEA 75-739.

22. Highfield and Carter, 227.

23. Einstein to Eduard Einstein, Dec. 23, 1927, AEA 75-748.

24. Einstein to Eduard Einstein, July 10, 1929, AEA 75-782.

25. Eduard Einstein to Einstein, May 1, Dec. 10, 1926. 모두가 2006년에 공개된 밀봉된 서류함에 들어 있었고, 기록사업에서 분류되지 않았다.

26. Eduard Einstein to Einstein, Dec. 24, 1935. 역시 2006년에 공개된 밀봉된 서류함에 들어 있었고, 분류되지 않았다.

27. Sigmund Freud to Sandor Ferenczi, Jan. 2, 1927. 프로이트와 아인슈타인의 뒤엉킨 영향을 분석한 내용에 대해서는 파넥[Panek 2004]을 참조하기 바란다.

28. Viereck, 374; Sayen, 134. See also Bucky, 113: "나는 그의 이론의 일부에 여러 가지 의문을 가지고 있다. 나는 프로이트가 꿈 이론을 너무 강조했다고 생각한다. 결국 쓰레기 벽장에서 모든 것을 알아낼 수는 없다……반대로 프로이트는 읽기에 매우 재미있었고, 유머가 넘쳤났다. 내가 지나치게 비판적이 아닌 것은 분명하다."

29. Einstein to Eduard Einstein, 1936 or 1937, AEA 75-939.

30. Einstein to Eduard Einstein, Feb. 5, 1930, not catalogued; Highfield and Carter, 229, 234. 비문의 원전 번역은 565페이지를 참조하기 바란다.

31. Einstein to Eduard Einstein, Dec. 23, 1927, AEA 75-748.

32. Einstein to Mileca Marić, Aug. 14, 1925, AEA 75-693.

33. Marianoff, 12. 그는 자신이 결혼한 해에 대해서 실수를 했던 것이 분명하다. 그는 1929년 가을이

라고 했지만, 실제로는 아인슈타인이 두 번째로 미국을 방문하기 직전이었던 1930년 말이었다. 히브리 대학교 아인슈타인 기록보존소의 바버라 울프는 이 이야기가 미화된 것이라고 믿는다.

34. Elsa Einstein to Antonina Vallentin, undated, in Vallentin, 196.

35. Einstein, Trip Diary to the U.S.A., Nov. 30, 1930, AEA 29-134.

36. "Einstein Works at Sea," *New York Times*, Dec. 5, 1930.

37. "Einstein Puzzled by Our Invitations," *New York Times*, Nov. 23, 1930.

38. "Einstein Consents to Face Reporters" *New York Times*, Dec. 10, 1930.

39. Einstein, Trip Diary, Dec. 11, 1930, AEA 29-134.

40. "Einstein on Arrival Braves Limelight for Only 15 Minutes," *New York Times*, Dec. 12, 1930.

41. "He Is Worth It," *Time*, Dec. 2, 1930.

42. Brian 1996, 204;" Einstein Receives Keys to the City," *New York Times*, Dec. 14, 1930.

43. "Einstein Saw His Statue in Church Here," *New York Times*, Dec. 28, 1930.

44. George Sylvester Viereck, profile of John D. Rockefeller, *Liberty*, Jan. 9, 1932; Nathan and Norden, 157. 아인슈타인은 막스 보른에게 보낸 편지에서 록펠러를 방문한 것에 대해서 언급했다. Max Born, May 30, 1933, AEA 8-192.

45. Einstein, New History Society speech, Dec. 14, 1930, in Nathan and Norden, 117; "Einstein Advocates Resistance to War," *New York Times*, Dec. 15, 1930, p. 1; Fölsing, 635.

46. "Einstein Considers Seeking a New Home," Associated Press, Dec. 16, 1930.

47. Einstein, Trip Diary, Dec. 15-31, 1931, AEA 29-134; "Einstein Welcomed by Leaders of Panama," *New York Times*, Dec. 24, 1930; "Einstein Heard on Radio," *New York Times*, Dec. 26, 1930.

48. Brian 1996, 206.

49. Hedwig Born to Einstein, Feb. 22, 1931, AEA 8-190.

50. Amos Fried to Robert Millikan, Mar. 4, 1932; Robert Millikan to Amos Fried, Mar. 8, 1932; cited in Clark, 551.

51. Brian 1996, 216.

52. Seelig 1956a, 194. 그가 나체로 일광욕을 한 것도 보도했던 야심 찬 젊은 기자 시시 패터슨의 생생한 보도에 따르면, 영화에서 아인슈타인은 "크리스마스 무언극을 보고 있는 아이처럼 당황한 눈길로 몹시 열중하고 있었다." 후에 그녀는 「워싱턴 헤럴드」로 옮겼다. Brian 1996, 214, citing *Washington Herald*, Feb. 10, 1931.

53. Einstein address, Feb. 16, 1931, in Nathan and Norden, 122.

54. "At Grand Canyon Today," *New York Times*, Feb. 28, 1931; Einstein at Hopi House, www.hanksville.org/sand/Einstein.html.

55. "Einstein in Chicago Talks for Pacifism," *New York Times*, Mar. 4, 1931; Nathan and Norden, 123.

56. Fölsing, 641; Einstein talk to War Resisters' League, Mar. 1, 1931, in Nathan and Norden, 123.

57. Nathan and Norden, 127.

58. Marianoff, 184.

59. Einstein to Mrs. Chandler and the Youth Peace Federation, Apr. 5, 1931; Nathan and Norden, 124; Fölsing, 642. For an image of the note see www.alberteinstein.info/db/ViewImage.do?DocumentID=21007&Page=1.

60. Einstein interview with George Sylvester Viereck, Jan. 1931, in Nathan and Norden, 125.

61. Einstein to Women's International League, Jan. 4, 1928, AEA 48-818.

62. Einstein to London chapter of War Resister's International, Nov. 25, 1928; Einstein to the League for the Organization of Progress, Dec. 26, 1928.
63. Einstein statetment, Feb. 23, 1929, in Nathan and Norden, 95.
64. Manifesto of the Joint Peace Council, Oct. 12, 1930; Nathan and Norden, 113.
65. Einstein, "The 1932 Disarmament Conference," *The Nation*, Sept. 23, 1931; Einstein 1954, 95; Einstein, "The Road to Peace," *New York Times*, Nov. 22, 1931.
66. Nathan and Norden, 168; "Einstein Assails Arms Conference," *New York Times*, May 24, 1931.
67. Einstein to Kurt Hiller, Aug. 21, 1931, AEA 46-693; Nathan and Norden, 143.
68. Jerome, 144. See in particular chapter 11, "How Red?"
69. Einstein, "The Road to Peace," *New York Times*, Nov. 22, 1931; Einstein 1954, 95.
70. Thomas Bucky interview with Denis Brian, in Brian 1996, 229.
71. Einstein to Henri Barbusse, June 1, 1932, AEA 34-543; Nathan and Norden, 175-179.
72. Einstein to Isaac Don Levine, after Jan. 1, 1925, AEA 28-29.00 (for image of hand written document, see www.alberteinstein.info/db/ViewImage.do?DocumentID=21154&Page=1; Roger Baldwin and Isaac Don Levine, *Letters from Russian Prisons* (New York: Charles Boni, 1925); Robert Cottrell, *Roger Nash Baldwin and the American Civil Liberties Union* (New York: Columbia, 2001), 180.
73. Einstein to Isaac Don Levine, Mar. 15, 1932, AEA, 50-922.
74. Einstein, "The World As I See It," originally published in 1930, reprinted in Einstein 1954, 8.
75. "Ask Pardon for Eight Negroes," *New York Times*, Mar. 27, 1932; "Einstein Hails Negro Race," *New York Times*, Jan. 19, 1932, citing an Einstein piece in the forthcoming *Crisis* magazine of Feb. 1932.
76. Brian 1996, 219.
77. Einstein to Chaim Weizmann, Nov. 25, 1929, AEA 33-411.
78. Einstein, "Letter to and Arab," Mar. 15, 1930; Einstein 1954, 172; Clark, 483; Fölsing, 623.
79. Einstein to Sigmund Freud, July 30, 1932, www.cis.vt.edu/modernworld/d/Einstein.html.
80. Sigmund Freud to Einstein, Sept. 1932, www.cis.vt.edu/modernworld/d/Einstein.html.

17_ 아인슈타인의 신

1. Charles Kessler, ed., *The Diaries of Count Harry Kessler* (New York: Grove Press, 2002), 322 (entry for June 14, 1927); Jammer 1999, 40. 잠머 1999에는 아인슈타인의 종교적 사고에 대한 전기적, 철학적, 과학적 측면이 모두 소개되어 있다.
2. Einstein, "Ueber den Gegenwertigen Stand der Feld-Theorie," 1929, AEA 4-38.
3. Neil Johnson, *George Sylvester Viereck: Poet and Propagandist* (Iowa City: University of Iowa Press, 1968); George S. Viereck, *My Flesh and Blood: A Lyric Autobiography with Indiscreet Annotations* (New York: Liveright, 1931).
4. Viereck, 372-378; 비렉의 대담은 "아인슈타인에게 생명은 무슨 의미인가"["What Life Means to Einstein," *Saturday Evening Post*, Oct. 26, 1929]라는 글이 게재되면서 처음 보도되었다. 나는 브라이언[Brian 2005, 185-186]의 번역과 의역을 사용했다. See also Jammer 1999, 22.
5. Einstein, "What I Believe," originally written in 1930 and recorded for the German League for Human Rights. It was published as "The World As I See It" in *Forum and Century*, 1930; in *Living Philosophies* (New York: Simon & Schuster, 1931); in Einstein 1949a, 1-5; in Einstein

1954, 8-11. 모든 번역들은 조금씩 다르고, 약간의 수정도 포함되어 있다. For an audio version, see www.yu.edu/libraries/digital_library/einstein/credo.html.

6. Einstein to M. Schayer, Aug. 5, 1927, AEA 48-380; Dukas and Hoffmann, 66.

7. Einstein to Phyllis Wright, Jan. 24, 1936, AEA 52-337.

8. "Passover," *Time*, May 13, 1929.

9. Einstein to Herbert S. Goldstein, Apr. 25, 1929, AEA 33-272; "Einstein Believes in Spinoza's God," *New York Times*, Apr. 25, 1929; Gerald Holton, "Einstein's Third Paradise," *Daedalus* (fall 2002): 26-34. 골드슈타인은 할렘에 있는 유대교회 연구소의 랍비였고, 오랫동안 미국 정통 유대 민족연합의 회장을 역임했다.

10. Rabbi Jacob Katz of the Montefiore Congregation, quoted in *Time*, May 13, 1929.

11. Calaprice, 214; Einstein to Hubertus zu Löwenstein, ca. 1941, in Löwenstein's book, *Towards the Futher Shore* (London: Victor Gollancz, 1968), 156.

12. Einstein to Joseph Lewis, Apr. 18, 1953, AEA 60-279.

13. Einstein to unknown recipient, Aug. 7, 1941, AEA 54-927.

14. Guy Raner Jr. to Einstein, June 10, 1948, AEA 57-287; Einstein to Guy Raner Jr., July 2, 1945, AEA 57-288; Einstein to Guy Raner Jr., Sept. 28, 1949, AEA 57-289.

15. Einstein, "Religion and Science," *New York Times*, Nov. 9, 1930, reprinted in Einstein 1954, 36-40. See also Powell.

16. Einstein, speech to the Symposium on Science, Philosophy and Religion, Sept. 10, 1941, reprinted in Einstein 1954, 41; "Sees No Personal God," Associated Press, Sept. 11, 1941. 당시에 해군 장교였고, 아인슈타인의 기사를 60년 이상 보관해왔던 오빌 라이트가 이 이야기가 실린 노랗게 바랜 기사를 나에게 주었다. 이 서류는 배 안에서 돌려가면서 보았던 것으로 여러 선원들이 "이것에 대해서 어떻게 생각하는지 알려달라"와 같은 메모가 적혀 있었다.

17. "정신에는 절대적 의지나 자유 의지와 같은 것이 없다. 마음은 이러저러한 의욕, 즉 원인에 의해서 결정되고, 그런 의욕은 다른 의욕에 의해서 결정되고, 그런 식으로 무한히 계속된다." Baruch Spinoza, Ethics, part 2, proposition 48.

18. Einstein, statement to the Spinoza Society of America, Sept. 22, 1932.

19. 때로는 "사람은 자신이 원하는 것을 할 수는 있지만, 자신이 원하는 것은 원하지 않는다"라고 번역되기도 한다. 나는 쇼펜하우어의 글에서 이 인용문을 찾을 수가 없었다. 그러나 그런 생각은 쇼펜하우어의 철학과 어울린다. 그는 예를 들어서 "사람의 인생은 크거나 작은 일이 모두 시계의 움직임처럼 반드시 미리 예정되어 있다"고 했다. Schopenhauer, "On Ethics," in *Parergra and Paralipomena: Short Philosophical Essays* (New York: Oxford University Press, 2001), 2:227.

20. Einstein, "The World As I See It," in Einstein 1949a and Einstein 1954.

21. Viereck, 375.

22. Max Born to Einstein, Oct. 10, 1944, in Born 2005, 150.

23. Hedwig Born to Einstein, Oct. 9, 1944, in Born 2005, 149.

24. Viereck, 377.

25. Einstein to the Rev. Cornelius Greenway, Nov. 20, 1950, AEA 28-894.

26. Sayen, 165.

18_ 망명자

1. Einstein trip diary, Dec. 6, 1931, AEA 29-136.

2. Einstein trip diary, Dec. 10, 1931, AEA 29-141.

3. Flexner, 381-382; Batterson, 87-89.

4. Abraham Flexner to Robert Millikan, July 30, 1932, AEA 38-007; Abraham Flexner to Louis Bamberger, Feb. 13, 1932, in Batterson, 88.

5. Einstein trip diary, Feb. 1, 1932, AEA 29-141; Elsa Einstein to Rosika Schwimmer, Feb. 3, 1932; Nathan and Norden, 163.

6. Einstein to Paul Ehrenfest, Apr. 3, 1932, AEA 10-227.

7. Clark, 542, citing Sir Roy Harrod.

8. Flexner, 383.

9. Einstein to Abraham Flexner, July 30, 1932; Batterson, 149; Brian 1996, 232.

10. Elsa Einstein to Robert Millikan, June 22, 1932, AEA 38-002.

11. Robert Millikan to Abraham Flexner, July 25, 1932, AEA 38-006; Abraham Flexner to Robert Millikan, July 30, 1932, AEA 38-007; Batterson, 114.

12. "Einstein Will Head School Here," New York Times, Oct. 11, 1932, p. 1.

13. Frank 1947, 226.

14. Woman Patriot Corporation memo to the U.S. State Department, Nov. 22, 1932, contained in Einstein's FBI file, section 1, available at foia.fbi.gov/foiaindex/einstein.htm. 이 이야기는 제롬[Jerome, 6-11]에 잘 소개되어 있다.

15. Reprinted in Einstein 1954, 7. Einstein's relationship with Louis Lochner of United Press is detailed in Marianoff, 137.

16. New York Times, Dec. 4, 1932.

17. "Einstein's Ultimaturm Brings a Quick Visa," "Consul Investigated Charge," and "Women Made Complaint," all in New York Times, Dec. 6, 1932; Sayen, 6: Jerome, 10.

18. 아인슈타인의 FBI 서류를 처음 연구했던 플로리다 인터내셔널 대학교의 리처드 앨런 슈바르츠가 이것을 발견했다. 그가 받았던 서류는 25퍼센트가 수정된 것이었다. 프레드 제롬은 정보공개법을 통해서 더 완전한 서류를 받아 자신의 책에 사용했다. 이 주제에 대한 슈바르츠의 글에는 다음과 같은 것이 있다. "The F.B.I. and Dr. Einstein," The Nation, Sept. 3, 1983, 168-173, and "Dr. Einstein and the War Department," Isis (June 1989): 281-284. See also Dennis Overbye, "New Details Emerge from the Einstein Files," New York Times, May 7, 2002.

19. "Einstein Resumes Packing," New York Times, Dec. 7, 1932; "Einstein Embarks, Jests about Quiz" and "Stimson Regrets Incident," New York Times, Dec. 11, 1932.

20. Einstein (from Caputh) to Maurice Solovine, Nov. 20, 1932, AEA 21-218; Frank 1947, 226; Pais 1982, 318, 450. 프랑크와 파이스는 모두, 아인슈타인이 카푸트에 대해서 엘자에게 했던 예언적인 말을 기록했고, 두 사람이 각자 그들로부터 직접 그 이야기를 들었을 가능성이 높다. 무엇보다도 파이스는 그들이 30개의 가방을 가지고 있었다고 했다. 엘자는 미국 영사관의 심문을 받은 후에 기자들에게 전화로 그녀가 6개의 여행가방을 꾸렸다고 말했지만, 짐을 모두 꾸리지 않았거나, 여행가방의 숫자만 이야기했거나, 독일 정부를 자극하지 않으려고 숫자를 줄여서 말했을 가능성도 있다. (또는 파이스가 틀렸을 가능성도 있다.) 예루살렘에 있는 아인슈타인 기록보존소의 바버라 울프는 그녀가 30개의 여행가방을 꾸렸다는 이야기는 아인슈타인이 카푸트를 떠나면서 그녀에게 "잘 보아두시오"라고 했던 것과 마찬가지로 엉터리라고 생각한다. (저자와의 개인적인 서신)

21. "Einstein Will Urge Amity with Germany," New York Times, Jan. 8, 1933.

22. Nathan and Norden, 208; Clark, 552.

23. "Einstein's Address on World Situation" (text of speech) "Einstein Traces Slump to Machine," *New York Times*, Jan. 24, 1933.

24. Fölsing, 659.

25. Einstein to Margarete Lebach, Feb. 27, 1933, AEA 50-834.

26. Evelyn Seeley, interview with Einstein, *New York World-Telegram*, Mar. 11, 1933; Brian 1996, 243.

27. Marianoff, 142-144.

28. Michelmore, 180. 미셸모어는 대부분의 자료를 한스 알베르트 아인슈타인으로부터 얻었지만, 이 인용은 과장되었을 수도 있다.

29. Einstein, Statement against the Hitler regime, Mar. 22, 1933, AEA 28-235.

30. Einstein to the Prussian Academy, Mar. 28, 1933, AEA 36-55.

31. Max Planck to Einstein, Mar. 31, 1933.

32. Max Planck to Heinrich von Ficker, Mar. 31, 1933, cited in Fölsing, 663.

33. Prussian Academy declaration, Apr. 1, 1933. The exchanges are reprinted in Einstein 1954, 205-209.

34. Einstein to the Prussian Academy, Apr. 5, 1933.

35. Frank 1947, 232.

36. Prussian Academy to Einstein, Apr. 7 and 13, 1933; Einstein to Prussian Academy, Apr. 12, 1933.

37. Max Planck to Einstein, Mar. 31, 1933, AEA 19-389; Einstein to Max Planck, Apr. 6, 1933, AEA 19-392.

38. Einstein to Max Born, May 30, 1933, AEA 8-192; Max Born to Einstein, June 2, 1933, AEA 8-193.

39. Einstein to Fritz Haber, May 19, 1933, AEA 12-378. 아인슈타인과 하버의 관계와 여기에 소개된 마지막 이야기에 대해서는 슈테른[Stern, 156-160]을 참조한다. Also very useful is John Cornwall, *Hitler's Scientists* (New York: Viking, 2003), 137-139.

40. Fritz Haber to Einstein, Aug. 1, 1933, AEA 385, Einstein to Fritz Haber, Aug. 8, 1933, AEA 12-388.

41. Einstein to Willem de Sitter, Apr. 5, 1933, AEA 20-575; Frank 1947, 232; Clark, 573.

42. Vallentin, 231.

43. Frank 1947, 240-242.

44. Einstein to Maurice Solovine, Apr. 23, 1933, AEA 21-223.

45. Einstein to Paul Langevin, May 5, 1933, AEA 15-394.

46. "Einstein Will Go to Madrid," *New York Times*, Apr. 11, 1933; Abraham Flexner to Einstein, Apr. 13, 1933, AEA 38-23; Pais 1982, 493.

47. Abraham Flexner to Einstein, Apr. 26 and 28, 1933, AEA 38-25, 38-26.

48. "Einstein Lists Contracts; Princeton, Paris, Madrid, Oxford Lectures Are Only Engagements," *New York Times*, Aug. 5, 1933; Einstein to Frederick Lindemann, May 1, 1933, AEA 16-372.

49. Hannoch Gutfreund, "Albert Einstein and Hebrew University," in Renn 2005d, 318.

50. Einstein to Fritz Haber, Aug. 9, 1933, AEA 37-109; Einstein to Max Born, May 30, 1933, AEA 8-192.

51. *Jewish Chronicle*, Apr. 8, 1933; Chaim Weizmann to Einstein, Apr. 3, 1933, AEA 33-425; Einstein to Paul Ehrenfest, June 14, 1933, AEA 10-225.

52. Einstein to Herbert Samuel, Apr. 15, 1933, AEA 21-17; Einstein to Chaim Weizmann, June 9, 1933, AEA 33-435.

53. "Weizmann Scores Einstein's Stand," *New York Times*, June 30, 1933.

54. "Albert Einstein Definitely Takes Post at Hebrew University," Jewish Telegraphic Agency, July 3, 1933; Abraham Flexner to Elsa Einstein, July 19, 1933, AEA 33-033; "Einstein Accepts Chair: Dr. Weizmann Announces He Has Made Peace with Hebrew University in Jerusalem," *New York Times*, July 4, 1933.

55. Einstein to the Rev. Johannes B. Th. Hugenholtz, July 1, 1933, AEA 50-320.

56. Nathan and Norden, 225.

57. 많은 책에 여왕의 이름이 "Elizabeth"라고 되어 있지만, 브뤼셀에 있는 그녀의 동상과 기념탑은 물론이고 대부분의 공식 문서에는 "Elisabeth"로 되어 있다.

58. Einstein to Elsa Einstein, Nov. 1, 1930, uncatalogued new material provided to author.

59. Einstein to King Albert I of Belgium, Nov. 14, 1933, in Nathan and Norden, 230.

60. Einstein to Alfred Nahon, July 20, 1933, AEA 51-227.

61. *New York Times*, Sept. 10, 1933.

62. Einstein to E. Lagot, Aug. 28, 1933, AEA 50-477.

63. Einstein to Lord Ponsonby, Aug. 28, 1933, AEA 51-400.

64. Einstein to A. V. Frick, Sept. 9, 1933, AEA 36-567.

65. Einstein to G. C. Heringa, Sept. 11, 1933, AEA 50-199.

66. Einstein to P. Bernstein, Apr. 5, 1934, AEA 49-276.

67. Romain Rolland, Sept. 1933 diary entry, in Nathan and Norden, 232.

68. Michele Besso to Einstein, Sept. 18, 1932, AEA 7-130; Einstein to Michele Besso, Oct. 21, 1932, AEA 7-370.

69. Einstein to Frederick Lindemann, May 9, 1933, AEA 16-377.

70. Einstein to Elsa Einstein, July 21, 1933, AEA 143-250.

71. Locker-Lampson speech, House of Commons, July 26, 1933;" Einstein a Briton Soon: Home Secretary's Certificate Preferred to Palestine Citizenship," *New York Times*, July 29, 1933; Marianoff, 159.

72. *New York World Telegram*, Sept. 19, 1933, in Nathan and Norden, 234.

73. "Dr. Einstein Denies Communist Leanings," *New York Times*, Sept. 16, 1933; "Professor Einstein's Political Views," *Times* of London, Sept. 16, 1933, in Brian 1996, 251.

74. Einstein, Appreciation of Paul Ehrenfest, written in 1934 for a Leiden almanac and reprinted in Einstein 1950a, 236.

75. Clark, 600-605; Marianoff, 160-163; Jacob Epstein, *Let There Be Sculpture* (London: Michael Joseph, 1940), 78.

76. Dukas and Hoffmann, 56.

77. Einstein, "Civilization and Science," Royal Albert Hall, Oct. 3, 1933; *Times* of London, Oct. 4, 1933; Calaprice, 198; Clark, 610-611. 아인슈타인이 외교적인 이유로 삭제하기로 했던 독일에 대한 두 개의 참고 문헌이 담겨 있는 클라크의 번역이 서면으로 된 것보다 실제 강연에 더 충실하다.

19_ 미국

1. Abraham Flexner telegram to Einstein, Oct. 1933, AEA 38-049; Abraham Flexner to Einstein, Oct. 13, 1933, AEA 38-050.
2. "Einstein Arrives; Pleads for Quiet/Whisked from Liner by Tug at Quarantine," *New York Times*, Oct. 18, 1933.
3. "Einstein Views Quarters," *New York Times*, Oct. 18, 1933; Rev. John Lampe interview, in Clark, 614; "Einstein to Princeton," *Time*, Oct. 30, 1933.
4. Brian 1996, 251.
5. "Einstein Has Musicale," *New York Times*, Nov. 10, 1933. 아인슈타인이 자이델을 위해서 그려 준 스케치들은 아인슈타인과 갈등을 빚었던 히브리 대학교 총장의 기증으로 현재 유다 마그네스 박물관에 소장되어 있다.
6. Bucky, 150.
7. Thomas Torrance, "Einstein and God," Center for Theological Inquiry, Princeton, ctinquiry.org/publications/reflections_volume_1/torrance.htm. 토런스는 어느 친구가 자신에게 이야기를 해주었다고 했다.
8. Eleanor Drorbaugh interview with Jamie Sayen, in Sayen, 64, 74.
9. Sayen, 69; Bucky, 111; Fölsing, 732.
10. "Had Pronounced Sense of Humor," *New York Times*, Dec. 22, 1936.
11. Brian 1996, 265.
12. Abraham Flexner to Einstein, Oct. 13, 1933, in Regis, 34.
13. "Einstein, the Immortal, Shows Human Side," (Newark) *Sunday Ledger*, Nov. 12, 1933.
14. Abraham Flexner to Elsa Einstein, Nov. 14, 1933, AEA 38-055.
15. Abraham Flexner to Elsa Einstein, Nov. 15, 1933, AEA 38-059. 플렉스너는 1933년 11월 14일에 연구소의 이사였던 허버트 마스에게도 편지를 썼다. "나는 이처럼 매일 아인슈타인과 그의 아내를 '주저앉히는 일'에 지쳐가고 있습니다. 그들은 미국을 모릅니다. 그들은 정말 어린아이들 같아서 충고를 해주고 통제를 하기가 지극히 어렵습니다. 내가 얼마나 많은 언론 노출을 가로막았는지 짐작도 할 수 없을 것입니다." Batterson, 152.
16. Abraham Flexner to Einstein, Nov. 15, 1933, AEA 38-061.
17. "Fiddling for Friends," *Time*, Jan. 29, 1934; "Einstein in Debut as Violinist Here," *New York Times*, Jan. 18, 1934.
18. Stephen Wise to Judge Julian Mack, Oct. 20, 1933.
19. Col. Marvin MacIntyre report to the White House Social Bureau, Dec. 7, 1933, AEA 33-131; Abraham Flexner to Franklin Roosevelt, Nov. 3, 1933; Einstein to Eleanor Roosevelt, Nov. 21, 1933, AEA 33-129; Eleanor Roosevelt to Einstein, Dec. 4, 1933, AEA 33-130, Elsa Einstein to Eleanor Roosevelt, Jan. 16, 1934, AEA 33-132; Einstein to Queen Elisabeth of Belgium, Jan. 25, 1934, AEA 33-134; "Einstein Chats about Sea," *New York Times*, Jan. 26, 1934.
20. Einstein to Board of Trustees of the IAS, Dec. 1-31, 1933.
21. Johanna Fantova, Journal of conversations with Einstein, Jan. 23, 1954, in Calaprice, 354.
22. Einstein to Max Born, Mar. 22, 1934; Erwin Schrödinger to Frederick Lindemann, Mar. 29, 1934, Jan. 22, 1935.
23. Einstein to Queen Elisabeth of Belgium, Nov. 20, 1933, AEA 32-369. 이 글은 주로 "기둥

위에 서 있는 허약한 반신반인"으로 번역된다. 아인슈타인이 쓴 단어인 "stelzbeinig"는 다리들이
나무 기둥으로 된 것처럼 "뻣뻣한 다리를 가진"이라는 뜻이다. 높이는 아무 상관이 없다. 그
대신 공작의 걸음걸이를 연상시킨다.

24. Einstein, "The Negro Question," *Pageant*, Jan. 1946. 이 글에서 그는 미국인들의 일반적으로
민주적인 사회적 경향을 그들이 흑인을 취급하는 자세와 비교했다. 이 책의 후반에서 밝혔듯이
이 문제는 그에게 1934년보다 더 중요해졌다.

25. Bucky, 45; "Einstein Farewell," *Time*, Mar. 14, 1932.

26. Vallentin, 235. See also Elsa Einstein to Hertha Einstein (먼 친척인 음악사학자 알프레드 아인
슈타인의 아내), Feb. 24, 1934, AEA 37-693: "이곳은 미국의 다른 지역과 전혀 다르게 아름답
다……여기서는 모든 것이 영국, 특히 철저한 옥스퍼드풍의 냄새가 풍긴다."

27. "Einstein Cancels Trip Abroad," *New York Times*, Apr. 2, 1934.

28. Marianoff, 178. 다른 기록에 의하면, 일제의 유골 또는 적어도 그 일부가 남편인 루돌프 카이저
가 선택한 네덜란드의 묘지로 운반되었다.

29. 이 이야기는 모두 1994년 9월 7일에 블랙우드의 아들 제임스가 데니스 브라이언과 했던 인터뷰
에서 나온 것이고, 자세한 이야기는 브라이언[Brian 1996, 259-263]에 소개되어 있다.

30. Ibid. See also James Blackwood, "Einstein in the Rear-View Mirror," *Princeton History*, Nov.
1997.

31. "Einstein Inventor of Camera Device," *New York Times*, Nov. 27, 1936.

32. Bucky, 5. 벅키의 책은 부분적으로 대화체로 쓰였지만, 실제로는 아인슈타인의 다른 인터뷰나
글에서 인용한 부분도 있다.

33. Bucky, 16-21.

34. *New York Times*, Aug. 4, 1935; Brian 1996, 265, 280.

35. Vallentin, 237.

36. Brian 1996, 268.

37. Fölsing, 687; Brian 1996, 279.

38. Calaprice, 251.

39. Bucky, 25.

40. Clark, 622.

41. Pais 1982, 454.

42. Jon Blackwell, "The Genius Next Door," *The Trentonian*, www.capitalcentury.com/1933.html;
Seelig 1956a, 193; Sayen, 78; Brian 1996, 330.

43. Einstein to Barbara Lee Wilson, Jan. 7, 1943, AEA 42-606; Dukas and Hoffmann, 8; "Einstein
Solves Problem That Baffled Boys," *New York Times*, June 11, 1937.

44. "Einstein Gives Advice to a High School Boy," *New York Times*, Apr. 14, 1935; Sayen, 76.

45. Elsa Einstein to Leon Watters, Dec. 10, 1935, AEA 52-210.

46. Vallentin, 238.

47. Bucky, 13.

48. Einstein to Hans Albert Einstein, Jan. 4, 1937, AEA 75-926.

49. Hoffmann 1972, 231.

50. Einstein, "Lens-like Action of a Star by Deviation of Light in the Gravitational Field," Science
(Dec. 1936); Einstein with Nathan Rosen, "On Gravitational Waves," *Journal of the Franklin
Institute* (Jan. 1937). 중력 파동 논문은 처음에 「피지컬 리뷰」에 제출되었다. 그곳의 편집자들이
심사를 의뢰한 심사위원이 오류를 발견했다. 아인슈타인은 분노해서 논문을 회수한 후에 프랭클

린 연구소에서 발간하도록 했다. 그런 후에 그는 (익명의 심사위원이 간접적으로 그에게 알려줌으로써) 자신이 틀렸다는 사실을 깨달았고, 엘자가 임종에 가까워질 무렵에 그와 로젠은 여러 차례 수정을 했다. 다니엘 킨플릭이 자세한 이야기를 밝혀냈고, "아인슈타인 대(對) 피지컬 리뷰"[*Physics Today* (Sept. 2005)]라는 글에 흥미로운 이야기를 소개했다.

51. Einstein to Max Born, Feb. 1937, in Born 2005, 128.

52. Einstein, "The Causes of the Formation of Meanders in the Courses of Rivers and of the So-Called Baer's Law," Jan. 7, 1926.

53. "Dr. Einstein Welcomes Son to America," *New York Times*, Oct. 13, 1937.

54. Bucky, 107.

55. Einstein to Mileva Marić, Dec. 21, 1937, AEA 75-938.

56. Einstein to Frieda Einstein, Apr. 11, 1937, AEA 75-929.

57. Robert Ettema and Cornelia F. Mutel, "Hans Albert Einstein in South Carolina," *Water Resources and Environmental History*, June 27, 2004; "Einstein's Son Asks Citizenship," *New York Times*, Dec. 22, 1938. 그는 1938년 12월 21일에 사우스캐롤라이나의 그린빌에 있는 미국 지방법원에 시민권을 신청했다. 당시에 그가 노스캐롤라이나의 그린스보로에 살고 있었다고 하는 전기들이 있지만, 그런 주장은 틀린 것이다.

58. Einstein to Hans Albert and Frieda Einstein, Jan. 1939; James Shannon, "Einstein in Greenville," The Beat (Greenville, S.C.), Nov. 17, 2001.

59. Highfield and Carter, 242.

60. "Hitler Is 'Greatest' in Princeton Poll: Freshmen Put Einstein Second and Chamberlain Third," *New York Times*, Nov. 28, 1939. 기사에 따르면 이 일은 2년 동안 연속해서 일어났다.

61. *Collier's*, Nov. 26, 1938; Einstein 1954, 191.

62. Sayen, 344; "Einstein Fiddles," *Time*, Feb. 3, 1941. 「타임」지는 프린스턴에서 열렸던 미국 우정봉사 위원회의 작은 음악회를 보도했다. "아인슈타인은 감정이 담긴 느린 멜로디를 연주하고, 우아하게 감동을 주고, 때로는 실톱으로 켜기도 할 수 있다는 사실을 증명했다. 청중은 뜨거운 박수를 보냈다. 바이올린 연주자 아인슈타인은 크고 점잖은 웃음을 보내고, 4차원의 눈길로 자신의 시계를 본 후에, 앙코르 곡을 연주하고, 다시 시계를 본 후에 퇴장했다."

63. Jerome, 77.

64. Einstein to Isaac Don Levine, Dec. 10, 1934, AEA 50-928; Isaac Don Levine, *Eyewitness to History* (New York: Hawthorne, 1973), 171.

65. Sidney Hook to Einstein, Feb. 22, 1937, AEA 34-731; Einstein to Sidney Hook, Feb. 23, 1937, AEA 34-735.

66. Sidney Hook, "My Running Debate with Einstein," *Commentary*, July 1982, 39.

20_ 양자 얽힘

1. Hoffmann 1972, 190; Rigden, 144: Léon Rosenfeld, "Niels Bohr in the Thirties," in Rozental 1967, 127; N. P. Landsman, "When Champions Meet: Rethinking the Bohr-Einstein Debate," *Studies in the History and Science of Modern Physics* 37 (Mar. 2006): 212.

2. Einstein 1949b, 85.

3. Ibid.

4. Einstein to Max Born, Mar. 3, 1947, in Born 2005, 155 (not in AEA).

5. Einstein to Erwin Schrödinger, June 19, 1935, AEA 22-47.

6. *New York Times*, May 4 and 7, 1935; David Mermin, "My Life with Einstein," *Physics Today* (Jan. 2005).

7. Albert Einstein, Boris Podolsky, and Nathan Rosen, "Can Quantum-Mechanical Description of Physical Reality Be Regarded as Complete?," *Physical Review*, May 15, 1935 (received Mar. 25, 1935); www.drchinese.com/David/EPR.pdf.

8. 또다른 실험방법은 한 관찰자가 입자의 위치를 측정하는 "같은 순간"에 다른 관찰자가 그 쌍둥이의 모멘텀을 측정하는 것이다. 그런 후에 그들은 실험 노트를 비교해보면, 두 입자들의 위치와 모멘텀을 알아내게 된다. See Charles Seife, "The True and the Absurd," in Brockman, 71.

9. Aczel 2002, 117.

10. Whitaker, 229; Aczel 2002, 118.

11. Niels Bohr, "Can Quantum-Mechanical Description of Physical Reality Be Regarded as Complete?," *Physical Review*, Oct. 15, 1935 (received July 13, 1935).

12. Greene 2004, 102. 아서 파인은 보어가 사용한 EPR 논문의 개요는 "EPR 논문을 심각하게 재구성한 것이라기보다는 풍자만화에 더 가까운 것"이라고 말했던 사실을 주목한다. 파인은 보어를 비롯한 아인슈타인의 다른 해석가들은, 포돌스키가 쓴 EPR 논문에서는 "실재의 요소"를 결정하는 것에 대해서 이야기하고 있지만, 훗날 자신이 직접 EPR에 대해서 쓴 글에서는 "실재의 기준"에 관하여 이야기하지 않았다는 사실을 지적했다. 브라이언 그린의 책은 "실체의 기준" 요소를 강조하지 않았다. See Arthur Fine, "The Einstein-Podolsky-Rosen Argument in Quantum Theory," *Stanford Encyclopedia of Philosophy*, plato.stanford.edu/entries/qt-epr/, and also: Fine 1996, chapter 3; Mara Beller and Arthur Fine, "Bohr's Response to EPR," in Jann Faye and Henry Folse, eds., *Niels Bohr and Contemporary Philosophy* (Dordrecht: Kluwer Academic, 1994), 1-31.

13. 아서 파인은 양자역학에 대한 아인슈타인 자신의 비판이 포돌스키가 쓴 EPR 논문에 완전히 반영되어 있지 않고, 특히 보어를 비롯한 "승리자들"이 설명하는 것과도 다르다는 것을 밝혔다. 돈 하워드도 파인의 결과를 바탕으로 "분리성"과 "국지성"의 문제를 강조했다. See Howard 1990b.

14. Einstein to Erwin Schrödinger, May 31, 1928, AEA 22-22; Fine, 18.

15. Erwin Schrödinger to Einstein, June 7, 1935, AEA 22-45, and July 13, 1935, AEA 22-48.

16. Einstein to Erwin Schrödinger, June 19, 1935, AEA 22-47.

17. Erwin Schrödinger, "The Present Situation in Quantum Mechanics," third installment, Dec. 13, 1935, www.tu-harburg.de/rzt/rzt/it/QM/cat.html.

18. 더 구체적으로 슈뢰딩거 방정식은 어느 입자나 시스템에 대한 가능한 측정의 결과에 대한 확률의 수학적 표현식의 시간에 대한 변화율을 나타낸다.

19. Einstein to Erwin Schrödinger, June 19, 1935, AEA 22-47.

20. 이 부분을 완성하도록 도와준 크레이그 코피와 더글러스 스톤에게 감사한다.

21. Einstein to Erwin Schrödinger, Aug. 8, 1935, AEA 22-49; Arthur Fine, "The Einstein-Podolsky-Rosen Argument in Quantum Theory," *Stanford Encyclopedia of Philosophy*, plato.stanford.edu/entries/qt-epr/. Note that Arthur Fine uncovered some of the Einstein-Schrödinger correspondence. Fine, chapter 3.

22. Erwin Schrödinger to Einstein, Aug. 19, 1935, AEA 22-51.

23. Erwin Schrödinger, "The Present Situation in Quantum Mechanics," Nov. 29, 1935, www.tu-harburg.de/rzt/rzt/it/QM/cat.html.

24. Einstein to Erwin Schrödinger, Sept. 4, 1935, AEA 22-23. 슈뢰딩거의 논문은 발표되지 않았지만 1935년 8월 19일에 아인슈타인에게 보낸 편지에는 그런 주장을 포함시켰다.

25. en.wikipedia.org/wiki/Schrodinger's_cat.

26. Einstein to Erwin Schrödinger, Dec. 22, 1950, AEA 22-174.

27. David Bohm and Basil Huey, "Einstein and Non-locality in the Quantum Theory," in Goldsmith et al., 47.

28. John Stewart Bell, "On the Einstein-Podolsky-Rosen Paradox," *Physic* 1, no. 1 (1964).

29. Bernstein 1991, 20.

30. 봄과 벨이 그들의 분석을 어떻게 준비했는지에 대한 설명은 그린[Greene 2004, 99-115; Bernstein 1991, 76]을 참조하기 바란다.

31. Bernstein 1991, 76, 84.

32. *New York Times*, Dec. 27, 2005.

33. *New Scientist*, Jan. 11, 2006.

34. Greene 2004, 117.

35. 양자역학에 대한 탈간섭적 역사의 공식에서 엉성한 구획화는 역사들이 서로 간섭을 하지 않는다는 것이다. A와 B가 상호 배타적인 역사라면, A 또는 B의 확률은 당연히 A의 확률과 B의 확률의 합이 되어야만 하다. 이런 "탈간섭적" 역사는 한순간에서의 대안들은 각자 다음 순간에서의 대안들로 가지를 쳐서 나무와 같은 구조를 형성한다. 이런 이론에서는 코펜하겐 해석에서보다 측정을 훨씬 덜 강조하게 된다. 알파선을 방출하는 방사성 불순물이 포함된 운모 조각을 생각해 보자. 방출되는 알파 입자는 각각 운모에 흔적을 남긴다. 그런 흔적은 사실이고, 물리학자나 다른 인간이나 친칠라나 바퀴벌레가 와서 보더라도 차이가 거의 없다. 중요한 것은 그런 흔적이 알파 입자의 방출 방향과 상관이 되기 때문에 방출을 측정하는 데에 사용될 수 있다는 사실이다. 방출이 일어나기 전에는 모든 방향이 똑같이 가능하고, 역사의 가지치기에 기여한다. 이 부분에 대해서 도움을 준 머리 겔만에게 감사한다. See also Gell-Mann, 135-177; Murray Gell-Mann and James Hartle, "Quantum Mechanics in the Light of Quantum Cosmology," in W. H. Zurek, ed., *Complexity, Entropy and the Physics of Information* (Reading, Mass.: Addison-Wesley, 1990), 425-459, and "Equivalent Sets of Histories and Multiple Quasiclassical Realms," May 1996, www.arxiv.org/abs/gr-qc/9404013. 이런 입장은 1957년 휴 에버렛이 선구적인 역할을 했던 다중 세계 해석에서 유도된 것이다.

36. 아인슈타인과 사실주의에 대한 문헌은 매우 흥미롭다. 이 부분은 참고 문헌에 소개된 돈 하워드, 제럴드 홀턴, 아서 I. 밀러, 예론 반 돈젠의 글에 의존한 것이다.

　　돈 하워드는 아인슈타인이 진정한 마흐주의자였거나 사실주의자였던 적은 없었고, 그의 과학 철학은 세월에 따라 크게 달라지지 않았다고 주장한다. "내 입장에서 아인슈타인은 열렬한 '마흐주의적' 실증주의자도 아니었고, 과학적 사실주의자도 아니었다. 적어도 훗날 20세기의 철학적 담론에서 받아들여진 '과학적 사실주의'의 의미에서는 그렇다. 아인슈타인은 과학적 이론이 적절한 경험적 증거를 가지고 있어야 한다고 기대하기는 했지만, 실증주의자는 아니었다. 그리고 그는 과학적 이론이 물리학적 현실을 설명할 수 있어야 한다고 기대했지만, 과학적 사실주의자는 아니었다. 더욱이 두 가지 면 모두에서 그의 견해는 처음부터 끝까지 대체로 변함이 없었다." Howard 2004.

　　그러나 제럴드 홀턴은 아인슈타인이 "선정주의와 경험주의를 중심으로 하는 과학철학으로부터 이성적 사실주의를 기반으로 하는 것으로 긴 여행을 경험했다……과학자에게 자신의 철학적 믿음을 그렇게 근본적으로 바꾸는 경우는 드물다"고 주장한다. (Holton 1973, 219, 245). See also Anton Zeilinger, "Einstein and Absolute Reality", in Brockman, 123; "아인슈타인은 관찰에 의해서 확인될 수 있는 개념만을 받아들이는 대신에 관찰을 하기 전과 관찰에 상관없는 현실의 존재를 고집했다."

아서 파인은 『불안정한 게임』에서 이 문제의 모든 면을 살펴보았다. 그는 스스로 자신이 "자연적 존재론적 자세"라고 부르는 것을 개발했다. 그것은 사실주의도 아니고, 반사실주의도 아니면서 "두 입장을 중재하는 것"이었다. 아인슈타인에 대해서 그는 "나는 아인슈타인의 소위 사실주의에는 '사실주의'를 현실보다 더 명목적으로 만드는 심오한 경험주의적 뿌리가 있다는 사실로부터 후퇴가 없었다고 생각한다"고 했다. Fine, 130, 108.

37. Einstein to Jerome Rothstein, May 22, 1950, AEA 22-54.

38. Einstein to Donald Mackay, Apr. 26, 1948, AEA 17-9.

39. Einstein 1949b, 11.

40. Gerald Holton, "Mach, Einstein and the Search for Reality," in Holton 1973, 245. 아서 I. 밀러는 홀턴의 해석 중 일부에 동의하지 않는다. 그는 아인슈타인의 지적은 무엇이 존재하기 위해서는 실제상황에서 정말로 측정할 수는 없더라도 원칙적으로 측정할 수 있어야만 한다는 뜻이었고, 사고실험을 통해서 무엇을 "측정"하는 것으로 만족했다는 사실을 강조했다. Miller 1981, 186.

41. Einstein 1949b, 81.

42. Einstein to Max Born, comments on a paper, Mar. 18, 1948, in Born 2005, 161.

43. Einstein, "The Fundamentals of Theoretical Physics," *Science*, May 24, 1940; Einstein 1954, 334.

44. 예를 들면, 아서 파인은 "인과성과 관찰자의 독립성은 아인슈타인이 주장하던 사실주의의 일차적 특징이었고, 공간/시간 표현은 중요하지만 이차적 특징이었다." Fine, 103.

45. Einstein, "Physics, Philosophy and Scientific Progress," *Journal of the International College of Surgeons* 14(1950), AEA, 1-163; Fine, 98.

46. Einstein, "Physics and Reality," Journal of the Franklin Institute (Mar. 1936), in Einstein 1954, 292. 제럴드 홀턴은 이것을 더 정확하게 번역하면 "세상에 대해서 영원히 이해할 수 없는 것은 세상의 이해 가능성이다"라고 했다. See Holton, "What Precisely Is Thinking?," in French, 161.

47. Einstein to Maurice Solovine, Mar. 30, 1952, in Solovine, 131 (not in AEA).

48. Einstein to Maurice Solovine, Jan. 1, 1951, in Solovine, 119.

49. Einstein to Max Born, Sept. 7, 1944, in Born 2005, 146, and AEA 8-207.

50. Born 2005, 69. 그는 아인슈타인을 "유행하는 철학적 편견으로부터 자유로울 수가 없는 보수적 사람들"의 범주에 포함시켰다.

51. Einstein to Maurice Solovine, Apr. 10, 1938, in Solovine, 85.

52. Einstein and Infeld, 296.

53. Ibid., 241.

54. Born 2005, 118, 122.

55. Brian 1996, 289.

56. Hoffmann 1972, 231.

57. Regis, 35.

58. Leopold Infeld, *Quest* (New York: Chelsea, 1980), 309.

59. Brian 1996, 303.

60. Infeld, introduciton to the 1960 edition of Einstein and Infeld; Infeld, 112-114.

61. Pais 1982, 23.

62. Vladimir Pavlovich Vizgin, *Unified Field Theories in the First Third of the 20th Century* (Basel: Birkhäuser, 1994), 218. Matthew 19:6, King James Version: "하느님께서 짝지어주신 것을 사람이 갈라놓아서는 안 된다."

63. Einstein to Max von Laue, Mar. 23, 1934, AEA 16-101.

64. 휘트로 xii에 따르면, "아인슈타인은 성공의 기회는 매우 적더라도 반드시 시도는 해야만 했다.

그는 스스로 자신의 명성을 확립했다. 그의 지위는 확보되었기 때문에 실패의 위험을 감수할 수 있다. 세상에서 자신의 길을 만들어가고 있는 젊은 사람들은 자신의 경력을 망쳐버릴 수도 있는 위험을 감수할 수가 없다. 그래서 아인슈타인은 그런 문제가 자신의 의무라고 느꼈다."

65. Hoffmann 1972, 227.
66. Arthur I. Miller, "A Thing of Beauty," *New Scientist*, Feb. 4, 2006.
67. Einstein to Maurice Solovine, June 27, 1938. See also Einstein to Maurice Solovine, Dec. 23, 1938, AEA 21-236. "나는 내가 두 사람의 젊은 동료와 함께 열심히 연구하고 있는 훌륭한 문제를 찾아냈다. 그것은 내가 언제나 용납하기 어려웠던 물리학의 통계적 근거를 무너뜨릴 가능성을 제시해준다. 일반상대성 이론의 이런 확장은 엄청난 논리적 단순성에 해당하는 것이다."
68. William Laurence, "Einstein in Vast New Theory Links Atoms and Stars in Unified System," *New York Times*, July 5, 1935; William Laurence, "Einstein Sees Key to Universe Near," *New York Times*, Mar. 14, 1939.
69. Hoffmann 1972, 227; Bernstein 1991, 157.
70. William Laurence, "Einstein Baffled by Cosmos Riddle," *New York Times*, May 16, 1940.
71. Fölsing, 704.
72. *Pittsburgh Post-Gazette*, Dec. 29, 1934.
73. William Laurence, "Einstein Sees Key to Universe Near," *New York Times*, Mar. 14, 1939.

21_ 폭탄

1. FBI interview with Einstein regarding Leó Szilárd, Nov. 1, 1940, obtained by Gene Dannen under the Freedom of Information Act, www.dannen.com/einstein.html. 아인슈타인 자신은 보안 허가를 거부당했지만, FBI가 실라르드에게 보안 허가를 해주어야 하는지를 확인하기 위해서 아인슈타인과 광범위하고 우호적인 인터뷰를 했다는 사실은 역설적이다. See also Gene Dannen, "The Einstein-Szilárd's Refrigerators," *Scientific American* (Jan. 1997).
2. Recollections of Chuck Rothman, son of David Rothman, www.sff.net/people/rothman/einstein.htm.
3. Weart and Szilard 1978, 83-96; Brian 1996, 316.
4. An authoritative narrative is in Rhodes, 304-308.
5. See Kati Marton, *The Great Escape: Nine Hungarians Who Fled Hitler and Changed the World* (New York: Simon & Schuster, 2006).
6. Leó Szilárd to Einstein, July 19, 1933, AEA 76-532.
7. 몇몇 유명한 이야기에 따르면, 아인슈타인은 단순히 실라르드가 써서 그에게 가져온 편지에 서명만 했다. 그와 마찬가지로 텔러도 1969년에 작가 로널드 C. 클라크에게 아인슈타인이 실라르드와 텔러가 그날 가져갔던 편지에 "거의 아무 말도 없이" 서명했다고 말했다. See Clark, 673. 그러나 그런 주장은 그날에 대한 실라르드 자신의 자세한 설명과 그날 텔러가 적은 대화의 내용과 모순된다. 그 노트와 아인슈타인이 독일어로 구술한 새로운 편지 초안은 텔러의 기록에 있고, 나탄과 노르덴[Nathan and Norden, 293]에 다시 인쇄되었다. 아인슈타인이 구술한 편지는 그날 실라르드가 가져왔던 초안을 근거로 한 것은 사실이지만, 그 초안은 아인슈타인이 2주일 전에 구술했던 것의 번역이었다. 훗날 아인슈타인 자신의 발언을 포함한 일부 이야기들은 그의 역할을 축소하려고 노력하면서 그가 다른 사람이 쓴 편지에 서명만 했다고 한다. 사실 실라르드가 이 논의를 시작하고 추진했지만, 아인슈타인은 자신이 홀로 서명한 편지를 쓰는 일에 전적으로 참여했었다.
8. Einstein to Franklin Roosevelt, Aug. 2, 1939. 더 긴 기록은 뉴욕 하이드 파크의 프랭클린 루스벨

트 기록보존소에(AEA 33-143의 사본과 함께) 보관되어 있고, 짧은 기록은 샌디에이고 캘리포니아 대학교의 실라르드 기록보존소에 보관되어 있다.

9. Clark, 676; Einstein to Leó Szilárd, Aug. 2, 1939, AEA 39-465; Leó Szilárd to Einstein, Aug. 9, 1939, AEA 39-467; Leó Szilárd to Charles Lindbergh, Aug. 14, 1939, Szilárd papers, University of California, San Diego, box 12, folder 5.

10. Charles Lindbergh, "America and European Wars," speech, Sept. 15, 1939, www.charleslindbergh.com/pdf/9_15_39.pdf.

11. Leó Szilárd to Einstein, Sept. 27, 1933, AEA 39-471. 훗날 린드버그는 실라르드로부터 편지를 받은 사실을 기억하지 못했다.

12. Leó Szilárd to Einstein, Oct. 3, 1939, AEA 39-473.

13. Moore, 268. 나폴레옹 이야기는 색스나 다른 사람이 왜곡한 것이 분명하다. 로버트 풀턴은 실제로 나폴레옹을 위해서 실패한 잠수함을 포함하여 선박을 제조하는 일을 했다. See Kirkpatrick Sale, *The Fire of His Genius* (New York: Free Press, 2001), 68-73.

14. 색스는 1945년 11월 27일 미국 상원의 핵 에너지 특별위원회 청문회에서 이 이야기를 밝혔다. 이 이야기는 로즈[Rhodes, 313-314]를 포함한 원자탄을 다룬 대부분의 역사에 등장한다.

15. Franklin Roosevelt to Einstein, Oct. 19, 1939, AEA 33-192.

16. Einstein to Alexander Sachs, Mar. 7, 1940, AEA 39-475.

17. Einstein to Lyman Briggs, Apr. 25, 1940, AEA 39-484.

18. Sherman Miles to J. Edgar Hoover, July 30, 1940, in the FBI files on Einstein, foia.fbi.gov/einstein/einstein1a.pdf. 제롬은 이 서류철을 훌륭하게 분석했다.

19. J. Edgar Hoover to Sherman Miles, Aug. 15, 1940.

20. Einstein to Henri Barbusse, June 1, 1932, AEA 34-543. FBI는 이 위원회를 전쟁에 반대하는 세계의회라는 다른 번역으로 불렀다.

21. Jerome, 28, 295 n. 6. 마일스의 노트는 국립 기록보존소의 사본에 대한 것으로 FBI의 서류가 아니다.

22. Jerome, 40-42.

23. Einstein, "This Is My America," unpublished, summer 1944, AEA 72-758.

24. "Einstein to Take Test," *New York Times*, June 20, 1940; "Einstein Predicts Armed League," *New York Times*, June 23, 1940.

25. "Einstein Is Sworn as Citizen of U.S.," *New York Times*, Oct. 2, 1940.

26. Einstein, "This Is My America," unpublished, summer 1944, AEA 72-758.

27. Frank Aydelotte to Vannevar Bush, Dec. 19, 1941; Clark, 684.

28. Vannevar Bush to Frank Aydelotte, Dec. 30, 1941.

29. Pais 1982, 12; George Gamow, "Reminiscence," in French, 29; Fölsing, 715.

30. Sayen, 150; Pais 1982, 147. 캔자스시티 생명보험회사는 이 원고들을 구입했으며 훗날 의회 도서관에 기증했다.

31. Einstein to Niels Bohr, Dec. 12, 1944, AEA 8-95.

32. Clark, 698.

33. Einstein to Otto Stern, Dec. 26, 1944, AEA 22-240; Clark, 699-700.

34. Einstein to Franklin Roosevelt, Mar. 25, 1945, AEA 33-109.

35. Sayen, 151.

36. *Time*, July 1, 1946. 초상화는 잡지사에서 오랫동안 표지를 그리던 화가 어니스트 햄린 베이커가 그렸다.

37. *Newsweek*, Mar. 10, 1947.

38. Linus Pauling report of conversation, Nov. 16, 1954, in Calaprice, 185.

22_ 세계주의자

1. Brian 1996, 345; Helen Dukas to Alice Kahler, Aug. 8, 1945: "「뉴욕 타임스」로부터 설즈버거 집안의 손님이었던 젊은 기자들 중 한 사람이 밤늦게 찾아왔다……아서 설즈버거도 평을 해달라고 여러 차례 전화를 했다. 그러나 주사위는 없었다." 아서 오크 설즈버거 시니어가 나에게 자신의 아버지 아서 헤이스 설즈버거와 삼촌 데이비드가 사라나크 호에서 여름을 지내고 있었고, 아인슈타인을 알고 있었다고 말해주었다.

2. United Press interview, Sept. 14, 1945, reprinted in *New York Times*, Sept. 15, 1945.

3. Einstein to J. Robert Oppenheimer (care of a post office box in Santa Fe near Los Alamos), Sept. 29, 1945, AEA 57-294; J. Robert Oppenheimer to Einstein, Oct. 10, 1945, AEA 57-296.

4. 너무 유치하다고 생각했던 성명을 오펜하이머가 쓴 것이 아니라는 사실을 알고 난 아인슈타인은 실제로 그 글을 썼던 테네시 주의 오크리지에 있는 과학자들에게 편지를 보냈다. 편지에서 그는 세계 정부가 어떤 권력을 가져야 하고, 어떤 권력을 가지지 말아야 하는지에 대한 자신의 생각을 설명했다. 그는 "회원 국가들이 세계 정부 당국에 곧바로 관세와 이민법을 포기해야 할 이유는 없다. 사실 세계 정부의 유일한 기능은 군사력에 대한 전권을 가져야만 한다는 것이다"라고 했다. Einstein to John Balderston and other Oak Ridge scientists, Dec. 3, 1945, AEA 56-493.

5. It is reprinted in Nathan and Norden, 347, and Einstein 1954, 118. See also Einstein, "The Way Out," in *One World or None*, Federation of Atomic Scientists, 1946, www.fas.org/oneworld/index.html. 이 책은 아인슈타인, 오펜하이머, 실라르드, 위그너, 보어를 비롯한 당시의 과학자들이 세계 연맹주의를 이용해서 어떻게 핵무기를 통제할 수 있다고 생각했는지를 잘 보여준다.

6. 아인슈타인은 폭탄에 대해서는 보호해야 할 지속적인 "비밀"이 없다는 사실을 깨달았다. 훗날 그는 "미국이 일시적으로 군비에서 우월한 위치에 있었지만, 우리가 지속적인 비밀을 가지고 있지 않은 것은 분명했다. 자연이 어떤 사람들에게 말해준 것은 시간이 지나면 다른 사람들에게도 말해주기 마련이다"라고 했다. Einstein, "The Real Problem Is in the Hearts of Men," *New York Times Magazine*, June 23, 1946.

7. Einstein, remarks at the Nobel Prize dinner, Hotel Astor, Dec. 10, 1945, in Einstein 1954, 115.

8. Einstein, ECAS fund-raising telegram, May 23, 1946. 이것과 관련된 서류들은 아인슈타인 기록보존소의 서류철 40-11에 들어 있다. ECAS의 역사와 기록들은 www.aip.org/history/ead/chicago_ecas/20010108_content.html#top을 통해서 찾을 수 있다.

9. Einstein, ECAS letter, Jan. 22, 1947, AEA 40-606; Sayen, 213.

10. *Newsweek*, Mar. 10, 1947.

11. Richard Present to Einstein, Jan. 30, 1946, AEA 57-147.

12. Einstein to Dr. J. J. Nickson, May 23, 1946, AEA 57-150; Einstein to Louis B. Mayer, June 24, 1946, AEA 57-152.

13. Louis B. Mayer to Einstein, July 18, 1946, AEA 57-153; James McGuinness to Louis B. Mayer, July 16, 1946, AEA 57-154.

14. Sam Marx to Einstein, July 1, 1946, AEA 57-155; Einstein to Sam Marx, July 8. 1946, AEA 57: 156; Sam Marx to Einstein, July 16, 1946, AEA 57-158.

15. Einstein to Sam Marx, July 19, 1946, AEA 57-162; Leó Szilárd telegram to Einstein, and Einstein note on reverse, July 27, 1946, AEA 57-163, 57-164.

16. Bosley Crowther, "Atomic Bomb Film Starts," *New York Times*, Feb. 21, 1947.

17. William Golden to George Marshall, June 9, 1947, Foreign Relations of the U.S.; Sayen, 196.

18. 할스만의 부인이 기억하는 할스만의 아인슈타인 인용문은 그가 찍은 사진을 표지로 사용한 「타임」지의 세기의 인물호(1999년 12월 31일)에 실려 있다.

19. Einstein comment on the animated antiwar film, *Where Will You Hide?*, May 1948, AEA 28-817.

20. Einstein interview with Alfred Werner, Liberal Judaism, Apr.-May 1949.

21. Norman Cousins, "As 1960 Sees Us," *Saturday Review*, Aug. 5, 1950; Einstein to Norman Cousins, Aug. 2, 1950, AEA 49-453. (주간지는 실제로 표시된 날짜보다 1주일 먼저 발간되었다.)

22. Einstein talk (via radio) to the Jewish Council for Russian War Relief, Oct. 25, 1942, AEA 28-571. See also, among many examples, Einstein unsent message regarding the May-Johnson Bill, Jan. 1946; in Nathan and Norden, 342; broadcast interview, July 17, 1947, in Nathan and Norden, 418.

23. "Rankin Denies Einstein A-Bomb Role," United Press, Feb. 14, 1950.

24. Einstein to Sindey Hook, Apr. 3, 1948, AEA 58-300; Sidney Hook, "My Running Debate with Einstein," *Commentary* (July 1982).

25. Einstein to Sidney Hook, May 16, 1950, AEA 59-1018.

26. "Dr. Einstein's Mistaken Notions," in *New York Times* (Moscow), Nov. 1947, in Nathan and Norden, 443, and Einstein 1954, 134.

27. Einstein, Reply to the Russian Scientists, *Bulletin of Atomic Scientists* (the publication of the Emergency Committee that he chaired), Feb. 1948, in Einstein 1954, 135; "Einstein Hits Soviet Scientists for Opposing World Government," *New York Times*, Jan. 30, 1948.

28. Einstein, "Atomic War of Peace," part 2, *Atlantic Monthly*, Nov. 1947.

29. Einstein to Henry Usborne, Jan. 9, 1948, AEA 58-922.

30. Einstein to James Allen, Dec. 22, 1949, AEA 57-620.

31. 오토 나탄은 자신이 아인슈타인의 정치적 글들을 모아 공동으로 편집한 『평화에 대한 아인슈타인(*Einstein on Peace*)』의 1960년 발췌본으로 이런 현상에 기여했다. 헬렌 듀카스와 함께 아인슈타인이 남긴 서류 유산의 공동 집행인이었던 나탄은 초기에 발간된 자료에 대해서 상당한 영향을 미쳤다. 그는 헌신적인 사회주의자였고 평화주의자였다. 그의 수집품은 중요했지만, 아인슈타인의 기록을 모두 살펴본 결과에 따르면, 그가 아인슈타인이 러시아나 극단적인 평화주의자들을 비판했던 몇 가지 서류들을 빼놓기도 했음이 드러났다. 데이비드 E. 로에와 로버트 슐만이 2007년에 발간한 아인슈타인의 정치적 글의 선집인 『아인슈타인의 정치 세계(*Einstein's Political World*)』가 균형을 잡아준다. 그들은 아인슈타인이 "엄격한 계획 경제를 위해서 자유 기업을, 더욱이 기본적인 자유를 대가로 포기할 생각이 없었다"는 사실을 강조하고, 또한 아인슈타인이 순수한 평화주의로부터의 진화가 본질적으로 현실적이고 실용적이었음을 강조한다.

32. Einstein to Arthur Squires and Cuthbert Daniel, Dec. 15, 1947, AEA 58-89.

33. Einstein to Roy Kepler, Aug. 8, 1948, AEA 58-969.

34. Einstein to John Dudzik, Mar. 8, 1948, AEA 58-108. See also Einstein to A. Amery, June 12, 1950, AEA 59-95. "내가 사회주의가 얼마나 절실하다고 믿는지에 상관없이, 그것이 국제 안보의 문제를 해결해주지는 않을 것이다."

35. "Poles Issue Message by Einstein: He Reveals Quite Different Text," *New York Times*, Aug. 29, 1948; Einstein to Julian Huxley, Sept. 14, 1948, AEA 58-700; Nathan and Norden, 493.

36. Einstein to A. J. Muste, Jan. 30, 1950, AEA 60-636.

37. *Today with Mrs. Roosevelt*, NBC, Jan. 12, 1950, www.cine-holocaust.de/cgibin/gdq?efw00fbw0 02802.gd; New York Post, Feb. 13, 1950.

38. D. M. Ladd to J. Edgar Hoover, Feb. 15, 1950, and V. P. Keay to H. B. Fletcher, Feb. 13, 1950, both in Einstein's FBI files, box 1a, foia.fbi.gov/foiaindex/einstein.htm. 프레드 제롬의 『아인슈타인 서류』에 분석이 포함되어 있다. 제롬에 따르면, 아인슈타인을 세기의 인물로 선정할 때「타임」은 그가 사회주의자였음을 고려하지 않았다. "「타임」의 경영진이 너무 모자라지도 않고, 너무 지나치지도 않기로 결정한 것처럼 기사는 아인슈타인의 사회주의에 대한 집착을 언급하지 않았다." 당시 잡지의 편집장이었던 사람으로서 나는 그것이 우리의 실수였을 수는 있어도 정책적인 결정의 결과는 아니었음을 증언할 수 있다.

39. Gen. John Weckerling to J. Edgar Hoover, July 31, 1950, Einstein FBI files, box 2a.

40. See foia.fbi.gov/foiaindex/einstein.htm. 미국에 있는 러시아 요원이 보낸 "베노나"라는 비밀 전보를 근거로 한 소비에트 간첩에 대한 공격을 다룬 허브 로머슈타인과 에릭 브라인델의 『베노나 비밀(*The Venona Secrets*)』(New York: Regnery, 2000)에는 "알베르트 아인슈타인 속이기"라는 장이 있다(p. 398). 그 내용에 따르면, 그는 친소비에트 주장을 하는 여러 단체의 "명예 위원장"을 기꺼이 맡았지만, 그가 공산주의자들의 모임에 참석했거나, 국제 공산당 지도자들의 "전위기구"이기도 했던 "노동자 국제구호" 같은 그럴듯한 조직에 자신의 이름을 빌려주는 것 이상을 했다는 증거는 없다.

41. Marjorie Bishop, "Our Neighbors on Eighth Street," and Maria Turbow Lampard, introdution, in Sergei Konenkov, *The Uncommon Vision* (New Brunswick, N.J.: Rutgers University Press, 2000), 52-54, 192-195.

42. Pavel Sudoplatov, *Special Tasks*, updated ed. (Boston: Back Bay, 1995), appendix 8, p. 493; Jerome, 260, 283; Sotheby's catalogue, June 26, 1988; Robin Pogrebin, "Love Letters by Einstein at Auction," *New York Times*, June 1, 1998. 코넨코바의 역할은 다른 기록에서도 확인되었다.

43. Einstein to Margarita Konenkova, Nov. 27, 1945, June 1, 1946, uncataloged.

44. Einstein, "Why Socialism?," *Monthly Review*, May 1949, reprinted in Einstein 1954, 151.

45. *Princeton Herald*, Sept. 25, 1942, in Sayen, 219.

46. Einstein, "The Negro Question," *Pageant*, Jan. 1946, in Einstein 1950a, 132.

47. Jerome, 71; Jerome and Taylor, 88-91; "Einstein Is Honored by Lincoln University," *New York Times*, May 4, 1946.

48. Einstein, "To the Heroes of the Warsaw Ghetto," 1944, in Einstein 1950a, 265.

49. Einstein to James Frank, Dec. 6, 1945, AEA 11-60; Einstein to James Franck, Dec. 30, 1945, AEA 11-64.

50. Einstein to Verlag Vieweg, Mar. 25, 1947, AEA 42-172; Einstein to Otto Hahn, Jan. 28, 1949, AEA 12-72.

51. Brian 1996, 340; Milton Wexler to Einstein, Sept. 17, 1944, AEA 55-48; Roberto Einstein (cousin) to Einstein, Nov. 27, 1944, AEA 55-49.

52. Einstein to Clara Jacobson, May 7, 1945, AEA 56-900.

53. Sayen, 219.

23_ 경계석

1. Seelig 1956b, 71.

2. Pais 1982, 473.

3. See Bird and Sherwin.

4. J. Robert Oppenheimer to Frank Oppenheimer, Jan. 11, 1935, in Alice Smith and Charles Weiner, eds., *Robert Oppenheimer: Letters and Recollections* (Cambridge, Mass.: Harvard University Press, 1980), 190.

5. Sayen, 225; J. Robert Oppenheimer, "On Albert Einstein," *New York Review of Books*, Mar. 17, 1966.

6. Jim Holt, "Time Bandits," *New Yorker*, Feb. 28, 2005; Yourgrau 1999, 2005; Goldstein. 유그라우[Yourgrau 2005, 3]는 불완전성, 상대성, 불확정성과 시대정신과의 관계를 논의했다. 홀트의 글은 그들이 공유했던 통찰에 대해서 설명한다.

7. 골드슈타인[Goldstein, 232 n. 8]은 놀랍게도 여러 연구가 괴델이 자신이 발견했다고 생각했던 오류가 정확하게 무엇인지를 밝혀내지 못했다고 말한다.

8. Kurt Gödel, "Relativity and Idealistic Philosophy," in Schilpp, 558.

9. Yourgrau 2005, 116.

10. Einstein, "Reply to Criticisms," in Schilpp, 687-688.

11. Einstein to Han Muehsam, June 15, 1942, AEA 38-337.

12. Hoffmann 1972, 240.

13. Einstein, 1949b, 33.

14. Einstein and Wolfgang Pauli, "Non-Existence of Regular Solutions of Relativistic Field Equations," 1943.

15. Einstein and Valentine Bargmann, "Bivector Fields," 1944. 때로는 그의 이름을 'Valentin'으로 적기도 하지만, 미국에서 그는 자신의 이름을 'Valentine'으로 적었다.

16. Einstein to Erwin Schrödinger, Jan. 22, 1946, AEA 22-93.

17. Erwin Schrödinger to Einstein, Feb. 19, 1946, AEA 22-94; Einstein to Erwin Schrödinger, Apr. 7, 1946, AEA 22-103; Einstein to Erwin Schrödinger, May 20, 1946, AEA 22-106; Einstein, "Generalized Theory of Gravitation," 1948, with subsequent addenda.

18. Einstein, *The Meaning of Relativity*, 1950 ed., appendix 2, revised again for the 1954 ed.; William Laurence, "New Theory Gives a Master Key to the Universe," New York Times, Dec. 27, 1949; William Laurence, "Einstein Publishes His Master Theory: Long-Awaited Chapter to Relativity Volume Is Product of 30 Years of Labor; Revised at Last Minute," *New York Times*, Feb. 15, 1950.

19. Einstein to Maurice Solovine, Nov. 25, 1948, AEA 21-256; Einstein to Maurice Solovine, Mar. 28, 1949, AEA 21-260; Einstein to Maurice Solovine, Feb. 12, 1951, AEA 21-277.

20. Tilman Sauer, "Dimensions of Einstein's Unified Field Theory Program," courtesy of the author; Hoffmann 1972, 239; 장 이론에 대한 아인슈타인의 말년의 작업을 연구하고 있는 사우어의 도움에 감사한다.

21. Whitrow, xii.

22. Niels Bohr, "Discussion with Einstein," in Schilpp, 199.

23. Abraham Pais, in Rozenthal 1967, 225; Clark, 742.

24. John Wheeler, "Memoir," in French, 21; John Wheeler, "Mentor and Sounding Board," in Brockman, 31; Einstein quoted in Johanna Fantova journal, Nov. 11, 1953. 1952년 베소에게 보낸 편지에서 아인슈타인은 자신의 완고함을 옹호했다. 그는 자연에 대한 완벽한 설명은 단순히 관찰을 설명하는 것이 아니라 현실 또는 "결정론적 현실 상태"를 설명해야만 한다고 고집했다. "정통 양자 이론가들은 일반적으로 (실증주의적 고려를 바탕으로 하는) 현실 상태의 개념을 받아

들이지 않는다. 그래서 결국에는 버클리 추기경과 비슷한 상황에 놓이게 된다." Einstein to Michele Besso, Sept. 10, 1952, AEA 7-412. 한 달 후에 그는 양자론이 "법칙은 대상에 적용되는 것이 아니라 관찰이 대상에 대해서 우리에게 알려주는 것에만 적용된다"고 주장한다는 사실을 지적하고 "이제 나는 그것을 받아들일 수 없다"고 했다. Einstein to Michele Besso, Oct. 8, 1952, AEA 7-414.

25. Einstein to Mileva Marić, Dec. 22, 1946, AEA 75-845.

26. Fölsing, 731; Highfield and Carter, 253; Brian 1996, 371; Einstein to Karl Zürcher, July 29, 1947.

27. Einstein to Hans Albert Einstein, Jan. 21, 1948, AEA 75-959.

28. Einstein to Carl Seelig, Jan. 4, 1954, AEA 39-59; Fölsing, 731.

29. Sayen, 221; Pais 1982, 475.

30. *Sarasota Tribune*, Mar. 2, 1949, AEA 30-1097; Bucky, 131. 제러미 번스타인은 "듀카스 양과 5분만 지내본 사람이라면 누구라도 이것이 얼마나 터무니없는 모함인지를 이해할 수 있다"고 했다. Bernstein 2001, 109.

31. Hans Albert Einstein interview, in Whitrow, 22.

32. "마야와 파울 사이에 문제가 생기고 있다. 그들은 이혼해야만 한다. 파울은 바람을 피우고 있는 것 같고, 결혼은 파탄이 난 상태이다. (내가 그랬던 것처럼) 너무 오래 기다리지 말아야 한다……이민족과의 결혼은 좋지 않다(안나는 오!라고 한다)." Einstein to Michele Besso, Dec. 12, 1919. 이러한 반농담식의 언급은 미셸 베소의 아내이고 파울 빈텔러의 여동생인 안나 빈텔러 베소였다. 빈텔러 가족은 유대인이 아니었고, 베소와 아인슈타인은 유대인이었다.

33. Highfield and Carter, 248.

34. Einstein to Solovine, Nov. 25, 1948, AEA 21-256; Sayen, 134.

35. Einstein to Lina Kocherthaler, July 27, 1951, AEA 38-303; Sayen, 231.

36. "Einstein Repudiates Biography Written by His Ex-Son-in-Law," *New York Times*, Aug. 5, 1944; Frieda Bucky, "You Have to Ask Forgiveness," *Jewish Quarterly* (winter 1967-68), AEA 37-513.

37. "Einstein Extolled by 300 Scientists," *New York Times*, Mar. 20, 1949; Sayen, 227; Fölsing, 735.

38. Einstein to Queen Mother Elisabeth of Blegium, Jan. 6, 1951, AEA 32-400; Sayen 139.

39. Einstein to Max Born, Apr. 12, 1949, AEA 8-223.

40. "3,000 Hear Einstein at Seder Service," *New York Times*, Apr. 18, 1938; Einstein, "Our Debt to Zionism," in Einstein 1954, 190.

41. "Einstein Condemns Rule in Palestine," *New York Times*, Jan. 12, 1946; Sayen, 235-237; Stephen Wise to Einstein, Jan. 14, 1946, AEA 35-258; Einstein to Stephen Wise, Jan. 14, 1946, AEA 35-260.

42. "Einstein Statement Assails Begin Party," *New York Times*, Dec. 3, 1948; "Einstein Is Assails by Menachim Being," *New York Times*, Dec. 7, 1948.

43. Einstein to Hans Muehsam, Jan. 22, 1947, AEA 38-360, and Sept. 24, 1948, AEA 38-379.

44. Einstein to Lina Kocherthaler, May 4, 1948, AEA 38-302.

45. Dukas interview, in Sayen, 245; Abba Eban to Einstein, Nov. 17, 1952, AEA 41-84; Einstein to Abba Eban, Nov. 18, 1952, AEA 28-943.

46. 아인슈타인이 히브리 대학교와 겪은 갈등은 파르젠[Parzen 1974]에 소개되어 있다. 브랜다이스 대학교와의 관계는 에이브러햄 사커[Abraham Sacher, *Brandeis University* (Waltham, Mass.: Brandeis University Press, 1995), 22]를 참조하기 바란다. 그가 좋은 관계를 유지한 유일한 대학은 예시바 대학교였다. 그는 1952년에 그 대학교에 의과대학을 설립하기 위한 모금 운동의 명예

위원장이 되었고, 다음 해에는 의과대학에 자신의 이름을 사용하도록 양해해주었다. 이런 정보를 제공해준 에드워드 번스에게 감사한다. www.yu.edu/libraries/digital_library/einstein/panel10.html.

47. Einstein to *Maariv* newspaper editor Azriel Carlebach, Nov. 21, 1952, AEA 41-93; Sayen, 247; Nathan and Norden, 574; Einstein to Joseph Scharl, Nov. 24, 1952, AEA 41-107.
48. Yitzhak Navon, "On Einstein and the Presidency of Israel," in Holton and Elkana, 295.

24_ 적색 공포

1. Einstein to Queen Mother Elisabeth of Belgium, Jan. 6, 1951, AEA 32-400.
2. Einstein to Leopold Infeld, Oct. 28, 1952, AEA 14-173; Einstein to Russian students in Berlin, Apr. 1, 1952, AEA 59-218.
3. Einstein to T. E. Naiton, Oct. 9, 1952, AEA 60-664.
4. Einstein to Judge Irving Kaufman, Dec. 23, 1952, AEA 41-547.
5. Newark FBI Field Office to J. Edgar Hoover, Apr. 22, 1953, in Einstein FBI files, box 7.
6. Einstein to Harry Truman, with fifteen lines of equations on the other side, Jan. 11, 1953, AEA 41-551.
7. *New York Times*, Jan. 13, 1953.
8. Marian Rawles to Einstein, Jan. 14, 1953, AEA 41-629; Charles Williams to Einstein, Jan. 17, 1953, AEA 41-651; Homer Greene to Einstein, Jan. 15, 1953, AEA 41-588; Joseph Heidt to Einstein, Jan. 13, 1953, AEA 41-589.
9. Einstein to William Douglas, June 23, 1953, AEA 41-576; William Douglas to Einstein, June 30, 1953, AEA 41-577.
10. Generosa Pope Jr. to Einstein, Jan. 15, 1953, AEA 41-625; Daniel James to Einstein, Jan. 14, 1953, AEA 41-614.
11. Einstein to Daniel James, Jan. 15, 1953, AEA 60-696; *New York Times*, Jan. 22, 1953.
12. Einstein, Acceptance of the Lord & Taylor Award, May 4, 1953, AEA 28-979. 「데일리 프린스토니안」의 학생 편집자였던 딕 클루거에게 보낸 편지에서 그는 "사람이 '사회계약'을 위반하지 않는다면 아무도 그 또는 그녀의 신념에 대해서 물어볼 권리가 없다. 이런 원칙이 지켜지지 않는다면 자유로운 지식의 발전은 불가능하다"고 했다. Einstein to Dick Kluger, Sept. 17, 1953, in Klugar's possession.
13. Einstein to William Frauenglass, May 16, 1953, AEA 41-112; "Refuse to Testify Einstein Advises," *New York Times*, June 12, 1953; *Time*, June 22, 1953.
14. 6월 15일에 게재되었던 시카고의 사설을 제외한 모든 사설은 1953년 6월 13일에 실렸다.
15. Sam Epkin to Einstein, June 15, 1953, AEA 41-409; Victor Lasky to Einstein, June 1953, AEA 41-441; George Stringfellow to Einstein, June 15, 1953, AEA 41-470.
16. *New York Times*, June 14, 1953.
17. Bertrand Russell to *New York Times*, June 26, 1953; Einstein to Bertrand Russell, June 28, 1953, AEA 33-195.
18. Abraham Flexner to Einstein, June 12, 1953, AEA 41-174; Shepherd Baum to Einstein, June 17, 1953, AEA 41-202.
19. Richard Frauenglass to Einstein, June 20, 1953, AEA 41-181.
20. Sarah Shadowitz, "Albert Shadowitz," *Globe and Mail* (Toronto), May 26, 2004. 저자는 주인공

의 딸이다.

21. Sayen, 273-276; Permanent Subcommittee on Investigations, Committee on Government Operations, "Testimony of Albert Shadowitz," Dec. 14, 1953, and "Report on the Proceedings against Albert Shadowitz for Contempt of the Senate," July 16, 1954; Albert Shadowitz to Einstein, Dec. 14, 1953, AEA 41-659; Einstein to Albert Shadowitz, Dec. 15, 1953, AEA 41-660. 샤도비츠는 증언을 하고 2년이 지난 후 매카시가 물러난 1955년 7월에 혐의를 벗었다.

22. Jerome and Taylor, 120-121.

23. Bird and Sherwin, 133, 495.

24. Ibid., 495.

25. James Reston, "Dr. Oppenheimer Suspended by A.E.C. in Security Review," *New York Times*, Apr. 13, 1954. 일요일이었던 4월 11일에 조지프와 스튜어트 알소프는 「뉴욕 헤럴드 트리뷴」의 칼럼에서 "선도적인 물리학자들"이 보안 수사의 목표가 되었다고 짐작했지만, 오펜하이머의 이름을 언급하지는 않았다.

26. Pais 1982, 11; Bird and Sherwin, 502-504.

27. Johanna Fantova's journal, June 3, 16, 17, 1954, in Calaprice, 359.

28. Einstein to Herbert Lehman, May 19, 1954, AEA 6-236.

29. Johanna Fantova's journal, June 17, 1954, in Calaprice, 359.

30. Einstein to Norman Thomas, Mar. 10, 1954, AEA 61-549; Einstein to W. Stern, Jan. 14, 1954, AEA 61-470. See also Einstein to Felix Arnold, Mar. 19, 1954, AEA 59-118: "현재의 수사에 따르면, 과거 몇몇의 공산주의자들보다 비교할 수도 없을 정도로 사회에 심각한 위험이다."

31. Johanna Fantova journal, Mar. 4, 1954, in Calaprice, 356; Einstein to Queen Mother Elisabeth of Belgium, Mar. 28, 1954, AEA 32-410.

32. Theodore White, "U.S. Science," *The Reporter*, Nov. 11, 1954. 화이트는 결국 「대통령 만들기 (*The Making of the President*)」 시리즈를 썼다.

25장_ 종말

1. Johanna Fantova journal, Mar. 19, 1954, in Calaprice, 356.

2. Einstein eulogy for Rudolf Ladenberg, Apr. 1, 1952, AEA 5-160.

3. Einstein to Jakob Ehrat, May 12, 1952, AEA 59-554; Einstein to Ernesta Marangoni, Oct. 1, 1952, AEA 60-406; Einstein to Queen Mother Elisabeth of Belgium, Jan. 12, 1953, AEA 32-405.

4. Einstein interview with Lili Foldes, *The Etude*, Jan. 1947; Calaprice, 150. 그가 이 판을 계속 틀었다는 정보는 말년의 아인슈타인을 알던 사람이 전해준 것이다.

5. Einstein to Hans Muehsam, Mar. 30, 1954, AEA 38-434.

6. Einstein to Conrad Habicht and Maurice Solovine, Apr. 3, 1953, AEA 21-294; Einstein to Maurice Solovine, Feb. 27, 1955, AEA 21-306.

7. Sayen, 294.

8. Einstein to Hans Albert Einstein, May 1, 1954, AEA 75-918.

9. Einstein to Hans Albert Einstein, unfinished letter, Dec. 28, 1954, courtesy of Bob Cohn, purchased at Christie's sale, Einstein Family Correspondence.

10. Gertrude Samuels, "Einstein, at 75, Is Still a Rabel," *New York Times Magazine*, Mar. 14, 1954.

11. Johanna Fantova journal, 1954, in Calaprice, 354-363.

12. Wolfgang Pauli to Max Born, Mar. 3, 1954, in Born 2005, 213.

13. Einstein to Michele Besso, Aug. 10, 1954, AEA 7-420.

14. Einstein to Louis de Broglie, Feb. 8, 1954, AEA 8-311.

15. Einstein 1916, final appendix to the 1954 ed., 178.

16. Bertrand Russell to Einstein, Feb. 11, 1955, AEA 33-199; Einstein to Bertrand Russell, Feb. 16, 1955, AEA 33-200.

17. Einstein to Niels Bohr, Mar. 2, 1955, AEA 33-204.

18. Bertrand Russell, "Manifesto by Scientists for Abolition of War," sent to Einstein on Apr. 5, 1955, AEA 33-209, and issued publicly July 9, 1955.

19. Einstein to Farmingdale Elementary School, Mar. 26, 1955, AEA 59-632; Alice Calaprice, ed., *Dear Professor Einstein* (New York; Prometheus, 2002), 219.

20. Einstein to Vero and Bice Besso, Mar. 21, 1955, AEA 7-245.

21. Eric Rogers, "The Equivalence Principle Demonstrated," in French, 131; I. Bernard Cohen, "An Interview with Einstein," *Scientific American* (July 1955).

22. Whitrow, 90; Einstein to Bertrand Russell, Apr. 11, 1955, AEA 33-212.

23. Einstein to Zvi Lurie, Jan. 5, 1955, AEA 60-388; Abba Eban, *An Autobiography* (New York; Random House, 1977), 191; Nathan and Norden, 640.

24. Helen Dukas, "Einstein's Last Days," AEA 39-71; Calaprice, 369; Pais 1982, 477.

25. Helen Dukas, "Einstein's Last Days," AEA 39-71; Helen Dukas to Abraham Pais, Apr. 30, 1955, in Pais 1982, 477.

26. Michelmore, 261.

27. Nathan and Norden, 640.

28. Einstein, final calculations, AEA 3-12. The final page can be viewed at www.alberteinstein.info/db/ViewImage.do?DocumentID=34430&Page=12.

에필로그 : 아인슈타인의 뇌와 그의 정신

1. Michelmore, 262. 논리학자 쿠르트 괴델이 다른 사람들과 함께 증인이 되었던 아인슈타인의 유언은 헬렌 듀카스에게 2만 달러, 자신의 개인 소장품과 책의 대부분, 그녀가 사망할 때까지 자신의 인세 수입을 주었다. 그녀는 1982년에 사망했다. 한스 알베르트는 1만 달러를 받았고, 1973년에 매사추세츠의 우즈 홀을 방문하던 중에 사망했고, 아들과 딸이 있었다. 아인슈타인의 다른 아들 에두아르트는 취리히 요양원에서 계속 보호를 받을 수 있도록 1만5,000달러를 받았고, 1965년에 사망했다. 그의 양녀 마르고트는 2만 달러와 이미 그녀의 소유로 되어 있었던 머서 가의 집을 받았다. 그녀는 1986년에 사망했다. 저술에 대한 집행인이었던 듀카스와 오토 나탄은 그의 명성과 서류를 너무 열심히 지켰기 때문에 개인적인 것에 대한 이야기를 쓰려던 전기 작가들과 문집 편집자들은 몇 년 동안 어려움을 겪었다.

2. "Einstein the Revolutionist," *New York Times*, Apr. 19, 1955; Time, May 2, 1955. 「데일리 프린스토니안」 특별호의 도입문은 훗날 「타임스」의 특파원이 된 R. W. "조니" 애플이 썼다.

3. 이 이상한 이야기는 아인슈타인의 뇌의 오디세이를 완벽하게 설명해준 캐롤린 에이브러햄 [Carolyn Abraham's *Possessing Genius*]과 빌린 뷰익의 트렁크에 아인슈타인의 뇌를 넣고 미국을 가로지른 이야기를 담은 마이클 패터니티[Michael Paterniti's *Driving Mr. Albert*]가 흥미로운 책으로 엮어 소개했다. 몇 편의 흥미로운 글도 있다. Steven Levy's "My Search for Einstein's Brain," *New Jersey Monthly*, August 1978; Gina Maranto's "The Bizarre Fate of Einstein's Brain," *Discover*, May 1985; Scott McCartney, "The Hidden Secrets of Einstein's Brain Are Still

a Mystery," *Wall Street Journal*, May 5, 1994. 더욱이 아인슈타인의 안과 의사였던 헨리 아브람스는 우연히 부검실에 들어가서 그의 안구를 가지고 나와서 훗날 뉴저지의 보안금고 상자에 보관했다.

4. Abraham, 22. Abraham interviewed the grown girl in 2000.

5. "Son Asked Study of Einstein's Brain," *New York Times*, Apr. 20, 1955; Abraham, 75. 하비는 연구를 관리하기 위해서 자신이 뇌를 뉴욕의 몬테피오르 병원으로 보낼 뜻을 밝혔었다. 그러나 그곳의 의사들이 기다리고 있는 동안에 그는 자신의 마음을 바꾸었다. 논란은 신문에 크게 보도되었다. "Doctors Row over Brain of Dr. Einstein," *Chicago Daily Tribune*. Abraham, 83, citing *Chicago Daily Tribune*, Apr. 20, 1955.

6. Levy 1978. See also www.echonyc.com/~steven/einstein.html.

7. See Abraham, 214-230, for an account of this issue.

8. Bill Toland, "Doctor Kept Einstein's Brain in Jar 43 Year: Seven Years Ago, He Got 'Tired of the Responsibility,'" *Pittsburgh Post-Gazette*, Apr. 17, 2005.

9. Marian Diamond, "On the Brain of a Scientist," *Experimental Neurology* 88 (1985); www.newhorizons.org/neuro/diamond_einstein.htm.

10. Sandra Witelson et al., "The Exceptional Brain of Albert Einstein," *Lancet*, June 19, 1999; Lawrence K. Altman, "Key to Intellect May Lie in Folds of Einstein's Brain," *New York Times*, June 18, 1999; www.fhs.mcmaster.ca/psychiatryneuroscience/faculty/witelson; Steven Pinker, "His Brain Measured Up," *New York Times*, June 24, 1999.

11. Einstein to Carl Seelig, Mar. 11, 1952, AEA 39-013. Bucky, 29: "나는 다른 사람보다 더 뛰어나지 않다. 나는 보통 사람들보다 더 호기심이 많을 뿐이다. 나는 적절한 답을 찾기 전에는 문제를 포기하지 않는다."

12. Seelig 1956a, 70.

13. Born 1978, 202.

14. Einstein to William Miller, quoted in *Life* magazine, May 2, 1955, in Calaprice, 261.

15. Hans Tanner, quoted in Seelig 1956a, 103.

16. André Maurois, *Illusions* (New York: Columbia University Press, 1968), 35, courtesy of Eric Motley. 퍼스(Perse)는 1960년 노벨 문학상을 받은 마리 르네 오구스트 알렉시스 레제의 필명이었다.

17. Newton's *Principia*, book 3; Einstein, "On the Method of Theoretical Physics," the Herbert Spencer lecture, Oxford, June 10, 1933, in Einstein 1954, 274.

18. Clark, 649.

19. Lee Smolin, "Einstein's Lonely Path," *Discover* (Sept. 2004).

20. Einstein's foreword to Galileo Galilei, *Dialogue Concerning the Two Chief World Systems* (Berkeley: University of California Press, 2001), xv.

21. Einstein, "Freedom and Science," in Ruth Anshen, ed., *Freedom, Its Meaning* (New York: Harcourt, Brace, 1940), 92, reprinted in part in Einstein 1954, 31.

22. Einstein to Phyllis Wright, Jan. 24, 1936, AEA 52-337.

23. Einstein to Herbert S. Goldstein, Apr. 25, 1929, AEA 33-272. For a discussion of Maimonides and divine providence in Jewish thought, see Marvin Fox, *Interpreting Maimonides* (Chicago: University of Chicago Press, 1990), 229-250.

24. Banesh Hoffmann, in Harry Woolf, ed., *Some Strangeness in the Proportion* (Saddle River, N.J.: Addison-Wesley, 1980), 476.

역자 후기

알베르트 아인슈타인, 그는 그 누구의 추종도 불허하는 역사적, 천재적 인물이다. 그는 상대성 이론을 정립한 단순한 과학계의 한 인물이 아니라 인류의 세계관을 완전히 바꿔놓은 거인이다. 형형한 눈빛과 마구 헝클어진 머리카락이 극단적으로 대비되는 아인슈타인의 모습은 인류의 역사에서 가장 높이 솟아 있는 아이콘이다. 아인슈타인이 숨을 거두고 반세기가 지났지만, 그에 대한 사회적 관심은 조금도 줄어들지 않고 있다. 인터넷 서점 아마존에서 취급하고 있는 서적들 중에서 "Einstein"이 나오는 것만도 6만 종이 넘고, 우리말 구글에서 "아인슈타인"이 언급되는 문건도 22만 건에 이를 정도이다. 아인슈타인이 인류 사회에 남긴 흔적은 그만큼 깊고 광범위하다.

「타임」의 편집장을 역임했고, 벤저민 프랭클린과 헨리 키신저의 베스트셀러 전기 작가인 월터 아이작슨의 『아인슈타인 : 삶과 우주』는 아인슈타인에 대한 현재진행형의 변함없는 관심을 반영한 것이다. 그러나 아이작슨의 이번 역작은 지금까지 수없이 등장했던 아인슈타인의 전기와는 분명하게 구별된다. 2006년에 처음으로 공개된 아인슈타인의 가장 내밀한 개인적인 서류들의 내용이 모두 포함되었기 때문이다. 그동안 아인슈타인의 유산 집행인이었던 헬렌 듀카스가 아인슈타인의 명예를 지키기 위해서 마지막까지 그야말로 죽을힘을 다해 철저하게 감춰왔던 서류들이었다.

아인슈타인은 인류 역사상 가장 혼란스러운 시대를 살았다. 철혈정책 (鐵血政策)으로 통일 독일의 꿈을 실현한 비스마르크 시대에 태어난 아인슈타인은 두 차례의 세계대전과 혹독한 반(反)유대주의와 미국의 매카시 광풍(狂風)을 직접 온몸으로 견뎌내야만 했다. 비록 개발에 직접 참여하지는 않았지만, 자신의 이론과 자발적이고 선도적 역할에 의해서 완성된 원자폭탄의 가공할 파괴력에 아연실색하는 경험도 해야만 했다.

정치적으로만 그랬던 것이 아니다. 유럽 사회를 지배하던 사회적 확실성과 도덕적 절대성이 무너지고, 상대성과 불확정성과 불완전성을 기반으로 하는 새로운 사회가 열리고 있었다. 피카소, 조이스, 프로이트, 스트라빈스키, 쇤베르크 등이 자신들의 분야에서 과거와의 통념적인 결합을 온통 거부하고 있었다. 아인슈타인의 물리학은 어떤 의미에서는 그 혼돈적 현상의 이론적 토대가 되었다. 절대적 시간과 공간 그리고 확실성과 인과법칙을 바탕으로 하는 뉴턴의 물리학이 그 한계를 드러냈던 것이다.

아인슈타인은 인류 역사에서 어느 누구도 필적하기 어려운 수준의 경이로운 과학적 성과를 성취했다. 자연과 우주에 대한 파천황적인 통찰과 직관을 바탕으로 하는 사고실험을 통해서 원자의 존재를 명백하게 밝혔고, 양자론의 근거를 마련했고, 공간과 시간이 결합된 시공간의 개념을 정립했고, 에너지와 질량의 관계를 파악했고, 중력이 시공간이 어떻게 휘어지게 되는가를 명확하게 밝혔다. 비록 성공을 하지는 못했지만, 알아들을 수 없는 독일어를 내뱉으면서 숨을 거두기까지 장(場) 이론을 이용해서 전자기력과 중력을 통합하려는 노력을 계속하기도 했다. 신은 결코 주사위 놀이를 하지 않고, 우주의 법칙에는 단순함의 아름다움을 간직한 놀라운 조화가 존재한다는 아인슈타인의 확신이 만들어낸 성과였다.

아인슈타인은 타고난 독행자(獨行者, nonconformist)였다. 그는 세속(世俗)을 따르지 않고 높은 지조를 고집하던 인물이었다. 그는 사회적 통념에 대해서 심각하게 의문을 제기하고, 권위에 도전하고, 평범한 신비에 감동했다. 그런 과정에서 그는 개인의 자유로운 의지와 개성을 존중하는 도덕과 정치적 견해를 가지게 되었고, 자신만의 천재적 상상력을 마음껏 펼치는 "외로운 늑대"가 될 수 있었다.

물론 독행자와 무분별한 반항자의 차이는 종이 한 장에 지나지 않는다.

사회의 통념을 외면하고 무애(無涯)의 경지에서 생각하고 행동했던 아인슈타인이 독행자로서 인류의 역사에 영원히 지울 수 없는 깊은 흔적을 남길 수 있었던 것은 그의 타고난 천재성이 뒷받침되었던 덕분이었다. 그의 천재성이 약한 성장 장애 증상으로 나타나기도 했지만, 그는 널리 알려져 있었던 것처럼 결코 수학에서 "낙제생"은 아니었다. 그는 수학자는 아니었지만, 열다섯 살이 채 되기 전에 미적분을 독학으로 깨우쳤을 정도로 수학에 뛰어난 재능을 가지고 있었다.

우리가 우리의 세계관에까지 결정적인 영향력을 미친 아인슈타인의 학문적 성과는 물론이고, 파란만장했던 아인슈타인의 삶에 대해서 끊임없이 알고 싶어하는 데는 분명한 이유가 있다. 우선 아인슈타인의 "기적의 해"로부터 한 세기가 지난 오늘날까지 그 한정된 시간대 속에서 참으로 세상은 많은 것이 변했다. 무엇보다도 우리는 아인슈타인이 자신의 치열한 삶을 통해서 남겨준 "종말론적인" 현대 과학 문명 속에서 살아가고 있다. 그러나 우리는 여전히 자연과 우주를 이해하기 위한 무한한 상상력과 창의력을 필요로 하고 있다. 그 필요성은 오히려 "아인슈타인의 시대"보다 더욱 절실해졌다. 세계화의 물결 속에 휩쓸리고 있는 우리의 삶이 그만큼 더 절박해졌기 때문이다. 우리의 문명생활의 결과로 경쟁은 더욱 치열해졌고, 자연환경도 더욱 악화되고 있다. 사회를 포기하고 자연으로 돌아갈 수는 없는 것이 우리에게 주어진 냉혹한 운명이다. 우리는 아인슈타인의 "독행자적" 삶을 통해서 오늘날 우리에게 절대적으로 요구되는 무한한 상상력과 창의력을 개발하는 지혜를 찾아야만 한다. 진정한 과학적 접근 방법의 가치를 배워야 한다는 뜻이다. 우리의 삶을 우주 공간으로까지 확대하는 과학의 시대를 살아가야 하는 우리에게 과학은 더 이상 선택의 대상이 아니다.

2007년 10월
노고 언덕에서

인명 색인